BIBLIOTHEK
MANZ
5931
D1934780

Alessandro Manzoni, die beherrschende Gestalt der italienischen Literatur des 19. Jahrhunderts, wurde am 7. März 1785 in Mailand geboren und starb dort am 22. Mai 1873. Sein Ruhm stützt sich auf ein einziges umfassendes Werk, den 1825/26 in einer ersten Fassung erschienenen und begeistert aufgenommenen Roman *I promessi sposi*. Vor dem Hintergrund einer politisch bewegten Zeit, der spanischen Fremdherrschaft im Italien des 17. Jahrhunderts, erzählt Manzoni die Geschichte von Renzo und Lucia, deren Heirat durch Intrigen, Krieg, Aufstände und Pest über zwei Jahre hinweg verhindert wird. In seinem großartigen und komplexen Panorama des Stadtstaates Mailand macht Manzoni zugleich – in Anspielung auf seine eigene Zeit – den Freiheitskampf eines unterdrückten Volkes zum Thema seines Romans. In einer zweiten Fassung von 1840-42 überarbeitete er sein Werk nach der toskanischen Hochsprache und setzte damit ein bedeutendes Signal für die italienische Einigungsbewegung des Risorgimento.

insel taschenbuch 2951

Alessandro Manzoni

Die Verlobten

ALESSANDRO MANZONI
DIE VERLOBTEN

Eine Mailändische Geschichte aus dem siebzehnten Jahrhundert

Aus dem Italienischen
von Ernst Wiegand Junker
Mit einem Essay von Umberto Eco
und einem Nachwort des Übersetzers

Insel Verlag

AUSGESCHIEDEN
KSWIL5931

insel taschenbuch 2951
Erste Auflage 2002
Insel Verlag Frankfurt am Main und Leipzig
© Patmos Verlag GmbH & Co. KG
Artemis & Winkler Verlag, Düsseldorf und Zürich
Alle Rechte vorbehalten, insbesondere das der Übersetzung,
des öffentlichen Vortrags sowie der Übertragung
durch Rundfunk und Fernsehen, auch einzelner Teile.
Kein Teil des Werkes darf in irgendeiner Form
(durch Fotografie, Mikrofilm oder andere Verfahren)
ohne schriftliche Genehmigung des Verlages reproduziert
oder unter Verwendung elektronischer Systeme verarbeitet,
vervielfältigt oder verbreitet werden.
Vertrieb durch den Suhrkamp Taschenbuch Verlag
Satz: Hümmer GmbH, Waldbüttelbrunn
Druck: Nomos Verlagsgesellschaft, Baden-Baden
Printed in Germany

1 2 3 4 5 6 – 07 06 05 04 03 02

INHALT

EINFÜHRUNG

»In betrachtung der Historia mag selbe in wahrheit wohl deffinieret werden als ein ruhmreicher krieg gegen die Zeit, denn sie entreisset dero händen die jar, ir gefangene, ja die schon sind geworden zue leichen, rufet sie wieder ins leben zurück, hält heerschaw vber sie vnnd reihet sie auffs new zuer schlacht. Aber die berühmbten ritter, als welche bey solchem turney Palmen und Lorbeern ernten, rauben allein die prächtiglichste und glänzendste beute bloss, vnd balsamieren mit iren dinten die vndernemungen der Fürsten vnd Potentaten vnd personen von Stande, vnnd nähen mit denen allerfeynsten nadeln des geistes die gold- und seydenfäden auff zue einer beständigen stickerey ruhmreicher Taten. Doch mir, der ich dißfals bey weitem nicht genug bin, an derengleichen gegenständen vnd gefärlichen erhabenheiten zue ermatten, mich dvrch labyrinthe Politischer händel hinndurch zue winden beym schall der kriegsdrommeten, wenn mir auch nur etzliche denkwürdige ereignisse sind kund worden, vnnd selbe auch geringen leuten von kleinem herkommen zuegestossen, lass ich mir angelegen seyn, hievonn für die nachwelt etwas auffzusetzen, vnnd aufrichtig vnd freymüthig zu erzählen, oder besser zue perichten. Dabey wird mann auff enger bühne gar klägliche vnd erschröckliche Tragedien vnd schawspiele von vngewöhnlicher ruchlosigkeit erblicken, mit eynlagen tugenthaffter taten vnd engelhaffter güete, als welche den teuflischen taten gegenüberstehn. Vnd warlich, in betrachtung, das unsere breiten vnter dem schutz Seiner Katholischen Majestät, vnseres Herrn, stehn, als welcher jene Sonne ist, die niemals vnntergeht, vnd das über inen mit zurückgestraltem licht als niemals abnehmender Mond jener Held aus Edlem Stamme glänzet, der für jetzo das Statthalteramt ausübet, zusammen mit denen Senatoren als den Fixsternen weit und breit, vnd den andern wolachtbaren Rathsverwandten, als welche als wandelsterne vberall hin licht verbreyten vnd so einen erhabenen himmel bilden, lässt sich keine andere vrsach abnemen, jhn in eine hölle verhängnisvoller taten, ruchlosigkeiten vnd grawsamkeiten verwandelt zu sehn, dergleichen zuenemen durch menschliche vermessenheyt, als dass Teuffels list vnd werck im spiele seyn muss, in anbetracht dessen, dass menschliche boßheyt alleyn nicht hinreichend wär, so vielen Helden zu widderstehen, als welche mit Argusaugen vnd Briareusarmen zum allgemeinen besten handeln. – Weshalben denn bey auffsetzung dieser erzälung, als welche sich zur zeit meyner jugent zuegetragen (wenn auch die meisten personen, so darin eine rolle spielen, derweilen vom schawplatz der welt abgetreten vnd denen Parzen jren tribut gezollet) doch auss schvldiger achtung ir namen nicht genant werden sollen vnnd damit jr verwandtschafft, vnd ebenderart sol bey denen orten verfaren werden, inmaßen wir nur generaliter die gegenden benennen. Niemand wird darin eine vnvollkommenheyt der erzälung vnd dessfalls mein plumpes kindt als missgeburth ansehen, ansonsten ein solcher kritikus in warheyt aller weißheit bar. Denn was die menschen betrifft, so darinnen bewandert sindt, werden dieselben erkennen, daß besagter erzälung nichts abgeht. Daher denn, da es offenbar vnd von niemandem geleugnet wird, daß die namen nur reiner zufall sindt ...«

Wenn ich aber nun die heroische Anstrengung über mich brächte, jene Geschichte aus der vergilbten und verschmierten Handschrift auszuziehen, und sie – wie man so sagt – an den Tag brächte, würde sich dann wohl jemand finden, der sich der Mühe unterzöge, sie zu lesen?

Diese zweifelvolle Überlegung, die aus der Bemühung erwuchs, ein Gekritzel zu entziffern, das hinter dem Worte »zufall« stand, ließ mich die Arbeit an der Abschrift einstellen und ernsthafter darüber nachdenken, was hier wohl zu tun sei.

Es trifft zwar zu – sagte ich mir bei der Durchsicht der Handschrift –, es trifft zwar zu, daß dieser Hagel von Einfällen und Vergleichen nicht das ganze Werk hindurch so weiterprasselt. Der wackere Mann aus dem siebzehnten Jahrhundert hat zunächst einmal seine Künste spielen lassen wollen; dann aber wird der Stil im Lauf der Erzählung für ganze Strecken manchmal weit natürlicher und glatter. Gut! Aber wie mittelmäßig, wie ungeschliffen und fehlerhaft ist er trotzdem. Da sind in Hülle und Fülle Wendungen aus dem lombardischen Dialekt, falsch angewandte stehende Redensarten bei einer willkürlichen Grammatik und zusammenhanglosen Sätzen. Hie und da sind dann einmal einige spanische Floskeln eingestreut. Schlimmer noch ist, daß an den schrecklichsten oder rührendsten Stellen der Geschichte und bei jeder sich bietenden Gelegenheit, zu staunen oder Überlegungen anzustellen – kurzum: an all jenen Stellen, die zwar ein wenig Schwung, aber durchaus zurückhaltend feinen, geschmackvollen Redestil erfordern, der Verfasser niemals verfehlt, uns seinen eigenen vorzusetzen, welcher der Vorrede entspricht. Sodann verbindet er mit verblüffender Geschicklichkeit die entgegengesetztesten Eigenschaften und kann uns auf derselben Seite, im selben Satz, ja im selben Wort zugleich plump und geziert erscheinen. Da gibt es dann schwülstige Salbadereien, die von den gewöhnlichsten Sprachfehlern wimmeln, und überall die anmaßende Tölpelhaftigkeit, die hierzulande den bezeichnenden Zug der Schriften aus jenem Jahrhundert ausmacht. So etwas kann man einem heutigen Leser denn doch nicht mehr vorsetzen; dazu ist sein Geschmack zu gebildet, und er ist solcher Verschrobenheiten überdrüssig. Um so besser, daß mir der gute Gedanke gleich zu Beginn dieser Arbeit gekommen ist. So wasche ich denn meine Hände in Unschuld.

Als ich jedoch die Scharteke wieder schloß, um sie an ihren Platz zu stellen, fand ich es bedauerlich, daß eine so schöne Geschichte weiterhin unbekannt bleiben sollte. Es könnte zwar sein, daß sie als solche dem Leser anders vorkommt, mir selber aber ist sie – wie gesagt – schön, ja sogar sehr schön erschienen. – Könnte man denn nicht, dachte ich, dieser Handschrift die Folge der Ereignisse entnehmen und sie rein sprachlich neu gestalten? – Da kein vernünftiger Einwand dagegen zu erheben war, nahm ich die Sache gleich in Angriff. Das also ist der Ursprung des vorliegenden Buches, den ich mit einer Offenheit darlege, die der Bedeutung des Werkes selber entspricht.

Einige Tatsachen und gewisse von unserem Gewährsmann geschilderte Sitten erschienen uns jedoch derartig neu und sonderbar – um nichts Schlimmeres zu sagen –, daß wir es für geboten hielten, andere Zeugen zu hören, ehe wir ihm Glauben schenkten. So haben wir uns denn darangemacht, in den Memoiren jener Zeit nachzuforschen, um uns zu vergewissern, ob es in der Welt dazumal wirklich so zuging. Diese Untersuchung hat alle unsere Zweifel zerstreut. Auf Schritt und Tritt stießen wir dabei auf ähnliche, ja noch tollere Dinge. Noch entscheidender aber scheint uns, daß wir schließlich auch einige Personen wiederentdeckten, bei denen wir im Zweifel waren, ob sie wirklich gelebt haben, da wir über sie bislang lediglich aus unserer Handschrift etwas erfahren hatten. Bei Gelegenheit werden wir nun einige dieser Zeugnisse anführen, um solchen Dingen Glaubwürdigkeit zu verschaffen, die angesichts ihrer Sonderbarkeit den Leser zum Widerspruch reizen könnten.

Die Sprachform unseres Gewährsmanns haben wir als unerträglich abgelehnt. Welche aber hatten wir an ihre Stelle zu setzen? Da liegt der Hase im Pfeffer.

Wer auch immer sich ungebeten bemüßigt fühlt, das Werk eines anderen umzugestalten, läuft Gefahr, von seinem eigenen genaue Rechenschaft geben zu müssen, ja, er ist in gewisser Weise sogar dazu verpflichtet. Diese Verpflichtung besteht mit Fug und Recht, und wir wollen uns ihr keineswegs entziehen. Ja, um ihr willig nachzukommen, beabsichtigen wir sogar, hier von unserer Art zu schreiben peinlichste Rechenschaft zu geben. Zu diesem Zweck haben wir während unserer ganzen Arbeit versucht, die in dieser Hinsicht möglichen Beanstandungen in Betracht zu ziehen, um sie von vornherein zu entkräften. Darin hätte auch keine Schwierigkeit gelegen, da ja – wie wir der Wahrheit zur Ehre feststellen müssen – uns kein Einwand einfiel, der nicht gleich eine einleuchtende Widerlegung gefunden hätte, eine jener Widerlegungen, die zwar die Fragen nicht lösen, aber doch anders stellen lassen. Häufiger ließen wir auch zwei kritische Meinungen miteinander streiten und die eine die andere überwinden, oder wir prüften sie auch gründlich und aufmerksam, bis wir entdeckten und beweisen konnten, daß sie bei aller scheinbaren Gegensätzlichkeit doch völlig einer Natur und alle beide nur möglich waren, weil sie die Tatsachen und Grundsätze außer acht ließen, auf denen das Urteil fußen mußte. Hatten wir sie dann zu ihrer großen Überraschung zusammengebracht, so ließen wir sie auch zusammen laufen. Kein Schriftsteller dürfte wohl jemals so schlüssig haben beweisen können, daß er richtig verfahren sei. Aber ach! als wir soweit waren, alle besagten Einwände und ihre Gegengründe festzustellen, um sie mit einiger Ordnung vorzutragen, o weh! da hätten sie ein ganzes Buch gefüllt. Als wir das erkannten, haben wir den Gedanken aus zwei Gründen wieder aufgegeben, die der Leser sicherlich billigen wird. Erstens dürfte ein Buch, das sich zum Ziel setzt, ein anderes, ja sogar den Stil eines anderen zu rechtfertigen, lächerlich wirken, und zweitens genügt bei Büchern wohl eines auf einmal, wenn es nicht überflüssig ist.

1. KAPITEL

Jener Arm des Comer Sees, der sich nach Süden wendet und dessen Gestade zwischen zwei fortlaufenden Gebirgsketten so buchtenreich ihrem Vordrängen und Zurückschwingen folgt, verengt sich fast urplötzlich und nimmt, zwischen einem Vorgebirge zur Rechten und einer weiten Uferhalde gegenüber, Gestalt und Verlauf eines Stromes an. Die Brücke, welche ebenda beide Ufer verbindet, dürfte diese Verwandlung wohl noch augenfälliger machen und den Punkt bezeichnen, wo der See aufhört und die Adda wieder beginnt. Dann aber, wenn die Uferränder sich abermals voneinander entfernen, um die Wellen sich ausbreiten und in neuen Buchten aufs neue verebben zu lassen, wird das Gewässer wiederum als See bezeichnet.

Das aus den Ablagerungen dreier mächtiger Wildbäche entstandene Gestade folgt in seinem Gefälle zwei benachbarten Bergmassiven. Das eine heißt San Martino und das andere, wegen seiner vielen hingereihten Zacken, die es wirklich einer Säge ähneln lassen, auf lombardisch »Resegone«. Es gibt denn auch niemanden, der es in der langen und weiten Gebirgskette nicht an diesem Merkmal von anderen Graten mit minder berühmten Namen und von gewöhnlicherer Form auf den ersten Blick unterscheiden könnte. Man muß ihm allerdings gegenüberstehn, wie etwa auf den nach Norden gewandten Stadtmauern von Mailand. Eine gute Strecke weit steigt der Küstenstreifen allmählich und gleichmäßig an, bis er – je nach dem Gefüge der beiden Bergmassive und der Wirkung der Gewässer – in Kuppen und Talmulden, in Steilhänge und Almen übergeht.

Der von den Mündungen der Wildbäche durchschnittene Ufersaum besteht fast ganz aus Geröll und Kieseln, das übrige Gestade aus Feldern und Weingärten mit Dörfern,

Landsitzen und Gehöften hie und da; mancherorts auch mit Wäldern, die sich ins Gebirge hinaufziehen.

Lecco, die wichtigste Ortschaft, welche dem Gebiet auch ihren Namen gibt, liegt nicht weit von der Brücke entfernt am Seeufer, ja zuweilen im See selbst, wenn dieser ansteigt. Heute ist es ein großer Marktflecken und auf dem besten Wege, Stadt zu werden. Zu der Zeit, in der sich die Vorgänge abspielten, die wir erzählen wollen, war der schon beachtliche Ort auch eine Feste und hatte daher die Ehre, einen Kommandanten zu beherbergen, und den Vorzug, eine feste Garnison von spanischen Soldaten zu besitzen. Diese brachten den Frauen und Mädchen der Umgebung Unterwürfigkeit bei und walkten hin und wieder einen Ehemann oder Vater tüchtig durch. Gegen Ende des Sommers verfehlten sie niemals, in die Weingärten auszuschwärmen, um die Traubenfülle zu lichten und den Winzern die Mühsal der Lese zu erleichtern.

Von einer Ortschaft zur anderen, vom Gebirge zum Seeufer, von einer Kuppe zur nächsten liefen und laufen auch heute noch mehr oder weniger steile oder ebene Straßen und Pfade. Bald versinken sie, zwischen zwei Mauern begraben, so daß dem Blick nur oben ein Fetzen Himmel und ein Gipfel zu erspähen bleibt, bald führen sie hoch auf offener Wegstrecke, wo man eine mehr oder weniger weite, jedoch immer abwechslungsreiche Aussicht genießen kann, je nachdem, ob die verschiedenen Blickpunkte mehr oder weniger von der weiten Szenerie ringsum erfassen, und je nachdem, ob der oder jener Teil hervor- oder zurücktritt, bald auftaucht, bald verschwindet.

Einmal hier, einmal dort leuchtet ein Stück jenes weiten und wandelbaren Wasserspiegels auf und erstreckt sich manchmal weithin. Zuweilen erscheint er als See: im Hintergrund von einer Berggruppe abgeriegelt oder vielmehr in einem Labyrinth von Gebirgsketten verloren, verbreitert er sich allmählich zwischen anderen Bergen, die nacheinander ins Blickfeld treten und sich mit ihren Ufersiedlungen in den Wellen spiegeln. Zuweilen aber wird er auch zur Stromstrecke, danach wiederum See, bis er sich abermals in leuchtenden Windungen als Strom zwischen den Bergen verliert, die ihn begleiten und – immer niedriger – gleichfalls am Horizonte zu entschwinden scheinen. – Der Standort selbst, der so wechselnde Eindrücke vermittelt, bietet wiederum nach allen Seiten neue Ausblicke: der Berg, über dessen Abhang man wandert, enthüllt einem droben ringsum klar seine Gipfel und Schroffen. Fast Schritt für Schritt erkennt man, wie wandelbar sich als viele Grate herausstellt, was zunächst als einziger Grat erschienen war, und als Gipfel tritt hervor, was sich soeben noch am Hang gezeigt. Die anheimelnde Lieblichkeit dieser unteren Berghänge mildert wohltuend den wilden Eindruck des Gebirges und steigert die sonstige großartige Aussicht nur um so mehr.

Auf einem solchen Wege kehrte am Abend des 7. November 1628 Don Abbondio – der Pfarrer einer der oben erwähnten Ortschaften – gemächlich von seinem Spaziergang nach Hause zurück. (Weder der Ortsname noch der Geschlechtsname der Person sind in unserer Handschrift an irgendeiner Stelle überliefert.) Don Abbondio sprach ruhig seine Gebete und schloß zuweilen zwischen zwei Psalmen sein Brevier. Dabei ließ er den Zeigefinger der rechten Hand als Lesezeichen darin, verschränkte beide Hände auf dem Rücken und setzte seinen Weg fort. Er schaute vor sich hin und stieß die Steine, die ihm im Wege lagen, mit dem Fuß an die Mauer. Dann erhob er das Haupt, ließ die Augen müßig in die Ferne schweifen und heftete seine Blicke schließlich auf einen Steilhang, der nach Sonnenuntergang hie und da noch in den Strahlen erglühte, die zwischen den Zacken des gegenüberliegenden Berges vorbrachen und die kantigen Massen mit großen, ungleichen Purpurflächen bedeckten.

Nachdem er das Brevier erneut geöffnet und einen weiteren Abschnitt hergebetet hatte, kam er an eine Wegbiegung, an der er gewöhnlich die Augen vom Buche zu erheben und nach vorn zu schauen pflegte. So tat er auch diesmal. Nach der Krümmung führte seine Straße etwa sechzig Schritt weit geradeaus und teilte sich dann in zwei Pfade in Gestalt eines Ypsilon. Der rechte führte den Berg hinan zum Pfarrhaus, der andere ins Tal hinab bis zu einem Wildbach. Nach dieser Seite zu ging die Mauer dem Wanderer nur bis zur Hüfte. Die inneren Mauern der beiden Pfade vereinigten sich nicht zu einem spitzen Winkel, sondern endeten in einem Marterstein, auf dem gewisse lange, sich windende Gebilde gemalt waren, die in eine Spitze ausliefen und die nach der Absicht des Künstlers und in den Augen der Anwohner Flammen darstellten. Mit ihnen wechselten irgendwelche anderen Gestalten ab, die schwer zu beschreiben sind und Seelen im Fegefeuer vorstellen sollten. Seelen und Flammen waren ziegelrot auf fahlgrauem Grunde gemalt. Hie und da war der Kalk ein wenig abgebröckelt.

Als der Pfarrer um die Kehre gelangt war und wie gewöhnlich den Blick auf den Marterstein richtete, erblickte er etwas, auf das er nicht gefaßt war und das er lieber nicht bemerkt hätte.

Am Zusammenfluß der beiden Pfade – wenn ich so sagen darf – befanden sich zwei Männer einander gegenüber. Der eine von ihnen hockte rittlings auf dem niederen Mäuerchen und ließ ein Bein nach außen baumeln, während sein anderer Fuß auf dem Wege stand. Sein Gefährte lehnte stehend an der Mauer und hatte die Arme auf der Brust verschränkt. Die Kleidung, das Gebaren der beiden, und was man sonst an äußeren Merkmalen von der Stelle aus erkennen konnte, die der Pfarrer erreicht hatte, alles ließ keinen Zweifel über ihr Gewerbe. Beide trugen ein grünes Netz um den Kopf gewunden, das mit einer großen Quaste über die linke Schulter fiel und auf der Stirn einen gewaltigen Haarbusch frei ließ. Ihre langen Schnauzbärte waren spitz aufgezwirbelt. Ein Ledergürtel mit zwei Pistolen darin glänzte um ihren Leib, und ein wohlgefülltes kleines Pulverhorn baumelte auf ihrer Brust wie ein Geschmeide. Aus einer Tasche der weiten Pumphosen schaute ein Messergriff heraus. Dazu trugen sie ein Rapier mit großem durchbrochenem Korb, auf dem glänzend geputzte Messingplättchen wie zu einem Namenszug angeordnet waren. Auf den ersten Blick erkannte man in den beiden Leute aus der Gilde der Bravi.

Diese heute ganz verschollene Menschenklasse stand damals in der Lombardei in höchstem Flore, und das schon von alters her. Sollte jemand davon keinen Begriff haben, so können folgende urkundliche Angaben hinreichend über ihre Hauptmerkmale unterrichten sowie über die Bemühungen, sie auszurotten, und über ihre strotzende und zähe Lebenskraft.

Der Durchlauchtigste und Hochberühmbte Herr Don Carlos von Aragon, Fürst von Castelvetrano, Herzog von Terranuova, Markgraf von Avola, Graf von Burgeto, Großadmiral und Großkonnetabel von Sizilien, Statthalter von Mailand und Generalkapitän Seiner Katholischen Majestät in Italien, erklärt schon am 8. April 1583 »in voller Kenntnis des unerträglichen Elends, in dem Unsere Stadt Mailand wegen der Bravi und Landstreicher gelebt hat und lebt« diese öffentlich in Acht und Bann. Er erklärt und bestimmt, daß diese Acht über alle verhängt ist, »die – ob fremd oder einheimisch – keiner Beschäftigung nachgehen oder aber ihren Beruf nicht ausüben und die daher als Bravi oder Landstreicher zu betrachten sind, auch wenn sie mit oder ohne Entgelt an einen Ritter oder Edelmann, eine Amtsperson oder einen Kaufmann sich anschließen, um denen Beistand oder Vorschub zu leisten oder – wie man annehmen kann –

anderen nachzustellen ...« All diesen befiehlt er, binnen sechs Tagen sein Gebiet zu verlassen, droht bei Nichtbefolgung mit der Galeere und gibt allen Gerichtspersonen erstaunlich weitgehende, ja, nahezu unbeschränkte Vollmachten zur Durchführung dieses Befehls.

Doch im folgenden Jahre stellt besagter Herr am 12. April fest, »daß diese Stadt weiterhin voll solcher Bravi steckt ... die ihr altes Leben fortführen, ihre Sitten in nichts verändert und ihre Zahl nicht verringert haben«, und er erläßt daher eine neue, noch schärfere und denkwürdigere Verordnung, in welcher er unter anderem verfügt: »... daß jedwede Person, sowohl aus dieser Stadt wie auch von außerhalb, von der durch zwei Zeugen feststeht, daß sie gemeinhin für einen Bravo gehalten wird und in solchem Rufe steht, bei solchem Leumund, auch wenn sie keines Verbrechens überführt werden könnte ... einfach auf diesen Ruf hin, ohne alle weiteren Beweise, von den obengenannten Richtern, alle wie sie da sind, der Folter und Tortur im hochnotpeinlichen Verhör unterworfen werden kann ... Und sollte sotane Person auch keinerlei Vergehen eingestehen, ist sie nichtsdestoweniger für obvermeldte Frist von drei Jahren auf die Galeere zu schicken, einzig auf den Ruf und Namen eines Bravo hin.« All dies – und mehr noch, das ich auslasse –, weil »Seine Exzellenz entschlossen sind, von jedermann Gehorsam zu erzwingen«.

Vernimmt man von einem so großen Herrn derartig geharnischte und selbstgewisse Worte im Verein mit solchen Anordnungen, so möchte man gerne annehmen, daß bei ihrem bloßen Aufdröhnen bereits alle Bravi für immer verschwunden wären. Aber das Zeugnis eines nicht minder gewichtigen Herrn mit nicht weniger Titeln zwingt uns, das genaue Gegenteil anzunehmen. Es ist dies der Durchlauchtigste, Hochberühmbte Herr Juan Fernandez de Velasco, Konnetabel von Kastilien, Großkämmerer Seiner Majestät,

Herzog der Stadt Frias, Graf von Haro und Castelnovo, Chef des Hauses Velasco und des Hauses der Sieben Infanten von Lara, Statthalter des Staates von Mailand und so weiter. Auch seinerseits »in voller Kenntnis des schädlichen und verderblichen Treibens der Bravi und Landstreicher und des schlimmen Einflusses dieses Gesindels und seiner Mißachtung der Justiz auf das gemeine Wohl«, kündigt er ihnen am 5. Juni des Jahres 1593 erneut an, daß sie binnen sechs Tagen das Gebiet zu räumen hätten, wobei er ungefähr dieselben Anweisungen und Drohungen wie sein Vorgänger bei der Hand hat.

Am 23. Mai des Jahres 1598 ist er dann »zur nicht geringen Betrübnis seines Herzens … in Kenntnis gesetzt, daß die Anzahl sotaner (Bravi und Landstreicher) im Stadt- und Staatsgebiet immer weiter anwächst und daß Tag und Nacht von ihnen nichts anderes verlautet als Anschläge auf Leib und Leben, Mord und Raub und alle nur denkbaren Verbrechen, zu denen sie sich um so leichter hergeben, als diese Bravi darauf bauen, von ihren Rädelsführern und Schutzherrn unterstützt zu werden …« weshalb er dann von neuem zum herkömmlichen Heilmittel greift, wobei er die Dosis steigert, wie man bei hartnäckigen Krankheiten zu tun pflegt. Dann schließt er: »Jedermann hüte sich also durchaus, in irgendeinem Teile gegenwärtiger Verfügung entgegenzuhandeln, weil er statt der Milde Seiner Exzellenz deren rücksichtslose Strenge und Zorn erfahren wird; da bestimmt und beschlossen wurde, daß dieses die unwiderruflich letzte Mahnung bleiben soll.«

Diese Ansicht wurde indessen nicht geteilt von dem Durchlauchtigsten und Hochberühmbten Herrn Don Pietro Enriquez de Acevedo, Graf von Fuentes, Hauptmann und Statthalter des Staates von Mailand. Und zwar aus guten Gründen. »In voller Kenntnis des Elendes, in welchem diese Stadt und der Staat sich wegen der großen Anzahl von Bravi befinden, die in ihnen überhand nehmen ... und entschlossen, eine so verderbliche Saat zu vertilgen ...« erläßt er am 5. Dezember 1600 eine neue Verordnung, die gleichfalls voll allerschwerster Drohungen ist, »mit dem festen Vorsatz, sie restlos mit aller Schärfe und ohne Aussicht auf Schonung durchzusetzen.«

Es ist jedoch anzunehmen, daß er sich dieser Aufgabe nicht mit all jenem Eifer unterzog, der ihm zu Gebote stand, wenn es Ränke zu spinnen und seinem großen Widersacher Heinrich IV. von Frankreich Feinde zu machen galt. Für diese Tätigkeit bestätigt nämlich die Geschichte, daß es ihm gelang, gegen jenen König den Herzog von Savoyen aufzuwiegeln, den er mehr als eine Stadt verlieren ließ, und daß es ihm ferner gelang, den Herzog von Biron zu einer Verschwörung zu bewegen, die ihm den Kopf kostete[1]. Was aber jene so verderbliche Saat der Bravi betrifft, steht fest, daß sie am 22. September 1612 noch munter weitersproßte.

Der Durchlauchtigste und Hochberühmbte Herr Don Giovanni de Mendozza, Markgraf von Hynojosa, Edelmann und so weiter, Statthalter und so weiter, dachte an diesem Tage daran, sie auszurotten. Er sandte deshalb an Pandolfo und Marco Tullio Malatesti, die königlichen Hofbuchdrucker, die übliche Verordnung mit Zusätzen und Verbesserungen, damit sie zwecks Ausrottung der Bravi gedruckt würde. Diese aber gediehen prächtig weiter und erhielten am 24. Dezember des Jahres 1618 dieselben und noch gewaltigere Schläge von dem Durchlauchtigsten und Hochberühmbten Herrn Señor Don Gomez Suarez de Figueroa, Herzog von Feria und so weiter, Statthalter und so weiter.

1 Charles, Duc de Biron, geb. 1562, Marschall Heinrichs IV., der im Kriege mit Karl Emanuel I. von Savoyen mit dem Feinde konspirierte. Hingerichtet am 31. 7. 1602 (Anmerkung des Übersetzers).

Da sie aber auch daran nicht zugrunde gingen, hatte sich der Durchlauchtigste und Hochberühmbte Herr Señor Gonzalo Fernandez di Cordova, unter dessen Regierung der Spaziergang des Don Abbondio stattfand, gezwungen gesehen, die hergebrachte Verordnung gegen die Bravi zu verbessern und am 5. Oktober 1627 erneut bekanntzugeben, das heißt ein Jahr, einen Monat und zwei Tage vor jenem denkwürdigen Ereignis.

Auch das war nicht die letzte Verlautbarung, doch glauben wir, auf die Aufzählung der späteren verzichten zu können, da sie den Zeitraum unserer Erzählung überschreiten. Erwähnt sei nur noch eine vom 13. Februar des Jahres 1632, in welcher der Durchlauchtigste und Hochberühmbte Herr Herzog von Feria, der damals zum zweiten Male Statthalter war, uns verkündet, daß »die größten Verbrechen von jenen herrühren, welche man Bravi nennt«. Das genügt, um uns zu bestätigen, daß es in der Zeit, von der wir reden, beständig Bravi gab.

Daß die beiden oben beschriebenen Gestalten dastanden, um jemanden zu erwarten, war nur allzu offensichtlich. Was Don Abbondio aber weit mehr mißfiel, war der Umstand, daß er aus gewissen Gebärden schließen mußte, daß er selbst der Erwartete sei. Denn bei seinem Erscheinen hatten jene sich angesehn und die Köpfe mit einer Bewegung erhoben, welche die Vermutung nahelegte, daß alle beide auf einmal gesagt hatten: »Da ist er!« Derjenige, der zuvor rittlings dagesessen war, hatte sein Bein auf die Straße geschwungen und sich erhoben. Der andere hatte die Mauer verlassen, und selbander kamen sie ihm nun entgegen. Er hielt weiter das offene Brevier vor sich hin, als ob er läse. Dabei schielte er aber darüber hinweg, um die Bewegungen der beiden zu verfolgen. Als er sie geradenwegs auf sich zukommen sah, stand er auf einmal tausend Ängste aus. Blitzschnell fragte er sich, ob zwischen den Bravi und ihm irgendein Ausweg nach rechts oder links wäre, und er wurde sich sofort darüber klar, daß es dergleichen nicht gab. Er erforschte schleunigst sein Gewissen, ob er gegen irgendeinen Machthaber, irgendeine rachsüchtige Seele gefehlt hätte. Doch selbst in dieser Aufregung beruhigte ihn das tröstliche Zeugnis der inneren Stimme einigermaßen. Die Bravi aber näherten sich und behielten ihn unverwandt im Auge. Er steckte Zeige- und Mittelfinger der Linken in den Kragen, wie um ihn zurechtzuschieben, und während er sich mit der Hand um den Hals fuhr, drehte er das Gesicht mit verkniffenen Lippen zurück und spähte aus den Augenwinkeln, soweit er konnte, ob keiner des Weges käme. Doch er gewahrte niemanden. Er warf einen Blick über das Mäuerchen auf die Felder: gar niemand! Er spähte noch vorsichtiger auf die Straße vor sich: keine Menschenseele außer den Bravi! Was tun? Zum Umkehren war es nicht mehr der richtige Augenblick. Ausreißen hieß soviel wie: Verfolgt mich! oder gar Schlimmeres. Da er der Gefahr nicht ausweichen konnte, ging er darauf zu, weil die Augenblicke jener Ungewißheit nun so quälend für ihn wurden, daß er nichts anderes mehr wünschte, als sie abzukürzen. Er beschleunigte seine Schritte, sprach einen Abschnitt mit lauterer Stimme, verlieh seinem Gesicht soviel Ruhe und Heiterkeit, wie er nur immer konnte, und gab sich alle Mühe, sich ein Lächeln abzugewinnen. Als er sich den beiden dunklen Ehrenmännern gegenüber befand, sagte er sich im Geiste: Es ist soweit! und machte entschlossen halt. »Herr Pfarrer«, sagte der eine der beiden und heftete seinen Blick auf ihn.

»Was steht zu Diensten?« antwortete Don Abbondio rasch und hob die Augen vom Buche, das er offen wie auf einem Lesepult in Händen behielt.

»Sie haben die Absicht«, fuhr der andere in der drohenden und entrüsteten Haltung eines Mannes fort, der einen Untergebenen bei irgendeiner Schlechtigkeit ertappt, »Sie haben die Absicht, morgen Renzo Tramaglino und Lucia Mondella zu trauen.«

»Das heißt ...« antwortete Don Abbondio mit zitternder Stimme. »Nun ja, die Herren sind doch Männer von Welt und wissen am besten, wie diese Dinge vor sich gehen. Der arme Pfarrer hat nichts damit zu tun. Da haben sie so ihre Techtelmechtel, und dann ... dann kommen sie zu uns, wie man zu einer Bank zum Kassieren geht; und wir ... wir sind nun einmal Diener der Gemeinde.«

»Schon gut!« sagte der Bravo ihm ins Ohr, aber in gemessenem Befehlston, »diese Ehe wird nicht geschlossen, weder morgen noch jemals sonst!«

»Aber, meine Herren«, erwiderte Don Abbondio sanft und liebenswürdig, wie jemand, der einem Brausekopf gut zureden will, »aber, meine Herren, versetzen Sie sich doch gütigst in meine Lage. Wenn die Sache von mir abhinge ... Sie sehen aber doch wohl ein, daß ich gar nichts davon habe ...«

»Ach was!« unterbrach ihn der Bravo, »wenn die Sache durch Geschwätz zu erledigen wäre, würden Sie uns in die Tasche stecken. Wir wissen weiter nichts und wollen nichts weiter erfahren. Wer aber nicht hören kann ... Wir haben uns verstanden!«

»Aber die Herren sind doch einsichtig und vernünftig genug ...« Diesmal unterbrach ihn der andere Geselle, der bisher noch nicht gesprochen hatte: »Kurz und gut, die Trauung findet nicht statt, oder« – es folgte ein kräftiger Fluch –, »oder wer sie vollzieht, braucht das nicht mehr zu bereuen, weil er nämlich dazu keine Zeit mehr findet, und ...« Er fluchte abermals.

»Laß doch!« nahm der erste Sprecher wieder das Wort, »der Herr Pfarrer weiß doch, wie es in der Welt zugeht, und wir sind anständige Kerle, die ihm kein Härchen krümmen, wenn er klug ist. Herr Pfarrer, Seine Durchlaucht Don Rodrigo, unser Herr und Gebieter, lassen sich Ihnen bestens empfehlen.«

Dieser Name wirkte auf Don Abbondio wie ein Blitz im Toben eines nächtlichen Gewitters, der mit einem Schlage die Gegenstände flackernd erhellt und die Ängste steigert. Unwillkürlich machte er eine tiefe Verbeugung und sagte: »Wenn Sie mir einen Rat geben könnten ...«

Wieder unterbrach ihn der Bravo mit einem halb unverschämten, halb grimmigen Lachen: »Ihnen, der Latein kann, einen Rat geben? Sie müssen sich schon selber helfen! Vor allem aber lassen Sie kein Sterbenswörtchen über diesen Wink verlauten, den wir Ihnen da zu Ihrem Besten gegeben haben; sonst – hm! –, sonst wäre es genauso gut, wie diese Trauung zu vollziehen. Los! Was sollen wir in Ihrem Auftrage Seiner Durchlaucht Don Rodrigo ausrichten?«

»Versichern Sie ihn meiner Ergebenheit!«

»Drücken Sie sich deutlicher aus!«

»Zu Diensten, immer gehorsamst zu Diensten!«

Während er diese Worte hervorbrachte, war er sich nicht einmal selber im klaren darüber, ob er ein Versprechen abgab oder nur ein Kompliment machte. Die Bravi faßten es als Verpflichtung auf oder stellten sich wenigstens so.

»In Ordnung! Gute Nacht, Hochwürden!« sagte der eine von ihnen und wandte sich mit seinem Spießgesellen zum Gehen. Don Abbondio, der vor wenigen Augenblicken ein Auge darum gegeben hätte, sie loszuwerden, hätte nunmehr gerne die Unterredung und Verhandlung fortgesetzt. »Meine Herren ...« begann er und klappte das Buch in seinen Händen zu. Ohne ihm jedoch weiter Gehör zu schenken, schlugen jene den Weg ein, auf dem er gekommen war, und sangen beim Abschied einen Gassenhauer, den ich nicht wiedergeben mag. Der arme Don Abbondio blieb einen Augenblick mit offenem Munde wie vom Donner gerührt stehen. Dann schlug er den Pfad zu seinem Haus ein und setzte langsam Schritt vor Schritt, als hätte er einen Krampf in den Beinen. Wie ihm zumute war, wird man besser verstehen, wenn wir etwas über sein Wesen und die Zeiten gesagt haben, in denen zu leben nun einmal sein Los war.

Wie der Leser wohl schon bemerkt haben wird, war Don Abbondio nicht mit dem Herzen eines Löwen auf die Welt gekommen. Er hatte aber von Kindesbeinen an einsehen müssen, daß in jenen Zeiten die schlimmste Lage die eines Tieres ohne Klauen und Hauer war, das dabei doch keinerlei Neigung verspürt, verschlungen zu werden. Ein stiller, friedfertiger Mensch war in keiner Weise durch die Macht des Gesetzes geschützt, wenn er nicht über weitere Mittel verfügte, anderen Furcht einzuflößen. Nicht etwa, daß es an Gesetzen und Strafen für private Gewalttätigkeiten gefehlt hätte. Es hagelte sogar Gesetze; die Verbrechen waren registriert und mit peinlicher Weitschweifigkeit klassifiziert. Die Strafen waren unsinnig übertrieben, und wenn sie für unzureichend befunden wurden, konnten sie fast in jedem Fall nach Gutdünken des Gesetzgebers und seiner hundert Vollzugsbeamten erhöht werden. Das Prozeßverfahren zielte lediglich darauf ab, den Richter von allem zu befreien, was ihn etwa hätte hindern können, ein Verdammungsurteil zu sprechen. Die von uns wiedergegebenen Auszüge aus den Verordnungen gegen die Bravi bieten dafür ein kleines, aber bezeichnendes Beispiel. Trotz alledem, ja, zum großen Teil eben deshalb dienten jene Verordnungen, die Machthaber auf Machthaber neu veröffentlichten und verschärften, zu gar nichts anderem als dazu, in hochtrabender Weise die Ohnmacht ihrer Verfasser darzutun. Wenn sie aber irgendeine unmittelbare Wirkung hatten, so vermehrten sie lediglich erheblich die Bedrückungen, denen die Friedlichen und Schwachen seitens der Ruhestörer bisher schon ausgesetzt waren, und steigerten Gewalttätigkeit und Hinterlist nur noch weiter. Die Straflosigkeit war gang und gäbe und hatte

Wurzeln, die durch Verordnungen nicht zu erreichen, geschweige denn auszurotten waren. Dazu gehörten die Freistätten und die Vorrechte einiger Klassen, die von der Staatsgewalt teils anerkannt, teils mit mißgünstigem Schweigen geduldet oder mit vergeblichen Einsprüchen angefochten wurden, wobei diese Vorrechte von den betreffenden Ständen praktisch aufrechterhalten und mit rührigem Eifer und kleinlicher Empfindlichkeit verteidigt wurden. Diese von den Verordnungen verpönte und verfemte Straflosigkeit, die jedoch so nicht aus der Welt zu schaffen war, mußte selbstverständlich bei jeder Bedrohung und Bloßstellung neue Kräfte und Schliche aufbieten, um sich zu behaupten. So geschah es in der Tat. Sobald die Erlasse zur Unterdrückung der Gewalttäter erschienen, suchten diese in ihrer wirklichen Macht neue, zweckmäßige Mittel, um weiterhin das zu tun, was ebenjene Verordnungen gerade verboten hatten. Die Behörden konnten allerdings einen macht- und schutzlosen Untertan bei jeder Gelegenheit festnehmen und belästigen, weil sie – um alle in der Hand zu haben und jedes Vergehen zu verhindern oder zu bestrafen – das ganze Verhalten des einzelnen der Willkür von ausführenden Organen jeder Art unterstellten. Wer aber, ehe er ein Verbrechen beging, seine Maßnahmen getroffen hatte, um sich beizeiten in einem Kloster oder Palast zu verbergen, wohin die Sbirren niemals ihren Fuß zu setzen wagen durften, oder wer ohne andere Vorsichtsmaßregeln eine Livree trug, welche die Eitelkeit oder das Interesse einer mächtigen Familie oder eines ganzen Standes zu seiner Verteidigung verpflichtete, war in seinem Vorgehen frei und konnte über all das Kettengerassel der Verordnungen lachen.

Unter denjenigen, die mit ihrer Durchführung beauftragt waren, gehörten einige durch Geburt den bevorrechteten Ständen an; andere hingen als Schützlinge von ihnen ab. Deren Grundsätze galten für die einen so gut wie für die anderen: infolge ihrer Erziehung oder aus Eigennutz, Gewohnheit und Nachahmung; und sie hätten sich wohl gehütet, einem an den Mauerecken angeschlagenen Stück Papier zuliebe dagegen zu verstoßen. Die mit der unmittelbaren Durchführung der Verordnungen beauftragten Männer hätten doch niemals damit zu Rande kommen können, wären sie auch verwegen wie Helden, gehorsam wie Mönche und opferbereit wie Märtyrer gewesen. Denn sie waren an Zahl jenen unterlegen, die sie niederringen sollten, und konnten ferner mit großer Wahrscheinlichkeit darauf rechnen, daß sie nicht von dem gedeckt wurden, der ihnen auf dem Papier und der Form halber ihre Maßnahmen vorschrieb. Davon abgesehen aber gehörten sie im allgemeinen zu den verworfensten und ruchlosesten Kreaturen ihrer Zeit. Ihr Amt wurde selbst von denen, die es hätten fürchten können, für schändlich gehalten und ihre Würde für schimpflich. Daher war es denn auch nur allzu natürlich, daß sie sich – statt ihr Leben an ein aussichtsloses Unternehmen zu wagen oder es gar wegzuwerfen – von den Mächtigen für ihre Tatenlosigkeit oder auch ihr stillschweigendes Einverständnis bestechen ließen und sich vorbehielten, ihre verabscheute Macht und Gewalt – die sie doch immerhin besaßen – nur in jenen Fällen anzuwenden, wo es ohne Gefahr geschehen konnte, das heißt, indem sie friedliche und wehrlose Menschen bedrückten und quälten.

Ein Mensch, der angreifen will oder der in jedem Augenblick befürchtet, angegriffen zu werden, sucht naturgemäß Bundesgenossen und Gefährten. Infolgedessen war zu jener Zeit die Neigung der einzelnen, sich in Ständen zusammenzufinden, deren neue zu bilden und demjenigen Stand, dem man angehörte, die größtmögliche Macht zu verschaffen, auf den äußersten Punkt gediehen. Der Klerus wachte darüber, seine Immunität zu wahren und zu erweitern, der Adel seine Vorrechte und das Militär seine Ausnahmestellung.

Die Kaufleute und Handwerker waren in Gilden und Zünften eingeschrieben, die Rechtskundigen bildeten einen Verband, ja sogar die Ärzte hatten eine Kammer. Jede dieser kleinen Oligarchien besaß ihre besondere und eigentümliche Macht; in jeder fand der einzelne den Vorteil, für sich, entsprechend seinem Ansehen und seiner Geschicklichkeit, die vereinten Kräfte von vielen in Anspruch zu nehmen. Die Anständigeren bedienten sich dieses Vorteils lediglich zur Verteidigung. Die Schlauberger und Gauner nutzten ihn aus, um Schlechtigkeiten zu begehen, für welche ihre persönlichen Mittel nicht gereicht hätten, und um sich damit Straflosigkeit zu sichern. Die Kräfte dieser verschiedenen Verbände waren jedoch sehr ungleich. Der wohlhabende und hemmungslose Adelsvertreter besonders war von einer Schar von Bravi umgeben und von einer Landbevölkerung, die seit alters her gewohnt war, in sich aus eigenem Antrieb oder unter fremdem Zwang die Untertanen und Soldaten des Gutsherrn zu sehen. Er übte auf dem Lande eine Macht aus, der schwerlich irgendeine Gruppe eines anderen Verbandes hätte widerstehen können.

Unser Abbondio, der weder adlig noch reich, geschweige denn mutig war, hatte daher, fast noch ehe er den Kinderschuhen entwachsen war, erkannt, daß er in dieser Gesellschaft wie ein Tongefäß war, das mit vielem eisernen Geschirr zusammen verladen wird. So hatte er denn auch willig genug seinen Eltern gehorcht, die ihn zum Priesterstande bestimmten. Es sei ruhig zugegeben, daß er nicht eben viel über die Pflichten und Aufgaben des Amtes nachgedacht hatte, dem er sich widmete. Sich mit einiger Muße seinen Lebensunterhalt zu sichern und in einen angesehenen und mächtigen Stand einzutreten schienen ihm zwei mehr als hinlängliche Gründe für eine solche Wahl. Aber jeglicher Stand schützt und sichert den einzelnen nur bis zu einem gewissen Punkte; keiner enthebt ihn der Notwendigkeit, sich ein eigenes, besonderes System auszubilden. Beständig nur mit der Sorge um seine Ruhe beschäftigt, kümmerte sich Don Abbondio nicht um jene Vorteile, die nur durch besondere Anstrengungen oder mit einem gewissen Risiko zu erlangen sind. Sein System bestand hauptsächlich darin, jeden Streit zu vermeiden und nachzugeben, wo er ihn nicht vermeiden konnte. Er vertrat den Grundsatz der unbewaffneten Neutralität in allen Fehden, die rings um ihn her entstanden, angefangen von den damals sehr häufigen Streitigkeiten zwischen dem Klerus und der weltlichen Obrigkeit, zwischen Militär und Zivil, Adligen und Adligen bis zu jenen Meinungsverschiedenheiten zwischen zwei Bauern, die durch eine Bemerkung ausgelöst und dann mit Fäusten oder Messerstechereien entschieden werden. War er einmal durchaus gezwungen, zwischen zwei Streitenden Partei zu nehmen, so entschied er sich für den Stärkeren, hielt sich jedoch immer im Hintertreffen, wobei er dafür Sorge trug, den anderen erkennen zu lassen, daß er nicht freiwillig gegen ihn stünde. Es schien, als wollte er ihm sagen: Aber warum hast du es denn auch nicht verstanden, der Stärkere zu sein, damit ich mich hätte auf deine Seite schlagen können! Er hielt sich fern von den Machthabern, übersah zeitweilige Übergriffe ihrer Launen, begegnete ernsteren und wohlüberlegten mit Unterwürfigkeit und zwang durch Bücklinge und gelassene Höflichkeit auch die Mürrischsten und Hoffärtigsten, ihm zuzulächeln, wenn er ihnen auf der Straße begegnete. Auf diese Weise war es dem armen alten Mann gelungen, die Schwelle der Sechzig ohne große Widrigkeiten zu überschreiten.

Es steht aber nicht so, als ob er nicht etwa auch sein bißchen Galle im Leibe gehabt hätte. So beständig Geduld zu üben, so oft anderen recht zu geben, so viele bittere Pillen schweigend zu schlucken hatte ihm so zugesetzt, daß seine Gesundheit sicher angegriffen worden wäre, wenn er sich nicht von Zeit zu Zeit hätte Luft machen können. Aber da es letzten Endes auf dieser Welt und in seiner Nähe Personen gab, die er als jeder bösen Tat völlig unfähig erkannt hatte, so konnte er an diesen zuweilen die lang unterdrückte schlechte Laune auslassen, und er konnte sich auch einmal die Freiheit gestatten, unberechenbar zu sein und zu Unrecht zu schelten. Ferner war er ein strenger Richter derjenigen, die sich nicht so wie er selbst verhielten, war es aber natürlich nur dann, wenn die Kritik ohne jede auch noch so ferne Gefahr geübt werden konnte. Der Verprügelte war zum allermindesten unvorsichtig, der Ermordete immer ein unruhiger Geist gewesen. Hatte es einer unternommen, sein Recht gegen einen Mächtigeren zu verfechten, und blieb er dabei auf der Strecke, so wußte Don Abbondio ihm immer irgendein Unrecht beizumessen, was auch nicht schwierig ist, da Recht und Unrecht niemals so säuberlich geschieden sind, daß es auf jeder Seite nur das eine oder das andere gäbe. Ferner ereiferte er sich vor allem über diejenigen seiner Mitbrüder, die auf eigene Gefahr für einen Schwachen und Unterdrückten gegen einen mächtigen Gewalttäter Partei ergriffen. Das nannte er: »Verdruß gegen bar kaufen« und »mit dem Kopf durch die Wand wollen«. Er bemerkte auch streng, so etwas hieße sich auf Kosten des heiligen Amtes in weltliche Dinge einmischen. Gegen solche Mitbrüder wetterte er – natürlich immer nur unter vier Augen oder im allerkleinsten Kreise – um so gewaltiger, je mehr sie dafür bekannt waren, daß es ihnen fernlag, in Dingen, die sie persönlich betrafen, empfindlich zu sein. Sodann hatte er eine Lieblingswendung, mit der er die Erörterung solcher Dinge abzuschließen pflegte: daß nämlich ein anständiger Kerl, der sich vorsieht und in seinen Grenzen bleibt, niemals in Ungelegenheiten komme.

Meine Handvoll Leser kann sich nunmehr vorstellen, welchen Eindruck der oben berichtete Vorfall auf das Gemüt des Ärmsten machen mußte. Der Schrecken über jene Galgengesichter und ihre Redensarten, der Wink eines Herrn, der dafür bekannt war, daß leere Drohungen nicht seine Sache waren, die jähe Erschütterung eines ganzen Systems friedlichen Daseins, das so viele Jahre voll Eifer und Geduld gekostet hatte, ein Engpaß, aus dem noch kein Ausweg zu sehen war: all diese Vorstellungen durchschwirrten wild den schwachen Kopf des Don Abbondio. Wenn man doch bloß diesen Renzo einfach mit einem Nein abspeisen könnte! Immerhin! Aber er wird nach Gründen fragen. Und was kann ich ihm sagen? Um Gottes willen! Und dann? Auch er hat seinen Kopf: ein Lamm, wenn ihm keiner zu nahe tritt, wenn ihm aber einer in die Quere kommt ... Oho! Und dann ist er so in diese Lucia verschossen, verliebt wie ... Ach, diese Kindsköpfe, die sich verknallen, weil sie nichts Gescheiteres anzufangen wissen, die heiraten wollen und nichts anderes mehr im Kopfe haben! Die nehmen keine Rücksichten auf die Verlegenheiten, in die sie einen armen ordentlichen Menschen bringen! Ach, ich Ärmster! Mußten sich diese beiden Galgenvögel denn auch ausgerechnet mir in den Weg stellen und mit mir anbändeln! Was habe ich denn damit zu tun! Will *ich* denn etwa heiraten? Warum wenden sie sich nicht lieber an ...? Da haben wir es wieder! Mit mir will es hoch hinaus: die besten Antworten fallen mir immer erst ein, wenn alles längst vorbei ist! Wenn ich doch daran gedacht hätte, ihnen nahezulegen, ihre Botschaft anderswo anzubringen, und zwar ... An diesem Punkte wurde er sich indessen bewußt, wie schändlich es sei zu bereuen, daß man nicht Handlanger und Helfer der Bosheit geworden sei; und nun richtete er den ganzen Ingrimm seiner Betrachtungen gegen jenen anderen, der ihm so seinen Frieden geraubt hatte.

Er kannte Don Rodrigo nur vom Sehen und nach seinem Leumund. Er hatte nichts weiter mit ihm zu tun, als die wenigen Male, wenn er ihm auf der Straße begegnete, die Brust mit dem Kinn und die Erde mit seinem Hutrand zu berühren. Es war vorgekommen, daß er bei mehr als einer Gelegenheit den Ruf jenes Herrn denen gegenüber in Schutz genommen hatte, die irgendeine seiner Untaten verwünschten. Wenn sie, seufzend und die Augen zum Himmel aufgeschlagen, mit ihm flüsterten, hatte er hundertmal behauptet, Rodrigo sei ein ehrenwerter Ritter. In jenem Augenblick allerdings gab er ihm im stillen all jene Beinamen, die er von anderen niemals auf ihn angewandt gehört hatte, ohne schnell mit einem »Aber Gott behüte!« dazwischenzufahren.

Von solchen Gedanken aufgewühlt, war er an die Tür seines Hauses gelangt, das am Rande des Dörfchens lag. Hastig steckte er den Schlüssel, den er bereits in der Hand hielt, ins Schloß. Er öffnete, trat ein und riegelte sorgfältig wieder zu. Voll Verlangen, endlich wieder eine vertraute Seele um sich zu haben, rief er alsbald: »Perpetua! Perpetua!« Gleichzeitig ging er auf das Wohnzimmer zu, wo die so Gerufene sicherlich dabei war, den Tisch für das Abendessen zu decken. Perpetua war ganz offenbar die Haushälterin des Don Abbondio, eine anhängliche und treue Seele, die je nach den Umständen zu gehorchen oder auch zu gebieten wußte, die zuzeiten die mürrischen Launen des Hausherrn hinnahm und ihn dann wieder ihre eigenen ertragen ließ, die von Tag zu Tag häufiger wurden, nachdem sie das kanonische Alter von vierzig Jahren überschritten hatte. Sie war unvermählt geblieben, weil sie nach ihren eigenen Versicherungen alle Heiratsanträge ausgeschlagen hatte oder weil sie – wie ihre Freundinnen behaupteten – keinen Hund hinter dem Ofen hervorgelockt hätte.

»Ich komme ja schon!« antwortete sie und stellte die Flasche mit Don Abbondios Lieblingswein auf den gewohnten Platz. Dann setzte sie sich langsam in Bewegung. Aber sie hatte die Schwelle des Wohnzimmers noch nicht erreicht, als er auch schon mit so schleppendem Schritt, so düsterem Blick und so verstörter Miene eintrat, daß es kaum der kundigen Augen Perpetuas bedurft hätte, um auf den ersten Blick zu erkennen, daß ihm etwas wahrhaft Außergewöhnliches zugestoßen sein müsse.

»Um Himmels willen! Was haben Sie, Hochwürden?«

»Nichts, nichts!« antwortete Don Abbondio und ließ sich schwer atmend in seinen Lehnstuhl sinken.

»Wieso denn nichts? Sie können mir doch nichts vormachen, wenn Sie so aussehen! Da ist etwas ganz Besonderes vorgefallen!«

»Ach, um Gottes willen! Wenn ich ›nichts‹ sage, so ist es entweder nichts oder aber etwas, das ich nicht sagen darf.«

»Was Sie nicht einmal mir sagen dürfen? Wer soll sich denn sonst um Ihr Wohlergehen kümmern, wer Ihnen einen guten Rat geben?«

»Ach, schweig doch! Und deck nicht weiter! Gib mir ein Glas von meinem Wein!«

»Und Sie wollen mir weismachen, es wäre nichts!« sagte Perpetua, während sie das Glas füllte und dann in der Hand hielt, als ob sie es nur als Belohnung für die vertrauliche Mitteilung hergeben wollte, die so lange auf sich warten ließ.

»Gib her! Gib her!« sagte Don Abbondio. Er nahm das Glas mit nicht ganz fester Hand und schüttete es dann schnell hinunter, als ob es Medizin wäre.

»Sie wollen also, daß ich gezwungen bin, überall herumzufragen, was meinem Herrn zugestoßen ist?« sagte Perpetua.

Sie pflanzte sich vor ihm auf, die Handrücken in die Hüften gestemmt und die spitzen Ellbogen nach vorn gewinkelt. Dabei fixierte sie ihn, als wollte sie ihm sein Geheimnis aus den Augen saugen.

»Um Gottes willen! Mach kein Geschwätz, errege nur kein Aufsehen! Es geht ... es geht ums Leben!«

»Ums Leben?«

»Ums Leben!«

»Hochwürden wissen genau, daß, sooft Sie mir etwas aufrichtig im Vertrauen gesagt haben, ich niemals ...«

»Sehr richtig! Wie damals, als ...«

Perpetua merkte, daß sie eine falsche Taste angeschlagen hatte. Sie wechselte daher sofort den Ton und sagte mit gerührter und rührender Stimme: »Hochwürden, ich bin Ihnen immer zugetan gewesen, und wenn ich jetzt Bescheid wissen will, so doch nur aus Eifer, weil ich Ihnen helfen, einen guten Rat geben, das Herz erleichtern möchte ...«

Fest steht, daß Don Abbondio vielleicht ebensoviel Lust verspürte, sich seines schmerzlichen Geheimnisses zu entledigen, wie Perpetua begierig war, es zu erfahren. Nachdem er also ihre neuerlichen und immer drängenderen Angriffe stets schwächer abgeschlagen und sie mehr als einmal hatte schwören lassen, daß sie nicht plaudern würde, erzählte er ihr endlich mit vielem Stocken und manchem Ach und Weh die leidige Geschichte. Als er aber zu dem furchterregenden Namen des Auftraggebers kam, mußte Perpetua einen neuen und noch feierlicheren Eid ablegen. Nachdem er dann diesen Namen genannt hatte, lehnte er sich mit einem tiefen Seufzer im Sessel zurück, hob die Hände beschwörend und befehlend zugleich empor und sagte: »Um Gottes willen!«

»Das sieht ihm ähnlich!« rief Perpetua aus. »Oh, was für ein Schuft, was für ein Schurke, was für ein gottloser Mensch!«

»Willst du wohl schweigen! Oder willst du mich ganz zugrunde richten?«

»Ach, hier sind wir doch wohl allein, und keiner hört uns. Was fangen Sie Ärmster aber an, Hochwürden?«

»Siehst du«, sagte Don Abbondio ärgerlich, »siehst du nun, welch guten Rat du mir geben kannst? Jetzt kommt sie und fragt, was ich tun werde; was *ich* tun werde ... gerade als ob *sie* in die Klemme steckte und ich *ihr* heraushelfen sollte!«

»Oho! Ich hätte schon meine bescheidene Meinung zu sagen; aber dann ...«

»Aber dann schieß doch los!«

»Meine Meinung ist die: alle sagen doch, daß unser Herr Erzbischof ein heiliger und beherzter Mann ist, der sich vor niemandem fürchtet und seine Freude daran hat, wenn er einen von diesen Gewalttätern zur Ordnung rufen kann, um einem armen Pfarrer zu helfen. Ich würde meinen, sage ich, Sie sollten ihm einen schönen Brief schreiben, um ihn zu unterrichten, wieso ...«

»So schweig doch! Schweig doch! Sind das etwa Ratschläge für einen armen Kerl? Wenn ich eine Kugel im Kreuz hätte – was Gott verhüten möge –, würde der Erzbischof sie mir etwa herausziehen?«

»Pah! Die Kugeln werden ja nun nicht gerade wie Knallerbsen herumgestreut, und wehe! wenn diese Hunde beißen würden, sooft sie bellen! Ich habe immer noch festgestellt, daß nur derjenige geachtet wird, der die Zähne zu zeigen und sich Achtung zu verschaffen weiß. Gerade weil Sie niemals Ihr Recht verfechten wollen, sind wir – mit Verlaub – dahingekommen, daß alle wagen ...«

»Willst du wohl schweigen!«

»Ich schweige sofort; es ist aber doch wohl klar, daß die Welt, wenn sie merkt, daß einer allemal und bei jeder Gelegenheit bereit ist, die Segel zu streichen ...«

»Willst du wohl den Mund halten! Ist jetzt etwa Zeit für so dummes Zeug?«

»Genug! Heute nacht können Sie ja darüber nachdenken. Inzwischen sollten Sie aber nicht anfangen, sich selbst zu schaden und mit Ihrer Gesundheit zu wüsten. So essen Sie doch einen Happen!«

»Ich werde schon darüber nachdenken«, antwortete Don Abbondio brummend. »Freilich habe ich genug zu überlegen; ich muß ja daran denken!« Er stand auf und fuhr fort: »Ich will nichts essen, gar nichts! Mir steht der Sinn nicht danach. Das weiß ich auch, daß es meine Sache ist, darüber nachzudenken. Aber warum mußte die schöne Geschichte auch gerade mir passieren?«

»Dann trinken Sie wenigstens noch einen Schluck«, sagte Perpetua und schenkte ein. »Sie wissen doch, daß das Ihrem Magen immer guttut.«

»Ach, da tut anderes not; ganz, ganz anderes!«

Mit diesen Worten ergriff er den Leuchter und schickte sich an, in seine Kammer hinaufzusteigen. Dabei brummelte er vor sich hin: »Eine schöne Geschichte für unsereinen! Wie soll das morgen nur weitergehen?« Ähnliche Klagen folgten. Auf der Schwelle angelangt, wandte er sich zu Perpetua um, legte den Finger auf den Mund, sagte noch langsam und bedeutungsvoll: »Um Gottes willen!« und verschwand.

2. KAPITEL

Es heißt, daß der Prinz de Condé in der Nacht vor dem Tage von Rocroi[1] tief geschlafen habe: aber erstens war er sehr müde, zweitens hatte er bereits alle notwendigen Anordnungen getroffen und bedacht, was er am Morgen zu tun hätte. Don Abbondio dagegen wußte nichts weiter, als daß morgen ein Kampftag sein werde. Daher verbrachte er einen

1 Rocroi: die berühmte Schlacht, in welcher die spanische Infanterie aufgerieben wurde, fand am 19. Mai 1643 statt (Anmerkung des Übersetzers).

großen Teil der Nacht in angstvollen Erwägungen. Die erpresserische Forderung und die Drohungen auf sich beruhen zu lassen und die Trauung vorzunehmen kam überhaupt nicht in Frage. Renzo den Vorfall anvertrauen und mit ihm gemeinsam einen Ausweg suchen ... Gott bewahre! »Lassen Sie kein Sterbenswörtchen verlauten, sonst ... hm!« hatte einer dieser Bravi gesagt; und wenn er dieses Hm im Geiste wieder erklingen hörte, dachte Don Abbondio nicht nur nicht daran, ein solches Gesetz zu übertreten, sondern bereute es sogar, mit Perpetua geschwätzt zu haben. Fliehen? Wohin? Und dann! Wieviel Verlegenheiten! Wie oft müßte er sich rechtfertigen! Bei jedem Entschluß, den er verwarf, wälzte sich der arme Mann in seinem Bett. Auf alle Fälle erschien es ihm als das Beste oder doch als das weniger Schlimme, Zeit zu gewinnen, indem er Renzos Anliegen auf die lange Bank schob. Im rechten Augenblick fiel ihm ein, daß nur noch wenige Tage bis zu der Zeit fehlten, in der keine Ehen geschlossen werden durften. – Und wenn ich den Burschen die paar Tage hinhalten kann, habe ich zwei Monate lang Ruhe; und in zwei Monaten kann allerhand anders werden. Er grübelte über Ausflüchte nach, die er vorbringen könnte; und wenn sie ihm auch etwas fadenscheinig vorkamen, wiegte er sich doch mit dem Gedanken in Sicherheit, daß sein Ansehen ihnen den Anschein gehöriger Gewichtigkeit verleihen könne und daß ihm seine bewährte Erfahrung gegenüber dem ahnungslosen Jüngling einen großen Vorteil gewähre. Laß sehen, sagte er bei sich, er denkt an seinen Schatz, ich aber denke an meine Haut: der Meistbeteiligte bin ich, ganz davon abgesehen, daß ich der Gewitztere bin. Mein lieber Sohn, wenn dich der Hafer sticht, so habe ich nichts dazu zu sagen; aber ich will nicht meine Haut zu Markte tragen. – Nachdem er so zu einem gewissen Entschluß gekommen war, konnte er endlich die Augen schließen. Aber was für ein Schlaf! Was für Träume!

Bravi, Don Rodrigo, Renzo, Bergpfade, Felsen, Flucht, Verfolgung, Schreie, Flintenschüsse!

Das erste Erwachen nach einem Schicksalsschlag, oder wenn einer in der Klemme steckt, ist ein sehr bitterer Augenblick. Das wiedergewonnene Bewußtsein kehrt zu den gewohnten Vorstellungen des früheren geruhigen Lebens zurück; doch der Gedanke an die neue Lage der Dinge stellt sich sofort aufdringlich ein. Das Mißvergnügen an diesem urplötzlichen Vergleich ist nur um so lebhafter.

Nachdem er diesen Augenblick schmerzhaft durchgestanden hatte, bedachte Don Abbondio sofort noch einmal seine nächtlichen Vorsätze, bestärkte sich in ihnen, entwickelte sie folgerichtig, stand auf und wartete dann voller Befürchtungen und zugleich mit Ungeduld auf Renzo.

Lorenzo oder Renzo – wie man ihn allgemein nannte – ließ nicht lange auf sich warten. Kaum schien ihm der Zeitpunkt gelegen, um, ohne unhöflich zu erscheinen, beim Pfarrer vorzusprechen, als er sich auch schon in der freudigen Erregung eines Zwanzigjährigen, der an diesem Tage die Liebste heimholen soll, dahin aufmachte. Seit dem Knabenalter verwaist, trieb er das Gewerbe eines Seidenspinners, das in seiner Familie sozusagen erblich war. Dieser Beruf war in früheren Jahren ziemlich einträglich gewesen, hatte jetzt aber seine Schwierigkeiten, wenn auch nicht derart, daß ein geschickter Arbeiter damit nicht sein anständiges Auskommen gehabt hätte. Zwar verringerten sich die Aufträge von Tag zu Tag; aber die beständige Auswanderung der Arbeiter, die durch Versprechungen, Privilegien und hohe Löhne in die Nachbarländer gelockt wurden, wirkte sich dahingehend aus, daß diejenigen, die im Lande blieben, noch nicht arbeitslos wurden. Lorenzo besaß überdies eine kleine Landwirtschaft, die er teils selbst betrieb, wenn der Spinnstuhl stillstand, teils durch andere betreiben ließ. So konnte er sich für seine Verhältnisse wohlhabend fühlen. Und wenn auch das letzte Jahr noch schlechter als die vorhergehenden gewesen war und schon eine wahre Teuerung merklich wurde, war unser Jüngling doch ausreichend versehen und brauchte den Hunger nicht zu fürchten. Er war nämlich haushälterisch geworden, seitdem er ein Auge auf Lucia geworfen hatte.

Er erschien vor Don Abbondio im besten Staate, mit buntfarbigen Federn auf dem Hut, seinen Dolch mit dem schönen Griff in der Hosentasche, mit einem gewissen festlichen und zugleich verwegenen Ausdruck, wie er damals auch den friedlichsten Menschen eigen war. Der unsichere und rätselhafte Empfang durch Don Abbondio stand zu dem heiteren und herzhaften Gehaben des jungen Mannes in seltsamem Gegensatz.

Dem geht was durch den Kopf! dachte Renzo bei sich; dann sagte er: »Herr Pfarrer, ich bin gekommen, um zu hören, um wieviel Uhr wir zur Kirche kommen sollen?«

»An welchem Tag meint Ihr denn?«

»Wieso an welchem Tag? Erinnern Sie sich nicht, daß wir uns auf heute geeinigt hatten?«

»Heute?« antwortete Don Abbondio, als ob er zum ersten Male davon sprechen hörte. »Heute, heute ... Nur keine Ungeduld, aber heute kann ich nicht.«

»Heute können Sie nicht? Was ist denn vorgefallen?«

»Vor allem fühle ich mich nicht wohl, seht Ihr.«

»Das tut mir leid; aber was Sie zu tun haben, nimmt so wenig Zeit in Anspruch und macht so wenig Mühe ...«

»Und dann, dann, dann ...«

»Was dann?«

»Und dann gibt es Schwierigkeiten.«

»Schwierigkeiten? Was können das für Schwierigkeiten sein?«

»Es müßte einer in unserer Haut stecken, um zu wissen, wieviel Hindernisse auf diesem Gebiet auftreten, wieviel

Verantwortung man da auf sich nimmt. Ich habe ein zu weiches Herz und denke nur daran, die Hindernisse wegzuräumen, alles zu erleichtern, anderen Leuten gefällig zu sein. Dabei vernachlässige ich meine Pflichten und bekomme dann Verweise und Schlimmeres.«

»Aber, um Himmels willen, spannen Sie mich doch nicht so auf die Folter, und sagen Sie mir klipp und klar, was los ist.«

»Wißt Ihr denn überhaupt, wieviel Formalitäten und nochmals Formalitäten nötig sind, um eine gültige Ehe zu schließen?«

»Eigentlich müßte ich davon etwas wissen«, sagte Renzo, der allmählich aufgebracht wurde, »da Sie mir in den vergangenen Tagen den Kopf schon ziemlich warm gemacht haben. Aber jetzt wäre immer noch nicht alles erledigt, immer noch nicht alles getan, was zu tun war?«

»Alles, alles, so glaubt Ihr, weil ich der Trottel bin, der seine Pflichten hintansetzt, um den Leuten keine Scherereien zu machen. Jetzt aber ist's genug ... Ich weiß, was ich sage. Wir armen Pfarrer befinden uns zwischen Amboß und Hammer. Ihr seid ungeduldig, und ich bedaure Euch, armer junger Mann. Aber die Vorgesetzten ... Genug, man darf nicht alles sagen. Und *wir* sind diejenigen, welche hereinfallen.«

»Aber dann erklären Sie mir doch bloß einmal, welche weitere Formalität noch nötig ist, wie Sie sagen. Sie soll gleich erledigt werden.«

»Wißt Ihr denn auch, wieviel Ehehindernisse es gibt?«

»Woher soll ich von Hindernissen etwas wissen?«

»Error, conditio, votum, cognatio, crimen,
Cultus disparitas, vis, ordo, ligamen, honestas,
Si sis affinis ...«

begann Don Abbondio und zählte sie an den Fingern her.

»Wollen Sie sich über mich lustig machen?« unterbrach ihn der Jüngling. »Was soll ich mit Ihren Lateinbrocken anfangen?«

»Wenn Ihr also von den Dingen nichts versteht, dann habt wenigstens Geduld und überlaßt die Sache dem, der sich darin auskennt.«

»Also los!«

»Nicht doch, lieber Renzo, geratet doch nicht in Zorn gegen jemand, der bereit ist ... alles zu tun, was von ihm abhängt. *Ich* für mein Teil möchte Euch ja gern zufrieden sehn; *ich* will Euch wohl. Ach! ... wenn ich daran denke, wie gut es Euch ging. Was fehlte Euch denn? Da kommt Ihr auf den Einfall, Euch zu verheiraten ...«

»Was sind denn das für Reden, bester Herr?« unterbrach ihn Renzo mit halb verblüffter, halb erzürnter Miene.

»Ich meinte nur so: habt doch Geduld! Das meinte ich. Ich möchte Euch zufriedenstellen.«

»Kurz und gut ...«

»Kurz und gut, mein lieber Sohn, ich habe keine Schuld. Ich habe ja das Gesetz nicht gemacht. Und ehe wir eine Ehe schließen, sind wir gehalten, viele, viele Nachforschungen anzustellen, ob es keine Hindernisse gibt.«

»Ach was! Sagen Sie mir doch einmal, was für ein Hindernis aufgetaucht ist!«

»So habt doch Geduld! Das sind keine Dinge, die man so stehenden Fußes erledigen könnte. Ich hoffe ja, daß nichts vorliegt; aber trotzdem müssen wir diese Nachforschungen anstellen. Der Text ist klar und eindeutig: antequam matrimonium denunciet ...«

»Ich habe Ihnen schon gesagt, daß ich von dem Latein nichts wissen will.«

»Aber ich muß Euch doch erklären ...«

»Aber haben Sie denn diese Nachforschungen nicht längst angestellt?«

»Ich sage Euch ja, daß ich sie nicht alle pflichtgemäß betrieben habe.«

»Warum haben Sie das nicht rechtzeitig getan? Warum sagten Sie mir dann, daß alles klar wäre? Warum noch warten ...?«

»So! Da werft Ihr mir also meine allzu große Güte vor! Ich habe alles vereinfacht, um Euch schneller zu Diensten zu sein. Jetzt aber ... jetzt aber ... kamen mir ... Genug, ich weiß schon ...«

»Und was soll ich nach Ihrer Ansicht tun?«

»Euch einige Tage gedulden. Lieber Sohn, einige Tage sind nicht die Ewigkeit. Geduldet Euch!«

»Wie lange?«

Wir sind auf dem richtigen Wege, dachte Don Abbondio bei sich und sagte liebenswürdiger als je: »Ach, in vierzehn Tagen werde ich versuchen ... Ich werde Sorge tragen ...«

»Vierzehn Tage! Das ist allerdings neu! Man hat alles getan, was Sie verlangt haben. Der Tag wurde festgesetzt. Der Tag kommt. Und nun wollen Sie mir erzählen, daß ich vierzehn Tage warten soll. Vierzehn ...!« wiederholte er dann lauter und zorniger, erhob den Arm und schlug mit der Faust durch die Luft. Wer weiß, welche Grobheiten er dieser Zahl noch hätte folgen lassen, wenn ihn Don Abbondio nicht unterbrochen hätte. Der ergriff seine andere Hand mit schüchterner und angelegentlicher Freundlichkeit: »Nun, nun, regt Euch um Gottes willen nicht auf! Ich will zusehn, ich will versuchen, ob ich in einer Woche ...«

»Und was soll ich Lucia sagen?«

»Daß *ich* einen Fehler gemacht habe.«

»Und die Reden der Leute?«

»Sagt ruhig allen, daß *ich* schuld bin, aus zuviel Eifer, aus zu gutem Herzen. Schiebt alles auf mich. Könnte ich noch weiter gehen? Also in einer Woche.«

»Und dann gibt es keine anderen Hindernisse mehr?«

»Wenn ich Euch sage ...«

»Nun gut. Eine Woche habe ich noch Geduld. Merken Sie sich aber wohl, daß ich mich, wenn die vorbei ist, nicht mehr mit Redensarten abspeisen lasse. Bis dahin empfehle ich mich.«

Mit diesen Worten ging er und machte Don Abbondio einen weniger tiefen Bückling als gewöhnlich. Der Blick, mit dem er ihn maß, war eher vielsagend als ergeben.

Als er dann draußen war und zum erstenmal in schlechter Laune dem Haus seiner Zukünftigen entgegenschritt, dachte er wutentbrannt noch einmal über jene Unterredung nach und fand sie immer sonderbarer. Der kalte und verlegene Empfang durch Don Abbondio, seine zugleich umständlichen und ungeduldigen Reden, das graue Augenpaar, das im Gespräch bald da- und bald dorthin ausgewichen war, als ob es befürchtete, den Worten zu begegnen, die aus seinem Munde kamen, diese Forderung nach neuen Unterlagen für eine so ausdrücklich vereinbarte Trauung, und vor allem die beständigen Anspielungen auf etwas ganz Besonderes, ohne daß je etwas Klares gesagt worden wäre – all diese Umstände zusammen ließen Renzo vermuten, daß dahinter ein anderes Geheimnis steckte, als ihn Don Abbondio hatte glauben machen wollen.

Der junge Mann war gerade drauf und dran umzukehren, um ihn in die Enge zu treiben und zu klareren Antworten zu zwingen, da sah er, als er aufblickte, Perpetua vor sich hergehen, die in ein nahe beim Hause gelegenes Gemüsegärtchen trat. Er rief sie an, während sie das Pförtchen öffnete. Dann beschleunigte er seine Schritte, erreichte sie und hielt sie auf der Schwelle zurück. In der Absicht, Genaueres aus ihr herauszubringen, blieb er stehn und begann ein Gespräch mit ihr.

»Guten Morgen, Perpetua, ich hatte gehofft, wir würden heute vergnügt zusammen sein.«

»Nun! wie Gott will, mein armer Renzo.«

»Tut mir einen Gefallen. Der verflixte Herr Pfarrer hat da bestimmte Gründe vorgeschützt, die ich nicht recht begreifen konnte. Erklärt mir doch einmal etwas deutlicher, warum er uns heute nicht trauen will oder kann.«

»Ach, glaubt Ihr denn, daß ich die Geheimnisse meines Herrn kenne?«

Das habe ich mir doch gleich gedacht, daß ein Geheimnis dahintersteckt, stellte Renzo bei sich fest, und um es herauszubringen, fuhr er fort: »Ach was, Perpetua, wir sind doch Freunde. Sagt einmal, was Ihr wißt, und helft einem armen Kerl.«

»Es ist nicht gut, arm geboren zu sein, mein lieber Renzo.«

»Das ist wahr!« entgegnete der und wurde immer mehr in seinem Verdacht bestärkt. Dann versuchte er, der Angelegenheit näherzukommen, und fügte hinzu: »Richtig, aber ist es Sache der Priester, mit den Armen so böse umzuspringen?«

»Hört, Renzo, ich kann nichts sagen, weil ... ich nichts weiß. Ich kann Euch aber versichern, daß mein Herr kein Unrecht tun will, weder Euch noch sonst jemandem. Ihn trifft keine Schuld.«

»Wer hat dann aber Schuld daran«, fragte Renzo mit gespielter Gleichgültigkeit, aber innerlich bebend und ganz Ohr.

»Aber ich sage doch, daß ich nichts weiß ... Zur Verteidigung meines Herrn kann ich reden, weil es mir weh täte zu hören, daß er es sich beifallen ließe, irgend jemand kränken zu wollen. Der arme Mann! Wenn er fehlt, so nur aus übergroßer Güte. Es gibt auf dieser Welt aber Schurken, Despoten, Menschen ohne Gottesfurcht ...«

Schurken, Despoten? dachte Renzo. Das können nicht die Vorgesetzten sein.

»Los!« sagte er dann und verbarg nur mühsam seine wachsende Erregung, »los! sagt mir doch, wer es ist.«

»Ach, Ihr möchtet mich zum Reden bringen; aber ich kann nicht sprechen, weil ... ich nichts weiß. Wenn ich nichts weiß, so ist das, als wenn ich geschworen hätte zu schweigen. Ihr könntet mich foltern und würdet nichts aus mir herausbekommen. Auf Wiedersehn! Wir verlieren beide bloß unsere Zeit.«

Mit diesen Worten trat sie eilig in den Garten und schloß das Pförtchen. Renzo erwiderte ihren Gruß und schlich leise zurück, damit sie nicht merken sollte, welchen Weg er einschlüge. Sobald er aber außer Hörweite der guten Frau war, beschleunigte er seinen Schritt. Im Handumdrehen war er an der Tür des Don Abbondio. Er trat ein, ging geradenwegs zum Wohnzimmer, wo er ihn verlassen hatte, fand ihn dort und stürmte mit entschlossener Gebärde und blitzenden Augen auf ihn zu.

»Nanu! was ist denn jetzt los?« sagte Don Abbondio.

»Wer ist jener Despot«, sagte Renzo mit dem Ton eines Mannes, der entschlossen ist, eine genaue Antwort zu bekommen, »wer ist jener Despot, der nicht will, daß ich Lucia heirate?«

»Was, was, was?« stammelte der Bedauernswerte in seiner Überraschung, und sein Gesicht war augenblicks weiß und schlaff geworden wie ein frisch aus der Wäsche gezogener Lappen. Stotternd sprang er aus seinem Sessel auf, um an die Tür zu stürzen. Aber Renzo, der mit dieser Bewegung gerechnet hatte und auf der Hut war, kam ihm zuvor, drehte den Schlüssel um und steckte ihn in die Tasche.

»So, so! Wollen Sie jetzt reden, Herr Pfarrer? Alle wissen in meinen Angelegenheiten Bescheid außer mir. Potztausend, auch ich will es nun wissen. Wie heißt der Kerl?«

»Renzo, Renzo, um Gottes willen, bedenkt, was Ihr tut. Denkt an Eure Seele!«

»Ich denke, daß ich sofort und auf der Stelle Bescheid wissen will.«

Bei diesen Worten legte er – vielleicht ohne sich dessen bewußt zu werden – die Hand an den Dolchgriff, der aus seiner Tasche herausragte.

»Erbarmen!« rief Don Abbondio mit matter Stimme.

»Ich will es wissen.«

»Wer hat Euch denn gesagt ...«

»Nichts, nichts! Keine Ausreden mehr! Sprechen Sie ohne Umschweife, und zwar sofort.«

»Wollt Ihr meinen Tod?«

»Ich will wissen, was ich wissen muß.«

»Wenn ich aber spreche, ist's mein Tod. Muß mir mein Leben nicht am Herzen liegen?«

»Dann reden Sie!«

Dieses »dann« wurde so nachdrücklich ausgesprochen, Renzos Aussehen wurde so bedrohlich, daß Don Abbondio die Möglichkeit einer Weigerung keineswegs mehr in Betracht ziehen konnte. Er sagte: »Versprecht Ihr mir, schwört Ihr mir, mit niemandem darüber zu reden, niemals zu sagen ...?«

»Ich verspreche Ihnen, einen dummen Streich zu begehn, wenn Sie mir nicht augenblicks den Namen des Kerls sagen.«

Auf diese neue Androhung hin brachte Don Abbondio heraus: »Don ...« und dabei machte er ein Gesicht und verdrehte die Augen wie einer, der die Zange des Zahnreißers im Munde hat.

»Don ...?« wiederholte Renzo, wie um dem Patienten zu helfen, den Rest herauszuwürgen. Er stand gebeugt, das Ohr an seinem Munde, die Arme gespannt und die Fäuste nach rückwärts geballt.

»Don Rodrigo!« sprudelte der Überwältigte eilig heraus. Er überstürzte die wenigen Silben und überging fast die

Konsonanten, teils aus Aufregung, teils weil er anscheinend das Wort unterdrücken und verschwinden lassen wollte, während er gerade gezwungen war, es herauszubringen, wobei er das bißchen Aufmerksamkeit, das ihm noch übrigblieb, darauf verwandte, zwischen seinen beiden Ängsten einen Ausgleich zu finden.

»So ein Hund!« brüllte Renzo. »Und wie hat er das angefangen? Was hat er Ihnen gesagt, um ...«

»Wieso denn, wieso denn?« antwortete mit fast entrüsteter Stimme Don Abbondio, der nach einem so großen Opfer gewissermaßen neue Ansprüche zu haben glaubte. »Wieso denn? Ich möchte, Euch wäre das begegnet, was mir begegnet ist, der ich doch gar nichts damit zu tun habe. Dann wären Euch sicher nicht soviel Flausen im Kopf geblieben.« Und nun machte er sich daran, die üble Begegnung mit fürchterlichen Farben auszumalen. Während er so sprach, wurde er sich immer mehr eines großen Zornes bewußt, den er im Leibe hatte und der bis dahin von Furcht unterdrückt und im Zaume gehalten worden war. Als er zugleich Renzo zwischen Wut und Ratlosigkeit unbeweglich und mit gesenktem Kopfe dastehn sah, fuhr er fort: »Da habt Ihr was Schönes angerichtet! Da habt Ihr mir einen feinen Dienst erwiesen! Und einem Ehrenmann, Eurem Pfarrer, einen solchen Streich zu spielen im eigenen Hause! An geweihter Stätte! Das ist ja ein feines Heldenstück von Euch, mich derart über mein und Euer Unglück auszuholen; über das, was ich Euch klüglich zu Eurem Besten verschwieg! Und jetzt, da Ihr es wißt? Ich möchte einmal sehen, was Ihr mir antun würdet! ... Um Himmels willen! Das ist kein Spaß! Es handelt sich nicht um Unrecht oder Recht; es handelt sich um Gewalt. Und als ich Euch heute morgen einen guten Rat gab, da wart Ihr gleich aus dem Häuschen ... Ich war vernünftig genug für Euch und für mich; aber was ist da zu machen? Schließt wenigstens auf; gebt mir den Schlüssel!«

»Ich mag gefehlt haben«, erwiderte Renzo Don Abbondio gegenüber mit sanfterer Stimme, aus welcher man aber die Entrüstung gegen den entdeckten Feind heraushörte, »ich mag gefehlt haben: aber, Hand aufs Herz, versetzen Sie sich einmal in meine Lage ...«

Bei diesen Worten hatte er den Schlüssel aus der Tasche geholt und ging öffnen. Don Abbondio kam hinterdrein, und während jener den Schlüssel umdrehte, stellte er sich neben ihn, hielt ihm die drei ersten Finger seiner Rechten vor die Augen, als wollte er ihm auch seinerseits nachhelfen, und sagte mit ernstem und ängstlichem Gesicht: »Schwört wenigstens!«

»Ich mag gefehlt haben und bitte um Entschuldigung«, erwiderte Renzo, öffnete und schickte sich an zu gehen.

»Schwört!« entgegnete Don Abbondio und packte ihn mit zitternder Hand am Arm.

»Ich mag gefehlt haben ...« wiederholte Renzo, machte sich frei und stürzte fort. So schnitt er jede weitere Erörterung ab, die gleich einer literarischen, philosophischen oder sonstigen jahrhundertelang hätte dauern können, da ja jede Partei nur immer wieder ihren eigenen Standpunkt behauptet.

»Perpetua! Perpetua!« schrie Don Abbondio, nachdem er den Fliehenden vergeblich angerufen hatte. Perpetua antwortete nicht; Don Abbondio wußte nicht mehr, wo ihm der Kopf stand.

Mehr als einmal ist es auch weit höhergestellten Persönlichkeiten als Don Abbondio begegnet, sich in so scheußlichen Verlegenheiten, in einer solchen Zwickmühle der Entschlüsse zu befinden, daß sie keinen besseren Ausweg wußten als den, sich mit Fieber ins Bett zu legen. Diesen Ausweg brauchte er nicht besonders zu suchen, weil er sich von selber bot. Die am Vortage ausgestandene Angst, die unter Albdrücken durchwachte Nacht, der Schrecken, den er soeben ausgestanden hatte, die Furcht vor der Zukunft taten ihre Wirkung. Schwer atmend und schwindlig sank er in seinen Sessel, begann kalte Schauer in den Gebeinen zu spüren, betrachtete mit Seufzen seine Fingernägel und rief von Zeit zu Zeit mit zittriger und wütender Stimme: »Perpetua!«

Endlich kam sie mit einem großen Kohlkopf unter dem Arm und seelenruhigem Gesicht, als ob nichts vorgefallen wäre. Ich erspare dem Leser die Wehklagen, die Äußerungen des Mitgefühls, die Vorwürfe, die Rechtfertigungen, das: »Sie allein können geplaudert haben« und das: »Ich habe nicht geplaudert«, alles in allem das ganze Hin und Her jener Unterredung. Es genügt zu erwähnen, daß Don Abbondio Perpetua befahl, den Riegel vor die Tür zu schieben, unter keinen Umständen zu öffnen und, wenn jemand klopfen sollte, vom Fenster aus zu antworten, daß der Pfarrer mit Fieber zu Bett läge. Dann stieg er langsam die Treppen hinauf, sagte alle drei Stufen: »Mich hat's gepackt«, und legte sich wirklich ins Bett, wo wir ihn sich selber überlassen.

Renzo ging unterdessen mit wütenden Schritten nach Hause, ohne zu einem Entschluß zu gelangen, was er nun tun solle, aber von dem rasenden Wunsch besessen, etwas Denkwürdiges und Schreckliches anzurichten. Die Herausforderer, die Maßlosen, alle diejenigen, die auf irgendeine Weise anderen Unrecht zufügen, sind nicht nur des Bösen schuldig, das sie begehen, sondern tragen auch die Verantwortung für die Verderbnis, die sie im Geist der Beleidigten bewirken. Renzo war ein friedlicher junger Mann ohne jeden Blutdurst, offenherzig und jeder Hinterhältigkeit abgeneigt; in diesem Augenblick aber war sein Herz voll Mordbegier, sein Geist war nur noch damit beschäftigt, eine Meintat zu ersinnen. Er hätte zum Hause des Don Rodrigo eilen mögen, um ihn beim Kragen zu nehmen und ... Da fiel ihm aber ein, daß das Haus wie eine Festung war, in der es von

Bravi wimmelte, und außen sorgfältig bewacht; daß nur die Freunde und wohlbekannten Diener frei hinein konnten, ohne den Kopf bis Fuß gemustert zu werden, daß ein unbekannter Handwerker nicht ohne Überprüfung eintreten könnte und daß er vor allem ... daß er dort zu wohlbekannt sein möchte.

Dann stellte er sich vor, er nähme seine Flinte, ginge in Deckung hinter einer Hecke und würde warten, bis einmal, endlich einmal jener allein vorüberkäme. Und während er sich mit wilder Lust in diese Vorstellung vertiefte, vermeinte er einen Schritt zu hören, jenen Schritt, bei dem er lautlos den Kopf höbe. Er erkannte den Ruchlosen, legte die Flinte an, nahm ihn aufs Korn, drückte ab, sah ihn fallen, verröcheln, schleuderte ihm einen Fluch zu und eilte auf den Weg zur Grenze, um sich in Sicherheit zu bringen. – Und Lucia? – Kaum durchbrach dieses Wort jene abwegigen Phantasien, so kehrten bessere Gedanken, wie sie dem Gemüte Renzos vertraut waren, in Scharen wieder. Er dachte an die letzten Ermahnungen seiner Eltern, er dachte an Gott, an die Madonna und die Heiligen; der so oft erfahrene Trost kam über ihn, von keinem Verbrechen befleckt zu sein, und der Schauder, den er stets beim Bericht eines Meuchelmordes empfunden hatte. So erwachte er aus seinen blutigen Träumen mit Entsetzen und Reue und einem Gefühl der Freude zugleich, daß er nur wachend geträumt hatte. Doch wie viele Gedanken zog der Gedanke an Lucia nach sich! Soviel Hoffnungen, soviel Gelöbnisse, eine so sehnlichst erwartete und für so sicher gehaltene Zukunft und endlich dieser so erflehte Tag! Wie nur, mit welchen Worten, sollte er die neue Wendung der Dinge verkünden? Und dann, was tun? Wie sie zu der Seinen machen, trotz der Gewalt jenes ruchlosen Gebieters? Und bei alldem ging ihm nicht ein ausgesprochener Verdacht, aber doch ein quälender Schatten durch den Sinn. Dieser Streich des Don Rodrigo konnte nur von einer rücksichtslosen Leidenschaft für Lucia herrühren. Und Lucia? Daß sie jenem auch nur die kleinste Gelegenheit geboten, auch nur die leiseste Hoffnung gemacht haben könnte, war für Renzos Vorstellung völlig ausgeschlossen. Wußte sie aber etwas davon? Konnte jener jene schändliche Leidenschaft gefaßt haben, ohne daß sie etwas gemerkt hätte? Sollte er die Dinge so weit getrieben haben, ohne sie zuvor auf irgendeine Art zu versuchen? Und Lucia hatte ihm, ihrem Verlobten, niemals ein Wort darüber gesagt!

In solche Gedanken vertieft, ging er an seinem Hause vorüber, das mitten im Ort lag, und machte sich auf den Weg zu Lucia, die am Ende des Dorfes, ja sogar etwas außerhalb wohnte. Ein kleiner ummauerter Hof trennte das Anwesen von der Straße.

Renzo trat ein und vernahm ein unablässiges Gewirr von Stimmen, das aus einem der oberen Zimmer kam. Er dachte sich, daß es Freundinnen und Gevatterinnen wären, die Lucia das Brautgeleit geben wollten, und wollte sich der plauderlustigen Gesellschaft nicht zeigen. Allzusehr lag ihm jene Neuigkeit auf dem Herzen, allzu deutlich war sie ihm ins Gesicht geschrieben. Ein kleines Mädchen, das sich im Hof befand, lief ihm mit dem Ruf entgegen: »Der Bräutigam! der Bräutigam!«

»Still, Bettina, still!« sagte Renzo. »Komm her, geh hinauf zu Lucia, nimm sie beiseite und sag ihr ins Ohr – aber so, daß keiner etwas hört oder merkt, ja? –, sag ihr, daß ich mit ihr sprechen muß, daß ich sie im Zimmer unten erwarte, und sie soll gleich kommen.« Das Mädchen sprang eilends die Treppen hinauf, glücklich und stolz, daß sie einen geheimen Auftrag erledigen durfte.

Lucia kam in diesem Augenblick fertig aufgeputzt aus den Händen ihrer Mutter. Die Freundinnen rissen sich um die Braut und bestürmten sie, sich sehen zu lassen. Sie tat es abwehrend, mit der herben Verschämtheit der Bauernmädchen. Dabei schirmte sie das auf die Brust geneigte Antlitz mit dem Ellenbogen und runzelte die langen, schwarzen Brauen, während sich der Mund jedoch zu einem Lächeln öffnete. Das schwarze Mädchenhaar war über der Stirn durch einen feinen weißen Scheitel geteilt und am Hinterkopf in vielfache Flechten verschlungen. Lange Silberpfeile waren hindurchgesteckt und standen ringsum ab wie Strahlen einer Aureole: ein bei den Bäuerinnen im Mailändischen noch heute üblicher Schmuck. Um den Hals trug sie eine Kette, in der Granatsteine mit goldenen Filigrankugeln wechselten. Sie hatte ein hübsches Mieder aus geblümtem Brokat angelegt, dessen lose Ärmel durch schöne Bänder gehalten wurden, dazu einen kurzen, zierlich vielgefältelten Rock aus Florettseide, rote Strümpfe und bestickte seidene Halbschuhe. Außer diesem besonderen Schmuck des Hochzeitstages besaß Lucia noch den alltäglichen bescheidener Schönheit, die von den vielfachen Empfindungen, die sich gerade in ihrem Antlitz malten, noch gehoben und gesteigert wurde. Da war eine von leichter Beklommenheit gedämpfte Freude, jene stille Trauer, die sich dann und wann im Antlitz der Bräute zeigt und die ihnen, ohne die Schönheit zu beeinträchtigen, einen besonderen Ausdruck verleiht.

Die kleine Bettina drängte sich durch den Schwarm an Lucia heran, gab ihr unauffällig zu verstehen, daß sie ihr etwas mitzuteilen habe, und flüsterte ihr die Botschaft ins Ohr.

»Einen Augenblick! Ich bin gleich wieder da«, sagte Lucia zu den Frauen und Mädchen und stieg eiligst hinab. Als sie den verwandelten Gesichtsausdruck Renzos und sein unruhiges Gehaben sah, sagte sie, nicht ohne ein schreckliches Vorgefühl: »Was gibt's?«

»Lucia«, antwortete Renzo, »heute geht uns alles wider den Strich, und Gott weiß, wann wir nun Mann und Frau werden können.«

»Was?« stammelte Lucia ganz bestürzt. Renzo erzählte ihr kurz die Geschichte dieses Morgens. Sie hörte angsterfüllt zu, und als sie den Namen Don Rodrigo hörte, errötete sie und rief mit Beben aus: »Ach, so weit geht das!«

»Du wußtest also ...?« sagte Renzo.

»Allerdings«, antwortete Lucia, »aber daß das so weit geht!«

»Was hast du gewußt?«

»Zwinge mich jetzt nicht zum Reden. Bringe mich jetzt nicht zum Weinen! Ich gehe meine Mutter holen und schicke die Mädchen und Frauen fort. Wir müssen allein sein.«

Während sie ging, murrte Renzo: »Du hast mir niemals etwas gesagt.«

»Aber Renzo!« entgegnete Lucia und wandte sich einen Augenblick zu ihm zurück, ohne stehenzubleiben. Renzo begriff sehr wohl, daß sein in diesem Augenblick von Lucia mit solcher Betonung ausgesprochener Name bedeuten sollte: Kannst du denn daran zweifeln, daß ich nur aus berechtigten und reinen Gründen geschwiegen habe?

Indessen war die gute Agnes – so hieß die Mutter der Lucia – heruntergekommen, um zu sehen, was es Neues gäbe. Das heimliche Flüstern und das Verschwinden ihrer Tochter hatten sie argwöhnisch und neugierig gemacht. Die Tochter ließ sie mit Renzo allein, kehrte zu den versammelten Freundinnen zurück und erklärte: »Der Herr Pfarrer ist krank geworden, und heute geschieht nichts.« Sie hatte sich dabei, so gut es nur ging, zusammengenommen; dann grüßte sie alle in Eile und stieg wieder hinunter.

Die Frauen und Mädchen empfahlen sich und gingen davon, um den Vorfall weiterzuerzählen. Zwei oder drei gingen bis zur Tür des Pfarrers, um nachzuprüfen, ob er wirklich krank sei.

»Ein starkes Fieber«, antwortete Perpetua vom Fenster aus. Allen Vermutungen, die schon in ihren Köpfen spukten und aus vielsagenden Andeutungen ihrer Reden zu entnehmen waren, brach die traurige Botschaft, die nun den anderen übermittelt wurde, die Spitze ab.

3. KAPITEL

Lucia trat in das Zimmer im Erdgeschoß, wo Renzo Agnes erregt unterrichtete, während sie ihm ebenso erregt lauschte. Beide wandten sich der zu, die mehr wissen mußte als sie und von der sie eine Aufklärung erwarteten, die nicht anders als schmerzlich sein konnte. Beide ließen, mitten in ihrem Schmerz und bei aller besonderen Liebe, die sie Lucia entgegenbrachten, zugleich auch ihre besondere Verstimmung fühlen, weil sie ihnen etwas verschwiegen hatte, und dazu noch eine Sache von solcher Bedeutung. Agnes konnte sich nicht enthalten, ihr einen Vorwurf zu machen, wenn sie auch begierig war, die Tochter sprechen zu hören.

»Deiner Mutter so etwas nicht zu erzählen!« »Jetzt werde ich euch alles sagen«, antwortete Lucia und trocknete sich die Augen mit der Schürze.

»So sprich doch, sprich doch!« riefen Mutter und Bräutigam zugleich.

»Heilige Mutter Gottes!« rief Lucia aus, »wer hätte geglaubt, daß die Dinge so weit kommen könnten!«

Mit von Schluchzen erstickter Stimme erzählte sie dann, wie sie vor einigen Tagen auf dem Rückweg von der Spinnerei hinter ihren Gefährtinnen zurückgeblieben und wie ihr dann Don Rodrigo in Begleitung eines anderen Herrn entgegengekommen sei. Zunächst habe er versucht, sie mit – wie sie meinte – nicht gerade schönen Sprüchen aufzuhalten. Ohne darauf einzugehen, habe sie den Schritt beschleunigt und die Gefährtinnen wieder eingeholt. Unterdessen habe sie jenen anderen Herrn laut lachen und Don Rodrigo dann sagen hören: »Wetten wir!« Am nächsten Tage seien ihr die beiden wieder begegnet. Lucia habe sich mit gesenkten Blicken unter den Gefährtinnen befunden. Der andere Herr habe höhnisch gelacht, Don Rodrigo aber gesagt: »Wir werden schon sehen.« Lucia fuhr fort: »Gott sei Dank war das der letzte Tag in der Spinnerei. Ich habe es gleich erzählt ...«

»Wem hast du es erzählt?« fragte Agnes, die nicht ohne einigen Unwillen auf den Namen des bevorzugten Vertrauten sehr gespannt war.

»Dem Pater Christophorus in der Beichte, Mamma«, antwortete Lucia beschwichtigend. »Ich habe ihm alles erzählt, als wir das letztemal zusammen zur Klosterkirche gegangen sind. Du wirst dich erinnern, daß ich an jenem Morgen bald die und bald jene Arbeit angefangen habe, um so lange zu zögern, bis andere Leute, denen wir uns anschließen könnten, auf dem gleichen Wege vorüberkämen. Seit jener Begegnung hatte ich nämlich Angst vor den Straßen ...«

Beim verehrten Namen des Pater Christophorus legte sich Agnes' Entrüstung. »Daran hast du wohlgetan«, sagte sie, »aber warum hast du das alles nicht auch deiner Mutter erzählt?«

Lucia hatte dafür zwei triftige Gründe gehabt: erstens wollte sie die gute Frau nicht mit einer Sache betrüben und erschrecken, an der diese doch nichts ändern konnte; zweitens aber wollte sie nicht Gefahr laufen, eine Geschichte, die sie streng geheimhalten wollte, unter die Leute gebracht zu sehen, um so mehr, als Lucia hoffte, daß ihre Hochzeit jene schändlichen Nachstellungen schon im Keim ersticken würde. Von den beiden Gründen erwähnte sie jedoch nur den ersteren. Dann wandte sie sich an Renzo, wie man zu einem guten Freunde spricht, der sein Unrecht einsehen soll: »Und hätte ich mit dir davon sprechen sollen? Freilich weißt du es jetzt.«

»Und was hat der Pater gemeint?« fragte Agnes.

»Er hat mir gesagt, daß ich die Hochzeit, so gut es nur ginge, beschleunigen und bis dahin zurückgezogen leben solle. Ich solle auch recht zum Herrn beten; und er hoffe, daß jener Mensch, wenn er mich nicht mehr sähe, sich nicht mehr um mich kümmern würde. Daraufhin habe ich mir den Zwang angetan«, fuhr sie fort und wandte sich erneut an Renzo, ohne jedoch die Augen zu ihm zu erheben, und über und über errötend, »daraufhin war ich schamlos genug, dich zu bitten, alles zu beschleunigen und vor der ausgemachten Zeit durchzuführen. Wer weiß, was du von mir gedacht haben magst! Ich tat es aber in guter Absicht, so wie mir geraten worden war, und hielt für ausgemacht ... Heut morgen noch war ich weit davon entfernt, zu denken ...« Hier wurden ihre Worte von heftigem Schluchzen unterbrochen.

»Verdammter Schuft! Räuber!« schrie Renzo, stürmte im Zimmer auf und ab und umklammerte von Zeit zu Zeit das Heft seines Dolches.

»Was für Zustände! Um Himmels willen!« rief Agnes aus. Der Jüngling blieb plötzlich vor der weinenden Lucia stehn. Er blickte sie in traurig-wilder Zärtlichkeit an und sagte: »Das soll der letzte Schurkenstreich dieses Räubers gewesen sein!«

»Aber nein, Renzo, um Himmels willen!« schrie Lucia. »Nein, nein, um Himmels willen. Der Herrgott ist auch für die Armen da; wie soll er uns aber helfen, wenn wir Böses tun?«

»Nein, nein, um Himmels willen!« wiederholte Agnes.

»Renzo«, sagte Lucia hoffnungsfreudig und mit ruhiger Entschiedenheit, »du verstehst dein Handwerk, und ich kann arbeiten. Laß uns doch so weit wegziehen, daß jener nichts mehr von uns hört und sieht.«

»Ach, Lucia! Und dann? Noch sind wir nicht Mann

und Weib. Wird uns der Pfarrer ein Ledigenzeugnis geben wollen? Ein Mann wie er? Wenn wir vermählt wären, ja dann ...!«

Lucia brach erneut in Tränen aus, und alle drei verharrten schweigend in einer trüben Stimmung, die zum festlichen Prunk ihrer Kleidung in traurigem Gegensatz stand.

»Gebt acht, Kinder, hört auf mich«, sagte Agnes nach einiger Zeit, »ich bin früher als ihr auf die Welt gekommen und kenne mich darin ein wenig aus. Man soll sich nicht ins Bockshorn jagen lassen; der Teufel ist nicht so abscheulich, wie er gemalt wird. Uns armen Leuten scheinen die Knäuel verwirrter, weil wir das Ende nicht zu finden wissen. Zuweilen kann aber die Meinung eines studierten Mannes, ein Wörtchen von ihm ... Ich weiß schon, was ich sagen will. Folge meinem Rat, Renzo, gehe nach Lecco, suche da den Doktor Pfiffikus[1] auf und erzähl ihm die Geschichte. Nenn ihn aber um Himmels willen nicht so: es ist sein Spitzname. Man muß sagen: Herr Doktor ... Na, wie heißt er denn? Herrgott! jetzt weiß ich den rechten Namen nicht mehr. Alle nennen ihn immer so. Macht nichts, frage nur nach jenem großen, hageren, kahlen Doktor mit der roten Nase und dem Himbeermal auf der Backe.«

»Den kenne ich vom Sehen«, sagte Renzo.

»Gut«, fuhr Agnes fort, »das ist ein Ausbund von einem Mann. Ich habe manch einen gekannt, der hilfloser war als ein Küchlein, das sich in Werg verfilzt hat, und der nicht mehr aus noch ein wußte, und wenn er dann eine Stunde lang unter vier Augen mit dem Doktor Pfiffikus – paß bloß auf, daß du ihn nicht so nennst –, wenn er dann mit dem Doktor Pfiffikus zusammen gewesen war, habe ich ihn wahrhaftig über seine Sorgen lachen sehen. Nimm diese vier

1 Bei Manzoni: »Azzeccagarbugli«, für einen Rechtsverdreher geläufig gewordener Name (Anmerkung des Übersetzers).

Kapaune – die Ärmsten –, denen ich für den Sonntagsschmaus die Hälse langziehen müßte, und bring sie ihm. Zu solchen Herren darf man nämlich nie mit leeren Händen kommen. Erzähle ihm alles, was vorgefallen ist, und du wirst erleben, daß er dir so stehenden Fußes Dinge sagen wird, auf die wir in einem ganzen Jahr nicht kämen.«

Renzo ging gern auf diesen Vorschlag ein. Lucia billigte ihn. Agnes war stolz darauf, ihn gemacht zu haben, und nahm nun die armen Tiere eins nach dem anderen aus dem Stall, hielt ihre acht Beine zusammen, als wollte sie einen Blumenstrauß binden, umwand sie fest mit einer Schnur und gab sie Renzo in die Hand. Nachdem noch einige hoffnungsvolle Worte gewechselt worden waren, ging dieser dann nach der Gartenseite hinaus, um nicht von den Kindern gesehen zu werden, die sonst mit dem Ruf: »Der Bräutigam, der Bräutigam!« hinter ihm hergestürmt wären. So ging er querfeldein auf kleinen Nebenpfaden über die Flur, wie sie dortzulande sagen, überdachte wutschnaubend sein Unglück und wiederholte im Geiste die Rede, die er dem Doktor Pfiffikus zu halten gedachte. Ich überlasse es dem Leser, sich auszumalen, wie es dem armen Geflügel unterwegs erging, das, so an den Beinen gebunden, kopfüber an der Hand eines Mannes baumelte, der in seiner Erregung mit Gebärden die Gedanken begleitete, die in wilder Folge durch seinen Kopf schössen. Bald reckte er zornerfüllt den Arm, bald hob er ihn in Verzweiflung, bald hieb er ihn wie drohend durch die Luft; so schüttelte er die Tiere gewaltig hin und her und ließ die vier baumelnden Köpfe herumschlenkern. Diese bemühten sich dabei, aufeinander loszuhacken, wie es allzuoft bei Gefährten im Unglück geschieht. Im Flecken angelangt, erkundigte sich Renzo nach der Wohnung des Doktors; sie wurde ihm bezeichnet, und er begab sich dahin. Beim Eintritt fühlte er sich von jener Verlegenheit beklommen, welche arme, ungebildete Leute in der

Nähe eines gelehrten Herrn empfinden, und er vergaß alle Reden, die er sich zurechtgelegt hatte. Dann warf er einen Blick auf die Kapaune und fühlte sich wieder ermutigt. In der Küche fragte er die Magd, ob er den Herrn Doktor sprechen könne. Sie beschaute die Tiere und legte, wie an dergleichen Gaben gewöhnt, die Hand darauf, wie sehr sich auch Renzo dagegen sträubte, weil er wollte, daß der Doktor selber sähe und erführe, daß er etwas mitgebracht hatte. Der kam gerade dazu, als das Mädchen sagte: »Gebt her und kommt hier durch!« Renzo machte einen tiefen Bückling. Der Doktor empfing ihn leutselig mit einem: »Kommt mit, mein Sohn!« und ließ ihn in sein Arbeitszimmer eintreten. Das war ein großer Raum. Auf drei Wände waren die Bilder der zwölf Cäsaren[1] verteilt, die vierte wurde von einem großen Bücherbrett voll alter verstaubter Bände eingenommen. In der Mitte stand, von drei oder vier Stühlen umgeben, ein Tisch voller Aktenstücke, Gesuche, Vorladungen, Erlasse. Auf einer Seite befand sich ein Sessel mit Armstützen und einer hohen viereckigen Lehne, die an den Seiten oben in zwei Holzgriffe auslief, die hörnerartig aufragten. Er war mit Juchten bespannt, das von großen Polsternägeln gehalten wurde, von denen einige seit langem herausgefallen waren und die Ecken des Bezuges freigaben, der sich hie und da zusammenrollte. Der Doktor war im Hausgewand, das heißt mit einem nun verschlissenen Talar bekleidet, in dem er vor langen Jahren einmal bei feierlichen Anlässen aufzutreten pflegte, wenn er in irgendeiner wichtigen Angelegenheit nach Mailand mußte. Er schloß die Tür und machte dem Jüngling mit den Worten Mut: »Nun, mein Sohn, was habt Ihr auf dem Herzen?«

»Ich möchte mit Ihnen ein Wort im Vertrauen reden.«

»Hier bin ich«, antwortete der Doktor, »nun sprecht!«

1 Die römischen Kaiser bis Domitian (Anmerkung des Übersetzers).

Er ließ sich in dem Sessel nieder. Renzo stand dicht vor dem Tisch, drehte seinen Hut in den Händen und nahm einen neuen Anlauf: »Ich möchte von Ihnen, der Sie studiert haben, gerne wissen ...«

»Sagt mir doch, wie der Fall liegt«, unterbrach ihn der Doktor.

»Sie müssen mich entschuldigen; wir armen Leute wissen uns nicht recht auszudrücken. Ich möchte also wissen ...«

»Teufelskerle! Ihr seid euch alle gleich: statt den Fall vorzutragen, wollt ihr Fragen stellen, weil ihr schon eure Pläne im Kopf habt.«

»Entschuldigen Sie, Herr Doktor. Ich möchte wissen, ob es strafbar ist, einen Pfarrer zu bedrohen, damit er eine Trauung nicht vornimmt.«

Ich verstehe, sagte der Doktor bei sich, der in Wahrheit nichts verstanden hatte.

Ich verstehe. Sofort machte er ein ernstes Gesicht, das eine Mischung von Mitgefühl und Eifer verriet, kniff die Lippen fest zusammen und ließ dabei einen unartikulierten Laut vernehmen, der auf ein Gefühl hindeutete, das dann in seinen ersten Worten deutlicher ausgedrückt werden sollte.

»Ein schwerwiegender Fall, mein Sohn, ein ganz geläufiger Fall. Ihr habt gut daran getan, zu mir zu kommen. Der Fall ist klar, in hundert Verordnungen schon behandelt und gerade in einer vom letzten Jahr, von dem jetzigen Herrn Statthalter. Die will ich Euch einmal zeigen. Ihr sollt es gleich mit Händen greifen.«

Bei diesen Worten erhob er sich aus seinem Sessel und steckte die Hände in jenes Chaos von Papieren, indem er das Oberste zuunterst kehrte, wie wenn man Korn in einen Scheffel schüttet.

»Wo ist sie denn jetzt? Komm hervor, komm hervor! Man muß soviel Dinge zur Hand haben! Sie muß aber ganz sicher dasein, da es sich um eine wichtige Verordnung handelt. Ah, da, da!«

Er nahm das Papier, faltete es auseinander, schaute nach dem Datum und rief mit einem noch ernsteren Gesicht: »Den 15. Oktober 1627[1]! Richtig! vom vorigen Jahre. Eine frische Verordnung. Die jagen nämlich mehr Furcht ein. Könnt Ihr lesen, mein Sohn?«

»Ein wenig, Herr Doktor.«

»Gut, dann kommt einmal herum und lest selber mit!«

Er hielt die Verordnung auseinandergefaltet in die Luft und begann zu lesen, wobei er nach Bedarf über einige Stellen eilig hinwegmurmelte, während er bei anderen deutlich verweilte und sie mit starkem Ausdruck las:

»Ohngeachtet durch den Erlaß, der auf Befehl des Herrn Herzogs von Feria am 14. Decembris 1620 veröffentlicht und vom Hochberühmbten und Erlauchtigsten Herrn Señor Gonzalo Fernandez de Cordova und so weiter bestätigt wurde, außerordentliche und rücksichtslose Strafmaßnahmen in Aussicht gestellt wurden für Bedrückungen, Erpressungen und Gewalttätigkeiten, die einige gegen die so ergebenen Untertanen Seiner Majestät zu begehen streben, hat die Häufigkeit der Ausschreitungen, die Ruchlosigkeit und so weiter derartig zugenommen, daß Seine Exzellenz sich veranlaßt gesehen haben ... und so weiter. Daher denn im Einvernehmen mit dem Senat, einem Ratsausschuß und so weiter beschlossen wurde, Nachstehendes zu allgemeiner Kenntnis zu bringen.

Um mit den Gewalttätigkeiten zu beginnen: Da die Erfahrung lehrt, daß viele in den Städten sowohl als in den Dörfern ... – hört Ihr? – in diesem Staate gewalttätig Erpressungen vornehmen und die Schwächeren auf die verschie-

1 Diese historische Verordnung brachte Manzoni auf den Einfall zu seinem Roman (Anmerkung des Übersetzers).

denste Art bedrücken, indem sie etwa so vorgehen, daß erzwungene Kauf- und Pachtverträge abgeschlossen werden ... und so weiter. Wo sind wir stehengeblieben? Ah, halt, hört ... daß sie Eheschließungen anstreben oder nicht anstreben ... He?«

»Genau mein Fall«, sagte Renzo.

»Hört nur zu, hört nur zu! Da kommen noch ganz andere Dinge; und dann werden wir die Strafe sehen: Es wird bescheinigt oder wird nicht bescheinigt ... wenn jemand seinen Wohnort verläßt und so weiter ... wenn jemand eine Schuld tilgt ... soll ihn der andere nicht belästigen ... jeder soll zu seiner Mühle gehn ... All das geht uns nichts an. Aber da steht's: ... ein Priester, der seine Amtsobliegenheiten nicht erfüllt oder Dinge tut, die ihn nichts angehn ... He?«

»Es sieht so aus, als hätten sie den Erlaß besonders für mich gemacht.«

»Nicht wahr? He? Hört nur zu! ... und andere dergleichen Gewalttätigkeiten, wie nachstehend aufgeführet, so von Lehensträgern, Adligen, Mittleren, Gemeinen und Plebejern begangen werden ... Keiner schlüpft durch, da sind sie alle. Es ist wie das Tal Josaphat[1]! Und nun hört die Strafe: Ohngeachtet all diese und andere dergleichen Schändlichkeiten verboten sind, es aber nichtsdestoweniger erforderlich scheinet, mit nunmehr noch größerer Strenge zu verfahren, befehlen S. E. mit Gegenwärtigem und ordnen an, unbeschadet aller früheren und so weiter ... daß gegen die Übertreter aller obengenannten Punkte oder ähnlicher dergleichen von allen ordentlichen Richtern dieses Staates vorgegangen werde mit Geld- und Leibesstrafen, ferner Verbannung, Galeere und Todesstrafe ... Eine Kleinigkeit! ...

1 Dort sollen beim Jüngsten Gericht alle Seelen zusammenkommen (Anmerkung des Übersetzers).

nach der Willensmeinung Seiner Exzellenz oder des Senates, je nach Beschaffenheit der Fälle, Personen und Umstände. Und dies un-wi-der-ruf-lich und mit äußerster Strenge und so weiter ... Das sind Sachen, he? Und schaut nun hier die Unterschriften: Gonzalo Fernandez de Cordova, und weiter unten: Platonus, und hier: Vidit Ferrer. Da fehlt aber auch nichts!«

Während der Doktor vorlas, folgte ihm Renzo langsam mit den Augen, versuchte den Sinn zu erfassen und persönlich jene hochheiligen Worte zu betrachten, die ihm – wie er meinte – Hilfe gewähren sollten. Als der Doktor sah, daß sein neuer Kunde eher gespannt als geknickt war, wunderte er sich. Der ist aber abgefeimt! dachte er bei sich und sagte dann zu ihm: »Deshalb habt Ihr Euch den Schopf scheren lassen. Da habt Ihr klug gehandelt. Da Ihr Euch mir anvertrauen wolltet, war das jedoch nicht nötig. Der Fall ist ernst, aber Ihr ahnt nicht, was ich mir bei passender Gelegenheit herausnehme.«

Um diese befremdende Äußerung des Doktors zu verstehn, muß man wissen oder sich erinnern, daß zu jener Zeit die gewerbsmäßigen Bravi und Verbrecher aller Art einen langen Schopf zu tragen pflegten. Den zogen sie wie ein Visier über das Gesicht, wenn sie jemanden angriffen, bei dem sie es für geboten hielten, sich unkenntlich zu machen, oder wenn eine jener Unternehmungen durchzuführen war, die zugleich Kraft und Vorsicht erforderten. Die Verordnungen hüllten sich über diese Mode nicht in Schweigen.

»Seine Exzellenz (der Markgraf de la Hynojosa) befehlen, daß, wer die Haare so lang trägt, daß sie die Stirn bis zu den Brauen ausschließlich bedecken, oder aber wer eine Haarflechte vor oder hinter den Ohren trägt, eine Geldstrafe von dreihundert Scudi zu zahlen hat. Im Fall der Zahlungsunfähigkeit erhält er drei Jahre Galeere beim ersten Mal und beim zweiten außer der vorgenannten noch größere Geld-

und Leibesstrafen nach Maßgabe des Dafürhaltens Seiner Exzellenz.

Sie verstatten dagegen, daß, wenn jemand kahle Stellen oder sonstige Zeichen und Narben vernünftigermaßen zu bedecken hat, sotanen Falles diese zu größerer Zier und Wohlbefinden die Haare so lang tragen dürfen, wie erforderlich, um sotane Gebrechen zu verdecken, keineswegs aber länger. Sie werden dabei ausdrücklich verwarnet, das unbedingt Notwendige nicht zu überschreiten, damit sie nicht in die gleiche Strafe wie die anderen Übertreter des Gesetzes fallen.

Gleichermaßen befehlen sie den Barbieren bei Strafe von hundert Scudi oder drei Geißelhieben öffentlicher Züchtigung oder noch höherer Leibesstrafe nach Gebühr, so wie oben dargelegt, daß sie denen, die sie scheren, keinerlei solche Zöpfe, Schöpfe, Locken oder ungewöhnlich lange Haare weder vorn noch seitlich noch hinter den Ohren stehenlassen, sondern dieselben, wie oben dargetan, gleichmäßig stutzen, außer bei denen Kahlköpfen oder anderen Gebrechlichen, wie schon bemerket.«

Der Schopf war also sozusagen ein Teil der Ausrüstung und ein Abzeichen der Bravacci und ihrer Spießgesellen, die daher denn auch gemeinhin »Schöpfe« genannt wurden. Dieser Ausdruck hat sich mit gemilderter Bedeutung im Dialekt bis heute lebendig erhalten. Unter unseren Mailänder Lesern dürfte denn auch wohl kaum einer sein, der sich nicht erinnern würde, in seiner Kindheit von den Eltern, dem Lehrer, einem Freunde des Hauses oder einem Dienstboten über sich den Ausspruch gehört zu haben: »Er ist ein Schopf!« oder: »Er ist ein Schöpfchen!«

Renzo gab zurück: »Als armer Bursche habe ich wirklich zeit meines Lebens niemals einen Schopf getragen.«

»So kommen wir nicht weiter«, antwortete der Doktor und schüttelte den Kopf mit einem halb verschmitzten, halb ungeduldigen Lächeln. »Wenn Ihr kein Zutrauen zu mir habt, kommen wir zu nichts. Seht, mein Sohn, wer den Doktor anlügt, ist ein Tölpel, der dem Richter die Wahrheit sagen wird. Den Advokaten muß man reinen Wein einschenken; es ist dann unsere Sache, ihn zu trüben. Wenn Ihr wollt, daß ich Euch helfe, müßt Ihr mir alles sagen: von A bis Z, mit dem Herzen auf der Zunge, wie beim Beichtvater. Ihr müßt mir die Person nennen, von der Ihr den Auftrag habt: es wird natürlich eine hochgestellte Persönlichkeit sein. In diesem Fall werde ich zu ihm gehen und ihm meine Aufwartung machen. Ich sage ihm natürlich nicht, daß ich von Euch weiß, daß er Euch beauftragt hat. Verlaßt Euch ganz auf mich! Ich sage ihm, daß ich komme, um seinen Schutz für einen armen, verleumdeten jungen Mann zu erbitten. Dann treffe ich mit ihm die geeigneten Vorkehrungen, um die Sache schicklich zu Ende zu bringen. Ihr versteht doch wohl, daß er, auf seine Sicherung bedacht, zugleich die Eure übernimmt. Wenn aber der Streich ganz auf Euch zurückfiele, na, auch dann ziehe ich mich nicht zurück. Ich habe anderen aus schlimmeren Verlegenheiten geholfen. Wohlverstanden, wenn Ihr keine hochgestellte Persönlichkeit beleidigt habt, verpflichte ich mich, Euch aus der Patsche zu helfen. Wohlverstanden, mit einigen Unkosten. Ihr müßt mir sagen, wer der Beleidigte ist, wie man so sagt. Je nach der Stellung, dem Stande und der Gemütsart des Freundes wird man dann zusehen, ob er durch hohe Protektion zur Vernunft zu bringen ist oder ob wir unsererseits einen Weg suchen müssen, ihn irgendwie eines Verbrechens zu beschuldigen und ihm eine Laus in den Pelz zu setzen. Seht, wenn man sich nämlich darauf versteht, die Verordnungen gut auszulegen, so ist niemand schuldig und niemand unschuldig.

Was nun den Pfarrer betrifft, so wird er den Schnabel halten, wenn er vernünftig ist. Sollte er aber dickköpfig sein, so ist auch dagegen ein Kraut gewachsen. Aus jeder Verwicklung kann man wieder herauskommen; aber ein ganzer Mann tut da not, und Euer Fall ist ernst; ernst, sage ich Euch, sehr ernst. Die Verordnung ist deutlich, und wenn die Geschichte zwischen Euch und der Gerechtigkeit so unter vier Augen abgemacht werden müßte, stünde es übel um Euch. Ich spreche als Freund mit Euch: man muß für seine Streiche zahlen. Wenn Ihr glatt durchkommen wollt, kostet's Geld und Aufrichtigkeit, Vertrauen zu dem, der Euch wohlwill, Gehorsam. Dann müßt Ihr aber auch alles tun, was Euch geraten wird.«

Während der Doktor all diese Worte von sich gab, starrte Renzo ihn mit fassungsloser Aufmerksamkeit an, wie ein Gaffer auf dem Markt dem Zauberkünstler zuguckt, der sich Werg um Werg in den Mund gestopft hat und dann Band um Band endlos daraus wieder hervorzieht. Als er jedoch genau begriffen hatte, was der Doktor sagen wollte und welches Mißverständnis ihm unterlaufen war, unterbrach er seinen Redeschwall mit den Worten: »Ach, Herr Doktor! wie haben Sie das denn aufgefaßt? Alles ist gerade umgekehrt. Ich habe niemanden bedroht. So etwas tue *ich* nicht. Da können Sie ruhig die ganze Gemeinde fragen, und Sie werden hören, daß ich niemals etwas mit dem Gericht zu tun gehabt habe. Das Gaunerstück hat man an mir verübt, und ich komme zu Ihnen, um zu hören, was ich zu tun habe, um Gerechtigkeit zu finden. Ich bin sehr zufrieden, daß ich jene Verordnung gesehen habe.«

»Teufel auch!« rief der Doktor aus und riß die Augen auf. »Was macht Ihr mir für ein Durcheinander! So steht's, so seid ihr alle: ist es denn nicht möglich, daß ihr einem die Dinge klar auseinandersetzt?«

»Aber entschuldigen Sie bitte, Sie haben mir keine Zeit gelassen. Jetzt will ich Ihnen einmal die ganze Sache erzählen, wie sie ist. Also, Sie müssen wissen, daß ich heute heiraten sollte« – hier wurde Renzos Stimme bewegt –, »ein

Mädchen heiraten sollte, mit dem ich seit diesem Sommer gegangen bin. Heute, wie gesagt, war nun der mit dem Herrn Pfarrer festgesetzte Tag, und alles war vorbereitet. Da hat der Herr Pfarrer auf einmal allerhand Ausreden. Doch damit will ich Sie nicht aufhalten. Genug, ich habe ihn dazu gebracht, mir einmal klaren Wein einzuschenken, wie sich das gehört. Da hat er mir denn gestanden, daß ihm bei Leibesstrafe untersagt worden sei, uns zu trauen. Dieser unverschämte Don Rodrigo ...«

»Nanu!« unterbrach ihn der Doktor plötzlich, runzelte die Stirn, rümpfte die rote Nase und verzog das Gesicht. »Nanu! Warum kommt Ihr, um mich mit solchem Geschwätz zu behelligen? Dergleichen Reden könnt Ihr mit Euresgleichen führen, die ja immer den Mund so voll nehmen. Aber kommt damit nicht zu einem Ehrenmann, der weiß, was Worte gelten. Geht, geht! Ihr wißt ja nicht, was Ihr sagt. Ich gebe mich nicht mit Kindsköpfen ab, und ich will kein solches Gerede hören, so ein Gerede ins Blaue hinein.«

»Ich schwöre Ihnen ...«

»Geht, sage ich, was soll ich mit Euren Schwüren anfangen? Ich habe nichts damit zu tun und wasche meine Hände in Unschuld.« Dabei fing er an, sie zu reiben, als wüsche er sie wirklich. »Lernt erst einmal reden; so kann man einem Ehrenmann nicht kommen.«

»Aber hören Sie doch, hören Sie doch!« wiederholte Renzo vergebens. Der Doktor schalt weiter und drängte ihn mit den Händen zur Tür. Als er ihn so weit hatte, öffnete er, rief die Magd und sagte ihr: »Gebt dem Mann sofort wieder, was er gebracht hat. Ich will nichts davon. Ich will nichts davon.«

Das Mädchen hatte in der ganzen Zeit, seit es in diesem Hause lebte, noch niemals einen solchen Befehl ausgeführt. Da er aber so nachdrücklich gegeben worden war, zögerte sie nicht, zu gehorchen. Sie nahm die vier armen Tiere und übergab sie Renzo mit einem Blick verächtlichen Mitleids, der sagen zu wollen schien: Mußt du aber etwas ausgefressen haben! Renzo wollte sich nicht so abspeisen lassen, aber der Doktor war unerbittlich.

Ratloser und erbitterter als je mußte der junge Mann die verschmähten Opfer wieder an sich nehmen und nach Hause gehen, um den Frauen von der schönen Bescherung zu berichten.

Nachdem die Frauen in seiner Abwesenheit sich betrübt ihrer Feiergewänder entledigt und wieder werktäglich gekleidet hatten, beratschlagten sie aufs neue. Lucia schluchzte, und Agnes seufzte. Als diese sattsam von dem großen Erfolg gesprochen hatte, der von den Ratschlägen des Doktors zu erhoffen sei, meinte Lucia, man müsse sich auf jede Weise zu helfen trachten, und der Pater Christophorus sei der Mann danach, nicht nur zu raten, sondern auch sich selber einzusetzen, wenn es darum ginge, den Armen zu helfen. Es wäre daher recht gut, wenn man ihn über das Vorgefallene unterrichten könnte.

»Sicherlich«, sagte Agnes, und sie überlegten zusammen, wie das geschehen sollte, da sie nicht den Mut aufbrachten, an diesem Tage zu dem vielleicht zwei Meilen entfernt gelegenen Kloster zu gehen. Sicherlich hätte ihnen auch kein vernünftiger Mensch dazu geraten.

Während sie noch das Für und Wider erwogen, hörten sie ein Pochen an der Tür und zugleich ein leises, aber deutliches: »Deo gratias.« Lucia, die sich denken mochte, wer es sein könnte, eilte hin, um zu öffnen. Sofort kam mit freundlichem Zunicken ein sammelnder Laienbruder des Kapuzinerordens herein. Er hatte seinen Bettelsack über der linken Schulter hängen und hielt dessen Öffnung zugebunden mit beiden Händen auf der Brust.

»Oh, Bruder Galdino«, sagten die beiden Frauen.

»Der Herr sei mit euch«, erwiderte der Bruder. »Ich komme Nüsse sammeln.«

»Geh die Nüsse für die Väter holen«, sagte Agnes. Lucia stand auf, um ins Nebenzimmer zu gehen. Auf der Schwelle verweilte sie jedoch noch einen Augenblick hinter dem Rükken des Bruders Galdino, der da stehengeblieben war. Sie legte den Finger auf den Mund und warf ihrer Mutter einen Blick zu, der sie eindringlich und zärtlich, aber auch irgendwie gebieterisch zum Schweigen aufforderte.

Der Sammler erkundigte sich nun bei Agnes augenzwinkernd: »Und die Hochzeit? Sie sollte doch heute stattfinden: ich habe im Ort so eine gewisse Aufregung bemerkt, als ob es etwas Neues gäbe. Was ist denn los?«

»Der Herr Pfarrer ist erkrankt; so müssen wir sie aufschieben«, antwortete die Frau hastig.

Hätte Lucia nicht jenes Zeichen gegeben, wäre die Antwort wahrscheinlich anders ausgefallen. Dann fügte sie, um das Thema zu wechseln, hinzu: »Und wie fällt die Sammlung aus?«

»Nicht sonderlich, gute Frau, nicht sonderlich. Hier ist alles.« Mit diesen Worten nahm er seinen Sack von der Schulter und wog ihn schüttelnd in den Händen. »Das ist alles, und um so ›in Hülle und Fülle‹ bedacht zu werden, habe ich an zehn Türen klopfen müssen.«

»Nun, Bruder Galdino, die Jahre sind mager, und wenn man das Brot sparen muß, kann man mit dem übrigen nicht mehr so freigebig sein.«

»Was gibt es aber für ein Mittel, beste Frau, um die guten Zeiten zurückzurufen? Das Almosen! Kennen Sie jenes Nußwunder, das vor vielen Jahren in einem unserer Klöster in der Romagna geschah?«

»Keineswegs! Erzählen Sie mir es doch!«

»Nun! Sie müssen also wissen, daß in jenem Kloster einer unserer Ordensbrüder war, ein wahrer Heiliger. Er hieß Pater Macario. Als er eines Wintertages auf einem Feldweg durch den Acker eines unserer Gönner ging, eines ebenfalls vorzüglichen Mannes, sah Pater Macario jenen Freund des Klosters bei einem seiner großen Nußbäume, und mit ihm vier Bauern, welche ihre Hacken durch die Luft schwangen und darangingen, die Wurzeln des Baumes freizulegen. – ›Was macht Ihr mit dem armen Baum?‹ fragte unser Macario. ›Ach Pater, seit Jahr und Tag trägt er mir keine Nüsse mehr, und jetzt mache ich Brennholz daraus.‹ – ›Laßt ihn stehen‹, meinte der Pater, ›ich sage Euch, daß er in diesem Jahr mehr Nüsse als Blätter tragen wird.‹ Der Gönner, der wohl wußte, wer da so mit ihm sprach, befahl den Arbeitern sofort, daß sie die Wurzeln wieder mit Erde bedecken sollten, und dann rief er dem Pater zu, der schon wieder seines Weges ging: ›Pater Macario, die halbe Ernte soll fürs Kloster sein!‹ Das Gerücht von der Prophezeiung verbreitete sich, und alles eilte herbei, um den Nußbaum anzusehen. In der Tat blühte dieser im Frühling über und über und trug zu seiner Zeit Nüsse im Übermaß. Der brave Wohltäter hatte nicht die Genugtuung, sie noch abzumachen, weil er noch vor der Ernte hinschied, um den Lohn seiner Barmherzigkeit zu empfangen. Das Wunder aber wurde nur um so größer, wie Sie jetzt hören werden. Der treffliche Mann hinterließ einen Sohn von ganz anderem Schlag. Zur Erntezeit machte sich nun also der Einsammler auf, um die dem Kloster zustehende Hälfte abzuholen. Da stellte sich der Sohn ganz erstaunt und besaß die Unverschämtheit zu antworten, er hätte noch niemals behaupten hören, daß die Kapuziner Nüsse zaubern könnten. Wissen Sie, was daraufhin geschah? Denken Sie: eines Tages hatte der Tunichtgut einige seiner Freunde vom gleichen Schlage eingeladen, und beim Schmaus erzählte er die Geschichte von dem Nußbaum und machte sich über die Brüder lustig. Die Taugenichtse hatten Lust, jenen Riesenhaufen von Nüssen zu sehen, und er führte sie auf den Kornspeicher. Aber stellen Sie sich vor: er macht die Tür auf und geht in die Ecke, in der man den ganzen Berg aufgeschüttet hatte, und während er sagt: ›Schaut her!‹ da schaut er selbst ... und was sieht er? Einen schönen Haufen welker Nußblätter. War das nicht ein Musterfall? Und das Kloster gewann dabei, statt zu kurz zu kommen, denn nach einem solchen Ereignis brachte die Nußsammlung derartig viel ein, daß ein Wohltäter aus Mitleid mit dem armen Sammler dem Kloster einen Esel schenkte, der helfen mußte, die Nüsse heimzuschaffen. Daraus wurde dann so viel Öl gemacht, daß jeder Arme nach Bedarf davon bekommen konnte. Wir sind nämlich wie das Meer, das von allen Seiten Wasser erhält und es verwandelt, um es wieder an all die Flüsse zu verteilen.«

In diesem Augenblick erschien Lucia wieder und hatte die Schürze so voller Nüsse, daß sie sie nur mit Mühe zusammenhielt. Sie hatte die beiden Zipfel mit weit ausgestreckten Armen hochgezogen. Während Bruder Galdino seinen Sack von neuem abnahm, ihn niedersetzte und öffnete, um das reichliche Almosen einzufüllen, schaute die Mutter Lucia wegen ihrer Verschwendung mit bestürzter und strenger Miene an. Lucia warf ihr aber einen Blick zu, der sagen sollte: Ich werde mich schon rechtfertigen. Bruder Galdino erging sich in Lobsprüchen, Segenswünschen, Versprechungen und Danksagungen. Dann schwang er den Sack wieder über die Schulter und wollte aufbrechen. Lucia hielt ihn aber noch zurück und sagte: »Ich möchte Sie um eine Gefälligkeit bitten. Bestellen Sie doch bitte dem Pater Christophorus, daß ich ihn dringendst sprechen muß. Er möchte mir den Gefallen tun und umgehend zu uns Armen kommen, da wir nicht zur Kirche gehen können.«

»Sonst nichts? In weniger als einer Stunde wird Pater Christophorus von Ihrem Wunsche wissen.«

»Ich verlasse mich darauf.«

»Keine Angst!« Mit diesen Worten ging er, etwas gebeugter, aber zufriedener, als er gekommen war, von dannen.

Wenn man sieht, wie ein armes Mädchen mit soviel Vertrauen den Pater Christophorus rufen läßt und wie der Laienbruder den Auftrag ohne Verwunderung und Schwierigkeiten übernimmt, wird niemand auf den Gedanken kommen, jener Christophorus habe unter den Brüdern zur minderen Dutzendware gehört. Er stand vielmehr bei den Seinen und in der ganzen Gegend in höchstem Ansehen. So war eben die Lage der Kapuziner: nichts erschien zu niedrig für sie und nichts zu erhaben. Den Schwachen zu dienen, von den Mächtigen bedient zu werden, in Hütten und Palästen mit der gleichen sicheren und demütigen Haltung ein und aus zugehen, zuweilen im selben Hause ein Gegenstand der Kurzweil und eine Persönlichkeit zu sein, ohne die nichts entschieden wurde, Almosen von jedem zu erbitten und sie jedem zu gewähren, der im Kloster einsprach, an all das war ein Kapuziner gewöhnt. Wenn er durch die Straße ging, konnte er ebensogut einem Fürsten begegnen, der ihm ehrfürchtig das Ende seines Strickes küßte, wie einer Bande von Straßenjungen, die ihm den Bart mit Kot bespritzten, indem sie taten, als stritten sie untereinander. Das Wort »Bruder« ward in jenen Zeiten sowohl mit der größten Hochachtung als auch mit der bittersten Verachtung gesprochen. Die Kapuziner waren dabei, vielleicht mehr als jeder andere Orden, Gegenstand derart zwiespältiger Empfindungen und hatten ein entsprechend zwiespältiges Los. Da sie nämlich nichts besaßen, ein vom üblichen so auffällig abweichendes Gewand trugen und sich vorbehaltlos zur Demut bekannten, forderten sie auch unmittelbare Verehrung oder Spott heraus, Verhaltensweisen, wie sie den unterschiedlichen Veranlagungen und Ansichten der Menschen entsprechen.

Als Bruder Galdino gegangen war, rief Agnes aus: »Die ganzen Nüsse, in so einem Jahr!«

»Vergib mir, Mamma«, antwortete Lucia. »Hätten wir aber ein Almosen wie die andern gegeben, hätte Bruder Galdino noch Gott weiß wie lange herumlaufen müssen, ehe sein Sack voll geworden wäre. Weiß der Himmel, wann er dann ins Kloster zurückgekommen wäre und ob er bei dem vielen Geschwätz, das er gemacht und angehört hätte, noch daran gedacht hätte ...«

»Das hast du dir aber gut überlegt; auch ist es ja ein frommes Werk, das immer gute Früchte bringt«, sagte Agnes, die bei all ihren Schwächen doch ein sehr gutes Herz hatte und die – wie man so sagt – für diese einzige Tochter, die sie mit aller Zärtlichkeit liebte, durchs Feuer gegangen wäre.

Darüber kam Renzo zurück. Mit zugleich verdrießlicher und niedergeschlagener Miene trat er ein und warf die Kapaune auf einen Tisch. Das war für diesen Tag das letzte traurige Erlebnis der armen Tiere.

»Da habt Ihr mir einen schönen Rat gegeben!« sagte er zu Agnes. »Ihr habt mich zu einem prächtigen Ehrenmann geschickt, zu einem, der den Armen wahrlich hilft!« Und dann berichtete er von seiner Unterredung mit dem Doktor. Über ein so trauriges Ergebnis war die Mutter einigermaßen verblüfft und wollte sich anschicken zu beweisen, daß der Rat trotzdem gut gewesen sei, daß aber Renzo sich wohl nicht darauf verstanden habe, die Sache so einzufädeln, wie sie es erforderte. Da unterbrach Lucia diese Erörterung und sagte, daß sie hoffe, eine bessere Hilfe gefunden zu haben. Renzo machte sich auch diese Hoffnung zu eigen, wie es den Leuten so geht, die in Unglück und Schwierigkeiten geraten sind. »Wenn aber der Pater keinen Ausweg findet«, sagte er, »finde ich ihn selber, so oder so.«

Die Frauen rieten zu Friedfertigkeit, Geduld und Klugheit. Lucia sagte: »Morgen wird Pater Christophorus sicher kommen, und Ihr werdet sehen, daß er eines jener Mittel findet, auf die wir Armen nicht einmal im Traume kämen.«

»Ich will es hoffen«, meinte Renzo, »in jedem Fall aber werde ich mir Recht zu verschaffen wissen oder aber verschaffen lassen. Es gibt schließlich eine Gerechtigkeit auf der Welt.«

Mit so schmerzlichen Reden, mit all dem Hin und Her, das wir berichtet haben, war der Tag dahingegangen. Es begann zu dämmern.

»Gute Nacht«, sagte Lucia traurig zu Renzo, der sich nicht zum Gehen entschließen konnte.

»Gute Nacht«, erwiderte Renzo noch trauriger.

»Irgendein Heiliger wird uns schon helfen«, meinte Lucia, »sei klug und schicke dich in alles!«

Die Mutter fügte weitere derartige Ratschläge hinzu, und der Bräutigam ging mit aufgewühlter Seele davon, wobei er immer wieder die seltsamen Worte wiederholte: »Es gibt schließlich doch noch eine Gerechtigkeit auf der Welt!« wie denn ja ein vom Schmerz überwältigter Mensch nicht mehr weiß, was er redet.

4. KAPITEL

Die Sonne hatte sich noch nicht ganz über den Horizont erhoben, als Pater Christophorus sein Kloster in Pescarenico verließ, um zu dem Häuschen hinaufzusteigen, in dem er erwartet wurde. Pescarenico ist eine kleine Siedlung auf dem linken Ufer der Adda – oder, wenn man so will, auch des Sees – in geringer Entfernung von der Brücke. Es stehen da ein paar Häuser, die meist von Fischern bewohnt werden und bei denen hie und da Netze und Garne malerisch zum Trocknen ausgespannt sind. Das Kloster lag abseits (das Gebäude besteht noch heute) gegenüber dem Ortseingang. Dazwischen verläuft die Straße von Lecco nach Bergamo. Der Himmel war ganz heiter, und das Licht der hinter den Bergen aufgehenden Sonne rieselte schnell von den gegenüberliegenden Gipfeln die Abhänge hinab zu Tal. Der Herbstwind löste die welken Blätter des Maulbeerbaums von den Zweigen und ließ sie ein paar Schritte weit über die Erde wirbeln. Rechts und links in den Weingärten glänzte an den noch gebundenen Reben in bunter Farbenfülle das rötliche Laub. Helle Stoppelfelder glitzerten im Morgentau, und deutlich zeichneten sich darin die braunen Flächen frisch gepflügter Äcker ab. Der Schauplatz war heiter; aber jede menschliche Gestalt, die darauf erschien, betrübte Blick und Sinn. Immer wieder begegnete man zerlumpten und elenden Bettlern, die entweder bereits in ihrem Gewerbe ergraut waren oder jetzt erst von der Not getrieben wurden, die Hand hinzuhalten. Sie gingen still an Pater Christophorus vorüber und sahen ihn andächtig an. Da ein Kapuziner niemals Geld anrührte, hatten sie freilich von ihm nichts zu erhoffen; sie machten ihm aber dennoch eine dankbare Verbeugung, für das Almosen, das sie einmal im Kloster empfangen hatten oder das sie ebendort holen wollten. Der Anblick der über die Felder verteilten Landleute hatte etwas noch Schmerzlicheres. Einige streuten ihre Saat spärlich und widerwillig, wie jemand, der etwas aufs Spiel setzt, das ihm allzu teuer ist; andere führten mühsam den Spaten und wandten verdrossen die Schollen um. Das abgezehrte Mädchen, das seine magere und dürre Kuh auf der Weide am Strick führte, schaute unterdessen – vom Hunger getrieben – nach Kräutern aus, von denen auch Menschen leben können, und bückte sich hastig, um sie sich als Nahrung für die Familie zu sichern. Diese Bilder steigerten die trübe Stimmung des Mönches bei jedem Schritt, ging er doch schon mit dem traurigen Vorgefühl im Herzen dahin, daß er bald Schlimmes zu hören bekäme.

Warum aber sorgte er sich so um Lucia? Weshalb hatte er sich auf den ersten Wink hin so eilfertig auf den Weg gemacht, als hätte ihn der Pater Provinzial gerufen? Und wer war dieser Pater Christophorus? – All diese Fragen wollen beantwortet werden.

Der Pater Christophorus aus * * * war den Sechzig näher als den Fünfzig. Bis auf einen kleinen nach Kapuzinersitte ringsum laufenden Haarkranz war sein Haupt geschoren. Von Zeit zu Zeit erhob er es mit einer Bewegung, die irgendwie Stolz und Sorge verriet; dann senkte er es schnell wieder, der Demut eingedenk. Der lange weiße Bart, der ihm Wangen und Kinn bedeckte, ließ die ausgeprägten Formen der oberen Gesichtshälfte noch mehr hervortreten. Eine seit langem zur Gewohnheit gewordene Enthaltsamkeit hatte ihr weit mehr an Würde verliehen als an Ausdruck genommen. Seine tiefliegenden Augen waren meist zur Erde gesenkt, zuweilen aber blitzten sie jäh und feurig auf; so wie zwei edle Rosse, die von der Hand eines Lenkers geführt werden, die sie aus Erfahrung als unnachgiebig kennen, dennoch von Zeit zu Zeit einen Sprung versuchen, den sie sogleich mit einem festen Ruck der Kandare bezahlen müssen.

Pater Christophorus war nicht immer so gewesen, noch hieß er seit jeher Christophorus. Sein Taufname war Lodovico. Er war der Sohn eines Kaufmanns aus * * * (all diese Sternchen erklären sich aus der Vorsicht meines namenlosen Gewährsmanns), der, als er sich in seinen letzten Jahren mit irdischen Gütern genug gesegnet fand, auf den Handel verzichtet hatte, um mit diesem einzigen Sohn ein herrenmäßiges Leben zu führen.

In seiner neuen Muße begann er auf einmal, sich all der Zeit heftig zu schämen, die er damit verbracht hatte, in dieser Welt etwas zu wirken. Im Banne einer solchen Einbildung versuchte er auf alle Weise in Vergessenheit geraten zu lassen, daß er Kaufmann gewesen war. Am liebsten hätte er selbst es sogar vergessen mögen. Aber der Laden, die Tuchballen, das Hauptbuch, die Elle verfolgten ihn immer wieder in seinen Gedanken – so wie der Schatten Bancos Macbeth verfolgt –, auch beim Prunk des festlichen Mahles unter lächelnden Schmarotzern. Es ist kaum zu sagen, wie sorgfältig die Bedauernswerten darauf bedacht sein mußten, jedes Wort zu vermeiden, das auf den früheren Stand des Gastgebers hätte anspielen können. Bezeichnend ist folgende Geschichte: Gegen Ende einer Tafelei, im Augenblick der ausgelassensten und reinsten Heiterkeit, da man schwer hätte sagen können, wer mehr Vergnügen hatte: nämlich die Gäste, die es sich schmecken ließen, oder der Gastgeber, der den Tisch so schön bestellt hatte, stichelte dieser eines Tages mit freundschaftlicher Herablassung einen der Tischgenossen, dem es besonders schmeckte. Um den Scherz zu erwidern, antwortete dieser, ohne die geringste Spur von Bosheit, mit der Unschuld eines Kindes: »Auf dem Ohr höre ich so wenig wie ein Kaufmann.« Kaum gesagt, machte ihn selber sein Wort betroffen; mit unsicherer Miene blickte er nach des Hausherrn plötzlich umwölkter Stirn. Beide wären gern wieder wie zuvor gewesen; es war nicht möglich. Die übrigen Gäste überlegten jeder bei sich, wie man den kleinen Zwischenfall beilegen und davon ablenken könnte. Ihr nachdenkliches Schweigen machte den Mißklang jedoch nur um so fühlbarer. Jeder vermied, den Blicken des andern zu begegnen; jeder fühlte, daß alle von dem Gedanken erfüllt waren, den alle verhehlen wollten. Mit der Freude war es an diesem Tage vorbei. Der Unvorsichtige, oder gerechter gesagt: der Pechvogel erhielt nie wieder eine Einladung. So verbrachte Lodovicos Vater seine letzten Jahre in beständiger Angst, verspottet zu werden, und bedachte nie, daß Verkaufen nicht lächerlicher als Kaufen ist und daß er den Beruf, dessen er sich damals schämte, immerhin lange Jahre hindurch vor aller Welt und ohne schlechtes Gewissen ausgeübt hatte. Seinen Sohn ließ er im Stil seiner Zeit, und soweit Gesetz und Herkommen es zuließen, fürstlich erziehen. Er gab ihm Lehrmeister für die schönen Wissenschaften und ritterlichen Übungen, und als er starb, ließ er ihn reich und jung zurück.

Lodovico hatte vornehme Gewohnheiten angenommen und war durch die Schmeichler, unter denen er aufgewachsen war, daran gewöhnt, mit großer Achtung behandelt zu werden. Als er aber in den tonangebenden Kreisen seiner Stadt verkehren wollte, stieß er auf eine ganz andere als die gewohnte Haltung. Er erkannte, daß er, um wunschgemäß zu ihrer Gesellschaft zu gehören, eine neue Schule der Geduld und Fügsamkeit durchmachen, immer zurückstehen und jeden Augenblick etwas einstecken müßte. Eine solche Lebensform paßte weder zu Lodovicos Natur noch zu seiner Erziehung. Enttäuscht brach er den Umgang ab. Dann aber stand er bedauernd abseits, weil er meinte, daß jene eigentlich seine Kameraden hätten sein müssen. Nur hätte er sie liebenswürdiger gewünscht. Bei dieser Mischung von Zu- und Abneigung hatte er angefangen, mit ihnen an Pracht und Aufwand zu wetteifern, da er ihren vertrauten Umgang nicht gewinnen konnte und dennoch irgendwie etwas mit ihnen zu tun haben wollte. So erwarb er sich für gutes Geld Feindschaft, Neid und Lächerlichkeit. Seine heftige und zugleich redliche Sinnesart hatte ihn ferner frühzeitig in andere, ernstere Auseinandersetzungen verwickelt. Er empfand einen angeborenen und aufrichtigen Widerwillen gegen Quälerei und Unrecht, einen Abscheu, der durch die bürgerliche Stellung der Personen noch verstärkt wurde, die sich immer wieder am meisten darin hervortaten. Es waren ebendiejenigen, denen er am heftigsten grollte. Um all diese Leidenschaften auf einmal zu stillen, oder auch, um ihnen freien Lauf zu lassen, ergriff er gern die Partei der Schwachen und Bedrückten, setzte seinen Stolz darein, einen Ausbeuter zu stellen, mischte sich in Händel und zog sich andere zu, so daß er sich allmählich zum Beschützer der Bedrängten aufwarf und zum Rächer des Unrechts. Das Amt war beschwerlich, und man braucht nicht zu fragen, ob der arme Lodovico Feinde, Streitigkeiten und Sorgen hatte. Außer durch die äußeren Widrigkeiten wurde er ferner beständig von inneren Widersprüchen gequält. Denn um sich in einem Streit zu behaupten (ganz zu schweigen von den Fällen, in denen er unterlag), mußte auch er Betrug und Gewalt anwenden, was sein Gewissen dann nicht billigen konnte. Er mußte sich mit einer stattlichen Schar von Bravacci umgeben; und sowohl zu seiner eigenen Sicherheit, wie auch um eine stärkere Hilfe an ihnen zu haben, mußte er die Verwegensten, das heißt die Verruchtesten, auswählen und aus Liebe zur Gerechtigkeit mit den Schelmen leben. Mehr als einmal war er von einem Mißerfolg entmutigt, durch Gefahr im Verzuge beunruhigt; er hatte es satt, beständig auf der Hut zu sein, und war angeekelt von seinem Umgang; der Gedanke an seine Zukunft erfüllte ihn mit Sorge, da sein Vermögen durch gute Werke und Angebertum immer mehr zusammenschmolz. So hatte er schon häufiger mit dem Gedanken gespielt, Mönch zu werden, was zu jenen Zeiten der gewöhnliche Weg war, um sich aus allen Verlegenheiten zu helfen. Was aber sein Leben lang vielleicht bloß Schwärmerei geblieben wäre, gedieh zum Entschluß durch einen Vorfall, der alles bisher Erlebte weit in den Schatten stellte.

Eines Tages ging er, von zwei Bravi gefolgt, durch eine Straße seiner Stadt. Er wurde von einem gewissen Cristoforo begleitet, einem früheren Ladendiener, der, als das Geschäft geschlossen wurde, Haushofmeister geworden war. Es war ein Mann von ungefähr fünfzig Jahren, der Lodovicos Geburt miterlebt hatte und der ihm von Jugend auf sehr zugetan war. Lodovico gab ihm an Lohn und Geschenken nicht nur das zu seinem Lebensunterhalt Nötige, sondern auch alles übrige, um eine zahlreiche Familie erhalten und vorwärtsbringen zu können.

Lodovico sah nun plötzlich in der Ferne einen gewissen Herrn auftauchen, einen dünkelhaften, gewerbsmäßigen Ausbeuter, mit dem er im Leben noch kein Wort gewechselt hatte, der ihm aber spinnefeind war und dessen Gefühle er von ganzem Herzen erwiderte. Es gehört ja nun einmal zu den Vorteilen dieser Welt, daß man hassen und gehaßt werden kann, ohne einander zu kennen. Jener ging also, von vier Bravi gefolgt, anmaßenden Schrittes und hocherhobenen Hauptes fürbaß; sein Mund drückte Hochmut und Verachtung aus. Beide gingen dicht an der Mauer hin, Lodovico aber streifte sie – wohlgemerkt – mit der rechten Seite, und das gab ihm herkömmlicherweise (wo würde dergleichen auch festgelegt!) das Recht, nicht von der Mauer zu weichen, um wem auch immer Platz zu machen. Auf so etwas legte man damals größten Wert. Der andere nahm dagegen als Adliger dieses Recht für sich in Anspruch und hielt dafür, daß, wiederum auf Grund eines anderen Herkommens, Lodovico auf die Mitte zu rücken habe. So waren denn hier – wie in so vielen anderen Dingen – zwei gegensätzliche Bräuche im Schwang, ohne daß entschieden worden wäre, welchem der Vorzug gebühre. Damit bestand die Möglichkeit, einen Streit vom Zaun zu brechen, sooft ein Dickschädel auf einen andern stieß. Die beiden gingen an die Mauer gedrängt aufeinander zu wie zwei wandelnde Reliefgestalten. Als sie sich Aug in Auge gegenüberstanden, musterte jener Herr Lodovico hochnäsig mit anmaßender Miene von Kopf bis Fuß und sagte zu ihm in entsprechendem Ton: »Macht Platz!«

»Macht Ihr Platz«, erwiderte Lodovico. »Ich bin rechts!«

»Für Euresgleichen bin ich immer rechts!«

»Freilich, wenn die Anmaßung von Euresgleichen meinesgleichen Vorschriften zu machen hätte!«

Beider Bravi waren hinter ihren Herren stehengeblieben,

betrachteten sich herausfordernd und hielten die Hände kampflustig an den Dolchen. Leute kamen von allen Seiten und blieben in einigem Abstand beobachtend stehen. Die Anwesenheit dieser Zuschauer steigerte die Empfindlichkeit der Widersacher beträchtlich.

»Zur Mitte, du Krämerseele, oder ich bringe dir bei, wie man mit Edelleuten umgeht!«

»Lügner! Mich so zu nennen!«

»Du lügst, daß ich gelogen hätte« (das war so die vorschriftsmäßige Antwort), »und wenn du ein Kavalier wärest wie ich«, fügte jener Herr hinzu, »würde ich dir mit Degen und Rittermantel beweisen, daß du der Lügner bist«.

»Ein schöner Vorwand, der Euch erübrigen soll, mit Taten für die Unverschämtheit Eurer Worte einzustehen.«

»Schmeißt diesen Lumpen in den Dreck!« wandte sich der Edelmann an sein Gefolge.

»Das wird sich finden!« sagte Lodovico, trat sofort einen Schritt zurück und legte die Hand an den Degen.

»So eine Frechheit!« schrie der andere und zog vom Leder, »den hier werde ich zerbrechen, wenn er mit deinem gemeinen Blute befleckt ist.«

So gingen sie aufeinander los. Die Diener stürzten auf beiden Seiten zur Verteidigung ihrer Herren herbei. Der Kampf war ungleich, einmal hinsichtlich der Zahl, dann aber auch, weil Lodovico mehr danach trachtete, die Stöße zu parieren und den Gegner zu entwaffnen, als ihn zu töten. Jener aber wollte seinen Tod um jeden Preis. Lodovico hatte am linken Arm bereits einen Dolchstich von einem Bravo erhalten und eine leichte Schramme auf der einen Wange, und der Hauptfeind stürmte auf ihn ein, um ihm den Rest zu geben, als Cristoforo, der seinen Herrn in höchster Gefahr sah, mit dem Dolch auf den Edelmann losging. Dieser richtete seine ganze Wut gegen ihn und durchbohrte ihn mit dem Degen. Bei diesem Anblick stieß Lodovico wie außer sich den seinen durch den Leib des Mörders, der fast gleichzeitig mit dem armen Cristoforo todwund umsank. Als die Bravi des Edelmanns sahen, daß es mit ihm aus war, ergriffen sie, übel zugerichtet, die Flucht. Die Haudegen Lodovicos waren auch ihrerseits arg verschrammt und mitgenommen. Sie hatten sich mit niemand mehr herumzuschlagen, und da sie nicht gern von den Leuten bedrängt werden wollten, die schon herbeieilten, verschwanden sie nach der anderen Seite. So befand sich Lodovico allein mit den beiden unseligen Opfern inmitten eines Auflaufs.

»Wie ist das gekommen? – Es ist einer. – Es sind zwei. – Er hat ihm ein Knopfloch in den Bauch gemacht. – Wer ist umgebracht worden? – Dieser unverschämte Kerl! – Heilige Maria, was für ein Durcheinander! – Wer sucht, der findet. – Jede Schuld rächt sich auf Erden. – Mit dem ist's nun auch vorbei. – Was für ein Stich! – Das dürfte ernste Folgen haben! – Und der andere Unglücksrabe! – Erbarmen! Welch ein Anblick! – Rettet ihn, rettet ihn! – Der hat Pech gehabt! – Seht, wie er zugerichtet ist! Er verliert überall Blut! – Lauft weg, lauft weg! Laßt Euch nicht erwischen!«

Diese Worte, die aus dem Stimmengewirr der Menge deutlich wurden, gaben dem allgemeinen Empfinden Ausdruck, und zu dem Ratschlag trat auch die Tat. Der Vorfall hatte sich in der Nähe einer Kapuzinerkirche abgespielt, einem Zufluchtsort, der damals bekanntlich den Häschern und jenem ganzen Bereich von Sachen und Personen unzugänglich war, der Gericht hieß. Der verwundete Fechter wurde von der Menge wie bewußtlos geführt oder getragen, und die Mönche empfingen ihn aus den Händen des Volkes, wobei man ihn warm empfahl und sagte: »Es ist ein wackerer Mann, der einen hochmütigen Schurken kaltgemacht hat. Er hat es in Notwehr getan. Der Anlaß wurde an den Haaren herbeigezogen.«

Lodovico hatte bis dahin noch niemals Blut vergossen;

und obwohl Mord und Totschlag in jener Zeit so alltäglich waren, daß man nichts dabei fand, wenn einem dergleichen zu Ohren oder vor die Augen kam, war doch der Eindruck neu und unbeschreiblich, als der Jüngling den für ihn gefallenen Mann und den von ihm selbst umgebrachten so vor sich liegen sah. Bis dahin unbekannte Gefühle wurden in ihm wach. Der Sturz seines Feindes, die Verwandlung seines Gesichtes, dessen Ausdruck im Nu von Drohung und Wut zur Entspannung und feierlichen Ruhe des Todes hinüberwechselte, dieser Anblick wandelte mit einem Schlage die Seele des Täters. Als er zum Kloster geschleppt worden war, war ihm kaum zum Bewußtsein gekommen, wo er weilte, noch was mit ihm geschah. Als er wieder zu sich kam, befand er sich in einem Bett der Krankenabteilung, in den Händen des Pater Chirurgus (die Kapuziner hatten in der Regel einen solchen in jedem Kloster), der Scharpie und Verbände auf die beiden Wunden legte, die Lodovico bei dem Waffengang erhalten hatte. Ein Pater, dessen besondere Aufgabe darin bestand, den Sterbenden beizustehen, und der oft genug auf der Straße hatte seine Dienste leisten müssen, wurde sofort an den Kampfort gerufen. Als er wenig später zurückkehrte, ging er in die Krankenabteilung, näherte sich dem Bett, auf dem Lodovico lag, und sagte zu ihm: »Trösten Sie sich. Er hat wenigstens ein gutes Ende gefunden und mich beauftragt, um Ihre Vergebung zu bitten und Sie der seinen zu versichern.« Diese Worte ließen Lodovico eigentlich erst wieder zu sich kommen und die Gefühle klar und deutlich werden, die sein Gemüt bedrängten und verwirrten: Schmerz um den Freund, Bestürzung und Reue über den Stoß, den seine Hand geführt hatte, und zugleich ein bekümmertes Mitleid mit dem Manne, den er getötet hatte. »Und der andere?« fragte er ängstlich den Bruder.

»Der andere war schon verschieden, als ich kam.«

Unterdessen wimmelten die Zugänge und die Umgebung

des Klosters von neugierigem Volk. Dann kamen aber die Häscher, vertrieben die Menge und bezogen in einer gewissen Entfernung von der Tür Posten, jedoch so, daß niemand unbemerkt hinauskommen konnte. Ein Bruder des Ermordeten, zwei seiner Vettern und ein alter Onkel kamen gleichfalls, von Kopf bis Fuß bewaffnet und mit einer großen Gefolgschaft von Bravi. Sie begannen um das Kloster ihre Runde zu machen und schauten mit Mienen und Gebärden drohender Verachtung auf jene Neugierigen, die zwar nicht zu sagen wagten: Dem ist recht geschehen! denen dieser Gedanke aber auf die Stirn geschrieben stand.

Kaum hatte Lodovico seine Gedanken wieder sammeln können, als er auch schon einen Beichtiger kommen ließ und ihn bat, die Witwe Cristoforos aufzusuchen. Er sollte sie in seinem Namen um Verzeihung bitten, weil er die – freilich sicher unschuldige – Ursache ihres Jammers geworden sei. Zugleich sollte er ihr versichern, daß er die Sorge für ihre Familie übernähme. Als er dann seine Lage bedachte, erwachte in ihm mehr denn je der feste und ernste Vorsatz, Mönch zu werden, der ihm schon früher durch den Sinn gegangen war. Es schien ihm, als ob Gott selbst ihn auf diesen Weg gebracht und ihm ein Zeichen seines Willens gegeben hätte, indem er ihn aus solchem Anlaß in ein Kloster geraten ließ. Sein Entschluß war gefaßt. Er ließ den Pater Guardian rufen, offenbarte ihm seinen Wunsch und erhielt zur Antwort, man müsse sich vor übereilten Entschlüssen hüten, wenn er aber darauf bestünde, würde er nicht zurückgewiesen. Daraufhin bestellte er einen Notar und diktierte ihm eine Schenkungsurkunde über den Rest seines immer noch beträchtlichen Vermögens an die Familie Cristoforos: eine Summe für die Witwe, so als ob er ihr eine Morgengabe aussetzen würde, und den Rest für die acht Söhne, die Cristoforo hinterlassen hatte.

Lodovicos Entschluß kam seinen Gastgebern sehr gelegen, waren sie doch seinetwegen in schöner Verlegenheit. Ihn aus dem Kloster zu entlassen und damit strafrechtlicher Verfolgung auszusetzen, das heißt der Rache seiner Feinde, konnte überhaupt nicht in Betracht gezogen werden. Dadurch hätte man zugleich auf die eigenen Vorrechte verzichtet, das Kloster beim Volk in Verruf gebracht, sich den Tadel der Kapuziner der ganzen Welt zugezogen – denn ihrer aller Rechte standen auf dem Spiel – und schließlich alle geistlichen Autoritäten aufgebracht, die sich als Schützer dieses Rechtes betrachteten. Andererseits hatte sich die einflußreiche Familie des Erschlagenen, die durch ihren Anhang noch mächtiger dastand, auf den Standpunkt gestellt, daß sie Genugtuung forderte, und sie erklärte jedermann zu ihrem Feinde, der es wagen würde, sie daran zu hindern. Die Geschichte berichtet nicht, daß ihnen der Erschlagene besonders leid getan, ja nicht einmal, daß man ihm in der ganzen Sippschaft überhaupt eine Träne nachgeweint hätte; sie berichtet nur, daß alle darauf versessen waren, den Täter lebend oder tot in den Klauen zu haben.

Indem dieser aber nun die Kapuzinerkutte nahm, brachte er alles in Ordnung. Er tat gewissermaßen Buße und unterzog sich einer Strafe, nahm damit stillschweigend die Schuld auf sich und ging jedem Streit aus dem Wege. Kurzum, damit war er ein Feind, der die Waffen streckte. Den Verwandten des Toten stand es auch nach Belieben frei zu glauben, daß er aus Verzweiflung und Angst vor ihrem Zorn Mönch geworden sei; und sie konnten sich damit brüsten. Einen Mann so weit zu bringen, daß er sich seines Besitzes entäußert, sein Haupthaar scheren läßt, barfuß geht, auf einem Sack schläft, von Almosen lebt, konnte jedenfalls auch dem aufgeblasensten Verfolger als hinreichende Strafe erscheinen.

Der Pater Guardian machte dem Bruder des Toten mit ungezwungener Ehrerbietigkeit einen Besuch und sprach nach tausend Beteuerungen der Hochachtung für das erlauchte Haus, dem man, soweit wie menschenmöglich, zu Gefallen sein wollte, von Lodovicos Reue und seinem Entschluß. Er gab dabei geschickt zu verstehen, daß die Familie damit zufrieden sein könne, und ließ noch feiner und gewandter durchblicken, daß es – genehm oder nicht – auch so kommen werde. Der Bruder tobte vor Wut. Der Kapuziner ließ sie verrauchen und sagte nur von Zeit zu Zeit: »Euer Schmerz ist nur allzu verständlich.« Jener gab zu verstehen, daß seine Familie sich in jedem Fall Genugtuung zu verschaffen gewußt hätte; und der Kapuziner widersprach ihm nicht, unbeschadet seiner geheimen Gedanken. Schließlich wurde gefordert, ja zur Bedingung gemacht, daß der Mörder des Bruders die Stadt sofort zu verlassen habe. Der Guardian, der dergleichen erwartet hatte, sagte es zu, wobei er den anderen nach seinem Belieben im Glauben ließ, dies sei ein Akt des Gehorsams. So wurde alles geregelt. Die Familie war zufrieden, da sie ehrenvoll aus der Sache hervorging, die Mönche waren zufrieden, da sie einen Menschen und zugleich ihre Vorrechte gerettet hatten, ohne sich einen Feind zu machen, die Parteigänger der Ritterschaft waren zufrieden, da sie einen Zwischenfall löblich beigelegt fanden; das Volk war zufrieden, weil es einen wohlgelittenen Mann außer Gefahr sah und zugleich eine Bekehrung bewundern konnte; am meisten zufrieden aber war schließlich mitten in seinem Schmerz unser Lodovico, der ein Leben der Buße und des Dienstes begann, das die Untat wenigstens wettmachen sollte, wenn sie auch nicht wiedergutzumachen war, und das den unerträglichen Stachel der Reue mildern sollte. Die Vermutung, daß sein Entschluß der Angst zugeschrieben würde, betrübte ihn zunächst; doch tröstete er sich schnell in dem Gedanken, daß auch diese ungerechte Beurteilung für ihn eine Strafe und ein Mittel der Sühne sei. So hüllte er sich mit dreißig Jahren in das Sackleinen des Büßers, und da er, wie es Brauch war, seinen Namen aufgeben und einen anderen annehmen mußte, wählte er einen, der ihn in jedem Augenblick an das erinnern sollte, was er verbüßen mußte. So nannte er sich Bruder Christophorus.

Nachdem die Feier der Einkleidung kaum vollzogen war, erklärte ihm der Guardian, daß er die Zeit seines Noviziats sechzig Meilen weit weg in * * * verbringen und morgen aufbrechen müsse. Der Novize verneigte sich tief und bat um eine Gnade. »Mein Vater«, sagte er, »ich möchte beim Abschied von dieser Stadt, in der ich Menschenblut vergossen und eine schwer gekränkte Familie zu versöhnen habe, wenigstens die Beleidigung wieder zurücknehmen. Gestatten Sie mir – wennschon der Schaden nicht wiedergutzumachen ist – zum mindesten, mein Bedauern darüber zum Ausdruck zu bringen, indem ich den Bruder des Erschlagenen um Vergebung bitte und den Stachel aus seiner Seele nehme, wenn Gott mein Vorhaben segnet.«

Der Guardian meinte, daß ein solcher Schritt nicht nur an sich gut, sondern auch zweckdienlich sei, um jene Familie immer mehr mit dem Kloster auszusöhnen. Er ging daher unverzüglich zu dem Edelmann, um ihm die Bitte des Bruders Christophorus zu unterbreiten. Angesichts eines so unerwarteten Vorschlages überkam den Erstaunten zwar abermals Unmut, zugleich jedoch eine gewisse Befriedigung. Nachdem er einen Augenblick überlegt hatte, sagte er: »Kommen Sie morgen!« und setzte eine Zeit fest. Der Guardian kehrte zurück, um den Novizen von der erhofften Zustimmung in Kenntnis zu setzen.

Der Edelmann war sich sofort klar darüber, daß sein Ansehen in der ganzen Verwandtschaft und in der Öffentlichkeit um so mehr steigen würde, je feierlicher und aufsehenerregender jene Abbitte geleistet würde. Es wäre (um es im modernen Geschmack zu sagen) eine schöne Seite in der Familienchronik. Er ließ eilends alle Verwandten auf den nächsten Tag zu sich zu Tisch entbieten (so sagte man dazumal), damit allen gemeinsam Genugtuung geboten würde. Am Mittag wimmelte der Palast von Herrschaften jeden Alters und Geschlechts. Weite Rittermäntel, hohe Federbüsche, wippende Stoßdegen wogten hin und her; vielgefältelte steife Halskrausen zeigten sich in gemessener Bewegung; reichbestickte Schauben schleppten hinderlich nach. Die Vorzimmer, der Hof und die Straße wimmelten von Dienern, Pagen, Bravi und Neugierigen. Bruder Christophorus sah dieses Aufgebot, erriet die Ursache und empfand einige Bedrückung. Alsbald aber sagte er sich: Gut so! Ich habe ihn in aller Öffentlichkeit umgebracht, in Gegenwart so vieler seiner Feinde: wie die Schandtat, so die Sühne! Dann durchschritt er gesenkten Blickes an der Seite des ihn begleitenden Paters das Tor jenes Palastes, durchquerte das Gedränge im Hof, wo er mit wenig zurückhaltender Neugier gemustert wurde, erstieg die Treppe, auf der sich in dichtem Spalier die Vornehmen scharten, und gelangte – von hundert Blicken gefolgt – vor den Hausherrn. Dieser stand, von den nächsten Anverwandten umgeben, aufrecht inmitten des Saales, die Augen niedergeschlagen, aber das Kinn emporgereckt. Mit der Linken stützte er sich auf seinen Degenknauf, während die Rechte den Kragen des Schultermantels über der Brust zusammenhielt.

Zuweilen spricht das innerste Wesen eines Menschen so unmittelbar und unverhüllt aus Antlitz und Haltung, daß es in einem noch so großen Zuschauerkreise nur ein einziges Urteil über seinen Wert gibt. Antlitz und Haltung des Bruders Christophorus bewiesen den Umstehenden unmißverständlich, daß er nicht aus Menschenfurcht Mönch geworden noch zu solcher Demütigung gekommen sei. Das versöhnte alle mit ihm von vornherein. Als er den Beleidigten erblickte, eilte er auf ihn zu, warf sich vor ihm auf die

Knie, senkte das geschorene Haupt und sagte mit vor der Brust verschränkten Armen: »Ich bin der Mörder Ihres Bruders. Gott weiß, wie gern ich um den Preis meines eigenen Blutes sein Leben wiedererkaufen möchte. Da ich aber nichts anderes mehr vermag, als nachträglich fruchtlose Abbitte zu leisten, bitte ich Sie, dieser um der Liebe Gottes willen Gehör zu schenken.«

Aller Augen ruhten wie gebannt auf dem Novizen und der Persönlichkeit, zu der er sprach; alle waren ganz Ohr. Als Bruder Christophorus schwieg, erhob sich im ganzen Saale ein mitleidiges und achtungsvolles Gemurmel. Der Edelmann, der erzwungene Herablassung und verhaltenen Zorn zur Schau trug, geriet aus der Fassung, neigte sich zu dem Knienden und sagte mit bewegter Stimme: »Stehen Sie doch auf ... Die Beleidigung ... die Tat freilich ... Aber das Kleid, das Sie tragen ... Nicht deshalb allein, auch um Ihretwillen ... Erheben Sie sich doch, Pater ... Mein Bruder ... war ... ich kann es nicht leugnen ... ein etwas unbesonnener ... etwas vorschneller ... Mann und Kavalier. Es geschieht aber alles nach Gottes Willen. Wir wollen nicht weiter davon sprechen ... Sie aber, mein Pater, dürfen nicht länger in dieser Stellung bleiben.« Er nahm ihn bei den Armen und hob ihn auf. Bruder Christophorus antwortete nun stehend, aber gesenkten Hauptes: »So darf ich denn hoffen, daß Sie mir Verzeihung gewährt haben? Wird sie mir aber von Ihnen zuteil, von wem darf ich sie dann nicht erhoffen! Ach, könnte ich doch aus Ihrem Munde das Wort Verzeihung hören!«

»Verzeihung?« sagte der Edelmann, »Sie bedürfen ihrer nicht mehr ... Da Sie es jedoch wünschen, verzeihe ich Ihnen gewiß von Herzen, ganz gewiß, und alle übrigen ...«

»Alle, alle!« riefen die Umstehenden einstimmig. Das Antlitz des Mönches erhellte dankbare Freude, die allerdings noch von demütiger und tiefer Reue über die Übeltat überschattet wurde, von der die Barmherzigkeit der Menschen nicht erlösen kann. Von diesem Anblick besiegt und von der allgemeinen Rührung hingerissen, schlang der Edelmann die Arme um seinen Hals und gab und empfing den Friedenskuß.

»Bravo! Recht so!« erscholl es von allen Seiten des Saales. Alles setzte sich in Bewegung und umdrängte den Mönch. Diener kamen mit reichlich dargebotenen Erfrischungen. Der Edelmann trat zu unserem Christophorus, der Anstalten machte, sich zu verabschieden, und sagte zu ihm: »Pater, nehmen Sie bitte etwas zu sich, um mir so einen Beweis Ihrer Freundschaft zu geben!« Und er schickte sich an, ihn vor allen andern zu bedienen. Dieser aber wehrte herzlich ab, zog sich zurück und sagte: »Diese Dinge sind nichts mehr für mich; doch sei es ferne von mir, Ihre Geschenke abzuweisen. Ich bin im Begriff, auf Wanderschaft zu gehen: seien Sie so gütig, mir ein Brot bringen zu lassen, damit ich sagen kann, daß ich Ihre Barmherzigkeit erfahren, Ihr Brot gegessen und ein Zeichen Ihrer Vergebung erlangt habe.« Gerührt befahl der Edelmann, danach zu verfahren. Alsbald brachte ein Diener in großer Galalivree auf silberner Platte ein Brot und bot es dem Pater dar, der es dankend ergriff und in seinen Korb steckte. Dann bat er um Urlaub, umarmte den Hausherrn abermals und riß sich nur mit Mühe von all den anderen los, die ihn noch einmal freundschaftlich umdrängten. In den Vorzimmern hatte er es nicht leicht, sich der Dienerschaft und sogar einiger Bravi zu erwehren, die ihm den Saum des Gewandes, Strick und Kapuze küßten. Auf der Straße wurde er von der Volksmenge wie im Triumph getragen und bis zu einem Stadttor geleitet, durch das er davonging, um die Wanderung zum Ort seines Noviziats anzutreten.

Der Bruder des Erschlagenen und die Verwandtschaft, die erwartet hatten, an diesem Tage der traurigen Freude des

Hochmuts zu frönen, wurden statt dessen von der Heiterkeit der Verzeihung und des Wohlwollens erfüllt. Die Gesellschaft verweilte noch eine Zeitlang in ungewöhnlicher Hochstimmung und Herzlichkeit bei Gesprächen, auf die niemand gefaßt gewesen, als er dort hingegangen war. Statt um die erlangte Genugtuung, den gerächten Schimpf, die erfüllten Standespflichten bewegte sich die Unterhaltung um das Lob des Novizen, die Versöhnung und Friedfertigkeit. Und jener Herr, der sonst zum fünfzigsten Male erzählt hätte, wie sein Vater, der Graf Muzio, bei jener berühmten Gelegenheit den Marchese Stanislao – den jedermann bekannten Eisenfresser – veranlaßt hatte, seine Schuldigkeit zu tun, sprach statt dessen von der Buße und wunderbaren Geduld eines Bruders Simon, der vor langen Jahren bereits gestorben war. Als die Gesellschaft sich verabschiedet hatte, überdachte der Hausherr gerührt und erstaunt noch einmal, was er vernommen und selber gesagt hatte, und murmelte zwischen den Zähnen: »Teufel von einem Mönch! (Wir müssen natürlich genau seine Worte wiedergeben.) Teufel von einem Mönch! Wäre er noch etwas länger hier auf den Knien geblieben, so hätte ich ihn fast um Verzeihung gebeten, daß er meinen Bruder erschlagen hat.« – Unsere Geschichte verzeichnet ausdrücklich, daß jener Herr von diesem Tage an etwas weniger heftig und umgänglicher wurde.

Pater Christophorus schritt mit einem Trost im Herzen fürbaß, wie er ihn seit jenem furchtbaren Tage noch nie wieder empfunden hatte. Dem Ziele, dafür zu büßen, hatte er sein ganzes Leben geweiht. Er beobachtete mühelos das Gebot des Schweigens, das den Novizen auferlegt war; so ganz und gar war er von dem Gedanken an Beschwerden, Entbehrungen und Erniedrigungen ausgefüllt, die er leiden müsse, um seine Verfehlung zu sühnen. Zur Essenszeit kehrte er bei irgendeinem Gönner ein und aß mit einer Art Wollust vom Brote der Vergebung. Ein Stück davon aber verwahrte er und legte es in den Korb zurück als ein bleibendes Andenken.

Wir haben nicht die Absicht, sein Klosterleben zu schildern. Im allgemeinen hatte er den Auftrag, zu predigen und den Sterbenden beizustehen, was er stets mit großer Bereitwilligkeit und Sorgfalt erledigte; ferner aber ließ er sich niemals eine Gelegenheit entgehen, zwei weitere selbstauferlegte Pflichten zu erfüllen: die nämlich, Streitigkeiten beizulegen und Bedrückte zu schützen. Ohne daß er sich dessen bewußt war, entsprach diese Neigung zum Teil noch seiner alten Gewohnheit und einem Rest kämpferischen Geistes, den Erniedrigungen und Kasteiungen nicht ganz hatten ausrotten können. Seine Rede war gewöhnlich demütig und gesetzt. Wenn es aber um Gerechtigkeit oder Einsatz für die Wahrheit ging, erfaßte ihn mit einemmal wieder der alte Schwung. Eine lange Predigererfahrung hatte ihn gelehrt, dieses Aufwallen durch feierlichen Nachdruck zu mäßigen, was seinen Worten ihr eigentümliches Gepräge verlieh. Seine ganze Erscheinung und Haltung verrieten einen langen Widerstreit zwischen einer heftigen und reizbaren Naturanlage und einem entgegengesetzten, gewöhnlich siegreichen Willen, der immer auf der Hut war und höheren Beweggründen und Triebkräften folgte. Einer seiner Mitbrüder und Freunde, der ihn gut kannte, hatte ihn einmal mit jenen in ihrer urwüchsigen Form allzu starken Ausdrükken verglichen, die einige, auch noch so Gebildete, wenn die Leidenschaft sie hinreißt, verstümmelt unter Veränderung einiger Buchstaben aussprechen, wobei die Elementarkraft der so verhüllten Worte dennoch durchklingt.

Hätte eine arme Unbekannte in der traurigen Lage Lucias den Beistand des Pater Christophorus erbeten, so wäre er unverzüglich herbeigeeilt. Mit wieviel größerer Bereitschaft mußte er dann kommen, wenn es sich um Lucia handelte, deren Rechtschaffenheit er kannte und bewunderte, um deren Gefährdung er bereits bangte und deren schändliche Verfolgung heilige Empörung in ihm wachrief. Überdies hatte er ihr zugeredet, um Schlimmeres zu verhüten, nichts zu verraten und sich ruhig zu verhalten, und er befürchtete nun, sein Ratschlag könnte verdrießliche Folgen gehabt haben. Zu dem ihm geradezu angeborenen Hang zur Nächstenliebe trat in diesem Fall jene Gewissensangst, die so oft die Besten quält.

Während wir uns aber damit aufgehalten haben, über die Lebensumstände des Pater Christophorus zu berichten, ist er angelangt und an die Tür getreten. Die Frauen halten die Kurbel der Seidenhaspel an, die sie drehen und surren lassen. Sie sind aufgestanden und sagen wie aus einem Munde: »Oh, Pater Christophorus! Gott segne Sie!«

5. KAPITEL

Pater Christophorus blieb auf der Schwelle stehen und mußte schon beim ersten Blick auf die Frauen feststellen, daß ihn seine schlimme Ahnung nicht getrogen hatte. Er hob langsam den Kopf, reckte seinen Bart und fragte in jenem forschenden Ton, der auf eine traurige Antwort gefaßt ist: »Nun ...?« Lucia brach in Tränen aus. Die Mutter begann sich zu entschuldigen, daß man gewagt habe... Der Pater aber trat näher, nahm auf einem dreibeinigen Schemel Platz, unterbrach die höflichen Beteuerungen und sagte zu Lucia: »Beruhigt Euch, armes Kind! – Und Ihr«, wandte er sich dann an Agnes, »erzählt mir doch, was los ist!« Während die gute Frau, so gut sie konnte, ihren traurigen Bericht gab, wechselte der Mönch immer wieder die Farbe, hob bald die Augen zum Himmel und stampfte bald mit dem Fuß auf. Als die Erzählung beendet war, bedeckte er das Gesicht mit den Händen und rief aus: »Allmächtiger Gott! Wie lange noch ...« Doch ohne den Satz zu vollenden, wandte er sich erneut an die Frauen und sagte: »Ihr Ärmsten! Gott hat Euch heimgesucht, arme Lucia!«

»Sie werden uns doch nicht im Stich lassen, Pater?« sagte diese unter Schluchzen.

»Euch im Stich lassen?« antwortete er. »Wie könnte ich die Stirn haben, von Gott etwas für mich zu erbitten, wenn ich Euch im Stich gelassen hätte? Dazu noch in solcher Lage? Euch, die Er mir anvertraut hat! Laßt den Mut nicht sinken: Er wird Euch beistehen. Er sieht alles. Er kann sich auch eines nichtigen Menschen wie meiner bedienen, um den zu verderben, der ... Halt einmal! Wir wollen überlegen, was zu tun ist.« Bei diesen Worten stützte er den linken Ellbogen aufs Knie und die Stirn in die Hand. Seine Rechte fuhr sinnend über Bart und Kinn, als wollte er alle Kraft seiner Seele zusammennehmen und aufbieten. Aber auch die reiflichste Überlegung brachte ihn nicht weiter, als klar zu erkennen, wie dringlich und verwickelt die Angelegenheit war und wie beschränkt, ungewiß und gefährlich alle Auswege. – Don Abbondio ein wenig beschämen und ihn einsehen lassen, wie sehr er seine Pflicht versäumte? Scham und Pflicht bedeuten ihm nichts, wenn er Angst hat. Ihm Angst einjagen? Womit könnte ich denn die Angst vor einem Flintenknall noch übertreffen? Von allem den Kardinal und Erzbischof unterrichten und dessen Autorität in die Waagschale werfen? Das braucht Zeit. Und bis dahin? Und dann? Wenn das arme unschuldige Ding auch verheiratet wäre, böte das für jenen Menschen ein Hindernis? Wer weiß, wie weit er gehen würde? Ihm Widerstand leisten? Wie denn? Und der arme Mönch dachte weiter: Ach, könnte ich doch meine hiesigen Brüder und die in Mailand hinter mich bringen! Aber, aber! Es handelt sich um keinen gewöhnlichen Fall! Ich würde allein stehen. Jener Mensch gebärdet sich als Freund des Klosters und gibt sich als Förderer der Kapuziner aus. Haben seine Bravi denn nicht auch mehr als einmal bei uns Zuflucht gefunden? Ich müßte den Gang alleine wagen. Das würde mich dann als unruhigen Geist, Störenfried und Händelsucher in Verruf bringen, und vielleicht würde ich auch – was schlimmer wäre – durch einen unzeitigen Schritt die Lage des armen Dings nur noch verschlechtern.

Nachdem er jedes Für und Wider erwogen, hielt er es für das beste, Don Rodrigo selbst gegenüberzutreten und zu versuchen, ihn womöglich von seinem schändlichen Vorhaben abzubringen, soweit Bitten und die Schrecken sowohl des ewigen als auch des zeitlichen Lebens das vermöchten.

Schlimmstenfalls könnte man auf diese Weise wenigstens eindeutiger herausbekommen, in welchem Maße der Mensch auf seine schmutzige Absicht versessen war. Man könnte genauer erfahren, was er vorhatte, und sich danach richten.

Während der Mönch diese Überlegungen anstellte, war Renzo, der es begreiflicherweise weit von diesem Hause nicht aushalten konnte, auf der Schwelle erschienen. Da er jedoch den Pater in Gedanken versunken vorfand und die Frauen ihm Zeichen gaben, ihn nicht zu stören, blieb er schweigend stehen. Erst als der Mönch das Antlitz hob, um den Frauen seinen Plan mitzuteilen, bemerkte und begrüßte er den Geistlichen auf eine Weise, die eine durch Mitleid gesteigerte herzliche Zuneigung erkennen ließ.

Mit bewegter Stimme fragte Renzo: »Hat man Ihnen gesagt, Pater ...?«

»Freilich! Deswegen bin ich ja hier.«

»Was sagen Sie von so einem Schurken?«

»Was soll ich von ihm sagen? Er ist nicht zugegen, um es anzuhören: was sollen da meine Worte? Dir, mein Renzo, sage ich, daß du auf Gott vertrauen sollst und daß er dich nicht verlassen wird.«

»Der Herr segne Ihre Worte!« rief der Jüngling aus. »Sie

gehören nicht zu denen, die den Armen immer unrecht geben. Aber der Herr Pfarrer und jener Herr Doktor für hoffnungslose Fälle ...«

»Wärme die Geschichten nicht wieder auf, die dich nur sinnlos aufregen. Ich bin ein armer Mönch, aber ich wiederhole dir, was ich schon den Frauen gesagt habe: soviel an mir liegt, werde ich euch nicht im Stich lassen.«

»Oh, Sie sind nicht wie die Freunde dieser Welt! Diese Schwätzer! Wenn sich einer darauf verlassen hätte, was die in guten Zeiten alles beteuert haben! Du lieber Gott! Sie waren bereit, ihr Blut für mich zu vergießen. Sie hätten mir gegen Tod und Teufel beigestanden! Wenn ich etwa einen Feind gehabt hätte ... ich hätte es nur zu sagen brauchen, und er hätte bald kein Brot mehr gegessen ... Jetzt aber müßten Sie einmal sehen, wie sie kneifen!« An dieser Stelle hob er die Augen zum Gesicht des Paters, sah, daß es sich ganz verfinstert hatte, und erkannte, daß er ausgesprochen hatte, was besser ungesagt geblieben wäre. Als er aber die Scharte auswetzen wollte, verhaspelte er sich: »Ich wollte sagen ... ich meine nicht ... das heißt, ich wollte sagen ...«

»Was wolltest du sagen? Wie? Du hattest also bereits begonnen, mein Werk zu zerstören, ehe es begonnen war! Es ist gut für dich, daß dir beizeiten die Augen geöffnet wurden. Was! Da hast du also Freunde gesucht – und was für welche! –, die dir auch beim besten Willen nicht helfen könnten. Dabei trachtest du, Den zu verlieren, der alleine helfen kann und will! Weißt du nicht, daß Gott der Freund der Mühseligen und Beladenen ist, die auf Ihn vertrauen? Weißt du nicht, daß der Schwache nichts gewinnt, wenn er seine Krallen zeigt? Und wennschon ...« In diesem Augenblick umklammerte er heftig Renzos Arm. Ohne an Würde einzubüßen, machte er einen tief zerknirschten Eindruck, schlug die Augen nieder und sagte langsam wie aus Erdentiefen: »Wennschon ... es ist ein fürchterlicher Gewinn! Renzo!

Willst du mir vertrauen? ... Was sage ich: *mir*, dem Wicht, dem Mönchlein? Willst du Gott vertrauen?«

»O ja!« antwortete Renzo. »Er allein ist der wahre Herr!«

»Gut, dann versprich du mir, daß du niemanden überfallen, keinen herausfordern willst und daß du dich von mir leiten läßt.«

»Ich gelobe es.«

Lucia atmete auf, als wäre eine Last von ihr genommen, und Agnes sagte: »Wackerer Junge!«

»Hört, meine Kinder«, fuhr Pater Christophorus fort, »heute noch gehe ich hin und will mit jenem Menschen sprechen. Wenn Gott meinen Worten Kraft verleiht, um jenes Herz zu rühren, um so besser! Wenn nicht, wird Er uns einen anderen Ausweg finden lassen. Unterdessen bleibt ihr hier ruhig im Hause, geht dem Geschwätz aus dem Wege und laßt euch nicht blicken. Heute abend oder spätestens morgen früh seht ihr mich wieder.« Nach diesen Worten ging er davon und kam so jedem Dank und Segenswort zuvor. Er lenkte seine Schritte zum Kloster, kam rechtzeitig, um das Chorgebet zur Sext zu singen, nahm sein Mittagsmahl ein und machte sich sofort auf den Weg zur Höhle des Löwen, den er zähmen wollte.

Der Palast Don Rodrigos ragte einsam und burgartig auf einer der Höhen empor, zu denen das Seegestade allerorten hinaufsteigt. Dieser Angabe fügt der ungenannte Chronist hinzu, daß der Ort höher als das Dörfchen des Brautpaars liege, vielleicht drei Meilen davon entfernt und vier vom Kloster. (Er hätte besser daran getan, einfach den Namen anzuführen.) Am Fuß des Hügels, nach Süden und zum See hin, stand eine Gruppe von Hütten, in denen Don Rodrigos Bauern hausten. Das war sozusagen die Hauptstadt seines kleinen Reiches. Man brauchte dort nur durchzukommen, um über die herrschenden Zustände und die Sitten dortzulande aufgeklärt zu werden. Wenn man in die Zimmer zu ebener Erde, deren Türen zum Teil offenstanden, einen Blick warf, so gewahrte man an den Wänden in buntem Durcheinander Donnerbüchsen, Hacken, Rechen, Strohhüte, Netze und Pulverhörner. Die Leute, die man dort traf, waren vierschrötige, grobschlächtige und finstere Gesellen mit einem wilden, zurückgestriemten Schopf, der in sein Netz gebunden war. Greise, die sich längst die Zähne ausgebissen hatten, schienen dennoch nach wie vor bereit, für nichts und wieder nichts die nackten Kiefer zu fletschen. Weiber mit ausgesprochen männlichen Zügen konnten ganz unverkennbar, wenn es darauf ankam, ihrer Zunge mit nervigen Armen zu Hilfe kommen. Selbst das Gehabe der Kinder, die in den Gassen tollten, hatte etwas irgendwie Unbändiges und Herausforderndes.

Bruder Christophorus durchquerte die Ansiedlung, stieg auf einem gewundenen Pfade den Abhang hinan und gelangte auf eine kleine Terrasse vor dem Palast. Das Tor war verschlossen; sicher saß der Hausherr beim Mahle und wollte nicht gestört werden. Die wenigen kleinen Fenster nach der Straße zu hatten zwar windschiefe, längst verwitterte Läden, waren jedoch durch starke Eisengitter geschützt und lagen im Erdgeschoß so hoch, daß ein Mann auf den Schultern eines anderen sie kaum erreicht hätte.

Tiefe Stille herrschte ringsum. Ein Wanderer hätte meinen können, der Bau wäre verlassen, wenn nicht vier Geschöpfe, zwei lebende und zwei tote, die draußen symmetrisch verteilt waren, einen Rückschluß auf Bewohner erlaubt hätten. Zwei große Geier waren mit ausgebreiteten Flügeln und hängenden Köpfen auf je einen der Torflügel genagelt, der eine von der Zeit gerupft und halb zernagt, der andere noch befiedert und frisch. Zwei Bravi hatten sich auf den Bänken rechts und links ausgestreckt und hielten Wache. Sie warteten wohl darauf, gerufen zu werden und zu verspeisen, was vom Tisch ihres Herrn für sie abfiel. Der Pater blieb stehen wie einer, der sich zum Warten anschickt; aber einer der Bravi erhob sich und sagte zu ihm: »Aber Pater, treten Sie doch ruhig näher! Kapuziner brauchen hier nicht zu warten! Wir sind Freunde des Klosters. Ich bin schon manches liebe Mal drin gewesen, wenn hier draußen dicke Luft für mich war. Und wenn man mir da die Tür gewiesen hätte, wäre es mir leicht schlecht ergangen.« Bei diesen Worten schlug er zweimal mit dem Türklopfer an. Das Pochen wurde drinnen sofort durch ein Bellen und Kläffen von Doggen und Pinschern erwidert. Kurz darauf kam ein mürrischer alter Diener. Als er aber des Paters ansichtig wurde, machte er ihm einen tiefen Bückling, beschwichtigte mit Zuruf und Streicheln die Hunde, führte den Gast in einen engen Hof und verschloß wieder das Tor. Dann begleitete er ihn in ein Empfangszimmer, betrachtete ihn halb erstaunt, halb ehrerbietig und sagte: »Sind Sie nicht der Pater Christophorus aus Pescarenico?«

»Ebender!«

»Sie hier?«

»Wie Ihr seht, guter Mann!«

»Dann wollen Sie ein gutes Werk tun. Zu guten Werken«, murmelte er zwischen den Zähnen, »gibt es überall Gelegenheit!« Damit ging er weiter vorauf. Nachdem sie zwei oder drei weitere dunkle Räume durchschritten hatten, gelangten sie an die Tür des Speisesaals. Geklirr von Gabeln, Messern, Gläsern Tellern scholl ihnen entgegen und dazu ein Stimmengewirr, in dem ein jeder einen jeden zu übertönen versuchte. Der Mönch wollte sich zurückziehen und redete im Flur auf den Diener ein, um in irgendeinen Winkel des Hauses geführt zu werden, wo er das Ende des Mahles abwarten könnte, als plötzlich die Tür aufging. Ein gewisser Graf Attilio, der der Tür gegenübersaß – er war ein Vetter des Hausherrn; und wir haben ihn schon erwähnt, ohne seinen

Namen zu nennen –, erspähte einen geschorenen Kopf und eine Kutte, und als er die bescheidene Absicht des guten Mönchs erriet, rief er: »Hallo! Hallo! Hier wird nicht weggelaufen, ehrwürdiger Pater! Immer herein!« Don Rodrigo hätte das aus irgendeiner dumpfen Ahnung heraus lieber unterlassen gesehen, wenn er den Anlaß dieses Besuches auch nicht richtig erriet. Da aber Attilio nun einmal so unüberlegt laut gerufen hatte, stand es ihm nicht an, die Einladung zurückzunehmen, und deshalb sagte er: »Kommen Sie doch, Pater, kommen Sie!« Dieser trat näher, verneigte sich gegen den Hausherrn und beantwortete mit beiden Händen die Willkommensrufe der Tischgesellschaft.

Im allgemeinen – es gibt allerdings auch Ausnahmen – stellt man sich den Ehrenmann dem Bösewicht gegenüber gerne so vor: mit erhobener Stirn, sicherem Blick, geschwellter Brust und der Gewalt wohlgesetzter Rede. Tatsächlich aber sind viele Umstände vonnöten, die selten zusammentreffen, um zu einer solchen Haltung zu führen. Bruder Christophorus kam zwar im Vollbesitz seines guten Gewissens, mit der tiefsten Überzeugung von der Gerechtigkeit der Sache, die er vertreten wollte, und, was Don Rodrigo betrifft, mit einer aus Abscheu und Mitleid gemischten Einstellung; aber man braucht sich deshalb nicht zu wundern, wenn er nun mit einer gewissen Unterwürfigkeit und Ehrerbietung ebendiesem Don Rodrigo gegenüberstand, der da im Angesicht so vieler Zeichen seiner Macht, inmitten seiner Freunde, in seinem Haus und eigensten Bereich, ringsum umdienert, so große Tafel hielt. Sein bloßer Gesichtsausdruck schon konnte jedem jedwede Bitte im Halse ersticken, geschweige denn einen Rat oder Tadel oder gar Vorwurf.

Zu seiner Rechten saß jener Graf Attilio, sein Vetter und – wie ich wohl kaum zu erwähnen brauche – der Gefährte seiner Ausschweifungen und Streiche, der von Mailand herbeigeeilt war, um sich ein paar Tage auf dem Lande zu erholen. Links, an der anderen Seite des Tisches, tafelte untertänig, aber zugleich doch auch selbstsicher und aufgeblasen, der Herr Podesta[1]. Es war ebenderselbe, der von Rechts wegen die Pflicht gehabt hätte, Lorenzo Tramaglino zu beschützen und – wie oben dargelegt – Don Rodrigo zur Ordnung zu rufen.

Dem Podesta gegenüber saß unser Doktor Pfiffikus in schwarzem Talar und trug mit mehr als gewöhnlich geröteter Nase unverkennbar bedingungslose Hochachtung zur Schau. Den beiden Vettern gegenüber schmausten zwei unbekannte Gäste, von denen unsere Quelle nur zu sagen weiß, daß sie fortwährend beifällig nickten, verbindlich lächelten und allem zustimmten, was einer der übrigen Tischgenossen sagte, sofern man ihm nicht widersprach.

»Schafft Platz für den Pater!« befahl Don Rodrigo. Ein Diener rückte einen Stuhl zurecht, Pater Christophorus ließ sich nieder und entschuldigte sich bei dem Herrn, daß er zu so ungelegener Stunde komme. »Ich möchte Sie in einer wichtigen Angelegenheit unter vier Augen sprechen, sobald es Ihnen beliebt«, flüsterte er dann leiser Don Rodrigo zu.

»Schon recht! Darüber reden wir noch!« antwortete dieser. »Zunächst aber soll man dem Pater etwas zu trinken bringen!«

Dieser wollte abwehren, doch schon schwirrten wieder alle Stimmen durcheinander, und Don Rodrigo rief: »Beileibe nein! Sie werden mir das doch nicht antun! Es kommt einfach nicht in Frage, daß ein Kapuziner hier wieder weggeht, ohne meinen Wein gekostet, und ein unverschämter Gläubiger, ohne das Holz meiner Wälder kennengelernt zu haben.« Diese Worte riefen allgemeines Gelächter hervor

1 Der Podesta war früher Bürgermeister und zugleich Gerichtsvogt seines Bezirks (Anmerkung des Übersetzers).

und unterbrachen einen Augenblick die Erörterung der Streitfrage, welche die Gemüter der Tischgenossen erhitzte. Ein Diener erschien mit einer Weinflasche und einem hohen Glaskelch auf einem Tablett und bot dem Pater an. Dieser mochte die dringende Einladung des Gastgebers nicht abschlagen, lag ihm doch viel daran, ihn sich geneigt zu machen; und so zögerte er nicht, sich einzuschenken und langsam den Wein zu schlürfen.

»Die Autorität Tassos unterstützt Ihre Behauptung nicht, verehrter Herr Podesta, sie spricht sogar gegen Sie«, fing Graf Attilio stimmgewaltig wieder an, »weil dieser große und gelehrte Mann, der alle Gesetze des Rittertums aus dem Effeff beherrschte, so verfährt, daß der Herold Argantes, ehe er den christlichen Rittern die Herausforderung zum Zweikampf verkündet, den frommen Gottfried von Bouillon um Erlaubnis bittet ...«

»Das aber«, antwortete nicht weniger laut der Podesta, »das aber ist eine völlig überflüssige Zutat, eine poetische Ausschmückung, da ja der Herold, seiner Natur nach, völkerrechtlich – iure gentium – gesehen, bereits unverletzlich ist. Auch braucht man gar nicht weiter zu suchen; schon das Sprichwort sagt:

Ist auch der Herr gerade nicht zu fassen,
Den Boten soll man's nicht entgelten lassen!

Und die Sprichwörter, bester Graf, enthalten alle Weisheit des Menschengeschlechts. Und da nun der Herold nichts in seinem eigenen Namen gesagt, sondern lediglich einen Fehdebrief überbracht hat ...«

»Aber wann werden Sie denn endlich einsehen, daß dieser Herold ein tollkühner Esel war, der sich in nichts auskannte, nicht einmal in den Grund ...«

»Mit Verlaub, meine Herren«, unterbrach Don Rodrigo,

der den Streit nicht zu weit gehen lassen wollte, »wenden wir uns doch an Pater Christophorus. Seine Entscheidung soll gelten!«

»Richtig! Ausgezeichnet!« sagte Graf Attilio, dem es sehr artig vorkam, in ritterlichen Ehrenfragen einen Kapuziner entscheiden zu lassen. Der Podesta hingegen, der mit Feuereifer bei der Sache war, wollte sich kaum beruhigen und setzte ein Gesicht auf, als wollte er sagen: Dummes Zeug!

»Soviel ich begriffen habe«, erklärte der Pater, »handelt es sich um Dinge, auf die ich mich wohl nicht verstehen dürfte.«

»Die üblichen bescheidenen Ausreden von euch Patres«, sagte Don Rodrigo, »so kommen Sie mir aber nicht durch. Was denn! Wir wissen immerhin, daß Sie nicht mit der Kapuze auf dem Kopf zur Welt gekommen sind und sich einigermaßen darin umgetan haben. Wohlan! Es geht um folgendes!«

»Die Sache liegt so«, rief Graf Attilio dazwischen.

»Laß doch mich als Neutralen reden, lieber Vetter«, ergriff Don Rodrigo wieder das Wort. »Es dreht sich darum: ein spanischer Edelmann schickt einem Mailänder Edelmann eine Herausforderung. Da der Überbringer den Geforderten nicht zu Hause antrifft, händigt er das Schreiben einem Bruder aus. Dieser liest es und verabreicht dem Boten als Antwort eine Tracht Prügel. Es handelt sich um ...«

»Die hat gesessen! Die war richtig!« schrie Graf Attilio. »Das war ein fabelhafter Einfall!«

»Des Teufels!« fügte der Podesta hinzu. »Einen Kartellträger zu schlagen! Eine geheiligte Person! Pater, von Ihnen werde ich ja hören, ob das ritterlich gehandelt war!«

»Jawohl, mein Herr, höchst ritterlich!« rief der Graf. »Lassen Sie mich das beurteilen. Ich muß doch wissen, was einem Edelmann zusteht. Faustschläge wären etwas anderes gewesen, aber mit einem Stock macht sich keiner die Hände dreckig. Es ist mir völlig unerfindlich, warum Sie an dem Buckel eines Taugenichts soviel Interesse nehmen.«

»Wer hat denn von dem Buckel gesprochen, mein Graf? Sie unterstellen mir da dummes Zeug, das mir niemals in den Sinn gekommen ist. Ich habe vom Amtscharakter gesprochen und nicht von dem Buckel. Ich rede vor allem vom völkerrechtlichen Standpunkt. Geruhen Sie mir doch zu sagen, ob die Fetialen, welche die alten Römer entsandten, um ihre Ausforderungen an andere Völker ergehen zu lassen, um die Erlaubnis ersuchten, ihre Botschaft vorbringen zu dürfen. Und nennen Sie mir einen einzigen Schriftsteller, der erwähnt, daß ein Fetiale jemals geschlagen worden ist.«

»Was gehen uns die Uffizialen der alten Römer an? Das mögen ja ganz gute Leute gewesen sein, aber in diesen Dingen waren sie rückständig, recht rückständig. Nach den Gesetzen moderner Ritterschaft aber – der einzig wahren – vertrete ich den Standpunkt, daß sich ein Herold, der sich erfrecht, einem Ritter eine Ausforderung zuzustellen, ohne ihn vorher um die Erlaubnis dazu gebeten zu haben, unverschämt aufführt und durchaus verletzlich ist, äußerst verletzlich, und Prügel verdient hat, daß es nur so hagelt ...«

»Gehen Sie doch bitte auf meine Beweisführung ein!«

»Nichts da, nichts da!«

»Aber so hören Sie doch, hören Sie doch! Einen Unbewaffneten zu schlagen ist eine Ehrlosigkeit; *atqui* der Herold *de quo* ohne Waffen war, *ergo* ...«

»Sachte, sachte, Herr Podesta!«

»Wieso sachte?«

»Sachte, sage ich Ihnen. Was sagen Sie mir da? Eine Ehrlosigkeit ist es, jemanden mit dem Schwert von hinten zu verwunden oder ihm eine Kugel ins Kreuz zu jagen: und selbst dabei können Fälle eintreten ... aber bleiben wir bei der Sache. Ich räume ein, daß diese Handlungen im allgemeinen als Ehrlosigkeiten gelten können. Aber einem Taugenichts vier Stockschläge überziehen? Das wäre ja noch schöner, wenn man zu ihm sagen müßte: ›Paß auf, jetzt verhau ich dich‹, so wie man zu einem Edelmann sagen würde: ›Die Hand ans Schwert!‹ – Und Sie, verehrter Herr Doktor, warum unterstützen Sie nicht meine Gründe mit Ihrem guten Mundwerk, um mir zu helfen, diesen Herrn zu überzeugen, statt mir zuzuschmunzeln, um mir zu verstehen zu geben, daß Sie meiner Ansicht sind?«

»Ich …?« antwortete der Doktor in leichter Verwirrung, »ich erbaue mich an diesem gelehrten Streit und danke dem glücklichen Zufall, der zu einem so anmutigen Kampf der Geister Gelegenheit bot. Übrigens steht es mir auch gar nicht zu, einen Urteilsspruch zu fällen. Seine Durchlaucht haben bereits einen Richter bestimmt: den Pater hier …«

»Stimmt«, sagte Don Rodrigo, »wie soll aber der Richter zu Worte kommen, wenn die Streitenden nicht still sein wollen?«

»Ich verstumme«, sagte Graf Attilio. Der Podesta kniff die Lippen zusammen und hob die Hand, als ob er sich ergäbe.

»Dem Himmel sei Dank! Nun zu Ihnen, Pater!« sagte Don Rodrigo mit halb spöttischer Feierlichkeit.

»Ich habe mich bereits entschuldigt und gesagt, daß ich mich auf diese Dinge nicht verstehe«, antwortete Bruder Christophorus und gab einem Diener sein Glas zurück.

»Leere Ausflüchte!« riefen die beiden Vettern, »wir wollen einen Schiedsspruch.«

»Steht es so«, entgegnete der Mönch, »so ist meine bescheidene Ansicht die, daß es weder Ausforderungen noch Kartellträger noch Prügel geben sollte!«

Die Tischgenossen schauten verdutzt einander an.

»Oh, das ist ein starkes Stück!« sagte Graf Attilio. »Entschuldigen Sie, Pater, aber das ist wirklich stark! Man sieht, daß Sie die Welt nicht kennen.«

»Der?« bemerkte Don Rodrigo. »Muß ich nochmals darauf zurückkommen? Lieber Vetter, ich kenne ihn so gut wie dich; nicht wahr, Pater? Sagen Sie doch selbst, ob Sie sich nicht auch einmal die Hörner abgelaufen haben!«

Statt dieser freundlichen Aufforderung Folge zu leisten, sprach unser Pater heimlich ein Wörtchen mit sich selbst: Jetzt gilt es dir, Mönchlein. Aber denke daran, daß du nicht für dich hier bist. Alles, was aber nur dich allein betrifft, fällt nicht ins Gewicht.

»Das mag schon sein«, meinte der Vetter, »aber der Pater – wie heißt er doch eigentlich ...?«

»Pater Christophorus«, erscholl es ringsum.

»Aber Pater Christophorus, mein allerhochwürdigster Herr, mit diesen Ihren Grundsätzen würden Sie ja die Welt auf den Kopf stellen. Ohne Ausforderungen? Ohne Prügel? Dann ist es aus mit dem Ehrenpunkt. Straflosigkeit für alles Gesindel. Ein Glück, daß Sie von unmöglichen Voraussetzungen ausgehen!«

»Nur Mut, Doktor«, platzte Don Rodrigo heraus, der die beiden ersten Wortführer allmählich von ihrem Gespräch abbringen wollte, »nur Mut! Sie sind doch der Mann danach, allen recht zu geben. Wie würden Sie es denn anstellen, in dieser Sache Pater Christophorus beizupflichten?«

»Wahrlich«, antwortete der Doktor, schwang seine Gabel durch die Luft und wandte sich an den Pater, »wahrlich, ich kann nicht begreifen, wie Pater Christophorus, der doch als Mönch und Weltmann gleich vollkommen ist, übersehen konnte, daß sein Schiedsspruch zwar auf der Kanzel höchst vortrefflich, recht und billig sein mag, jedoch in einem ritterlichen Streitgespräch – ich sage das mit aller schuldigen Ehrerbietung – unannehmbar ist. Der Pater weiß ja besser als ich, daß alles zu seiner Zeit ins richtige Licht gerückt werden muß, und ich glaube, daß er sich für diesmal mit einem Scherz aus der Verlegenheit helfen wollte, einen Schiedsspruch fällen zu müssen.«

Was soll man gegen so abgedroschene und zählebige Gründe geltend machen? Am besten nichts! Unser Mönch tat so.

Don Rodrigo wollte diesen Gesprächsstoff fallenlassen und kam auf ein anderes Thema: »Übrigens habe ich gehört«, bemerkte er, »daß in Mailand von einem baldigen Vergleich die Rede ist.«

Bekanntlich wurde in jenem Jahre um die Erbfolge im Herzogtum Mantua gestritten. Nach dem Tode des Vincenzo Gonzaga, der ohne rechtmäßige Erben gestorben war, hatte der Herzog von Nevers als sein nächster Verwandter die Herrschaft angetreten. Ludwig XIII., oder vielmehr Kardinal Richelieu, unterstützte diesen Fürsten als einen ihm treuergebenen naturalisierten Franzosen. Philipp IV., oder besser: Don Guzman, der gemeinhin Herzog Olivarez genannt wird[1], war aus den gleichen Gründen gegen ihn und hatte ihn mit Krieg überzogen. Da jenes Herzogtum überdies ein Reichslehen war, unternahmen beide Parteien mit Eingaben und Drohungen Schritte bei Kaiser Ferdinand II. Die eine verlangte die Investitur des neuen Herzogs, die andere deren Verweigerung, ja sogar militärische Hilfe, um ihn zu verjagen.

»Ich glaube allmählich«, äußerte sich Graf Attilio, »daß sich die Dinge einrenken können. Gewisse Anzeichen sprechen dafür ...«

»Glauben Sie das nur nicht, Herr Graf, glauben Sie das nur nicht«, unterbrach ihn der Podesta, »in dieser Ecke hier

1 Don Caspar de Guzman, Graf von Olivarez, Herzog von San Lucar de Barramedo (1587-1645): Günstling Philipps IV. und allmächtiger Minister (Anmerkung des Übersetzers).

kann ich einiges erfahren. Der spanische Herr Kastellan, der mir in seiner Güte ein wenig wohlwill und der als Sohn eines Günstlings des Herrn Herzogs über alles auf dem laufenden ist ...«

»Ich versichere Ihnen, daß ich in Mailand alle Tage mit ganz anderen Leuten zu tun habe, und ich weiß aus bester Quelle, daß der Papst, dem ja doch am Frieden so ganz besonders viel gelegen ist, Vorschläge gemacht hat ...«

»Das muß so sein. Das ist ganz in der Ordnung. Seine Heiligkeit tun ihre Pflicht. Der Papst muß zwischen christlichen Fürsten immer Frieden stiften. Aber Herzog Olivarez verfolgt seine eigene Politik und ...«

»Ei, ei, ei! Wissen Sie denn, mein Herr, wie der Kaiser gegenwärtig darüber denkt? Glauben Sie etwa, daß es auf dieser Welt nur Mantua gibt? Er muß gar vieles berücksichtigen, mein Herr. Wissen Sie zum Beispiel, wie weit sich der Kaiser auf seinen Herzog von Valdistano oder Vallistai, oder wie er sonst heißen mag, verlassen kann und ob ...«

»Der richtige Name auf deutsch«, unterbrach ihn der Podesta erneut, »ist: ›Wallenstein‹. Das habe ich wiederholt bei unserm spanischen Herrn Kastellan gehört. Aber seien Sie ganz getrost ...«

»Wollen Sie mich etwa belehren?« fuhr der Graf auf. Don Rodrigo gab ihm aber durch Blicke zu verstehen, daß er ihm zuliebe den Mund halten möchte. Der Graf schwieg, und wie ein wieder flott gewordenes Schiff trieb der Podesta nunmehr mit vollen Segeln auf dem Strom seiner Beredsamkeit dahin.

»Wallenstein macht mir wenig Sorge. Herzog Olivarez hat nämlich seine Augen überall, und dem entgeht nichts. Wenn der Wallenstein Sprünge machen will, wird der Herzog ihn im Guten oder im Bösen schon wieder auf die richtige Bahn bringen. Dem entgeht nichts, sage ich, und er hat einen langen Arm, und wenn dieser große Politiker sich einmal etwas in den Kopf gesetzt hat, wie zum Beispiel mit Fug und Recht, daß der Herzog von Nivers in Mantua keine Wurzel schlagen soll, dann gelingt das dem Herrn Herzog von Nivers auch nicht, und der Herr Kardinal von Richeliu wird einen Schlag ins Wasser tun. Es ist ja überhaupt zum Lachen, daß dieser werte Kardinal mit dem Herzog anbinden will, einem Olivarez! Ich möchte wirklich in zweihundert Jahren noch einmal geboren werden, um zu erfahren, was unsere Nachkommen dann von dieser dreisten Anmaßung halten werden. Dazu gehört mehr als bloßer Neid. Da muß man Köpfchen haben! Einen Kopf wie Herzog Olivarez gibt es aber nur einmal auf der Welt. Der Herzog Olivarez, meine Herren«, fuhr der Podesta, noch immer in voller Fahrt, fort und war selbst ein wenig verwundert, nie auf eine Sandbank aufzulaufen, »der Herzog Olivarez ist ein alter Fuchs, mit allem schuldigen Respekt gesagt. Der läßt niemanden auf seine Schliche kommen. Und wenn er sich nach rechts zu schlagen Miene macht, kann man sicher sein, daß er nach links fegt. Daher kann sich auch keiner jemals rühmen, seine Pläne zu durchschauen. Selbst diejenigen, die sie ausführen müssen, sogar diejenigen, welche die Depeschen schreiben, verstehen kein Jota davon. Ich kann mit einiger Sachkenntnis sprechen, weil jener wackere Herr Kastellan geruht, sich mit mir in einiger Vertraulichkeit zu unterhalten. Der Herzog Olivarez weiß ganz genau, was an allen anderen Höfen gespielt wird, und all diese Politikaster (freilich gibt es auch geriebene darunter) haben kaum einen Einfall, so hat ihn der Herzog Olivarez auch schon auf wer weiß welch verborgenen Wegen gewittert, denn seine Fäden spinnt er überall. Dieser kümmerliche Kardinal von Richeliu tappt hier herum, schnuppert da, schwitzt und strengt sich an. Und dann? Wenn er dann einen Stollen gegraben hat, findet er den Gegenstollen des Herzogs Olivarez schon fix und fertig vor ...«

Der Himmel allein weiß, wann der Podesta an Land gekommen wäre. Da wandte sich Don Rodrigo urplötzlich, wie einer Eingebung folgend, an einen Diener und trug ihm auf, eine gewisse Flasche zu kredenzen. Nicht unschuldig daran waren die Gesichter, welche sein Vetter schnitt.

»Herr Podesta, meine Herren!« sagte er dann, »wir wollen auf den Herzog Olivarez anstoßen, und dann sagen Sie mir, ob der Wein seiner Persönlichkeit würdig ist.« Der Podesta antwortete mit einer Verneigung, die ein Gefühl besonderer Dankbarkeit verriet, da er alles, was zu Ehren des Herzogs gesagt oder getan wurde, zum Teil für sich selber in Anspruch nahm.

»Don Gasparo de Guzman, Graf von Olivarez, Herzog von San Lucar, der große Privat des Königs Don Philipp des Großen, unseres gnädigen Herrn, lebe hoch und lebe tausend Jahre!« rief er aus und erhob sein Glas.

(Der »Privat« war – falls es jemand nicht wissen sollte – der zu jener Zeit gebräuchliche Ausdruck für den Günstling eines Fürsten.)

»Hoch für tausend Jahre!« erwiderten alle.

»Schenkt dem Pater ein!« befahl Don Rodrigo.

»Entschuldigen Sie«, antwortete der Pater, »ich habe schon einmal gestört und möchte nicht …«

»Was!« entgegnete Don Rodrigo, »es handelt sich um einen Toast auf den Herzog. Möchten Sie denn den Anschein erwecken, als ob Sie es mit den Navarresern hielten?«

Das war damals der Spitzname der Franzosen, nach den Fürsten von Navarra, die mit Heinrich IV. ihre Herrschaft über Frankreich angetreten hatten.

Auf diese Gefahr hin mußte man mithalten. Alle Tischgenossen tranken einander zu und priesen den Wein, abgesehen von dem Doktor, der mit erhobenem Haupte, verzückten Blicken und genießerisch geschlossenen Lippen mehr zum Ausdruck brachte, als er mit Worten vermocht hätte.

»Was meinen Sie denn dazu, Doktor?« erkundigte sich Don Rodrigo.

Des Doktors Nase glühte tiefer als der Wein, als er sie aus dem Glase hob, und Silbe für Silbe schwelgerisch dehnend, erwiderte er: »Ich stelle fest und verkünde, daß dieses der Olivarez unter den Weinen ist. ›Censui, et in eam ivi sententiam[1]‹, daß ein ähnlicher Tropfen in allen zweiundzwanzig Königreichen unseres Herrn und Gebieters, den Gott beschützen möge, nicht zu finden ist. Ich erkläre feierlich, daß die Tafel des erlauchten Don Rodrigo die Gastmähler Algabals in den Schatten stellt und daß alle Not aus diesem Palast auf ewig verbannt bleiben soll, in dem Hülle und Fülle so königlich herrschen.«

»Wohlgesprochen! Trefflich gehalten!« riefen die Tischgenossen wie aus einem Munde. Doch das Wörtchen »Not«, das der Doktor so zufällig erwähnt hatte, brachte auf einmal alle auf dieses traurige Thema, und nun sprach man von der Hungersnot. Dabei waren sich im wesentlichen alle einig. Der Lärm war aber größer, als wenn es Meinungsverschiedenheiten gegeben hätte. Alle sprachen auf einmal.

»Es gibt keine Hungersnot«, erklärte einer, »die Aufkäufer sind schuld …«

»Und die Bäcker«, ergänzte ein anderer, »die das Getreide verstecken. Aufhängen sollte man sie!«

»Ganz recht! Erbarmungslos aufhängen!«

»Schöne Rechtsmittel!« entrüstete sich der Podesta.

»Ach was, Rechtsmittel!« trumpfte Graf Attilio noch lauter auf. »Summarische Verfahren! Man sollte einfach drei, vier, fünf oder sechs von den Kerlen fassen, die nach allgemeiner Überzeugung als die reichsten Schweine gelten, und sie aufhängen!«

1 Lateinische Gerichtsformel: Ich halte dafür und gebe das Urteil ab (Anmerkung des Übersetzers).

»Man muß ein Exempel statuieren! Ohne Abschreckung ist nichts zu machen!«

»Aufhängen! Aufhängen! und Getreide wird von allen Seiten nur so herbeiströmen!«

Wer sich je auf dem Gang über einen Jahrmarkt an der rührenden Eintracht einer Bänkelsängergruppe erfreut hat, wenn zwischen zwei Moritaten jeder sein Instrument stimmt und es kreischen läßt, so laut er kann, um es in all dem Krach deutlich zu hören, der kann sich auch vorstellen, welche Fülle des Wohllauts aus diesem Gespräch erscholl, wenn man es überhaupt so nennen darf. Unterdessen wurde immer wieder jener vielberufene Wein ausgeschenkt, und sein Lob mischte sich nach Gebühr mit den Urteilssprüchen staatswirtschaftlicher Justiz. So hörte man denn auch am häufigsten die Worte »Ambrosia« und »hängen« erschallen.

Don Rodrigo warf ab und zu einen Blick auf den einzigen, der still blieb. Er sah ihn immer ruhig dasitzen, ohne eine Spur von Ungeduld oder Eile, ohne die geringste Andeutung, daß er wartete, aber offenbar entschlossen, nicht von der Stelle zu weichen, ohne Gehör gefunden zu haben. Er hätte ihn gern seines Weges geschickt und auf diese Unterredung verzichtet. Es entsprach aber nicht seinen Grundsätzen, einen Kapuziner zu entlassen, ohne ihn anzuhören. Weil er der Unannehmlichkeit mithin nicht aus dem Wege gehen konnte, entschloß er sich, sie gleich auf sich zu nehmen, um die Sache bald hinter sich zu haben. Er erhob sich und mit ihm weiterlärmend die ganze angeheiterte Gesellschaft. Nachdem er sich bei den Gästen entschuldigt hatte, wandte er sich würdevoll an den Mönch, der sofort mit den anderen aufgestanden war, und sagte: »Jetzt stehe ich zu Ihrer Verfügung.« Damit führte er ihn in einen anderen Raum.

6. KAPITEL

»Womit kann ich Ihnen dienen?« sagte Don Rodrigo und pflanzte sich großspurig mitten im Zimmer auf. Das war der Inhalt seiner Worte; die Art und Weise aber, wie er sie vorbrachte, besagte unmißverständlich: Bedenke, vor wem du stehst, wäge deine Worte, und spute dich!

Nun gab es aber kein zuverlässigeres und wirksameres Mittel, um unserem Bruder Christophorus Mut zu machen, als ihm mit Anmaßung zu kommen. Zunächst hatte er noch unschlüssig dagestanden und nach passenden Worten gesucht, während die Perlen des Rosenkranzes an seinem Gürtel durch seine Finger rollten, als ob in einer von ihnen ein Anfang zu finden wäre; bei diesem Auftreten Don Rodrigos fühlte er jedoch sofort, daß sich mehr Worte als nötig auf seine Lippen drängten. Er bedachte aber, wie wesentlich es war, seinem Anliegen – und noch mehr den Angelegenheiten anderer – nicht zu schaden. So mäßigte er die Worte, die ihm auf der Zunge lagen, und sagte behutsam und bescheiden: »Ich komme, um Ihnen einen Akt der Gerechtigkeit nahezulegen und Sie um eine Gefälligkeit zu bitten. Böswillige Leute haben sich Ihres erlauchten Namens bedient, um einen armen Pfarrer einzuschüchtern und ihn zu hindern, seine Pflicht zu tun; zwei harmlosen Menschen wird damit Unrecht getan. Ein Wort von Ihnen genügt, um jene zu beschämen, das Recht wiederherzustellen und die zu beschwichtigen, denen so schlimm mitgespielt wurde. Sie vermögen es; und da Sie es vermögen, werden Ehre und Gewissen ...«

»Sie können mir von meinem Gewissen sprechen, wenn ich einmal zu Ihnen in die Beichte kommen sollte. Was meine Ehre betrifft, so nehmen Sie bitte zur Kenntnis, daß ich – und ich allein! – darüber wache und daß ich es als eine Unverschämtheit und Beleidigung betrachte, wenn jemand wagt, sich außer mir darum zu kümmern.«

Bruder Christophorus ersah aus diesen Worten, daß man gesonnen war, die seinen übel aufzunehmen, um einen Streit vom Zaun zu brechen und ihm keine Gelegenheit zu geben, zur Sache zu kommen. Um so mehr zwang er sich zur Duldsamkeit und beschloß, alles herunterzuschlucken, was dem anderen einfallen könnte.

Mit unterwürfigem Ton antwortete er daher alsbald: »Wenn ich etwas gesagt haben sollte, das Ihnen mißfällt, so ist es durchaus gegen meine Absicht geschehen. Verbessern und tadeln Sie mich nur ruhig, wenn ich nicht schicklich zu reden weiß; aber geruhen Sie, mich anzuhören! Um der himmlischen Liebe, um jenes Gottes willen, vor Dessen Antlitz wir alle einmal hintreten müssen ...« Bei diesen Worten hatte er den kleinen hölzernen Totenkopf seines Rosenkranzes zwischen die Finger genommen und hielt ihn dem finster blickenden Zuhörer vor die Augen. »Versteifen Sie sich nicht darauf, einen so leichten Akt der Gerechtigkeit zu verweigern, auf den so arme Geschöpfe Anspruch haben. Bedenken Sie, daß Gottes Auge immer auf den Seinen ruht und daß ihr Schreien und Seufzen droben Erhörung findet! Die Unschuld ist mächtig in des Allmächtigen ...«

»Heda, Pater!« unterbrach ihn Don Rodrigo schroff, »ich zolle Ihrem Kleide alle Achtung. Aber alles hat auch seine Grenzen, und ich könnte mich vergessen, wenn ich erleben müßte, daß jemand als Spitzel mein Haus betritt.«

Diese Worte trieben dem Mönch die Zornesröte ins Gesicht. Doch wie einer, der eine sehr bittere Medizin herunterschluckt, nahm er seine Rede wieder auf: »Sie glauben selber nicht, daß ich eine solche Bezeichnung verdiene. Ihr Herz sagt Ihnen, daß der Schritt, den ich eben hier tue, weder niedrige Beweggründe hat noch Verachtung verdient. Hören Sie mich doch an, Don Rodrigo, und gebe der Himmel, daß nie die Stunde schlägt, in der Sie bereuen müßten, nicht auf mich gehört zu haben. Setzen Sie doch nicht Ihre Ehre aufs Spiel, und welche Ehre! Don Rodrigo! Welch eine Ehre vor Gott und den Menschen! Sie vermögen viel hienieden, aber …«

»Hören Sie«, unterbrach ihn Don Rodrigo gereizt, aber nicht ohne Bestürzung, »wenn mich die Laune anwandelt, eine Predigt zu hören, kann ich doch wohl zur Kirche gehen wie andere Leute auch? Was soll das alles hier bei mir?« Er lächelte gezwungen und fuhr höhnisch fort: »Sie machen ja weit mehr aus mir, als ich bin. Nur Fürsten haben einen Hausprediger.«

»Wie aber steht es mit Gott, der die Fürsten über das Wort zur Rechenschaft zieht, das Er sie in ihren Residenzen vernehmen läßt? Es ist jener Gott, der Ihnen soeben Gnade widerfahren läßt und einen Seiner Diener sendet, der zwar unwürdig, aber immerhin Sein Diener ist und der für ein unschuldiges Mädchen eintreten soll …«

»Kurz und gut, Pater«, erklärte Don Rodrigo und wandte sich zum Gehen, »ich weiß nicht, wovon Sie reden. Ich begreife nur, daß es sich da wohl um ein Mädchen handeln muß, an dem Ihnen besonders viel liegt. Machen Sie Ihre Geständnisse bei wem Sie wollen, aber nehmen Sie sich nicht länger heraus, einen Edelmann zu belästigen.«

Unser Mönch war Don Rodrigo in aller Ehrerbietigkeit in den Weg getreten. Er hob flehend die Hände, um ihn aufzuhalten, und erwiderte: »Freilich liegt mir an ihr, doch nicht mehr als auch an Ihnen. Da sind zwei Seelen, auf deren jede es mir mehr ankommt als auf mein Leben. Don Rodrigo, für Sie kann ich nur zu Gott beten; aber es geschieht von ganzem Herzen. Weisen Sie mich nicht ab! Jagen Sie doch einem armen unschuldigen Ding nicht weiter Angst und Schrecken ein! Ein Wort von Ihnen vermag alles!«

»Also gut«, sagte Don Rodrigo, »da Sie ja glauben, daß ich für diese Person viel tun kann, da Ihnen diese Person ja so sehr am Herzen liegt …«

»Also gut?« nahm Pater Christophorus besorgt das Wort auf, da ihm Don Rodrigos Haltung nicht erlaubte, dem Frieden zu trauen, wenn auch Hoffnung möglich schien.

»Also gut! Raten Sie der Person, hierherzukommen und sich unter meinen Schutz zu stellen. Dann wird ihr nichts mehr fehlen, und keiner wird wagen, sie zu stören, so wahr ich ein Edelmann bin.«

Bei diesem Vorschlag machte sich die bisher mühsam unterdrückte Entrüstung des Paters Luft. All die schönen Vorsätze, klug und geduldig zu handeln, schwanden dahin. Der alte Adam war sich mit dem neuen einig, und in solchen Fällen zählte Pater Christophorus wahrlich für zwei.

»Euer Schutz!« rief er aus, stellte sich mit zwei Schritt Abstand entschlossen vor Don Rodrigo hin, stemmte die Rechte in die Hüfte, reckte ihm drohend die Linke entgegen und durchbohrte ihn mit flammenden Blicken: »Euer Schutz! Gut, daß Ihr so mit mir gesprochen habt, daß Ihr mir einen solchen Vorschlag gemacht habt! Euer Maß ist voll, und ich fürchte Euch nicht mehr!«

»Wie redest du denn da, Mönchlein …?«

»Ich rede so, wie man zu einem Gottverlassenen redet, der keine Furcht mehr erwecken kann. Euer Schutz! Ich wußte wohl, daß jene Unschuldige in Gottes Hut steht. Gerade Ihr aber laßt es mich nun mit solcher Gewißheit fühlen, daß ich keine Rücksichten mehr zu nehmen brauche, wenn ich mit Euch spreche. Ich rede von Lucia; seht, ich habe die Stirn, diesen Namen ohne Wimperzucken vor Euch auszusprechen.«

»Wie? Das in diesem Hause!«

»Dieses Haus tut mir leid! Ein Fluch ruht auf ihm. Ihr werdet schon noch merken, ob Gottes Gerechtigkeit Rücksicht auf Eure vier Wände nimmt und eine Handvoll Schergen scheut! Ihr habt geglaubt, daß Gott ein Geschöpf nach seinem Bilde geschaffen hätte, damit Ihr das Vergnügen hättet, es zu quälen. Ihr habt geglaubt, daß Gott es nicht zu verteidigen wüßte. Ihr habt seinen Wink mißachtet. Ihr seid gerichtet! Pharaos Herz war so verhärtet wie das Eure, und Gott hat es zu erweichen gewußt. Lucia ist sicher vor Euch. Das laßt Euch von dem armen Mönch gesagt sein. Was aber Euch selbst betrifft, so merkt Euch, was ich Euch verkünde: der Tag wird kommen ...«

Bis dahin hatte Don Rodrigo, zwischen Wut und Staunen schwankend, völlig verblüfft dagestanden und keine Worte gefunden. Als aber die Prophezeiung aufklang, gesellte sich zu dem Zorn geheimnisvoll ein schauerliches Ahnen.

Rasch ergriff er die drohend erhobene Hand und brüllte, um die Stimme des Unheilsboten zu übertönen: »Aus meinen Augen, du dreister Lümmel, du Tagedieb mit der Kapuze!«

Diese so unmißverständlichen Worte brachten Pater Christophorus im Nu zur Besinnung. Die Begriffe Vorwurf und Kränkung waren in seinem Geiste längst so eng mit dem Begriff des Schweigens und Leidens verknüpft, daß ihm bei solcher Anrede jeder Anflug von Zorn oder Erregung schwand und ihm kein anderer Entschluß blieb, als ruhig anzuhören, was etwa Don Rodrigo noch zu sagen hätte. Gefaßt zog er daher die Hand aus der Pranke des Edelmanns, senkte das Haupt und blieb unbeweglich stehen. So streckt ein sturmgeschüttelter Baum wieder seine Zweige, wenn im stärksten Unwetter der Föhn sich plötzlich legt und er den Hagel hinnimmt, wie ihn der Himmel verhängt.

»Emporgekommenes Pack, das mich für seinesgleichen hält!« fuhr Don Rodrigo fort. »Danke der Kutte über deinen Schultern, du Lumpenhund! Nur ihretwegen wirst du nicht so heilsam gestreichelt wie deinesgleichen sonst, wenn ihr Manieren lernen sollt. Scher dich für diesmal noch auf deinen eigenen Beinen fort! Das weitere wird sich finden!«

Mit diesen Worten wies er ihm gebieterisch und verächtlich die gegenüberliegende Tür. Pater Christophorus neigte das Haupt und ging davon. Don Rodrigo blieb es überlassen, mit wütenden Schritten den Kampfplatz zu durchmessen.

Als der Mönch die Tür hinter sich geschlossen hatte, erblickte er beim ersten Schritt in das nächste Zimmer einen Mann, der sich vorsichtig an der Wand entlang zurückzog, offenbar um von dem Ort der Unterredung aus nicht gesehen zu werden. Er erkannte den alten Diener wieder, der ihn am Tore in Empfang genommen hatte.

Dieser gehörte seit etwa vierzig Jahren zum Hause und hatte seine Stellung mithin schon vor Rodrigos Geburt unter dessen Vater angetreten, der von ganz anderem Schlage gewesen war. Nach dem Tode des alten hatte der neue Herr dem ganzen Gesinde den Laufpaß gegeben und andere Leute um sich geschart, wobei er aber diesen einen Diener behielt. Zu der Rücksicht auf sein Alter trat dabei die Erwägung, daß der Mann zwar völlig andere Grundsätze und Anschauungen als Rodrigo selber hatte, aber diesen Mangel durch zwei wertvolle Eigenschaften ausglich: eine hohe Meinung von der Würde des Hauses und gründliche Erfahrung im Zeremoniell, in dessen althergebrachten Sitten er sich in jeder Hinsicht wie kein anderer auskannte. Seinem Herrn gegenüber hätte der arme Alte niemals auch nur anzudeuten, geschweige denn zu äußern gewagt, wie sehr er mißbilligte, was er den ganzen Tag über vor Augen hatte. Er verstieg sich kaum einmal zu einer Bemerkung oder irgendeinem zwischen den Zähnen gemurmelten Tadelwort im Kreis seiner Kameraden. Die aber lachten darüber; ja, es machte ihnen sogar Spaß, gelegentlich diese Saite bei ihm anzuschlagen, denn dann wurde er deutlicher, als er eigentlich wollte, und sang wieder einmal das Lob der früheren Lebensart in diesem Hause. Seine Kritik kam stets zugleich mit dem Bericht über das Gelächter, das sie erregte, seinem Herrn zu Ohren; so war sie auch für ihn nur Gegenstand seines Spottes, ohne einen Stachel zu hinterlassen. An den Besuchstagen und bei Empfängen wurde der Alte dann wieder eine gewichtige und ernstzunehmende Persönlichkeit.

Pater Christophorus sah ihn im Vorübergehen an, grüßte und ging weiter. Der Alte jedoch näherte sich ihm geheimnisvoll, legte den Finger auf den Mund und veranlaßte ihn durch einen Wink, ihm in einen dunklen Korridor zu folgen. Dort angelangt, flüsterte er ihm zu: »Pater, ich habe alles gehört und muß mit Ihnen reden!«

»Macht schnell, guter Alter.«

»Hier nicht. Wehe, wenn der Herr etwas merkt! Aber ich weiß mancherlei und komme morgen ins Kloster.«

»Hat man etwas vor?«

»Sicher ist etwas im Gange. Soviel habe ich schon feststellen können. Aber jetzt passe ich auf und hoffe alles zu entdecken. Lassen Sie mich nur machen. Was muß ich nicht alles mit ansehen und anhören! Hier wird mit dem Feuer gespielt. Wo bin ich hingeraten! Aber ich möchte meine Seele retten.«

»Gott segne Euch!« flüsterte der Mönch und legte seine Hand auf den Scheitel des Dieners, der sich trotz seinem hohen Alter wie ein Sohn vor ihm verneigte. »Der Herr wird es Euch lohnen«, fuhr der Pater fort, »versäumt nicht, morgen zu kommen.«

»Ich komme«, antwortete der Diener, »aber nun gehen Sie schnell, und verraten Sie mich um Gottes willen nicht!« Bei diesen Worten schaute er um sich und trat am anderen Ende des Korridors in ein kleines Gemach, das auf den Hof hinausging. Nachdem er festgestellt hatte, daß die Luft rein war, rief er den guten Mönch heraus, dessen Miene auf die letzte Äußerung eine deutlichere Antwort gab, als es jede

Beteuerung vermocht hätte. Der Diener wies ihn zum Ausgang, und ohne ein weiteres Wort zu verlieren, machte sich der Pater auf den Weg.

Jener Mann hatte an der Tür seines Herrn gelauscht. Hatte er recht getan? Hatte Bruder Christophorus wohl daran getan, ihn deshalb zu belobigen? Nach allgemeinen, kaum umstrittenen Begriffen handelt es sich dabei um etwas sehr Häßliches. Konnte dieser Fall aber nicht als Ausnahme betrachtet werden? Gibt es denn überhaupt Ausnahmen von den allgemeinen, kaum umstrittenen Regeln des Verhaltens? Wichtige Fragen, über die der Leser aber nach Belieben selbst entscheiden mag. Wir haben nicht die Absicht, Urteile zu fällen; uns genügt es, die Tatsachen vorzutragen.

Als er dem fragwürdigen Hause den Rücken gekehrt hatte, atmete Bruder Christophorus freier und machte sich in Eile an den Abstieg. Sein Antlitz glühte noch; er war begreiflicherweise erregt und noch ganz benommen von all dem, was er gehört und gesprochen hatte. Die so unerwartete Vertraulichkeit des Alten hatte ihn jedoch wieder aufgerichtet. Er erblickte darin ein sichtbares Zeichen himmlischer Fügung. – Da habe ich eine Verbindung, dachte er, eine Verbindung, die mir die Vorsehung in die Hand spielt. Und zwar in diesem Hause selbst! Wobei ich auch nicht im Traume daran gedacht habe, sie zu suchen. – Bei diesen Überlegungen hob er die Augen gen Westen und erblickte die sinkende Sonne schon auf dem Gipfel des Gebirges. Sie mahnte ihn, daß der Tag sich neige, und obwohl seine Glieder von den vielfachen Anstrengungen matt und schwer waren, beschleunigte er nunmehr seine Schritte. Er wollte seinen Schützlingen noch Nachricht geben, wie immer sie auch sein mochte, und mußte außerdem vor Einbruch der Nacht ins Kloster gelangen, gemäß einer bündigen, stets streng beachteten Vorschrift der Kapuzinerregel.

In Lucias Hause waren unterdes Pläne geschmiedet und

entwickelt worden, von denen der Leser nun unterrichtet werden muß. Nach dem Fortgang des Mönchs hatten die drei Zurückgebliebenen eine Zeitlang schweigend dagesessen. Lucia bereitete traurig das Mittagsmahl. Renzo stand jeden Augenblick im Begriff fortzugehen, um der tief Betrübten seinen Anblick zu ersparen; doch konnte er sich nicht trennen. Agnes hatte scheinbar ihre ganze Aufmerksamkeit auf die Seidenhaspel gerichtet, die sie schwirren ließ. Tatsächlich aber heckte sie einen Plan aus, und sobald er feste Umrisse angenommen hatte, unterbrach sie das Schweigen mit den Worten: »Hört, Kinder! Wenn ihr das Herz auf dem rechten Fleck habt und es klug anstellt, wenn ihr eurer Mutter vertraut« – bei diesem »eurer« fuhr Lucia zusammen –, »verpflichte ich mich, euch vielleicht doch besser und schneller als Pater Christophorus aus der Verlegenheit zu helfen, wenn an dem Manne allerdings auch nichts auszusetzen ist.« Lucia stutzte und sah sie mit einer Miene an, die eher Erstaunen als Zutrauen hinsichtlich eines so großartigen Versprechens enthielt. Renzo aber bemerkte sofort: »Das Herz auf dem rechten Fleck? Es klug anstellen? Ei, so sagt uns doch, was wir tun können!«

»Nicht wahr«, fuhr Agnes fort, »einmal verheiratet, wäret ihr doch schon ein gutes Stück weiter? Für alles übrige wäre dann doch wohl Abhilfe zu schaffen?«

»Wer könnte das bezweifeln?« erklärte Renzo. »Wenn wir verheiratet wären … Überall weht Gottes Hauch, und zwei Schritt von hier – im Bergamaskischen – wird einer, der sich auf Seide versteht, mit offenen Armen aufgenommen. Ihr wißt, wie oft mein Vetter Bartolo mich hat auffordern lassen, zu ihm dort hinzukommen und mein Glück zu machen wie er selber. Wenn ich nie darauf gehört habe, so liegt das nur daran, daß ich – was hilft's! –, daß ich mein Herz hätte hierlassen müssen. Verheiratet kann man miteinander fortziehen; man richtet sich dort dann häuslich ein und lebt in

Frieden, unerreichbar für die Klauen dieses Schurken und nicht weiter in Versuchung, einen dummen Streich zu begehen. Nicht wahr, Lucia?«

»Allerdings«, sagte Lucia, »aber wie …?«

»Wie gesagt«, fuhr die Mutter fort, »das Herz auf dem rechten Fleck, und es klug anstellen! Dann ist die Sache leicht.«

»Leicht?« fragten die beiden wie aus einem Munde. Die Sache war ihnen ja gerade schmerzlich und vertrackt genug erschwert worden.

»Leicht, wenn man es richtig anzustellen weiß«, erwiderte Agnes. »Paßt einmal gut auf! Ich will's euch auseinandersetzen. Von Leuten, die es wissen müssen, habe ich gehört, ja, ich habe es sogar in einem Falle selbst erlebt, daß zur Eheschließung zwar ein Pfarrer nötig ist, aber er braucht gar nicht zuzustimmen. Es genügt völlig, wenn er bloß dabei ist.«

»Wie geht das denn zu?« fragte Renzo.

»Paßt auf, und ihr werdet es verstehn! Man muß zwei geschickte und mit allem einverstandene Zeugen haben. Dann geht man zum Pfarrer. Es kommt darauf an, ihn unvermutet zu erwischen, so daß er keine Zeit mehr findet, sich davonzumachen. Dann sagt der Mann: ›Herr Pfarrer, dies ist meine Frau!‹ und die Frau sagt: ›Herr Pfarrer, dies ist mein Mann!‹ Erforderlich ist, daß Pfarrer und Zeugen es hören; dann ist die Ehe klipp und klar geschlossen, sakrosankt, als wenn der Papst sie eingesegnet hätte. Wenn die Worte einmal ausgesprochen sind, dann mag der Pfarrer schreien, toben und des Teufels sein; es hilft gar nichts! Dann seid ihr Mann und Frau!«

»Nicht möglich!« rief Lucia aus.

»Wieso?« versetzte Agnes, »ihr tut ja gerade so, als ob ich in den dreißig Jahren, die ich vor euch auf der Welt war, nichts gelernt hätte. Die Sache verhält sich so, wie ich euch sage. Dafür bürgt auch, daß eine Freundin von mir, die jemanden gegen den Willen ihrer Eltern heiraten wollte, auf diese Weise zu ihrem Ziele gekommen ist. Der Pfarrer, der mit dergleichen rechnete, war auf seiner Hut. Die beiden Racker wußten die Sache aber so einzufädeln, daß sie ihn am richtigen Platz erwischten, die Worte sprachen und Mann und Frau wurden, wenn das arme Ding es auch schon drei Tage später zu bereuen hatte.«

Agnes sagte die Wahrheit, sowohl in betreff der Möglichkeit als auch in betreff der Gefahr des Mißlingens. Daher griffen denn auch nur Leute auf diesen Behelf zurück, die auf dem üblichen Wege Schwierigkeiten oder Weigerung befürchten mußten. Die Pfarrer ließen es sich daher sehr angelegen sein, sich dieser unfreiwilligen Mitwirkung zu entziehen. Wenn einer von ihnen trotzdem einmal von einem solchen Paar und seinen Zeugen überrumpelt wurde, tat er alles, um ihnen zu entgehen, wie Proteus in den Händen derer, die ihn mit Gewalt zum Weissagen bewegen wollten.

»Wenn das wahr wäre, Lucia!« sagte Renzo und schaute sie inständig und erwartungsvoll an.

»Wieso, wenn das wahr wäre?« bemerkte Agnes. »Ihr meint also auch, daß ich euch einen Bären aufbinde? Ich zerbreche mir den Kopf für euch, und dann finde ich keinen Glauben … Gut, gut. Seht selber zu, wie ihr fertig werdet. Ich wasche meine Hände in Unschuld.«

»Nicht doch! Laßt uns nicht im Stich!« sagte Renzo. »Ich spreche bloß so, weil mir die Sache zu schön vorkommt, um wahr zu sein. Mein Schicksal liegt in Eurer Hand; ich betrachte Euch ganz als meine Mutter!«

Diese Worte beschwichtigten Agnes' Unwillen und ließen sie einen Vorsatz vergessen, der wahrlich nicht ernst gemeint war.

»Aber Mamma«, sagte Lucia in ihrer gefügigen Art,

»warum ist das dem Pater Christophorus nicht eingefallen?«

»Eingefallen?« entgegnete Agnes, »glaubst du denn, ihm wäre das nicht eingefallen? Aber er wird nicht davon haben sprechen wollen.«

»Warum denn nicht?« fragten die jungen Leute wie aus einem Munde.

»Weil ... weil – wenn ihr es denn durchaus wissen wollt – die Geistlichen behaupten, daß das Verfahren nicht recht ist.«

»Wie ist das denn möglich, daß es nicht recht ist und doch nachher gilt?« fragte Renzo.

»Was soll ich darauf sagen?« antwortete Agnes. »Jene haben das Gesetz nach ihrem Gutdünken gemacht, und wir Armen können nicht alles begreifen. Da gibt es so viele Dinge! Seht, das ist, wie wenn man einem Christenmenschen eins mit der Faust versetzt. Es ist nicht recht. Wenn man das aber abbekommen hat, könnte es einem selbst der Papst nicht mehr fortnehmen.«

»Wenn das Verfahren nicht recht ist«, meinte Lucia, »so sollte man auch keinen Gebrauch davon machen.«

»Ach was!« erwiderte Agnes, »würde ich dir denn vielleicht zu etwas raten, das gegen die Gottesfurcht verstößt? Ginge es darum, gegen den Willen deiner Eltern einen Tagedieb zu heiraten ... Nun bin ich aber einverstanden, und es handelt sich bloß darum, diesen lieben Kerl hier zu nehmen ... Da werden nun von einem Schurken all diese Schwierigkeiten gemacht, und der Herr Pfarrer ...«

»Das ist doch sonnenklar, und jeder müßte das einsehen!« erklärte Renzo.

»Mit Pater Christophorus braucht man freilich nicht darüber zu reden, ehe es soweit ist«, fuhr Agnes fort; »aber was meinst du wohl, was der Pater sagen wird, wenn es glücklich durchgeführt ist? – ›O Töchterchen, da hast du mir aber einen schönen Streich gespielt!‹ Die Geistlichen müssen nun einmal so sprechen. Aber du darfst überzeugt sein: im stillen ist auch er höchst zufrieden!«

Lucia fand auf diese Überlegung zwar nichts zu erwidern, schien jedoch nicht davon überzeugt. Renzo dagegen, der wieder Mut gefaßt hatte, meinte: »Wenn dem so ist, dann ist der Fall so gut wie erledigt!«

»Langsam!« sagte Agnes. »Und die Zeugen? Erst müssen wir nun einmal zweie finden, die willfährig sind und obendrein den Mund halten können. Dann gilt es, den Herrn Pfarrer zu stellen, der sich seit zwei Tagen in sein Haus verkrochen hat, und dafür zu sorgen, daß er dableibt! Obwohl er von Natur schwerfällig ist, kann ich euch versichern, daß er flink wie ein Wiesel wird, wenn er euch so einhellig ankommen sieht, und dann reißt er aus wie der Teufel vor dem Weihwasser.«

»Ich hab's! Ich habe den Dreh gefunden«, jubelte Renzo und schlug so mit der Faust auf den Tisch, daß das Geschirr hochsprang, das bereits für die Mahlzeit bereitstand. Dann setzte er seinen Plan auseinander, der von Agnes vollkommen gebilligt wurde.

»Das ist hinterhältig«, tadelte Lucia, »das sind krumme Wege. Bis jetzt sind wir ganz offen vorgegangen; laßt uns mit Gottvertrauen so weitermachen, und der Allmächtige wird uns schon helfen. Pater Christophorus hat es gesagt. Hören wir auf seinen Rat!«

»Laß dich von jemand leiten, der mehr davon versteht als du«, meinte Agnes mit ernster Miene. »Was brauchen wir noch um Rat zu fragen? Es heißt doch: Hilf dir selbst, so hilft dir Gott! Dem Pater erzählen wir alles, wenn es vorüber ist.«

»Lucia!« beschwor sie Renzo, »Lucia, willst du mich jetzt im Stich lassen? Haben wir nicht als gute Christen alles getan? Sollten wir nicht eigentlich jetzt schon Mann und Frau sein? Hatte der Pfarrer nicht Ort und Stunde festgelegt? Und wer ist schuld daran, daß wir uns jetzt mit einiger List helfen müssen? Nein, du wirst mich doch nicht enttäuschen. Ich will gehen und bald Antwort bringen.«

Darauf verabschiedete er sich von Lucia mit bittender Gebärde, warf Agnes einen Blick des Einverständnisses zu und entfernte sich eilig.

Widrigkeiten schärfen den Verstand. Renzo, der auf seinem klaren und geraden Lebensweg bis dahin noch niemals in der Verlegenheit gewesen war, seinen Kopf besonders anstrengen zu müssen, hatte in dieser Lage einen Plan ausgeheckt, der einem Rechtsbeflissenen alle Ehre gemacht hätte. Getan wie gedacht, begab er sich geradenwegs zum Hause eines gewissen Tonio, das nur wenig entfernt lag. Er fand ihn in der Küche, wo er auf dem Sockel der Feuerstelle kniete und mit einer Hand einen Kochkessel über die warme Asche hielt. Mit dem runden Nudelholz rührte er ein wenig aschgraue Polenta aus Sarazenenkorn. Die Mutter, ein Bruder und Tonios Frau saßen am Tisch. Drei oder vier Kinderchen standen neben dem Vater, schauten gespannt auf den Kessel und warteten, daß es ans Austeilen ginge. Es herrschte aber nicht jene Heiterkeit, die der Anblick des Mahles doch sonst denen zu verleihen pflegt, die es im Schweiße ihres Angesichts verdient haben. Die Menge der Polenta entsprach dem schlechten Jahr und nicht der Zahl und der Erwartung der hungrigen Mäuler. Jeder schaute mit einem scheelen Blick grimmigen Wohlbehagens auf die gemeinsame Speise und schien dabei an den Appetit zu denken, den sie noch hinterlassen würde. Während Renzo die Familie begrüßte, stürzte Tonio die Polenta auf das bereitgestellte Buchenbrett. Sie sah aus wie ein kleiner Vollmond, der im Dunstkreis seines Hofes schwebt. Trotz allem sagten die Frauen höflicherweise zu Renzo: »Wollt Ihr nicht mithalten?« eine Aufforderung, welche der Bauer in der Lombardei und wohl überall landauf, landab niemals unterläßt, wenn ihn jemand beim Essen antrifft, und wäre jener auch ein reicher Prasser, der gerade vom Mahle kommt, und hätte er selber auch nur noch diesen Bissen.

»Herzlichen Dank!« antwortete Renzo. »Ich wollte nur eben ein Wörtchen mit Tonio reden. Wenn du willst, Tonio, können wir ja in die Wirtschaft gehen, um die Frauen nicht zu stören, und dort essen.« Die völlig unerwartete Einladung kam Tonio höchst gelegen, und Frauen wie Kinder – die ja früh über solche Dinge nachzudenken beginnen – sahen nicht ungern, daß ein Anwärter auf die Polenta, und zwar der anspruchsvollste, somit ausschied. Der Eingeladene hielt sich nicht weiter mit Fragen auf, sondern ging mit Renzo fort.

Im Dorfkrug angelangt, nahmen sie in aller Bequemlichkeit und vollkommen für sich Platz, denn die Not hatte alle Gäste von dieser Stätte freudiger Genüsse verscheucht. Renzo ließ das wenige, was zu haben war, auftragen, leerte einen Becher Wein und sagte dann geheimnisvoll zu Tonio: »Wenn du mir einen kleinen Gefallen tun willst, tue ich dir einen großen.«

»Sprich dich nur aus und verfüge über mich«, erwiderte Tonio und schenkte ein. »Heute würde ich für dich durchs Feuer gehn.«

»Du schuldest doch dem Pfarrer vom letzten Jahr fünfundzwanzig Lire Pacht für seinen Acker.«

»Ach Renzo, du vergällst mir alle Wohltat. Was bringst du da aufs Tapet! Jetzt hast du mir aber die gute Laune restlos verdorben.«

»Ich spreche doch bloß deshalb von der Schuld«, erklärte Renzo, »weil ich dich – wenn du willst – instand setzen möchte, sie zu begleichen.«

»Sagst du das im Ernst?«

»Freilich! Nun? Bist du's zufrieden?«

»Zufrieden? Donner und Doria! Und ob ich's zufrieden bin! Und wäre es auch nur, um nicht mehr diese Grimassen ansehen zu müssen und das bedeutungsvolle Kopfnicken, mit dem der Herr Pfarrer mich jedesmal begrüßt, wenn wir uns begegnen. Und dann ewig: ›Tonio, denkt daran! Tonio, wann sehen wir uns denn wegen der Sache?‹ Das geht so weit, daß ich bei der Predigt, wenn er die Augen auf mir ruhen läßt, fast Angst habe, öffentlich von ihm zu hören: ›Wo bleiben denn die fünfundzwanzig Lire ...?‹ Der Teufel soll diese fünfundzwanzig Lire holen! Und dann müßte er mir auch die Goldkette von meiner Frau wieder herausrücken; die würde ich dann in lauter Polenta anlegen. Doch ...«

»Doch wenn du mir einen kleinen Dienst erweisen willst, liegen die fünfundzwanzig Lire bereit.«

»Drücke dich deutlicher aus!«

»Aber ...« entgegnete Renzo und legte den Finger auf den Mund.

»Gar nicht nötig! Du kennst mich doch!«

»Der Herr Pfarrer macht faule Ausflüchte, um meine Trauung hinauszuschieben. Ich dagegen möchte die Sache beschleunigen. Man hat mir nun versichert: wenn das Brautpaar mit zwei Zeugen zu ihm käme und wenn ich dann sagen würde: ›Dies ist meine Frau!‹ und Lucia: ›Dies ist mein Mann!‹ so wäre die Ehe klipp und klar geschlossen. Hast du mich verstanden?«

»Du willst, daß ich als Zeuge mitkomme?«

»Ganz richtig!«

»Und du bezahlst für mich die fünfundzwanzig Lire?«

»Das habe ich vor!«

»Ein Schuft, wer sich da drückt!«

»Aber ich brauche noch einen anderen Zeugen.«

»Den hätte ich. Mein Bruder Gervaso, der arme Tropf, tut alles, was ich ihm sage. Gibst du einen für ihn aus?«

»Zu essen obendrein«, antwortete Renzo. »Wir holen ihn hierher, um mit uns zu feiern. Wird er aber seiner Aufgabe gewachsen sein?«

»Das bringe ich ihm schon bei. Du weißt ja, daß ich auch seine Portion Grütze mitbekommen habe.«

»Morgen also!«

»Schon gut!«

»Gegen Abend ...«

»Tadellos.«

»Aber ...!« sagte Renzo und legte abermals den Finger auf den Mund.

»Pah!« entgegnete Tonio. Er neigte den Kopf auf die rechte Schulter und wehrte mit der linken Hand ab, mit einer Miene, die besagte: Du tust mir Unrecht!

»Wenn deine Frau dich aber ausfragt, was sie ja zweifellos tun wird ...?«

»Was Lügen angeht, habe ich bei meiner Frau derartige Schulden zu begleichen, daß ich nicht weiß, wie ich das Konto jemals glattkriegen soll. Ich werde schon eine Ausrede finden, um ihren Wissensdurst zu stillen.«

»Morgen früh wollen wir alles noch gründlich besprechen«, schloß Renzo, »damit wir uns ganz einig sind.«

Damit verließen sie die Wirtschaft. Tonio machte sich auf den Heimweg und überlegte, was er den Frauen vorflunkern sollte, und Renzo wollte von seiner Verabredung Bericht geben.

Mittlerweile hatte Agnes sich vergeblich bemüht, die Tochter zu überzeugen. Kein vernünftiges Zureden half ihr aus der Zwickmühle ihrer Folgerungen: entweder war das Verfahren verwerflich, und dann mußte man es lassen; oder aber nicht, und warum sollte man es dann dem Pater Christophorus nicht verraten?

Renzo kam freudestrahlend an und erstattete Bericht, wobei er mit einem »He!« schloß, einem Ausruf, der bedeuten sollte: Bin ich nun ein Kerl oder nicht? Hätte man das schlauer einfädeln können? Wäret ihr darauf gekommen? und hunderterlei dergleichen.

Lucia schüttelte sanft den Kopf. In ihrem Eifer beachteten die beiden anderen sie aber nur wenig, wie man wohl mit einem Kind verfährt, bei dem man nicht darauf rechnet, daß es alle Gründe einer Sache einsieht, das man aber dann doch durch Bitten und Einschüchterung dahin bringt, wohin man es haben will.

»So ist's recht«, bemerkte Agnes, »so ist's recht! Doch ... ihr habt noch nicht an alles gedacht.«

»Was fehlt uns denn noch?« erwiderte Renzo.

»Und Perpetua ...? Ihr habt nicht an Perpetua gedacht. Tonio und seinen Bruder wird sie hereinlassen. Aber euch! euch beide! Bedenkt doch! Sie wird Weisung haben, euch fernzuhalten, und zwar ferner als einen Jungen von einem Birnbaum mit reifen Früchten.«

»Wie stellen wir es nur an?« meinte Renzo, einigermaßen verwirrt.

»Nun, daran habe ich gedacht. Ich komme mit euch, und ich weiß ein Geheimnis, um sie anzulocken und so zu behexen, daß sie nichts anderes mehr sieht. Dann könnt ihr eintreten. Ich werde sie rufen und bei ihr dann eine Saite anschlagen ... eine Saite ... Na, ihr werdet ja sehen!«

»Gott segne Euch!« rief Renzo aus, »ich habe ja immer schon gesagt, daß Ihr für alles Rat wißt.«

»Das nutzt aber alles nichts«, erwiderte Agnes, »wenn wir die hier nicht überzeugen, die sich darauf versteift, daß es Sünde ist.«

Auch Renzo führte nun seine Beredsamkeit ins Feld, aber Lucia war nicht von ihrem Standpunkt abzubringen.

»Ich weiß nicht, wie ich eure Gründe widerlegen soll«, meinte sie, »ich sehe aber, daß man, um euren Plan durchzuführen, mit Ausflüchten und Lug und Trug verfahren muß.

Ach Renzo, so haben wir nicht angefangen. Ich will die Deine werden« – sie konnte nicht darüber sprechen, ohne zu erröten –, »ich will die Deine werden, aber auf dem geraden Wege, in Gottesfurcht, vor dem Altar. Lassen wir doch Den da droben walten! Meint ihr, Er wüßte den rettenden Ausweg nicht besser zu finden als wir mit all unseren Schlichen? Und warum auch vor Pater Christophorus Geheimnisse haben?«

Die Auseinandersetzung dauerte noch an, ohne daß ein Ende abzusehen war, als ein hastiger Sandalentritt und das Rauschen einer flatternden Kutte Pater Christophorus ankündigten. Alle verstummten, und Agnes hatte kaum noch Zeit, Lucia zuzuflüstern: »Paß bloß auf, daß du ihm nichts verrätst!«

7. KAPITEL

Pater Christophorus fand sich ein. In seiner Haltung war etwas von der eines wackeren Feldhauptmanns, der nach schuldlos verlorenem scharfem Gefecht zwar besorgt und bekümmert, aber auch unentwegt und unbeirrbar, hastig, aber nicht überstürzt, dahin eilt, wo es not tut, um bedrohte Stellen der Front zu sichern, die Truppen zu sammeln und neue Befehle zu geben.

»Friede sei mit euch!« sprach er beim Eintritt. »Von solchen Menschen ist nichts zu erhoffen: um so mehr muß man auf Gott vertrauen, und schon habe ich ein Unterpfand seines Schutzes.«

Zwar hatte sich niemand unter den dreien von dem Versuch des Paters allzuviel versprochen, denn es war geradezu unvorstellbar, daß ein Mächtiger waffenlosen Bitten nachgeben und eine Gewalttat aus reiner Gefälligkeit unterlassen würde, ohne dazu gezwungen zu sein. Nichtsdestoweniger war die traurige Gewißheit ein schwerer Schlag für alle.

Die Frauen ließen den Kopf hängen; Renzo aber packte die Wut. Nach allzuviel schmerzlichen Überraschungen, fehlgeschlagenen Versuchen und enttäuschten Hoffnungen traf die Botschaft auf einen Verbitterten, der im Moment noch durch Lucias Einwände aufgebracht war.

»Ich möchte wissen«, rief er mit erhobener Stimme – wie noch nie in Anwesenheit des Paters – und zeigte die Zähne, »ich möchte wissen, was diesem Hund eingefallen ist, um zu rechtfertigen, daß meine Braut nicht meine Frau werden darf.«

Der Mönch mahnte ihn mit einem verständnisvollen Blick zur Gelassenheit und erwiderte ernst und mitleidig: »Armer Renzo, wenn ein Machthaber, der Unrecht tun will, stets genötigt wäre, sein Handeln zu rechtfertigen, würden die Dinge anders laufen als so.«

»Hat denn dieser Hund rundweg erklärt, daß er einfach nicht will?«

»Nein, nicht einmal das, armer Kerl; es wäre immerhin noch ein Vorteil, wenn diese Leute sich zu ihren Missetaten offen bekennen müßten, um sie begehen zu können.«

»Aber irgend etwas muß er doch gesagt haben! Was hat dieser Teufelsbraten denn eigentlich erwidert?«

»Ich habe seine Worte gehört und könnte sie nicht wiederholen. Die Worte des Ruchlosen, der da schwelgt in seiner Macht, erschallen und verhallen. Er kann wütend werden, weil du ihn verdächtigst, und kann dich zugleich merken lassen, daß deine Vermutung zutrifft; er kann beleidigen und zugleich beleidigt tun, verhöhnen und dabei Genugtuung verlangen, Schrecken einjagen und sich seinerseits beklagen, er kann unverschämt und äußerlich untadelig sein. Dringe nicht weiter in mich! Jener hat weder den Namen der Unschuldigen hier ausgesprochen noch den deinen. Er hat sich nicht einmal anmerken lassen, daß er euch kennt. Er hat nicht gesagt, daß er irgend etwas vorhätte; aber, aber ... leider habe ich einsehen müssen, daß er nicht zu rühren ist. Dennoch aber wollen wir auf Gott vertrauen! Ihr Ärmsten, laßt mir den Mut nicht sinken, und du, Renzo, sei überzeugt, daß ich mich sehr wohl in deine Lage versetzen kann, daß ich dir nachfühle, was in deinem Herzen vor sich geht. – Doch Geduld! Es ist ein dürftiges, ein bitteres Wort für den, der keinen Glauben hat. Du aber ...! Willst du Gott nicht einen Tag, zwei Tage Zeit geben? die Zeit, die Er braucht, um die Gerechtigkeit triumphieren zu lassen? Sein ist die Zeit; und Er hat uns so viel von ihr verheißen! Laß Ihn nur walten, Renzo, und höre, hört ihr alle, daß ich schon einen Faden in der Hand habe, um euch zu helfen. Im Augenblick kann ich euch nicht mehr sagen. Morgen komme ich nicht herauf; ich muß um euretwillen den ganzen Tag im Kloster bleiben. Du, Renzo, sieh zu, daß du hinkommen kannst; oder wenn du wider Erwarten verhindert bist, schickt einen zuverlässigen Mann, einen vernünftigen Burschen, durch den ich euch ausrichten lassen kann, was zu tun ist. Es dunkelt schon, ich muß zum Kloster eilen. Vertraut, habt Mut und auf Wiedersehn!«

Nach diesen Worten ging er rasch fort. Er lief, ja sprang fast den steilen, steinigen Pfad hinunter, um nicht zu spät ins Kloster zu gelangen, denn das hätte ihm einen schönen Verweis einbringen können oder – was noch widriger gewesen wäre – eine Buße, die ihn am nächsten Tag gehindert hätte, zum Nutzen seiner Schützlinge auf dem Posten zu sein.

»Habt ihr gehört, was er von einem – was war's doch gleich? –, einem Faden gesagt hat, den er in der Hand hat, um uns zu helfen?« bemerkte Lucia. »Man muß sich ihm anvertrauen; das ist ein Mann, der, wenn er zehn verspricht ...«

»Wenn das alles ist ...« unterbrach sie Agnes. »Er hätte deutlicher werden oder mich beiseite nehmen müssen, um mir zu erklären, was das für ein ...«

»Dummes Geschwätz! Jetzt wird Schluß gemacht! Ich selber mache Schluß!« fuhr Renzo nunmehr dazwischen und rannte im Zimmer auf und ab. Tonfall und Miene ließen dabei keinen Zweifel über den Sinn seiner Worte zu.

»Aber Renzo!« mahnte Lucia.

»Was soll das heißen?« rief Agnes.

»Warum alles sagen? Ich mache Schluß. Und hätte er auch hundert oder tausend Teufel im Leibe, schließlich ist er doch auch nur aus Fleisch und Blut...«

»Aber nein! Um Himmels willen, nein!« begann Lucia, doch Schluchzen erstickte ihre Stimme.

»So darf man nicht reden, nicht einmal zum Spaß!« mischte sich Agnes ein.

»Zum Spaß?« schrie Renzo, blieb geradenwegs vor der sitzenden Agnes stehn und sah sie mit weit aufgerissenen Augen an. »Zum Spaß! Ihr werdet ja sehen, ob das Spaß war!«

»Ach, Renzo!« brachte Lucia kläglich unter Schluchzen heraus, »so habe ich dich noch nie gesehen.«

»Führe doch um Himmels willen nicht solche Reden!« wiederholte Agnes eilig mit gedämpfter Stimme. »Denkst du denn gar nicht daran, wieviel Arme jenem zu Gebote stehen? Und wenn auch – was Gott verhüte! –, gegen die kleinen Leute gibt es immer eine Justiz.«

»Diesmal bin ich ihr Vollstrecker. Nun ist es an der Zeit! Die Sache ist nicht leicht, das weiß ich auch. Dieser Bluthund ist auf seiner Hut. Er weiß, wie die Dinge liegen, aber das ist ganz gleich. Entschlossenheit und Geduld ... und der Augenblick wird sich finden. Jawohl, dann vollstrecke ich das Urteil. Ich will das Land befreien. Wie viele Menschen werden mich segnen! Und dann bin ich in drei Sätzen im Venetianischen.«

Das Entsetzen, das Lucia bei diesen unmißverständlichen Worten empfand, hemmte ihr Schluchzen und gab ihr die Kraft zu sprechen. Sie hob ihr verweintes Gesicht aus den

Händen und sagte kummervoll, aber entschieden zu Renzo: »Dann liegt dir also nichts mehr daran, mich zur Frau zu haben. Ich hatte mich einem gottesfürchtigen Jüngling verlobt, ein Mann aber, der ... wäre er auch jeder Justiz und jeder Rache entzogen, wäre er auch der Sohn des Königs ...«

»Wohlan!« rief Renzo mit ganz verzerrten Zügen, »ich werde dich nicht besitzen, er aber auch nicht. Dann bleibe ich eben hienieden ohne dich, und er im Reich des ...«

»Aber nein, um Gottes willen, sprich doch nicht so, mach nicht solche Augen! Nein, das kann ich nicht mit ansehen«, rief Lucia aus, weinte, flehte und rang die Hände.

Agnes rief inzwischen den Jüngling immer wieder mit Namen und strich ihm über Schultern, Arme und Hände, um ihn zu beruhigen. Er stand eine Zeitlang unbeweglich, in sich versunken da und betrachtete Lucias flehendes Antlitz. Dann sah er sie mit einemmal finster an, trat zurück, streckte den Arm aus, zeigte mit dem Finger auf sie und schrie: »Die da, ja, die will er! Also den Tod!«

»Und was habe ich dir Böses getan, daß du mich sterben lassen willst?« sagte Lucia und warf sich vor ihm auf die Knie.

»Du?« antwortete er mit einer Stimme, die eine ganz andere Art von Zorn ausdrückte, aber Zorn immerhin, »du? Hast du mich denn gern? Was für einen Beweis hast du mir gegeben? Habe ich dich nicht gebeten und immer wieder angefleht? Und du: Nein, nein!«

»Doch, doch!« erwiderte Lucia hastig, »ich gehe mit zum Pfarrer, morgen, auf der Stelle, wenn du willst. Sei nur wieder so wie früher, und ich komme mit!«

»Gelobst du das?« sagte Renzo auf einmal herzlich mit gelösteren Zügen.

»Ich verspreche es!«

»Du hast es gelobt!«

»Gott sei Dank!« rief Agnes doppelt zufrieden aus.

Hatte Renzo in seiner großen Wut wohl bedacht, von welchem Nutzen ihm Lucias Entsetzen sein könnte? Und hatte er sich nicht ein wenig verstellt, um es so zu steigern, daß er es ausnutzen konnte? Unsere Quelle behauptet, daß nichts dergleichen bekannt sei, und meiner Ansicht nach hat nicht einmal Renzo selber es genau gewußt. Fest steht jedenfalls, daß er voller Wut gegen Don Rodrigo war und den sehnlichen Wunsch hatte, Lucias Zustimmung zu erhalten. Wenn aber zwei starke Leidenschaften zugleich in einer Brust rasen, kann niemand – geschweige denn der Betroffene selbst – immer klar beider Einflüsterungen unterscheiden und mit Sicherheit sagen, welche ihn gerade hinreißt.

»Ich habe es dir versprochen«, sagte Lucia im Tone schüchternen und zärtlichen Vorwurfs, »aber du hattest auch versprochen, keine Geschichten zu machen und dich auf den Pater zu verlassen.«

»Ach was! Aus Liebe zu wem überkommt mich denn so ein Zorn? Willst du jetzt wieder von vorn anfangen und mich einen dummen Streich machen lassen?«

»Nein, nein!« rief Lucia aus, die von neuem Angst bekam. »Ich habe zugesagt und werde nicht wortbrüchig. Bedenke aber auch, wie du mich zu dem Versprechen gebracht hast! Möge Gott nicht ...«

»Warum willst du uns denn Schlimmes prophezeien, Lucia? Wir tun weiß Gott doch keinem Unrecht!«

»Versprichst du mir wenigstens, daß das nicht wieder vorkommen soll?«

»Ich verspreche es dir als ein armer Schlucker.«

»Aber diesmal halte es auch!« schloß Agnes.

Hier bekennt unsere Quelle, daß ihr etwas anderes unklar ist: ob nämlich Lucia, alles in allem, unzufrieden war, so zur Zustimmung gedrängt worden zu sein. Wir lassen gleichfalls die Sache auf sich beruhen.

Renzo hätte das Gespräch gerne noch fortgesetzt, um Punkt für Punkt auszumachen, was am nächsten Tage geschehen sollte. Doch die Frauen wünschten ihm gute Nacht, denn es war dunkel geworden, und es schien ihnen nicht schicklich, daß er zu dieser Stunde noch länger im Hause bliebe.

Die Nacht verbrachten alle drei allerdings schlecht und recht, so wie es nach einem Tag voller Aufregung und Widrigkeiten zu erwarten ist, wenn am nächsten eine wichtige Unternehmung mit unsicherem Ausgang bevorsteht. Renzo ließ sich schon in aller Frühe wieder sehen und traf mit den Frauen – oder eigentlich nur mit Agnes – alle Abmachungen für das große Vorhaben des Abends. Sie überlegten hin und her, erwogen alle möglichen Schwierigkeiten und ihre Überwindung und machten sich auf Hemmnisse gefaßt; abwechselnd schilderten sie einander immer wieder den Verlauf, als wäre alles längst erledigt. Lucia hörte zu. Sie hütete sich, mit Worten gutzuheißen, was sie im Herzen nicht billigen konnte, aber sie versprach doch, ihr Bestes zu tun.

»Wirst du nun zum Kloster hinuntergehen, um mit Pater Christophorus zu sprechen, wie es gestern abend abgemacht wurde?« erkundigte sich Agnes bei Renzo.

»Ich müßte ja nicht bei Troste sein!« erwiderte dieser. »Ihr wißt, was für verteufelte Augen der Pater im Kopf hat. Er würde mir schon an der Nasenspitze ansehen, daß etwas in der Luft liegt, und wenn er mich erst ausfragt, komme ich nicht gut davon. Außerdem muß ich doch hierbleiben, um unsere Sache einzufädeln. Es wäre schon besser, wenn ihr jemand anders schicken würdet.«

»Dann schicke ich Menico.«

»Gut!« antwortete Renzo und ging fort, um seine Worte wahrzumachen und auf dem Posten zu sein.

Agnes begab sich in ein Nachbarhaus, um nach Menico zu fragen. Das war ein etwa zwölfjähriger aufgeweckter Junge, durch entfernte Verwandtschaft eine Art Neffe von ihr. Sie borgte ihn von den Eltern sozusagen für den ganzen Tag zu »einer Besorgung« aus, wie sie vorgab. Er wurde mitgeschickt und in ihre Küche geführt, wo sie ihn frühstücken ließ. Dann erhielt er den Auftrag, nach Pescarenico zu gehen, um sich bei Pater Christophorus zu melden, der ihn zu gegebener Zeit mit einer Nachricht zurückschicken würde.

»Du weißt doch: Pater Christophorus, das ist der prächtige Alte mit dem weißen Bart, den sie den Heiligen nennen ...«

»Klar!« versicherte Menico, »der ist doch mit uns Buben immer so freundlich und schenkt uns öfters einmal ein Heiligenbildchen.«

»Ebender, Menico. Und wenn er sagt, daß du beim Kloster ein wenig warten sollst, dann spring nicht fort! Gehe ja nicht mit Kameraden an den See, um beim Fischen zuzuschauen, und spiele nicht mit den Netzen, die da zum Trocknen an der Wand hängen. Laß auch deinen üblichen Zeitvertreib!«

Man muß wissen, daß Menico besonderes Geschick darin hatte, Steine flach über das Wasser hüpfen zu lassen, und ob groß oder klein, tun wir alle ja bekanntlich gern die Dinge, die uns liegen, womit ich nichts über die anderen gesagt haben will.

»Pah, Tante, ich bin doch kein Kind mehr!«

»Gut, sei also vernünftig; und wenn du die Antwort bringst – schau her! –, dann sind diese beiden blanken neuen Groschen dein!«

»Gib sie mir doch jetzt schon. Das kommt auf eins heraus.«

»Nein, nein, du würdest sie bloß verspielen. Geh und führ dich gut auf; dann kriegst du auch noch mehr!«

Im Verlauf jenes langen Vormittages begab sich noch

mancherlei, was den sowieso schon aufgeregten Frauen nicht wenig verdächtig vorkam. Ein Bettler, der weder so schäbig noch so abgerissen wie andere seiner Gilde aussah und etwas irgendwie Fragwürdiges und Unheimliches an sich hatte, trat ein, um eine milde Gabe zu erbitten, wobei er mit den Augen überall herumspionierte. Er erhielt ein Stück Brot, das er mit schlecht verhehlter Gleichgültigkeit entgegennahm und einsteckte. Aufdringlich und zugleich unschlüssig verweilte er dann noch länger und stellte viele Fragen, auf die Agnes geflissentlich falsche Auskünfte gab. Schließlich machte er Anstalten zu gehen, tat aber dabei, als ob er den Ausgang verwechselte, öffnete die Tür, die zur Treppe führte, und schaute sich dort, so gut es ging, in aller Eile um. Als man ihm nachrief: »Heda! wohin denn, guter Mann? Hierher!« kehrte er zurück und folgte dem Hinweis, wobei er sich unterwürfig und übertrieben bescheiden entschuldigte. Dies ganze Gehaben war jedoch schwer mit seinen harten Gesichtszügen zu vereinbaren.

Danach zeigten sich von Zeit zu Zeit immer wieder andere auffällige Gestalten. Man hätte schwerlich sagen können, was für Kerle es waren; doch war keinesfalls anzunehmen, daß sie die biederen Wanderer waren, als die sie auftraten. Einer kam unter dem Vorwand herein, sich den Weg zeigen zu lassen; andere verlangsamten im Vorübergehen an der Tür den Schritt und blickten verstohlen über den Hof in die Stube, wie jemand, der unauffällig etwas beobachten will. Erst gegen Mittag endete die unheimliche Prozession. Immer wieder stand Agnes auf, ging über den Hof, blieb am Straßentor stehen, schaute nach rechts und links und kehrte jedesmal mit der Bemerkung zurück: »Niemand zu sehen!« Ihre Worte verrieten Genugtuung, und Lucia vernahm sie befriedigt. Doch beide wußten nicht recht warum und blieben von einer rätselhaften Unruhe erfüllt, die ihnen – und insbesondere der Tochter – weitgehend den

Mut benahm, mit dem sie dem Abend entgegengesehen hatten.

Der Leser muß jedoch etwas Genaueres über jene geheimnisvollen Landstreicher erfahren, und um ihn von allem zu unterrichten, müssen wir etwas ausholen und uns wieder Don Rodrigo zuwenden, so wie wir ihn gestern beim Aufbruch des Paters Christophorus in einem Raum des Palastes allein zurückgelassen haben.

Wie gesagt, ging Don Rodrigo in jenem Raume mit großen Schritten auf und ab. An den Wänden hingen Ahnenbilder verschiedener Geschlechterreihen. Wenn er an die eine Wand gekommen war und sich umwandte, so blickte er einem kriegerischen Vorfahren ins Antlitz, welcher der Schrecken seiner Feinde und seiner Soldaten gewesen war: mit finsterem Blick, kurzem, straffem Haar, lang und spitz aufgezwirbeltem Schnurrbart, der quer über die Wangen lief, und schiefem Kinn. Der Held stand aufrecht da, mit Beinschienen, Harnisch, Armschienen und Handschuhen angetan, ganz in Eisen. Die Rechte war auf die Hüfte gestützt, die Linke auf den Degenknauf. Don Rodrigo schaute ihn an; wenn er aber, nachdem er auf ihn zugegangen war, kehrtmachte, so hatte er einen anderen Ahnherrn vor sich: einen stattlichen Würdenträger, den Schrecken aller Prozeßparteien und Rechtsanwälte. Er thronte in einem mächtigen, mit rotem Samt bezogenem Sessel und war in einen weiten schwarzen Talar gehüllt. Alles war schwarz, außer einem weißen Kragen mit zwei breiten Beffchen und einem Besatz aus Zobelfell (das war das Abzeichen der Senatoren, das sie aber nur im Winter trugen, weshalb sich dergleichen Herren niemals im Sommer malen ließen). Er war hager, runzelte die Brauen und hielt eine Bittschrift in der Hand. Es war, als ob er sagen wollte: Es wird sich schon alles finden! Dann war da eine Matrone, der Schrecken ihrer Dienerinnen, ein Abt, der Schrecken seiner Mönche, kurz und gut:

lauter Leute, die Schrecken um sich verbreitet hatten, und das fühlte man noch aus der Leinwand. Angesichts solcher Erinnerungen ergrimmte Don Rodrigo nur um so mehr; er schämte sich und konnte sich nicht beruhigen, daß ein Mönch es gewagt hatte, ihm wie der Bußprediger Nathan dem König David mit großen Reden zu kommen. Er brütete einen Racheplan aus und verwarf ihn wieder. Dann überlegte er, wie er zugleich seiner Leidenschaft frönen und dem genügen könne, was er Ehre nannte. Zuweilen aber überlief es ihn kalt, wenn ihm der Anfang jener Prophezeiung wieder in den Ohren gellte, und er war drauf und dran, beide Absichten aufzugeben. Um nur irgend etwas zu tun, rief er schließlich nach einem Diener und trug diesem auf, ihn bei der Gesellschaft zu entschuldigen, da er durch eine dringende Angelegenheit abgehalten sei. Als der Bote zurückkam, um zu berichten, daß die Herren sich empfohlen hätten, fragte Don Rodrigo – noch immer auf und ab gehend –: »Und Graf Attilio?«

»Er ist mit den Herren fortgegangen, Durchlaucht.«

»Gut! Sofort sechs Mann Gefolge zur Begleitung! Auf der Stelle meinen Degen, Umhang und Hut!«

Der Diener verneigte sich, eilte fort und erschien kurz darauf wieder mit dem reichverzierten Degen, den sein Herr umschnallte, dem Umhang, den er sich über die Schultern warf, sowie dem mit großen Federn geschmückten Hut, den er sich mit Schwung verwegen auf den Kopf drückte. Das deutete auf Sturm.

Er brach auf und fand die sechs bis an die Zähne bewaffneten Spießgesellen an der Tür, wo sie Spalier standen, sich verbeugten und sich ihm dann anschlossen. Noch barscher, hochmütiger und finsterer als gewöhnlich verließ er den Palast und schlug den Weg nach Lecco ein. Sowie sie ihn kommen sahen, wichen die Bauern und Handwerker dicht an die Mauern zurück und schwenkten dort unter tiefen

Bücklingen den Hut. Er nahm keinerlei Notiz davon. Als Untergebene verbeugten sich vor ihm auch jene, die von den anderen »Herren« genannt wurden, denn in der Gegend war auf tausend Meilen im Umkreis niemand, der sich mit ihm an Namen, Reichtum und Anhang hätte vergleichen können sowie an Entschlossenheit, sich all dessen zu bedienen, um hoch über den anderen zu stehen. Solchen Leuten dankte er mit vornehmer Herablassung. Wenn er hingegen dem spanischen Herrn Kastellan begegnete – was an diesem Tage allerdings nicht der Fall war –, so fiel die Verbeugung auf beiden Seiten gleich tief aus. Die Begrüßung war dann wie die zweier Potentaten, die einander nichts voraushaben, aber aus Anstand der eine des anderen Rang ehren.

Um sich ein wenig die schlechte Laune zu verscheuchen und um das Bild des Mönches, das ihm beständig unangenehm vorschwebte, durch ganz andersartige Eindrücke zu verdrängen, besuchte Don Rodrigo an diesem Tage ein Haus, in dem sich gewöhnlich eine Menge Leute trafen und wo er mit jener bemühten und achtungsvollen Herzlichkeit empfangen wurde, wie sie Menschen zuteil wird, die sich sehr beliebt oder sehr gefürchtet machen. Erst nach Einbruch der Dunkelheit kehrte er in seinen Palast zurück. Auch Graf Attilio war gerade heimgekommen. Das Abendessen wurde aufgetragen; Don Rodrigo blieb dabei nachdenklich und sprach wenig.

»Vetter, wann zahlt Ihr mir eigentlich unsere Wette?« sagte Graf Attilio boshaft und spöttisch, als kaum abgeräumt war und die Diener sich zurückgezogen hatten.

»Sankt Martin ist noch nicht vorbei.«

»Ebensogut könnt Ihr gleich zahlen, denn ich sehe schon alle Heiligen, die im Kalender stehn, vorbeimarschieren, ehe ...«

»Das wird sich ja finden.«

»Lieber Vetter, spielt doch nicht den Schlauberger! Ich

habe doch alles durchschaut und bin so sicher, die Wette gewonnen zu haben, daß ich nicht anstehe, eine weitere abzuschließen.«

»Laßt hören!«

»Daß Euch nämlich jener Pater – was weiß ich, wie er heißt! –, kurz und gut, daß jener Mönch Euch bekehrt hat.«

»Ihr habt Einfalle wie ein altes Haus.«

»Bekehrt, Vetter, behaupte ich. Meinerseits freue ich mich darüber. Das gibt gewiß ein erbauliches Schauspiel, wenn Ihr ganz zerknirscht die Augen niederschlagt. Und welch ein Ruhm für jenen Pater! Wie geschwollen und aufgeblasen mag der nach Hause gekommen sein! Solche Fische fängt man freilich auch nicht alle Tage und nicht mit allen Netzen. Ihr könnt Euch fest darauf verlassen, daß er Euch als Muster hinstellen wird, und wenn er etwas weiter weg zu predigen hat, wird er von Eurem Fall erzählen. Mir ist, als hörte ich ihn schon.« Damit fing er an zu näseln, begleitete seine Worte mit übertriebenen Gebärden und fuhr im Kanzeltone fort: »In einer Gegend dieser Welt, die ich aus gebotener Rücksicht nicht nenne, Geliebte im Herrn, lebte und lebt noch heute ein ausschweifender Kavalier, dem die Weiblein lieber waren als das wackere Mannsvolk, der jeder Gelegenheit nachging, die Diebe macht, und dabei ein Auge auf eine Person geworfen hatte, die ...«

»Genug damit!« unterbrach Don Rodrigo ihn halb feixend und halb verdrossen. »Wenn Ihr die Wette verdoppeln wollt, ist es mir auch recht.«

»Teufel auch! Solltet Ihr etwa den Pater bekehrt haben?«

»Von dem sprecht mir ja nicht; was die Wette betrifft, wird ja Sankt Martin entscheiden.«

Die Neugier des Grafen war aufgestachelt. Er wollte Don Rodrigo weiter ausfragen; der aber wich aus und überließ alles immer wieder dem entscheidenden Tag. Er wollte der Gegenseite keine Pläne verraten, deren Durchführung weder begonnen noch endgültig beschlossen war.

Am nächsten Morgen erwachte Don Rodrigo wieder als der alte. Alle Angst, die ihm ins Gebein gefahren war, als es hieß: »Der Tag wird kommen«, war mit den nächtlichen Träumen gewichen. Übrig blieb allein die Wut, noch gesteigert durch die Scham über jene Anwandlung von Schwäche. Die frischeren Eindrücke des bei seinem Ausflug umdienerten und gefeierten Herrn, die Spöttelei seines Vetters, alles trug nicht wenig dazu bei, ihm seine alte Entschlossenheit zurückzugeben.

Kaum aufgestanden, ließ er den »Grauen« rufen. Da geht etwas Besonderes vor, sagte sich der Diener, dem der Befehl gegeben wurde. Der Mann, der jenen Beinamen führte, war nämlich kein Geringerer als der Anführer der Bravi, derjenige, dem die gewagtesten und hinterhältigsten Unternehmungen anvertraut wurden. Er hatte sich seinem Herrn mit Haut und Haar verschrieben, war ihm aus Dankbarkeit und Eigennutz völlig ergeben. Nachdem er einmal am hellichten Tage in aller Öffentlichkeit jemanden umgebracht hatte, war er hingegangen und hatte sich unter den Schutz Don Rodrigos gestellt, der ihn in seine Livree einkleiden ließ und so jedem Zugriff der Gerechtigkeit entzog. Indem der Verfolgte sich damit verpflichtete, jeden verbrecherischen Auftrag auszuführen, ging er für seine erste Untat straffrei aus. Für Don Rodrigo war die Erwerbung keineswegs gleichgültig gewesen, denn der Graue war nicht nur ohne Vergleich der tüchtigste Bursche in seinem Gesinde, er war auch ein lebender Beweis dafür, daß sein Herr ungestraft gegen die Gesetze handeln konnte, so daß dadurch seine Macht und sein Ansehen in der Öffentlichkeit gesteigert wurden.

»Grauer«, sagte Don Rodrigo, »bei der jetzigen Gelegenheit können wir einmal sehen, was du wert bist. Vor morgen noch muß sich jene Lucia in diesem Palast befinden.«

»Keiner soll je behaupten, daß sich der Graue einem Befehl seines durchlauchtigen Herrn und Gebieters entzogen habe.«

»Nimm so viel Leute, wie du brauchst; befiehl und bestimme, wie du es für richtig hältst! Hauptsache, daß alles gut verläuft, und achte besonders darauf, daß ihr kein Leids geschieht.«

»Mein Herr, ohne einen kleinen Schrecken wird es wohl nicht abgehen; sonst schlägt sie zuviel Lärm ...«

»Der Schrecken ist unvermeidlich, das sehe ich durchaus ein. Es darf ihr aber kein Haar gekrümmt werden, und vor allem ist ihr in jeder Weise mit Achtung zu begegnen. Bist du dir darüber klar?«

»Bester Herr, man kann freilich keine Blume vom Stock brechen und Ihnen darreichen, ohne sie zu berühren. Es wird aber nur geschehen, was unbedingt erforderlich ist.«

»Du bürgst mir dafür. Und ... wie willst du die Sache anfangen?«

»Darüber habe ich bereits nachgedacht. Glücklicherweise liegt das Haus am Ende der Ortschaft. Wir brauchen da zunächst einen Platz, wo wir uns einnisten können, und ganz in der Nähe steht nun ein einsames, unbewohntes Haus mitten im Feld. Der Kasten ist vor ein paar Jahren abgebrannt; aber Euer Gnaden werden von diesen Dingen ja kaum gehört haben. Die Leute hatten kein Geld, um es wieder aufzubauen, und sind fortgezogen. Jetzt spuken da die Hexen. Es ist aber gerade kein Sabbat, und ich mache mir gar nichts daraus. Aber die Dörfler hier stecken voller Aberglauben und würden sich um nichts in der Welt nachts an einem Wochentage da hinbegeben. So können wir uns dort häuslich niederlassen und sichergehn, daß uns kein Mensch stört.«

»Gut so! Und dann?«

Nun machte der Graue seine Vorschläge, und Don Rodrigo besprach sie mit ihm, bis sie sich einig waren, wie alles anzustellen wäre, um von den Tätern keine Spur zu hinterlassen und um den Verdacht durch irreführende Anhaltspunkte in eine andere Richtung zu lenken, wie man ferner der armen Agnes den Mund stopfen und Renzo eine solche Angst einjagen könnte, daß ihm der Schmerz verginge und alle Lust dazu, sich an die Gerichte zu wenden oder sich auch nur zu beklagen. Zugleich wurden alle sonstigen Gaunerstückchen, die zum Erfolg des Kapitalstreichs erforderlich waren, verabredet. Wir versagen uns, all diese Abmachungen im einzelnen wiederzugeben, da sie – wie man sehen wird – zum Verständnis der Geschichte nichts beitragen; und wir begrüßen es, daß wir uns nicht weiter damit aufzuhalten brauchen, diese beiden unerquicklichen Lumpen miteinander verhandeln zu hören. Genug, als sich der Graue aufmachte, um an die Durchführung des Plans zu gehen, rief ihn Don Rodrigo wieder zurück und sagte zu ihm: »Noch eins! Wenn euch heute abend zufällig jener freche Lümmel in die Hände fallen sollte, wäre es nicht übel, wenn er schon im voraus einen hübschen Denkzettel bekäme. Um so eher wird er das Maul halten, wenn es ihm morgen anbefohlen wird. Stellt ihm aber nicht eigens nach, damit die Hauptaktion nicht leidet. Du hast mich wohl verstanden?«

»Lassen Sie mich nur machen!« erwiderte der Graue prahlerisch und ging nach einer untertänigen Verbeugung davon. Der Vormittag verlief mit Kundschaftergängen ins Dorf. Jener falsche Bettler, der sich auf die bekannte Art Eingang in das bescheidene Haus verschafft hatte, war niemand anders als der Graue, der sich durch Augenschein mit dem Anwesen vertraut machen wollte. Die falschen Landstreicher waren seine Spießgesellen, denen eine oberflächlichere Ortskenntnis genügen konnte, um unter seinem Befehl zu handeln. Nachdem sie ihre Feststellungen getroffen hatten, ließen sie sich nicht mehr sehen, um nicht allzuviel Verdacht zu erregen.

Als sie alle zum Palast zurückgekommen waren, erstattete der Graue Bericht und legte den Plan der Unternehmung endgültig fest. Er verteilte die Rollen und gab Anweisungen. All das konnte nicht geschehen, ohne daß jener alte Diener, der Augen und Ohren offenhielt, merkte, daß ein großer Schlag vorbereitet wurde. Er paßte auf und erkundigte sich, erhaschte da eine ungefähre Angabe und dort eine andere, legte sich den Sinn einer dunklen Andeutung zurecht, hatte seine Vermutungen über geheimnisvolle Besorgungen und wurde sich durch dies alles klar über das, was in der Nacht vor sich gehen sollte. Als er aber so weit gekommen war, dunkelte es bereits, und ein kleiner Vortrupp der Bravi war schon abgerückt, um sich in jenem verfallenen Hause in den Hinterhalt zu legen. Obwohl sich der arme Alte darüber klar war, welch gefährliches Spiel er wagte, und obwohl er befürchtete, mit seiner Hilfe zu spät zu kommen, wollte er dennoch sein Wort halten. Unter dem Vorwande, ein wenig an die Luft gehen zu wollen, ging er weg und schlug Hals über Kopf den Weg nach dem Kloster ein, um Pater Christophorus die versprochene Meldung zu überbringen.

Kurz darauf setzten sich die übrigen Bravi in Marsch, und zwar Mann für Mann, um nicht den Eindruck einer ganzen Gruppe zu machen. Zuletzt kam der Graue; und lediglich eine Sänfte blieb zurück, die nach Einbruch der Dunkelheit zu dem Haus geschafft werden sollte, was denn auch geschah. Als sie an jenem Ort versammelt waren, schickte der Graue drei Gesellen zum Wirtshaus des Dörfchens. Einer sollte am Eingang auf alles achten, was auf der Straße vor sich ginge, und feststellen, wann sich alle Ortsansässigen zurückgezogen hätten, die beiden anderen sollten drinnen spielen und trinken wie Zechbrüder. Gleichzeitig sollten sie sich umtun, ob es etwas auszukundschaften gäbe. Er selbst blieb mit dem Gros der Rotte im Hinterhalt auf der Lauer.

Der arme Alte hastete immer noch auf seinem Wege dahin, die drei Kundschafter bezogen ihre Posten, und die Sonne ging unter, als Renzo zu den Frauen kam und sagte: »Tonio und Gervaso warten draußen auf mich. Ich gehe mit ihnen zu einem kleinen Imbiß ins Wirtshaus, und wenn das Ave Maria läutet, kommen wir euch abholen. Nur Mut, Lucia! Alles hängt an einem Augenblick!« Lucia seufzte auf. »Ja, Mut!« wiederholte sie mit einer Stimme, welche das Wort Lügen strafte.

Als Renzo und seine beiden Gesellen zum Wirtshaus kamen, versperrte der Kerl, der sich da als Wachtposten aufgepflanzt hatte, bereits den halben Türrahmen. Er hatte sich mit dem Rücken an einen Pfosten gelehnt und hielt die Arme über der Brust verschränkt. Seine stechenden Habichtsaugen schweiften nach rechts und links und ließen dabei einmal das Weiße und dann wieder das Schwarze aufblitzen. Ein schief gezogenes, flaches Barett aus dunkelrotem Samt verdeckte zur Hälfte seinen Schopf, der, über einer finsteren Stirn gescheitelt, auf beiden Seiten über die Ohren herabhing und in Flechten auslief, die im Nacken mit einem Kamm hochgesteckt waren. In einer Hand hielt er lässig einen dicken Prügel; eigentliche Waffen waren nicht an ihm zu bemerken. Aber sein bloßer Anblick hätte schon einen kleinen Jungen vermuten lassen, daß alle möglichen Mordwerkzeuge unter seinen Kleidern versteckt waren. Als Renzo, der in der Mitte ging, eintreten wollte, starrte ihm der Kerl, ohne wegzurücken, dreist ins Gesicht. Der Jüngling verspürte aber nicht die geringste Lust, einen Streit vom Zaune zu brechen – wie jeder, den ein heikles Vorhaben beschäftigt –, und ließ sich daher nichts anmerken, ja sagte nicht einmal: »Geht doch hinein!« Dicht am anderen Pfosten vorbei schob er sich schräg durch die von dieser Karyatide gelassene Öffnung. Seine beiden Begleiter mußten sich ebenso verrenken, da sie nun einmal eintreten wollten.

Drinnen sahen sie die beiden anderen wüsten Gesellen, deren Stimmen sie schon von draußen gehört hatten. Sie saßen an einer Tischecke und spielten Morra, wobei sie gleichzeitig aufeinander einschrien, wie es das Spiel so erfordert. Aus einer großen Weinflasche, die zwischen ihnen stand, schenkten sie sich wechselseitig ein. Auch diese Burschen starrten der neuen Gesellschaft dreist ins Gesicht. Dabei musterte besonders der eine Renzo von Kopf bis Fuß. Er hatte drei Finger hochgespreizt, und sein Mund stand noch offen von einem gewaltigen: »Sechs!« das er gerade herausgeschmettert hatte. Nun zwinkerte er seinem Kumpan und dann dem andern an der Tür zu, der zustimmend nickte. Renzo blickte argwöhnisch und unsicher seine beiden Tischgenossen an, als ob in ihren Mienen eine Erklärung für all diese Zeichen zu lesen stünde; doch die verrieten lediglich einen guten Appetit. Der Wirt seinerseits blickte wiederum diensteifrig und erwartungsvoll Renzo an, der sich daraufhin mit ihm in ein Nebenzimmer begab und ein Abendessen bestellte.

»Was sind das für Fremde?« fragte er dann leise, als jener mit einem groben Tischtuch unter dem Arm und einer bauchigen Weinflasche in der Hand zurückkam.

»Die kenne ich nicht«, antwortete der Wirt, während er das Tischtuch ausbreitete.

»Wie? Keinen einzigen?«

»Ihr wißt doch«, fuhr der Wirt fort, während er mit beiden Händen das Linnen glattstrich, »Ihr wißt doch, daß die erste Regel unseres Gewerbes ist, unsere Nase nicht in jeden Quark zu stecken, so daß nicht einmal unsere Weiber neugierig sind. Wo soviel Leute kommen und gehen, könnten wir dabei auch schön ins Fettnäpfchen treten. Hier geht's halt zu wie in einem Seehafen – wenn die Zeitläufte danach sind, natürlich. Aber was sollen wir den Kopf hängenlassen? Die guten Zeiten kommen schon einmal wieder. Uns langt's, wenn wir anständige Gäste haben. Was sie sonst treiben oder auch nicht treiben, ist uns schnuppe. Und nun bringe ich Euch ein Gericht Fleischklöße, wie Ihr noch keines gegessen habt.«

»Woher wißt Ihr denn ...?« entgegnete Renzo. Der Wirt war aber schon wieder auf dem Weg zur Küche und ließ sich nicht aufhalten. Während er dort nach dem Tiegel mit den eben erwähnten Fleischklößen griff, machte sich jener Bravaccio, der unseren Helden so genau gemustert hatte, leise an ihn heran und flüsterte ihm zu: »Was sind das für Leutchen?«

»Brave Kerle aus dem Dorf«, antwortete der Wirt und füllte die Fleischklöße in die Schüssel.

Jener aber ließ nicht locker und versetzte ziemlich barsch: »Schon recht; aber wie heißen die Brüder? Wer sind sie?«

»Einer von ihnen heißt Renzo«, flüsterte nun der Wirt, »eine wackere, gute Haut, ein Seidenspinner, der sein Handwerk versteht. Der andere ist ein Bauer namens Tonio, ein guter, flotter Geselle. Schade, daß er nicht viel hat; sonst würde er alles hier verjubeln. Der dritte ist ein Trottel, der allerdings gerne mithält, wenn einer für ihn blecht. Mit Verlaub!«

Darauf drängte er sich zwischen dem Herd und dem Frager durch, um das Gericht aufzutragen. Als er auf Renzo zukam, nahm dieser seine Frage von vorhin wieder auf: »Woher wißt Ihr denn, daß das ordentliche Leute sind, wenn Ihr sie gar nicht kennt?«

»Aber das Benehmen, mein Lieber! Man erkennt den Menschen am Benehmen. Wer seinen Wein trinkt, ohne zu mäkeln, wer seine Rechnung bezahlt, ohne zu feilschen, wer mit anderen Gästen keinen Streit anfängt und, wenn er eine

Messerstecherei vorhat, draußen und weit von der Wirtschaft entfernt auf sein Opfer wartet, so daß der arme Wirt nicht mit hineingezogen wird, das ist ein wackerer Kerl. Wenn man allerdings seine Leute gut kennt, ich meine, so wie wir vier uns kennen, ist es schon besser. Aber, zum Teufel auch, warum seid Ihr denn so wißbegierig, wo Ihr doch auf Freiersfüßen wandelt und ganz andere Dinge im Kopf haben müßtet? Dazu noch angesichts solcher Fleischklöße, die einen Toten auferstehen lassen könnten.« Mit diesen Worten verfügte er sich wieder in die Küche.

Unsere Quelle bemerkt durchaus, wie unterschiedlich dieser Wirt auf Fragen einging, und meinte dazu, seiner Einstellung entsprechend habe er in all seinen Reden stets betont, wieviel ihm grundsätzlich an rechtschaffenen Leuten liege, während er in seinem Verkehr allerdings denen weit gefälliger gewesen sei, die einen schlechten Ruf hatten oder einen fragwürdigen Eindruck machten. Ein seltsamer Charakter! Oder nicht?

Das Abendessen verlief nicht sehr heiter. Die beiden Geladenen hätten es gern in aller Bequemlichkeit genossen; der Gastgeber jedoch war ganz mit dem beschäftigt, was der Leser weiß. Durch das seltsame Gebaren jener Unbekannten war er ferner verdrießlich und auch etwas beunruhigt und konnte den Augenblick des Aufbruchs kaum abwarten. Ihretwegen sprach man im Flüsterton; es waren abgerissene und gleichgültige Worte.

»Wie fein«, platzte Gervaso Knall und Fall heraus, »daß Renzo Hochzeit machen will und dazu nötig hat …« Renzo machte eine finstere Miene. »Willst du wohl still sein, du Rindvieh!« sagte Tonio und begleitete die Anrede mit einem Rippenstoß. Die Unterhaltung wurde zuletzt immer kühler. Renzo hielt sich im Essen und Trinken zurück und schenkte den beiden Zeugen wohlbedacht mit Maß ein, um sie etwas anzufeuern, ohne daß ihnen der Wein zu Kopf stiege.

Nachdem abgeräumt und die Zeche von dem bezahlt worden war, der am wenigsten verzehrt hatte, mußten alle drei abermals an jenen Galgengesichtern vorüber, und genau wie bei seinem Eintritt wandten sich alle Renzo zu. Draußen drehte er sich nach wenigen Schritten um und bemerkte, daß die beiden, die vorhin in der Küche gesessen hatten, ihm folgten. Er blieb daher mit seinen Begleitern stehen, als wollte er zum Ausdruck bringen: Wir wollen doch einmal sehen, was die da mit mir vorhaben! Als sich die beiden jedoch beobachtet fühlten, hielten sie ebenfalls inne, flüsterten miteinander und gingen zurück. Hätte Renzo nahe genug gestanden, um ihre Worte zu vernehmen, wären sie ihm sehr seltsam vorgekommen. »Ganz abgesehen vom Trinkgeld wäre es doch eine große Ehre«, sagte einer der Gauner, »wenn wir in den Palast zurückkämen und erzählen könnten, daß wir ihn so auf eigene Faust frischweg vermöbelt hätten, ohne daß der Herr Graue ein Wörtchen mitgeredet hätte.«

»Dann verpfuschen wir die Hauptsache!« antwortete der andere. »Schau! Er hat etwas gemerkt; er bleibt stehn, um uns zu beobachten. Ja, wenn es später wäre! Kehrt marsch, um keinen Verdacht zu erregen. Siehst du, überall kommen Leute: wir wollen erst einmal alle ins Nest kriechen lassen!«

In der Tat herrschte jenes Treiben und Getuschel, das man gegen Abend in den Dörfern hört und das nach kurzer Frist der feierlichen Ruhe der Nacht zu weichen pflegt. Die Frauen kamen vom Feld, trugen die Kleinsten auf dem Arm und ließen die größeren Kinder, die an ihrer Hand gingen, die Abendgebete sprechen. Die Männer hatten Spaten und Hacken geschultert. Wenn die Türen aufgingen, sah man hie und da das Herdfeuer für die ärmliche Abendmahlzeit aufleuchten. Man hörte Grußworte auf der Straße und einige Bemerkungen über die karge Ernte und das schlechte Jahr, die vom gemessenen Glockenschlag übertönt wurden, der das Ende des Tages verkündete. Als Renzo sah, daß die beiden dreisten Kerle sich zurückgezogen hatten, setzte er bei zunehmender Dämmerung seinen Weg fort und flüsterte einmal dem einen und einmal dem anderen Bruder eine Ermahnung zu. Als sie Lucias Haus erreichten, war es bereits Nacht.

Von dem ersten Antrieb zu einer schrecklichen Tat bis zu ihrer Ausführung ist die Zwischenzeit ein böser Traum voller Gespenster und Furcht (hat ein Barbar[1] gesagt, der nicht ohne Genie war). Lucia erlitt seit vielen Stunden alle Ängste eines solchen Traumes; und Agnes, selbst Agnes, die Urheberin des Ratschlags, war nachdenklich und fand kaum Worte, um die Tochter zu ermutigen. Im Augenblick des Erwachens aber, das heißt im Augenblick des Beginns der Ausführung, ist die Seele ganz verwandelt. Auf Mut und Furcht, die sich bekämpften, folgen dann ein anderer Mut und eine andere Furcht. Die Unternehmung kommt dem Geist wie etwas völlig Neues vor: das, was zunächst am meisten erschreckte, scheint zuweilen mit einem Schlage leicht geworden zu sein, während zugleich ein Hindernis, an das man kaum gedacht hat, bedeutend wird. Die Einbildungskraft weicht entsetzt zurück. Es scheint, als verweigerten die Glieder den Dienst, und das Herz steht nicht mehr zu den Entschlüssen, die es bei klarem Bewußtsein gefaßt hat. Als Renzo leise anpochte, wurde Lucia von solchem Schauder erfaßt, daß sie in diesem Augenblick beschloß, eher alles zu erdulden und immer von ihm getrennt zu bleiben, als jenen Entschluß durchzuführen. Als er aber in Erscheinung getreten war und gesagt hatte: »Da wäre ich, und jetzt geht's fort«, als alle ohne Zögern zum Aufbruch bereit waren, wie

1 Shakespeare in *Julius Caesar*, II, 1. Das Wort »Barbar« spielt ironisch auf Voltaires Urteil an: *Lettre a l'Académie française, lue en séance publique le 25 août 1776* (Anmerkung des Übersetzers).

zu einer unwiderruflich beschlossenen Sache, hatte Lucia weder Zeit noch Kraft, Schwierigkeiten zu machen. Willenlos mitgerissen, hing sie sich zitternd bei der Mutter und dem Verlobten ein und setzte sich mit der wagemutigen Gruppe in Bewegung.

Ganz leise traten sie behutsamen Schrittes aus dem Hause ins Dunkel hinaus und schlugen den Weg außerhalb der Ortschaft ein. Der kürzeste führte freilich quer hindurch, geradenwegs zum Hause Don Abbondios. Sie wählten aber den anderen, um nicht gesehen zu werden. Auf Feldwegen gelangten sie durch Gärten und Äcker zur Pfarrei und trennten sich dann. Die beiden Brautleute blieben hinter einer Hausecke verborgen, Agnes mit ihnen, aber etwas weiter vorn. So konnte sie rechtzeitig herbeieilen und Perpetua anhalten, um sie mit Beschlag zu belegen. Tonio und der einfältige Gervaso, der nichts allein unternehmen, ohne den man aber auch nichts ausrichten konnte, gingen tapfer auf die Tür los und klopften.

»Wer kommt denn da noch zu so später Stunde?« rief eine Stimme aus dem Fenster, das soeben geöffnet wurde. Es war Perpetuas Organ. »Soviel ich weiß, gibt's keine Kranken. Ist vielleicht ein Unglück geschehen?«

»Ich bin's«, antwortete Tonio, »mit meinem Bruder. Wir möchten den Herrn Pfarrer sprechen.«

»Ist das denn eine christliche Zeit?« sagte Perpetua kurz angebunden. »Was für ein Anstand! Kommt morgen wieder.«

»Hört mal, vielleicht komme ich wieder, vielleicht aber auch nicht. Ich habe wer weiß wieviel Geld eingenommen und kam, um die bewußte kleine Schuld zu tilgen. Ich hätte fünfundzwanzig schöne neue Lire bei mir. Wenn's aber nicht geht, nun ja, ich weiß, wie ich die ausgeben kann, und komme wieder, wenn ich einmal andere zusammengespart habe.«

»Wartet mal, wartet mal: ich gehe und bin gleich zurück. Aber warum kommt Ihr auch zu so einer Zeit!«

»Ich habe das Geld auch gerade erst erhalten und habe, wie gesagt, gedacht: Wenn ich es über Nacht bei mir behalte, so weiß ich nicht, was mir vielleicht morgen früh in den Sinn kommt. Wenn Euch aber die Stunde nicht paßt, so habe ich dazu nichts zu sagen. Hier bin ich, und wenn Ihr mich nicht wollt, geh ich wieder.«

»Nein, nein, wartet einen Augenblick. Ich gebe gleich Bescheid.«

Damit schloß sie das Fenster. In diesem Augenblick verließ Agnes die Brautleute. Sie flüsterte Lucia noch zu: »Mut! Es ist ja nur ein Augenblick, grade wie wenn man sich einen Zahn ziehen läßt«, und dann begab sie sich zu den beiden Brüdern vor die Tür. Sie begann einen Schwatz mit Tonio, so daß Perpetua, als sie öffnen kam, glauben mußte, sie sei zufällig vorbeigekommen und von Tonio einen Augenblick aufgehalten worden.

8. KAPITEL

Karneades[1]! Wer war das doch? überlegte Don Abbondio, der in einem Zimmer des oberen Stockwerks in seinem Sessel saß und ein kleines Buch aufgeschlagen in Händen hielt, als Perpetua eintrat, um ihm die Botschaft auszurichten. Karneades! es scheint mir durchaus, als ob ich diesen Namen schon einmal gehört oder gelesen hätte: es muß ein Denker gewesen sein, ein hochgelehrtes Haus der Antike. Es

1 *Karneades* (214-129), Vertreter der skeptischen Richtung der hellenistischen Philosophie, der 155 v. Chr. als Gesandter von Athen in Rom großen Erfolg hatte. Trotzdem heißt es bereits bei Augustinus: »Ich weiß nicht, wer jener Karnéades gewesen ist«, *Contra Academicos III, 7* (Anmerkung des Übersetzers).

ist so ein Name aus der Gegend. Wer, zum Teufel, aber war er?

So weit war der arme Mann davon entfernt, zu ahnen, welcher Sturm sich über seinem Haupte zusammenzog.

Man muß wissen, daß Don Abbondio sich täglich mit einiger Lektüre vergnügte. Ein benachbarter Pfarrer, der eine kleine Bibliothek besaß, borgte ihm ein Buch nach dem andern aus, wie sie ihm gerade unter die Hände kamen. Während Don Abbondio noch von dem Fieber genas, in das ihn der Schrecken versetzt hatte – ja, er war hinsichtlich des Fiebers schon gesünder, als er wahrhaben wollte –, grübelte er über eine Lobrede zu Ehren Sankt Carlos nach, die vor zwei Jahren im Mailänder Dom mit großem Schwung vorgetragen und mit entsprechender Begeisterung aufgenommen worden war. Der Heilige wurde darin in seiner Liebe zur Forschung mit Archimedes verglichen, und bis dahin begegnete Don Abbondio keinen Schwierigkeiten; denn Archimedes hat bemerkenswerte Dinge getan und so viel von sich reden gemacht, daß keine besonders große Bildung erforderlich ist, um etwas davon zu wissen. Aber nach Archimedes zog der Redner auch Karneades zum Vergleich heran, und da war der Leser auf einer Sandbank gestrandet. In diesem Augenblick trat Perpetua ein, um Tonios Besuch zu melden.

»Zu solcher Stunde?« sagte selbstredend auch Don Abbondio.

»Was wollen Sie? Die Leute haben keine Lebensart; wenn Sie ihn aber nicht beim Kanthaken nehmen ...«

»Gewiß! wenn ich nicht die Gelegenheit beim Schopfe packe, wer weiß, wann es dann möglich ist. Laß ihn kommen ...! Heda! heda! bist du denn auch ganz sicher, daß er es ist?«

»Mein Gott!« erwiderte Perpetua, stieg hinunter, öffnete die Tür und sagte: »Wo seid Ihr?« Tonio trat vor und im gleichen Augenblick auch Agnes, die Perpetua angelegentlich begrüßte.

»Guten Abend, Agnes«, sagte Perpetua, »woher kommen wir denn zu solcher Stunde?«

»Ich komme aus ...« Sie nannte ein benachbartes Dorf. »Und wenn Ihr ahntet...« fuhr sie fort, »gerade Euretwegen habe ich mich länger aufgehalten.«

»Oh, warum denn das?« fragte Perpetua und sagte zu den beiden Brüdern gewandt: »Macht vorwärts! Ich komme gleich nach.«

Agnes erwiderte: »Weil da so eines von den Weibsbildern, die keine Ahnung haben, aber gerne mitreden wollen – sollte man das für möglich halten! –, hartnäckig behauptete, Ihr hättet weder den Beppe Suolavecchia noch den Anselm Lunghigna[1] geheiratet, weil die Euch nicht gewollt hätten. Ich dagegen behauptete, Ihr wäret es gewesen, die beiden einen Korb gegeben hat...«

»Freilich! So eine Lügnerin! So ein Schandmaul! Wer ist es denn?«

»Fragt mich nicht. Ich möchte nicht gern Unfrieden stiften.«

»Mir sagt Ihr es doch, mir müßt Ihr es sagen! Oh, so ein Schandmaul!«

»Genug ...! Aber Ihr glaubt nicht, wie leid es mir getan hat, daß ich die ganze Geschichte nicht gut genug kannte, um die Person aus der Fassung bringen zu können.«

»Nun sieh doch einmal einer an! Wie kann man nur so etwas erfinden!« rief Perpetua von neuem aus und fuhr fort: »Was Beppo betrifft, die Geschichte kennen alle und haben alle miterlebt ... Heda, Tonio! lehnt die Tür nur an und geht schon hinauf. Ich komme gleich.«

1 Suolavecchia = abgelaufene Stiefelsohle; Lunghigna = langes Gesicht (Anmerkung des Übersetzers).

Tonio bejahte von drinnen, und Perpetua setzte erregt ihre Erzählung fort.

Don Abbondios Haustür gegenüber begann zwischen zwei Hütten eine schmale Gasse, die dann weiter auf ein Feld führte. Agnes lenkte den Schritt dahin, als ob sie etwas abseits gehen wollte, um freier sprechen zu können, und Perpetua kam hinterdrein. Als sie um die Ecke waren und sich an einer Stelle befanden, von der aus man nicht mehr sehen konnte, was sich vor Don Abbondios Haus zutrug, hustete Agnes laut. Das war das Zeichen: Renzo hörte es, machte Lucia mit einem Druck seines Armes Mut, und beide huschten auf Zehenspitzen hervor und schlichen ganz leise an der Mauer entlang. Sie gelangten an die Tür, stießen sie lautlos auf und traten stillschweigend und gebückt in den Flur, wo die beiden Brüder sie erwarteten. Renzo lehnte die Tür wieder sachte an, und alle vier schlichen die Treppe hinauf, wobei sie nicht den geringsten Lärm machten. Oben angelangt, näherten sich die beiden Brüder der Zimmertür, die neben der Treppe lag. Die Brautleute drückten sich an die Wand.

»Deo gratias«, sagte Tonio laut und vernehmlich.

»He, Tonio! Herein!« antwortete eine Stimme drinnen.

Der Gerufene öffnete die Tür gerade so weit, als erforderlich war, um hinter seinem Bruder eintreten zu können. Der Lichtstreif, der unversehens aus diesem Spalt fiel und sich auf den dunklen Flurplatten abzeichnete, ließ Lucia aufschrecken, als ob sie entdeckt wäre. Nachdem die Brüder eingetreten waren, zog Tonio die Tür hinter sich zu. Die Brautleute blieben unbeweglich im Dunkeln zurück und lauschten mit angehaltenem Atem. Da war kein Laut zu vernehmen als das Hämmern in Lucias armem Herzen.

Don Abbondio saß, wie wir berichtet haben, in einem alten Sessel. Er war in ein verblichenes Priestergewand gehüllt und trug ein altes Käppchen auf dem Kopf, das sein vom spärlichen Schimmer einer kleinen Öllampe beleuchtetes

Gesicht umrahmte. Zwei dicke Haarsträhnen, die unter dem Käppchen hervorquollen, ein Paar buschige Augenbrauen, ein mächtiger Schnurrbart, ein üppiger Kinnbart überwucherten silbergrau das braune, runzlige Gesicht und wirkten wie schneebedeckte Gebüsche an einem Felshang im Mondenschein.

»Ach so!« war sein Gruß, während er die Brille absetzte und sie in sein Büchlein legte.

»Der Herr Pfarrer werden finden, daß ich spät gekommen bin«, sagte Tonio und verneigte sich, was Gervaso tölpisch nachmachte.

»Es ist freilich spät, spät in jedem Sinne. Wißt Ihr auch, daß ich krank bin?«

»Oh, das tut mir leid!«

»Ihr werdet es schon gehört haben: ich bin krank, und ich weiß nicht, wann ich wieder aufstehen kann ... Warum habt Ihr denn diesen ... diesen lieben Sohn da mitgebracht?«

»Nur so zur Gesellschaft, Herr Pfarrer!«

»Schön. Und nun laßt sehen!«

»Es sind fünfundzwanzig neue Lire, von denen mit dem heiligen Ambrosius zu Pferde darauf«, sagte Tonio und langte ein Päckchen aus der Tasche.

»Laßt sehen!« erwiderte Don Abbondio, nahm das Päckchen, setzte die Brille wieder auf, öffnete es, holte die Lire hervor, zählte sie, drehte sie um und wieder um und fand sie einwandfrei.

»Und jetzt, Herr Pfarrer, geben Sie mir bitte die Halskette meiner Thekla wieder.«

»Ganz recht!« entgegnete Don Abbondio. Dann ging er zu einem Schrank, zog einen Schlüssel aus der Tasche, blickte sich um, als ob er die Zuschauer fernhalten wollte, öffnete die Tür zum Teil, verdeckte den Spalt mit seinem Körper, steckte den Kopf hinein, um nachzusehen, und einen Arm, um die Kette zu ergreifen, nahm sie und übergab sie Tonio, nachdem er den Schrank wieder verschlossen hatte, mit den Worten: »Ist's so recht?«

»Jetzt«, sagte Tonio, »haben Sie bitte die Güte und geben mir noch etwas schwarz auf weiß.«

»Auch das noch!« sagte Don Abbondio. »Ihr seid mit allen Wassern gewaschen. Ach, wie mißtrauisch die Welt doch geworden ist. Traut Ihr mir denn nicht?«

»Wieso denn, Herr Pfarrer, Ihnen mißtrauen? Da tun Sie mir Unrecht. Mein Name steht aber bereits in Ihrem Buch auf der Soll-Seite ... und da Sie also schon einmal die Mühe gehabt haben zu schreiben, so ... um Lebens oder Sterbens willen ...«

»Schon gut«, unterbrach ihn Don Abbondio und zog brummelnd ein Kästchen auf dem Tisch zu sich heran, dem er Papier, Feder und Tintenfaß entnahm. Dann machte er sich ans Schreiben und wiederholte die Worte mit lauter Stimme, so, wie sie ihm aus der Feder flossen. Tonio und auf ein Zeichen von ihm auch Gervaso stellten sich mittlerweile gerade so vor den Tisch, daß sie dem Schreibenden den Blick auf die Tür verwehrten. Wie aus Langeweile begannen sie dann, mit den Füßen über den Estrich zu scharren, um denen draußen ein Zeichen zum Hereinkommen zu geben und um gleichzeitig das Geräusch der Schritte zu übertönen. Don Abbondio war in seine Schreiberei vertieft und dachte an nichts weiter. Beim Scharren der vier Füße nahm Renzo Lucia beim Arm, den er drückte, um ihr Mut zu machen. Dann setzte er sich in Bewegung und zog sie, die aus eigener Kraft nicht hätte gehen können und die am ganzen Leibe zitterte, hinter sich her. Mäuschenstill traten sie auf den Zehenspitzen ein und hielten den Atem an. Dann verbargen sie sich hinter den beiden Brüdern. Don Abbondio hatte zu schreiben aufgehört und las die Quittung aufmerksam noch einmal durch, ohne die Augen vom Papier zu erheben. Dann faltete er es zweimal und sagte: »Seid Ihr nun zufrieden?«

Mit einer Hand nahm er die Brille von der Nase, mit der andern hielt er Tonio das Papier hin und hob den Kopf. Tonio streckte die Hand aus, um es entgegenzunehmen, und trat beiseite. Gervaso tat auf ein Zeichen hin das gleiche in der anderen Richtung, und zwischen ihnen erschienen, wie wenn der Theatervorhang aufgeht, Renzo und Lucia. Don Abbondio sah sie zuerst schemenhaft, dann aber klar, er erschrak, war verblüfft, wurde wütend, überlegte und faßte einen Entschluß. All das in der Zeit, die Renzo brauchte, um die Worte herauszubringen: »Herr Pfarrer, vor diesen Zeugen, das hier ist mein Weib.« Seine Lippen hatten sich noch nicht wieder geschlossen, als Don Abbondio das Papier fallen ließ, mit der Linken den Leuchter packte und hochhob, mit der Rechten die Tischdecke ergriff und wütend an sich riß, wobei Buch, Papier, Tintenfaß und Streubüchse zur Erde flogen. Dann sprang er zwischen Sessel und Tisch auf Lucia zu. Die Ärmste hatte mit ihrer sanften und nun gänzlich zitternden Stimme kaum sagen können: »Und dies …« als ihr schon Don Abbondio rücksichtslos die Decke über Kopf und Gesicht warf, um sie zu hindern, die Formel zu Ende zu sprechen. Plötzlich ließ er den Leuchter fallen, den er in der andern Hand hielt, und bediente sich auch ihrer, um Lucia in die Decke zu wickeln, die sie fast erstickte, wobei er aus Leibeskräften schrie: »Perpetua! Perpetua! Verrat! Hilfe!« Der Docht, der auf dem Estrich verglomm, warf ein mattes, flackerndes Licht auf Lucia, die, völlig bestürzt, nicht einmal sich loszuwinden versuchte und das Aussehen einer Tonfigur hatte, über die der Künstler ein feuchtes Tuch gehängt hat. Als jedes Licht erloschen war, ließ Don Abbondio die Ärmste los und tastete sich zu einer Tür, die zu einem weiter innen gelegenen Zimmer führte. Er fand sie, trat ein, schloß den Riegel und rief fortwährend: »Perpetua! Verrat! Zu Hilfe! Raus aus dem Haus! Raus aus dem Haus!« Im andern Raum herrschte allgemeine Verwirrung. Renzo versuchte den Pfarrer festzuhalten und tappte mit den Händen vor sich hin, als ob er Blindekuh spielte. So kam er an die Tür, wo er klopfte und rief: »Aufmachen, aufmachen! Keinen Lärm schlagen!« Lucia rief nach Renzo mit schwacher Stimme und sagte in bittendem Tone: »Laß uns doch gehn! Laß uns doch um Gottes willen gehn!« Tonio kroch auf allen vieren auf dem Boden herum, den er mit den Händen fegte, um seine Quittung wiederzufinden. Gervaso schrie, sprang wie besessen herum und suchte die Tür nach der Treppe, um sich in Sicherheit zu bringen.

Inmitten dieses Gedränges können wir nicht umhin, einen Augenblick bei einer Überlegung zu verweilen. Renzo, der nächtlicherweile in einem fremden Hause Lärm schlug, der sich dort heimlich eingeschlichen hatte und den Hausherrn selber in seinem Zimmer belagerte, erweckt ganz den Anschein eines Gewalttäters und war doch – im Grunde genommen – der Verfolgte. Don Abbondio, der überrumpelt, zum Rückzug gezwungen und in Angst und Schrecken versetzt wurde, während er doch ruhig seinen Interessen nachging, könnte als Opfer erscheinen, und doch war er es tatsächlich, der seine Gewalt mißbraucht hatte. So geht es oft in der Welt ... ich will sagen, so ging es im siebzehnten Jahrhundert.

Als der Belagerte sah, daß der Feind keine Anstalten machte, sich zurückzuziehen, öffnete er ein Fenster, das auf den Kirchplatz hinausging, und begann um Hilfe zu schreien. Schönstes Mondlicht schien. Der dunkle Schatten der Kirche lag in klaren Umrissen auf dem schimmernden Rasen des Platzes, und etwas weiter entfernt sah Don Abbondio den langen und spitzen Schatten des Glockenturms. Jeder Gegenstand war fast so deutlich wie bei Tage zu unterscheiden. So weit der Blick aber schweifte, nirgends war die Spur eines lebenden Wesens zu sehen. An das Längsschiff der Kirche jedoch, und gerade nach der Seite des Pfarrhauses zu, stieß eine kleine Behausung, ein Unterschlupf, in dem der Mesner schlief. Dieser wurde von dem wüsten Geschrei aufgeschreckt, fuhr empor, stürzte aus dem Bett, öffnete ein Guckfenster, steckte schlaftrunken den Kopf heraus und rief: »Was gibt's?«

»Komm herbei, Ambrogio! Zu Hilfe! Leute im Haus!« schrie Don Abbondio.

»Ich komme sofort«, antwortete der Mesner, zog den Kopf zurück und schloß das Guckfenster wieder. Obwohl er noch halb im Schlaf und mehr als halb starr vor Schrecken war, fand er auf der Stelle einen Weg, um größere Hilfe zu leisten, als verlangt worden war, ohne selbst ins Handgemenge zu geraten, wie immer die Dinge auch stehen mochten. Schnell ergreift er seine Hose, die auf dem Bett liegt, klemmt sie wie einen Galahut unter den Arm und springt in großen Sätzen eine Holztreppe hinunter. Er läuft zum Kirchturm, packt das Seil der größeren der beiden Glocken, die dort hängen, und läutet Sturm.

Bum, bam, bum, bam: die Bauern fahren im Bett auf; die aufs Heu gestreckten jungen Burschen spitzen die Ohren, erheben sich. »Was gibt's? Was gibt's? Die Glocke läutet Sturm. Feuer? Diebe? Räuber?« Viele Frauen reden den Männern zu, nicht wegzugehen, die anderen laufen zu lassen, sie flehen sie an. Einige stehen auf und gehen ans Fenster; die Schlafmützigen kriechen wieder unter die Dekken, als ob sie den Bitten nachgäben, die Neugierigen und Beherzteren eilen hinunter, um Gabeln und Flinten zu ergreifen und dem Lärm nachzugehen. Andere warten ab.

Aber noch ehe alle diese bereit waren, ja noch ehe sie richtig munter waren, war der Lärm schon zu den Ohren anderer Personen gedrungen, die nicht weit entfernt, wach und angekleidet, jeder an seinem Ort, auf den Beinen waren: hier die Bravi und dort Agnes und Perpetua.

Zuerst wollen wir kurz berichten, was jene von dem Augenblick an taten, in dem wir sie verlassen haben, und zwar teils in dem verödeten Hause, teils in der Wirtschaft. Als jene drei alle Türen geschlossen und die Straßen leer sahen, gingen sie eilig fort, so, als ob sie plötzlich gemerkt hätten, daß es spät geworden war. Sie erklärten, daß sie sofort nach Hause gehen wollten, machten aber einen Rundgang durchs Dorf, um sich zu vergewissern, daß alle sich zurückgezogen hatten. In der Tat trafen sie keine Menschenseele und hörten nicht mehr das geringste Geräusch. Sie gingen auch ganz leise an unserem bescheidenen Häuschen vorbei: dem stillsten von allen, da ja niemand mehr darin war. Dann begaben sie sich schleunigst zu dem abgebrannten Haus und erstatteten dem Grauen gehorsamst Bericht. Der drückte sich gleich einen Filz auf den Kopf, warf sich einen muschelbesetzten Pilgermantel über die Schultern, ergriff einen Pilgerstab und sagte: »Los, und seid Kerle! Leise, gehorcht aufs Wort!« Damit ging er voran, die anderen rückten nach. Rasch gelangten sie zu dem Häuschen. Ihr Weg verlief entgegengesetzt zu dem, auf dem unsere kleine Schar zu ihrer Unternehmung aufgebrochen war. Der Graue ließ seine Bande einige Schritte entfernt halten und ging allein zur Erkundung weiter vor. Als er draußen alles menschenleer und ruhig fand, winkte er zwei der traurigen Gesellen herbei und befahl ihnen, vorsichtig über die Mauer zu steigen, die das Höfchen umschloß. Drinnen sollten sie dann in einer Ecke hinter einem dichtbelaubten Feigenbaum verschwinden, den er schon am Morgen ins Auge gefaßt hatte. Darauf pochte er leise an, in der Absicht, sich für einen verirrten Pilger auszugeben, der über Nacht um Obdach bäte.

Niemand antwortet. Er klopft etwas lauter, es bleibt mäuschenstill. Da geht er einen dritten Schnapphahn herbeirufen, läßt ihn wie die beiden andern in den Hof steigen und gibt ihm den Befehl, vorsichtig den Riegel loszumachen, damit Zugang und Rückzugsweg gesichert seien. Alles wird mit großer Vorsicht und bestem Erfolge ausgeführt. Dann geht er die anderen rufen, läßt sie mit sich ein, damit sie sich bei den ersten verstecken, lehnt das Hoftor vorsichtig an, stellt innen zwei Wachen davor und geht geradenwegs zur Haustür. Auch dort klopft er und wartet; da kann er lange warten! Ganz ganz leise löst er auch an dieser Tür den Riegel. Niemand da drinnen sagt: »Wer ist da?« Niemand regt sich. Besser kann es nicht gehen. Also vorwärts! Mit einem »Pst!« ruft er die vom Feigenbaum herbei und tritt mit ihnen in die Stube im Erdgeschoß, wo er am Morgen so ruchlos jenes Stück Brot erbettelt hat. Er holt Feuerschwamm, Stein, Stahl und Schwefelfäden hervor, entzündet ein Windlicht und tritt ins Hinterstübchen, um sich zu vergewissern, ob jemand da ist. Nein, niemand. Er kehrt zurück und geht an die Windfangtür, schaut nach, lauscht: Verlassenheit und Schweigen. Er läßt zwei weitere Wachen unten und läßt den Grignapoco[1], einen Bravo aus dem Bergamaskischen, nachkommen. Dieser allein soll bedrohen, beschwichtigen, befehlen, kurzum: den Sprecher abgeben und durch seinen Dialekt Agnes glauben machen, daß die Unternehmung von da herkomme. Ihn an der Seite und die andern hinter sich, steigt der Graue vorsichtig die Treppe hinauf und flucht im stillen über jede Stufe, die knarrt, jeden Schritt dieser Taugenichtse, der hörbar wird.

Schließlich ist er droben. Hier sitzt das Häschen in der Grube. Vorsichtig drückt er die Tür auf, die ins erste Zimmer führt, sie gibt nach; er öffnet sie einen Spalt und schaut hinein. Es ist dunkel. Er lauscht, um zu hören, ob drinnen jemand schnarcht, Atem holt, sich regt: nichts. Dann also vorwärts! Er hält sich das Windlicht vors Gesicht, um zu sehen, ohne erkannt zu werden, reißt die Tür sperrangelweit

1 Auf bergamaskisch bedeutet *grignà* schmunzeln. Der Spitzname bedeutet also soviel wie »jemand, der kaum eine Miene verzieht« (Anmerkung des Übersetzers).

auf, erblickt ein Bett. Drüberher! Das Bett ist gemacht und glattgestrichen, das Linnen umgeschlagen und über das Kopfkissen gebreitet. Er zuckt die Achseln, dreht sich nach seinen Leuten um, bedeutet ihnen, daß er im nächsten Zimmer nachsehen wird und daß sie vorsichtig nachkommen sollen. Er dringt ein, macht die gleichen Anstalten, findet das gleiche. »Zum Teufel, was ist denn los!« sagt er dann, »sollte ein Hund von einem Verräter uns verpetzt haben?« Alle machen sich nun mit geringerer Vorsicht daran, sich umzutun, alle Ecken zu durchstöbern. Sie stellen das Haus auf den Kopf.

Während sie damit beschäftigt sind, hören die beiden Wachen an der Hoftür ein Getrappel von eiligen Schritten, die sich schnell nähern. Sie bilden sich ein, daß, wer es auch sein möge, vorübergehen würde, verhalten sich still, machen sich aber für alle Fälle bereit. Wirklich halten die Schritte genau vor der Tür an. Es ist Menico, der, von Pater Christophorus geschickt, herbeigestürzt kommt, um die beiden Frauen zu verständigen, daß sie um Gottes willen das Haus sogleich verlassen und ins Kloster flüchten sollen, denn ... Der Leser kennt die Gründe. Er faßt den Griff des Riegels, um zu klopfen, und merkt, wie er in seiner Hand wackelt, da die Nägel gelöst und gelockert sind. Was soll das? denkt er und stößt ängstlich die Tür auf. Sie gibt nach. Menico setzt argwöhnisch den Fuß über die Schwelle und fühlt sich mit einemmal an den Armen gepackt. Rechts und links hört er zwei gedämpfte Stimmen, die in drohendem Ton sagen: »Still! oder du bist des Todes!« Er dagegen stößt einen Schrei aus. Einer der Taugenichtse preßt ihm eine Hand auf den Mund, der andere zieht ein Messer heraus, um ihm angst zu machen. Der Junge zittert wie Espenlaub und versucht nicht einmal mehr zu schreien. Aber auf einmal erdröhnt statt seiner Stimme und mit ganz anderem Schall jener erste Glockenton und hinterdrein ein pausenloses Sturmgeläute.

Wer Böses tut, sieht überall Gespenster, sagt ein Mailänder Sprichwort. Jeder der beiden Schacher vermeint in diesen Klängen seinen Namen, seinen Vornamen und Spitznamen zu hören. Sie lassen Menicos Arme fahren, ziehen die ihren blitzschnell zurück, sperren Mund und Nase auf, glotzen sich an und rennen ins Haus zu ihren Spießgesellen. Menico stürzte auf und davon, die Straße hinunter in Richtung auf den Glockenturm, wo doch schließlich jemand sein muß. Auf die anderen Schelme, die das Haus von oben bis unten durchstöbern, macht der furchtbare Glockenklang denselben Eindruck: sie werden verwirrt, geraten aus der Fassung, rennen gegeneinander. Jeder versuchte auf dem kürzesten Wege zum Tor zu gelangen, wenn es sich auch um lauter erprobte Leute handelte, die gewohnt waren, Hindernissen die Stirn zu bieten. Einer unbestimmten Gefahr aber waren sie nicht gewachsen, zumal sie auch in keiner Weise vorauszusehen gewesen war, bevor sie über sie hereinbrach. Es bedurfte der ganzen Überlegenheit des Grauen, die Leute so zusammenzuhalten, daß sie einen Rückzug und keine Flucht antraten. Wie der Hund, der eine Schweineherde zusammenhält, bald hierhin, bald dorthin eilt, wo nämlich einige ausbrechen wollen, eins ins Ohr beißt und wieder zurückholt, ein anderes mit der Schnauze stößt, ein drittes ankläfft, das gerade aus der Reihe bricht, so packt der Pilgersmann einen von ihnen beim Schopfe, der schon die Schwelle erreicht hat, und reißt ihn zurück, weist mit dem Stab den einen oder anderen zurecht, der auf demselben Wege ist, brüllt diejenigen an, die hin und her rennen und nicht wissen wohin, so daß er sie schließlich alle wieder mitten im Hof versammelt hat. »Schnell, schnell! Pistolen heraus, Messer fertig! Alle zusammen! Und dann los! So wird's gemacht! Wer kann denn an uns heran, wenn wir gut zusammenhalten, ihr Dummköpfe! Wenn wir uns aber einzeln erwischen lassen, werden auch die Dörfler mit uns fertig.

Schämt euch! Mir nach! Und zusammengeblieben!« Nach dieser kurzen Ansprache setzte er sich an die Spitze und ging als erster hinaus. Wie schon gesagt, lag das Haus am Ende des Dorfes. Der Graue schlug die Straße ein, die aufs Land hinausführte, und alle folgten ihm in guter Ordnung.

Wir lassen sie ziehen und begeben uns wieder zu Agnes und Perpetua, die wir in jener bestimmten Gasse zurückgelassen haben. Agnes hatte dafür gesorgt, daß die andere so weit wie irgend möglich vom Hause Don Abbondios fortgelockt wurde, und bis zu einem gewissen Punkt war alles gut gegangen. Plötzlich aber hatte sich die Köchin der offengebliebenen Tür erinnert und wollte zurückkehren. Darauf gab es nichts zu sagen. Um keinen Verdacht zu erregen, hatte Agnes mit ihr umkehren müssen, wobei sie versuchte stehenzubleiben, sooft die andere in dem Bericht über die in die Binsen gegangenen Hochzeiten hitzig genug geworden war. Sie legte größte Aufmerksamkeit an den Tag, und um zu zeigen, wie begierig sie zuhörte, oder um das Gespräch wieder in Gang zu bringen, sagte sie immer wieder: »Freilich, jetzt versteh ich! vorzüglich! das ist ja klar! und dann? und er? und Ihr?« Gleichzeitig aber führte sie ein ganz anderes Selbstgespräch: Werden sie jetzt wohl wieder draußen sein? Oder sind sie noch drinnen? Wie dumm sind wir alle drei gewesen, nicht irgendein Zeichen zu meiner Verständigung ausgemacht zu haben, sobald die Sache gelungen wäre. Das ist wirklich ein starkes Stück! Aber zu spät ist zu spät! Jetzt bleibt mir nichts anderes übrig, als die hier so lange wie möglich am Schwatzen zu halten. Schlimmstenfalls geht etwas Zeit verloren.

So waren sie unter Eilen und Verweilen nah an das Pfarrhaus herangekommen, das sie jedoch wegen jener Ecke nicht sehen konnten. Perpetua, die sich bei einer wichtigen Stelle ihres Berichtes befand, hatte sich widerstandslos zum Stehenbleiben bewegen lassen, ja, sie hatte es nicht einmal gemerkt. Da hörte sie plötzlich von droben in der von keinem Hauch bewegten Luft durch das weite Schweigen der Nacht jenen ersten schrillen Angstruf Don Abbondios: »Zu Hilfe! Zu Hilfe!«

»Um Himmels willen! Was war das?« rief Perpetua und wollte fortrennen.

»Was gibt's? Was gibt's?« sagte Agnes und hielt sie am Rock zurück.

»Um Himmels willen! Habt Ihr denn nicht gehört?« erwiderte jene und machte sich frei.

»Was denn? Was denn?« wiederholte Agnes und packte sie am Arm.

»Teufel von einem Weibsbild!« schrie Perpetua und stieß sie zurück, um loszukommen. Sie nahm einen Anlauf. Da hörte man aus der Ferne, gellender und noch jäher, Menicos Angstschrei.

»Um Himmels willen!« schrie nun auch Agnes auf und eilte stürmisch der andern nach. Kaum aber hatten beide die Absätze gehoben, als die Glocke erdröhnte: ein Schlag, zwei, drei, und immer mehr. Das hätte sie angespornt, wenn das noch nötig gewesen wäre. Perpetua stürmt einen Augenblick früher als die andere heran. Wie sie die Tür aufstoßen will, wird sie von innen sperrangelweit aufgerissen, und auf der Schwelle erscheinen Tonio, Gervaso, Renzo, Lucia. – Nachdem sie die Treppe gefunden hatten, waren sie in großen Sätzen hinabgesprungen und, als sie dann das schreckliche Sturmläuten hörten, Hals über Kopf fortgeeilt, um sich in Sicherheit zu bringen.

»Was gibt's? Was gibt's?« fragte Perpetua keuchend die beiden Brüder, die ihr mit einem Schubs antworteten und sich auf und davon machten. »Und ihr? Wie? Was macht ihr denn hier?« fragte sie darauf das andere Paar, sobald sie es erkannt hatte. Aber auch die beiden verschwanden ohne Antwort. Perpetua fragte nichts weiter. Sie wollte nun dort hineilen, wo ihre Hilfe am nötigsten war. Sie stürmte in den Flur und lief, so gut es im Dunkeln gehen wollte, auf die Treppe zu.

Das im Brautstand verbliebene Paar sah sich auf einmal Agnes gegenüber, die atemlos herankam. »Ach, da seid ihr ja!« sagte sie und brachte die Worte kaum heraus. »Wie ist's euch ergangen? Was soll die Glocke? Mir ist, als ob ich gehört hätte ...«

»Nach Hause, nach Hause!« sagte Renzo, »eh Leute kommen.« Und sie machten sich auf den Weg. Da aber kommt Menico angestürzt, erkennt sie, hält sie an und sagt, noch immer zitternd, mit halb erstickter Stimme: »Wo wollt ihr hin? Zurück! zurück! Hierher! Zum Kloster!«

»Hast du etwa ...?« begann Agnes.

»Was ist denn noch los?« fragte Renzo. Lucia schwieg und zitterte völlig verwirrt.

»Der Teufel ist zu Hause los!« antwortete Menico keuchend. »Ich hab sie gesehen. Sie wollten mich umbringen. Pater Christophorus hat's ja gesagt. Auch Ihr, Renzo, sollt sofort kommen, hat er gesagt. Und dann habe ich sie gesehen! Welch ein Glück, daß ich euch hier alle beisammen finde. Ich erzähl's euch später, wenn wir aus dem Ort heraus sind.«

Renzo, als der am meisten Gefaßte, meinte, daß man so oder so am besten daran täte, gleich fortzugehen, ehe Leute herbeieilten, und daß es sicherer wäre, Menicos Rat zu folgen, vielmehr dem Befehl, den er mit allem Nachdruck eines von Entsetzen geschüttelten Menschen erteilte. Unterwegs und außer Gefahr, könnte man dann den Jungen genauer befragen. »Geh voraus! «sagte er zu ihm. »Wir folgen ihm!« wandte er sich an die Frauen. Sie kehrten also um, gingen eilig auf die Kirche zu, überquerten den Platz, auf dem glücklicherweise noch keine lebende Seele zu sehen war, und bogen in ein Gäßchen zwischen der Kirche und dem Hause

Don Abbondios ein. Dann durch das erste Loch, das sie in einer Hecke fanden, und querfeldein auf und davon!

Sie hatten sich vielleicht noch keine fünfzig Schritt entfernt, als Leute in ständig wachsender Zahl auf dem Platz zusammenströmten.

Sie schauten einander an; jeder hatte eine Frage zu stellen, keiner eine Antwort zu geben. Die zuerst Gekommenen liefen zum Kirchenportal: es war verschlossen. Sie eilten zum Turm. Einer von ihnen legte den Mund an eine Fensteröffnung, eine Art Schießscharte, und rief hinein: »Was, zum Teufel, gibt's?« Als Ambrogio eine bekannte Stimme hörte, ließ er das Seil fahren, und da ihn das Stimmengewirr überzeugte, daß viel Volks herbeigelaufen war, antwortete er: »Ich komme und mach auf!« In aller Eile zog er das Kleidungsstück an, das er unterm Arm gehalten hatte, kam drinnen ans Kirchenportal und öffnete.

»Was soll denn so ein Lärm? – Was gibt's? – Wo? – Bei wem?«

»Wieso: bei wem?« sagte Ambrogio und hielt mit der einen Hand einen Türflügel und mit der andern den Bund besagten Kleidungsstücks, das er so in aller Eile übergestreift hatte: »Wie? Das wißt ihr nicht? Da sind welche drinnen beim Herrn Pfarrer! Mut, Kinder, zu Hilfe!«

Alle wenden sich dem Hause zu, drängen in Menge heran, starren hinauf, horchen: alles bleibt still. Andere eilen nach der Eingangsseite. Die Tür ist verschlossen und sieht nicht so aus, als ob sie erbrochen worden wäre. Auch sie schauen hinauf: kein Fenster steht offen, man hört keinen Mucks.

»Wer ist denn da drinnen? – Hallo, hallo! – Herr Pfarrer! Herr Pfarrer!«

Nachdem Don Abbondio die Flucht der Eindringlinge bemerkt hatte, war er vom Fenster zurückgetreten und hatte es wieder geschlossen. Jetzt aber war er dabei, mit gedämpfter Stimme Perpetua auszuzanken, die ihn in dieser Patsche so im Stich gelassen hatte. Als er sich nun aber von der Stimme des Volkes gerufen hörte, mußte er abermals ans Fenster treten und bedauerte angesichts des stattlichen Aufgebots, danach gerufen zu haben.

Fünfzig Kehlen riefen ihm auf einmal entgegen: »Was ist denn los? – Was hat man Ihnen getan? – Was für Kerle waren es? – Wo stecken sie?«

»Es ist keiner mehr da. Ich danke euch. Geht nur ruhig nach Hause!«

»Aber wer war's denn? – Wo sind sie hin? – Was war denn los?«

»Schlimmes Volk. Leute, die sich nachts herumtreiben. Sie sind aber auf und davon. Geht nur nach Hause. Es ist alles vorbei. Ein andermal, Kinder! Ich danke euch für euren guten Willen.«

Nach diesen Worten zog er sich zurück und schloß das Fenster. Nun begannen einige zu murren, andere zu spaßen, andere zu fluchen. Manche zuckten die Achseln und gingen weg, als einer ganz atemlos herbeistürzte und nach Worten rang. Er wohnte dem Hause unserer Frauen fast gegenüber, und als er bei dem Lärm ans Fenster gegangen war, hatte er im Hof jenes Gewimmel von Bravi erblickt, das der Graue mühsam zur Vernunft brachte. Als er wieder zu Atem gekommen war, rief er: »Was macht ihr denn hier, Kinder? Nicht hier ist der Teufel los, sucht ihn drunten am Ende der Straße, im Haus der Agnes Mondella! Bewaffnete Kerle! Sie sind drin! Sie wollen, scheint's, einen Pilger umbringen. Wer weiß, was da los ist!«

»Wie? – Was? – Was?« Und nun beginnt eine stürmische Beratung. »Man muß hingehen! – Man muß nachschauen! Wieviel sind's? – Wer ist's? – Der Bürgermeister, der Bürgermeister!«

»Hier bin ich!« antwortete der Bürgermeister mitten aus der Menge, »hier bin ich, aber ihr müßt mir zur Seite stehn und gehorchen. Schnell! Wo ist der Mesner? An die Glocke, an die Glocke! Rasch! Einer muß nach Lecco laufen und Verstärkung holen! Kommt alle her ...«

Manche eilen herbei, andere entschlüpfen im Gedränge und verdrücken sich. Der Tumult ist groß. Da kommt einer angelaufen, der den eiligen Abzug der Bande beobachtet hat, und er ruft: »Beeilt euch, Kinder! Spitzbuben oder Räuber, die mit einem Pilgrim abrücken. Sie sind schon zum Dorf hinaus. Hinterdrein! Hinterdrein!« Auf diese Botschaft hin setzen sich alle auf einmal in Bewegung, ohne die Befehle des Hauptmanns abzuwarten, und strömen in aufgelöster Ordnung die Straße hinab. Wie aber die Streitmacht vorrückt, verlangsamt von Zeit zu Zeit einer aus der Vorhut den Schritt, läßt sich überholen und mischt sich unter die Kerntruppe. Die letzten drücken nach vorn. Schließlich erreicht der wirre Haufen den bezeichneten Ort. Die Einbruchsspuren waren frisch und unverkennbar: das Tor stand weit offen, das Schloß war abgerissen. Die Eindringlinge jedoch waren verschwunden.

Man begibt sich in den Hof, an die Haustür, auch die steht offen mit gelöstem Schloß. Man ruft: »Agnes, Lucia! – Der Pilger! – Wo ist der Pilger? – Den Pilger wird Stefano erfunden haben! – Nein, nein! Auch Carlandrea hat ihn gesehen. – Heda! Pilger! – Agnes! Lucia!« Keiner antwortet. »Sie haben sie entführt! Sie haben sie entführt!« Da erhoben einige ihre Stimme und machten den Vorschlag, die Räuber zu verfolgen. Es wäre eine Gemeinheit. Es wäre eine Schande fürs ganze Dorf, wenn jeder Schurke ungestraft kommen könnte, um die Frauen wegzuholen wie ein Hühnergeier die Küken von der blanken Tenne. Eine neue, noch stürmischere Beratung. Einer aber – und man hat nie herausbekommen, wer es eigentlich war –, einer stellte die Behauptung auf, daß Agnes und Lucia sich in ein anderes Haus geflüchtet hätten. Das Gerücht verbreitete sich schnell, fand

Glauben, und es wurde nicht mehr davon gesprochen, den Flüchtigen nachzusetzen. Der Haufen lief auseinander, und jeder kehrte zu seinem Hause zurück.

Ein Geflüster hob an, Lärm erscholl, Klopfen an Türen, die geöffnet wurden; Lampen leuchteten auf und verlöschten, Frauen erkundigten sich an den Fenstern und bekamen Antwort von der Straße her.

Als diese wieder öde und still geworden war, wurden die Gespräche in den Häusern fortgesetzt, wo sie schließlich in fortwährendem Gähnen erstarben, um am Morgen dann aufs neue aufzuleben.

Weiter ereignete sich jedoch nichts, es sei denn folgendes: An ebendiesem Morgen stand der Bürgermeister auf seinem Acker, das Kinn in eine Hand und den Ellbogen auf den Stiel des halb im Boden steckenden Spatens gestützt, wobei sein Fuß auf der Trittkante ruhte. Wie er so dastand und bei sich über die Geheimnisse der vergangenen Nacht nachgrübelte sowie über die verwickelte Frage, was nun zu tun seines Amtes und was zu tun ratsam wäre, sah er zwei Männer von ziemlich keckem Aussehen auf sich zukommen, mit Mähnen wie zwei Frankenkönige vom ältesten Schlag. Im übrigen glichen sie auffallend jenen beiden, die fünf Tage zuvor Don Abbondio angesprochen hatten, wenn es nicht gar dieselben waren. Sie machten noch weniger Umstände und verlangten, daß der Bürgermeister sich ja hüten solle, dem Podesta von dem Vorgefallenen Bericht zu erstatten. Er solle ferner, darüber befragt, keinesfalls die Wahrheit sagen, nicht schwätzen und das Geschwätz der Dörfler nicht fördern, sofern ihm die Hoffnung lieb wäre, eines natürlichen Todes zu sterben.

Unsere Flüchtlinge trabten wacker eine gute Weile dahin und warfen abwechselnd einen Blick zurück, um festzustellen, ob sie auch nicht verfolgt würden. Alle keuchten wegen der Anstrengungen der Flucht, wegen der Aufregung und Ungewißheit, in der sie sich befunden hatten. Hinzu trat der Kummer über den Mißerfolg und die ahnungsvolle Besorgnis wegen der neuen dunklen Gefahr. Noch niederschmetternder wirkten auf sie jene Glockenschläge, die sie beständig verfolgten. Je schwächer und dumpfer sie mit der Entfernung wurden, desto mehr wirkte ihr Klang irgendwie unheimlich und verhängnisvoll. Endlich verhallten sie. Die Flüchtlinge befanden sich nun auf freiem Felde, vernahmen nirgends einen Laut und verlangsamten den Schritt. Agnes unterbrach als erste das Schweigen, nachdem sie wieder zu Atem gekommen war. Sie fragte Renzo, wie alles gegangen wäre, sie fragte Menico, wieso denn eigentlich daheim der Teufel los sei. Renzo berichtete kurz seine betrübliche Geschichte, und alle drei wandten sich dann dem Jungen zu, der den Rat des Paters ausführlicher wiedergab und erzählte, in welcher Gefahr er selbst sich befunden und was er mit eigenen Augen gesehen habe, womit die Warnung freilich bestätigt wurde. Die Zuhörer begriffen weit mehr, als Menico hätte sagen können: bei dieser Feststellung fühlten sie einen Schauder. Alle drei blieben sie auf einmal stehen und schauten entsetzt einander an. In einmütiger Regung legten alle drei plötzlich eine Hand auf Haupt oder Schultern des Knaben, wie um ihn zu streicheln und ihm still zu danken, daß er ihr Schutzengel gewesen war. So wollten sie ihm ihr Mitgefühl wegen der ausgestandenen Angst beweisen und irgendwie Abbitte tun, daß er für sie in Gefahr geraten war. »Nun geh heim, damit die Deinen wegen dir keine Angst mehr auszustehen haben«, sagte Agnes. Sie erinnerte sich der versprochenen zwei Groschen, zog vier aus der Tasche und gab sie ihm mit den Worten: »Genug! Bete zum Herrn, daß wir uns bald wiedersehen und dann ...« Renzo gab ihm einen neuen Taler und legte ihm sehr ans Herz, von dem Auftrag des Paters nichts verlauten zu lassen. Lucia streichelte ihn abermals und grüßte ihn kummervoll. Der Junge verabschiedete sich gerührt und ging zurück.

Die anderen nahmen in Gedanken versunken ihren Weg wieder auf. Die Frauen schritten voraus, und Renzo ging wie zum Schutze hinterher. Lucia hängte sich fest bei ihrer Mutter ein und wies die Hilfe, die ihr der Jüngling an den beschwerlicheren Stellen dieses Marsches querfeldein anbot, sanft und geschickt zurück. Sie schämte sich innerlich, selbst in dieser Aufregung, daß sie schon so allein und so vertraut mit ihm gewesen war, als sie erwartete, in wenigen Augenblicken seine Frau zu werden. Nachdem dieser Traum nun so schmerzlich zerronnen war, bereute sie, zu weit gegangen zu sein, und bei soviel Grund zum Schaudern schauderte sie auch in jener Scham, die nicht der traurigen Erkenntnis des Bösen entspringt, sondern die sich selber nicht kennt und der Angst des Kindes ähnelt, das im Finstern erzittert, ohne zu wissen weshalb.

»Und das Haus?« sagte Agnes plötzlich. Obwohl die Frage von Belang war, antwortete keiner, weil keiner eine befriedigende Antwort geben konnte. Schweigsam setzten sie ihren Weg fort und erreichten wenig später den Platz vor der Klosterkirche.

Renzo ging zum Portal und drückte die Tür behutsam auf. Sie gab in der Tat nach, und das durch den Spalt einfallende Mondlicht erhellte das bleiche Antlitz und den silbernen Bart des Pater Christophorus, der dort erwartungsvoll stand. Als er sah, daß niemand fehlte, sagte er: »Gott sei Lob und Dank!« und winkte ihnen einzutreten. Neben ihm stand ein anderer Kapuziner, der Bruder Mesner, den er durch Bitten und gutes Zureden bewogen hatte, mit ihm zu wachen, die Tür angelehnt zu lassen und auf dem Posten zu bleiben, um die armen Bedrohten aufzunehmen. Es bedurfte des ganzen Ansehens des Paters und seines heiligen Rufes, um den Laienbruder zu einer so unbequemen, gefährlichen und regelwidrigen Gefälligkeit zu bewegen. Als sie eingetreten waren, drückte der Pater vorsichtig die Tür wieder zu. Da konnte der Mesner nicht mehr an sich halten, rief den Pater beiseite und flüsterte ihm ins Ohr: »Aber Pater, Pater! Nächtlicherweile ... mit Frauen ... in der Kirche ... und bei geschlossener Tür ... die Regel! Aber Pater!« Er schüttelte den Kopf. Während er diese Worte hervorstammelte, dachte Pater Christophorus: Schau einmal an! Wenn es ein verfolgter Straßenräuber wäre, würde Bruder Fazio[1] ihm nicht die geringste Schwierigkeit von der Welt machen; kommt aber eine arme Unschuldige, die den Klauen des Wolfes entronnen ist... »Omnia munda mundis[2]«, sagte er dann und wandte sich plötzlich Bruder Fazio zu, ohne zu bedenken, daß dieser kein Latein verstand. Diese Vergeßlichkeit aber tat gerade ihre Wirkung. Wenn ihm der Pater mit Gründen gekommen wäre, hätte es Bruder Fazio nicht an Gegengründen gefehlt, und der Himmel weiß, wann und wie die Erörterung ausgegangen wäre. Als er aber diese ernsten, geheimnisvollen Worte vernahm, die so entschieden vorgebracht wurden, hatte er den Eindruck, daß darin die Lösung all seiner Zweifel enthalten sein müsse. Er beruhigte sich und sagte: »Schon recht! das verstehen Sie besser als ich!«

»Verlaßt Euch darauf!« erwiderte Pater Christophorus. Im Schimmer des Ewigen Lichts, das vor dem Altar glomm, trat er dann zu den Geretteten, die unschlüssig wartend dastanden, und sagte zu ihnen: »Kinder, dankt dem Herrn, der euch aus großer Gefahr errettet hat! Vielleicht wäre in diesem Augenblick ...« Und nun setzte er auseinander, was er durch den kleinen Boten hatte andeuten lassen, denn er ahnte ja nicht, daß sie bereits mehr wußten als er, und nahm

1 *Fra Fazio* ist eine sprichwörtlich einfältige und gutmütige Gestalt (Anmerkung des Übersetzers).

2 Dem Reinen ist alles rein; vgl. Brief des Paulus an Titus I, 15 (Anmerkung des Übersetzers).

an, daß Menico sie friedlich zu Hause vorgefunden hatte, ehe die Räuber kamen. Niemand klärte ihn auf, nicht einmal Lucia, die sich jedoch wegen dieser Verstellung einem solchen Manne gegenüber im stillen Gewissensbisse machte. Es war aber nun einmal die Nacht der Schwindelei und Heimlichkeiten.

»Nach alledem«, fuhr er fort, »seht ihr wohl ein, daß diese Gegend für euch nicht mehr sicher ist. Es ist eure Heimat, ihr seid darin geboren, ihr habt niemandem Böses getan, doch Gott will es so. Es ist eine Prüfung, Kinder! Nehmt sie mit Geduld, Vertrauen und ohne Haß auf euch, und seid gewiß, daß auch die Zeit kommt, in der ihr zufrieden bejaht, was heute geschieht. Ich habe daran gedacht, euch für die erste Zeit einen Zufluchtsort zu verschaffen. Ich hoffe, daß ihr bald in Sicherheit zu eurem Haus zurückkehren könnt. Auf jeden Fall wird Gott alles zu eurem Besten fügen. Ich jedenfalls werde danach trachten, der Gnade würdig zu werden, durch die Er mich zum Dienste an euch, seinen armen, lieben Verfolgten, auserwählte.« Dann wandte er sich an die beiden Frauen und fuhr fort: »Ihr könnt euch nach *** begeben. Da seid ihr außer jeder Gefahr und zugleich nicht allzu weit von daheim. Sucht unser Kloster auf, laßt den Guardian rufen und gebt ihm diesen Brief! Er wird für euch ein zweiter Bruder Christophorus sein. – Und auch du, mein lieber Renzo, mußt dich zunächst einmal vor der Wut der anderen wie auch vor deiner eigenen in Sicherheit bringen. Übergib diesen Brief dem Pater Bonaventura aus Lodi in unserem Kloster an der Porta Orientale von Mailand. Er wird dir wie ein Vater sein, dich leiten und dir Arbeit verschaffen, solange du nicht zurückkehren kannst, um ruhig hier zu leben. – Geht ans Seeufer in der Nähe der Mündung des Bione« (das ist ein Wildbach ganz in der Nähe von Pescarenico), »dort hat ein Nachen angelegt. Ruft: ›Barke!‹ Dann werdet ihr gefragt, für wen. Antwortet: ›Für Sankt Franziskus!‹ Das Boot wird euch dann aufnehmen und zum anderen Ufer übersetzen, wo ihr einen Karren findet, der euch geradenwegs nach * * * bringen soll.«

Wer fragen sollte, wieso Bruder Christophorus so urplötzlich jene Verkehrsmittel zu Wasser und zu Lande zu seiner Verfügung hatte, ließe nur erkennen, daß er von der Macht eines Kapuziners, der im Geruch der Heiligkeit steht, keinen rechten Begriff hat.

Nun blieb nurmehr die Obhut der Häuser zu bedenken. Der Pater erhielt die Schlüssel und übernahm es, sie den von Renzo und Agnes bezeichneten Personen auszuhändigen. Als letztere den ihren aus der Tasche zog, stieß sie einen schweren Seufzer aus, wobei sie bedachte, daß das Haus zur Zeit offenstand, daß der Teufel darin los gewesen war und was darin wohl noch zu behüten sein möchte.

»Ehe ihr aufbrecht«, sagte der Pater, »laßt uns noch miteinander zum Herrn beten, daß Er euch auf dieser Fahrt und fürderhin stets begleiten möge; vor allem aber verleihe Er euch die Kraft und Liebe, zu wollen, was Er gewollt hat.« Bei diesen Worten kniete er mitten in der Kirche nieder, und alle taten es ihm nach. Nachdem sie eine Zeitlang still gebetet hatten, sprach der Pater mit leiser, aber deutlicher Stimme die Worte: »Wir beten zu Dir auch für jenen Ärmsten, der uns zu diesem Schritte getrieben hat. Wir wären Deiner Barmherzigkeit unwert, wenn wir sie nicht von Herzen auch für ihn erflehten. Er bedarf ihrer so sehr! Wir haben in unserer Not den Trost, daß wir auf dem Wege sind, den Du uns bestimmt hast. Wir können Dir unsere Schmerzen weihen, und sie werden Gewinn. Er aber ... ist Dein Feind. Ach, der Unselige streitet wider Dich! Herr, erbarme Dich seiner, rühre sein Herz, mache ihn wieder zu Deinem Freunde und gewähre ihm alle Güter, die wir für uns selber nur wünschen können!«

Darauf erhob er sich, als fühlte er sich gedrängt, und

sagte: »Fort, Kinder! Es ist keine Zeit zu verlieren. Gott behüte euch! Sein Engel geleite euch! Brecht auf!« Und während sie sich in jener Rührung bereit machten, die keine Worte findet und sich ohne sie offenbart, fügte der Pater tiefbewegt hinzu: »Mein Herz sagt mir, daß wir uns bald wiedersehen!«

Gewiß, über das, was kommt, hat das Herz für den immer etwas zu sagen, der darauf hört. Aber was weiß das Herz? Kaum etwas von dem, was längst geschehen ist.

Ohne eine Antwort abzuwarten, ging Pater Christophorus zur Sakristei. Die Wanderer verließen die Kirche, und als Bruder Fazio das Tor schloß, sagte auch er mit bewegter Stimme Lebewohl. Mit aller Vorsicht begaben sie sich zum bezeichneten Strande, fanden den Nachen bereit und stiegen ein, nachdem sie das Losungswort gewechselt hatten. Der Schiffer am Bug stieß sich mit einem Ruder vom Ufer ab, ergriff dann das andere und ruderte mit beiden Armen aufs offene Wasser hinaus, dem anderen Ufer zu. Kein Windhauch wehte. Der See ruhte glatt und flach, ja, er wäre völlig regungslos erschienen ohne das leichte Flimmern und Wallen des Mondlichts, das sich vom hohen Himmel herab darin widerspiegelte. Man hörte nur, wie das stille, langsame Fluten auf den Uferkieseln verebbte, und weiter weg das Wasser, das sich strudelnd an den Brückenpfeilern brach. Dazu vernahm man den gemessenen Takt der Ruder, welche das tiefe Blau des Sees zerschnitten und immerzu triefend auf- und untertauchten. Die vom Bug zerteilte Woge floß hinter dem Heck wieder zum gekräuselten Band der Kielspur zusammen, die sich zusehends vom Ufer entfernte. Die schweigsamen Fahrgäste schauten unverwandt zurück auf die Berge und die monderhellte Uferlandschaft, über die hie und da große Schatten fielen. Die Dörfer, Häuser und Hütten waren zu erkennen. Don Rodrigos Palast mit seinem flachen Turm, der über die am Fuße des Vorgebirges hingewürfelten Behausungen aufragte, erschien wie ein Unhold, der über einer schlafenden Horde aufgerichtet wacht und auf eine Untat sinnt. Lucia erblickte ihn und erbebte. Sie ließ das Auge tiefer über den Abhang hinschweifen bis zu ihrem Dörfchen, spähte angestrengt nach dessen Ende, entdeckte ihr Haus, entdeckte das dichte Laubwerk des Feigenbaums, der die Hofmauer überragte, entdeckte ihr Kammerfenster. Und wie sie so unten in der Barke saß, legte sie den Arm auf den Bordrand, legte die Stirn auf den Arm, wie um zu schlafen, und weinte heimlich.

Behüt euch Gott, ihr Berge, die ihr aus Fluten steigt, zum Himmel ragt, gezackte Gipfel, dem so ganz vertraut, der groß ward unter euch, nicht minder fest im Sinn als Züge der dem Herzen immer Nächsten, Wildbäche, die am Rauschen zu erkennen wie trauter Stimmen Klang, verstreute Villen, weiß am Abhang schimmernd wie Herden auf den Triften, lebet wohl! Wie traurig geht dahin, wer euch verläßt, bei denen er erwuchs! Selbst wer aus freier Wahl, sein Glück zu suchen, voll Hoffnung seinen Schritt ins Ferne lenkt, fühlt, wie sein Traum verblaßt in solcher Stunde. Ihn wundert dann, daß den Entschluß er faßte. Er kehrte um, war sein Gedanke nicht, dereinst als reicher Mann sich einzufinden. Je mehr er in die Ebene gelangt, flieht müde und enttäuscht sein Blick zurück vom Einerlei der hingedehnten Weite. Die Luft dünkt drückend ihn und tot. Schwermütig und zerstreut gelangt er in den Lärm der Städte mit den Häusern neben Häusern, den Straßen über Straßen. Ihm ist dann, als nähmen sie die Luft zum Atmen weg. Vor den Gebäuden, die der Fremde anstaunt, denkt er mit Sehnsucht an die Heimatflur, das kleine Haus, das ihn schon lang verlockt und das er kaufen wird, wenn einmal reich er wiederkehren wird in seine Berge.

Wie aber, wenn auch nie der kleinste Wunsch aus dieser Welt hinausverlangt, wenn alle Lebenspläne sie umschlossen, wenn dann ein widriges Geschick fortreißt ins Ferne? Wenn auf einmal, gelöst aus Banden lieblichster Gewohnheit, um schönste Hoffnungen betrogen, einer verläßt die Berge, Spuren folgen muß von Unbekannten, die zu kennen er nie begehrt, und allem Grübeln kein Augenblick ersinnbar für die Rückkehr?

Leb wohl, du Vaterhaus, wo man gesessen, dunkel ahnend lernte, von wohlbekannten Schritten unterscheiden den mit geheimem Bangen so erharrten! Leb wohl, noch fremdes Haus, verstohlen nur betrachtet im Vorübergehn; nicht ohne zu erröten, malte man sich aus, als Gattin still und stets darin zu walten!

Leb wohl, du Gotteshaus, in dem die Seele so oft und rein das Lob des Herrn gesungen, wo eine Weihehandlung schon verkündet und bereitet war, wo feierlich gesegnet werden sollte geheime Sehnsucht, wo zur Pflicht geheiligt die Liebe werden sollte! Lebe wohl! Der so viel Glück gewährt, ist überall, trübt nimmermehr die Freuden seiner Kinder, es sei denn, um noch reicher, bleibender sie zu beschenken.

Solcherart, wenn nicht geradezu dieselben, waren Lucias Gedanken, und die Gedanken der beiden anderen Pilger waren kaum davon verschieden, als das Boot sich dem rechten Ufer der Adda näherte.

9. KAPITEL

Als das Boot an Land stieß, wurde Lucia aufgeschreckt; nachdem sie heimlich ihre Tränen getrocknet hatte, hob sie den Kopf, als ob sie aufwachte. Renzo stieg als erster aus und reichte Agnes die Hand, die ihrerseits am Ufer der Tochter behilflich war. Alle drei statteten dem Schiffer traurig ihren Dank ab. »Wofür?« erwiderte der, »wir sind hienieden dazu da, einander zu helfen.« Abwehrend, und als ginge es um einen Raub, zog er die Hand zurück, als Renzo versuchte, einen Teil der Münzen hineinzudrücken, die er bei sich trug und die er an diesem Abend eingesteckt hatte, um Don Abbondio großzügig zu beschenken, sobald dieser, wenn auch wider Willen, zu Diensten gewesen wäre. Der Karren stand bereit. Der Fuhrmann begrüßte die drei erwarteten Fahrgäste, ließ sie aufsteigen, schnalzte seinem Pferde zu, tat einen Peitschenschlag, und fort ging's.

Unsere Quelle beschreibt diese nächtliche Fahrt nicht und verschweigt den Namen des Ortes, in den die beiden Frauen von Bruder Christophorus geschickt wurden. Sie versichert sogar ausdrücklich, daß sie es nicht nennen wolle. Im Verlauf der Geschichte begreift man dann die Gründe für diese Zurückhaltung. Lucias Abenteuer bei jenem Aufenthalt sind mit den dunklen Machenschaften einer Person verknüpft, die offenbar einer zur Zeit der Abfassung der Geschichte sehr mächtigen Familie angehörte. Um das seltsame Betragen jener Person in diesem besonderen Fall zu erklären, mußte auch deren Vorleben kurz geschildert werden, wobei die Familie eine Rolle spielt, die jeder durchschauen wird, der weiterlesen will. Was aber die Ängstlichkeit der Quelle uns vorenthalten wollte, haben wir, dank unseren Bemühungen, an anderer Stelle gefunden. Ein Mailänder Historiker[1], der von der gleichen Person zu berichten hat, nennt zwar weder sie noch den Ort. Von letzterem sagt er aber, daß es ein alter, bedeutender Marktflecken sei, dem zur Stadt nur der Name fehle. An anderer Stelle heißt es, daß dort der Lambro vorüberfließe, an wieder anderer, daß es dort einen Dechanten gebe. Aus dem Zusammentreffen dieser Angaben schließen wir mit ziemlicher Sicherheit, daß es sich um Monza handelt. Im reichen Schatz gelehrter Schluß-

1 Josephi Ripamontii, Historiae Patriae, Decadis V, Lib. VI, Cap. III, pag. 358 et seq.

folgerungen mögen verblüffendere sein, zuverlässigere wohl kaum, meine ich. Wohlbegründete Vermutungen würden auch gestatten, den Namen der Familie zu nennen. Aber obwohl sie schon seit längerer Zeit ausgestorben ist, scheint es uns besser, ihn in der Feder zurückzuhalten, da wir nicht Gefahr laufen wollen, selbst Toten Unrecht zu tun. So lassen wir den Gelehrten noch einen weiteren Forschungsgegenstand.

Unsere Reisenden trafen also kurz nach Sonnenaufgang in Monza ein. Der Fuhrmann ging in ein Gasthaus und ließ ihnen dort, als ortskundiger Bekannter des Wirts, ein Zimmer anweisen, zu dem er sie führte. Auch ihm versuchte Renzo unter Dankesworten etwas Geld zuzuwenden. Wie der Schiffer hatte aber auch der Fuhrmann eine andere, spätere, jedoch höhere Belohnung im Sinn: so zog er die Hände zurück und floh geradezu, um sein Tier zu versorgen.

Nach einem Abend, wie wir ihn beschrieben haben, einer Nacht, von der jeder sich vorstellen kann, mit wieviel Sorgen sie dahinging – in beständiger Erwartung einer unerwünschten Begegnung, beim Wehen einer mehr als herbstlichen Brise und unter dem beständigen Rumpeln des unbequemen Karrens, das jeden derb wieder aufweckte, der versuchte, ein Auge zu schließen –, nach einer solchen Prüfung erschien es allen dreien kaum glaublich, auf einer festen Bank in einem Zimmer – wie es auch sein mochte – niedersitzen zu dürfen. Sie frühstückten, so gut es die Not der Zeit und die schmalen Mittel erlaubten, die ihnen für die nicht vorauszusehenden Bedürfnisse einer ungewissen Zukunft zur Verfügung standen. Auch hatten sie nur wenig Appetit. Allen dreien kam das Festmahl in den Sinn, auf das sie vor zwei Tagen gerechnet hatten, und jeder stieß einen tiefen Seufzer aus. Renzo wäre gern wenigstens den ganzen Tag über noch dort geblieben, um die Frauen untergebracht zu sehen und ihnen zur Hand zu gehen. Der Pater hatte den

Frauen aber nahegelegt, ihn gleich seiner Wege zu schicken. Sie beriefen sich daher auf dessen Anweisungen und hundert andere Gründe: daß die Leute reden würden, daß die weiter verzögerte Trennung noch schmerzlicher sei, daß er ja bald wiederkommen könne, um Nachricht zu bringen und zu empfangen. So beschloß er denn aufzubrechen. So gut es ging, verständigten sie sich über ein Wiedersehen, das so bald wie möglich stattfinden sollte. Lucia verbarg ihre Tränen nicht, Renzo hielt die seinen mühsam zurück, drückte Agnes ganz fest die Hand, sagte mit erstickter Stimme: »Auf Wiedersehen« und ging.

Die Frauen wären ohne den guten Fuhrmann in einiger Verlegenheit gewesen. Er hatte den Auftrag, sie zum Kapuzinerkloster zu bringen und ihnen in jeder Weise beizustehen. Sie machten sich also mit ihm auf den Weg zum Kloster, das bekanntlich wenige Schritte vor den Toren von Monza liegt. An der Klosterpforte angekommen, zog der Fuhrmann die Glocke und ließ den Pater Guardian bitten. Dieser erschien sofort und nahm auf der Schwelle den Brief in Empfang.

»Oh! Bruder Christophorus!« sagte er, als er die Handschrift erkannte. Der Ton seiner Stimme und die Veränderung seiner Züge ließen klar erkennen, daß er den Namen eines nahen Freundes aussprach. Zu sagen ist, daß unser guter Christophorus in jenem Brief die Frauen aufs wärmste empfohlen und ihre Lage mit vielem Anteil geschildert hatte, denn der Guardian machte von Zeit zu Zeit Gebärden der Überraschung und Entrüstung. Er hob die Augen vom Blatt und sah die Frauen voll Mitleid und Teilnahme an. Als er zu Ende gelesen hatte, dachte er ein wenig nach, dann sagte er: »Da gibt es nur die Fürstin; wenn die Fürstin sich dieses Falles annehmen will ...«

Dann zog er Agnes auf dem Platz vor dem Kloster beiseite und stellte ein paar Fragen, die sie zufriedenstellend beantwortete. Er wandte sich zu Lucia und sagte dann zu allen beiden: »Liebe Frauen, ich mache einen Versuch und hoffe für euch eine mehr als sichere, mehr als ehrenvolle Zufluchtsstätte zu finden, bis Gott besser für euch sorgt. Wollt ihr mit mir kommen?«

Die Frauen bejahten ehrerbietig, und der Mönch fuhr fort: »Gut, ich werde euch gleich zum Kloster der Fürstin führen. Bleibt aber einige Schritte hinter mir zurück, weil die Leute gern lästern, und wer weiß, welch ein Geschwätz anheben würde, wenn man den Pater Guardian mit einem schönen jungen Mädchen auf der Straße sähe ... ich meine: mit Frauen.«

Mit diesen Worten ging er voraus. Lucia errötete. Der Fuhrmann lächelte Agnes zu, die nicht umhin konnte, desgleichen zu tun, und alle drei setzten sich in Bewegung, sobald der Pater sich aufgemacht hatte. Sie folgten ihm mit zehn Schritt Abstand. Die Frauen fragten nun den Fuhrmann, was sie den Guardian nicht zu fragen gewagt hatten, wer nämlich die Fürstin sei.

»Die Fürstin«, erwiderte er, »ist eine Nonne; aber keine von den gewöhnlichen. Sie ist weder Äbtissin noch Oberin, sie ist sogar – wie es heißt – eine der Jüngsten. Aber ihr Haus geht bis auf Adam zurück. Ihre Leute sind schon von altersher höchste Herrschaften, die aus Spanien gekommen sind, wie alle, die etwas zu sagen haben. Deshalb heißt sie auch die Fürstin, um auszudrücken, daß sie eine ganz große Dame ist. Überall hierzulande wird sie so genannt, weil angeblich in jenem Kloster noch niemals eine so vornehme Persönlichkeit gewesen ist. Ihre Angehörigen drunten in Mailand gelten viel und gehören zu denen, die immer im Recht sind; in Monza noch mehr als das, weil ihr Vater, obwohl nicht hier ansässig, der erste Mann weit und breit ist. Sie macht daher auch das Wetter im Kloster. Zugleich halten sie die Leute draußen hoch in Ehren. Wenn sie etwas in die Hand nimmt, führt sie es auch durch. Wenn es daher dem guten

Mönch da gelingt, euch ihrer Obhut anzuvertrauen, und wenn sie euch aufnimmt, kann ich euch versichern, daß ihr so sicher wie auf dem Altar seid.«

Als der Guardian an das Stadttor gelangt war, das damals von einem alten, halb zerfallenen Turm und einem gleichfalls zerstörten Burgrest flankiert wurde, den vielleicht zehn meiner Leser noch haben stehen sehn, hielt er an und schaute sich um, ob die andern nachkämen. Dann durchschritt er das Tor und schlug den Weg zum Kloster ein. Dort angekommen, blieb er an der Schwelle von neuem stehen und erwartete die kleine Gruppe. Er bat den Fuhrmann, in ein paar Stunden wieder vorbeizukommen, um seine Antwort abzuholen; dieser sagte zu und verabschiedete sich von den Frauen, die ihn mit Danksagungen und Aufträgen für Pater Christophorus überhäuften.

Der Guardian ließ Mutter und Tochter in den ersten Klosterhof eintreten und führte sie in die Wohnung der Schaffnerin. Dann ging er allein, um sein Anliegen vorzubringen. Nach einiger Zeit kehrte er heiter zurück und forderte sie auf, mit ihm zu kommen. Es war an der Zeit, denn Tochter und Mutter wußten sich vor den eingehenden Fragen der Schaffnerin nicht mehr zu retten. Als sie durch einen zweiten Hof kamen, erhielten die Frauen einige Winke, wie sie sich der Fürstin gegenüber zu verhalten hätten. »Sie ist gut auf euch zu sprechen«, sagte er, »und kann euch so viel Gutes erweisen, wie sie will. Seid bescheiden und ehrerbietig; beantwortet offen alle Fragen, die sie euch zu stellen beliebt. Und wenn ihr nicht gefragt werdet, laßt mich nur machen.«

Sie traten in ein Zimmer im Erdgeschoß, durch das man ins Sprechzimmer gelangte. Ehe sie den Fuß hineinsetzten, deutete der Guardian auf die Tür und flüsterte den Frauen zu: »Hier ist sie!« als ob er sie an all seine Belehrungen erinnern wollte. Als Lucia, die nie ein Kloster gesehen hatte, im Sprechzimmer war, schaute sie um sich, wo die Dame wäre, um vor ihr zu knicksen, und als sie niemanden gewahrte, blieb sie ganz verdutzt stehen, bis sie den Pater und Agnes auf eine Ecke zugehen sah, da hinblickte und ein Fenster von seltsamer Form erkannte. Es hatte zwei dichte und starke Eisengitter, die eine Handbreit voneinander abstanden, und dahinter zeigte sich eine Nonne. Ihr Äußeres ließ auf ein Alter von fünfundzwanzig Jahren schließen und sie auf den ersten Blick schön erscheinen, aber diese Schönheit war aufgewühlt, verblüht, fast hätte ich gesagt: verfallen. Ein schwarzer, waagerecht aufgesteckter Schleier fiel auf beiden Seiten in einigem Abstand vom Gesicht herab. Unter dem Schleier umspannte eine blendend weiße Leinenbinde bis zur Mitte eine Stirn von anderem, aber nicht geringerem Weiß. Eine weitere gefältelte Binde umgab das Gesicht und endete unter dem Kinn in einem Brusttuch, das den Halsausschnitt eines schwarzen Habits verdeckte. Die Stirn aber krauste sich oft wie von Schmerzen zerkrampft, und dann zogen sich zuckend zwei schwarze Augenbrauen zusammen. Ein Augenpaar von nicht minder tiefem Schwarz heftete sich bald mit hochmütigem Forschen auf ihr Gegenüber, bald wurde es hastig niedergeschlagen, als ob es sich verbergen wollte. Ein aufmerksamer Beobachter hätte in gewissen Augenblicken angenommen, daß es Zuneigung, Erwiderung und Mitleid suchte. Ein anderes Mal wäre es ihm so vorgekommen, als ob er darin das jähe Auflodern eines tief verwurzelten und unterdrückten Hasses läse, etwas irgendwie Bedrohliches und Wildes. Wenn die Augen unbeweglich und ohne besondere Aufmerksamkeit blickten, hätte der eine darin einen hochmütigen Überdruß, ein anderer das Bohren eines verborgenen Gedankens gefunden, eine der Seele eigentümliche beständig nagende Qual, die stärker war als alle umgebenden Dinge. Die überbleichen Wangen waren von zartem und lieblichem Umriß, doch von schleichender Auszehrung verwandelt und eingefallen. Die Lippen stachen von dieser Blässe ab, wenn sie auch kaum noch rötlich schimmerten. Ihre Bewegungen waren wie die der Augen plötzlich und lebhaft, voller Ausdruck und Geheimnis. Der gute Wuchs der Gestalt trat durch eine gewisse Nachlässigkeit der Haltung nicht in Erscheinung oder wurde zu stark betont bei gewissen jähen, ungewöhnlichen und für eine Frau zu entschiedenen Bewegungen, die erst recht bei einer Nonne überraschten. Selbst in ihrer Kleidung zeigte sich hie und da etwas Gesuchtes oder Nachlässiges, das einen sonderbaren Nonnentyp verriet. Die Taille war mit einer gewissen weltlichen Vorliebe betont, und aus der Binde drängte sich über der einen Schläfe ein Löckchen schwarzer Haare, was auf Vergeßlichkeit oder auf Verachtung der Regel schließen ließ, die vorschrieb, die Haare immer kurz zu halten, nachdem sie bei der Einkleidungsfeier geschoren worden waren.

Diese Dinge befremdeten die beiden Frauen nicht, die nicht geübt waren, Nonne von Nonne zu unterscheiden, und der Pater Guardian, der die Fürstin nicht zum ersten Male sah, hatte sich – wie so viele andere – bereits an das irgendwie Seltsame gewöhnt, das in ihrer Person sowie in ihrem Gehaben zum Ausdruck kam.

Sie stand, wie gesagt, in diesem Augenblick am Gitter, das sie lose mit einer Hand erfaßte und in dessen Zwischenräume ihre überweißen Finger verflochten waren. Sie schaute unverwandt auf Lucia, die zögernd näher trat. »Ehrwürdige Mutter und erlauchte Fürstin«, sagte der Guardian mit geneigtem Haupt und der Hand auf der Brust, »dies ist das arme junge Mädchen, für das Sie mich Ihren hohen Schutz erhoffen ließen, und das ist die Mutter.«

Die beiden also Vorgestellten verneigten sich tief. Die Fürstin bedeutete ihnen mit der Hand, daß es genug sei, und wandte sich an den Pater: »Ich bin glücklich, unsern guten Freunden, den Kapuzinerpatres, einen Gefallen tun zu können. Aber«, fuhr sie fort, »setzen Sie mir doch den Fall dieses jungen Mädchens etwas eingehender auseinander, damit ich klarer sehe, was ich für sie tun kann.«

Lucia errötete und senkte den Kopf.

»Ehrwürdige Mutter, Sie müssen wissen ...« begann Agnes. Der Guardian schnitt ihr jedoch mit einem Blick das Wort im Munde ab und antwortete: »Dieses junge Mädchen, erlauchte Fürstin, wird mir, wie gesagt, von einem Mitbruder empfohlen. Sie hat heimlich aus ihrem Dorf fliehen müssen, um ernsten Gefährdungen zu entgehen, und braucht für einige Zeit einen Zufluchtsort, an dem sie unerkannt leben kann und wo niemand sie zu stören wagt, selbst wenn ...«

»Was für Gefährdungen?« unterbrach ihn die Dame. »Pater Guardian, sprechen Sie bitte nicht so in Rätseln. Sie wissen, daß wir Nonnen gern alles ausführlich hören.«

»Es handelt sich um Gefahren«, erwiderte der Guardian, »die vor den keuschen Ohren der ehrwürdigen Mutter kaum leicht angedeutet werden dürfen ...«

»Oh, gewiß«, sagte die Fürstin schnell und errötete ein wenig. War es Schamhaftigkeit? Wer die spöttische Miene beobachtet hätte, die dies Erröten flüchtig begleitete, hätte daran zweifeln können. Um so mehr, wenn er es mit dem verglichen hätte, das immer wieder Lucias Wangen befiel.

»Es dürfte genügen zu sagen«, fuhr der Guardian fort, »daß ein anmaßender Kavalier – nicht alle Großen dieser Welt bedienen sich der Gaben Gottes zu Seinem Ruhm und zum Besten ihres Nächsten wie Euer Durchlaucht –, daß also ein anmaßender Kavalier diesem Geschöpf eine Zeitlang mit schändlichen Lockungen nachstellte. Als er erkannte, daß sie vergeblich waren, hatte er die Stirn, sie ganz offen mit Gewalt zu verfolgen, so daß die Ärmste gezwungen war, aus ihrem Hause zu fliehen.«

»Tritt doch einmal näher, mein Kind«, wandte sich die

Fürstin an Lucia und winkte ihr mit dem Finger. »Ich weiß, daß der Pater Guardian die lautere Wahrheit spricht. Niemand aber kann in dieser Angelegenheit besser Bescheid wissen als du. Du mußt uns also sagen, ob dieser Kavalier dir so abscheulich nachgestellt hat.« Was das Nähertreten betrifft, so gehorchte Lucia sofort; das Antworten aber war eine andere Sache. Eine derartige Frage hätte sie auch von seiten einer Gleichgestellten nicht wenig verwirrt. Die Art, wie sie von dieser Fürstin mit einem gewissen Ausdruck boshaften Zweifels gestellt wurde, benahm ihr jeden Mut zur Antwort. »Fürstin ... Ehrwürdige ... Mutter ...« stammelte sie und machte keine Miene, noch mehr zu sagen. Da hielt sich Agnes, als diejenige, die nach Lucia sicher am besten Bescheid wußte, für befugt, ihr zu Hilfe zu kommen. »Erlauchte Fürstin«, sagte sie, »ich kann bezeugen, daß meiner Tochter hier jener Kavalier verhaßt war wie dem Teufel das Weihwasser; das heißt – er war der Teufel. Sie werden mir aber nachsehen, wenn ich mich schlecht ausdrücke, denn wir sind einfache Leute. Die Dinge liegen so, daß dies arme Mädchen mit einem gottesfürchtigen Burschen unseres Standes verlobt war, der sein gutes Auskommen hatte. Und wenn der Herr Pfarrer ein wenig mehr Manns gewesen wäre, was ich darunter verstehe ... ich weiß, daß ich von einem Geistlichen rede, aber der Pater Christophorus, der Freund des Pater Guardian hier, ist ebenso ein Geistlicher, und das ist ein Mann voller Nächstenliebe, und wenn er hier wäre, könnte er bezeugen ...«

»Ihr redet etwas vorschnell, ohne gefragt zu sein«, unterbrach sie die Fürstin mit hochmütiger und erzürnter Miene und sah fast häßlich aus. »Seid doch still! Ich weiß ja genau, daß die Eltern immer im Namen ihrer Kinder eine Antwort wissen.«

Agnes warf Lucia gekränkt einen Blick zu, der besagen sollte: Siehst du, wie's mir ergeht, weil du so verlegen bist!

Auch der Guardian bedeutete dem jungen Mädchen kopfschüttelnd durch einen Blick, daß sie sich nun zusammennehmen müsse, um die arme Mutter nicht im Stich zu lassen.

»Ehrwürdige Fürstin«, sagte Lucia, »was meine Mutter gesagt hat, ist die reine Wahrheit. Den Jüngling, der um mich warb« – dabei errötete sie über und über –, »erhörte ich aus freien Stücken. Verzeihen Sie, wenn ich so offen spreche, aber ich möchte, daß Sie nichts Schlechtes von meiner Mutter denken. Was aber jenen Herrn betrifft – Gott verzeihe ihm! –, so möchte ich lieber sterben als in seine Hände fallen. Und wenn Sie so gütig sind, uns Sicherheit zu gewähren, denn man hat uns nun einmal so weit gebracht, um eine Zufluchtsstätte bitten zu müssen und redlichen Leuten zur Last zu fallen – aber Gottes Wille geschehe! –, so seien Sie versichert, Fürstin, daß niemand mehr aus tiefstem Herzen für Sie beten kann als wir armen Frauen.«

»Dir glaube ich«, sagte die Fürstin in sanfterem Ton. »Ich möchte dich aber noch unter vier Augen sprechen. Ich brauche nicht etwa weitere Erklärungen und Gründe, um der Bitte des Pater Guardian zu willfahren«, fügte sie plötzlich hinzu und wandte sich mit betonter Höflichkeit an diesen. »Vielmehr«, fuhr sie fort, »habe ich schon alles bedacht, und folgendes scheint mir zunächst am besten. Die Schaffnerin des Klosters hat vor wenigen Tagen ihr letztes Töchterchen verheiratet. Die beiden Frauen könnten in das von ihr geräumte Zimmer einziehen und ihre wenigen Dienstleistungen übernehmen. Zwar ...« und dabei bedeutete sie dem Guardian, ans Gitter zu treten, und fuhr flüsternd fort: »Zwar war – angesichts des schlechten Jahres – nicht daran gedacht, dieses Mädchen zu ersetzen, aber ich werde mit der Äbtissin sprechen, und ein Wort von mir ... angesichts der Bemühung des Pater Guardian ... kurz und gut, ich halte die Sache für abgemacht.«

Der Guardian begann sich zu bedanken, doch die Fürstin unterbrach ihn: »Machen Sie keine Umstände: auch ich könnte gegebenenfalls, wenn es not tut, die Hilfe der Kapuzinerbrüder in Anspruch nehmen müssen. Letzten Endes«, fuhr sie mit einem Lächeln fort, in dem etwas irgendwie Ironisches und Bitteres mitschwang, »letzten Endes sind wir doch wohl Brüder und Schwestern?«

Nach diesen Worten rief sie eine Laienschwester (deren zwei ihr ausnahmsweise zu ihren persönlichen Diensten zugeteilt waren) und trug ihr auf, die Äbtissin von der Angelegenheit zu unterrichten und dann mit der Schaffnerin und Agnes die erforderlichen Abmachungen zu treffen. Sie entließ die letztere, verabschiedete den Guardian und behielt Lucia zurück. Der Guardian begleitete Agnes zur Pforte, gab ihr neue Anweisungen und machte sich auf, dem Freunde Christophorus brieflichen Bericht zu erstatten. Ist doch eine wunderliche Person, diese Fürstin! dachte er bei sich unterwegs: Wirklich sonderbar! Wer sie aber richtig zu nehmen versteht, dem tut sie jeden Gefallen. Mein Christophorus läßt sich sicher nicht träumen, daß ich ihn so schnell und so gut bedient habe. Der brave Kerl! Da ist einfach nichts zu machen: er braucht immer irgendeine Aufgabe. Er löst sie aber ordentlich. Diesmal ist es sein Glück, daß er einen Freund gefunden hat, der ohne viel Aufhebens, ohne große Umstände und ohne viel Hin und Her die Sache im Handumdrehen in Ordnung gebracht hat. Der gute Christophorus wird zufrieden sein und feststellen, daß auch wir hier zu etwas zu gebrauchen sind.

Die Fürstin, welche in Anwesenheit eines bejahrten Kapuziners ihre Handlungen und Worte genau berechnet hatte, war nicht mehr so darauf bedacht, sich zusammenzunehmen, als sie mit einem unerfahrenen Landmädchen allein blieb. Ihre Reden wurden nach und nach so sonderbar, daß wir sie lieber nicht wiedergeben und es für richtiger halten, statt dessen kurz die Vorgeschichte dieser Unglücklichen zu berichten, gerade so viel davon, wie erforderlich ist, um das Ungewöhnliche und Geheimnisvolle dieser Frau zu erklären und die Beweggründe ihres späteren Verhaltens erkennen zu lassen.

Sie war die letzte Tochter des Fürsten * * *[1], eines vornehmen Mailänder Edelmannes, der sich zu den Reichsten der Stadt rechnen konnte. Die hohe Meinung jedoch, die er von seinem Range hatte, ließ ihm seine Mittel kaum ausreichend erscheinen, ja sogar unzulänglich, um standesgemäß zu leben. Sein ganzes Sinnen und Trachten war daher darauf gerichtet, sie zum mindesten in ihrem derzeitigen Umfang, soweit das in seiner Kraft lag, beständig zusammenzuhalten. Wieviel Kinder er hatte, ist nicht genau überliefert. Aus unserer Geschichte geht lediglich hervor, daß er alle jüngeren Kinder beiderlei Geschlechts für das Kloster bestimmte, um dem Erstgeborenen das Vermögen ungeschmälert zu erhalten. Dieser sollte die Familie fortführen, das heißt: Kinder erzeugen, um sich dann damit abzuquälen, diese auf die gleiche Art zu peinigen. Unsere unglückliche Nonne ruhte noch im Mutterschoße verborgen, als ihr Geschick bereits unwiderruflich bestimmt war. Es brauchte nur noch entschieden zu werden, ob es ein Mönch oder eine Nonne würde, eine Entscheidung, für die nicht ihre Zustimmung, wohl aber ihre Anwesenheit erforderlich war. Als sie das Licht der Welt erblickte, gab ihr der fürstliche Vater den Namen Gertrude, da er einen Namen wünschte, der sofort ans Kloster denken lassen sollte und der einer Heiligen von hoher Abkunft zugehörte. Als Nönnchen gekleidete Püppchen waren das erste Spielzeug, das man ihr in die Hand gab;

1 Das historische Vorbild war die Tochter Marianna des Don Martino de Leyva und der Donna Virginia Marino, Witwe des Ercole Pio di Savoia, geb. 1575, die als Schwester Virginia ins Kloster kam (Anmerkung des Übersetzers).

dann Heiligenbilder in Nonnentracht; und diese Geschenke waren stets von ernsten Ermahnungen begleitet, sie als wertvolle Dinge hoch in Ehren zu halten, sowie von der entschiedenen Frage: »Das ist aber schön, nicht wahr?« Wenn der Fürst, die Fürstin oder der Erbe, der als einziger Knabe im Hause erzogen wurde, das Gedeihen des Kindes loben wollten, so schien es, als ob sie ihre Gedanken auf keine Weise besser zum Ausdruck bringen könnten als mit den Worten: »Was für eine Mutter Äbtissin!« Doch sagte ihr niemals jemand geradezu: Du mußt Nonne werden. Das war eine selbstverständliche Vorstellung, die beiläufig in jedem Gespräch erwähnt wurde, das sich auf ihr künftiges Schicksal bezog. Wenn die kleine Gertrude sich zuweilen zu einer etwas anmaßenden und herrischen Handlung hinreißen ließ, wozu ihr Charakter sie leicht bewog, hieß es: »Du bist ein kleines Mädchen, so ein Benehmen schickt sich nicht für dich. Wenn du einmal Äbtissin bist, dann kannst du mit der Rute regieren und tun und lassen, was du willst.« Wenn ihr der Fürst zu anderen Malen gewisse zu freie und vertrauliche Umgangsformen vorwarf, zu denen sie ebensosehr neigte, sagte er zu ihr: »Ei, ei, so darf sich deinesgleichen nicht benehmen. Wenn du willst, daß man dir eines Tages den schuldigen Respekt erweist, so mußt du jetzt schon lernen, überlegen zu sein. Denke daran, daß du in allen Dingen die Erste im Kloster sein mußt, denn unser Blut nehmen wir überall mit hin.«

Alle Worte dieser Art hämmerten dem Geist des Mädchens die Vorstellung ein, daß es Nonne werden müsse. Die Worte aus dem Munde des Vaters aber machten mehr Eindruck als alle anderen zusammen. Das Verhalten des Fürsten war gewöhnlich das eines strengen Hausherrn. Handelte es sich aber gar um die künftige Stellung seiner Kinder, so sprachen aus seinem Gesicht und jedem seiner Worte ein unbeugsamer Entschluß und eine empfindliche Herrschsucht, die das Gefühl verhängnisvoller Notwendigkeit auslösten.

Mit sechs Jahren wurde Gertrude zur Erziehung und noch mehr zur Vorbereitung auf die ihr zugedachte Rolle in das Kloster geschickt, wo wir sie angetroffen haben. Die Wahl des Ortes geschah nicht ohne Absicht. Der gute Fuhrmann der beiden Frauen hatte geäußert, daß der Vater der Fürstin der vornehmste Mann in Monza wäre. Halten wir dieses beliebige Zeugnis mit einigen anderen Andeutungen zusammen, die unsere Quelle unbedachterweise hie und da einfließen läßt, so können wir wohl behaupten, daß er der Lehnsherr der Gegend war. Wie dem auch sein mag, er erfreute sich dort eines äußerst großen Ansehens und nahm daher an, daß seine Tochter hier mehr als anderswo mit jener Auszeichnung und jenem Entgegenkommen behandelt werden würde, die sie noch mehr verlocken könnten, dies Kloster als ihren beständigen Wohnsitz zu wählen. Er täuschte sich nicht: die Äbtissin und einige andere betuliche Nonnen, die – wie man zu sagen pflegt – das Heft in der Hand hatten, frohlockten, als sie sich das Unterpfand einer bei jeder Gelegenheit so nützlichen und allzeit so rühmlichen Protektion anvertraut sahen. Sie nahmen den Vorschlag mit dem Ausdruck einer nicht übertriebenen, wenn auch betonten Dankbarkeit an und entsprachen vollauf den Absichten, die der Fürst hinsichtlich der bleibenden Unterbringung seiner Tochter hatte durchblicken lassen: Absichten, die mit den ihren so völlig übereinstimmten. Als Gertrude kaum ins Kloster eingetreten war, wurde sie schlechthin das Fräulein genannt. Sie erhielt einen Vorzugsplatz bei Tisch und im Schlafsaal. Ihr Verhalten wurde den anderen als vorbildlich hingestellt. Zuckerwerk und Liebkosungen wurden ihr ungemessen zuteil. Letztere waren mit jener etwas achtungsvollen Vertraulichkeit gewürzt, die Kindern so schmeichelt, wenn sie ihnen bei denen begegnet, die sie andere Kinder mit der üblichen Überlegenheit behandeln sehen. Nicht etwa, daß alle Nonnen sich verschworen gehabt hätten, die arme Kleine zu umgarnen. Vielen unter den einfachen Seelen, die jeder Hinterlist abhold waren, hätte der Gedanke, ein Mädchen eigensüchtigen Interessen zu opfern, Abscheu erregt. Da sie aber alle von ihren jeweiligen besonderen Obliegenheiten in Anspruch genommen waren, durchschauten sie entweder all diese Winkelzüge nicht ganz, oder sie erkannten nicht klar, wieviel Böses darin steckte. Zum Teil vermieden sie auch, all das zu untersuchen, oder hielten sich zurück, um nicht unnützen Anstoß zu erregen. Manche erinnerte sich auch, daß sie mit ähnlichen Kniffen zu dem gebracht worden war, was sie später bereute, und fühlte mit der armen Unschuld Mitleid. Sie machte dann mit zärtlichen und wehmütigen Liebkosungen ihrem Herzen Luft. Das Kind aber war weit davon entfernt, dahinter ein Geheimnis zu vermuten, und so nahm alles seinen Lauf. Vielleicht wäre das bis zum Schluß so weitergegangen, wenn Gertrude das einzige junge Mädchen im Kloster gewesen wäre. Unter ihren Mitschülerinnen befanden sich aber einige, die wußten, daß sie zur Ehe bestimmt waren. Die kleine Gertrude sprach, von der Vorstellung ihrer Überlegenheit erfüllt, großartig von ihrer künftigen Bestimmung als Äbtissin und Fürstin des Klosters und wollte für die anderen um jeden Preis ein Gegenstand des Neides sein. Mit Verwunderung und Mißfallen erkannte sie aber, daß einige von ihnen nichts Derartiges empfanden. Den majestätischen, aber beschränkten und kalten Vorstellungen, welche die Herrschaft in einem Kloster erwecken kann, stellten sie die bunten und glitzernden Bilder ihres Bereiches gegenüber: Hochzeiten, Festessen, Salongeplauder, Bälle, Landaufenthalte, Kleider, Kutschen. Diese Vorstellungen verursachten in Gertrudens Gemüt eine Erregung und ein Durcheinander, wie es etwa ein großer Korb frisch gepflückter Blumen in einem Bienenstock hervorrufen würde. Eltern und Erzieher hatten ihre natürliche Eitelkeit gepflegt, um sie am Kloster Gefallen finden zu lassen; als aber diese Leidenschaft von Vorstellungen aufgestachelt wurde, die ihr weit mehr entsprachen, stürzte sie sich mit um so lebhafterer, echter Inbrunst darauf. Um nicht hinter ihren Kameradinnen zurückzustehen und um zugleich ihrem neuen Hange nachzugeben, erklärte sie, daß ihr letzten Endes niemand ohne ihre Zustimmung den Schleier aufnötigen könne, daß auch sie sich vermählen, einen Palast bewohnen und der Welt sich freuen könne, und mehr als sie alle. Sie könnte es, wenn es ihr beliebte, sie möchte es und hätte es immer gewollt. Und sie wollte es in der Tat. Damals entwickelte sich die Vorstellung von der Notwendigkeit ihres Einverständnisses, eine Vorstellung, die bis zu diesem Zeitpunkt unbemerkt in einem Winkel ihres Gemüts geschlummert hatte, und sie offenbarte sich in ihrer ganzen Bedeutung. Sie rief sie beständig zu Hilfe, um desto ruhiger die Bilder einer angenehmen Zukunft genießen zu können. Hinter dieser Vorstellung aber erschien stets unweigerlich eine andere: daß es darum ging, diese Zustimmung dem Vater und Fürsten zu verweigern, der sie schon für sicher hielt oder wenigstens so tat. Bei dieser Vorstellung war die Seele der Tochter von jener Sicherheit weit entfernt, die sie in ihren Worten zur Schau trug. Dann verglich sie sich mit den Kameradinnen, die ihrer Sache in ganz anderem Maße sicher waren, und empfand nun ihnen gegenüber jenen schmerzlichen Neid, den sie doch gerade anfänglich ihrerseits zu erregen glaubte. Da sie beneidete, haßte sie. Bisweilen äußerte sich der Neid in Spott, Ungezogenheiten und verletzenden Scherzen. Dann wieder beschwichtigte ihn die Übereinstimmung der Neigungen und Hoffnungen und ließ eine scheinbare und vorübergehende Vertraulichkeit aufkommen. Da sie aber manchmal auch etwas Wirkliches und Gegenwärtiges genießen wollte, gefiel sie sich in der Bevorzugung, die ihr zuteil wurde, und ließ die anderen diese ihre Überlegenheit fühlen. Wenn sie dann wieder einmal die Einsamkeit ihrer Ängste und Wünsche nicht aushalten konnte, lief sie den anderen einfach gutmütig nach, als ob sie Wohlwollen, Trost und Mut erbetteln wollte.

In diesem kläglichen Widerstreit mit sich und den anderen ging ihre Kindheit dahin, und sie trat in jenes so kritische Alter, in dem es ist, als ob in die Seele gleichsam eine geheimnisvolle Kraft einzöge, die alle Neigungen und Vorstellungen aufrührt, verschönt und verstärkt und manchmal verwandelt oder in eine unvermutete Richtung lenkt. Was Gertrude bis dahin in ihren Zukunftsträumen am klarsten vorgeschwebt hatte, war der äußere Glanz und die Pracht. Nun begann etwas wie eine weiche Zärtlichkeit in ihren Phantasien deutlich zu werden und zu überwiegen, das anfänglich nur zart und nebelhaft darin schwebte. Im verborgensten Winkel ihres Gemüts hatte sie sich gleichsam eine prachtvolle Zufluchtsstätte geschaffen. Dorthin floh sie aus der Gegenwart der Dinge, dort empfing sie gewisse Wesen, die sich aus wirren Kindheitserinnerungen seltsam gebildet hatten, aus dem wenigen, das sie von der Außenwelt hatte sehen können, und aus dem, was sie aus den Gesprächen der Kameradinnen erfahren hatte. Bei ihnen verweilte sie, sprach mit ihnen und gab sich Antwort in ihrem Namen. Dort erteilte sie Befehle, empfing sie Huldigungen aller Art. Von Zeit zu Zeit störten religiöse Gedanken diese glänzenden und anstrengenden Feste. Die Religion aber, wie man sie der Ärmsten beigebracht hatte und wie sie ihr überliefert worden war, schloß den Stolz nicht aus, ja sie heiligte ihn sogar und empfahl ihn als ein Mittel zum irdischen Glück. So ihres Wesens beraubt, war die Religion keine Religion mehr, sondern ein Trugbild wie andere auch. In den Zeiten, wenn dieses Trugbild an erster Stelle stand und in Gertrudens Einbildungskraft wuchs, wurde die Unglückliche von verwirrenden Schrecken gepeinigt und von einer unklaren Vorstellung ihrer Pflicht, und sie bildete sich ein, daß ihr Widerwille gegen das Kloster und ihr Widerstand gegen die Einflüsterungen der Großen hinsichtlich der Wahl ihrer Bestimmung eine Sünde wären. Dann gelobte sie in ihrem Herzen, sie zu büßen, indem sie sich freiwillig ins Kloster vergrübe.

Es bestand eine Vorschrift, daß kein junges Mädchen als Nonne aufgenommen werden könne, ohne zuvor von einem Geistlichen geprüft zu werden, welcher Vikar der Nonnen genannt wurde, oder von einem anderen dazu Beauftragten, damit erwiesen sei, daß die Betreffende aus freiem Entschluß käme. Diese Prüfung konnte aber erst nach Jahresfrist stattfinden, wenn dem Vikar in einem schriftlichen Gesuch der Wunsch unterbreitet worden war. Jene Nonnen, die das traurige Amt übernommen hatten, dafür zu sorgen, daß sich Gertrude für immer verpflichtete, wobei sie so wenig wie möglich übersehen sollte, was sie tat, nahmen einen der geschilderten Augenblicke wahr, um sie ein solches Gesuch abschreiben und unterzeichnen zu lassen. Um sie leichter dazu zu bewegen, verfehlten sie nicht, ihr wiederholt zu erklären, daß es sich letzten Endes um eine reine Formsache handle, die – und das traf zu – nur durch andere, spätere Handlungen rechtskräftig werden könne, die von ihrem freien Willen abhingen. Unter diesen Umständen war das Gesuch vielleicht noch nicht am Bestimmungsort eingetroffen, als Gertrude schon bereute, es unterzeichnet zu haben. Dann bereute sie wieder, daß sie es bereut hatte, und verbrachte Tage und Monate so in einem unaufhörlichen Wechsel einander widerstreitender Gefühle. Lange Zeit hielt sie jenen Schritt vor den Kameradinnen verborgen, bald aus der Befürchtung heraus, einen guten Entschluß dem Widerspruch preiszugeben, bald aus Scham, eine unüberlegte Handlung ruchbar werden zu lassen. Schließlich siegte der

Wunsch, ihr Herz auszuschütten und Rat und Zuspruch zu erhalten.

Es bestand eine weitere Vorschrift, daß ein junges Mädchen zu jener Prüfung seiner inneren Berufung nur zugelassen werden könne, wenn es zuvor mindestens einen Monat außerhalb des Klosters verbracht habe, in welchem es erzogen worden war. Das Jahr seit der Absendung des Gesuches war bereits vergangen, und Gertrude wurde verständigt, daß sie binnen kurzem aus dem Kloster genommen und in ihr Vaterhaus gebracht würde, um dort jenen Monat zu verleben und alle zur Durchführung des von ihr tatsächlich eingeleiteten Verfahrens notwendigen Schritte zu tun. Der Fürst und die übrigen Angehörigen hielten alles für ausgemacht, so als ob es bereits geschehen wäre; das junge Mädchen hatte aber etwas ganz anderes im Kopf. Statt die weiteren Schritte zu tun, überlegte sie, wie sie den ersten rückgängig machen könnte. In solcher Bedrängnis beschloß sie, sich einer ihrer Kameradinnen zu eröffnen, der freimütigsten, die immer bereit war, entschiedene Ratschläge zu geben. Diese legte Gertrude nahe, ihren Vater brieflich von ihrem neuen Entschluß zu verständigen, da ihr ja der Mut fehle, ihm tapfer ins Gesicht hinein zu sagen: Ich will nicht! Weil nun aber kostenlose Ratschläge in dieser Welt etwas sehr Seltenes sind, ließ die Ratgeberin Gertrude den Wink mit vielen Sticheleien über ihre Zaghaftigkeit entgelten. Der Brief wurde mit vier oder fünf Vertrauten abgesprochen, heimlich geschrieben und auf ausgeklügelten Schleichwegen befördert. Gertrude erwartete mit tausend Ängsten eine Antwort, die niemals kam. Es sei denn die, daß die Äbtissin sie einige Tage später in ihre Zelle bestellte und ihr mit geheimnisvoller, verdrießlicher und mitleidiger Miene dunkle Andeutungen über einen großen Ärger des Fürsten machte sowie über eine Dummheit, die sie begangen haben müsse, wobei man aber durchblicken ließ, daß sie bei weiterer guter

Führung hoffen dürfe, daß man alles vergessen würde. Das Mädchen verstand und wagte nicht weiterzufragen.

Schließlich kam der so gefürchtete und ersehnte Tag. Wenn Gertrude auch wußte, daß sie Kämpfen entgegenging, empfand sie doch stürmische Freude, als sie das Kloster, diese Mauern, die sie acht Jahre lang umschlossen hatten, verließ, als sie in einer Kutsche durch die freie Natur dahinrollte, als sie die Stadt und das Vaterhaus wiedersah. Was die Kämpfe betrifft, so hatte die Arme unter Anleitung jener Vertrauten schon ihre Maßnahmen ergriffen und, wie man heute sagen würde, ihren Plan ausgeheckt.

Entweder wollen sie mich zwingen, dachte sie, dann werde ich standhaft bleiben. Ich will bescheiden und ehrerbietig sein, aber ich werde nicht einwilligen. Es handelt sich lediglich darum, nicht ein zweites Mal ja zu sagen; und das werde ich nicht tun. Oder sie kommen mir im guten, und dann will ich ihnen noch besser entgegentreten. Ich werde weinen, bitten und ihr Mitleid erregen. Schließlich verlange ich ja nichts anderes, als nicht geopfert zu werden.

Wie es aber mit dergleichen Annahmen häufig zu gehen pflegt, geschah weder das eine noch das andere. Die Tage gingen dahin, ohne daß jemand, weder der Vater noch die anderen, von dem Gesuch oder seinem Widerruf sprach, ohne daß ihr unter Zärtlichkeiten oder Drohungen irgendein Vorschlag gemacht wurde. Die Eltern waren ihr gegenüber ernst, traurig und verstimmt, ohne jemals zu sagen warum. Man merkte nur, daß sie sie als eine Schuldige, eine Unwürdige betrachteten. Es schien ein geheimnisvoller Fluch über ihr zu schweben und sie von der Familie zu trennen, mit der sie nur insoweit vereint blieb, als nötig war, um sie ihre Abhängigkeit fühlen zu lassen. Selten und nur zu gewissen festgelegten Stunden war sie zur Gesellschaft der Eltern und des Erstgeborenen zugelassen. Zwischen diesen dreien schien eine große Vertraulichkeit zu herrschen, die

Gertrudens Verlassenheit nur noch fühlbarer und schmerzlicher machte. Niemand richtete ein Wort an sie; und wenn sie schüchtern irgendein Wort wagte, das nicht unbedingt erforderlich war, fand sie entweder kein Gehör oder erhielt als Erwiderung einen zerstreuten, geringschätzigen oder gestrengen Blick. Wenn sie nun, da sie eine so bittere und erniedrigende Zurücksetzung nicht mehr ertragen konnte, beharrlich Anschluß zu gewinnen versuchte, wenn sie um etwas Liebe bettelte, so wurde unverzüglich verblümt, aber klar das Thema der Wahl ihrer Bestimmung angeschlagen. So gab man ihr mittelbar zu verstehen, daß es ein Mittel gäbe, die Zuneigung der Familie wiederzuerwerben. Dann war Gertrude, die um diesen Preis nichts davon wissen wollte, gezwungen, sich zurückzuziehen und die gleichsam ersten Zeichen des Wohlwollens, das sie so ersehnt hatte, abzuweisen. Von sich aus mußte sie die Stelle der Ausgeschlossenen wieder einnehmen. Darüber hinaus gab sie sich damit den Anschein eines gewissen Unrechts.

Dergleichen Umwelterlebnisse standen in schmerzlichem Gegensatz zu jenen glücklichen Gesichten, mit denen Gertrude sich schon soviel beschäftigt hatte und im Geiste heimlich weiterbeschäftigte. Sie hatte gehofft, daß sie in dem prächtigen und vielbesuchten väterlichen Hause wenigstens eine wirkliche Probe der erträumten Herrlichkeiten zu kosten bekäme; aber sie wurde durchaus enttäuscht. Die Klausur war vollständig und streng, ganz wie im Kloster. Von Spaziergängen war nicht einmal die Rede. Ein verdeckter Gang, der vom Hause aus in eine anstoßende Kirche führte, benahm auch die letzte Veranlassung, den Fuß nach draußen zu setzen. Die Gesellschaft war trübseliger, seltener und weniger abwechslungsreich als im Kloster. Bei jeder Anmeldung eines Besuchs mußte Gertrude zum obersten Stockwerk hinaufsteigen und sich dort mit einigen alten Dienerinnen einschließen. Dort aß sie auch, wenn eine Einladung gegeben wurde. Die Dienerschaft paßte sich in Gehaben und Gespräch dem Beispiel und den Absichten der Herrschaft an. Gertrude, die sie auf ihre Art gerne mit herablassender Vertraulichkeit behandelt hätte und die in ihrer Verfassung dankbar gewesen wäre, wenn man ihr einige Zuneigung bezeigt hätte, wie unter ihresgleichen, ja, die sich sogar dazu herabließ, darum zu werben, fühlte sich dann erniedrigt und war um so betrübter, wenn sie sah, wie ihr mit offenkundiger Gleichgültigkeit begegnet wurde, wenn diese auch unter flüchtiger Beachtung aller äußeren Formen an den Tag gelegt wurde. Allerdings mußte sie feststellen, daß ein Page, ganz im Gegensatz zu den andern, sie verehrte und für sie ein Mitleid besonderer Art empfand. Das Verhalten dieses Jungen glich von allem, was Gertrude bis dahin erlebt hatte, am meisten den Vorstellungen ihrer Träume, dem Verhalten ihrer Idealgestalten. Allmählich bemerkte man etwas irgendwie Neues im Benehmen des jungen Mädchens: eine andere Stille und Unruhe als gewöhnlich, das Betragen von jemandem, der etwas gefunden hat, an dem ihm liegt, das er jeden Augenblick betrachten und anderen nicht offenbaren möchte. Mehr denn je wurde sie nun unter Aufsicht gehalten. Eines Morgens wurde sie plötzlich von einer der Zofen überrascht, wie sie heimlich ein Kärtchen faltete, auf das sie besser nichts geschrieben hätte. Nach kurzem Hin und Her blieb es in den Händen der Zofe und wanderte aus diesen in die des Fürsten.

Gertrudens Angst beim Nahen seiner Schritte war unbeschreiblich und unvorstellbar. Das war dieser Vater! Er war aufgebracht, und sie fühlte sich schuldig. Aber als sie ihn mit finsterem Gesichtsausdruck, das Kärtchen in der Hand, erscheinen sah, wäre sie am liebsten hundert Klafter tief in den Erdboden, geschweige denn in ein Kloster verschwunden. Es wurden nur wenig Worte gewechselt; die aber waren furchtbar. Die sofortige Strafe bestand nur darin, daß sie unter Aufsicht der Frau, welche die Entdeckung gemacht hatte, in ihr Zimmer eingeschlossen wurde. Aber das war nur der Anfang, eine Maßnahme für den Augenblick. Eine weitere, dunkle, unbestimmte und daher um so erschreckendere Züchtigung wurde ihr angedroht und in Aussicht gestellt.

Der Page wurde, wie erklärlich, sofort weggejagt. Auch ihm wurde Furchtbares angedroht, wenn er jemals wagen sollte, über das Vorgefallene zu plaudern. Bei dieser Belehrung versetzte ihm der Fürst mit Nachdruck zwei Ohrfeigen, um mit diesem Abenteuer eine Erinnerung zu verbinden, welche dem Burschen jegliche Lust benähme, sich dessen zu rühmen.

Ein Vorwand, um die Entlassung eines Pagen zu beschönigen, war nicht schwer zu finden. Was die Tochter betrifft, erklärte man, sie sei unwohl.

Sie blieb also mit Herzklopfen, beschämt, in Reue und Entsetzen vor der Zukunft zurück und in der ausschließlichen Gesellschaft jener ihr verhaßten Frau, die zum Zeugen ihrer Schuld und zum Anlaß ihrer Ungnade geworden war. Diese wiederum haßte Gertrude, durch die sie sich nun auf wer weiß wie lange Zeit zu dem langweiligen Dasein einer Kerkermeisterin verurteilt sah. Außerdem war sie für immer zur Hüterin eines gefährlichen Geheimnisses geworden.

Der erste, wirre Aufruhr dieser Gefühle beruhigte sich nach und nach. Dann aber kehrten sie einzeln in die Seele zurück, steigerten sich und drangen immer tiefer, um das Mädchen noch fühlbarer und gründlicher zu peinigen. Welcher Art mochte die so rätselhaft angekündigte Strafe sein? Mannigfaltige und sonderbare Möglichkeiten bedrängten in Fülle die glühende und unerfahrene Phantasie Gertrudens. Am wahrscheinlichsten erschien ihr, daß sie in das Kloster von Monza zurückgebracht würde, um dort nicht mehr als das Fräulein, sondern als Schuldige zu erscheinen und wer weiß wie lange bei wer weiß welcher Behandlung eingesperrt zu werden. Das vielleicht Schmerzlichste an einer solchen im ganzen so peinlichen Vorstellung war die Furcht vor der Schande. Die Sätze, die Worte, die Kommata des verhängnisvollen Blättchens gingen ihr immer wieder durch den Sinn. Sie stellte sich vor, wie sie von einem Leser betrachtet und auf die Goldwaage gelegt würden, auf den sie so gar nicht gerechnet hatte und der so anders war als der, an den sie sich wandte. Sie dachte daran, daß das Blatt auch der Mutter oder dem Bruder oder wer weiß wem sonst noch hätte unter die Augen kommen können: und im Vergleich damit erschien ihr alles übrige fast wie nichts. Das Bild dessen, der zum Anlaß des ganzen Ärgernisses geworden war, verfehlte auch nicht, sie oft heimzusuchen, um die arme Gefangene zu beunruhigen. Man bedenke doch, welch seltsame Erscheinung dieses Wahnbild unter all den so anderen, ernsten, kalten und drohenden machen mußte! Aber gerade weil sie es nicht von ihnen trennen und keinen Augenblick zu jenen flüchtigen Freuden zurückkehren konnte, ohne daß ihr nicht sofort die gegenwärtigen Leiden entgegentraten, die deren Folge waren, begann sie sich ihm allmählich seltener zuzuwenden, die Erinnerung zu unterdrücken und sich ihrer zu entwöhnen. Auch verweilte sie nicht mehr länger und gern in jenen freudigen und glänzenden Vorstellungen von ehedem: sie waren den wirklichen Verhältnissen sowie auch jeder künftigen Wahrscheinlichkeit allzu entgegengesetzt. Die einzige Burg, in der Gertrude sich eine ruhige und ehrenvolle Zuflucht vorstellen konnte – und die kein Luftschloß war –, war das Kloster, wenn sie den Entschluß faßte, für immer dort einzutreten. Ein solcher Entschluß (daran war nicht zu zweifeln) hätte alles zurechtgerückt, jede Schuld beglichen und im Handumdrehen ihre Lage verändert. Gegen diesen Vorschlag erhoben sich zwar die Gedanken ihres ganzen Lebens; doch die Zeiten hatten sich geändert, und angesichts des Abgrunds, in den Gertrude gefallen war, und im Vergleich mit dem, was sie in gewissen Augenblicken befürchten mußte, erschien ihr das Dasein der gefeierten Nonne, der Ehrerbietung und Gehorsam zuteil wurden, zuckersüß. Zwei Gefühle sehr verschiedener Art trugen ferner wechselweise dazu bei, ihre alte Abneigung zu überwinden: einmal die Reue über ihren dummen Streich und eine schwärmerische Andacht und dann ihr von dem Betragen der Kerkermeisterin verbitterter und gereizter Stolz. Diese nämlich rächte sich – oft von ihr wirklich dazu herausgefordert –, indem sie ihr bald vor jener angedrohten Strafe angst machte, bald sie mit Bemerkungen über ihren Streich verletzte. Wenn sie sich dann einmal gütig erweisen wollte, schlug sie einen gönnerhaften Ton an, der noch hassenswerter wirkte als eine Beleidigung. Bei verschiedenen Gelegenheiten dieser Art wurde Gertrudens Wunsch, aus ihren Klauen zu entwischen und ihr in einem Zustand zu erscheinen, der ihrem Zorn und Mitleid enthoben wäre – dieser beständige Wunsch wurde so lebhaft und drängend, daß er ihr alles lieblich erscheinen ließ, was zu seiner Erfüllung führen könnte.

Nach Ablauf von vier oder fünf langen Tagen der Gefangenschaft wurde Gertrude eines Morgens durch eine jener Beleidigungen ihrer Wächterin aufs äußerste aufgebracht und erbittert. Sie verkroch sich in eine Zimmerecke, verbarg das Gesicht in den Händen und blieb dort einige Zeit, um ihre Wut herunterzuschlucken. Dann fühlte sie ein übermächtiges Verlangen, andere Gesichter zu sehen und andere Worte zu hören, anders behandelt zu werden. Sie dachte an den Vater, die Familie: der Gedanke wich erschreckt davor zurück. Aber es fiel ihr ein, daß es ja von ihr abhinge, in ihnen Freunde zu finden; und sie empfand eine unverhoffte Freude. Dahinter verbargen sich Beschämung und ungewöhnliche Reue über ihren Streich und ein ebenso großer Wunsch, ihn abzubüßen. Nicht als ob ihr Wille auf diesem Vorsatz beharrt hätte, aber niemals noch hatte er sie mit solcher Inbrunst erfüllt. Sie erhob sich, ging zu einem Tischchen, nahm jene verhängnisvolle Feder wieder zur Hand und schrieb dem Vater einen schwärmerischen Brief voller Zerknirschung, Betrübnis und Hoffnung. Sie erbat seine Verzeihung und erklärte sich unbedingt zu allem bereit, was dem, der sie gewähren sollte, gefällig wäre.

10. KAPITEL

Es gibt Augenblicke, in denen die Seele – und insbesondere die der Jugendlichen – so gestimmt ist, daß schon der leiseste Anstoß genügt, damit sie zu allem bereit ist, was den Anschein des Guten und des Opfers hat, wie eine kaum geöffnete Blüte sich auf ihrem gebrechlichen Stengel sanft dahingibt und bereit ist, ihren Duft im ersten Säuseln der Luft zu verströmen, das sie gerade umhaucht. Diese Augenblicke gerade, die von anderen mit scheuer Ehrfurcht gewürdigt werden müßten, werden von eigensüchtiger List aufmerksam abgepaßt und wahrgenommen, um einen Willen zu binden, der nicht auf der Hut ist.

Als er jenen Brief las, sah der Fürst *** plötzlich den Weg für seine alten und beharrlichen Absichten frei. Er schickte zu Gertrude, um sie zu sich zu bestellen; und während er sie erwartete, beschloß er, das Eisen zu schmieden, solange es heiß war. Gertrude erschien und warf sich ihm zu Füßen, ohne die Augen zu seinem Antlitz zu erheben. Sie war kaum imstande, »Verzeihung« zu sagen. Er veranlaßte sie zwar aufzustehen, erwiderte ihr aber in einem Ton, der wenig Mut einflößen konnte, daß es nicht ausreichend sei, Verzeihung zu ersehnen und zu erbitten. Das sei allzu bequem und selbstverständlich bei jedem Schuldigen, der die Strafe fürchte. Letzten Endes müsse die Verzeihung aber verdient werden. Gertrude fragte unterwürfig und zitternd, was sie tun solle. Der Fürst (wir haben nicht das Herz, ihn in diesem Augenblick Vater zu nennen) antwortete nicht geradezu, sondern begann sich des langen und breiten über Gertrudens Verfehlung zu ergehen. Diese Worte brannten der Ärmsten in der Seele, wie wenn eine rauhe Hand über eine Wunde streicht. Er führte weiter aus: Selbst wenn er etwa zuvor die Absicht gehabt hätte, ihr einen Platz im weltlichen Bereich zuzuweisen, habe sie selber dem nunmehr ein unüberwindliches Hindernis bereitet, denn als Mann von Ehre würde er niemals den Mut aufbringen, einem anständigen Kavalier die Hand eines Fräuleins zu geben, das sich in solchem Lichte gezeigt habe. Die unglückliche Zuhörerin war völlig gebrochen. Dann schlug der Fürst ganz allmählich einen sanfteren Ton an und äußerte sich im weiteren dahin, daß es dennoch bei jeder Verfehlung Rettung und Erbarmen gebe. In ihrem Falle sei vollkommen klar, worin die Rettung liege. Sie müsse in dem betrüblichen Ereignis etwas wie eine Warnung sehen, daß das weltliche Dasein zu große Gefahren in sich berge …

»Ach ja!« rief Gertrude aus. Sie war von Furcht durchschauert, durch Scham zermürbt und nunmehr von augenblicklicher Zärtlichkeit bewegt.

»Ach, du siehst es also selber ein«, fuhr der Fürst unverzüglich fort. »Gut, vom Vergangenen soll dann nicht mehr die Rede sein: alles ist vergeben und vergessen. Du hast den einzig möglichen, ehrenvollen und anständigen Entschluß gefaßt, der dir noch blieb. Da du ihn aber guten Willens und auf die rechte Art gefaßt hast, liegt es nun an mir, ihn dir in allem und jedem angenehm zu machen. Es ist meine Sache, das ganze Verdienst und den ganzen Vorteil dir zukommen zu lassen. Ich werde darum besorgt sein.« Bei diesen Worten schwenkte er ein Glöckchen, das auf seinem Tisch stand, und sagte zu dem eintretenden Diener: »Die Fürstin und den jungen Fürsten, sofort!« Zu Gertrude gewandt, fuhr er dann fort: »Ich will sie gleich von unserer Aussöhnung in Kenntnis setzen. Ich möchte, daß alle sofort dazu übergehn, dich nach Gebühr zu behandeln. Du hast nun einmal den gestrengen Vater kennengelernt; von jetzt an sollst du seine ganze Liebe erfahren.«

Gertrude machten diese Worte vollends bestürzt. Bald überlegte sie, wieso denn der ihr entschlüpfte Ausruf soviel habe bedeuten können, bald grübelte sie, ob es keine Möglichkeit gäbe, ihn zu widerrufen oder seine Tragweite einzuschränken. Die Überzeugung des Fürsten schien aber so vollständig, seine Freude so empfindlich, sein Wohlwollen so bedingt, daß Gertrude nicht wagte, ein Wort zu sagen, das ihn darin auch nur im geringsten hatte stören können.

Nach wenigen Augenblicken erschienen die beiden Gerufenen, und als sie Gertrude vorfanden, betrachteten sie sie erstaunt und unsicher. Der Fürst aber veranlaßte sie mit heiterer und liebevoller Miene zu einer entsprechenden Sinnesänderung und erklärte: »Hier ist das verirrte Lamm, und das sei das letzte Wort, das traurige Erinnerungen heraufbeschwört. Nun ist die Familie wieder ausgesöhnt. Gertrude bedarf keines Rates mehr. Was wir zu ihrem Besten wünschten, hat sie aus eigenem Antrieb gewählt. Sie ist entschlossen; sie hat mir zu verstehen gegeben, daß sie entschlossen ist ...« Bei diesen Worten warf sie einen halb erschrockenen, halb flehenden Blick auf den Vater, als ob sie ihn bitten wollte einzuhalten. Er aber fuhr unbedenklich fort: »... daß sie entschlossen ist, den Schleier zu nehmen.«

»Bravo! Wohlgetan!« riefen Mutter und Sohn einstimmig aus und umarmten nacheinander Gertrude, die diese Begrüßung unter Tränen entgegennahm, die als Tränen der Versöhnung aufgefaßt wurden. Dann erging sich der Fürst in

Ausführungen, wie er das Schicksal der Tochter freudig und glanzvoll gestalten wolle. Er sprach von den Auszeichnungen, die ihr im Kloster und im Lande zuteil werden würden. Sie befände sich da wie eine Fürstin, als Statthalterin der Familie. Sobald es ihr Alter erlaube, werde sie zur höchsten Würde erhoben, und bis dahin sei sie nur dem Buchstaben nach eine Untergebene. Die Fürstin und der junge Fürst erneuerten immer wieder ihre Glückwünsche und ihren Beifall. Gertrude war alles wie ein Traum.

»Es empfiehlt sich nun, einen Tag für den Besuch in Monza zu bestimmen, um der Äbtissin den Wunsch vorzutragen«, sagte der Fürst. »Wie zufrieden dürfte sie sein! Ich kann euch versichern, daß das ganze Kloster die Ehre zu schätzen weiß, die ihm Gertrude erweist. Ja ... warum fahren wir nicht heute noch? Gertrude geht doch sicher gerne einmal etwas an die Luft.«

»So fahren wir denn!« sagte die Fürstin.

»Ich gehe, um Befehl zu geben!« erklärte der junge Fürst.

»Aber ...« brachte Gertrude unterwürfig heraus.

»Sachte, sachte«, nahm der Fürst wieder das Wort, »sie soll selbst entscheiden. Vielleicht fühlt sie sich heute nicht ganz dazu aufgelegt, und es wäre ihr lieber, bis morgen zu warten. Sag doch: Sollen wir heute oder morgen fahren?«

»Morgen«, versetzte Gertrude mit schwacher Stimme. Sie meinte noch, sie könnte etwas erreichen, wenn sie ein wenig Zeit gewönne.

»Morgen«, sagte der Fürst feierlich. »Sie hat bestimmt, daß man morgen fährt. Ich gehe unterdessen zum Vikar der Nonnen, um einen Tag für die Prüfung auszumachen.« Wie gesagt, so getan. Der Fürst begab sich fort und ging in der Tat zu besagtem Vikar (eine nicht geringe Herablassung). Sie machten aus, daß er in zwei Tagen käme.

Den ganzen übrigen Tag hatte Gertrude keine ruhige Minute mehr. Sie hätte sich gerne einmal von soviel Aufregungen erholt. Sie wollte sozusagen ihre Gedanken klären, sich selbst über das Rechenschaft geben, was sie getan hatte, über das, was ihr nun zu tun noch übrigblieb. Sie wollte einen Augenblick nur jene Maschine aufhalten, die, kaum in Gang gebracht, so rasend lief. Doch daran war nicht zu denken. Die Ablenkungen jagten sich und griffen ineinander über. Sobald der Fürst gegangen war, wurde sie in das Gemach der Fürstin geführt, um dort unter ihrer Aufsicht von deren eigener Zofe frisiert und frisch gekleidet zu werden. Die letzte Hand war noch nicht angelegt, als sie zu Tisch gerufen wurden. Gertrude ging unter Verneigungen der Dienerschaft dahin, welche spüren ließen, daß man zur Genesung Glück wünschte. Sie fand einige der nächsten Verwandten vor, die eilends ihr zu Ehren eingeladen worden waren, um zwei glückliche Ereignisse mit ihr zu feiern: die Wiederherstellung ihrer Gesundheit und die Erklärung ihrer Berufung.

Die Gottesbraut (so wurden die jungen angehenden Nonnen genannt, und Gertrude wurde bei ihrem Erscheinen von allen mit diesem Namen begrüßt), die Gottesbraut war vollauf davon in Anspruch genommen, die Höflichkeiten zu erwidern, mit denen ihr von allen Seiten begegnet wurde. Es war ihr bewußt, daß jede ihrer Antworten Zustimmung und Bestätigung bedeutete. Aber wie hätte sie anders antworten sollen?

Nachdem sie kaum vom Essen aufgestanden waren, kam die Stunde der Ausfahrt. Gertrude stieg mit der Mutter und zwei Onkeln, die am Essen teilgenommen hatten, in die Kutsche. Nach einer der üblichen Rundfahrten kam man auf die Strada Marina, die damals das Gebiet des heutigen Stadtparks durchquerte. Dorthin begaben sich die Herrschaften mit ihren Kutschen, um sich von den Mühen des Tages zu erholen. Die beiden Onkel sprachen auch mit Gertrude so, wie es sich für diesen Tag schickte. Der eine von ihnen, der besser als der andere jede Person, jede Kutsche und jede Livree zu kennen schien und alle Augenblicke etwas über Herrn oder Frau Soundso zu sagen hatte, wandte sich plötzlich an sie und sagte: »Ach, du Schelm, du drehst all diesem Krimskrams den Rücken. Du bist eine Schlaubergerin; erst bringst du uns arme Weltleute in Verlegenheit, und dann ziehst du dich zurück, um ein gottseliges Leben zu führen und vierspännig ins Paradies zu fahren.«

Man kam spät heim. Die Diener eilten mit Fackeln herbei und meldeten, daß viele Besucher warteten. Das Gerücht hatte sich verbreitet, und Verwandte und Freunde kamen, um ihre Schuldigkeit zu tun. Man ging in den Salon. Die Gottesbraut wurde zum Idol, zum Hätschelkind, zum Opfer. Jeder wollte sie für sich. Der eine ließ sich Süßigkeiten versprechen, ein anderer versprach Besuche, ein dritter redete von der ehrwürdigen Mutter Soundso, seiner Verwandten, ein andrer von der ehrwürdigen Mutter Soundso, seiner Bekannten, während ein anderer den Himmel von Monza lobte und wieder ein anderer salbungsvoll von der großen Rolle sprach, die sie dort schon gespielt hätte. Andere, die sich der so umlagerten Gertrude noch nicht hatten nähern können, warteten auf die Gelegenheit hervorzutreten und empfanden ein gewisses Bedauern, bis auch sie ihre Schuldigkeit getan hatten. Nach und nach zerstreute sich die Gesellschaft wieder. Alle gingen unbeschwert fort, und Gertrude blieb mit den Eltern und dem Bruder allein.

»Endlich«, sagte der Fürst, »habe ich die Genugtuung gehabt, meine Tochter gewürdigt zu sehen. Man muß jedoch anerkennen, daß auch sie sich vorzüglich benommen und bewiesen hat, daß sie ohne Verlegenheit die erste Rolle zu spielen und das Ansehen der Familie zu wahren weiß.«

Rasch wurde das Abendessen eingenommen, und dann zogen sich alle bald zurück, um am nächsten Morgen früh bereit zu sein.

Gertrude war in trauriger und ärgerlicher Stimmung, dabei zugleich aber von all jenen Aufmerksamkeiten ein wenig eingenommen. Nunmehr erinnerte sie sich an alles, was sie durch ihre Kerkermeisterin ausgestanden hatte, und da sie ihren Vater so bereit sah, sie in allem – außer in einem – zufriedenzustellen, wollte sie die günstige Lage, in der sie sich befand, ausnutzen, um wenigstens einer der Leidenschaften Genüge zu tun, von denen sie besessen war. Sie bezeigte daher den größten Abscheu, mit dieser Frau zusammen zu sein, und beklagte sich bitterlich über ihr Verhalten.

»Wie!« sagte der Fürst, »sie hat es also an Achtung fehlen lassen! Morgen werde ich ihr einmal gründlich den Kopf waschen. Verlaß dich darauf! Ich werde ihr schon klarmachen, wer sie ist und wer du bist! Jedenfalls soll eine Tochter, mit der ich zufrieden bin, niemanden um sich sehen, der ihr mißfällt.« Dann ließ er eine andere Dienerin rufen und stellte sie Gertrude zur Verfügung. Während diese ihre Genugtuung noch auskostete und genoß, wunderte sie sich jedoch bereits, wie wenig sie ihr eigentlich schmeckte im Verhältnis zu dem Begehren, das sie danach getragen hatte. Von ihrer ganzen Seele ergriff – widerwillig genug – das Bewußtsein der großen Fortschritte Besitz, die sie an diesem Tage auf dem Wege ins Kloster gemacht hatte. Hinzu trat die Überlegung, daß nunmehr eine weit größere Kraft und Entschlossenheit als vor wenigen Tagen erforderlich sei, um sich wieder zurückzuziehen, und dabei hatte sie nicht einmal die in sich gefühlt.

Die Frau, welche sie auf ihr Zimmer begleitete, gehörte zum angestammten Personal des Hauses. Sie war schon Gouvernante des kleinen Fürsten gewesen, der ihr fast noch in den Windeln anvertraut worden war, den sie bis in seine Jünglingszeit erzogen hatte und dem all ihre Nachsicht, all ihre Hoffnungen und ihr ganzer Stolz galten. Die Entscheidung, die an diesem Tage gefallen war, empfand sie wie ein persönliches Glück. So blieb Gertrude als letztes Vergnügen vorbehalten, daß sie die Glückwünsche, Lobsprüche und Ratschläge der Alten hinunterschlucken mußte. Sie mußte die Geschichten von Tanten und Großtanten anhören, die mit dem Los einer Nonne höchst zufrieden gewesen waren, da sie als Angehörige dieses Hauses sich immer der größten Ehren erfreut und es verstanden hätten, ein Pfötchen in den Dingen der Außenwelt zu behalten, so daß sie von ihrem Sprechzimmer aus Dinge erreicht hätten, die den größten Damen in ihren Salons nicht geglückt wären. Sie malte ihr die Besuche aus, die sie empfangen würde. Eines Tages käme sicher der junge Fürst mit seiner Braut, die zweifellos ein ganz vornehmes Fräulein sein würde, und dann würde nicht nur das Kloster, sondern der ganze Ort aus dem Häuschen geraten.

Die Alte hatte geplaudert, als sie Gertrude auskleidete, als Gertrude im Bett lag, ja, sie plauderte immer noch, als Gertrude bereits schlief. Ihre Jugend und ihre Ermüdung hatten sich stärker als ihre Sorgen gezeigt. Ihr Schlaf war unruhig, wirr und voll quälender Traumvorstellungen, doch wurde sie erst durch die schrille Stimme der Alten daraus aufgeschreckt, die kam, um sie zu wecken. Sie sollte sich für den Ausflug nach Monza fertigmachen.

»Auf, auf, Fräulein! Es ist schon Tag, und bis Sie feingemacht und frisiert sind, brauchen wir gut eine Stunde. Die Frau Fürstin kleiden sich schon an. Man hat sie vier Stunden früher als üblich geweckt. Der junge Herr Fürst waren schon im Marstall und sind schon wieder oben. Von ihm aus kann jederzeit losgefahren werden. Munter wie ein Häschen, der Racker! Er ist aber von Kind auf so gewesen. Das kann ich wohl sagen, die ich ihn auf den Armen getragen habe. Wenn er aber fertig ist, darf man ihn nicht warten lassen, sonst wird er ungeduldig und schlägt Lärm, wenn er auch sonst lammfromm ist. Der Ärmste! Man muß ihn bedauern. Das ist nun einmal so seine Art. Diesmal wäre er sogar ein wenig im Recht, weil er für Sie bemüht ist. Weh dem, der ihn in solchen Augenblicken stört. Dann nimmt er auf niemand Rücksicht, es sei denn auf den Herrn Fürsten. Eines Tages aber wird er selber der Herr Fürst sein, so spät wie möglich natürlich. Fix, fix, gnädiges Fräulein! Was schaun Sie mich so abwesend an? Zu dieser Zeit müßten Sie schon aus den Federn sein.«

Bei der Vorstellung des ungeduldigen jungen Fürsten schwirrten alle anderen Gedanken, die Gertrudens erwachte Seele bestürmten, sofort empor wie ein Sperlingsschwarm beim Erscheinen des Hühnergeiers. Sie gehorchte, kleidete sich schnell an, ließ sich frisieren und erschien im Salon, wo Eltern und Bruder schon versammelt waren. Man ließ sie in einem Sessel Platz nehmen. Eine Schale Schokolade wurde ihr gereicht. Das entsprach dazumal der Verleihung der Toga virilis bei den alten Römern.

Als gemeldet wurde, daß angeschirrt sei, zog der Fürst seine Tochter beiseite und sagte zu ihr: »Wohlan, Gertrude, gestern hast du dir Ehre gemacht; heute mußt du dich selbst übertreffen. Es handelt sich darum, im Kloster und an dem Ort würdig aufzutreten, wo du einmal die erste Rolle spielen sollst. Sie erwarten dich...« (unnütz zu sagen, daß der Fürst die Äbtissin am Vortage verständigt hatte), »... sie erwarten dich, und aller Augen werden auf dir ruhen. Würde und Zwanglosigkeit! Die Äbtissin wird dich fragen, was du willst. Das ist eine Formalität. Du kannst antworten, daß du begehrst, gewürdigt zu werden, in dem Kloster das Habit zu empfangen, in dem du so liebevoll erzogen worden bist, in dem dir soviel Güte zuteil worden, was ja auch die reine Wahrheit ist. Sag diese wenigen Worte ganz ungezwungen, damit nicht etwa behauptet wird, man hätte sie dir in den Mund gelegt und du könntest von selbst nicht reden. Die guten Mütter wissen nichts von dem Vorgefallenen: es ist ein

Geheimnis, das in der Familie begraben bleiben soll. Mach deshalb kein betrübtes und zaghaftes Gesicht, um keinen Verdacht zu erregen. Zeige, welches Blut in deinen Adern rollt. Sei höflich und bescheiden, bleibe aber dessen eingedenk, daß an diesem Ort außer der Familie niemand über dir stehen wird.«

Ohne eine Antwort abzuwarten, brach der Fürst auf. Gertrude, die Fürstin und der junge Fürst schlossen sich ihm an. Sie gingen zusammen die Treppe hinunter und stiegen in die Kutsche. Die Widerwärtigkeiten und Verdrießlichkeiten der Welt und das insbesondere für hochadelige junge Mädchen so herrliche Klosterleben gaben unterwegs den Gesprächsstoff ab. Gegen Ende des Weges erneuerte der Fürst seine Ermahnungen und wiederholte mehrmals die Antwortformel.

Als sie in Monza einfuhren, zog sich Gertrude das Herz zusammen. Ihre Aufmerksamkeit wurde aber einen Augenblick lang durch einige Herren abgelenkt, welche die Kutsche anhielten und irgendwelche Begrüßungsfloskeln hersagten. Dann wurde die Fahrt fortgesetzt, und unter den Blicken der Neugierigen, die von allen Seiten herbeiströmten, ging's fast im Schritt zum Kloster. Als die Kutsche vor diesen Mauern, vor dieser Pforte hielt, krampfte sich Gertrude das Herz noch mehr zusammen. Man stieg zwischen zwei Gruppen von Leuten aus, die von der Dienerschaft zurückgehalten wurden. Da aller Augen auf die Ärmste gerichtet waren, mußte sie sich beständig zusammennehmen. Mehr als alle anderen Blicke aber fesselten sie die des Vaters, an denen sie immer wieder wie gebannt hing, obwohl sie eine so große Furcht davor empfand. Seine Augen lenkten ihre Bewegungen und ihr Mienenspiel wie mit unsichtbaren Zügeln.

Als der erste Hof durchschritten war, trat man in einen zweiten, und dort erblickte man das offenstehende Portal des inneren Klosters ganz voller Nonnen. In der ersten Reihe befand sich die Äbtissin im Kreise der älteren, dahinter drängten sich dicht die anderen Klosterfrauen, zum Teil auf den Zehenspitzen. Zuletzt kamen die Laienschwestern, die sich auf Schemel gestellt hatten. In halber Höhe sah man auch hie und da einige Äuglein blitzen oder ein Kindergesicht zwischen den Habiten aufleuchten: es waren die gewandtesten und kecksten Zöglinge, die sich zwischen die Nonnen gedrängt und sich so ein wenig Raum geschaffen hatten, um auch etwas zu sehen. Aus dieser Gruppe erschollen Zurufe; viele Arme winkten zum Zeichen des Empfangs und der Freude. Sie kamen an die Tür. Gertrude stand Aug in Auge mit der Mutter Äbtissin. Nach den ersten Höflichkeitsbezeigungen erkundigte sich diese mit halb heiterer, halb feierlicher Miene, was sie an diesem Orte wünsche, wo niemand wäre, der ihr etwas abschlagen könne.

»Hier bin ich ...« begann Gertrude. Als sie aber im Begriff stand, die Worte herauszubringen, die fast unwiderruflich über ihr Schicksal entscheiden sollten, zögerte sie einen Augenblick und starrte auf die Gruppe, die vor ihr stand. In diesem Augenblick erkannte sie eine der wohlvertrauten Kameradinnen, welche sie mitleidig und boshaft zugleich betrachtete. Es schien, als ob sie sagen wollte: Aha, also doch umgefallen, du Prahlerin! Dieser Blick weckte in ihr all die alten Gefühle aufs lebhafteste wieder auf und gab ihr auch eine Spur von ihrem spärlichen früheren Mut zurück. Schon suchte sie nach irgendeiner anderen Antwort als der ihr vorgeschriebenen, sie hob den Blick zum Antlitz des Vaters, wie um ihre Kräfte zu messen. Da gewahrte sie darin eine so finstere Unruhe, eine so drohende Ungeduld, daß sie, von Furcht getrieben, als ob sie vor einer entsetzlichen Erscheinung die Flucht ergriffe, unverzüglich fortfuhr: »Hier bin ich und begehre, gewürdigt zu werden, das fromme Habit in diesem Kloster anzulegen, in dem ich so liebevoll erzogen worden bin.« Die Äbtissin erwiderte alsbald, daß sie bei solchem Anlaß sehr bedauere, daß die Regel ihr nicht gestatte, eine sofortige Antwort zu geben, da diese den gemeinsamen Beschluß der Schwestern erfordere und ihr die Einwilligung der Oberen vorausgehen müsse. Da Gertrude jedoch die Gefühle kenne, die man an diesem Orte für sie hege, könne sie mit Sicherheit voraussehen, wie diese Antwort ausfallen würde. Bis dahin verbiete aber keine Regel der Äbtissin und den Schwestern, der Freude Ausdruck zu geben, die sie bei diesem Begehren empfänden. Nun erschallten Glückwünsche und Beifall in wirrem Durcheinander. Große Silberschalen voll Süßigkeiten kamen zum Vorschein und wurden zuerst der Gottesbraut und dann den Eltern gereicht. Während einige Nonnen sich um Gertrude rissen, andere die Mutter beglückwünschten und wieder andere den jungen Fürsten, ließ die Äbtissin den Fürsten ans Gatter des Sprechzimmers bitten, wo sie ihn erwartete. Bei ihr befanden sich zwei der ältesten Schwestern, und als sie ihn erscheinen sah, sagte sie: »Durchlaucht, um den Regeln zu entsprechen ... um eine unerläßliche Formalität zu erfüllen, obwohl in diesem Falle ... muß ich es dennoch sagen ... daß jedesmal, wenn eine Tochter begehrt, gewürdigt zu werden, das Habit anzulegen ... die Oberin, die ich unverdienterweise bin ... gehalten ist, die Eltern zu unterrichten ... daß sie sich, wenn etwa ... von ihnen die Einwilligung der Tochter erzwungen sein sollte, der Gefahr der Exkommunikation aussetzen. Sie werden mir verzeihen ...«

»Schon recht, schon recht, ehrwürdige Mutter. Ich lobe Ihren Pflichteifer; es ist nicht mehr als billig ... Aber Sie können nicht zweifeln ...«

»Oh, wo denken Sie hin, Durchlaucht! Ich mußte das sagen, um der Vorschrift zu genügen. Im übrigen ...«

»Freilich, freilich, Mutter Äbtissin.«

Sobald man diese wenigen Worte gewechselt hatte, verneigten sich die beiden Unterredner voreinander und trennten sich, als ob es beiden lästig wäre, Auge in Auge zu bleiben. Beide begaben sich zu ihrer Gesellschaft zurück, der eine außerhalb, die andre innerhalb der Klosterschwelle.

»Wohlan«, sagte der Fürst, »Gertrude wird sich ja bald nach Herzenslust der Gesellschaft dieser Mütter erfreuen können. Für diesmal haben wir sie genug behelligt.« Nach diesen Worten machte er eine Verbeugung. Die Familie setzte sich mit ihm in Bewegung; und nach wiederholten Höflichkeitsbezeigungen fuhr man los.

Auf der Heimfahrt war Gertrude kaum zu Gesprächen aufgelegt. Über ihren Schritt entsetzt, beschämt über ihre Feigheit, aufgebracht über die anderen und über sich selbst, überschlug sie traurig die Möglichkeiten, die ihr nun noch verblieben, um nein zu sagen. Kleinlaut und verwirrt gelobte sie sich selbst, daß sie bei dieser oder jener oder einer anderen Gelegenheit geschickter und stärker sein wolle. Bei diesem Grübeln war jedoch der Schrecken über des Vaters finstere Miene nicht von ihr gewichen. Als sie sich daher durch einen flüchtigen Aufblick vergewissern konnte, daß in seinen Zügen keine Spur des Zornes mehr erschien, ja, als sie sogar sah, daß er sich über sie äußerst zufrieden zeigte, kam ihr das herrlich vor, und einen Augenblick lang war sie ganz zufrieden.

Kaum zurückgekehrt, mußte man sich umkleiden und frisch zurechtmachen. Dann kam das Essen, dann einige Besuche, danach die Ausfahrt, dann der Empfang und schließlich das Abendessen. Gegen Ende desselben brachte der Fürst eine andere Angelegenheit aufs Tapet: die Wahl einer Patin. So wurde die Dame genannt, welche auf Bitten der Eltern für die Zeit zwischen dem Antrage und dem Eintritt ins Kloster Betreuerin und Begleiterin der jungen angehenden Nonne wurde. Diese Zwischenzeit wurde mit Besuchen von Kirchen, öffentlichen Gebäuden, Salons, Landsitzen und Heiligtümern hingebracht: kurzum, aller Sehenswürdigkeiten in Stadt und Umgebung. Ehe sie ein unwiderrufliches Gelübde aussprachen, sollten die jungen Mädchen auf diese Weise klar erkennen, was sie von sich stießen. »Man muß an eine Patin denken«, sagte der Fürst, »denn morgen wird der Vikar der Nonnen wegen des Prüfungsverfahrens kommen, und gleich danach wird Gertrude im Ordenskapitel zur Aufnahme durch die ehrwürdigen Schwestern vorgeschlagen werden.« Bei diesen Worten hatte er sich an die Fürstin gewandt. Diese hielt das für eine Aufforderung, Vorschläge zu machen, und begann: »Da wäre ...« Aber der Fürst unterbrach sie: »Nein, nein, Durchlaucht: die Patin soll vor allem der Gottesbraut gefallen, und obwohl der allgemeine Brauch den Eltern die Wahl überläßt, hat Gertrude doch so viel Urteil und Einsicht, daß sie es wohl verdient, wenn man bei ihr eine Ausnahme macht.« Dabei wandte er sich mit der Gebärde dessen, der eine besondere Gnade zu erweisen hat, an Gertrude und fuhr fort: »Jede der Damen, die heute abend zum Empfang gekommen sind, erfüllt die Voraussetzungen, Patin einer Tochter unseres Hauses zu werden. Ich möchte meinen, daß keine unter ihnen ist, die es sich nicht zur Ehre anrechnen würde, diesen Vorzug zu genießen. Wähle daher selber!«

Gertrude erkannte wohl, daß diese Wahl treffen von neuem einwilligen hieß. Der Vorschlag war aber so großartig gemacht worden, daß eine Ablehnung, wie bescheiden auch immer, als Mißachtung oder zum mindesten als Laune und Ziererei hätte erscheinen können. Sie tat daher auch diesen Schritt und nannte die Dame, welche ihr an diesem Abend am besten gefallen hatte, das heißt diejenige, die ihr am meisten schöngetan, sie am meisten gelobt und sie mit jener Vertraulichkeit, Herzlichkeit und Wärme behandelt hatte, die in den ersten Augenblicken einer Bekanntschaft eine alte Freundschaft vortäuschen. »Eine vorzügliche Wahl«, sagte der Fürst, der gerade diese gewünscht und erwartet hatte. Sei es nun ein Kunstgriff oder ein Zufall: es war genauso gekommen, wie wenn der Zauberkünstler vor unseren Augen ein Kartenspiel vorüberschwirren läßt und uns auffordert, an eine Karte zu denken, die er dann erraten würde: er hat sie eben derart vorüberschwirren lassen, daß wir nur diese einzige erkennen konnten. Jene Dame war den ganzen Abend lang um Gertrude herum gewesen und hatte deren Aufmerksamkeit so sehr auf sich gezogen, daß es einer besonderen Anstrengung ihrer Phantasie bedurft hätte, um sich einer anderen zu erinnern. Soviel Eifer hatte freilich seine Gründe: seit langem schon hatte die Dame ein Auge auf den jungen Fürsten geworfen, den sie zu ihrem Schwiegersohn machen wollte. Sie betrachtete daher die Angelegenheiten jenes Hauses als ihre eigenen, und es war ganz natürlich, daß sie sich für die liebe Gertrude nicht weniger als für ihre nächsten Verwandten interessierte.

Am nächsten Tage erwachte Gertrude mit dem Gedanken an den Prüfungskommissar, der kommen sollte. Während sie noch darüber nachgrübelte, ob sie diese so entscheidende Gelegenheit ergreifen sollte, um alles rückgängig zu machen, und wie das geschehen könnte, ließ der Fürst sie rufen. »Wohlan, Töchterchen«, sagte er, »bis jetzt hast du dich vorzüglich benommen; heute handelt es sich darum, das Werk zu krönen. Alles, was bis jetzt geschehen ist, geschah mit deiner Einwilligung. Wenn dir in dieser Zeit irgendein Zweifel gekommen wäre, irgendeine Anwandlung von Reue oder jugendliche Grillen, hättest du dich erklären müssen; wie die Dinge jetzt aber stehen, ist keine Zeit mehr für Kindereien. Der treffliche Mann, der heute morgen kommen soll, wird dir hundert Fragen über deine innere Berufung stellen: ob du aus freiem Willen Nonne wirst, warum und wieso, und was weiß ich sonst noch. Wenn du mit deinen Antworten zauderst, wird er dich wer weiß wie lange auf die Folter spannen. Das wäre widerwärtig und quälend für dich; es könnte aber auch noch ernstere Folgen haben. Nach all den in der Öffentlichkeit unternommenen Schritten würde jedes noch so geringe Zögern deinerseits meine persönliche Ehre gefährden. Es könnte den Eindruck erwecken, als ob ich einen leichtfertigen Plan von dir für einen festen Entschluß gehalten, als ob ich die Dinge überstürzt hätte, als ob ich wer weiß was getan hätte. In diesem Fall stünde ich zwangsläufig vor der Wahl zwischen zwei schmerzlichen Entscheidungen: entweder müßte ich zulassen, daß die Welt über mein Verhalten ein bedauerliches Urteil fällt – eine Entscheidung, die völlig unvereinbar ist mit allem, was ich mir selber schulde –, oder aber ich müßte den wahren Beweggrund deines Entschlusses enthüllen, und ...« Als er sah, daß Gertrude purpurrot geworden war, daß sich ihre Augen mit Tränen füllten und ihr Gesicht zuckte wie Blütenblätter in der Schwüle, die dem Sturm vorausgeht, unterbrach er an dieser Stelle seine Rede und fuhr mit heiterer Miene fort: »Na, na, alles hängt von dir ab, davon, ob du vernünftig bist. Ich weiß, daß dir das nicht schwerfällt und daß du nicht zu den Mädchen gehörst, die am Ende eine sonst gut durchgeführte Sache verderben; aber ich mußte alle Fälle in Betracht ziehen. Jetzt aber Schluß damit; wir sind uns darin einig, daß du freimütig so antworten wirst, daß in den Gedanken jenes trefflichen Mannes keine Zweifel auftauchen. Auf die Art hast du die Geschichte auch am schnellsten hinter dir.« Nachdem er ihr dann einige Antworten auf die mit größter Wahrscheinlichkeit zu erwartenden Fragen nahegelegt hatte, kam er auf sein gewöhnliches Gesprächsthema von den Annehmlichkeiten und Freuden, die Gertrude im Kloster erwarteten, und erging sich darin, bis ein Diener den Vikar melden kam. Der Fürst wiederholte eilends die wichtigsten Mahnungen und ließ die Tochter mit jenem allein, wie es der Vorschrift entsprach.

Der treffliche Mann kam bereits mit der vorgefaßten Meinung, daß Gertrude eine tiefe Berufung zum Klosterleben fühle, denn so hatte ihm der Fürst gesagt, als er ihn eingeladen hatte. Der wackere Priester, der wußte, daß Mißtrauen eine der notwendigsten Tugenden seines Berufes ist, hatte zwar den Grundsatz, solchen Beteuerungen nur behutsam Glauben zu schenken und vor vorgefaßten Meinungen auf der Hut zu sein; es ereignet sich aber selten, daß die selbstsicheren Behauptungen einer Respektsperson, welcher Art auch immer, nicht auf die Meinung desjenigen abfärben, der sie anhört.

Nach den ersten höflichen Redensarten sagte er zu ihr: »Gnädiges Fräulein, ich komme, um die Rolle des Teufels zu spielen. Ich komme, um das in Zweifel zu stellen, was Sie in Ihrem Gesuch als sicher dargestellt haben. Ich komme, um Ihnen die Schwierigkeiten vor Augen zu führen und um mich zu überzeugen, daß Sie diese wohl erwogen haben. Gestatten Sie, daß ich Ihnen einige Fragen vorlege.«

»Ich bitte darum«, erwiderte Gertrude.

Der wackere Priester begann dann, sie in der streng vorgeschriebenen Form zu prüfen. »Fühlen Sie in Ihrem Herzen einen unbeeinflußten, freiwilligen Entschluß, Nonne zu werden? Sind keine Drohungen oder Lockungen gebraucht worden? Wurde keinerlei Druck von Respektspersonen ausgeübt, um Sie zu diesem Entschluß zu bestimmen? Sprechen Sie ohne Rücksichten und offen mit einem Manne, dessen Pflicht es ist, Ihren wahren Willen zu erforschen, um zu verhindern, daß Ihnen irgendwie Gewalt angetan wird.«

Die wahre Antwort auf eine solche Frage drängte sich dem Geiste Gertrudens sofort mit fürchterlicher Klarheit auf. Um diese Antwort zu geben, mußte man zu einer Erklärung kommen, sagen, von wem man bedroht worden war, eine ganze Geschichte erzählen ... Diese Vorstellung ließ die Unglückliche erschrocken zurückweichen. In Eile suchte sie eine andere Antwort und fand nur eine einzige, die sie schnell und sicher von dieser Qual erlösen würde: sie war der Wahrheit am meisten entgegen. Sie verhehlte ihre Verwirrung und sagte: »Ich möchte freiwillig, aus innerer Neigung Nonne werden.«

»Wann ist dieser Wunsch in Ihnen aufgekommen?« fragte der wackere Priester weiter.

»Er war schon immer in mir«, erwiderte Gertrude, der es nach jenem ersten Schritt leichter fiel, gegen sich selbst zu zeugen.

»Welcher Grund aber hat Sie hauptsächlich bewogen, Nonne werden zu wollen?«

Der wackere Priester ahnte nicht, welch entsetzliche Saite er damit anschlug. Gertrude mußte sich viel Gewalt antun, um mit keiner Miene zu verraten, welche Wirkung diese Worte in ihrem Geiste auslösten. Sie sagte: »Mein Beweggrund ist, daß ich Gott dienen und die Gefahren der Welt meiden will.«

»Sollte nicht etwa irgendeine Enttäuschung dahinterstekken? irgendeine – verzeihen Sie das Wort! – Laune? Zuweilen kann eine vorübergehende Stimmung den Eindruck erwecken, als sollte sie immer anhalten, und wenn dann der Anlaß verschwindet und der Sinn sich wandelt, dann ...«

»Nein, nein«, entgegnete Gertrude überstürzt, »der Grund ist derjenige, den ich genannt habe.«

Mehr um voll und ganz seiner Pflicht zu genügen, als aus der Überzeugung heraus, daß es vonnöten wäre, setzte der Vikar ihr weiter mit Fragen zu. Aber Gertrude war entschlossen, ihn hinters Licht zu führen. Abgesehen von dem Widerwillen, den ihr der Gedanke erweckte, diesen ernsten und trefflichen Priester zum Mitwisser ihrer Schwäche zu machen, der so weit davon entfernt schien, derartiges von ihr zu vermuten, bedachte die Ärmste auch, daß er zwar verhindern könne, daß sie Nonne würde, daß aber damit seine

Gewalt über sie und sein Schutz sich erschöpfe. Sobald er einmal gegangen wäre, würde sie mit dem Fürsten allein bleiben. Und was sie dann auch in diesem Hause auszustehen hätte, der wackere Priester würde nichts davon erfahren, oder wenn er es erfahren würde, könnte er beim besten Willen nichts anderes tun als sie bedauern. Das wäre dann jene Art von ruhigem und gemessenem Mitleid, das im allgemeinen wie aus Höflichkeit dem gezollt wird, der zu dem Schlimmen, das man ihm antut, Anlaß oder Vorwand geboten hat. Der Prüfungskommissar wurde es eher leid, seine Fragen zu stellen, als die Unglückselige, zu lügen. Da er diese immer gleichbleibenden Antworten hörte und keinen Grund hatte, an ihrer Aufrichtigkeit zu zweifeln, schlug er schließlich einen anderen Ton an. Er beglückwünschte sie, bat sie gewissermaßen um Verzeihung, daß er in Erfüllung seiner Pflicht so lange gebraucht hätte, fügte hinzu, was er für das Angemessenste hielt, um sie in ihrem guten Vorsatz zu bestärken, und verabschiedete sich.

Als er durch die Zimmerflucht ging, um das Haus zu verlassen, stieß er auf den Fürsten, der zufällig daherzukommen schien, und beglückwünschte auch ihn zu der guten Verfassung, in der er seine Tochter gefunden habe. Bis dahin hatte sich der Fürst in peinlicher Ungewißheit befunden. Bei dieser Nachricht atmete er auf, vergaß seine gewohnte Förmlichkeit und stürzte geradezu zu Gertrude hin. Er überhäufte sie mit Lobsprüchen, Zärtlichkeiten und Versprechungen in herzlichem Entzücken und weitgehend aufrichtiger Zuneigung. So widerspruchsvoll ist das menschliche Herz im Wirrwarr seiner Gefühle!

Wir wollen Gertrude in jenem dauernden Wirbel von Festen und Lustbarkeiten nicht begleiten. Ebensowenig wollen wir im einzelnen und der Reihe nach die Stimmungen ihres Gemüts während jener ganzen Zeit schildern: es wäre eine allzu eintönige Geschichte von Schmerzen und

Wallungen, die mit dem schon Gesagten nur allzusehr übereinstimmen würde. Die Lieblichkeit der Orte, die Vielfalt der Gegenstände, das Vergnügen, das sie daran fand, im Freien umherzuschweifen, machten ihr den Gedanken an die Stätte, an der sie schließlich zuletzt für immer einkehren sollte, nur um so verhaßter. Noch quälender waren die Eindrücke, die sie bei den Gesellschaften und Festen erhielt. Die Nähe von Bräuten, denen diese Bezeichnung im allgemeineren und üblicheren Sinne zukam, erregte Neid in ihr und unerträglichen Kummer. Beim Anblick gewisser anderer Personen kam es ihr dann zuweilen vor, als ob es der Gipfel allen Glückes wäre, sich so nennen zu hören. Die Pracht der Paläste, der Glanz ihrer Einrichtung, das Gewimmel und der fröhliche Lärm der Feste erregten in ihr manchmal einen solchen Rausch, einen so inbrünstigen Wunsch nach heiterem Leben, daß sie sich gelobte, ihren Entschluß zu widerrufen, lieber alles zu erdulden, als in den kühlen und seelenlosen Schatten des Klosters zurückzukehren. Aber all diese Entschlüsse verflogen bei ruhigerer Betrachtung der Schwierigkeiten, ja schon dann, wenn sie bloß ihre Augen auf den Zügen des Fürsten ruhen ließ. Der Gedanke, daß sie diese Freuden für immer aufgeben müsse, machte ihr zuweilen auch schon diese kleine Probe bitter und quälend. So betrachtet der durstige Kranke wütend den Löffel Wasser, den ihm der Arzt gerade noch gewährt, und weist ihn fast verächtlich zurück.

Der Vikar der Nonnen hatte inzwischen das erforderliche Zeugnis ausgestellt, und die Genehmigung, wegen Gertrudens Aufnahme ein Kapitel abzuhalten, wurde erteilt. Das Kapitel wurde einberufen. Wie zu erwarten stand, kamen die nach den Vorschriften erforderlichen zwei Drittel der geheimen Stimmen zustande. So wurde Gertrude zugelassen. Der langen Pein satt, verlangte sie nunmehr, so schnell wie möglich ins Kloster einzutreten. Gewiß war niemand da, der eine solche Ungeduld hätte zügeln wollen. Ihr Wunsch wurde also erfüllt. Sie wurde in prächtigem Aufzug zum Kloster gebracht und nahm den Schleier. Nach zwölf Monaten eines Noviziats, voll von Reue und immer wieder Reue, kam der Augenblick des Gelübdes, das heißt der Augenblick, in dem entweder ein Nein gesprochen werden mußte, das sonderbarer, unerwarteter und anstößiger als je gewesen wäre, oder in dem ein so oft gesagtes Ja wiederholt werden mußte. Sie wiederholte es und wurde für immer Nonne.

Eine der eigentümlichen und einmaligen Fähigkeiten der christlichen Religion besteht darin, daß sie jeden leiten und trösten kann, der unter welchen Umständen und zu welchem Zeitpunkt auch immer zu ihr seine Zuflucht nimmt. Wenn es ein Heilmittel gegen das gibt, was geschehen ist, so verordnet sie es und reicht es dar. Sie verleiht die Einsicht und die Kraft, es um jeden Preis zur Anwendung zu bringen. Wenn es aber keines gibt, so ermöglicht sie es, wirklich und tatsächlich aus der Not eine Tugend zu machen, wie es im Sprichwort heißt. Sie lehrt, in Weisheit fortzuführen, was aus Leichtsinn begonnen wurde, sie bringt die Seele dahin, mit Neigung zu ergreifen, was zunächst mit Gewalt aufgezwungen wurde, und verleiht einer unbesonnenen Wahl, die unwiderruflich ist, die volle Weihe und Würde, ja, gestehen wir es ruhig offen, alle Lust der echten Berufung. Sie ist ein Weg und so beschaffen, daß der Mensch, aus welchem Labyrinth oder Abgrund heraus er auch darauf stoßen mag, dort nur einen Schritt zu tun braucht, um nunmehr mit Sicherheit und gutem Willen weiterwandern zu können und froh zu einem frohen Ziele zu gelangen.

Auf diesem Wege hätte Gertrude eine fromme und zufriedene Nonne werden können, wie auch immer sie in diesen Stand geraten sein mochte. Die Unglückliche bäumte sich hingegen unter dem Joch und empfand seine Last und sein Scheuern daher nur um so mehr. Unaufhörliche Klage um die verlorene Freiheit, Abscheu vor ihrer gegenwärtigen Lage und ein verzehrendes Jagen nach nie zu stillenden Wünschen füllten im wesentlichen ihre Seele aus. Sie grübelte über die bittere Vergangenheit nach, stellte sich in Gedanken all die Umstände wieder vor, durch welche sie sich hier befand, und zerstörte tausendfach unnützerweise in Gedanken, was sie mit Taten heraufbeschworen hatte. Sie beschuldigte sich der Feigheit und andere der Tyrannei und Falschheit und verzehrte sich dabei. Ihre Schönheit vergötterte und beweinte sie zugleich. Sie beklagte eine Jugend, die bestimmt war, sich in einem langsamen Martyrium zu zerstören, und in gewissen Augenblicken beneidete sie jedes andere Weib, das auf Erden diese Gaben frei genießen konnte, ganz gleich in welcher äußeren Lage und inneren Verfassung.

Der Anblick der Nonnen, welche die Hand dazu geboten hatten, sie so zu verstricken, war ihr verhaßt. Sie dachte an die Verstellung und Hinterlist, mit der sie vorgegangen waren, und zahlte es ihnen mit ebensoviel Unhöflichkeit und Geringschätzung, ja sogar mit offenen Vorwürfen heim. In der Regel mußten sie das stillschweigend herunterschlukken: denn der Fürst hatte zwar auf die Tochter durchaus so viel Druck ausüben wollen, wie erforderlich war, um sie ins Kloster zu treiben; nachdem aber seine Absicht erreicht war, hätte er es nicht so leicht geduldet, daß andere gegen sein Blut ihr Recht hätten behaupten wollen. Die geringste Äußerung ihres etwaigen Unwillens konnte zur Folge haben, daß sie seine hohe Protektion verloren oder daß vielleicht der Schutzherr zum Feinde wurde. Eigentlich hätte Gertrude eine gewisse Zuneigung für jene anderen Schwestern empfinden müssen, die an dem Ränkespiel keinen Teil hatten und die sie als Schicksalsgefährtin liebten, wenn sie ihnen als solche auch nicht willkommen gewesen war. Fromm, rührig und heiter zeigten sie ihr durch ihr Beispiel, daß man auch hier drinnen nicht nur leben, sondern sogar guter Dinge sein konnte. Aber diese waren ihr aus einem anderen Grunde verhaßt. Ihre frommen, zufriedenen Mienen erschienen ihr wie ein Vorwurf gegen ihre Unruhe und ihr launisches Wesen. Sie ließ keine Gelegenheit vorübergehen, sich hinter ihrem Rücken über sie als über Betschwestern lustig zu machen oder sie Heuchlerinnen zu schelten. Vielleicht wäre sie ihnen weniger gram gewesen, wenn sie gewußt oder geahnt hätte, daß die wenigen schwarzen Kugeln in der Wahlurne, die über ihre Aufnahme entschied, gerade von jenen stammten.

Zuweilen schien es ihr, als empfände sie einen gewissen Trost im Befehlen, in ihrer bevorzugten Behandlung im Kloster, beim Empfang von Höflichkeitsbesuchen von draußen, in der Beseitigung einer Schwierigkeit, wenn sie jemandem ihren Schutz angedeihen ließ, wenn sie sich als Fürstin ansprechen hörte. Aber was für ein Trost war das! Das Herz, das darin so wenig Genüge fand, hätte hin und wieder gern zugleich die Tröstungen der Religion erfahren. Diese aber schenken sich nur dem, der allen andern Trost verschmäht: wie der Schiffbrüchige, wenn er sich an das Brett klammern will, das ihn sicher ans Ufer tragen könnte, die Faust doch öffnen und die Algen fahrenlassen muß, die er in unbewußter Raserei ergriffen hat.

Kurz nach Ablegung des Gelübdes war Gertrude zur Erzieherin der Klosterschülerinnen ernannt worden. Man kann leicht ermessen, wie sich die jungen Mädchen bei solcher Unterweisung befinden mußten. Gertrudens alte Vertraute waren inzwischen alle abgegangen; in ihr aber lebten noch all die Leidenschaften jener Zeit, und so oder so mußten die Zöglinge darunter leiden. Wenn sie sich vorstellte, daß viele von ihnen einmal in jener Welt leben sollten, aus der sie für immer ausgeschlossen war, regte sich Mißgunst, ja beinah Rachsucht in ihr gegenüber den Bedauernswerten. Sie unterdrückte und schikanierte sie, um sie im voraus die Freuden entgelten zu lassen, die sie eines Tages genießen sollten. Wer in solchen Augenblicken zugehört hätte, mit welch schulmeisterlichem Ärger sie die Mädchen wegen jedes kleinen Unfugs anschrie, hätte sie für eine grobe, ungebildete Person gehalten. Bei andern Gelegenheiten äußerte sich derselbe Abscheu vor dem Kloster, vor der Regel, vor dem Gehorsam in ganz entgegengesetzten Stimmungen. Dann ertrug sie nicht nur die lärmende Ausgelassenheit ihrer Schülerinnen, sondern steigerte sie noch. Sie mischte sich in ihre Spiele und ließ sie noch wilder toben. Sie nahm an ihren Gesprächen teil und veranlaßte sie, viel weiterzugehen, als sie ursprünglich gewollt hatten. Wenn jemand über das Gerede der Mutter Äbtissin eine Bemerkung machte, so äffte die Erzieherin es gründlich nach und machte eine Lustspielszene daraus. Sie nahm den Gesichtsausdruck der einen, den Gang einer andern Nonne an und lachte dann laut auf. Solch ein Gelächter aber machte sie nicht fröhlicher als zuvor. So hatte sie einige Jahre dahingelebt – ohne eine günstige Gelegenheit zu finden, mehr zu tun –, als ihr Unglück wollte, daß sich eine solche bot.

Unter anderen Auszeichnungen und Vorrechten, die ihr zugestanden worden waren, um sie dafür zu entschädigen, daß sie noch nicht Äbtissin sein konnte, hatte sie auch eine Wohnung für sich in einem Seitenflügel des Klosters. Das angrenzende Haus war von einem jungen Manne bewohnt, einem der vielen gewerbsmäßigen Rechtsverächter, die in jener Zeit einmal im Schutze ihrer Schergen und dann durch die Verbindung mit anderen Übeltätern bis zu einem gewissen Grade der Staatsgewalt und der Gesetze spotten konnten. Unsere Handschrift nennt ihn Egidio, ohne den Geschlechtsnamen zu erwähnen. Von einem seiner Fenster aus, das auf einen kleinen Innenhof jenes Klosterflügels hinausging, hatte er Gertrude zuweilen vorübergehen oder müßig dort umherwandeln sehen. Von den Gefahren und der Gottlosigkeit des Unternehmens eher angereizt als abgeschreckt, wagte er eines Tages, das Wort an sie zu richten. Die Unselige antwortete.

Im ersten Augenblick empfand sie eine gewiß nicht reine, aber lebhafte Genugtuung. Die düstere Leere ihrer Seele füllte mit einemmal stark und beständig ein Anliegen aus, ja, ich möchte beinahe behaupten: ein mächtiges Leben. Diese Genugtuung glich aber dem Erfrischungstrank, den die erfinderische Grausamkeit der Alten dem Verurteilten mischte, um ihm die Kraft zu geben, die Tortur auszuhalten. Gleichzeitig zeigte sich in ihrem ganzen Verhalten etwas völlig Neues: sie wurde mit einem Schlage ausgeglichener und ruhiger, gab ihre spöttische und verdrossene Haltung auf und zeigte sich sogar zärtlich und liebenswürdig, so daß die Nonnen einander zu der günstigen Veränderung beglückwünschten, da sie ja weit davon entfernt waren, deren wahre Ursache zu ahnen und zu begreifen, daß diese neue Tugend nichts als Heuchelei war, die zu den früheren Fehlern nun noch hinzutrat. Dieser äußere Anschein jedoch, mit seiner dünnen Tünche, erwies sich keineswegs als dauerhaft und beständig. Sehr bald stellten sich die üblichen Respektlosigkeiten und Launen wieder ein. Bald konnte man wieder Spott und Verwünschungen über das klösterliche Gefängnis hören, die sich zuweilen in einer Sprache Luft machten, die dem Orte und auch jenem Munde wenig angemessen war. Jedem dieser Ausbrüche folgte jedoch die Reue und eine große Beflissenheit, dergleichen durch Schmeicheleien und gute Worte wieder vergessen zu machen. Die Schwestern ertrugen dies Auf und Ab, so gut es ging, und schrieben es dem überspannten und oberflächlichen Charakter der Fürstin zu.

Eine Zeitlang schien es, als ob sich niemand darüber hinaus Gedanken machte. Eines Tages aber geriet die Fürstin mit einer Laienschwester wegen irgendeiner Klatscherei aneinander und ließ sich hinreißen, sie übermäßig zu schelten. Sie konnte kein Ende mehr finden. Eine Zeitlang nahm die Laienschwester das hin und biß sich auf die Lippen; schließlich aber riß ihr die Geduld, und sie warf hin, daß sie manches wisse und bei passender Gelegenheit auch reden werde. Von diesem Augenblick an hatte die Fürstin keine Ruhe mehr. Schon bald danach wurde die Laienschwester eines Morgens zu ihren üblichen Verrichtungen vergeblich erwartet. Man schaut in ihrer Zelle nach und findet sie nicht vor. Es wird laut nach ihr gerufen, sie antwortet nicht. Man sucht hier, man sucht da, durchstöbert wieder und wieder alles von unten bis oben, sie ist nirgends zu finden. Wer weiß, welche Vermutungen aufgekommen wären, wenn man bei diesen Nachforschungen nicht ein Loch in der Gartenmauer entdeckt hätte, was alle auf den Gedanken brachte, daß sie durch dieses Loch entschlüpft sei. In Monza und Umgebung und insonderheit in Meda – woher jene Laienschwester stammte – wurden große Nachforschungen angestellt. Man schrieb an verschiedene Stellen: niemals erhielt man auch nur die geringste Kunde. Vielleicht hätte man mehr erfahren, wenn man, statt in der Ferne zu suchen, in der Nähe geforscht hätte. Nach vieler Verwunderung – denn keiner hätte sie dessen für fähig gehalten – und nach mancher Erörterung einigte man sich darauf, daß sie weit fortgeflohen sein müsse. Und da eine Schwester einmal äußerte: »Sie ist sicher nach Holland gegangen!« wurde im Kloster und draußen sofort behauptet und lange Zeit angenommen, daß sie nach Holland geflohen sei. Es scheint indessen nicht so, daß die Fürstin dieser Ansicht gewesen wäre. Nicht daß sie sich ungläubig gezeigt oder die allgemeine Ansicht mit ihren besonderen Gründen bekämpft hätte. Wenn sie Gründe hatte, sind solche sicherlich niemals so gut verhehlt worden. Auch nahm sie von nichts lieber Abstand, als diese Geschichte wieder aufzurühren, und kümmerte sich um nichts weniger als um die Aufdeckung der Hintergründe dieses Geheimnisses. Je weniger sie davon sprach, um so mehr dachte sie aber daran. Wie oft am Tage trat das Bild dieses Mädchens unversehens vor ihren Geist, behauptete sich dort und wollte nicht weichen. Wie oft wünschte sie es leibhaft und wirklich vor sich zu sehen, statt es so immer in Gedanken zu hegen und Tag und Nacht in Gesellschaft jenes ungreifbaren, furchtbaren und fühllosen Phantoms verleben zu müssen. Wie oft hätte sie gerne jene lebendige Stimme wiedergehört – ganz gleich, welche Drohungen sie ausstoßen würde –, statt mit ihrem inneren, geistigen Ohr das gespenstische Flüstern der gleichen Stimme zu vernehmen, die ihre Worte beharrlich und mit unermüdlicher Eindringlichkeit wiederholte, wie es kein lebendes Wesen jemals vermöchte.

Etwa ein Jahr war seit diesem Vorfall verflossen, als Lucia der Fürstin vorgestellt wurde und mit ihr jene Unterredung hatte, bei der wir stehengeblieben sind. Die Fürstin stellte immer neue Fragen über die Nachstellungen des Don Rodrigo und ging auf gewisse Einzelheiten mit einer Unbefangenheit ein, die Lucia mehr als befremdend vorkam und vorkommen mußte, da sie niemals daran gedacht hätte, daß die Neugier von Nonnen sich auf derartige Dinge erstrecken könnte. Nicht weniger sonderbar waren die Ansichten, die in der Fragestellung zum Ausdruck kamen. Es sah fast so aus, als ob sie sich über die Abneigung lustig machte, die Lucia immer gegen jenen Herrn empfunden hatte, und sie fragte, ob er denn ein Ungeheuer wäre, da er eine solche Furcht erwecke. Die Widerspenstigkeit des jungen Mädchens schien sie beinahe unvernünftig und lächerlich zu finden, soweit sie nicht auf der Bevorzugung Renzos beruhte. Auch über diesen rückte sie mit Fragen heraus, welche die Befragte verblüfften und erröten ließen. Als die Fürstin merkte, daß sie im Bann ihrer ausschweifenden Vorstellungen der Zunge allzusehr freien Lauf gelassen hatte, versuchte sie ihre Äußerungen abzuschwächen und zu verharmlosen. Es gelang ihr aber nicht, Lucia das Gefühl unangenehmer Überraschung und befremdender Verwirrung zu nehmen. Kaum war sie denn auch mit ihrer Mutter wieder allein, so teilte sie dieser ihre Eindrücke mit. Als die Erfahrenere zerstreute Agnes jedoch all diese Zweifel mit wenigen Worten und erklärte das ganze Geheimnis. Sie sagte: »Darüber brauchst du dich nicht zu wundern. Wenn du die Welt einmal kennst wie ich, wirst du einsehen, daß es da nichts zu verwundern gibt. Die hohen Herrschaften haben alle irgendeinen Sparren, der eine mehr, der andere weniger, der eine aus diesem und der andere aus jenem Grunde. Man muß sie reden lassen, besonders wenn man sie nötig hat. Man muß so tun, als ob man sie ernst nähme, als ob sie etwas Richtiges sagten. Hast du gehört, wie sie mir übers Maul gefahren ist, als ob ich etwas Ungehöriges gesagt hätte? Ich habe mir einfach nichts daraus gemacht. So sind sie alle. Und bei alledem können wir noch dem Himmel danken, denn es sieht so aus, als ob diese Fürstin dich ins Herz geschlossen hätte und uns wirklich in Schutz nehmen wollte. Wenn du übrigens durchhältst, meine Tochter, und mit solchen Herrschaften noch mehr zu tun bekommst, wirst du allerhand hören, allerhand.«

Der Wunsch, sich den Pater Guardian zu verpflichten, die Lust, als Beschützerin aufzutreten, der Gedanke an die gute Meinung, die ein so gottgefälliges Werk einbringen könnte, eine gewisse Zuneigung zu Lucia und auch eine gewisse Befriedigung, einem unschuldigen Geschöpf Gutes zu tun, die Bedrängten zu trösten und ihnen zu helfen – all das hatte in der Tat die Fürstin bewogen, sich des Schicksals der beiden armen Flüchtlinge anzunehmen. Auf ihr Verlangen und mit

Rücksicht auf sie wurden sie im Trakt der Schaffnerin, der an das Kloster anstieß, untergebracht und so behandelt, als ob sie zum Klosterpersonal gehörten. Mutter und Tochter freuten sich miteinander, daß sie so bald eine sichere und anständige Zufluchtsstätte gefunden hatten. Sie wären dort auch gern jedermann unbekannt geblieben. Das aber war in einem Kloster nicht leicht, um so weniger, als es einen Mann gab, dem nur allzu viel daran lag, von einer von ihnen Kunde zu erhalten, und in dessen Gemüt zu der anfänglichen Leidenschaft und Gereiztheit die Verärgerung kam, daß man ihm zuvorgekommen war und ihn enttäuscht hatte. Wir lassen nun die Frauen in ihrer Zufluchtsstätte und kehren zu seinem Palast zurück, zu dem Zeitpunkt, da er auf den Ausgang seiner verruchten Unternehmung wartete.

11. KAPITEL

Wie eine Meute Spürhunde, die vergeblich einem Hasen nachgesetzt hat, enttäuscht mit gesenkter Schnauze und hängendem Schwanz zu ihrem Herrn zurückkehrt, trotteten die Bravi in jener Nacht der Verwirrung zu Don Rodrigos Palast zurück. Er ging in einem unbewohnten, kahlen Raum des obersten Stockwerks im Dunkeln auf und ab, von wo man den Talgrund überblicken konnte. Ab und zu blieb er stehen und lauschte oder blickte durch die Ritzen der wurmstichigen Fensterläden. Er war voller Ungeduld und nicht ohne Unruhe, und das nicht nur wegen der Ungewißheit des Erfolges, sondern auch wegen der möglichen Folgen. Es war die gewagteste und verwegenste Unternehmung, zu der diese wackere Haut sich bisher entschlossen hatte. Er beruhigte sich jedoch, eingedenk der Vorkehrungen, die getroffen worden waren, um alle Anhaltspunkte, ja, jeden Verdacht auszuschließen. Auf Verdächtigungen pfeife ich, meinte er. Den möchte ich sehen, der sich untersteht, hier heraufzukommen, um festzustellen, ob hier ein Mädchen ist oder nicht. Dieser Bauernlümmel soll nur einmal kommen, wir werden ihm einen schönen Empfang bereiten. Auch der Mönch soll nur kommen! Und die Alte? Laß sie doch nach Bergamo gehen. Das Gericht? Pah, das Gericht! Der Podesta ist kein grüner Junge und kein Narr. Und in Mailand? Wer wird sich in Mailand mit diesem Volk befassen! Wer wird ihm Gehör schenken? Wer weiß, daß es überhaupt existiert? Diese Leute sind auf Erden so gut wie verloren; sie gehören niemandem, herrenlose Hunde. Ach was, nur keine Furcht! Was wird Attilio morgen früh für Augen machen. Er wird sich überzeugen können, ob ich bloß rede oder auch handle ... Und dann, wenn jemals Verwicklungen entstehen sollten – man kann ja nie wissen! vielleicht möchte einmal irgendein Feind diesen Anlaß aufgreifen –, dann kann ich mich auch mit Attilio beraten: die Ehre der ganzen Verwandtschaft steht ja auf dem Spiel.

Der Gedanke aber, mit dem er sich am meisten beschäftigte, weil er damit seine Zweifel beschwichtigen und zugleich seiner Hauptleidenschaft frönen konnte, war der Gedanke an die Lockungen und Versprechungen, durch welche er Lucia begütigen wollte. Sie wird so viel Angst ausstehen, hier allein unter diesen Galgengesichtern zu sein, daß sie – sapperlot! das menschlichste Gesicht hier habe doch wohl ich –, daß sie sich wohl an mich wenden muß. Sie wird zu bitten haben, und wenn sie bittet ...

Wie er diese schönen Berechnungen anstellt, hört er ein Getrappel, er geht ans Fenster, öffnet ein wenig, lugt hinaus. Sie sind's! – Und die Sänfte? Zum Teufel! wo ist denn die Sänfte? Drei, fünf, acht: alle sind sie da. Da ist auch der Graue. Aber die Sänfte fehlt. Zum Teufel noch einmal! Der Graue wird mir Rede stehen müssen!

Sobald sie eingetreten waren, stellte der Graue seinen Pilgerstab in eine Ecke im Erdgeschoß, warf Filz und Pilgermantel hin, und wie es seines Amtes war, stieg er – in diesem Augenblick von niemandem beneidet – nach oben, um Don Rodrigo Bericht zu erstatten. Dieser erwartete ihn auf dem obersten Treppenabsatz. Als er ihn mit dem blöden und albernen Gehabe des betrogenen Betrügers herankommen sah, redete, nein schrie er ihn an: »Na, Herr Großmaul, Herr Hauptmann, Herr Lassen-Sie-mich-nur-machen?«

»Es ist hart«, entgegnete der Graue und blieb mit einem Fuß auf der ersten Stufe stehen, »es ist hart, Vorwürfe zu bekommen, nachdem man sich ehrlich bemüht und versucht hat, seine Pflicht zu tun, ja, nachdem man sogar seine Haut zu Markte getragen hat.«

»Wie ist es abgelaufen? Laß hören, laß hören!« sagte Don Rodrigo und ging auf sein Zimmer zu, wohin ihm der Graue folgte. Er erstattete sofort Bericht über alles, was er angeordnet, unternommen, gesehen oder nicht gesehen, befürchtet und vermieden hatte. Die Art von Ordnung oder Verwirrung, die Unsicherheit und Verblüffung, die zwangsläufig in seinen Vorstellungen herrschen mußten, kamen dabei zum Vorschein.

»Du hast keine Schuld und hast dich richtig verhalten«, sagte Don Rodrigo darauf. »Du hast getan, was man tun konnte. Aber ... aber, ob es unter diesem Dache nicht einen Verräter gibt! Wenn dem so ist, wenn es mir gelingt, ihn herauszufinden – und wir finden ihn heraus, wenn dem so ist –, dann knüpf ich ihn mir vor. Das kann ich dir versichern, Grauer, daß der dann seinen Denkzettel erhält.«

Der Graue meinte: »Auch mir ist ein solcher Verdacht schon gekommen, und wenn er sich bestätigt, wenn man einen derartigen Schurken hier entdecken sollte, dann müssen der gnädige Herr ihn mir übergeben. Ist es nicht meine Sache, es dem heimzuzahlen, der sich den Spaß geleistet hat, mich eine derartige Nacht erleben zu lassen? Verschiedene Dinge scheinen mir aber darauf hinzudeuten, daß es da noch andere Zusammenhänge gibt, die man vorderhand noch nicht begreifen kann. Morgen werden wir klarer sehen, mein Herr.«

»Seid ihr wenigstens nicht erkannt worden?«

Der Graue erwiderte, er hoffe, daß dem nicht so sei. Die Unterredung schloß damit, daß Don Rodrigo ihm für den nächsten Tag drei Aufträge gab, auf die er leicht auch von alleine gekommen wäre. Früh am Morgen sollten nämlich zwei Männer fortgeschickt werden, um dem Bürgermeister jene bestimmte Eröffnung zu machen, was denn auch – wie wir gesehen haben – besorgt wurde. Zwei andere sollten bei dem verfallenen Haus Wache stehen, jeden Müßiggänger fernhalten, der sich etwa dahin verirren könnte, und die Sänfte bis zur nächsten Nacht vor unberufenen Blicken bewahren. Man wollte sie dann abholen lassen, da es ja zunächst nicht ratsam war, durch weitere Unternehmungen Verdacht zu erregen. Schließlich sollte er selbst mit einigen der Dreistesten und Schlauesten hingehen und sich unter die Leute drängen, um etwas über die Vorgänge jener Nacht in Erfahrung zu bringen. Nachdem er diese Anweisungen gegeben hatte, begab sich Don Rodrigo zur Ruhe. Er schickte auch den Grauen zu Bett und verabschiedete ihn mit vielen anerkennenden Worten, aus denen deutlich die Absicht sprach, die übereilten Vorwürfe, mit denen er ihn empfangen hatte, wiedergutzumachen.

Leg dich denn nieder, armer Grauer! Du hast es wohl nötig. Armer Bursche! Den ganzen Tag auf den Beinen, die halbe Nacht obendrein, ganz abgesehen von der Gefahr, den Bauern unter die Finger zu kommen oder zu erleben, daß zu alldem, was du schon auf dem Kerbholz hast, »wegen Entführung eines ehrbaren Mädchens« noch ein Preis auf deinen Kopf gesetzt wird. Und dann so empfangen zu werden! Aber mit dieser Münze pflegen die Menschen oft heimzuzahlen. Du hast doch bei dieser Gelegenheit sehen können, daß auch in dieser Welt früher oder später einmal, wenn auch nicht gleich, Gerechtigkeit geschieht. Geh jetzt schlafen! Eines Tages hast du uns vielleicht einen anderen und noch denkwürdigeren Beweis dafür zu geben.

Am nächsten Morgen war der Graue schon wieder unterwegs, als Don Rodrigo sich erhob. Dieser begab sich sofort zu dem Grafen Attilio, der ihm mit höhnischer Gebärde schon von weitem spöttisch entgegenrief: »Sankt Martinstag!«

»Ich weiß nicht, was ich dazu sagen soll«, entgegnete Don Rodrigo näher tretend, »ich bezahle die Wette. Doch das wurmt mich am wenigsten. Ich habe dir nichts gesagt, denn ich muß gestehen, daß ich glaubte, dich heute morgen zu übertrumpfen. Doch ... Schluß! Jetzt will ich dir alles berichten.«

»Da hat doch dieser Mönch seine Hand im Spiel«, sagte der Vetter, nachdem er alles weit ernsthafter angehört hatte, als man bei einer so leichtsinnigen Natur hätte erwarten sollen. Er fuhr fort: »Diesen Mönch, der sich so einfältig stellt und so dumme Vorschläge macht, halte ich für einen Heimtücker und Ränkeschmied. Du hattest aber kein Vertrauen zu mir und hast mir nicht deutlich gesagt, was er dir eigentlich letzthin vorschwindeln wollte.« Don Rodrigo wiederholte ihm das Gespräch. »Und du hast soviel Geduld gehabt!« rief Graf Attilio aus, »und hast ihn gehen lassen, wie er gekommen war?«

»Soll ich mir denn die Kapuziner von ganz Italien auf den Hals laden?«

»Ich weiß nicht«, erwiderte Graf Attilio, »ob ich in solch einem Augenblick daran gedacht hätte, daß es auf der Welt noch andere Kapuziner als diesen unverschämten Burschen gibt. Geh mir doch! Gibt es denn bei aller gebotenen Vorsicht keine Möglichkeit, sich auch von einem Kapuziner

Genugtuung zu verschaffen? Man muß sich nur darauf verstehen, rechtzeitig der ganzen Bruderschaft doppelt gefällig zu sein, dann kann man auch ungestraft einem einzelnen Vertreter eine Tracht Prügel verabfolgen. Genug! Er ist der Bestrafung entgangen, die ihm besser bekommen wäre; aber ich nehme ihn nun unter meine Fittiche und möchte das Vergnügen haben, ihm beizubringen, wie man mit unsersgleichen spricht.«

»Mach mir die Geschichte nur nicht noch schlimmer.«

»Verlaß dich diesmal auf mich. Ich will dich als Verwandter und Freund zufriedenstellen.«

»Was hast du denn vor?«

»Das weiß ich noch nicht. Aber den Mönch werde ich Mores lehren. Das wird erledigt, und ... der Herr Onkel und Graf im Geheimen Rat muß mir den Gefallen tun. Der liebe Onkel! Welch ein Vergnügen ist es für mich jedesmal, wenn ich einen Erzpolitiker von solchem Kaliber an die Arbeit stellen kann. Übermorgen werde ich in Mailand sein, und der Mönch bekommt seine Lektion so oder so.«

Unterdessen wurde das Frühstück gebracht, wodurch aber das Gespräch über eine Angelegenheit von solcher Wichtigkeit nicht unterbrochen wurde. Graf Attilio sprach sich freimütig aus. Obwohl er seinen Vorstellungen von Freundschaft und Ehre gemäß an der Sache den Anteil nahm, den seine Freundschaft für den Vetter und die Ehre des gemeinsamen Namens erforderte, konnte er doch nicht umhin, sich über den schönen Erfolg immer wieder ins Fäustchen zu lachen. Don Rodrigo aber, den die Sache selber anging und der in der Überzeugung, in aller Stille einen großen Schlag zu tun, mit Pauken und Trompeten hereingefallen war, wurde von ernsteren Leidenschaften bewegt und von unangenehmeren Sorgen geplagt. Er sagte: »Dieses Gelichter wird jetzt in der ganzen Gegend die schönsten Geschichten verbreiten. Doch was kümmert's mich? Und das

Gericht kann mir gestohlen bleiben! Beweise sind keine da. Und wenn es welche gäbe, könnten sie mir auch gestohlen bleiben. Mit gutem Grund habe ich heute morgen den Bürgermeister verständigen lassen, daß er sich nicht unterstehen solle, über den Vorfall Bericht zu erstatten. Das hätte zwar keinerlei Folgen, aber das Gerede ist mir auf die Dauer doch zu dumm. Es ist schon mehr als genug, daß ich so barbarisch gefoppt worden bin.«

»Daran hast du gut getan!« erwiderte Graf Attilio. »Dein Podesta ... dieser große Dickschädel, dieser große Hohlkopf, dieser große Schwätzer von einem Podesta ... ist ja schließlich auch ein Ehrenmann, ein Mann, der seine Pflichten kennt. Und gerade wenn man mit solchen Leuten zu tun hat, muß man darauf achten, sie nicht in Verlegenheit zu bringen. Wenn so ein Lump von Bürgermeister eine Anzeige erstattet, muß der Podesta ja, auch bei dem größten Wohlwollen ...«

»Du aber«, unterbrach Don Rodrigo ihn ein wenig ärgerlich, »du schadest meinen Angelegenheiten, indem du ihm beständig widersprichst, ihm übers Maul fährst und ihn je nachdem auch noch zum besten hast. Zum Teufel! warum soll denn ein Podesta nicht engstirnig und dickköpfig sein, wenn er im übrigen ein Ehrenmann ist?«

»Weißt du was, Vetter?« bemerkte Graf Attilio und sah ihn verwundert an, »weißt du, daß ich anfange zu glauben, daß du ein bißchen Angst hast? Du nimmst also sogar den Podesta ernst?«

»Allmählich! Hast du denn nicht selbst gesagt, daß man mit ihm rechnen muß?«

»Das habe ich gesagt; und wenn es sich um eine ernsthafte Angelegenheit handelt, werde ich dir beweisen, daß ich kein Lausejunge bin. Weißt du, was ich für dich tun könnte? Ich wäre imstande, persönlich dem Herrn Podesta einen Besuch abzustatten. Ah, wird der wohl die Ehre zu würdigen wissen? Und ich bin imstande, ihn eine halbe Stunde lang von Herzog Olivarez und von unserm spanischen Herrn Kastellan reden zu lassen und ihm in allem recht zu geben, selbst wenn er das tollste Blech redet. Dann werde ich ein Wörtlein von dem Herrn Onkel, dem Grafen im Geheimen Rat, fallenlassen, und du weißt, welche Wirkung dergleichen auf die Ohren des Herrn Podesta auszuüben vermag. Letzten Endes hat er unsere Protektion ja nötiger als du seine Gefälligkeit. Das tue ich allen Ernstes, ich gehe hin und mache ihn dir ergebener als je.«

Nach diesen und weiteren ähnlichen Ausführungen ging Graf Attilio auf die Jagd, und Don Rodrigo wartete gespannt auf die Rückkehr des Grauen. Gegen Mittag erschien dieser endlich, um Bericht zu erstatten.

Das wirre Durcheinander jener Nacht war so aufsehenerregend, das Verschwinden dreier Personen aus einem kleinen Dorf ein derartiges Ereignis gewesen, daß sowohl aus Eifer als auch natürlich aus Neugier mannigfache angelegentliche und gründliche Nachforschungen angestellt werden mußten. Andererseits waren diejenigen, die irgend etwas wußten, zu zahlreich, als daß sie miteinander hätten abmachen können, alles zu verschweigen. Perpetua konnte sich nicht an der Haustür zeigen, ohne daß dieser oder jener sie drängte zu verraten, wer ihren Herrn in solchen Schrekken versetzt hätte; und wenn Perpetua alle Einzelheiten des Vorfalls bedachte und schließlich erkennen mußte, daß sie von Agnes hereingelegt worden war, empfand sie über solche Falschheit eine derartige Wut, daß sie sich immerhin ein wenig Luft machen mußte. Nicht daß sie sich etwa bei Dritten und Vierten über die Art und Weise beklagt hätte, wie sie hereingelegt worden war; darüber sagte sie kein Sterbenswort. Aber den Streich, den man ihrem armen Herrn gespielt hatte, konnte sie wirklich nicht mit Schweigen übergehen und ebensowenig den Umstand, daß ein solcher Streich von einem so anständigen jungen Mann, einer so ehrbaren Witwe und einem so scheinheiligen Frauenzimmer ausgeheckt und durchgeführt worden war.

Mochte ihr Don Abbondio auch noch so nachdrücklich anbefehlen, sie noch so herzlich bitten, den Mund zu halten; mochte sie selber auch noch so oft versichern, daß es überflüssig sei, ihr etwas so Klares und Selbstverständliches nahezulegen: jedenfalls steht fest, daß ein so großes Geheimnis im Herzen der armen Frau etwa so aufgehoben war wie in einem alten, undichten Faß ein ganz junger Wein, der gärt und braust und brodelt und der, wenn er auch nicht den Spund in die Luft schleudert, doch durchträufelt und als Schaum herauskommt, zwischen den Dauben hervorsickert und da und dort herabtropft, so daß ihn einer kosten und ziemlich genau sagen kann, was für ein Wein es ist. Gervaso, dem es unwahrscheinlich vorkam, einmal mehr als die andern zu wissen, und der keinen kleinen Ruhm darin sah, eine große Angst ausgestanden zu haben, dem es vorkam, als wäre er nun ein Mann wie andere auch geworden, weil er seine Hand bei einer Sache mit einem gewissen kriminellen Geruch im Spiel gehabt hatte, platzte vor Begier, sich dessen zu rühmen. Tonio, der besorgt an die Verhöre und möglichen Prozesse dachte, bei denen Rechenschaft gegeben werden müßte, befahl ihm zwar mit der Faust vor der Nase, niemandem etwas zu verraten, doch gab es kein Mittel, ihm jedes Wort im Munde zu ersticken. Im übrigen konnte auch Tonio selbst den Vorfall seiner Frau nicht verschweigen, und sie blieb nicht stumm. Er war ja doch in jener Nacht zu ungewöhnlicher Stunde außer dem Hause gewesen und mit ungewöhnlicher Hast und sonderbarer Miene in einer Gemütsverfassung zurückgekehrt, die ihn zur Aufrichtigkeit trieb. Am wenigsten aber sprach Menico, denn er hatte kaum seinen Eltern den Verlauf und den Anlaß seiner Unternehmung geschildert, als diesen die Tatsache, daß eines ihrer

Kinder dazu beigetragen hatte, einen Plan Don Rodrigos zu durchkreuzen, so fürchterlich erschien, daß sie den Jungen seinen Bericht fast nicht zu Ende bringen ließen. Dann schärften sie ihm sofort unter Drohungen aufs schärfste ein, daß er sich ja hüten solle, von all dem auch nur ein Sterbenswörtchen verlauten zu lassen. Als sie dann am anderen Morgen den Eindruck hatten, so nicht genügend sicherzugehen, beschlossen sie, ihn ein paar Tage lang zu Hause einzusperren. Doch ganz umsonst! Wenn sie selbst nun mit den Leuten im Dorf schwatzten, wobei sie durchaus nicht mehr als alle wissen wollten, und wenn man dann auch auf jenen rätselhaften Punkt der Flucht unserer drei armen Leutchen und auf das Wieso und Warum und Wohin zu sprechen kam, dann fügten sie als wohlbekannt hinzu, daß sie nach Pescarenico geflüchtet seien. So wurde auch dieser Umstand allen offenkundig.

Aus all diesen kleinen Hinweisen, die dann wie üblich ausgewertet, in Zusammenhang gebracht und dabei natürlich reich verbrämt wurden, ließ sich eine so klare und eindeutige Geschichte gestalten, daß sie auch den kritischsten Geist befriedigen mußte. Aber jener Überfall der Bravi – ein zu bedenkliches und aufsehenerregendes Ereignis, als daß man es hätte außer acht lassen können, von dem aber niemand Genaueres wußte –, dieser Überfall machte die ganze Geschichte wieder verworren. Man flüsterte den Namen Don Rodrigos: in diesem Punkt stimmten alle überein; sonst aber tappte man mit verschiedenen Vermutungen im dunkeln. Man sprach viel von den beiden Bravacci, die in der Abenddämmerung auf der Straße gesehen worden waren, und von jenem anderen, der auf der Schwelle der Wirtschaft gestanden hatte. Was aber war aus einer so spröden Tatsache zu entnehmen? Natürlich wurde der Wirt gefragt, wer am Abend vorher bei ihm gewesen sei; der aber – wenn man ihn hörte – erinnerte sich nicht einmal, ob an dem Abend überhaupt Leute dagewesen wären, und er legte Wert darauf, zu versichern, eine Wirtschaft sei eben wie ein Seehafen. Ein Umstand jedoch verwirrte vor allem die Köpfe und brachte alle Vermutungen durcheinander: das Auftreten jenes Pilgers, den Stefano und Carlandrea gesehen hatten, jenes Pilgers, den die Räuber hatten umbringen wollen und der entweder mit ihnen gegangen oder von ihnen verschleppt worden war. Was hatte er vorgehabt? War's eine Seele aus dem Fegefeuer, die erschienen war, um den Frauen zu helfen? War es die verdammte Seele eines betrügerischen Schufts von einem Pilger, der nachts umging, um sich denen zuzugesellen, die solche Streiche begingen wie er bei Lebzeiten? War es ein echter, leibhaftiger Pilgrim, den jene hatten ermorden wollen, weil sie fürchteten, er könnte schreien und das Dorf aufwecken? War es vielleicht (auf was für Gedanken die Leute doch kommen!) einer von jenen Übeltätern selbst, der sich als Pilger verkleidet hatte? Er war dieses, er war jenes, er war so vielerlei, daß aller Scharfsinn und alle Erfahrung des Grauen nicht hingereicht hätten, um herauszubekommen, wer es war, wenn der Graue diesen Teil der Geschichte aus den Berichten anderer hätte erschließen müssen. Wie der Leser aber weiß, war das, was sie für andere verworren machte, für ihn gerade das Allerklarste. Indem er es als Schlüssel benutzte, um die anderen von ihm selbst unmittelbar oder mit Hilfe untergeordneter Kundschafter gesammelten Nachrichten zu deuten, konnte er aus dem Ganzen für Don Rodrigo einen hinlänglich klaren Bericht liefern. Er schloß sich alsbald mit seinem Herrn ein und unterrichtete ihn von dem Streich, den die beiden Verlobten versucht hatten, womit das leerstehende Haus und das Sturmgeläut ohne weiteres ihre Erklärung fanden, so daß man nicht mehr anzunehmen brauchte, einen Verräter unter dem eigenen Dach zu haben, wie jene beiden Ehrenmänner sich ausdrückten. Er unterrichtete ihn von der Flucht, und auch deren Gründe waren leicht zu vermuten: die Angst der ertappten Brautleute nämlich oder eine Nachricht von dem Überfall, die sie nach seiner Entdeckung erhalten hatten, als das ganze Dorf auf dem Kopf stand. Endlich teilte er mit, daß sie sich nach Pescarenico geflüchtet hätten; weiter reichte sein Wissen nicht. Don Rodrigo war zufrieden, feststellen zu können, daß ihn niemand verraten – und daß sein Vorgehen keine Spuren hinterlassen hatte; doch diese Freude war nur kurz und flüchtig. »Zusammen entflohen!« schrie er auf, »zusammen! Und dieser Schuft von einem Mönch! Dieser Mönch!« Er röchelte das Wort hervor, zerknirschte es zwischen den Zähnen und biß sich dabei in den Finger. Sein Anblick war so abstoßend wie seine Leidenschaften. »Dieser Mönch soll mir's büßen! Grauer! ich wäre nicht, der ich bin … Ich will wissen, ich will herausbekommen … Heute abend noch will ich wissen, wo sie sich befinden. Sonst finde ich keine Ruhe. Geh sofort nach Pescarenico, um zu hören, zu sehen, zu finden … Vier Scudi auf der Stelle und meinen Schutz für immer. Heute abend will ich es erfahren. So ein Schuft! … dieser Mönch!«

So war der Graue von neuem unterwegs, und am Abend desselben Tages noch konnte er seinem würdigen Herrn die gewünschte Nachricht überbringen. Das aber kam so:

Zu den schönsten Wohltaten dieses Lebens gehört die Freundschaft, und eine der Wohltaten der Freundschaft besteht darin, daß man jemanden hat, dem man ein Geheimnis anvertrauen kann. Nun sind aber Freunde nicht wie Eheleute ein Paar. Im allgemeinen hat jeder mehr als einen Freund, womit eine Kette entsteht, deren Ende niemand zu finden wüßte. Wenn nun ein Freund jene Wohltat erfährt, ein Geheimnis der Brust eines anderen anvertrauen zu dürfen, so erweckt er in diesem das Begehren, seinerseits auch derselben Wohltat teilhaftig zu werden. Er bittet ihn allerdings, niemandem etwas zu sagen, und wer eine solche

Bedingung dem strengen Wortsinne nach befolgte, würde damit sofort den Umlauf der Wohltaten unterbrechen. Der allgemeine Brauch hat aber dahin geführt, daß die Verpflichtung, das Geheimnis nicht zu verraten, einem ebenso vertrauten Freunde gegenüber nicht mehr besteht, wenn man ihm die gleiche Bedingung auferlegt. So läuft das Geheimnis von einem vertrauten Freunde zum anderen in jener unermeßlichen Kette, bis es zu Ohren dessen oder derer gelangt, die es nach dem Willen des ersten, der gesprochen hat, niemals hätten erfahren sollen. Im allgemeinen wäre es jedoch ziemlich lange unterwegs, wenn jedermann nur zwei Freunde hätte: den einen, der ihm die Sache mitteilt, die verschwiegen werden soll, und einen anderen, dem er sie weitersagt. Es gibt aber Glückspilze, die ihre Freunde nach Hunderten zählen; und wenn das Geheimnis zu einem solchen Menschen gelangt ist, werden die Umläufe so schnell und zahlreich, daß es nicht mehr möglich ist, seine Spur zu verfolgen.

Unsere Quelle hat nicht feststellen können, durch wie vieler Leute Mund das Geheimnis gegangen war, das der Graue herausbringen sollte. Fest steht, daß der gute Mann, der die Frauen nach Monza gebracht hatte, als er mit seinem Karren am späten Nachmittag nach Pescarenico zurückkam, auf einen vertrauten Freund stieß, ehe er sich nach Hause begab. Diesem erzählte er unter dem Siegel der Verschwiegenheit, was er für ein gutes Werk getan hatte, samt allem übrigen. Fest steht auch, daß der Graue zwei Stunden später zum Palast eilen konnte, um Don Rodrigo zu berichten, daß Lucia und ihre Mutter sich in ein Kloster nach Monza geflüchtet hätten, während Renzo auf dem Weg nach Mailand wäre.

Don Rodrigo empfand eine schändliche Freude über diese Trennung und wiegte sich aufs neue in der verruchten Hoffnung, nun doch zu seinem Ziel zu kommen. Ein gut Teil der Nacht grübelte er über geeignete Mittel und Wege nach und erhob sich früh. Er hatte zwei Pläne, von denen der eine bereits feststand, der andere aber erst in Umrissen vorlag. Der erste war, den Grauen unverzüglich nach Monza zu schicken, um genauere Nachrichten über Lucia einzuziehen und auszukundschaften, ob etwas unternommen werden könnte. Er ließ daher seinen Getreuen alsbald rufen, drückte ihm die vier Scudi in die Hand, lobte ihn erneut wegen der Geschicklichkeit, mit der er sie verdient hätte, und gab ihm den obengedachten Auftrag.

»Herr ...!« sagte der Graue unschlüssig.

»Was denn? Habe ich mich nicht klar genug ausgedrückt?«

»Könnten Sie nicht einen anderen schicken ...?«

»Wieso denn?«

»Gnädigster Herr, ich bin gern bereit, mein Leben für Sie in die Schanze zu schlagen. Das ist meine Pflicht. Ich weiß aber auch, daß Sie das Leben Ihrer Untergebenen nicht leichtfertig aufs Spiel setzen wollen.«

»Ja, und?«

»Euer Gnaden wissen sehr wohl, daß auf meinen Kopf einige Preise ausgesetzt sind, und ... Hier stehe ich unter Ihrem Schutz. Wir sind ein ganzer Haufen. Der Herr Podesta ist ein Freund des Hauses. Die Sbirren erweisen mir Achtung, und ich mache es genauso ... Das macht mir zwar wenig Ehre, aber um ruhig leben zu können ... behandele ich sie als Freunde. In Mailand ist die Livree von Euer Gnaden bekannt. In Monza dagegen ... bin *ich* bekannt. Wissen Euer Gnaden, daß – ich will mich nicht rühmen – derjenige ein gutes Geschäft macht, der mich der Justiz ausliefern kann oder meinen Kopf vorzeigt? Hundert Scudi bar auf den Tisch und dazu die Möglichkeit, zwei Geächtete zu befreien.«

»Aber zum Teufel!« sagte Don Rodrigo, »du kommst mir jetzt vor wie ein Dorfköter, der sich kaum getraut, einem, der draußen vorübergeht, an die Beine zu fahren, und der sich umsieht, ob seine Leute ihm auch helfen, wobei er keine Lust verspürt, sich weiter zu entfernen.«

»Gnädiger Herr, ich glaube, Beweise geliefert zu haben ...«

»Also!«

»Also«, nahm der so gereizte Graue kühn die Rede wieder auf, »also nehmen Euer Gnaden an, ich hätte nichts gesagt. Ein Löwenherz und Hasenläufe, und ich bin bereit aufzubrechen.«

»Ich habe ja gar nicht gesagt, daß du alleine gehen sollst. Nimm zwei von den Besten mit dir ... das Schmißgesicht und den Abknaller. Geh ganz getrost und bleibe der Graue! Teufel auch! Drei Kerle wie ihr, die so ihres Weges ziehen, wer läßt die nicht gern vorbei?

Die Sbirren von Monza müßten recht lebensmüde geworden sein, um für hundert Scudi Kopf und Kragen aufs Spiel zu setzen. Im übrigen aber glaube ich nicht, in jener Gegend so unbekannt zu sein, daß mein Diener zu sein dort nichts bedeuten würde.«

Nachdem er so den Grauen ein wenig beschämt hatte, gab er ihm eingehendere und genauere Weisungen. Der Graue holte sich die beiden Spießgesellen und zog heiter und verwegen los. In seinem Herzen aber verwünschte er ganz Monza, die Kopfpreise, die Weiber und die Launen der großen Herren. Er ging wie ein Wolf, an dem man die Rippen zählen kann, der mit knurrendem Magen, vom Hunger getrieben von seinen schneebedeckten Bergen herabkommt und scheu in die Ebene vordringt. Von Zeit zu Zeit bleibt er mit erhobener Pfote stehen, wedelt mit dem kahlen Schwanz,

»Hebt die Schnauze und schnuppert im treulosen Wind«,

ob er ihm die Witterung von Mensch oder Eisen zuträgt. Er spitzt die Ohren, rollt seine blutdürstigen Augen, in denen Beutegier und Jagdangst sich spiegeln.

Jener Vers stammt übrigens – wenn das jemand wissen möchte – aus einem unveröffentlichten, verteufelt guten Werk über Kreuzzüge und Lombarden[1], das schon bald nicht mehr unveröffentlicht sein wird und einiges Aufsehen erregen dürfte. Ich habe den Vers angeführt, weil er mir gerade in den Sinn kam, und ich sage auch woher, weil ich mich nicht mit fremden Federn schmücken will, denn niemand soll meinen, es sei so meine Art, den Eindruck zu erwecken, daß der Verfasser dieses Werks und ich wie Brüder seien und daß ich nach Belieben in seinen Handschriften herumstöbere.

Was Don Rodrigo nun weiter dringlich erschien, war, Mittel und Wege zu finden, daß Renzo nie mehr mit Lucia zurückkehren oder seinen Fuß wieder ins Dorf setzen könnte. Zu diesem Zweck dachte er daran, Gerüchte über Drohungen und Nachstellungen aussprengen zu lassen, die ihm dann durch irgendwelche Freunde zu Ohren kommen sollten, um ihm die Lust zu benehmen, je in diese Gegend zurückzukehren. Dann fiel ihm jedoch ein, daß es noch sicherer wäre, ihn aus dem Staatsgebiet zu vertreiben. Er erkannte, daß ihm zu diesem Zwecke der Rechtsweg dienlicher war als die Gewalt. Man konnte zum Beispiel der Unternehmung im Pfarrhaus eine gewisse Färbung geben, sie als Überfall, einen Akt des Aufruhrs darstellen. Man konnte durch den Doktor dem Podesta zu verstehen geben, daß es geboten sei, gegen Renzo einen wirksamen Haftbefehl zu erlassen. Er meinte aber, daß es unter seiner Würde sei, diese dumme Sache aufzurühren; und ohne sich weiter

1 Tommaso Grossi: *Die Lombarden im ersten Kreuzzug*. Die Dichtung wurde 1826 in Mailand veröffentlicht (Anmerkung des Übersetzers).

den Kopf zu zerbrechen, beschloß er, sich dem Doktor Pfiffikus so weit zu eröffnen, wie nötig wäre, um ihm seinen Wunsch begreiflich zu machen. Es gibt soviel Erlasse! dachte er, und der Doktor hat ja kein Spatzengehirn. Er wird schon etwas zu finden wissen, das für meine Zwecke geeignet ist, irgendeinen Pfiff, um diesen Bauernlümmel zu belangen. Sonst ändere ich seinen Namen.

Aber (wie geht es in dieser Welt doch manchmal zu!) während da einer an den Doktor dachte, als an den Mann, der ihm in dieser Angelegenheit am dienlichsten sein könnte, tat schon ein anderer, und zwar derjenige, an den überhaupt niemand denken würde – Renzo selber nämlich –, sein möglichstes, um ihm viel sicherer und schneller zu dienen, als es dem Doktor jemals möglich gewesen wäre.

Ich habe des öfteren einen lieben Burschen gesehen, der zwar – offen gestanden – lebhafter als nötig ist, der aber doch allen Anzeichen nach verspricht, ein ordentlicher Kerl zu werden[1]. Ich habe ihn, wie gesagt, des öfteren abends damit beschäftigt gesehen, eine Herde von Meerschweinchen unter Dach und Fach zu bringen, die er tagsüber in einem Gärtchen hatte frei herumlaufen lassen. Er hätte sie gerne alle auf einmal in den Stall gebracht. Das war aber vergebliche Liebesmüh. Da brach eines nach rechts aus, und während der kleine Hirt herbeieilte, um es in die Herde zurückzutreiben, sausten ein anderes, zwei, drei links heraus und nach allen Seiten. Zunächst noch ungeduldig, paßte er sich schließlich ihrem Verhalten an und trieb zunächst diejenigen herein, die der Tür am nächsten waren, um danach die anderen einzeln, zu zweit oder dritt einzufangen, je nachdem, wie es gerade glückte. Mit unseren Personen müssen

1 Anspielung des Verfassers auf seinen Sohn Enrico, 1812-1881 (Anmerkung des Übersetzers).

wir ganz ähnlich verfahren: nachdem wir Lucia in Sicherheit gebracht hatten, sind wir zu Don Rodrigo geeilt, und nun müssen wir ihn verlassen, um Renzo zu folgen, den wir aus den Augen verloren haben.

Nach der schmerzlichen Trennung, von der wir berichtet haben, marschierte Renzo von Monza nach Mailand. Er war in einer Seelenverfassung, die sich jeder leicht ausmalen kann. Haus und Hof verlassen, den Beruf aufgeben und – schlimmer als alles – sich von Lucia entfernen, unterwegs sein, ohne zu wissen, wo er sein Haupt betten könnte: und all das wegen dieses Schuftes! Während seine Gedanken bei dem einen oder andern dieser Umstände verweilten, geriet er immer mehr in Wut und dürstete nach Rache. Dann aber fiel ihm jenes Gebet wieder ein, das auch er mit seinem guten Mönch in der Kirche von Pescarenico gesprochen hatte, und er bereute seine Gefühle. Die Wut kam freilich wieder hoch; wenn er dann aber ein Heiligenbild an einer Mauer sah, nahm er den Hut ab und verweilte einen Augenblick im Gebet. So wurde auf jenem Marsch Don Rodrigo in seinem Herzen mindestens zwanzigmal ermordet und wiederauferweckt. Die Straße verlief jetzt tief zwischen zwei hohen Dämmen, dreckig, steinig, von tiefen Wagenspuren durchfurcht, die nach einem Regenguß zu reinen Bächen wurden, und streckenweise waren die Senkungen so überschwemmt, daß man dort hätte Kahn fahren können. An solchen Stellen verriet ein kleiner treppenförmiger, steiler Pfad an der Böschung, daß andere Wanderer sich einen Weg querfeldein gebahnt hatten. Als Renzo auf einem derartigen Fußweg auf das höher liegende Gelände gelangt war, sah er das gewaltige Gefüge des Domes allein in der Ebene emporragen, nicht inmitten einer Stadt, sondern wie eine Fata Morgana der Wüste. Er blieb wie angewurzelt stehen, um schon von ferne dies achte Weltwunder zu betrachten, von dem er von

Kindesbeinen an soviel gehört hatte, und vergaß all seine Leiden. Als er sich aber nach einiger Zeit umwandte, erblickte er am Horizont jenen vielgezackten Gebirgskamm, erkannte deutlich und hoch unter den Gipfeln seinen Resegone und fühlte sein Blut in Wallung geraten. Er verweilte eine Zeitlang in betrübter Betrachtung dieser Seite, um sich dann traurig abzuwenden und seinen Weg fortzusetzen. Nach und nach entdeckte er dann Kirchen- und Tortürme, Kuppeln und Dächer. Er stieg nun wieder zur Straße hinunter, marschierte noch eine Weile dahin, und als er merkte, daß er der Stadt schon recht nahe gekommen war, trat er an einen Fußgänger heran, verneigte sich mit allem Anstand und sagte: »Mit Verlaub, mein Herr.«

»Er wünscht, junger Mann?«

»Könnten Sie mir den nächsten Weg zum Kapuzinerkloster sagen, wo Pater Bonaventura wohnt?«

Der Mann, an den sich Renzo wandte, war ein wohlhabender Bürger aus der Umgegend, der sich am Morgen in Geschäften nach Mailand begeben hatte und eben schleunigst unverrichteterdinge nach Hause eilte. Er konnte es nicht abwarten, wieder heimzukommen, und hätte gern auf diesen Aufenthalt verzichtet. Trotzdem erwiderte er sehr höflich, ohne eine Spur von Ungeduld: »Mein lieber Sohn, Klöster gibt es da mehr als eines. Er müßte mir schon genauer erklären, welches Er eigentlich meint.« Daraufhin zog Renzo den Brief des Pater Christophorus aus der Brusttasche und ließ ihn den Herrn sehn. Als dieser »Porta Orientale« gelesen hatte, gab er ihn zurück und sagte: »Er hat Glück, mein Lieber. Das Kloster, welches Er sucht, ist nicht weit von hier. Nehm Er den Pfad hier links. Das ist eine Abkürzung. Nach wenigen Minuten stößt Er auf die Ecke eines langen, niedrigen Gebäudes: das ist das Lazarett. Dann dem Graben nach, der es umgibt, und Er gelangt an die Porta Orientale. Da hindurch, und nach drei- oder vierhundert

Schritten kommt dann ein Platz mit schönen Ulmen. Da steht das Kloster. Es ist nicht zu verfehlen. Gott befohlen, junger Mann!«

Er begleitete die letzten Worte mit einer freundlichen Handbewegung und ging weiter. Renzo war von den guten Sitten der Städter gegenüber den Landleuten angenehm überrascht. Er ahnte ja nicht, daß es ein ungewöhnlicher Tag war, an dem sich die im Schultermantel vor denen im Wams verbeugten. Er folgte dem ihm bezeichneten Wege und gelangte zur Porta Orientale. Bei diesem Namen darf sich der Leser nun nicht verleiten lassen, sich Vorstellungen hinzugeben, die heute damit verbunden sind. Als Renzo durch jenes Tor trat, zog sich die Straße draußen nur am Lazarett entlang geradlinig dahin, darauf verlief sie eng und gewunden zwischen zwei Hecken. Das Tor bestand aus zwei Pfeilern, welche ein Vordach trugen, um die Torflügel zu schützen, und aus einem kleinen seitlichen Anbau für die städtischen Zollbeamten. Die Basteien bildeten unregelmäßige Abhänge, das Gelände war eine holprige Aufschüttung aus wahllos abgekipptem Schutt und Scherben. Die Straße, welche sich vor dem auftat, der durch jenes Tor hereinkam, könnte ganz gut mit derjenigen verglichen werden, die uns heute an der Porta Tosa[1] empfängt. In ihrer Mitte verlief ein kleiner Graben bis kurz vor das Tor und teilte sie so in zwei windungsreiche Gassen, die je nach der Jahreszeit mit Staub oder Schlamm bedeckt waren. An der Stelle, wo sich diese Straße befand und wo nun jenes Gäßchen verläuft, das Borghetto genannt wird, verlor sich der kleine Graben in einem Abwasserkanal. Dort stand eine Säule mit einem Kreuz darauf, die nach Sankt Dionysius benannt war. Rechts und links davon befanden sich eingehegte Gärten

1 Historischer Kampfplatz der »Fünf Tage« von 1848 (Anmerkung des Übersetzers).

und in Abständen zumeist von Wäschern bewohnte kleine Häuser.

Renzo tritt in das Tor, geht hindurch; keiner der Zöllner schenkt ihm Beachtung, was ihn sonderbar bedünkt, da er zu Hause von den wenigen, die sich rühmen konnten, schon einmal in Mailand gewesen zu sein, tolle Dinge von Durchsuchungen und Verhören vernommen hatte, denen die Leute vom Lande bei ihrer Ankunft ausgesetzt seien. Die Straße war öde und leer, so daß er den Eindruck gehabt hätte, in eine unbewohnte Stadt zu kommen, wenn er nicht ein fernes Brausen vernommen hätte, das auf großes Menschengewimmel schließen ließ. Wie er nun so dahinging, ohne zu wissen, was er davon halten sollte, gewahrte er auf dem Boden weiche, weiße Streifen, wie von Schnee. Schnee aber konnte es nicht sein, denn der fällt weder in Streifen noch im allgemeinen um diese Jahreszeit. Er bückte sich, betrachtete das Zeug, befühlte es und stellte fest, daß es Mehl war.

In Mailand muß ja ein großer Überfluß herrschen, sagte er bei sich, wenn sie die Gottesgabe derartig vergeuden. Dabei wollte man uns weismachen, daß überall Hungersnot herrsche. Da sieht man, wie sie's treiben, um die armen Leute auf dem Land bei der Stange zu halten. Als er aber nach ein paar weiteren Schritten zu der Säule gelangt war, erblickte er an ihrem Fuß etwas noch Seltsameres. Auf den Stufen ihres Sockels lagen gewisse Dinge verstreut, die sicherlich keine Kieselsteine waren, und hätten sie auf der Theke eines Bäckers gelegen, würde man keinen Augenblick gezögert haben, sie als Brötchen zu bezeichnen. Renzo traute aber seinen Augen nicht so ohne weiteres, denn sapperment! das war kein Ort für Brot. – Laß doch mal schauen, was das ist, sagte er weiter bei sich. Er ging zu der Säule, bückte sich und nahm eins der Dinger auf. Es war in der Tat ein rundes blütenweißes Brötchen, von der Sorte, die

Renzo nur bei festlichen Gelegenheiten zu essen pflegte. – »Es ist wirklich Brot!« sagte er ganz laut vor lauter Verwunderung. »So sät man das also hierzulande? Und in so einem Jahr? Und sie machen sich nicht einmal die Mühe, es aufzuheben, wenn es hinfällt? Bin ich denn im Schlaraffenland?« Nach zehn Meilen Weges in der frischen Morgenluft erregte dies Brot mit der Verwunderung zugleich seinen Appetit. Soll ich's nehmen? überlegte er bei sich. Pah, sie haben's hier den Hunden liegenlassen; dann wird sich wohl auch ein Christenmensch dran laben dürfen. Wenn der Eigentümer kommt, kann ich's immer noch zahlen. Wie gedacht, so getan. Was er in der Hand hatte, steckte er in eine Tasche, nahm ein zweites Brötchen und steckte es in eine andre, er nahm ein drittes und biß es an. Dann machte er sich wieder auf den Weg, ungewisser als je und begierig herauszubekommen, was hier los war. Kaum hatte er sich in Bewegung gesetzt, als er Leute aus der Innenstadt herankommen sah. Aufmerksam betrachtete er die vordersten. Es waren ein Mann, eine Frau und ein paar Schritt weiter zurück ein Junge. Alle drei trugen eine Last, die über ihre Kräfte zu gehen schien, und boten einen sonderbaren Anblick. Die Kleider oder vielmehr Lumpen waren mehlbestäubt, mehlbestäubt auch die Gesichter und dazu verzerrt und erhitzt. Sie kamen nicht nur von ihrer Last gebeugt daher, sondern auch wie in Schmerzen und wie zerschlagen. Der Mann schleppte mit Mühe einen großen Mehlsack auf den Schultern, der hie und da zerlöchert war, und wie er daherstapfte, rieselte bei jeder Erschütterung etwas vom weißen Staub heraus! Aber noch absonderlicher war die Gestalt der Frau: zwei gekrümmte Arme schienen mit Anstrengung einen unförmigen Leib zu halten, so daß sie wie ein Waschkessel mit zwei Henkeln erschien. Unter diesem Leib kamen nackt bis übers Knie zwei Beine heraus, die sich schwankend näherten. Renzo schaute genauer hin und erkannte, daß der dicke

Leib nichts weiter als der Rock war, den die Frau am Saum hochgehoben hatte, mit so viel Mehl darin, wie nur hineingehen mochte, ja wohl noch mehr, so daß fast bei jedem Schritt ein Staubwölkchen davonflog. Der Junge hielt einen Korb voll Brötchen mit beiden Händen auf dem Kopf. Weil er aber kürzere Beine als die Eltern hatte, blieb er nach und nach zurück, und wenn er von Zeit zu Zeit immer wieder ausholte, um ihnen nachzukommen, verlor der Korb das Gleichgewicht, und einige Brötchen fielen zur Erde.

»Schmeiß doch noch mehr weg, du Nichtsnutz!« knurrte die Mutter den Jungen an.

»Ich schmeiß sie ja gar nicht weg. Sie fallen ganz von alleine. Was soll ich denn machen?« erwiderte er.

»Pfui, du kannst von Glück sagen, daß ich die Hände voll habe«, fing die Frau wieder an und schüttelte ihre Fäuste, als ob sie dem armen Jungen einen ordentlichen Rippenstoß gäbe. Bei dieser Bewegung ließ sie mehr Mehl davonfliegen, als nötig gewesen wäre, um die beiden Brötchen daraus zu backen, die der Junge hatte fallen lassen.

»Weiter, weiter«, sagte der Mann, »wir gehen nachher zurück, um sie aufzuheben, oder jemand anders holt sie sich. So lange darben wir schon. Wo wir nun ein wenig Überfluß haben, laß uns ihn auch in Ruhe genießen.«

Unterdessen kamen andere Leute vom Tor her. Jemand ging zu der Frau und fragte sie: »Wo kriegt man das Brot?«

»Weiter geradeaus«, erwiderte sie. Und als sie zehn Schritt weiter waren, fügte sie murmelnd hinzu: »Das Bauernpack wird noch alle Backöfen und Geschäfte ausräumen, und für uns bleibt dann nichts mehr.«

»Jedem etwas, du alter Krakeeler«, sagte der Mann, »es herrscht ja Überfluß, Überfluß!«

Aus allem, was er so sah und hörte, wurde Renzo allmählich klar, daß er in eine aufständische Stadt geraten und daß dies ein Tag der Eroberungen war, an dem nämlich jeder nach Herzenslust und aus Leibeskräften plünderte und dabei mit Knüffen und Püffen bezahlte. So gern wir unsern armen Gebirgler auch im besten Licht erscheinen lassen möchten, verpflichtet uns die geschichtliche Wahrheit doch zu gestehen, daß er zunächst einmal Freude empfand. Am gewöhnlichen Lauf der Dinge war für ihn so wenig Lobenswertes, daß er dazu neigte, das zu billigen, was diesen Ablauf irgendwie änderte. Da er im übrigen nicht gerade ein Mann war, der seinem Jahrhundert voraus gewesen wäre, teilte auch er die allgemeine oder besser: die gefühlsmäßige Ansicht, daß der Brotmangel von Aufkäufern und Bäckern verursacht worden sei. So war er denn auch bereit, jede Bestrebung zu billigen, um ihnen das Nahrungsmittel wieder zu entreißen, das sie – jener Meinung nach – dem Hunger eines ganzen Volkes grausam vorenthielten. Er nahm sich jedoch vor, aus dem Trubel herauszubleiben, und war froh, an einen Kapuziner gewiesen worden zu sein, der einen Unterschlupf für ihn finden und Vaterstelle an ihm vertreten würde. Unter solchen Überlegungen legte er die letzte, kurze Wegstrecke bis zum Kloster zurück und musterte dabei die neuen Eroberer, die mit Beute beladen daherkamen.

Wo heute jener schöne Palast mit der hohen Säulenhalle aufragt, befand sich damals und auch vor wenigen Jahren noch ein kleiner Platz, den Kirche und Kloster der Kapuziner mit vier großen Ulmen davor abschlossen. Wir freuen uns nicht ohne Neid für diejenigen unserer Leser, welche die Dinge nicht mehr in jenem Zustand gesehen haben, weil sie nämlich noch sehr jung sind und bisher keine Zeit hatten, viele Dummheiten zu machen. Renzo ging geradenwegs an die Klosterpforte, steckte das halbe Brötchen ein, das ihm übriggeblieben war, nahm dafür den Brief heraus, hielt ihn in der Hand bereit und zog die Glocke. Ein vergittertes Schalterfenster wurde geöffnet, und das Gesicht des Bruders Pförtner erschien darin, um festzustellen, wer da wäre.

»Einer vom Land, der dem Pater Bonaventura einen dringenden Brief von Pater Christophorus zu überbringen hat.«

»Gebt her!« sagte der Pförtner und hielt eine Hand ans Gitter.

»Nein, nein«, sagte Renzo, »ich muß ihn persönlich aushändigen.«

»Er ist nicht im Kloster.«

»Dann lassen Sie mich herein. Ich will auf ihn warten.«

»Ich mache Euch einen anderen Vorschlag«, erwiderte der Mönch, »begebt Euch in die Kirche und wartet da. Da könnt Ihr was für Euer Seelenheil tun. Ins Kloster kommt jetzt keiner herein.« Nach diesen Worten schloß er den Schalter. Renzo blieb mit seinem Brief in der Hand stehen. Er ging zehn Schritte weit auf das Kirchentor zu, um dem Rat des Pförtners zu folgen. Dann aber fiel ihm ein, sich zunächst noch einmal den Krawall anzusehen. Er überquerte den kleinen Platz, begab sich an den Straßenrand und blieb dort mit verschränkten Armen stehen, er spähte nach links, nach dem Stadtinnern zu, wo das Gewimmel größer und lauter war. Der Wirbel der Ereignisse zog den Zuschauer an. Das wollen wir uns doch einmal ansehen, sagte er bei sich, zog sein halbes Brötchen hervor und begab sich kauend in jene Richtung. Während er auf dem Wege ist, wollen wir so kurz wie möglich von dem Grunde und vom Anfang jener Umwälzung berichten.

12. KAPITEL

Jenes Jahr hatte zum zweiten Male eine Mißernte gebracht. Im Vorjahr hatten die aus früheren Jahren verbliebenen Vorräte bis zu einem gewissen Grade einen Ausgleich geschaffen. Die Bevölkerung war, wenn nicht ganz satt, so doch auch nicht ausgehungert, aber tatsächlich ohne Reserven bis zur Ernte von 1628 gelangt, bei der wir uns mit unserer Geschichte befinden. Diese so sehr ersehnte Ernte fiel jedoch noch schlechter als die vorige aus, zum Teil durch eine weitere Ungunst der Jahreszeiten (und das nicht nur im Mailändischen, sondern in einem großen Teil des angrenzenden Gebietes), zum Teil durch die Schuld der Menschen. Die Verheerungen und Schäden des Krieges[1] – jenes ach so herrlichen Krieges, den wir weiter oben erwähnt haben – waren derart, daß in dem nächst benachbarten Staatsgebiet viele Güter über das übliche Maß hinaus unbestellt blieben und von den Bauern verlassen wurden, die gezwungen waren, sich ihr tägliches Brot zu erbetteln, statt es durch ihrer Hände Arbeit sich und andern zu verschaffen. Ich sagte: über das übliche Maß hinaus, denn die unerträglichen Steuern, welche mit einer gleichfalls übertriebenen Habgier und Unvernunft auferlegt wurden, das herkömmliche Verhalten der in den Dörfern einquartierten Truppen auch im tiefsten Frieden (ein Verhalten, welches in den betrüblichen Dokumenten jener Zeit mit dem eines eingefallenen Feindes verglichen wird) sowie andere Gründe, welche hier nicht weiter erwähnt zu werden brauchen, riefen schon seit einiger Zeit allmählich im ganzen Gebiet von Mailand jene traurigen Auswirkungen hervor. Die besonderen Umstände, von denen wir nun zu sprechen haben, wirkten nur wie ein uner-

1 Erbfolgekrieg von Mantua und Mont Serrat, vgl. das fünfte Kapitel (Anmerkung des Übersetzers).

warteter Reiz auf ein chronisches Leiden. Jene durchschnittliche Ernte war noch nicht eingebracht, als die Heereslieferungen und die stets damit verbundene Vergeudung eine solche Lücke schufen, daß der Mangel alsbald fühlbar wurde und mit dem Mangel seine schmerzliche, aber ebenso heilsame wie unvermeidliche Folge: die Preissteigerung.

Wenn diese aber einen gewissen Grad erreicht, entsteht bei vielen Menschen die Ansicht, daß ihre Ursache nicht in der Verknappung begründet liege. (Zum mindesten ist das bisher noch immer so gewesen, und wenn dem nach so vielen Veröffentlichungen vortrefflicher Männer weiter so ist, wie wird es dann erst in jener Zeit gewesen sein!) Man vergißt, daß man die Sache befürchtet, vorausgesagt hat; mit einem Male wird angenommen, daß Getreide genug da sei und daß das Übel daher rühre, daß für den Verbrauch nicht genug auf den Markt gebracht werde. Vermutungen, die weder im Himmel noch auf Erden Stich halten, die aber Wut und Hoffnung zugleich erwecken. Den wirklichen oder eingebildeten Getreideaufkäufern, den Grundbesitzern, die es nicht alle an einem Tage verkauften, den Bäckern, die es erwarben, kurzum allen denjenigen, die davon entweder etwas oder genug hatten oder die im Rufe standen, es zu besitzen, wurde die Schuld an der Verknappung und Preissteigerung in die Schuhe geschoben. Sie waren das Ziel der allgemeinen Klagen, der Abscheu der schlecht oder gut gekleideten Masse. Es wurde auf das genaueste angegeben, wo sich die vollen, strotzenden, zum Bersten gefüllten Läger und Speicher befänden. Aberwitzige Zahlen von Säcken wurden genannt. Man sprach mit Bestimmtheit von der ungeheuren Getreidemenge, die heimlich in andere Länder ausgeführt würde, in denen man wahrscheinlich ebenso überzeugt und empört zeterte, daß das dortige Getreide nach Mailand ginge. Von den Behörden wurden jene Maßnahmen verlangt, die der Menge immer so gerecht, so einfach und so geeignet erscheinen (oder zum mindesten bisher erschienen sind), um das versteckte, eingemauerte, vergrabene Getreide – wie sie sagten – hervorströmen und den Überfluß wiederkehren zu lassen. Die Behörden unternahmen dann auch einiges: wie die Festsetzung von Höchstpreisen für einige Waren, die Androhung von Strafen für Händler, die sich weigerten zu verkaufen, oder andere Verlautbarungen dieser Art. Da jedoch alle noch so gutgemeinten Verordnungen dieser Welt das Nahrungsbedürfnis nicht zu verringern vermögen noch Lebensmittel außer der Jahreszeit hervorzaubern können und da jene Maßnahmen insbesondere gewiß nicht imstande waren, die Dinge von dorther zu beschaffen, wo sie etwa im Überfluß vorhanden waren, so blieb das Übel bestehen, ja, es verschlimmerte sich noch. Die Menge schrieb eine solche Wirkung der Schwäche und Unzulänglichkeit der Maßnahmen zu und forderte in lauten Kundgebungen entschieden durchgreifendere. Zu ihrem Unglück fand sie einen Mann nach ihrem Herzen.

In seiner Abwesenheit wurde der Gouverneur Don Gonzalo Fernandez de Cordova, der die Belagerung von Casale Monferrato leitete, durch den gleichfalls spanischen Großkanzler Antonio Ferrer vertreten. Dieser erkannte – und wer hätte es nicht erkannt –, daß Brot zu einem angemessenen Preis an und für sich eine sehr wünschenswerte Sache ist. Er dachte – und darin lag der Irrtum –, ein Befehl von ihm würde genügen, um das zu erreichen. Er setzte den Verkaufspreis des Brotes so fest, daß er angemessen gewesen wäre, wenn das Getreide im allgemeinen für dreiunddreißig Lire der Scheffel gehandelt worden wäre. Man forderte aber bis zu achtzig. Er verfuhr dabei wie eine Frau, die über ihre erste Jugend hinaus ist und die sich durch eine Änderung ihrer Geburtsurkunde zu verjüngen meint.

Weniger unsinnige und weniger ungerechte Befehle waren mehr als einmal durch den Widerstand der Dinge selbst unausgeführt geblieben. Über die Durchführung dieses Befehls jedoch wachte die Menge, die nicht mehr mit sich spaßen ließ, als sie endlich ihr Begehren zum Gesetz erhoben sah. Man eilte unverzüglich zu den Bäckereien, um Brot zum festgesetzten Preise zu verlangen. Man verlangte es auf jene entschiedene und drohende Art, die Leidenschaft, Gewalt und Recht vereint aufkommen lassen. Ob die Bäcker ach und weh geschrien haben, das ist wohl keine Frage. Ohne Unterlaß Teig rühren, kneten, Brot einschießen, es ausbakken – weil das Volk in dumpfer Ahnung, daß es sich um eine Zwangsmaßnahme handelte, die Bäckereien beständig belagerte, um dies Schlaraffendasein zu genießen, solange es ging –, sich abschinden, sage ich, und sich besonders abrakkern, bloß um dabei noch zuzusetzen – jedermann wird begreifen, was das für ein prächtiges Vergnügen sein muß. Aber auf der einen Seite stand die Behörde und kündigte Strafen an, auf der anderen das Volk und wollte bedient werden, und Mal um Mal, wenn irgendein Bäcker zauderte, drängte und murrte es mit seinem Brummbaß und drohte mit seinen Justizmethoden, die zu den schlimmsten in dieser Welt gehören. Da gab es denn keinen Ausweg: man mußte wieder kneten, einschießen, ausbacken und verkaufen. Um sie aber in solcher Geschäftigkeit fortfahren zu lassen, genügte es weder, daß sie ihnen befohlen worden war, noch, daß sie sehr ängstlich waren. Sie mußten vor allem dazu imstande sein, und wenn die Sache auch nur etwas länger gedauert hätte, wären sie nicht mehr dazu imstande gewesen. Sie setzten den Behörden die Ungerechtigkeit und Unerträglichkeit der ihnen aufgebürdeten Last auseinander. Sie erklärten, sie würden ihre Brotschieber ins Feuer werfen und auf und davon gehen. Derweil aber machten sie weiter, so gut sie konnten, und hofften immer wieder, daß der Großkanzler schließlich einmal Vernunft annehmen würde. Doch Antonio Ferrer, der – wie man heute sagen würde – ein

Mann von Charakter war, erwiderte, daß sich die Bäcker in der Vergangenheit noch und noch bereichert hätten, daß sie sich bei Wiederkehr der guten Zeiten noch und noch bereichern würden und daß man auch eine Entschädigung für sie ins Auge fassen und in Erwägung ziehen könnte. Inzwischen aber sollten sie so weitermachen. Ob er nun selbst wirklich von den Gründen überzeugt war, die er so darlegte, oder ob er anderen die undankbare Aufgabe überlassen wollte, seinen Erlaß zu widerrufen (wenn er auch auf Grund der Auswirkungen die Unmöglichkeit einsah, ihn in Kraft zu lassen), fest steht, daß er auf seiner Entscheidung beharrte. Wer vermöchte heute noch die Gedanken eines Antonio Ferrer zu erraten? Schließlich unterrichteten die Dekurionen (ein aus Adligen gebildeter städtischer Ausschuß, der bis zum Jahre 1796 fortbestand) den Gouverneur auf schriftlichem Wege von der Lage der Dinge. Sollte er doch einen Weg finden, sie wieder einzurenken.

Don Gonzalo, der bis zum Halse in Kriegsgeschäften steckte, tat, was der Leser sicher vermutet: er ernannte einen Ausschuß, dem er Vollmacht erteilte, einen annehmbaren Brotpreis festzusetzen, so daß beide Teile zufrieden sein könnten. Die Beauftragten traten zusammen oder, wie man hispanisierend im damaligen Kanzleistil sagte, juntarierten, und nach tausend Verbeugungen, Höflichkeiten, Umschweifen, Seufzern, Beratungspausen, Vorschlägen ins Blaue hinein, Winkelzügen beschlossen sie schließlich, den Brotpreis zu erhöhen, da sie alle durch eine von jedem empfundene Notwendigkeit zur Entscheidung gedrängt wurden, wobei ihnen wohlbewußt war, daß sie ein gefährliches Spiel spielten. Doch durften sie überzeugt sein, daß es keinen anderen Ausweg gab. Die Bäcker atmeten auf; das Volk aber geriet in Harnisch.

Am Vorabend jenes Tages, an dem Renzo in Mailand ankam, wimmelten Straßen und Plätze von Leuten, die – ob sie sich nun kannten oder nicht – ganz absichtslos, ja fast unbewußt auf einmal Gruppen bildeten; wie Sprühregen an einem Hang zu Rinnsalen wird. Alle waren von einer allgemeinen Empörung hingerissen, von einem allgemeinen Gedanken beherrscht. Jede Meinungsäußerung steigerte nur noch die Überzeugung und Leidenschaft der Zuhörer wie auch die des Sprechenden selber. Unter soviel Heißspornen befanden sich jedoch auch ein paar kaltblütige Leute, die mit großem Vergnügen beobachteten, wie sich das Wasser zu trüben begann. Sie gaben sich alle Mühe, dem nachzuhelfen, indem sie Gerüchte aufbrachten und Bemerkungen machten, wie sie derlei Gaunern geläufig sind und die bei erregten Gemütern leicht Glauben finden. Sie nahmen sich vor, dies Wasser sich nicht klären zu lassen, ohne vorher ein wenig darin gefischt zu haben. Tausende gingen mit dem unbestimmten Gefühl zu Bett, daß etwas geschehen müsse und auch geschehen werde. In aller Herrgottsfrühe schon standen die Straßen wieder voller Gruppen: Kinder, Frauen, Männer, Greise, Arbeiter, Arme rotteten sich zusammen, wie sich's gerade traf. Einmal hörte man lebhaftes Stimmengewirr, anderswo hielt einer Volksreden, und die anderen klatschten Beifall. Hier richtete einer an seinen Nachbarn die gleiche Frage, die ihm gerade gestellt worden war, und da wiederholte ein anderer den Ausruf, der soeben an sein Ohr gedrungen war. Überall Klagen, Drohungen, Entrüstung. All das viele Gerede bedurfte nur sehr weniger Schlagworte.

Es fehlte bloß noch ein Anlaß, ein letzter Anstoß, eine x-beliebige Zielsetzung, um aus Worten Taten zu machen. Dergleichen ließ nicht lange auf sich warten. Im Morgengrauen kamen die Bäckerjungen mit ihren Körben voll Brötchen aus den Läden, um die Kundschaft zu beliefern. Das erste Auftauchen eines dieser Pechvögel bei einer Menschengruppe wirkte wie ein Funke, der in ein Pulverfaß fällt. »Da schaut nur, ob's Brot gibt!« schrien hundert Stimmen auf einmal. »Freilich, für die Tyrannen, die im Überfluß schwimmen und uns Hungers sterben lassen wollen«, sagt einer, tritt zu dem Jungen, greift mit einem Ruck nach dem Korbrand und sagt: »Laß mal sehen!« Der Junge wird rot und blaß, zittert, möchte sagen: Laßt mich doch laufen! Aber das Wort erstirbt ihm im Munde. Er zieht die Arme an und versucht, sie schnell von den Traggurten zu befreien. Dabei erschallt der Ruf: »Herunter mit dem Korb!« Viele Hände packen auf einmal danach: da steht er schon. Das Tuch, das ihn bedeckt, fliegt durch die Luft. Ein warmer Duft verbreitet sich ringsum. »Auch wir sind Christenmenschen, auch wir müssen Brot essen«, sagt der erste. Er nimmt ein rundes Brötchen, hebt es hoch, um es der Menge zu zeigen, und beißt hinein. Hände grapschen, Brötchen fliegen nur so durch die Luft. Im Handumdrehen war der Korb geplündert. Die aber leer ausgegangen waren, zogen nun, vom Anblick fremden Gewinnes aufgereizt und von der Leichtigkeit des Verfahrens ermutigt, scharenweise los, um weitere Brotkörbe zu suchen. Soviel sie fanden, soviel plünderten sie leer. Es war nicht einmal nötig, über die Träger herzufallen. Angesichts der Gefahr luden alle, die zu ihrem Unglück noch unterwegs waren, freiwillig ihre Last ab und nahmen Reißaus. Trotz alledem blieben diejenigen, denen auch jetzt noch der Magen knurrte, bei weitem in der Mehrzahl. Auch solche, die etwas erobert hatten, waren mit so geringer Beute nicht zufrieden. Und dann gab es noch, unter beide Gruppen gemischt, diejenigen, die auf einen zünftigen Krawall gerechnet hatten. »Auf zur Bäckerei! zur Bäckerei!« erschallen Rufe.

In der Straße, welche Corsia de' Servi genannt wurde, befand sich und befindet sich noch heute ein Bäckerladen, der seinen Namen beibehalten hat. Der Name bedeutet auf toskanisch »Krückenbäckerei«; im Mailänder Dialekt besteht er aus so wunderlichen, seltsamen und urtümlichen Worten, daß das italienische Alphabet nicht genügend Zeichen hat, um seinen Klang wiederzugeben. Da lautet er: »El prestin di scansc[1]. Dorthin wälzte sich die Menge. Die Bäckersleute waren gerade dabei, den mit leeren Händen heimgekehrten Jungen auszufragen, der ganz bestürzt und verwirrt von seinem Mißgeschick stammelte, als man mit einemmal Getrappel und Geschrei vernimmt. Es schwillt an und nähert sich. Schon erscheint die Spitze des Zuges.

Zugeriegelt! Schnell, schnell! Einer läuft zum Stadtvogt. Die anderen machen schleunigst den Laden zu und verrammeln die Tür. Draußen beginnt die Menge heranzudrängen. Schreie ertönen: »Brot! Brot! Aufmachen! Aufmachen!«

Kurz darauf trifft der Vogt mit einem Gefolge von Hellebardieren ein. »Platz, Platz, liebe Leute! Geht doch heim! Platz für den Vogt!« rufen die Hellebardiere und er selber. Die Menge, die noch nicht allzu dicht gedrängt steht, rückt etwas beiseite, so daß jene durchkommen und sich vor der Ladentür aufstellen können, wenn auch nicht in Reih und Glied.

Von dort aus redete der Vogt dem Volk gut zu: »Aber liebe Leute, was wollt ihr denn hier? Geht doch nach Hause! Wo bleibt denn da die Gottesfurcht? Was soll denn unser Herr und König dazu sagen? Wir wollen euch nichts zuleide tun, aber geht heim! Seid doch vernünftig! Sapperlot! Was wollt ihr denn hier in solchen Haufen? Das bringt nichts Gutes, weder für die Seele noch für den Leib. Geht bloß heim!«

Wie hätten aber die, welche dem Sprecher ins Gesicht sahen und seine Worte hörten, gehorchen können, selbst wenn

1 Die Bäckerei hatte in Wirklichkeit ihren Namen von der Mailänder Familie Scansi und bestand bis 1919 (Anmerkung des Übersetzers).

sie gewollt hätten? Sie wurden von ihren Hintermännern eingekeilt und geschoben, die wieder von anderen gedrängt wurden, die dem Druck einer ständig wachsenden Menge nachgaben, wie eine Woge die andere schwellt. Dem Vogt begann der Atem auszugehen. »Treibt sie zurück, daß ich wieder Luft holen kann«, sagte er zu den Hellebardieren, »verletzt aber keinen! Wir wollen versuchen, in den Laden hineinzukommen! Pocht an! Haltet die Leute zurück!«

»Zurück, zurück!« schreien die Hellebardiere und gehen alle zusammen gegen die vordersten vor, die sie mit den Lanzenschäften zurückdrängen. Diese heulen auf und ziehen sich, so gut sie können, zurück. Mit ihrem Kreuz stoßen sie gegen die Brust der Nachdrängenden, bohren ihnen ihre Ellbogen in den Leib und treten sie mit den Absätzen auf die Füße. Da entsteht ein Gedränge und Geschiebe, daß die in der Mitte etwas darum gegeben hätten, wenn sie anderswo gewesen wären. Derweil ist vor der Tür etwas Raum geschaffen. Der Vogt pocht an, pocht erneut, brüllt, daß man ihm öffnen solle. Die drinnen schauen aus den Fenstern nach, kommen eilends herunter und schließen auf. Der Vogt tritt ein, ruft die Hellebardiere, die sich auch nacheinander hereinschieben, wobei die letzten die Menge mit den Lanzen zurückhalten. Als alle drinnen sind, wird alles wieder gründlich verriegelt und verrammelt. Der Vogt stürzt nach oben und tritt an ein Fenster. Hu, was für ein Ameisenhaufen!

Er ruft: »Liebe Leute!« Viele blicken nach oben. »Liebe Leute, geht doch heim! keiner wird bestraft, der jetzt unverzüglich nach Hause geht.«

»Brot! Brot! Aufmachen! Aufmachen!« waren die vernehmlichsten Worte in dem fürchterlichen Gebrüll, mit dem die Menge antwortete.

»Habt doch Vernunft, Kinder! Seht euch vor! Noch ist's Zeit. Marsch! geht fort, geht nach Hause. Ihr sollt ja Brot bekommen. Aber so geht das nicht. Heda! was macht ihr denn da? He! da an der Tür! Um Gottes willen! Ich sehe alles ganz genau! Seid doch vernünftig! Hütet euch! Das ist ein schweres Verbrechen. Jetzt komme ich aber selbst. Heda! hört auf mit dem Eisen! Hände weg! Schämt euch! Ihr Mailänder seid doch in der ganzen Welt als guter Menschenschlag bekannt. So hört doch endlich! Ihr wart doch immer gute Ker ... Oh, du Halunke!«

Dieser schnelle Stilwechsel war einem Steine zuzuschreiben, welcher der Hand eines der guten Kerle entwischt und dem Vogt gegen die Stirne geprallt war, und zwar auf den linken Buckel des metaphysischen Hohlraums[1]. »Halunke! Halunke!« brüllte er weiter, während er das Fenster schloß und sich zurückzog. Aber wenn er auch noch so sehr aus Leibeskräften geschrien hätte, so wären doch in dem stürmischen Gebrüll von unten all seine guten oder bösen Worte auf halbem Wege schon verhallt und verweht. Die Beobachtung, von der er gesprochen hatte, bezog sich auf gewaltige Bemühungen an der Tür, die man mit Steinen und Eisenstangen (den ersten besten, die auf der Straße zu finden gewesen waren) aufbrechen wollte. Ebenso sollten die Eisengitter an den Fenstern herausgerissen werden, und das Werk war schon ziemlich weit gediehen.

Der Bäckermeister und seine Gesellen standen unterdes mit einem Vorrat von Steinen an den Fenstern der oberen Stockwerke (wahrscheinlich hatten sie in einem Hof das Pflaster aufgerissen). Sie schrien denen drunten zu und bedeuteten ihnen, daß sie von ihrem Tun ablassen sollten. Sie ließen die Steine sehen und machten Miene, damit zu werfen. Als sie merkten, daß das verlorene Zeit war, fingen sie allen Ernstes zu werfen an. Kein einziger Stein traf daneben, denn das Gedränge war ja derartig, daß, wie man zu sagen

1 Scherzhafte Anspielung auf die Terminologie des deutschen Schöpfers der Phrenologie (Schädellehre): Franz Joseph Gall, 1758-1828 (Anmerkung des Übersetzers).

pflegt, nicht einmal eine Stecknadel hätte zu Boden fallen können.

»Oh, ihr Schurken, ihr Gauner! Das ist also das Brot, das ihr den Armen gebt! Auweh! Pfui! Jetzt aber ran!« brüllte man unten. Mehr als einer wurde übel zugerichtet; zwei Jungen blieben tot liegen. Die Wut steigerte die Kräfte der Menge: die Tür wurde eingedrückt, die Gitter wurden herausgerissen, und der Menschenstrom ergoß sich durch alle Luken. Angesichts der Gefahr wichen die drinnen unters Dach zurück. Der Vogt, die Hellebardiere und einige Leute aus dem Hause verdrückten sich dort in die Winkel. Andere krochen durch die Dachluken hinaus und machten sich wie die Katzen über die Dächer davon.

Der Anblick der Beute ließ die Sieger vergessen, daß sie blutige Rache üben wollten. Sie stürzen sich auf die Fächer. Das Brot fällt ihnen in die Hände. Einer dagegen stürzt zum Ladentisch, schlägt das Schloß herunter, reißt die Kasse an sich, greift mit beiden Händen zu, sackt ein und verschwindet dann, mit Münzen beladen, um wiederzukommen und auch noch Brot zu stehlen, wenn welches übrigbleiben sollte. Die Menge verteilt sich in die Lagerräume. Sie machen sich an die Säcke; sie schleppen sie fort und leeren sie aus. Da nimmt einer einen zwischen die Beine, öffnet ihn und schüttet einen Teil des Mehls heraus, um sein Gewicht zu vermindern, bis er ihn tragen kann. Da schreit ein anderer: »Warte, warte!« und bückt sich, um den Schurz, ein Sacktuch, den Hut hinzuhalten und darin die Gottesgabe zu bergen. Einer stürzt an einen Backtrog und nimmt einen Klumpen Teig heraus, der sich dehnt und ihm nach allen Seiten entwischt. Ein anderer hat ein Mehlsieb erbeutet und schwenkt es durch die Luft. Der eine kommt, der andere geht: Männer, Weiber, Kinder, Püffe und Knüffe, Geschrei und ein weißer Staub, der sich auf alles legt, überall aufwirbelt und alles umschleiert und vernebelt. Draußen prallen beständig zwei

Gruppen wirr aufeinander: die einen wollen mit ihrem Raub heraus, und die andern drängen hinein, um Beute zu machen.

Während in dieser Bäckerei so das Unterste zuoberst gekehrt wurde, war keine andere in der Stadt ruhig und außer Gefahr. Zu keiner aber strömten die Leute in solcher Zahl, daß sie wirklich etwas hätten unternehmen können. In einigen hatten die Besitzer Hilfskräfte zusammengeholt und setzten sich zur Wehr. Anderswo, wo man zu schwach war, wurde man doch einigermaßen einig: wenn sich vor den Läden die ersten Gruppen stauten, erhielten sie Brot, damit sie abrückten. Sie gingen dann auch, freilich nicht gerade voller Befriedigung, aber die Hellebardiere und Sbirren, die sich von der Krückenbäckerei wohlweislich fernhielten, traten sonst doch genügend in Erscheinung, um das Gelichter in Schach zu halten, wenn es nicht in hellen Scharen anrückte. So schwoll der Aufruhr um jene unglückselige Bäckerei weiter an, denn alle diejenigen, denen die Hände danach juckten, ein Ding zu drehen, eilten dorthin, wo ihre Freunde in der Übermacht waren und Straflosigkeit sicher schien.

Bis zu diesem Punkte waren die Dinge gediehen, als Renzo, der nunmehr sein Brot aufgeknabbert hatte, durch die an der Porta Orientale gelegene Vorstadt herankam und sich ahnungslos dem Mittelpunkt des Aufruhrs näherte. Bald ausschreitend, bald von der Menge aufgehalten, hielt er unterwegs die Augen offen und spitzte seine Ohren, um aus dem Stimmenwirrwarr etwas Genaueres über die Lage zu erfahren. Ungefähr folgendes konnte er dabei vernehmen: »Jetzt haben wir heraus«, sagte einer, »wie niederträchtig man uns betrogen hat. Diese Schurken hatten die Stirn zu behaupten, es gäbe weder Brot noch Mehl noch Getreide. Jetzt ist alles sonnenklar. Uns kann keiner mehr etwas weismachen. Es lebe der Überfluß!«

»Ich sage euch, es ist doch alles umsonst«, sagte ein anderer, »das ist ein Schlag ins Wasser. Es wird noch schlimmer werden, wenn wir uns nicht einmal gründlich Recht verschaffen. Das Brot wird zwar billiger werden, aber sie werden uns Gift hineintun, um die armen Leute wie die Fliegen umzubringen. Schon heißt's, daß wir zuviel sind. Sie haben's in der Junta gesagt, und ich weiß es genau, weil ich es mit eigenen Ohren von einer Gevatterin gehört habe, die den Verwandten eines Küchenjungen dieser Herrschaften zum Freund hat.«

Ein anderer gebrauchte mit schäumendem Munde nicht wiederzugebende Ausdrücke und drückte sich mit einer Hand einen Taschentuchfetzen auf seine zerzausten und blutverschmierten Haare. Ein Nebenmann bekräftigte seine Worte, wie zum Trost.

»Platz, Platz, ihr Herren, bitte schön, laßt doch einen armen Familienvater durch, der seinen fünf Kindern etwas zu essen bringt.« So sprach einer, der unter einem dicken Mehlsack daherwankte, und jeder gab sich Mühe auszuweichen, um ihm Platz zu machen.

»Ich mache mich aus dem Staube«, raunte ein anderer seinem Gefährten zu. »Ich kenne mich aus in der Welt und weiß, wie so etwas abläuft. Die Maulhelden da, die sich jetzt so aufspielen, schlottern morgen oder übermorgen zu Hause vor Angst. Ich habe da schon gewisse Gesichter von Biedermännern bemerkt, die herumschleichen, sich dumm stellen und sich merken, wer mitmacht und wer nicht. Wenn dann alles vorbei ist, kommt die Abrechnung, und wen es trifft, den trifft's.«

»Die Bäcker werden vom Statthalter im Versorgungsamt geschützt«, rief eine schallende Stimme, die Renzos Aufmerksamkeit auf sich zog.

»Sind alles Schufte!« sagte ein Nebenmann.

»Gewiß, aber er ist der Chef«, erwiderte der erstere.

Der Statthalter im Versorgungsamt wurde alljährlich vom

Gouverneur unter sechs vom Rat der Dekurionen vorgeschlagenen Edelleuten gewählt. Er war Präsident dieser Körperschaft und des Versorgungsamts. Zu diesem gehörten zwölf Beamte – gleichfalls vom Adel; das Amt hatte sich unter anderem insbesondere mit der Ernährung zu befassen. Wer eine solche Stelle bekleidete, mußte zwangsläufig in Zeiten der Hungersnot und Unwissenheit zum Urheber von Mißständen gestempelt werden, es sei denn, er hätte sich wie Ferrer verhalten. Das aber lag nicht in seiner Macht, auch wenn er daran gedacht hätte.

»Ruchloses Pack!« rief ein anderer aus. »Kann man es schlimmer treiben? Jetzt behaupten sie schon, der Großkanzler sei ein kindischer alter Mann; so wollen sie ihm das Vertrauen entziehen und allein regieren. Man müßte einen großen Käfig machen und sie hineinsperren bei Wasser und Wicken, so wie sie uns behandeln wollen.«

»Brot? Pah!« sagte einer, der schnell vorbeizukommen suchte, »pfundschwere Steine, solche Klötze! Sie kamen förmlich gehagelt. Und wie sie einem die Rippen gequetscht haben! Wenn ich nur bald wieder zu Hause wäre!«

Von solchen Reden begleitet, gelangte Renzo schließlich im allgemeinen Gedränge vor jene Bäckerei, und ich wüßte nicht zu sagen, ob er unterdessen klüger oder noch verdutzter geworden war. Die Leute hatten sich bereits ziemlich verlaufen, so daß er die frischen Spuren der scheußlichen Verwüstung betrachten konnte: durch Pflaster- und Ziegelsteine beschädigte Wände, abgebröckelter Verputz, aus den Angeln gehobene Fenster, eine aufgebrochene Tür.

Das ist denn doch nichts Schönes, meinte Renzo bei sich, wenn sie alle Bäckereien so zurichten, wo wollen sie dann Brot backen? An den Brunnen etwa?

Immer wieder kam irgend jemand aus dem Laden und schleppte ein Stück von einer Truhe oder einem Backtrog oder einer Mehltrommel fort, ein Knetholz, eine Bank, einen

Korb, ein Kontobuch, kurz und gut: irgend etwas aus dieser armen Bäckerei. Mit dem Ruf: »Platz, Platz!« bahnten sie sich den Weg durch die Menge. Alle gingen nach derselben Seite fort und offenbar an eine bestimmte Stelle. Was ist da wieder los? dachte Renzo nunmehr und ging einem nach, der mit einem Bündel gespaltener Bretter und Kleinholz auf der Schulter wie die anderen jene Straße einschlug, die an der Nordseite des Doms entlangführt und ihren Namen von den Stufen hat, die dort einmal waren und die seit kurzem verschwunden sind. Die Absicht, jene Vorgänge zu beobachten, konnte den Sohn der Berge nicht abhalten, stehenzubleiben und mit offenem Munde nach oben zu starren, als er das große Bauwerk vor sich bemerkte. Dann beschleunigte er seine Schritte, um den einzuholen, den er sich gleichsam als Führer gewählt hatte. Er bog um die Ecke, warf auch einen Blick auf die Domfassade, die damals zum großen Teil noch im Rohbau und weit entfernt von ihrer Vollendung war, und blieb immer dicht hinter dem anderen, der auf die Mitte des Platzes zuging. Je weiter sie vordrangen, um so dichter wurde die Menschenmenge. Man machte aber dem Träger Platz; er teilte die Volkswoge, und Renzo, der ihm immer auf den Fersen blieb, gelangte mit ihm zum Mittelpunkt des Gedränges. Dort war ein freier Raum und in der Mitte ein Haufen Aschenglut, der Überrest der obengenannten Einrichtungsgegenstände. Ringsum Händeklatschen und Freudensprünge; ein Höllenlärm tausendfach erschallender Verwünschungen und Jubelrufe.

Der Mann mit dem Bündel wirft dieses auf den Haufen; ein anderer schürt das Feuer mit dem verkohlten Stumpf eines Brotschiebers. Rauch erhebt sich und wird dichter, die Flamme züngelt wieder auf, und damit wird das Geschrei wieder lauter. »Hoch der Überfluß! Tod denen, die uns hungern lassen! Tod der Not! Nieder mit dem Versorgungsamt! Nieder mit der Junta! Hoch das Brot!«

Die Zerstörung von Knethölzern und Backtrögen, die Verwüstung der Bäckereien und die Verärgerung der Bäcker sind allerdings nicht eben die richtigen Mittel, um Brot herbeizuschaffen. Das ist aber eine jener philosophischen Spitzfindigkeiten, welche die Masse nie begreifen wird. Doch ohne ein großer Philosoph zu sein, kann ein Mensch zuweilen von vornherein darauf kommen, solange ihm die Angelegenheit noch fremd ist. Nur wenn er darüber spricht und darüber reden hört, wird er auch unfähig, sie zu verstehen. Renzo war dieser Gedanke tatsächlich von Anfang an gekommen, und wie wir gesehen haben, kam er immer wieder darauf. Er behielt ihn übrigens für sich, denn unter so vielen Gesichtern war nicht eines, das zu sagen schien: Bruder, wenn ich fehle, so züchtige mich! Das wäre mir lieb!

Die Flamme war schon wieder erloschen; man sah niemanden mehr mit neuem Brennmaterial herankommen, und das Volk begann sich zu langweilen, als das Gerücht aufkam, daß am Cordusio (einem nahebei gelegenen kleinen Platz oder eher einer Straßenkreuzung) eine Bäckerei gestürmt würde. Häufig wird bei derlei Gelegenheiten durch eine solche Kunde die Tat selber bewirkt. Zugleich mit dem Gerücht reifte in der Menge der Entschluß, dort hinzueilen. »Ich geh hin. – Kommst du auch? – Ich komme mit. – Also los!« hörte man überall. Das Gedränge läßt nach, man ordnet sich zum Zuge. Renzo blieb zurück und rührte sich kaum vom Fleck, soweit er nicht vom allgemeinen Strom mit fortgerissen wurde. Unterdessen erwog er im stillen, ob er sich aus dem Tumult entfernen sollte, um ins Kloster zurückzukehren und nach Pater Bonaventura zu fragen, oder ob er sich auch das noch ansehen sollte. Wieder war die Neugier stärker. Er beschloß jedoch, sich nicht mitten ins Gewühl zu begeben, um sich nicht etwa da die Rippen eindrücken zu lassen oder sich noch größerer Gefahr auszusetzen, sondern als Zuschauer in einiger Entfernung zu bleiben. Und da er nun weniger beengt war, zog er das zweite Brötchen aus der Tasche, biß hinein und begab sich ans Ende des lärmenden Haufens.

Dieser war vom Domplatz schon in die kurze und enge Pescheria Vecchia gelangt und von dort durch den Querbogen auf die Piazza de' Mercanti. Sie zogen an der Nische vorbei, welche die halbe Vorhalle des Gebäudes einnimmt, das damals das Doktorenkolleg genannt wurde, und nur wenige unter ihnen warfen dabei keinen Blick auf das große Standbild darin mit dem strengen, mürrischen, finsteren Antlitz Don Philipps II. (womit noch nicht genug gesagt ist), der auch in Marmor irgendwie zur Achtung zwang und mit seinem vorgestreckten Arm zu drohen schien: Ich komme euch, ihr Lumpenpack!

Diese Statue steht nicht mehr da. Sie hatte ein seltsames Geschick. Etwa hundertundsiebzig Jahre nach der Zeit unserer Erzählung wurde ihr Kopf eines Tages ausgewechselt; man nahm ihr das Szepter aus der Hand und ersetzte es durch einen Dolch. Das Standbild erhielt dann den Namen Marcus Brutus. So verwandelt stand es vielleicht einige Jahre da[1]. Eines Morgens aber warfen einige, die keine Sympathien für Marcus Brutus hatten, ja sogar einen geheimen Groll gegen ihn hegen mußten, ein Seil um das Denkmal, rissen es herunter und mißhandelten es hundertfach. Verstümmelt und zu einem unförmigen Torso geworden, wurde es dann von ihnen mit herausquellenden Augen und hängenden Zungen durch die Straßen geschleift, und als sie müde genug waren, wälzten sie es ich weiß nicht wohin. Wer hätte Andrea Biffi das vorausgesagt, als er es schuf!

Von der Piazza de' Mercanti aus drängte der Pöbel durch

1 1797 anläßlich der Gründung der Lombardischen Republik durch Napoleon erfolgte die erste Änderung, die zweite bei der Besetzung Mailands durch die Österreicher und Russen 1799 (Anmerkung des Übersetzers).

den nächsten Bogen in die Via de' Fustagnai und ergoß sich dann auf den Cordusio. Dort angekommen, warf jeder sofort einen Blick auf die besagte Bäckerei. Statt der vielen Freunde, die sie da schon am Werk zu finden hofften, gewahrten sie jedoch nur wenige, die in einiger Entfernung von dem geschlossenen Laden unschlüssig herumstanden, und dazu an den Fenstern Bewaffnete, abwehrbereit. Bei diesem Anblick war der eine verblüfft, ein anderer fluchte, ein dritter lachte. Mancher drehte sich um, um denen Bescheid zu geben, die nach und nach herankamen. Der eine blieb stehen, der andere wollte zurück, der nächste sagte: »Vorwärts, vorwärts!« Zögernd und zaudernd drängte man hin und her, alles schrie durcheinander, stritt und beriet. Dabei platzt mitten in die Menge die verwünschte Parole: »Hier ganz in der Nähe ist das Haus des Statthalters im Versorgungsamt. Da wollen wir einmal Justiz üben und plündern!« Das wirkt wie eine Mahnung an einen vorgefaßten Plan, als wäre da kein Vorschlag anzunehmen. »Zum Statthalter! zum Statthalter!« ist der einzig vernehmbare Ruf. Der ganze Schwarm setzt sich auf einmal in Bewegung und schlägt die Richtung nach jener Straße ein, in der das zu einem so unseligen Zeitpunkt genannte Haus lag.

13. KAPITEL

Nach einem appetitlos und ohne frisches Brot heruntergewürgtem Mahle gab sich der unglückselige Statthalter gerade einer bitteren Verdauungspause hin und bedachte sorgenvoll, wohin dieser Sturm wohl führen würde. Doch schwante ihm nicht im geringsten, daß er so schrecklich über ihn selbst hereinbrechen sollte. Irgendein Ehrenmann rannte Hals über Kopf der Menge voraus, um ihm zu verkünden, was ihm bevorstand. Die Dienerschaft, welche der

Aufruhr schon ans Tor gelockt hatte, schaute entsetzt die Straße hinunter nach der Seite, von welcher der Lärm immer näher kam. Wie sie sich noch die Warnung anhören, sehen sie die Spitze des Zuges schon auftauchen. Unverzüglich wird dem Hausherrn die Kunde überbracht. Während dieser noch an Flucht und Auswege denkt, erscheint ein anderer, um ihm zu sagen, daß es bereits zu spät sei. Den Dienern bleibt kaum noch Zeit genug, um das Tor zu schließen. Sie bringen den Querbalken und Stützpfosten an und rennen, um die Fensterläden dichtzumachen, wie wenn man ein finsteres Unwetter heraufziehen sieht und von einem Augenblick zum andern auf den Hagel wartet. Das wachsende Gebrüll schallt in den leeren Hof von oben wie ein Donner herein, hallt in jedem Winkel des Hauses wider, und mitten in dem schrillen Höllenlärm hört man schwere Steine gegen das Tor prasseln.

»Heraus mit dem Statthalter! So ein Tyrann! So ein Blutsauger! Wir wollen ihn lebend oder tot!«

Der Ärmste irrte von Zimmer zu Zimmer; bleich, außer Atem, händeringend jammerte er zu Gott, flehte er seine Dienerschaft an, sie sollten standhalten und Mittel und Wege finden, ihn entkommen zu lassen. Aber wie? Und wo hinaus? Er stieg unters Dach. Durch einen Spalt spähte er ängstlich auf die Straße und sah sie von tobenden Menschen wimmeln. Er vernahm die Stimmen, die seinen Tod forderten. Bestürzter als je zuvor, zog er sich zurück und suchte das sicherste und entlegenste Versteck. Dort horchte und horchte er zusammengekauert, ob der unheimliche Lärm nicht schwächer würde, ob der Aufruhr sich nicht ein wenig legte. Statt dessen vernahm er aber ein immer wilderes und lauteres Gebrüll und verdoppeltes Gepolter. Beklommenen Herzens hielt er sich schleunigst die Ohren zu. Dann reckte er wie außer sich die Arme und ballte zähneknirschend, mit verzerrter Miene die Fäuste, als wollte er das Tor zuhalten.

Was er übrigens im einzelnen tat, kann man nicht wissen, da er ja allein war; und die Geschichte ist auf Vermutungen angewiesen. Ein Glück, daß wir's gewöhnt sind!

Renzo befand sich diesmal mitten im Gedränge, nicht etwa weil ihn der Menschenstrom mit sich fortgerissen hätte, sondern aus eigenem Antrieb. Beim ersten Schrei nach Blut war das seine schaudernd aufgewallt. Was die Plünderung anbetrifft, so hätte er nicht zu sagen vermocht, ob sie in diesem Falle gut oder schlecht wäre; der Gedanke des Mordes aber verursachte ihm sofort eindeutiges Entsetzen. Wegen der verhängnisvollen Nachgiebigkeit leidenschaftlicher Seelen gegenüber leidenschaftlichen Behauptungen der Menge war er zwar ganz und gar überzeugt, daß der Statthalter an der Hungersnot die Hauptschuld trage und ein Feind der Armen sei, doch als die Menge sich in Bewegung setzte, hatte er zufällig ein Wort aufgeschnappt, aus dem die Absicht hervorging, den Statthalter um jeden Preis zu retten, und er beschloß sofort, auch seinerseits bei einem solchen Werk zu helfen. In dieser Absicht hatte er sich bis fast an das Tor gedrängt, das auf jede Weise bearbeitet wurde. Einer schlug mit Steinen auf die Nägel am Schloß, um sie zu lockern. Andere versuchten mit Brecheisen, Meißeln und Hämmern sachgerechter vorzugehen. Wieder andere kratzten mit Steinen, abgebrochenen Messern, Nägeln, Stöcken, ja mit den Fingernägeln, wenn sie sonst nichts hatten, den Verputz ab, zerbröckelten die Mauer und mühten sich, Ziegelsteine herauszubrechen, um eine Bresche zu schlagen. Wer nicht helfen konnte, feuerte die anderen mit Zurufen an. Die durch den wilden Wetteifer sowieso schon behinderte Arbeit wurde durch das Gedränge jedoch nur weiter erschwert. Gott sei Dank kommt ja zuweilen auch im Reich des Bösen vor, was im Reich des Guten nur allzu häufig zu geschehen pflegt, nämlich daß die übereifrigen Förderer ein Hemmnis werden.

Die ersten Magistratspersonen, die von den Ereignissen Wind bekommen hatten, schickten sofort zum Befehlshaber des Kastells an der Porta Giovia – wie man damals sagte – und baten um Hilfe. Er schickte einige Soldaten. Meldung, Befehl, Antreten, Abmarsch und Marschweg nahmen aber Zeit in Anspruch, so daß bei ihrer Ankunft das Haus schon ringsum völlig belagert war. So machten sie in einiger Entfernung im Rücken der Menge halt. Der begleitende Offizier wußte nicht, wie er sich verhalten sollte. Da war nur – man gestatte den Ausdruck – ein Sammelsurium von Leuten verschiedenen Alters und Geschlechts, die gaffend dastanden. Auf die an sie ergangene Aufforderung, auseinander zu gehen und Platz zu machen, antworteten sie mit dumpfem, anhaltendem Gemurmel. Keiner rührte sich. Das Feuer auf dieses Gesindel zu eröffnen erschien dem Offizier nicht nur grausam, sondern auch gefährlich. Ein solches Vorgehen hätte die Harmloseren getroffen und die Gewalttätigeren nur aufgereizt. Im übrigen hatte er dazu keinerlei Auftrag. Am besten wäre es gewesen, in diese Menge vorzustoßen, sie nach rechts und links zu teilen und im Vordringen Gewalt mit Gewalt zu brechen. Das Problem war aber, wie das zu bewerkstelligen wäre. Woher wissen, ob die Soldaten in geschlossener Ordnung vorgehen konnten? Wenn sie, statt die Menge zu zerteilen, selber in ihr vereinzelt worden wären, hätten sie sich auf Gnade und Ungnade in ihrer Hand befunden, nachdem die Leute vorher von ihnen aufgereizt worden waren. Die Unentschlossenheit des Offiziers und die Regungslosigkeit der Soldaten erschien mit Recht oder Unrecht als Furcht. Die Leute, die in ihrer Nähe standen, beschränkten sich darauf, ihnen mit einer Miene ins Gesicht zu starren, als wollten sie sagen: Ihr könnt uns gestohlen bleiben. Diejenigen, die weiter weg standen, unterließen nicht, ihnen Fratzen zu schneiden und sie höhnisch herauszufordern. Nur wenige erfuhren oder beachteten sonst, wer da war. Die Zerstörer rissen weiter die Mauer ein und dachten an nichts anderes, als ihr Vorhaben schnell durchzuführen. Die Zuschauer hörten nicht auf, sie laut anzufeuern. Unter diesen erregte ein übler Greis, der selber ein Schaustück war, einiges Aufsehen. Mit weit aufgerissenen, tiefliegenden, flammenden Augen, mit einem Grinsen teuflischer Lust in den runzligen Zügen, schwang er über sein ehrloses graues Haupt einen Hammer, einen Strick und vier große Nägel. Dazu erklärte er, sobald der Statthalter umgebracht wäre, wolle er ihn damit an einen seiner Torflügel nageln.

»Pfui! So eine Gemeinheit!« entfuhr es Renzo, den diese Ankündigung um so mehr entsetzte, als er mehrfach Beifallsbezeigungen vernahm, wobei ihn andererseits stumme Mißfallenskundgebungen derer ermutigten, die den gleichen Abscheu wie er selbst verrieten. »Schämt Euch! Wollen wir denn dem Henker ins Handwerk pfuschen? Einen Christenmenschen ermorden? Wie soll Gott uns denn noch unser täglich Brot gewähren, wenn wir solche Greuel auf uns nehmen? Er wird uns seine Blitze senden und kein Brot!«

»So ein Hund! So ein Vaterlandsverräter!« wurde Renzo von einem angeschrien, der trotz allem Getöse die frommen Worte gehört hatte und sich wie ein Rasender gebärdete. »Warte, warte! Das ist ein als Bauer verkleideter Diener des Statthalters, ein Spion. Gebt's ihm, gebt's ihm!« Hundert Gerüchte schwirren auf einmal ringsum. »Was ist? Wo ist er? Wer ist er? Ein Diener des Statthalters! Ein Spion! Da flieht der Statthalter, als Bauer verkleidet! Wo ist er? Wo ist er? Drauf! Drauf!«

Renzo verstummt, wird ganz kleinlaut und möchte verschwinden. Einige Umstehende nehmen ihn zwischen sich und versuchen, mit ein paar lauten Zurufen die feindliche Aufreizung zum Mord zu übertönen. Mehr als alles andere aber kam ihm zustatten, daß man plötzlich in nächster Nähe laut: »Platz da! Platz da!« rufen hörte. »Platz da! Jetzt gibt's Hilfe! He! Platz da!«

Was war es? Einige schleppten eine lange Stützleiter herbei, um sie ans Haus zu lehnen und durch ein Fenster einzudringen. Glücklicherweise war dieses Hilfsmittel, das die Sache einfach gemacht hätte, nicht leicht verwendbar. Von der Menge gepufft, behindert und auseinandergetrieben, schwankten die Träger an beiden Enden und zu beiden Seiten daher. Einer hatte den Kopf zwischen zwei Sprossen und die Holme auf den Schultern und brüllte wie ein Stier unter seinem rüttelnden Joch. Ein anderer wurde durch einen Schubs der Last entledigt. Die losgelassene Leiter stürzte auf Schultern, Arme und Rippen: man kann sich denken, was deren Besitzer dazu sagten. Andere stemmen die starre Last mit den Händen wieder hoch, schlüpfen darunter, pakken sie auf und rufen: »Nur Mut! Weiter!« Das verhängnisvolle Gerät kommt ruckweise und wackelnd vorwärts. Es kam gerade zurecht, um Renzos Feinde abzulenken und zu verwirren. Dieser nutzte das neue Durcheinander im alten Wirrwarr aus und entfernte sich erst sachte, sachte, dann unter rücksichtslosem Gebrauch der Ellenbogen von diesem Ort mit seiner dicken Luft. Er hatte sogar vor, sobald wie möglich dem Tumult zu entrinnen und tatsächlich den Pater Bonaventura aufzusuchen oder im Kloster zu warten.

Auf einmal durchläuft von einem Ende her eine ungewöhnliche Bewegung die Menge. Ein Gerücht kommt auf und fliegt von Mund zu Mund: »Ferrer, Ferrer!« Verwunderung, Freude, Wut, Zu- und Abneigung äußern sich überall, wohin der Name dringt. Der ruft ihn weiter, der möchte ihn totschweigen, der bestätigt, der bestreitet, der preist und der verflucht.

»Ferrer ist da! – Ganz ausgeschlossen! – Ja, doch. Hoch Ferrer, der das Brot so billig gemacht hat! – Nein! nein! – Er ist da, er kommt in seinem Wagen! – Was macht das schon?

Was hat der damit zu tun? Wir wollen keinen hier! – Ferrer hoch, Ferrer, der Freund der Armen! Er kommt, um den Statthalter ins Gefängnis abzuführen. – Nein, wir wollen selber Justiz üben! Zurück, zurück! – Aber doch: Ferrer! Ferrer soll kommen! Ins Gefängnis mit dem Statthalter!« Alle stellen sich auf die Zehenspitzen und drehen sich nach der Seite, von der aus das unerwartete Eintreffen gemeldet worden ist. Da sich alle hochreckten, sahen sie nicht mehr oder weniger, als wenn sie alle ruhig stehengeblieben wären. Doch so geht's: alle reckten sich hoch.

Hinter der Volksmenge, und zwar auf der den Soldaten entgegengesetzten Seite, war in der Tat der Großkanzler Antonio Ferrer in seinem Wagen vorgefahren. Da ihm wahrscheinlich das Gewissen schlug, daß er mit seiner Unvernunft und seiner Hartnäckigkeit Anlaß oder zum mindesten Gelegenheit zu diesem Krawall gegeben hatte, kam er nun, um zu versuchen, ihn zu beschwichtigen und wenigstens seine furchtbarste und nicht wiedergutzumachende Auswirkung zu verhindern. Er erschien, um eine übel erworbene Popularität nun wenigstens gut anzuwenden.

Bei Volksaufständen gibt es immer eine gewisse Anzahl von Leuten, die entweder aus erhitzter Leidenschaft oder aus fanatischer Überzeugung, verbrecherischer Absicht oder auch aus einem verfluchten Hang zum Umsturz alles daransetzen, die Dinge auf die Spitze zu treiben. Sie machen die grausamsten Vorschläge oder fördern sie. Sie blasen immer wieder ins Feuer, sobald es anfängt nachzulassen. Ihnen geht niemals etwas zu weit, sie möchten einen Aufruhr ohne Maß und Ziel. Zum Ausgleich gibt es dann immer eine gewisse Anzahl anderer Leute, die sich ebenso eifrig und unbeirrt bemühen, die entgegengesetzte Wirkung herbeizuführen. Einige sind dabei für die bedrohten Personen eingenommen oder hegen freundschaftliche Gefühle, andere wieder leitet nur eine fromme und unwillkürliche Scheu vor Blut und Gewalttat. Der Himmel segne sie! In jeder dieser beiden gegensätzlichen Gruppen bringt der einheitliche Wille – auch ohne jede vorherige Verständigung – im Handeln selbst eine augenblickliche Übereinstimmung hervor. Die Substanz und gleichsam den Rohstoff des Aufstandes bildet dann ein Zufallsgemisch von Menschen, die in unendlichen Abstufungen mehr oder weniger des einen oder des anderen Extrems in sich haben. Sie sind ein wenig erregt, ein wenig durchtrieben, ein wenig für eine gewisse Gerechtigkeit zu haben, wie sie sie verstehen, ein wenig darauf aus, etwas Tolles zu erleben, sie sind zur Grausamkeit ebenso wie zum Mitleid bereit, zu Abscheu und Anbetung, je nachdem wie sich Gelegenheit bietet, das eine oder das andere Gefühl voll auszukosten; sie sind in jedem Augenblick begierig, etwas Unerhörtes zu erfahren oder zu glauben, sie haben das Bedürfnis, zu schreien, jemandem zuzujubeln oder hinter ihm herzubrüllen. »Hoch!« und »Nieder!« sind die Worte, die sie am liebsten herausschmettern, und wem es gelungen ist, ihnen klarzumachen, daß der und der nicht verdient, gevierteilt zu werden, braucht weiter keine Worte mehr zu verschwenden, um sie zu überzeugen, daß er würdig ist, im Triumphzug gefeiert zu werden. Je nachdem wie gerade der Wind weht, sind sie Schauspieler, Zuschauer, Werkzeuge, Hindernisse. Sie sind sogar bereit, den Mund zu halten, wenn keine Rufe mehr zur Wiederholung reizen; Schluß zu machen, wenn die Aufwiegler fehlen; sich zu trennen, wenn viele Stimmen einmütig und unwidersprochen gefordert haben: Laßt uns doch gehen! Sie sind bereit, heimzukehren und einander zu fragen: Was war denn eigentlich los?

Da nun jedoch die Masse, welche die Übermacht auf ihrer Seite hat, diese geben kann, wem sie will, bietet jede der beiden aktiven Gruppen ihre ganze Kunst auf, um sie auf ihre Seite zu ziehen, um sich ihrer zu bemächtigen. Es sind gleichsam zwei feindliche Seelen, die miteinander kämpfen, um in diesen Körper einzudringen und ihn in Bewegung zu bringen. Um die Wette setzen sie Gerüchte in Umlauf, die geeignet sind, die Leidenschaften aufzustacheln und die Bewegungen zugunsten der einen oder der anderen Absicht zu lenken. Um die Wette bringen sie zugkräftige Parolen auf, um Empörung hervorzurufen oder zu dämpfen, Hoffnung oder Furcht zu erwecken. Um die Wette erproben sie, welche Losung durch beständige laute Wiederholung die Meinung der Mehrheit zugunsten der einen oder der anderen Seite bekundet, bekräftigt und schafft.

All das wurde zur Sprache gebracht, um schließlich festzustellen, daß in dem Kampf zwischen den beiden Gruppen, welche um die Gunst des Menschenauflaufs vor dem Statthalterhause buhlten, das Erscheinen Antonio Ferrers gleichsam im Handumdrehen der Gruppe der menschlich Fühlenden einen großen Auftrieb gab. Sie war noch unverkennbar im Hintertreffen, und wenn diese Unterstützung etwas später gekommen wäre, hätte sie weder Kraft noch Gelegenheit zu kämpfen gefunden. Der Mann war bei der Masse beliebt wegen jenes von ihm festgesetzten Höchstpreises, der für die Käufer so vorteilhaft war, und wegen der zähen Hartnäckigkeit, mit der er sich allen Gegengründen verschloß. Die für den Greis schon eingenommenen Geister schwärmten noch mehr für ihn angesichts des mutigen Selbstvertrauens, mit dem er ohne Begleitung und weitere Vorkehrungen einer aufgebrachten und erregten Menge die Stirn bot. Es wirkte ferner Wunder, als man hörte, er käme, um den Statthalter ins Gefängnis zu werfen. So wurde die Wut gegen diesen, welche sich viel schlimmer entladen hätte, wenn man ihr rücksichtslos entgegengetreten wäre, nunmehr durch diese Aussicht auf Genugtuung ein wenig besänftigt. An diesem Knochen konnte man knabbern, und in vielen wurden nun ganz andere Gefühle wach.

Die Parteigänger des Friedens unterstützten Ferrer auf jede Weise, nachdem sie wieder Auftrieb bekommen hatten. Soweit sie in seiner Nähe waren, riefen sie immer wieder durch ihren Beifall den der Menge hervor und versuchten dabei die Leute zum Zurückweichen zu bewegen, um für den Wagen Platz zu schaffen. Die übrigen jubelten ihm zu, wiederholten und verbreiteten seine Äußerungen oder solche, die sie ihm gern in den Mund gelegt hätten, fielen denen ins Wort, die hartnäckig weiterschimpften, und lenkten die neue Entrüstung der wankelmütigen Menge auf sie.

»Wem paßt es hier nicht, daß: ›Hoch Ferrer!‹ gerufen wird? Du möchtest wohl nicht, daß das Brot billig ist? Ein Schurke, wer keine christliche Gerechtigkeit will! Da gibt es Leute, die mehr als die andern gackern, um den Statthalter entweichen zu lassen. Ins Gefängnis mit dem Statthalter! Es lebe Ferrer! Platz da für Ferrer!« Während die Zahl derjenigen, die so sprachen, immer mehr zunahm, schwand die Kühnheit der gegnerischen Gruppe in gleichem Maße dahin, so daß die ersteren von Reden bald auch zu Taten übergingen und denen, die sich noch an der Mauer zu schaffen machten, auf die Finger schlugen, sie zurückdrängten und ihnen das Werkzeug aus der Hand rissen. Diese tobten, wurden auch ausfällig und versuchten wieder ans Werk zu gehen. Die Sache der Blutdürstigen war aber verloren. Die Losung: Gefängnis, Gerechtigkeit, Ferrer! beherrschte das Feld. Nach einigen Auseinandersetzungen wurden jene vertrieben, und die andern bemächtigten sich der Tür, um sie sowohl vor neuen Angriffen zu schützen als auch Ferrer den Zugang offenzuhalten. Einige von ihnen riefen denen im Hause zu (an Öffnungen war ja kein Mangel), daß Hilfe käme und daß der Statthalter sich bereit halten möge, »gleich ins Gefängnis zu gehen … He! habt ihr verstanden?«

»Ist das der Ferrer, der die Verordnungen machen hilft?«

fragte unser Renzo seinen neuen Nebenmann, denn er erinnerte sich des »vidit Ferrer«, das ihm der Doktor ins Ohr gebrüllt hatte, als er ihm damals die Unterschrift auf jenem Erlaß zeigte.

»Freilich, der Großkanzler!« wurde ihm erwidert.

»Ein Ehrenmann, nicht wahr?«

»Und ob das ein Ehrenmann ist! Der hat doch das Brot so billig gemacht, und die anderen haben nicht gewollt. Jetzt bringt er aber den Statthalter hinter Schloß und Riegel.«

Unnütz zu sagen, daß Renzo augenblicklich für Ferrer war. Er wollte ihm alsbald entgegeneilen. Die Sache war nicht leicht. Aber mit den Ellenbogen und ein paar Rippenstößen gelang es ihm, sich nach Älplerart Platz zu schaffen und in die erste Reihe gerade neben die Kutsche zu kommen.

Diese war bereits ein wenig in die Menge vorgedrungen und hielt in diesem Augenblick gerade, da eines jener bei solchen Gelegenheiten unvermeidlichen und häufigen Hindernisse aufgetreten war. Der alte Ferrer zeigte bald an dem einen, bald an dem anderen Wagenschlag ein ganz bescheidenes, ganz lächelndes, ganz liebenswürdiges Gesicht, wie er es sich immer für den Augenblick aufgespart hatte, in dem er Don Philipp IV. gegenüberstehen würde. Er war aber gezwungen, auch in diesem Augenblick davon Gebrauch zu machen, ja, er sprach sogar. Der Lärm und das Gebraus so vieler Stimmen wie auch die auf ihn ausgebrachten Hochrufe ließen jedoch nur sehr wenig von seinen Worten für sehr wenige verständlich werden. Er half sich daher mit Gebärden. Bald führte er die Fingerspitzen an die Lippen, um einen Kuß daraufzudrücken, den er dann mit beiden Händen nach rechts und links austeilte, um für die öffentliche Huldigung zu danken, bald streckte er die Hände langsam aus einem der Fenster und bedeutete, man möge ihm Platz machen, bald ließ er sie höflich sinken und bat so um Ruhe.

Als diese in etwa eingetreten war, hörten die Nächststehenden seine Worte und wiederholten sie: »Brot, Überfluß, ich komme, um Gerechtigkeit zu üben, macht doch bitte etwas Platz!« Vom Lärm so vieler Stimmen wie betäubt, überwältigt vom Anblick so vieler ihm zugewandter Gesichter, so vieler Augen, die auf ihm ruhten, zog er sich einen Augenblick zurück, holte tief Luft, stieß einen tiefen Seufzer aus und sagte zu sich auf spanisch: »Por mi vida, que de gente[1]!«

»Hoch Ferrer! Nur keine Angst! Sie sind ein Ehrenmann! Brot! Brot!«

»Ja, Brot«, antwortete Ferrer, »Brot im Überfluß! Mein Wort darauf!« und er legte die Hand auf die Brust.

»Geht etwas beiseite«, fügte er gleich hinzu, »ich komme, um ihn ins Gefängnis zu bringen, um ihn der verdienten Strafe zuzuführen«, und leise ergänzte er: »Si es culpable[2].«

Dann neigte er sich zu dem Kutscher und flüsterte ihm schnell zu: »Adelante, Pedro, si puedes[3].«

Der Kutscher lächelte gleichfalls mit gewinnender Liebenswürdigkeit der Menge zu, als ob er eine hohe Persönlichkeit wäre, und mit unwahrscheinlicher Höflichkeit schnickte er mit der Peitsche nach rechts und links, um die im Wege Stehenden aufzufordern, zusammenzurücken und ein wenig auszuweichen. »Bitte sehr, meine Herrschaften«, sagte auch er, »ein klein bißchen Platz, nur so viel, daß ich durchkommen kann.«

Die Beflissensten unter den Wohlgesinnten bemühten sich unterdessen, der so höflichen Aufforderung nachzukommen. Einige gingen vor den Pferden her, redeten den Leuten gut zu und schoben sie mit sanfter Gewalt beiseite, indem sie

1 Du meine Güte, wieviel Leute!

2 Wenn er schuldig ist.

3 Vorwärts, Pedro, wenn's geht (Anmerkungen des Übersetzers).

ihnen die Hände auf die Brust legten: »Zurück hier, Herrschaften, macht doch etwas Platz!« Andere taten desgleichen auf beiden Seiten der Kutsche, damit sie vorbeikäme, ohne einem die Füße platt zu fahren oder die Schnauze einzudrücken. Von den Folgen für die Betroffenen ganz abgesehen, hätte das auch Antonio Ferrer auf dem Gipfel seiner Volkstümlichkeit beachtlichen Gefahren aussetzen können.

Nachdem Renzo die ehrwürdige Greisengestalt eine Zeitlang wohlgefällig betrachtet hatte, die zwar Sorge und Mühe verriet, doch vom Eifer belebt, ja sozusagen von der Hoffnung verschönt war, einen Menschen aus Todesängsten zu erlösen, gab er jede Absicht auf davonzugehen und beschloß, Ferrer zu helfen und ihn nicht im Stich zu lassen, bis dessen Ziel erreicht wäre. Wie gedacht, so getan. Er machte sich mit den anderen daran, Platz zu schaffen, und war sicher nicht unter den minder Eifrigen. Es wurde Platz gemacht. »Fahrt nur weiter!« sagte mehr als einer zum Kutscher, indem er zur Seite wich oder vorausging, um ihm etwas Raum zu schaffen. »Adelante, presto, con juicio[1]«, sagte auch sein Herr zu ihm, und die Kutsche rollte. Unter den Grüßen, die Ferrer wahllos an die Menge verschwendete, ließ er mit verständnisvollem Lächeln auch denjenigen ein paar besondere Dankesbezeigungen zukommen, die sich unverkennbar für ihn einsetzten. Mehr als einmal wurde dabei Renzo bedacht, der es in der Tat verdiente und der an diesem Tage dem Großkanzler bessere Dienste leistete, als es der tüchtigste seiner Sekretäre vermocht hätte. Von dieser hohen Gunst ganz hingerissen, kam es dem Sohn der Berge fast so vor, als hätte er mit Antonio Ferrer Freundschaft geschlossen.

Die einmal ins Rollen gebrachte Kutsche setzte dann ihren Weg mehr oder weniger umständlich fort, und nicht ohne

1 Rasch weiter, vorsichtig! (Anmerkung des Übersetzers).

noch ein paarmal anzuhalten. Das Ziel lag fast in Schußweite; doch bei der Zeit, welche der Weg erforderte, wäre er auch einem, der es nicht so verflucht eilig hatte wie Ferrer, endlos vorgekommen. Die Menge wogte vor und hinter der Kutsche, rechts und links, wie Sturzwellen um ein Schiff, das mitten im Orkan treibt. Das Getöse aber war noch schriller, gellender und betäubender als Sturmgebraus. Ferrer schaute bald nach der einen, bald nach der anderen Seite, drehte sich gestikulierend hin und her und versuchte etwas zu verstehen, um seine Antworten danach einzurichten. So gut es ging, wollte er mit dieser Gruppe von Freunden ein wenig ins Gespräch kommen. Die Sache war aber schwierig, vielleicht die schwierigste, die ihm in so langen Jahren der Großkanzlerschaft vorgekommen war. Immer wieder jedoch wurde ihm im Vorüberfahren ein Wort oder ein Satz vernehmlich, den irgendein Grüppchen wiederholte, so wie die Explosion eines stärkeren Schwärmers im unendlichen Geknatter eines Feuerwerks vernehmlich wird. Auch er sprach auf dem ganzen Wege, bald darauf bedacht, auf all die Zurufe eine befriedigende Antwort zu geben, bald aufs Geratewohl die Worte vorbringend, die am meisten zusagen mußten oder die eine augenblickliche Notwendigkeit zu fordern schien. »Jawohl, meine Herren, Brot in Mengen! Ich bringe ihn ins Gefängnis. Er wird bestraft ... si es culpable. Jawohl, ich treffe die Anordnung: Brot zu billigem Preis. Asi es ... So ist es, wollte ich sagen: unser Herr und König will nicht, daß seine getreuesten Untertanen Hunger leiden. Ox! ox! quardaos[1]! Tun Sie sich nur nicht weh, meine Herren. Pedro, adelante con juicio! Überfluß! Überfluß! Ein bißchen Platz, bitte! Brot, Brot! Ins Gefängnis, ins Gefängnis! Wie bitte?« fragte er dann einen, der sich ins Kutschenfenster vorgebeugt hatte, um ihm einen Rat, eine Bitte oder auch

1 Husch, husch! aufgepaßt! (Anmerkung des Übersetzers).

Beifall zuzubrüllen. Der aber hatte das »Wie bitte?« kaum vernehmen können, als er schon von einem anderen zurückgezogen wurde, der erkannte, daß er um Haaresbreite unter ein Rad gekommen wäre. Bei diesem Hin und Her von Fragen und Antworten, unter unaufhörlichen Beifallsbezeigungen, neben denen hie und da auch abschätziges Gebrüll zu hören war, das aber sofort erstickt wurde, war Ferrer endlich vor das Haus gelangt, was er hauptsächlich seinen wackeren Helfern zu verdanken hatte.

Die anderen, die – wie erwähnt – mit den gleichen guten Absichten schon dort waren, hatten sich indessen bemüht, allmählich ein wenig Platz zu schaffen. Mit Bitten, Mahnen, Drohen, Drängen und Zurückdrängen und beständigem Nachstoßen überall, mit jener verdoppelten Energie und jener Erneuerung der Kräfte, die sich einstellen, wenn man das ersehnte Ziel näherrücken sieht, war es ihnen schließlich gelungen, die Menge zu teilen und dann beide Gruppen abzudrängen, so daß zwischen der Tür und der Kutsche, welche davor hielt, ein kleiner freier Raum entstanden war. Renzo hatte bald als Vorläufer, bald als Bedeckung gedient und war daher mit der Kutsche zusammen angekommen. So konnte er sich in eine der beiden Absperrungen von Wohlgesinnten einreihen, die für die Kutsche Spalier bildeten und zugleich die beiden drängenden Volkswogen abdämmten. Während er mit seinen mächtigen Schultern dazu beitrug, deren eine abzuhalten, befand er sich zugleich an einem guten Beobachtungsplatz.

Ferrer stieß einen Seufzer der Erleichterung aus, als er diesen Platz frei und das Tor noch verschlossen sah. Verschlossen heißt hier soviel wie nicht erbrochen; im übrigen waren die Türangeln fast aus den Pfeilern herausgerissen. Die zersplitterten und eingetretenen Türflügel, die in der Mitte aufgebrochen und aus allen Fugen waren, ließen von draußen durch einen breiten Spalt ein Stück des verbogenen, gelockerten und fast losgelösten Riegels erkennen, der – wenn man so will – das Ganze noch zusammenhielt. Ein anständiger Kerl hatte sich diesem Loch genähert, um hineinzurufen, man solle aufmachen. Ein anderer riß schnell den Kutschenschlag auf. Der Alte steckte den Kopf heraus, stand auf, ergriff mit der Rechten den Arm des Helfers, stieg aus und stellte sich aufs Trittbrett.

Auf beiden Seiten reckte sich die Menge auf den Zehenspitzen, um etwas zu sehen: tausend Gesichter, tausend Bärte hoben sich in die Luft; die Neugier und allgemeine Aufmerksamkeit bewirkten einen Augenblick tiefer Stille. Ferrer, der noch auf dem Trittbrett stand, warf einen Blick in die Runde, grüßte mit einer Verneigung die Menge wie von einer Rednertribüne herab, legte die linke Hand auf die Brust und rief: »Brot und Gerechtigkeit!« Dann stieg er frei und aufrecht in voller Amtstracht herab, während tosender Beifall zum Himmel stieg.

Die drinnen hatten inzwischen aufgemacht oder, besser gesagt, weiter geöffnet, indem sie den Riegel zugleich mit den schon halb gelockerten Haften herauszogen und den Spalt gerade so weit öffneten, um den heißersehnten Gast eintreten zu lassen. »Schnell, schnell«, sagte der, »macht ordentlich auf, daß ich hineinkommen kann, und ihr da, haltet mir wacker die Leute zurück. Laßt sie mir um Himmels willen nicht nachdrängen! Haltet für einen Augenblick den Raum etwas frei! Heda, heda, ihr Herren, einen Augenblick!« wandte er sich dann an die drinnen, »macht langsam mit der Tür, laßt mich erst durch! He, meine Rippen! Habt acht auf meine Rippen. So, jetzt macht wieder zu. Nein! heda! heda! meine Robe, meine Robe!« Sie wäre in der Tat zwischen den Türflügeln eingeklemmt worden, wenn Ferrer die Schleppe nicht ganz unbefangen an sich gezogen hätte. Sie verschwand wie der Schwanz einer Schlange, die verfolgt in ihr Loch zurückgleitet.

Die aufs neue geschlossenen Türflügel wurden auch, so gut es ging, verrammelt. Diejenigen, die sich draußen als Leibgarde Ferrers zusammengefunden hatten, bemühten sich mit Schultern, Armen und großem Stimmaufwand, den Platz freizuhalten, und flehten in ihrem Herzen zu Gott, daß alles schnell gehen möge.

»Schnell, schnell«, sagte auch Ferrer drinnen in der Vorhalle zu den Dienern, die sich atemlos um ihn versammelt hatten und riefen: »Gottlob! Ach, Exzellenz! Oh, Exzellenz! Uh, Exzellenz!«

»Schnell, schnell«, wiederholte Ferrer, »wo ist der Unglücksmann?«

Der Statthalter kam, von anderen Dienern halb geschleift und halb getragen, kreidebleich die Treppe herunter. Als er seinen Retter sah, stieß er einen schweren Seufzer aus. Sein Pulsschlag kehrte wieder, etwas Leben kam in seine Beine, etwas Farbe auf seine Wangen. So gut er konnte, eilte er auf Ferrer zu und sagte: »Ich stehe in Gottes Hand und in der Eurer Exzellenz. Wie aber hier hinauskommen? Überall sind Leute, die meinen Tod wollen.«

»Venga usted con migo[1], und fassen Sie Mut. Draußen ist mein Wagen. Schnell, schnell.« Er ergriff ihn bei der Hand und führte ihn ans Tor, wobei er ihm unaufhörlich Mut zusprach; bei sich allerdings dachte er: Aqui està el busilis; Dios nos valga[2]!

Das Tor wird geöffnet. Ferrer geht als erster hinaus, der andere folgt geduckt und klammert sich an die rettende Robe wie ein Kind an Mutters Rock. Diejenigen, welche den Platz freigehalten haben, heben nun die Hände, die Hüte und bilden so gleichsam ein Gitter, eine verhüllende Wolke, um den Statthalter dem bedrohlichen Blick der Menge zu

1 Kommen Sie mit mir!

2 Da liegt der Hund begraben! Gott stehe uns bei! (Anmerkungen des Übersetzers).

entziehen. Er steigt als erster in die Kutsche und drückt sich in eine Ecke. Dann folgt Ferrer. Der Schlag wird geschlossen.

Die Menge erkannte undeutlich, erfuhr und erahnte, was sich abgespielt hatte. Ein Geheul des Beifalls und der Verwünschung erscholl.

Der Teil des Weges, der nun noch zurückzulegen war, konnte als der schwierigste und gefährlichste gelten. Die allgemeine Meinung hatte sich aber doch dafür entschieden, den Statthalter ins Gefängnis gehen zu lassen, und während des Aufenthaltes waren viele von denen, die Ferrers Hinweg geebnet hatten, so sehr darauf bedacht, etwas wie einen Fahrweg inmitten der Menge offenzuhalten, daß die Kutsche nunmehr etwas schneller und ohne Stocken vorwärts kam. Während sie davonfuhr, strömten jeweils hinter ihr die beiden seitlich aufgestauten Gruppen alsbald zusammen und vermischten sich wieder.

Als Ferrer kaum Platz genommen hatte, beugte er sich zu dem Statthalter und riet ihm, wohlverborgen im Hintergrunde zu bleiben und sich um Gottes willen nicht sehen zu lassen. Die Ermahnung war aber überflüssig. Er dagegen mußte sich zeigen, um die ganze Aufmerksamkeit des Publikums zu beanspruchen und auf sich zu ziehen. Auf dem ganzen Rückweg hielt er wie bei der Hinfahrt der wechselnden Zuhörerschaft die zeitlich längste und zusammenhangloseste Rede, die je gehört wurde. Immer wieder unterbrach er sie jedoch mit ein paar spanischen Brocken, die er in aller Eile seinem zusammengekauerten Begleiter zurückgewandt ins Ohr flüsterte. »Jawohl, meine Herren, Brot und Gerechtigkeit! Ins Kastell! ins Gefängnis! unter meiner Bewachung. Danke, danke, vielen Dank! Nein, nein, er wird nicht entwischen. Por ablandarlos[1]. Nicht mehr als billig: man wird

1 Um sie zu besänftigen.

den Fall untersuchen. Wir werden schon sehen. Auch ich fühle ganz mit Ihnen, meine Herren! Eine strenge Bestrafung! Esto lo digo por su bien[1]. Ein gerechtes Anliegen, eine anständige Absicht. Strafe allen, die euch hungern lassen! Gehen Sie doch bitte beiseite! Jawohl, jawohl, ich weiß, was sich gehört, ich bin ein Freund des Volkes. Er bekommt seine Strafe. Es stimmt, er ist ein Schuft, ein Verbrecher. Perdone, usted[2]. Es wird ihm übel bekommen, es wird ihm übel bekommen ... si es culpable. Jawohl, wir werden die Bäcker schon Mores lehren! Es lebe der König! Ein Hoch auf die guten Mailänder, seine getreuesten Untertanen! Der wird hereinfallen. Der wird hereinfallen! Animo; estamos y quasi fuera[3].«

Sie hatten in der Tat das dichteste Gedränge hinter sich und waren drauf und dran, ganz ins Freie zu gelangen. Während Ferrer nun seinen Lungen etwas Erholung gönnte, erblickte er den zu spät gekommenen Entsatz, jene spanischen Soldaten, die jedoch letzten Endes durchaus nicht unnütz gewesen waren, da sie, von einigen Bürgern unterstützt und angeführt, mitgeholfen hatten, manche Leute in Schach zu halten und den freien Abzug zu sichern. Beim Eintreffen der Kutsche bildeten sie Spalier und präsentierten vor dem Großkanzler das Gewehr, der auch diesmal nach rechts und links wiedergrüßte. Dem Offizier, der herantrat, um seine Ehrenbezeigung zu machen, sagte er mit einer sprechenden Gebärde seiner Rechten: »Beso a usted las manos[4].« Der Offizier verstand die Worte, wie sie wirklich gemeint waren, nämlich so: Da haben Sie mir schön geholfen! Statt aller Antwort machte er eine weitere Ehrenbezeu-

1 Das sage ich zu Ihrem Besten!

2 Verzeihen Sie mir!

3 Nur Mut, gleich sind wir heraus!

4 Küß die Hand! (Anmerkungen des Übersetzers).

gung und stand stramm. Hier konnte man wirklich sagen: cedant arma togae[1]. Ferrer stand in diesem Augenblick aber der Sinn nicht nach Zitaten, und davon abgesehen, hätte er seinen Atem vergeblich verschwendet, denn der Offizier verstand kein Latein.

Als Pedro zwischen den beiden Reihen spanischer Söldner, zwischen diesen so ehrerbietig präsentierten Gewehren durchfuhr, erwachte wieder der alte Mut in seiner Brust. Er erholte sich von seiner Bestürzung, erinnerte sich, wer er war und wen er fuhr, und brüllte rücksichtslos: »Heda, holla!« in die für eine derartige Behandlung nun hinreichend bedeutungslosen Gruppen. Er peitschte auf die Pferde ein und ließ sie den Weg zum Kastell nehmen.

»Levantese, levantese; estamos ya fuera[2]«, sagte Ferrer zu dem Statthalter. Da das Geschrei verstummte und die Kutsche schnell dahinrollte, fühlte der sich bei diesen Worten wieder sicher, wandte sich nach vorn, reckte sich, stand auf und begann, nachdem er wieder zu sich gekommen war, seinen Befreier mit Dank zu überschütten. Dieser drückte ihm seine Teilnahme wegen der überstandenen Gefahr aus und beglückwünschte ihn zu seiner Errettung. Dann schlug er sich mit der Hand auf seinen kahlen Schädel und rief aus: »Ach! que dirà de esto su excelencia[3], der wegen des verdammten Casale, das sich nicht ergeben will, schon so schlechter Laune ist? Que dirà el conde duque[4], der schon stutzt, wenn ein Blatt mehr als gewöhnlich raschelt? Que dirà el rey nuestro seŋor[5], der schließlich ja auch etwas von

1 Die Waffen mögen der Toga (der Friedenstracht) weichen! (Cicero, II. Philippica, 8).

2 Auf, auf, wir haben es geschafft.

3 Was werden Seine Exzellenz dazu sagen?

4 Was wird der Herzog (Olivarez) sagen?

5 Was wird unser Herr und König sagen?

einem solchen Krawall erfahren wird? Und ist's damit denn vorbei? Dios lo sabe[1].«

»Ach, meinerseits verspüre ich nicht die geringste Lust, mich weiter damit herumzuschlagen«, sagte der Statthalter, »ich halte mich heraus. Ich lege mein Amt in die Hände Eurer Exzellenz und zieh mich ins Gebirge in eine Höhle zurück, um da als Einsiedler weit weg von diesem bestialischen Volk zu leben.«

»Usted werden das tun, was por el servicio de su magestad[2] das Beste ist«, antwortete der Großkanzler gebieterisch.

»Seine Majestät werden nicht meinen Tod wünschen«, erwiderte der Statthalter. »In eine Höhle, in eine Höhle, weit weg von denen hier.«

Was aus diesem Vorsatz geworden ist, verrät unsere Quelle nicht. Sie begleitet den armen Mann lediglich bis zum Kastell und tut seiner späterhin keine Erwähnung mehr[3].

14. KAPITEL

Die zurückgebliebene Menge begann sich zu verlaufen und sich nach rechts oder links in den Straßenzügen zu verteilen. Der eine begab sich nach Hause, um seinen eigenen Angelegenheiten nachzugehen, ein anderer entfernte sich, um nach soviel Stunden im Gedränge wieder einmal frische Luft zu

1 Das weiß nur Gott (Anmerkungen des Übersetzers).

2 Sie werden das tun, was im Interesse Seiner Majestät … (Anmerkung des Übersetzers).

3 »Aus den amtlichen Urkunden geht hervor, daß er nicht nur sofort freigelassen wurde, sondern eine Entschädigung von 300 Scudi für die Schäden an seinem Hause erhielt. Er wurde Senator und erhielt hohe Stellen und Sonderaufträge« (Anmerkung von Paolo Bellezza).

schöpfen, ein dritter suchte Freunde auf, um mit ihnen die großen Ereignisse dieses Tages zu bereden. Am anderen Ende der Straße wurde ebenso das Feld geräumt, und nur verhältnismäßig wenig Gaffer blieben noch. So konnte jenes Fähnlein spanischer Söldner, ohne Widerstand zu finden, vorrücken und am Hause des Statthalters Aufstellung nehmen. Dort hatte sich die Hefe der Empörer zusammengefunden, eine Rotte von Gaunern, die mit dem so nüchternen und dürftigen Ergebnis eines so großen Aufgebotes unzufrieden waren und teils murrten, teils fluchten oder auch miteinander erwogen, ob man noch etwas unternehmen könnte. Wie zur Probe gingen sie hin und bummerten kräftig gegen das arme Tor, das von neuem aufs beste verrammelt worden war. Beim Eintreffen des Fähnleins begaben sich alle nach der entgegengesetzten Seite fort, die einen schleunigst, die anderen gemächlich und schwerfällig. So überließen sie den Soldaten das Feld, die es einnahmen und dort zum Schutz des Hauses und der Straße Stellung bezogen. In allen angrenzenden Straßen aber wimmelte es von kleinen Gruppen. Wo zwei oder drei Personen standen, blieben drei, vier, zwanzig weitere stehen. Hier entfernte sich ein einzelner, dort setzte sich ein ganzer Haufe auf einmal in Bewegung. Er glich der Wolke, die zuweilen nach einem Ungewitter noch einsam am blauen Himmel treibt, so daß, wer hinauf blickt, erklärt: »Der Schauer hat sich noch nicht ganz verzogen.« Dazu ein Wirrwarr von Reden, den jeder sich denken kann. Der eine prahlte mit den besonderen Vorfällen, die er beobachtet hatte, ein anderer berichtete, was er selbst unternommen hatte, ein dritter freute sich, daß alles gut abgelaufen war, lobte Ferrer und prophezeite dem Statthalter das Schlimmste. Ein anderer aber bemerkte höhnisch: »Macht euch nur keine Sorgen, daß sie ihn umbringen. Eine Krähe hackt der anderen kein Auge aus.« Ein weiterer murmelte wütend, daß nicht alles nach Wunsch gegangen wäre, daß man sie hereingelegt hätte und daß es blödsinnig sei, soviel Lärm zu schlagen, um sich dann so an der Nase herumführen zu lassen.

Unterdessen war die Sonne untergegangen, alle Dinge nahmen die gleiche Farbe an, und viele machten sich, müde wie sie waren, auf den Heimweg. Sie hatten keine Lust mehr, im Dunkeln weiterzuschwatzen.

Unser Jüngling hatte geholfen, der Kutsche einen Weg zu bahnen, solange das erforderlich war; auch er war hinter ihr wie im Triumphzug durch das Spalier der Soldaten geschritten. Er freute sich, als er sie frei und außer Gefahr davonrollen sah, ließ sich von dem Menschenstrom noch ein wenig weitertreiben und löste sich dann daraus an der ersten Straßenecke, um auch seinerseits wieder frische Luft zu schöpfen. Nach ein paar Schritten empfand er, bei aller inneren Erregung durch den Andrang der Gefühle und der frischen, noch verworrenen Eindrücke, doch ein großes Bedürfnis nach Essen und Ruhe. Er begann überall nach einem Wirtshausschild Ausschau zu halten, da es zu spät geworden war, um noch zum Kapuzinerkloster zu gehen. Wie er so spähend emporgereckt dahinging, stieß er auf einmal auf eine Gruppe von Leuten im Gespräch. Er blieb stehen und erfuhr, daß hier Befürchtungen und Pläne für den nächsten Tag erörtert wurden. Nachdem er eine Zeitlang zugehört hatte, konnte er es sich nicht verkneifen, auch ein Wörtchen mitzureden, da er der Ansicht war, daß jemand, der heute so viel geleistet hatte, ohne Anmaßung auch einmal den Mund aufmachen könne. Nach allem, was er an diesem Tage erlebt hatte, war er überzeugt, daß man nunmehr eine Sache durchsetzen könne, sobald man sie denen schmackhaft gemacht hätte, die sich auf den Straßen herumtrieben. Er rief daher im Tone eines Volksredners: »Meine Herrschaften, darf ich auch meine bescheidene Ansicht äußern? Meine bescheidene Ansicht ist die, daß wir nicht nur beim Brot begaunert werden, und da wir ja heute klar gesehen haben, daß man sein Recht bekommt, wenn man deutlich wird, müssen wir so weitermachen, bis auch alle sonstige Niedertracht aufhört und es in dieser Welt ein wenig christlicher zugeht. Ist es denn nicht an dem, meine Herrschaften, daß es eine Handvoll Tyrannen gibt, welche auf die zehn Gebote pfeifen und friedfertigen Leuten nachstellen, um sie auf jede Weise zu plagen, während diese sich keines Bösen von ihnen versehen? Und sind sie nicht immer im Recht? Ja, wenn sie es einmal besonders schlimm getrieben haben, tragen sie den Kopf nur desto höher. Da müssen, scheint's, einmal andere Saiten aufgezogen werden. Auch hier in Mailand dürfte es wohl diese Sorte geben.«

»Allerdings«, warf einer ein.

»Das will ich meinen«, fuhr Renzo fort, »bei uns hört man ja auch schon mancherlei. Das alles spricht ja Bände. Nehmen wir zum Beispiel an, einer von denen, die ich meine, lebte etwa teils auf dem Land und teils in Mailand: wenn er dort ein Teufel ist, wird er hier kein Engel sein, scheint mir. Nun sagen Sie mir doch, meine Herrschaften, ob Sie jemals einen von der Sorte hinter schwedischen Gardinen gesehen haben. Noch schlimmer aber ist es – und das weiß ich ganz genau –, daß die Verordnungen längst gedruckt sind, um sie zu belangen, durchaus keine sinnlosen Verordnungen. Sie sind ganz vorzüglich gemacht; wir könnten gar nichts Besseres finden. All die Schuftigkeiten sind darin aufgeführt, genau wie sie vorkommen, und die gerechte Strafe für jede. Und es heißt darin: ohne Ansehen der Person, ob einer von niederem und geringem Stande oder wer weiß was ist. Jetzt geht aber einmal zu den Doktoren, Schriftgelehrten und Pharisäern hin, damit sie euch Recht verschaffen, wie die Verordnung es fordert. Sie hören auf einen wie der Papst auf Spitzbuben. Einem anständigen Kerl muß der Kopf davon schwindeln. Es ist also klar: der König, und die etwas zu sagen haben, möchten, daß die Schurken bestraft werden. Es geschieht aber nichts, weil sie unter einer Decke stecken. Man muß sie also auseinanderbringen. Man muß morgen früh zu Ferrer gehen, denn das ist ein Ehrenmann, ein umgänglicher Herr. Heute konnte man ja sehen, wie wohl er sich unter den armen Leuten fühlte, wie er zu verstehen suchte, was an Gründen vorgebracht wurde, und wie leutselig er antwortete. Man muß zu Ferrer gehen und ihm sagen, wie die Dinge stehen. Ich für mein Teil könnte ihm da allerhand berichten. Ich habe ja mit meinen eigenen Augen einen Erlaß mit lauter Wappen darüber gesehen, der war von dreien von denen verfaßt, die etwas ausrichten können, und von jedem war sauber der Name daruntergedruckt, und einer davon hieß Ferrer. So habe ich es selbst mit eigenen Augen gesehen. In diesem Erlaß stand genau das Richtige für mich. Als ich aber dann einem Doktor sagte, er solle mir nun auch danach mein Recht verschaffen, wie es die Absicht dieser drei Herren wäre, unter denen sich auch Ferrer befand, da stellte sich dieser Doktor an, als ob ich irreredete. Da hört doch alles auf! Dabei war es derselbe, der mir persönlich den Erlaß gezeigt hatte. Wenn aber der liebe Alte solche Sachen erfährt – er kann ja nicht alles wissen und sicherlich nicht, was außerhalb geschieht –, bin ich sicher, daß er nicht zulassen wird, daß das so weitergeht, und er wird schon Abhilfe schaffen. Denen, die solche Erlasse machen, muß doch auch daran liegen, daß sie befolgt werden. Es heißt ja auch ihren Namen mißachten und Schindluder damit treiben, wenn man sich nichts daraus macht. Und wenn dies anmaßende Volk den Kopf nicht ducken will und sich wie toll gebärdet, dann müssen wir dem Ferrer eben helfen, so wie wir's heute gemacht haben. Ich meine nicht, daß er persönlich in seiner Kutsche herumfahren müßte, um all die Schurken, Gewalttäter und Tyrannen einzulochen. Dazu könnte er die Arche Noahs gebrauchen. Er sollte aber denen, die es angeht – und das nicht nur in Mailand, sondern überall –, befehlen, daß sie sich nach den Erlassen richten und regelrecht allen den Prozeß machen, die etwas auf dem Kerbholz haben. Wo er Gefängnis sagt: Gefängnis! Wo er Galeere sagt: Galeere! Die Podesta sollen einmal Ernst machen. Tun sie das nicht, soll er sie spazieren schicken und bessere einsetzen. Und dann sind – wie gesagt – wir ja auch noch da, um nachzuhelfen. Den Doktoren soll er aber befehlen, daß sie die Armen anzuhören haben und zur Verteidigung des Rechtes sprechen müssen. Meinen Sie nicht auch, meine Herrschaften?«

Renzo hatte so frisch von der Leber weg gesprochen, daß von Anfang an ein großer Teil der Versammelten jedes andere Gespräch abgebrochen und sich ihm zugewandt hatte. In einem bestimmten Augenblick waren dann alle seine Zuhörer geworden. Die Antwort der Versammelten war ein vielstimmiges Beifallsgemurmel: »Bravo! Gewiß! Er hat recht! Leider allzu wahr!« Es fehlte jedoch auch nicht an kritischen Stimmen. »Ach ja«, sagte einer, »hört nur auf so einen Alpensohn: das sind lauter Ferkelstecher!« Damit ging er fort. Ein anderer murmelte: »Heutzutage will jeder Lumpenkerl mitreden. Wenn man zuviel auf einmal will, wird das Brot auch nicht billiger. Dafür aber sind wir heute losgezogen.« Renzo jedoch hörte nur Zustimmung. Der eine drückte ihm die Rechte, ein anderer die Linke. »Auf Wiedersehen morgen! – Wo? – Auf dem Domplatz. – Gut. – Gut. – Es wird schon etwas geschehen. – Es wird schon etwas geschehen.«

»Wer von den werten Herren würde mir ein Gasthaus empfehlen, in dem ein armer Teufel einkehren und schlafen kann?« fragte Renzo.

»Ich kann Euch dienen, wackerer Bursche«, sagte einer, der seiner Ansprache aufmerksam gefolgt war und noch nichts geäußert hatte. »Ich kenne ein Gasthaus, das für Euch gerade das richtige ist. Ich werde Euch bei dem Wirt einführen, der mein Freund und ein rechtschaffener Mann ist.«

»Hier in der Nähe?« fragte Renzo.

»Nicht weit weg«, erwiderte jener.

Die Versammlung löste sich auf, und nachdem er viele fremde Hände geschüttelt hatte, machte sich Renzo mit dem Unbekannten auf und dankte ihm für seine Freundlichkeit.

»Wieso denn?« entgegnete der, »eine Hand wäscht die andere, und alle beide das Gesicht. Sollen wir nicht unseren Nächsten helfen?« Unterwegs stellte er Renzo, wie gesprächsweise, bald die eine, bald die andere Frage. »Ich will mich nicht in Eure Angelegenheiten einmischen, Ihr kommt mir aber recht abgespannt vor. Aus welchem Dorf seid Ihr?«

Renzo antwortete: »Ich komme schon von Lecco her.«

»Schon von Lecco? Da seid Ihr also aus Lecco?«

»Aus Lecco – das heißt aus der Gegend.«

»Armer Kerl! Soviel ich aus Euren Reden habe entnehmen können, hat man Euch übel mitgespielt.«

»Ach! lieber, ehrlicher Mann, ich habe etwas vorsichtig reden müssen, um nicht vor aller Welt von meinem Fall zu sprechen. Doch – genug damit! Eines Tages wird man schon davon hören, und dann ... Hier sehe ich aber ein Gasthausschild; und ich habe weiß Gott keine Lust, noch weiter zu laufen.«

»Nein, nein; kommt doch mit zu dem, von dem ich sprach. Es ist gar nicht weit«, wandte der Begleiter ein. »Hier seid Ihr nicht gut aufgehoben.«

»Ach doch«, erwiderte der Jüngling, »ich bin kein Muttersöhnchen, das in Watte gewickelt werden muß. Etwas Gutes in den Ranzen und ein Strohsack genügen mir. Es liegt mir viel daran, das eine wie das andere bald zu bekommen. Gott befohlen!« Damit trat er unter ein erbärmliches Tor, über dem das Zeichen des Vollmonds hing. »Gut, dann bringe ich Euch hier hinein, wenn Ihr's nicht anders wollt«, sagte der Unbekannte und folgte ihm nach.

»Ihr braucht Euch nicht weiter zu bemühen«, entgegnete Renzo, fügte aber hinzu: »Es würde mich jedoch freuen, wenn Ihr noch ein Glas Wein mit mir trinken würdet.«

»Das nehme ich gerne an«, erwiderte der andere, und da er mit dem Ort vertrauter war, ging er Renzo voran über einen kleinen Hof, begab sich zur Küchentür, drückte die Klinke nieder, öffnete und trat mit seinem Begleiter ein. Vom Deckenbalken hingen an zwei Stangen zwei Laternen herunter und verbreiteten ein schummriges Licht. Viel Volk saß, durchaus nicht müßig, auf Bänken beiderseits von einem langen, schmalen Tisch, der ein gut Teil des Raumes einnahm. Stellenweise bedeckten ihn Tischtücher und Teller, dann wieder aufgespielte oder verdeckte Karten und Würfel, wie sie gerade geordnet worden oder gefallen waren. Allenthalben standen Weinflaschen und Gläser.

Man sah auch Berlinghen, Reale und Parpagliolen[1] rollen, und wenn sie hätten reden können, wäre wahrscheinlich ruchbar geworden: heute morgen waren wir noch in der Ladenkasse eines Bäckers oder in den Taschen eines Zuschauers, der über der Beobachtung des Laufs der Welt bei dem Krawall gar nicht mehr bemerkt hat, was ihn selbst betraf. Der Lärm war groß. Ein Kellner eilte geschäftig hin und her, um alle an dieser Tafel zu bedienen, die zugleich Spieltisch war. Der Wirt saß auf einer kleinen Bank unter dem Rauchfang des Kamins und schien völlig in gewisse Figuren vertieft, die er mit der Feuerzange in die Asche ritzte und wieder verwischte. Tatsächlich aber hatte er ein scharfes Auge auf alles, was sich um ihn herum abspielte. Bei dem Geräusch der Klinke stand er auf und ging den Neuankömmlingen

1 Berlinga: mailändische Silbermünze, Real: kleine spanische Silbermünze, Parpagliola: lombardische Münze, 2-3 Soldi (Anmerkung des Übersetzers).

entgegen. Kaum hatte er den Führer erblickt, so murmelte er in den Bart: »Verflucht! Du läufst mir auch immer in den Weg, wenn ich dich am wenigsten gebrauchen kann.« Nachdem er dann schnell einen Blick auf Renzo geworfen hatte, sagte er bei sich: Dich kenne ich nicht. Wenn du aber mit einem solchen Jäger kommst, bist du Hund oder Hase. Du brauchst nur zwei Worte zu sagen, und ich kenne dich. Von diesen Überlegungen war aber auf dem Antlitz des Wirts nichts zu bemerken. Es blieb unbewegt wie ein Porträt: ein volles leuchtendes Gesicht mit einem spärlichen rötlichen Bärtchen und zwei klaren, festen Augen.

»Was befehlen die Herren?« sagte er laut.

»Vor allem eine gute Flasche ordentlichen Wein«, erwiderte Renzo, »und dann einen Imbiß.« Mit diesen Worten ließ er sich am oberen Tischende auf eine Bank sinken und stieß ein schallendes »Ah!« aus, als ob er sagen wollte: So eine Bank tut wohl, nachdem man so lange auf den Beinen gewesen ist. Sofort kamen ihm aber Bank und Tisch in den Sinn, wo er zuletzt mit Lucia und Agnes gesessen, und er stieß einen Seufzer aus. Dann schüttelte er den Kopf, wie um diesen Gedanken zu verscheuchen, und sah den Wirt mit dem Wein herankommen. Der Begleiter hatte sich Renzo gegenübergesetzt; dieser schenkte ihm sogleich ein und sagte: »Um die Kehle anzufeuchten!« Nachdem er das andere Glas gefüllt hatte, stürzte er es in einem Zug hinunter.

»Was gibt Er mir zu essen?« sagte er dann zu dem Wirt.

»Ich habe Schmorbraten. Mag Er den?« erwiderte der.

»Gut, also Schmorbraten.«

»Zu Diensten«, sagte der Wirt zu Renzo, und zum Kellner: »Bediene diesen Fremden!« Damit wandte er sich zum Kamin, kehrte jedoch wieder zu Renzo zurück und erklärte: »Aber Brot habe ich heute keines.«

Laut und lachend entgegnete Renzo: »Ans Brot hat die Vorsehung gedacht.« Er zog das dritte und letzte der Brötchen, die er unter dem Kreuz des Heiligen Dionys aufgesammelt hatte, aus der Tasche, hob es in die Luft und rief: »Hier ist das Brot der Vorsehung!«

Bei diesem Ruf drehten sich ihm viele zu, und als sie die Trophäe in der Luft sahen, schrie einer: »Hoch das billige Brot!«

»Billig?« sagte Renzo; »umsonst, als Gottesgabe.«

»Noch besser, noch besser!«

»Aber«, fügte Renzo sogleich hinzu, »die Herrschaften sollen nichts Böses von mir denken. Ich habe es nicht etwa, wie man zu sagen pflegt, mitgehen heißen. Ich habe es auf der Straße gefunden, und wenn ich auch seinen Herrn finden könnte, würde ich es ihm gerne bezahlen.«

»Bravo, bravo!« schrien die Gäste und brachen in schallendes Gelächter aus. Keinem von ihnen kam es in den Sinn, daß diese Worte ernst gemeint sein könnten.

»Die da glauben, daß ich Spaß mache, aber es ist wirklich so«, sagte Renzo zu seinem Führer. Er drehte das Brötchen in der Hand und fügte hinzu: »Da seht einmal, wie sie es gequetscht haben. Es sieht aus wie ein Fladen. Die lieben Nächsten waren ja auch reichlich nah. Solche mit zarteren Knochen werden allerhand mitgemacht haben.« Nachdem er drei oder vier Bissen verschlungen hatte, schickte er ein zweites Glas Wein nach und fügte hinzu: »Allein will das Brot nicht hinunter. Ich habe noch nie eine so trockene Kehle gehabt. Man hat sich ja auch was zusammengeschrien.«

»Macht dem braven jungen Mann ein gutes Bett fertig«, sagte der Führer, »er möchte nämlich hier übernachten.«

»Will Er hier übernachten?« wandte sich der Wirt an Renzo und kam an den Tisch.

»Freilich«, entgegnete Renzo, »geb Er mir irgendein Lager, wenn die Bettücher nur frisch sind. Ich bin nämlich zwar ein armer Kerl, halte aber auf Reinlichkeit.«

»Oh, was das betrifft!« sagte der Wirt, ging zum Schenktisch, der in einer Ecke der Küche stand, und kehrte mit einem Tintenfaß und einem weißen Bogen in der einen Hand und einer Feder in der andern zurück.

»Was soll das heißen?« rief Renzo aus und verschlang ein Stück von dem Schmorbraten, den ihm der Kellner hingestellt hatte. Dann fügte er mit erstauntem Lächeln hinzu: »Ist das etwa das frische Bettuch?«

Wortlos stellte der Wirt das Tintenfaß hin und legte das Papier auf den Tisch. Dann stützte er sich mit dem linken Arm und dem rechten Ellbogen auf, hielt die Feder in die Luft und hob das Gesicht zu Renzo, um ihm zu sagen: »Geb Er bitte Namen, Vornamen und Heimatgemeinde an.«

»Wieso?« sagte Renzo. »Was hat dieser Firlefanz mit dem Bett zu tun?«

»Ich tue nur meine Pflicht«, erwiderte der Wirt und schaute den Begleiter an, »wir sind verpflichtet, über jeden Rechenschaft zu geben, der bei uns übernachtet: Namen, Vornamen, Nationalität, Reisezweck, ob er Waffen bei sich führt ... wie lange er sich in dieser Stadt aufzuhalten gedenkt ... Das sind die Worte der Verordnung.«

Ehe er antwortete, leerte Renzo ein weiteres Glas: es war das dritte, und ich befürchte, daß wir sie von nun an nicht mehr zählen können. Dann sagte er: »Ah so, Er hat eine Verordnung. Und ich beabsichtige, Doktor der Rechte zu werden; dann weiß ich gleich, was man mit Verordnungen anfängt.«

»Spaß beiseite!« sagte der Wirt und blickte unverwandt auf Renzos stummen Begleiter. Er ging abermals zum Schenktisch, nahm ein großes Blatt aus der Schublade, ein Exemplar ebenjener Verordnung, und kam zurück, um es vor Renzos Augen auszubreiten.

»Ach, schau an!« rief dieser aus, erhob mit einer Hand das frisch gefüllte Glas, stürzte es gleich hinunter und streckte dann den Zeigefinger der anderen Hand auf die Verordnung. »Das ist das schöne Meßbuchblatt. Das freut mich sehr. Das Wappen kenne ich: ich weiß, was dies Arianergesicht mit dem Strick um den Hals bedeutet.« (Über die Verordnungen wurde damals das Wappen des Gouverneurs gesetzt. In dem des Don Gonzalo Fernandez de Cordova fiel ein am Halse angeketteter Mohrenkönig auf). »Dies Gesicht bedeutet: Befehle, wer da kann, und gehorche, wer da will! Wenn dies Gesicht den Herrn Don – genug, ich weiß schon wen – auf die Galeere gebracht hat, so wie es ein anderes, ähnliches Meßbuchblatt verlangt, wenn es erreicht hat, daß ein anständiger junger Mann ein anständiges Mädchen, das ihn gern haben möchte, heiraten kann, dann werde ich diesem Gesicht auch meinen Namen sagen. Ich will ihm sogar noch einen Kuß dazu geben. Ich könnte gute Gründe haben, meinen Namen nicht zu nennen. Das wäre ja noch schöner. Und wenn ein Gauner, dem eine Handvoll anderer Gauner zu Gebote stehen, denn wenn er allein da wäre ...« Hier brach er den Satz mit einer Gebärde ab. »Wenn so ein Gauner wissen möchte, wo ich bin, um mir einen schlechten Streich zu spielen, dann möchte ich wissen, ob dies Gesicht sich rühren würde, um mir zu helfen. Ich soll meine Geschäfte nennen. Das ist auch neu! Ich bin nach Mailand gekommen, um zu beichten, nehmen wir einmal an. Ich will aber bei einem Kapuzinerpater zur Beichte gehen, sozusagen, und nicht bei einem Wirt.«

Der Wirt schwieg still, sah aber weiter den Begleiter an, der sich in keiner Weise rührte. Renzo stürzte – wie wir leider feststellen müssen – ein weiteres Glas hinunter und fuhr fort: »Mein lieber Wirt, ich will dir einen Grund nennen, den du begreifen wirst. Wenn die Verordnungen nichts zählen, die für ehrliche Christenmenschen gut klingen, so dürfen die um so weniger zählen, die schlecht klingen. So räume all das Zeug nur fort und bringe dafür eine neue Flasche, denn die hier hat 'nen Sprung.« Bei diesen Worten klopfte er leicht mit dem Knöchel daran und fügte hinzu: »Hörst du, Wirt, wie hohl sie klingt?«

Auch diesmal hatte Renzo nach und nach die Aufmerksamkeit der umsitzenden Gäste auf sich gelenkt, und auch diesmal erntete er den Beifall seiner Zuhörer.

»Was soll ich tun?« sagte der Wirt und sah den Unbekannten an, der für ihn jedoch keiner war.

»Los doch! los!« riefen viele Stimmen. »Der junge Mann hat recht. Das sind lauter Scherereien, Fußangeln und Schikanen! Ein neues Gesetz ab heute, ein neues Gesetz!«

Inmitten des Geschreis warf der Unbekannte dem Wirt wegen seiner allzu unverblümten Fragerei einen mißbilligenden Blick zu und sagte: »Laßt ihn nach seiner Art gewähren und macht kein Aufsehen.«

»Ich habe meine Pflicht getan«, sagte der Wirt laut, und dann bei sich: Jetzt bin ich völlig gedeckt. Er nahm Papier, Feder, Tintenfaß, die Verordnung samt der leeren Flasche, um letztere dem Kellner zu übergeben.

»Bring vom selben«, sagte Renzo, »ich finde ihn anständig. Wir wollen ihn wie den anderen in sein Bett legen, ohne nach Namen, Vornamen, Nationalität und Reisezweck zu fragen, oder ob er sich in dieser Stadt einige Zeit aufhalten will.«

»Vom selben«, sagte der Wirt zum Kellner, übergab ihm die Flasche und setzte sich wieder an den Kamin.

Allerdings ein heuriger Hase! dachte er und malte von neuem Geschichten in die Asche. In was für Hände bist du gefallen. So ein Esel! Wenn du ersaufen willst, dann ersaufe nur! Aber den Wirt zum Vollmond laß bei deinen Verrücktheiten aus dem Spiel!

Renzo dankte dem Begleiter und allen anderen, die seine Partei ergriffen hatten. »Liebe Freunde«, sagte er, »da erlebe ich doch einmal, daß die Anständigen sich die Hand bieten und einander helfen.« Dann erhob er die Rechte beschwichtigend über den Tisch und setzte sich von neuem in Rednerpositur. »Was für ein Gehabe«, rief er aus, »daß alle, welche die Welt regieren, überall mit Papier, Feder und Tintenfaß kommen. Immer die Feder gezückt! Diese Herrschaften sind von der Federfuchserei ja wie besessen!«

»Heda, biederer Landmann, wollt Ihr auch den Grund wissen?« sagte lachend einer der Spieler, der am Gewinnen war.

»Laßt hören!« erwiderte Renzo.

»Der Grund ist der«, ließ sich jener vernehmen, »daß ja diese Herrschaften die Gänse verspeisen, und dabei fallen derartig viel Federn ab, daß sie schließlich etwas damit anfangen müssen.«

Alle brachen in Gelächter aus, außer dem Gast, der das Spiel verlor.

»Schau mal einer an!« sagte Renzo, »das ist ja ein Poet. Hier gibt's also auch Poeten; sie werden freilich überall geboren. Ich habe gleichfalls so eine Ader, und manchmal kommen mir drollige Einfalle ... wenn's gut geht natürlich.«

Um diesen Kalauer des guten Renzo zu verstehen, muß man wissen, daß beim Mailänder Volk und noch mehr auf dem Lande »Poet« nicht, wie für alle ehrenwerten Leute sonst, einen erhabenen Genius, einen, der auf dem Pindus zu Hause ist, einen Zögling der Musen bedeutet, sondern einen wunderlichen, etwas närrischen Kauz, der in Worten und Taten eher pfiffig und sonderlich als vernünftig ist. So pfuscht der einfache Mann einem ins Handwerk und erkühnt sich, die Worte derartig zu verdrehen, daß sie Dinge bezeichnen, die himmelweit von ihrer wahren Bedeutung verschieden sind. Denn was hat ein Poet mit einem närrischen Kauz zu tun? frage ich.

»Aber ich werde Euch den eigentlichen Grund verraten«, fügte Renzo hinzu, »er liegt darin, daß sie mit der Feder das

Heft in Händen halten, und so fliegen ihre eigenen Worte davon und verschwinden. Die Worte aber, die ein armer Kerl sagt, werden von ihnen genau beachtet, und rasch spießen sie sie in der Luft mit jener Feder auf und nageln sie auf dem Papier fest, um sich ihrer gegebenenfalls zu bedienen. Dann haben sie noch einen anderen Trick: wenn sie einen armen Kerl verbiestern wollen, der nicht studiert hat, der aber hier oben etwas ... ich weiß schon, was ich sagen will ...« – um sich begreiflich zu machen, rührte, ja stieß er förmlich mit dem Zeigefinger an die Stirn –, »wenn sie merken, daß er anfängt, den Betrug zu wittern, bums! werfen sie dann ein paar lateinische Brocken in die Rede, damit er den Faden verliert und ganz wirr im Kopf wird. Genug, da sind allerlei Gepflogenheiten abzustellen! Heute hat sich alles vortrefflich auf gut italienisch machen lassen, ohne Papier, Feder und Tintenfaß, und wenn die Leute sich zu helfen wissen, wird man morgen noch besser verfahren, ohne dabei aber jemandem auch nur ein Haar zu krümmen, alles ganz nach dem Buchstaben des Gesetzes.«

Die Gäste hatten unterdessen wieder zu spielen, zu essen und vielfach zu lärmen begonnen. Einige gingen fort. Neue Leute kamen. Der Wirt achtete auf alle. Aber das alles hat nichts mit unserer Geschichte zu tun. Auch dem unbekannten Begleiter wurde die Zeit lang. Anscheinend hatte er an diesem Orte nichts verloren, und doch wollte er nicht fortgehen, ohne noch einmal allein mit Renzo gesprochen zu haben. Er wandte sich ihm zu, kam wieder auf das Brot zurück, und nach einigen Bemerkungen, wie sie seit kurzem in aller Munde waren, entwickelte er einen eigenen Plan. »Ach, wenn ich etwas zu sagen hätte«, bemerkte er, »wüßte ich schon ein Mittel, alles in Ordnung zu bringen.«

»Wie wollt Ihr das denn erreichen?« fragte Renzo und sah ihn mit überaus glänzenden Augen an, wobei er den Mund ein wenig verzog, wie um besser aufpassen zu können.

»Wie ich das erreichen will?« sagte dieser, »ich möchte, daß Brot für alle da ist, für arm und reich.«

»Ah! so ist's recht!« meinte Renzo.

»Ich würde das so machen: Einen anständigen Preis festsetzen, bei dem alle leben können. Das Brot müßte dann nach der Kopfzahl verteilt werden, denn es gibt rücksichtslose Vielfraße, die alles für sich allein möchten, sich um alles balgen und immer einen guten Schnitt machen, und dann fehlt den armen Leuten das Brot. Das Brot muß also verteilt werden. Wie geschieht das? Also, man gibt jeder Familie eine der Kopfzahl entsprechende Karte, mit der sie beim Bäcker Brot holen kann. Mir zum Beispiel müßte man folgende Karte ausstellen: Ambrogio Fusella, von Beruf Schwertfeger, verheiratet, vier Kinder, alle im Alter von Brotverbrauchern (beachtet das!), hat soundso viel Brot zu erhalten und bezahlt dafür soundso viel. Die Sache muß aber richtig gemacht werden, immer mit Rücksicht auf die Kopfzahl. Für Euch zum Beispiel müßte eine Karte ausgefertigt werden für ... Euer Name bitte?«

»Lorenzo Tramaglino«, sagte der Jüngling, der, von dem Plan ganz hingerissen, nicht beachtete, daß alles für Papier, Feder und Tintenfaß berechnet war und daß zur Durchführung zunächst die Namen der Personen festgestellt werden mußten.

»Ganz recht«, sagte der Unbekannte. »Habt Ihr aber auch Weib und Kind?«

»Eigentlich sollte ich ... Kinder noch nicht ... das wäre etwas früh ... Aber eine Frau ... wenn es in der Welt mit rechten Dingen zuginge ...«

»Aha, Ihr seid ledig! Also Geduld! Folglich eine kleinere Ration.«

»Richtig. Wenn ich aber in kurzem, wie ich hoffe ... mit Gottes Hilfe ... genug! wenn ich also auch verheiratet wäre?«

»Dann wird die Karte umgetauscht und die Ration erhöht. Wie ich gesagt habe, immer nach der Kopfzahl.« Mit diesen Worten erhob sich der Unbekannte.

»So geht es gut«, rief Renzo aus. Dann hieb er mit der Faust auf den Tisch und schrie: »Und warum wird nicht so ein Gesetz gemacht?«

»Was soll ich Euch darauf sagen? Nun aber gute Nacht! Ich muß gehen, denn ich denke, daß Weib und Kind schon eine Weile auf mich warten.«

»Noch ein Tröpfchen, noch ein Tröpfchen!« lallte Renzo und füllte schnell das Glas des anderen. Er war schnell aufgestanden, hatte ihn am Rockschoß ergriffen und zog daran, um ihn erneut zum Niedersitzen zu bewegen. »Noch ein Tröpfchen! Die Ehre werdet Ihr mir doch antun!«

Der Freund aber befreite sich mit einem Ruck, ließ Renzo Bitten und Vorwürfe durcheinanderstammeln, sagte abermals: »Gute Nacht!« und ging davon. Renzo redete noch weiter auf ihn ein, als der andere sich schon auf der Straße befand. Dann sank er wieder auf die Bank zurück. Er starrte auf das Glas, das er wieder gefüllt hatte, und als er den Kellner am Tisch vorbeikommen sah, gab er ihm ein Zeichen stehenzubleiben, als ob er ihm etwas mitzuteilen hätte. Dann zeigte er auf das Glas und sagte gedehnt und feierlich in sonderbar abgehackter Redeweise: »Da, das hatte ich für jenen ehrenwerten Herrn eingeschenkt, gestrichen voll, in aller Freundschaft, sieht Er? Aber er hat es nicht gewollt. Die Leute haben manchmal sonderbare Einfälle. Es ist nicht meine Schuld. Ich habe mein gutes Herz gezeigt. Da es aber so gekommen ist, wollen wir das Zeug nicht verderben lassen.« Bei diesen Worten nahm er das Glas und leerte es in einem Zuge.

»Ich bin im Bilde«, sagte der Kellner und ging fort.

»Ach, Er ist auch im Bilde?« fuhr Renzo fort, »dann stimmt es also. Wenn gute Gründe da sind ...«

Hier bedarf es unserer ganzen Wahrheitsliebe, um einen Bericht getreulich fortzusetzen, der einer solchen Hauptfigur, ja man könnte sagen: dem ersten Mann unserer Geschichte so wenig Ehre macht. Aus denselben Gründen müssen wir allerdings unparteiischerweise auch darauf hinweisen, daß Renzo zum ersten Male etwas Derartiges zustieß. Gerade der Umstand, daß er an Zecherei in keiner Weise gewöhnt war, war ja der Grund, daß die erste ihm so schlecht bekam. Die wenigen Gläser Wein, die er anfänglich eins nach dem andern, wider seine Gewohnheit, hinuntergestürzt hatte – teils wegen seines brennenden Durstes, teils wegen einer gewissen Gemütserregung, die ihn nichts mit Maß tun ließ –, stiegen ihm gleich zu Kopf. Einem erfahreneren Trinker hätten sie lediglich den Durst gestillt. Unsere Quelle macht zu diesem Punkt eine Anmerkung, die wir wiederholen wollen; man mag davon halten, was man will. Sie erklärt: »Mäßige und anständige Gewohnheiten haben stets den Vorteil, daß jemand auf der Stelle bemerkt, wenn er auch nur etwas davon abweicht, und das um so eher, je mehr sie ihm in Fleisch und Blut übergegangen sind. Daran denkt er noch lange, und so bringt ihm auch ein dummer Streich eine Lehre ein.« Wie dem auch sei: sobald Renzo der erste Weindunst zu Kopf gestiegen war, pichelte er munter weiter und ließ zugleich seinem Redestrom freien Lauf, ganz ohne Sinn und Verstand. So gut er konnte, behauptete er sich an der Stelle, wo wir ihn verlassen haben. Er verspürte ein gewaltiges Mitteilungsbedürfnis. An Zuhörern – oder wenigstens an Anwesenden, die er dafür halten konnte – war kein Mangel. Eine Zeitlang waren ihm auch die Worte nur so zugeströmt und hatten sich noch in eine gewisse Ordnung gefügt. Allmählich aber wurde es ihm höllisch schwer, einen Satz zu Ende zu bringen. Der Gedanke, der seinem Geiste lebendig und folgerichtig erschienen war, vernebelte sich urplötzlich und verschwand. Wenn ein Wort ein wenig auf sich warten ließ, kam kein treffendes mehr heraus. In solcher Bedrängnis nahm er zu der vermaledeiten Flasche seine Zuflucht und erlag dem falschen Drang, der den Menschen so oft zum Verhängnis wird. Was ihm aber in solcher Lage die Flasche nützen konnte, das mag entscheiden, wer noch einen Funken Verstand hat.

Wir werden nur einige seiner vielen Ergüsse an diesem Unglücksabend wiedergeben und lassen die meisten als zu widerspruchsvoll beiseite. Sie haben nämlich nicht nur keinen Sinn, sondern erwecken nicht einmal den Anschein, als ob sie einen hätten: für ein gedrucktes Buch ist das aber eine unumgängliche Voraussetzung.

»Heda, Wirt, Wirt!« fing er wieder an und folgte ihm mit den Blicken rings um den Tisch oder bis unter den Rauchfang, wobei er ihn manchmal da ins Auge faßte, wo er gerade nicht war, und immer in den allgemeinen Lärm hineinschrie. »Ein schöner Wirt bist du! Das kann ich nicht verwinden ... den Streich mit Namen, Vornamen und Beruf. So etwas einem Burschen wie mir! ... Du hast dich nicht gut benommen. Einen armen Kerl aufs Papier festzunageln ... Sehr angenehm, sehr sinnig, sehr geschmackvoll! Verstehen wir uns, meine Herren? Die Wirte müßten es doch mit den kleinen Leuten halten ... Hör mal, Wirt, hör mal, ich will einmal einen Vergleich anstellen ... aus dem Grunde ... Da lachen Sie wohl? Freilich bin ich ein bißchen beschwipst, freilich ... aber meine Gründe gebe ich richtig an. Sag doch einmal: Wer hält dir den Laden in Schwung? Die armen Kerle, nicht wahr? Hab ich recht? Paß einmal auf, ob die hohen Herren mit ihren Verordnungen jemals zu dir kommen, um ein Gläschen zu leeren.«

»Das sind lauter Wassertrinker«, bemerkte einer neben Renzo.

»Die wollen einen klaren Kopf behalten«, fügte ein anderer hinzu, »um das Blaue vom Himmel herunterlügen zu können.«

»Holla!« schrie Renzo, »da hat der Poet gesprochen. Dann seht ihr übrigen doch wohl auch meine Gründe ein. Antworte also, Wirt: Ist der Ferrer, der doch der Beste von allen ist, jemals hierhergekommen, um ein Prösterlein zu machen und auch nur einen roten Heller auszugeben? Und dieser Bluthund Don ...? Ich halts Maul, denn ich bin noch bei Sinnen, zu sehr sogar. Ferrer und der Pater Chrr ... ich weiß, das sind zwei Ehrenmänner. Ehrenmänner gibt es aber wenig. Die Alten sind noch schlimmer als die Jungen, und die Jungen ... noch schlimmer als die Alten. Ich bin aber froh, daß kein Blut geflossen ist. Pfui, das ist Barbarei, das soll man dem Schinder überlassen. Brot? Das ja! Ich habe so einige Püffe abgekriegt, aber ... ich habe auch welche ausgeteilt. Platz! Überfluß! Hoch! ... Trotzdem, auch der Ferrer ... so ein paar Wörtchen auf lateinisch ... siés baraòs trapolorum ... Ein verdammtes Laster! Hoch! Gerechtigkeit! Brot! Ha, das sind die richtigen Worte! ... Damals hätten wir das wackere Volk gebraucht ... als dies verfluchte Bimbambum losging und wieder bimbambum. Dann wären wir nicht geflohen! Siehst du, wenn ich diesen Herrn Pfarrer bloß einmal hier hätte! Ich weiß schon, wen ich meine!«

Bei diesen Worten sank ihm der Kopf vornüber, und eine Zeitlang saß er wie in Gedanken verloren da. Dann stieß er einen schweren Seufzer aus und zeigte ein tiefbetrübtes Gesicht mit zwei feuchten, glitzernden Augen und einem peinlich blöden Ausdruck, so daß es schlimm gewesen wäre, wenn der Gegenstand seines Kummers ihn einen Augenblick in solcher Verfassung gesehen hätte. Die Kerle aber, die schon begonnen hatten, sich über den wilden und wirren Redeschwall Renzos lustigzumachen, ergötzten sich nun um so mehr an seinen zerknirschten Mienen. Die Nächstsitzenden sagten zu den anderen: »Schaut doch einmal her!« und alle wandten sich ihm zu. So wurde er die Zielscheibe des Spotts der ganzen Kumpanei. Es konnte zwar keine Rede davon sein, daß alle bei klarem Verstande gewesen wären oder auch nur im Besitz ihrer – wie auch immer beschaffenen – gewöhnlichen Geisteskräfte. Um der Wahrheit die Ehre zu geben, muß aber festgestellt werden, daß keiner ihrer so verlustig gegangen war wie der arme Renzo. Hinzu kommt noch, daß er vom Lande stammte. Einer nach dem anderen begann ihn mit albernen und dreisten Fragen und Hänseleien aufzuziehen. Renzo verhielt sich dem gegenüber bald übelnehmerisch, bald gutmütig. Bald redete er von völlig anderen Dingen, ohne all diese Stimmen zu beachten, bald gab er Antwort, bald stellte er Fragen, immer sprunghaft und zusammenhanglos. Glücklicherweise war ihm aber bei aller Faselei eine instinktive Scheu verblieben, Personennamen preiszugeben, so daß auch der nicht genannt wurde, der in seinem Gedächtnis am tiefsten haften mußte. Es täte uns auch zu leid, wenn jener Name, für den auch wir einige Zuneigung und Verehrung empfinden, durch diese Mäuler gezogen worden und zum Zeitvertreib dieser ruchlosen Zungen geworden wäre.

15. KAPITEL

Als der Wirt merkte, daß der Spaß sich in die Länge zog, war er zu Renzo getreten und hatte die anderen freundlich gebeten, von ihm abzulassen. Dann schüttelte er ihn am Arm und versuchte ihm mit aller Überredungskunst klarzumachen, daß er nun zu Bett gehen müsse. Renzo aber hatte es immer wieder mit Namen und Vornamen, den Verordnungen und den braven Burschen. Aber schließlich begriff er die Worte »Bett« und »Schlafengehen«, mit denen beständig auf ihn eingeredet wurde. Sie weckten in ihm ein dringlicheres Verlangen nach dem, was sie bedeuteten, und brachten ihn vorübergehend wieder zur Besinnung, wobei er denn auch bis zu einem gewissen Grade begriff, wie weit es mit ihm gekommen war. So läßt der letzte Lichtstumpf von einer Festbeleuchtung erkennen, daß die anderen bereits verloschen sind. Er machte sich Mut, streckte die Hände aus und stützte sie auf den Tisch. Ein paarmal versuchte er aufzustehen, stöhnte und schwankte, bis er mit Hilfe des Wirtes schließlich hochkam. Dieser stützte ihn weiter und half ihm zwischen Bank und Tisch heraus. Mit einer Hand ergriff er dann ein Licht und brachte ihn mit der andern, ihn halb führend und halb schleifend, so gut es ging, zum Treppenaufgang. Als ihm von den anderen laute Abschiedsgrüße nachgeschrien wurden, drehte sich Renzo dort schnell herum und hätte einen Purzelbaum geschlagen ohne seinen Führer, der ihn geistesgegenwärtig beim Arm hielt. Er wandte sich also um und schwenkte die frei gebliebene Hand unsicher grüßend durch die Luft, als ob er einen Salomonsknoten ohne Anfang und Ende beschriebe.

»Los, zu Bett, zu Bett«, sagte der Wirt und schleppte ihn weiter. Er zwängte ihn durch die Tür und zog ihn mit noch größerer Mühe die kleine Stiege hinauf und schließlich in das für ihn bestimmte Zimmer. Als Renzo sein Bett bereit sah, freute er sich und blickte den Wirt liebevoll an, wobei die klein gewordenen Augen glitzerten wie noch nie oder auch wie zwei Glühwürmchen verschwanden. Er versuchte sein Gleichgewicht wiederzufinden und tappte nach dem Gesicht des Wirtes, um ihn voller Dankbarkeit freundschaftlich in die Wange zu kneifen; doch das mißlang. Dagegen brachte er die Worte heraus: »Bravo, Wirt! Jetzt sehe ich, daß du ein anständiger Kerl bist. Das ist ein gutes Werk, einem armen Teufel ein Bett geben. Wie du mir aber so mit Namen und Vornamen gekommen bist, das war nicht recht! Ein Glück, daß ich auch nicht auf den Kopf gefallen bin …«

Der Wirt, der nicht glaubte, daß Renzo noch so folgerichtig denken könnte, und der aus langer Erfahrung wußte, wie die Menschen in solchem Zustand mehr als gewöhnlich dazu neigen, ihre Meinung zu ändern, wollte diesen lichten Moment ausnutzen, um noch einmal einen Versuch zu unternehmen. »Mein lieber Sohn«, sagte er schmeichelnd und liebenswürdig, »ich habe das ja nicht getan, um Ihn zu belästigen oder um mich in Seine Angelegenheiten zu mischen. Was will Er machen? Das Gesetz ist nun einmal so, und auch wir müssen gehorchen, sonst sind wir die ersten, die bestraft werden. Es ist besser, sich danach zu richten und ... Um was handelt es sich denn schließlich? Ist das denn die Welt? Bloß zwei Worte! Nicht für die, aber mir zuliebe. Los! Hier unter uns, unter vier Augen, machen wir reinen Tisch. Sag Er mir Seinen Namen ... und dann mit gutem Gewissen ins Bett!«

»Oh, du Schuft«, rief Renzo aus, »du Gauner, kommst du mir noch einmal mit dieser schändlichen Frage nach Namen, Vornamen und Beruf!«

»Sei still, du Hanswurst, geh zu Bett!« sagte der Wirt.

Aber Renzo schrie noch lauter: »Ich bin im Bilde. Du gehörst auch zu dem Verein. Warte, warte, dir werde ich's geben!« Er wandte den Kopf zur Treppe und begann noch lauter zu brüllen: »Freunde, der Wirt gehört zu ...«

»Das war doch bloß Spaß«, herrschte dieser Renzo an und stieß ihn zum Bett, »bloß Spaß, hast du denn nicht verstanden, daß ich das im Spaß gesagt habe?«

»Ach so, im Spaß! Jetzt redest du vernünftig. Wenn du das im Spaß gesagt hast ... Ist wirklich spaßig!« Damit sank er bäuchlings aufs Bett.

»Mach zu, zieh dich schnell aus«, sagte der Wirt und ließ dem Rat seine Hilfe folgen, die denn auch wirklich nötig war. Als Renzo das Wams abgestreift hatte (und das war keine Kleinigkeit), ergriff der Wirt es sogleich und tastete an den Taschen nach Moses und den Propheten. Er entdeckte sie, und da er dachte, daß sein Gast am nächsten Tage eine Rechnung mit ganz anderen Leuten als mit ihm zu begleichen hätte und daß dann der Zaster wahrscheinlich in Hände fallen würde, aus denen ihn ein Wirt nicht wieder herausbringen könnte, wollte er versuchen, wenigstens diese Sache in Ordnung zu bringen.

»Er ist doch ein guter, anständiger Kerl, nicht wahr?« sagte er.

»Ein guter, anständiger Kerl«, wiederholte Renzo und fingerte unentwegt vergeblich an den Knöpfen der Kleidungsstücke herum, die er noch nicht hatte ablegen können.

»Gut«, entgegnete der Wirt, »dann begleich Er doch bitte jetzt schon die kleine Rechnung, denn morgen habe ich auswärts zu tun ...«

»Das ist recht«, sagte Renzo. »Ich bin zwar nicht von gestern, aber eine ehrliche Haut ... Aber das Geld? Such einer jetzt einmal Geld!«

»Hier ist es!« sagte der Wirt, und unter Aufbietung seiner ganzen Erfahrung, Geduld und Geschicklichkeit gelang es ihm schließlich, mit Renzo abzurechnen und sein Schäfchen ins trockene zu bringen.

»Hilf mir doch, Wirt, daß ich mit dem Ausziehen fertig werde«, sagte Renzo. »Siehst du, ich merke auch, daß mir die Augen zufallen vor Schlaf.«

Der Wirt ging ihm nach Wunsch zur Hand, deckte ihn obendrein noch zu und sagte unwirsch: »Gute Nacht«, während jener schon schnarchte. Dann unterlag er jener Anziehungskraft, die zuweilen ein Gegenstand unserer Abneigung nicht minder ausübt denn ein Gegenstand unserer Liebe und die vielleicht nur auf dem Wunsche beruht, betrachtend zu erkennen, was so stark auf unsere Seele wirkt. So verweilte der Wirt noch einen Augenblick, um den ihm so lästigen Gast zu mustern. Er hielt ihm das Licht übers Gesicht und schirmte es mit der Hand ab, fast in der gleichen Haltung, in der Psyche gemalt wird, wie sie heimlich die Gestalt des unbekannten Gatten betrachtet. Du Esel! sagte er im Geiste zu dem armen Schläfer, das hast du dir nun selber eingebrockt. Morgen wirst du mir ja sagen können, wie es schmeckt. Ihr Einfaltspinsel, die ihr durch die Welt kommen wollt, ohne zu wissen, wo die Sonne aufgeht, und so euch und euren Nächsten in Ungelegenheiten bringt!

Nach diesen Worten oder Gedanken zog er das Licht zurück, wandte sich um, verließ das Zimmer und schloß es ab. Auf dem Treppenabsatz rief er nach der Wirtin und sagte ihr, sie solle die Kinder unter Obhut einer Dienstmagd lassen und selbst in die Küche gehn, um ihn zu vertreten. »Ich muß noch einmal fort wegen eines Fremden, der, weiß der Teufel wie, zu meinem Unglück hier hereingeschneit ist«, fügte er hinzu und berichtete ihr kurz von dem ärgerlichen Vorfall. Daran schloß er die Mahnung: »Hab ein Auge auf alles; und sei besonders vorsichtig an diesem verfluchten Tage. Da unten sind ein Haufen Liederjane, die im Suff, und weil sie sowieso ein loses Maul haben, über Gott und die Welt herziehen. Genug, wenn so ein Lümmel ...«

»Oho, schließlich bin ich ja kein Backfisch mehr und weiß, was ich zu tun habe. Bis jetzt kann man jedenfalls nicht behaupten ...«

»Schon gut! Und aufpassen, daß sie zahlen! Immer so tun, als ob du von all ihren Redereien über den Statthalter und den Gouverneur und Ferrer und die Dekurionen und die Ritter von Spanien und Frankreich und all dem Zimt nichts hörtest. Wenn man nämlich widerspricht, kann es einem auf der Stelle schlecht bekommen, und wenn man zustimmt, mag es einem später schlecht ergehn. Und du weißt ja auch schon, daß manchmal diejenigen, die am heftigsten vom Leder ziehen ... Genug! Wenn gewisse Äußerungen fallen, wendest du den Kopf und rufst: ›Sofort‹, als ob jemand von einer andern Seite nach dir verlangt hätte. Ich will versuchen, sobald wie möglich zurückzukommen.«

Nach diesen Worten stieg er mit ihr in die Küche hinunter, warf einen Blick ringsumher, um zu sehen, ob sich etwas Neues von Belang ereignet hätte, holte Hut und Mantel vom Kleiderhaken, nahm seinen Knittelstock aus der Ecke, schärfte durch einen weiteren Blick seiner Frau noch einmal seine Anweisungen ein und ging fort. Aber schon während dieser Zurüstungen hatte er innerlich den Faden der am Bett des armen Renzo begonnenen Ansprache wieder aufgegriffen, und unterwegs haderte er weiter.

Du Dickschädel von einem Älpler! – Denn wie gerne Renzo auch unerkannt geblieben wäre, seine Herkunft verriet sich ohne weiteres in seinen Worten, seiner Aussprache, seinem Äußeren und seinem Verhalten. – Da bin ich nun mit aller List und Tücke ungeschoren durch so einen Tag gekommen, und zu guter Letzt mußt du noch aufkreuzen und mir einen Strich durch die Rechnung machen. Fehlt es in Mailand denn an Gasthäusern, daß du ausgerechnet auf mich verfallen mußtest? Wenn du wenigstens noch alleine gekommen wärest, dann hätte ich für diesmal ein Auge zugedrückt und dir morgen reinen Wein eingeschenkt. Aber nein, mein Herr, man kommt in Gesellschaft und hat sich auch noch einen Spitzel aufgehalst.

Auf Schritt und Tritt traf der Wirt einzelne Passanten oder auch Paare und Gruppen von Leuten, die flüsternd vorübergingen. An dieser Stelle seiner stummen Standpauke sah er eine Militärstreife herankommen, und während er zur Seite trat, um sie vorbeizulassen, schielte er verschmitzt nach ihnen und fuhr bei sich fort: Da kommt die Zuchtrute des Herrn. Und du ausgemachter Esel hast dir in den Kopf gesetzt, die Welt müßte sich ändern, weil du ein paar Leute hast herumziehen sehen, um Krach zu schlagen. Und aus diesem sauberen Grunde hast du dich ins Unglück geritten und möchtest auch mich hereinreißen, und das ist nicht recht. Ich habe alles getan, um dich zu retten, und dafür hast du Rindvieh mir bald die ganze Wirtschaft auf den Kopf gestellt. Nun magst du zusehen, wie du dich aus der Patsche ziehst. Für mich sorge ich schon selber. Als ob ich deinen Namen wissen wollte, um meiner Neugier zu frönen. Was kommt es mir denn darauf an, ob du Thaddäus oder Bartholomäus heißt? Mir ist es ja auch ein besonderer Genuß, eine Feder in die Hand zu nehmen! Es geht euch ja schließlich nicht allein so, daß immer alles nach eurem Kopf gehn soll. Ich weiß ja auch, daß es Verordnungen gibt, nach denen keiner fragt; was für eine Neuigkeit, daß erst so ein Älpler herkommen muß, um uns das zu verkünden! Aber du weißt nicht, daß die Verordnungen gegen die Wirte sehr genau genommen werden. Du unterstehst dich, daherzukommen und Reden zu halten, und weißt noch nicht einmal, daß man mit allem Respekt von den Verordnungen reden muß, wenn man tun und lassen will, was einem beliebt, und darauf pfeifen möchte. Und weißt du Rindvieh denn auch, was einem armen Wirt passiert, der deiner Ansicht wäre und nicht nach dem Namen seiner geschätzten Gäste fragen würde? »Besagte Gastwirte, Kneipenbesitzer und andere, wie oben verlautbaret, werden mit dreihundert Talern in Strafe genommen« – ach, solche Leute gibt es, die dreihundert Taler ausbrüten, um sie derartig vorteilhaft anzulegen! –, »als welche zu zwei Dritteilen der Königlichen Kammer und im übrigen dem Kläger oder Urheber der Anzeige zufallen« – ein ganz schönes Geld! –, »und im Nichtbeitreibungsfalle mit fünf Jahren Galeere und weiteren Geld- und Leibesstrafen nach Dafürhalten Seiner Exzellenz.« – Bin Seiner Gnaden höchlichst verbunden!

Bei diesen Worten erreichte der Wirt die Schwelle des Justizpalastes.

Hier herrschte, wie in allen anderen Ämtern, großer Betrieb. Überall war man dabei, die denkbar zweckdienlichsten Befehle zu erteilen, um für den nächsten Tag gerüstet zu sein, den zu neuen Krawallen bereiten Gemütern Vorwände und Eifer zu nehmen und die Macht in den Händen derer zu sichern, die sie gewöhnlich ausübten. Die Wachen am Statthaltergebäude wurden verstärkt, die Zufahrten mit Balken versperrt und mit Wagen verbarrikadiert. Alle Bäkker erhielten Weisung, ununterbrochen zu backen. In die umliegenden Dörfer wurden Staffetten mit dem Befehl geschickt, Getreide in die Stadt zu schaffen. Für jede Bäckerei wurden Edelleute abgeordnet, welche sich in aller Frühe dorthin begeben sollten, um die Brotverteilung zu überwachen und die Unruhestifter durch die Autorität ihrer Gegenwart und gutes Zureden zu zügeln. Da aber doppelt genäht besser hält, dachte man auch daran, den Ratschlägen mit etwas Einschüchterung nachzuhelfen, und suchte Mittel und Wege, um des einen oder anderen Aufrührers habhaft zu werden. Das war insbesondere die Aufgabe des Polizeihauptmanns. Jedermann kann sich denken, welche Gefühle er, mit seinem Wundverband auf einem Teil des metaphysischen Hohlraums, allen Aufständen und Aufständischen entgegenbrachte. Seine Spürhunde waren seit Beginn des Krawalls auf dem Posten; und jener angebliche Ambrogio Fusella war, genau wie der Wirt gesagt hatte, ein verkleideter Häscher, der gerade zu dem Zweck ausgesandt worden war, jemanden auf frischer Tat zu ertappen, der leicht wiederzuerkennen wäre und den er sich merken und den er überraschen sollte, um ihn dann nachts in aller Stille oder am nächsten Tage zu verhaften. Sobald er die ersten Worte von Renzos Ansprache gehört hatte, nahm er ihn sofort aufs Korn, denn das schien ihm genau der gutartige Missetäter zu sein, wie er ihn brauchte. Als er dann merkte, daß jener sich nirgends auskannte, hatte er den Meisterstreich versucht, ihn stehenden Fußes ins Gefängnis zu bringen, als in das sicherste Gasthaus der Stadt. Der Versuch schlug allerdings fehl, wie wir gesehen haben, doch konnte er zuverlässige Auskunft über Namen, Vornamen und Wohnsitz heimbringen sowie einen ganzen Packen beachtlicher Vermutungen. Als daher der Wirt kam, um zu melden, was er von Renzo wußte, war man bereits besser im Bilde als er. Er trat in das vertraute Büro und machte seine Anzeige: daß ein Fremder bei ihm Quartier genommen habe und durchaus seinen Namen nicht angeben wolle.

»Sie haben Ihre Pflicht getan, die Justiz zu verständigen«, sagte ein Untersuchungsbeamter und legte die Feder nieder, »wir wußten es aber bereits.«

Kunststück, dachte der Wirt, dazu gehört nicht viel!

»Wir kennen sogar«, fuhr der Beamte fort, »den werten Namen.«

Teufel! den Namen sogar! Wie haben sie das denn angestellt? dachte der Wirt bei diesen Worten.

»Sie aber«, fing der andere mit strenger Miene wieder an, »Sie melden nicht alles aufrichtig.«

»Was soll ich denn sonst noch angeben?«

»Ei, ei! Wir wissen genau, daß dieser Bursche in Ihre Wirtschaft eine Menge gestohlenes Brot gebracht hat, und zwar mit Gewalt durch Plünderung und Aufstand geraubtes Brot.«

»Wenn einer mit einem Brötchen in der Tasche daherkommt, was weiß ich dann, wo er es herhat? Und ich kann beschwören, so wahr ich hier stehe, daß ich bei ihm nur ein einziges Brötchen gesehen habe.«

»Freilich! Immer entschuldigen und verteidigen! Wenn man euch hört, sind das lauter Tugendbolde. Wie können Sie denn beweisen, daß dies Brötchen rechtmäßig erworben wurde?«

»Was habe ich da zu beweisen? Das geht mich nichts an. Ich bin Wirt.«

»Ihr könnt aber doch nicht in Abrede stellen, daß Euer Kunde die Unverschämtheit besessen hat, beleidigende Äußerungen über die Verordnungen fallenzulassen und sich gegenüber dem Wappen Seiner Exzellenz ungebührlich zu betragen.«

»Gestatten Euer Gnaden, wie kann jemand mein Kunde sein, wenn ich ihn zum ersten Male sehe? Nur der Teufel, mit Verlaub, hat ihn mir ins Haus geschickt, und Euer Gnaden ersehen doch wohl, daß ich nicht nötig gehabt hätte, nach seinem Namen zu fragen, wenn ich ihn kennen würde.«

»In Eurer Gaststube sind aber in Eurer Gegenwart Brandreden gehalten worden, und es gab aufsässige Äußerungen, aufwieglerische Anschläge, Meckerei, Geschrei und Lärm.«

»Aber, Euer Gnaden, wie soll ich denn auf all den Schnickschnack achten, den soviel Schreihälse auf einmal von sich geben? Ich muß mich um meinen eigenen Kram kümmern, denn ich bin ein armer Mann. Und dann wissen Euer Gnaden gut, daß einer mit gelöster Zunge in der Regel auch eine lockere Hand hat, und wenn's gar eine ganze Bande ist ...«

»Ja, ja, laßt sie nur gewähren und reden! Morgen werdet Ihr schon sehen, ob ihnen der Mutwille vergangen ist. Was meint Ihr?«

»Ich meine gar nichts.«

»Denkt Ihr, der Pöbel wäre dann Herr von Mailand?«

»Um Gottes willen!«

»Ihr werdet Euer blaues Wunder erleben!«

»Ich verstehe sehr wohl: der König bleibt immer der König. Wer aber den Schaden hat, ist der Dumme, und natürlich hat ein armer Familienvater keine Lust, der Dumme zu sein. Ihr Herren habt ja die Macht. Auf euch kommt's an!«

»Habt Ihr noch viel Leute im Haus?«

»Eine ganze Menge.«

»Und was macht Euer Abenteurer? Schwadroniert er noch weiter, wiegelt er die Leute auf und bereitet Krawalle für morgen vor?«

»Sprechen Euer Gnaden von jenem Fremden? Der ist zu Bett gegangen.«

»Ihr habt also viele Leute ... Gut! gebt acht, daß er Euch nicht entwischt.«

Soll ich etwa den Häscher spielen? dachte der Wirt, sagte aber weder ja noch nein.

»Geht ruhig heim und seid vorsichtig«, fing der Beamte wieder an.

»Ich bin immer vorsichtig gewesen. Euer Gnaden wissen am besten, ob ich je der Justiz zu schaffen gemacht habe.«

»Und glaubt nur nicht, die Justiz hätte ihre Macht verloren.«

»Ich? Um Gottes willen! Ich glaube überhaupt nichts. Ich kümmere mich nur um meine Wirtschaft.«

»Das alte Lied. Etwas anderes wißt ihr nie.«

»Was soll ich denn sonst noch wissen? Ich sage die nackte Wahrheit.«

»Genug. Für diesmal merken wir uns, was Ihr gemeldet habt. Erforderlichenfalls werdet Ihr dem Gericht über das, was Ihr gefragt werden könntet, noch ausführlicher berichten.«

»Was habe ich zu berichten? Ich weiß von nichts. Mein Kopf langt mir kaum, um auf meine eigenen Angelegenheiten zu achten.«

»Paßt auf, daß Ihr ihn nicht entwischen laßt!«

»Ich hoffe, daß Erlaucht der Herr Hauptmann erfahren, daß ich sofort erschienen bin, um meine Schuldigkeit zu tun. Ich küsse Euer Gnaden die Hand.«

Als der Morgen graute, schnarchte Renzo seit etwa sieben Stunden, und noch war der Ärmste aufs schönste dabei, als ihn ein heftiges Schütteln an den Armen und der Anruf »Lorenzo Tramaglino!« aufschrecken ließen. Er kam zu sich, zog die Arme zurück, riß die Augen weit auf und sah am Fußende des Bettes einen schwarzgekleideten Mann stehen und rechts und links zu seinen Häupten je einen Bewaffneten. Voller Überraschung, Schlaftrunkenheit und Katzenjammer von dem bewußten Wein kam er sich einen Augenblick lang wie verhext vor. Da er zu träumen glaubte und der Traum ihm keineswegs gefiel, wälzte er sich hin und her, wie um zu sich zu kommen.

»Ach, habt Ihr endlich verstanden, Lorenzo Tramaglino?« sagte der Mann im schwarzen Umhang, der Beamte vom Vorabend. »Also los! Steht auf und kommt mit!«

»Lorenzo Tramaglino!« sagte Renzo Tramaglino, »was soll denn das bedeuten? Was wollen Sie von mir? Wer hat Ihnen meinen Namen gesagt?«

»Macht keinen Quatsch! Beeilt Euch!« sagte einer der Häscher, die neben ihm standen, und packte ihn von neuem beim Arm.

»Holla! Was fällt Euch denn ein!« schrie Renzo und zog den Arm zurück. »Heda, Wirt, Wirt!«

»Sollen wir ihn im Hemd abführen?« fragte der Häscher nun, zu dem Beamten gewandt.

»Habt Ihr verstanden?« sagte dieser zu Renzo. »So wird's gemacht, wenn Ihr nicht sofort aufsteht, um mit uns zu kommen.«

»Und warum?« fragte Renzo.

»Das Warum wird Euch der Herr Polizeihauptmann mitteilen.«

»Mir? Ich bin ein anständiger Mensch! Ich habe nichts verbrochen, und ich wundere mich ...«

»Um so besser für Euch! Um so besser! Dann seid Ihr im Handumdrehen abgefertigt und könnt an Eure Geschäfte gehen.«

»Lassen Sie mich doch gleich gehen«, sagte Renzo, »ich habe nichts mit der Justiz zu tun.«

»Jetzt aber Schluß!« sagte einer der Häscher.

»Packen wir ihn also auf!« meinte der andere.

»Lorenzo Tramaglino!« sagte der Beamte.

»Woher wissen Euer Gnaden meinen Namen?«

»Waltet eures Amtes«, befahl der Beamte den Häschern, die sofort Hand an Renzo legten, um ihn aus dem Bett zu ziehn.

»He! Rührt mich bloß nicht an, sonst ... Ich kann mich allein anziehen.«

»Dann aber sofort!« sagte der Beamte.

»Wird gemacht!« erwiderte Renzo und schritt zur Ausführung, indem er die über das ganze Bett wie Strandgut verstreuten Kleidungsstücke zusammensuchte. Während er sich ankleidete, fuhr er jedoch fort: »Ich habe keine Lust, zum Polizeihauptmann zu gehen. Ich habe nichts mit ihm zu schaffen. Wenn mir schon ungerechterweise diese Beleidigung widerfährt, dann will ich zu Ferrer geführt werden. Den kenne ich, und ich weiß, daß er ein Ehrenmann ist; der ist mir auch verpflichtet.«

»Jawohl, mein Sohn, Ihr werdet vor Ferrer gebracht«, antwortete der Beamte. Unter anderen Umständen würde er über eine solche Forderung schallend gelacht haben; der Augenblick war aber nicht danach. Auf dem Hinweg hatte er bereits auf der Straße einen ungewöhnlichen Verkehr beobachtet, wobei sich schwer entscheiden ließ, ob das die Nachwehen eines noch nicht ganz unterdrückten Aufstandes oder die Vorboten eines neuen waren? ein Hervorwimmeln, Zusammenrotten, In-hellen-Scharen-Eilen, Haufenbilden. Jetzt lauschte er unauffällig nach draußen – er versuchte es wenigstens – und hatte den Eindruck, daß das Treiben zunahm. So lag ihm daran, schnell fertig zu werden. Andererseits wollte er Renzo auch willfährig und im guten abführen, da er ja bei offener Auflehnung nicht sicherging, auch noch auf der Straße drei gegen einen dazustehn. Er bedeutete daher den Häschern mit einem Augenzwinkern, daß sie Geduld haben und den jungen Mann nicht aufreizen sollten. Seinerseits suchte er ihn mit guten Worten zu überreden. Der Jüngling dagegen kleidete sich in aller Ruhe umständlich an und rief sich dabei, so gut er konnte, die Ereignisse des Vortages ins Gedächtnis zurück. Dabei erriet er wohl so ungefähr, daß die Verordnungen und Name und Vorname an allem schuld sein müßten, aber sackerlot! woher wußte der Kerl da seinen Namen? Und was, Teufel auch, war diese Nacht denn vorgefallen, daß die Justiz so unternehmungslustig geworden war, einen der guten Burschen meuchlings beim Wickel zu nehmen, die gestern noch soviel zu sagen hatten und die doch auch nicht alle dösen konnten, denn Renzo stellte ebenfalls einen wachsenden Lärm auf der Straße fest. Wie er dann dem Beamten ins Gesicht sah, sprach daraus eine gewisse Unschlüssigkeit, die jener vergeblich zu verhehlen trachtete. Um über seine Vermutungen ins reine zu kommen und Boden zu gewinnen, wie auch, um die Angelegenheit in die Länge zu ziehen und einen Gegenschlag zu versuchen, sagte er darauf: »Ich sehe über den Anlaß zu alldem klar: Sie sind wegen Namen und Vornamen da. Ich war gestern abend ein wenig angeheitert. Die Wirte haben ja manchmal so etwas tückische Weine, und man weiß ja, wie gesagt: wenn er hinunter ist, redet manchmal der Wein aus einem. Wenn es sich aber um nichts anderes handelt, bin ich sofort bereit, jede Auskunft zu geben. Im übrigen wissen Sie ja bereits meinen Namen. Wer, zum Teufel, hat ihn eigentlich verraten?«

»Bravo, mein Sohn, bravo!« erwiderte der Beamte höchst liebenswürdig, »ich sehe, daß Ihr vernünftig seid, und glaubt einem Fachmann, Ihr handelt klüger als mancher andere. Das ist die beste Art, schnell und ungeschoren aus der

Sache herauszukommen. Bei soviel gutem Willen ist Euer Fall mit zwei Worten erledigt, und man läßt Euch frei. Aber seht, mein Sohn, mir sind die Hände gebunden. Ich kann Euch nicht hier schon laufenlassen, wie ich gerne möchte. Los, macht schnell und kommt ganz bedenkenlos mit. Wenn die nämlich sehen, wer Ihr seid ... Ich werde ja auch ein Wörtlein sagen ... Überlaßt alles mir ... Genug! Beeilt Euch, mein Sohn!«

»Ach, Sie können nicht. Ich verstehe«, sagte Renzo und fuhr fort sich anzukleiden, während er mit Händen und Füßen die Häscher abwehrte, die Miene machten, Hand anzulegen, um ihn zu drängen.

»Kommen wir über den Domplatz?« fragte er dann den Beamten.

»Wie Ihr wollt, auf dem kürzesten Wege, damit Ihr um so schneller wieder frei werdet«, sagte dieser und kochte innerlich, daß er diese anzügliche Frage Renzos auf sich beruhen lassen mußte, die Gegenstand von hundert Verhören werden konnte. – Wenn man als Pechvogel auf die Welt kommt, dachte er. Da fällt mir also einer in die Hände, der – wie man sieht – nur allzu gerne plaudern möchte, und wenn man nur etwas Zeit hätte, so könnte man ihn ganz formlos und unverbindlich, durch ein freundschaftliches Gespräch dazu bringen, ohne Folter zu gestehen, was man will. So einen Burschen könnte man schon fix und fertig verhört einliefern, ohne daß er's gemerkt hätte. Und der muß mir nun gerade in die Quere kommen, wenn es derartig eilt. Ach, aussichtslos! dachte er weiter, lauschte angespannt und hob den Kopf. Da ist nichts zu machen; der Tag droht schlimmer als der gestrige zu werden.

Zu dieser Überlegung veranlaßte ihn ein ungewöhnlicher Lärm auf der Straße, und er konnte sich nicht versagen, das Fenster zu öffnen, um einen Blick hinauszuwerfen. Offenbar handelte es sich um eine Gruppe von Bürgern, welche auf die Aufforderung einer Patrouille, auseinander zu gehen, zunächst mit Schimpfworten geantwortet hatten und die sich schließlich weitermurrend trennten. Äußerst bedenklich aber erschien dem Beamten, daß die Soldaten sehr höflich vorgingen. Er schloß das Fenster und war einen Augenblick lang im Zweifel, ob er die Unternehmung zu Ende führen oder Renzo unter Bewachung der beiden Häscher zurücklassen und zum Polizeihauptmann eilen sollte, um ihn von den Vorgängen zu unterrichten. – Aber, dachte er dann sofort, man wird mir sagen, daß ich ein Stümper, ein Schlappschwanz sei und daß ich die Befehle auszuführen hätte. Der Tanz geht los; da heißt es eben tanzen. Diese verdammte Eile! Ein verfluchter Beruf!

Renzo war aufgestanden. Die beiden Trabanten standen neben ihm. Der Beamte bedeutete ihnen, daß sie ihn nicht zu hart anfassen sollten, und sagte zu ihm: »Seid vernünftig! Kommt, eilt Euch!«

Auch Renzo hörte, sah und dachte nach. Bis aufs Wams war er nun ganz angezogen. Er hielt es in der Hand und durchstöberte die Taschen. »Oho!« sagte er und sah den Beamten vielsagend an: »Hier waren Geld und ein Brief, mein Herr!«

»Ihr werdet alles pünktlich zurückbekommen«, sagte der Beamte, »sobald die paar Formalitäten erledigt sind. Los jetzt! Los jetzt!«

»O nein, o nein«, sagte Renzo und schüttelte den Kopf, »das paßt mir nicht. Ich will meine Sachen wiederhaben, mein Herr. Ich werde meine Handlungen verantworten, aber ich will meine Sachen wieder.«

»Ihr sollt sehen, daß ich Vertrauen zu Euch habe. Da nehmt und macht schnell«, sagte der Beamte, zog die beschlagnahmten Sachen aus der Brusttasche und übergab sie Renzo mit einem Seufzer. Dieser steckte sie wieder ein und murmelte zwischen den Zähnen: »Alle Wetter! Ihr geht so viel mit Spitzbuben um, daß Ihr das Handwerk ein wenig gelernt habt!« Die Häscher konnten kaum noch an sich halten, doch der Beamte beschwichtigte sie mit einem stummen Blick und gelobte sich im stillen: Wenn du erst einmal den Fuß über unsere Schwelle gesetzt hast, dann wird das mit Wucherzinsen heimgezahlt. Das sollst du mir büßen!

Während Renzo das Wams anzog und seinen Hut ergriff, gab der Beamte einem der Häscher ein Zeichen, ins Treppenhaus vorauszugehen. Er schickte ihm den Gefangenen nach und darauf den anderen Menschenfreund. Dann trollte er sich auch. Kaum in der Küche angelangt, erkundigt sich Renzo: »Wo steckt denn dieser verfluchte Wirt?« Da gibt der Beamte den Häschern ein weiteres Zeichen, auf welches hin sie sich rechts und links an ihn heranmachen und ihm blitzschnell die Handgelenke mit gewissen Gerätschaften umwinden, die mit heuchlerischer Schönfärberei »Manschetten« genannt werden. (Leider müssen wir uns herbeilassen, auf Einzelheiten einzugehen, die der geschichtlichen Würde abträglich sind; die Genauigkeit erfordert aber die Angabe, daß diese Gerätschaften aus einer Kordel bestanden, die etwas länger als ein normaler Gelenkumfang war und an deren Enden zwei kleine Holzstäbchen als Griffe angebracht waren. Die Kordel wurde um das Handgelenk des Opfers gelegt. Die Holzstäbchen wurden zwischen Mittel- und Ringfinger des Häschers durchgesteckt und lagen verbunden in seiner Faust, so daß er durch eine Drehung die Fessel nach Belieben anspannen konnte. Damit blieb er nicht nur seiner Beute sicher, er konnte einen Widerspenstigen auch peinigen: zu diesem Zweck war die Kordel nämlich mit Knoten versehen.)

Renzo windet sich und schreit: »So eine Gemeinheit! ... Das einem anständigen Menschen ...« Aber der Beamte, der für alles Schlimme seine biederen Redensarten hatte, sagte: »Habt doch Geduld! Die tun nur ihre Pflicht. Was wollt

Ihr denn? Das sind lauter Formalitäten. Auch wir können mit den Leuten nicht so verfahren, wie wir gerne möchten. Wenn wir nicht täten, was uns aufgetragen wird, würde es uns schlecht bekommen, schlechter als Euch. So habt doch Geduld!«

Während er sprach, drehten die beiden, die so zu verfahren gehalten waren, ihre Hölzer um. Renzo gab nach wie ein störrisches Pferd, das die Kandare in den Kinnladen fühlt, und stöhnte: »Geduld!«

»Recht so, mein Sohn«, sagte der Beamte, »das ist die einzig wahre Art, um gut davonzukommen. Was wollt Ihr? Es ist eine Unannehmlichkeit, das sehe ich auch ein. Wenn Ihr Euch aber gut aufführt, seid Ihr sie in einem Augenblick wieder los. Und da ich sehe, daß Ihr gutwillig seid, und ich Euch gerne helfen möchte, will ich Euch zu Eurem Besten auch noch einen anderen Rat geben. Hört auf mich – ich kenne mich ja in diesen Dingen aus – und geht einfach immer geradeaus, ohne nach rechts oder links zu schauen, ohne Aufsehen zu erregen. Dann achtet keiner auf Euch, keiner merkt, was los ist, und Eure Ehre bleibt gewahrt. In einer Stunde seid Ihr wieder frei. Es gibt ja so viel zu tun, daß man auch Eile haben wird, schnell mit Euch fertig zu werden. Und dann werde ich ja auch noch ein Wörtlein sagen ... Ihr geht dann wieder Euren Geschäften nach, und niemand wird erfahren, daß Ihr in den Händen der Justiz gewesen seid. – Und ihr beiden«, fuhr er dann fort und wandte sich mit strenger Miene an die Häscher, »gebt acht, daß ihr ihm nicht weh tut. Er steht nämlich unter meinem Schutz. Ihr müßt freilich eure Pflicht tun. Merkt euch aber, daß es ein anständiger Kerl ist, ein ordentlicher junger Mann, der binnen kurzem wieder auf freiem Fuß sein wird und der auf seine Ehre Wert legen muß. Geht so, daß niemandem etwas auffällt, als ob ihr drei gute Bekannte beim Spaziergang wäret.« Mit drohender Braue schloß er gebieterisch: »Habt ihr mich verstanden?« Dann wandte er sich wiederum Renzo zu. Seine Stirn war wieder glatt, seine Mienen hatten sich urplötzlich aufgeheitert, als ob er sagen wollte: Oh, wir sind ja Freunde! Und so flüsterte er ihm von neuem zu: »Seid bloß vernünftig! folgt meinem Rat: geht gelassen und ruhig daher. Vertraut einem, der Euch wohlwill. Vorwärts!« Und die Gruppe setzte sich in Bewegung.

Von soviel schönen Worten glaubte Renzo aber nicht eines: weder daß der Beamte mehr Wohlwollen für ihn hätte als für die Häscher, noch daß ihm sein Ruf so teuer wäre, noch daß er die Absicht hätte, ihm zu helfen. Er begriff vollkommen, daß der Biedermann diese schönen Beweggründe nur vorschützte, weil er befürchtete, daß sich auf der Straße irgendeine passende Gelegenheit bieten könnte, um ihm zu entwischen, und weil er ihn so davon abhalten wollte, sie wahrzunehmen und auszunutzen. So hatten all diese Ermahnungen denn auch keinen anderen Erfolg, als daß sie ihn in dem schon gefaßten Entschluß bestärkten, das genaue Gegenteil zu tun.

Daraus soll niemand schließen, daß der Beamte ein unerfahrener, heuriger Hase war; denn darin würde er sich irren. Er war ein gewitzter alter Fuchs, wie unsere Quelle sagt, deren Verfasser ihn wohl gut gekannt haben dürfte. In jenem Augenblick aber war er sehr aufgeregt. Ich kann versichern, daß er sich bei ruhiger Überlegung über den weidlich lustig gemacht hätte, der unter der kümmerlichen Vorspiegelung eines selbstlosen, freundschaftlichen Rates versucht hätte, jemandem eine von vornherein verdächtige Sache schmackhaft zu machen und wärmstens zu empfehlen. Wenn die Menschen aber aufgeregt und im Druck sind und sehen, was ein anderer tun könnte, um ihnen aus der Klemme zu helfen, so haben sie ganz allgemein die Neigung, ihn inständig immer wieder unter allen möglichen Vorwänden darum zu bitten. Auch die Schlauberger fallen unter dies allgemeine

Gesetz, sobald sie aufgeregt und im Druck sind. Daher kommt es, daß sie bei dergleichen Gelegenheiten meist eine so erbärmliche Rolle spielen. Die sinnreichen Ausflüchte, die durchtriebene Arglist, durch die sie gewöhnlich siegen und die für sie fast zur zweiten Natur geworden sind, Mittel, die, mit der nötigen Gelassenheit der Seele und geistigen Überlegenheit rechtzeitig angewandt, so vortrefflich und so unauffällig ihre Wirkung tun und die sogar, wenn sie nach dem Erfolg bekannt werden, allgemeinen Beifall finden – diese Mittel werden von den Ärmsten, wenn sie in die Enge getrieben sind, übereilt, töricht, ungeschickt und tölpisch angewandt. Wenn sie daher jemand sich derartig anstrengen und abmühen sieht, erregen sie Mitleid und reizen zum Lachen, und derjenige, den sie dann gerne hereinlegen möchten, durchschaut – auch wenn er weniger gewitzt ist als sie – völlig ihr ganzes Spiel und kommt durch ihre Schliche zu Folgerungen gegen sie. Man kann daher Leuten, die von Berufs wegen verschlagen sein müssen, nie genug empfehlen, immer ruhig Blut zu behalten oder aber immer die Stärkeren zu sein, was das Zuverlässigste ist.

Als sie kaum auf der Straße waren, fing Renzo daher an, seine Blicke nach allen Seiten schweifen zu lassen, sich nach rechts und links zu wenden und die Ohren zu spitzen. Es herrschte jedoch kein ungewöhnliches Gedränge, und wenn man auch aus den Mienen mehr als eines Passanten leicht auf eine gewisse Aufsässigkeit schließen konnte, ging doch jeder ruhig seines Wegs, und von einem eigentlichen Aufstand war nichts zu merken.

»Vernünftig! Vernünftig!« zischte der Beamte in seinem Rücken, »die Ehre, die Ehre, mein Sohn!« Aufmerksam beobachtete Renzo drei Gestalten, die mit erhitzten Gesichtern näher kamen, und als er sie von einer Bäckerei, verstecktem Mehl und Gerechtigkeit sprechen hörte, begann er ihnen mit den Augen Zeichen zu geben und hustete auf jene Weise, die alles andere als eine Erkältung verrät. Jene sahen sich die Gruppe genauer an und blieben stehen. Weitere, die hinzukamen, zögerten gleichfalls. Andere, die schon vorbeigegangen waren, drehten sich bei dem Geflüster um, kamen zurück und schlossen sich an.

»Seht Euch vor! Vernunft, mein Sohn. Um so schlimmer für Euch, seht Ihr wohl! Verderbt Euch doch nicht alles! Die Ehre, der Ruf!« flüsterte der Beamte weiter. Renzo trieb es nur um so schlimmer. Nachdem die Häscher sich durch einen Blick verständigt hatten, zogen sie die Manschetten enger und glaubten, recht daran zu tun. (Irren ist ja menschlich!)

»Au, aua, au!« schreit der Gequälte auf. Bei dem Wehlaut strömt die Menge rings herbei. Sie kommen von allen Seiten. Die Gruppe sieht sich eingekeilt. »Das ist ein Bandit«, flüsterte der Beamte denen zu, die hinter ihm standen, »das ist ein Dieb, der auf frischer Tat ertappt worden ist. Bitte zurücktreten! Platz für die Polizei!« Als Renzo aber den günstigen Augenblick erfaßte und die Häscher kreidebleich oder doch wenigstens blaß werden sah, dachte er: Wenn ich mir jetzt nicht helfe, bin ich verloren. Sofort erhob er seine Stimme: »Leute! ich werde abgeführt, weil ich gestern ›Brot und Gerechtigkeit‹ gerufen habe. Ich habe nichts verbrochen. Ich bin ein anständiger Mensch! Helft mir! Laßt mich nicht im Stich, Leute!«

Wohlwollendes Gemurmel erschallt zur Antwort, Zurufe ergreifen Partei. Anfänglich befehlen die Häscher den Umstehenden, fortzugehn und Platz zu machen, dann ersuchen sie darum, und schließlich bitten sie nur noch. Die Menge aber drängt und schubst immer mehr. Als die Häscher die Gefahr erkennen, lassen sie die Manschetten los und sind nur noch darauf bedacht, sich in der Menge zu verlieren, um unbeachtet davonzukommen. Der Beamte wünschte sehnlichst desgleichen zu tun; wegen des schwarzen Mantels hatte das aber seine Schwierigkeiten. Bleich und bestürzt, versuchte der arme Mann sich so klein wie möglich zu machen. Er wand sich wie ein Aal, um aus der Menge zu entschlüpfen, doch konnte er nicht die Augen heben, ohne zwanzig andere auf sich gerichtet zu sehen. Er versuchte alles, um den Eindruck eines Unbeteiligten zu machen, der zufällig des Weges gekommen und ins Gedränge geraten wäre wie ein Strohhalm ins Eis; und als er Aug in Auge einem gegenüberstand, der ihn noch finsterer als die anderen anstarrte, verzog er den Mund zu einem Lächeln und fragte in seiner albernen Art: »Was war denn hier los?«

»Hu, du Rabenaas!« versetzte jener. »Rabenaas, Rabenaas!« scholl es ringsum wider. Zu dem Hohngeschrei kamen Püffe. So verhalfen ihm in kürzester Frist teils seine eigenen Beine, teils fremde Ellbogen dazu, dem Gedränge zu entkommen, woran ihm denn auch in diesem Augenblick am meisten lag.

16. KAPITEL

»Nichts als weg, nichts als weg, guter Mann! Hier ist ein Kloster, da eine Kirche, hierher, daher!« wurde Renzo von allen Seiten zugerufen. Das Reißausnehmen brauchte ihm allerdings wohl kaum noch empfohlen zu werden. Seit überhaupt in seinem Geist eine Hoffnung aufgeblitzt war, diesen Klauen wieder zu entrinnen, hatte er angefangen, sich seine Pläne zurechtzulegen, und beschlossen – falls es ihm gelingen sollte –, ohne Aufenthalt zu laufen, bis er nicht nur aus der Stadt, sondern auch aus dem Herzogtum heraus wäre. Denn – so sagte er sich – sie haben meinen Namen nun einmal in ihren Büchern, woher auch immer, und mit Namen und Vornamen schnappen sie mich, wann sie wollen. Eine Freistatt aber wollte er nur dann aufsuchen, wenn ihm die

Häscher auf den Fersen wären. Denn er sagte sich: Wenn ich ein freier Waldvogel sein kann, will ich in keinem Käfig sitzen. So war ihm als Zufluchtsort jenes Dorf im Bergamaskischen eingefallen, wo sein Vetter Bortolo ansässig war, der ihn wiederholt zu sich eingeladen hatte, wie man sich wohl erinnern wird. Die Schwierigkeit war nur, den Weg zu finden. In ein unbekanntes Viertel einer ihm nicht minder unbekannten Stadt verschlagen, wußte Renzo nicht einmal, welches Tor nach Bergamo hinausführte. Hätte er das aber gewußt, so wäre ihm der Weg, die einzuschlagende Richtung unbekannt gewesen. Er war drauf und dran, sich von einem seiner Befreier den Weg weisen zu lassen. In der kurzen Zeit, die er der Betrachtung seiner Lage widmen konnte, waren ihm jedoch über den so liebenswürdigen Schwertfeger und kinderreichen Vater so seine eigenen Gedanken gekommen, und mit guten Gründen wollte er seine Absichten einer Menschenmenge nicht preisgeben, in der sich ja ein anderer vom gleichen Schlag befinden konnte. Er faßte daher alsbald den Entschluß, umgehend das Weite zu suchen. Den Weg würde er dann später an einer Stelle erfragen, wo niemand mehr wußte, wer er war und warum er sich erkundigte. Er sagte zu seinen Befreiern: »Vielen Dank, liebe Leute! Vergelt's Gott!«

Man machte ihm sofort eine Gasse, durch welche er entweichen konnte, und dann ging's auf und davon. Er raste durch ein Gäßchen und eine Weile durch eine kleine Straße, ohne zu wissen wohin. Als er sich weit genug entfernt glaubte, verlangsamte er den Schritt, um keinen Verdacht zu erregen, und begann nach einem vertrauenerweckenden Gesicht Ausschau zu halten, um seine Frage anzubringen. Aber auch das hatte so seine Schwierigkeiten. Die Frage an sich war schon verdächtig, die Zeit drängte. Nach Beseitigung des kleinen Hindernisses mußten die Häscher längst die Spur des Flüchtlings wiederaufgenommen haben. Das Gerücht von der Flucht konnte schon bis hierher gedrungen sein. In solcher Bedrängnis mußte Renzo nun an die zehnmal physiognomische Urteile fällen, ehe er ein Gesicht fand, das ihm Vertrauen einflößte. Jener Dickwanst etwa, der da, die Hände auf dem Rücken, den Bauch heraus, das mächtige Doppelkinn hochgereckt, breitbeinig auf seiner Ladenschwelle stand und mangels anderer Beschäftigung seine schwabblige Masse auf den Zehen wippte, hatte den Gesichtsausdruck eines neugierigen Schwätzers, der, statt Antworten zu geben, Fragen gestellt hätte. Ein anderer, der ihm mit stierem Blick und hängender Lippe entgegenkam, schien kaum der eigenen Richtung sicher, geschweige denn imstande, einem anderen schnell und richtig den Weg weisen zu können. Ein Junge, der allerdings ziemlich geweckt, zugleich aber auch eher bösartig aussah, hätte wahrscheinlich eine diebische Freude daran gefunden, einen armen Bauern in genau die entgegengesetzte Richtung zu jagen. So gerät ein Mensch, der einmal in der Klemme ist, wahrlich durch alles in immer neue Bedrängnis. Schließlich erblickte er einen, der eilig herankam, und dachte, daß der ihm gleich ohne Umschweife Antwort geben würde, da er wohl etwas Dringendes zu erledigen hätte. Als er ihn auch noch mit sich selber sprechen hörte, entnahm er daraus, daß es ein aufrichtiger Mensch sein mußte. Er trat auf ihn zu und sagte: »Bitte sehr, mein Herr, nach welcher Seite geht's in Richtung Bergamo?«

»In Richtung Bergamo? Durch die Porta Orientale.«

»Danke sehr. Und zur Porta Orientale?«

»Geht durch die Straße hier linker Hand. Dann kommt Ihr auf den Domplatz, dann ...«

»Das genügt, mein Herr. Das übrige weiß ich. Vergelt's Gott!« Er bog ab und schlug die angegebene Richtung ein. Der andere sah ihm einen Augenblick nach, und wie er in Gedanken Gangart und Frage in Beziehung setzte, sagte er sich: Der hat entweder etwas ausgefressen, oder ein anderer will ihm etwas.

Renzo gelangt auf den Domplatz, überquert ihn, kommt an einem Haufen Asche und verkohltem Holz vorbei und erkennt die Überreste des Freudenfeuers, dem er am Vortage zugeschaut hatte. Er geht an den Domstufen entlang, sieht die halb zerstörte Krückenbäckerei wieder, die von Soldaten bewacht wird, und eilt stracks durch die Straße, auf der er zusammen mit der Menge herangekommen war. Er kommt zum Kapuzinerkloster, wirft einen Blick auf den Platz und das Kirchenportal und sagt seufzend zu sich: Der Mönch gestern hat mir eigentlich doch einen guten Rat gegeben, ich hätte in der Kirche warten und etwas Verdienstliches tun sollen.

Hier verweilte er einen Augenblick, um seine Aufmerksamkeit auf das Tor zu richten, durch das er hindurch mußte. Von weitem erkannte er viele Leute und Wachen, und da seine Einbildungskraft ein wenig erhitzt war – man muß ihn bedauern; aber das hatte ja auch seine Gründe –, empfand er eine gewisse Scheu, den Torweg zu betreten. Er hatte eine Freistatt zum Greifen nahe, in der er mit jenem Brief wohlempfohlen gewesen wäre, und er spürte eine starke Versuchung, da unterzuschlüpfen. Schnell aber schöpfte er wieder Mut und dachte: Freier Waldvogel, solang es geht. Wer kennt mich denn? Die Häscher können sich doch füglich nicht in Stücke zerreißen, um mir an allen Toren aufzulauern. – Er wandte sich zurück, um zu sehen, ob sie etwa von jener Seite kämen, erblickte aber weder sie noch andere, die sich mit ihm zu beschäftigen schienen. Dann geht er weiter, verlangsamt den Schritt der verfluchten Beine, die noch immer laufen wollen, wo zu schlendern ratsam ist, und ganz gemächlich, leise vor sich hinpfeifend, gelangt er ans Tor.

Mitten darunter stand ein ganzes Rudel von Zollbeamten

und zur Verstärkung entsandten spanischen Söldnern. Sie richteten aber alle ihre Aufmerksamkeit nach draußen, um keinen von denen hereinzulassen, welche die Kunde von einem Aufstand anlockt wie eine Walstatt die Raben. So ging Renzo mit gleichgültiger Miene und niedergeschlagenen Augen, halb wie ein Wanderer und halb wie ein Spaziergänger, hinaus, ohne daß ihm jemand etwas gesagt hätte. Das Herz aber pochte ihm bis zum Halse. Als er rechter Hand einen Pfad gewahrte, schlug er ihn ein, um die Hauptstraße zu vermeiden, und legte eine schöne Strecke zurück, ehe er sich auch nur einmal umwandte.

Er marschiert und marschiert. Er findet Meiereien, findet Dörfer, wandert immer weiter, ohne nach Ortsnamen zu fragen. Er ist gewiß, sich von Mailand zu entfernen, und hofft auf Bergamo zuzugehn. Das genügt ihm zunächst. Immer wieder wandte er sich um, immer wieder besah und rieb er auch das eine oder das andere Handgelenk, die noch ein wenig schmerzten und ringsum von einem rötlichen Streifen gezeichnet waren, der Spur der Fessel. In seinem Gemüt herrschte, wie man sich denken kann, ein krauses Durcheinander von Reue, Unruhe, Wut und zärtlichen Gedanken. Es bedurfte mühsamer Überlegungen, um die Worte und Taten des Vorabends wieder zusammenzubringen und das Geheimnis seiner schmerzlichen Erlebnisse aufzuklären, insbesondere die Frage, wie man seinen Namen herausbekommen hatte. Sein Verdacht fiel natürlich auf den Schwertfeger, denn er erinnerte sich gut, diesem den Namen preisgegeben zu haben, und wenn er über die Art nachdachte, wie er ihm entlockt worden war, über das ganze Verhalten des Mannes und all seine Äußerungen, die immer darauf hinausliefen, etwas erfahren zu wollen, wurde der Verdacht fast zur Gewißheit. Allerdings erinnerte er sich auch dunkel, daß er nach dem Fortgang des Schwertfegers weitergeschwatzt hatte. Aber mit wem? Das soll einmal einer erraten. Sosehr er sich auch den Kopf zerbrach, er konnte darüber nichts herausbringen. Er wußte weiter nichts, als daß er in dieser Zeit nicht bei sich gewesen war. Bei dieser Nachforschung verwirrte sich der Ärmste. Er befand sich in der Lage eines Mannes, der viele Blankoschecks unterschrieben und sie jemandem anvertraut hat, den er für einen Ausbund von Rechtschaffenheit hielt. Dann entlarvt er ihn als Betrüger und möchte den Stand seiner Geschäfte kennenlernen! Was würde er feststellen? Ein Chaos! Andere schwierige Überlegungen beschäftigten sich mit einem annehmbaren Zukunftsplan. Soweit er nicht Luftschlösser baute, bekam alles einen melancholischen Anstrich.

Die schwierigsten Überlegungen aber galten sehr bald seinem Marschwege. Nachdem er eine Zeitlang eigentlich aufs Geratewohl gelaufen war, erkannte er, daß er allein nicht fertig würde. Gleichwohl empfand er eine gewisse Scheu, das Wort Bergamo auszusprechen, als ob etwas Verdächtiges und Auffälliges daran wäre. Andererseits konnte er aber auch nicht darauf verzichten. Er beschloß also, sich, genau wie in Mailand, an den erstbesten Wandersmann zu wenden, dessen Gesicht ihm zusagte. Und so tat er denn auch.

»Ihr seid vom Wege abgekommen«, antwortete ihm der und zeigte und beschrieb ihm nach kurzer Überlegung, welchen Bogen er schlagen müsse, um wieder auf die Hauptstraße zu kommen. Renzo dankte ihm, tat so, als ob er ausführte, was ihm geraten worden war, schlug auch tatsächlich die Richtung ein, hatte jedoch die Absicht, sich zwar dieser verfluchten Hauptstraße zu nähern, sie nicht aus den Augen zu verlieren, soweit wie möglich in ihrer Nähe zu bleiben, aber sie durchaus nicht zu betreten. Der Vorsatz war leichter gefaßt als ausgeführt. So marschierte er von rechts nach links, völlig im Zickzack, wobei er teils anderen Auskünften folgte, die er hie und da einzuholen wagte, teils nach Gutdünken anders verfuhr, teils den Wegen nachging, auf die er geraten war. Das führte zu dem Ergebnis, daß unser Flüchtling vielleicht zwölf Meilen zurückgelegt hatte, als er noch nicht mehr als sechs von Mailand entfernt war. Was Bergamo betrifft, so war es schon viel, wenn er sich nicht weiter davon entfernt hatte. Er begann sich zu überzeugen, daß es auch so nicht gut ginge, und dachte über einen anderen Ausweg nach. Er kam auf den, mit einiger List den Namen irgendeines Dorfes in der Nähe der Grenze herauszubringen, zu dem man auf Feldwegen gelangen könnte. Wenn er sich dann danach erkundigte, würde er sich den Weg weisen lassen, ohne überall die Frage nach Bergamo zu stellen, die ihm so sehr nach Flucht, Ausweisung und Verbrechen zu riechen schien.

Während er noch darüber nachgrübelt, wie er in unverdächtiger Weise all diese Angaben ermitteln soll, sieht er an einer einsamen Hütte außerhalb eines Dörfchens einen grünen Strauß stecken. Seit einiger Zeit fühlte er auch das wachsende Bedürfnis, seine Kräfte wiederherzustellen. Er meinte, hier sei der Ort, wo er zwei Fliegen mit einer Klappe schlagen könnte, und trat ein. Er fand nur eine Alte vor, mit dem Rocken neben sich und der Spindel in der Hand. Er verlangte etwas zu essen. Man bot ihm weichen Käse und guten Wein an. Er entschied sich für den Käse, dankte aber für den Wein (er war ihm verhaßt geworden, weil er ihm am Vorabend einen solchen Streich gespielt hatte). Damit setzte er sich und bat die Frau, sich zu beeilen. Diese hatte im Augenblick den Tisch gedeckt und begann dann sogleich ihren Gast mit Fragen sowohl über seine Person als auch über die großen Ereignisse in Mailand zu bestürmen, denn Gerüchte darüber waren schon bis dahin gedrungen. Renzo wußte sich nicht nur höchst zwanglos der Fragen zu erwehren, sondern sogar die schwierige Lage zu nutzen. Er bediente sich der Neugier der Alten, welche fragte, wohin er unterwegs wäre, für seine Zwecke.

»Ich komme überall herum«, erwiderte er, »und wenn mir genügend Zeit bleibt, möchte ich auch in das größere Dorf da auf dem Wege nach Bergamo, nah an der Grenze, aber noch auf Mailänder Gebiet ... Wie heißt es doch noch?« Irgendeines wird da ja wohl sein, dachte er bei sich.

»Ihr meint Gorgonzola«, fiel die Alte ein.

»Gorgonzola!« wiederholte Renzo, wie um sich den Namen besser einzuprägen. »Ist das sehr weit von hier?« fuhr er dann fort.

»Genau weiß ich's nicht. Es werden zehn oder zwölf Meilen sein. Wenn einer meiner Söhne hier wäre, könnte der es Euch sagen.«

»Meint Ihr, man könnte auf den schönen Feldwegen da hinkommen, ohne die Hauptstraße zu benutzen? Da gibt es nämlich einen Staub, einen Staub! Zu lange schon hat es nicht geregnet.«

»Das glaube ich schon! Ihr könnt Euch aber im ersten Dorf erkundigen, auf das Ihr trefft, wenn Ihr Euch geradeaus haltet.« Und sie nannte dessen Namen.

»Na gut«, sagte Renzo, erhob sich und nahm ein Stück Brot, das ihm von dem bescheidenen Mahl übriggeblieben war. Es war recht verschieden von dem, das er am Vortage am Fuß des Kreuzes des heiligen Dionys gefunden hatte. Er zahlte, ging fort und schlug den Weg geradeaus ein.

Um uns kurz zu fassen: mit dem Worte Gorgonzola auf den Lippen traf er, von Dorf zu Dorf eilend, dort eine Stunde vor Sonnenuntergang ein. Schon unterwegs hatte er den Plan gefaßt, dort nochmals Rast zu machen, um sich an einem ordentlichen Mahl zu stärken. Sein Leib verlangte auch nach einem Bett, doch Renzo wäre lieber auf der Straße zusammengebrochen, als daß er diesem Wunsche nachgegeben hätte. Er hatte die Absicht, sich in der Wirtschaft nach der Entfernung von der Adda zu erkundigen, unauffällig in

Erfahrung zu bringen, ob da eine Möglichkeit zum Übersetzen wäre, und dieser nachzugehen, sobald er sich erholt hätte. Da er sozusagen an der zweiten Quelle dieses Flusses geboren und aufgewachsen war, hatte er häufiger davon sprechen hören, daß die Adda an einer bestimmten Stelle für eine gewisse Strecke die Grenze zwischen dem Staatsgebiet von Mailand und dem von Venedig bilde. Das Wo und Wie war ihm zwar nicht recht klar, doch war unter diesen Umständen das Dringlichste, hinüberzukommen, wo es auch sein mochte. Wenn ihm das heute nicht gelingen sollte, war er entschlossen weiterzulaufen, solange Helligkeit und Kraft es gestatteten. Dann wollte er auf freiem Felde oder in der Wildnis, wie es Gott gefiel, das Morgengrauen abwarten, wenn es nur in keinem Gasthaus war.

Sobald er durch Gorgonzola gegangen war, erblickte er ein einladendes Schild, trat ein und bestellte beim Wirt, der ihm entgegenkam, etwas zu essen und einen Schoppen Wein. Die neu zurückgelegten Meilen und die Zeit hatten seinen übertriebenen und fanatischen Haß gegen das Getränk verrauchen lassen. »Macht bitte schnell!« fügte er hinzu, »ich muß nämlich gleich wieder weiter.« Das sagte er nicht nur, weil es der Wahrheit entsprach, sondern auch aus der Befürchtung heraus, der Wirt könnte meinen, daß er hier schlafen wollte, und dann mit den Fragen nach Namen, Vornamen, letztem Aufenthaltsort und Reisezweck herausrükken ... Weg damit!

Der Wirt versprach prompte Bedienung, und Renzo nahm am unteren Tischende in der Nähe der Tür Platz, wo die Schüchternen sitzen.

Im Gastzimmer befanden sich einige Müßiggänger aus dem Dorfe. Nachdem sie die tollen Nachrichten vom Vortage aus Mailand besprochen und durchgehechelt hatten, brannten sie darauf, zu erfahren, wie es an diesem Tage gegangen sein mochte, und das um so mehr, als die erste

Kunde eher dazu angetan war, die Neugier aufzustacheln, als sie zu befriedigen. Man wußte von einem Aufstand, der weder erstickt worden noch siegreich verlaufen war und den die Nacht eher unterbrochen als beendigt hatte; von einer unentschiedenen Kraftprobe, die eher das Ende eines Aktes als eines Dramas war. Einer der Gäste verließ seine Gesellschaft, trat zu dem Ankömmling und fragte ihn, ob er aus Mailand käme.

»Ich?« sagte Renzo verdutzt, um Zeit für eine Antwort zu gewinnen.

»Ja, Ihr, wenn die Frage erlaubt ist.«

Renzo schüttelte den Kopf, kniff die Lippen zusammen, stieß einen unartikulierten Laut aus und sagte: »Soviel ich gehört habe ... muß Mailand zur Zeit ein Ort sein, den man nur in dringenden Fällen aufsucht.«

»Der Krach geht also heute weiter?« fragte der Neugierige dringlicher.

»Man müßte dort sein, um es zu wissen«, entgegnete Renzo.

»Aber kommt Ihr denn nicht aus Mailand?«

»Ich komme aus Liscate«, erwiderte der Jüngling schlagfertig, denn er hatte sich inzwischen seine Antwort überlegen können. Genaugenommen kam er tatsächlich daher, weil er durch den Ort gegangen war. Den Namen hatte er unterwegs irgendwo von einem Wandersmann erfahren, der ihm dieses Dorf als das erste genannt hatte, durch das er auf dem Weg nach Gorgonzola käme.

»Ach!« sagte der andere, als ob er sagen wollte: Es wäre ja besser, wenn du aus Mailand kämst, aber das macht nichts. »Und in Liscate«, fügte er hinzu, »wußte man da denn nichts aus Mailand?«

»Gar nicht ausgeschlossen, daß dort jemand etwas weiß«, erwiderte der Älpler, »ich habe aber nichts gehört.«

Diese Worte brachte er in jenem besonderen Tonfall hervor, der unverkennbar zum Ausdruck bringen soll: Mir langt's. Der Neugierige kehrte an seinen Platz zurück, und einen Augenblick später kam der Wirt, um den Tisch zu dekken.

»Wie weit ist's von hier bis zur Adda?« fragte ihn Renzo halb durch die Zähne mit gespielter Schläfrigkeit, die wir an ihm schon von anderer Gelegenheit her kennen.

»Zur Adda, um überzusetzen?« sagte der Wirt.

»Nun ja ... eben ... bis zur Adda.«

»Wollt Ihr über die Brücke von Cassano, oder benutzt Ihr die Fähre von Canonica?«

»Ganz gleich wo ... Ich frage nur so aus Neugier.«

»Nun, ich spreche davon, weil das die Orte sind, an denen anständige Leute, die sich ausweisen können, übersetzen.«

»Ganz recht. Und wie weit ist's bis dahin?«

»Ihr könnt rechnen, daß es bis zu dem einen Ort so gut wie bis zum andern so ungefähr sechs Meilen sind.«

»Sechs Meilen. Ich hätte nicht gedacht, daß es so weit wäre«, sagte Renzo. »Nun ja«, fuhr er dann mit einer schon übertriebenen Gleichgültigkeit fort, »nun ja, kann man sonst denn nirgends übersetzen, wenn man den Weg abschneiden will?«

»Freilich kann man das«, antwortete der Wirt und fixierte ihn mit boshafter Neugier. Das genügte, um dem Jüngling die Lippen für alle weiteren Fragen zu versiegeln. Er nahm den Teller vor, schaute den Schoppen an, den der Wirt zugleich mit jenem hingestellt hatte, und sagte: »Ist der Wein auch rein?«

»Wie Gold«, meinte der Wirt. »Fragt danach nur einmal alle Leute im Dorf und ringsum, die sich darauf verstehen. Ihr werdet's ja auch schmecken!« Mit diesen Worten ging er zu den anderen Gästen zurück.

Verfluchtes Volk, diese Wirte! meinte Renzo im stillen. Je mehr ich von ihnen kennenlerne, desto schlimmer finde ich sie. Trotzdem machte er sich mit großem Appetit an seine Mahlzeit, wobei er zugleich die Ohren spitzte, ohne sich etwas anmerken zu lassen. Er wollte sich orientieren und herausbekommen, wie man hier über das große Ereignis dachte, an dem er einen nicht geringen Anteil gehabt hatte. Insbesondere aber wollte er aufpassen, ob unter den Sprechern nicht irgendein rechtschaffener Mann wäre, den ein armer Teufel vertrauensvoll nach dem Wege fragen könnte, ohne befürchten zu müssen, daß ihm dann zugemutet würde, seine persönlichen Angelegenheiten breitzutreten.

Einer sagte: »Nun! diesmal sieht's wirklich so aus, als ob die Mailänder Ernst machen wollten. Morgen spätestens werden wir wohl etwas hören!«

»Ich bedaure, daß ich nicht heute morgen nach Mailand gegangen bin«, warf ein anderer ein.

»Wenn du morgen gehst, komm ich mit«, bemerkte ein dritter, dann noch einer und noch einer.

»Ich möchte nur wissen«, fing der erste wieder an, »ob diese Mailänder Herren auch an die arme Landbevölkerung denken oder ob sie nur für sich selber die schönsten Gesetze machen. Wißt ihr, was sie sind? He! Eingebildete Städter, die nur an sich denken. Die anderen sind für sie Luft.«

»Wir haben auch ein Maul, zum Essen so gut, wie um unsere Meinung zu sagen«, ließ sich ein anderer vernehmen, und sein Tonfall war um so bescheidener, je gewagter seine Äußerung war. »Und wenn die Sache einmal im Gang ist ...« er hielt es aber für geraten, den Satz nicht zu Ende zu bringen.

»Nicht nur in Mailand gibt es verstecktes Getreide«, begann ein anderer mit hintersinniger und boshafter Miene. Da hört man auf einmal ein Pferd herantraben. Alle eilen zur Tür. Sie erkennen den Ankömmling und gehen ihm entgegen. Es war ein Kaufmann aus Mailand, der wegen seiner Geschäfte mehrmals im Jahre nach Bergamo mußte und gewöhnlich die Nacht in diesem Gasthaus verbrachte. Da sich nun dort fast immer die gleiche Gesellschaft befand, kannte er jeden. Sie umdrängen ihn. Einer nimmt den Zügel, ein anderer hält den Steigbügel. »Willkommen, willkommen!«

»Da bin ich wieder!«

»Ist alles gut gegangen?«

»Ausgezeichnet! Und wie geht's euch?«

»Danke, gut. Was habt Ihr für Neuigkeiten aus Mailand?«

»Aha, da kommen die Neuigkeitskrämer«, sagte der Kaufmann, stieg ab und übergab das Pferd einem Hausburschen. Während er mit der Gesellschaft hineinging, fuhr er dann fort: »Ihr wißt aber zu dieser Stunde vielleicht schon mehr als ich.«

»Wir haben wirklich keine Ahnung«, sagte mehr als einer und legte die Hand auf die Brust.

»Nicht möglich!« meinte der Kaufmann. »Dann werdet ihr ganz schöne Dinge zu hören bekommen oder auch üble ... Heda, Wirt, ist mein gewohntes Zimmer frei? Gut. Dann bitte gleich ein Glas Wein und mein übliches Mahl, denn ich will gleich zu Bett und morgen frühzeitig aufbrechen, um mittags in Bergamo zu sein.« Dann nahm er am Tischende Renzo gegenüber Platz. Dieser saß still und gespannt da. Der Kaufmann fuhr fort: »Ihr wißt also von all den Teufeleien von gestern noch nichts?«

»Von gestern? Doch!«

»Da seht ihr ja«, ergriff der Kaufmann wieder das Wort, »daß ihr die Neuigkeiten längst kennt. Ich sagte es ja: ihr liegt doch immer bloß auf der Lauer, um alles, was durchkommt, unter die Lupe zu nehmen ...«

»Aber heute, wie ist's denn heute gegangen?«

»Ach heute. Von heute wißt ihr also noch nichts?«

»Wirklich nichts. Hier ist noch keiner durchgekommen.«

»So laßt mich erst einmal die Lippen netzen, und dann

erzähle ich euch, was heute los war. Ihr werdet's ja hören.« Er füllte das Glas, ergriff es mit der einen Hand, zwirbelte seinen Schnurrbart mit Daumen und Zeigefinger der andern, strich sich den Bart glatt, tat Bescheid und begann wieder: »Liebe Freunde, es hat nicht viel gefehlt, so wäre der Tag wieder so toll wie der gestrige verlaufen. Vielleicht noch schlimmer. Es kommt mir fast unwahrscheinlich vor, daß ich hier sitze und mit euch plaudern kann, denn ich hatte schon jeden Gedanken an meine Reise aufgegeben und wollte dableiben und auf mein armes Lädchen aufpassen.«

»Was gab's denn, zum Teufel?« fragte einer der Zuhörer.

»Ja, der Teufel war wirklich los. Ihr werdet's schon hören.« Dann setzte er seinen Bericht fort, während er sich genießerisch an seine Mahlzeit machte, die vor ihn hingestellt worden war. Die anderen Gesellen standen am Tisch verteilt und hörten ihm mit offenem Munde zu. Renzo gab sich auf seinem Platz teilnahmslos, paßte aber vielleicht besser als alle andern auf, während er ganz langsam die letzten Bissen kaute.

»Die Schufte, die gestern jenen furchtbaren Krawall gemacht haben, trafen sich heute morgen an verabredeten Plätzen – denn es gab allerdings eine Verschwörung, alles war vorbereitet –, sie rotteten sich zusammen und fingen wieder an, mit Gebrüll durch die Straßen zu ziehn, um weiteres Volk herbeizulocken. Stellt euch vor, das ist so, wie wenn das Haus gefegt wird, mit Verlaub zu sagen. Der Kehrichthaufen wird immer größer, je weiter man kommt. Als sie genug Leute zusammenzuhaben glaubten, machten sie sich auf den Weg zum Hause des Herrn Statthalters, als ob die Gewalttaten noch nicht genügten, die gestern bei ihm begangen worden sind. So ein feiner Mann! Ach, welche Schurken! Und die Dinge, die sie ihm anhängten! Alles aus der Luft gegriffen! Ein so genauer, ehrenwerter Herr! Ich darf das wohl behaupten, ich bin ja bei ihm wie zu Hause und liefere ihm das Tuch für die Livreen seiner Dienerschaft. Sie machten sich also auf den Weg zu seinem Amtssitz. Das Gesindel muß man gesehen haben! Was für Gesichter! Denkt euch, sie sind an meinem Laden vorbeigekommen. Gesichter! Die Juden an den Kreuzwegstationen sind nichts dagegen. Und was sie alles über die Lippen brachten! Um sich die Ohren zuzuhalten, wenn es nicht ratsam gewesen wäre, sich nicht bemerklich zu machen! Sie rückten also mit der besten Absicht heran, zu plündern, aber ...« er hob die linke Hand in die Luft, spreizte sie und machte eine lange Nase.

»Aber?« riefen alle Zuhörer laut.

»Aber«, fuhr der Kaufmann fort, »sie fanden die Straße mit Balken und Wagen versperrt und hinter der Barrikade eine stattliche Reihe von spanischen Söldnern mit angelegten Donnerbüchsen, um sie nach Gebühr zu empfangen. Als sie die schönen Anstalten sahen ... Nun, was hättet ihr denn gemacht?«

»Kehrt marsch!«

»Freilich! Und das taten sie denn auch. Aber seht einmal an, wie sie vom Teufel geritten wurden! Sie kommen an den Cordusio, erblicken jene Bäckerei, die sie schon gestern plündern wollten. Und was ging in dem Laden vor? An die Kunden wurde Brot ausgegeben. Edelleute waren dabei, die Blüte der Ritterschaft, um darüber zu wachen, daß alles gut verlief. Die andern aber – sie hatten den Teufel im Leib, sage ich euch, und sie wurden auch aufgestachelt –, die andern aber stürmen wie besessen hinein. Wenn du plünderst, plündere ich auch: im Handumdrehen war das Unterste zuoberst gekehrt: Ritter, Bäcker, Kunden, Brot, Theke, Bänke, Backtröge, Kästen, Säcke, Mehltrommeln, Kleie, Mehl, Teig.«

»Und die Söldner?«

»Die Söldner mußten das Haus des Statthalters bewachen. Man kann nicht singen und zugleich das Kreuz tragen. Ich sagte ja schon: es geschah alles im Handumdrehen. Drauf und dran! Alles, was irgendwie zu verwerten war, wurde geraubt. Und dann kam jene schöne Erfindung von gestern wieder auf: alles übrige auf den Platz zu tragen, um damit ein Freudenfeuer abzubrennen. Und schon fingen die Halunken an, Sachen herauszuschleppen, als der größte Halunke von allen mit einem neuen Vorschlag herausrückte. Ratet einmal, mit was für einem?«

»Nämlich?«

»Das alles im Laden aufzustapeln und an den Stapel und das Haus zugleich Feuer zu legen. Wie gesagt, so getan ...«

»Sie haben Feuer angelegt?«

»Wartet ab! Ein rechtschaffener Mann aus der Nachbarschaft hatte eine Eingebung des Himmels. Er eilte in die oberen Räume, suchte ein Kruzifix, fand es, hing es in einen Fensterbogen, nahm zwei geweihte Kerzen vom Kopfende eines Bettes, zündete sie an und stellte sie aufs Fensterbrett, rechts und links vom Kruzifix. Die Leute schauen hinauf. Es gibt ein Mailand – muß man zugeben –, wo es noch Gottesfurcht gibt. Alle gingen in sich. Die meisten, meine ich. Es gab freilich auch Teufelskerle, die, um rauben zu können, Feuer selbst ans Paradies gelegt hätten. Als sie aber sahen, daß die Leute nicht ihrer Ansicht waren, mußten sie von ihrer Absicht lassen und die Schnauze halten. Nun ratet einmal, wer nun ganz unverhofft dazukommt. Alle Domherren in Prozession, mit erhobenem Kreuz, in Chorgewändern; und Monsignore Mazenta, der Erzpriester, fängt auf einer Seite an zu predigen und Monsignore Settala, der Pönitentiar, auf der andern und auch die übrigen: ›Aber liebe Leute! Was habt ihr denn vor? Wollt ihr euren Kindern ein solches Beispiel geben? So geht doch nach Hause! Wißt ihr denn nicht, daß das Brot noch billiger als vordem ist? Schaut doch einmal nach. Es ist ja an allen Ecken angeschlagen.‹«

»Traf das zu?«

»Ei der Daus! Meint ihr denn, die Domherren kämen in großem Ornat, um Märchen zu erzählen?«

»Und was taten die Leute?«

»Nach und nach begaben sie sich fort. Sie liefen an die Straßenecken. Und wer lesen konnte, fand da auch das Gesuchte. Stellt euch einmal vor: ein Brot von acht Unzen für einen Soldo!«

»Welch ein Glück!«

»Das reinste Schlaraffenland! Wenn's nur Bestand hat! Wißt ihr, wieviel Mehl sie von gestern auf heute verdorben haben? Das Herzogtum könnte zwei Monate davon leben.«

»Für das Gebiet außerhalb Mailands hat man aber kein so gutes Gesetz gemacht?«

»Was man in Mailand gemacht hat, ist alles zugunsten der Stadt. Ich weiß nicht, was ich euch sagen soll: euch wird's ergehn, wie's Gott gefällt. Wohlgemerkt, der Lärm ist vorbei. Ich habe noch nicht alles erzählt, jetzt kommt erst das Beste.«

»Was gibt's denn noch?«

»Nun, gestern abend oder heute morgen hat man eine Menge Verhaftungen vorgenommen, und es hatte sich bald herumgesprochen, daß die Rädelsführer aufgehängt werden. Kaum begann dies Gerücht durchzusickern, als jeder auf dem schnellsten Wege nach Hause ging, um nicht Gefahr zu laufen, mit gefaßt zu werden. Als ich fortritt, sah Mailand aus wie ein Mönchskloster.«

»Wird man sie denn wirklich hängen?«

»Und ob! Schleunigst!« erwiderte der Kaufmann.

»Und die Leute? Was werden die Leute tun?« fragte der weiter, der schon die andere Frage gestellt hatte.

»Die Leute kommen und gucken zu. Sie waren ja so darauf aus, einen Christenmenschen unter freiem Himmel verenden zu sehn, daß diese Schufte mit dem Herrn Statthalter Schindluder treiben wollten. An seiner Stelle kriegen sie nun vier von dem Gelichter nach allen Regeln der Kunst serviert, von Kapuzinern und andern aus der Brüderschaft des guten Todes geleitet. Lauter Kerle, die ihr Los verdient haben! Ihr seht, daß es eine Vorsehung gibt, es mußte so kommen. Sie hatten bereits die saubere Angewohnheit, in die Läden zu kommen und sich zu bedienen, ohne den Geldbeutel zu ziehn. Wenn es nach ihnen gegangen wäre, hätten sie sich nach dem Brot an den Wein gemacht und so immer weiter... Überlegt einmal, ob diese Burschen bereit gewesen wären, aus freien Stücken ein so bequemes Verfahren wieder aufzugeben. Und ich kann euch versichern, für einen rechtschaffenen Mann, der einen Laden hat, war das ein wenig heiterer Gedanke.«

»Klar!« bemerkte einer der Zuhörer. »Klar!« wiederholten einstimmig die andern.

»Und«, fuhr der Kaufmann fort und wischte sich mit dem Mundtuch den Bart, »die Sache war von langer Hand vorbereitet. Wißt ihr, es war eine Verschwörung.«

»Eine Verschwörung?«

»Jawohl, eine Verschwörung! Lauter von Navarresern angezettelte Umtriebe, von jenem Kardinal von Frankreich, ihr wißt schon, wen ich meine, der so einen halb türkischen Namen hat und der sich jeden Tag etwas ausdenkt, um der Krone von Spanien einen Tort anzutun. Vor allem aber hat er es darauf abgesehn, Mailand einen Streich zu spielen, denn der Schlaukopf begreift genau, daß auf dieser Stadt die Macht des Königs beruht.«

»Freilich!«

»Wollt ihr einen Beweis dafür? Der größte Klamauk wurde von Fremden gemacht. In Mailand liefen auf einmal Gestalten herum, die man dort noch niemals gesehen hat. Ich habe ja ganz vergessen, euch eine Sache zu erzählen, die mir als sicher verbürgt wurde. Die Justiz hatte einen in einem Gasthaus verhaftet ...« Renzo, dem kein Wort von der ganzen Rede entgangen war, fühlte, wie es ihn kalt überlief, als diese Saite angeschlagen wurde, und er zuckte zusammen, ehe er daran denken konnte, sich zu beherrschen. Keiner wurde es jedoch gewahr, und der Sprecher fuhr ohne Unterbrechung fort: »Es war einer, von dem man noch nicht genau weiß, woher er gekommen ist, wer ihn abgesandt hat und wes Geistes Kind er überhaupt ist. Jedenfalls war es aber einer der Rädelsführer. Schon gestern hatte er sich im größten Krawall wie toll aufgeführt, und damit noch nicht zufrieden, hatte er angefangen, Reden zu schwingen, und den Vorschlag gemacht, all diese hohen Herren totzuschlagen. Als wäre das eine Gefälligkeit! So ein Strolch! Wer würde denn den armen Leuten ihren Lebensunterhalt geben, wenn alle Herren umgebracht würden? Die Justiz, die ihn ermittelt hatte, legte die Hand auf ihn. Man fand einen Packen Briefe bei ihm und führte ihn ins Gefängnis ab. Was geschieht aber? Seine Spießgesellen, die um das Gasthaus herum Wache standen, eilten in großer Anzahl herbei und befreiten den Halunken.«

»Und was ist aus ihm geworden?«

»Man weiß es nicht. Er wird durchgebrannt sein oder hält sich in Mailand verborgen. Das sind Leute ohne Haus und Hof. Sie finden überall einen Unterschlupf, wo sie sich verkriechen können, wenigstens solange der Teufel ihnen helfen kann und will. Sie stolpern aber ins Garn, wenn sie am wenigsten daran denken. Die Birne fällt erst, wenn sie reif ist. Für jetzt weiß man zuverlässig, daß die Briefe in Händen der Justiz geblieben sind und daß darin die ganzen Umtriebe klargelegt werden. Man spricht davon, daß viele Leute dadurch belastet werden. Um so schlimmer für sie, die halb Mailand auf den Kopf gestellt haben und es noch ärger treiben wollten. Es heißt, die Bäcker wären Gauner. Das weiß ich auch; man muß ihnen aber auf dem Rechtswege beikommen. Es gibt verstecktes Getreide. Wer wüßte das nicht? Es ist aber Sache der Obrigkeit, sich gute Spione zu halten und hinzugehn, um es ans Tageslicht zu holen und auch die Aufkäufer zusammen mit den Bäckern mit des Seilers Tochter Hochzeit halten zu lassen. Und wenn die hohe Obrigkeit nichts unternimmt, ist es Sache der Stadt, Einspruch zu erheben. Und wenn sie das erstemal kein Gehör findet, muß sie abermals vorstellig werden, denn damit setzt man sich schließlich durch. Es geht aber nicht an, eine so ruchlose Gewohnheit aufkommen zu lassen, daß man in Läden und Geschäfte geht und nimmt, was einem paßt.«

Renzo war sein bißchen Essen zu lauter Gift geworden. Es schien ihm eine Ewigkeit zu dauern, bis er aus diesem Gasthof, aus diesem Dorfe heraus und weit fort wäre. Mehr als zehnmal hatte er sich gesagt: Jetzt aber auf und davon! Seine Furcht aber, Verdacht zu erregen, die nun maßlos gewachsen war und sein ganzes Denken beherrschte, hatte ihn immer wieder auf der Bank festgenagelt. In dieser Unschlüssigkeit sagte er sich, daß der Schwätzer füglich einmal aufhören müsse, von ihm zu sprechen, und beschloß bei sich, aufzubrechen, sobald ein anderes Thema angeschnitten würde.

»Ich weiß, wie solche Dinge sich abspielen«, sagte einer aus der Gruppe, »rechtschaffene Leute sind bei einem Aufruhr nicht gut daran, und deshalb habe ich auch meine Neugier bezähmt und bin zu Hause geblieben.«

»Bin ich denn etwa gegangen?« sagte ein anderer.

»Und ich?« fügte ein dritter hinzu. »Wenn ich zufällig in Mailand gewesen wäre, hätte ich alles stehn und liegen lassen, um sofort wieder heimzukehren. Ich habe Weib und Kind, und solche Krawalle sind wahrlich nicht nach meinem Geschmack.«

In diesem Augenblick begab sich der Wirt, der alles mit

angehört hatte, an das andere Ende der Tafel, um zu sehen, was sein Fremder trieb. Renzo nahm die Gelegenheit wahr, winkte den Wirt heran, verlangte die Rechnung, beglich sie unbesehen, obwohl er nicht mehr im Gelde schwamm, und ging, ohne noch ein Wort zu verlieren, sofort zum Ausgang. Er überschritt die Schwelle und schlug im Schutze der Vorsehung die entgegengesetzte Richtung zu der ein, aus der er gekommen war.

17. KAPITEL

Oft genügt schon ein einziges Verlangen, um einem Menschen keine Ruhe zu gönnen. Wie geht's daher erst, wenn zwei auf einmal in einer Brust einander widerstreiten! Seit vielen Stunden ging es, wie wir wissen, dem armen Renzo so, der einerseits fliehen und andererseits verborgen bleiben wollte. Die verhängnisvollen Äußerungen des Kaufmanns hatten bei ihm beide Triebe jählings aufgestachelt. Sein Abenteuer hatte also Aufsehen erregt; man wollte ihn auf alle Fälle dingfest machen. Wer weiß, wie viele Häscher hinter ihm her waren, was für Befehle man erteilt hatte, nach ihm in den Dörfern, den Gasthäusern und auf den Straßen zu fahnden! Er sagte sich freilich, daß schließlich nur zwei Häscher ihn wirklich kannten und daß ihm sein Name nicht auf der Stirn geschrieben stand. Ihm fielen aber allerlei Geschichten ein, die er gehört hatte: wie man Flüchtige durch seltsame Zufälle am Gang, an verdächtigem Gebaren, an anderen auffälligen Merkmalen erkannt hatte. Alles stimmte ihn trübe. Wenn auch das Ave-Maria läutete, als er Gorgonzola verließ, und die einbrechende Dunkelheit jene Gefahren immer mehr verminderte, begab er sich dennoch nur widerwillig auf die Hauptstraße und nahm sich vor, bei der ersten besten Gelegenheit einen Seitenpfad einzuschlagen, der vermutlich zu dem von ihm erstrebten Ziele führte. Anfänglich traf er unterwegs noch Leute, doch da jene schlimmen Besorgnisse seine Phantasie erhitzten, hatte er nicht den Mut, jemanden anzusprechen, um nach dem Wege zu fragen. Der hat doch von sechs Meilen gesprochen, dachte er, und wenn es auf Umwegen auch acht oder zehn werden sollten, können meine Beine nach all dem anderen auch wohl das noch schaffen. Auf Mailand gehe ich ja bestimmt nicht zu, also liegt vor mir die Adda. Marschieren, marschieren! Früher oder später komme ich schon hin. Die Adda hat eine gute Stimme, und wenn ich in ihrer Nähe bin, braucht sie mir niemand mehr zu zeigen. Wenn ein Fährboot da ist, geht's gleich hinüber, sonst warte ich bis zum Morgen auf freiem Feld, auf einem Baum wie die Amseln. Besser auf einem Baum als im Gefängnis!

Sehr bald erblickte er linker Hand einen Feldweg und schlug ihn ein. Wenn er zu dieser Stunde noch auf jemanden gestoßen wäre, hätte er nicht mehr soviel Umstände gemacht, um sich den Weg zeigen zu lassen; aber keine Menschenseele war anzutreffen. Er ging also seiner Wege und dachte nach.

Ich und mich wie toll aufführen! Ich und alle hohen Herren totschlagen! Ein Packen Briefe bei mir! Meine Spießgesellen, die für mich Wache gestanden haben! Ich gäbe etwas darum, wenn ich jenseits der Adda diesen Kaufmann Auge in Auge vor mir hätte! (Ach, wann werde ich nur diese verfluchte Adda überquert haben!) Wenn ich ihn da stellen und in aller Ruhe fragen könnte, woher er all seine fabelhaften Neuigkeiten hat! Mein bester Herr, laßt Euch bloß gesagt sein, daß die Dinge sich so und so abgespielt haben, daß ich mich wie toll aufgeführt habe, um Ferrer zu helfen, als ob er mein Bruder wäre! Laßt Euch bloß gesagt sein, daß diese Schurken, die, wenn's nach Euch ginge, meine Freunde waren, mir übel mitspielen wollten, weil ich in einem gewissen

Augenblick als ordentlicher Christenmensch den Mund auftat. Laßt Euch bloß gesagt sein, daß ich mir die Rippen zerquetschen ließ, um Euren Herrn Statthalter zu retten, den ich nie gesehen und kennengelernt habe, während Ihr auf Euren Kramladen aufgepaßt habt. Ihr könnt lange warten, bis ich mich ein anderes Mal rühre, um den großen Herren zu helfen! ... Eigentlich müßte man das ja, um des Seelenheiles willen; auch sie sind unsere Nächsten. Und dann der große Packen Briefe, in denen die ganzen Umtriebe klargelegt werden und der sich nun, wie Ihr so genau wißt, in Händen der Justiz befindet! Wetten wir, daß ich Euch den ohne allen Hokuspokus hierherzaubere? Seid Ihr neugierig auf diesen Packen? Da ist er! ... Ein einziger Brief? ... Jawohl, mein Herr, ein einziger Brief! Und diesen Brief hat – wenn Ihr es genau wissen wollt – ein Mönch geschrieben, bei dem Ihr jederzeit in die Christenlehre gehen könnt, ein Mönch, von dem – ohne Euch zu nahe treten zu wollen – ein einziges Barthaar mehr wert ist als Eure ganze Kinnmatratze. Und dieser Brief ist – wie Ihr seht – an einen anderen Mönch gerichtet, auch das ein Mann ... Merkt Ihr nun, was für Strolche meine Freunde sind? Seht Euch ein andermal mit Euren Reden vor, besonders wenn es sich um Eure Nächsten handelt.

Nach einiger Zeit aber hörten diese und andere ähnliche Überlegungen völlig auf. Seine gegenwärtige Lage erforderte die volle Geistesgegenwart des armen Wandersmannes. Die Furcht, verfolgt oder entdeckt zu werden, welche ihn bei der Wanderung am hellen Tage so bedrückt hatte, quälte ihn nun nicht mehr. Wie vieles aber machte diese Strecke nun weit beschwerlicher: Dunkelheit, Einsamkeit, wachsende und nun schon lähmende Müdigkeit. Eine unhörbare, beharrliche, schneidende Brise kam auf, die jemandem kaum zuträglich sein konnte, der noch in den gleichen Kleidern steckte, mit denen er auf einen Katzensprung zur

Hochzeit gehen wollte, um dann sofort glückselig in sein Heim zurückzukehren. Noch schlimmer wurde alles, weil er so ganz aufs Geratewohl ins Blaue hineinmarschierte, um einen ruhigen und sicheren Unterschlupf zu finden.

Wenn er zufällig durch ein Dorf kam, so verhielt er sich äußerst vorsichtig und achtete darauf, ob noch eine Tür offenstünde. Wenn aber Leute noch auf waren, verriet das immer nur ein schwacher Lichtschimmer hinter einem Fensterladen. Außerhalb der Ortschaften hielt er immer wieder auf seinem Wege an und lauschte angestrengt nach der verflixten Stimme der Adda. Jedoch vergebens. Kein anderer Laut war zu hören als Hundegeheul, das, kläglich und drohend zugleich, aus irgendeinem einsamen Gehöft an sein Ohr drang. Wenn er sich dann näherte, verwandelte sich das Geheul in ein wütend jaulendes Gekläff, und sobald er an der Tür vorüberkam, hörte, ja sah er förmlich, wie so ein Biest mit der Schnauze an der Ritze sein Gebell verdoppelte, was ihm die Lust vergehen ließ, anzuklopfen und um Obdach zu bitten. Vielleicht hätte er sich allerdings auch ohne die Hunde nicht dazu durchgerungen. Wer da? so dachte er. Was wollt Ihr noch so spät? Wie kommt Ihr hierher? Gebt Euch zu erkennen! Gibt's denn keine Gasthäuser zum Übernachten? Das werden sie einem, der anklopft, sagen, wenn's gut geht und nicht gerade ein Angstmeier da schläft, der todsicher Zetermordio schreit. Man muß gleich etwas Einleuchtendes sagen können. Was kann ich aber antworten? Wer nachts ein Geräusch hört, denkt immer gleich nur an Räuber, Spitzbuben und Überfälle; keinem kommt es in den Sinn, daß ein rechtschaffener Mensch auch einmal nachts unterwegs sein kann, es sei denn ein Edelmann mit seiner Kutsche.

Er behielt sich daher diesen Entschluß nur für den äußersten Notfall vor und setzte Fuß vor Fuß, in der Hoffnung, die Adda in dieser Nacht wenigstens noch zu entdecken, wenn auch nicht zu überqueren, damit er sie nicht am hellichten Tage suchen müßte.

Er marschiert und marschiert. Schließlich geriet er in ein Gebiet, wo die bebauten Felder in Brachland voll Farn und Heidekraut übergingen. Das schien ihm zwar kein Beweis, aber doch wenigstens ein Anhaltspunkt für die Nähe eines Flusses. Er ging daher auf einem quer durchlaufenden Pfade weiter. Nach einigen Schritten blieb er stehen, um zu lauschen. Doch noch immer vergebens. Den Verdruß des Marsches steigerte die unwirtliche Umgebung, das Fehlen von Maulbeerbaum und Rebe und jeder Spur von Menschenhand, die ihm doch anfänglich noch irgendwie Gesellschaft geleistet hatten. Trotzdem ging er weiter, und da ihm allmählich gewisse Vorstellungen und Spukgestalten aus den Ammenmärchen seiner Kinderzeit in den Sinn kamen, sprach er, um sie zu verscheuchen oder zu versöhnen, im Weitergehen Gebete für die armen Seelen.

Nach und nach geriet er in höheres Unterholz von Schlehen, jungen Eichen und Judendorn. Als er unabsichtlich, aber ungeduldig den Schritt beschleunigte, bemerkte er bald hie und da zwischen dem Gestrüpp vereinzelte Bäume und sah sich, auf seinem Pfade fortschreitend, bald an einem Waldrand. Er fühlte eine gewisse Abneigung weiterzugehn, überwand sie aber und setzte seinen Marsch unlustig fort. Je tiefer er in den Wald geriet, um so verzagter wurde er, um so mehr war ihm alles verleidet. Die Bäume zeigten ihm von weitem wunderlich mißgestaltete, scheußliche Fratzen. Der Schatten der leicht sich wiegenden Wipfel geisterte auf dem hie und da vom Monde erhellten Pfade hin und her und beunruhigte ihn, ja selbst das Rascheln des welken Laubes, das er im Schreiten zertrat oder fortstieß, war für sein Ohr irgendwie unheimlich. Es zuckte ihm in den Beinen davonzulaufen, gleichzeitig aber versagten sie ihm beinahe den Dienst. Er fühlte den Nachtwind schärfer und tückischer auf

Stirn und Wangen prallen, merkte, wie er durch seine Kleidung drang, bis er schlotterte und die Kälte bis ins Mark spürte, wo sie die letzte Widerstandskraft des übermüdeten Leibes zu brechen drohte. Einmal war es, als ob jene Niedergeschlagenheit, jene unheimliche Angst, mit der die Seele seit einiger Zeit kämpfte, ihn mit einem Schlage übermannte. Er war drauf und dran, sich wirklich verloren zu geben. Aber über seine Verzweiflung mehr als über alles andere entsetzt, rief er die alten Lebensgeister ins Herz zurück und gebot ihnen standzuhalten. So für einen Augenblick neu gestärkt, blieb er stehen, um zu überlegen. Er beschloß, unverzüglich kehrtzumachen, geradenwegs zum letzten Dorf zu gehn, durch das er gekommen war, und unter Menschen ein Obdach zu suchen; wenn es sein müßte, sogar im Gasthaus. Wie er so stillstand und seine Füße nicht mehr im Laube raschelten und alles um ihn schwieg, hörte er auf einmal ein Rauschen, ein Plätschern, ein Murmeln von strömendem Wasser. Er lauscht, vergewissert sich und ruft aus: »Die Adda!« So findet man nur einen Freund, einen Bruder, einen Retter wieder! Die Müdigkeit wich fast ganz, seine Pulse pochten wieder, er fühlte das Blut frei und warm durch alle Adern rollen, merkte, wie seine Zuversicht wuchs und die lähmende Sorge weitgehend wich. So zögerte er nicht, dem vertrauten Rauschen nach immer tiefer in den Wald zu dringen.

Bald gelangte er ans Ende der Niederung und zum Rande eines Steilufers; und wie er durch das Gebüsch, das überall wucherte, hinunterspähte, sah er das Wasser glitzern und strömen. Dann hob er die Augen und gewahrte die weite Ebene des andern Ufers mit verstreuten Weilern, und dahinter die Höhen, und auf einer davon einen großen hellen Fleck, den er für eine Stadt hielt, sicherlich Bergamo. Er kletterte ein wenig die Böschung hinunter, öffnete sich mit Händen und Armen einen Ausblick durch das Gestrüpp und spähte nach einem Boot auf dem Fluß, lauschte nach Ruderschlägen. Doch nichts war zu sehen oder zu hören. Bei einem kleineren Gewässer als der Adda wäre Renzo gleich hinuntergestiegen und hätte versucht hindurchzuwaten. Er wußte aber genau, daß der Adda nicht zu trauen war.

Er erwog daher ganz kaltblütig, was nun zu tun sei. Wenn er auf einen Baum klettern und dort die Morgenröte abwarten würde, was seine guten sechs Stunden dauern konnte, so dürfte das völlig genügen, um ihn – bei seiner Kleidung, dem Wind und dem Nachtfrost – stocksteif werden zu lassen. Würde er die ganze Zeit auf und ab gehen, so wäre auch das nur ein wenig wirksamer Schutz gegen die Kälte unter freiem Himmel. Auch wäre seinen armen Beinen damit einfach zuviel zugemutet, hatten sie doch bereits mehr als ihre Pflicht getan. Da fiel ihm ein, daß er auf einem der Felder ganz nahe dem Brachland eine jener strohgedeckten Hütten gesehen hatte, die aus Balken und Zweigen errichtet und dann mit Lehm verputzt werden und in welchen die Bauern in der Gegend von Mailand im Sommer die Ernte zu lagern pflegen, bei der sie nachts dann Wache halten. In den übrigen Jahreszeiten stehen sie leer. Er wählte sie gleich als sein Obdach, ging wieder auf den Pfad zurück, durchquerte abermals den Wald, das Dickicht und das Brachland und begab sich zu der Hütte. Eine lose, wurmstichige Tür war ohne Schloß und Riegel angelehnt. Renzo öffnete sie und trat ein. Drinnen sah er ein von Bastseilen gehaltenes Flechtwerk wie eine Hängematte schweben. Doch hatte er keine Lust hinaufzusteigen. Er entdeckte etwas Stroh auf der Erde und meinte, daß er es sich auch darin gemütlich machen könnte.

Ehe er sich jedoch auf das Lager streckte, das die Vorsehung ihm bereitet hatte, kniete er nieder, um ihr für diese Wohltat und alle Hilfe zu danken, die er an diesem schrecklichen Tage gefunden hatte. Dann sprach er sein gewohntes

Gebet und bat überdies den Herrgott um Vergebung, weil er es am Vorabend versäumt hatte, ja, weil er sogar, nach seinen eigenen Worten, schlimmer als ein Hund in Schlaf gefallen war. Und deshalb – fügte er bei sich hinzu, stützte die Hände aufs Stroh und streckte sich aus dem Knien nieder –, deshalb wurde mir am Morgen auch so ein schönes Erwachen beschert. Dann raffte er alles Stroh ringsum zusammen und deckte sich, so gut es ging, damit zu, um die Kälte zu mildern, die auch hier drinnen recht fühlbar blieb. Er kuschelte sich tief hinein, um einen festen Schlaf zu tun, den er reichlich verdient zu haben glaubte.

Kaum aber hatte er die Augen geschlossen, als in seinem Gedächtnis oder in seiner Phantasie (wer weiß das schon so genau!) ein derartig tolles und unaufhörliches Kommen und Gehen von Leuten begann, daß es mit dem Schlaf vorbei war: der Kaufmann, der Beamte, die Häscher, der Schwertfeger, der Wirt, Ferrer, der Statthalter, die Zechbrüder, der ganze Menschenschwarm in den Straßen, dann Don Abbondio, dann Don Rodrigo, lauter Leute, mit denen Renzo ein Hühnchen zu rupfen hatte.

Nur drei Bilder tauchten frei von bitteren Erinnerungen auf, rein von jedem Verdacht und völlig liebenswert, und darunter besonders zwei sicherlich sehr verschiedene, die aber im Herzen des Jünglings aufs engste zusammengehörten: ein schwarzes Haargeflecht und ein weißer Bart. Aber auch der Trost, den er empfand, wenn er darauf seine Gedanken richtete, war alles andere als ungetrübt und still. Wenn er an den guten Mönch dachte, empfand er um so lebhafter die Scham über seine eigenen Fehler, seine schmähliche Unmäßigkeit und die Art, wie er dessen väterliche Ratschläge so in den Wind geschlagen hatte. Wenn er sich aber dem Bilde Lucias zuwandte ...! Wir wollen gar nicht erst versuchen zu schildern, was er fühlte. Der Leser kennt die Umstände und kann es sich denken. Und die arme

Agnes? Wie hätte er die vergessen können! Agnes, die ihn vorgezogen, die ihn schon als eins mit ihrer einzigen Tochter betrachtet hatte, die sich schon, ehe er sie Mutter nannte, in Worten und Taten und mit dem Herzen als eine solche ihm gegenüber verhalten hatte.

Der Gedanke aber, daß die arme Frau gerade dank so liebevoller Absichten, dank einer so großen Zuneigung zu ihm nun vertrieben, fast heimatlos, einer ungewissen Zukunft gegenüberstand und Not und Mühsal gerade da erntete, wo sie sich die Ruhe und Heiterkeit ihrer letzten Lebensjahre erhofft hatte, dieser Gedanke bedeutete für Renzo einen weiteren Schmerz, und nicht den geringsten. Welch eine Nacht, armer Renzo! Sie hätte die fünfte seiner Flitterwochen sein sollen! Was für ein Zimmer! Was für ein Hochzeitsbett! Und nach was für einem Tag! Welch ein Morgen, welch eine Reihe von Tagen sollte nun folgen? Wie Gott will! beschwichtigte er die Sorgen, die ihn am meisten bedrückten. Wie Gott will! Er weiß, was Er tut: es ist alles zu unserem Besten. Möge alles auf das Konto meiner Sünden gehen! Lucia ist so gut! So wird Er doch nicht sie einstweilen leiden lassen wollen. Zu keiner Frist!

Unter solchen Gedanken und nunmehr ohne alle Hoffnung, noch Schlaf zu finden, sehnte er das Morgengrauen herbei, zumal die Kälte immer fühlbarer wurde und ihn immer wieder erschauern und mit den Zähnen klappern ließ. Ungeduldig maß er das Verrinnen der Zeit. Ich sage: maß, denn alle halbe Stunde hörte er in diesem weiten Schweigen die Schläge einer Turmuhr widerhallen. Ich nehme an, daß es die von Trezzo war. Als dieser Glockenschlag zum erstenmal so unerwartet an seine Ohren drang, ohne daß er vermuten konnte, woher er kam, berührte ihn das geheimnisvoll und feierlich, als käme ihm Botschaft von einem unsichtbaren Wesen in unbekannten Lauten.

Als jener Klöppel schließlich elf Schläge tat, womit seine

Stunde schlug[1], erhob sich Renzo halb erstarrt. Er kniete nieder und verrichtete inbrünstiger als gewöhnlich seine Morgenandacht; dann richtete er sich auf, reckte und streckte sich, schüttelte Rumpf und Schultern, wie um alle Glieder wieder zusammenzuholen, von denen jedes für sich zu fühlen war, blies in die eine Hand, dann in die andere, rieb sie aneinander und öffnete die Tür der Hütte. Zuerst warf er nach allen Seiten einen Blick, um sich zu überzeugen, daß niemand in der Nähe war. Da sich keiner sehen ließ, spähte er nach dem Pfad von gestern abend, fand ihn sofort und schlug ihn wieder ein.

Der Himmel verhieß einen schönen Tag: auf der einen Seite verdämmerte der Mond bleich und strahlenlos am ungeheuren graublauen Firmament, das nach Osten zu allmählich in ein rosiges Gelb überging. Tiefer am Horizont schwebten in breiten, ungleichen Streifen vereinzelte halb blaue, halb braune Wolken, von denen die niedersten unten wie von einem Feuerstreifen gesäumt waren, der allmählich immer leuchtender und blendender wurde. Nach Süden hin zogen andere wirre Wolkengebilde, leicht und weich, und schimmerten von tausend namenlosen Farben. Es war jener Himmel der Lombardei, der so wunderschön ist, wenn er schön ist, so strahlend und friedevoll. Wenn Renzo sich auf einem Spaziergang befunden hätte, würde er sicherlich nach oben geblickt haben, um diese Morgendämmerung zu bewundern, die so anders war als die, welche er gewöhnlich in seinen Bergen erlebt hatte. Er aber achtete auf seinen Weg und holte tüchtig aus, um warm zu werden und schnell ans Ziel zu kommen.

Er eilt durch die Felder, eilt übers Brachland, eilt durch das Dickicht, durchquert den Wald, schaut dahin und dort-

1 Eine Stunde vor Sonnenaufgang, da in jener Zeit die Stunden in Italien ab Sonnenuntergang (= 18 Uhr) gerechnet wurden, also 5 Uhr morgens (Anmerkung des Übersetzers).

hin und lacht und schämt sich zugleich über den Schauder, den er dort noch vor wenigen Stunden empfunden. An der Uferböschung späht er hinunter und gewahrt durch die Zweige ein Fischerboot, das langsam, gegen die Strömung, am Ufer entlang näher kommt. Sofort bahnt er sich durch das Dorngestrüpp den nächsten Weg zum Strand. Ganz leise ruft er den Fischer an. Er möchte so tun, als hätte er um eine kleine Gefälligkeit zu bitten, aber unbewußt winkt er ihm fast flehentlich, anzulegen. Der Fischer läßt seinen Blick am Ufer entlangschweifen, späht aufmerksam stromaufwärts, wendet sich, um zurückzuschauen, lenkt den Bug auf Renzo zu und legt an. Renzo, der am Ufersaum fast schon mit einem Fuß im Wasser stand, packt die Bootsspitze, springt hinein und sagt: »Würdet Ihr wohl so freundlich sein, mich gegen Entgelt da hinüberzubringen?« Der Fischer hatte das vermutet und drehte schon nach jener Seite zu. Renzo erblickt im Boot ein zweites Ruder, bückt sich danach und ergreift es.

»Sachte, sachte«, meinte der Bootsherr. Als er aber sah, mit welchem Geschick der Jüngling das Werkzeug ergriff und sich anschickte, es zu gebrauchen, fuhr er fort: »Ach so, Ihr seid von der Zunft!«

»Ein bißchen schon«, erwiderte Renzo, und Schwung und Meisterschaft verrieten, daß er kein Laie war. Ohne je sein Tempo zu vermindern, schaute er immer wieder sorgenvoll auf das Ufer, von dem sie sich entfernten, und dann wieder ungeduldig auf das, dem sie zusteuerten. Es bedrückte ihn, daß man nicht auf dem kürzesten Wege hingelangen konnte, denn die Strömung war an dieser Stelle zu reißend, um sie in gerader Richtung zu durchschneiden, und das Boot mußte einen schrägen Kurs teils gegen sie, teils mit ihr nehmen. Bei allen etwas verworrenen Angelegenheiten zeigt es sich, daß die Schwierigkeiten von vornherein zwar im ganzen erkennbar sein mögen, aber im einzelnen erst bei der Durchführung deutlich werden. So wurde Renzo, nachdem er die Adda nun sozusagen schon überquert hatte, von der Ungewißheit gepeinigt, ob damit die Grenze erreicht war oder ob nach Überwindung dieses Hindernisses ein weiteres zu nehmen blieb. Daher rief er den Fischer an, nickte mit dem Kopf in Richtung des weißlichen Fleckens, den er in der Nacht wahrgenommen hatte und der sich nun viel deutlicher abhob, und fragte: »Ist der Ort da Bergamo?«

»Die Stadt Bergamo«, erwiderte der Fischer.

»Und ist das Ufer da bergamaskisch?«

»Gebiet von San Marco.«

»Hoch San Marco!« rief Renzo aus. Der Fischer sagte nichts.

Schließlich stießen sie an Land. Renzo sprang hinaus, dankte Gott im stillen und laut dem Fährmann, steckte die Hand in die Tasche, zog eine Berlinga heraus, was angesichts der Umstände keine geringe Verschwendung war, und hielt sie dem wackeren Manne hin. Dieser warf erst noch einen Blick auf das Mailänder Ufer und den Fluß hinauf und hinunter, streckte dann die Hand aus, ergriff die Belohnung und steckte sie ein. Dann kniff er die Lippen zusammen, legte zum Überfluß noch den Finger darauf und begleitete diese Gebärde mit einem ausdrucksvollen Blick. Darauf sagte er: »Glückliche Reise!« und kehrte um.

Damit die sofortige, taktvolle Hilfsbereitschaft des Mannes einem Unbekannten gegenüber den Leser nicht allzusehr in Erstaunen setzt, müssen wir erwähnen, daß er gewöhnt war, dergleichen Dienste zu erweisen, um die er von Schmugglern und Räubern oft genug gebeten wurde. Er tat es nicht so sehr dem mutmaßlich geringen und ungewissen Gewinn zuliebe, sondern um sich in diesen Kreisen keine Feinde zu machen. Er leistete einen solchen Dienst jedesmal, wenn er sicher sein durfte, daß ihn weder Zollbeamte noch

Häscher noch Kundschafter beobachteten. Ohne daß er weder den ersteren noch den letzteren näherstand, versuchte er es allen recht zu machen, wobei er jene unparteiische Haltung einnahm, die solchen gewöhnlich eigen ist, die mit gewissen Leuten umzugehn gezwungen und gewissen anderen Rechenschaft zu geben gehalten sind.

Renzo blieb ein Weilchen am Ufer stehn, um die andere Seite zu betrachten, jenes Land, das ihm vor kurzem noch so sehr unter den Füßen gebrannt hatte. Ach, ich bin also wirklich heraus! war sein erster Gedanke. Fahr wohl, verfluchtes Land! war sein zweiter und der Abschiedsgruß an die Heimat. Der dritte aber eilte zu denen, die er dort zurückließ. Da kreuzte er die Arme auf der Brust, stieß einen Seufzer aus, senkte den Blick auf das Wasser, das an seinen Füßen vorüberfloß, und dachte: Es ist unter der Brücke durchgeflossen. So nannte er nach Landesbrauch insbesondere die von Lecco. Ach, du schlimme Welt! Genug! Wie es Gott gefällt!

Er wandte all dem Traurigen den Rücken und setzte sich in Marsch. Zunächst hielt er auf den weißlichen Flecken am Berghang zu, bis er jemanden fände, der ihm den rechten Weg weisen könnte. Man hätte sehen müssen, wie freimütig er nun auf die Wanderer zutrat und ohne viel Umschweife den Ort nannte, in dem sein Vetter ansässig war. Gleich der erste, den er ansprach, ließ ihn wissen, daß er noch neun Meilen zurückzulegen hatte.

Der Marsch war nicht erfreulich. Der Sorgen ganz zu geschweigen, die Renzo bedrückten, betrübten ihn auch auf Schritt und Tritt schmerzliche Eindrücke, die ihn erkennen lassen mußten, daß er in dem Gebiete, in das er vordrang, die gleiche Not antreffen würde, der er im eigenen entronnen war. Auf dem ganzen Wege und mehr noch auf den Gütern und in den Marktflecken traf er immerfort Bettelvolk, das nicht gewerbsmäßig umherzog und dem das Elend ins Gesicht geschrieben stand, ohne daß es auch aus der Kleidung sprach. Es waren Bauern, Älpler, Handwerker, ganze Familien, ein Stimmenwirrwarr von Gebeten, Klagen und Kinderwimmern. Dieser Anblick erregte in ihm nicht nur Mitleid und Beklemmung, sondern machte ihn auch wegen seiner eigenen Lage besorgt.

Wer weiß, überlegte er im Gehen, ob ich etwas Rechtes zu tun finde? Ob es wohl wie in den früheren Jahren noch Arbeit gibt? Sei es drum! Bortolo wollte mir wohl. Er ist ein netter Kerl, hat es zu etwas gebracht und mich so oft eingeladen. Jetzt wird er mich nicht im Stich lassen. Schließlich hat mir ja die Vorsehung bisher geholfen und wird es auch in Zukunft tun.

Schon seit einiger Zeit regte sich sein Appetit und wuchs nun von Meile zu Meile. Als Renzo das Knurren im Magen spürte, getraute er sich zwar, die zwei oder drei restlichen Meilen auch noch einigermaßen durchzuhalten, meinte aber andererseits, daß es nicht schicklich wäre, vor den Vetter wie ein Fechtbruder hinzutreten und ihm zur ersten Begrüßung zu sagen: Gib mir was zu essen! Er kramte seinen ganzen Reichtum aus der Tasche hervor, ließ ihn in eine Hand rollen und zählte zusammen. Der Kassensturz erforderte keine großen Rechenkünste, doch reichte der Betrag durchaus, um sich eine Mahlzeit leisten zu können. So trat er in ein Gasthaus, um seinen Hunger zu stillen, und in der Tat blieben ihm, als er bezahlt hatte, noch einige Soldi.

Als er hinaustrat, wäre er an der Tür fast über zwei Frauen gestolpert, die mehr dalagen als saßen: eine ältere und eine jüngere, die ein Kind hielt, das nach vergeblichen Stillversuchen wimmerte und greinte. Alle waren totenblaß, und neben ihnen stand ein Mann, aus dessen ganzer Erscheinung noch seine frühere Stärke sprach, die von langer Entbehrung fast völlig gebrochen war. Alle drei streckten dem die Hand entgegen, der mit frischem Schritt und neubelebt herauskam. Niemand sprach. Was hätte eine Bitte auch mehr sagen können?

»Es gibt eine Vorsehung!« sagte Renzo, fuhr schnell in die Tasche, nahm seine paar Soldi heraus, drückte sie in die erste beste Hand und setzte seinen Weg fort.

Die Mahlzeit und das gute Werk – wir bestehen ja nun einmal aus Seele und Leib – hatten sein ganzes Wesen gestärkt und heiter gestimmt. Daß er sich so seiner letzten Barschaft entäußert hatte, ließ ihn fraglos vertrauensvoller in die Zukunft blicken, als wenn er zehnmal soviel Geld gefunden hätte.

Wurden nämlich an diesem Tage die auf der Straße zusammengebrochenen Elenden von der Vorsehung mit den letzten Groschen eines flüchtigen Fremdlings ernährt, der selber nicht wußte, wie er weiterleben konnte, so war wohl nicht anzunehmen, daß sie danach den im Stich lassen würde, der ihr Werkzeug gewesen war und dem sie sich so lebendig, wirkungsvoll und entschieden in Erinnerung gebracht hatte. Das war in etwa der Gedankengang des Jünglings, wenn freilich auch noch weniger klar, als ich ihn hier dargestellt habe. Wie er so auf seinem weiteren Wege seine Lage bedachte, kam er mit allem ins reine. Die Not mußte ja einmal enden, alle Jahre wird geerntet, unterdessen hatte er den Vetter Bortolo und seine eigene Geschicklichkeit. Darüber hinaus besaß er daheim etwas Geld, das er sich bald schicken lassen konnte. Damit würde er sich schlimmstenfalls von Tag zu Tag durchschlagen, bis bessere Zeiten wiederkämen. Und wenn die dann schließlich gekommen sind, fuhr Renzo in seinen Zukunftsträumen fort, dann gibt's auch wieder vollauf zu tun. Die Fabrikherrn werden sich um Arbeiter aus dem Gebiet von Mailand reißen, denn die verstehen ihr Handwerk aufs beste. Den Mailänder Arbeitern schwillt dann der Kamm. Wer geschickte Leute will, muß sie auch bezahlen. Man verdient den Lebensunterhalt für mehr als einen und kann etwas zurücklegen, und dann wird den Frauen geschrieben, daß sie kommen sollen. Warum übrigens so lange warten? Hätten wir denn mit dem bißchen, das wir zurückgelegt haben, nicht auch zu Hause den Winter durchhalten müssen? So werden wir auch hier durchkommen. Pfarrer gibt es überall. Die beiden lieben Frauen kommen, ein Hausstand wird gegründet. Welch eine Lust, alle miteinander diesen Weg zu machen, bis zur Adda im Wagen zu fahren und an ihrem Ufer zu vespern, durchaus am Ufer, und den Frauen den Ort zu zeigen, wo ich das Boot bestiegen habe, das Dorngestrüpp, durch das ich geklettert bin, die Stelle, an der ich nach einem Nachen Ausschau gehalten habe.

Er gelangt bis zum Wohnort des Vetters. Wie er ins Dorf geht, ja schon ehe er den Fuß hineinsetzt, überrascht ihn der Anblick eines vielstöckigen Gebäudes mit mehreren langen Fensterreihen. Er erkennt, daß es eine Spinnerei ist, tritt ein und fragt im Getöse des rauschenden Wassers und der Räder mit lauter Stimme, ob sich ein gewisser Bortolo Castagneri hier befinde.

»Der Herr Bortolo? Da steht er!«

Herr? Ein gutes Zeichen, denkt Renzo, faßt den Vetter ins Auge und eilt auf ihn zu. Dieser dreht sich um und erkennt den Jüngling, der nur: »Da bin ich!« sagt. Ein überraschtes »Oh!« Sie breiten die Arme aus und hängen einander am Hals. Nach dieser ersten Begrüßung zieht Bortolo unsern Jüngling aus dem Lärm der Maschinen, fort von den Blicken der Neugierigen, in ein anderes Zimmer und sagt zu ihm: »Ich seh dich gern; du bist aber ein verflixter Kerl. Wer weiß wie oft hatte ich dich eingeladen, und niemals hast du kommen wollen. Jetzt kommst du in einem etwas kritischen Augenblick.«

»Da es nun doch einmal heraus muß: ich bin nicht aus freien Stücken fortgegangen«, sagte Renzo und erzählte ihm in aller Kürze, aber nicht ohne große Erregung seine traurige Geschichte.

»Das ist ein anderes Ding«, sagte Bortolo. »Ach, du armer Renzo! Aber du hast auf mich gerechnet, und ich werde dich nicht im Stich lassen. Zwar werden im Augenblick keine Arbeiter gesucht. Jeder hält allenfalls gerade die, die er hat, um sie nicht zu verlieren und abwandern zu lassen. Der Besitzer will mir aber wohl und hat Geld wie Heu. Unter uns gesagt, ohne mich rühmen zu wollen: er verdankt es zum großen Teil mir; er hatte das Kapital und ich mein bißchen Fähigkeit. Weißt du, ich bin die erste Kraft und, im Vertrauen gesagt, seine rechte Hand. Arme Lucia Mondella. Ich kann mich an sie erinnern, als wäre es gestern gewesen. Ein gutes Mädchen. Immer die Aufmerksamste in der Kirche. Und wenn man an ihrem kleinen Haus vorüberkam ... Ich sehe es geradezu vor mir, nur wenig außerhalb der Ortschaft, mit einem schönen Feigenbaum, der über die Mauer ragte ...«

»Hör auf! Hör auf! Sprechen wir nicht davon!«

»Ich wollte ja nur sagen, wenn man an jenem kleinen Haus vorüberkam, hörte man immerfort die Seidenspule, wie sie schnurrte und schnurrte. Und dieser Don Rodrigo! Freilich, auch zu meiner Zeit wandelte er auf solchen Wegen. Jetzt aber geht er aufs Ganze, soviel ich sehe; solang ihm Gott die Zügel schießen läßt. Also, wie gesagt, auch hier geht der Hunger ein wenig um ... Übrigens, möchtest du nicht etwas essen?«

»Ich bin unterwegs noch eingekehrt.«

»Und wie steht's mit der Barschaft?«

Renzo streckte eine Hand aus, näherte sie dem Munde und blies leicht darüber hin.

»Das macht nichts«, sagte Bortolo, »dafür habe ich ja etwas. Finde nur nichts dabei! Du wirst es mir recht bald schon wiedergeben, wenn sich mit Gottes Hilfe die Dinge ändern, und du wirst obendrein noch etwas sparen.«

»Ich habe ein paar Kröten zu Hause liegen. Die lasse ich mir schicken.«

»Schön! Bis dahin aber rechne auf mich. Gott hat mich mit Gütern gesegnet, damit ich Gutes tue, und wenn ich es nicht Verwandten und Freunden erweise, wem dann?«

»Mit der Vorsehung habe ich doch recht gehabt!« rief Renzo aus und drückte dem guten Vetter warm die Hand.

»In Mailand haben sie also einen solchen Lärm geschlagen!« fing dieser wieder an. »Sie kommen mir ein wenig verrückt vor. Das Gerücht war auch hier schon im Umlauf, aber ich möchte von dir Genaueres hören. Je nun, wir haben mancherlei zu bereden. Hier aber, siehst du, geht es doch ruhiger zu, und alles wird etwas vernünftiger angepackt. Die Stadt hat von einem venezianischen Kaufmann zweitausend Scheffel[1] Getreide angekauft. Es kommt aus der Türkei. Wenn's aber ums Essen geht, nimmt man die Dinge nicht so genau. Nun stelle dir vor, was geschieht! Die Gouverneure von Verona und Brescia sperren die Durchfahrt und sagen: Hier darf kein Getreide durch. Was machen die Bergamasken? Sie schicken Lorenzo Torre nach Venedig, ein gelehrtes Haus, aber einer, der nicht auf den Mund gefallen ist. Der fuhr kurzerhand hin, wurde beim Dogen vorstellig und erklärte: Was fällt denn diesen Herren Gouverneuren ein? Das war eine Rede, eine Rede! Es heißt, die wäre wie gedruckt gewesen. Wie wichtig ist es doch, einen Mann zu haben, der zu reden versteht! Sofort ergeht Befehl, das Getreide durchzulassen, und die Gouverneure müssen es nicht nur durchlassen, sondern sogar noch eine Eskorte stellen, und nun ist es unterwegs. Und man hat auch an die Landbevölkerung gedacht. Giovanbattista Biava, der Gesandte von Bergamo in Venedig – auch ein tüchtiger Mann! –, hat dem Senat zu

1 Eigentlich Soma: in Bergamo für Getreide = 171,2812 Liter (Anmerkung des Übersetzers).

verstehen gegeben, daß man auch auf dem Lande Hunger leidet, und der Senat hat viertausend Stajo[1] Hirse bewilligt. Auch daraus kann man Brot machen. Und weißt du, wenn es kein Brot gibt, essen wir eben andere Zukost. Der Herrgott hat mich mit irdischen Gütern gesegnet, wie gesagt. Jetzt bringe ich dich zu meinem Dienstherrn. Ich habe oft genug mit ihm von dir gesprochen, und er wird dich gut aufnehmen. Es ist ein echter Bergamaske von altem Schrot und Korn, ein hochherziger Mann. Zwar hat er jetzt nicht gerade auf dich gewartet; wenn er aber die Geschichte erfährt ... Und dann weiß er die Arbeiter zu schätzen, denn die Teuerung geht vorüber, und das Geschäft bleibt. Vor allem aber muß ich dich auf eine Sache aufmerksam machen. Weißt du, wie sie hierzulande uns aus dem Mailändischen nennen?«

»Wie nennen sie uns denn?«

»Sie nennen uns Gimpel.«

»Gerade kein schöner Name!«

»Aber so ist es nun einmal. Wer im Mailändischen geboren ist und im Bergamaskischen leben will, muß es geduldig hinnehmen. Für die Leute hier ist es so selbstverständlich, zu einem Mailänder Gimpel zu sagen, wie sie zu einem Kavalier Durchlaucht sagen.«

»Ich nehme an, daß sie das bei dem so halten, der es sich gefallen läßt.«

»Mein Bester, wenn du nicht bereit bist, den Gimpel bei jeder Mahlzeit mit herunterzuschlucken, rechne nicht darauf, daß du hier leben kannst. Dann müßtest du immer mit dem Messer in der Faust herumlaufen, und wenn du – nehmen wir einmal an – zwei, drei oder vier umgebracht hast, dann kommt schließlich der, der dich umbringt. Was für eine Geschmacksverirrung im übrigen, vor Gottes Richter-

1 Stajo: norditalienisches Getreidemaß zwischen 1044 und 4973 Pariser Kubikzoll (Anmerkung des Übersetzers).

stuhl mit drei oder vier Morden auf dem Gewissen erscheinen zu wollen!«

»Ein Mailänder, der aber nun etwas ...« und er tippte mit dem Finger an die Stirn, wie er es im Gasthaus Zum Vollmond getan hatte, »der etwas hier hat ... Ich meine einen, der sich auf sein Handwerk versteht?«

»Ganz gleich! Hier gilt er auch dann als Gimpel. Weißt du, wie mein Dienstherr sagt, wenn er mit meinen Freunden über mich spricht? – Dieser Gimpel war für mein Geschäft ein wahrer Gottessegen. Wenn ich diesen Gimpel nicht hätte, wäre ich schön aufgeschmissen. – So ist's nun einmal Brauch.«

»Ein alberner Brauch! Und wieso haben sie denn ihre Meinung nicht geändert, als sie sahen, worauf wir uns verstehen? – Denn schließlich haben wir ja diese Kunst hierhergebracht, und wir betreiben sie.«

»Bisher nicht. Im Lauf der Zeit mag's einmal dahin kommen, wenn erst die Jugend herangewachsen ist. Bei den Erwachsenen ist Hopfen und Malz verloren. Sie haben diese Untugend nun einmal angenommen und legen sie nicht mehr ab. Was hat es schließlich auch auf sich? Da hat man dir doch wohl ganz anders mitgespielt, und unsere lieben Landsleute hatten wohl noch ganz andere Dinge mit dir vor.«

»Das trifft freilich zu. Wenn's also weiter nichts Schlimmes gibt ...«

»Nachdem du dir darüber klar bist, wird alles gut gehn. Komm mit zum Herrn, und Kopf hoch!«

In der Tat ging alles gut und so genau nach Bortolos Erwartungen, daß wir es für überflüssig halten, besonders darüber zu berichten. Es war wirklich das Walten der Vorsehung, denn wir werden alsbald sehen, wie weit Renzo auf die Sachen und das Geld, das er zu Hause gelassen hatte, rechnen konnte.

18. KAPITEL

Am gleichen Tage, dem 13. November, kommt ein Sonderkurier zum Herrn Podesta in Lecco und überbringt ihm eine Depesche des Herrn Stadtvogts von Mailand, in der ihm anbefohlen wird, zweckdienliche Nachforschungen zu betreiben, um festzustellen, ob ein gewisser junger Mann namens Lorenzo Tramaglino, seines Zeichens Seidenspinner, der aus der Gewalt des obvermeldeten hochrühmlichen Herrn Vogtes entwichen wäre, offen oder heimlich sein Dorf wieder aufgesucht hätte, als welches nicht näher bekannt, aber auf dem Gebiete sotaner Stadt Lecco gelegen sei. Wenn aber festgestellet worden, daß es sich also verhalte, so wolle besagter Herr Podesta trachten, so schnell er dessen irgend vermögend, seiner habhaft zu werden. Dann sei er regelrecht gefesselt, mit guten Handschellen nämlich, in den Kerker abzuführen, da für besagtes Subjekt die Unwirksamkeit einfacher Knebeltrensen bereits erprobet. Dort habe er unter schärfster Bewachung zu stehen, um dann dem ausgeliefert zu werden, der abgesandt würde, ihn in Empfang zu nehmen. Unter allen Umständen »begebet Euch jedenfalls in das Haus obvermeldten Laurentii Tramaliini, verfahret mit schuldigem Eifer und stellet alles zur Sache Dienliche sicher. Ziehet Erkundigungen ein über dessen ruchloses Wesen, Lebenswandel und mutmaßliche Mitverschworene. Und erstattet ausführlich Bericht über alle Worte und Taten, Vorgefundenes und nicht Auffindbares, Beschlagnahmtes und Dagelassenes.« Nachdem der Herr Podesta sich nach Menschenmöglichkeit vergewissert hatte, daß besagtes Subjekt nicht in das Dorf zurückgekehrt war, läßt er den Ortsvorsteher kommen und sich von ihm mit einem großen Gefolge von Häschern samt dem Schreiber zum angegebenen Hause führen. Das Haus ist verschlossen. Der den Schlüssel hat, ist nicht da oder läßt sich nicht blicken. Die

Tür wird erbrochen, und man verfährt mit dem schuldigen Eifer, das heißt, man benimmt sich wie in einer eroberten Stadt. Diese Unternehmung wird sofort weit und breit ruchbar. Die Kunde kommt dem Pater Christophorus zu Ohren, der – nicht weniger entsetzt als betrübt – sich an Dritte und Vierte wendet, um über die Ursache eines so unerwarteten Vorfalls Aufklärung zu finden. Er hört aber nur ungewisse Vermutungen und schreibt umgehend an Pater Bonaventura, durch den er genauere Nachricht zu erhalten hofft. Die Verwandten und Freunde Renzos werden unterdes vorgeladen, um über etwas auszusagen, von dem sie keine Ahnung haben können, nämlich sein »ruchloses Wesen«. Tramaglino zu heißen wird zum Unglück, zur Schande, zum Verbrechen. Das Dorf steht kopf. Allmählich kommt heraus, daß Renzo mitten in Mailand der Justiz ausgerückt und dann verschwunden ist. Ein Gerücht kommt in Umlauf, daß er etwas Schlimmes begangen habe. Was eigentlich, weiß man allerdings nicht zu sagen oder erzählt es auf hundert verschiedene Arten. Je mehr es aufgebauscht wird, um so weniger findet es im Dorfe Glauben, wo Renzo als braver junger Mann bekannt ist. Die meisten behaupten und flüstern einander ins Ohr, daß da dieser anmaßende Don Rodrigo seine Hand im Spiele haben müsse, um seinen armen Nebenbuhler zu verderben. So kann es in der Tat vorkommen, daß zuweilen auch Schurken einiges Unrecht geschieht, wenn man sich auf Vermutungen stützt, ohne die Tatsachen wirklich zu kennen.

Wir aber können an Hand der Tatsachen, wie man zu sagen pflegt, versichern, daß er Renzos Unglück, wenn er auch keine Schuld daran trug, doch so genoß, als ob es sein eigenes Werk wäre, und darüber mit seinen Vertrauten frohlockte, insbesondere mit dem Grafen Attilio. Dieser hätte sich seiner früheren Absicht nach zu dieser Zeit in Mailand befinden müssen. Auf die ersten Nachrichten hin von dem

Krawall und von dem Pöbel, der so ganz anders durch die Straßen zöge, als ob er auf Prügel wartete, hatte er es aber für richtig gehalten, auf dem Lande zu bleiben, bis die Luft wieder rein wäre. Das um so mehr, als er einigen Grund hatte zu fürchten, daß einer unter den vielen früher von ihm Beleidigten, die nur aus Ohnmacht stillgehalten hatten, von den Umständen ermutigt, den Augenblick für gekommen hielte, um für alle Rache zu nehmen. Der Aufschub war jedoch nicht von langer Dauer. Der aus Mailand stammende Befehl, gegen Renzo einzuschreiten, war bereits ein Zeichen, daß die Dinge wieder ihren alten Lauf nahmen, und fast zur gleichen Zeit erhielt er darüber vollständige Gewißheit. Graf Attilio reiste sofort ab und ermunterte den Vetter, in seiner Unternehmung fortzufahren, um sein Versprechen einzulösen. Seinerseits versicherte er, daß er sofort darangehen werde, ihn von dem Mönch zu befreien. In dieser Angelegenheit mußte der glückliche Vorfall mit dem lumpigen Nebenbuhler ihm wunderbar zustatten kommen. Kaum war Attilio fort, als der Graue wohlbehalten aus Monza zurückkam und seinem Herrn berichtete, was er hatte auskundschaften können: daß nämlich Lucia in dem und dem Kloster unter dem Schutz einer bestimmten Dame untergebracht sei, daß sie immer verborgen bleibe, als ob sie selber eine Nonne wäre, daß sie niemals den Fuß nach draußen setze, daß sie den kirchlichen Handlungen von einem vergitterten Fenster aus beiwohne, was vielen mißfalle, welche sie gern einmal ein wenig anschauen würden, da sie von ihren Abenteuern wer weiß was vernommen hätten.

Nach diesem Bericht schien in Don Rodrigo der Teufel gefahren zu sein, besser gesagt: der Teufel, den er längst im Leibe hatte, trieb es noch wüster. So viele seinen Plänen günstige Umstände entflammten seine Leidenschaft noch mehr, das heißt jenes Gemisch von Anmaßung, Brunst und schändlicher Laune, aus dem sein Verlangen bestand. Renzo war abwesend, vertrieben, verbannt, so daß ihm gegenüber nun alles statthaft war, und auch seine Braut konnte in gewissem Sinne als herrenloses Gut betrachtet werden. Der einzige Mensch auf dieser Welt, der gewillt und imstande war, ihre Partei zu ergreifen und so Lärm zu schlagen, daß auch entferntere hohe Persönlichkeiten aufmerksam werden konnten, der aufgebrachte Mönch nämlich, würde binnen kurzem wahrscheinlich auch nicht mehr in der Lage sein, Schaden zu stiften. Und ausgerechnet in diesem Augenblick wurden all diese Vorteile durch ein neues Hindernis nicht nur in Frage gestellt, sondern geradezu gegenstandslos. Ein Kloster in Monza war für Don Rodrigos Zähne eine zu harte Nuß, auch wenn keine Fürstentochter darin gewesen wäre. Und wie sehr er auch in Gedanken diese Zufluchtsstätte gierig umschwärmte, er konnte keinerlei Mittel und Wege ersinnen, sie mit Gewalt oder List zu erobern. Er war drauf und dran, auf das Abenteuer zu verzichten. Fast war er entschlossen, sich nach Mailand zu begeben, sogar auf einem Umweg, um nicht über Monza zu kommen, und in Mailand im Schwarm seiner Freunde und im Trubel ausgelassener Vergnügungen Vergessen zu suchen, nachdem die Dinge eine so ärgerliche Wendung genommen hatten. Aber, aber, aber die Freunde! Vorsicht bei solchen Freunden! Er konnte sich darauf gefaßt machen, in ihrer Gesellschaft statt der Zerstreuung nur neuen Ärger zu finden. Attilio hatte doch sicher schon alles ausposaunt und alle gespannt gemacht. Von allen Seiten würde er nach der Dorfschönheit gefragt werden, und dann mußte man sich rechtfertigen. Man hatte gewollt, man hatte versucht; was hatte man aber erreicht? Man hatte eine Verpflichtung übernommen, eine etwas unwürdige Verpflichtung allerdings, aber gleichviel, man kann seine Launen manchmal nicht zügeln. Folglich muß man ihnen nachgeben. Wie aber zog man sich aus dieser Sache heraus? Sollte man etwa einem Bauernlümmel und einem Mönch den Triumph gönnen? Oho! Und nachdem ein gütiges Geschick unerwartet, ohne jede Bemühung des Drückebergers, den einen halb aus dem Spiele gebracht hatte und ein geschickter Freund den anderen, hatte der Drückeberger es nicht verstanden, die günstige Gelegenheit auszunutzen, und zog sich schmählich von der Unternehmung zurück. Das war mehr als hinreichend, um sich in seinen Kreisen nicht mehr blicken zu lassen oder jederzeit den Degen in der Hand zu haben. Wie sollte man obendrein auf seinen Landsitz, in das Dorf zurückkehren oder dort verweilen, wo man dann – ganz abgesehen von den beständig quälenden Erinnerungen an seine Leidenschaft – die Schmach eines Mißerfolges zu ertragen hätte, wo mit eins der Haß der Leute gewachsen und das Ansehen der Macht geschmälert worden wäre? Hätte er da nicht jedem hergelaufenen Burschen bei all seinen Verbeugungen vom Gesicht den bissigen Text ablesen können: Hast du's geschluckt? Das freut mich aber!

Breit ist die Straße, die zur Verdammnis führt, sagt hier die Handschrift. Das will aber nicht heißen, daß sie bequem ist. Auch sie hat ganz schöne Hindernisse und holprige Strecken und ist gebührend langweilig und beschwerlich, obgleich sie bergab führt.

Don Rodrigo, der sie nicht verlassen und auch nicht zurückgehn oder stehenbleiben wollte, allein aber nicht weiterkommen konnte, fiel allerdings ein Mittel ein, um sein Ziel zu erreichen. Er mußte eben die Hilfe einer gewissen Person erbitten, deren weitreichender Arm oft mehr vermochte als der Weitblick anderer, die Hilfe eines Teufels von einem Menschen, für den die Schwierigkeit eines Unternehmens oft erst einen Anreiz bedeutete, sich mit ihm zu befassen. Diese Lösung hatte allerdings auch ihre Unzuträglichkeiten und Gefahren, um so ernstere, je weniger sie von vornherein in Rechnung zu stellen waren. Keiner konnte nämlich voraussehen, wie weit er gehen müßte, wenn er sich einmal mit diesem Menschen eingelassen hätte, der sicher ein mächtiger Bundesgenosse war, aber auch ein nicht weniger selbstherrlicher und gefährlicher Condottiere.

Solche Überlegungen ließen Don Rodrigo ein paar Tage lang zwischen ja und nein schwanken. Jede Entscheidung war ihm in gleichem Maße verdrießlich. Indessen erreichte ihn ein Brief des Vetters, der ihn verständigte, daß das Komplott gut eingefädelt sei. Kurz nach dem Blitz entlud sich der Donner. Das bedeutet, daß man eines schönen Morgens erfuhr, daß Pater Christophorus das Kloster von Pescarenico verlassen hatte. Dieser so rasche Erfolg und Attilios Brief, der sehr ermutigend gehalten war und mit weidlichem Spott drohte, ließen Don Rodrigo immer mehr zu der bedenklichen Entscheidung neigen. Den letzten Ausschlag gab die unerwartete Nachricht, daß Agnes in ihr Haus zurückgekehrt sei. Damit war ein Hindernis weniger um Lucia.

Wir wollen nun über diese beiden Ereignisse berichten und beginnen mit dem letzteren.

Kaum hatten sich die beiden armen Frauen in ihrer Zufluchtsstätte eingerichtet, als sich in Monza und füglich auch im Kloster die Kunde von jenem großen Krawall in Mailand verbreitete. Der großen Neuigkeit folgte ein Rattenschwanz von immer weiteren, wechselnden Einzelheiten. Die Schaffnerin, die von ihrer Wohnung aus ein Ohr nach draußen und eins ins Kloster hineinhalten konnte, schnappte von allen Seiten Nachrichten auf und teilte sie den Gästen mit.

»Zwei, sechs, acht, vier, sieben haben sie ins Gefängnis geworfen. Sie sollen zum Teil vor der Krückenbäckerei, zum Teil am oberen Ende der Straße, in der das Haus des Statthalters liegt, aufgehängt werden ... Ei, ei, denkt einmal an, da ist einer entwischt, der aus Lecco oder aus der Gegend ist. Den Namen weiß ich nicht. Es wird aber schon einer kommen, der ihn mir sagen kann. Wir wollen einmal sehn, ob ihr ihn kennt.«

Diese Ankündigung beunruhigte die Frauen und insbesondere Lucia angesichts des Umstandes, daß Renzo gerade an dem verhängnisvollen Tage in Mailand eingetroffen war. Man stelle sich aber einmal vor, wie ihnen war, als die Schaffnerin mit der Nachricht kam: »Es ist gerade einer aus eurem Dorf, der durchgebrannt ist, um nicht aufgehängt zu werden. Es ist ein Seidenspinner, der Tramaglino heißt. Kennt ihr ihn?«

Lucia, die dasaß und irgend etwas einsäumte, sank ihre Arbeit aus der Hand. Sie wurde blaß und veränderte sich derartig, daß der Schaffnerin das sicher aufgefallen wäre, wenn sie näher bei ihr gestanden hätte. Sie befand sich aber mit Agnes auf der Schwelle, und diese konnte sich zusammennehmen, obwohl sie gleichfalls bestürzt war, wenn auch nicht derartig. Um irgend etwas zu antworten, sagte sie, daß in einem kleinen Dorf jeder jeden kenne und daß sie mit ihm bekannt sei. Sie könne sich aber nicht vorstellen, wie ihm etwas Derartiges habe zustoßen können, da er ein ruhiger junger Mensch sei. Dann fragte sie, ob er auch ganz gewiß entkommen wäre und wohin.

»Entkommen, so sagen alle; wohin weiß man nicht. Es kann sein, daß sie ihn noch schnappen, es kann auch sein, daß er in Sicherheit ist. Wenn er ihnen aber wieder in die Klauen fällt, wird euer ruhiger junger Mensch ...«

In diesem Augenblick wurde glücklicherweise nach der Schaffnerin gerufen, und sie begab sich weg. Man stelle sich vor, wie Mutter und Tochter zurückblieben! Viele Tage mußten die arme Frau und das verzweifelte Mädchen in einer solchen Ungewißheit hinbringen und immer wieder das Wie, das Warum und die Folgen dieses schmerzlichen Vorfalls überdenken und jede für sich oder, wenn es ging, miteinander flüsternd, die furchtbaren Worte deuten.

Eines Donnerstags schließlich kam ein Mann zum Kloster, um Agnes aufzusuchen. Es war ein Fischer aus Pescarenico, der wie üblich nach Mailand ging, um dort seine Ware abzusetzen. Der gute Pater Christophorus hatte ihn gebeten, auf dem Wege durch Monza einen Abstecher zum Kloster zu machen, dort seine Grüße auszurichten und ihnen zu erzählen, was er von Renzos traurigem Geschick wußte. Er empfehle ihnen, Geduld zu haben und weiter auf Gott zu vertrauen. Er, der arme Mönch, werde sie sicherlich nicht vergessen und warte nur auf die Gelegenheit, um ihnen zu helfen. Bis dahin werde er nicht verfehlen, ihnen allwöchentlich auf diesem oder einem anderen Wege seine Nachrichten zukommen zu lassen.

In bezug auf Renzo wußte der Bote nichts Neues oder Gewisses zu vermelden, bis auf die bei ihm durchgeführte Haussuchung und die Fahndungen, durch welche man ihn in die Hand bekommen wolle, doch seien sie allesamt fehlgeschlagen, und man wisse zuverlässig, daß er sich ins Bergamaskische in Sicherheit gebracht habe. Es erübrigt sich zu sagen, daß eine solche Gewißheit für Lucia eine Erlösung war. Ihre Tränen rannen nunmehr stiller und gelinder. Sie empfand größeren Trost, wenn sie der Mutter insgeheim ihr Herz ausschütten konnte, und in all ihre Gebete mischte sich Dankbarkeit.

Gertrude ließ sie oft in ihr persönliches Sprechzimmer kommen und unterhielt sich manchmal lange mit ihr. Sie fand Gefallen an der Treuherzigkeit und Lieblichkeit der Ärmsten und hörte immer wieder gerne ihre Dankesäußerungen und Lobesworte. Sie erzählte ihr auch vertraulich einen Teil ihrer Lebensgeschichte (den klaren Teil) und erzählte, was sie gelitten hatte, um hier nun weiterzuleiden. Lucias zunächst argwöhnisches Erstaunen verwandelte sich allmählich in Mitleid. Sie fand in diesem Bericht mehr als hinreichende Gründe, um das zu rechtfertigen, was im Gehaben ihrer Wohltäterin ein wenig sonderbar erschien, um so mehr, als ihr ja auch Agnes mit ihrer Meinung über die Geistesverfassung der hohen Herrschaften zu Hilfe kam. Sosehr sie sich aber auch gedrängt fühlte, das von Gertrude bewiesene Vertrauen zu erwidern, kam es ihr jedoch nicht einmal in den Sinn, mit ihr über ihre neuen Sorgen, über ihr neues Mißgeschick zu sprechen und ihr zu sagen, wer jener durchgebrannte Seidenspinner war. Sie wollte nicht Gefahr laufen, ein so schmerzliches und aufsehenerregendes Gerücht zu verbreiten. Sie hütete sich auch, so gut sie konnte, auf die neugierigen Fragen einzugehen, die der Vorgeschichte ihrer Verlobung galten. Dabei handelte sie aber nicht aus Gründen der Klugheit. Der armen Unschuld kam es weit peinlicher und schwieriger vor, so etwas zu erzählen als alles, was sie von der Fürstin gehört hatte oder hören zu können glaubte. Bei jener handelte es sich um Unterdrückung, Hinterlist, Leiden, schlimme und schmerzliche Dinge, die man aber doch bei Namen nennen konnte. Bei ihr selber aber war mit allem ein Gefühl, ein Wort verbunden, das auszusprechen sie unmöglich dünkte, wenn sie von sich selber sprach, und für das sie niemals eine Umschreibung gefunden hätte, die ihr nicht schamlos vorgekommen wäre: Liebe!

Manchmal ärgerte sich Gertrude beinahe über diese Zurückhaltung; es sprach aber daraus soviel Liebreiz, Achtung, Dankbarkeit und auch Vertrauen! Zuweilen mißfiel ihr dieses scheue und zarte Schamgefühl vielleicht auch aus einem anderen Grunde; doch das alles verging vor dem schönen Gedanken, der sie immer wieder beim Anblick Lucias überfiel: Da ist jemand, dem ich Gutes tue. Und das traf zu, denn neben ihrer Geborgenheit boten auch diese Unterhaltungen, diese vertrauliche Zuneigung Lucia einen nicht geringen Trost. Einen weiteren fand sie in beständiger Arbeit. Sie bat immer, daß man ihr etwas zu tun gebe. Auch im

Sprechzimmer hatte sie stets irgendeine Handarbeit bei sich, um die Finger in Bewegung zu halten. Wie aber drängen die trüben Gedanken sich doch überall ein! Wenn sie so nähte und nähte – was für sie fast eine neue Beschäftigung war –, kam ihr immer wieder ihre Haspel in den Sinn und wieviel andere Dinge zugleich mit der Haspel!

Am zweiten Donnerstag kam jener Fischer oder ein anderer Bote wieder und brachte Grüße des Paters Christophorus und eine Bestätigung der glücklichen Flucht Renzos. Allerdings keine genaueren Nachrichten über sein Mißgeschick, denn – wie wir schon berichtet haben – der Kapuziner hatte gehofft, sie durch seinen Ordensbruder in Mailand zu erhalten, an den Renzo von ihm empfohlen worden war. Dieser antwortete jedoch, daß er weder die Person noch den Brief gesehen habe. Allerdings sei jemand vom Lande zum Kloster gekommen und habe nach ihm gefragt; da er ihn aber nicht angetroffen habe, sei er fortgegangen und dann nicht wieder erschienen.

Am dritten Donnerstag sprach niemand vor. Das ließ die armen Frauen nicht nur einen erwünschten und erhofften Trost entbehren, sondern wurde für sie auch eine Quelle der Unruhe und hundert verdrießlicher Mutmaßungen, wie es denn aus jedem noch so kleinen Anlaß allen Betrübten und Bedrängten zu ergehen pflegt. Früher schon hatte Agnes daran gedacht, einmal daheim nach dem Rechten zu sehen. Daß der versprochene Bote nicht erschien, bestärkte sie nun in ihrem Entschluß. Für Lucia war es nicht leicht, sich vom mütterlichen Gängelband zu lösen. Ihre Scheu davor wurde aber durch den brennenden Wunsch überwunden, etwas zu erfahren, sowie durch die Sicherheit, welche ihr der so wohlbehütete und geweihte Ort bot. Sie beschlossen also miteinander, daß Agnes am nächsten Tage den Fischer, der auf dem Rückweg von Mailand hier durchkommen mußte, auf der Straße abpassen und ihn um einen Platz auf seinem Karren bitten sollte, um so in ihre Berge zurückzukommen. Sie traf ihn in der Tat und erkundigte sich, ob Pater Christophorus ihm nichts für sie aufgetragen hätte. Der Mann war den ganzen Tag vor seiner Abfahrt zum Fischen fortgewesen und hatte von dem Pater nichts gehört. Agnes brauchte nicht weiter zu bitten, um die erhoffte Gefälligkeit zu erlangen. Sie verabschiedete sich nicht ohne einige Tränen von der Fürstin sowie von ihrer Tochter, versprach, bald Nachricht zu geben und schnell wiederzukommen, und fuhr davon.

Auf der Fahrt ereignete sich nichts Besonderes. Sie verbrachten einen Teil der Nacht, wie üblich, in einem Gasthaus, brachen vor Tag wieder auf und trafen früh in Pescarenico ein. Agnes stieg auf dem Klosterplatz ab, sagte ihrem Fuhrmann vielmals: »Vergelt's Gott«, und da sie einmal da war, wollte sie den guten Pater und Wohltäter aufsuchen, eh sie nach Hause ginge. Sie zog die Glocke. Geöffnet wurde von Bruder Galdino, der seinerzeit die Nüsse gesammelt hatte.

»Oh, beste Frau, was führt Euch denn her?«

»Ich möchte den Pater Christophorus sprechen.«

»Pater Christophorus? Der ist nicht da.«

»Ach, dauert es lang, bis er zurückkommt?«

»Nun …!« sagte der Bruder und zuckte die Schultern, während er den kahlen Kopf in die Kapuze zurückzog.

»Wo ist er denn hingegangen?«

»Nach Rimini.«

»Wohin?«

»Nach Rimini!«

»Wo liegt denn das?«

»Nun ja!« erwiderte der Mönch und beschrieb mit ausgestreckter Hand einen steilen Bogen durch die Luft, um eine große Entfernung anzudeuten.

»Ach, ich Ärmste! Warum ist er denn aber so unvermittelt fort?«

»Weil es der Provinzial so wollte.«

»Warum wird einer denn fortgeschickt, der hier so viel Gutes getan hat? O mein Herr und Gott!«

»Wenn die Oberen die Befehle, die sie geben, rechtfertigen müßten, wo bliebe denn dann der Gehorsam, beste Frau!«

»Freilich! Das ist aber mein Unglück!«

»Wißt Ihr, wie es sein wird? In Rimini werden sie einen guten Prediger gebraucht haben – wir haben solche zwar überall, manchmal aber wird ausdrücklich ein ganz bestimmter Mann angefordert –; der Provinzial von da wird an den Provinzial von hier geschrieben haben, ob er einen Mann mit den und den Fähigkeiten hätte, und der Provinzial hat dann wohl gesagt: Da ist der Pater Christophorus am Platz. Seht, so muß es gegangen sein.«

»Ach, wir Ärmsten! Wann ist er fort?«

»Vorgestern.«

»Also! Wäre ich doch meiner Eingebung gefolgt, ein paar Tage früher zu kommen! Man weiß nicht, wann er zurückkommen könnte? So ungefähr wenigstens?«

»Ach, beste Frau, das weiß der Provinzial, und vielleicht nicht einmal der. Wenn einer unserer Prediger einmal weggeflogen ist, ist nicht abzusehen, auf welchem Zweig er sich einst niederlassen wird. Man verlangt ihn da, man verlangt ihn dort, und wir haben Klöster an allen Ecken und Enden. Nehmen wir einmal an, daß der Pater Christophorus in Rimini mit seiner Fastenpredigt großes Aufsehn erregt, denn er predigt nicht immer aus dem Stegreif, wie er es hier bei den Fischern und Bauern hielt. Für die Kanzeln in den Städten hat er schöne, schriftlich ausgearbeitete Predigten, so ganz besondere Sachen. In der Gegend verbreitet sich nun der Ruf dieses großen Predigers, und sie werden ihn von Gott weiß woher anfordern. Dann muß er eben hingeschickt werden, denn wir leben ja von der Mildtätigkeit der ganzen

Welt, und so ist es billig, daß wir auch der ganzen Welt zu Diensten sind.«

»O mein Gott, mein Gott!« rief Agnes von neuem fast weinend aus, »wie soll ich ohne diesen Mann nur fertig werden? Er war uns soviel wie ein Vater. Für uns ist's ein Unglück!«

»Hört mal, gute Frau, der Pater Christophorus war wirklich ein prächtiger Mann, aber wir haben auch noch andere, wißt Ihr, die voller Nächstenliebe und Fähigkeiten sind und mit den hohen Herrschaften und den armen Leuten gleich gut umzugehen wissen. Warum geht Ihr nicht zum Pater Athanasius, zum Pater Hieronymus, zum Pater Zacharias? Seht mal, der Pater Zacharias ist ein tüchtiger Mann. Gebt doch nichts darauf, wie so manche Dummköpfe tun, daß er so schmächtig ist, eine so brüchige Stimme und ein so kümmerliches Bärtchen hat! Ich sage nicht, daß er predigen könnte, denn jeder hat so seine Gaben; aber um gute Ratschläge zu erteilen, ist das ganz der richtige Mann.«

»Ach, um Gottes willen!« rief Agnes mit jener Mischung von Dankbarkeit und Ungeduld aus, die ein Angebot hervorruft, das mehr den guten Willen eines anderen verrät, als daß es uns selber zupaß kommt. »Was liegt mir daran, was für ein Mann ein anderer ist oder nicht, wenn der Bedauernswerte, der nicht mehr da ist, sich in unseren Angelegenheiten auskannte und alles vorbereitet hatte, um uns zu helfen.«

»Dann müßt Ihr Euch eben gedulden.«

»Das weiß ich«, entgegnete Agnes, »verzeiht die Störung.«

»Keine Ursache, gute Frau. Es tut mir leid für Euch. Und wenn Ihr Euch entschließt, einen unserer Patres aufzusuchen, das Kloster läuft Euch ja nicht fort. Halt, ich laß mich bald einmal bei Euch sehn, um Öl zu holen.«

»Lebt wohl«, sagte Agnes und machte sich auf den Weg zu

ihrem Dörfchen. Sie war trostlos, verwirrt und fassungslos, wie ein armer Blinder, der seinen Stab verloren hat.

Da wir etwas besser unterrichtet sind als Bruder Galdino, können wir sagen, wie sich die Sache tatsächlich abgespielt hat. Wie er es Don Rodrigo versprochen hatte, begab sich Attilio kurz nach seiner Ankunft in Mailand zu ihrem gemeinsamen Onkel im Geheimen Rat. (Das war eine Körperschaft, die damals dreizehn Mitglieder aus der hohen Beamten- und Ritterschaft zählte. Mit ihr beriet sich der Gouverneur, und sie übernahm zeitweilig die Regierung, wenn er starb oder versetzt wurde.) Der gräfliche Onkel, einer der Togaträger und einer der Ältesten des Rats, erfreute sich darin eines gewissen Ansehens, doch hatte er nicht seinesgleichen in der Kunst, dieses zur Geltung zu bringen und bei den anderen einzusetzen. Eine doppelsinnige Sprechweise, ein vielsagendes Schweigen, ein Neutralbleiben, ein Zusammenkneifen der Augen, das besagte: Dazu kann ich mich nicht äußern, seine Art, Hoffnungen zu machen, ohne etwas zu versprechen, zu drohen und doch die Form zu wahren – all das bezog sich auf dieses Ziel und gereichte ihm mehr oder weniger zum Vorteil. Das ging so weit, daß schließlich sogar eine Äußerung wie: »In dieser Angelegenheit kann ich gar nichts tun«, auch wenn sie zuweilen völlig der Wahrheit entsprach, aber in einem Tone vorgebracht wurde, daß man ihm keinen Glauben schenkte, dazu diente, die Meinung von seinem Einfluß und damit diesen selbst zu heben. So dienen in manchen Apotheken Behälter mit gewissen arabischen Aufschriften, die sich noch hie und da finden und in denen weiter gar nichts ist, doch dazu, das Ansehen des Geschäftes aufrechtzuerhalten. Das Ansehen des gräflichen Onkels, das im Laufe der Zeit nur ganz allmählich, unmerklich gestiegen war, hatte letzthin, wie man so sagt, einen Riesenschritt weiter getan. Den Anlaß bot eine ungewöhnliche Gelegenheit: eine Reise nach

Madrid in besonderer Mission am Hof. Welcher Empfang ihm dort bereitet wurde, mußte man ihn selber berichten hören! Um nur eines zu sagen: Herzog Olivarez hatte ihn mit besonderer Herablassung behandelt und in sein Vertrauen gezogen, so daß er ihn sogar einmal in Anwesenheit sozusagen des halben Hofes fragte, wie ihm Madrid gefiele, und daß er ihm ein andermal unter vier Augen in einer Fensternische sagte, daß der Mailänder Dom die größte Kirche in den Staaten des Königs sei.

Nachdem Attilio den gräflichen Onkel begrüßt und ihm die Grüße des Vetters überbracht hatte, nahm er eine ernsthafte Haltung an, wozu er gelegentlich imstande war, und sagte: »Ich glaube meine Pflicht zu tun, wenn ich, ohne Rodrigos Vertrauen zu mißbrauchen, den Herrn Onkel von einer Angelegenheit unterrichte, die unangenehm werden und von weittragenden Folgen sein könnte, wenn nicht von Dero Seite etwas geschieht.«

»So das Übliche, stelle ich mir vor.«

»Um der Gerechtigkeit willen muß ich feststellen, daß mein Vetter diesmal nicht im Unrecht ist. Er ist aber aufgebracht, und nur der Herr Onkel könnte ...«

»Warten wir einmal ab. Warten wir einmal ab.«

»Da gibt es in jener Gegend einen Kapuzinerpater, der es mit Rodrigo hat, und die Sache ist bis zu einem Punkt gediehen, daß ...«

»Wie oft habe ich euch beiden gesagt, daß man die Mönche tun und treiben lassen soll, was sie wollen? Sie machen dem schon genug zu schaffen, der von Amts wegen ... der sowieso genötigt ist ...« Hier schnaufte er. »Doch ihr anderen, die ihr ihnen leicht aus dem Weg gehen könnt ...«

»Herr Onkel, dazu muß ich pflichtschuldigst feststellen, daß Rodrigo es vermieden hätte, wenn das möglich gewesen wäre. Der Mönch hat es ja mit ihm und hat auf jede Weise versucht, ihn herauszufordern ...«

»Was zum Teufel hat denn dieser Mönch mit meinem Neffen?«

»Vor allem ist er einmal ein Quengler, der als solcher bekannt ist und es darauf anlegt, mit dem Adel anzubinden. Er beschützt und betreut – nun, was weiß ich – eine Bauerntrine aus der Gegend und hat für das Geschöpf eine Nächstenliebe, die ich nicht gerade eigensüchtig, aber doch recht eifersüchtig, argwöhnisch und reizbar nennen möchte.«

»Ich verstehe«, sagte der gräfliche Onkel, und ein boshaftes Lächeln, das ihm prächtig stand, huschte dabei über seine hintergründig verschmitzten Züge, deren ursprüngliche Roheit sich jedoch nicht verbergen ließ.

»Nun hat sich dieser Mönch«, fuhr Attilio fort, »seit einiger Zeit in den Kopf gesetzt, daß Rodrigo mit jener Person wer weiß was vorhätte ...«

»In den Kopf gesetzt? In den Kopf gesetzt? Ich kenne den Herrn Rodrigo doch auch, und es bedürfte eines anderen Anwalts als Dero Gnaden, um ihn in diesem Punkte zu rechtfertigen.«

»Herr Onkel, ich will gerne glauben, daß Rodrigo mit dem Geschöpf vielleicht ein wenig gescherzt hat, wenn er ihr unterwegs begegnete. Er ist ein junger Mann und schließlich kein Kapuziner. Das sind aber Lappalien, mit denen ich den Herrn Onkel nicht behelligen möchte. Die ernste Seite der Angelegenheit ist jedoch die, daß der Mönch nun angefangen hat, über Rodrigo wie über einen Schürzenjäger zu reden, und versucht, die ganze Gegend gegen ihn aufzuhetzen ...«

»Und die andern Mönche?«

»Sie kümmern sich nicht darum, weil sie ihn als Hitzkopf kennen und voller Ehrerbietung für Rodrigo sind. Andererseits genießt aber dieser Mönch ein großes Ansehen bei den Dörflern, weil er dazu auch noch den Heiligen spielt ...«

»Ich nehme an, daß er nicht weiß, daß Rodrigo mein Neffe ist.«

»Und ob er das weiß! Das ist es ja gerade, was ihn erst recht des Teufels sein läßt.«

»Wieso denn das?«

»Er findet einfach mehr Geschmack daran – und erklärt das offen –, Rodrigo seinen Standpunkt klarzumachen, gerade weil er einen natürlichen Beschützer von solchem Ansehn wie Euer Gnaden hat. Er pfeift auf die Großen dieser Welt und die Politiker, denn der Strick des Sankt Franziskus hielte ja auch die Degen gebunden und ...«

»So ein unverschämter Klosterbruder! Wie heißt der Kerl?«

»Bruder Christophorus aus * * *«, sagte Attilio, und der gräfliche Onkel nahm aus einem Schubfach seines Tischchens ein Notizbuch und schrieb wutschnaubend den armen Namen hinein. Unterdessen fuhr Attilio fort: »Der Kerl war schon immer so gesinnt. Man kennt ja seinen Lebenslauf. Er war ein Plebejer, der mit den Adligen in seiner Heimat wetteifern wollte, da er ein paar Soldi besaß. Aus Wut, daß er nicht alle übertreffen konnte, hat er dann einen umgebracht. Um dem Galgen zu entgehn, ist er daraufhin Mönch geworden.«

»So ist's recht! Das ist das Wahre! Dem werden wir's schon zeigen!« sagte der gräfliche Onkel und schnaufte weiter.

»Gegenwärtig«, fuhr Attilio fort, »ist er wütender als je, weil ihm ein Plan ins Wasser gefallen ist, an dem ihm besonders viel lag. Daraus wird der Herr Onkel ersehen, was für ein Mensch das ist. Er wollte sein Geschöpf da verheiraten, sei es, um sie vor den Gefahren der Welt zu schützen – wir verstehen uns ja wohl –, oder aus irgendeinem anderen Grunde, jedenfalls wollte er sie absolut unter die Haube bringen. Und er hatte auch schon den ... den Mann gefunden. Auch so eines seiner Früchtchen, ein Subjekt, das auch der Herr Onkel vielleicht, nein, sicher dem Namen nach kennen wird. Ich halte es nämlich für ausgemacht, daß der Geheime Rat sich mit diesem würdigen Untertan hat befassen müssen.«

»Wer ist es denn?«

»Ein Seidenspinner, Lorenzo Tramaglino, derselbe, der ...«

»Lorenzo Tramaglino!« rief der gräfliche Onkel aus. »Vorzüglich! Bravo, Pater! Gewiß ... in der Tat ... er hatte einen Brief für einen ... Schade, daß ... Doch das macht nichts ... Es ist gut so. Und warum sagt der Herr Rodrigo mir nichts von alledem? Warum läßt er die Dinge so weit kommen und wendet sich nicht an den, der ihn doch beraten könnte und ihm helfen möchte?«

»Auch darüber will ich die Wahrheit sagen«, fuhr Attilio fort. »Einerseits weiß er, wieviel Obliegenheiten und Dinge der Herr Onkel im Kopf haben muß« – dieser legte schnaufend die Hand auf sein Haupt, wie um die große Anstrengung anzudeuten, die es ihn koste, sie alle darin unterzubringen –, »er hatte daher Bedenken, ihm noch mit einer weiteren Angelegenheit zu kommen. Ferner aber ist er – unumwunden gesagt – meines Dafürhaltens so aufgebracht, so außer Rand und Band und der Gemeinheiten dieses Mönchs so überdrüssig, daß er mehr dazu neigt, sich auf irgendeine summarische Weise Recht zu verschaffen, als es in aller Form durch die Klugheit und den Einfluß des Herrn Onkels zu erhalten. Ich habe versucht, ihn zu mäßigen. Da ich aber sehe, daß die Dinge eine schlimme Wendung nehmen, habe ich es für meine Pflicht gehalten, den Herrn Onkel, der schließlich das Oberhaupt und die tragende Säule unseres Hauses ist, von allem zu unterrichten ...«

»Ihr hättet besser daran getan, ein wenig früher zu reden.«

»Freilich! Ich hoffte jedoch, daß die Sache von selber einschlafen würde, entweder dadurch, daß der Mönch schließlich zur Vernunft käme, oder aber, daß er aus dem Kloster fortmüßte, wie es ja mit diesen Mönchen so geht, die bald da und bald dort sind, und dann wäre ja alles zu Ende. Aber ...«

»Nun ist es meine Sache, das in Ordnung zu bringen.«

»Das habe ich auch gemeint. Ich sagte mir: Der Herr Onkel wird mit seiner Einsicht und seinem Ansehen einen Skandal zu verhindern wissen und damit zugleich Rodrigos Ehre retten, die ja schließlich auch die seine ist. Ich sagte mir, dieser Mönch hat es immer mit dem Strick des Sankt Franziskus. Um aber den Strick des Sankt Franziskus richtig zu gebrauchen, braucht man ihn nicht unbedingt um den Leib zu tragen. Der Herr Onkel hat hundert Mittel, die ich nicht kenne. Ich weiß, daß der Provinzial ihm nach Gebühr besonders ergeben ist, und wenn der Herr Onkel der Ansicht sein sollte, daß in diesem Fall die beste Lösung wäre, dem Mönch eine Luftveränderung zu verordnen, so könnte er mit zwei Worten ...«

»Diese Überlegungen kann Euer Gnaden gefälligst dem überlassen, den es angeht«, sagte der gräfliche Onkel ein wenig schroff.

»Aber natürlich!« rief Attilio aus, schüttelte mißbilligend den Kopf und seufzte mitleidig über sich selbst. »Bin ich denn etwa der Mann danach, dem Herrn Onkel Ratschläge zu erteilen? Meine Leidenschaft für das Ansehen unseres Hauses hat mich hingerissen zu reden. Ich fürchte auch, noch etwas angerichtet zu haben«, fügte er mit bekümmerter Miene hinzu, »ich fürchte, Rodrigo in der Meinung des Herrn Onkels Unrecht getan zu haben. Ich hätte keine Ruhe mehr, wenn ich wüßte, daß ich zu der Auffassung Anlaß gegeben hätte, Rodrigo begegne Euer Gnaden nicht mit allem schuldigen Vertrauen und vollster Ergebenheit. Der

Herr Onkel möge mir glauben, daß er in diesem Fall wirklich ...«

»Ach was! Was soll es zwischen euch denn für ein Unrecht geben! Ihr seid und bleibt doch Freunde, bis einer von euch einmal vernünftig wird. Ihr Liederjane macht doch immer wieder einen dummen Streich, und ich muß dann die Dinge in Ordnung bringen. Ihr könntet mich zu der unpassenden Bemerkung verleiten, daß ihr mir mehr Kopfzerbrechen macht« – man stelle sich vor, wie er an dieser Stelle schnaufte – »als all diese verfluchten Staatsgeschäfte.«

Attilio entschuldigte sich nochmals, gelobte Besserung, sagte ein paar verbindliche Worte und verabschiedete sich dann. »Seid aber vernünftig!« schallte es hinter ihm drein, denn dieses Grußwort pflegte der gräfliche Onkel seinen Neffen mit auf den Weg zu geben.

19. KAPITEL

Wenn jemand auf einem schlecht bestellten Acker ein Unkraut sähe, zum Beispiel einen stattlichen Sauerampfer, und unbedingt wissen möchte, ob der einem auf dem Felde selbst gereiften Samen entsprossen sei oder einem, den der Wind dahin geweht hat oder der einem Vogel entfallen ist, er könnte nachdenken, soviel er wollte, er käme nie und nimmer zu einem Ergebnis. So wüßten wir auch nicht zu sagen, ob der Entschluß, sich des Provinzials zu bedienen, um jenen verworrenen Knoten aufs beste zu lösen, dem gräflichen Onkel aus dem Nährboden seines eigenen Köpfchens oder aus Attilios Hinweis erwuchs. Fest steht, daß Attilio jenes Wort nicht zufällig fallenließ, und wenn er auch damit rechnen mußte, daß ein so deutlicher Fingerzeig die Empfindlichkeit des gräflichen Onkels herausfordern könnte, wollte er ihm doch unbedingt den Gedanken an diese Lösung nahelegen und ihn auf die Fährte setzen, die er verfolgen sollte. Andererseits entsprach die Lösung so sehr der Sinnesart des gräflichen Onkels und wurde auch von den Umständen so nahe gelegt, daß man wetten möchte, er würde sie auch ohne jeden Hinweis von wem auch immer allein gefunden haben. Es handelte sich darum, daß in einer schon allzu offenen Fehde jemand, der seinen Namen trug, einer seiner Neffen, nicht unterliegen durfte; das war für sein tiefeingewurzeltes Geltungsbedürfnis ausschlaggebend. Die Genugtuung, welche sich der Neffe selbst verschaffen konnte, wäre ein gefährlicheres Heilmittel als jenes Übel gewesen und hätte nur weiteres Unheil gesät. Sie mußte daher in jeder Weise und unverzüglich verhindert werden.

Ihm anbefehlen, augenblicklich seinen Landsitz zu verlassen? Da dürfte er wohl nicht gehorchen, und selbst wenn er es täte, so würde das nur bedeuten, daß die Familie vor einem Kloster das Feld räumte und sich zurückzog. Erlasse, Staatsgewalt und dergleichen Schreckmittel waren einem Gegner aus diesen Kreisen gegenüber wirkungslos, denn die Ordens- und Weltgeistlichkeit stand in der Tat außerhalb der weltlichen Gerichtsbarkeit, und zwar nicht nur die Personen, sondern auch die von ihnen benötigten Räumlichkeiten. Das müßte auch dem bekannt sein, der keine andere Geschichte als die vorliegende je gelesen hat, wobei er allerdings übel daran wäre. Alles, was man gegen einen solchen Gegner vermochte, war der Versuch, ihn zu entfernen, und dazu konnte der Provinzial dienen, von dessen Gutdünken sein Kommen und Gehen abhing.

Zwischen dem Provinzial und dem gräflichen Onkel bestand nun eine alte Bekanntschaft. Sie waren sich selten begegnet, hatten dabei aber stets einander überschwenglich ihre Freundschaft beteuert und sich an Hilfsbereitschaft überboten. Zuweilen ist es besser, mit einem zu tun zu haben, dem viele einzelne unterstehn, als mit einem einzelnen, der nur seine eigenen Angelegenheiten sieht, nur seine eigene Leidenschaft fühlt und nur seinen eigenen Standpunkt kennt, während der andere mit einem Schlage hundert Beziehungen, hundert Folgen und hundert Zusammenhänge erkennt, hundert Dinge, die vermieden, hundert, die beachtet werden müssen, weshalb er denn auch hundertfach anecken kann.

Nachdem er alles wohlerwogen hatte, lud der gräfliche Onkel eines Tages den Provinzial zum Essen ein und ließ ihn einen Kreis von Tischgenossen vorfinden, der mit feinster Berechnung gewählt war. Da gab es ein paar Verwandte von höchstem Rang, deren bloßer Familienname schon ein hoher Titel war und die allein durch ihr Verhalten, durch eine gewisse angeborene Sicherheit und weltgewandte Unbefangenheit in leichtem Geplauder über schwerwiegende Dinge auch unabsichtlich jederzeit ihre Überlegenheit und Machtfülle fühlen und erkennen ließen. Hinzu kamen einige Günstlinge, die dem Hause in herkömmlicher Abhängigkeit verbunden, dem Gastgeber für ihr ganzes Leben verpflichtet waren; und die Art und Weise, wie diese bei der Suppe anfingen, mit Mund, Augen, Ohren, mit dem ganzen Kopf, mit Leib und Seele ja zu sagen, mußte beim Nachtisch einen Menschen so weit gebracht haben, daß er sich nicht mehr erinnerte, wie man es fertigbrächte, nein zu sagen.

Bei Tisch lenkte der Graf als Hausherr das Gespräch sehr bald auf Madrid. Viele Straßen führen nach Rom; er kam auf allen nach Madrid. Er sprach über den Hof, den Herzog, die Minister, die Familie des Gouverneurs, die Stierkämpfe, die er vorzüglich schildern konnte, weil er sie von einer Ehrentribüne aus gesehen hatte. Er sprach vom Eskorial, den er bis ins kleinste beschreiben konnte, weil ihn ein Beauftragter des Herzogs durch alle Winkel geführt hatte. Eine Zeitlang lauschte die ganze Gesellschaft wie bei einem Vortrag nur auf ihn allein. Dann kamen Einzelunterhaltungen auf. Er aber fuhr fort, dem Provinzial, der neben ihm saß und geduldig auf sich einreden ließ, wie unter dem Siegel der Verschwiegenheit weiter von diesen schönen Dingen zu berichten. In einem gewissen Augenblick aber gab er dem Gespräch eine Wendung, entfernte es von Madrid und brachte es von Hof zu Hof, von Würde zu Würde auf den Kardinal Barberini, der Kapuziner und kein Geringerer als ein Bruder des damals regierenden Papstes Urban VIII. war. Der gräfliche Onkel mußte ja doch auch den anderen ein wenig zu Worte kommen lassen und zuhören und daran denken, daß es schließlich auf dieser Welt nicht nur die Leute gab, die für ihn eine Rolle spielten. Kurz nachdem die Tafel aufgehoben war, bat er den Provinzial, mit ihm in ein anderes Zimmer zu kommen.

Zwei Gewalten, zwei graue Häupter, zwei erprobte Erfahrungen standen einander gegenüber. Der große Herr ließ den hochwürdigen Pater Platz nehmen, setzte sich gleichfalls und hub an: »Angesichts der zwischen uns bestehenden Freundschaft halte ich es für angebracht, eine Sache, die uns gemeinsam betrifft, zur Sprache zu bringen und unter uns abzumachen, ohne andere Wege einzuschlagen, die vielleicht ... Kurz und gut, ich will Ihnen ganz offen sagen, um was es sich handelt, und bin sicher, daß wir uns mit zwei Worten einigen werden. Sagen Sie einmal: Gibt es in Ihrem Kloster in Pescarenico einen Pater Christophorus aus * * * ?«

Der Provinzial nickte bestätigend.

»Ehrwürdiger Vater, dann sagen Sie mir doch einmal ganz offen als Freund ... diese Person ... dieser Pater ... Ich kenne ihn nicht persönlich, wenn ich auch eine Menge von Kapuzinerpatres kenne, gediegene, eifrige, kluge und bescheidene Männer. Von Kind auf bin ich ein Freund des Ordens gewesen ... Aber in allen etwas kinderreichen Familien ... gibt es immer einmal jemanden ... der aus der Art ...

und dieser Pater Christophorus ... ich weiß aus gewissen Berichten, daß er ein Mann ist, der ... Zwietracht sucht ... der nicht all jene Vorsicht und all jene Rücksichten walten läßt ... Ich möchte wetten, daß er Ihnen, ehrwürdiger Vater, schon mehr als einmal zu schaffen gemacht hat ...«

Ich verstehe, es geht um eine Erkenntlichkeit, dachte der Provinzial unterdes. Meine Schuld, ich wußte, daß dieser verwünschte Christophorus zu den Ordensbrüdern gehört, die man von Kanzel zu Kanzel schicken muß und die man nicht ein halbes Jahr lang an einem Ort lassen darf, besonders nicht in Klöstern auf dem Lande.

»Ach!« sagte er dann, »es tut mir wirklich leid, daß Euer Herrlichkeit einen solchen Eindruck von Pater Christophorus haben, während er, soviel ich weiß, im Kloster ... ein vorbildlicher Mönch ist und auch draußen sehr geschätzt wird.«

»Ich verstehe vollkommen, ehrwürdiger Vater, Sie müssen ... Aber als aufrichtiger Freund möchte ich Sie von einer Sache unterrichten, deren Kenntnis Ihnen nützlich sein kann. Und sollten Sie darüber auch bereits unterrichtet sein, so kann ich Sie doch, ohne meine Pflichten zu verletzen, auf gewisse mögliche Folgen aufmerksam machen ... Mehr brauche ich nicht zu sagen. Wir wissen, daß dieser Pater Christophorus einen Menschen aus jener Gegend in seine Obhut genommen hat, einen Menschen ... ehrwürdiger Vater, Sie werden sicher von ihm gehört haben ... den nämlich, der in so aufsehenerregender Weise den Händen der Justiz entwischte, nachdem er an jenem schrecklichen Sankt Martinstag Dinge begangen hatte, Dinge ... Lorenzo Tramaglino!«

Ei, ei! dachte der Provinzial und sagte: »Dieser Umstand ist mir neu. Euer Herrlichkeit wissen aber, daß ein Teil unseres Amtes gerade darin besteht, Verirrte aufzusuchen, um sie zurückzuführen ...«

»Freilich. Aber die Beschützung einer gewissen Sorte von Verirrten ... da gibt es kitzlige Fälle, heikle Dinge ...« Statt die Wangen aufzublähen und zu schnaufen, kniff er an dieser Stelle die Lippen zusammen und sog dabei so viel Luft ein, wie er sonst auszuschnaufen pflegte. Dann fuhr er fort: »Ich habe es für richtig gehalten, Ihnen über diesen Umstand einen Wink zu geben, denn wenn Euer Exzellenz jemals ... es könnte irgendein Schritt in Rom getan werden ... ich weiß natürlich von nichts ... und aus Rom käme ja dann ...«

»Ich bin Euer Herrlichkeit wegen dieses Hinweises sehr verbunden, bin jedoch sicher, daß eine Untersuchung der Angelegenheit ergeben wird, daß Pater Christophorus mit dem Menschen, von dem Sie sprachen, nichts weiter zu tun hatte, als daß er ihm den Kopf zurechtrücken wollte. Ich kenne den Pater Christophorus.«

»Dann wissen Sie aber auch besser als ich, was für ein Mensch er in seinem weltlichen Dasein war, was er in seiner Jugend angestellt hat.«

»Herr Graf, es ist ja gerade der Ruhm dieser Ordenstracht, daß ein Mann, der im weltlichen Leben ins Gerede gekommen sein mag, in ihr ein anderer wird. Seit der Pater Christophorus dieses Gewand trägt ...«

»Ich würde es gerne annehmen; offen gesagt, ich würde es gerne annehmen, doch, wie es im Sprichwort heißt: Manchmal ... macht die Kutte nicht den Mönch.«

Das Sprichwort paßte nicht genau hierher; der Graf hatte es aber schnell an die Stelle eines anderen gesetzt, das ihm auf die Zunge gekommen war: Der Wolf im Schafspelz bleibt ein Wolf.

»Ich habe Berichte«, fuhr er fort, »ich habe Gegenbeweise ...«

»Wenn Sie ganz bestimmt wissen«, sagte der Provinzial, »daß dieser Mönch sich etwas hat zuschulden kommen lassen – wir sind allzumal Sünder –, wäre ich Ihnen für eine

Aufklärung aufrichtig dankbar. Ich bin Prior, ganz unverdientermaßen, aber ich bin es ja gerade, um zu züchtigen und Abhilfe zu schaffen.«

»Hören Sie: Außer dem bedauerlichen Umstande, daß dieser Pater den genannten Burschen offen in Schutz nimmt, gibt es noch eine weitere leidige Angelegenheit, die vielleicht ... Doch unter uns werden wir alles auf einmal in Ordnung bringen. Es handelt sich darum, daß derselbe Pater Christophorus sich mit meinem Neffen, Don Rodrigo * * *, anlegen wollte.«

»Oh, das tut mir leid, tut mir ganz aufrichtig leid!«

»Mein Neffe ist jung, hitzig, fühlt sich als das, was er ist, und hat keine Lust, sich herausfordern zu lassen ...«

»Ich fühle mich verpflichtet, über eine solche Tatsache gründliche Erkundigungen einzuziehn. Wie ich Euer Herrlichkeit schon gesagt habe – und ich spreche mit einem Manne, der nicht weniger Gerechtigkeitssinn als Welterfahrung hat –, wir sind alle von Fleisch und Blut und können alle irren, sowohl auf der einen wie auf der anderen Seite, und wenn der Pater Christophorus gefehlt haben sollte ...«

»Sehen Sie, ehrwürdiger Vater, das sind, wie gesagt, Dinge, die unter uns ausgemacht werden müssen, die wir hier begraben wollen, Dinge, die schlimmer werden, wenn man sie allzusehr aufrührt. Sie wissen, was daraus folgt: diese Zusammenstöße, diese Reibereien entstehen zuweilen aus einer Kleinigkeit und entwickeln sich dann immer weiter, immer weiter ... Wenn man nach ihren Gründen forscht, kommt man entweder nicht damit zu Rande, oder aber hundert andere Verwicklungen kommen zum Vorschein. Auf sich beruhen lassen und Schluß machen, Ehrwürden, Schluß machen und auf sich beruhen lassen! Mein Neffe ist jung; der Mönch hat, soviel ich höre, noch das ganze Feuer und die ... Neigungen eines jungen Mannes. Es ist daher unsere

Sache, die wir unsere Jahre auf dem Buckel haben ... leider, Ehrwürden, wie ...?«

An dieser Stelle hätte man ihn sehen müssen! Es war, wie wenn mitten in einer ernsten Oper versehentlich eine Kulisse zu früh fortgezogen wird und man einen Sänger erblickt, der sich mit einem Kollegen gemütlich unterhält, ohne im Augenblick daran zu denken, daß es ein Publikum auf der Welt gibt. Die Mienen, die Gebärde, die Stimme des gräflichen Onkels, als er dieses »leider« aussprach, alles war vollkommen natürlich. Dabei war keine Verstellung: es war tatsächlich so, daß ihn die Zahl seiner Jahre betrübte. Nicht als ob er dem Zeitvertreib, dem Feuer, der Anmut der Jugend nachgetrauert hätte: Frivolitäten, Albernheiten, Lappalien! Der Grund seines Mißvergnügens war sehr viel ernster und bedeutender: er hoffte auf eine gewisse höhere Stellung, sobald diese frei würde, und fürchtete den Anschluß nicht mehr zu erreichen. Man durfte sicher sein, daß er – einmal befördert – sich dann aus den Jahren nichts mehr machen würde. Er hätte nichts anderes mehr gewünscht und wäre zufrieden gestorben, wie es angeblich alle, die eifrig nach einer Sache trachten, vorhaben, sobald sie am Ziel ihrer Wünsche sind.

Doch lassen wir ihm das Wort. »Unsere Sache ist es«, fuhr er fort, »für die Jungen vernünftig zu sein und ihre Übeltaten wiedergutzumachen. Glücklicherweise kommen wir noch rechtzeitig; noch können wir ein kräftiges ›principiis obsta[1]‹ sprechen. Das Feuer gehört weg vom Stroh! Zuweilen schlägt jemand, der an einem Orte nicht gut tut oder die Ursache zu Mißhelligkeiten werden könnte, an einem andern wunderbar an. Sie, Ehrwürden, werden für diesen Ordensmann sicher eine passende Nische finden. Es fügt

1 »Widerstehe den ersten Anfängen«, Ovid: *Remedia amoris* 91/92 (Anmerkung des Übersetzers).

sich ja gerade so, daß er jemand verdächtig geworden sein mag, der ... wünschen könnte, daß er versetzt wird. Wenn wir ihn also auf einen etwas entfernteren Posten stellen, schlagen wir zwei Fliegen mit einer Klappe. Alles renkt sich von selber ein, oder besser gesagt: nichts ist verdorben.«

Diesen Schluß hatte der Provinzial seit Beginn der Unterredung erwartet. Nun ja, dachte er bei sich, ich sehe schon, worauf du hinauswillst. So das Übliche! Wenn ein armer Mönch euer Mißfallen erregt hat oder das von einem euresgleichen oder wenn er euch lästig ist, muß der Prior ihn gleich fortjagen, ohne nach Recht oder Unrecht zu fragen.

Als der Graf daher geendet und einen großen Schnaufer getan hatte, was soviel wie einen Schlußpunkt bedeutete, sagte der Provinzial: »Ich verstehe vollkommen, was Herr Graf sagen wollen; doch ehe ich einen Schritt unternehme ...«

»Es ist ein Schritt und ist auch keiner, Ehrwürden, es ist eine Selbstverständlichkeit, ganz im Rahmen des Üblichen, und wenn diese Maßnahme nicht ergriffen wird, und zwar sofort, sehe ich einen Berg von Schwierigkeiten, eine ganze Ilias von Scherereien voraus. Eine einzige Dummheit ... ich meine nicht von seiten meines Neffen ... dafür bin ich ja da ... Wenn wir jedoch an dem Punkt, bis zu dem die Dinge nun einmal gediehen sind, nicht von uns aus unverzüglich reinen Tisch machen, können wir nichts mehr abwenden und verheimlichen ... Dann handelt es sich auch nicht mehr nur um meinen Neffen ... Man sticht in ein Wespennest, Ehrwürden. Sie wissen ja, wir sind eine große Familie, wir haben eine Menge Verwandtschaft ...«

»Von Gewicht.«

»Sie verstehen mich: das sind lauter Leute, die auch Blut in den Adern haben und die in dieser Welt ... etwas bedeuten. Empfindlichkeiten kommen hinzu. Es wird eine gemeinsame Sache, und dann … muß auch der Friedliebendste …

Es wäre mir wirklich höchst schmerzlich, wenn ich in die Lage kommen sollte … wenn ich Veranlassung hätte … bei meiner bisherigen Vorliebe für die Kapuzinerpatres … Um Gutes zu tun, wie es ja zur höchsten Erbauung der Öffentlichkeit geschieht, brauchen sie Frieden, keinen Streit, und gutes Einvernehmen mit allen, die … Und dann haben sie ja auch Verwandte im weltlichen Bereich … Und wenn solch dumme Ehrenhändel erst einmal ausarten, sich hinschleppen und immer weitere Kreise ziehen, reißen sie … die halbe Welt hinein. Ich habe nun einmal dies leidige Amt, das mich verpflichtet, eine gewisse Würde zu wahren … Seine Exzellenz … meine Herren Kollegen … alles wird gleich eine Standesangelegenheit … um so mehr, wenn jener andere Umstand hinzukommt … Sie wissen ja, wie solche Dinge laufen.«

»Allerdings«, sagte der Provinzial, »Pater Christophorus ist Prediger, und ich hatte bereits daran gedacht … Da wird gerade einer angefordert … Aber in diesem Augenblick, unter solchen Umständen könnte das wie eine Strafe aussehn, und zwar eine Strafe, noch ehe wirklich geklärt ist …«

»Nein, keine Strafe, eine vorbeugende Maßnahme, in gegenseitigem Einvernehmen, um das Unheil zu verhüten, das vielleicht … Ich habe mich ja darüber ausgesprochen.«

»Für den Herrn Grafen und mich hat die Sache allerdings dieses Gesicht. Falls aber die Dinge so liegen, wie Euer Herrlichkeit berichtet wurde, scheint es mir unmöglich, daß in der Umgebung nicht etwas durchgesickert ist. Überall gibt es Hetzer, Störenfriede oder zum mindesten böswillige Naseweise, denen es ein diebisches Vergnügen macht zu beobachten, wie ihre Herren und die Geistlichen sich in den Haaren liegen. Sie schnüffeln, deuteln und tuscheln … Jeder hat seine Würde zu wahren. So habe ich als unwürdiger Prior die ausdrückliche Verpflichtung ... Die Ehre des Gewandes ... steht nicht bei mir ... sie ist ein anvertrautes Gut, über das ich ... Ihr Herr Neffe, der ja, wie Euer Herrlichkeit sagen, so aufgebracht ist, könnte die Regelung als eine persönliche Genugtuung empfinden und sich damit, ich möchte nicht gerade sagen: rühmen und brüsten, aber doch ...«

»Meinen Sie das im Ernst, Ehrwürden? Mein Neffe erfreut sich in der Welt der ihm als Edelmann gebührenden Achtung. Mir gegenüber aber ist er ein kleiner Junge und wird nicht mehr und nicht weniger tun, als was ich ihm vorschreibe. Ich gehe sogar noch weiter: mein Neffe wird nichts davon erfahren. Haben wir es denn nötig, Rechenschaft zu geben? So etwas machen wir als gute Freunde untereinander ab, und es hat ganz unter uns zu bleiben. Darum brauchen Sie sich keine Sorgen zu machen. Ich dürfte ja wohl gewohnt sein, meinen Mund zu halten.« Er schnaufte. »Die bösen Zungen aber«, fuhr er fort, »was sollen die denn schon sagen? Ein Mönch, der woanders hingeht, um zu predigen, das ist doch gang und gäbe! Wir aber haben ja Augen dafür ... wir bauen vor ... wir wissen, was wir zu tun haben ... wir dürfen uns aus dem Gerede nichts machen.«

»Um ihm zuvorzukommen, wäre es jedoch gut, wenn Ihr Herr Neffe bei dieser Gelegenheit irgendwie dartun, irgendwie offen erkennen lassen würde, welche Freundschaft und Achtung er, wenn nicht uns, so doch unserem Gewand entgegenbringt ...«

»Gewiß, gewiß, das ist recht und billig ... Doch ist es nicht notwendig. Ich weiß, daß die Kapuziner von meinem Neffen stets nach Gebühr empfangen werden. Er tut es aus Neigung, das liegt in der Familie; ferner weiß er auch, daß er mir damit einen Gefallen tut ... Im übrigen ist in diesem Falle ... etwas Besonderes ... durchaus angebracht. Überlassen Sie das nur mir, Ehrwürden. Ich werde meinem Neffen Weisung geben … Das heißt, man muß es ihm vorsichtig nahelegen, damit er nicht merkt, was zwischen uns vorgegangen ist. Meistens bin ich dagegen, ein Pflaster aufzulegen, wo keine Wunde ist. Was wir aber beschlossen haben, dafür gilt: je eher, je besser! Und wenn eine Nische weiter weg zu finden wäre … so daß sich durchaus keine Gelegenheit mehr bietet …«

»Bei mir wird gerade ein Prediger für Rimini angefordert, und vielleicht hätte ich auch ohne sonstige Gründe mein Augenmerk darauf richten können …«

»Das trifft sich gut. Das trifft sich gut. Und wann …?«

»Da es nun einmal geschehen soll, wird es auch gleich geschehen.«

»Schleunigst, Ehrwürden. Besser heute als morgen!« Dann erhob er sich und fuhr fort: »Und wenn ich selbst oder auch meine Familie für unsere guten Kapuzinerpatres etwas tun kann …«

»Wir kennen aus Erfahrung das Wohlwollen des Hauses«, versicherte der Provinzial, der gleichfalls aufgestanden war und nun hinter seinem Überwinder her auf die Tür zuging.

»Wir haben einen Funken ausgelöscht«, sagte dieser und blieb stehn, »einen Funken, Ehrwürden, der einen großen Brand hätte entfachen können. Unter guten Freunden lassen sich große Dinge mit zwei Worten erledigen.«

Als sie an die Tür gekommen waren, öffnete er sie weit und wollte dem Provinzial unbedingt den Vortritt lassen. Sie begaben sich in den anderen Raum und gesellten sich wieder zu den übrigen Gästen.

Wenn er eine Sache in die Hand nahm, verfuhr jener große Herr mit großem Eifer, großem Geschick und großen Worten. Er erzielte dann aber auch eine entsprechende Wirkung. In der Tat erreichte er mit der Unterredung, die wir wiedergegeben haben, daß Bruder Christophorus sich zu Fuß von

Pescarenico nach Rimini aufmachen mußte, und das ist doch ein ganz schöner Spaziergang.

Eines Abends trifft in Pescarenico ein Kapuziner aus Mailand mit einem Pack Briefe für den Guardian ein. Darin befindet sich für Pater Christophorus die Anordnung, sich nach Rimini zu begeben, um dort die Fastenpredigten zu halten. Der Brief an den Guardian enthält die Weisung, besagtem Bruder nahezulegen, sich jeglichen Gedankens an ihn etwa noch angehende Angelegenheiten zu entschlagen und zu dem Ort, den er verlassen müsse, keine Verbindungen mehr zu pflegen. Der Überbringer sei als Reisebegleiter bestimmt. Der Guardian sagt am Abend nichts. Am Morgen läßt er Bruder Christophorus rufen, zeigt ihm die Anordnung und fordert ihn auf, Korb, Stock, Schweißtuch und Gürtel zu holen und sich mit dem Ordensbruder, den er ihm vorstellt, unverzüglich auf den Weg zu machen.

Welch ein Schlag das für unseren Pater war, mag sich jeder selbst ausmalen. Sofort fielen ihm Renzo, Lucia, Agnes ein. Im Geiste rief er förmlich aus: O Gott, was werden die Ärmsten tun, wenn ich nicht mehr hier bin! Doch dann hob er die Augen zum Himmel und klagte sich an, daß er es an Gottvertrauen habe fehlen lassen, daß er sich irgendwie für unentbehrlich gehalten habe. Er kreuzte die Arme zum Zeichen des Gehorsams auf der Brust und verneigte sich vor dem Guardian. Dieser nahm ihn dann beiseite und gab ihm jene andere Verhaltungsmaßregel, den Worten nach als Rat, dem Sinn nach als Gebot. Bruder Christophorus ging in seine Zelle, nahm den Korb, legte sein Brevier, seine Fastenpredigten und das Brot der Vergebung hinein, umgürtete die Kutte mit seinem Lederriemen, verabschiedete sich von den anwesenden Klosterbrüdern, erbat zuletzt noch den Segen des Guardians und machte sich mit dem Begleiter auf den vorgeschriebenen Weg.

Wir haben berichtet, daß Don Rodrigo, der mehr als je

darauf versessen war, seine feine Unternehmung durchzuführen, beschlossen hatte, die Hilfe eines furchtbaren Menschen in Anspruch zu nehmen. Von diesem können wir weder Namen, Vornamen noch Titel nennen, ja nicht einmal eine Vermutung über all das. Das ist um so sonderbarer, als wir die Spur dieser Persönlichkeit in mehr als einem Buch jener Zeit finden (ich meine gedruckte Bücher). Die Übereinstimmung der Tatsachen läßt keinen Zweifel darüber aufkommen, daß es sich um ein und dieselbe Person handelt. Überall aber ist man eifrig bemüht, ihren Namen zu umgehen, als ob er die Feder, die Hand des Schreibers hätte versengen können. Francesco Rivola nennt jenen Menschen in der Lebensbeschreibung des Kardinals Federigo Borromeo, als er notgedrungen von ihm sprechen muß, »einen durch Reichtum ebenso mächtigen wie von Geburt edlen Herrn« und läßt es damit bewenden. Giuseppe Ripamonti, der ihn im fünften Buch der fünften Dekade seiner »Vaterländischen Geschichte« ausführlicher erwähnt, nennt ihn: »einer, jener, dieser, dieser Mensch, diese Persönlichkeit«. In seinem schönen Latein, das wir, so gut es geht, wiedergeben, heißt es: »Ich will die Geschichte eines Mannes erzählen, der, wenn er auch zu den Ersten unter den Großen der Stadt gehörte, seinen Wohnsitz auf dem Lande in der Nähe der Grenze aufgeschlagen hatte. Dort sorgte er durch Freveltaten für seine Sicherheit und machte sich nicht das geringste aus Gerichtsverhandlungen, Richtern, Behörden und Staatsgewalt. Er führte ein tatsächlich unabhängiges Leben; eine Zeitlang selber geächtet, nahm er Verbannte bei sich auf; und dann zurückgekehrt, als ob nichts vorgefallen wäre ...« Von diesem Autor wollen wir noch ein paar weitere Abschnitte anführen, die uns gelegen kommen, um den Bericht unserer Quelle zu bestätigen und klarer zu machen. Dann folgen wir dieser weiter.

Zu tun, was die Gesetze verboten oder was von irgendeiner Seite gewaltsam zu verhindern gesucht wurde, Schirmherr fremder Angelegenheiten zu sein, aus keinem Antrieb als der Lust am Befehlen, von allen gefürchtet zu werden, bei denen die Vorhand zu haben, die sonst bei anderen das Spiel in Händen hatten, das waren seit jeher die Hauptleidenschaften dieses Mannes gewesen. Von Jugend auf erfüllte ihn die Beobachtung des geräuschvollen Treibens unzähliger Eigenmächtigkeiten und Streitigkeiten sowie zahlloser Gewalttäter mit aus Verachtung und ungeduldigem Neid gemischten Gefühlen. Während er als Jüngling in der Stadt lebte, ließ er keine Gelegenheit vorübergehen, ja suchte sie geradezu, um mit den bekanntesten Vertretern dieses Menschenschlages ein Hühnchen zu rupfen, ihnen in die Quere zu kommen, um sich mit ihnen zu messen und sie zur Vernunft zu bringen oder sie zu veranlassen, seine Freundschaft zu suchen. Da er an Reichtum und Gefolge die meisten überbot und vielleicht alle an Kühnheit und Ausdauer, brachte er viele dazu, auf jeden Wettstreit zu verzichten. Eine Reihe von ihnen richtete er übel zu, manch andere machte er sich zu Freunden, allerdings nicht zu gleichgestellten, sondern zu untergeordneten, wie sie ihm allein zusagten, die sich als seine Untergebenen betrachteten und die ihm zur Linken blieben. Allerdings kam aber auch er in die Lage, Helfershelfer und Werkzeug aller übrigen zu werden, denn sie verfehlten nicht, für ihre Zwecke die Mitwirkung eines derartigen Verbündeten in Anspruch zu nehmen. Einen Rückzieher zu machen aber hätte für ihn bedeutet, seinen Ruf einzubüßen und seiner Ritterpflicht nicht nachzukommen. So bekam er sowohl auf eigene Rechnung als auch für andere so viel aufs Kerbholz, daß weder ein angesehener Name noch die Verwandtschaft oder die Freunde oder seine Kühnheit hinreichend waren, um ihn vor Acht und Bann und so viel einflußreichen Feinden zu schützen. So mußte er denn weichen und den Staat verlassen. Ich nehme an, daß sich eine bemerkenswerte Textstelle bei Ripamonti auf diesen Umstand bezieht: »Als jener einmal das Land räumen mußte, verfuhr er mit solcher Heimlichkeit, Ehrerbietung und Ängstlichkeit, daß er die Stadt unter Trompetenschall und mit einem Gefolge von Hunden hoch zu Roß durchsprengte, und als er am Regierungsgebäude vorüberkam, hinterließ er der Wache eine unverschämte Botschaft an den Gouverneur.«

Während seiner Abwesenheit stellte er sein Unwesen nicht ein und gab auch die Verbindung mit seinen sogenannten Freunden nicht auf, die mit ihm – wortwörtlich nach Ripamonti – »in einem Geheimbund für abscheuliche Pläne und folgenschwere Taten« zusammenhielten. Es scheint auch, daß er damals mit sehr hochgestellten Persönlichkeiten gewisse neue, schreckliche Verfahren vereinbarte, von denen der obenerwähnte Historiker mit geheimnisvoller Kürze spricht. Er sagt: »Auch einige ausländische Fürsten bedienten sich seiner mehrfach für irgendwelche wichtigen Meuchelmorde und mußten ihm oft von weither Verstärkungen an Leuten schicken, die unter seinem Befehl zu handeln hatten.«

Schließlich – man weiß nicht, nach wie langer Zeit – beschloß er nach Hause zurückzukehren, sei es, daß die Acht durch irgendeine einflußreiche Vermittlung aufgehoben worden war, sei es, daß die bloße Verwegenheit jenes Mannes ihm schon Straflosigkeit verbürgte. Jedenfalls kehrte er zurück, allerdings nicht nach Mailand, sondern in eine Burg an der Grenze des Gebiets von Bergamo, das damals, wie jedermann weiß, venezianisch war. »Diese Burg«, ich zitiere weiter Ripamonti, »war eine Brutstätte blutiger Aufträge. Lauter Diener, auf deren Kopf ein Preis ausgesetzt war und die von Berufs wegen Leute köpften. Weder Koch noch Küchenjunge waren der Verpflichtung zum Morde enthoben, schon Kinderhände blutbefleckt.« Außer dieser feinen Sippschaft von Dienern hatte er, wie der gleiche Historiker versichert, eine weitere von ähnlichen Subjekten, die an verschiedenen Orten der beiden Staaten, an deren Grenze er lebte, verstreut wie in Quartier lagen und immer zu seiner Verfügung waren.

Alle Machthaber in einem ziemlich weiten Umkreis hatten, bei der einen oder anderen Gelegenheit, zwischen der Freundschaft und der Feindschaft dieses ungewöhnlichen Tyrannen wählen müssen. Den ersten aber, welche den Versuch gemacht hatten, ihm Widerstand zu leisten, war die Sache so schlecht bekommen, daß keiner mehr Lust verspürte, sich dieser Gefahr auszusetzen. Auch der konnte sich ihm nicht entziehen, der sich nur um seine eigenen Angelegenheiten bekümmerte und für sich blieb. Einer seiner Sendlinge erschien dann mit der Aufforderung, ein bestimmtes Vorhaben aufzugeben, aufzuhören, einen bestimmten Schuldner zu drängen, oder dergleichen mehr. Man mußte ja oder nein dazu sagen. Wenn die eine Partei ihm mit untertäniger Huldigung irgendeine Angelegenheit übergeben hatte, stand die andere vor der schweren Wahl, sich entweder seinem Spruch zu beugen oder aber sich zu seinem Feinde zu erklären. Das aber hieß soviel wie auf dem letzten Loch pfeifen. Viele, die im Unrecht waren, wandten sich an ihn, um praktisch recht zu bekommen; viele taten es auch, wenn sie im Recht waren, um sich eines so mächtigen Schirmherrn zu versichern und dem Gegner diesen Ausweg zu versperren. Beide machten sich ganz besonders von ihm abhängig. Zuweilen kam es vor, daß ein Schwacher, der von einem Mächtigen schikaniert wurde, sich in seiner Bedrängnis an ihn wandte. Dann zwang er, indem er die Partei des Schwachen ergriff, den Mächtigen, aufzuhören, das geschehene Unrecht wiedergutzumachen und sich zu entschuldigen. Leistete der aber Widerstand, dann befehdete er ihn so, daß er ihn zwang, die Orte zu verlassen, die er terrorisiert hatte, oder er ließ ihn auch auf schnellere und furchtbarere Art büßen. In solchen Fällen wurde dann jener so gefürchtete und verhaßte Name für einen Augenblick gepriesen, denn zu jener Zeit konnte, ich möchte nicht sagen: solche Gerechtigkeit, aber eine derartige Abhilfe, so ein gewisser Ausgleich, von keiner anderen Macht privater oder öffentlicher Art erwartet werden. Häufiger, ja sogar im allgemeinen diente die seine ungerechten Absichten, grausamen Befriedigungen, vermessenen Launen. Aber die so verschiedenen Anwendungsformen jener Macht führten immer zu dem gleichen Ergebnis. Sie erweckten in den Gemütern eine große Vorstellung von dem, was er aller Billigkeit oder Unbilligkeit zum Trotz wollen und vollbringen könnte, welche beiden Vorstellungen dem Willen der Menschen so viel Hindernisse bereiten und sie so oft zurückweichen lassen. Der Ruf der gewöhnlichen Tyrannen blieb meistens auf jenen kleinen Landstrich beschränkt, in dem sie die Reichsten und Mächtigsten waren. Jedes Gebiet hatte seine eigenen, und die Leute hatten keine Ursache, sich mit denen zu beschäftigen, die sie nicht auf dem Halse hatten. Der Ruf des unseren aber hatte sich schon seit geraumer Zeit in jedem Winkel des Gebiets von Mailand verbreitet. Überall war sein Leben Gegenstand volkstümlicher Geschichten, und sein Name bezeichnete etwas Unwiderstehliches, Eigentümliches, Fabelhaftes. Der Verdacht, daß er allenthalben seine Helfershelfer und Meuchelmörder hätte, trug auch seinerseits dazu bei, daß man sich überall immer wieder mit ihm beschäftigte. Es war nicht mehr als ein Verdacht. Wer hätte denn auch offen eine solche Abhängigkeit eingestanden? Jeder Tyrann konnte aber einer seiner Helfershelfer sein, jeder Landstreicher einer der Seinen. Die Ungewißheit selbst gab der landläufigen Ansicht Nahrung und machte die Sache noch unheimlicher. Jedesmal wenn man irgendwo die Gestalten unbekannter und ungewöhnlich abschreckender Bravi auftauchen sah, bei jeder Untat, deren Urheber nicht gleich zu nennen oder zu vermuten war, fiel flüsternd der Name dessen, den wir, dank jener verflixten Vorsicht unserer Quellen (um nichts anderes zu sagen), den Ungenannten zu nennen gezwungen sind.

Von seiner Burg zum Palast Don Rodrigos waren es nicht mehr als sieben Meilen. Letzterer hatte kaum seine Tyrannenherrschaft angetreten, als er auch schon einsehen mußte, daß bei so geringer Entfernung von einer solchen Persönlichkeit dieses Amt nicht zu verwalten war, ohne mit ihm zusammenzustoßen oder mit ihm einig zu sein. Er hatte sich ihm deshalb angeboten und war sein Freund geworden, natürlich wie alle anderen. Er hatte ihm mehr als einen Dienst geleistet (das Manuskript verrät nicht mehr), und dafür waren ihm jedesmal Gegenleistungen und Hilfe für vorkommende Fälle versprochen worden. Er war jedoch sehr darauf bedacht, eine solche Freundschaft zu verheimlichen oder wenigstens nicht erkennen zu lassen, wie eng und welcher Art sie war. Don Rodrigo wollte zwar als Tyrann auftreten, aber nicht als Rohling. Der Stand war für ihn ein Mittel, nicht ein Zweck. Er wollte unangefochten in der Stadt weilen, die Bequemlichkeiten, Vergnügungen und Ehren des bürgerlichen Lebens genießen. Deshalb mußte er gewisse Rücksichten üben, die Verwandtschaft in Betracht ziehen, die Freundschaft hochgestellter Persönlichkeiten pflegen und eine Hand an der Waage der Gerechtigkeit behalten, um sie nötigenfalls nach seiner Seite ausschlagen oder auch verschwinden zu lassen oder um mit ihr gelegentlich jemandem eins auf den Kopf zu geben, der auf diese Art leichter erledigt werden konnte als mit den Waffen privater Gewalttätigkeit. Die Vertraulichkeit, oder besser gesagt: das Bündnis mit einem solchen Manne, mit einem offenen Feind der Staatsgewalt, wäre ihm dabei aber nun sicherlich nicht zustatten gekommen, insbesondere nicht bei dem gräflichen Herrn Onkel. So viel jedoch, wie an einer solchen Freundschaft nicht zu verheimlichen war, konnte als unvermeidliche Beziehung zu einem Manne gelten, dessen Feindschaft allzu gefährlich war. Somit war sie durch die Notwendigkeit entschuldigt, da ja auf die Dauer derjenige, der die Pflicht der Vorsorge, aber nicht den Willen dazu hat oder Mittel und Wege nicht findet, darin einwilligt, daß ein anderer von sich aus bis zu einem gewissen Grade für seine Angelegenheiten sorgt und, wenn er auch nicht ausdrücklich zustimmt, so doch ein Auge zudrückt.

Eines Morgens ritt Don Rodrigo in Jagdkleidung aus. Eine kleine Schar von Bravi begleitete ihn zu Fuß. Der Graue hielt sich am Bügel, die anderen folgten nach. Er schlug den Weg zur Burg des Ungenannten ein.

20. KAPITEL

Die Burg des Ungenannten ragte über einem engen, finsteren Tal auf einer Felsenkuppe empor, die sich aus einem schroffen Gebirgszug erhebt, wobei kaum zu entscheiden ist, ob sie damit verbunden oder davon getrennt ist, denn sie ist umgeben von einem Felsenmeer und Steilwänden oder einem Gewirr von Spalten und Klüften, die sich beiderseits fortsetzen. Die Seite nach dem Tal zu ist die einzig zugängliche: ein ziemlich steiler Hang von jedoch gleichmäßigem Gefälle, oben mit Bergmatten, unten mit Feldern, und dazwischen vereinzelte Hütten. Den Talgrund bildet ein Kiesbett, durch das je nach der Jahreszeit ein Rinnsal oder ein Wildbach fließt. Damals stellte er die Grenze der beiden Staatsgebiete dar. Die gegenüberliegenden Gipfel, welche sozusagen die andere Talwand bilden, sind an ihrem Fuß ebenfalls ein wenig bebaut. Sonst besteht alles aus Geröll und Felsbrocken, pfadlosen, nackten Steilhängen mit Buschwerk hie und da in Spalten und auf Buckeln.

Von der Höhe des Felsennestes beherrschte der wilde Herr, wie ein Adler von seinem blutbefleckten Horst, den ganzen Raum ringsum, wohin ein Menschenfuß gelangen konnte, und sah nie jemanden über sich oder gar noch höher. Ließ er seinen Blick in die Runde schweifen, so überwachte er diesen ganzen Bezirk, die Abhänge, die Tiefe und die darin verlaufenden Pfade. Der Saumpfad, welcher zu der unheimlichen Behausung kurvenreich im Zickzack aufstieg, erschien dem, der von oben hinabspähte, wie ein geschlängeltes Band. Von den Fenstern, den Schießscharten aus konnte der Herr in aller Ruhe die Schritte des Herankommenden zählen und hundertmal die Waffe auf ihn anlegen. Auch aus einer großen Abteilung hätte er mit seiner Garnison von Bravi, die er da oben unterhielt, eine Menge Leute beim Anmarsch niederstrecken oder in den Abgrund rollen lassen können, ehe es einem einzigen gelungen wäre, den Kamm zu erreichen. Im übrigen wagte niemand das Tal auch nur zu betreten, geschweige denn die Höhe zu erklimmen, wenn er bei dem Herrn der Burg nicht etwa gern gesehen war. Der Büttel, der sich dort hätte blicken lassen, wäre auch wie ein feindlicher Kundschafter behandelt worden, der in einem Feldlager gefaßt wird. Von den letzten, welche die Unternehmung gewagt hatten, waren entsetzliche Geschichten im Umlauf. Sie wirkten aber sagenhaft, und unter den jungen Leuten konnte sich keiner erinnern, jemals eine solche Amtsperson lebend oder tot im Tal gesehn zu haben.

So findet sich die Schilderung der Örtlichkeit in unserer Quelle; ein Ortsname wird nicht erwähnt. Ja, um keinen Anhaltspunkt zu bieten, sagt sie nichts über Don Rodrigos Weg und versetzt ihn sofort mitten in das Tal, zu Füßen der Felsenkuppe, an den Ausgangspunkt des steilen und gewundenen Saumpfads. Dort befand sich eine Schenke, die man auch Vorwerk und Wache hätte nennen können. Auf einem alten Schild, das über dem Eingang hing, war auf beiden

Seiten eine strahlende Sonne gemalt. Im Volksmund aber, der manchmal Namen hinnimmt, wie sie geboten werden, sie aber manchmal auch nach seiner Weise umgestaltet, hieß diese Schenke nur die »Höllennacht«.

Beim Geräusch nahenden Hufschlages erschien ein bis an die Zähne bewaffneter Bursche auf der Schwelle. Er maß die Ankömmlinge mit einem schnellen Blick und ging dann drei Spießgesellen benachrichtigen, die mit schmutzigen, verbogenen, hohlziegelähnlichen Karten spielten. Einer, offenbar der Anführer, stand auf und begab sich an die Tür. Als er einen Freund seines Herrn erkannt hatte, begrüßte er ihn untertänig. Don Rodrigo dankte leutselig und fragte, ob der Herr auf der Burg sei. Der Rädelsführer antwortete, er glaube, ja, und Don Rodrigo stieg vom Pferde. Den Zügel warf er dem Tiradritto zu, der mit in seinem Gefolge war. Dann nahm er die Büchse ab und übergab sie dem Montanarolo, wie um sich einer unnützen Last zu entledigen und leichter klettern zu können. Tatsächlich aber wußte er genau, daß es nicht gestattet war, diesen Abhang mit einem Gewehr zu betreten. Dann nahm er einige Berlinghen aus der Tasche, übergab sie dem Tanabuso und sagte zu ihm: »Ihr wartet hier auf mich; vertreibt euch inzwischen die Zeit mit diesen wackeren Männern.« Schließlich zog er einige Goldscudi hervor und drückte sie dem Rädelsführer in die Hand, wobei er die Hälfte für ihn und die Hälfte zur Verteilung unter seine Leute bestimmte. Zu guter Letzt begann er mit dem Grauen, der auch das Gewehr abgelegt hatte, zu Fuß den Aufstieg. Die drei obengenannten Bravi und Squinternotto, der Vierte im Bunde (man beachte die schönen Namen, die sorgfältiger Überlieferung wert sind[1]), blieben

1 Die Gaunernamen lauten auf deutsch etwa: Geradeaus, Älpler, Schlupfloch, Schnüffler; sie sind zum Teil geschichtlich überliefert, zum Teil von Manzoni erfunden (Anmerkung des Übersetzers).

mit den drei Wachen des Ungenannten und dem jungen Galgenstrick zurück, um zu spielen, zu zechen und reihum ihre Streiche zum besten zu geben.

Ein weiterer Schlagetot des Ungenannten, der bergan stieg, holte Don Rodrigo wenig später ein, schaute ihn an, erkannte ihn und gesellte sich zu ihm, wodurch er ihn der Mühe enthob, wer weiß wie vielen anderen, denen er begegnete und die ihn nicht kannten, seinen Namen zu sagen oder sich sonstwie auszuweisen. Zur Burg gelangt und eingelassen (wobei jedoch der Graue am Tor zurückbleiben mußte), wurde er durch ein Gewirr dunkler Gänge und durch mehrere Säle geleitet, deren Wände mit Musketen, Säbeln und Hellebarden dicht behängt waren. In jedem Saal stand ein Bravo Wache. Don Rodrigo mußte noch etwas warten und wurde dann zu dem Ungenannten vorgelassen.

Dieser kam ihm entgegen, und während er seinen Gruß erwiderte, beobachtete er scharf Hände und Gesicht, wie er aus Angewohnheit und schon fast unbewußt mit jedem verfuhr, der zu ihm kam, mochten es auch die ältesten und erprobtesten Freunde sein. Er war groß, sonnverbrannt und fast kahlköpfig. Das noch übrige Haar war weiß, das Antlitz runzlig. Auf den ersten Blick hätte man ihn für älter denn seine sechzig Jahre geschätzt. Aber seine Haltung, seine Bewegungen, die kühne Härte der Züge, das unheildrohende, aber lebhafte Blitzen der Augen verrieten eine Kraft des Leibes und der Seele, die selbst bei einem Jüngling außergewöhnlich gewesen wäre.

Don Rodrigo erklärte, daß er komme, um Rat und Hilfe zu finden; in einer schwierigen Lage, aus der es für ihn ehrenhalber keinen Ausweg gäbe, habe er sich eines Mannes erinnert, der niemals leere und übertriebene Versprechungen mache.

Er ging dann dazu über, dem anderen seinen ruchlosen Handel auseinanderzusetzen. Der Ungenannte, der bereits ungefähr im Bilde war, hörte ihn aufmerksam an, sowohl, weil er dergleichen Geschichten liebte, als auch, weil mit dieser ein Name zusammenhing, den er kannte und der ihm besonders verhaßt war: der des Paters Christophorus, des erklärten Feindes der Tyrannen, sowohl in Worten als auch – wo es ihm möglich war – in Taten. Don Rodrigo, der genau wußte, mit wem er es zu tun hatte, ging dann übertreibend auf die Schwierigkeiten der Unternehmung ein: die räumliche Entfernung, eine Klosterstätte, die Fürstin ... Hier unterbrach ihn der Ungenannte urplötzlich, als hätte ein in seiner Brust schlummernder Dämon ihm so zu tun geboten, und sagte, daß er die Tat auf sich nähme. Er notierte sich den Namen unserer armen Lucia und verabschiedete Don Rodrigo mit den Worten: »Binnen kurzem werdet Ihr von mir hören, was Ihr zu tun habt.«

Der Leser wird sich vielleicht noch jenes ruchlosen Egidio entsinnen, der neben dem Kloster wohnte, in dem die arme Lucia Unterschlupf gefunden hatte. Er soll nun erfahren, daß jener einer der nächsten und vertrautesten Helfer des Ungenannten bei seinen Freveltaten war. Deshalb hatte sich dieser auch so unverzüglich und entschlossen geäußert. Kaum war er aber allein geblieben, als er sich auch schon ärgerte, sein Wort gegeben zu haben, wenn er es auch nicht geradezu bereute. Seit einiger Zeit schon erregten ihm seine Schandtaten einen gewissen Abscheu, wenn nicht gar Reue. All die vielen Verbrechen, die, wenn auch nicht sein Gewissen, so doch wenigstens sein Gedächtnis beschwerten, kamen ihm jedesmal wieder zum Bewußtsein, wenn er neuen Frevel beging; scheußlich und allzu zahlreich standen sie ihm vor Augen: er empfand das unaufhörliche Wachsen einer schon unbequem gewordenen Bürde. Ein gewisser Widerwille, den er bei den ersten Untaten empfunden und dann überwunden hatte, der dann wirklich fast verschwunden war, kehrte nun wieder und machte sich fühlbar. In jener ersten Zeit hatte aber die Vorstellung einer fernen, noch ungewissen Zukunft, das Hochgefühl einer mächtigen Lebenskraft, die Seele mit sorglosem Vertrauen erfüllt. Nun dagegen machten die Gedanken an die Zukunft die Vergangenheit nur um so quälender. – Alt werden! sterben! und dann? – Merkwürdig: das Bild des Todes, das in einer unmittelbaren Gefahr, im Angesicht eines Feindes die Lebensgeister dieses Mannes zu verdoppeln pflegte und ihn in entschiedenen Zorn versetzte, dies gleiche Bild rief eine plötzliche Bestürzung hervor, wenn es ihm in stiller Nacht in seiner festen Burg erschien. Es war nicht jener Tod, mit dem ein selber sterblicher Gegner drohte. Man konnte ihn nicht mit besseren Waffen und schnellerem Arm zurückschlagen. Er kam allein, er wurde im Innern geboren. Vielleicht war er noch weit, mit jedem Augenblick aber rückte er einen Schritt vor; und während der Geist schmerzlich rang, um den Gedanken zu verscheuchen, kam er näher. Anfänglich hatten die so häufigen schlechten Vorbilder, das sozusagen ununterbrochene Schauspiel der Gewalttat, der Rache, des Meuchelmordes, dem er so heftig nacheiferte, sein Gewissen einigermaßen beschwichtigt. Nun aber erwuchs in seiner Seele immer wieder die unklare, aber furchtbare Vorstellung persönlicher Verantwortung und unbedingter Gerechtigkeit. Nun gab ihm das Bewußtsein, aus dem gemeinen Haufen der Bösen herausgetreten zu sein und über ihnen allen zu stehen, zuweilen das Gefühl einer entsetzlichen Einsamkeit. Jenen Gott, von dem er hatte reden hören, den er aber seit langem weder zu leugnen noch zu ehren gewillt war, nur damit beschäftigt, zu leben, als ob es Ihn nicht gäbe – jenen Gott schien er nun in gewissen Augenblicken grundloser Niedergeschlagenheit in sich zu vernehmen, wie Er rief: »Ich bin dennoch da.« Im ersten Sturm der Leidenschaften war ihm einmal das Gesetz, das er doch wenigstens in Seinem Namen hatte verkündigen hören, nur lästig erschienen. Nun sah er darin, wenn es ihm unversehens einfiel, wider Willen etwas, das seine Erfüllung findet. Aber weit davon entfernt, sich irgend jemandem wegen dieser neuen Besorgnis zu eröffnen, verbarg er sie sogar zutiefst und verhehlte sie hinter dem Anschein gesteigerter Grausamkeit. Auf diese Art versuchte er sie auch vor sich selber zu vertuschen oder sie zu unterdrücken. Da er sie aber weder beseitigen noch vergessen konnte, gedachte er neidvoll der Zeiten, in denen er gewohnt gewesen war, unbedenklich jede Missetat zu begehen, wenn sie sich lohnte, und er machte jede Anstrengung, um jene alte rasche, überlegene, skrupellose Entschlossenheit wiederzufinden, zu behaupten oder neu zu erwerben, die ihm bestätigen konnte, daß er noch der alte war.

So hatte er bei dieser Gelegenheit Don Rodrigo sofort sein Wort verpfändet, um jedem Zaudern vorzubeugen. Kaum war dieser aber gegangen, fühlte er die Festigkeit schwinden, zu der er sich gezwungen hatte, um sich zu verpflichten; fühlte er, wie ihm nach und nach Gedanken kamen, die ihn verleiten wollten, jenes Wort nicht zu halten, einem Freunde, einem Helfershelfer gegenüber zu versagen. Um mit einem Schlage diesen quälenden Widerstreit zu beheben, ließ er Nibbio[1] kommen, eines der gewandtesten und kühnsten Werkzeuge seiner Schreckenstaten, den er gewöhnlich als Verbindungsmann zu Egidio benutzte. Mit entschlossener Miene trug er ihm auf, sofort zu Pferde zu steigen, nach Monza zu reiten, Egidio von der übernommenen Verpflichtung zu unterrichten und seine Hilfe zur Durchführung zu erbitten.

Der nichtswürdige Bote kehrte schneller zurück, als sein Herr vermutet hatte, und brachte von Egidio die Antwort, daß die Unternehmung leicht und sicher durchzuführen

1 Zu deutsch: der Geier (Anmerkung des Übersetzers).

sei. Man möge ihm sofort eine Kutsche mit zwei oder drei gut verkleideten Bravi schicken. Er würde sich um alles übrige kümmern und die Sache in die Hand nehmen. Auf diese Nachricht hin gab der Ungenannte, wie es auch innerlich um ihn stehn mochte, Nibbio eiligst den Auftrag, alles nach Egidios Wünschen vorzubereiten und selber mit zwei andern, die er ihm benannte, zu der Unternehmung aufzubrechen.

Wenn Egidio, um den widerlichen Dienst zu leisten, der von ihm verlangt worden war, sich auf seine gewöhnlichen Mittel allein hätte verlassen müssen, hätte er sicherlich nicht so umgehend ein so entschiedenes Versprechen gegeben. Doch innerhalb des Zufluchtsorts selbst, wo dem Anschein nach alles ein Hindernis hätte sein müssen, besaß der niederträchtige junge Mann ein nur ihm bekanntes Hilfsmittel. Was anderen die größte Schwierigkeit geboten hätte, wurde für ihn zum Werkzeug. Wir haben berichtet, wie die unselige Fürstin einmal seinen Worten Gehör schenkte; und der Leser mag begriffen haben, daß es damit nicht sein Bewenden hatte. Es war nur der erste Schritt auf einem schändlichen und blutigen Weg. Dieselbe Stimme, die aus der Verfehlung Macht, ich möchte fast behaupten: die Oberhand über sie gewonnen hatte, zwang sie nun zum Opfer der Unschuldigen, die sie in ihrer Obhut hatte.

Der Vorschlag war schrecklich für Gertrude. Lucia durch einen unvorhergesehenen Zufall zu verlieren, an dem sie keine Schuld trüge, wäre ihr schon wie ein Unglück, eine bittere Strafe erschienen. Nun aber wurde ihr befohlen, sich ihrer mit schändlicher Heimtücke zu berauben, ein Mittel der Sühne für neue Gewissensnot zu opfern. Die Unselige versuchte mit allen Mitteln, dem furchtbaren Auftrag auszuweichen, nur nicht mit dem einzigen sicheren, das ihr doch immer klar vor Augen stand. Der Fehltritt ist ein strenger, unbeugsamer Herr, über den nur der die Oberhand gewinnt, der ihm völlig abtrünnig wird. Dazu wollte Gertrude sich nicht verstehen, und so gehorchte sie.

Der festgesetzte Tag war da. Die vereinbarte Stunde rückte näher. Gertrude hatte sich mit Lucia in ihr privates Sprechzimmer zurückgezogen und war liebreicher zu ihr als gewöhnlich. Lucia ging immer herzlicher darauf ein, wie ein Lamm, das unter der Hand des Hirten, der es tätschelt und sanft fortzieht, zutraulich bebt und das sich umwendet, um diese Hand zu lecken, und nicht weiß, daß es vor dem Stall vom Schlächter erwartet wird, an den es der Hirt kurz vorher verkauft hat.

»Ich brauche jemanden, der mir einen großen Gefallen tut, und du allein wärst die Richtige dafür. Mir stehen soviel Leute zur Verfügung, aber niemand, auf den ich mich ganz verlassen kann. In einer sehr wichtigen Angelegenheit, die ich dir später verraten will, muß ich umgehend mit jenem Guardian der Kapuziner sprechen, der dich hierhergebracht hat, meine arme Lucia. Es darf aber auch niemand erfahren, daß ich selber ihn herbestellt habe. Ich habe nur dich, um diese Botschaft insgeheim zu überbringen.«

Lucia war über ein solches Ansinnen tief betroffen. Mit ihrer ganzen Überredungskraft, und ohne dabei ihr Erstaunen zu verhehlen, führte sie alsbald, um der Sache überhoben zu sein, alle Gegengründe an, die der Fürstin einleuchten mußten und mit denen sie doch eigentlich zu rechnen hatte: ohne die Mutter oder sonst eine Menschenseele, auf einsamer Straße, in einer fremden Ortschaft ... Gertrude aber, die durch eine teuflische Schule gegangen war, bekundete auch ihrerseits großes Erstaunen und große Enttäuschung, soviel Widerspenstigkeit bei jemandem zu finden, auf den sie sich ganz verlassen hatte; sie tat, als ob sie alle Entschuldigungen für unbegründet hielte. Am hellichten Tage, ein paar Schritte, ein Weg, den Lucia vor wenigen Tagen erst zurückgelegt hatte und den sie selbst dann nicht verfehlen konnte, wenn sie ihn nie gesehen hätte, sobald er ihr nur beschrieben wurde! ... Sie redete so viel, daß die Ärmste, gerührt und gekränkt zugleich, sich den Ausruf entschlüpfen ließ: »Gut denn! was habe ich zu tun?«

»Du gehst zum Kapuzinerkloster«, und sie beschrieb ihr von neuem den Weg, »du läßt den Guardian rufen und sagst ihm unter vier Augen, daß er umgehend zu mir kommen soll. Er soll aber niemandem verraten, daß ich ihn gerufen habe.«

»Was sage ich aber der Schaffnerin, die mich niemals hat ausgehn sehn und die mich fragen wird, wohin ich gehe?«

»Versuche ungesehn hinauszukommen, und wenn dir das nicht gelingt, sage ihr, daß du in die und die Kirche gehst, um ein Gelübde zu erfüllen.«

Eine neue Verlegenheit für das arme junge Mädchen: es sollte lügen! Die Fürstin zeigte sich aber erneut über die Ablehnung so betrübt und ließ sie es so häßlich finden, vor lauter törichter Besorgnis die Dankbarkeit zu vergessen, daß Lucia, mehr betreten als überzeugt und vor allem gerührter denn je, erwiderte: »Also gut, ich will gehn. Gott helfe mir!« Und sie brach auf.

Als Gertrude, die ihr vom Gatter aus starr und finster nachblickte, sie den Fuß auf die Schwelle setzen sah, öffnete sie, wie von einem unwiderstehlichen Drang überwältigt, die Lippen und sagte: »Höre her, Lucia!«

Diese wandte sich um und kehrte ans Gatter zurück. Aber schon hatte in Gertrudens unseligem Geiste abermals ein anderer Gedanke gesiegt, ein Gedanke, der gewohnt war, die Oberhand zu behalten. Sie tat, als ob ihr die bereits erteilten Anweisungen noch nicht genügten, erklärte Lucia noch einmal den Weg, den sie einschlagen müßte, und verabschiedete sie mit den Worten: »Tu alles, wie ich dich geheißen habe, und komme bald wieder!« Lucia ging.

Sie gelangte unbemerkt durchs Klostertor und ging dann

mit gesenkten Augen an der Mauer entlang ihres Weges. Auf Grund der Hinweise und eigener Erinnerung fand sie das Stadttor, trat hindurch und ging ganz gefaßt, wenn auch etwas erregt, über die Landstraße. In wenigen Augenblicken gelangte sie auf den Weg, der zum Kloster führte, und erkannte ihn wieder. Er verlief und verläuft noch heute nach Art eines Flußbetts zwischen zwei hohen Dämmen, deren dichtes Buschwerk ihn überwölbt. Als Lucia ihn betrat und völlig einsam fand, fühlte sie ihre Angst wachsen und beschleunigte den Schritt. Bald darauf faßte sie aber wieder einigen Mut, als sie eine haltende Reisekutsche erblickte, an deren geöffnetem Schlage zwei Reisende standen, die hierhin und dorthin schauten, als ob sie des Weges unkundig wären. Im Weitergehen hörte sie einen der beiden sagen: »Da ist ja ein nettes junges Mädchen. Das wird uns den Weg weisen.« Als sie an die Kutsche herangekommen war, wandte sich jener in der Tat um und sagte mit artigerem Gebaren, als sein Anblick vermuten ließ: »Schönes Kind, kann Sie uns den Weg nach Monza sagen?«

»So fahren Sie in die entgegengesetzte Richtung«, antwortete die Ärmste, »Monza liegt da ...« und sie wandte sich um, um mit dem Finger dahin zu zeigen, als der andere Geselle – es war Nibbio – sie unversehens um die Hüfte faßte und aufhob. Lucia warf bestürzt den Kopf zurück und stieß einen Schrei aus. Der Räuber drängte sie mit Gewalt in die Kutsche. Einer, der vorn saß, nahm sie in Empfang und zwang sie, trotz allem Sträuben und Schreien, sich ihm gegenüberzusetzen. Ein anderer stopfte ihr ein Taschentuch in den Mund und erstickte ihr den Hilferuf in der Kehle. Unterdes stieg auch Nibbio eilends ein, der Schlag wurde zugeworfen, und die Kutsche stob im Galopp davon. Der Kerl, welcher die verräterische Frage an sie gerichtet hatte, blieb auf der Straße zurück und sah sich nach allen Seiten um, um festzustellen, ob jemand auf das Notgeschrei Lucias hin herbeieilte. Niemand war zu sehen. Mit einem Satz war er auf einer Böschung, suchte Halt an einem Stamm im Buschwerk und verschwand. Es war ein Scherge Egidios, der an der Haustür seines Herrn herumgelungert hatte, um zu sehen, wann Lucia aus dem Kloster herauskäme. Er hatte sie scharf beobachtet, um sie wiedererkennen zu können, und war auf einem kürzeren Wege vorausgeeilt, um sie am vereinbarten Platz abzupassen.

Wer vermöchte nun ihr Entsetzen, ihre Angst zu schildern, zum Ausdruck zu bringen, was in ihrer Seele vor sich ging? Weit riß sie voller Angst die Augen auf, um ihre furchtbare Lage zu erkennen, und schloß sie gleich wieder, von den Fratzen vor ihr angewidert und erschreckt. Sie wand sich, wurde aber von allen Seiten gehalten. Sie nahm alle ihre Kraft zusammen und gab sich einen Ruck, um an den Schlag zu stürzen, aber zwei nervige Arme hielten sie wie festgenagelt im Innern der Kutsche zurück. Vier andere rohe Fäuste kamen ihnen dabei zu Hilfe. Jedesmal wenn sie den Mund auftat, um einen Schrei auszustoßen, wurde er durch das Taschentuch in ihrer Kehle erstickt. Unterdessen wiederholten die drei Teufelskerle immer wieder mit der menschlichsten Stimme, die ihnen zu Gebote stand: »Still, still! Habt doch keine Angst! Wir wollen Euch nichts Böses tun.« Der beängstigende Kampf zog sich eine Weile hin; dann schien sie sich zu beruhigen. Ihre Arme sanken herab, sie ließ den Kopf zurückfallen, hob kaum die Lider und blickte starr vor sich hin. Die scheußlichen Fratzen vor ihr verschwammen ineinander zu einem schwankenden grausigen Zerrbild. Die Farbe wich jäh aus ihrem Gesicht, kalter Schweiß bedeckte es. Sie gab sich auf und wurde ohnmächtig.

»Auf, auf! Nur Mut!« sagte Nibbio. »Nur Mut!« wiederholten die beiden anderen Schurken. Die Verwirrung aller Sinne bewahrte aber Lucia in diesem Augenblick davor, die Trostsprüche dieser scheußlichen Stimmen zu hören.

»Teufel noch mal! Sie scheint tot zu sein«, sagte einer. »Wenn sie nun wirklich tot ist?«

»Ach was, tot!« sagte ein anderer, »das ist so eine von den Ohnmachten, wie sie die Weiber haben. Ich weiß, daß sonst mehr dazu gehört, einen ins Jenseits zu befördern, ob Mannsbild oder Weibsstück.«

»Los!« sagte Nibbio, »denkt an eure Pflicht und kümmert euch nicht um anderes. Nehmt die Donnerbüchsen aus dem Kasten und haltet sie bereit. In dem Wald, durch den wir jetzt kommen, halten sich immer Räuber versteckt. Zum Teufel, nehmt die Dinger nicht so offen in die Hand, legt sie längelang hinter euch! Seht ihr denn nicht, daß das Angsthäschen hier wegen nichts und wieder nichts wie vom Donner gerührt ist? Wenn die erst Schießeisen sieht, ist sie imstande, tatsächlich zu sterben. Und wenn sie wieder bei sich ist, macht ihr bloß keine Angst! Rührt sie nicht an, wenn ich euch nicht dazu ein Zeichen gebe. Ich kann sie schon alleine halten. Und seid still! Laßt mich nur reden!«

Die Kutsche war unterdessen, noch immer in vollem Galopp, in den Wald hineingefahren.

Nach einiger Zeit begann die arme Lucia wieder zu sich zu kommen, wie aus einem tiefen Albtraum. Sie öffnete die Augen. Sie hatte einige Mühe, ihre schreckliche Umwelt zu erkennen und ihre Gedanken zu sammeln. Schließlich begriff sie von neuem ihre fürchterliche Lage. Sobald sie wieder etwas zu Kräften gekommen war, warf sie sich gleich gegen den Kutschenschlag, um hinauszustürzen. Sie wurde aber zurückgerissen und konnte nur für einen Augenblick etwas von der einsamen Wildnis sehen, durch welche sie gefahren wurde. Sie stieß erneut einen Schrei aus. Nibbio hob aber die Faust mit dem Taschentuch und sagte zu ihr so sanft wie möglich: »Nicht doch! Verhaltet Euch ruhig zu Eurem eigenen Besten! Wir wollen nichts Böses. Wenn Ihr aber nicht still seid, werden wir Euch dazu zwingen.«

»Laßt mich gehn! Wer seid ihr denn? Wohin bringt ihr mich? Warum habt ihr mich entführt? Laßt mich gehn, laßt mich gehn!«

»Ich sage Euch doch, daß Ihr keine Angst zu haben braucht. Ihr seid kein Kind mehr und werdet doch begreifen, daß wir nichts Böses vorhaben. Seht Ihr denn nicht ein, daß wir Euch längst hundertmal hätten umbringen können, wenn wir schlechte Absichten hätten? Gebt also Ruhe!«

»Nein, nein, laßt mich meiner Wege gehn. Ich kenne euch nicht.«

»Aber wir kennen Euch!«

»Ach, bei der Allerheiligsten Jungfrau, wieso kennt ihr mich? Laßt mich bitte gehn. Wer seid ihr denn? Warum habt ihr mich entführt?«

»Weil es uns befohlen worden ist.«

»Wer denn kann es euch befohlen haben?«

»Still!« sagte Nibbio mit strengem Gesicht, »unsereinem kann man nicht dergleichen Fragen stellen.«

Lucia versuchte erneut, unversehens an den Kutschenschlag zu stürzen. Als sie aber einsah, daß es vergeblich war, verlegte sie sich erneut aufs Bitten. Mit gesenktem Kopf, die Wangen von Tränen überströmt, die Stimme durch Schluchzen gebrochen, die verschränkten Hände vor den Lippen, sagte sie: »Ach, laßt mich um Gottes willen gehn, um der Allerheiligsten Jungfrau willen! Was habe ich euch denn Böses getan? Ich bin ein armes Geschöpf und habe euch nichts getan. Was ihr mir angetan habt, verzeih ich euch von Herzen und werde zu Gott für euch beten. Wenn ihr eine Tochter, eine Frau, eine Mutter habt, so bedenkt, was sie durchmachen müßte, wenn sie in dieser Lage wäre. Bedenkt, daß wir alle sterben müssen und daß ihr eines Tages wünschen werdet, daß Gott euch gnädig sei. Laßt mich gehn oder laßt mich hier: der Herr wird mich schon meinen Weg finden lassen.«

»Wir können nicht anders.«

»Ihr könnt nicht? Mein Gott! Warum könnt ihr denn nicht? Wohin wollt ihr mich bringen? Warum ...?«

»Wir können nicht anders. Es ist unnütz. Habt keine Furcht, denn wir wollen Euch nichts Böses tun. Bleibt ruhig, und niemand wird Euch anrühren.«

Mit wachsender Sorge, voll Not und Verzweiflung erkannte Lucia, daß ihre Worte nichts fruchteten, und wandte sich deshalb an Den, der das Herz der Menschen in seiner Hand hält und der, wenn Er will, die Hartherzigen rühren kann. Sie drückte sich, soweit es irgend ging, in die Ecke der Kutsche, kreuzte die Arme auf der Brust und verharrte eine Zeitlang in stillem Gebet. Dann zog sie den Rosenkranz hervor und begann ihn gläubiger und inbrünstiger zu sprechen als je in ihrem Leben. Immer wieder, wenn sie hoffte, das Mitleid gefunden zu haben, um das sie flehte, wandte sie sich mit neuen Bitten an ihre Entführer. Doch stets vergebens, bis ihr abermals die Sinne wichen. Dann kam sie wieder zu sich, um neue Ängste durchzustehen. Wir haben aber nun nicht das Herz, diese noch weiterzuschildern. Ein allzu schmerzliches Mitgefühl drängt uns zum Ende dieser Reise, die über vier Stunden dauerte und nach der wir noch weitere qualvolle Stunden durchzumachen haben. Versetzen wir uns also in die Burg, in der die Unglückliche erwartet wurde.

Sie wurde von dem Ungenannten mit ungewöhnlicher Unruhe und Spannung erwartet. Seltsam! Dieser Mann, der kaltblütig über so viele Menschenleben entschieden hatte, der bei so vielen seiner Taten die von ihm verursachten Schmerzen für nichts geachtet, höchstens zuweilen dabei eine wilde Wollust der Rache empfunden hatte, dieser Mann fühlte nun einen Schauder, fast möchte ich Todesangst sagen, als er die Hand auf diese Unbekannte, auf dies arme Bauernmädchen legte. Von einem hohen Fenster der Burg aus lugte er seit einiger Zeit nach dem Talausgang hin. Und siehe, da taucht die Kutsche auf und nähert sich langsam, weil der erste Galopp das Ungestüm der Pferde gebrochen und ihre Kraft gebändigt hat. Obwohl von seinem Beobachtungspunkte aus das Fuhrwerk nur wie eines jener Wägelchen erschien, die man den Kindern als Spielzeug gibt, erkannte er es sofort und fühlte sein Herz schneller klopfen.

Wird sie darin sein? dachte er alsbald und meinte weiter bei sich: Was macht mir die für Sorgen! Schaffen wir sie uns doch vom Hals!

Er wollte einen seiner Schergen rufen und ihn sofort der Kutsche entgegenschicken, um Nibbio aufzutragen, er solle wenden und das Mädchen zu Don Rodrigos Palast fahren. Aber ein gebieterisches Nein, das in seinem Geiste erscholl, machte diesen Plan zunichte. Da er sich jedoch bemüßigt fühlte, einen Befehl zu geben, und es ihm unerträglich war, diese Kutsche untätig abzuwarten, die gleichsam arglistig oder – wer weiß! – auch rachsüchtig sich Zeit zu gönnen schien, ließ er eine alte Dienerin rufen.

Diese war im Schloß selbst als Tochter eines alten Hauswarts geboren und hatte ihr ganzes Leben hier oben verbracht. Was sie von Kindesbeinen an gesehen und gehört hatte, hatte ihr eine gewaltige und schlimme Vorstellung von der Macht ihrer Gebieter erweckt; und der wichtigste Grundsatz, den Belehrung und Beispiel ihr eingeprägt hatten, war der, daß man ihnen in jeder Sache gehorchen mußte, da sie recht Schlimmes und recht Gutes tun konnten. Die Vorstellung der Pflicht, die wie ein Keim im Herzen aller Menschen ruht und die sich auch in dem ihren zugleich mit den Gefühlen serviler Unterwürfigkeit, Angst und Gier entwickelt hatte, verband sich mit diesen in entsprechender Weise. Als der Ungenannte, nachdem er Burgherr geworden war, seine Macht so schrecklich zu mißbrauchen begann, erweckte das anfänglich in ihr zwar ziemlichen Abscheu, aber zugleich auch hündische Ergebenheit. Mit der Zeit hatte sie sich an alles gewöhnt, was sie den ganzen Tag vor Augen und Ohren hatte. Der mächtige und zügellose Wille eines so großen Herrn war für sie eine Art höhere Instanz. Schon als junges Ding hatte sie einen Diener des Hauses geheiratet, der kurz darauf bei einer gefährlichen Unternehmung seine Gebeine auf einer Landstraße und sie als Witwe in der Burg zurückließ. Die auf der Stelle von ihrem Herrn vollzogene Rache gewährte ihr einen wilden Trost und steigerte ihren Stolz, sich eines solchen Schutzes zu erfreuen. Von da an setzte sie den Fuß nur noch selten aus der Burg, und nach und nach hatte sie vom menschlichen Leben kaum noch andere Vorstellungen als die in solcher Umgebung geläufigen. Sie hatte keine besondere Aufgabe, aber in dieser Bande von Raufbolden gab ihr der eine oder andere immer wieder zu tun. Das machte ihr böses Blut. Bald hatte sie Klamotten zu flicken, bald einem, der von einer Unternehmung zurückkam, schnell etwas zu essen zu machen, bald Verwundete zu pflegen. Aufträge, Tadel und Dank dieser Leute waren mit Anzüglichkeiten und Beleidigungen gewürzt. »Alte« war ihr gewöhnlicher Rufname. Die Beiwörter, die unvermeidlich hinzugefügt wurden, wechselten nach Laune und Befinden der Kumpane. Wurde sie aber in ihrem Müßiggang gestört oder zum Zorn gereizt – in beiden Fällen war sie besonders empfindlich –, zahlte sie jene Komplimente zuweilen mit Ausdrücken heim, in welchen Satan mehr seines Geistes gefunden hätte als in denen der Störenfriede.

»Du siehst da unten die Kutsche!« sagte der Herr zu ihr.

»Ich sehe sie«, erwiderte die Alte, streckte das spitze Kinn vor und strengte ihre tiefliegenden Augen an, als ob sie aus den Höhlen quellen sollten.

»Laß sofort eine Sänfte bereitmachen, steig hinein und laß

dich bis zur ›Höllennacht‹ tragen. Unverzüglich, damit du vor jener Kutsche da bist, die da im Schneckentempo wie ein Leichenzug herankommt. In dieser Kutsche ist ... sollte zumindest ein junges Mädchen sein. Trifft das zu, so sage Nibbio in meinem Auftrag, daß er sie in die Sänfte laden und sofort zu mir kommen soll. Du sollst mit diesem ... jungen Mädchen in der Sänfte bleiben und, wenn ihr hier oben seid, sie in dein Zimmer führen. Wenn sie dich fragt, wohin du sie bringst, wem die Burg gehört, so hüte dich ...«

»Ach was!« meinte die Alte.

»Aber«, fuhr der Ungenannte fort, »mach ihr Mut.«

»Was soll ich ihr denn sagen?«

»Was du sagen sollst? Du sollst ihr Mut machen, sage ich. Bist du so alt geworden, ohne zu wissen, wie man so einem Geschöpf Mut macht, wenn's not tut? Hast du niemals Herzeleid gehabt? Hast du dich niemals geängstigt? Weißt du keine Worte, die in solchen Augenblicken guttun? Sag ihr solche Worte. Erfinde sie, zum Donnerwetter! Ab mit dir!«

Als sie fort war, blieb er noch einige Zeit am Fenster stehen und behielt die Kutsche im Auge, die schon viel größer erschien. Schließlich hob er den Blick zur Sonne, die sich in diesem Augenblick hinter dem Gebirge verbarg, und verlor sich in die Betrachtung der leicht darüber schwebenden dunklen Wolken, die urplötzlich aufglühten. Er zog sich zurück, schloß das Fenster und begann mit heftigen Schritten im Zimmer auf und ab zu gehn.

21. KAPITEL

Die Alte hatte sich beeilt, zu gehorchen und kraft jenes Namens zu gebieten, der in diesem Ort alles in Trab brachte, wer auch immer ihn aussprechen mochte, denn keinem kam es in den Sinn, daß einer so dreist sein könnte, ihn zu mißbrauchen. So befand sie sich in der Tat kurz vor der Ankunft der Kutsche beim Gasthaus zur Höllennacht, und als sie anrollte, stieg sie aus der Sänfte, gab dem Kutscher einen Wink, trat an den Schlag und flüsterte Nibbio, der den Kopf herausstreckte, die Befehle des Herrn zu.

Als die Kutsche anhielt, fuhr Lucia auf und kam aus einer Art von Erstarrung wieder zu sich. Sie war beunruhigt, sperrte Mund und Augen auf und sah um sich. Nibbio hatte sich zurückgezogen, und die Alte schob ihr Kinn herein, musterte Lucia und sagte: »Steigt aus, mein Kind. Kommt mit mir! Ich bin beauftragt, Euch gut zu behandeln und Euch Mut zu machen.«

Beim Klang einer Frauenstimme war die Ärmste zunächst beruhigt und ermutigt, erschrak aber bald nur um so tiefer.

»Wer seid Ihr?« stammelte sie und starrte der Alten entsetzt ins Gesicht.

»Steigt doch aus, mein Kleines«, wiederholte diese. Nibbio und die beiden andern, die aus den Worten und der so ungewöhnlich sanften Stimme der Alten die Absichten des Herrn errieten, versuchten die Bedrängte im guten zur Willfährigkeit zu bewegen. Sie aber spähte weiter um sich, und obwohl der abgelegene und unbekannte Ort und das sichere Auftreten ihrer Wächter ihr keine Hoffnung auf Hilfe ließen, öffnete sie dennoch den Mund, um zu schreien. Als sie aber Nibbio seine Würgeraugen machen sah, drängte sie den Schrei zurück, zitterte, wand sich; sie wurde ergriffen und in die Sänfte gezerrt. Hinter ihr stieg die Alte ein. Nibbio trug den beiden anderen Halunken auf zu folgen und machte sich ungesäumt an den Aufstieg, um die Befehle seines Herrn entgegenzunehmen.

»Wer seid Ihr?« fragte Lucia ängstlich das unbekannte, abstoßende Gesicht. »Und warum bin ich bei Euch? Wo bin ich? Wohin führt Ihr mich?«

»Zu jemandem, der Euer Bestes will«, erwiderte die Alte. »Zu einem großen ... Der ist fein heraus, dem er Gutes tun will! Ein Glück für Euch, ein Glück für Euch! Habt keine Angst. Seid froh, denn er hat mir aufgetragen, Euch Mut zu machen. Sagt ihm aber auch, daß ich Euch Mut gemacht habe, nicht wahr?«

»Wer ist es denn? Warum das alles? Was will er von mir? Ich gehöre ihm nicht. Sagt mir, wo ich bin. Laßt mich gehn! Sagt denen da, daß sie mich gehen lassen, daß sie mich in eine Kirche bringen sollen. Ach, Ihr seid doch ein Weib, im Namen der Jungfrau Maria ...«

Dieser heilige und süße Name, den sie in ihren Kindertagen einst mit Ehrfurcht ausgesprochen und dann zeitlebens nicht mehr angerufen und vielleicht auch nicht mehr hatte nennen hören, erweckte in diesem Augenblick in der Bedauernswerten, die ihn hörte, eine unklare, eigentümliche, dämmrige Empfindung – wie die Erinnerung an das Licht bei einem als Kind erblindeten Greis.

Der Ungenannte stand unterdessen am Burgtor und spähte ins Tal. Er sah die Sänfte Schritt vor Schritt herankommen, so wie anfänglich die Kutsche, und Nibbio in ständig wachsendem Abstand eilig voraus. Als dieser die Höhe erreicht hatte, gab der Herr ihm einen Wink zu folgen und begab sich mit ihm in ein Gelaß der Burg.

»Nun?« sagte er und blieb stehen.

»Alles aufs genaueste erledigt«, erwiderte Nibbio mit einer Verneigung. »Pünktliche Meldung, pünktlich das Mädel, kein Mensch weit und breit, ein einziger Schrei, niemand aufgetaucht, der Kutscher auf Scheibe, die Pferde wacker. Kein Zwischenfall, aber ...«

»Was aber?«

»Aber ... offen gestanden, der Befehl, ihr eine Kugel ins Kreuz zu jagen, ohne sie sprechen zu hören, ohne ihr ins Gesicht zu sehn, wäre mir lieber gewesen!«

»Wieso denn? Was soll das heißen?«

»Ich meine, die ganze Zeit, die ganze Zeit ... Sie hat mich einfach gedauert.«

»Gedauert? Was weißt du denn davon? Was soll das denn heißen?«

»So wie diesmal habe ich das noch nie erfahren. Mit dem Mitleid geht es einem so ähnlich wie mit der Angst. Wenn ihr einer nachgibt, ist er kein Mann mehr.«

»Jetzt wüßte ich doch gerne, wie sie es angefangen hat, in dir Mitleid zu erregen.«

»Oh, Durchlaucht! All die Zeit über ... weinen, beten, so ein Augenaufschlag, totenbleich werden und dann seufzen und von neuem beten, und gewisse Worte ...«

Die möchte ich nicht im Hause haben, dachte der Ungenannte dabei. Ich bin ein Esel gewesen, mich darauf einzulassen; aber ich habe es versprochen, ich habe es versprochen. Wenn sie doch erst wieder fort wäre ... Er reckte den Kopf herrisch zu Nibbio hin und befahl: »Jetzt laß dein Mitleid beiseite. Sitz auf, nimm einen Begleiter, auch zwei, wenn du willst, und begib dich spornstreichs zum Wohnsitz jenes Don Rodrigo; du kennst dich ja aus. Sag ihm, er solle sofort, ohne zu fackeln, herschicken ... denn sonst ...«

Ein weiteres inneres Nein, noch zwingender als das erste, verwehrte ihm, den Satz zu Ende zu bringen. »Nein!« sagte er mit Entschiedenheit, fast wie um sich selbst den Befehl jener geheimen Stimme zu erteilen, »nein! geh dich ausruhn; und morgen früh ... tust du, was ich dir auftrage.«

Irgendein Dämon muß über dieser Person walten, dachte

er dann, als er allein geblieben war. Er stand da, die Arme auf der Brust verschränkt, den Blick unbeweglich auf einen Fleck des Steinbodens geheftet, auf den der Mondschein von einem hohen Fenster her ein Quadrat bleichen Lichtes fallen ließ, das von den Schachbrettfeldern eines schweren Eisengitters und von den kleineren Gevierten der Scheiben durchkreuzt wurde.

Irgendein Dämon oder auch – ein Engel, der sie beschützt ... Den Nibbio dauert sie ... Fort mit ihr, morgen in aller Frühe, ihrem Schicksal in die Arme, und dann nicht mehr darüber reden und – fuhr er bei sich fort, nachdrücklich, wie man einem aufsässigen Knaben befiehlt, von dem kein Gehorsam zu erwarten ist –, und nicht mehr daran denken. Dieses Vieh von Don Rodrigo soll mir nur nicht kommen, um mir mit Danksagungen lästig zu fallen, denn ... ich will von dem Weibsbild nichts mehr hören. Ich habe ihm geholfen, weil ... weil ich es nun einmal versprochen habe, und ich habe es versprochen, weil ... es mein Schicksal so will. Er soll mir den Dienst aber teuer bezahlen. Warten wir einmal ab ...

Er wollte sich ausdenken, was er Heikles zum Entgelt fordern könnte, zur Strafe sozusagen. Aber von neuem kamen ihm die Worte in den Sinn: den Nibbio dauert sie! Wie mag sie das bloß angefangen haben? sann er nachdenklich weiter. Ich will sie sehen ... Ach nein! ... Doch, ich will sie sehen.

Und nun ging's von einem Raum in den andern. Er gelangte zu einer kleinen Treppe, tastete sich hinauf, ging zur Kammer der Alten und pochte mit einem Fußtritt an die Tür.

»Wer ist da?«

»Mach auf!«

Bei dieser Stimme sprang die Alte auf. Alsbald hörte man den Riegel in den Haspen gleiten, und die Tür wurde weit aufgemacht. Auf der Schwelle blickte der Ungenannte um sich. Auf dem Tisch brannte eine Lampe, in deren Schein er Lucia entdeckte, die in der Ecke kauerte, so weit wie möglich von der Türe weg.

»Wer hat dir aufgetragen, sie wie einen Sack Lumpen so dahinzuwerfen, Elende?« sagte er stirnrunzelnd zu der Alten.

»Sie hat sich dahin gesetzt, wo es ihr beliebte«, erwiderte diese untertänig. »Ich habe alles getan, um ihr Mut zu machen. Sie kann es ja bestätigen. Aber es war nichts zu machen.«

»Steht auf!« sagte der Ungenannte zu Lucia und ging auf sie zu. Der Tritt gegen die Tür, das Öffnen und das Erscheinen dieses Mannes, seine Worte hatten aber der verstörten Lucia neuen Schrecken eingejagt. Sie kauerte sich noch mehr in die Ecke, hielt das Gesicht in den Händen verborgen und regte sich nur insoweit, als sie am ganzen Leibe zitterte.

»Erhebt Euch doch! Ich will Euch ja nichts antun ... und könnte Euch Gutes tun«, wiederholte der Herr. »Steht endlich auf!« erdröhnte dann wieder die Stimme, voller Entrüstung, daß sie zweimal vergeblich befohlen hatte.

Als ob ihr der Schrecken neue Kraft verliehe, richtete sich die Bejammernswürdige plötzlich im Knien auf, faltete die Hände, wie sie es vor einem Gnadenbilde getan hätte, hob die Blicke zum Antlitz des Ungenannten, schlug sie gleich wieder nieder und sagte: »Hier bin ich: bringen Sie mich um!«

»Ich habe Euch gesagt, daß ich Euch nichts antun will«, entgegnete der Ungenannte in milderem Ton und starrte in das von Herzeleid und Furcht entstellte Gesicht.

»Nur Mut!« sagte die Alte, »wenn er Euch doch sagt, daß er Euch nichts antun will ...«

Mit einer Stimme, die nicht nur vor Angst, sondern auch vor selbstsicherer Empörung bebte, gab Lucia zurück:

»Warum läßt er mich dann solche Höllenqualen leiden? Was habe ich ihm denn getan ...?«

»Hat man Euch vielleicht mißhandelt? Sprecht ruhig!«

»Ach, mißhandelt! Man hat mich überfallen, mit Gewalt entführt! Warum? Warum hat man mich entführt? Warum bin ich hier? Wo bin ich? Ich bin ein armes Ding. Was habe ich Ihnen denn getan? Bei Gott ...«

»Gott, Gott«, unterbrach sie der Ungenannte, »immer Gott! Wer sich nicht selber helfen kann, wer keine Macht hat, führt immer diesen lieben Gott im Munde, als ob er mit ihm persönlich gesprochen hätte. Was bezweckt Ihr mit so einem Wort? Wollt Ihr mich etwa ...?« Er ließ den Satz unvollendet.

»O mein Herr, bezwecken? Was kann ich Armselige denn bezwecken, als daß Sie Mitleid mit mir haben möchten! Lassen Sie mich doch gehn! Bitte, lassen Sie mich gehn! Für jemanden, der auch eines Tages sterben muß, lohnt es sich nicht, ein armes Geschöpf so leiden zu lassen. Oh, Sie können doch befehlen. Dann sagen Sie, daß man mich gehn läßt. Man hat mich mit Gewalt hierhergeschleppt. Schicken Sie mich mit dieser Frau nach * * *, wo meine Mutter ist. O Allerheiligste Jungfrau! Meine Mutter, meine Mutter, um Gottes willen, meine Mutter. Vielleicht ist sie nicht weit von hier ... Ich habe meine Heimatberge gesehn! Warum lassen Sie mich leiden? Lassen Sie mich in eine Kirche bringen. Ich will mein Leben lang für Sie beten. Was kostet es Sie denn, ein Wort zu sagen. O ja, ich erkenne, daß sich Erbarmen in Ihnen regt. Sagen Sie ein Wort. Sagen Sie es doch. Gott vergibt so vieles angesichts eines Werks der Barmherzigkeit.«

Ach, warum ist sie nicht die Tochter eines der Hunde, die mich in Acht und Bann getan haben! dachte der Ungenannte, eines dieser Schurken, die mich gerne tot sähen! Dann würde ich mich jetzt an ihrem Gekreische weiden. Statt dessen aber ...

»Verscheuchen Sie eine gute Eingebung nicht!« fuhr Lucia innig fort, durch eine gewisse zögernde Miene und Haltung des Tyrannen ermutigt. »Wenn Sie mir diesen Gefallen nicht tun, wird Gott mir Seine Gnade erweisen. Er wird mich sterben lassen, und für mich ist es damit vorüber. Sie aber ... eines Tages werden auch Sie vielleicht ... Doch nein, nein! Ich werde immer zum Herrn beten, daß Er Sie vor allem Übel bewahren möge. Was kostet Sie es denn, ein Wort zu sagen? Wenn Sie solche Qualen erdulden müßten ...!«

»Aber so faßt doch Mut!« rief der Ungenannte aus und zeigte sich von einer Liebenswürdigkeit, welche die Alte überraschte. »Habe ich Euch etwas Böses getan? Habe ich Euch bedroht?«

»O nein! Ich sehe, daß Sie ein gutes Herz haben und mit so einem armen Ding Mitleid fühlen. Wenn Sie wollten, könnten Sie mir mehr Furcht einflößen als alle andern. Sie könnten mich umbringen; statt dessen ... haben Sie mir das Herz ein wenig erleichtert. Möge Gott es Ihnen vergelten! Vollenden Sie das Werk des Erbarmens und befreien Sie mich, befreien Sie mich!«

»Morgen früh ...«

»Oh, befreien Sie mich jetzt, sofort ...«

»Morgen früh werden wir uns wiedersehn, sage ich Euch. Inzwischen faßt also Mut. Ruht Euch aus. Ihr müßtet eigentlich Hunger haben. Man wird Euch gleich etwas zu essen bringen.«

»Nein, nein, das bringt mich um, wenn einer hierherkommt. Führen Sie mich doch zur Kirche ... Gott wird Ihnen diese Mühe lohnen.«

»Eine Frau soll Euch zu essen bringen«, sagte der Ungenannte, und als er es ausgesprochen hatte, war er selbst überrascht, daß ihm ein solcher Ausweg eingefallen war und daß er sich bemüßigt gefühlt hatte, danach zu suchen, um ein Frauenzimmer zu beruhigen.

»Und du«, fuhr er dann gleich fort, indem er sich an die Alte wandte, »mach du ihr Mut, daß sie ißt. Laß sie in diesem Bett hier schlafen, und wenn sie dich bei sich haben will, ist's gut, sonst kannst du ruhig eine Nacht auf dem Boden schlafen. Mach ihr Mut, sage ich dir, muntere sie auf! Möchte sie sich nicht über dich zu beklagen haben!«

Nach diesen Worten wandte er sich rasch zur Tür. Lucia sprang auf und eilte ihm nach, um ihn aufzuhalten und nochmals ihre Bitte anzubringen. Doch schon war er verschwunden.

»Ach, ich Ärmste! Schließt schnell zu! Schließt zu!« Sobald die Tür zugeschlagen und der Riegel vorgeschoben war, kehrte sie wieder in ihre Ecke zurück und kauerte sich nieder. »Ach, ich Ärmste!« rief sie schluchzend von neuem aus. »Wen soll ich jetzt bitten? Wo bin ich? Sagt es mir! Sagt mir um Himmels willen, wer dieser Herr ist ... der, welcher mit mir gesprochen hat.«

»Wer er ist, hm? Wer er ist? Ihr möchtet, daß ich Euch das sage. Da kannst du lange warten, bis ich dir das sage. Weil er Euch beschützt, seid Ihr hochmütig geworden und wollt Euren Willen haben, und ich soll dabei die Dumme sein. Fragt ihn doch selbst. Wenn ich Euch auch in dieser Sache gefällig wäre, bekäme ich nicht so gute Worte wie Ihr zu hören. – Ich bin alt, bin alt«, murmelte sie weiter zwischen den Zähnen. »Verwünschte junge Dinger, die im Weinen und Lachen gefällig aussehn und immer recht behalten!« – Als sie aber Lucia schluchzen hörte und ihr der drohende Befehl des Herrn wieder einfiel, beugte sie sich zu der armen Kauernden hinunter und begann aufs neue mit sanfterer Stimme: »Na, ich habe Euch doch nichts Böses gesagt. Immer munter! Fragt mich doch nicht nach Dingen, über die ich nicht sprechen darf, und im übrigen seid guten Muts. Ach, wenn Ihr ahntet, wie viele Leute glücklich wären, ihn so sprechen zu hören, wie er mit Euch gesprochen hat! Seid doch froh, es gibt ja auch jetzt sofort etwas zu essen; ich versteh mich darauf ... nachdem er so mit Euch gesprochen hat, gibt es etwas Gutes. Und dann werdet Ihr zu Bett gehn und ... mir auch ein Eckchen lassen, hoff ich«, fügte sie in ungewollt ärgerlichem Tone hinzu.

»Ich will nicht essen, ich will nicht schlafen. Laßt mich in Ruhe! Kommt mir nicht zu nahe! Geht nicht fort von hier!«

»Aber nein, nein!« sagte die Alte und zog sich zurück. Sie ließ sich in einem gebrechlichen Sessel nieder und warf von da aus auf die Arme unruhige und zugleich neidische Blicke. Dann betrachtete sie ihr Lager und war verstimmt, weil sie vielleicht die ganze Nacht davon ausgeschlossen sein sollte. Sie murrte über die Kälte, heiterte sich aber wieder auf, wenn sie an das Abendessen dachte, in der Hoffnung, daß auch für sie etwas abfallen würde. Lucia fühlte die Kälte nicht; sie spürte keinen Hunger und hatte, wie betäubt, nur eine unbestimmte Empfindung ihrer Qualen, ja, ihrer Ängste sogar, als wäre alles nur ein Fiebertraum. Sie fuhr auf, als sie es klopfen hörte, hob ihr erschrockenes Gesicht und rief: »Wer ist da? Wer ist da? Niemand soll hereinkommen!«

»Nichts, nichts, gute Neuigkeiten!« sagte die Alte, »es ist Marta, die uns zu essen bringt.«

»Die Tür zu! Die Tür zu!« schrie Lucia.

»Puh! gleich, gleich!« erwiderte die Alte, nahm Marta einen Korb aus den Händen, schickte sie fort, schloß wieder zu und setzte den Korb auf einen Tisch mitten im Zimmer. Dann lud sie Lucia wiederholt ein, sie möchte kommen, um sich an diesen guten Dingen zu erlaben. Sie brauchte die nach ihrer Ansicht wirksamsten Worte, um der Armen Appetit zu machen. Sie erging sich in Lobeserhebungen über die Vortrefflichkeit der Speisen, dieser »Leckerbissen, an die unsereiner noch lange zurückdenkt, wenn er sie einmal hat kosten dürfen. Ein Wein, wie ihn der Herr mit seinen Freunden trinkt ... wenn einer von ihnen hierherkommt ... und sie sich verlustieren wollen. Hmm!«

Als sie aber sah, daß alle Lockmittel versagten, meinte sie: »Wenn Ihr nicht wollt, seid Ihr selber schuld. Behauptet morgen aber nicht, ich hätte Euch nicht ermuntert. Ich esse jetzt, und für Euch wird noch mehr als genug übrigbleiben, wenn Ihr endlich Vernunft annehmen und gehorchen wollt.« Nach diesen Worten begann sie gierig zu essen. Als sie gesättigt war, stand sie auf, ging in die Ecke, neigte sich über Lucia und forderte sie erneut zum Essen auf, wonach sie dann zu Bett gehen sollte.

»Nein, nein, ich will nichts«, erwiderte diese mit matter und wie schlaftrunkener Stimme. Dann fuhr sie entschiedener fort: »Ist die Tür zu? Ist sie auch gut verschlossen?« Nachdem sie sich rings im Zimmer umgesehen hatte, stand sie auf und ging mit vorgestreckten Händen und vorsichtigen Schritten darauf zu.

Die Alte kam ihr zuvor, legte die Hand auf den Riegel, rüttelte daran und sagte: »Hört und seht Ihr? Ist sie gut genug zugesperrt? Seid Ihr jetzt zufrieden?«

»Ach was, zufrieden! Hier und zufrieden«, sagte Lucia und verfügte sich erneut in ihren Winkel. »Der Herrgott weiß aber, daß ich hier bin.«

»Kommt ins Bett. Was wollt Ihr da denn wie ein Hund liegen. Wo gibt's denn so was: Annehmlichkeiten ausschlagen, wenn man sie haben kann.«

»Nein, nein, laßt mich in Ruhe.«

»Ihr wollt es selber so. Schaut her, ich lasse Euch den besten Platz. Ich lege mich auf die Kante. Euretwegen werde ich's unbequem haben. Wenn Ihr ins Bett kommen wollt, wißt Ihr, was Ihr zu tun habt. Merkt Euch aber, daß ich Euch wiederholt gebeten habe.« Mit diesen Worten schlüpfte sie, angekleidet wie sie war, unter die Decke, und alles war still.

Lucia verharrte regungslos in ihrem Winkel, zusammengekauert, mit hochgezogenen Knien, die Hände daraufgelegt und das Gesicht in den Händen verborgen. Zwischen Schlafen und Wachen wurde sie in rascher Abfolge und wirrem Wechsel von Sorgen, Wahnvorstellungen und Schrekkensbildern heimgesucht. Bald war sie bei hellerem Bewußtsein, erinnerte sich deutlicher an die an diesem Tage ausgestandenen Ängste und gab sich bekümmert der düsteren und schrecklichen Welt der Tatsachen hin, in welche sie sich verstrickt fand. Bald kämpfte ihr Geist, in noch dunklere Bereiche verschlagen, gegen die aus der Ungewißheit und Angst geborenen Gespenster. Eine Zeitlang unterlag sie der Verzweiflung. Endlich dehnte sie, müder und zerschlagener als je, die gequälten Glieder, streckte sich aus oder sank ausgestreckt um und verharrte eine Weile in einem dem wirklichen Schlafe ähnlichen Zustand. Auf einmal aber kam sie, wie auf einen inneren Ruf hin, wieder zu sich und empfand das Bedürfnis, ganz zu erwachen, wieder klar denken zu können, zu erkennen, wo sie war, wie und warum. Ein Laut machte sie aufhorchen: es war das langsame, röchelnde Schnarchen der Alten. Sie riß die Augen auf und sah einen schwachen Lichtschimmer abwechselnd aufglimmen und wieder verdämmern: es war der Lampendocht, der nahe am Erlöschen einen zitternden Schein aufzucken ließ und ihn gleichsam sofort wieder zurücksog, wie die Woge auf den Strand rollt und wieder verebbt. Dieses Zwielicht, das von den Dingen schon wieder wich, noch ehe sie klaren Umriß und Farbe gewannen, bot dem Blick nur ein wirres Durcheinander. Bald aber halfen ihr die kurz zurückliegenden Eindrücke, die wieder in ihrem Geiste auftauchten, deutlich zu unterscheiden, was den Sinnen wirr erschien. Die erwachte Unglückliche erkannte ihr Gefängnis wieder. Alle Erinnerungen an den verflossenen schrecklichen Tag, alle Sorgen um die Zukunft bestürmten sie auf einmal. Sogar diese neue Stille nach soviel Aufregung, diese Art Ruhe, diese Verlassenheit, in der sie zurückgeblieben war, versetzten sie in neue Ängste. Ein solcher Kummer überwältigte sie, daß sie den Tod herbeisehnte. In diesem Augenblick fiel ihr aber ein, daß sie doch wenigstens beten konnte, und mit diesem Gedanken zugleich strahlte in ihrem Herzen unvermutet ein Hoffnungsschimmer auf. Sie zog wieder ihren Rosenkranz hervor und begann das Gebet zu sprechen; und wie es zaghaft über ihre Lippen kam, drang zusehends eine rätselhafte Zuversicht in ihr Herz. Auf einmal fuhr ihr ein anderer Gedanke durch den Sinn, daß nämlich ihr Gebet Gott um so wohlgefälliger wäre und um so sicherer erhört würde, wenn sie in ihrer verzweifelten Lage auch ein Gelübde täte. Sie dachte an das, was sie am liebsten hatte oder vielmehr am liebsten gehabt hatte, da in diesem Augenblick ihre Seele ja kein anderes Gefühl als Angst empfinden und keinen anderen Wunsch als den nach Befreiung hegen konnte. Sie dachte daran und beschloß alsbald, es zum Opfer zu bringen. Sie erhob sich und kniete nieder. Die Hände, aus denen der Rosenkranz herabhing, vor der Brust verschränkt, hob sie Antlitz und Augen zum Himmel und sprach: »O Allerheiligste Jungfrau! Du, der ich so oft mich anbefohlen und die du mich so oft getröstet hast, die du soviel Schmerzen erleiden mußtest und nun so glorreich bist und soviel Wunder für die armen Bedrängten getan hast, steh mir bei! Laß mich aus dieser Gefahr herauskommen, laß mich wohlbehalten zu meiner Mutter wiederkehren, o Mutter des Herrn, und ich gelobe dir, Jungfrau zu bleiben. Ich verzichte für immer auf meinen armen Liebsten, um nie jemand anderem als dir zu gehören.«

Nach diesen Worten senkte sie den Kopf, legte sich den Rosenkranz um den Hals, als Zeichen der Weihe und als Schutz zugleich, als Rüstung der neuen Heerschar, der sie sich verschrieben hatte. Nachdem sie sich wieder auf den

Boden gesetzt hatte, fühlte sie eine gewisse Ruhe in ihr Herz einkehren, eine größere Zuversicht. Das »morgen früh« fiel ihr ein, das der mächtige Unbekannte wiederholt hatte, und es klang ihr wie eine Verheißung des Heils.

Die von solchem Seelenkampf ermüdeten Sinne beruhigten sich nach und nach bei dieser Beschwichtigung. Kurz vor Tagesanbruch sank Lucia schließlich, den Namen ihrer Beschützerin noch halb auf den Lippen, in einen richtigen tiefen Schlaf.

In der gleichen Burg gab es aber noch jemanden, der es gern ebenso gemacht hätte, dem es aber nicht gelang. Nachdem er Lucia verlassen oder fast geflohen hatte, nachdem er die Anordnung für ihre Abendmahlzeit getroffen und zu gewissen Punkten der Burg seinen üblichen Rundgang gemacht hatte, wobei ihm immer ihre Erscheinung vorschwebte und ihre Worte in den Ohren klangen, hatte der Herr sich in sein Zimmer geflüchtet, sich schleunigst eingeschlossen, als ob er sich gegen einen Haufen Feinde verschanzen wollte, und war, nachdem er sich ebenso in aller Eile ausgekleidet hatte, zu Bett gegangen. Es war aber, als ob jene Erscheinung, näher als je, nunmehr sagte: Du wirst nicht schlafen. Was für ein Weibervorwitz hat mich angewandelt, dachte er, sie sehen zu wollen? Nibbio, dieses Biest, hat recht: man ist kein Mann mehr. Das stimmt: kein Mann mehr ...! Ich ... wäre kein Mann mehr? Ich? Was ist denn vorgefallen? Welcher Teufel hat mich geritten? Was gibt es denn Neues? Wußte ich denn nicht schon längst, daß die Weiber jammern? Manchmal jammern ja auch die Männer, wenn sie sich nicht auflehnen können. Teufel auch, habe ich denn noch nie Weiber wimmern hören?

Dabei fielen ihm, ohne daß er sein Gedächtnis sonderlich anzustrengen brauchte, von selber genug Fälle ein, in denen weder Bitten noch Klagen ihn davon abgehalten hatten, seine Absichten zu verwirklichen. Doch die Erinnerung an solche Vorfälle gab ihm keineswegs die schon wankende Entschlußkraft wieder, diesen Fall zu Ende zu bringen. Sie tilgte keineswegs das lästige Mitleid aus seiner Seele. Ganz im Gegenteil, in ihm erwachte eine Art Furcht, ein eigenartiges Reueverlangen. So schien es ihm eine Erleichterung, zu jenem ersten Bilde Lucias zurückzukehren, gegen das er sich doch eigentlich wehren wollte. Die da lebt, dachte er, die ist hier. Ich komme zur rechten Zeit. Ich kann ihr sagen: Geht Eurer Wege, freut Euch! Ich kann sehn, wie dies Antlitz sich verwandelt. Ich kann ihr sogar sagen: Verzeiht mir ... Verzeiht mir? Ich sollte um Verzeihung bitten? Und das von einem Weib? Ich? ... Ach, und dennoch! Wenn ein Wort, ein solches Wort mir helfen könnte, mir etwas von all diesen Teufeleien abnehmen könnte, würde ich es aussprechen. Ach ja, ich fühle, daß ich es aussprechen würde. Wohin ist es mit mir gekommen? Ich bin kein Mann mehr! Ich bin kein Mann mehr! ... Fort! sagte er dann und wälzte sich wütend in seinem allzu hart gewordenen Bett unter den allzu drükkend gewordenen Decken, fort! Das sind Albernheiten, die mir auch sonst schon durch den Kopf gegangen sind. Das wird diesmal genauso vorübergehn. –

Und um es vorübergehn zu lassen, suchte er in Gedanken nach irgendeiner wichtigen Angelegenheit, nach einer von denen, die ihn stark zu beschäftigen pflegten, die ihn ganz ausfüllen konnten. Er fand aber keine. Alles schien ihm verändert. Was sonst seine Wünsche am stärksten aufstachelte, hatte nun nichts Begehrenswertes mehr. Die Leidenschaft wollte nicht mehr weiter, wie ein Pferd, das plötzlich vor einem Schatten scheut. Wenn er an die laufenden und noch nicht zu Ende geführten Unternehmungen dachte, empfand er Betrübnis, ja fast Abscheu angesichts der schon getanen Schritte, statt zu ihrer Vollendung angeregt zu werden, statt sich über Hindernisse zu ärgern (wie süß wäre ihm nun der Zorn erschienen!). Die Zeit stand vor ihm, bar jedes Sinnes, ohne Aufgaben und Zwecke, nur voll unerträglicher Erinnerungen. Alle Stunden glichen der, die ihm so langsam, so lähmend verstrich. Er ließ im Geiste all seine Strolche an sich vorüberziehn und wußte für keinen von ihnen einen Auftrag, der für ihn von Belang gewesen wäre. Ja, sogar die Vorstellung, sie wiederzusehn, unter ihnen zu sein, bedrückte ihn nur noch mehr, erfüllte ihn mit Widerwillen und Verlegenheit. Und wenn er nach einem Ziel für den nächsten Tag suchte, nach einer durchführbaren Tat, fiel ihm nur ein, daß er morgen jenes arme Ding in Freiheit setzen könnte.

Ja, ich werde sie befreien. Sobald der Morgen graut, werde ich zu ihr eilen und ihr sagen: Geht Eurer Wege, geht! Ich werde sie begleiten lassen ... Und das Versprechen? die Ritterpflicht? Don Rodrigo? ... Wer ist denn Don Rodrigo?

Wie jemand, dem einer seiner Oberen unerwartet eine peinliche Frage stellt, war der Ungenannte sofort beflissen, die zu beantworten, die er sich selber gestellt hatte oder vielmehr dieses neue Ich, das mit einmal so beängstigend aufgeschossen war und dastand, wie um das alte zu richten. Er suchte also nach den Gründen, aus denen er, fast noch ehe er gebeten worden war, sich hatte entschließen können, die Verpflichtung zu übernehmen, eine unglückliche Unbekannte soviel leiden zu lassen, ohne durch Haß oder Furcht dazu bewogen zu sein, nur jenem Menschen zu Gefallen. Aber während es ihm nicht einmal gelang, nunmehr noch stichhaltige Gründe zu finden, um die Tat zu rechtfertigen, wußte er sich kaum selber zu erklären, wie er überhaupt dazu gekommen war. Jener Willensakt war weniger aus einem eigentlichen Entschluß als aus einer augenblicklichen Reaktion der Seele hervorgegangen, die alten, herkömmlichen Begriffen gehorchte, er war lediglich eine Folge von tausend früheren Ereignissen. Um sich über eine einzige Tat Rechenschaft geben zu können, kam der Gequälte bei dieser

Prüfung seiner selbst so zu einer Prüfung seines ganzen Lebens. Zurück ging's, immer weiter zurück, von Jahr zu Jahr, von Verpflichtung zu Verpflichtung, von Blut zu Blut, von Ruchlosigkeit zu Ruchlosigkeit. Jede Untat stand wieder vor der ihrer selbst bewußten und neuen Seele, von den Gefühlen getrennt, die einmal zu ihrer Planung und Ausführung gedrängt hatten. Nun stand sie in ihrer ganzen Ungeheuerlichkeit da, die jene Gefühle seinerzeit nicht hatten erkennen lassen. Sein waren sie alle. Er selbst war darin. Die Bestürzung über diesen Gedanken, die jedes dieser Bilder neu erweckte und die mit allen zusammenhing, wuchs bis zur Verzweiflung. Er richtete sich hastig auf, fuhr hastig mit den Händen über die Wand neben dem Bett, ergriff eine Pistole, nahm sie herunter und ... wie er im Begriff stand, ein unerträglich gewordenes Leben zu beenden, überfiel ihn Angst, eine letzte Unruhe, die ihn in die Zeit versetzte, die auch nach seinem Ende andauern würde. Mit Schaudern stellte er sich vor, wie sein entstellter, starrer Leichnam der Willkür des erstbesten Überlebenden preisgegeben wäre. Er dachte an die Überraschung und Verwirrung in der Burg am nächsten Tage. Alles drunter und drüber, er machtlos, ohne Stimme, wer weiß wohin geworfen. Er stellte sich das Gerede vor, das hier, ringsum und weit weg aufkommen würde. Er dachte an den Jubel seiner Feinde. Dunkelheit und Stille der Nacht ließen ihm gleichfalls den Tod noch bitterer und gräßlicher erscheinen. Es kam ihm so vor, als ob er am hellichten Tag, im Freien, vor aller Augen nicht zögern würde, sich in einen Fluß zu werfen und zu verschwinden. In diese schmerzlichen Betrachtungen vertieft, spannte und entspannte er den Hahn der Pistole mit zuckendem Daumen, als ihm ein anderer Gedanke durch den Kopf schoß. Wenn jenes andere Leben, von dem man gesprochen hat, als ich ein Kind war, von dem man immer spricht, als ob es eine Gewißheit wäre, wenn es jenes Leben nicht gibt, wenn es eine Erfindung der Priester ist, was tue ich dann? Warum sterben? Was kommt es darauf an, was ich getan habe? Was kommt es schon darauf an? Wie unsinnig ist dann mein ... Doch wenn es jenes andere Leben gibt ...

Solchem Zweifel, solcher Ungewißheit gegenüber packte ihn noch schwärzere, noch tiefere Verzweiflung, aus der auch im Tode kein Entrinnen war. Er ließ die Waffe fallen, vergrub zähneklappernd die Hände in die Haare und zitterte. Mit einemmal kamen ihm die Worte in den Sinn, die er vor wenigen Stunden gehört und immer wieder vernommen hatte: Gott vergibt so vieles angesichts eines Werks der Barmherzigkeit. Jetzt aber hatten sie nicht mehr den Klang einer demütigen Bitte, mit dem sie vorgebracht worden waren, nun erschollen sie mit zwingender Gewalt und weckten zugleich einen Hoffnungsfunken.

Das war ein Augenblick der Erleichterung. Er nahm die Hände von den Schläfen und richtete in festerer Haltung die Augen des Geistes auf die, von der er die Worte vernommen hatte. Er sah sie nicht als seine Gefangene, nicht als Flehende, sondern als Spenderin von Gnade und Trost. Ungeduldig erwartete er den Tag, um hinzueilen, sie zu befreien und aus ihrem Munde andere Worte der Erbauung und des Lebens zu hören. Er dachte daran, sie persönlich zu ihrer Mutter zurückzubringen. – Und dann? wie verbringe ich den übrigen Tag? Was mache ich übermorgen? Was mache ich überübermorgen? Und in der Nacht? In der Nacht, die in zwölf Stunden wieder dasein wird? Oh, die Nacht! Nur keine Nacht! – In die qualvolle Leere der Zukunft zurückgestoßen, forschte er vergebens, wie er die Zeit ausfüllen, wie er Tage und Nächte hinbringen könnte. Bald nahm er sich vor, die Burg zu verlassen und in ferne Länder zu ziehen, wo ihn niemand, nicht einmal dem Namen nach, kannte. Er spürte aber, daß sein Ich immer mit ihm sein würde. Bald erwachte in ihm eine dunkle Begier, die alte Gesinnung, das alte Streben wiederzufinden, und wäre es auch nur in einem flüchtigen Rasen. Bald fürchtete er den Tag, der ihn den Seinen so elend verändert zeigen würde, bald sehnte er ihn herbei, als müsse er auch seine Gedanken erhellen. Und siehe da, gerade im Morgengrauen, kurz nachdem Lucia entschlummert war, wogten, wie er so unbeweglich dasaß, undeutliche Klänge an sein Ohr, aus denen etwas irgendwie Fröhliches sprach. Er lauschte und erkannte fernes Festgeläut. Bald darauf vernahm er auch das Echo aus dem Gebirge, das die Töne immer wieder zart zurückgab und das mit ihnen verschmolz. Über ein kleines erscholl ein weiteres, gleichfalls festliches Geläute in der Nähe und dann noch eines. Was für ein Jubel ist das denn? Was gibt es da denn Schönes? Er sprang von seinem Dornenlager auf, eilte halb angekleidet an ein Fenster, öffnete es und schaute hinaus. Das Gebirge war halb von Nebel verschleiert, der Himmel nicht eigentlich bewölkt, sondern von einer einzigen aschfarbenen Wolke überzogen. Doch im Morgengrauen konnte man mit zunehmender Helligkeit auf der Straße im Talgrund Leute erkennen, die vorüberzogen oder aus den Häusern traten und alle die gleiche Richtung zum Talausgang rechts von der Burg einschlugen. Alle waren in festlicher Kleidung und ungewöhnlich lebhaft.

Zum Teufel, was haben die denn vor? Was gibt es denn Lustiges in dieser verfluchten Gegend? Wohin geht denn dieses ganze Pack? Er rief einen zuverlässigen Bravo, der in einem anstoßenden Zimmer schlief, und fragte ihn nach dem Grund des Treibens. Dieser wußte ebenso wenig wie er und versprach, sich sofort zu erkundigen. Der Herr verharrte ans Fenster gelehnt, ganz in das bewegliche Schauspiel versunken. Es waren Männer, Frauen und Kinder in Scharen, zu Paaren und allein. Wenn einer einen einholte, der voraus war, gesellte er sich zu ihm, wenn einer aus dem Hause kam, vereinte er sich mit dem ersten besten, auf den er traf, und sie gingen zusammen wie Freunde auf gemeinsamer Fahrt. Die Gebärden verrieten offenkundig Eile und allgemeine Freude. Das nicht abgestimmte, aber übereinstimmende Dröhnen der mehr oder weniger nahen Glokken drückte sozusagen den Inhalt jener Gebärden aus und ersetzte die Worte, die nicht hinaufdringen konnten. Er schaute und schaute, und in seinem Herzen wurde mehr als Neugier wach zu erfahren, was in aller Welt so viele verschiedene Leute in die gleiche freudige Erregung versetzen konnte.

22. KAPITEL

Kurz darauf kam der Bravo zurück und berichtete, daß am Vortage der Kardinal Federigo Borromeo, Erzbischof von Mailand, in *** eingetroffen sei und dort den ganzen Tag verbleibe. Die am Abend seiner Ankunft auf den umliegenden Dörfern verbreitete Neuigkeit habe alle bewogen, diesen Mann sehen zu gehn. Das Geläut sei mehr als Ausdruck der Freude als zur Benachrichtigung der Leute gedacht. Allein geblieben, schaute der Herr noch nachdenklicher weiter ins Tal hinab. Für *einen* Mann! Alle voll Eifers, alle voll Freude, um *einen* Mann zu sehn! Und doch wird jeder von ihnen seinen Teufel haben, der ihn quält. Keiner, kein einziger wird aber mit einem solchen zu tun haben wie ich. Keiner wird so eine Nacht verbracht haben wie ich! Was hat dieser Mann denn, um soviel Leute fröhlich zu machen? Ein paar Soldi, die er so aufs Geratewohl verteilen wird ... Aber die gehen nicht alle wegen des Almosens. Nun ja, so ein paar Zeichen in die Luft, ein paar Worte ... Ach, wüßte er doch ein Wort für mich, das mich trösten könnte! Wenn ...! Warum gehe ich nicht auch? Warum nicht? Ich will hingehn, hingehn und mit ihm reden. Unter vier Augen will ich ihn sprechen. Was soll ich ihm sagen? Nun ja, das, was, das, was ... Ich werde ja hören, was dieser Mann zu sagen hat!

Nachdem er so in seiner Verwirrung diesen Entschluß gefaßt hatte, kleidete er sich schnell fertig an. Er wählte eine Jacke von einem Schnitt, der etwas Militärisches an sich hatte, nahm die Taschenpistole, die auf dem Bett liegengeblieben war, und befestigte sie auf einer Seite am Gürtel, dazu auf der andern Seite eine weitere, die er von einem Nagel an der Wand nahm. Dann steckte er auch seinen Dolch in den Gürtel, nahm einen Karabiner von der Wand, der fast ebenso berühmt wie er selber war, hängte ihn quer auf den Rücken, ergriff seinen Hut, verließ sein Zimmer und begab sich zunächst einmal zu dem Raum, in dem er Lucia zurückgelassen hatte. Er stellte den Karabiner in einer Nische nahe bei der Tür ab und klopfte, wobei er zugleich seine Stimme hören ließ. Die Alte sprang mit einem Satz aus dem Bett und lief hin, um zu öffnen. Der Herr trat ein, warf einen Blick über das Zimmer und entdeckte Lucia zusammengekauert und ruhig in ihrer Ecke.

»Schläft sie?« flüsterte er der Alten zu. »Schläft sie da? Hatte ich das so angeordnet, du Elende?«

»Ich habe alles versucht«, entgegnete diese, »aber sie hat nichts essen wollen und wollte nicht kommen ...«

»Laß sie ruhig schlafen. Hüte dich, sie zu stören, und wenn sie aufwacht ... Marta wird ins anstoßende Zimmer kommen, und du wirst sie schicken, alles zu holen, um was die hier dich nur bitten mag. Wenn sie aufwacht ... sage ihr, daß ich ... daß der Herr für kurze Zeit ausgegangen ist, daß er zurückkommt und daß er ... alles tun wird, was sie wünscht.«

Die Alte blieb völlig sprachlos zurück und dachte bei sich: Ob das wohl eine Prinzessin ist?

Der Herr ging hinaus, nahm seinen Karabiner, schickte Marta zum Vorzimmerdienst, schickte den ersten besten

Bravo, den er traf, auf Wache, damit niemand außer dieser Frau einen Fuß in das Zimmer setze, verließ dann die Burg und stieg eilig hinab.

Die Handschrift gibt nicht an, wie weit es von der Burg bis zu dem Dorf war, wo sich der Kardinal befand. Aus den Tatsachen, die wir soeben berichtet haben, geht aber hervor, daß es sich nur um die Entfernung eines guten Spaziergangs handeln dürfte. Das bloße Herbeiströmen der Talbewohner und auch entlegener wohnender Leute in jenes Dorf würde diesen Schluß noch nicht gestatten, da wir ja in den Chroniken jener Zeit verzeichnet finden, daß die Leute in Scharen zwanzig und mehr Meilen zurücklegten, um Federigo zu sehen.

Die Bravi, denen er beim Abstieg zufällig begegnete, blieben achtungsvoll stehen, wenn der Herr vorüberkam, und warteten, ob er Befehle für sie hätte oder sie zu irgendeiner Unternehmung mitnehmen wollte. Sie wußten nicht, was sie von seiner Miene und den Blicken halten sollten, mit denen er ihre Verbeugungen erwiderte.

Als er auf der Landstraße war, wunderten sich die Leute darüber, ihn ohne Gefolge zu sehn. Übrigens machte ihm alles weit Platz, so daß es auch für ein Gefolge genügt hätte, und lüftete achtungsvoll den Hut. Im Dorf angekommen, fand er dort eine große Menschenmenge vor. Aber sein Name flog bald von Mund zu Mund, und man machte eine Gasse. Er trat an einen heran und fragte ihn, wo der Kardinal wäre. »Im Pfarrhaus«, erwiderte dieser mit einer Verbeugung und zeigte ihm, wo es war. Der Herr begab sich dorthin und trat in einen kleinen Hof, in welchem sich viele Priester befanden, die ihn alle mit verwunderter und mißtrauischer Aufmerksamkeit betrachteten. Gegenüber sah er eine offenstehende Tür, die in ein Wohnzimmer führte, in dem viele andere Priester versammelt waren. Er nahm den Karabiner ab, lehnte ihn in eine Hofecke und trat dann in das Zimmer. Auch dort Blicke, Geflüster, ein immer wiederholter Name und Schweigen. Er wandte sich an einen von ihnen und fragte, wo sich der Kardinal befände. Er wolle ihn sprechen.

»Ich bin fremd hier«, erwiderte der Befragte, warf einen Blick ringsum und rief den Kaplan, der das Kreuz trug und gerade in einer Zimmerecke einem anderen zuflüsterte: »Der? Der Berüchtigte? Was hat der hier zu tun? Alle Wetter!« Auf den Ruf hin, der das allgemeine Schweigen durchbrach, mußte er jedoch herbeikommen. Er verbeugte sich vor dem Ungenannten, hörte an, was er wünschte, hob die Augen mit unruhiger Neugier zu diesem Gesicht, senkte sie gleich wieder, verharrte ein wenig und sagte oder stammelte dann: »Ich weiß nicht, ob Durchlaucht der Monsignore ... in diesem Augenblick ... in der Lage ist ... wohl ... könnte ... Genug, ich schaue einmal nach.« Und widerwillig ging er in das anstoßende Zimmer, in dem sich der Kardinal befand, um die Botschaft auszurichten.

An diesem Punkt unserer Erzählung können wir nicht umhin, ein wenig zu verweilen, wie der Wanderer, der matt und mißvergnügt von einem langen Wege durch karges und wildes Gebiet im Schatten eines schönen Baumes im Grase bei einer frischen Quelle verweilt und sich etwas Zeit läßt. Wir sind auf eine Persönlichkeit gestoßen, deren Name und Gedächtnis, zu welcher Zeit auch immer sie uns begegnen mögen, den Geist mit stiller Ehrfurcht und freudigem Gefühl der Sympathie erfüllen. Wieviel mehr aber jetzt, nach soviel Leidensszenen, nach der Schilderung so vielfach unerquicklicher Verworfenheit. Über diese Persönlichkeit müssen wir unbedingt ein paar Worte sagen. Wer sie nicht hören und trotzdem der Geschichte weiter folgen möchte, kann sofort zum nächsten Kapitel übergehn.

Federigo Borromeo wurde im Jahre 1564 geboren und gehörte zu den zu jeder Zeit seltenen Männern, die eine hervorragende Begabung, alle Mittel eines großen Wohlstandes, alle Vorteile einer bevorzugten Stellung zielbewußt darauf verwenden, nach dem Besten zu trachten und es zu verwirklichen. Sein Leben ist wie ein Gewässer, das klar dem Felsen entspringt und, ohne je zu stocken oder sich zu trüben, in langem Lauf durch verschiedenartige Gebiete klar in den Strom einmündet. Bei aller Muße und Pracht beachtete er von Jugend auf jene Worte von der Selbstverleugnung und Demut, jene Merksprüche über die Eitelkeit der Lust, über das Unrecht des Stolzes, über die wahre Würde und die wahren Güter, die – ob nun im Herzen vernommen oder nicht – von einem Geschlecht dem anderen in der einfachsten Religionslehre überliefert werden. Er beachtete, wie gesagt, diese Worte und Merksprüche, nahm sie ernst, erprobte sie und fand sie wahr. Er erkannte, daß folglich andere, entgegenstehende Worte und Ansichten nicht wahr sein konnten, die gleichfalls mit derselben Sicherheit und manchmal von den gleichen Lippen von Geschlecht zu Geschlecht überliefert werden. Er beschloß, als Richtschnur seiner Handlungen und Gedanken jene als wahr befundenen zu wählen. Überzeugt, daß das Leben keineswegs dazu bestimmt sei, für viele eine Last und für wenige ein Fest zu sein, sondern allen eine Aufgabe stelle, über die jeder Rechenschaft ablegen müsse, begann er schon als Knabe daran zu denken, wie er das seine nützlich und fromm führen könne.

1580 äußerte er den Entschluß, sich dem Dienst der Kirche zu widmen, und nahm das Ordenskleid aus den Händen seines Vetters Carlo, der damals schon seit langem allgemein im Ruf eines Heiligen stand[1]. Kurz darauf trat er in das von jenem in Pavia gegründete Kloster ein, das heute noch den

1 Carlo Borromeo, geboren 1538, zum Kardinal ernannt 1560, gestorben 1584, heiliggesprochen am 21. August 1610 (Anmerkung des Übersetzers).

Namen ihres Hauses trägt. Dort widmete er sich eifrig den vorgeschriebenen Beschäftigungen, fügte aber freiwillig zwei weitere hinzu: er verkündete die christliche Lehre den schlichtesten und verlassensten Kindern des Volkes und besuchte, bediente, tröstete und unterstützte die Kranken. Das Ansehen, in dem er an diesem Ort bei jedermann stand, veranlaßte seine Gefährten, ihn bei dergleichen Werken zu unterstützen. Bei jeder rechtschaffenen und ersprießlichen Angelegenheit hatte er so etwas wie einen Vorrang des Beispiels, einen Vorrang, für den vielleicht seine persönlichen Fähigkeiten hinreichend gewesen wären, wäre er auch seiner gesellschaftlichen Stellung nach der Geringste gewesen. Vorteile anderer Art, welche die seine ihm hätte einbringen können, suchte er nicht nur nicht, sondern er trachtete danach, sie zu vermeiden. Er verlangte einen eher ärmlichen als bescheidenen Tisch und kleidete sich eher ärmlich als einfach. Dem entsprach seine ganze Lebenshaltung und Lebensführung. Auch dachte er nie daran, sie zu ändern, wenn auch einige Verwandte klagten und beanstandeten, daß er das Ansehen des Hauses so herabzöge. Andere Auseinandersetzungen hatte er mit den Stiftern, die heimlich oder durch Überrumpelung versuchten, seiner Person unmittelbar, hinter dem Rücken oder in seiner Umgebung irgendeinen vornehmeren Anstrich zu geben, etwas, das ihn unter den andern hervorhöbe und als Ersten des Ortes erscheinen ließe. Entweder glaubten sie damit sich selbst auf die Dauer Wohlwollen zu erwerben, oder sie wurden von jener dienstbeflissenen Hingebung bewogen, die sich selbstlos opfert, um im Glanze des andern wieder aufzuleben. Oder sie gehörten zu jenen Klugen, die sich vor den Tugenden wie vor den Lastern hüten und immer predigen, daß die Vollkommenheit in der Mitte liege. Die Mitte aber stellt sich für sie genau als jener Punkt dar, bis zu dem sie gelangt sind und wo sie es bequem finden. Federigo aber ließ sich von diesen Versuchen nicht nur nicht überwinden, sondern schalt auch die, welche sie unternahmen. Das war in der Zeit zwischen seinen Knaben- und Jünglingsjahren.

Kardinal Carlo, der sechsundzwanzig Jahre älter war als er, gab ihm natürlich durch seine ernste, begnadete Nähe einen lebendigen Begriff von der Heiligkeit und seinen frommen Werken, und dieser Einfluß wurde – falls es dessen überhaupt bedurft hätte – durch die unverhohlene, unwillkürliche Ehrerbietung jeder beliebigen Umgebung jederzeit noch gesteigert. So nimmt es denn gewiß nicht wunder, daß Federigo als Knabe und Jüngling zu Lebzeiten dieses Mannes danach strebte, sich der Haltung und Denkart eines solchen Vorbildes anzupassen. Dennoch ist es wohl bemerkenswert, daß nach dessen Tode niemand feststellen konnte, daß dem damals zwanzigjährigen Federigo nunmehr ein Führer und Warner gefehlt hätte. Der wachsende Ruf seines Geistes, seiner Gelehrsamkeit und Frömmigkeit, die Verwandtschaft und Verbindung mit mehr als einem mächtigen Kardinal, das Ansehen seiner Familie, der Name selbst, mit dem durch Carlo in den Gemütern eine Vorstellung von Heiligkeit und Weihe verbunden war, alles, was Männer für geistliche Würden bestimmen kann und muß, kam zusammen, um sie ihm zu verheißen.

Er aber, zutiefst davon überzeugt, daß es keinen eigentlichen Vorrang eines Menschen vor Menschen gibt, es sei denn im Dienst an ihnen – was niemand in Abrede stellen kann, der sich zum Christentum bekennt –, er aber scheute die Würden und suchte sich ihnen zu entziehen. Gewiß nicht, weil er dem Dienst am Nächsten aus dem Wege gehen wollte, denn wenig Menschenleben sind wie das seine darin aufgegangen, sondern weil er sich eines so hohen und heiklen Amtes nicht für würdig hielt und sich ihm nicht gewachsen fühlte. Als ihm daher im Jahre 1595 von Clemens VIII. das Erzbistum Mailand angetragen wurde, erschien er sehr bestürzt und lehnte ohne Zögern ab. Er fügte sich dann dem ausdrücklichen Befehl des Papstes.

Wer wüßte nicht, daß ein solches Verhalten weder schwerfällt noch selten ist! Die Heuchelei bedarf keiner größeren geistigen Anstrengung, um es an den Tag zu legen, wie der Witz, um sich in jedem Fall todsicher darüber lustig zu machen. Hört es aber deshalb etwa auf, der natürliche Ausdruck einer tugendhaften und weisen Überzeugung zu sein? Das Leben ist die Probe auf die Worte; und die Worte, die jene Überzeugung zum Ausdruck bringen, werden dann immer echt sein, wenn ihnen ein Leben der Selbstlosigkeit und des Opfers vorausgeht und folgt, mögen sie auch über die Lippen aller Betrüger und Spötter der Welt gegangen sein.

An dem Erzbischof Federigo fiel die besondere, unablässige Bemühung auf, für sich nicht mehr an Einkünften, Freizeit und Aufwand, kurzum an allem rein Persönlichen in Anspruch zu nehmen als das unbedingt Erforderliche. Er sagte – wie alle anderen auch –, daß die kirchlichen Pfründen das Gut der Armen seien. Wie er aber tatsächlich einen solchen Grundsatz auffaßte, ersieht man aus folgendem. Er verlangte, daß abgeschätzt würde, wieviel sein Unterhalt und der seiner Dienerschaft erfordern könnte. Sechshundert Scudi wurden dafür veranschlagt (Scudo hieß damals jene Goldmünze, die später bei demselben Gewicht und Feingehalt Zechine genannt wurde). Er gab nun Befehl, alljährlich aus seiner Privatschatulle diesen Betrag in die Unterhaltskasse einzuzahlen, da er meinte, daß es ihm bei seinem großen Reichtum nicht erlaubt sei, vom Kirchengut zu leben. Von dem Seinen nun maß er sich selber so wenig und genau zu, daß er darauf achtete, ein Gewand nicht eher aus dem Gebrauch zu nehmen, als bis es wirklich abgenutzt war, wobei er jedoch – wie zeitgenössische Quellen hervorheben – den Geist der Einfachheit mit dem einer peinlichen Sauberkeit verband, zwei in jenem Zeitalter des Schmutzes und Prunkes in der Tat beachtliche Eigenschaften. Damit von den Resten seines bescheidenen Tisches nichts verlorenginge, bestimmte er sie insgleichen für ein Armenhospital. Einer der Insassen kam auf seine Anordnung jeden Tag in seinen Speisesaal, um einzusammeln, was übriggeblieben war. Diese Maßnahmen könnten vielleicht dazu verleiten, auf eine knauserige, armselige, engstirnige Tugend zu schließen, auf einen in Kleinigkeiten befangenen Geist, der hoher Ziele unfähig gewesen sei, wenn nicht die Biblioteca Ambrosiana[1] wäre, die Federigo in all ihrer großzügigen Pracht entwarf und mit so viel Kosten errichten ließ. Um sie mit Büchern und Handschriften auszustatten, stiftete er zunächst, was er selbst mit großem Eifer und viel Unkosten gesammelt hatte. Ferner entsandte er acht der gelehrtesten und sachkundigsten Männer, die er finden konnte, um dergleichen in Italien, Frankreich, Spanien, Deutschland, Flandern, Griechenland, im Libanon und in Jerusalem aufzukaufen. So gelang es ihm, fast dreißigtausend Druckwerke und vierzehntausend Handschriften zusammenzubekommen. Mit der Bibliothek verband er ein Doktorenkollegium (es hatte neun Mitglieder, welche er besoldete, solange er lebte; später wurde es auf zwei verringert, da die gewöhnlichen Einkünfte für diese Ausgabe nicht hinreichten). Sie hatten die Aufgabe, verschiedene Studienzweige zu pflegen: Theologie, Geschichte, Geisteswissenschaften, kirchliche Altertumskunde, orientalische Sprachen. Jeder war verpflichtet, eine Arbeit aus dem ihm anvertrauten Gebiet zu veröffentlichen. Federigo verband damit eine von ihm Dreisprachenkolleg genannte Forschungsstätte für die grie-

1 Die »Ambrosiana« wurde am 6. Dezember 1609 eröffnet und ist eine der größten Bibliotheken Italiens mit einzigartigen Handschriften, wie dem Vergilkodex Petrarcas und Leonardos *Codice atlantico*. Sie enthält heute rund 500 000 Druckwerke (Anmerkung des Übersetzers).

chische, lateinische und italienische Sprache und ein Internat für Schüler, die in diesen Fächern unterrichtet wurden, um sie eines Tages selbst zu lehren. Er verband damit eine Druckerei für orientalische Sprachen, das heißt die hebräische, chaldäische, arabische, persische, armenische, eine Gemälde- und Skulpturengalerie und eine Akademie für Malerei und bildende Künste. Für diese konnte er bereits ausgebildete Lehrkräfte finden. Im übrigen haben wir gesehen, welche Mühe ihn die Sammlung der Bücher und Handschriften gekostet hat. Noch schwieriger aber mußte es gewesen sein, die Lettern für jene Sprachen zu beschaffen, die damals in Europa viel weniger gepflegt wurden als heute, am schwierigsten aber war es, die Menschen zu finden. Es genügt zu erwähnen, daß er von neun Doktoren acht aus den jungen Schülern des Kollegs auswählte. Daraus kann man schließen, was er über den Stand der Studien und die gelehrten Berühmtheiten jener Zeit für ein Urteil hatte, ein Urteil, das mit dem von der Nachwelt gefällten anscheinend übereinstimmt, die die einen wie die andern in Vergessenheit geraten ließ. In den Vorschriften, welche er für die Benutzung und Verwaltung der Bibliothek erließ, erkennt man das Bestreben nach dauernder Brauchbarkeit, was nicht nur an sich schön ist, sondern in mancher Hinsicht weitaus vernünftiger und zweckmäßiger als die üblichen Ansichten und Gewohnheiten jener Zeit. Er schrieb dem Bibliothekar vor, mit den gelehrtesten Männern Europas Verbindung zu halten, um von ihnen über den Stand der Wissenschaften auf dem laufenden gehalten und über die besten Neuerscheinungen auf allen Gebieten unterrichtet zu werden, die er dann erwerben sollte. Er wies ihn an, die Studierenden auf ihnen unbekannte Bücher hinzuweisen, die ihnen von Nutzen sein könnten. Er verfügte, daß jedermann – sei er nun Bürger der Stadt oder Fremder – Gelegenheit und Zeit geboten werden möge, sich nach Bedarf der

Bibliothek zu bedienen. Eine solche Absicht muß heute jedem nur allzu natürlich und als mit der Gründung einer Bibliothek gegeben erscheinen. Damals war dem nicht so. In einer Geschichte der Ambrosiana, welche von einem gewissen Pierpaolo Bosca, der dort nach Federigos Tode Bibliothekar war, in dem üblichen bombastischen Stil des Jahrhunderts verfaßt worden ist, wird ausdrücklich als etwas Besonderes vermerkt, daß in dieser von einem Privatmann fast ganz auf eigene Kosten errichteten Bibliothek die Bücher dem Publikum zugänglich gemacht und jedem gegeben wurden, der sie verlangte, daß ihm auch Sitzgelegenheit, Papier, Feder und Tintenfaß geboten wurden, um die erforderlichen Notizen zu machen, während in einer andern berühmten öffentlichen Bibliothek Italiens die Bücher nicht einmal sichtbar, sondern in Schränken verschlossen waren, denen sie von den Bibliothekaren nur aus Gefälligkeit entnommen wurden, wenn es ihnen paßte, sie einen Augenblick sehen zu lassen. Man wäre nicht einmal darauf gekommen, den Rivalen ein bequemes Studium zu ermöglichen. Daher hieß eine solche Bibliothek bereichern Bücher dem öffentlichen Gebrauch entziehn: eines der Verfahren, wie es deren viele gab und gibt, um ein Feld unfruchtbar zu machen.

Man frage nicht nach den Auswirkungen dieser Gründung des Borromeo auf die allgemeine Bildung. Es wäre leicht, in der üblichen Weise mit zwei Sätzen darzutun, daß sie wunderbar waren oder nichts zu bedeuten hatten. Bis zu einem gewissen Grade zu untersuchen und zu erklären, wie die Dinge in Wahrheit liegen, wäre recht mühsam, wenig sinnvoll und unzeitgemäß. Man bedenke aber, wie edelmütig, einsichtig, wohlwollend und beharrlich ein Eiferer für den menschlichen Fortschritt sein mußte, der derartiges anstrebte, es auf solche Weise anstrebte und gegen Unverstand und Trägheit durchsetzte, gegen die allgemeine Verachtung jeder forschenden Betätigung und damit im Bannkreis jener Redensarten: »Was soll das denn? Konnte er sich nichts anderes ausdenken? Eine nette Bescherung! Das hat uns gerade noch gefehlt!« und ähnlichen, die zweifellos zahlreicher als die Scudi gewesen sein dürften, die er auf diese Unternehmung verwandte. Es waren einhundertfünfzigtausend, und zum größten Teil aus seinem eigenen Vermögen.

Um einen solchen Mann äußerst großmütig und freigebig zu nennen, sollte es eigentlich nicht weiter erforderlich sein zu erfahren, ob er noch viele andere Beträge zur unmittelbaren Unterstützung der Bedürftigen verwandte. Vielleicht gibt es auch noch andere, die der Ansicht sind, daß der Aufwand das beste und nützlichste Almosen ist. Aber Federigo hielt das eigentliche Almosengeben für eine der Hauptpflichten, und wie auch sonst entsprachen dabei seine Taten seinen Worten. Sein Leben war ein beständiges Verschwenden für die Armen, und anläßlich jener Teuerung, von der wir bereits berichtet haben, werden wir bald schon einige Züge erwähnen können, aus denen man erkennt, wieviel Weisheit und Takt er auch in seiner Freigebigkeit walten ließ. Von vielen Einzelbeispielen, die seine Biographen für diese Tugend bieten, wollen wir nur ein einziges anführen. Als er erfahren hatte, daß ein Edelmann List und Gewalt gebrauchte, um eine seiner Töchter, die sich viel lieber vermählen wollte, Nonne werden zu lassen, bestellte er den Vater zu sich. Er brachte ihn zu dem Geständnis, daß der wahre Grund für jene Quälerei darin bestand, daß ihm viertausend Scudi fehlten, die seiner Ansicht nach für eine standesgemäße Ehe seiner Tochter erforderlich waren. Federigo gab ihr eine Aussteuer von viertausend Scudi. Mancher mag meinen, daß das eine übertriebene, unüberlegte Freigebigkeit wäre, die den dummen Launen eines dünkelhaften Menschen zu weit entgegenkäme, und daß viertausend Scudi auf hundert andere Arten hätten besser verwandt werden können. Darauf haben wir nichts zu erwidern, es sei denn, daß es wünschenswert wäre, man sähe häufig Übertreibungen einer Tugend, die so frei von landläufigen Vorurteilen ist (jede Zeit hat die ihren), so unabhängig von der öffentlichen Meinung wie die, welche in diesem Fall einen Mann bewog, viertausend Scudi hinzugeben, damit ein junges Mädchen nicht Nonne zu werden brauchte.

Die unermüdliche Nächstenliebe dieses Mannes bewährte sich in seinem ganzen Verhalten nicht weniger als im Geben. Für jedermann leicht zugänglich, glaubte er insbesondere Leuten aus den sogenannten niederen Ständen ein freundliches Gesicht, eine herzliche Höflichkeit schuldig zu sein, und das um so mehr, je weniger ihnen davon in der Welt begegnete. Auch hierbei hatte er mit jenen Prinzipienreitern zu kämpfen, deren Wahlspruch »ne quid nimis« ist, die ihn in allen Dingen gern in Schranken gehalten hätten, das heißt in *ihren* Schranken. Beim Besuch eines wilden Gebirgsdorfes unterwies Federigo einmal einige arme Kinder, und wie er sie abhörte und belehrte, streichelte er sie liebevoll. Da wies ihn einer jener Leute darauf hin, daß er sich mehr in acht nehmen möge, diesen Kindern soviel Liebkosungen zu erweisen, denn sie wären zu schmutzig und abstoßend – der Gute, als ob Federigo nicht selbst imstande gewesen wäre, eine solche Entdeckung zu machen, und nicht Scharfsinn genug besessen hätte, um selber eine so vornehme Entschuldigung zu finden! Das ist zu gewissen Zeiten und unter bestimmten Umständen das Unglück der Menschen, die zu gewissen Würden gelangt sind: während sie so selten jemanden finden, der ihnen ihre Mängel klarmacht, fehlt es ihnen nie an mutigen Leuten, die ihnen ihre guten Werke vorwerfen. Der gute Bischof erwiderte aber, nicht ohne einen gewissen Unwillen: »Das sind meine Seelen. Vielleicht werden sie nie mehr mein Antlitz wiedersehen, und da wollt Ihr nicht, daß ich sie umarme?«

Ein solcher Verdruß war jedoch bei ihm etwas sehr Seltenes. Er wurde wegen der Sanftmut seiner Sitten bewundert, wegen seiner unentwegten Friedfertigkeit, die man einem ungewöhnlich glücklichen Temperament zuschreiben könnte. Sie war aber der Erfolg beständiger Selbstzucht eines lebhaften und reizbaren Charakters. Wenn er sich zuweilen streng, ja sogar barsch erwies, so gegenüber jenen ihm unterstellten Geistlichen, die er des Geizes, der Nachlässigkeit oder anderer Schwächen für schuldig befand, Schwächen, die dem Geist ihres hohen Amtes besonders widersprachen. Alles, was seinen Nutzen oder Erdenruhm betreffen konnte, entlockte ihm niemals ein Zeichen der Freude oder des Bedauerns, des Eifers oder der Erregung; ein bewundernswerter Zug, wenn diese Antriebe in seinem Geiste *nicht* erwachten, noch bewundernswerter aber, *wenn* sie darin erwachten. Viele Konklaven, denen er beiwohnte, brachten ihm den Ruf ein, daß er niemals nach jener Stelle getrachtet habe, die dem Ehrgeiz so erstrebenswert und der Frömmigkeit so gefährlich ist. Ja, als einmal ein Amtsbruder, der viel galt, ihm seine Stimme und die seiner Partei anbot (ein häßliches Wort, aber sie gebrauchten es so), lehnte Federigo ein solches Anerbieten rundweg ab, so daß jener den Gedanken fahrenließ und sich an jemand anders wandte. Dieselbe Bescheidenheit, die gleiche Abneigung, hervorzutreten, zeigten sich ebenso in den gewöhnlichsten Lebenslagen. Wo er es für seine Pflicht hielt, war er eifrig und unermüdlich, Anordnungen zu treffen und zu regieren, er vermied es jedoch immer, sich in die Angelegenheiten anderer zu mischen, ja, er entschuldigte sich sogar nach Kräften, wenn er sich auf Verlangen einmengte. Jeder weiß, daß solche Bescheidenheit und Zurückhaltung bei eifrigen Verfechtern des Guten, wie Federigo es war, etwas Ungewöhnliches sind.

Würden wir uns das Vergnügen machen, seine hervorstechendsten Charakterzüge zusammenzustellen, so dürfte dabei sicherlich ein eigenartiges Gesamtbild von scheinbar entgegengesetzten Vorzügen herauskommen, wie sie sich gewiß schwerlich einmal zusammenfinden. Wir wollen jedoch nicht unterlassen, eine andere Besonderheit jenes schönen Lebenslaufes zu verzeichnen: wie sehr seine Tage auch von Arbeit, Regierungsgeschäften, Ämtern, Lehraufgaben, Sprechstunden, Diözesanbesuchen, Reisen, Auseinandersetzungen angefüllt waren, ward darin doch auch der Forschung ihr Teil, und zwar in solchem Grade, daß es einem Berufsgelehrten Ehre gemacht hätte. Tatsächlich erhielt Federigo denn auch bei seinen Zeitgenossen neben verschiedenen anderen auszeichnenden Titeln den eines Gelehrten.

Wir dürfen jedoch nicht verschweigen, daß er mit Überzeugung an Vorstellungen festhielt und für sie eintrat, die heutzutage jedermann eher befremdend als schlecht begründet erscheinen, und das selbst denen, die sie allzu gerne für richtig halten würden. Wer ihn deswegen in Schutz nehmen will, könnte sich jener so geläufigen und einleuchtenden Entschuldigung bedienen, daß es sich mehr um Irrtümer seiner Zeit als um seine eigenen handele, eine Entschuldigung, die bei gewissen Dingen, wenn sie sich aus der eingehenden Untersuchung der Tatsachen ergibt, einigen oder sogar großen Wert haben kann. Wenn sie aber so ohne weiteres hingeworfen wird, wie es gewöhnlich geschieht, besagt sie geradezu nichts. Da wir nicht mit einfachen Formeln verwickelte Fragen lösen und ein Zwischenspiel auch nicht über Gebühr verlängern wollen, verzichten wir auf jede Beschönigung. Es genügt uns, so im Vorübergehn darauf hingewiesen zu haben, daß wir bei einem im ganzen so bewundernswerten Manne nicht behaupten wollen, jeder Einzelzug sei es im gleichen Maße. Es soll nicht so aussehen, als ob wir eine Leichenrede schreiben wollten.

Wir tun unseren Lesern gewiß nicht Unrecht, wenn wir annehmen, daß der eine oder andere von ihnen wohl wissen möchte, ob dieser Mann nicht ein Denkmal seines so großen Geistes und seines so großen Fleißes hinterlassen habe. Freilich hat er das. Rund hundert Werke sind uns überkommen, große und kleine, lateinische und italienische, gedruckte und handschriftliche. Sie werden in der von ihm gegründeten Bibliothek aufbewahrt. Es sind moralische Abhandlungen, Reden, Untersuchungen über die Geschichte, das heidnische und christliche Altertum, die Literatur, die Künste und anderes.

Dieser Leser wird nun sagen: Wie ist das denn nur möglich? So viele Werke sind vergessen oder zum mindesten so wenig bekannt und so wenig erforscht? Bei so viel Geist, so viel Eifer, so viel sachlicher und menschlicher Erfahrung, bei so viel Überlegung, bei so viel Leidenschaft für das Gute und Schöne, bei so viel Aufrichtigkeit der Seele, bei so viel anderen Eigenschaften, die den großen Schriftsteller ausmachen, wie ist es da möglich, daß dieser uns unter hundert Werken nicht ein einziges hinterlassen hat, das zu denen zählte, die auch von solchen für bedeutend gehalten werden, die sie durchaus nicht billigen, und deren Titel auch dem geläufig sind, der sie nicht liest? Wieso waren denn alle zusammen nicht hinreichend, um seinem Namen wenigstens durch ihre Zahl bei uns Nachfahren literarischen Ruhm zu verleihen?

Die Frage ist zweifellos berechtigt, und das Problem ist recht interessant, denn die Gründe dieser Erscheinung würden sich bei der Beobachtung vieler allgemeiner Tatsachen ergeben und, einmal aufgewiesen, zur Erklärung mehrerer anderer, ähnlicher Erscheinungen führen; es wären aber viele und weitschweifig zu erörternde. Und wenn sie dem Leser dann nicht passen? Wenn sie ihn die Nase rümpfen lassen? Wir nehmen daher wohl besser den Faden der Erzählung wieder auf, und statt uns weiter über jenen Mann zu verbreiten, wollen wir unserer Quelle folgen und ihn handeln sehn.

23. KAPITEL

Während der Kardinal Federigo auf die Stunde wartete, in der er in der Kirche die Messe lesen wollte, beschäftigte er sich nach der Gewohnheit seiner Mußestunden mit Studien, als der kreuztragende Kaplan mit aufgeregter Miene eintrat.

»Ein sonderbarer Besuch, wahrlich sonderbar, Durchlaucht Monsignore!«

»Wer ist's?« fragte der Kardinal.

»Kein Geringerer als Herr * * * «, fuhr der Kaplan fort, und dann sprach er jenen Namen aus, den wir unsern Lesern nicht mitteilen können, wobei er Silbe für Silbe nachdrücklich betonte. Dann fügte er hinzu: »Er ist persönlich hier draußen und verlangt nicht weniger, als zu Durchlaucht gebracht zu werden.«

»Er!« sagte der Kardinal mit gespannter Miene, schloß sein Buch und erhob sich, »er soll kommen! er soll sofort kommen!«

»Aber …« erwiderte der Kaplan, ohne sich zu regen, »Durchlaucht müssen doch wissen, wer das ist: jener Geächtete, jener berüchtigte …«

»Ist es denn kein Glück für einen Bischof, wenn in einem solchen Menschen der Entschluß reift, ihn aufzusuchen?«

»Aber …« bestand der Kaplan auf seiner Meinung, »wir können von gewissen Dingen nie reden, weil Monsignore sagen, daß es Albernheiten sind. Wenn aber ein solcher Fall eintritt, scheint es mir meine Pflicht zu sein … Der Eifer macht Feinde, Monsignore, und wir wissen genau, daß mehr als ein Schurke sich schon zu rühmen gewagt hat, daß über kurz oder lang …«

»Und was haben sie unternommen?« unterbrach ihn der Kardinal.

»Das hier ist, wie gesagt, ein abgefeimter Bandenführer, ein Desperado, der zu den schlimmsten Desperados hält und der ausgesandt sein könnte ...«

»Oh, was ist denn das für eine Manneszucht«, unterbrach ihn Federigo abermals mit einem Lächeln, »wenn die Soldaten den General ermuntern, Angst zu haben?« Dann fuhr er ernst und nachdenklich fort: »San Carlo wäre nicht in die Lage gekommen zu erörtern, ob er einen solchen Mann empfangen sollte: er wäre ihn holen gegangen. Lassen Sie ihn sofort eintreten. Er hat schon zu lange gewartet.«

Der Kaplan ging und dachte bei sich: Da kann man nichts machen; all diese Heiligen sind nun einmal eigensinnig.

Als er die Tür geöffnet hatte und wieder in dem Zimmer stand, wo sich der Herr mit den Versammelten aufhielt, sah er diese alle auf eine Seite zurückgewichen, wo sie flüsternd zu jenem hinüberäugten, der in einer Ecke allein geblieben war. Er ging auf ihn zu, und während er ihn, so gut er konnte, verstohlen von Kopf bis Fuß musterte, dachte er, was für ein Teufelszeug von Waffe unter dem Rock stecken könnte und daß er ihm wirklich, ehe er ihn hineinführte, wenigstens hätte vorschlagen müssen ... Doch dazu konnte er sich nicht entschließen. Er trat zu ihm und sagte: »Monsignore erwarten Euer Gnaden. Kommen Sie bitte mit mir.« Er ging ihm mitten durch die kleine Versammlung voraus, die sofort Spalier bildete, und warf Blicke nach links und rechts, die bedeuteten: Was wollt ihr? Ihr wißt ja selbst, daß er immer tut, was ihm beliebt.

Kaum war der Ungenannte eingetreten, als Federigo ihm auch schon zuvorkommend und heiter mit offenen Armen, wie einem erwünschten Besuch, entgegenging und dem Kaplan sofort bedeutete, ihn zu verlassen, was auch geschah.

Die beiden Zurückbleibenden verharrten eine Weile,

ohne zu sprechen. Jeder war auf seine Weise unschlüssig. Der Ungenannte war mehr von einem rätselhaften Triebe hierhergedrängt worden als von einem bestimmten Plan geleitet. Er stand nun auch da wie durch höhere Gewalt und wurde von zwei gegensätzlichen Gemütsbewegungen hin und her gerissen: von jener Sehnsucht und unbestimmten Hoffnung, für den Aufruhr seiner Seele Trost zu finden, und andererseits von Scham und Wut, als reuiger Sünder, als Besiegter, als Elender hierherzukommen, um sich zu seiner Schuld zu bekennen, um einen Menschen anzuflehen. Er fand keine Worte, ja fast suchte er nicht danach. Wie er jedoch seine Blicke zum Antlitz jenes Mannes erhob, fühlte er sich von einem ebenso zwingenden wie sanften Gefühl der Ehrfurcht durchdrungen, das sein Vertrauen stärkte und zugleich den Trotz milderte, das seinen Stolz brach, ohne ihm eigentlich zu nahe zu treten, und ihn sozusagen zu schweigen zwang.

Federigos Erscheinung war in der Tat der Art, daß sie Überlegenheit verriet und Zuneigung erweckte. Sein Betragen war von Natur aus zurückhaltend und voll fast unbewußter Würde. Die Jahre hatten ihn weder gebeugt noch nachlässig gemacht. Sein Auge war ernst und lebhaft, die Stirn heiter und nachdenklich. Trotz den grauen Haaren, der Blässe, den Spuren von Enthaltsamkeit, Andacht und Mühen verriet er blühend keusche Kraft. Alle Formen des Antlitzes ließen erkennen, daß sie in früheren Jahren einmal eigentlich schön gewesen waren. Die Gewöhnung an erhabene und reine Gedanken, der innere Friede eines langen Lebens, Nächstenliebe, das beständige Hochgefühl einer unerschütterlichen Hoffnung hatten ihnen nun geradezu etwas wie Greisenschönheit verliehen, die im prachtvoll einfachen Purpurgewand noch eindrucksvoller wirkte.

Auch er heftete eine Zeitlang seinen durchdringenden Blick auf die Erscheinung des Ungenannten. Seit langem gewohnt, von den äußeren Merkmalen auf die Gedanken zu schließen, glaubte er aus den düsteren und verwirrten Mienen immer deutlicher etwas zu lesen, das der von ihm bei der Ankündigung eines solchen Besuches von vornherein gehegten Hoffnung entsprach, und ganz bewegt sagte er: »Ach, welch erfreulichen Besuch machen Sie mir, und wie dankbar muß ich Ihnen für einen so guten Entschluß sein, wenn für mich auch ein gewisser Vorwurf darin liegt!«

»Vorwurf?« rief der Herr verwundert aus, war aber bei diesen Worten und diesem entwaffnenden Verhalten glücklich, daß der Kardinal das Eis gebrochen und ein Gespräch in Gang gebracht hatte.

»Freilich ist es ein Vorwurf für mich«, fuhr dieser fort, »daß ich Sie mir habe zuvorkommen lassen, während ich so lange und so oft schon zu Ihnen hätte kommen müssen.«

»Sie zu mir? Wissen Sie, wer ich bin? Hat man Ihnen auch meinen Namen richtig gesagt?«

»Glauben Sie denn, daß die Erleichterung, die ich empfinde – und das steht mir doch wohl auf der Stirn geschrieben –, bei der Anmeldung und Erscheinung eines Unbekannten möglich wäre? Ihnen habe ich das zu verdanken, den *ich* doch, wie gesagt, meinerseits hätte aufsuchen müssen, Ihnen, den ich doch wenigstens besonders geliebt und beklagt und für den ich viel gebetet habe; sind doch Sie, wenn ich auch alle herzlich liebe, der, den ich am liebsten aufgenommen und umarmt hätte, wäre Hoffnung gewesen, darauf zu bauen. Doch Gott allein kann Wunder tun und gleicht die Schwäche und Saumseligkeit seiner armen Diener aus.«

Der Ungenannte war von diesen begeisterten Worten überrascht, die so entschieden auf das antworteten, was er noch nicht gesagt hatte, ja zu sagen nicht einmal völlig entschlossen war. Bewegt, aber fassungslos verharrte er in Schweigen. »Nun«, fuhr Federigo noch herzlicher fort, »Sie haben mir eine gute Nachricht zu bringen und lassen mich so darauf warten?«

»Ich und gute Nachricht! Ich habe die Hölle im Herzen und soll Ihnen eine gute Nachricht geben? Sagen Sie mir doch selbst, wenn Sie es wissen, was für eine gute Nachricht Sie von meinesgleichen erwarten.«

»Daß Gott Ihr Herz berührt hat und Sie zu eigen nehmen will«, erwiderte der Kardinal ruhig.

»Gott, Gott, Gott! Wenn ich ihn doch schauen, wenn ich ihn doch fühlen könnte! Wo ist denn dieser Gott?«

»Das fragen Sie mich? Wem ist er denn näher als Ihnen? Fühlen Sie ihn nicht im Herzen, wie er Sie bedrängt, wie er Sie erregt, wie er Sie nicht in Ruhe läßt und Sie zugleich anlockt, wie er Sie eine Hoffnung auf Ruhe empfinden läßt und einen Trost, der vollkommen und unermeßlich sein wird, sobald Sie Ihn erkennen, bekennen und anflehen?«

»O freilich, da gibt es etwas, das mich bedrängt, das mich verzehrt. Aber Gott! Wenn das Gott ist, wenn er so ist, wie man sagt, was soll er dann mit mir anfangen?«

Diese Worte wurden in verzweifeltem Ton gesprochen; Federigo erwiderte aber feierlich, wie unter der stillen Macht einer Eingebung: »Was Gott mit Ihnen will? Was er damit beabsichtigt? Er will ein Zeichen seiner Macht und Güte geben. Er will sich in Ihnen einen Ruhm bereiten, den ihm kein anderer geben könnte. Daß die Welt so lange schon gegen Sie aufbegehrt, daß tausend und aber tausend Stimmen Ihre Taten schmähen« – der Ungenannte schüttelte sich und war für einen Augenblick überrascht, diese ungewohnte Sprache zu hören, noch überraschter war er darüber, keine Entrüstung zu empfinden, ja sogar etwas wie Erleichterung –, »welcher Ruhm Gott daraus erwächst?« fuhr Federigo fort. »Es sind Stimmen der Angst, es sind Stimmen des Eigennutzes, vielleicht auch der Gerechtigkeit, aber einer bequemen, primitiven Gerechtigkeit, allerdings vielleicht auch einige Stimmen des Neides auf Ihre so unselige Macht, auf jene bis heute so beklagenswerte Sicherheit der Seele. Wenn Sie selber aber hervortreten, um Ihr Leben zu verdammen, um sich selber anzuklagen, dann erst, dann wird Gott verherrlicht. Und Sie fragen noch, was Gott mit Ihnen anfangen könnte? Wer bin ich armseliger Mensch, daß ich Ihnen jetzt schon zu sagen imstande wäre, welchen Nutzen ein solcher Herr aus Ihnen ziehen könnte? was er aus diesem ungestümen Willen, aus dieser unerschütterlichen Beharrlichkeit machen könnte, wenn er sie erst einmal mit Liebe, Hoffnung und Reue erschüttert und durchglüht hat? Wer sind Sie armseliger Mensch, der Sie geglaubt haben, aus sich heraus größere Dinge im Bösen ersinnen und vollbringen zu können, als Gott Sie im Guten wollen und bewirken lassen kann? Was Gott mit Ihnen anfangen soll? Wenn er Ihnen nun verziehe, wenn er Sie errettete und an Ihnen das Werk der Erlösung vollzöge? Sind das nicht großartige Dinge und seiner wert? Bedenken Sie doch, wenn ich elender Wicht, der ich von mir selber so eingenommen bin, wenn ich, wie ich nun einmal bin, mich jetzt so sehr um Ihr Seelenheil sorge, daß ich dafür mit Freuden gerne die wenigen Tage dahingäbe, die mir noch bleiben – Er ist mein Zeuge! –, o bedenken Sie, wie groß und welcherart die Liebe Dessen sein muß, der mir eine zwar unvollkommene, aber doch auch so lebendige einflößt. Wie muß Der Sie lieben, wie muß Der Sie begehren, der mir eine Liebe zu Ihnen gebietet und einflößt, die mich verzehrt.«

Während diese Worte von seinen Lippen flossen, sprach zugleich aus Mienen, Blicken und Gebärden ihr Sinn. Das verzerrte und verkrampfte Gesicht seines Zuhörers verriet zunächst Erstaunen und Spannung und löste sich dann in tiefer, weniger verzagter Erschütterung. Seine Augen, die seit der Kindheit keine Tränen mehr kannten, wurden feucht. Als die Worte verklungen waren, bedeckte er sein Gesicht mit beiden Händen und brach in ein heftiges Weinen aus, das wie eine letzte und völlig klare Antwort war.

»Du großer und gütiger Gott!« rief Federigo aus und hob Augen und Hände zum Himmel, »was habe ich unwürdiger Knecht und saumseliger Hirte denn nur getan, daß Du mich zu diesem Mahl der Gnade rufst, daß Du mich gewürdigt hast, einem so tröstlichen Wunder beizuwohnen.« Bei diesen Worten streckte er die Hand aus, um die des Ungenannten zu ergreifen.

»Nein!« rief dieser aus, »nein, zurück! Bleiben Sie mir fern! Besudeln Sie nicht Ihre reinen, barmherzigen Hände. Sie wissen nicht, was alles an denen klebt, die Sie drücken wollen.«

»Gestatten Sie«, sagte Federigo und ergriff sie mit liebevoller Gewalt, »gestatten Sie, daß ich eine Hand drücke, die so viel Unrecht wiedergutmachen, so viel Wohltaten erweisen und so viel Mühselige aufrichten wird, die Sie waffenlos, friedfertig und demütig so vielen Feinden hinstrecken werden!«

»Zuviel der Güte!« sagte der Ungenannte schluchzend. »Lassen Sie mich gehen, Monsignore; guter Federigo, lassen Sie mich gehn. Das Volk erwartet Sie dicht gedrängt, so viel gute Seelen, so viel Unschuldige, so viele, die von weither gekommen sind, um Sie einmal zu sehen und zu hören. Sie aber halten sich hier auf, und mit wem ...?«

»Lassen wir die neunundneunzig Schafe«, erwiderte der Kardinal, »sie sind auf dem Berge in Sicherheit, ich aber will nun bei dem bleiben, das sich verirrt hatte. Diese Seelen sind vielleicht nun viel zufriedener, als wenn sie ihren armen Bischof sähen. Vielleicht erfüllt Gott, der an Ihnen das Wunder seiner Barmherzigkeit getan hat, die Menschen mit einer Freude, deren Grund ihnen noch verborgen ist. Vielleicht ist dies Volk mit uns verbunden, ohne es zu ahnen. Vielleicht erweckt der Heilige Geist in ihrer Brust einen ahnungsvollen

Drang zur Nächstenliebe, ein Flehen, das er für Sie erhört, eine Danksagung, deren noch unbekannter Gegenstand Sie sind.« Bei diesen Worten wollte er den Ungenannten in die Arme schließen, der noch einen Augenblick zögerte und sich sträubte, ehe er – von dieser Aufwallung verzeihender Liebe überwältigt – auch seinerseits den Kardinal umarmte und sein verwandeltes Antlitz bebend an dessen Schulter barg. Seine brennenden Tränen rannen über den fleckenlosen Purpur Federigos, dessen edle Hände barmherzig diesen Leib umspannten, auf diesem Waffenrock ruhten, der sonst die Mordwerkzeuge der Gewalt und Heimtücke zu tragen pflegte.

Als der Ungenannte sich aus dieser Umarmung löste, bedeckte er erneut mit einer Hand die Augen und rief aus: »Du wahrhaft großer Gott! Du wahrhaft gütiger Gott! Nun erkenne ich mich, begreife, wer ich bin. Meine Missetaten stehen vor mir, ich verabscheue mich selbst. Und doch ... und doch fühle ich Erleichterung und Freude, ja eine Freude, wie ich sie in meinem ganzen schrecklichen Leben noch nie empfunden habe.«

»Das ist ein Vorgeschmack«, sagte Federigo, »den Gott Ihnen gewährt, um Sie für seinen Dienst zu gewinnen, um Sie zu ermuntern, entschlossen in das neue Leben einzutreten, in dem es für Sie so viel aufzulösen, wiedergutzumachen und zu beweinen gibt.«

»Ich Unglückseliger!« rief der Herr aus, »wie viele, ach allzu viele ... Dinge, die ich nur noch beweinen kann! Aber da sind doch wenigstens ein paar im Gang und kaum begonnen, die ich, wenn sonst nichts, doch wenigstens abblasen kann. Eine Sache kann ich sofort abbrechen, im Keim erstikken und wiedergutmachen.«

Federigo wurde aufmerksam, und der Ungenannte berichtete kurz, aber mit Worten des Abscheus, die sogar noch stärker als die von uns gebrauchten waren, von der Freiheitsberaubung, die Lucia widerfahren war, den Ängsten und Leiden der Armen, wie sie gefleht hatte, von der Unruhe, in welche ihn dieses Flehen versetzt hatte, und daß sie noch auf der Burg wäre ...

»Oh, dann wollen wir keine Zeit verlieren!« rief Federigo aus, von Mitleid und Sorge erregt. »Sie Glücklicher! Das ist ein Unterpfand der Vergebung Gottes, der es Ihnen ermöglicht, da ein Werkzeug des Heils zu werden, wo Sie das des Verderbens sein wollten. Gott segne Sie! Gott hat Sie gesegnet! Wissen Sie, woher die arme Verfolgte stammt?«

Der Herr nannte Lucias Dorf.

»Das ist nicht weit von hier«, sagte der Kardinal. »Gott sei Dank, und wahrscheinlich ...« Bei diesen Worten griff er nach einer Glocke auf einem Tischchen und klingelte. Alsbald trat der kreuztragende Kaplan ängstlich herein und blickte zuerst auf den Ungenannten. Als er dessen Antlitz verwandelt und die Augen vom Weinen gerötet sah, schaute er den Kardinal an. Hinter der unwandelbaren Gelassenheit bemerkte er in dessen Zügen eine gewisse ernste Befriedigung und einen fast ungeduldigen Eifer. Er wäre sprachlos mit offenem Munde stehengeblieben, wenn der Kardinal nicht umgehend den Geistesabwesenden mit der Frage aufgeschreckt hätte, ob sich unter den versammelten Pfarrern der von *** befände.

»Er ist da, Durchlaucht Monsignore«, erwiderte der Kaplan.

»Laß ihn sogleich kommen«, sagte Federigo, »und mit ihm den Pfarrer der hiesigen Kirche.«

Der Kaplan ging hinaus in das Zimmer, in dem die Geistlichen versammelt waren. Aller Augen hefteten sich auf ihn. Mit noch immer offenstehendem Munde, das Gesicht noch immer ganz von Begeisterung gerötet, hob er die Hände, schwenkte sie durch die Luft und sagte: »Meine Herren!

Meine Herren! Haec mutatio dexterae Excelsi[1]!« So blieb er einen Augenblick stehn, ohne mehr zu sagen. Nachdem er seine Amtsmiene und den zugehörigen Ton wiedergefunden hatte, fügte er dann hinzu: »Durchlaucht der Hochwürdigste lassen den Herrn Pfarrer der Gemeinde bitten und den Herrn Pfarrer von ***.«

Der zuerst Gerufene trat sofort vor. Gleichzeitig erscholl aus der Menge ein mit verwundertem Klange gedehntes »Ich?«

»Sind Sie nicht der Pfarrer von ***?« erwiderte der Kaplan.

»Ebender, aber ...«

»Durchlaucht der Hochwürdigste verlangen nach Ihnen.«

»Nach mir?« verwunderte sich jene Stimme abermals und brachte unzweideutig zum Ausdruck: Was kann ich denn damit zu tun haben? Diesmal aber kam mit der Stimme zugleich der Sprecher zum Vorschein, nämlich Don Abbondio persönlich. Sein Schritt war gezwungen und seine Miene halb stutzig, halb verdrossen. Der Kaplan gab ihm einen Wink, der bedeuten sollte: Wir sind dran, vorwärts! Ist denn soviel dabei? Den Pfarrern voraus ging er zur Tür, öffnete und führte die beiden hinein.

Der Kardinal ließ die Hand des Ungenannten los, mit dem er unterdessen abgemacht hatte, was zu tun sei. Er trat ein wenig zur Seite und winkte den Ortspfarrer heran. Er erklärte ihm kurz, um was es sich handelte, und fragte, ob er sofort eine ordentliche Person finden könnte, die sich in einer Sänfte auf die Burg begeben und Lucia abholen würde. Es müsse ein herzliches und gescheites Wesen sein, das sich bei einem so ungewöhnlichen Unternehmen recht zu verhal-

1 Anspielung auf Psalm 77, 11: Welche Veränderung durch die rechte Hand des Höchsten! (Anmerkung des Übersetzers).

ten und den richtigen Weg und die passenden Worte zu finden wisse, um jene Unglückliche zu ermutigen und zu beruhigen, die nach solchen Aufregungen in ihrem verstörten Zustande durch die Befreiung selbst in neue Verwirrung geraten könnte. Der Pfarrer überlegte einen Augenblick, sagte dann, daß er eine geeignete Person wisse, und ging fort. Darauf winkte der Kardinal den Kaplan herbei und trug ihm auf, sofort eine Sänfte und Sänftenträger zu bestellen und zwei Maultiere satteln zu lassen. Als auch der Kaplan gegangen war, wandte er sich an Don Abbondio.

Dieser befand sich bereits in seiner Nähe, um jenem andern Herrn möglichst fernzubleiben, und warf unterdessen bald auf den einen, bald auf den andern von unten herauf scheue Blicke, wobei er weiter bei sich darüber nachgrübelte, was wohl all dies Hin und Her zu bedeuten haben möge. Er trat näher, verneigte sich und sagte: »Man hat mir bedeutet, daß Durchlaucht mich zu sprechen wünschen; ich glaube aber, daß man sich geirrt hat.«

»Man hat sich nicht geirrt«, entgegnete Federigo, »ich habe eine gute Nachricht für Sie und einen erfreulichen und äußerst angenehmen Auftrag. Eines Ihrer Pfarrkinder, das Sie schon als verloren beweint haben werden, Lucia Mondella, ist wiedergefunden, ist hier in der Nähe, im Hause dieses meines lieben Freundes. Sie werden jetzt mit ihm und einer Frau dort hingehen, die soeben durch den hiesigen Pfarrer geholt wird, Sie werden hingehen, meine ich, um Ihre Schutzbefohlene abzuholen und hierherzubegleiten.«

Don Abbondio gab sich die größte Mühe, um den Verdruß – was sage ich: die Beklemmung und den Grimm zu verbergen, die ein solcher Vorschlag oder Befehl, was es ja eigentlich war, in ihm hervorrief. Da ihm aber keine Zeit blieb, seine saure Miene noch zurechtzulegen und zu glätten, verbarg er sie, indem er den Kopf zum Zeichen des Gehorsams tief niederbeugte und ihn nur wieder hob, um vor dem Ungenannten eine zweite tiefe Verbeugung zu machen und ihm einen kläglichen Blick zuzuwerfen, der ausdrückte: Ich bin in Ihren Händen. Haben Sie Erbarmen: parcere subjectis[1]!

Der Kardinal fragte ihn dann nach Lucias Verwandtschaft.

»An nahen Verwandten, mit denen sie lebt oder lebte, hat sie keine außer der Mutter«, erwiderte Don Abbondio.

»Und diese ist in Ihrem Dorf?«

»Jawohl, Monsignore.«

Federigo fuhr daraufhin fort: »Da man ja das arme junge Mädchen wohl nicht so bald wieder nach Hause bringen kann, wird es ein großer Trost für sie sein, bald ihre Mutter zu sehn. Wenn daher der hiesige Pfarrer nicht früher zurückkehren sollte, als ich zur Kirche gehe, so sagen Sie ihm bitte, er möchte ein Fuhrwerk oder ein Reittier besorgen und einen vernünftigen Mann schicken, um die Frau zu holen und hierherzubringen.«

»Wenn ich nun selber ginge?« bemerkte Don Abbondio.

»Nein, nein, Sie nicht. Ich habe Sie bereits um etwas anderes gebeten«, antwortete der Kardinal.

»Ich meinte nur«, erwiderte Don Abbondio, »um jene arme Mutter vorzubereiten. Es ist eine sehr empfindliche Frau, und man muß sie kennen und sie richtig zu nehmen wissen, damit man bei allem guten Willen nichts schlimmer macht.«

»Deshalb bitte ich Sie ja, den Herrn Pfarrer zu verständigen, damit er einen geeigneten Mann wählt. Sie sind anderswo weit notwendiger«, erklärte der Kardinal. Er hätte

1 Vergil: *Aeneis* VI, 853: »Die Unterwürfigen schonen.« Das klassische Zitat aus dem Zusammenhang von Worten über die Weltherrschaftssendung Roms wirkt hier besonders komisch (Anmerkung des Übersetzers).

gerne hinzugefügt: Jenes arme junge Mädchen muß unbedingt bald ein bekanntes Gesicht, eine Vertrauensperson in jener Burg sehen, nach soviel qualvollen Stunden mit ihrer fürchterlichen Ungewißheit über die Zukunft. Das durfte aber vor jenem Dritten so klar nicht ausgesprochen werden. Dem Kardinal kam es jedoch sonderbar vor, daß Don Abbondio das nicht gleich gemerkt hatte und nicht von selbst darauf gekommen war. Der Vorschlag und die Art, wie jener darauf bestand, erschienen ihm so unangebracht, daß er dachte, es müsse etwas dahinterstecken. Er schaute ihm ins Gesicht und las daraus leicht die Angst, mit jenem schrecklichen Manne zusammen sich aufzumachen und auch nur für ein paar Minuten in jenes Haus zu gehn. Er wollte daher diese zaghaften Bedenken zerstreuen, und da es ihm mißfiel, den Pfarrer beiseite zu ziehen und mit ihm heimlich zu reden, während sein neuer Freund als Dritter abseits stünde, meinte er, es wäre am besten, das zu tun, was er auch ohnehin vorhatte: nämlich mit dem Ungenannten selbst zu sprechen. Aus seinen Antworten würde Don Abbondio dann ja wohl schließlich entnehmen, daß man vor diesem Manne keine Angst mehr zu haben brauchte. Er trat also zu dem Ungenannten und sagte zu ihm mit jener Miene selbstverständlicher Vertraulichkeit, die sich bei einer neuen, starken Zuneigung ebenso wie unter alten Freunden findet: »Sie glauben doch wohl nicht, daß ich mich für heute mit diesem Besuch zufriedengebe, und kommen doch wohl in Begleitung dieses ehrenwerten Geistlichen wieder zurück, nicht wahr?«

»Und ob ich wiederkomme!« antwortete der Ungenannte. »Selbst wenn Sie mich zurückwiesen, würde ich dennoch hartnäckig auf Ihrer Schwelle warten, wie ein Bettler. Ich muß ja mit Ihnen sprechen! Ich muß Sie ja hören und sehn! Ich brauche Sie!«

Federigo ergriff seine Hand, drückte sie und sagte: »Dann

bleiben Sie bitte zum Mittagessen bei uns. Ich erwarte Sie. Unterdes gehe ich zum Gebet und werde mit allem Volke Gott danken. Sie aber gehen die ersten Früchte des Erbarmens ernten.«

Während dieser Erklärungen stand Don Abbondio wie ein ängstlicher Schuljunge da, der zusieht, wie jemand in aller Ruhe seinen großen, struppigen Köter streichelt, der rotunterlaufene Augen hat und wegen seiner Bissigkeit und Gefährlichkeit berüchtigt ist. Den Herrn aber hört er sagen, daß sein Hund ein gutes Tier ist und so brav, so brav. Er schaut den Herrn an und widerspricht nicht, ohne jedoch beizupflichten. Er schaut den Hund an und wagt nicht, ihm zu nahe zu kommen, aus Angst, daß das gute Tier ihm die Zähne zeigen könnte, wäre es auch nur beim Freudengekläff. Er wagt nicht fortzugehen, um sich keine Blöße zu geben, und sagt sich im stillen: Ach, wär ich doch zu Haus!

Als der Kardinal im Begriff stand zu gehen und dabei den Ungenannten noch immer bei der Hand hielt und hinausführte, fiel ihm von neuem der arme Mann ins Auge, der wie verdonnert und unzufrieden zurückblieb und, ohne es zu wollen, ein Gesicht schnitt. Er meinte, daß dieses Mißvergnügen vielleicht auch daher rühren könnte, daß er sich vernachlässigt und zurückgesetzt vorkäme gegenüber einem Übeltäter, der so gut aufgenommen, so freundlich behandelt wurde. Er wandte sich im Vorübergehn einen Augenblick zu ihm und sagte mit liebenswürdigem Lächeln: »Herr Pfarrer, Sie sind immer mit mir im Hause unseres guten Vaters; dieser aber ... dieser aber war verloren und ist wiedergefunden worden.«

»Oh, wie sehr mich das freut!« sagte Don Abbondio und machte allen beiden auf einmal eine tiefe Verbeugung.

Der Erzbischof ging voraus und drückte gegen die Tür, die alsbald von zwei Dienern, die auf beiden Seiten Aufstellung genommen hatten, von außen weit aufgerissen wurde.

So erschien das überraschende Paar vor den erwartungsvollen Blicken der im Raume versammelten Geistlichkeit. Man bemerkte in beider Antlitz eine verschiedenartige, aber gleich tief gehende Erregung. Aus Federigos ehrwürdiger Erscheinung sprach dankbare Rührung und demütige Freude, aus der des Ungenannten eine durch Zuspruch gemilderte Befangenheit, erwachende Scham und Zerknirschung, hinter welcher jedoch die Kraft dieser wilden und kühnen Natur zu spüren war. Später erfuhr man, daß mehr als einem der Zuschauer damals jenes Wort des Jesaja eingefallen ist: »Der Wolf und das Lamm werden auf eine Weide gehen; der Löwe und das Rind werden zusammen Heu fressen.« Hinter ihnen kam Don Abbondio, den niemand beachtete.

Als sie inmitten des Raumes standen, näherte sich von der anderen Seite der Kammerdiener des Kardinals, um zu melden, daß er die ihm vom Kaplan übermittelten Befehle ausgeführt habe, daß die Sänfte und die beiden Maultiere bereitstünden und daß man nur noch auf die Frau warte, die der Pfarrer holen sollte. Der Kardinal trug ihm auf, diesen, sobald er einträfe, an Don Abbondio zu verweisen, und dann stünde alles diesem und dem Ungenannten zur Verfügung, von dem er sich mit einem Händedruck und den Worten verabschiedete: »Ich erwarte Sie.« Er wandte sich dann grüßend zu Don Abbondio und machte sich in Richtung der Kirche auf den Weg. Der Klerus folgte ihm teils ungeordnet, teils in feierlichem Aufzuge. Die beiden Weggefährten blieben allein im Zimmer zurück.

Der Ungenannte stand ganz in sich versunken, nachdenklich da und sah mit Ungeduld dem Augenblick entgegen, in dem er endlich dazu käme, seine Lucia ihrer Qual und ihrem Gefängnis zu entreißen, sie, die nun in einem so ganz anderen Sinne als am Tage zuvor sein geworden war. Sein Antlitz drückte gespannte Erwartung aus, die aber dem verdüsterten Blick Don Abbondios leicht als Schlimmeres erscheinen konnte. Der schaute verstohlen zu ihm hin und hätte gerne eine freundschaftliche Unterhaltung angeknüpft, aber – was soll ich ihm bloß sagen? dachte er, soll ich ihm noch einmal sagen: Ich freue mich? Worüber freue ich mich denn? Daß Sie, während Sie bisher ein böser Dämon waren, sich endlich entschlossen haben, ein anständiger Mensch wie die andern zu werden? Ein schönes Kompliment! Ei, ei, ei! wie ich die Sache auch wende, die Glückwünsche könnten nichts anderes als das bedeuten. Und wenn es nun zuträfe, daß er ein anständiger Mensch geworden ist, so Knall und Fall? In dieser Welt wird so viel Humbug gemacht und aus allen möglichen Gründen! Was weiß denn ich schon davon? Und derweil trifft es mich, daß ich mit ihm in seine Burg gehen soll! Ach, eine schöne Geschichte, eine schöne Geschichte! Wenn mir einer das heute morgen prophezeit hätte! Oh, wenn ich mit heiler Haut da rauskomme, dann kriegt die Frau Perpetua was zu hören! Mich so ohne Not mit aller Gewalt aus meiner Pfarre wegzuschicken, weil all die Pfarrer ringsum herbeikämen, sogar aus noch entfernteren Orten, und weil man nicht zurückstehen dürfe und weil es diese und jene Gründe gäbe. Mich in so eine Geschichte zu verwikkeln! Ach, ich Armer! Aber irgend etwas muß ich dem da doch sagen. – Und er grübelte immer weiter und hatte gerade ausgeklügelt, daß er etwa bemerken könnte: Ich hätte niemals auf das Glück gerechnet, mich je in so ehrenwerter Gesellschaft zu befinden … und gerade wollte er den Mund aufmachen, als der Kammerdiener mit dem Ortspfarrer eintrat, der mitteilte, daß die Frau in der Sänfte bereit sei, und sich dann an Don Abbondio wandte, um von ihm den weiteren Auftrag des Kardinals entgegenzunehmen. Don Abbondio entledigte sich seiner, so gut er es in dieser Aufregung vermochte. Dann trat er zu dem Kammerdiener und sagte zu ihm: »Geben Sie mir wenigstens ein ruhiges Tier, weil ich, offen gestanden, ein mäßiger Reiter bin.«

»Das kann ich mir denken«, antwortete der Bediente mit unterdrücktem Grinsen, »es ist das Maultier des Sekretärs; das ist ein gelehrter Herr.«

»Gut so …« entgegnete Don Abbondio und fuhr in Gedanken fort: O Himmel, steh mir bei!

Der Herr war schon bei der ersten Mitteilung rasch aufgebrochen. An der Tür erst dachte er an Don Abbondio, der sich Zeit ließ, und blieb stehn, um ihn zu erwarten. Als dieser dann eilfertig herbeikam, als ob er sich entschuldigen wollte, verbeugte sich der Ungenannte vor ihm und ließ ihm mit höflicher und bescheidener Geste den Vortritt. Das stellte das seelische Gleichgewicht des armen Angsthasen einigermaßen wieder her. Kaum aber hatte er den Fuß in den kleinen Hof gesetzt, so machte er eine neue Beobachtung, welche ihm diesen kümmerlichen Trost vergällte. Er sah, wie der Ungenannte in eine Ecke ging und seinen Karabiner mit einer Hand beim Lauf und mit der andern beim Riemen erfaßte und ihn dann mit rascher Bewegung, wie beim Exerzieren, über die Schulter warf.

O weh, o weh! dachte Don Abbondio, was hat der Bursche mit diesem Instrument vor? Das ist ja ein schöner Büßerstrick, eine schöne Bußgeißel für einen reuigen Sünder! Laß ihn nur einmal eine Laune anwandeln! Ach, so ein Wagnis! So ein Wagnis!

Wenn jener Herr auch nur entfernt hätte ahnen können, was für Gedanken seinem Begleiter durch den Kopf gingen, es ist gar nicht abzusehn, was er getan hätte, um ihn zu beruhigen. Er war aber himmelweit von solchen Vermutungen entfernt, und Don Abbondio hütete sich, irgend etwas zu tun, das klar hätte erkennen lassen: Ich traue Euer Gnaden nicht. Am Hoftor fanden sie die beiden Reittiere bereit. Der Ungenannte schwang sich auf das eine, das ihm ein Reitknecht hielt.

»Es hat doch keine Mucken?« sagte Don Abbondio zu

dem Kammerdiener und zog den Fuß, den er bereits zum Steigbügel gehoben hatte, wieder auf die Erde zurück.

»Steigen Sie ruhig auf. Es ist ein Lamm.« Don Abbondio klammerte sich an den Sattel, der Diener schob: hopla, hopp und aufgesessen!

Die von zwei Maultieren getragene Sänfte, die weiter voraus hielt, setzte sich auf einen Ruf des Lenkers in Bewegung, und der Zug brach auf.

Man mußte an der Kirche vorüber, in der sich eine dichte Menschenmenge drängte, über einen Platz, der gleichfalls von Einheimischen und Fremden wimmelte, die drinnen keinen Platz mehr gefunden hatten. Die große Neuigkeit hatte sich schon verbreitet, und beim Auftauchen des Zuges, beim Erscheinen jenes Mannes, der noch vor wenigen Stunden Gegenstand der Furcht und des Abscheus gewesen war, nun aber frohes Staunen erregte, erhob sich in der Menge fast ein Beifallsgemurmel; und während man Platz machte, drängte man sich zugleich, um ihn von nahem zu sehn. Die Sänfte zog vorbei, dann kam der Ungenannte, und vor dem Kirchenportal lüftete er den Hut und neigte die so gefürchtete Stirn bis auf die Mähne des Maultiers, während hundertfach der Ruf erklang: »Gott segne Euch!« Auch Don Abbondio zog den Hut, verneigte sich und befahl sich dem Himmel. Als er aber den feierlichen Choral seiner Amtsbrüder hörte, die unentwegt sangen, empfand er einen solchen Neid, so wehmütige Rührung und derartige Betrübnis, daß es ihm schwerfiel, die Tränen zurückzuhalten.

Als sie dann außerhalb der Ortschaft unter freiem Himmel waren, auf der tatsächlich manchmal menschenleeren Landstraße, senkte sich ein noch schwärzerer Schleier über sein Gemüt. Weit und breit war nichts, auf dem sein Blick vertrauensvoll hätte ruhen können, als der Sänftenlenker, der – da er im Dienste des Kardinals stand – gewiß ein rechtschaffener Kerl sein mußte und dabei keineswegs furchtsam aussah. Von Zeit zu Zeit tauchten einzeln oder in Gruppen Wallfahrer auf, die den Kardinal noch sehen wollten, und das war für Don Abbondio ein Trost. Doch nur ein schwacher, denn es ging ja jenem gefährlichen Tal entgegen, wo man nur mehr Untertanen des Freundes treffen würde, und was für Untertanen! Mehr als je hätte ihm nun daran gelegen, mit diesem Schutzengel ein Gespräch anzuknüpfen, sowohl um ihn ins Gebet zu nehmen, als auch um ihn bei guter Laune zu erhalten. Wie er ihn aber so nachdenklich sah, verging ihm die Lust dazu. Er mußte sich daher in Selbstgesprächen ergehen. Folgendes ist nur ein Teil von dem, was der arme Mann sich auf diesem Wege sagte, denn wenn man alles aufschreiben würde, wäre es ein ganzes Buch.

Es ist kaum zu sagen, wieviel Quecksilber Heilige so gut wie Schurken im Leibe haben, und sie geben sich nicht damit zufrieden, selber immer in Bewegung zu sein, sondern wenn sie könnten, würden sie das ganze Menschengeschlecht in den Trubel hineinziehen. Daß aber auch die Übereifrigen ausgerechnet immer auf mich verfallen müssen, während ich doch kein Verlangen nach ihnen trage, und daß sie mich an den Haaren zu ihren Geschäften herbeiziehen, während ich doch nichts anderes verlange, als daß man mich leben läßt! Dieser verrückte Schurke Don Rodrigo! Was fehlte ihm denn, um der glücklichste Mensch auf Erden zu sein, wenn er nur ein wenig Vernunft hätte? Er ist reich, er ist jung, er ist angesehen, man macht ihm den Hof: sein Wohlergehen wird ihm langweilig, und da muß er dann hingehn und Schaden für sich und die andern stiften. Er könnte faulenzen. O nein, mein Herr, er verlegt sich lieber darauf, den Weiblein nachzustellen, das verrückteste, unangenehmste und tollste Geschäft der Welt. Er könnte vierspännig in den Himmel fahren und will lieber in des Teufels Küche humpeln ... Und der da? – dabei schaute er zu ihm hin, als ob er den Verdacht hätte, daß jener seine Gedanken lesen könnte –, der da? Nachdem er die Welt durch Verbrechen auf den Kopf gestellt hat, stellt er sie nun durch seine Bekehrung auf den Kopf … wenn es stimmt. Mich trifft es derweil, die Probe darauf zu machen! So ist es nun einmal: wenn sie mit dieser Besessenheit im Leibe geboren sind, müssen sie immer Aufsehen erregen. Gehört denn so viel dazu, sein Leben lang ein Ehrenmann zu bleiben, so wie ich es gehalten habe? Aber nein, mein Herr, da muß man vierteilen, umbringen, den Teufelskerl spielen – ach, ich Ärmster! – und alles durcheinanderwirbeln, selbst um Buße zu tun. Wenn man guten Willens ist, kann man auch zu Hause Buße tun, in aller Stille, ohne so viele Umstände und ohne seinem Nächsten so lästig zu fallen. Und Dero Durchlauchtigkeit stehn da sofort mit offenen Armen: Lieber Freund, teurer Freund … nehmen alles, was der da sagt, auf, als hätten sie ihn Wunder tun sehn, fassen unverzüglich Entschlüsse, ziehen uns mit Haut und Haar hinein, schnell hierhin, schnell dorthin … bei mir zu Hause nennt man das Übereilung. Ohne daß er auch nur die geringste Bürgschaft hat, gibt er ihm einen armen Pfarrer in die Hand. Das heißt ein Menschenleben unbedenklich aufs Spiel setzen. Ein heiliger Bischof wie er müßte auf seine Geistlichen wie auf seinen Augapfel achten. Mir scheint, ein wenig Kaltblütigkeit, ein wenig Vorsicht, ein wenig Nächstenliebe vertragen sich auch mit der Heiligkeit … Und wenn nun alles nur Schein wäre? Wer kann alle Absichten der Menschen durchschauen? erst recht von Menschen wie dem da? Wenn ich nur daran denke, daß mir bestimmt ist, mit ihm in sein Haus zu gehn! Die Sache könnte einen Haken haben. Ach, ich Ärmster! Es ist besser, nicht daran zu denken. Was ist das für eine verwickelte Geschichte mit Lucia? Ist da vielleicht doch ein Einverständnis mit Don Rodrigo? Was sind das für Leute! Aber die Sache wäre dann doch wenigstens klar. Wie ist sie aber dem hier unter die Finger gekommen? Weiß Gott! Alles ist bei Monsignore ein Geheimnis, und mir, den man derartig durch die Gegend jagt, verrät man nichts. Ich bekümmere mich nicht um anderer Leute Angelegenheiten; wenn aber einer seine Haut riskieren soll, muß er auch wissen warum. Ginge es wirklich darum, jenes arme Ding abzuholen, nun, in Gottes Namen! Eigentlich hätte er sie ja auch gleich mitbringen können. Und dann, wenn er sich bekehrt hat, wenn er ein frommer Betbruder geworden ist, wozu bin ich dann nötig? Ach, welcher Wirrwarr. Genug! Gebe der Himmel, daß dem allem so ist. Dann wäre es zwar auch eine große Unbequemlichkeit; aber in Gottes Namen! Auch wegen dieser armen Lucia werde ich zufrieden sein. Auch sie muß von Glück sagen können. Weiß der Himmel, was sie ausgestanden hat! Sie tut mir leid, aber sie ist zu meinem Verderben geboren ... Könnte ich dem da doch wenigstens ins Herz sehn, wie er darüber denkt. Wer kennt sich da aus? Sieh nur, jetzt schaut er aus wie Sankt Antonius in der Wüste und nun wieder wie Holofernes persönlich. Ach ich Armer, ich Armer! Genug! Der Himmel ist eigentlich verpflichtet, mir zu helfen, weil ich mich nicht aus freien Stücken da hineingemengt habe.

Die Züge des Ungenannten erhellten oder verfinsterten seine Gedanken in der Tat so, wie bei einem Sturm die Wolken vor dem Antlitz der Sonne vorübertreiben, wobei denn beständig blendendes Licht und kühle Finsternis wechseln. Die von Federigos milden Worten noch ganz berauschte Seele erhob sich wie neugeboren und verjüngt in ihrem neuen Leben in die Welt des Erbarmens, der Vergebung und der Liebe; dann sank sie unter dem Gewicht der furchtbaren Vergangenheit wieder zurück und irrte ängstlich umher, um festzustellen, welche Missetaten sich überhaupt wiedergutmachen ließen, was noch – und wie am besten und sichersten – verhindert werden könnte, wie so viele Knoten aufzulösen wären, was mit all den Handlangern geschehen sollte. Es war zum Verzweifeln, sich damit herumzuschlagen. Sogar die jetzige Unternehmung, die doch so leicht und schnell zu beenden war, machte ihm noch Kopfzerbrechen; er stellte sich vor, daß jenes arme Geschöpf nun noch Gott weiß wie leiden müßte und daß gerade er es war, der diese Leiden verlängerte, während er doch nur danach trachtete, sie zu befreien. An jedem Kreuzweg drehte sich der Sänftenführer um und wollte wissen, wo es weiterginge. Der Ungenannte wies bloß mit der Hand die Richtung und trieb durch einen Wink zur Eile.

Sie reiten in das Tal ein. Wie fühlt sich da der arme Don Abbondio! Da ist er also in jenem verrufenen Tal, von dem er soviel furchtbare Geschichten hat erzählen hören, da sieht er also leibhaftig jene berüchtigten Gesellen, den Ausschuß der Bravi Italiens, diese verwegenen, hartgesottenen Kerle, und begegnet einem, zweien oder dreien an jeder Straßenkehre. Sie verbeugten sich unterwürfig vor dem Herrn; aber so einige sonnverbrannte Visagen, borstige Schnauzbärte und stechende Blicke erweckten Don Abbondio den Eindruck, als wollten sie sagen: Sollen wir den Pfaffen nicht um die Ecke bringen? Kein Wunder, daß in einem Augenblick tiefster Bestürzung in ihm der Gedanke wach wurde: Hätte ich die beiden doch getraut! Schlimmer konnte es mir nicht ergehen! Unterdessen ritten sie auf einem steinigen Uferpfad neben dem Wildbach weiter. Drüben der Ausblick auf rauhe, düstere, nackte Felsenwände, hüben diese Bevölkerung, die jede Einöde als paradiesisch erscheinen ließ. Dante war inmitten des Höllenpfuhls nicht schlimmer dran.

Sie kommen an der »Höllennacht« vorüber. Bravi an der Tür, Verbeugungen vor dem Herrn, vielsagende Blicke auf seinen Begleiter und die Sänfte. Sie wußten nicht, was sie davon halten sollten: schon der einsame Aufbruch des Ungenannten am Morgen war etwas Außergewöhnliches gewesen, die Rückkehr war es nicht minder. Führte er eine Beute mit sich? Und wie hatte er sie so allein gemacht? Woher eine fremde Sänfte? Von wem mochte diese Livree sein? Sie bestaunten das alles, aber keiner rührte sich, denn in den Blicken des Gebieters lasen sie diesen Befehl.

Dann kommt der Aufstieg, und sie sind oben. Die Bravi auf dem Vorplatz und am Tor ziehen sich dahin und dorthin zurück und geben den Weg frei; der Ungenannte veranlaßt sie durch einen Wink zum Bleiben, spornt sein Tier und eilt nach vorn zu der Sänfte. Er gibt dem Sänftenführer und Don Abbondio ein Zeichen, ihm zu folgen, tritt in einen ersten Hof, von da in einen zweiten, geht auf eine kleine Pforte zu, weist einen Bravo ab, der herbeigeeilt ist, um ihm den Steigbügel zu halten, und sagt zu ihm: »Du bleibst hier. Laß keinen nachkommen.« Er steigt ab, bindet schnell das Maultier an ein Gitter, begibt sich an die Sänfte, tritt zu der Frau, die den Vorhang gehoben hat, und flüstert ihr zu: »Beruhigt sie sofort. Gebt ihr sogleich zu verstehen, daß sie frei und in Händen von Freunden ist. Gott wird's Euch lohnen.«

Dann läßt er die Sänfte öffnen. In seinen Mienen spiegelt sich die Freude über die nun bald vollbrachte gute Tat, und heiter wie nie tritt er zu dem überraschten Don Abbondio, der das kaum für möglich gehalten hätte, um ihm – ebenfalls im Flüsterton – zu sagen: »Herr Pfarrer, ich bitte Sie nicht weiter um Verzeihung wegen der Mühe, die ich Ihnen zumuten mußte; Sie tun das ja für einen, der es zu lohnen weiß, und für sein armes Geschöpf.«

Nach dieser Erklärung ergreift er mit einer Hand den Zaum, mit der anderen den Steigbügel, um Don Abbondio beim Absitzen behilflich zu sein.

Miene, Worte und Verhalten hatten diesem das Leben wiedergegeben. Er stieß einen Seufzer aus, der seit einer Stunde in ihm rumorte, ohne einen Ausweg zu finden, verneigte sich vor dem Ungenannten und erwiderte kleinlaut: »Meinen Sie? Aber, aber, aber, aber ...« Und so gut er konnte, rutschte er von seinem Reittier herunter. Der Ungenannte band auch dieses fest, befahl dem Sänftenführer, hier zu warten, zog einen Schlüssel aus der Tasche, öffnete die Pforte, trat ein, ließ den Pfarrer und die Frau nachkommen und ging ihnen voraus zu der kleinen Treppe. Alle drei stiegen schweigend hinauf.

24. KAPITEL

Lucia war vor kurzem wieder zu sich gekommen und erst allmählich und mühsam wieder hellwach geworden; so schwer fiel es ihr, die trüben Traumgesichte von den mahnenden Tatsachen der Wirklichkeit zu trennen, die einer düsteren Höllenvision nur allzu nahe kamen. Die Alte hatte sich ihr alsbald genähert und in verlogen unterwürfigem Ton zu ihr gesagt: »Ach! Ihr habt geschlafen? Ihr hättet auch im Bett schlafen können; das habe ich Euch doch gestern abend so oft gesagt.« Und da sie keine Antwort erhielt, fuhr sie in derselben Tonart verärgert fort: »Nun eßt endlich einmal! Nehmt doch Vernunft an. Huch, wie garstig Ihr seid! Ihr müßt doch etwas zu Euch nehmen! Und wenn er nun wiederkommt und mir etwas am Zeug flicken will?«

»Nein, nein, ich will fortgehn, ich will zu meiner Mutter. Der Herr hat mir's versprochen. Er hat gesagt: Morgen früh. Wo ist der Herr?«

»Er ist ausgegangen. Er hat mir gesagt, daß er bald zurückkehren und alles tun wird, was Ihr wünscht.«

»Hat er das gesagt? Hat er das gesagt? Also, ich will auf der Stelle zu meiner Mutter gehn.«

Da dröhnen Schritte im Nebenzimmer, dann ein Klopfen an der Tür. Die Alte eilt herbei, fragt: »Wer da?«

»Öffne«, antwortet leise die bekannte Stimme. Die Alte

zieht den Riegel zurück. Der Ungenannte drückt leicht gegen die Türflügel, öffnet sie einen Spalt, befiehlt der Alten herauszukommen und läßt alsbald Don Abbondio und die gute Frau eintreten. Dann schließt er die Tür wieder, bleibt dahinter stehen und schickt die Alte in einen entfernteren Flügel der Burg, so wie er auch bereits die andere Frau fortgeschickt hatte, die draußen Wache hielt.

All diese Vorgänge, Lucias Beobachtungspunkt, das erste Auftreten neuer Personen versetzten das Mädchen in die größte Aufregung, denn wenn auch der gegenwärtige Zustand unerträglich war, jede Veränderung bot doch Anlaß zu Mißtrauen und neuer Angst. Sie schaute hin, erkannte einen Priester, eine Frau und beruhigte sich wieder einigermaßen. Dann schaut sie genauer hin: Ist er es, oder ist er es nicht? Sie erkennt Don Abbondio und starrt ihn unverwandt wie geistesabwesend an. Die Frau hatte sich schon genähert und beugte sich über sie. Mit mitleidigem Blick ergriff sie ihre Hände, wie um das Mädchen zugleich zu begütigen und hochzuziehen, und sagte: »Ach Ihr Ärmste, kommt, kommt mit uns!«

»Wer seid Ihr?« fragte Lucia. Ohne aber die Antwort abzuwarten, wandte sie sich erneut Don Abbondio zu, der zwei Schritte weiter weg ganz ergriffen stehengeblieben war. Sie faßte ihn abermals ins Auge und rief aus: »Sie? Sind Sie es, Herr Pfarrer? Wo sind wir denn …? Ach ich Ärmste! Ich bin nicht bei Sinnen!«

»Aber doch!« erwiderte Don Abbondio, »ich bin es wirklich. Fasse doch Mut! Sieh, wir sind hier, um dich fortzubringen. Ich bin wahrhaftig dein Pfarrer und eigens hergeritten …«

Als hätte sie mit einemmal all ihre Kräfte wiedergewonnen, richtete sich Lucia hastig auf, heftete dann noch einmal ihre Blicke auf die beiden Gesichter und sagte: »Dann hat euch also die Madonna hergeschickt!«

»Das will ich meinen«, sagte die gute Frau.

»Können wir denn aber fort, können wir wirklich fort?« forschte Lucia mit ängstlichem und argwöhnischem Blick und dämpfte die Stimme. »Und all diese Leute ...?« fragte sie weiter und preßte die furchtsam bebenden Lippen zusammen, »und jener Herr ...! jener Mensch ...! Zwar hatte er mir versprochen ...«

»Auch er ist persönlich hier und eigens mit uns gekommen«, sagte Don Abbondio. »Er steht draußen und wartet. Wir wollen gleich gehen und so jemand nicht länger harren lassen.«

Da öffnete der, von dem die Rede war, die Tür und ließ sich sehen. Lucia, die ihn kurz zuvor herbeigesehnt hatte, ja, die sogar, da sie auf nichts anderes in der Welt hoffte, nur ihn herbeiwünschte, konnte sich nun, nachdem sie wohlwollende Gesichter gesehen und teilnehmende Stimmen gehört hatte, eines jähen Schreckens nicht erwehren. Sie fuhr zusammen, hielt den Atem an, drängte sich an die gute Frau und barg das Antlitz an ihrer Brust. Beim Anblick der Gestalt, auf der schon am Abend zuvor sein Blick nicht ruhig hatte verweilen können, deren Antlitz Leiden und Entbehrung nun noch bleicher, matter und verängstigter wirken ließen, war der Ungenannte fast noch auf der Schwelle stehengeblieben. Als er dann sah, wie sie sich abwandte, schlug er die Augen nieder, verharrte noch einen Augenblick unbeweglich und stumm und antwortete dann auf das, was die Ärmste gar nicht gesagt hatte, mit dem Ausruf: »So ist es! Verzeiht mir!«

»Er kommt, um Euch zu befreien. Er ist nicht mehr derselbe. Er ist gut geworden. Hört Ihr nicht, wie er Euch um Verzeihung bittet?« sagte die gute Frau Lucia ins Ohr.

»Kann man denn mehr sagen? Vorwärts, Kopf hoch! Stelle dich doch nicht an wie ein Kind, damit wir bald gehn können«, sagte Don Abbondio zu ihr. Lucia hob den Kopf, schaute den Ungenannten an, und als sie seine geneigte Stirn, den unsicheren und fragenden Blick sah, sagte sie, von Teilnahme, Dankbarkeit und Mitleid in einem bewegt: »O mein Herr, Gott vergelte Ihnen Ihr Erbarmen!«

»Und Euch hundertfach die Wohltat, die diese Eure Worte für mich bedeuten.«

Nach diesem Bekenntnis wandte er sich um, ging zur Tür und schritt als erster hinaus. Lucia folgte ihm, frisch belebt, am Arm der Frau; Don Abbondio machte den Beschluß. Sie stiegen die Treppe hinab und gelangten an das Tor zum Hof. Der Ungenannte riß es weit auf, ging zur Sänfte, öffnete den Schlag und war Lucia und der guten Frau höflich und beinahe schüchtern beim Einsteigen behilflich. (So war er noch nie gewesen.) Dann band er Don Abbondios Maultier los und half dem Pfarrer in den Sattel.

»Oh, welche Herablassung!« sagte dieser und stieg viel behender auf als beim erstenmal. Der Zug setzte sich in Bewegung, als auch der Ungenannte aufgesessen war. Er trug den Kopf wieder hoch, der Blick hatte den gewohnten gebietenden Ausdruck angenommen. Die Bravi, denen er begegnete, lasen aus seinen Zügen deutlich die Zeichen eines mächtigen Gedankens, einer ungewöhnlichen Versonnenheit; mehr aber begriffen sie nicht und konnten sie nicht begreifen. Auf der Burg wußte man noch nichts von der großen Wandlung dieses Mannes, und sicherlich konnte keiner dergleichen vermuten.

Die gute Frau hatte alsbald die Vorhänge der Sänfte zugezogen. Dann ergriff sie mütterlich Lucias Hände und schickte sich an, sie mit teilnehmenden, Glück wünschenden und gütigen Worten zu trösten. Als sie bemerkte, daß die Ärmste nicht nur durch ihre Erlebnisse übermüdet war, sondern auch angesichts der unklaren, widerspruchsvollen Vorgänge ihrer Befreiung nicht recht froh werden konnte, sagte sie ihr, was ihr nur einfiel, um sie wieder auf andere Gedanken und auf den rechten Weg zu bringen. Sie nannte ihr das Dorf, in das sie sich begaben.

»So?« sagte Lucia, die wußte, daß es von dem ihren nicht weit entfernt war. »O Heilige Jungfrau, ich danke dir! Meine Mutter, meine Mutter!«

»Wir werden sie gleich holen lassen«, versicherte die gute Frau, die nicht ahnte, daß das bereits geschehen war.

»O ja! Gott möge es Euch vergelten ... Und Ihr, wer seid Ihr? Wieso seid Ihr gekommen ...?«

»Unser Pfarrer hat mich geschickt«, sagte die gute Frau, »weil Gott – ihm die Ehre! – diesem Herrn das Herz gerührt hat, und er ist in unser Dorf gekommen, um mit dem Herrn Kardinal Erzbischof zu sprechen – wir haben nämlich den heiligen Mann da bei uns zu Besuch –, und er hat seine Sünden bereut und will sein Leben ändern. Und er hat dem Kardinal gestanden, daß er eine arme Unschuld – Euch nämlich – habe entführen lassen, im Einverständnis mit einem anderen gottlosen Menschen, von dem der Pfarrer mir nicht gesagt hat, wer es sein könnte.«

Lucia hob die Augen gen Himmel.

»Vielleicht wißt Ihr es«, fuhr die gute Frau fort. »Genug, der Herr Kardinal hat also gemeint, da es sich um ein junges Mädchen handelte, sei eine Frau zur Begleitung erforderlich, und er hat dem Pfarrer aufgetragen, eine zu suchen. Der Pfarrer ist in seiner Güte nun zu mir gekommen ...«

»Oh, der Herrgott wird Euch Eure Güte lohnen!«

»Was sagt Ihr denn da, mein armes Kind? Und der Herr Pfarrer hat mir gesagt, ich möchte Euch Mut machen und versuchen, Euch wiederaufzurichten und Euch klarzumachen, wie der Herrgott Euch so wunderbar errettet hat ...«

»Ach ja, wirklich wunderbar, auf Fürbitte der Madonna.«

»Dann seid also guten Muts, und Ihr sollt dem vergeben,

der Euch Böses getan hat, und froh sein, daß Gott Euch gnädig war, ja sogar für jenen beten. Außer daß es ein verdienstliches Werk ist, wird es Euch auch das Herz erleichtern.«

Lucia antwortete durch einen zustimmenden Blick so klar wie mit Worten und mit einer Innigkeit, die durch Worte nicht hätte zum Ausdruck gebracht werden können.

»Wackeres Mädchen!« fuhr die Frau fort, »und da sich auch euer Pfarrer in unserm Dorf befand – da sind nämlich gar viele aus der ganzen Umgebung, um wer weiß wie viele Messen auf einmal zu halten –, hat der Herr Kardinal daran gedacht, auch ihn zur Begleitung mitzuschicken. Er hat aber nicht viel geleistet. Ich hatte zwar schon gehört, daß mit ihm wenig los sei, aber bei dieser Gelegenheit habe ich wirklich sehen müssen, daß er hilfloser ist als ein Küken im Werg.«

»Und der da ...« fragte Lucia, »der nun gut geworden ist, wer ist denn das ...?«

»Was, das wißt Ihr nicht?« sagte die gute Frau, und sie nannte seinen Namen.

»Um Himmels willen!« rief Lucia aus. Wie oft hatte sie diesen Namen mit Abscheu nennen hören, in mehr als einer Geschichte, in denen er immer wie in anderen der Leibhaftige vorkam. Bei der Überlegung, daß sie in seiner furchtbaren Macht gewesen war und nun unter seinem gnädigen Schutz stand, beim Gedanken an ihr scheußliches Mißgeschick und eine so ungeahnte Rettung, bei der Vorstellung, wem jenes Gesicht gehörte, das sie finster, dann bewegt, dann erniedrigt gesehen hatte, fühlte sie sich nun wie entrückt und sagte nur immer wieder: »Oh, himmlisches Erbarmen!«

»Es ist wirklich ein großes Erbarmen!« sagte die gute Frau. »Es muß eine große Erleichterung für die halbe Welt sein. Wenn man bedenkt, wieviel Leute er in Aufregung gebracht hat ... und jetzt, nach dem, was mir unser Pfarrer gesagt hat ... und dann braucht man ihm ja nur ins Gesicht zu sehn: er ist fromm geworden. Man sieht ja auch schon die guten Werke.«

Es hieße nicht der Wahrheit die Ehre geben, wenn man behaupten wollte, daß diese gute Frau nicht eine lebhafte Neugierde empfand, das große Abenteuer, in dem sie eine Rolle spielte, etwas genauer kennenzulernen. Zu ihrer Ehre muß man aber gestehen, daß sie, von achtungsvollem Mitleid für Lucia beseelt, und da sie in gewisser Weise den Ernst und die Würde der ihr übertragenen Aufgabe empfand, nicht einmal daran dachte, eine indiskrete oder müßige Frage zu stellen. Auf diesem Weg waren all ihre Worte voller Trost und Besorgnis für das arme junge Mädchen.

»Weiß Gott, wie lange Ihr nichts gegessen habt!«

»Ich erinnere mich nicht mehr ... Es ist schon eine Weile her.«

»Ärmste! Ihr werdet Euch stärken müssen!«

»Ja«, entgegnete Lucia mit schwacher Stimme.

»Bei mir zu Hause werden wir Gott sei Dank gleich etwas finden. Faßt Mut; jetzt ist es nicht mehr weit.«

Dann ließ sich Lucia matt und wie betäubt tiefer in die Sänfte gleiten, und die gute Frau ließ sie nun in Ruhe.

Für Don Abbondio war diese Rückkehr gewiß nicht so beängstigend wie der Hinweg kurz zuvor, aber auch sie war keineswegs eine Vergnügungstour. Sobald jene Sterbensangst vorüber war, hatte er sich anfänglich völlig erleichtert gefühlt; schnell aber machten ihm hundert neue Ärgernisse das Herz wieder schwer; wenn ein großer Baum entwurzelt worden ist, bleibt der Boden einige Zeit frei, dann aber überzieht er sich ganz mit Unkraut. Er war für alles übrige empfindlicher geworden, und sowohl in der Gegenwart als auch im Hinblick auf die Zukunft fehlte es ihm leider nicht an nur allzu vielen Anlässen zur Beunruhigung. Er empfand nun viel mehr als beim Hinweg das Unbequeme dieser Art zu reisen, an die er nicht sonderlich gewöhnt war, besonders aber im Anfang, als es von der Burg zum Talgrund hinunterging. Der Sänftenführer ließ auf einen Wink des Ungenannten seine Tiere gut ausschreiten, die beiden Reittiere folgten dicht im gleichen Schritt, woraus sich ergab, daß der arme Don Abbondio an gewissen steileren Stellen nach vorne kippte, als würde er von hinten emporgeschnellt, so daß er sich, um sich oben zu halten, mit der Hand am Sattelbogen anklammern mußte. Er wagte jedoch nicht zu bitten, man möchte langsamer reiten, und andererseits wäre er auch gerne so schnell wie möglich aus dieser Gegend herausgewesen. Wo die Straße auf eine Erhöhung, einen Buckel führte, schien sich das Maultier überdies nach der Gewohnheit von seinesgleichen wie ihm zum Tort außen zu halten und die Hufe ausgerechnet auf den Rand zu setzen. So sah denn Don Abbondio fast lotrecht unter sich eine Senke oder, wie er meinte, einen Abgrund. Auch du, sagte er bei sich zu dem Tier, hast diesen verdammten Hang, dich in Gefahr zu begeben, während der Pfad doch so breit ist! Und er zog den Zügel nach der anderen Seite; jedoch vergebens. So ließ er sich gewöhnlich erbost von fremdem Willen leiten und starb fast vor Angst. Die Bravi flößten ihm nicht mehr so großen Schrecken ein, nachdem er zuverlässiger wußte, wie ihr Herr dachte. Aber, überlegte er sich, wenn die Kunde von der großen Bekehrung sich hierherum verbreitet, wer weiß, wie die das dann aufnehmen! Wer weiß, was daraus entsteht! Wenn sie sich etwa einbilden sollten, ich wäre gekommen, um den Missionar zu spielen! Ich Ärmster! Sie werden mich foltern! Das Stirnrunzeln des Ungenannten machte ihm keinen Kummer. Um diese Galgengesichter da in Schach zu halten, dachte er, kann man nicht weniger aufbieten; so viel begreife ich auch; warum muß ich aber auch ausgerechnet in diese Gesellschaft geraten!

Genug, man kommt an den Fuß des Abhangs und endlich auch aus dem Tal heraus. Die Stirn des Ungenannten glättete sich nach und nach. Auch Don Abbondio setzte eine ungezwungene Miene auf, reckte den Kopf ein wenig aus den Schultern hervor, streckte Arme und Beine, richtete den Rumpf etwas empor und gewann ein ganz anderes Aussehen. Er atmete freier und wandte sich beruhigter der Betrachtung anderer, noch ferner Gefahren zu. Was wird dieser Unhold Don Rodrigo sagen? Derartig mit langem Gesicht dazustehn, den Schaden und den Spott dazu zu haben, wir können uns ja denken, wie bitter ihm das schmecken muß. Jetzt wird bei ihm wirklich der Teufel los sein. Abzuwarten bleibt, ob er auch mit mir anbindet, weil ich in die Geschichte verwickelt bin. Wenn er bisher schon die Stirn gehabt hat, jene beiden Teufel zu schicken, um mir auf offener Straße so zu begegnen, wer weiß, was er nun tun wird. Mit der Durchlaucht kann er nicht anbinden, da sie viel höher gestellt ist als er. Da muß er sich im Zaum halten. Das Gift aber wird er derweil im Leibe haben, und gegen irgend jemand muß er es dann verspritzen. Wie enden solche Angelegenheiten? Die Schläge fallen immer nach unten, die kleinen Leute sind immer die Dummen. Mit Fug und Recht wird die Durchlaucht daran denken, Lucia in Sicherheit zu bringen. Jener andere schlecht beratene arme Teufel ist außer Schußweite und hat schon sein Teil weg. Da bin ich also nun zum Sündenbock geworden. Es wäre barbarisch, wenn ich nach so viel Ungemach, so viel Aufregungen, die mir gar nichts nützen, dafür büßen müßte. Was wird die Durchlaucht nun unternehmen, um mich zu schützen, nachdem er mich ins Spiel gebracht hat? Kann er mir dafür bürgen, daß jener verruchte Bursche mir nicht einen noch schlimmeren Streich als das erstemal spielt? Und dann hat er soviel Dinge im Kopf, mischt sich in so viele Angelegenheiten! Wie kann man auch an alles denken? Manchmal hinterlassen sie auch die Dinge verwickelter, als sie vorher waren. Die das Gute tun, tun es in Bausch und Bogen. Wenn sie ihre

Genugtuung fühlen, genügt es ihnen, und sie haben keine Lust, allen Folgen nachzugehn. Die aber, die darauf aus sind, das Böse zu tun, sind mit größerem Eifer dabei, sie sind bis zum Ende dahinter her und geben niemals Ruhe, weil sie diese Sucht haben, die sie verzehrt. Soll ich hingehn und sagen, daß ich auf ausdrücklichen Befehl der Durchlauchtigkeit hierhergegangen bin und nicht aus freien Stücken? Das sähe so aus, als ob ich dem Unrecht die Stange halten wollte. O Gott im Himmel! Ich auf seiten des Unrechts! Weil ich soviel Freude daran habe! Genug, am besten erzähle ich Perpetua, wie die Dinge liegen, und überlasse es dann ihr, die Sache unter die Leute zu bringen. Wenn es nur Monsignore nicht einfällt, herumzuposaunen, irgendeine unnütze Szene zu machen und auch mich da hineinzuziehn! Jedenfalls gehe ich, sobald wir angekommen sind und er aus der Kirche zurück ist, schleunigst hin, ihm meine Aufwartung zu machen; wenn nicht, lasse ich mich entschuldigen und gehe stracks nach Hause. Lucia ist gut versorgt; man braucht mich nicht weiter, und nach soviel Ungelegenheiten habe ich auch wohl das Recht, der Ruhe zu pflegen. Und dann ... da sei Gott vor, daß mir Monsignore auch noch neugierig wird, den ganzen Hergang zu erfahren, und daß ich dann über die Trauungsgeschichte Rechenschaft geben soll! Das fehlte gerade noch! Und wenn er nun auch meine Pfarre besuchen käme ...! Oh, sei dem, wie ihm wolle, ich will mich nicht vor der Zeit in Verlegenheit bringen, ich habe gerade Unglück genug. Zunächst verkrieche ich mich einmal in mein Mauseloch. Solange sich Monsignore in der Gegend befindet, wird Don Rodrigo nicht die Stirn haben, Dummheiten zu machen. Aber dann ... Aber dann? Ach, ich sehe, daß ich zu guter Letzt noch trübe Zeiten durchzumachen habe.

Die Kolonne traf ein, als die Kirchenfeierlichkeiten noch nicht beendet waren. Sie bahnte sich einen Weg durch die

Menschenmenge, die auch diesmal viel Anteilnahme zeigte, und dann löste sie sich auf. Die beiden Berittenen bogen auf einen kleinen Seitenplatz ein, an dessen Ende die Pfarrei lag, die Sänfte setzte ihren Weg zum Hause der guten Frau fort.

Don Abbondio tat, was er sich vorgenommen hatte. Kaum abgestiegen, empfahl er sich dem Ungenannten mit ausgesuchter Höflichkeit und bat darum, ihn bei Monsignore entschuldigen zu wollen, da er dringender Geschäfte halber sofort zu seiner Pfarre zurückkehren müsse. Er ging das, was er seinen Gaul nannte, holen, nämlich den Stock, den er in einer Zimmerecke hatte stehenlassen, und machte sich auf den Weg. Der Ungenannte aber wartete, bis der Kardinal aus der Kirche zurückkehrte.

Die gute Frau hatte Lucia zunächst den besten Platz in ihrer Küche angeboten und machte sich nun daran, ihr eine stärkende Mahlzeit zu bereiten. Dabei wies sie mit einer gewissen herzlichen Derbheit die von dieser immer wieder vorgebrachten Dankesworte und Entschuldigungen ab.

Flink legte sie Reisig unter einen Kessel, in dem ein fetter Kapaun schwamm, ließ die Brühe noch einmal aufkochen, übergoß damit eine bereits mit Brotbrocken gefüllte Schüssel und konnte sie Lucia endlich so vorsetzen. Mit Vergnügen sah sie, wie die Ärmste bei jedem Löffel mehr auflebte, und sie beglückwünschte sich selber laut, daß das Ereignis an einem Tag gekommen war, an dem, wie sie sagte, nicht Schmalhans Küchenmeister war. »Alle bemühen sich heute, etwas auf den Tisch zu bringen«, fügte sie hinzu, »außer jenen Ärmsten der Armen, die sich schon abplacken müssen, um Wickenbrot und Hirsepolenta zu haben. Doch heute hoffen sie alle von einem so mildtätigen Herrn etwas einzusacken. Wir befinden uns Gott sei Dank nicht in dieser Lage. Mit dem Gewerbe meines Mannes und dem Land, das wir haben, kommt man schon durch. So laßt es Euch ruhig schmecken. Bald wird auch der Kapaun gar sein, daran könnt Ihr Euch noch besser laben.« Nach diesen Worten machte sie sich wieder an die Zubereitung des Mittagessens und deckte den Tisch.

Lucia, die wieder zu Kräften gekommen war und sich immer mehr beruhigte, nahm die Gelegenheit wahr, um sich zurechtzumachen, wie es ihr Reinlichkeitsbedürfnis und der Anstand forderten. Sie steckte die gelockerten und zerzausten Flechten wieder fest auf und band ihr Halstuch neu. Dabei verwickelten sich ihre Finger in dem Rosenkranz, den sie in der Nacht zuvor ins Mieder gesteckt hatte. Als nun ihr Blick darauffiel, geriet sie in die größte Verwirrung. Die Erinnerung an ihr Gelübde, die bis dahin von soviel Augenblickseindrücken verdrängt und unterdrückt worden war, überfiel sie in aller Deutlichkeit. Damit geriet ihr kaum wiedergefundenes seelisches Gleichgewicht unversehens ins Schwanken, und wenn diese Seele durch ein Leben in Unschuld, Bescheidung und Gottvertrauen nicht so wohlvorbereitet gewesen wäre, hätte die Bestürzung, welche sie in diesem Augenblick empfand, sie zur Verzweiflung treiben können. Nach einem wilden Aufbrodeln von Gedankenverbindungen, für die man keine Worte findet, war ihr erster klarer Gedanke: Ach, ich Ärmste, was habe ich getan!

Kaum aber hatte sie es gedacht, so überlief es sie heiß und kalt. Alle Umstände des Gelübdes fielen ihr ein: die unerträgliche Angst, keinerlei Aussicht auf Hilfe, die Inbrunst des Gebetes, die volle Überzeugung, mit der sie ihr Versprechen gegeben hatte. Das Gelübde aber nachträglich zu bereuen, nachdem sie der Gnade teilhaftig geworden war, erschien ihr als ruchlose Undankbarkeit, als Verrat an Gott und der Madonna. Es kam ihr vor, als ob eine solche Treulosigkeit sie in neue und noch schrecklichere Abenteuer verstricken würde, bei denen sie nicht einmal mehr auf das Gebet hoffen dürfte, und sie befliß sich, dies momentane

Bedauern zu verleugnen. Andächtig nahm sie den Rosenkranz vom Halse, hielt ihn in zitternden Händen und bestätigte, erneuerte das Gelübde, wobei sie zugleich ehrlich bekümmert flehte, daß ihr die Kraft verliehen werden möchte, es zu erfüllen, und daß ihr Gedankengänge und Gelegenheiten erspart werden möchten, die sie zu sehr erregen würden, wenn sie auch ihre Seele nicht erschüttern könnten. In Renzos Entfernung, ohne jede Aussicht auf Rückkehr, in dieser Entfernung, die ihr bis dahin so bitter gewesen war, erblickte sie nun das Walten der göttlichen Vorsehung, die beide Ereignisse in einer einzigen Absicht verknüpft hatte, und sie bemühte sich, in dem einen den Grund zu finden, mit dem anderen zufrieden zu sein. Zu dieser Erklärung trat dann weiter die Vorstellung, daß dieselbe Vorsehung, um ihr Werk zu vollenden, Mittel und Wege finden würde, um auch Renzo sich bescheiden zu lassen, daß er nicht mehr dächte ... Doch eine solche Betrachtung verwirrte, kaum begonnen, den Geist, der darauf ausgegangen war, sie zu ersinnen. Als die arme Lucia merkte, daß das Herz Gefahr lief zu bereuen, kehrte sie wieder zum Gebet zurück, zur weiteren Bekräftigung, zum Seelenkampf, aus dem sie sich – wenn der Ausdruck erlaubt ist – wie ein erschöpfter und verwundeter Sieger über den niedergeworfenen – doch damit nicht vernichteten – Feind erhob.

Auf einmal vernimmt man ein Getrappel und das Geschwirr fröhlicher Stimmen. Es war die kleine Familie, die aus der Kirche zurückkehrte. Zwei Mädchen und ein Junge hüpfen herein. Sie bleiben einen Augenblick stehn, um einen neugierigen Blick auf Lucia zu werfen, dann laufen sie zur Mamma und scharen sich um sie: eins fragt nach dem Namen des unbekannten Gastes, nach dem Wieso und Warum, eins will von den geschauten Wundern erzählen. Die gute Frau antwortet allen mit einem »pst, pst!« Dann naht gemessener, mit herzlicher Zuvorkommenheit, die ihm ins

Gesicht geschrieben steht, der Hausherr. Er war, falls wir es noch nicht gesagt haben, der Schneider des Dorfes und der Umgebung: ein Mann, der lesen konnte, der in der Tat mehr als einmal das »Buch der Heiligenlegenden«, den »Guerrin Meschino« und die »Reali di Francia«[1] gelesen hatte und in der Gegend für einen begabten und gebildeten Mann gehalten wurde, ein Lob, das er jedoch bescheiden ablehnte, wobei er nur meinte, daß er den Beruf verfehlt habe und daß er, wenn er studiert hätte, statt soviel anderer … Im übrigen war er die beste Haut von der Welt. Da er dabeigewesen war, als seine Frau vom Pfarrer gebeten wurde, jenen Weg der Nächstenliebe zu machen, hatte er nicht nur seine Zustimmung gegeben, sondern ihr auch Mut gemacht, wenn das überhaupt nötig gewesen wäre. Nachdem nun der Gottesdienst, das Gepränge, das freudige Gewimmel und insbesondere die Predigt des Kardinals, wie es so schön heißt, alles Gute in ihm geweckt hatten, kehrte er erwartungsvoll nach Hause zurück, höchst begierig, vom Ausgang der Sache zu hören und die arme Unschuld gerettet zu finden.

»Schau mal her«, sagte die gute Frau bei seinem Eintritt zu ihm und wies auf Lucia, die rot wurde, aufstand und irgendeine Entschuldigung zu stammeln begann. Er aber unterbrach sie, trat auf sie zu und begrüßte sie auf das freundlichste mit den Worten: »Willkommen, willkommen! Ihr seid ein Segen des Himmels in diesem Hause. Wie freue ich mich, Euch hier zu sehen! Ich war zwar schon überzeugt, daß Ihr wohlbehalten anlangen würdet, denn ich habe niemals erlebt, daß unser Herrgott ein Wunder begonnen hätte, ohne es gut zu Ende zu führen, doch freue ich mich, Euch

1 *Guerrin Meschino* und *Reali di Francia:* zwei laut Giulio Dolci auch heute noch volkstümliche Ritterromane aus dem karolingischen Sagenkreis von Andrea da Barberino (um 1370-1431 oder 1433) (Anmerkung des Übersetzers).

hier zu haben. Armes Ding! Aber es ist doch etwas Großes, wenn einem ein Wunder widerfährt!«

Man glaube nur nicht, daß er allein jenes Ereignis so bewertete, weil er das »Buch der Heiligenlegenden« gelesen hatte: im ganzen Dorf und in der ganzen Umgegend sprach man davon nicht mit anderen Worten, solange die Erinnerung daran wachblieb. Und in der Tat konnte ihm denn auch wegen der Ausschmückungen, die es erfuhr, keine andere Bezeichnung zukommen.

Der Schneider trat dann bedächtig zu seiner Frau, die den Kessel von der Kette hob, und flüsterte ihr zu: »Ist alles gut gegangen?«

»Ausgezeichnet. Du wirst noch alles hören.«

»Gut, gut, in aller Ruhe.«

Nachdem sie dann schnell aufgetragen hatte, ging die Hausfrau zu Lucia, führte sie an den Tisch, ließ sie Platz nehmen, löste einen Flügel von dem Kapaun und legte ihn ihr vor. Dann nahmen auch sie und der Mann Platz, und alle beide ermunterten den erschöpften und verschämten Besuch zuzugreifen. Schon bei den ersten Bissen begann der Schneider einen schwungvollen Bericht, wurde aber von den Kindern immer wieder unterbrochen, die rings um den Tisch saßen und in der Tat zuviel Außergewöhnliches gesehen hatten, um auf die Dauer bloße Zuhörer zu bleiben. Er beschrieb die Feierlichkeiten und ging dann auf die wunderbare Bekehrung über. Was ihm aber den größten Eindruck gemacht hatte, weshalb er denn auch am häufigsten darauf zurückkam, war die Predigt des Kardinals.

»Wenn man ihn da so vor dem Altar sieht«, sagte er, »einen solchen Herrn, wie einen einfachen Pfarrer ...«

»Und das goldene Ding, das er auf dem Kopf hatte ...« sagte eines der Mädchen.

»Schweig still. Wenn man bedenkt, sage ich, daß so ein Herr und ein so gelehrter Mann, der, wie es heißt, alle Bücher gelesen hat, die es gibt, was sonst noch kein anderer, nicht einmal in Mailand, getan hat, wenn man bedenkt, daß er es versteht, die Dinge so zu sagen, daß es alle begreifen ...«

»Auch ich habe alles begriffen«, sagte das andere Schwatzmäulchen.

»Schweig still. Was wirst du denn schon begriffen haben?«

»Ich habe begriffen, daß an Stelle des Herrn Pfarrers *er* das Evangelium erklärte.«

»Schweig still. Ich meine nicht solche, die einiges Wissen haben, denn dann muß einer ja die Dinge begreifen; aber auch die Begriffsstutzigsten, die Unwissendsten folgten dem Faden der Rede. Fragt sie jetzt einmal, ob sie seine Worte wiederholen könnten; sie würden sich freilich auf kein einziges besinnen, aber den Sinn haben sie mitbekommen. Und wenn er auch jenen Herrn niemals genannt hat, so war doch sonnenklar, wer gemeint war. Um zu begreifen, hätte es schon genügt aufzupassen, wann ihm die Tränen in den Augen standen. Dann fing alles an zu weinen ...«

»Das stimmt«, platzte der Junge los, »aber warum haben denn alle so geweint wie die Kinder?«

»Schweig still. Und doch gibt es hier im Dorf harte Herzen. Und er hat uns eigentlich einsehn lassen, daß man trotz der Teuerung dem Herrgott dankbar und mit seinem Los zufrieden sein muß: tun, was man kann, sich anstrengen, einander helfen und schließlich zufrieden sein. Denn das Unglück besteht nicht im Leiden und Armsein: das Unglück besteht darin, Böses zu tun. Und das sind keine schönen Worte, denn man weiß, daß auch er wie ein armer Mann lebt und sich das Brot vom Munde abspart, um es den Hungrigen zu geben, während er doch sein Leben genießen könnte, besser als sonst irgendeiner. Ach, es ist eine Lust, so einen Mann reden zu hören! Da heißt's nicht wie bei vielen anderen: Tut, was ich sage, und tut nicht, was ich tue. Und dann hat er so richtig klargemacht, daß auch die, welche nicht zu den Herren gehören, gehalten sind, dem mitzuteilen, der in Not ist, wenn sie mehr als das Notwendige haben.«

Hier unterbrach er seine Rede selbst, wie von einem Gedanken überrascht. Er stockte einen Augenblick, dann wählte er aus allen Schüsseln auf dem Tisch etwas aus, um einen Teller zu füllen, legte Brot bei, stellte den Teller in eine Serviette und sagte, nachdem er diese an den vier Enden gefaßt hatte, zu dem größeren Mädchen: »Nimm das!« Er gab ihr eine kleine Flasche Wein in die andere Hand und fügte hinzu: »Geh damit zur Witwe Maria, laß die Sachen da und sag ihr, wir wollten ihr und ihren Kindern eine kleine Freude machen. Aber auf hübsche Art, verstanden, daß es nicht so aussieht, als wenn du ein Almosen brächtest. Und sage nichts, wenn du jemanden triffst. Paß auf, daß nichts zerbricht!«

Lucias Augen röteten sich vor freudiger Rührung; so war sie auch schon durch die ersten Reden ganz anders aufgemuntert worden, als es durch ein absichtsvolles Gespräch möglich gewesen wäre. Durch all diese Schilderungen, die festlichen Eindrücke, die fromme, staunende Rührung wurde ihre Seele von der Begeisterung des Erzählers angesteckt und von den schmerzlichen Gedanken an sich selber abgelenkt; und auch wenn sie darauf zurückkam, war sie nun widerstandsfähiger. Nicht als ob der Gedanke an das große Opfer selbst schon all seine Bitternis verloren hätte, aber zugleich erfüllte er sie nun irgendwie mit ernster, festlicher Freude.

Kurz darauf trat der Ortspfarrer ein und sagte, daß er vom Kardinal geschickt sei, um sich nach Lucia zu erkundigen und sie zu benachrichtigen, daß Monsignore sie im Laufe des Tages sehen wolle; zugleich solle er in seinem Namen dem Schneider und seiner Frau danken. Vor Rührung und Verwirrung fanden sie alle keine Worte, um ihre Dankbarkeit für derartige Huldbeweise einer solchen Persönlichkeit zu bekunden.

»Ist Eure Mutter denn noch nicht da?« fragte der Pfarrer Lucia.

»Meine Mutter?« staunte sie. Als ihr der Pfarrer dann erklärte, daß er auf Anweisung des Erzbischofs nach ihr geschickt habe, zog sie die Schürze vor die Augen und brach in haltloses Schluchzen aus, das auch noch eine Weile anhielt, als der Pfarrer bereits gegangen war. Auch diese Aufwallung wich ruhigerer Überlegung, und nun erinnerte sich die Ärmste, daß dies jetzt so nahe Glück des Wiedersehens mit der Mutter – dies vor wenigen Stunden noch unausdenkbare Glück – von ihr in jenen gräßlichen Stunden ausdrücklich erfleht und geradezu zur Vorbedingung für das Gelübde gemacht worden war. »Laß mich wohlbehalten zu meiner Mutter wiederkehren«, hatte sie gesagt; und diese Worte kamen ihr jetzt wieder deutlich zum Bewußtsein. Sie bestärkte sich mehr als je in dem Vorsatz, ihr Versprechen zu halten, und machte sich erneut ein Gewissen aus jenem Ausruf: »Ach, ich Arme!« der ihr im ersten Augenblick so mir nichts, dir nichts herausgefahren war.

Tatsächlich war Agnes, als von ihr gesprochen wurde, schon ziemlich nah. Man kann sich leicht denken, in welchem Zustand sich die arme Frau angesichts jener so unerwarteten Botschaft befunden hatte. Sie hatte damit die unvermeidlich entstellte und unklare Kunde von einer entsetzlichen, aber glücklich abgewendeten Gefahr erhalten, von einem schlimmen Ereignis, das der Bote aber weder genauer schildern noch näher erklären konnte und für das sie selber keine Anhaltspunkte hatte, um sich ein richtiges Bild zu machen. Sie war sich mit den Händen durch die Haare gefahren, sie hatte mehrfach ausgerufen: »Ach du lieber Gott! Ach Jesses Marie!« sie hatte dem Boten verschiedene

Fragen gestellt, auf welche dieser keine Antwort wußte, dann war sie Hals über Kopf auf den Wagen gestiegen und hatte unterwegs ergebnislos weiter gejammert und Fragen gestellt. An einer gewissen Stelle aber hatte sie Don Abbondio getroffen, der gemächlich daherkam und seinen Stock Schritt für Schritt vor sich setzte. Nach einem beiderseitigen »Ach!« war er stehengeblieben, sie hatte halten lassen und war abgestiegen. Dann hatten sie sich abseits in ein Kastanienwäldchen neben der Straße begeben. Don Abbondio hatte sie von allem in Kenntnis gesetzt, was er erfahren und mitgemacht hatte. Die Sache war damit keineswegs klar. Agnes erfuhr aber, daß Lucia tatsächlich gerettet war, und atmete auf.

Dann hatte Don Abbondio ein anderes Thema anschlagen wollen, um sie gründlich zu belehren, wie sie sich dem Erzbischof gegenüber verhalten solle, da dieser vermutlich mit ihr und ihrer Tochter sprechen würde. Vor allem wäre es durchaus nicht angebracht, von der Trauung zu sprechen ... Als Agnes aber merkte, daß der brave Mann nur im eigenen Interesse sprach, hatte sie ihn stehenlassen, ohne etwas zu versprechen, ja, ohne überhaupt etwas Bestimmtes im Sinn zu haben, denn ihr gingen ganz andere Gedanken durch den Kopf. So war sie dann weitergefahren.

Endlich kam der Wagen an und hielt vor dem Hause des Schneiders. Lucia steht hastig auf, Agnes steigt ab und stürmt herein. Sie liegen einander in den Armen. Die Frau des Schneiders – sonst war niemand zugegen – spricht allen beiden Mut zu, beruhigt sie, freut sich mit ihnen und läßt sie dann, wie immer rücksichtsvoll, allein, indem sie erklärt, daß sie ihnen ein Bett herrichten müsse. Das ließe sich bequem machen; in jedem Fall aber würden sie sowohl als auch ihr Mann lieber auf der Erde schlafen, als sie anderswo ein Unterkommen suchen zu lassen.

Nach dem Abklingen der ersten zärtlichen Rührung wollte Agnes Lucias Schicksale erfahren, und diese begann betrübt ihren Bericht. Wie der Leser aber weiß, handelte es sich um eine Geschichte, die keiner ganz kannte, und für Lucia selbst gab es dunkle, in der Tat unerklärliche Einzelheiten. Darunter insbesondere jenes merkwürdige Verhängnis, daß die verwünschte Kutsche gerade auf der Straße war, als Lucia so völlig zufällig dort vorüberkam. Darüber ergingen sich Mutter und Tochter in tausend Vermutungen, ohne jemals der Sache auf den Grund zu kommen, ja, ohne auch nur einen Anhaltspunkt zu finden.

Als Anstifter des Anschlages konnte für beide allerdings nur Don Rodrigo in Frage kommen.

»Oh, diese schwarze Seele! dieser Teufelskerl!« rief Agnes aus. »Aber auch seine Stunde wird schlagen. Der Herrgott wird ihn nach Gebühr bestrafen, und dann wird auch er erfahren ...«

»Nein, Mamma, nein!« unterbrach Lucia. »Wünsche ihm kein Leiden an den Hals! Wünsche es niemandem! Wenn du wüßtest, was leiden heißt! Wenn du es erfahren hättest! Nein, nein! Beten wir lieber zu Gott und zur Madonna für ihn, daß Gott sein Herz rühren möge, wie er es bei jenem andern Herrn getan hat, der schlimmer war als er und der nun fromm geworden ist.«

Der Schauder, den Lucia empfand, als sie auf so kurz zurückliegende und bittere Erinnerungen zu sprechen kam, ließ sie mehr als einmal innehalten. Mehr als einmal erklärte sie, daß sie es nicht über sich brächte fortzufahren, und nach vielen Tränen ergriff sie mühsam wieder das Wort. Ein ganz anderes Gefühl jedoch ließ sie an dem Punkte des Berichtes stocken, wo es um das Gelübde ging: die Furcht nämlich, die Mutter würde sie der Unbesonnenheit und Übereilung zeihen, sie könnte – wie schon einmal im Fall der Trauung – eine ihrer weitherzigen Lebensregeln vorbringen, die sie ihr dann um jeden Preis aufdrängen würde. Auch könnte sie als einfache Frau jemandem vertraulich die Sache mitteilen, und sei es nur, um sich Rats zu holen, womit dann alles öffentlich bekannt würde, was Lucia, wenn sie nur daran dachte, die Schamröte ins Gesicht trieb. Zudem empfand sie selbst vor der Mutter eine gewisse Scham, eine unerklärliche Abneigung, diesen Punkt zu berühren. All das bewirkte, daß sie diesen wichtigen Umstand verschwieg, wobei sie sich vornahm, ihn zunächst Pater Christophorus anzuvertrauen. Wie traf es sie aber, als sie auf die Frage nach ihm die Antwort erhielt, daß er nicht mehr da sei, daß er an einen ganz, ganz entlegenen Ort geschickt worden sei, der wer weiß wie heiße.

»Und Renzo?« sagte Agnes.

»Er ist doch in Sicherheit, nicht wahr?« forschte Lucia angsterfüllt.

»Das gewiß, denn so heißt es allgemein. Es gilt als sicher, daß er sich ins Bergamaskische geflüchtet hat. Niemand aber vermag genau zu sagen, wohin da, und er hat bis jetzt nichts von sich hören lassen. Er hat wohl noch keine Mittel und Wege gefunden.«

»Ach, wenn er nur gerettet ist, will ich Gott danken!« rief Lucia aus und versuchte das Gespräch auf etwas anderes zu bringen, als es durch ein unerwartetes Ereignis unterbrochen wurde: das Erscheinen des Kardinals und Erzbischofs.

Aus der Kirche, wo wir ihn verlassen haben, zurückgekehrt, hatte er von dem Ungenannten erfahren, daß Lucia wohlbehalten angelangt sei, und war mit ihm zu Tisch gegangen. Er hatte ihn zu seiner Rechten Platz nehmen lassen, und so saßen sie inmitten eines Kreises von Priestern, welche nicht oft genug ihre Blicke auf die gebändigte Kraft und selbstsichere Demut dieser Gestalt werfen konnten, um sie mit der Vorstellung zu vergleichen, die sie sich früher von ihr gemacht hatten.

Nach Beendigung der Mahlzeit hatten die beiden sich erneut gemeinsam zurückgezogen. Nach einer Unterredung, die weit länger als die erste dauerte, war der Ungenannte auf demselben Maultier wie am Morgen zu seiner Burg aufgebrochen, und der Kardinal hatte den Pfarrer rufen lassen und ihm erklärt, er wünsche zu dem Hause geführt zu werden, das Lucia aufgenommen habe.

»Ach, Monsignore«, hatte der Pfarrer geantwortet, »bemühen Sie sich doch nicht. Ich schicke sofort jemanden, um das junge Mädchen, die Mutter, wenn sie eingetroffen ist, und auch die Gastgeber holen zu lassen, wenn Monsignore es so wünschen, jedermann, den Durchlaucht zu sehen wünschen.«

»Ich wünsche sie persönlich aufzusuchen«, hatte Federigo erwidert.

»Durchlaucht dürfen sich nicht bemühen: ich lasse sie sofort holen. Es ist im Augenblick geschehen«, hatte der hausbackene Seelsorger – ein braver Mann übrigens – auf seinem Vorschlag bestanden, denn er begriff nicht, daß der Kardinal mit diesem Besuch zugleich den traurigen Anlaß, die Unschuld, die Gastfreundlichkeit und sein eigenes Amt ehren wollte. Als aber der Obere erneut den gleichen Wunsch äußerte, gab der Gottesknecht nach und machte sich auf den Weg.

Sowie man die beiden Persönlichkeiten auf die Straße hinaustreten sah, liefen alle Leute dort zusammen, und im Handumdrehen strömten die Menschen von überall herbei. Wer konnte, ging an ihrer Seite, und die andern folgten in buntem Schwarm. Der Seelsorger war darauf bedacht, zu rufen: »Fort, zurück, weg da, na, na!« Federigo sagte zu ihm: »Laßt sie doch gewähren!« und ging weiter, wobei er bald die Hände erhob, um das Volk zu segnen, bald sie senkte, um die Kinder zu streicheln, die ihm vor die Füße liefen. So gelangten sie zu dem Haus und traten ein. Die

Menge blieb dicht gedrängt draußen. In der Menge befand sich aber auch der Schneider, der, wie die anderen, ganz Auge und Ohr, mit offenem Munde nachgefolgt war und der nicht wußte, wo das hinauswollte. Als er aber dies überraschende Wo erkannte, ließ er sich Platz machen – man kann sich denken, mit welchem Aufsehen, wobei er immer wieder ausrief: »Laßt den doch durch, der durch muß!« – und ging hinein.

Agnes und Lucia vernahmen ein wachsendes Stimmengeschwirr auf der Straße. Während sie noch überlegten, was das wohl bedeuten könnte, ging die Tür vor ihren Augen weit auf, und der Purpurträger trat mit dem Pfarrer herein.

»Ist es die da?« fragte der erstere, und auf ein bestätigendes Nicken hin ging er auf Lucia zu, welche mit der Mutter sprachlos und starr vor Staunen und Verlegenheit auf ihrem Platz geblieben war. Doch der Klang jener Stimme, das Antlitz, die Haltung und vor allem die Worte Federigos hatten sie bald wieder ermutigt. »Armes junges Mädchen«, begann er, »Gott hat zugelassen, daß Ihr auf eine harte Probe gestellt wurdet, aber er hat Euch auch erkennen lassen, daß er seine Augen nicht von Euch abgewandt, daß er Euch nicht vergessen hat. Er hat Euch heil zurückgeführt und hat sich Eurer zu einem großen Werke bedient, um jemandem eine große Gnade widerfahren zu lassen und viele zugleich aufzurichten.«

Hier erschien die Hausfrau im Zimmer, welche sich bei dem Lärm auch ans Fenster begeben hatte; und als sie gesehen hatte, wer in ihr Haus kam, war sie eilends die Treppe heruntergekommen, nachdem sie sich, so gut es ging, zurechtgemacht hatte. Fast im gleichen Augenblick trat der Schneider durch eine andere Tür herein. Als sie sahen, daß das Gespräch im Gange war, traten sie zusammen in eine Ecke, wo sie in großer Ehrfurcht verweilten. Nachdem der

Kardinal sie höflich begrüßt hatte, setzte er seine Unterhaltung mit den Frauen fort, wobei er unter die Trostworte einige Fragen einflocht, um zu sehen, ob sich aus den Antworten ein Anlaß ergäbe, der Gutes zu tun, die soviel erduldet hatte.

»Alle Priester sollten wie Euer Gnaden sein und ein wenig zu den Armen halten und nicht dazu beitragen, sie in Ungelegenheiten zu bringen, um sich selbst herauszuziehen«, sagte Agnes, von der so vertraulichen und liebreichen Art Federigos ermutigt und von dem Gedanken erbittert, daß Herr Don Abbondio, nachdem er immer die andern aufgeopfert hatte, auch noch die Stirn hatte, ihnen eine kleine Herzensergießung, eine Klage bei dem zu verwehren, der über ihm stand, jetzt, da sich dazu durch einen seltenen Zufall Gelegenheit bot.

»Sagt ruhig alles, was Ihr denkt«, ermunterte sie der Kardinal, »sprecht ganz offen.«

»Ich bin der Ansicht, daß die Dinge nicht so gelaufen wären, wenn unser Herr Pfarrer seine Pflicht getan hätte.«

Als aber der Kardinal erneut in sie drang, sich genauer zu erklären, geriet sie in die Verlegenheit, eine Geschichte erzählen zu müssen, in der auch sie eine Rolle gespielt hatte, an deren Schilderung, besonders einer solchen Persönlichkeit gegenüber, ihr nichts lag. Sie fand jedoch den Ausweg, sie durch einen kleinen Abstrich zurechtzubiegen. Sie berichtete von der verabredeten Trauung, von der Weigerung Don Abbondios, wobei sie die Berufung auf die Oberen nicht unerwähnt ließ – o Agnes! –, und ging dann zu Don Rodrigos Anschlag über, und wie sie ihm, da sie verständigt worden seien, hätten entgehen können. »Aber doch nur«, fügte sie abschließend hinzu, »um in neue Schwierigkeiten zu geraten. Wenn uns dagegen der Herr Pfarrer offen ins Bild gesetzt und meine armen jungen Leute sofort getraut hätte, wären wir gleich alle zusammen heimlich weit fortgezogen, an einen Ort, wo kein Hahn mehr nach uns gekräht hätte. So haben wir Zeit verloren, und es konnte vorfallen, was vorgefallen ist.«

»Der Herr Pfarrer wird mir über diese Angelegenheit Rechenschaft geben«, sagte der Kardinal.

»Nein, mein Herr, nein, mein Herr«, versetzte Agnes alsbald. »Darum habe ich es nicht gesagt. Schelten Sie ihn nicht, denn was geschehen ist, ist nun einmal geschehen. Und dann hat es keinen Zweck: der Mann ist nun einmal so beschaffen. Wenn der Fall wieder einträte, würde er genauso handeln.«

Lucia aber, die mit dieser Art der Darstellung unzufrieden war, fügte hinzu: »Auch wir haben unrecht getan: man sieht, daß es nicht Gottes Wille war, daß die Sache gelingen sollte.«

»Was habt Ihr denn für Unrecht tun können, armes Kind?« sagte Federigo.

Trotz der mahnenden Blicke, die ihr die Mutter verstohlen zuzuwerfen suchte, erzählte Lucia die Geschichte der Unternehmung im Hause Don Abbondios und schloß mit den Worten: »Wir haben unrecht getan, und Gott hat uns gezüchtigt.«

»Nehmt die erduldeten Leiden aus seiner Hand und seid guten Mutes«, sagte Federigo, »denn wer sollte sich freuen und hoffen, wenn nicht der, der gelitten hat und daran denkt, sich selbst zu bezichtigen?«

Dann fragte er nach dem Verlobten, und als er von Agnes erfuhr – Lucia verhielt sich still mit gesenktem Haupt und schlug die Augen nieder –, daß er aus seiner Heimat geflohen sei, empfand und bezeigte er darüber Verwunderung und Bedauern und wollte den Grund erfahren.

Agnes erzählte, so gut sie konnte, das wenige, das sie von Renzos Geschichte wußte.

»Ich habe von diesem jungen Mann reden hören«, sagte

der Kardinal, »wie konnte aber jemand, der sich in derartige Angelegenheiten verwickelt hat, mit einem solchen Mädchen vor der Ehe stehen?«

»Er war ein rechtschaffener Jüngling«, sagte Lucia errötend, aber mit fester Stimme.

»Er war ein nur allzu ruhiger Jüngling«, fügte Agnes hinzu, »und danach können Sie sich erkundigen, wo Sie nur wollen, auch bei dem Herrn Pfarrer. Wer weiß, was für einen Wirrwarr sie da unten angerichtet, was für Ränke sie gesponnen haben! Wenig gehört dazu, um arme Leute als Schelme erscheinen zu lassen.«

»Nur allzu wahr«, sagte der Kardinal, »ich werde mich unbedingt nach ihm erkundigen.« Er ließ sich Vornamen und Namen des jungen Mannes sagen und vermerkte sie in einem Notizbuch. Er fügte dann hinzu, daß er in wenigen Tagen in ihr Dorf zu kommen beabsichtige, dann könne Lucia unbesorgt da hinkommen. Unterdessen würde er daran denken, ihr eine sichere Zuflucht zu verschaffen, bis alles aufs beste geregelt wäre.

Dann wandte er sich zu den Leuten vom Hause, die alsbald vortraten. Er wiederholte den Dank, den er schon durch den Pfarrer hatte aussprechen lassen, und erkundigte sich, ob es ihnen recht wäre, für diese wenigen Tage die Gäste aufzunehmen, die Gott ihnen geschickt habe.

»O freilich, mein Herr«, erwiderte die Hausfrau in einem Tonfall und mit einer Miene, die viel mehr als diese trokkene, von Befangenheit gehemmte Antwort zum Ausdruck brachten. Ihr Gatte aber, den die Anwesenheit eines solchen Fragestellers und der Wunsch, sich in einer so bedeutsamen Angelegenheit ehrenvoll hervorzutun, in Taumel versetzten, überlegte aufgeregt irgendeine schöne Antwort. Er runzelte die Stirn, verdrehte die Augen, kniff die Lippen zusammen, spannte seinen Geist aufs äußerste an, suchte, forschte, fühlte in sich einen Wust von unvollständigen Gedanken und halben Worten. Aber der Augenblick drängte, der Kardinal ließ schon erkennen, daß er das Schweigen gedeutet habe. Da öffnete der arme Mann den Mund und sagte: »Was denn sonst!« Mehr wollte nicht herauskommen. Ein Umstand, der ihn nicht nur im Augenblick zerknirschte, diese leidige Erinnerung vergällte ihm vielmehr für immer das Vergnügen an der großen Ehre, die ihm widerfahren war. Wie oft, wenn er darauf zurückkam und sich in Gedanken wieder in diese Lage versetzte, kamen ihm wie zum Hohn Worte in den Sinn, die alle besser gewesen wären als dies alberne: »Was denn sonst?« Aber ein altes Wort sagt: Hinterher hat jeder gut reden.

Der Kardinal verabschiedete sich mit den Worten: »Der Segen des Herrn sei über diesem Hause!«

Am Abend fragte er dann den Pfarrer, wie man diesen Mann, der nicht reich sein dürfte, auf angemessene Art für seine besonders in diesen Zeitläuften kostspielige Gastfreundschaft entschädigen könnte. Der Pfarrer erwiderte, daß in der Tat weder die geschäftlichen Einkünfte noch der Ertrag einiger kleiner Äcker, die dem guten Schneider gehörten, in diesem Jahre ausreichend wären, um ihn in den Stand zu setzen, anderen gegenüber freigebig zu sein, daß er aber, da er in den vergangenen Jahren etwas zurückgelegt habe, zu den wohlhabenderen Leuten der Gegend gehöre und ohne Schaden etwas mehr verausgaben könne, was er sicher auch gerne täte. Im übrigen aber wäre es unmöglich, ihn dazu zu bringen, irgendeine Vergütung anzunehmen.

»Er wird vermutlich Außenstände bei Leuten haben, die nicht zahlen können«, sagte der Kardinal.

»Sehen Sie, Monsignore, diese armen Leute zahlen mit dem Überschuß von ihrer Ernte. Im vergangenen Jahr hatten sie keinen Überschuß; in diesem haben sie nicht einmal das Notwendige.«

»Gut«, sagte Federigo, »ich übernehme all diese Schulden, und Sie tun mir den Gefallen und besorgen mir von ihm eine Liste der Anteile und begleichen sie.«

»Es wird sich um eine beträchtliche Summe handeln.«

»Um so besser; und dann werden Sie auch noch Bedürftigere haben, die keine Schulden haben, weil sie keinen Kredit finden.«

»Nun freilich! Man tut, was man kann; wie soll man aber in solchen Zeiten zurechtkommen?«

»Veranlassen Sie, daß er sie auf meine Rechnung kleidet, und bezahlen Sie ihn gut. In diesem Jahre erscheint mir freilich alles wie Raub, was nicht für Brot verwandt wird. Hier handelt es sich aber um einen Sonderfall.«

Wir wollen jedoch die Geschichte dieses Tages nicht beschließen, ohne kurz zu berichten, wie der Ungenannte ihn beendete. Diesmal war ihm die Nachricht von seiner Bekehrung ins Tal vorausgeeilt; sie hatte sich dort alsbald verbreitet und hatte überall Bestürzung, Ungewißheit, Unwillen und Gemurmel hervorgerufen. Den ersten Bravi oder – was auf dasselbe hinauskommt – den ersten Dienern, die er sah, bedeutete er, ihm zu folgen, und so weiterhin. Alle kamen in gespannter Erwartung und gewohnter Unterwürfigkeit seinem Befehl nach, so daß er mit einem ständig wachsenden Gefolge in der Burg ankam. Er bedeutete denen, die sich am Tor befanden, ihm mit den andern zu folgen, ritt in den ersten Hof, begab sich in dessen Mitte und ließ dort, noch immer aufgesessen, einen lauten Ruf erschallen. Es war das gewöhnliche Zeichen, auf das hin alle, die in Hörweite waren, herbeizueilen pflegten. Auf der Stelle fanden sich alle in der Burg verstreuten Leute ein und vereinigten sich mit den schon Versammelten. Alle blickten auf den Herrn.

»Geht und erwartet mich im großen Saal«, sagte er zu ihnen und blieb im Sattel, bis sie gegangen waren. Dann saß er ab, führte selbst sein Reittier in den Stall und ging dahin, wo er erwartet wurde. Bei seinem Erscheinen verstummte sofort das allgemeine Getuschel. Alle drängten sich auf eine Seite und ließen für ihn einen großen Teil des Saales frei. Es mochten an die dreißig Männer sein.

Der Ungenannte hob die Hand, wie um dies unwillkürliche Schweigen zu bannen, hob sein Haupt, das alle in der Gruppe überragte, und sagte: »Hört alle zu, und keiner soll sprechen, der nicht gefragt wird. Männer! der Weg, den wir bisher genommen haben, führt in die Tiefe der Hölle. Ich möchte euch keinen Vorwurf machen, ich bin allen voraus und der Schlimmste von allen. Hört aber an, was ich euch zu sagen habe. Der barmherzige Gott hat mich berufen, mein Leben zu ändern, und ich werde es ändern, ich habe es bereits geändert. Möge er so an euch allen tun! So erfahrt denn und nehmt als gewiß, daß ich entschlossen bin, lieber zu sterben, als noch etwas gegen sein heiliges Gesetz zu tun. Ich entbinde jeden von euch der schändlichen Aufträge, die er von mir empfangen hat. Ihr versteht mich, ich befehle euch sogar, nichts von dem zu tun, was euch befohlen war. Seid gleichfalls dessen versichert, daß keiner von nun an unter meinem Schutz und in meinem Dienst Böses tun kann. Wer unter diesen Bedingungen bleiben will, wird mir wie ein Sohn sein, und ich würde mich am Ende eines Tages, an dem ich gar nichts gegessen hätte, mit dem letzten Stück Brot zufriedengeben, das mir im Hause bliebe, um den Geringsten von euch zu sättigen. Wer nicht will, wird den ihm schuldigen Lohn erhalten und ein Geschenk obendrein. Er mag gehn, aber er soll keinen Fuß mehr hierhersetzen, es wäre denn, um sein Leben zu ändern, denn dann wird er immer mit offenen Armen aufgenommen werden. Bedenkt das in dieser Nacht. Morgen früh werde ich euch, Mann für Mann, auffordern, mir Antwort zu geben, und dann werde ich euch neue Befehle erteilen. Jetzt gehe jeder auf seinen Platz zurück. Und Gott, der mir so große Barmherzigkeit erzeigt hat, möge euch wohl beraten.«

Hier schloß er, und alles verharrte in Schweigen. Wie verschiedenartig und leidenschaftlich auch die Gedanken sein mochten, die in diesen Hirnkästen rumorten, nach außen hin waren sie nicht zu erkennen. Man war daran gewöhnt, die Stimme des Herrn als Äußerung eines Willens zu nehmen, mit dem nicht zu rechten war, und die Art, in der diese Stimme kundgab, daß sich der Wille geändert hatte, erlaubte in keiner Weise den Schluß, daß er geschwächt wäre. Keinem von ihnen kam es überhaupt in den Sinn, daß man ihm nun, da er bekehrt war, entgegentreten und wie einem anderen Menschen antworten könnte. Sie erblickten in ihm einen Heiligen, aber einen jener Heiligen, die man mit erhobenem Haupt und dem Schwert in der Hand darstellt. Besonders diejenigen – und deren gab es eine Menge –, die auf seinem Grund und Boden geboren waren, empfanden für ihn außer der Furcht auch Anhänglichkeit als seine Hintersassen. Ferner erfüllte alle bewundernde Zuneigung und in seiner Gegenwart eine gewisse Scheu, wie sie auch die rauhesten und wildesten Gemüter gegenüber einer Überlegenheit hegen, von der sie sich einmal überzeugt haben. Dann waren auch die Dinge, die sie nun aus jenem Munde gehört hatten, zwar ihren Ohren verdrießlich, aber doch nicht falsch und ihrem Denken keineswegs fremd. Wenn sie auch tausendmal darüber gespottet hatten, so keineswegs, weil sie nicht daran glaubten, sondern weil sie durch den Spott die Furcht verscheuchen wollten, die sie bei ernstlichem Nachdenken überkommen hätte. Sowie sie nun die Wirkung jener Furcht auf eine Seele wie die ihres Herrn vor sich sahen, war keiner unter ihnen, der nicht mehr oder weniger, wenigstens vorübergehend, davon ergriffen wurde. Zu alldem kommt hinzu, daß diejenigen unter ihnen, die sich am Morgen außerhalb des Tales befunden und als erste die große Neuigkeit erfahren hatten, gleichzeitig die Freude und den Jubel der Bevölkerung, die Liebe und Bewunderung für den Ungenannten, die an die Stelle des alten Hasses und Abscheus getreten waren, miterlebt und davon berichtet hatten, so daß sie in dem Manne, zu dem sie immer schon aufgeblickt hatten, wenn seine Stärke auch großenteils auf ihnen selbst beruhte, nun den Wundermann und Abgott des Volkes sahen. Er stand für sie weiterhin über den anderen, ganz anders als früher, aber nicht weniger; immer außerhalb des gemeinen Haufens, immer ihr Herr und Gebieter.

Daher waren sie denn auch ganz verwirrt, einer des anderen ungewiß und jeder seiner selbst. Den einen giftete es, der andere schmiedete Pläne, wohin er sich begeben sollte, um Unterschlupf und Verwendung zu finden, ein anderer prüfte sich, ob er es fertigbringen würde, ein ehrlicher Mann zu werden, ein anderer wieder verspürte dazu, von diesen Worten ergriffen, sogar eine gewisse Neigung, wieder einer nahm sich vor, ohne irgend etwas zu entscheiden, einstweilen alles zu versprechen und vorderhand zu bleiben, um sich das so großzügig angebotene und damals so seltene Brot zu sichern und Zeit zu gewinnen; keiner muckste sich. Und als der Ungenannte zum Schluß seiner Rede wiederum gebietend die Hand erhob, um sie zum Gehen aufzufordern, stahlen sie sich mit hängenden Köpfen wie eine Schafherde fort. Er selbst ging hinter ihnen her und beobachtete dann im Zwielicht von der Mitte des Burghofs aus, wie sie sich trennten und an ihre Plätze zurückkehrten. Danach stieg er hinauf, um eine Laterne zu holen, machte nochmals die Runde durch die Höfe, die Korridore, die Säle, überprüfte alle Zugänge, und als er festgestellt hatte, daß alles still war, wollte er sich endlich zur Ruhe begeben. Ja, er brauchte Ruhe, denn er war erschöpft.

Wie sehr er sich auch sonst schon immer auf schwierige und zugleich unaufschiebbare Wagnisse eingelassen hatte, in keiner Lage hatte er je so viele wie jetzt vor sich gehabt; und dennoch fand er Schlaf. Sein böses Gewissen hatte ihn in der letzten Nacht darum gebracht, und weit davon entfernt, beschwichtigt zu sein, meldete es sich nur um so vernehmlicher, strenger und entschiedener; und dennoch fand er Schlaf. Die Ordnung, die Art von Herrschaft, die er hier drinnen in so vielen Jahren mit so viel Sorgfalt, mit einer so sonderbaren Mischung von Verwegenheit und Ausdauer begründet hatte, nun hatte er sie selber vielleicht mit wenigen Worten aufs Spiel gesetzt. Nun hatte er die unbeschränkte Abhängigkeit der Seinen, ihre Bereitschaft zu allem, ihre Räubertreue, auf die er sich schon so lange verlassen konnte, selbst in Frage gestellt. Für sein weiteres Auskommen sah er sich einem Berg von Schwierigkeiten gegenüber, er hatte Verwirrung und Unsicherheit in seinem Hause gestiftet; und dennoch fand er Schlaf.

Er begab sich also in sein Gemach, trat an das Bett, das ihm in der Nacht zuvor so dornenvoll gewesen war, und kniete daneben nieder, um zu beten. Wirklich entdeckte er in einem verborgenen und tiefen Winkel seines Gemüts die Gebete wieder, die man ihn als Kind gelehrt hatte. Er begann sie herzusagen, und diese Worte, die da so lange Zeit wie aufgespult geruht hatten, kamen eins nach dem andern wie am Schnürchen hervor. Unklar empfand er dabei in einem Atem eine Art inniger Freude an dieser äußeren Rückkehr zu den Gewohnheiten unschuldiger Knabenjahre, rasenden Schmerz über die Klüfte, die er zwischen jener Zeit und dieser aufgerissen hatte, Sehnsucht, durch Werke der Buße den Seelenfrieden wiederzufinden, dem verwirkten Stand der Unschuld wieder nahezukommen, Dankbarkeit und Vertrauen auf jenes Erbarmen, das ihn dahin bringen konnte und das ihm schon so viele Zeichen seiner Bereitschaft gegeben hatte.

Nachdem er sich dann wieder aufgerichtet hatte, ging er zu Bett und schlief sofort ein.

So endete dieser Tag, der noch so berühmt war, als unsere

Quelle abgefaßt wurde, und von dem man heute nichts Näheres mehr wüßte, wenn sie nicht gewesen wäre; denn Ripamonti und Rivola, die wir oben erwähnt haben, verzeichnen lediglich, daß jener so berüchtigte Tyrann nach einer Zusammenkunft mit Federigo sein Leben wunderbar und für alle Zeiten geändert habe. Wie viele aber haben die Bücher jener beiden gelesen? Noch weniger als die, welche das unsere lesen werden. Und wer weiß, ob sich im Tale selbst noch eine blasse und nebelhafte Erinnerung an diese Ereignisse erhalten haben mag, wenn jemand dem einmal nachspüren wollte und auch das Zeug dazu hätte. Seit jener Zeit bis heute haben sich so viele Dinge zugetragen!

25. KAPITEL

Am folgenden Tage wurde in Lucias Heimatort und in der ganzen Gegend von Lecco nur von ihr gesprochen, von dem Ungenannten, dem Erzbischof und einer anderen Persönlichkeit, die sich sonst zwar recht gerne im Munde der Leute sah, unter diesen Umständen aber lieber darauf verzichtet hätte: wir meinen den Herrn Don Rodrigo.

Nicht daß etwa vor diesem Zeitpunkt von seinem Treiben nicht die Rede gewesen wäre; es handelte sich aber dabei um Andeutungen und Gemunkel. Man mußte schon recht gut miteinander stehen, um bei einem solchen Gesprächsgegenstand aus sich herauszugehen. Auch legte man dabei nicht den ganzen Abscheu an den Tag, dessen man fähig gewesen wäre, da ja die Menschen im großen ganzen, wenn die Entrüstung sich nicht ohne ernstliche Gefährdung Luft machen kann, nicht nur weniger davon hervorkehren oder die vorhandene gänzlich unterdrücken, sondern sie tatsächlich auch weniger empfinden. Wer hätte sich aber nun noch versagt, Erkundigungen einzuziehen und ein so aufsehenerregendes Ereignis zu besprechen, in dem man die Hand des Himmels walten sah und in dem zwei besondere Persönlichkeiten eine so vorteilhafte Rolle spielten? Die eine, in der sich furchtloser Rechtssinn mit so viel Ansehen paarte, und die andere, in der sich die Gewalttätigkeit in Person gedemütigt zu haben schien, als ob das Bravotum die Waffen gestreckt und um Einstellung der Feindseligkeiten gebeten hätte. Neben solchen Mustern wurde Herr Don Rodrigo ein wenig unbedeutend. Nunmehr begriff jedermann, was es hieß, die Unschuld zu verfolgen, um sie entehren zu können, sie mit so schamloser Beharrlichkeit, so scheußlicher Gewalt, so schändlichen Nachstellungen zu bedrängen. Bei dieser Gelegenheit unterzog man auch manch andere Unternehmung dieses Herrn einer näheren Betrachtung und sprach sich vor allem darüber so aus, wie man dachte, da jedermann dadurch ermutigt wurde, daß er mit allen und jedem gleicher Ansicht war. Es gab ein allgemeines Grollen und Murren; allerdings nur hintenherum, wegen all der Bravi, die jener um sich hatte.

Ein gut Teil dieses erklärten Hasses fiel immer noch auf seine Freunde und Schranzen. Man zog mächtig über den Herrn Podesta her, der für die Taten dieses Tyrannen nach wie vor blind war und sich taubstumm stellte. Aber auch über ihn nur hintenherum, denn wenn er auch keine Bravi hatte, so hatte er doch die Gerichtsschergen. Mit Doktor Pfiffikus, dem nur Redegabe und Ränke zu Gebote standen, und mit anderen Kriechern seines Schlages verfuhr man weniger glimpflich: man wies mit Fingern auf sie und zeigte ihnen die kalte Schulter, so daß sie es eine Zeitlang für richtig hielten, sich nicht auf der Straße sehen zu lassen.

Don Rodrigo war von jener so unerwarteten Nachricht völlig niedergeschmettert, war sie doch so ganz anders als die Kunde, auf die er von Tag zu Tag unentwegt gehofft hatte. So hatte er sich denn zwei Tage lang wutschnaubend mit seinen Bravi in seinen Palast verkrochen; am dritten brach er nach Mailand auf. Wenn es sich nur um das Gerede der Leute gehandelt hätte, wäre er bei diesem Stand der Dinge vielleicht erst recht dageblieben, um ihm die Stirn zu bieten, ja, sogar um eine Gelegenheit zu suchen, an einem der Vorwitzigsten ein Exempel zu statuieren. Doch verscheuchte ihn die glaubwürdige Nachricht, daß der Kardinal auch in jene Gegend käme. Der gräfliche Onkel, der von der ganzen Geschichte lediglich das wußte, was Attilio ihm verraten hatte, hätte sicher verlangt, daß Don Rodrigo bei einem derartigen Anlaß eine große Rolle spielte und vom Kardinal in aller Öffentlichkeit mit größter Auszeichnung begrüßt würde. Jedermann begreift wohl, wie er das eingefädelt hätte. Er hätte es verlangt und sich darüber genauesten Bericht erstatten lassen, denn es handelte sich um eine wichtige Gelegenheit, das Ansehen der Familie bei einer Standesperson ersten Ranges vor aller Augen geltend zu machen. Um einer so peinlichen Verlegenheit zu entgehen, erhob sich Don Rodrigo eines Morgens noch vor Sonnenaufgang und bestieg eine Kutsche, auf der außen, vorn und hinten, mehrere Bravi standen, darunter der Graue. Nachdem er die Weisung hinterlassen hatte, daß die übrige Dienerschaft später nachfolgen solle, fuhr er wie ein Flüchtling davon, so wie – man gestatte uns für diesmal einen berühmten Vergleich, der unsere Personen über sich selbst hinaushebt –, so wie Catilina aus Rom floh, und zwar wutschnaubend und mit der Versicherung, daß er sehr bald in anderem Aufzuge zurückkehren werde, um Rache zu nehmen.

Unterdessen kam der Kardinal und besuchte Tag für Tag eine der Gemeinden des Gebiets von Lecco. An dem Tage, an dem das Dorf unserer Lucia an der Reihe war, war ihm ein großer Teil der Einwohner schon auf der Straße entgegengezogen. Am Ortseingang, gerade neben dem Häuschen unserer beiden Frauen, befand sich ein aus Balken und Brettern errichteter Triumphbogen. Er war mit Stroh und Moos verkleidet und mit grünen Zweigen der Stachelmyrte und der Stechpalme herausgeputzt, aus denen scharlachrote Beeren leuchteten. Die Kirchenfassade war mit Teppichen geschmückt. Aus allen Fenstern der Häuser hingen bunte Dekken, ausgebreitete Laken und Girlanden aus Wickeltüchern: kurzum, das bißchen Unentbehrliche, das wohl oder übel dazu herhalten mußte, Überfluß vorzutäuschen. Gegen vier Uhr nachmittags, zu der Stunde, in welcher der Kardinal erwartet wurde, machten sich auch die Daheimgebliebenen – Alte, Frauen und zum größten Teil Kinder – auf den Weg, um ihm entgegenzuziehen. Sie gingen teils einzeln hintereinander, teils in Gruppen, und ihnen voraus schritt trübselig Don Abbondio, ohne allen Anteil an der Festesfreude, deren Lärm ihn verwirrte, wobei ihn das Gewimmel der Leute vor und hinter sich – wie er beständig wiederholte – ganz rammdösig machte. Hinzu kam die heimlich nagende Sorge, die Frauen möchten geplaudert haben und ihm könnte die Aufgabe zufallen, über die Trauungsangelegenheit Rechenschaft zu geben.

Plötzlich sieht man den Kardinal herankommen, oder besser gesagt: den Menschenschwarm, in dem er sich mit seiner Sänfte inmitten seines Gefolges befand. Von alldem war nämlich, hoch über den Köpfen der Menge, nur ein Stück des Kreuzes sichtbar, das der Kaplan trug, der auf einem Maultier ritt. Die Leute, die mit Don Abbondio dahinzogen, beeilten sich, in buntem Gewimmel jene anderen zu erreichen, und nachdem er drei- oder viermal vergeblich gesagt hatte: »Langsam, hübsch in der Reihe, was macht ihr denn?« wandte er sich ärgerlich ab, murmelte weiter vor sich hin: »Die reinste babylonische Verwirrung, die reinste babylonische Verwirrung!« und trat in die noch menschenleere Kirche, um dort in Erwartung des Besuchs stehenzubleiben.

Der Kardinal kam näher, und während er mit der Hand den Segen erteilte, wehrte seine Begleitung nur mit größter Mühe dem Andrang der Menge, die ihn mit Segenswünschen umjubelte. Da die Leute aus Lucias Heimat waren, hätten sie dem Erzbischof gern außergewöhnliche Kundgebungen bereitet. Das war aber gar nicht so leicht, denn es war üblich, daß alle, wo immer er auch hinkam, mehr taten, als sie konnten. Schon gleich bei Antritt seines Amtes, beim ersten feierlichen Einzug in den Mailänder Dom, war das Gedränge und Getümmel des Volkes um ihn derartig gewesen, daß man um sein Leben fürchten mußte; und einige Edelleute, die sich in seiner unmittelbaren Nähe befanden, hatten die Degen gezogen, um die Menge einzuschüchtern und zurückzuhalten. Im Stil jener Zeit lag so viel Zügellosigkeit und Rücksichtslosigkeit, daß es auch bei Beifallskundgebungen für einen Bischof in einer Kirche und bei deren Beschwichtigung fast zum Totschlag kommen mußte. Und vielleicht hätten damals die blanken Waffen nicht genügt, wenn nicht der Zeremonienmeister und sein Vertreter, ein Clerici und ein Picozzi, zwei kräftige und geistesgegenwärtige junge Geistliche, ihn auf die Arme genommen und schwebend vom Portal zum Hochaltar getragen hätten. Seit der Zeit konnte sein erster Einzug in eine Kirche, bei all den vielen bischöflichen Besuchen, die er zu machen hatte, allen Ernstes zu den Mühen seines Hirtenamtes und zuweilen zu den von ihm überstandenen Gefahren gerechnet werden.

Auch in diese Dorfkirche gelangte er, so gut er konnte. Er begab sich an den Altar, und nachdem er einige Zeit im Gebete verharrt hatte, hielt er nach seiner Gewohnheit eine kleine Ansprache an das Volk; über seine brüderliche Liebe zur Gemeinde, seine Fürbitte für ihr Heil und die Art, wie sie sich auf die kirchlichen Feierlichkeiten des folgenden Tages vorbereiten müßten. Als er sich dann ins Pfarrhaus zurückgezogen hatte, brachte er im Lauf des Gesprächs die Rede auch auf Renzo. Don Abbondio sagte, es handle sich um einen etwas lebhaften, eigensinnigen und aufbrausenden jungen Menschen. Aber auf eingehenderes und genaues Befragen mußte er zugeben, daß er ein ordentlicher Kerl sei und daß auch er nicht begreifen könne, wieso er in Mailand all die Teufelsstreiche hätte anstellen können, von denen die Gerüchte wissen wollten.

»Was nun das junge Mädchen angeht«, fuhr der Kardinal fort, »haben Sie da auch den Eindruck, daß es nunmehr unbesorgt wieder in seinem Hause Wohnung nehmen kann?«

»Im Augenblick«, erwiderte Don Abbondio, »kann es nach Belieben kommen und bleiben. Ich sage: im Augenblick. Aber«, fügte er dann seufzend hinzu, »Durchlaucht müßten immer hier weilen oder wenigstens in der Nähe sein.«

»Der Herrgott ist immer in der Nähe«, meinte der Kardinal. »Im übrigen werde ich darauf bedacht sein, das Mädchen in Sicherheit zu bringen.« Darauf ordnete er umgehend an, daß am nächsten Tage die Sänfte frühzeitig unter Bedekkung abgeschickt würde, um die beiden Frauen zu holen.

Don Abbondio empfahl sich, höchst zufrieden, daß der Kardinal mit ihm über die beiden jungen Leute gesprochen hatte, ohne ihn wegen seiner Weigerung, die Trauung vorzunehmen, zur Rechenschaft zu ziehen. So weiß er also von nichts, meinte er bei sich, Agnes hat dichtgehalten. Geradezu ein Wunder! Es ist zwar noch nicht aller Tage Abend, aber wir werden ihr noch einmal den Star stechen, soviel steht fest. Dabei ahnte der Beste nicht, daß Federigo auf diese Angelegenheit gerade deshalb nicht eingegangen war, weil er die Absicht hatte, des längeren und breiteren in größerer Muße mit ihm darüber zu sprechen, und weil er auch seine Gründe anhören wollte, ehe er ihn nach Verdienst maßregelte. Aber die Besorgnis des guten Prälaten um

Lucias sichere Unterbringung war überflüssig geworden. Nachdem er sie verlassen hatte, hatten sich Dinge ereignet, die wir nun erzählen müssen.

In den wenigen Tagen, die sie in dem gastlichen Schneiderhäuschen zubringen sollten, hatten die beiden Frauen, soweit wie möglich, ihre alte Lebensweise wieder aufgenommen. Lucia hatte sofort um Arbeit gebeten und nähte immerfort, wie sie im Kloster getan hatte, in ein Zimmerchen zurückgezogen und den Blicken der Menschen fern. Agnes machte zum Teil Ausgänge, zum Teil arbeitete sie in Gesellschaft ihrer Tochter. Ihre Gespräche waren um so betrübter, je mehr Zärtlichkeit sich in ihnen offenbarte: beide waren sie auf eine Trennung vorbereitet, da ja das Lamm nicht zurückkehren konnte, um so nah bei der Höhle des Wolfes zu wohnen. Wann und wie aber sollte das Ende dieser Trennung kommen? Die Zukunft war düster und unklar: insbesondere aber für die eine von ihnen, denn Agnes schmiedete im stillen weiter ihre hoffnungsvollen Pläne: Renzo mußte ja nun schließlich bald, wenn ihm nichts Schlimmes zugestoßen war, Nachricht geben. Wenn er aber Arbeit gefunden und sich eingerichtet hatte und wenn er – wie aber sollte man daran zweifeln? – zu seinem Wort stand, warum konnte man sich dann nicht zu ihm begeben, um mit ihm zu leben? Von solchen Aussichten sprach sie immer wieder mit der Tochter, wobei schwer zu entscheiden wäre, ob Lucia das Zuhören oder das Antworten mehr Schmerz und Qual bereitete. Sie hatte ihr großes Geheimnis immer für sich behalten. Freilich tat es ihr weh, eine so gute Mutter zu hintergehen, und das nicht zum erstenmal; da aber ihre Befangenheit und die schon genannten Befürchtungen unüberwindlich blieben, ließ sie einen Tag um den anderen verstreichen, ohne etwas zu sagen. Sie hatte ganz andere Pläne als die Mutter, oder besser gesagt: sie hatte keine, sie hatte sich der Vorsehung anvertraut. Sie versuchte also dieses Thema fallenzulassen und zu einem neuen überzugehen oder bemerkte auch wohl mit unverbindlichen Redewendungen, daß sie nach den Dingen dieser Welt nicht mehr trachte und keinerlei Hoffnung darauf setze, es sei denn, daß sie bald wieder bei ihrer Mutter leben könnte. Zumeist stellten sich zur rechten Zeit Tränen ein und setzten der Unterhaltung ein Ende.

»Weißt du auch, warum dir alles so vorkommt?« pflegte Agnes zu sagen, »weil du soviel erlitten hast und es dir unmöglich erscheint, daß alles sich noch zum Guten wenden könnte. Aber laß Gott nur walten, und wenn ... Warte nur, bis sich erst einmal ein Hoffnungsschimmer zeigt, der schwächste nur, dann wirst du mir sagen können, ob dir alles noch gleichgültig ist.« Lucia küßte die Mutter und weinte.

Im übrigen hatte sich zwischen ihnen und ihren Wirtsleuten rasch eine große Freundschaft entwickelt; und wo sollte sie denn auch entstehen, wenn nicht zwischen solchen, die Wohltaten erweisen, und denen, die sie empfangen, wenn beide Teile gute Menschen sind? Besonders Agnes plauderte nach Herzenslust mit der Hausfrau, und dann unterhielt sie der Schneidermeister ein wenig mit Geschichten und erbaulichen Betrachtungen; vor allem beim Mittagessen hatte er immer etwas Schönes aus dem »Bovo d'Antona« oder den »Vätern der Wüste«[1] zum besten zu geben.

In der näheren Umgebung des Dörfchens hielt sich ein Paar von hohem Stande zur Sommerfrische auf: Don Ferrante und Donna Prassede. Der Geschlechtsname wird uns von der anonymen Quelle wie üblich vorenthalten. Donna Prassede war eine hochgeborene alte Dame mit starker

1 *Bovo d'Antona:* Titel einer Ritterdichtung aus dem 13. Jahrhundert, in der Art der späteren *Reali di Francia.* Der Titel der Legendensammlung hat sich urkundlich noch nicht nachweisen lassen (Anmerkung des Übersetzers).

Neigung zur Wohltätigkeit: das ist gewiß der edelste Beruf, den sich ein Mensch zu erwählen vermag, durch den er aber auch, wie durch alle übrigen, Schaden stiften kann. Um Gutes zu erweisen, muß man sich darin auskennen; und so wie alles übrige können wir es nur im Banne unserer Leidenschaften, kraft unseres Urteils und im Rahmen unseres Begriffsvermögens erkennen, um das es nur zu häufig schlecht genug bestellt ist. Mit ihren Begriffen hielt es Donna Prassede, wie man es angeblich mit Freunden halten soll: sie hatte nur wenige. Diesen wenigen aber war sie äußerst zugetan. Darunter befanden sich nun aber leider viele falsche, und ausgerechnet für diese hatte sie eine besondere Schwäche. Es kam bei ihr daher vor, daß sie für gut hielt, was es keineswegs war, oder daß sie Mittel wählte, die eigentlich nur eine gegenteilige Wirkung haben konnten, oder daß sie andere für zulässig hielt, die es durchaus nicht waren, wobei sie ohne weiteres annahm, daß derjenige, der mehr als seine Pflicht tue, auch mehr tun dürfe, als sein gutes Recht ist. Es kam bei ihr vor, daß sie bei einer Sache nicht erkannte, was wirklich daran war, oder daß sie etwas hineinlegte, was überhaupt nicht vorhanden war, und was dergleichen Dinge mehr sind, die vorkommen können und bei jedermann vorkommen – die Besten nicht ausgenommen –, aber bei Donna Prassede doch allzuoft und nicht selten alle auf einmal.

Als sie von Lucias ungewöhnlichem Fall hörte und alles erfuhr, was bei dieser Gelegenheit über das junge Mädchen gesagt wurde, wandelte sie die Neugier an, es kennenzulernen. Sie schickte also eine Kutsche mit einem alten Stallmeister, um Mutter und Tochter abzuholen. Diese zuckte die Achseln und bat den Schneidermeister, der die beiden verständigt hatte, er möchte sie irgendwie entschuldigen. Solange es sich um einfache Leute gehandelt hatte, die das junge Mädchen kennenzulernen versuchten, an dem sich das Wunder ereignet hatte, hatte ihr der Schneidermeister willig einen solchen Dienst erwiesen; in diesem Fall aber kam ihm die Weigerung wie eine Art Aufsässigkeit vor. Er redete hin und her, blies ihr die Ohren voll und wußte immer wieder etwas Neues: das sei keine Art, und es handle sich um ein vornehmes Haus, und solchen Herrschaften gegenüber dürfe man nicht nein sagen, und es könnte ihr Glück sein, und die Frau Donna Prassede sei obendrein auch noch geradezu eine Heilige; kurzum, er setzte ihr so zu, daß Lucia sich fügen mußte, um so mehr, als Agnes all diesen Gründen mit ebenso vielen »freilich, freilich« beipflichtete.

Als sie sich bei der Dame einfanden, bereitete sie ihnen einen warmen Empfang und sprach immer wieder ihre Glückwünsche aus. Sie erkundigte sich und erteilte gute Ratschläge. Bei alldem gab sie sich mit einer gewissen sozusagen angeborenen Überlegenheit, die aber durch so viel Zuvorkommenheit ausgeglichen, von so viel bescheidenen und frommen Redewendungen gemildert und gewürzt wurde, daß Agnes fast auf der Stelle und Lucia schon bald die bedrückende Hochachtung weichen fühlten, die ihnen ein so hochherrschaftlicher Umgang anfänglich eingeflößt hatte. Ja, sie empfanden sogar einen gewissen Reiz darin. Wir wollen es kurz machen. Als Donna Prassede erfuhr, daß der Kardinal es sich angelegen lassen sein wollte, Lucia eine Zufluchtsstätte ausfindig zu machen, war sie erbötig, das junge Mädchen bei sich aufzunehmen, wo es, ohne zu irgendwelchen besonderen Dienstleistungen verpflichtet zu sein, ganz nach Belieben den andern Frauen bei ihren Arbeiten helfen könnte. Sie fügte hinzu, daß sie es übernehmen würde, Monsignore davon zu verständigen.

Außer dem einleuchtenden, unmittelbaren Vorteil eines solchen guten Werkes hatte Donna Prassede nun aber noch etwas anderes im Auge, was für sie vielleicht weit wesentlicher war: nämlich jemandem, der es dringend nötig hatte, den Kopf zurechtzusetzen und ihn wieder auf den rechten Weg zu bringen. Sobald sie nämlich von Lucia zum ersten Male hatte sprechen hören, hatte sie sich sofort eingeredet, daß ein junges Mädchen, das sich mit einem Tunichtgut, einem Aufrührer, kurzum einem Galgenstrick hatte verloben können, irgendwelche Mängel und geheimen Laster haben müsse. Sage mir, mit wem du umgehst, und ich sage dir, wer du bist. Lucias Besuch hatte diese Überzeugung verstärkt. Nicht etwa, daß sie ihr im Grunde nicht als ein, wie man so sagt, ordentliches Mädchen vorgekommen wäre; aber es war an ihr viel auszusetzen. So den Kopf zu senken, als ob das Kinn an das Halsgrübchen angewachsen wäre, sich so auszuschweigen oder nur recht einsilbig, wie unter Druck, zu antworten konnte auf Befangenheit beruhen, verriet aber sicherlich großen Eigensinn: es war gar nicht schwer zu erkennen, daß dieses Köpfchen so seine eigenen Gedanken hatte. Und dies beständige Erröten und diese unterdrückten Seufzer ... Dazu zwei Äugelchen, die Donna Prasseda keineswegs gefielen. Für sie war es ausgemacht, als ob sie es aus bester Quelle wüßte, daß Lucias ganzes Ungemach eine Strafe des Himmels für ihre Zuneigung zu jenem Tunichtgut sei und eine Mahnung, sich endgültig von ihm zu trennen. Da es aber so stand, nahm sie sich vor, zu einem solchen guten Ende beizutragen, denn ihr ganzes Trachten war ja, wie sie sich und anderen häufig versicherte, darauf gerichtet, die Absichten des Himmels zu unterstützen, wobei sie allerdings häufig den großen Irrtum beging, ihren eigenen Kopf für den Himmel zu halten. Freilich hütete sie sich durchaus, diese letztere Absicht, die wir enthüllt haben, auch nur im geringsten erkennen zu lassen. Einer ihrer Grundsätze war nämlich, daß man in den meisten Fällen den Leuten nur dann mit Erfolg etwas Gutes tun könne, wenn man sie nicht in seine Pläne einweihte.

Mutter und Tochter blickten einander an. Da ihre unangenehme Zwangslage eine Trennung erforderte, schien allen beiden der Vorschlag annehmbar, und wenn auch nur aus dem Grunde, daß jene Villa ihrem Dörfchen so nahe lag, daß sie schlimmstenfalls beim nächsten Sommeraufenthalt wieder nahe beieinander wären und sich treffen könnten. Nachdem sie gegenseitig in ihren Blicken Zustimmung gelesen hatten, bezeigten beide Donna Prassede ihre Dankbarkeit auf jene Weise, die einer Einwilligung gleichkommt. Sie ihrerseits wiederholte auf das liebenswürdigste ihre Versprechungen und erklärte, daß sie Monsignore umgehend schriftlich verständigen werde.

Als die Frauen gegangen waren, ließ sie sich den Brief von Don Ferrante aufsetzen, denn sie bediente sich seiner bei wichtigen Anlässen als Sekretär, da er – wie noch näher auszuführen sein wird – ein gelehrter Herr war. Da ein solcher Anlaß gegeben war, ließ Don Ferrante all seine Künste spielen und empfahl seiner Gattin angelegentlich, die Rechtschreibung zu beachten, als er ihr den Entwurf zur Abschrift übergab, denn das war so eines der vielen Dinge, die er studiert hatte, und eines der wenigen, bei denen er im Hause den Ton angab. Donna Prassede fertigte mit größtem Eifer die Abschrift an und ließ den Brief in das Haus des Schneiders befördern. Dies ereignete sich zwei oder drei Tage, bevor der Kardinal die Sänfte schickte, um die Frauen zu ihrem Dorf zurückzubringen.

Als sie eingetroffen waren, stiegen sie beim Pfarrhaus ab, in dem sich der Kardinal befand. Es war angeordnet worden, sie unverzüglich vorzulassen. Der Kaplan, der sie als erster sah, handelte entsprechend, indem er sie nur so lange aufhielt, als nötig war, um ihnen in aller Eile ein paar Anweisungen über das Verhalten vor Monsignore und die Art der Anrede zu erteilen, was er gewöhnlich tat, sooft es heimlich geschehen konnte. Für den armen Mann war es eine beständige Qual zu sehen, wie wenig Ordnung in dieser Hinsicht um den Kardinal herrschte. »Alles«, pflegte er zu dem sonstigen Gesinde zu sagen, »wegen der allzu großen Güte dieses gottseligen Mannes, wegen seiner allzu großen Vertraulichkeit.« Er erwähnte dabei stets, daß er sogar persönlich mehr als einmal mit eigenen Ohren gehört habe, wie man ihm mit »Jawohl, mein Herr!« und »Nein, mein Herr!« geantwortet habe.

In jenem Augenblick befand sich der Kardinal gerade im Gespräch mit Don Abbondio über die Angelegenheiten der Gemeinde, so daß dieser keine Gelegenheit hatte, auch seinerseits, wie er gern getan hätte, den Frauen seine Anweisungen zu geben. Nur beim Hinausgehen, und als diese herantraten, konnte er ihnen zuzwinkern, um anzudeuten, daß er mit ihnen zufrieden sei und daß sie wacker fortfahren sollten, nichts zu verraten.

Nach der ersten freundlichen Begrüßung von der einen Seite und den ersten Knicksen von der anderen zog Agnes den Brief aus dem Mieder und überreichte ihn dem Kardinal mit den Worten: »Er kommt von Frau Donna Prassede, die behauptet, daß sie mit Durchlaucht Monsignore sehr gut bekannt ist, wie sich die hohen Herrschaften natürlich ja wohl alle kennen. Wenn Sie das gelesen haben, werden Sie ja sehen.«

»Schön!« erklärte Federigo, als er gelesen und aus den Stilblüten des Don Ferrante ihr bißchen Sinn und Verstand herausgefunden hatte. Er kannte die Familie jedenfalls insoweit, um sicherzugehen, daß Lucia von ihr in bester Absicht eingeladen war und daß sie dort vor den Nachstellungen und Übergriffen ihres Verfolgers sicher wäre. Wir besitzen keine nähere Nachricht darüber, welche Meinung er von Donna Prassedes Geistesgaben hatte. Wahrscheinlich wäre sie nicht gerade die Person gewesen, die er für einen solchen Zweck gewählt hätte; es war aber – wie wir an anderer Stelle schon bemerkt oder zu verstehen gegeben haben – durchaus nicht seine Gewohnheit, sich in fremde Angelegenheiten einzumischen, um sie nach seinem Kopf zu ändern.

»So nehmt denn auch diese Trennung und die Ungewißheit, in der ihr euch befindet, in Geduld hin«, fuhr er dann fort. »Vertraut darauf, daß das bald ein Ende haben wird und daß Gott der Herr die Dinge zu jenem Ziele lenkt, das Er ihnen offenbar gesetzt hat. Nehmt aber auch für gewiß, daß Sein Wille euer Bestes meint.« Er redete insbesondere Lucia noch einmal gut zu, wußte für beide noch manch tröstliches Wort, segnete sie und entließ sie. Kaum waren sie draußen, so fanden sie sich von einem Schwarm von Freunden und Freundinnen, man kann schon sagen: von der ganzen Gemeinde umringt, die auf sie wartete und sie wie im Triumph nach Hause geleitete. Alle Frauen beglückwünschten, bedauerten und befragten sie um die Wette, und alle gaben ihrer Enttäuschung Ausdruck, als sie hörten, daß Lucia sich am nächsten Tage fortbegeben würde. Die Männer wetteiferten miteinander, um ihre Dienste anzubieten; jeder wollte in dieser Nacht bei dem Häuschen Wache stehn. Aus diesem Anlaß hält es unsere Quelle für richtig, den Spruch zu prägen: »Willst du, daß dir viele Beistand geben? – Versuche ohne ihn zu leben!«

Dieser Willkommenstrubel verwirrte Lucia und brachte sie aus der Fassung, Agnes dagegen machte das gar nichts aus. Im Grunde genommen war aber auch Lucia davon angetan, weil sie so ein wenig von den Sorgen und Erinnerungen abgelenkt wurde, die freilich auch inmitten des Stimmenschwalls in ihr wieder wach wurden: auf dieser Schwelle, in diesen Stübchen, beim Anblick jedes Dings.

Beim Glockenläuten, das den nahen Beginn des Gottesdienstes ankündigte, begab sich alles zur Kirche, und für unsere Frauen war es ein abermaliger Triumphzug.

Nach dem Hochamt wurde Don Abbondio, der fortgeeilt war, um nachzusehen, ob Perpetua alles zum Essen wohlvorbereitet hatte, zum Kardinal gerufen. Er begab sich unverweilt zu dem hohen Gast. Der ließ ihn herantreten und begann: »Herr Pfarrer ...« Der Ton dieser Worte ließ unmißverständlich erkennen, daß damit eine lange und ernste Unterredung eingeleitet wurde. »Herr Pfarrer, warum haben Sie diese arme Lucia nicht mit ihrem Verlobten getraut?«

Die haben also heute morgen die Katze aus dem Sack gelassen, dachte Don Abbondio und erwiderte stotternd: »Monsignore, Durchlaucht werden wohl von den Schwierigkeiten gehört haben, die in dieser Angelegenheit entstanden sind. Es war ein solcher Wirrwarr, daß man noch nicht einmal heute darin klarsieht. Durchlaucht können das ja auch daraus entnehmen, daß das junge Mädchen sich nach so viel Unannehmlichkeiten wie durch ein Wunder hier befindet, während man keine Ahnung hat, wo sich der junge Mann nach anderen Abenteuern befindet.«

»Ich frage«, entgegnete der Kardinal, »ob es zutrifft, daß Sie vor all diesen Ereignissen sich geweigert haben, die Trauung zu vollziehen, als Sie auf den bestimmten Tag darum ersucht worden waren, und wieso.«

»Wahrlich ... wenn Durchlaucht wüßten ... welche Weisungen ... welch fürchterliche Befehle ich erhalten habe, nicht zu sprechen ...« Hier unterbrach er seine Rede mit einer aufschlußreichen Gebärde, die ergebenst zum Ausdruck bringen sollte, daß es zudringlich wäre, mehr darüber erfahren zu wollen.

»Aber, Herr Pfarrer«, bemerkte der Kardinal mit ungewöhnlich strengem Ton und ernster Miene, »hier steht Ihr Bischof, um getreu seiner Pflicht und um Ihrer Rechtfertigung willen von Ihnen zu erfahren, warum Sie nicht das getan haben, was von Rechts wegen Ihres Amtes gewesen wäre.«

»Monsignore«, sagte Don Abbondio und wurde ganz

kleinlaut, »ich habe nicht etwa sagen wollen ... aber da es sich um verzwickte alte und heillose Geschichten handelt, schien es mir unnütz, sie wieder aufzurühren ... Immerhin weiß ich doch ... daß Durchlaucht einen Ihrer armen Pfarrer nicht ans Messer liefern wollen. Denn sehen Sie, Monsignore, Durchlaucht können nicht überall sein, und ich bleibe hier jeder Gefahr ausgesetzt... Wenn Sie es mir jedoch befehlen, werde ich sprechen und alles sagen.«

»Sprechen Sie nur! Ich möchte ja gar nichts weiter als Sie schuldlos finden.«

Nun hub Don Abbondio an, die schmerzliche Geschichte zu berichten, verschwieg aber den wichtigsten Namen und setzte an seine Stelle »ein großer Herr«, womit er denn der Vorsicht so weit Rechnung trug, als es in solcher Verlegenheit möglich war.

»Sie haben also keinen weiteren Beweggrund gehabt?« fragte der Kardinal, als Don Abbondio geendigt hatte.

»Vielleicht habe ich mich doch nicht genügend deutlich ausgedrückt«, erwiderte dieser, »man hat mir bei Leibesstrafe befohlen, diese Trauung nicht zu vollziehen.«

»Und Ihnen erscheint also ein solcher Grund hinreichend, um einer klaren Verpflichtung nicht nachzukommen?«

»Ich habe immer versucht, meine Pflicht zu tun, selbst wenn sie mir noch so lästig fiel; wenn es aber um Leib und Leben geht ...«

»Als Sie sich jedoch der Kirche zur Verfügung gestellt haben«, bemerkte Federigo in noch ernsterem Tone, »um dieses Amt auf sich zu nehmen, hat sie Ihnen denn da Sicherheit des Lebens verheißen? Hat sie Ihnen denn erklärt, daß die mit diesem Amte verbundenen Pflichten keinen Hindernissen begegnen könnten, daß Sie gegen jede Gefahr gefeit seien? Oder hat sie Ihnen vielleicht erklärt, daß da, wo die Gefahr beginnt, die Pflicht aufhöre? Hat sie Ihnen nicht vielmehr ausdrücklich das Gegenteil versichert? Wurden Sie nicht etwa darauf hingewiesen, daß man Sie wie ein Lamm unter die Wölfe schickte? Wußten Sie denn nicht, daß es gewalttätige Menschen gibt, denen mißfallen könnte, was Ihnen aufgetragen wurde? Der aber, von dem wir Lehre und Vorbild haben, in dessen Nachfolge wir uns Hirten nennen und nennen lassen, hat Er, als Er zur Erde niederstieg, um seines Amtes zu walten, etwa zur Bedingung gemacht, daß ihm das Leben erhalten bleibe? Wäre denn, um es zu retten und für einen Tag mehr oder weniger auf Kosten der Nächstenliebe und der Pflicht hienieden zu bewahren, die heilige Ölung, die Handauflegung, die Weihe des Priestertums vonnöten? Solche Tugend zu verleihen und solche Lehre zu verkünden wäre auch der Welt ohne weiteres möglich. Was sage ich? Oh, wie schmählich! Selbst die Welt lehnt sie ab. Auch die Welt gibt sich ihre Gesetze, welche das Böse wie das Gute gebieten. Auch sie hat ihr Evangelium, ein Evangelium des Stolzes und des Hasses, und sie duldet es nicht, daß behauptet wird, die Liebe zum Leben sei ein hinreichender Grund, um ihre Gebote zu übertreten. Sie duldet es nicht, und sie findet Gehorsam. Und wir, die Kinder und Künder der Verheißung? Was wäre die Kirche denn, wenn alle Ihre Amtsbrüder die gleiche Sprache wie Sie hier führten? Wohin wäre sie gekommen, wenn sie mit solchen Lehren vor die Welt getreten wäre?«

Don Abbondio stand gesenkten Hauptes da: ihm war bei diesen Ausführungen zumute wie einem Küchlein in den Klauen des Falken, die es in eine unbekannte Sphäre, in eine Luft hinaufgerissen haben, die es noch nie geatmet hat. Da er aber begriff, daß er irgendwie Rede stehen mußte, rang er sich die unterwürfige Erklärung ab: »Monsignore, Durchlaucht, ich bin wohl im Unrecht. Wenn das Leben nicht zählt, weiß ich nicht, was ich sagen soll. Wenn man aber mit gewissen Leuten zu tun hat, mit Leuten, welche die Macht haben und sich nicht gut zureden lassen, sehe ich nicht ein, was dabei zu gewinnen wäre, wenn man auch noch so wakker auftreten würde. Es handelt sich hier um einen Herrn, den man nicht kleinkriegt und mit dem man nie quitt ist.«

»Wissen Sie denn nicht, daß wir dadurch siegen, daß wir um der Gerechtigkeit willen leiden? Wenn Sie das aber nicht wissen, worüber predigen Sie dann? Was lehren Sie dann? Welche ›frohe Botschaft‹ verkünden Sie dann den Armen? Wer verlangt denn von Ihnen, daß Sie die Gewalt brechen sollen? Sicher wird man Sie eines Tages nicht fragen, ob Sie es verstanden haben, die Mächtigen an ihre Pflicht zu erinnern, denn dazu haben Sie weder Auftrag noch Mittel erhalten. Wohl aber wird man Sie fragen, ob Sie die Mittel, die in Ihre Hände gegeben wurden, darauf verwandt haben, das zu tun, was Ihnen vorgeschrieben wurde, auch wenn jene vermessen genug waren, es Ihnen zu verbieten.«

Diese heiligen Männer sind doch auch wunderliche Leute, dachte Don Abbondio derweilen bei sich, genau betrachtet liegt ihnen doch letzten Endes mehr an der Liebschaft zweier junger Leute als am Leben eines armen Priesters. Für seine Person hätte er nicht das geringste dagegen gehabt, wenn das Gespräch nun zu Ende gewesen wäre. Er sah aber den Kardinal bei jeder Pause in einer Gebärde verharren, als ob er eine Entgegnung erwartete: ein Geständnis oder ein Wort der Verteidigung, kurzum: irgend etwas.

»Ich komme auf meine Erklärung zurück«, erwiderte er also, »daß ich wohl unrecht habe ... Mut kann man sich nun einmal nicht selber einflößen.«

»Ich könnte Ihnen sagen: Warum haben Sie sich dann einem Amt unterzogen, das Ihnen auferlegt, gegen die Leidenschaften dieser Welt anzugehen? Ich sage Ihnen aber lieber: Wieso denken Sie nicht daran, daß, wenn in diesem Amt – wie auch immer es Ihnen zugefallen sein mag – Mut vonnöten ist, um Ihre Pflicht zu erfüllen, es Einen gibt, der Ihnen diesen Mut unfehlbar verleiht, wenn Sie Ihn darum bitten? Meinen Sie denn, all diese Millionen von Märtyrern hätten von Haus aus Mut gehabt? hätten selbstverständlich das Leben für nichts erachtet? All die vielen jungen Menschen, die gerade begannen, es zu genießen, all die alten Leute, die gerne darüber jammerten, daß es schon seinem Ende entgegenging, all die jungen Mädchen, all die Frauen, all die Mütter? Alle haben Mut besessen, weil Mut vonnöten war und sie auf Gott vertrauten. Haben Sie im Bewußtsein Ihrer Schwäche und Ihrer Pflichten daran gedacht, sich auf die schwierige Lage vorzubereiten, in die Sie möglicherweise geraten konnten und in die Sie in der Tat geraten sind? Ach, wenn Sie in all den Jahren des Hirtenamtes Ihre Herde geliebt haben – wie aber sollten Sie nicht! –, wenn dieser Ihr Herzschlag, Ihre Sorge, Ihr Entzücken gegolten haben, konnte Ihnen, wenn es not tat, der Mut nicht fehlen: die Liebe kennt keine Furcht. Wenn Sie die also liebten, die Ihrer geistlichen Fürsorge anvertraut sind, die Sie Ihre Kinder nennen, und wenn Sie dann zwei von ihnen zugleich mit sich selbst bedroht sehen mußten, ach, so hat Sie doch sicher die Nächstenliebe genauso um sie zittern lassen, wie die Schwäche des Fleisches Sie um sich selber zittern ließ. Sie müssen doch in sich gegangen sein wegen jener ersten Furcht, da sie ja aus Ihrer Schwäche hervorging, und Sie werden um die Kraft gefleht haben, sie zu überwinden, sie zu vertreiben, denn es war eine Versuchung. Dagegen werden Sie doch der heiligen und edlen Furcht um die anderen, um Ihre Kinder gehorcht haben. Sie wird Ihnen keine Ruhe gelassen, Sie aufgestachelt und genötigt haben, nachzudenken und alles nur Mögliche zu tun, um der Gefahr zu begegnen, die jene bedrohte … Was hat Ihnen nun diese Furcht, diese Liebe geraten? Was haben Sie für jene getan? Was haben Sie sich gedacht?«

Damit schwieg er, wie einer, der auf etwas wartet.

Auf eine derartige Frage hin stand Don Abbondio, der doch immerhin bestrebt gewesen war, auf weniger eindringliche irgend etwas zu antworten, mucksmäuschenstill da. Und, gestehen wir es nur, auch wir, die doch mit dieser Handschrift vor Augen und der Feder in der Hand lediglich mit dem Ausdruck zu ringen haben und nichts anderes als die Kritik unserer Leser zu fürchten brauchen, auch wir, sage ich, fühlen ein gewisses Widerstreben fortzufahren: irgendwie erscheint es uns sonderbar, mit solcher Selbstverständlichkeit soviel schöne Anweisungen zur Seelenstärke und Nächstenliebe, zu mühevollem Eifer für die andern, zu grenzenloser Selbstaufopferung vorzubringen. Wenn wir aber bedenken, daß diese Dinge von jemandem gesagt wurden, der sie dann auch in die Tat umsetzte, fahren wir mutig fort.

»Sie antworten nicht?« begann der Kardinal wieder. »Ach, wenn Sie für Ihren Teil das getan hätten, was die Nächstenliebe, was die Pflicht erforderte, Ihnen fehlte es jetzt nicht an einer Antwort, wie auch immer die Dinge sich danach entwickelt hätten. So sehen Sie denn selbst, was Sie getan haben. Sie haben der Arglist gehorcht, ohne sich darum zu kümmern, was die Pflicht Ihnen vorschrieb. Sie haben ihr aufs Wort gehorcht; sie hat sich bei Ihnen eingefunden, um ihren Wunsch vorzubringen, sie wollte aber vor dem verborgen bleiben, der sich vor ihr hätte schützen und auf der Hut sein können. Sie wollte kein Aufsehen erregen und heimlich vorgehen, um in aller Bequemlichkeit ihre Fallstricke zu legen oder Gewalt anzuwenden. Sie gebot Ihnen Pflichtverletzung und Schweigen: Sie haben Ihre Pflicht verletzt und haben nicht gesprochen. Nun aber frage ich Sie, ob Sie nicht noch mehr getan haben; Sie werden mir gestehen müssen, ob Sie Vorwände für Ihre Weigerung erfunden haben, um deren wahren Beweggrund nicht zu enthüllen.« Dabei hielt er eine Zeitlang inne und wartete von neuem auf eine Antwort.

Auch das haben ihm die Klatschbasen also hinterbracht, dachte Don Abbondio, gab aber in keiner Weise zu erkennen, daß er etwas zu sagen habe, weshalb der Kardinal fortfuhr: »Und Sie werden gestehen müssen, ob es zutrifft, daß Sie diesen armen Menschen etwas weisgemacht haben, um sie in der Unwissenheit und in dem Dunkel zu halten, in dem die Arglist sie haben wollte ... Das muß ich also wohl annehmen, und so bleibt mir denn nichts anderes übrig, als mit Ihnen darüber zu erröten und zu hoffen, daß Sie mit mir darüber weinen. Da sehen Sie, wohin Sie dieser Eifer um das liebe Leben, das doch einmal enden muß, gebracht hat – allmächtiger Gott! und soeben noch haben Sie sich damit herausreden wollen! –, er hat Sie dazu gebracht – bestreiten Sie nur ungescheut diese Worte, wenn sie Ihnen ungerecht erscheinen, oder lassen Sie sie sich zu heilsamer Demütigung dienen, wenn sie es nicht sind –, er hat Sie dazu gebracht, die Schwachen hinters Licht zu führen und Ihre Kinder zu belügen.«

Da sieht man, wie es geht, dachte Don Abbondio weiter bei sich, diesem Satan – er meinte den Ungenannten – fällt er um den Hals, und bei mir macht er soviel Aufhebens wegen einer halben Lüge, die zu dem einzigen Zweck gebraucht wurde, meine Haut zu retten. Aber das sind die Oberen; sie haben immer recht. Mein Unstern will nun einmal, daß mir alle etwas am Zeuge zu flicken haben, auch die heiligen Männer. Mit lauter Stimme aber sagte er: »Ich habe gefehlt; ich sehe ein, daß ich gefehlt habe. Was sollte ich aber auch in solcher Bedrängnis tun?«

»Das fragen Sie immer noch? Habe ich es Ihnen denn nicht gesagt? Mußte ich es Ihnen denn überhaupt erst sagen? Lieben, mein Sohn, lieben und beten. Dann hätten Sie gespürt, daß die Bosheit freilich Drohungen ausstoßen und Stöße versetzen, aber keine Befehle geben kann. Dann hätten Sie nach Gottes Gebot vereint, was der Mensch scheiden wollte. Dann hätten Sie diesen unglückseligen Unschuldigen den Dienst erwiesen, den sie mit Recht von Ihnen forderten. Der Herrgott hätte für die Folgen gehaftet, weil man auf seinem Wege gewandelt wäre. Da Sie einen anderen eingeschlagen haben, haften Sie nun dafür, und für welche Folgen! Gebrach es Ihnen denn etwa an jeder menschlichen Hilfe? Hätte nicht doch ein Ausweg offengestanden, wenn Sie bloß hätten um sich blicken, nachsinnen und suchen wollen? Jetzt können Sie hören, daß Ihre armen Leutchen, wenn sie vermählt gewesen wären, von sich aus schon daran gedacht hätten, sich in Sicherheit zu bringen, daß sie bereit gewesen sind, aus dem Angesicht des Machthabers zu fliehen, und daß sie den Zufluchtsort bereits bestimmt hatten. Aber ist es Ihnen denn nicht, ganz davon abgesehen, eingefallen, daß Sie letzten Endes doch auch einen Oberen haben? Wie käme der denn aber zu der Machtvollkommenheit, Ihnen vorzuwerfen, daß Sie Ihre Pflicht versäumt haben, wenn er nicht auch die Verpflichtung hätte, Ihnen beizustehen, um sie zu erfüllen? Warum haben Sie denn nicht daran gedacht, Ihren Bischof von dem Widerstand zu unterrichten, die ruchlose Gewalt der Ausübung Ihres Amtes entgegensetzte?«

Genau Perpetuas Ansicht! dachte Don Abbondio wütend, dem bei dem ganzen Gespräch am lebhaftesten die Erscheinung jener Bravi vor der Seele stand und der Gedanke, daß Don Rodrigo wohlauf war und früher oder später glorreich und siegesgewiß und wutschnaubend zurückkehren würde. Und wenn auch die Gegenwart des Würdenträgers, sein Anblick und seine Sprache ihn in Verwirrung setzten und Ihm eine gewisse Furcht einflößten, handelte es sich doch um eine Furcht, die ihn nicht wirklich bannte und die den Gedanken an Widerstand nicht ausschloß, denn für ihn war ja entscheidend, daß letzten Endes der Kardinal weder Flinte noch Degen noch Bravi einzusetzen hatte.

»Warum haben Sie denn nicht daran gedacht«, fuhr dieser fort, »daß ich doch dazu dagewesen wäre, wenn diesen unschuldig Verfolgten keine andere Zuflucht mehr geblieben wäre, sie aufzunehmen und in Sicherheit zu bringen, wenn sie durch Sie an mich verwiesen worden wären, hilflos, wie sie waren, an einen Bischof verwiesen, als ihm eigen, als kostbarer Teil nicht seines Amtes, meine ich, doch seines Reichtums? Was aber Sie betrifft, so wäre ich um Sie besorgt gewesen: ich hätte nicht ruhen dürfen, ehe ich nicht sicher gewesen wäre, daß Ihnen auch nicht ein Haar gekrümmt würde. Sollte ich denn nicht imstande sein, irgendwie und irgendwo Ihr Leben in Sicherheit zu bringen? Glauben Sie denn, jener Mensch, der so verwegen war, hätte seine Leidenschaft nicht gedämpft, wenn er erfahren hätte, daß seine Ränke anderswo als hier bekannt wären, mir bekannt wären, der auf der Wacht stünde und entschlossen wäre, alle Mittel, die er in der Hand hätte, zu Ihrer Verteidigung aufzubieten? Wußten Sie denn nicht, daß der Mensch, der nur allzu oft mehr verspricht, als er halten kann, nicht selten auch Schlimmeres androht, als er dann auszuführen wagt? Wußten Sie denn nicht, daß die Arglist sich nicht nur auf ihre Gewalt stützt, sondern auch auf die Leichtgläubigkeit und den Kleinmut der andern?«

Genau die Gründe Perpetuas, dachte Don Abbondio auch diesmal, ohne einzusehen, daß diese Übereinstimmung der Ansichten seiner Dienerin mit denen des Federigo Borromeo über das, was hätte getan werden können und getan werden müssen, nur zu sehr gegen ihn selber sprach.

»Sie aber«, fuhr der Kardinal abschließend fort, »haben nichts anderes gesehen und sehen wollen als Ihre Gefährdung hienieden. Was wunder also, wenn sie Ihnen derartig groß vorkam, daß Sie darüber alles andere versäumten?«

»Das kommt daher, daß *ich* diese Galgenvögel gesehen habe«, entfuhr es Don Abbondio, »*ich* habe jene Worte vernommen. Durchlaucht haben gut reden; Sie müßten aber einmal in der Haut eines armen Priesters stecken und in solcher Lage sein.«

Kaum hatte er diese Worte vorgebracht, als er sich auch schon auf die Zunge biß. Er bemerkte, daß er sich von seinem Zorn allzusehr hatte hinreißen lassen, und meinte bei sich: Jetzt hagelt's aber los! Als er aber zweifelnd die Augen hob, war er ganz erstaunt, als er in den Zügen dieses Mannes, dessen Wesen er niemals ahnen und begreifen konnte, einen Umschwung von jener gebieterischen und strafenden Strenge zu reuevoll nachdenklichem Ernst las.

»Freilich«, bemerkte Federigo, »ist das der elende und furchtbare Zustand, in dem wir uns befinden. Wir müssen aufs strengste von den andern fordern, was wir, weiß Gott, vielleicht selber nicht zu leisten vermögen: wir müssen verurteilen, bessern und tadeln, und Gott weiß, was wir in gleicher Lage tun würden, was wir in ähnlichen Fällen getan haben! Doch wehe, wenn ich meine Schwäche als Maßstab an die Pflichten anderer anlegen, sie als Richtschnur meiner Belehrung gebrauchen wollte! Dabei steht aber fest, daß ich zugleich mit der Lehre den andern ein Beispiel geben muß und nicht dem Gesetzeskundigen gleichen darf, der den andern Lasten auferlegt, die sie nicht tragen können und die er nicht mit einem Finger anrühren würde. Wohlan, mein Sohn und Bruder, da die Fehler der Hochgestellten den anderen oft bekannter sind als ihnen selbst, so sagen Sie mir offen, ob Sie wissen, daß ich aus Kleinmut oder irgendeiner Rücksicht eine meiner Pflichten verletzt habe. Bringen Sie mich zur Einsicht, damit da, wo das Beispiel unzulänglich war, wenigstens das Geständnis dafür eintreten kann. Werfen Sie mir ungescheut meine Schwächen vor, und dann werden die Worte in meinem Munde einen höheren Wert bekommen, da Sie eindringlicher empfinden werden, daß es nicht die meinen, sondern die Dessen sind, der Ihnen und mir die nötige Kraft verleihen kann, um auszuführen, was sie gebieten.«

Oh, was für ein heiliger Mann! Aber auch was für eine Quälerei! dachte Don Abbondio. Wenn er nur herumstöbern, aufwühlen, tadeln und ausfragen kann, auch wenn es ihn selbst betrifft! Dann sagte er laut: »Ach, Monsignore, was denken Sie denn! Wer kennte denn nicht der Durchlaucht beherzte Kraft und unerschütterlichen Eifer?« Bei sich aber fügte er hinzu: Nur allzusehr.

»Ich habe Sie nicht um ein Lob gebeten, das mich zagen läßt«, erklärte Federigo, »denn Gott kennt meine Gebrechen, und was ich selber von ihnen weiß, reicht hin, mich zu zerknirschen. Ich hätte es aber gern gesehen und möchte, daß wir beide gemeinsam vor Ihm zerknirscht wären, um gemeinsam Vertrauen zu fassen. Aus Liebe zu Ihnen möchte ich, daß Sie einsähen, wie Ihre Sprache dem Gesetz widerstrebt, das Sie doch verkünden und nach dem Sie einmal gerichtet werden.«

»Alles fällt über mich her«, sagte Don Abbondio, »aber die Leute, die sich beschweren wollen, haben Ihnen wohl nicht verraten, daß sie sich heimlich in mein Haus eingeschlichen haben, um mich zu überraschen und eine regelwidrige Trauung herbeizuführen.«

»Sie haben es mir verraten, mein Sohn: das aber betrübt und bedrückt mich, daß Sie sich immer noch zu entschuldigen trachten, daß Sie darauf verfallen, sich durch Anklagen zu entschuldigen, daß Sie Anlaß zur Anklage in dem finden, was zu Ihrer Beichte gehören müßte. Wer hat denn jene, ich möchte nicht sagen: in die Notwendigkeit versetzt, aber in die Versuchung gebracht, das zu tun, was sie getan haben?

Hätten sie denn diesen regelwidrigen Weg gewählt, wenn ihnen der rechtmäßige nicht versperrt gewesen wäre? Hätten sie daran gedacht, den Hirten hinters Licht zu führen, wenn er sie in seine Arme genommen, sie unterstützt und beraten hätte? ihn zu überrumpeln, wenn er sich nicht verborgen hätte? Und diesen also wollen Sie so etwas zur Last legen? Und Sie entrüsten sich, weil diese nach so viel Unglück, was sage ich, mitten in ihrem Unglück vor ihrem Oberhirten, der auch Sie betreut, ihr Herz erleichtert haben? Mag die Beschwerde des Unterdrückten, die Klage des Betroffenen der Welt auch ärgerlich sein, die Welt ist nun einmal so, aber uns ...! Und was wäre denn für Sie dabei herausgekommen, wenn sie geschwiegen hätten? Wäre es denn zu Ihrem Vorteil gewesen, wenn ihre Sache ganz und gar vor Gottes Gericht gekommen wäre? Finden Sie denn darin nicht einen neuen Anlaß, diese Leute zu schätzen – und wieviel Gründe dazu haben Sie längst –, daß sie Ihnen die Gelegenheit geboten haben, die aufrichtige Stimme Ihres Bischofs zu hören, daß sie Ihnen ein Mittel an die Hand gegeben haben, die große Schuld, in der Sie bei ihnen stehen, besser zu erkennen und sie zum Teil schon abzutragen? Ach, wenn jene Sie herausgefordert, beleidigt, gequält hätten, würde ich Sie auffordern – und müßte ich Sie nicht auffordern? –, sie gerade um dessentwillen zu lieben. So lieben Sie sie denn, weil sie gelitten haben, weil sie noch leiden, weil sie Ihnen angehören, weil sie schwach sind, weil Sie selber der Vergebung bedürfen und bedenken sollten, wie sehr die Kraft fremder Fürbitte Ihnen hier helfen könnte, um Vergebung zu erlangen.«

Don Abbondio blieb still, aber nun schwieg er nicht mehr widerwillig und ungeduldig, er blieb still wie einer, der mehr zu bedenken als mitzuteilen hat. Die Worte, welche er vernahm, führten zu unerwarteten Folgerungen, ergaben neue Nutzanwendungen einer Lehre, die seinem Geist doch altvertraut und selbstverständlich war. Das Leid der andern, das er in seiner Angst um sich selber übersehen hatte, machte ihm nun einen neuen Eindruck. Und wenn er auch nicht jene volle Reue spürte, welche die Predigt hervorrufen wollte – weil ja die alte Angst immer noch da war, um sich zum Verteidiger aufzuwerfen –, er fühlte jedenfalls sein Unrecht, er empfand eine gewisse Unzufriedenheit mit sich selbst und Mitleid mit den anderen, halb Rührung, halb Verwirrung. Er war – wenn der Vergleich erlaubt ist – wie der feuchte und zerdrückte Docht einer Kerze, der, an die Flamme einer großen Fackel gehalten, anfänglich raucht, zischt, knistert und nichts davon wissen will, schließlich aber Feuer fängt und wohl oder übel brennt. Er hätte sich offen bezichtigt, hätte sein Verhalten beklagt, wenn da nicht der Gedanke an Don Rodrigo gewesen wäre; er zeigte sich aber immerhin zerknirscht genug, um dem Kardinal zu verraten, daß seine Worte nicht ohne Wirkung geblieben waren.

»Im Augenblick«, fuhr dieser fort, »ist der eine aus seinem Hause geflohen, die andere steht im Begriff, es zu verlassen, beide haben nur allzu zwingende Gründe, sich davon fernzuhalten, keine Wahrscheinlichkeit spricht dafür, daß sie sich jemals hier vereinen könnten, und sie geben sich mit der Hoffnung zufrieden, daß Gott sie anderswo wieder vereinen möge. Im Augenblick freilich bedürfen sie Ihrer nicht, und Sie haben allerdings keine Gelegenheit, ihnen Gutes zu tun, ja nach unserm beschränkten Ermessen wird sie sich auch in Zukunft nicht bieten. Wer weiß aber, ob der barmherzige Gott nicht längst darauf bedacht ist, diese Gelegenheit zu schaffen? Ach, lassen Sie dergleichen nicht vorübergehen! Suchen Sie danach, bleiben Sie auf der Wacht und bitten Sie Ihn, daß Er sie gewähren möge.«

»Ich werde nicht verfehlen, Monsignore, wahrhaftig, ich werde nicht verfehlen«, erwiderte Don Abbondio mit einem Ton, der in diesem Augenblick tatsächlich von Herzen kam.

»Ach ja, mein Sohn, ja!« rief Federigo aus und schloß mit würdevollem Wohlwollen, »weiß der Himmel, ich hätte mit Ihnen viel lieber ganz andere Reden geführt. Beide haben wir schon viel erlebt: weiß der Himmel, es ist mir schwergefallen, mit Vorwürfen so Ihr greises Haupt zu betrüben, und weit lieber wäre es mir gewesen, mit Ihnen Trost für unsere gemeinsamen Sorgen, unsere Gebrechen im Gespräch von der glückseligen Hoffnung zu suchen, der wir schon so nahe gekommen sind. Möge der Herr es fügen, daß die Worte, die ich mit Ihnen dennoch wechseln mußte, Ihnen und mir zum Heil gereichen. Sorgen Sie dafür, daß Er mich nicht an jenem Tage dafür zur Rechenschaft zieht, daß ich Sie in einem Amt belassen habe, gegen das Sie sich so unglücklich versündigt haben. Nutzen wir doch die Zeit: die Mitternacht ist nahe, der Bräutigam kann nicht länger verziehen; wir wollen das Licht unserer Lampen entzündet haben. Wir wollen Gott unsere elenden, leeren Herzen hinhalten, damit Er geruhe, sie mit jener Nächstenliebe anzufüllen, welche Vergangenes gutmacht und für das Künftige Gewähr ist, die in Weisheit fürchtet und vertraut, weint und jubelt, die in jedem Falle zu der Tugend wird, deren wir bedürfen.«

Nach diesen Worten entfernte er sich, und Don Abbondio folgte ihm.

An dieser Stelle weist unsere Quelle darauf hin, daß das weder die einzige Aussprache der beiden noch daß Lucia deren einziger Gegenstand war, daß der Verfasser sich aber darauf beschränkt habe, um sich nicht vom Hauptanliegen der Erzählung zu entfernen. Aus demselben Grunde übergeht er auch weitere wichtige Äußerungen Federigos aus Anlaß seines Besuches und ebenso seine Spenden, die Schlichtung von Zwistigkeiten, wie er alten Haß zwischen einzelnen, Familien und ganzen Gebieten beilegte oder – was freilich viel häufiger war – wenigstens beschwichtigte, wie er gewisse Kampfhähne oder kleine Tyrannen entweder für immer oder doch für einige Zeit zahm machte, lauter Dinge, die ihn mehr oder weniger an jedem Ort der Diözese in Anspruch nahmen, an dem der ungewöhnliche Mann einmal weilte.

Dann heißt es, daß am nächsten Morgen, wie abgemacht, Donna Prassede erschien, um Lucia abzuholen und dem Kardinal ihre Aufwartung zu machen, der sich lobend über das Mädchen aussprach und es wärmstens empfahl. Man kann sich denken, unter wieviel Tränen Lucia sich von der Mutter losriß und ihr Häuschen verließ. Zum zweitenmal sagte sie der Heimat mit jenem doppelt bitteren Gefühl Lebewohl, das man empfindet, wenn man einen Ort verläßt, an dem man mit ganzer Seele hängt und der einem nie mehr so gehören darf. Der Abschied von der Mutter war aber noch nicht endgültig: denn Donna Prassede hatte gesagt, daß sie noch ein paar Tage in ihrer nicht allzuweit entfernten Villa bleiben würde, und Agnes versprach der Tochter, sie dort aufzusuchen, wo ihnen ein weit schmerzlicherer Abschied bevorstand.

Auch der Kardinal stand im Begriff, seine Inspektionsreise fortzusetzen, als der Pfarrer der Gemeinde erschien, zu der die Burg des Ungenannten gehörte, und ihn zu sprechen verlangte. Vorgelassen, übergab er ihm eine Geldrolle und ein Schreiben jenes Herrn, der ihn bat, Lucias Mutter zur Annahme von hundert Goldtalern zu bewegen, die sich in der Rolle befanden und die dem jungen Mädchen als Aussteuer oder zu beliebiger anderweitiger nützlicher Verwendung dienen sollten. Gleichzeitig bat er, die beiden aufzufordern, sich an ihn zu wenden, falls er ihnen irgendwann einmal einen Dienst erweisen könnte. Das sei für ihn ein besonderes Herzensanliegen, und das arme junge Mädchen wisse ja, wo er zu finden sei. Der Kardinal ließ Agnes alsbald herbeirufen und richtete ihr den Auftrag aus, den sie ebenso zufrieden wie überrascht zur Kenntnis nahm. Er übergab ihr die Goldrolle, die sie, ohne groß Aufhebens zu machen, entgegennahm. »Gott vergelt's diesem Herrn«, sagte sie, »und Durchlaucht bitte ich, ihm von ganzem Herzen zu danken und sonst keinem etwas zu verraten, denn hier ist so eine Gegend … Mit Verlaub, sehen Sie, ich weiß wohl, daß jemand wie Sie solche Dinge nicht ausplaudert. Aber … Sie verstehen mich schon.«

Ganz vorsichtig ging sie nach Hause, schloß sich in ihr Zimmer ein, schüttete die Rolle aus und betrachtete voller Bewunderung – wenn auch auf den Anblick vorbereitet – den Haufen Goldfüchse, die nun ihr gehörten und von denen sie vielleicht nie mehr als einen auf einmal gesehen hatte, und auch das nur selten. Sie zählte sie nach und mühte sich dann redlich ab, sie wieder aufzureihen und alle zusammenzuhalten, während sie immerfort vorquollen und ihren ungeübten Fingern entwischten. Schließlich brachte sie, so gut es ging, eine Rolle zustande, wickelte sie in einen Lappen, machte ein krumpliges Päckchen daraus und versteckte es, nachdem sie es sorgfältig ringsum mit Kordel verschnürt hatte, in einer Ecke ihres Strohsacks. Den ganzen übrigen Tag beschäftigte sie sich nur mit Grübeleien und Zukunftsplänen und sehnte sich nach dem nächsten Morgen. Als sie zu Bett gegangen war, lag sie noch eine Zeitlang wach und verweilte in Gedanken bei jener Hundertschaft, die sich unter ihr befand. Als sie eingeschlafen war, erschien sie ihr im Traum. Im Morgengrauen stand sie auf und marschierte sofort zu der Villa, in der sich Lucia befand.

Wenn bei dieser auch die starke Abneigung, von ihrem Gelübde zu sprechen, sich nicht gemindert hatte, war sie ihrerseits doch entschlossen, sich zu überwinden und sich der Mutter in jener Aussprache zu eröffnen, die für lange Zeit als letzte gelten mußte.

Kaum durften sie miteinander allein sein, als Agnes auch schon mit ganz aufgeregter Miene, dabei aber im Flüsterton, als ob jemand in der Nähe wäre, der es nicht hören sollte, anhub: »Ich habe eine große Neuigkeit für dich«, und sie berichtete ihr von dem unverhofften Glück.

»Gottes Segen über jenen Herrn!« erwiderte Lucia. »Daran kannst du dich gütlich tun und kannst auch noch jemand anderem Gutes erweisen.«

»Wieso?« meinte Agnes, »begreifst du denn nicht, was alles wir mit so viel Geld anfangen können? Hör mal: ich habe doch niemand außer dir, außer euch beiden, kann ich wohl sagen, da ich Renzo, seitdem er angefangen hat, sich dir zu eröffnen, immer als meinen Sohn betrachtet habe. Alles liegt daran, daß ihm nicht etwa ein Unglück zugestoßen ist, da er ja nie mehr etwas von sich hat hören lassen. Aber pah! muß denn alles schiefgehn? Das wollen wir nicht hoffen und wollen zuversichtlich sein. Was mich betrifft, so wäre es mir lieb gewesen, meine Gebeine einmal in meiner Heimat zur Ruhe betten zu lassen; da du aber – auf Gnade und Ungnade diesem Schurken ausgeliefert – nicht hierbleiben kannst, schon wegen des bloßen Gedankens, den Kerl in der Nähe zu haben, ist mir meine Heimat verhaßt geworden, und bei euch beiden bin ich überall zu Hause. Schon längst war ich bereit, mit euch auch bis ans Ende der Welt zu gehen, aber was soll man ohne Geld anfangen? Begreifst du nun? Die paar Groschen, die der arme Junge mit soviel Mühe und Sparsamkeit beiseite gelegt hatte, über die ist die Justiz hergefallen, und die hat alles mitgehen lassen, zum Ausgleich hat aber der Herrgott uns das Glück ins Haus geschickt. Wenn ich daher einmal Mittel und Wege gefunden haben werde, um herauszubekommen, ob er noch lebt und wo er sich aufhält und was er vorhat, komme ich nach Mailand, um dich abzuholen. Früher hätte ich wer weiß was dabei gefunden; das Unglück macht uns aber selbständiger. Bis Monza bin ich schon gekommen und weiß, was es mit dem Reisen auf sich hat. Ich nehme mir einfach einen brauchbaren Mann mit, einen Verwandten, wie etwa Alessio aus Maggianico, denn bei uns daheim ist doch kein Gescheiter aufzutreiben, und mit dem komme ich dann. Die Unkosten tragen wir ja, und ... begreifst du?«

Da sie jedoch bemerkte, daß Lucia, statt sich zu begeistern, niedergeschlagen und ohne alle Freude, nur gerührt zuhörte, unterbrach sie ihren Redeschwall und fragte: »Aber was hast du denn? Denkst du anders darüber?«

»Meine arme Mutter!« rief Lucia aus, umschlang mit einem Arm ihren Hals und verbarg das Gesicht an ihrer Brust.

»Was ist denn nur?« drang die Mutter ängstlich in sie.

»Ich hätte es dir gleich sagen sollen«, erwiderte Lucia, hob den Kopf und trocknete ihre Tränen, »aber ich brachte es nicht übers Herz. Habe Mitleid mit mir!«

»Aber so sprich dich doch aus!«

»Ich kann nicht mehr die Frau des armen Jungen werden.«

»Aber wieso? Wieso?«

Gesenkten Hauptes, schwer atmend, die Augen voll Tränen, offenbarte Lucia ihr Gelübde, wie man etwas Unabänderliches, wenn auch Unliebsames feststellt. Dabei bat sie mit gefalteten Händen die Mutter immer wieder um Verzeihung, weil sie sich so lange ausgeschwiegen habe.

Sie beschwor sie, keiner lebenden Seele davon etwas weiterzusagen und ihr zu helfen, das zu erfüllen, was sie gelobt habe.

Agnes war ganz bestürzt und fassungslos. Sie wollte sich über das Schweigen ihr gegenüber entrüsten, aber ernste Überlegung des Falles unterdrückte ihr persönliches Mißvergnügen. Gern hätte sie gesagt: Was hast du da getan! Es kam ihr aber so vor, als hieße das mit dem Himmel hadern, um so mehr als Lucia auf ihre Schilderung jener Nacht zurückkam und in den lebhaftesten Farben die so abgrundtiefe

Verzweiflung und die so unverhoffte Befreiung malte, und wie sie dazwischen ein für allemal ihr feierliches Gelübde abgelegt hatte. Unterdessen kam Agnes auch das eine oder andere Beispiel dafür in den Sinn, daß auf die Verletzung eines Gelübdes merkwürdige und schreckliche Strafen gefolgt sein sollten, wie sie häufig gehört und selber ihrer Tochter weitererzählt hatte. Nachdem sie eine Zeitlang wie geistesabwesend dagesessen hatte, meinte sie: »Und was tust du nun?«

»Nunmehr«, erwiderte Lucia, »steht es bei unserem Herrgott, das zu entscheiden, bei Ihm und der Madonna. In ihre Hände habe ich mich befohlen; bis hierher haben sie mich nicht verlassen, und sie werden mich auch nun nicht im Stich lassen, da ich ... Nur eine Gnade erbitte ich mir noch von Gott, eine einzige nach der Errettung der Seele: daß er mich nämlich mit dir heimkehren lassen möge, und er wird sie gewähren, o ja, er wird sie mir gewähren! Damals ... in jenem Wagen ... ach du Heiligste Jungfrau ...! diese Kerle ...! wer hätte damals geglaubt, daß sie mich zu dem bringen würden, der mich am nächsten Tage zu dir zurückführen sollte?«

»Aber mit deiner Mutter nicht gleich darüber zu sprechen!« erklärte Agnes, irgendwie empört bei aller liebreichen und mitleidigen Rücksicht.

»Bedauere mich; ich fand nicht den Mut dazu ... Was hätte es denn auch genützt, dich schon früher zu betrüben?«

»Und Renzo?« meinte Agnes und schüttelte den Kopf.

»Ach!« rief Lucia betroffen aus, »an den Ärmsten darf ich nicht mehr denken. Man sieht ja doch, daß es das Schicksal nicht so gewollt hat ... Sieh doch nur, wie alles den Anschein hat, als ob Gott uns ausdrücklich habe auseinanderhalten wollen. Wer weiß auch ...? Aber nein, nein! Er wird ihn vor allen Gefahren bewahrt haben und wird ihn ohne mich sogar noch glücklicher werden lassen.«

»Dabei könnte ich doch«, fuhr die Mutter fort, »wenn es nicht so stünde, daß du dich für immer gebunden hättest, und sofern Renzo kein Unglück zugestoßen ist, mit diesem Geld für alles übrige sorgen.«

»Aber«, erwiderte Lucia, »wäre uns dies Geld denn zugefallen, wenn ich nicht jene Nacht durchgemacht hätte? Es war Gottes Walten, daß alles so gekommen ist. Sein Wille geschehe!« Ihre Worte erstickten in Tränen.

Der unerwartete Einwand stimmte Agnes nachdenklich. Nach einer Weile unterdrückte Lucia ihr Schluchzen und fuhr fort: »Nachdem es nun einmal geschehen ist, müssen wir uns willig darein schicken, und du, arme Mamma, könntest mir dabei helfen, wenn du erstlich zu Gott für deine arme Tochter beten würdest und ferner ... Der arme Junge muß es ja doch schließlich einmal erfahren. Nimm das doch auf dich, tue mir auch das noch zuliebe! Damit könntest du dich befassen. Sobald du weißt, wo er sich befindet, laß ihm schreiben. Finde dafür jemanden ... eben deinen Vetter Alessio, einen umsichtigen und hilfsbereiten Mann, der uns immer wohlgesonnen war und der nicht plaudern wird, laß ihn die Sache so schildern, wie sie vorgefallen ist, in welcher Lage ich mich befunden, wie ich gelitten habe, und daß Gott es so gewollt hat. Er sollte seinem Herzen Ruhe gebieten, und ich könnte nimmermehr irgend jemand angehören. Er soll ihm das schonend mitteilen und ihm klarmachen, daß ich ein Versprechen gegeben, daß ich in der Tat ein Gelübde abgelegt habe. Wenn er aber weiß, daß ich der Heiligen Jungfrau gelobt habe ... Er war immer gottesfürchtig. Und sobald du Nachricht von ihm hast, laß an mich schreiben, laß mich erfahren, daß er wohlauf ist, und dann ... dann laß mich nie mehr etwas hören.«

Ganz gerührt versicherte Agnes der Tochter, daß alles nach ihren Wünschen geschehen würde.

»Ich wollte dir noch etwas sagen«, fuhr diese fort, »wenn

der arme Junge nicht das Unglück gehabt hätte, auf mich zu verfallen, wäre ihm all das nicht widerfahren, was er nun durchgemacht hat. Er ist auf und davon. Man hat ihm den Lebensunterhalt genommen, man hat seine Sachen beschlagnahmt, die Ersparnisse, die der arme Kerl gemacht hatte, du weißt schon warum ... Und wir haben so viel Geld! O Mamma, da uns der Herrgott so viel Gutes erwiesen hat und da du doch in dem Ärmsten wahrhaftig deinen Sohn gesehen hast ... o ja, so ist es doch, so mache doch Halbpart mit ihm, denn sicherlich wird Gott uns nicht verlassen. Suche einen sicheren Weg und schicke ihm sein Teil. Weiß der Himmel, wie nötig er es haben mag!«

»Nun, wenn du meinst«, erwiderte Agnes, »dann schicke ich es ihm eben. Der arme Junge! Was glaubst du denn, warum ich mich über das Geld so gefreut habe? Ach! ... ich bin wirklich zufrieden wie noch nie hierhergekommen. Genug, ich will's ihm schicken. Der arme Renzo! Auch für ihn aber ... ich weiß schon, was ich sagen will. Gewiß, Geld macht den glücklich, der es nötig hat, das hier aber wird ihm keine reine Freude machen.«

Lucia dankte der Mutter für ihre schnelle und großzügige Bereitwilligkeit so überschwenglich und zärtlich, daß ein Beobachter daraus ersehen hätte, wie sehr ihr Herz noch immer an Renzo hing, vielleicht mehr, als sie selber es wahrhaben wollte.

»Und was fange ich arme Frau nun ohne dich an?« klagte Agnes und weinte ebenfalls.

»Und ich ohne dich, arme Mamma? In einem fremden Hause? Und da unten in Mailand? Der Herrgott wird aber mit uns allen beiden sein und wird uns schon wieder zusammenbringen. In acht oder neun Monaten werden wir uns wiedersehn, und bis dahin, ja noch eher, hoffe ich, wird Er alles so gelenkt haben, daß wir wieder zusammen sein können. Lassen wir Ihn nur walten! Immer und immer wieder will ich zur Heiligen Jungfrau um diese Gnade flehen. Wenn ich ihr etwas anderes zu bieten hätte, würde ich es tun; aber sie ist ja so voller Erbarmen, daß sie diese Gnade auch so für mich erlangen wird.«

Bewegte Klagen und Zuspruch, Schmerzausbrüche und neue Zuversicht erfüllten so auch die weiteren Worte der Frauen. Sie mahnten und gelobten einander, reinen Mund zu halten, weinten sich aus, fielen sich immer wieder in die Arme und vertrösteten sich fest auf ein Wiedersehen spätestens im nächsten Herbst, als ob das ganz in ihrer Macht stünde, wie man ja in dergleichen Fällen meistens verfährt, und endlich trennten sie sich.

Indessen begann viel Zeit zu verfließen, ohne daß Agnes irgend etwas von Renzo in Erfahrung bringen konnte. Von seiner Seite kamen weder Briefe noch Botschaften. Von allen im Ort und in der Umgebung, die sie fragen konnte, wußte keiner mehr als sie selbst.

Und nicht sie allein stellte solche Nachforschungen an. Kardinal Federigo, der nicht etwa aus bloßer Höflichkeit zu den armen Frauen gesagt hatte, daß er über den bedauernswerten jungen Mann Erkundigungen einziehen wolle, hatte in der Tat sofort deshalb geschrieben. Als er dann von seiner Rundreise nach Mailand zurückgekehrt war, lag eine Antwort vor, aus welcher hervorging, daß man keine Spur der besagten Person habe finden können, daß der Betreffende sich zwar einige Zeit im Hause eines Verwandten in dem und dem Ort aufgehalten habe, ohne irgendwelches Aufsehen zu erregen, daß er aber eines schönen Morgens unvermutet verschwunden sei und daß selbst sein Verwandter nicht wisse, was aus ihm geworden sei, und nur allerlei widerspruchsvolle Gerüchte wiederholen könne, die darüber im Umlauf seien. So heiße es, der junge Mann habe sich für die Levante anwerben lassen, er sei nach Deutschland gegangen, er sei beim Durchwaten eines Flusses umgekommen. Man werde selbstverständlich die Sache im Auge behalten und bei Vorliegen genauerer Ermittlungen Durchlaucht unverzüglich verständigen.

Später fanden diese und andere Gerüchte auch im Gebiet von Lecco Verbreitung und kamen infolgedessen auch Agnes zu Ohren. Die arme Frau stellte alles mögliche an, um herauszubringen, was davon zuträfe, um den Dingen auf den Grund zu gehen, aber sie brachte nie mehr heraus als das ewige »es heißt«, das auch heutzutage noch dazu herhalten muß, so vieles zu behaupten. Manchmal hatte man ihr kaum ein Gerücht zugetragen, als auch schon einer kam, um ihr zu erklären, daß nichts daran sei, weshalb er ihr zum Ersatz gleich ein anderes auftischte, das ebenso rätselhaft oder schlimm war, lauter Geschwätz. Die Sache lag so:

Der Gouverneur von Mailand und Generalbevollmächtigte für Italien, Don Gonzalo Fernandez di Cordova, hatte bei dem venezianischen Gesandten in Mailand gewaltig Lärm geschlagen, weil ein Landstreicher und Straßenräuber, ein Aufwiegler zu Plünderung und Mord, der berüchtigte Lorenzo Tramaglino, der sogar noch nach seiner Verhaftung einen Aufstand angezettelt habe, um sich befreien zu lassen, auf bergamaskischem Gebiet untergeschlüpft und aufgenommen worden sei. Der Gesandte hatte geantwortet, daß ihm der Fall neu wäre und daß er nach Venedig schreiben werde, um Seiner Exzellenz diesbezügliche Auskunft geben zu können.

In Venedig verfolgte man den Grundsatz, der Neigung der Mailänder Seidenarbeiter, auf bergamaskisches Gebiet überzusiedeln, entgegenzukommen und sie zu fördern und daher so zu verfahren, daß sie dort viele Vorteile fanden und vor allem den, ohne welchen alle andern nichts sind: persönliche Sicherheit. Da jedoch, wenn zwei Mächtige um etwas streiten, und mag es noch so geringfügig sein, der Dritte sich immer freut, wurde Bortolo vertraulich verständigt – man weiß nicht von wem –, daß Renzo an jenem Ort nicht gut untergebracht wäre und daß er besser daran täte, in irgendeine andere Spinnerei einzutreten und dabei auch für einige Zeit den Namen zu wechseln. Bortolo begriff auf der Stelle, fragte nicht weiter, eilte zu dem Vetter, um ihn zu verständigen, nahm ihn in einer Kalesche mit, brachte ihn zu einer andern Spinnerei, vielleicht fünfzehn Meilen weit weg, und stellte ihn unter dem Namen Antonio Rivolta dem Besitzer vor, der gleichfalls aus dem Staatsgebiet von Mailand stammte und ein alter Bekannter von ihm war. Wenn das Jahr auch kärglich war, ließ sich dieser nicht lange bitten, einen Arbeiter aufzunehmen, der ihm von einem Ehrenmann, welcher sich in derlei Dingen auskannte, als anständig und geschickt empfohlen wurde. Bei der späteren Erprobung konnte er sich zu seiner Erwerbung denn auch nur beglückwünschen. Anfänglich allerdings kam es ihm so vor, als ob der junge Mensch ein wenig beschränkt wäre, weil er, wenn man »Antonio« rief, meistens keine Antwort gab.

Kurz darauf erging von Venedig an den Vogt von Bergamo – eine reine Formsache – der Befehl, Auskunft einzuholen und Nachricht zu geben, ob sich in seinem Dienstbereich, und zwar in dem und dem Ort, der Soundso befände. Nachdem der Vogt mit der ihm im Sinne der Auftraggeber angemessen erscheinenden Sorgfalt seines Amtes gewaltet hatte, machte er eine Fehlanzeige, die dem Gesandten in Mailand zugeleitet wurde, der sie seinerseits an Don Gonzalo Fernandez di Cordova weitergab.

Es fehlte freilich nicht an Neugierigen, die von Bortolo erfahren wollten, warum jener junge Mann nicht mehr da wäre und wohin er sich begeben hätte. Auf die erste Frage antwortete Bortolo: »Mein Gott! Er ist halt verschwunden.« Um dann die Zudringlicheren zu beruhigen, ohne ihren Verdacht auf die wahre Sachlage zu lenken, hatte er es für richtig gehalten, dem einen dies, dem andern das von den obengenannten Gerüchten aufzubinden, jedoch als ungewisse Vermutungen, auf bloßes Hörensagen hin, für die er keinerlei Anhaltspunkte hätte.

Als ihm die Frage aber auf Ersuchen des Kardinals gestellt wurde, ohne daß dieser genannt wurde, wobei man irgendwie wichtig und geheimnisvoll tat und dabei durchblicken ließ, daß es sich um eine hohe Persönlichkeit handle, wurde Bortolo nur um so mißtrauischer und hielt es für geboten, wie üblich zu antworten. Ja, da es sich um eine hohe Persönlichkeit handelte, gab er sogar alle Auskünfte auf einmal, die er bei den verschiedenen Gelegenheiten nach und nach an den Mann gebracht hatte.

Man soll aber nur nicht meinen, daß so ein Herr wie Don Gonzalo es wirklich auf den kleinen Seidenspinner aus den Bergen abgesehen hatte, daß er es ihn etwa in Kenntnis der Dinge – wie er seinen Maurenkönig mit der Kette am Hals geschmäht und mißachtet hatte – entgelten lassen wollte, oder daß er ihn für ein so gefährliches Subjekt gehalten hätte, um ihn auch als Flüchtling zu verfolgen und ihm noch in der Ferne das Leben nicht zu gönnen, wie der römische Senat mit Hannibal verfuhr. Don Gonzalo hatte viel zuviel wichtige Dinge im Kopf, um sich über Renzo groß Gedanken machen zu können, und wenn es so aussah, als ob er es täte, so ist das auf ein sonderbares Zusammentreffen von Umständen zurückzuführen, infolge deren der Ärmste unfreiwillig, und ohne es damals oder später je zu erfahren, durch ein ganz feines, unsichtbares Fädchen mit jenen nur allzu vielen wichtigen Angelegenheiten zusammenhing.

27. KAPITEL

Wiederholt schon wurde des Krieges Erwähnung getan, der damals um die Erbfolge in den Staaten des Herzogs Vincenzo Gonzaga, des zweiten dieses Namens, entbrannt war. Es geschah aber dann in aller Eile, so daß wir immer nur flüchtig darauf anspielen konnten. Nunmehr aber wird es zum Verständnis unserer Erzählung unumgänglich sein, näher darauf einzugehen. Es handelt sich um Dinge, die ein Kenner der Geschichte wissen muß; da wir aber in richtiger Selbsteinschätzung damit rechnen, daß dieses Werk nur ein Laienpublikum haben wird, so dürfte es nicht unangebracht sein, so viel darüber zu sagen, daß der Leser allenfalls genügend ins Bild gesetzt wird.

Wir haben berichtet, daß beim Tode jenes Herzogs, welcher der Erste genannt wird, auf Grund der Erbfolge Carlo Gonzaga als Oberhaupt einer nach Frankreich verpflanzten jüngeren Linie, die dort die Herzogtümer von Nevers und Rhetel besaß, in den Besitz Mantuas gelangt war, und wir fügen nun hinzu: auch in den von Monferrato, was uns eben die Eile in der Feder zurückgehalten hatte. Der Hof von Madrid, der um jeden Preis – auch das wurde bereits gesagt – den neuen Fürsten von diesen beiden Lehen ausschließen wollte und, um ihn auszuschließen, eines Grundes bedurfte (denn der grundlose Krieg wäre ungerecht), hatte sich zum Beschützer jenes angeblich vorliegenden Anrechts aufgeworfen, das auf Mantua ein anderer Gonzaga, Ferrante, Fürst von Guastalla, und auf Monferrato Carlo Emanuele I., Herzog von Savoyen, und Margherita Gonzaga, die Herzoginwitwe von Lothringen, geltend machten. Don Gonzalo, der aus der Familie des großen Heerführers stammte und dessen Namen trug und der bereits in Flandern Krieg geführt hatte und maßlos darauf versessen war, einen weiteren in Italien zu führen, war vielleicht derjenige, der das

Feuer am meisten schürte, damit es zur Kriegserklärung käme. Unterdessen hatte er in freier Auslegung der Absichten und unter Vorwegnahme der Befehle des besagten Hofes mit dem Herzog von Savoyen einen Vertrag über einen Einmarsch in Monferrato und dessen Teilung geschlossen. Seine Ratifizierung durch Herzog Olivarez hatte er daraufhin mit Leichtigkeit durchgesetzt, da er ihm den Erwerb von Casale – der stärksten Festung des für den König von Spanien ausbedungenen Teiles – als sehr leicht hinstellte. In dessen Namen beteuerte er jedoch, daß bis zur Entscheidung des Kaisers die Besetzung von Gebieten lediglich Faustpfänder sichern sollte. Dieser hatte unterdessen zum Teil im Interesse anderer, zum Teil in eigener Sache dem neuen Herzog die Einsetzung verweigert und ihn aufgefordert, die strittigen Staatsgebiete in seiner Obhut zu lassen. Er würde sie dann, nach Anhörung der Parteien, dem übergeben, dem sie zuständen. Dieser Entscheidung hatte sich der Nevers nicht beugen wollen.

Auch er besaß gewichtige Freunde: den Kardinal von Richelieu, die venezianischen Herren und den Papst, der, wie gesagt, Urban VIII. war. Der erstere aber war damals mit der Belagerung von La Rochelle und einem Kriege gegen England beschäftigt und wurde von der Partei der Königinmutter Maria von Medici bekämpft, die aus gewissen persönlichen Gründen dem Hause von Nevers feindlich gesonnen war. So konnte er lediglich Hoffnungen machen. Die Venezianer wollten sich nicht regen, ja sich nicht einmal erklären, ehe nicht ein französisches Heer in Italien einmarschiert wäre, und während sie den Herzog heimlich, soviel sie konnten, unterstützten, kamen sie dem Hof von Madrid und dem Gouverneur von Mailand mit Beschwerden, Vorschlägen und gutem Zureden, wobei sie je nachdem sanft oder drohend verfuhren. Der Papst empfahl seinen Freunden den Nevers, intervenierte zu seinen Gunsten bei den

Gegnern und machte Vergleichsvorschläge, doch wollte er nichts davon wissen, Truppen zu entsenden.

So konnten die beiden zum Angriff Verbündeten die verabredete Unternehmung um so sicherer beginnen. Der Herzog von Savoyen war seinerseits in das Gebiet von Monferrato einmarschiert; Don Gonzalo hatte mit großer Entschlossenheit die Belagerung von Casale aufgenommen. Er fand dort aber nicht ganz die Befriedigung, die er erwartet hatte. Glaubt nur nicht, im Kriege ginge es immer rosig zu. Der Hof unterstützte ihn nicht nach Wunsch, ja, er ließ es ihm sogar an den nötigsten Hilfsmitteln fehlen. Der Verbündete half ihm nur allzu sehr: ich meine damit, daß er, nachdem er seine Portion vertilgt hatte, daranging, auch die dem König von Spanien zugedachte anzuknabbern. Don Gonzalo kochte darüber vor Wut, mehr als sich sagen läßt. Da er aber fürchtete, wenn er auch nur im geringsten Krach schlüge, könnte sich dieser Carlo Emanuele, der in Machenschaften so bewandert und in Verhandlungen so wankelmütig wie mutig im Waffengang war, Frankreich zuwenden, mußte er ein Auge zudrücken, die Sache hinunterschlucken und stillschweigend zusehen. Die Belagerung verlief dann auf die Dauer unglücklich mit immer neuen Rückschlägen, sowohl wegen der standhaften, wachsamen und entschlossenen Haltung der Belagerten als auch, weil er wenig Leute hatte, sowie, nach der Behauptung mancher Geschichtsschreiber, wegen der vielen Fehler, die er machte. Die Wahrheit darüber lassen wir auf sich beruhen, ja, wir sind sogar bereit, die Sache, wenn sie sich wirklich so verhalten sollte, wunderschön zu finden, falls das der Anlaß war, daß bei dieser Unternehmung ein paar Menschen weniger getötet, verstümmelt und zu Krüppeln wurden, und falls, bei sonst gleichen Umständen, die Dachziegel von Casale auch nur etwas weniger beschädigt wurden. In dieser Verlegenheit erhielt er die Nachricht von dem Aufstand in Mailand und eilte persönlich dorthin.

Hier erfuhr er aus dem Lagebericht auch von der Widersetzlichkeit und der unerhörten Flucht Renzos sowie von den tatsächlichen und mutmaßlichen Gründen, die zu seiner Verhaftung geführt hatten. Man ließ auch einfließen, daß der Besagte sich auf bergamaskisches Gebiet geflüchtet hätte. Dieser Umstand erregte die Aufmerksamkeit des Don Gonzalo. Von ganz anderer Seite war er unterrichtet, daß denen in Venedig wegen des Aufstandes in Mailand der Kamm geschwollen war, daß sie von Anfang an geglaubt hatten, er würde gezwungen sein, die Belagerung von Casale aufzuheben, und daß sie noch immer der Ansicht waren, er wäre weiter ratlos und in großen Sorgen, um so mehr, als gleich nach jenem Ereignis die von diesen Herren erhoffte und von ihm befürchtete Nachricht von der Übergabe von La Rochelle eingetroffen war. Und da es ihn sowohl als Mann wie auch als Politiker gewaltig wurmte, daß jene Herren eine solche Meinung von seinen Angelegenheiten hatten, so nahm er jede Gelegenheit wahr, sie im Einzelfall zu überzeugen, daß er nichts von seiner alten Selbstsicherheit eingebüßt hatte; denn ausdrücklich zu erklären: »Ich habe keine Furcht«, ist soviel wie überhaupt nichts sagen. Ein gutes Mittel ist, den Verstimmten zu spielen, sich zu beschweren, Forderungen zu stellen. Als daher der venezianische Gesandte bei ihm erschien, um ihm seine Aufwartung zu machen und dabei zugleich aus seiner Miene und Haltung herauszubekommen, wie es innerlich um ihn stünde (man beachte dies alles, denn das ist Politik von der guten alten Art!), schlug Don Gonzalo, nachdem er leichthin und als ein Mann, der bereits alles wieder in Ordnung gebracht hat, von dem Aufruhr gesprochen hatte, den bekannten Lärm wegen Renzo. Es ist gleichfalls bekannt, was danach erfolgte. Daraufhin beschäftigte er sich nicht mehr mit einer derartigen Kleinigkeit, die für ihn erledigt war. Und als er dann ziemlich viel später im Lager oberhalb von Casale, wohin er zurückgekehrt war und wo er ganz andere Sorgen hatte, die Antwort erhielt, hob er den Kopf und wiegte ihn hin und her wie ein Seidenwurm, der das Blatt sucht. So stand er eine Weile da, um sich an die ihm völlig entfallene Angelegenheit zu erinnern, entsann sich der Sache, hatte eine dunkle und ungefähre Vorstellung von der Person, ging zu anderen Dingen über und dachte nicht mehr daran.

Renzo aber, der aus den wenigen Andeutungen, die ihm gemacht worden waren, auf alles andere als eine so leutselige Gleichgültigkeit schließen mußte, richtete eine Zeitlang sein ganzes Sinnen und Trachten ausschließlich darauf, im Verborgenen zu leben. Man stelle sich nur vor, wie er sich danach sehnte, den Frauen Nachricht zukommen zu lassen und von ihnen zu hören. Es gab aber zwei große Schwierigkeiten. Einmal hätte auch er sich einem Schreibkundigen anvertrauen müssen, da der Ärmste nicht schreiben, ja, im vollen Sinne des Wortes, ebensowenig lesen konnte; und wenn er – wie man sich vielleicht erinnert – darüber von Doktor Pfiffikus befragt, mit Ja geantwortet hatte, so war das keine Prahlerei oder Angeberei, wie man sagt, gewesen, sondern es entsprach der Wahrheit, daß er Gedrucktes lesen konnte, wenn er die nötige Zeit darauf verwandte: bei Geschriebenem lagen die Dinge jedoch anders. Er war also gezwungen, einen Dritten in seine Angelegenheiten, in ein so bedenkliches Geheimnis einzuweihen, und zu jener Zeit fand man nicht so leicht jemanden, der die Feder zu führen wußte und dem sich einer anvertrauen konnte, noch dazu in einer Gegend, in der man keine alten Bekanntschaften hatte. Die andere große Schwierigkeit bestand darin, auch einen Boten zu finden: einen Mann nämlich, der ausgerechnet dahin ginge, der gewillt wäre, sich mit dem Brief zu belasten und tatsächlich daran zu denken, ihn auch auszuhändigen; ebenfalls lauter Dinge, die schwerlich bei einem einzigen Menschen auf einmal zu finden sind.

Nach langem Hin und Her entdeckte er schließlich jemanden, der für ihn schreiben wollte. Da er aber nicht wußte, ob sich die Frauen noch in Monza oder anderswo befanden, hielt er es für gut, den Brief für Agnes in einen an Pater Christophorus gerichteten einzulegen. Der Schreiber übernahm es auch, das Schriftstück zustellen zu lassen. Er vertraute es jemandem an, dessen Weg nah an Pescarenico vorüberführte. Dieser hinterließ es mit vielen Empfehlungen in einem nahegelegenen Wirtshaus an der Landstraße. Da das Schriftstück an ein Kloster gerichtet war, kam es dort auch an. Was aber dann daraus geworden ist, hat man nie in Erfahrung gebracht. Da Renzo keine Antwort erhielt, ließ er einen zweiten Brief mit fast dem gleichen Wortlaut aufsetzen und ihn einem anderen an einen Freund oder möglicherweise auch einen Verwandten in Lecco beilegen. Ein anderer Bote wurde gesucht und auch gefunden. Diesmal gelangte der Brief an den Empfänger. Agnes trabte nach Maggianico, ließ ihn sich von jenem Vetter Alessio vorlesen und erklären und vereinbarte mit ihm eine Antwort, die dieser zu Papier brachte. Man fand einen Weg, um sie Antonio Rivolta an seinen Wohnort zuzustellen: all das jedoch nicht so rasch, wie wir es erzählen. Renzo bekam seine Antwort und ließ wieder schreiben. Kurzum, von beiden Seiten entwickelte sich ein weder schneller noch regelmäßiger, aber bei aller Zufälligkeit und Unterbrechung doch fortgesetzter Nachrichtenaustausch.

Um sich von solch einem Briefwechsel aber einen Begriff zu machen, muß man wissen, wie damals diese Dinge vor sich gingen, ja auch heute noch vor sich gehen; denn ich glaube, in diesem besonderen Punkt hat sich wenig oder nichts geändert.

Ein Bauer, der nicht schreiben kann, aber dazu genötigt ist, wendet sich an jemanden, der diese Kunst versteht, wobei er ihn – soweit möglich – unter Leuten seines Standes auswählt, denn andere scheut er und schenkt ihnen wenig Vertrauen. Er unterrichtet ihn dann mehr oder weniger folgerichtig und klar von den Vorgängen und setzt ihm auf die gleiche Weise auseinander, was er zu Papier bringen soll. Der Schriftkundige, der teils versteht, teils mißversteht, gibt irgendwelche Ratschläge, schlägt irgendwelche Abänderungen vor und sagt: Lassen Sie mich nur machen! Dann ergreift er die Feder, bringt die Gedanken des andern, so gut er kann, in eine briefgemäße Form, wobei er Änderungen und Verbesserungen vornimmt, sich zu stark ausdrückt oder auch abschwächt oder auch etwas ausläßt, je nachdem wie er es in dieser Sache für am besten hält, denn da ist nun einmal nichts zu machen: wer mehr als die andern versteht, will kein bloßes willenloses Werkzeug in ihren Händen sein, und wenn er mit anderer Leute Angelegenheiten befaßt wird, will er sie auch ein wenig nach seiner Art laufen lassen. Bei alldem gelingt es dem besagten Schreiber nicht immer, alles zu sagen, was er möchte; manchmal geschieht es sogar, daß er etwas ganz anderes sagt, was ja auch uns anderen unterläuft, die wir für den Druck schreiben. Wenn der auf solche Weise zustande gekommene Brief in die Hände des Partners gelangt, der ebensowenig mit dem Abc vertraut ist, so bringt er ihn zu einem andern Schriftkundigen gleichen Schlages, der ihm das Schreiben vorliest und erklärt. Dabei entstehen Meinungsverschiedenheiten über die Auffassungsweise, denn der Betroffene, der sich auf die Kenntnis der vorhergegangenen Begebenheiten stützt, behauptet, daß gewisse Worte den und den Sinn hätten; der Vorleser dagegen, der sich auf seine Erfahrung in der Ausdrucksweise beruft, behauptet, daß sie etwas ganz anderes meinten. Schließlich muß sich aber der, der sich nicht darauf versteht, dem anvertrauen, der zuständig ist, und ihm den Auftrag geben, eine Antwort abzufassen. Diese wird in dem Sinne abgefaßt, wie jener sie versteht, und unterliegt dann wieder einer ähnlichen Auslegung. Wenn nun noch obendrein der Gegenstand des Briefwechsels etwas verfänglich ist, wenn Geheimnisse dabei eine Rolle spielen, die man einen Dritten nicht ergründen lassen möchte – falls der Brief etwa verlorengehen sollte –, wenn aus solchen Rücksichten nun auch noch die entschiedene Absicht vorliegt, die Dinge tatsächlich nicht deutlich zu erklären, so verstehen sich die beiden Parteien schließlich so – und sollte der Briefwechsel auch nur kurze Zeit dauern – wie einstmals zwei Scholastiker, die geschlagene vier Stunden lang über die Entelechie stritten; um nicht ein Beispiel aus der Gegenwart zu wählen, das uns sonst einige Rippenstöße eintragen könnte.[1]

Der Fall unserer beiden Briefpartner lag nun aber genau so, wie wir es geschildert haben. Der erste im Namen Renzos abgefaßte Brief behandelte eine ganze Reihe von Gegenständen. Zunächst gab er außer einem weit knapperen, aber auch wirreren Bericht über die Flucht, als der es ist, den man bei uns lesen konnte, einen Überblick über seine gegenwärtige Lage. Agnes sowohl als auch ihr Dolmetsch waren allerdings weit davon entfernt, sich danach einen klaren und vollständigen Begriff zu machen: geheimer Wink, Namensänderung, in Sicherheit sein, aber verborgen bleiben müssen; lauter Dinge, die schon an sich ihrem Denken nicht allzu vertraut waren, die in dem Brief aber noch dazu etwas rätselhaft ausgedrückt waren. Dann kamen bekümmerte, leidenschaftliche Fragen nach dem Schicksal Lucias mit dunklen und betrübten Anspielungen auf die Gerüchte, die darüber bis zu Renzo gedrungen waren. Und am Schluß war die Rede von nebelhaften, fernen Hoffnungen, für die Zukunft aufgeschobenen Plänen sowie von Versicherungen und Bitten, die gelobte Treue zu halten, Geduld

1 Wahrscheinlich spielt hier Manzoni auf die zeitgenössische Auseinandersetzung zwischen Klassizisten und Romantikern an (Anmerkung des Übersetzers).

und Mut nicht zu verlieren und bessere Umstände abzuwarten.

Nach einiger Zeit fand Agnes einen zuverlässigen Weg, um eine Antwort mit den ihm von Lucia zugedachten fünfzig Talern in Renzos Hände gelangen zu lassen. Als er soviel Goldstücke sah, wußte Renzo nicht, was er davon halten sollte, und begab sich, ratlos, verwundert und gespannt, eiligst zu einem Mittelsmann, um sich den Brief erklären zu lassen und den Schlüssel zu einem so sonderbaren Geheimnis zu finden.

In dem Brief ging der Schreiber der Agnes nach einigen Klagen über die nicht hinreichende Klarheit der ihm vorliegenden Ausführungen dazu über, mit fast ebensolcher Klarheit die entsetzliche Geschichte »jener Person« (so drückte er sich aus) zu schildern, und gab dabei auch eine Erklärung für die fünfzig Taler. Dann kam er auf das Gelübde zu sprechen, bediente sich dabei aber umschreibender Wendungen und fügte mit unverblümteren und offenen Worten den Rat hinzu, dem Herzen Ruhe zu lassen und nicht mehr daran zu denken.

Es hätte nicht viel gefehlt, und Renzo wäre mit dem vermittelnden Vorleser aneinandergeraten: er zitterte, erschrak zutiefst und geriet in Wut über das, was er verstanden hatte, und das, was er nicht hatte verstehen können. Drei- oder viermal ließ er sich das schreckliche Schreiben wieder vorlesen, wobei es ihm bald so vorkam, als ob er nun besser verstünde, bald wieder dunkel war, was zunächst klar erschienen war. Und im Fieber solcher Aufregung verlangte er, daß der Schreiber auf der Stelle die Feder ergriffe und Antwort gäbe. Nach den denkbar stärksten Ausdrücken des Mitleids und Entsetzens über Lucias Schicksale fuhr er im Diktat fort: »Schreibt, daß ich dem Herzen keine Ruhe lassen will und daß es niemals dahin kommen wird und daß das keine Ratschläge für meinesgleichen sind und daß ich

das Geld nicht anrühren werde, daß ich es für die Aussteuer des jungen Mädchens zurücklege und in Verwahrung halte, daß das junge Mädchen bald die Meine werden muß, daß ich nichts von einem Gelöbnis weiß und daß ich wohl immer habe sagen hören, daß die Madonna da ist, um den Bedrückten zu helfen und für sie Gnaden zu erflehen, nicht aber hätte ich jemals davon gehört, daß sie bei Beleidigung und Wortbruch im Spiel wäre, und schreibt, daß das nicht so weitergehen darf, daß wir mit dem Geld hier einen Hausstand gründen können, und wenn ich zur Zeit ein wenig in Schwierigkeiten stecke, wird dieser Sturm doch bald vorübergehen.« Und dergleichen mehr.

Agnes erhielt dann dies Schreiben und ließ darauf antworten, und der Briefwechsel lief auf die Art weiter, wie wir geschildert haben.

Als die Mutter – ich weiß nicht, auf welchem Wege – Lucia verständigt hatte, daß der Soundso wohlauf, in Sicherheit und im Bilde wäre, fühlte diese eine große Erleichterung und hatte keinen anderen Wunsch mehr, als daß er sie vergessen möge, oder um mich ganz genau auszudrücken: daß er darauf bedacht sein möge, sie zu vergessen. Ihrerseits faßte sie mit Bezug auf ihn hundertmal am Tag einen ähnlichen Entschluß und wandte auch jedes Mittel an, um ihn in die Tat umzusetzen. Sie blieb eifrig an der Arbeit und versuchte ganz darin aufzugehn; wenn Renzos Bild vor ihr auftauchte, sagte oder sang sie auswendig Gebete her. Dieses Bild aber erschien, wie aus Bosheit, meistens nicht so offen; es versteckte sich hinter anderen, so daß sein Eindruck dem Geiste erst bewußt wurde, wenn es schon eine Zeitlang da war. Lucias Gedanken weilten häufig bei der Mutter; wie hätte das auch anders sein können! Und der ideale Renzo fand sich dann ganz sachte als Dritter ein, wie es der von Fleisch und Blut so oft getan hatte. So erschien er, um sich mit allen Personen, allen Orten, allen Erinnerungen an die Vergangenheit zu verbinden. Und wenn die Ärmste sich bisweilen verleiten ließ, über ihre Zukunft zu grübeln, so erschien er auch dann, um, wenn nichts anderes, so doch zu sagen: Ich werde jedenfalls nicht dabeisein.

Wenn es nun auch ein verzweifeltes Unterfangen war, überhaupt nicht an ihn zu denken, so gelang es Lucia bis zu einem gewissen Grade doch, weniger an ihn zu denken und weniger inständig, als es das Herz begehrte. Es wäre ihr sogar noch besser gelungen, wenn sie bei diesem Bestreben allein geblieben wäre. Da war aber noch Donna Prassede, die in ihrem blinden Eifer, dies Bild aus Lucias Herzen zu reißen, dazu kein besseres Mittel gefunden hatte, als möglichst oft von ihm zu sprechen. »Nun«, pflegte sie zu sagen, »denken wir eigentlich nicht mehr an ihn?«

»Ich denke an niemanden«, pflegte Lucia zu antworten.

Donna Prassede begnügte sich nicht mit einer derartigen Auskunft. Sie erklärte daraufhin, man müsse Taten sprechen lassen und keine Worte machen, und verbreitete sich ausführlich darüber, daß junge Mädchen erfahrungsgemäß »von einem Liederjan« – so drückte sie sich aus – »nicht mehr loskommen, wenn sie ihn einmal in ihr Herz geschlossen haben, wozu manche ausgesprochen neigen. Geht dagegen eine gute, vernünftige Partie mit einem ordentlichen, achtbaren Mann irgendwie in die Brüche, so sind sie schnell getröstet. Bei so einem Halunken aber ist die Wunde unheilbar.« Und dann ging sie gewaltig ins Gericht mit dem armen Abwesenden, dem Strolch, der nach Mailand gekommen war, um da zu rauben und die Leute totzuschlagen, und sie wollte Lucia dazu bewegen, all die Schandtaten einzugestehen, die so einer auch daheim begangen haben müsse.

Ganz verlegen, gekränkt und entrüstet – soweit ihre Sanftmut und untergeordnete Stellung das zuließen –, beteuerte Lucia dann nach bestem Wissen und Gewissen und mit bebender Stimme, daß der arme Junge in seiner Heimat niemals von sich reden gemacht habe, es sei denn im guten. Sie möchte nur, versicherte sie, daß jemand von dort hier stünde, um ihr das zu bezeugen. Auch hinsichtlich der Vorfälle in Mailand, über die sie nicht genau unterrichtet war, verteidigte sie ihn, eben weil sie ihn und seine Einstellung von Kind auf so gut kannte. Sie verteidigte ihn dabei – oder hatte das wenigstens vor – aus Christenpflicht und Wahrheitsliebe; sich selber sagte sie, um ihr Gefühl zu rechtfertigen, es ginge um ihren Nächsten. Diese Entschuldigungsversuche lieferten aber Donna Prassede nur neue Anhaltspunkte, um Lucia der Tatsache zu überführen, daß sie noch immer ihr Herz an ihn verloren hätte. Allerdings wüßte ich auch nicht zu sagen, wie die Dinge in solchen Augenblicken tatsächlich lagen. Das unwürdige Bild, welches die Matrone von dem Ärmsten entwarf, ließ in dem jungen Mädchen aus Widerspruch um so lebhafter und deutlicher die Vorstellung wiederaufleben, die ihr seit langem vertraut war. Die gewaltsam verdrängten Erinnerungen stellten sich in hellen Scharen wieder ein. Das Naserümpfen und die Verachtung lösten eine Besinnung auf die Gründe früherer Wertschätzung aus, die blinde und maßlose Gehässigkeit ließ das Mitleid nur um so mächtiger aufquellen; und wer weiß, in welchem Grade ein ganz anderes Gefühl dahinterstecken mochte, das sich auf solcher Spur so leicht in die Seelen schleicht. Wie aber wird es erst in solchen glühen, aus denen es mit Gewalt vertrieben werden soll! Wie dem auch sei, das Gespräch hätte sich von seiten Lucias niemals lange hingezogen, denn die Worte erstickten da bald in Tränen.

Wenn Donna Prassede ein alter Groll bestimmt hätte, Lucia derartig zu behandeln, so hätten sie diese Tränen vielleicht gerührt und sie bewogen aufzuhören. Da sie aber zu einem guten Zwecke auf sie einredete, trieb sie es weiter, ohne sich davon abbringen zu lassen, so wie denn Jammern und Heulen wohl die Waffen eines Feindes zurückhalten können, nicht aber das Messer des Chirurgen. Nachdem sie jedoch für diesmal mit Sticheleien und Verweisen des Guten genug getan hatte, ließ sie sich Ermahnungen und Ratschläge angelegen sein, die auch mit einigem Lobe gewürzt wurden, um so das Bittere durch das Süße zu mildern und besser zum Ziel zu gelangen, indem man nach allen Regeln der Kunst der Seele zusetzte. Wegen dieser Geplänkel, die immer ungefähr den gleichen Anfang, Höhepunkt und Schluß hatten, hegte die gute Lucia sicherlich keinen besonderen Groll gegen die gestrenge Tugendwächterin, die sie ja im übrigen mit großer Güte behandelte und die dabei auch unverkennbar gute Absichten hatte. Trotzdem geriet sie in eine derartige Aufregung, in einen solchen Aufruhr der Gefühle, daß viel Zeit und Mühe aufgewendet werden mußte, um zu jenem anfänglichen doch irgendwie ruhigen Zustand zurückzukehren.

Gottlob war sie nicht die einzige, auf deren Heil Donna Prassede bedacht war, so daß die Auseinandersetzungen nicht so häufig stattfinden konnten. Außer der übrigen Dienerschaft, der durchweg mehr oder weniger der Kopf zurechtgesetzt und Anleitung gegeben werden mußte, außer all den anderen Gelegenheiten, bei denen sie bereitwillig vielen den gleichen Dienst erwies, ohne im geringsten dazu verpflichtet zu sein – Gelegenheiten, die sie suchte, wenn sie sich nicht von selber boten –, hatte sie auch fünf Töchter, von denen sich keine im Hause befand, die ihr aber mehr zu schaffen machten, als wenn sie dagewesen wären. Drei waren Nonnen und zwei verheiratet, und Donna Prassede sah sich selbstverständlich vor der Aufgabe, drei Klöster und zwei Haushaltungen zu beaufsichtigen, ein gewaltiges und schwieriges Unterfangen, das um so anstrengender war, als zwei Ehemänner mit Unterstützung ihrer Väter, Mütter, und Brüder und zwei Äbtissinnen, denen andere Würdenträger und viele Nonnen zur Seite standen, ihre Aufsichtsrechte nicht anerkennen wollten. Ein wahrer Krieg, ja eigentlich fünf kalte Kriege, die bis zu einem gewissen Grade taktvoll, aber erbittert und pausenlos geführt wurden. Auf all diesen Schauplätzen wurde fortgesetzt darauf geachtet, Donna Prassedes Eifer abzuwehren, ihren Ansichten das Ohr zu verschließen, ihren Forderungen auszuweichen und dafür zu sorgen, daß sie, soweit wie irgend möglich, über jede Angelegenheit im dunkeln blieb. Ganz zu schweigen von den Widerständen und Schwierigkeiten, denen sie bei der Besorgung anderer, noch fernerliegender Angelegenheiten begegnete. Bekanntlich muß man den Menschen ja meistens mit Gewalt Gutes tun. In ihrem Hause aber konnte ihr Eifer frei schalten und walten: dort war jede Person ganz und gar in ihrer Gewalt, außer Don Ferrante, um den es in der Tat ganz eigenartig stand.

Seiner Forschernatur gefiel es weder zu befehlen noch zu gehorchen. Daß die Frau Gemahlin in allen häuslichen Angelegenheiten Herrin im Hause war, ging in Ordnung; daß er aber Sklave sein sollte, nicht. Und wenn er ihr gelegentlich mit seiner Federfertigkeit willfährig half, so nur, weil seine besondere Begabung darin lag; im übrigen wußte er aber auch in dieser Hinsicht nein zu sagen, wenn er von dem nicht überzeugt war, was sie von ihm geschrieben haben wollte.

»Strengen Sie sich nur selber an«, sagte er in solchen Fällen, »erledigen Sie das allein, da Ihnen die Sache ja so klar erscheint.« Nachdem Donna Prassede eine Zeitlang vergebens versucht hatte, ihn davon abzubringen, die Dinge gehen zu lassen, wie sie wollten, hatte sie sich darauf beschränkt, häufig über ihn zu murren, ihn einen Faulpelz, einen Mann mit fixen Ideen, ein gelehrtes Haus zu nennen, eine Bezeichnung, bei der sich in ihren Grimm auch ein wenig Genugtuung mischte.

Don Ferrante verbrachte lange Stunden in seinem Studierzimmer, in dem sich eine beachtliche Büchersammlung befand, beinahe dreihundert Bände, lauter auserlesene Dinge, die berühmtesten Werke aus den verschiedensten Wissensgebieten, in deren jedem er mehr oder weniger bewandert war. In der Astrologie galt er mit Recht nicht nur als bloßer Dilettant, weil er darin nicht nur Allgemeinkenntnisse besaß und sich in der üblichen Terminologie von Einflüssen, Aspekten, Konjunktionen ergehen konnte, sondern weil er vollendet, wie auf dem Katheder, von den zwölf Himmelshäusern zu reden wußte, von Großkreisen, von erhöhenden und kritischen Graden, von Prominenz und Dekadenz, von Transiten und Planetenumläufen, kurzum: von den gewissesten und geheimsten Axiomen dieser Wissenschaft. Seit etwa zwei Jahrzehnten verfocht er in häufigen und langen Auseinandersetzungen die Einteilung der Himmelshäuser durch Cardano gegen die Ansicht eines anderen Gelehrten, der – wie Don Ferrante zu sagen pflegte – aus reinem Eigensinn verbissen an der des Alcabitius festhielt[1]. Wenn er auch gern die Überlegenheit der Alten anerkannte, konnte er es doch nicht ausstehen, wenn man den Neueren nicht recht geben wollte, auch wo die Dinge für jedermann klar auf der Hand lagen. Er kannte sich ebenfalls ungewöhnlich gut in der Geschichte seiner Wissenschaft aus, konnte erforderlichenfalls die berühmtesten Horoskope zitieren, die sich bestätigt hatten, und fein und gelehrt über andere berühmte Voraussagen Betrachtungen anstellen, die danebengetroffen hatten, um zu erweisen, daß die Schuld nicht an der Wissenschaft läge, sondern an denen, die sie nicht wohl anzuwenden wußten.

Von der Philosophie der Antike hatte er hinlängliche Kenntnisse erworben und vermehrte sie beständig weiter

1 Girolamo Cardano (1501-1576), Universalgelehrter, Hauptwerk: *De subtilitate*. Alcabitius: Abdel Alzís, arabischer Astrologe des 10. Jahrhunderts (Anmerkung des Übersetzers).

durch die Lektüre des Diogenes Laertius[1]. Da man jedoch diese Systeme, so schön sie auch sein mögen, nicht alle miteinander übernehmen kann und da man, um als Philosoph zu gelten, sich einem Denker verschreiben muß, hatte Don Ferrante Aristoteles erkoren, der – wie er zu sagen pflegte – weder alt noch neu, sondern der Philosoph schlechthin sei. Er besaß auch verschiedene Werke seiner gelehrtesten und scharfsinnigsten Nachfolger unter den Neueren; die seiner Gegner hatte er niemals lesen mögen, um – wie er gerne sagte – keine Zeit zu verschwenden; so hatte er sie denn auch gar nicht erst gekauft, um kein Geld zu vergeuden. Ausnahmsweise jedoch räumte er in seiner Bibliothek jenen berühmten zweiundzwanzig Bänden »De subtilitate« und einigen anderen antiperipatetischen Werken des Cardano mit Rücksicht auf seine Bedeutung für die Astrologie einen Platz ein. Er bemerkte dazu: wer die Abhandlung »De restitutione temporum et motuum coelestium« und das Buch »Duodecim geniturarum«[2] habe schreiben können, verdiene angehört zu werden, auch wenn er irre, und der große Fehler dieses Mannes sei gewesen, daß er zuviel Geist gehabt habe, und niemand könne sich vorstellen, wie weit er es auch in der Philosophie gebracht hätte, wenn er immer auf dem rechten Weg geblieben wäre. Wenn Don Ferrante im übrigen auch nach dem Urteil der Gelehrten als ausgemachter Peripatetiker galt, meinte er trotzdem, nicht genug davon zu verstehen, und erklärte mehr als einmal mit großer Bescheidenheit, daß das Sein, die Allgemeinbegriffe, die Seele der Welt und die Natur der Dinge keineswegs so klare Gegenstände wären, wie man annehmen möchte.

Mit der Naturkunde hatte er sich mehr zum Zeitvertreib

1 Griechischer Historiker, 3. Jahrhundert v. Chr. Hauptwerk: *Über Leben, Aussprüche und Ansichten der berühmten Philosophen* (Anmerkung des Übersetzers).

2 Astrologische Werke von Cardano (Anmerkung des Übers.).

als mit wissenschaftlicher Gründlichkeit beschäftigt. Selbst die Werke des Aristoteles über dieses Gebiet und die des Plinius hatte er mehr gelesen als durchgearbeitet. Auf Grund dieser Lektüre, auf Grund von beiläufig aus allgemein philosophischen Abhandlungen gemachten Notizen, auf Grund des Uberfliegens der »Magia naturalis« des Porta[1], der drei Geschichtsbetrachtungen »Lapidum, animalium, plantarum« des Cardano, der Abhandlung des Albertus Magnus über die Kräuter, Pflanzen und Tiere und anderer, unwichtigerer Werke konnte er nichtsdestoweniger zuzeiten ein einschlägiges Gespräch bestreiten und über die wunderbarsten Eigenschaften und sonderbarsten Eigentümlichkeiten vieler Heilkräuter Betrachtungen anstellen. Ferner beschrieb er genau die Gestalt und Lebensgewohnheiten der Sirenen und des einzigartigen Phönix, erklärte, wie der Salamander im Feuer weile, ohne zu verbrennen, woher der winzige Schildfisch die Kraft und Fähigkeit habe, jedwedes große Schiff auf hoher See urplötzlich anzuhalten, wie die Tautropfen im Innern der Muscheln zu Perlen würden, wie das Chamäleon von der Luft lebe, wie sich aus dem im Lauf der Jahrhunderte langsam verhärteten Eise der Bergkristall bilde, und weitere höchst wunderbare Geheimnisse der Natur.

In die der Magie und Hexenlehre hatte er sich noch weit mehr vertieft, da es sich dabei, wie unsere Quelle meint, um eine Wissenschaft handelt, die weit mehr im Schwange und notwendiger war und in der die Tatsachen von weit größerer Bedeutung und eher bei der Hand sind, so daß man sie nachprüfen kann. Überflüssig zu sagen, daß er bei solchen Studien niemals ein anderes Ziel verfolgt hatte als das, sich zu bilden und die schlimmen Künste der Hexenmeister gründlich kennenzulernen, um sich davor hüten und sich

1 Giambattista della Porta (1535-1615), italienischer Naturforscher (Anmerkung des Übersetzers).

dagegen wehren zu können. Insbesondere mit Hilfe des großen Martin Delrio[1] – des Mannes der Wissenschaft – war er imstande, sachverständig über Liebes-, Schlummer- und Fluchzauber zu reden und über die zahllosen sonstigen Spielarten dieser drei Hauptformen des Zauberbanns, die – wie unsere Quelle weiterhin behauptet – leider Gottes beständig mit so bedauerlichen Auswirkungen angewandt werden. Ebenso umfassend und gründlich war Don Ferrantes Kenntnis der Geschichte, insbesondere der Weltgeschichte, für die seine Gewährsleute Tarcagnota, Dolce, Bugatti, Campana und Guazzo waren, kurzum: die angesehensten[2].

Aber was ist die Geschichte, pflegte Don Ferrante häufig zu sagen, ohne die Politik? Eine Führerin, die weit ausschreitet und niemanden hinter sich hat, dem sie den Weg zeigt, und die daher jeden Schritt umsonst macht, genau wie die Politik ohne Geschichte dem gleicht, der ohne Führer wandert. In seinen Bücherborden gab es daher denn auch ein Fach, das den Staatswissenschaftlern zugewiesen war, unter denen neben vielen von geringem Umfang und zweitrangigem Ruf Bodin, Cavalcanti, Sansovino, Paruta und Boccalini hervorragten. Zwei Bücher darin jedoch stellte Don Ferrante seit langem über alles, zwei, die er bis zu einem gewissen Zeitpunkt gewöhnlich die ersten nannte, ohne sich je darüber einig werden zu können, welchem von beiden ausschließlich dieser Rang gebühre: das eine »Der Fürst« und

1 Belgischer Jesuitenpater (1551-1608). Hauptwerk: die 1599 erschienenen *Disquisitionum magicorum libri sex* (Anmerkung des Übersetzers).

2 Unbedeutende Autoren des 16. Jahrhunderts, bis auf Lodovico Dolce (1508-96), den Herausgeber der ersten gedruckten Ausgabe von Dantes *Divina Commedia*, die 1555 in Venedig erschien (Anmerkung des Übersetzers).

die »Reden« des berühmten Florentiner Ratssekretärs[1] (gewiß ein Schuft, pflegte Don Ferrante zu bemerken, aber ein gründlicher Kopf), das andere die »Staatsraison« des nicht weniger berühmten Giovanni Botero[2] (gewiß aller Ehren wert, pflegte er gleichfalls zu bemerken, aber spitzfindig). Kurz vor dem Zeitpunkt jedoch, zu dem sich unsere Geschichte abspielt, war das Buch erschienen, das die Frage des Vorrangs entschied und das auch über die Werke dieser beiden Matadoren zu stellen war, wie Don Ferrante bemerkte, das Buch, in dem alle Niedertracht wie in einem Extrakt enthalten war, damit man sie durchschauen lerne, und alle Tugend, damit man sie anzuwenden wisse. Es war ein kleines Büchlein, Goldes wert, kurzum: »Der regierende Staatsmann« des Don Valeriano Castiglione[3], jenes hochberühmten Mannes, von dem man behaupten kann, daß die größten Gelehrten ihn um die Wette lobten und die größten Persönlichkeiten ihn einander streitig machten, jenes Mannes, den Papst Urban VIII. bekanntlich mit großartigen Lobsprüchen bedachte, den der Kardinal Borghese zur Verherrlichung der Taten Papst Pauls V. und der Vizekönig von Neapel, Don Pietro di Toledo, zur Schilderung der Kriege

1 Niccolo Machiavelli (1469-1527). Die 1531 erschienenen *Discorsi (Reden)* behandeln die erste Dekade des Titus Livius, das Buch *Il Principe (Der Fürst)* wurde 1513 verfaßt und 1532 postum veröffentlicht. Darin wird erstmalig die Autonomie des Staates verfochten. Ihm gegenüber steht:

2 Giovanni Botero (1543-1617) als Theoretiker eines katholischen Staatsrechts der Gegenreformation in dem zehnbändigen Werk *Della Ragione di Stato*, 1589 in Venedig erschienen (Anmerkung des Übersetzers).

3 Valeriano Castiglione (1593-1668). Hauptwerk: *Lo Statista regnante applicato al governo del duca Carlo Emanuele I.* Die ganze Charakteristik des Werkes durch Manzoni will ironisch seine Wertlosigkeit beleuchten (Anmerkung des Übersetzers).

Seiner Katholischen Majestät in Italien aufforderten, aber beide vergeblich, jenes Mannes, den König Ludwig XIII. von Frankreich auf Anregung des Kardinals de Richelieu zu seinem Hofgeschichtsschreiber ernannte, dem Herzog Karl Emanuel von Savoyen denselben Auftrag erteilte und dem (um andere rühmliche Zeugnisse beiseite zu lassen) die Herzogin Christina, die Tochter des Allerchristlichsten Königs, Heinrichs IV., in einem Diplom unter vielen anderen Ehrentiteln auch »den feststehenden Ruhm, den er in Italien als erster Schriftsteller unserer Zeit genießt«, bescheinigen konnte.

Wenn aber Don Ferrante in all den angeführten Wissenschaften als wohlunterrichtet gelten konnte, so gab es eine, in der er die Würde eines Professors verdiente und genoß: die Lehre von der Standesehre der Ritterschaft. Darüber stellte er nicht nur mit größter Sachkenntnis Betrachtungen an, sondern fällte, da er häufig gebeten wurde, in Ehrenhändeln zu vermitteln, stets auch eine Entscheidung. In seiner Bibliothek, ja man kann sagen: in seinem Kopf hatte er die Werke der auf diesem Gebiet berühmtesten Schriftsteller, nämlich Paride dal Pozzo, Fausto da Longiano, Girolamo de Urrea, Girolamo Muzio, Annibale Romei, Fabio Albergati[1] sowie dazu den ersten und zweiten »Forno« von Torquato Tasso, aus dessen »Befreitem« und »Erobertem Jerusalem« ihm gleichfalls alle in Fragen der Ritterlichkeit einschlägigen Stellen geläufig waren, die er nach Bedarf anzuführen wußte[2]. Der Fachmann aller Fachleute aber war

1 Für besonders Interessierte an diesen Autoren des 16. Jahrhunderts kann auf die vorbildlich kommentierte Ausgabe von Giulio Dolci, 7. Auflage, Seite 542, verwiesen werden (Anmerkung des Übersetzers).

2 *Il Forno o vero de la Nobilità* (1581 und 1586), ein Dialog über den Adel und die Ritterlichkeit. *La Gerusalemme liberata*, Tassos Hauptwerk (1581), in neuer Redaktion 1593 mit dem Titel *La Ge-*

seiner Ansicht nach unser berühmter Francesco Birago[1], mit dem er sich auch mehr als einmal zusammenfand, um in Ehrenhändeln ein Gutachten abzugeben, und der seinerseits von Don Ferrante mit dem Ausdruck besonderer Hochachtung sprach. Und sobald die »Rittergespräche« dieses hervorragenden Schriftstellers erschienen, prophezeite Don Ferrante, ohne zu zögern, daß dieses Werk das Ansehen des Olevano[2] zugrunde richten und zusammen mit seinen andern vornehmen Geschwistern als maßgeblicher Kodex bei den späteren Geschlechtern in Geltung bleiben würde, eine Prophezeiung, von der unsere Quelle behauptet, daß jedermann feststellen könne, wie sie sich erfüllt habe.

Als nächstes geht sie dann zu den schönen Wissenschaften über. Wir beginnen aber zu zweifeln, ob der Leser wirklich große Lust hat, ihr bei dieser Musterung zu folgen, ja wir fürchten bereits, uns selber als sklavischen Abschreiber gekennzeichnet zu sehen, der sich mit der obenerwähnten Quelle in den Ruf eines Langweilers teilen könnte, weil er ihr gutmütig so weit in einer Sache gefolgt ist, die mit der Hauptgeschichte nichts zu tun hat und über die er sich wahrscheinlich nur derartig ausgelassen hat, um mit Gelehrsamkeit zu prunken und sehen zu lassen, daß er nicht hinter seiner Zeit zurück sei. Wir lassen jedoch stehen, was nun einmal geschrieben ist, um nicht um den Lohn unserer Mühe gebracht zu werden, und verzichten auf das übrige, um wieder unserer Spur zu folgen, um so mehr, als wir noch eine schöne Strecke Wegs zurückzulegen haben, ohne dabei auf

rusalemme conquistata erschienen. Deutsche Übersetzung von J. D. Gries, S.Auflage, Jena 1837 (Anmerkung des Übersetzers).

1 Schrieb die *Rittergespräche* (1620). Er wird von Manzoni als Mailänder »unser« genannt (Anmerkung des Übersetzers).

2 G. Battista Olevano: Verfasser einer berühmten Abhandlung über die Schlichtung von Ehrenhändeln mit fünfzig Beispielfällen, 1620 in Mailand erschienen (Anmerkung des Übersetzers).

irgendeine unserer Personen zu stoßen, und eine noch längere, ehe wir denen wieder begegnen, für deren Erlebnisse sich der Leser sicher am meisten interessiert, wenn ihm an alledem überhaupt irgend etwas bemerkenswert ist.

Bis zum Herbst des folgenden Jahres 1629 blieben alle, zum Teil aus freiem Entschluß, zum Teil unter dem Zwang der Umstände, fast in den gleichen Verhältnissen, in denen wir sie verlassen haben, ohne daß irgendeinem etwas Erwähnenswertes zugestoßen oder auszuführen vergönnt gewesen wäre. Dann kam der Herbst, für den Agnes und Lucia auf eine Begegnung gerechnet hatten, aber ein großes öffentliches Ereignis ließ diese Hoffnung zuschanden werden, wobei das sicher eine seiner kleinsten Auswirkungen war. Es folgten dann weitere große Begebenheiten, die jedoch in der Lage unserer Personen keine wesentliche Veränderung herbeiführten. Schließlich betrafen neue, allumfassende, unwiderstehliche und beispiellose Geschehnisse auch sie, und zwar auch die Geringsten unter ihnen, nach der Stufenfolge dieser Welt, so wie ein gewaltiger, jagender, schweifender Wirbelwind, der Bäume zerbricht und entwurzelt, Dächer abreißt, Glockentürmen die Helme raubt, Mauern umstürzt, den Schutt hierhin und dorthin schleudert, auch die im Grase verborgenen Hälmchen aufstöbert und aus den Winkeln die leichten, welken Blätter fegt, die ein schwächerer Wind dorthin verweht hatte, um sie mit seinem Raub dahinzuwirbeln.

Damit nun die persönlichen Schicksale, die uns zu berichten bleiben, klarwerden, müssen wir unbedingt eine Schilderung der allgemeinen Begebenheiten voranstellen und dabei sogar ein wenig weiter ausholen.

28. KAPITEL

Nach jenem Aufstand am Sankt-Martins-Tage und dem ihm folgenden hatte es den Anschein, als ob mit einem Zauberschlage in Mailand wieder Überfluß herrschte. Es gab reichlich Brot bei allen Bäckern zu einem Preise wie in den besten Jahren, und genauso ging es mit dem Mehl aller Sorten. Diejenigen, welche sich an diesen beiden Tagen dazu hergegeben hatten, zu brüllen oder auch ein übriges zu tun, konnten sich nun – bis auf einige wenige, die festgenommen worden waren – damit brüsten und unterließen das auch keineswegs, nachdem der erste Schreck über die Verhaftungen einmal vorüber war. Auf den Plätzen, an den Ecken, in den Kneipen herrschte offenkundiger Jubel; man beglückwünschte einander und rühmte sich verstohlen, ein Mittel gefunden zu haben, das Brot wieder wohlfeil zu machen. Begeisterung und Ausgelassenheit konnten jedoch nicht über die Besorgnis und bange Ahnung hinwegtäuschen, daß die Sache nicht von Dauer sein würde – und wie sollte das auch anders sein? Man belagerte die Bäckereien und Mehlhandlungen, wie es schon bei jenem künstlich und vorübergehend herbeigeführten Überangebot geschehen war, das der erste Festpreis des Antonio Ferrer herbeigeführt hatte. Überall begann ein verschwenderischer Verbrauch. Wer etwas Geld auf der hohen Kante hatte, legte es in Mehl und Brot an. Truhen, Fäßchen und Kessel wurden zu Hamsterplätzen gemacht. Da man so um die Wette die augenblickliche gute Marktlage ausnutzen wollte, wurde nicht gerade deren längere Dauer unmöglich gemacht, was ja an sich schon ausgeschlossen war, wohl aber selbst ihre augenblickliche Durchführung immer mehr erschwert. So gab denn auch am 15. November Antonio Ferrer »auf Weisung Seiner Exzellenz« eine Verordnung heraus, durch die einem jeden, der Korn oder Mehl im Hause hatte, verboten wurde, dergleichen selbst in den kleinsten Mengen zu erwerben, und ebenso, Brot für mehr als zwei Tage zu kaufen, »bei Geld- und Leibesstrafen nach Ermessen Seiner Exzellenz«. Aufforderung an alle, die es von Amts wegen anging, und an jeden sonst, die Übertreter anzuzeigen. Weisung an die Richter, Haussuchungen in Fällen anzuordnen, die ihnen etwa gemeldet werden sollten. Zugleich jedoch neue Aufforderung an die Bäcker, in ihren Geschäften ausreichende Brotmengen zur Verfügung zu halten, mit der Maßgabe, daß bei Verstößen »fünf Jahre Galeere und mehr, nach Ermessen Seiner Exzellenz«, zu gewärtigen seien. Wer auf die Durchführung einer solchen Verordnung rechnet, muß schon eine blühende Phantasie haben. Fest steht, daß für die Durchführung aller Erlasse, die zu jener Zeit erschienen, das Herzogtum Mailand mindestens so viel Leute auf den Beinen hätte haben müssen, wie heutzutage vielleicht England im Seedienst hat.

Dem sei nun, wie ihm wolle; wenn man den Bäckern den Auftrag gab, so viel Brot zu backen, mußte man auch Maßnahmen ergreifen, um ihnen das Material dazu nicht ausgehen zu lassen. Man kam auf den Einfall – wie denn in Zeiten der Not immer wieder nach Mitteln und Wegen gesucht wird, Produkte zu Brot zu verarbeiten, die gewöhnlich in anderer Form genossen werden –, man kam also darauf, dem sogenannten Mischbrot Reis beizumengen. Am 23. November entsprechende Verordnung auf Weisung des Statthalters und des Zwölferrats für Ernährung zur Beschlagnahme der Hälfte des ungeschälten Reises (»Risone«, wie er hierzulande hieß und noch immer heißt) aus allen Lagern. Strafandrohung für jeden, der darüber ohne Genehmigung dieser Herren verfügt, Verlust der Ware und eine Strafe von drei Talern je Scheffel. Wie jedermann einsieht, höchst angemessen.

Dieser Reis mußte aber bezahlt werden, und zwar zu einem Preise, der in keinerlei Verhältnis zu dem des Brotes stand. Der Stadt wurde also auferlegt, für den riesigen Unterschiedsbetrag aufzukommen. Doch der Rat der Dekurionen, der damit beauftragt war, beschloß noch am gleichen Tage, dem 23. November, dem Gouverneur die Unmöglichkeit vorzustellen, auf längere Sicht diese Belastung zu tragen. Mit Erlaß vom 7. Dezember setzte dann der Gouverneur den Preis für die genannte Reissorte auf zwölf Lire je Scheffel fest. Wer mehr verlangte oder den Verkauf verweigerte, setzte sich dem Verlust der Ware aus und einer Strafe in Höhe ihres Wertes, »sowie höheren Geld- und auch Leibesstrafen einschließlich der Galeere, nach Ermessen Seiner Exzellenz in Ansehung der Person und von Fall zu Fall«.

Für den geschälten Reis war bereits vor dem Aufstand ein Preis festgesetzt worden, wie denn wahrscheinlich der Tarif oder, um uns des in den modernen Jahrbüchern außerordentlich beliebten Ausdrucks zu bedienen, der Höchstpreis für Weizen und andere gewöhnlichere Kornarten durch andere Erlasse festgesetzt worden sein wird, die uns nicht vor Augen gekommen sind.

Da auf diese Art in Mailand Brot und Mehl wohlfeil zu haben waren, blieb es nicht aus, daß Leute vom Lande in Scharen herbeiströmten, um es einzukaufen. Um diesem »Mißstande« (wie er sich ausdrückte) zu steuern, verbot Don Gonzalo in einer weiteren Verordnung vom 15. Dezember, aus der Stadt mehr Brot als im Werte von zwanzig Soldi mit herauszunehmen. Strafe: der Verlust besagten Brotes und fünfundzwanzig Taler und im Fall der Zahlungsunfähigkeit öffentliche Auspeitschung durch zwei Schläge mit dem Tauende und auch noch höhere Strafen nach dem üblichen »Ermessen Seiner Exzellenz«. Am 22. des gleichen Monats gab er durch Anschlag eine ähnliche Anordnung für Mehl und Getreide bekannt, wobei nicht ersichtlich ist, warum so spät.

Die Menge hatte durch Plünderung und Brandstiftung eine reichliche Versorgung herbeiführen wollen; die Regierung wollte sie mit Galeerenstrafen und Auspeitschungen sichern. Die Mittel entsprachen einander; der Leser sieht aber, was sie mit ihrer eigentlichen Absicht zu tun hatten; und welcher tatsächliche Wert ihnen für ihre Verwirklichung beizumessen ist, wird man gleich sehen. Ebenso leicht einzusehen und nicht unnütz ist es festzustellen, daß zwischen diesen sonderbaren Maßnahmen jedoch ein notwendiger Zusammenhang bestand: jede war eine unvermeidliche Folge der vorhergehenden, und alle zusammen folgten aus der allerersten, welche für das Brot einen Preis festsetzte, der sich von dem wirklichen Preise, dem nämlich, der natürlicherweise aus dem Verhältnis von Angebot und Nachfrage hervorgeht, derartig unterschied. Der Menge ist eine solche Abhilfe, als im Sinne der Gerechtigkeit, immer einfach und bequem durchführbar erschienen und hat ihr immer so erscheinen müssen. Daher ist es denn auch ganz natürlich, daß sie diese Abhilfe in der Not und dem Elend der Teuerung wünscht, erfleht und nach Möglichkeit erzwingt. Wenn dann allmählich die Folgen spürbarer werden, ergibt es sich, daß die Verantwortlichen allen bisherigen Maßnahmen durch ein Gesetz Abhilfe zu schaffen suchen, welches den Menschen das zu tun verbietet, wozu sie durch die früheren gehalten wurden. Man gestatte uns hier, nebenbei auf eine seltsame Übereinstimmung hinzuweisen. In einer noch nahe zurückliegenden Zeit, der unruhigsten und bemerkenswertesten Zeit[1] der neueren Geschichte nämlich, griff man in einem anderen Lande in ähnlicher Lage zu ähnlichen Hilfsmitteln (man könnte fast sagen, im wesentlichen zu denselben, mit dem einzigen Un-

1 Die Zeit der Französischen Revolution (Anmerkung des Übersetzers).

terschied des Ausmaßes, und beinahe genau in der gleichen Reihenfolge), allem Wandel der Zeiten und aller in Europa inzwischen höherentwickelten Erkenntnis zum Trotz, die gerade in jenem Lande vielleicht mehr als anderswo verbreitet war. Das liegt in der Hauptsache daran, daß die breite Volksmasse, bis zu der jene Erkenntnisse nicht vorgedrungen waren, ihre Ansicht längere Zeit ins Vordertreffen bringen und, wie man dortzulande sagt, den Gesetzgebern die Hand führen konnte.

Kehren wir aber zu uns zurück, so sind als Ergebnis des Aufstandes letzten Endes zwei Haupttatsachen festzustellen: Verderben und tatsächlicher Verlust von Lebensmitteln bei dem Aufstande selbst sowie, für die Dauer des Höchstpreises, ein unbedachter, maßloser und verschwenderischer Verbrauch auf Kosten jenes geringen Getreidevorrats, der doch bis zur neuen Ernte ausreichen mußte. Zu diesen allgemeinen Folgen kommt noch das Los von vier Pechvögeln, die als Anführer der Aufrührer gehängt wurden: zwei vor der »Krückenbäckerei« und zwei am höchsten Punkte jener Straße, in der das Haus des Statthalters lag.

Die geschichtlichen Überlieferungen jener Zeit beruhen im übrigen derartig auf Zufällen, daß sich nicht einmal eine Aufzeichnung findet, wie und wann jener Zwangspreis aufgehoben wurde. Wenn es in Ermangelung positiver Nachrichten gestattet ist, Vermutungen anzustellen, so neigen wir zu der Ansicht, daß er kurz vor oder kurz nach dem 24. Dezember abgeschafft wurde, nämlich dem Tage jener Hinrichtung. Unter den Verordnungen finden wir nach der zuletzt angeführten vom 22. des gleichen Monats keine weiteren, die sich auf Lebensmittel beziehen, mögen sie nun verschwunden oder unseren Nachforschungen entgangen sein, wenn nicht letzten Endes die entmutigte, von der Unwirksamkeit ihrer Maßnahmen vielleicht sogar überzeugte Regierung unter dem Zwang der Umstände den

Dingen ihren Lauf gelassen hat. Wohl aber finden wir in den Berichten mehr als eines Geschichtsschreibers – die nun einmal mehr dazu neigen, große Ereignisse zu schildern, als ihren Ursachen und ihrer Entwicklung nachzugehen – Beschreibungen des Landes und insbesondere der Stadt gegen Ende des Winters und im Frühling, als die Ursache des Mißstandes sich auswirkte, nämlich das Mißverhältnis zwischen Bedarf und Angebot an Lebensmitteln, das nicht beseitigt, sondern durch die Maßnahmen nur noch schreiender geworden war, die seine Folgen vorübergehend aufhoben. Ebensowenig wurde es durch eine ausreichende Getreideeinfuhr aus anderen Gebieten geändert, der die Unzulänglichkeit der öffentlichen und privaten Geldmittel entgegenstand sowie die Notlage der umliegenden Landgebiete, der wenig entwickelte, langsame und behinderte Handelsverkehr und die Gesetze selbst, die darauf abzielten, einen niederen Preis zu schaffen und aufrechtzuerhalten. Der wahre Anlaß der Teuerung, oder besser gesagt: die Teuerung selbst wirkte sich damals ungehemmt und in aller Stärke aus, und so geben wir dies schmerzliche Gemälde nun wieder.

Auf Schritt und Tritt geschlossene Geschäfte, die Produktionsstätten zum großen Teile leer. Die Straßen von unbeschreiblichem Anblick: ein unaufhörlicher Elendszug, ein Schauplatz beständiger Leiden. Die berufsmäßigen Bettler waren nun eine Minderheit geworden, verloren sich unterschiedslos in einer neuen großen Schar und sahen sich gezwungen, sich zuweilen mit denen um ein Almosen zu streiten, von denen sie es in anderen Tagen empfangen hatten. Von den Geschäftsleuten entlassene Lehrlinge und Ladenburschen, deren Tageslohn geschmälert oder ganz fortgefallen war, lebten kümmerlich von Vorschüssen und Beständen. Es gab selbst unter den Ladenbesitzern solche, für die das Aufhören der Geschäfte Konkurs und

Ruin bedeutete. Arbeiter sowie Handwerksmeister aller Gewerbe und Sparten, aus den gewöhnlichsten wie aus den feinsten, aus den lebenswichtigsten wie aus den Luxuswerkstätten, gingen von Tür zu Tür, von Straße zu Straße, lehnten an den Ecken, kauerten auf den Fliesen längs der Häuser und Kirchen und baten kläglich um Almosen oder schwankten noch zwischen der Not und einer noch nicht überwundenen Scham, abgezehrt, kraftlos, zitternd vor Kälte und Hunger, in spärlicher und verschlissener Kleidung, die bei vielen jedoch noch die Spuren früheren Wohlstands bewahrt hatte, wie denn auch in Untätigkeit und Erniedrigung noch irgendwie eine Andeutung von arbeitsamen und unabhängigen Lebensgewohnheiten erkennbar blieb. In die bedauernswerte Schar mischten sich in nicht geringer Zahl Diener, von denjenigen Herrschaften entlassen, die sich nun aus ihrem mittelmäßigen Wohlstande in eine bedürftige Lage versetzt oder die sich selbst bei besten Vermögensverhältnissen außerstande sahen, in einem solchen Jahre ihren gewöhnlichen Aufwand an Bedienung beizubehalten. Zu all diesen verschiedenen Bedürftigen kam noch eine Anzahl anderer, die zum Teil von den Einkünften der ersteren abhängig waren: Kinder, Frauen und Greise, die sich um ihre früheren Ernährer scharten oder anderswo auf Bettelei ausgingen.

Weiter waren dabei manche Vertreter jenes Bravigesindels, die gleichfalls durch die allgemeine Lage um ihr schändliches Brot gekommen waren und nun um der Barmherzigkeit willen darum anhielten. Sie waren kenntlich an ihren wirren Schöpfen, ihren prächtigen Lumpen oder auch an gewissen schwer bestimmbaren Eigentümlichkeiten der Haltung und des Benehmens und jenem unverkennbaren Gepräge, das Gewohnheiten den Gesichtern um so deutlicher aufzudrücken pflegen, je absonderlicher sie nun einmal sind. Von Hunger getrieben, wetteiferten sie mit den andern nur im Bitten und schleppten sich, eingeschüchtert und von Verwünschungen begleitet, durch die Straßen, durch die sie so lange erhobenen Hauptes geschritten waren, mit argwöhnischen wilden Blicken, in reichen, phantastischen Livreen, mit großen Federbüschen, schwerbewaffnet, aufgestutzt und parfümiert. Demütig hielten sie die Hand hin, die sie so oft anmaßend und drohend oder meuchlerisch zum Stoß erhoben hatten.

Den vielleicht schlimmsten, zugleich am meisten Mitleid erregenden Anblick boten die Bauern, in hellen Scharen, zu Paaren, in ganzen Familien, Männer, Frauen, mit Kindern auf dem Arm oder auf dem Rücken festgebunden, Halbwüchsige an der Hand und Alte hinterdrein. Einige, deren Häuser von der bei ihnen einquartierten und durchziehenden Soldateska überfallen und geplündert worden waren, hatten sich verzweifelt auf die Flucht begeben. Unter ihnen befanden sich einige, die, um größeres Mitleid zu erregen und um ihr Elend augenfälliger zu machen, die blauen Flekken und Maler der Schläge sehen ließen, die sie bei der Verteidigung ihrer letzten spärlichen Vorräte erhalten hatten, oder als sie sich vor blinder und brutaler Zügellosigkeit in Sicherheit brachten. Andere, die dieser besonderen Geißel entgangen waren, aber von jenen beiden anderen getrieben wurden, vor denen kein Fleckchen sicher geblieben war: der schlechten Ernte und der Steuerlast, die drückender als je war, um den sogenannten Kriegserfordernissen zu genügen, waren in die Stadt gekommen und strömten ihr weiter zu, als der alten Stätte und letzten Zuflucht des Reichtums und frommer Freigebigkeit. Die Neuankömmlinge konnte man, mehr noch als an ihren unentschlossenen Bewegungen und ihrer Unsicherheit, daran erkennen, wie erstaunt und erzürnt sie sich gebärdeten, wenn sie auf ein so allgemeines Elend und soviel Wettbewerb im Elend an ihrem Ziele stießen, wo sie vermeint hatten, Gegenstand besonderen Mitleids zu werden und Blicke und Hilfe auf sich zu lenken. Die anderen, die schon seit einiger Zeit durch die Straßen der Stadt strichen und darin hausten, hielten sich mit den Unterstützungen über Wasser, die sie erhielten oder zufällig einheimsten und die in einem so ausgesprochenen Mißverhältnis zu ihren Bedürfnissen standen. In ihren Gesichtern und Gebärden malte sich daher denn auch eine noch tiefere, stumme Verzweiflung. Diejenigen, welche man noch bekleidet nennen konnte, trugen verschiedenartige Trachten, und unterschiedlich waren auch ihre Gesichtszüge: bleiche Gesichter der Ebene, braungebrannte aus dem Mittelgebirge und vollblütige der Bergbewohner, alle aber hager und entstellt, alle mit tiefliegenden Augen und stieren Blicken, halb finster, halb wahnsinnig. Die Haare waren zerzaust, die Bärte lang und stachlig; die in Mühsal stark und hart gewordenen Leiber waren nun von der Not erschöpft; die Haut runzelte sich auf den dürren Armen, den Schienbeinen und der mageren Brust, die zwischen den zerfetzten Lumpen zu sehen waren. Andersartig, aber nicht weniger erschütternd als dieser Anblick verfallender Kraft war der einer weit schneller besiegten Körperlichkeit, einer noch unaufhaltsameren Entkräftung und Hilflosigkeit bei dem schwächeren Geschlecht und beim zartesten Kindesalter.

Hie und da in den Straßen längs der Häuserwände etwas zerknittertes Stroh, mit dreckigem Kehricht zusammengetrampelt. Ein solcher Mist war jedoch ein Werk und Geschenk der Nächstenliebe. Es handelte sich um Lagerstätten, die für irgendeinen der Unglückseligen bereitet worden waren, damit er nachts sein Haupt darauf betten könnte. Immer wieder sah man aber auch tagsüber dort jemanden liegen oder sich niederstrecken, den Müdigkeit und Hunger aller Kraft beraubt hatten und den seine Beine nicht mehr weitertrugen. Zuweilen lag auf diesem traurigen Bett ein Leichnam, zuweilen sah man auch jemanden urplötzlich wie einen Klotz umfallen und tot auf dem Pflaster liegenbleiben.

Über manch solches Lager sah man auch irgendeinen Vorübergehenden oder Nachbarn gebeugt, den plötzlich Mitleid gepackt hatte. Manchenorts erschien auch ein in weiter Voraussicht geregelter Hilfsdienst, den eine Hand mit reichen Mitteln in Bewegung setzte, die darauf aus war, im großen wohlzutun. Es war die Hand des guten Federigo. Er hatte sechs Priester gewählt, bei denen ausgeprägte und beharrliche Nächstenliebe mit einer widerstandsfähigen Natur zusammentraf, die ersterer dienen konnte. Je zwei hatte er zu einem Helferpaar verbunden, von denen jedes ein Drittel der Stadt zu durchstreifen hatte. Dabei folgten ihnen Lastträger mit verschiedenen Speisen, feineren und sofort wirkenden Stärkungsmitteln und Kleidungsstücken. Jeden Morgen machten sich die drei Helferpaare nach verschiedenen Seiten auf den Weg, traten zu denen, die sie hilflos auf der Erde liegen sahen, und halfen jedem nach Bedarf. Manch einer, der bereits im Sterben lag und nicht mehr in der Lage war, Nahrung aufzunehmen, erhielt die Letzte Ölung und die Tröstungen der Religion. Unter die Ausgehungerten verteilten sie Suppe, Eier, Brot und Wein. Den durch schon längeres Fasten Entkräfteten reichten sie Kraftbrühen, Stärkungstropfen, stärkeren Wein, indem sie sie nötigenfalls mit geistigen Getränken erst wieder zu sich brachten. Zugleich verteilten sie Kleidungsstücke an die Zerlumptesten und Verkommensten.

Auch hierbei machte ihre Hilfe nicht halt: der gute Hirte hatte gewünscht, daß sie, wo es angängig wäre, eine wirksame und nicht nur augenblickliche Erleichterung schüfen. Den Armen etwa, denen diese erste Stärkung Kraft genug verliehen hatte, um aufzustehen und zu gehen, gaben sie etwas Geld, damit die wiederkehrende Bedürftigkeit und das Fehlen weiterer Hilfe sie nicht bald wieder in ihren früheren

Zustand zurückbrächte. Für die andern suchten sie Unterkunft und Unterhalt in einem der umliegenden Häuser. In denen der Wohlhabenden wurden sie meist auf Empfehlung des Kardinals hin aus Nächstenliebe aufgenommen; in anderen, wo es dem guten Willen an Mitteln gebrach, baten die Priester, daß der Arme in Pension genommen würde, machten einen Preis aus und leisteten auf der Stelle eine Anzahlung. Dann verständigten sie die Pfarrer über die Untergebrachten, um deren Besuch zu veranlassen, und kamen auch ihrerseits zu Besuchen wieder.

Es braucht wohl nicht betont zu werden, daß Federigo seine Maßnahmen nicht auf diese krassesten Fälle des Elends beschränkte und auch nicht erst auf sie gewartet hatte, um etwas zu unternehmen. Seine wache und wendige Nächstenliebe mußte alles mitempfinden, sich um alles bemühen, herbeieilen, wo sie nicht hatte zuvorkommen können, sozusagen so viele Formen annehmen, wie sie die Not hervorbrachte. In der Tat hatte er all seine Geldmittel vereint aufgeboten, indem er noch einschneidendere Sparmaßnahmen ergriff und auch Rücklagen einbezog, die für andere Spenden bestimmt waren, deren Bedeutung nunmehr allzu zweitrangig geworden war; er hatte auf jede Weise Geld zu beschaffen gesucht, um es zur Unterstützung der Hungernden zu verwenden, hatte große Mengen Getreide gekauft und einen großen Teil davon an die bedürftigsten Orte der Diözese gesandt. Da die Hilfe der Not aber nur allzuwenig entsprechen konnte, schickte er auch Salz, »durch das«, erzählt Ripamonti in seinem Bericht, »das Gras der Wiesen und die Rinde der Bäume in Nahrungsmittel verwandelt werden können«. An die Pfarrer in der Stadt hatte er gleichfalls Getreide und Geld verteilt. Er selber besuchte sie, Viertel um Viertel, und spendete Almosen. Insgeheim unterstützte er viele arme Familien. Im erzbischöflichen Palast wurden – wie ein zeitgenössischer Schriftsteller, der Arzt

Alessandro Tadino, in einem seiner Berichte[1], den wir weiterhin noch oft anzuführen Gelegenheit haben werden, bezeugt – jeden Morgen zweitausend Teller Reissuppe ausgegeben.

Diese Handlungen der Nächstenliebe können wir sicherlich großartig nennen, wenn man bedenkt, daß sie auf einen einzigen Mann und allein auf die ihm persönlich zur Verfügung stehenden Mittel zurückgingen (da Federigo es ja grundsätzlich ablehnte, Spenden anderer von sich aus zur Verteilung zu bringen). Hinzu kamen weitere Stiftungen von privater Seite, die gleichfalls zahlreich, wenn auch nicht so erheblich waren, und vom Rat der Dekurionen beschlossene Unterstützungen, deren Verteilung dem Versorgungsamt oblag. All das war aber immer noch wenig im Vergleich zur Bedürftigkeit. Während die Mildtätigkeit des Kardinals einigen Gebirgsbewohnern, die fast Hungers starben, das Fortleben sicherte, blieb anderen das Äußerste nicht erspart, und die ersteren gerieten wieder in die gleiche Gefahr, sobald diese begrenzte Hilfe zu Ende war. In anderen Gegenden, die nicht vergessen, aber als weniger bedroht von einer Mildtätigkeit nicht erfaßt werden konnten, die genötigt war, eine Auswahl zu treffen, wurde die Not verheerend. Überall kamen die Menschen um, von allen Seiten zogen sie in die Stadt. Waren hier nun einmal etwa zweitausend kräftigere hungernde Menschen, die sich geschickter Platz zu verschaffen und die Mitbewerber zu verdrängen wußten, zu einer Suppe gekommen, die sie für den Tag gerade vor dem Umkommen bewahrte, so blieben weitere Tausende zurück und beneideten jene, wie wir sagen würden: Glücklicheren, wobei unter den Zurückgebliebenen sich häufig deren Frauen, Kinder und Väter befanden. Und während an man-

1 *Ragguaglio dell'origine e giornali successi della gran peste contagiosa, venefica et malefica, seguita nella città di Milano etc.* Mailand 1648, Seite 10.

chen Stellen der Stadt einige der Verlassensten und am Äußersten Angelangten aufgehoben, ins Leben zurückgerufen, untergebracht und für einige Zeit versorgt wurden, fielen an hundert andern Stellen andere um, verschmachteten oder gaben auch den Geist auf, ohne daß sie Hilfe und Erfrischung fanden.

Den ganzen Tag lang vernahm man in den Straßen ein Gewisper bittender Stimmen und zur Nachtzeit ein dumpfes Wimmern und Seufzen, das von Zeit zu Zeit durch jäh aufbrechende Klagen, Geheul und Jammern unterbrochen wurde, das in schrillem Kreischen zu enden pflegte.

Bemerkenswert ist, daß in dieser äußersten Not, bei solchem Jammer jeder Art niemals ein Aufstand angezettelt oder versucht wurde; wenigstens findet sich darüber nicht die geringste Andeutung. Dabei waren unter denen, die so lebten oder starben, eine gute Anzahl von Menschen, die zu allem anderen als zur Duldsamkeit erzogen waren. Zu Hunderten befanden sich die gleichen darunter, die am Sankt Martins-Tage so lautstark aufgetreten waren. Man kann nicht annehmen, daß das Beispiel der vier armen Sünder, die für alle die Strafe auf sich genommen hatten, sie nun samt und sonders abgeschreckt hätte. Welchen Eindruck hätte auch schon die mahnende Erinnerung an eine nicht unmittelbar zuvor vollzogene Hinrichtung auf die Seele einer ziellos zusammengeballten Menge machen können, die sich gleichsam zu einem langsamen Martertode verurteilt sah und ihn schon erduldete? Wir Menschen sind aber im allgemeinen so veranlagt: empört und wütend lehnen wir uns gegen durchschnittliche Plagen auf und beugen uns schweigend unter die schlimmsten. Nicht ergeben, aber stumpfsinnig ertragen wir das Übermaß dessen, was wir in seinen Anfängen unerträglich genannt haben.

Die Lücken, welche die Sterblichkeit tagtäglich in diese beklagenswerte Menge riß, wurden Tag für Tag mehr als ausgefüllt. Ein beständiger Zustrom hielt an, erst aus den Nachbardörfern, dann aus dem ganzen Landgebiet, dann aus den sonstigen zum Staate gehörigen Städten und schließlich auch aus anderen. Unterdessen zogen auch aus Mailand Tag für Tag alte Einwohner fort, einige, um sich dem Anblick so vielen Leids zu entziehen, andere, die angesichts neuer Mitbewerber ihren Bettelplatz einfach verloren gaben, machten durch ihren Fortzug einen letzten verzweifelten Versuch, anderswo, wo es auch immer sein mochte, Hilfe zu finden, wo das Gedränge der Menge nicht gar so dicht und der Wettbewerb der um Gaben Flehenden weniger groß wäre. Auf ihren entgegengesetzten Wegen begegneten beide Wanderzüge einander als Bilder des Schreckens, trauriges Beispiel und düsteres Vorzeichen des Endes, zu dem sie alle aufgebrochen waren. Doch jeder zog weiter seines Weges, wenn nicht mehr in der Hoffnung, sein Los noch zu ändern, so doch wenigstens, um nicht unter einen verhaßt gewordenen Himmel zurückzukehren, um die Stätten nicht wiederzusehen, an denen man verzweifelt gewesen war. Es sei denn, daß einer, dem es tatsächlich an Kraft gebrach, auf der Straße niederstürzte und tot liegenblieb: für seine Elendsgefährten ein noch verhängnisvollerer Anblick und für die andern unterwegs Gegenstand des Entsetzens und vielleicht des Tadels. »In der Straße, die um die Mauern führt«, beschreibt Ripamonti, »erblickte ich den Leichnam einer Frau ... Aus ihrem Munde hing halbzerkautes Gras, und die Lippen spannte gleichsam noch immer wütende Anstrengung ... Sie trug ein Bündel auf der Schulter und hatte ein Kind mit Windeln vor die Brust gebunden, das weinend danach verlangte ... Mitleidige Menschen waren hinzugekommen, die das Unglückswurm aufhoben und fortbrachten und damit der ersten Mutterpflicht genügten.«

Der Gegensatz von Prachtgewändern und Lumpen, von Überfluß und Elend, das gewöhnliche Schauspiel gewöhnlicher Zeiten, hatte damals tatsächlich aufgehört. Lumpen und Elend beherrschten fast durchweg das Bild, und was sich davon unterschied, trug kaum das Gepräge bescheidenen Mittelstandes. Man sah den Adel in einfacher und unmoderner oder auch verschlissener und schäbiger Kleidung daherkommen, einige, weil die allgemeinen Ursachen des Elends auch ihre Glücksumstände soweit verändert hatten oder ein schon angegriffenes Vermögen hatten zusammenbrechen lassen, andere, weil sie entweder befürchteten, durch Prunk die allgemeine Verzweiflung herauszufordern, oder weil sie sich schämten, das allgemeine Elend zu beleidigen. Die verhaßten und gefürchteten selbstbewußten Machthaber, die gewohnt waren, mit einem Gefolge von Bravi aufzutreten, gingen nun fast allein und gesenkten Hauptes mit bescheidenen Mienen wie friedliebende Leute einher. Andere, die auch in besseren Zeiten eine menschlichere Gesinnung betätigt und sich anspruchsloser gegeben hatten, schienen gleichfalls verwirrt, betroffen und wie überwältigt vom beständigen Anblick eines Elends, das nicht nur alle Möglichkeiten der Hilfe, sondern gleichsam auch die Kraft des Mitleids überstieg. Wer imstande war, ein Almosen zu geben, hatte jeweils eine traurige Wahl zwischen Hunger und Hunger, Dringlichkeit und Dringlichkeit zu treffen. Und wenn noch kaum erkennbar war, daß sich eine mitleidige Hand der Hand eines Unglücklichen näherte, entstand auch schon ringsum ein Wetteifer anderer Unglücklicher. Diejenigen, die noch mehr Kraft behalten hatten, drängten sich vor, um eindringlicher zu bitten. Die Entkräfteten, Alten und Kinder reckten die fleischlosen Arme. Weit sichtbar hoben die Mütter ihre wimmernden Säuglinge hoch, die schlecht und recht in zerrissene Windeln gewickelt waren und entkräftet in ihre Hände zurücksanken.

So gingen Winter und Frühling vorüber, und seit geraumer Zeit schon erhob das Gesundheitsamt beim Versorgungsamt Vorstellungen wegen der Ansteckungsgefahr, in der die Stadt infolge des in all ihren Teilen angehäuften Elends schwebte. Es schlug vor, die Bettlerscharen in verschiedenen Krankenhäusern zusammen unterzubringen. Während man diesen Vorschlag erörtert, ihn billigt und über die Mittel, die Art und Weise und die Örtlichkeiten für die Durchführung berät, vervielfachen sich die Leichenhaufen in den Straßen Tag für Tag. Im gleichen Verhältnis wächst der Elendsberg überhaupt. Vom Versorgungsamt wird als leichter und schneller durchführbar eine andere Lösung vorgeschlagen, die nämlich: alle Bettler, ob gesund oder krank, an einem einzigen Orte, dem Lazarett, zu vereinigen, wo sie auf öffentliche Kosten unterhalten und gepflegt werden sollten. Das wurde denn auch entgegen der Ansicht des Gesundheitsamtes beschlossen, das einwandte, daß bei einer so großen Menschenansammlung die Gefahr vermehrt würde, der man begegnen wollte.

Das Lazarett von Mailand (falls diese Geschichte zufällig jemandem in die Hände fallen sollte, der es weder aus eigener Anschauung noch aus Beschreibungen kennt, muß ich das erwähnen) ist ein vierseitiger, fast quadratischer Gebäudekomplex außerhalb der Stadt, auf der linken Seite der Porta Orientale und von der Mauer durch den Grabenabstand, eine Ringstraße und einen Mühlgraben, der um das Gebäude selbst herumläuft, geschieden. Die beiden größeren Fronten sind fast fünfhundert Schritt lang, die beiden kleineren an die fünfzehn weniger. Alle sind längs der Außenfront in kleine Zimmer in Höhe eines Stockwerks aufgeteilt; im Innenhof umzieht drei Seiten ein fortlaufender gewölbter Gang, der von kleinen, dünnen Säulchen getragen wird.

Die Zahl der Zimmer belief sich auf zweihundertundachtzig oder mehr; heutzutage sind mehrere, ich weiß nicht wie viele, durch einen großen Durchbruch in der Mitte und einen kleinen an einer Ecke der Seitenfront, die auf die Hauptstraße hinausgeht, beseitigt. Zur Zeit unserer Geschichte bestanden nur zwei Einfahrten: eine inmitten der Front, die nach der Stadtmauer zu liegt, die andere gegenüber an der entgegengesetzten Seite. In der Mitte des Innenhofes befand sich und befindet sich noch heute eine kleine achteckige Kirche.

Die erste Bestimmung des ganzen Gebäudes, dessen Bau im Jahre 1489 aus Mitteln eines privaten Vermächtnisses begonnen und dann mit öffentlichen Geldern und weiteren Vermächtnissen und Stiftungen fortgeführt wurde, war – wie der Name selbst verrät[1] –, dort im Bedarfsfall die Pestkranken aufzunehmen. Schon lange vor dieser Zeit und noch lange danach pflegte die Pest zwei-, vier-, sechs- oder achtmal in jedem Jahrhundert bald in diesem und bald in jenem Lande Europas aufzutreten, wobei sie manchmal ein größeres Gebiet befiel oder aber auch das Land kreuz und quer überall verheerte. In dem Augenblick, von dem wir berichten, diente das Lazarett lediglich als Lager für der Quarantäne unterworfene Ware.

Um sie nun freizugeben, hielt man sich nicht streng an den Buchstaben der gesundheitspolizeilichen Verordnungen, und nachdem man eiligst die vorgeschriebenen Proben und Säuberungsverfahren vorgenommen hatte, wurden die ganzen Warenbestände auf einmal geräumt. Man ließ in allen Räumen Stroh auf die Erde breiten und beschaffte einen Vorrat an Lebensmitteln, so groß und so gut es eben ging. Dann wurden alle Bettler durch öffentlichen Anschlag aufgefordert, dort Unterkunft zu suchen.

Viele eilten freiwillig herbei; alle, die krank auf den Straßen und Plätzen lagen, wurden hingeschafft. In wenigen

1 Sankt Lazarus galt als Patron der Pestkranken (Anmerkung des Übersetzers).

Tagen befanden sich dort insgesamt über dreitausend Menschen. Weit mehr aber blieben draußen. Ob nun jeder von ihnen darauf wartete, daß die andern hingingen, um mit wenigen zurückzubleiben und der in der Stadt gespendeten Almosen teilhaftig zu werden, oder ob der Grund in der natürlichen Abneigung gegen jede Absonderung oder in jenem Mißtrauen der Armen lag, das sie allem entgegenbringen, was ihnen von den Reichen und Mächtigen vorgeschlagen wird (ein Mißtrauen, das immer in einem bestimmten Verhältnis zu der gewöhnlichen Unwissenheit dessen steht, an den man sich wendet, und dessen, der es einflößt, in einem Verhältnis also zu der großen Zahl der Armen und der Kurzsichtigkeit der Gesetze), oder ob man genau Bescheid wußte, worauf tatsächlich die angebotene Wohltat hinauslief, oder ob es das alles zusammen war oder was auch immer sonst – fest steht, daß die meisten die Aufforderung unbeachtet ließen und sich weiter mühselig durch die Straßen schleppten. Angesichts dieses Verhaltens hielt man es für geboten, von der Aufforderung zur Gewalt überzugehn. Häscher wurden umhergeschickt, um die Bettler ins Lazarett zu treiben, und wer Widerstand leistete, wurde gefesselt hingebracht. Für jeden der letzteren wurde den Polizeiorganen eine Belohnung von zehn Soldi ausgesetzt. So finden sich auch in den größten Notlagen immer wieder öffentliche Gelder zu unangebrachter Verwendung. Und wenn auch entsprechend den Erwartungen, ja den ausdrücklichen Absichten des Versorgungsamtes eine gewisse Anzahl von Bettlern sich aus der Stadt davonmachte, um anderswo wenigstens in Freiheit Leben oder Tod zu finden, war die Jagd doch derartig eifrig, daß sich in kurzer Zeit die Zahl der Untergebrachten, der freiwilligen Gäste und der Gefangenen, auf zehntausend belief.

Vermutlich wurden Frauen und Kinder in besonderen Abteilungen beherbergt, wenn die Aufzeichnungen der Zeit auch nichts Derartiges erwähnen. An Vorschriften und Anweisungen für Zucht und Ordnung wird es sicherlich auch nicht gefehlt haben; jedermann aber kann sich vorstellen, welche Ordnung, insbesondere zu jener Zeit und unter solchen Umständen, in einer so großen und gemischten Versammlung gefordert und durchgeführt werden konnte, in der sich bei den Freiwilligen die Gezwungenen befanden, bei denen, für die das Betteln eine peinliche, beschämende Notwendigkeit war, diejenigen, die es als Gewerbe betrieben, bei denen, die in anständiger Tätigkeit auf dem Lande und in den Fabriken aufgewachsen waren, viele andere, die auf den öffentlichen Plätzen, in den Kneipen und in den Palästen der Bedrücker in Müßiggang, Gaunerei, Anmaßung und Gewalttätigkeit groß geworden waren.

Wie es ferner um ihre Unterkunft und ihre Beköstigung bestellt war, darüber würden sich leicht trübe Vermutungen anstellen lassen, auch wenn wir darüber nicht zuverlässige Nachrichten hätten; doch liegen sie vor. Sie schliefen zu zwanzig oder dreißig in jedes jener kleinen Kämmerchen gepfercht oder kauerten sich in der Säulenhalle auf ein wenig faules und stinkendes Stroh oder auf die nackte Erde. Freilich war angeordnet worden, daß das Stroh frisch und ausreichend sein und häufiger gewechselt werden müsse, tatsächlich aber war es schlecht und zu wenig und wurde nicht gewechselt. Gleicherweise war angeordnet worden, daß das Brot von guter Beschaffenheit sein müsse, denn welcher Verwaltungsmann hat jemals verlangt, daß schlechtes Zeug hergestellt und verteilt würde? Was aber unter gewöhnlichen Umständen auch in einem viel kleineren Verantwortungsbereich undurchführbar gewesen wäre, wie sollte man das in diesem Falle und für diese Menschenmenge erreichen? Wie wir aus den Aufzeichnungen feststellen, hieß es damals, daß das Lazarettbrot mit schweren Bestandteilen ohne Nährwert vermengt würde, und es ist leider Gottes glaubhaft, daß es sich dabei nicht um grundlose Klagen handelte. Schließlich fehlte es auch an Wasser, ich meine gesundem Trinkwasser. Als allgemeine Quelle mußte der Mühlgraben dienen, der sich um die Mauern des Gebäudes seicht und langsam und daher denn auch schlammig dahinzieht und der schließlich in einen Zustand geriet, wie ihn die Beanspruchung durch eine solche Menschenmenge in nächster Nähe wohl oder übel herbeiführen mußte.

Zu all diesen Gründen für eine erhöhte Sterblichkeit, die sich um so mehr auswirkten, weil es sich um kranke oder kränkliche Körper handelte, gesellte sich eine ungewöhnliche Ungunst der Witterung: anhaltende Regengüsse, auf die eine noch hartnäckigere Dürre folgte, und dazu vorzeitig starke Hitze. Außer den Leiden selbst ist ferner die seelische Auswirkung der Leiden zu berücksichtigen, die Langeweile und Unruhe des Eingeschlossenseins, die Erinnerung an frühere Gewohnheiten, der Schmerz um teure Abgeschiedene, das besorgte Gedenken an die fernen Lieben, gegenseitige Belästigungen und Abscheu und so viele andere Leidenschaften, die man mit hineinbrachte oder die dort entstanden, aus Niedergeschlagenheit oder Wut. Hinzu kam ferner die Furcht vor dem Tode und sein aus so vielen Gründen so häufiger Anblick, der selbst wieder als neue und starke Ursache wirkte. So nimmt es denn nicht wunder, daß die Sterblichkeit in diesem Gebäude derartig anstieg und das Feld beherrschte, daß sie den Gedanken an die Pestilenz aufkommen ließ – und viele nannten auch schon den Namen. Die Gründe mögen darin zu suchen sein, daß sich – wie es anscheinend auch bei weniger ernsten Teuerungszeiten von geringerer Dauer vorkommt – eine gewisse Ansteckung verbreitete, die in den anfälligen und von Entbehrungen und schlechter Ernährung, von den Einflüssen der schlechten Witterung, dem Schmutz, dem Kummer und der Mutlosigkeit widerstandslosen Körpern sozusagen ihren Nährboden und ihren richtigen Augenblick fand, kurzum die geeigneten Bedingungen, um zu entstehen, sich zu entwickeln und auszubreiten (wenn es einem Laien erlaubt ist, sich auf Grund einer von einigen Ärzten aufgestellten Hypothese so zu äußern, die kürzlich von einem ebenso sorgfältigen wie geistreichen Fachmann mit vielen guten Gründen und viel Reserve neu aufgegriffen wurde[1]). Möglicherweise ging die Ansteckung auch anfänglich von dem Lazarett selber aus, wie nach einem dunklen und ungenauen Bericht die Ärzte des Gesundheitsamtes sogar angenommen haben. Sie konnte aber auch schon früher heimlich bestanden haben und umgegangen sein – was vielleicht am meisten einleuchtet, wenn man bedenkt, wie lange und allgemein die Not schon anhielt und wie groß die Sterblichkeit bereits war – und hatte sich dann, in diese ständige Massenversammlung eingedrungen, darin mit neuer und fürchterlicher Schnelligkeit verbreitet. Welche von diesen Mutmaßungen nun auch zutreffen mag, die Zahl der täglichen Todesfälle im Lazarett überschritt in kurzer Zeit das Hundert.

Während an diesem Orte einzig Niedergeschlagenheit, Angst, Entsetzen, Wehklagen und Gezeter walteten, herrschte im Versorgungsamt Beschämung, Bestürzung und Unsicherheit. Man stellte Überlegungen an, holte das Gutachten des Gesundheitsamtes ein und kam auf keine andere Lösung als die, das wieder rückgängig zu machen, was man mit so großem Aufwand, so großen Ausgaben und soviel Quälerei ins Werk gesetzt hatte. Das Lazarett wurde geöffnet, und alle noch nicht befallenen Armen, die darin übriggeblieben waren, wurden freigelassen und stürzten in wütender Freude heraus. Durch die Stadt erschollen aufs neue die früheren, nun aber schwächeren und selteneren Klagerufe. Sie sah die-

1 Enrico Acerbi (1785-1827), Hausarzt Manzonis, in seiner Schrift: *Del morbo petecchiale … e degli altri contagi in generale* (Anmerkung des Übersetzers).

sen gelichteten Schwarm wieder, sagt Ripamonti, und wenn man bedachte, wodurch er so abgenommen hatte, war er nur um so bedauernswerter. Die Kranken wurden nach Santa Maria della Stella gebracht, dem damaligen Armenhospiz, wo die meisten umkamen.

Inzwischen begannen jedoch die gesegneten Fluren den blonden Goldton der Reife anzunehmen. Die vom Lande herbeigeströmten Bettler kehrten jeder in seine Gegend zurück, um sich an die so herbeigesehnte Ernte zu machen. Der gute Federigo gab ihnen unter Aufbietung seiner letzten Mittel noch eine Wegzehrung mit, wie sie seine Nächstenliebe sich neu ausgedacht hatte: jedem Bauern, der im erzbischöflichen Palast vorsprach, ließ er einen Giulio[1] und eine Sichel zur Ernte überreichen.

Mit der Mahd fand die Teuerung endlich ihr Ende. Die auf Epidemie oder Ansteckung zurückgehende Sterblichkeit nahm von Tag zu Tag ab, dauerte allerdings noch bis in den Herbst hinein an. Sie war ganz im Abklingen, als eine neue Geißel erschien.

Viele wichtige Dinge der Art, die man im eigentlichen Sinne als historisch bezeichnet, hatten sich in der Zwischenzeit ereignet. Nachdem der Kardinal Richelieu, wie wir erwähnt haben, La Rochelle eingenommen und in aller Eile, so gut es ging, mit dem König von England Frieden geschlossen hatte, hatte er im französischen Staatsrat durch sein gewichtiges Wort überzeugend darauf hingewirkt, daß dem Herzog von Nevers wirksame Unterstützung zuteil würde. Dabei hatte er den König dazu bewogen, persönlich die Führung des Feldzuges zu übernehmen. Während alle Anstalten getroffen wurden, forderte der Graf von Nassau als kaiserlicher Kommissar in Mantua den neuen Herzog auf, seine

1 Ein Giulio hatte einen etwas höheren Wert als eine halbe Lira (Anmerkung des Übersetzers).

Staaten Ferdinand zu übergeben, der widrigenfalls ein Heer entsenden würde, um sie zu besetzen. Der Herzog, der sich in weit verzweifelterer Lage bereits geweigert hatte, eine so harte und verdächtige Bedingung anzunehmen, weigerte sich nun angesichts der so bald zu erwartenden französischen Hilfe um so mehr, allerdings in Wendungen, bei denen das Nein so gewunden und umständlich wie nur möglich zum Ausdruck kam, und mit Ergebenheitsversicherungen, die noch fadenscheiniger, aber auch weniger heikel waren. Der Kommissar war mit der Versicherung wieder abgereist, daß es zu einer gewaltsamen Entscheidung käme. Im März war dann Kardinal Richelieu tatsächlich mit dem König an der Spitze eines Heeres eingerückt. Man hatte den Herzog von Savoyen um das Durchzugsrecht gebeten; man hatte verhandelt, war aber zu keinem Abschluß gekommen. Nach einem Gefecht, das zum Vorteil der Franzosen ausfiel, hatte man von neuem verhandelt und ein Abkommen geschlossen, in welchem der Herzog sich unter anderem ausbedungen hatte, daß der Cordova die Belagerung von Casale einstellen solle, wobei er sich für den Fall einer Weigerung verpflichtete, sich den Franzosen anzuschließen, um in das Herzogtum Mailand einzufallen. Don Gonzalo, der den Eindruck hatte, wohlfeil davonzukommen, hatte die Belagerung von Casale aufgehoben, in das sofort ein französisches Kommando zur Verstärkung der Garnison eingezogen war.

Bei dieser Gelegenheit hat Achillini[1] an König Ludwig das berüchtigte Sonett gerichtet:

Ihr Gluten, schwitzt euch ab, Metalle zu bereiten ... und ein weiteres, in dem er ihn ermunterte, unverzüglich zur Befreiung des Heiligen Landes aufzubrechen. Aber das Schick-

1 Claudio Achillini (1574-1640): berühmter Bologneser Rechtsgelehrter, der als Dichter dem schwülstigsten Marinismus huldigte (Anmerkung des Übersetzers).

sal will es nun einmal so, daß die Ansichten der Dichter kein Gehör finden, und sollten sich in der Geschichte einmal Ereignisse finden, die ihren Winken entsprechen, so kann man ungescheut behaupten, daß sie schon vorher beschlossene Sache waren. Der Kardinal Richelieu hatte dagegen die Absicht, in Angelegenheiten, die ihm vordringlicher erschienen, nach Frankreich zurückzukehren. Girolamo Soranzo mochte als venezianischer Gesandter noch so viele Gründe vorbringen, um ihn in diesem Entschluß wankend zu machen, der König und der Kardinal widerstanden seiner Prosa genauso wie den Versen des Achillini und kehrten mit dem Kern des Heeres zurück, wobei sie nur sechstausend Mann in Susa beließen, um den Paß zu sichern und den Vertrag zu gewährleisten.

Während dieses Heer auf der einen Seite abzog, näherte sich das Ferdinands von der andern. Er war in das Graubündener Land und das Veltlin eingefallen und schickte sich an, auf Mailänder Gebiet vorzustoßen. An sich schon waren von einem solchen Durchzug mancherlei Schäden zu befürchten, hinzu kam aber, daß dem Gesundheitsamt ausdrückliche Meldungen vorlagen, wonach in diesem Heer die Pest umging, die damals unter den deutschen Truppen immer wieder einmal auftauchte, wie Varchi erwähnt, wo er von der Pest spricht, die sie vor einem Jahrhundert nach Florenz eingeschleppt hatten. Alessandro Tadino, einer der Beamten des Gesundheitsamtes – es waren außer dem Präsidenten sechs: vier Verwaltungsbeamte und zwei Ärzte –, wurde, wie er selber in seinem bereits angeführten Bericht erzählt, von seiner Dienststelle beauftragt, dem Gouverneur die entsetzliche Gefahr vor Augen zu stellen, in der das Land schwebte, wenn diese Leute durchzögen, um, wie Gerüchte behaupteten, zur Belagerung von Mantua zu schreiten. Aus dem ganzen Verhalten des Don Gonzalo geht hervor, daß er von der Begierde erfüllt war, sich einen Namen in der Geschichte zu machen, die in der Tat nicht umhinkonnte, sich mit ihm zu beschäftigen. Aber wie es häufiger zu geschehen pflegt, kam seine denkwürdigste Tat nicht zu ihrer Kenntnis, oder sie unterließ es, sie aufzuzeichnen: die Antwort nämlich, die er Tadino bei jener Gelegenheit erteilte. Er erwiderte, daß er nicht wüßte, was er unternehmen solle. Die Interessen und die Ehre, derentwillen sich jenes Heer in Bewegung gesetzt habe, wögen schwerer als die vorgestellte Gefahr. Man solle versuchen, alldem, so gut es ginge, abzuhelfen, und im übrigen auf die Vorsehung vertrauen.

Um also, so gut es ginge, abzuhelfen, schlugen die beiden Ärzte, besagter Tadino und der Senator Settala, der Sohn des berühmten Lodovico, dem Gesundheitsamt vor, unter Androhung schwerster Strafen zu verbieten, von den durchziehenden Soldaten irgend etwas zu kaufen. Es war aber unmöglich, dem Präsidenten die Notwendigkeit einer solchen Verordnung begreiflich zu machen, denn Tadino erklärt: »Das war ein sehr gutmütiger Mann, der nicht glauben wollte, wie viele tausend Todesfälle die Folge der Geschäfte waren, die diese Leute mit ihren Sachen machten.« Wir führen diesen Zug als eine Eigentümlichkeit jener Zeit an, denn seit es Gesundheitsämter gibt, ist es sicherlich nie einem anderen Präsidenten einer solchen Körperschaft eingefallen, derartige Betrachtungen anzustellen, wenn man das überhaupt so nennen darf.

Don Gonzalo begab sich kurz nach dieser Antwort aus Mailand fort, und sein Weggang war für ihn so unrühmlich wie der Anlaß dazu. Er wurde wegen der schlechten Erfolge des Krieges versetzt, den er angezettelt und geführt hatte, und das Volk schob ihm die Verantwortung an der Hungersnot zu, die es unter seiner Verwaltung durchgemacht hatte. (Was er hinsichtlich der Pest getan hatte, wußte man entweder nicht, oder man machte sich, außer dem Gesundheitsamt und insbesondere den beiden Ärzten, keine Gedanken darüber, wie wir noch sehen werden.) Als er also in seiner Reisekutsche die Residenz inmitten einer Leibwache von Hellebardieren mit zwei Trompetern zu Pferde voraus und anderen Karossen von Adligen hintendrein verließ, wurde er von Gassenbuben, die sich auf dem Domplatz versammelt hatten und ihm in buntem Schwarm nachfolgten, laut ausgepfiffen. Als der Zug in die Straße gelangt war, die zum Tessiner Tor führt, durch das er hinaus mußte, befand er sich bald inmitten einer Menschenmenge, die teils schon dastand, um ihn zu erwarten, teils erst herbeieilte, um so mehr, als die Trompeter als pflichtgetreue Leute von der Residenz bis zum Tor nicht aufhörten zu blasen. In dem Prozeß, der später wegen dieses Aufruhrs stattfand, antwortete einer von ihnen, dem vorgehalten wurde, er habe durch sein Trompeten den Aufruhr noch geschürt: »Lieber Herr, das ist unser Beruf, und wenn Seiner Exzellenz unser Blasen nicht recht gewesen ist, hätte er Befehl geben müssen, daß wir still wären.« Don Gonzalo aber, der sich entweder scheute, etwas zu tun, das auf Furcht schließen lassen konnte, oder die Befürchtung hegte, damit die Menge weiter zu ermutigen, oder der vielleicht tatsächlich etwas bestürzt war, gab keinerlei Befehle. Vergeblich hatten die Wachen versucht, die Menge zurückzuhalten, und sie lief vor den Wagen her, umkreiste sie und folgte ihnen und schrie dabei: »Da haut die Hungersnot ab, da haut das Blut der Armen ab« und Schlimmeres. Als sie sich in der Nähe des Tores befanden, begannen sie auch mit Pflaster- und Ziegelsteinen, mit Maiskolben und Abfällen jeder Art zu werfen, kurzum: mit der bei solchen Unternehmungen üblichen Munition. Ein Teil von ihnen eilte auf die Mauer und ließ von oben herab einen letzten Steinhagel auf die hinausfahrenden Wagen los. Gleich darauf zerstreuten sie sich.

An Stelle des Don Gonzalo wurde der Marchese Ambrogio Spinola geschickt, dessen Name bereits in den flandrischen Kriegen jenen militärischen Ruhm erworben hatte, der ihm noch immer anhaftet.

Das deutsche Heer, unter dem Oberbefehl des Grafen Rambaldo di Collalto, eines anderen italienischen Condottiere von geringerem, aber nicht geringstem Ruf, hatte indessen den endgültigen Befehl erhalten, die Unternehmung gegen Mantua in Angriff zu nehmen, und zog so im September in das Herzogtum Mailand ein.

Die Miliz bestand zu jenen Zeiten zum großen Teil noch aus Söldnern, die von berufsmäßigen Heerführern im Auftrage dieses oder jenes Fürsten und manchmal auch auf eigene Faust angeworben wurden, wobei sie sich dann mit jenen zusammen verkauften. Mehr als durch den Sold wurden die Männer zu diesem Handwerk durch die Hoffnung auf Plünderungen und alle Verlockungen der Zügellosigkeit verleitet. Es gab keine feste und allgemeine Manneszucht; sie wäre auch nicht so leicht mit der teilweise unabhängigen Gewalt der verschiedenen Heerführer in Einklang zu bringen gewesen. Diese im besonderen wieder waren weder sehr auf Hebung der Manneszucht bedacht, noch ist ersichtlich, wie sie diese auch bei gutem Willen hätten durchsetzen und aufrechterhalten können, denn Soldaten dieser Gattung hätten sich entweder gegen einen neuerungssüchtigen Heerführer erhoben, der sich in den Kopf gesetzt hätte, das Plündern abzuschaffen, oder sie hätten ihn zum mindesten allein bei seinem Banner gelassen. Da die Fürsten außerdem, wenn sie diese Banden sozusagen mieteten, mehr darauf sahen, genug Leute zu haben, um den Erfolg ihrer Unternehmungen zu sichern, als darauf, die Zahl ihrer im allgemeinen recht mäßigen Zahlungsfähigkeit anzupassen, kam der Sold in der Regel spät, auf Abzahlung und ratenweise. Die Plünderung der Gebiete, die es nun einmal traf, wurde daher so etwas wie ein stillschweigend verabredeter Ausgleich. Kaum weniger berühmt als der Name Wallensteins ist sein Ausspruch: es sei leichter, ein Heer von hunderttausend Mann als eines von Zwölftausend zu unterhalten[1]. Und das, von dem die Rede ist, bestand zum größten Teil aus Leuten, die unter seiner Führung Deutschland in jenem Kriege verheert hatten, der sowohl als solcher wie wegen seiner Folgen unter allen Kriegen berühmt geblieben ist und später wegen seiner Dauer den Namen des Dreißigjährigen erhielt. Damals tobte er im elften Jahr. Dabei befand sich auch, unter Führung eines seiner Stellvertreter, sein eigenes Regiment. Von den anderen Anführern hatten die meisten unter ihm gekämpft, und mehr als einer von denen war darunter, die vier Jahre später Beihilfe leisteten, daß ihm jenes allbekannte böse Ende bereitet wurde.

Es handelte sich um achtundzwanzigtausend Fußsoldaten und siebentausend Reiter. Bei ihrem Zuge aus dem Veltlin herunter mußten sie, um sich auf mantuanisches Gebiet zu begeben, dem ganzen Weg folgen, den die Adda mit ihren zwei Seezipfeln und dann wiederum als Fluß bis zu ihrer Mündung in den Po nimmt. Weiterhin mußten sie ein gutes Stück an diesem entlangziehen: alles in allem acht Tage auf dem Gebiet des Herzogtums Mailand.

Ein großer Teil der Bewohner floh in die Berge hinauf. Sie führten dabei ihre wertvollste Habe mit sich und trieben das Vieh vorauf. Andere blieben zurück, entweder um irgendeinen Kranken nicht im Stich zu lassen oder um das Haus vor Brandstiftung zu schützen oder um auf wertvolle Dinge ein Auge zu haben, die sie versteckt oder vergraben hatten. Andere wieder hatten nichts zu verlieren oder rechneten gar darauf, etwas zu gewinnen. Sobald die Vorausabteilung in das zur Rast bestimmte Dorf gelangte, verteilte sie sich

1 Etwas Ähnliches schrieb Bonaparte an den Kriegsminister während des ersten Italienfeldzuges (9. Mai 1796): »Je mehr Leute Sie mir schicken, desto leichter kann ich sie ernähren.« (Anmerkung von Paolo Bellezza)

augenblicklich dort und in der Umgebung zu regelrechter Plünderung. Was genossen und fortgetragen werden konnte, verschwand; alles übrige verdarben und zerstörten sie: die Möbel wurden zu Kleinholz, die Behausungen zu Ställen, ganz zu geschweigen der Schläge, Wunden und Vergewaltigungen. Alle Einfalle und Listen, um die Habe zu retten, erwiesen sich meist als unnütz, ja brachten manchmal sogar nur um so größeren Schaden. Die Soldaten, die sich in den Regeln auch dieser Art von Krieg weit besser auskannten, durchstöberten alle Winkel der Häuser, rissen Mauern ein, legten Bauten um, erkannten in den Gärten leicht die frisch aufgewühlte Erde, begaben sich selbst bis auf die Berge, um das Vieh zu rauben, und stiegen unter Führung irgendeines Gauners aus dem Dorfe in die Höhlen, wo sie irgendeinen reichen Mann suchten, der dort versteckt sein sollte. Den schleiften sie dann zu seinem Hause und zwangen ihn unter dem Druck von Drohungen und Schlägen, den verborgenen Schatz anzugeben.

Schließlich zogen sie wieder ab. Sie waren fort. In der Ferne hörte man den Lärm der Trommeln und Trompeten verhallen. Dann folgten einige Stunden angsterfüllter Ruhe, und wieder kündete ein verwünschter neuer Trommelwirbel, ein verteufelter neuer Trompetenklang eine andere Abteilung an.

Da diese nichts mehr zu erbeuten fand, verwüstete sie mit desto größerer Wut das übrige, verbrannte die von den anderen geleerten Fässer, die Türen der Häuser, in denen sich nichts mehr befand, und legte auch an die Gebäude Feuer.

Und natürlich wurden auch die Menschen mit um so größerer Wut mißhandelt. Zwanzig Tage lang wurde es so immer schlimmer, denn das Heer war in ebenso viele Abteilungen gegliedert.

Colico war der erste Ort des Herzogtums, über den diese Teufel herfielen. Dann stürzten sie sich auf Bellano. Von da zogen sie in das Gebiet der Valsassina, verteilten sich dort und gelangten dann in das Gebiet von Lecco.

29. KAPITEL

Hier finden wir unter den armen Heimgesuchten Personen, die wir kennen.

Wer nicht Don Abbondio an jenem Tage erlebt hat, an dem auf einen Schlag die Nachrichten vom Einmarsch des Heeres, von seinem Heranrücken und seiner Aufführung sich verbreiteten, hat keine rechte Vorstellung von Ratlosigkeit und Entsetzen. Sie kommen, es sind dreißig-, vierzig-, fünfzigtausend. Es sind Teufel, Ketzer, Antichristen. Sie haben Cortenuova geplündert, sie haben Primaluna in Brand gesteckt, sie haben Introbbio, Pasturo, Barsio verwüstet, sie sind bis Balabbio gekommen. Morgen sind sie hier. All diese Gerüchte gingen von Mund zu Mund. Dabei lief alles hin und her, hielt sich gegenseitig auf, beratschlagte erregt, schwankte zwischen Flucht und Bleiben, zerraufte sich die Haare. Die Frauen bildeten Gruppen. Don Abbondio, der als allererster und mehr als alle anderen zur Flucht entschlossen war, sah sich jedoch vor unüberwindlichen Hindernissen und entsetzlichen Gefahren, welchen Weg er auch einschlagen und wo immer er sich auch verstecken würde. »Was tun?« rief er aus, »wohin denn gehn?« Die Berge waren nicht sicher, auch wenn man die Schwierigkeiten des Weges außer Betracht ließ: es war bereits bekannt geworden, daß die Landsknechte wie die Katzen hinaufkletterten, sobald ihnen auch nur die geringste Spur oder Hoffnung auf Beute winkte. Der See hatte Hochwasser, ein Sturm blies. Davon abgesehen, waren die meisten Schiffer, in der Befürchtung, gezwungen zu werden, Soldaten oder Gepäck überzusetzen, mit ihren Booten an das andere Ufer geflüchtet. Die wenigen zurückgebliebenen waren dann mit von Leuten überfüllten Kähnen losgefahren, und es hieß, daß sie bei der Belastung und dem Sturm jeden Augenblick aufs höchste gefährdet wären. Um sich weit fort und abseits der Straße zu begeben, die das Heer einschlagen mußte, konnte man weder eine Kutsche noch ein Pferd noch sonst irgendein Beförderungsmittel finden. Zu Fuß hätte Don Abbondio nicht allzuweit laufen können, und er fürchtete, auf der Straße eingeholt zu werden. Das bergamaskische Gebiet war nicht so weit, daß ihn seine Beine nicht in einem Zug bis dahin hätten tragen können; man wußte aber, daß von Bergamo aus in aller Eile eine Schwadron venezianischer Reiterei entsandt worden war, welche längs der Grenze Aufstellung nehmen mußte, um die Landsknechte in Schach zu halten. Das waren aber leibhaftige Teufel, nicht besser und nicht schlechter als die anderen, die es ihrerseits so wüst wie möglich trieben. Der arme Mann lief mit weit aufgerissenen Augen und halb außer sich durchs Haus. Er hing sich an Perpetua, um mit ihr zu einem Entschluß zu kommen. Perpetua aber, die alle Hände voll zu tun hatte, um das Beste im Hause zusammenzutragen und es auf dem Speicher und in den Schlupfwinkeln zu verstecken, sauste geschäftig und kummervoll herum, hatte die Hände und Arme voll und erwiderte: »Jetzt hör ich auf, den Kram in Sicherheit zu bringen, und dann machen wir es auch so wie die andern.« Don Abbondio wollte sie aufhalten und die verschiedenen Möglichkeiten mit ihr besprechen. Sie war aber bei ihrer Geschäftigkeit und Eile und der Angst, die auch sie im Leibe hatte, und der Wut, die sie über die Angst ihres Herrn empfand, unter diesen Umständen noch unzugänglicher als sonst. »Die andern wissen sich zu helfen, so werden wir uns wohl auch zu helfen wissen. Mit Verlaub, aber Sie verstehn sich nur darauf, einen aufzuhalten. Meinen Sie denn, die andern hätten nicht auch eine Haut zu retten? Oder die Soldaten kämen etwa, um mit Ihnen Krieg zu führen? Sie könnten ja in so einem Augenblick auch einmal zupacken, statt mir zwischen den Füßen herumzulaufen und zu klagen und mir im Wege zu sein.« Mit dergleichen Antworten hielt sie sich ihn vom Halse, und sie hatte schon beschlossen, ihn, sobald dies stürmische Geschäft, so gut es ging, beendet wäre, wie einen Jungen beim Arm zu nehmen und oben auf einen Berg zu bringen. Als er so allein gelassen war, stellte er sich ans Fenster, spähte und spitzte die Ohren. Sobald er jemanden vorbeikommen sah, rief er mit halb klagender, halb tadelnder Stimme: »Besorgt doch um Gottes willen eurem armen Pfarrer ein Pferd, ein Maultier oder einen Esel! Will mir denn keiner helfen? Ach, was für Leute! So wartet doch wenigstens auf mich, damit ich auch mit euch kommen kann. Wartet, bis ihr fünfzehn oder zwanzig seid, damit ihr mich zusammen begleiten könnt und ich nicht so verlassen bin. Wollt ihr mich denn in die Hände dieser Hunde fallen lassen? Wißt ihr denn nicht, daß das zum größten Teil Lutheraner sind, für die es ein verdienstliches Werk ist, einen Priester umzubringen? Wollt ihr mich hier dem Martertode überantworten? Ach, was für Leute! Was für Leute!«

Wem aber sagte er das alles? Leuten, die, vom Gewicht ihrer dürftigen Siebensachen erdrückt, gebeugt vorüberkamen und daran dachten, was sie im Hause zurückließen, die ihre Kühe vor sich hertrieben, ihre Kinder hinter sich herzogen, die auch trugen, was sie tragen konnten, und denen die Frauen mit den Kleinsten am Halse folgten, die noch nicht laufen konnten. Einige zogen vorüber, ohne zu antworten oder hinaufzublicken. Irgendeiner sagte: »Ach, lieber Herr, tun Sie doch auch, was Sie können! Sie müßten doch noch glücklich sein, daß Sie nicht an eine Familie zu denken brauchen. Helfen Sie sich doch selbst! Sehn Sie zu, wie Sie durchkommen!«

»Ach, ich Ärmster!« rief Don Abbondio aus. »Ach, was

für Leute! So hartherzig! Nichts von Nächstenliebe! Jeder denkt an sich! An mich will keiner denken!« Und er machte sich wieder auf die Suche nach Perpetua.

»Wie gerufen!« sagte diese zu ihm, »wie steht's mit dem Geld?«

»Was sollen wir damit anfangen?«

»Geben Sie es mir. Ich will es mit den Bestecken zusammen im Hausgarten vergraben.«

»Aber ...«

»Aber, aber ... Geben Sie es schon her, und behalten Sie etwas für alle Fälle zurück. Das übrige überlassen Sie mir.«

Don Abbondio gehorchte, ging an die Schatulle, holte seinen kleinen Schatz heraus und vertraute ihn Perpetua an; die bemerkte: »Ich will's im Garten zu Füßen des Feigenbaums vergraben!« und machte sich davon. Kurz darauf kam sie mit einem Korb voll Mundvorrat wieder und einer kleinen leeren Kiepe, in die sie in aller Eile etwas Wäsche für sich und ihren Herrn steckte, wobei sie sagte: »Das Brevier wenigstens müssen Sie aber selber tragen.«

»Wohin gehn wir aber?«

»Wo gehn denn all die andern hin? Vor allen Dingen gehn wir einmal auf die Straße, und da werden wir schon hören und sehn, was getan werden muß.«

In diesem Augenblick trat Agnes mit einer Kiepe auf dem Rücken ein und machte ein Gesicht, als hätte sie einen hochwichtigen Vorschlag zu machen.

Agnes, die auch ihrerseits entschlossen war, derartige Gäste nicht mutterseelenallein in ihrem Häuschen abzuwarten, dazu noch mit dem übriggebliebenen Golde des Ungenannten, hatte einige Zeit geschwankt, wohin sie sich retten sollte. Gerade der Restbestand jener Scudi, die ihr in den Hungermonaten so gut zustatten gekommen waren, war der Hauptgrund ihrer Befürchtungen und ihrer Unentschlossenheit, denn sie hatte gehört, daß in den bereits überfallenen Dörfern diejenigen, die Geld besaßen, sich in einer besonders schlimmen Lage befunden hatten, da sie zugleich der Gewalttätigkeit der Fremden und den Nachstellungen der Bauern ausgesetzt waren. Zwar hatte sie von dem ihr vom Himmel gefallenen Schatz – wie man so sagt – niemandem etwas verraten außer Don Abbondio; zu ihm ging sie Mal um Mal hin, um sich einen Scudo wechseln zu lassen, wobei sie ihm immer eine Gabe für jemand Ärmeren daließ; aber verborgenes Geld erregt besonders bei denen, die nicht gewohnt sind, mit vielem umzugehn, den ständigen Verdacht vor dem Verdacht anderer. Während auch sie nun dabei war, so gut sie konnte, hier und da zu verstecken, was sie nicht mit sich tragen konnte, und an ihr Geld dachte, das sie in ihr Mieder eingenäht hatte, fiel ihr ein, daß der Ungenannte ihr seinerzeit auch großzügig seine Dienste angeboten hatte. Sie dachte an alles, was sie über seine Burg und deren so sichere Lage gehört hatte, wohin gegen den Willen des Besitzers nur die Vögel gelangen könnten, und sie beschloß, sich dorthin zu begeben und um Zuflucht zu bitten. Sie dachte darüber nach, wie sie sich nun diesem Herrn zu erkennen geben könnte, und gleich fiel ihr Don Abbondio ein, der sich nach der diesbezüglichen Unterredung mit dem Erzbischof immer besonders wohlwollend gezeigt hatte, was er um so aufrichtiger vermochte, als er dadurch bei niemandem in ein schiefes Licht kommen konnte, zudem wegen der Abwesenheit der beiden jungen Leute an ihn auch unmöglich ein Ansinnen gestellt werden konnte, durch das sein Wohlwollen auf eine harte Probe gestellt worden wäre. Sie nahm an, daß der arme Mann bei einem solchen Wirrwarr noch ratloser und bestürzter als sie selber wäre und daß die Unternehmung auch ihm vorzüglich zusagen würde. Sie kam daher, um ihm ihren Vorschlag zu machen. Da sie ihn zusammen mit Perpetua fand, machte sie ihn allen beiden.

»Was meinst du dazu, Perpetua?« fragte Don Abbondio.

»Ich meine, daß das eine Eingebung des Himmels ist und daß wir keine Zeit weiter verlieren und uns schleunigst auf den Weg machen sollten.«

»Und dann ...?«

»Und dann, und dann, wenn wir einmal da sind, werden wir wohl recht zufrieden sein. Jetzt weiß man ja, daß jener Herr nur noch im Kopf hat, seinen Nächsten einen guten Dienst zu erweisen, und auch er wird ganz zufrieden sein, wenn er uns aufnimmt. Da an der Grenze und so hoch in der Luft kriegt er bestimmt keine Soldaten zu sehn. Und dann werden wir auch etwas zu essen finden, denn oben in den Bergen ... Gnade uns Gott, wenn das bißchen hier verzehrt ist« – bei diesen Worten legte sie die Vorräte in die Kiepe über die Wäsche –, »dann wären wir übel dran.«

»Bekehrt? Ist er denn auch wirklich bekehrt? He!«

»Was gibt's denn daran noch zu zweifeln, nach allem, was man weiß, und nach dem, was Sie ja selber gesehen haben?«

»Und wenn wir uns nun in einen Käfig setzten?«

»Was für einen Käfig? Mit Verlaub, mit all Ihren Einwänden käme man niemals zu einem Entschluß. Gute Agnes! Da habt Ihr wirklich einen guten Einfall gehabt.« Sie hatte die Kiepe auf einen Tisch gesetzt, steckte die Arme durch die Tragriemen und nahm sie auf den Rücken.

»Könnte man denn nicht«, meinte Don Abbondio, »einen Mann finden, der mit uns käme, um seinem Pfarrer das Geleit zu geben? Wenn wir auf irgend so einen Gauner stoßen würden, von denen doch leider Gottes genug herumlaufen, welchen Schutz könnt ihr beide mir dann gewähren?«

»Wieder so eine Idee, um Zeit zu verlieren!« rief Perpetua aus. »Suchen Sie sich doch einmal so einen Mann, jetzt, da jeder genug mit sich selbst zu tun hat. Mut! Holen Sie doch Ihr Brevier und Ihren Hut, und dann gehen wir los.«

Don Abbondio ging und kehrte alsbald mit dem Brevier unterm Arm, dem Hut auf dem Kopf und seinem Spazierstock in der Hand zurück, und alle drei gingen durch ein kleines Pförtchen hinaus, das auf den Kirchplatz führte. Perpetua schloß wieder zu, mehr um einer Form zu genügen, als aus etwaigem Zutrauen zu dem Schloß und den Türflügeln, und steckte den Schlüssel in die Tasche. Im Vorübergehen warf Don Abbondio einen Blick auf die Kirche und murmelte zwischen den Zähnen: »Es ist Sache der Leute, sie zu bewachen, denn sie dient ihnen. Wenn sie auch nur ein wenig an ihrer Kirche hängen, werden sie darauf bedacht sein. Haben sie aber kein Herz für sie, so soll es ihnen genauso gehen.«

Sie gingen stillschweigend querfeldein. Jeder dachte an seine eigenen Angelegenheiten, und insbesondere Don Abbondio spähte um sich, ob keine verdächtige Gestalt auftauchte oder etwas Ungewöhnliches sich zeigte. Sie stießen aber auf niemanden: die Leute waren entweder in ihren Häusern, um sie zu bewachen, Bündel zu schnüren und Sachen zu verstecken, oder auf den Straßen, die geradenwegs auf die Höhen führten.

Nachdem er immer wieder geseufzt und sich dann mit Ausrufen Luft gemacht hatte, begann Don Abbondio noch mehr als gewöhnlich zu nörgeln. Er hatte es mit dem Herzog von Nevers, der ganz gut in Frankreich hätte bleiben können, um es sich da als Fürst wohlergehn zu lassen, und der aller Welt zum Trotz Herzog von Mantua werden wollte. Er hatte es mit dem Kaiser, der Vernunft für die andern mit hätte haben müssen, der das Wasser ruhig den Strom hätte hinunterlaufen lassen sollen und nicht auf allen Punkten zu bestehen brauchte, denn schließlich würde er ja immer Kaiser bleiben, ob nun Hinz oder Kunz Herzog von Mantua wurde. Er hatte es besonders mit dem Gouverneur, dessen Sache es gewesen wäre, alles zu tun, um dem Land solche Geißeln zu ersparen, und der dabei derjenige war, der sie ihm auf den Hals gezogen hatte: alles aus reiner Lust am Krieg. »Diese Herren«, meinte er, »müßten einmal hier sein und sich das anschauen und sich überzeugen, wie's schmeckt. Die haben sich einmal schön zu rechtfertigen! Derweilen werden aber die aufs Spiel gesetzt, die keinerlei Schuld haben.«

»Lassen Sie diese Leute doch bloß in Ruhe. Das sind ja nun nicht gerade die, von denen wir Hilfe zu erwarten haben«, bemerkte Perpetua. »Mit Verlaub, das ist so Ihr gewöhnliches Gerede, das zu gar nichts führt. Mir macht etwas ganz anderes Kopfzerbrechen ...«

»Und das wäre?«

Perpetua, die unterwegs in aller Ruhe darüber nachdenken konnte, wie überstürzt sie die Sachen versteckt hatte, begann zu jammern, daß das eine vergessen, das andere schlecht verborgen war, daß sie hier eine Spur hinterlassen hatte, auf welche die Räuber kommen könnten, und da ...

»Trefflich!« sagte Don Abbondio, der seines Lebens nunmehr so weit sicher war, daß er sich um seine Habe ängstigen konnte, »trefflich! So hast du das also gemacht! Wo hattest du denn deine Gedanken?«

»Wie?« rief Perpetua aus und blieb einen Augenblick wie angewurzelt stehen, wobei sie die Fäuste in die Hüften stemmte, soweit die Kiepe das zuließ, »wie? Sie wollen mir also jetzt mit solchen Vorwürfen kommen, während Sie mir doch den Kopf ganz verrückt gemacht haben, statt mir zu helfen und mir Mut einzuflößen! Ich habe vielleicht mehr an die Sachen im Haus als an meine eigenen gedacht und hatte keinen zur Hilfe. Ich mußte Martha und Magdalena auf einmal sein. Sollte etwas schiefgehn, so habe ich mir nichts vorzuwerfen; ich habe mehr als meine Pflicht getan.«

Agnes mischte sich in die Auseinandersetzung, indem sie auch von ihrem Unglück sprach, und sie beklagte sich nicht so sehr über die Unbequemlichkeiten und den Verlust als darüber, daß sie die Hoffnung aufgeben mußte, bald ihre Lucia wieder in den Armen zu halten. Wie man sich nämlich noch erinnern wird, so hatten sie sich gerade für diesen Herbst verabredet, und man konnte nicht annehmen, daß Donna Prassede unter solchen Umständen zur Erholung in diese Gegend kommen würde. Wenn sie dagewesen wäre, wäre sie vielmehr abgereist, wie es alle andern Sommergäste taten. Der Anblick der vertrauten Gegend machte diese Betrachtungen bei Agnes noch lebendiger und ihre Enttäuschung um so schmerzlicher. Sie hatten die Feldwege verlassen und dieselbe Hauptstraße wieder eingeschlagen, auf der die arme Frau vor noch so kurzer Zeit die Tochter nach dem Aufenthalt im Hause des Schneiders heimgeholt hatte. Schon war das Dorf zu sehen.

»Wir sollten eigentlich diesen wackeren Leuten einen Besuch machen«, meinte Agnes.

»Und uns auch ein wenig ausruhen, denn allmählich habe ich genug an dieser Kiepe, und dann könnten wir auch einmal etwas zu uns nehmen«, sagte Perpetua.

»Aber nur unter der Bedingung, daß wir keine Zeit verlieren, denn wir sind ja nicht gerade zu unserm Vergnügen unterwegs«, schloß Don Abbondio.

Sie wurden mit offenen Armen empfangen und herzlich aufgenommen, erinnerten sie doch an eine gute Tat. Tut so viel Gutes, wie ihr nur irgend könnt, bemerkt unsere Quelle hier, und um so häufiger werdet ihr Gesichtern begegnen, die euch fröhlich machen.

Sowie Agnes die gute Frau umarmte, brach sie in heftige Tränen aus. Das war ihr eine große Erleichterung. Unter Schluchzen antwortete sie auf die Fragen nach Lucia, die von der Frau und ihrem Mann gestellt wurden.

»Sie ist besser dran als wir«, meinte Don Abbondio, »sie ist in Mailand, außer aller Gefahr und weit weg von diesem Teufelskram.«

»Der Herr Pfarrer begibt sich also mit seiner Gesellschaft in Sicherheit?« fragte der Schneider.

»Aber gewiß!« erwiderten Herr und Dienerin wie aus einem Munde.

»Sie tun mir leid.«

»Wir sind auf dem Weg zur Burg * * *«, sagte Don Abbondio.

»Ein guter Einfall! Da sind Sie sicher wie in der Kirche.«

»Und hier befürchtet man nichts?« fragte Don Abbondio.

»Ich sage Ihnen, Herr Pfarrer, als Einquartierung – wie es ja so schön heißt, wenn man sich vornehm ausdrückt – dürften die Kerle wohl kaum hierherkommen; Gott sei Dank liegen wir zu weit ab von ihrem Weg. Allenfalls, was Gott verhüte, machen sie einmal einen Abstecher. Auf jeden Fall haben wir aber noch Zeit; zunächst wird es noch allerlei aus andern Dörfern zu hören geben, in denen sie Rast machen.«

Man beschloß, ein wenig zu verweilen, um sich zu erholen, und da es gerade Essenszeit war, sagte der Schneider: »Die Herrschaften würden meinen armen Tisch beehren, wenn Sie vorliebnehmen wollten. Es wird uns um so besser schmecken.«

Perpetua erklärte, daß sie genügend bei sich hätte, um den Hunger zu stillen. Nach einigem freundschaftlichen Hin und Her kam man überein, alles zusammenzutun und gemeinsam zu essen.

Die Kinder hatten ihre alte Freundin Agnes mit großer Freude umringt. Der Schneider gab alsbald einem der Mädchen – demselben, das der Witwe Maria den Imbiß gebracht hatte, falls man sich daran noch erinnert – den Auftrag, einige von den ersten reifen Kastanien, die in einer Ecke lagen, auszuhülsen und zu rösten.

»Und du«, sagte er zu einem Jungen, »geh in den Garten und rüttle mal am Pfirsichbaum, bis genügend Früchte herunterfallen, und dann bring alle her, verstanden? Und du«, sagte er zu einem andern, »steig auf den Feigenbaum und pflücke ein paar von den reifsten. Ihr versteht euch ja nur schon allzugut auf das Geschäft.« Er selber ging ein Fäßchen anstechen; seine Frau holte Tischwäsche. Perpetua packte die Mundvorräte aus. Es wurde gedeckt. An den Ehrenplatz für Don Abbondio kamen eine Serviette und ein Majolikateller mit einem Besteck, das Perpetua in der Kiepe hatte. Man setzte sich zu Tisch und aß. Wenn auch keine ausgelassene Fröhlichkeit herrschte, so war es doch weitaus angenehmer, als irgendeiner von ihnen an diesem Tage erwartet hatte.

»Herr Pfarrer, was sagen Sie denn nur zu solch einem Durcheinander?« fragte der Schneider. »Es kommt mir so vor, wie wenn ich die Geschichte der Mauren in Frankreich lese.«

»Was soll ich dazu sagen? Mir mußte eben auch das noch zustoßen.«

»Sie haben sich aber eine gute Zufluchtsstätte ausgesucht«, fuhr jener fort. »Welcher Teufel würde sich mit Gewalt da oben hingetrauen? Und Sie werden Gesellschaft vorfinden. Es wird schon erzählt, daß viele Leute dahin geflüchtet seien und daß dauernd neue kommen.«

»Hoffentlich werden wir gut aufgenommen«, meinte Don Abbondio. »Ich kenne den wackeren Herrn ja, und als ich bei anderer Gelegenheit die Ehre hatte, bei ihm zu sein, war er recht entgegenkommend.«

»Und mir«, erklärte Agnes, »hat er durch Seine Durchlaucht den Herrn Monsignore mitteilen lassen, daß ich nur zu ihm zu kommen brauche, falls ich etwas nötig hätte.«

»Eine fabelhafte Bekehrung«, fuhr Don Abbondio fort, »und von Bestand, nicht wahr, von Bestand?«

Der Schneider begann nun ausführlich von dem heiligmäßigen Leben des Ungenannten zu sprechen, und wie er aus einer Geißel der Gegend ihr Vorbild und ihr Wohltäter geworden sei.

»Und die Leute, die er unterhielt ...? All diese Dienerschaft ...?« fragte Don Abbondio, der schon mehr als einmal etwas darüber gehört hatte, aber niemals genug beruhigt werden konnte.

»Zum größten Teil gegangen«, erwiderte der Schneider, »und die, welche geblieben sind, haben ein anderes Leben angefangen. Aber wie! Kurzum, die Burg ist die reine Thebais geworden: Sie wissen ja davon.«

Dann begann er mit Agnes vom Besuch des Kardinals zu sprechen. »Ein großer Mensch!« sagte er, »ein großer Mensch! Schade, daß er sich hier nur so kurz aufgehalten hat, daß ich ihm auch nicht die geringste Ehre erweisen konnte. Wie würde ich mich freuen, ein anderes Mal ausführlicher mit ihm sprechen zu können!«

Als dann die Tafel aufgehoben war, ließ er sie einen Druck mit dem Bilde des Kardinals betrachten, den er aus Verehrung für jene Person an einen Türflügel geheftet hatte, aber auch dazu, um jedem, der zu ihm hereinkam, sagen zu können, daß es gar nicht ähnlich sei, denn er habe den Kardinal persönlich aus allergrößter Nähe in diesem Zimmer hier betrachten können.

»Soll er das hier etwa sein?« sagte Agnes. »Die Kleidung ist ja ganz ähnlich, aber ...«

»Nicht wahr, keine Ähnlichkeit!« bemerkte der Schneider. »Das sage ich auch immer. Uns kann man nichts vormachen, wie? Aber wenn's auch weiter nichts wäre, sein Name steht darunter, und so ist's ein Andenken.«

Don Abbondio trieb zur Eile. Der Schneider machte

sich anheischig, ein Fuhrwerk zu finden, das sie an den Fuß des Berges bringen würde. Er ging gleich auf die Suche und kehrte bald schon mit guter Nachricht zurück. Dann wandte er sich an Don Abbondio und sagte zu ihm: »Herr Pfarrer, wenn Sie etwa gerne ein Buch mit hinaufnehmen möchten, um sich die Zeit zu vertreiben, stehen Ihnen meine bescheidenen Dienste zur Verfügung, denn ich vergnüge mich auch ein wenig mit Bücherlesen. Es sind zwar Sachen, die Ihnen nicht ganz entsprechen, nichts Lateinisches, aber trotzdem ...«

»Vielen Dank«, erwiderte Don Abbondio, »unter den gegenwärtigen Umständen hat man den Kopf kaum frei genug für das, was vorgeschrieben ist.«

Während sie sich gegenseitig bedanken und zum Abschied unter vielen guten Wünschen einander versprechen, sich bei der Rückkehr wiederzutreffen, ist draußen der Wagen vorgefahren. Die Kiepen werden aufgeladen, sie steigen ein und beginnen etwas bequemer und mit größerer Seelenruhe die zweite Hälfte der Reise.

Der Schneider hatte Don Abbondio über den Ungenannten die Wahrheit gesagt. Seit dem Tage, an dem wir ihn verlassen haben, hatte er weiterhin seine guten Vorsätze verwirklicht, nämlich Schäden gutzumachen, Frieden zu halten, die Armen zu unterstützen, kurzum: bei jeder sich bietenden Gelegenheit Gutes zu tun. Jenen Mut, den er früher in Angriff und Verteidigung bewiesen hatte, bewies er nun darin, daß er von beidem absah. Er ging immer allein und unbewaffnet, auf alles gefaßt, was ihm nach seinen früheren Gewaltstreichen zustoßen konnte, und in der Überzeugung, daß es einem neuen gleichkäme, zur Verteidigung dessen Gewalt zu gebrauchen, der in solchem Grade an so vielen Menschen schuldig geworden war. Er war überzeugt, daß alles Böse, das ihm etwa angetan werden könnte, in bezug auf Gott zwar ein Unrecht, aber in bezug auf ihn eine gerechte Vergeltung wäre und daß er noch weniger als sonst irgendwer das Recht hätte, sich zum Rächer des Unrechts aufzuwerfen. Bei alldem war er nicht weniger unverletzt geblieben als zu der Zeit, in der er zu seiner Sicherheit so viele Arme und seinen eigenen bewaffnet hatte. Die Erinnerung an seine frühere Kampflust, die einen solchen Rachedurst hätte erwecken müssen, und der Anblick seiner jetzigen Friedfertigkeit, die dessen Stillung so leicht gemacht hätte, wirkten dagegen zusammen, ihm eine Bewunderung einzutragen und zu bewahren, die ihm vor allem zu seinem Schutze diente. Er war derjenige, den niemand zu beugen vermocht und der sich selbst erniedrigt hatte. Der Groll, der früher durch seine Verachtung und die Angst der anderen erregt worden war, verlor sich nun vor dieser neuen Demut. Die Beleidigten hatten wider alles Erwarten und ohne alle Gefahr eine Genugtuung erfahren, die niemals auch von der glücklichsten Rachetat zu erwarten gewesen wäre, die Genugtuung nämlich, einen solchen Mann sein Unrecht bereuen zu sehen, wodurch er sozusagen ihre eigene Entrüstung teilte. Viele, die Jahre hindurch bitter und tief darunter gelitten hatten, daß sie keinerlei Möglichkeiten sahen, seiner Stärke Herr zu werden, um sich für irgendein großes Unrecht zu rächen, spürten nun, wenn sie ihn allein, waffenlos und in der Haltung dessen trafen, der keinen Widerstand leisten würde, kein anderes Verlangen, als ihm ehrerbietig zu begegnen. In dieser freiwilligen Erniedrigung hatten seine Erscheinung und seine Haltung, ohne daß er darum wußte, etwas irgendwie Hoheitsvolles und Edleres gewonnen, denn darin war, mehr noch als früher, die Verachtung jeder Gefahr zu erkennen. Auch der wildeste und zügelloseste Haß fühlte sich von der allgemeinen Verehrung für den reuigen und barmherzigen Mann wie gebunden und in Schach gehalten. Diese aber war derartig, daß er häufig in Verlegenheit war, wie er sich den Huldigungen entziehen sollte, die ihm zuteil wurden, und er mußte auf der Hut sein, um in Antlitz und Gebärde nicht das Gefühl seiner inneren Zerknirschung allzu deutlich zum Ausdruck kommen zu lassen und um sich nicht allzu sehr zu erniedrigen, damit er nicht allzu sehr erhöht würde. Er hatte sich in der Kirche den letzten Platz gewählt, und es bestand keinerlei Gefahr, daß er ihm von jemand streitig gemacht worden wäre. Das wäre genauso gewesen, als ob man sich eines Ehrenplatzes bemächtigt hätte. Diesen Mann zu beleidigen oder ihn auch nur mit geringer Rücksicht zu behandeln konnte nicht so sehr als Vermessenheit und Gemeinheit wie als Frevel erscheinen, und selbst diejenigen, denen dieses Gefühl der andern nur einen Zaum anlegen konnte, teilten es mehr oder weniger auch ihrerseits.

Dieselben und andere Gründe hielten auch die Rache der Staatsgewalt von ihm fern und ließen ihm auch von dieser Seite die Sicherheit angedeihen, um die er so unbekümmert war. Sein Rang und seine Verwandtschaft, die zu allen Zeiten einen gewissen Schutz für ihn bedeuteten, fielen nun um so mehr zu seinen Gunsten ins Gewicht, als er einem früher berühmten und berüchtigten Namen die Anerkennung eines vorbildlichen Lebenswandels und den Ruhm der Bekehrung erworben hatte. Die Behörden und die Großen im Staate hatten sich öffentlich, ganz wie das Volk, darüber erfreut gezeigt, und es wäre sonderbar erschienen, wenn man gegen jemanden gewütet hätte, der Gegenstand so vieler Anerkennung war. Darüber hinaus konnte eine Staatsgewalt, die sich in einem beständigen und oft unglücklichen Kampf mit gefährlichen und immer wieder aufflammenden Aufständen befand, ziemlich zufrieden sein, den aussichtslosesten und schlimmsten hinter sich zu haben, um nicht nach weiteren Verlangen zu tragen, und das um so mehr, als diese Bekehrung Wiedergutmachungen herbeiführte, die zu erhalten man durchaus nicht gewöhnt war, ja, die niemand zu fordern pflegte. Einen Heiligen zu behelligen erschien nicht als das richtige Mittel, die Scharte auszuwetzen, daß man es nicht fertiggebracht hatte, einen Gottlosen zu seiner Pflicht zurückzuführen, und das Beispiel, das man mit seiner Bestrafung gegeben hätte, hätte – wie kaum anders zu erwarten – für andere seinesgleichen dann ein Hinderungsgrund sein können, die Waffen zu strecken. Vermutlich diente auch der Anteil, den Kardinal Federigo an der Bekehrung gehabt hatte, und die Verbindung seines Namens mit dem des Bekehrten diesem wie ein heiliger Schild. Bei jenen eigentümlichen Beziehungen zwischen der geistlichen und der weltlichen Gewalt, die sich so oft befehdeten, ohne jemals auf ihre gegenseitige Zerstörung aus zu sein, ja, die sogar stets inmitten der Auseinandersetzungen Akte der Anerkennung vollzogen und einander ihre Ergebenheit beteuerten und die auch öfters Hand in Hand ein gemeinsames Ziel verfolgten, ohne jemals Frieden zu schließen – bei solchen Verhältnissen und Vorstellungen konnte es in gewisser Weise so scheinen, daß die Aussöhnung mit der geistlichen Gewalt das Vergessen, wenn nicht gar die Freisprechung seitens der weltlichen nach sich zöge, falls jene allein es unternommen hatte, eine Wirkung herbeizuführen, die von allen beiden gewünscht wurde.

So wurde dieser Mann, zu dem, wenn er gestürzt worden wäre, Große und Kleine um die Wette gerannt wären, um ihn niederzutrampeln, von allen geschont, nachdem er freiwillig herabgestiegen war, und viele neigten sich vor ihm.

Es gab zwar auch manch andere, denen dieser jähe Wandel alles andere als Vergnügen machen mußte: so viele Söldlinge der Untaten, so viele Spießgesellen, die eine so mächtige Stütze verloren, auf die zu rechnen sie gewohnt waren, und die auch mit einem Schlage die Fäden lang schon angezettelter Anschläge zerrissen sahen, und das vielleicht in einem Augenblick, in welchem sie auf die Nachricht zur

Durchführung warteten. Aber wir haben ja bereits gesehen, was für verschiedenartige Gefühle diese Bekehrung bei den Schergen hervorrief, die damals um ihn waren und aus seinem eigenen Munde davon erfuhren: Bestürzung, Bedauern, Niedergeschlagenheit, Grimm, von allem etwas, außer Verachtung und Haß. Dasselbe trug sich mit den anderen zu, die er an verschiedenen Plätzen unterhielt, dasselbe auch mit den Miteingeweihten wichtigerer Angelegenheiten, als sie die schreckliche Nachricht erhielten, und bei allen aus den gleichen Gründen. Großen Haß erregte vielmehr der Kardinal Federigo, wie ich am oben angegebenen Ort bei Ripamonti feststellte. Sie betrachteten ihn als jemanden, der sich in ihre Angelegenheiten gemischt hatte, um sie zu stören. Der Ungenannte hatte seine Seele retten wollen: keiner hatte Anlaß, sich darüber zu beklagen.

Allmählich waren dann die meisten Hausschergen, die sich an die neue Zucht nicht gewöhnen konnten und die keine Möglichkeit einer Änderung sahen, gegangen. Der eine hatte sich einen neuen Herrn gesucht, und vielleicht sogar bei den alten Freunden dessen, den er verließ, ein anderer hatte sich in irgendeinem spanischen oder mantuanischen Infanterieregiment anwerben lassen oder bei einer anderen kriegführenden Partei, ein dritter wird auch auf eigene Rechnung und Gefahr als Wegelagerer losgezogen sein, und ein anderer wieder wird sich damit zufriedengegeben haben, in Freiheit herumzulungern. Und ähnlich werden sich wohl auch die verhalten haben, die früher in verschiedenen Gegenden in seinen Diensten standen. Von denen, die sich an die neue Lebensweise hatten gewöhnen können oder die sich auch gern dareingefunden hatten, waren die meisten der aus dem Tal Gebürtigen auf die Äcker oder zu den Berufen, die sie ursprünglich einmal erlernt und dann aufgegeben hatten, zurückgekehrt. Die Auswärtigen waren als Diener auf der Burg geblieben. Die einen wie die andern wurden gleichzeitig mit ihrem Herrn fast in den Himmel gehoben und nahmen es hin wie er, ohne Unrecht zu tun oder zu leiden, waffenlos und geachtet.

Als aber beim Eindringen der deutschen Scharen einige Flüchtlinge aus besetzten oder bedrohten Dörfern in dem Felsennest Zuflucht suchten, empfing der Ungenannte diese Verlassenen eher dankbar als bloß höflich, denn er war es recht zufrieden, daß diese Mauern, die von den Schwachen so lange von ferne als ein ungeheures Schreckbild betrachtet worden waren, von ihnen nun als eine Zufluchtsstätte aufgesucht wurden. Er ließ die Nachricht aussprengen, daß sein Haus jedem offenstünde, der sich dahin flüchten wollte, und war sofort darauf bedacht, nicht nur die Burg, sondern auch das Tal in Verteidigungszustand zu setzen, falls es jemals den Landsknechten oder den zum Schutz der Grenze bestimmten Truppen einfallen sollte, sich da hinzuwagen, um nach ihrem Brauch zu hausen. Er rief die Diener zusammen, die ihm verblieben waren; es waren wenige, die aber so wacker wie die Verse Tortis[1]. Er hielt ihnen eine Ansprache über die gute Gelegenheit, die Gott ihnen und ihm böte, einmal sich im Dienst des Nächsten einzusetzen, den sie einst so bedrückt und eingeschüchtert hätten. Mit dem ihm natürlichen Befehlston, der selbstverständlichen Gehorsam voraussetzte, teilte er ihnen in großen Zügen mit, was er mit ihnen vorhatte, und gab ihnen vor allem Weisung, wie sie sich zu verhalten hätten, damit die Leute, die hier oben Zuflucht suchten, in ihnen nur ihre Freunde und Verteidi-

1 Giovanni Torti (1774-1852): Mailänder Freund Manzonis. Gelehrter, Politiker und Dichter. Vorkämpfer der Gedanken der Romantik. Beteiligt am Aufstand Oberitaliens gegen Österreich 1848. Nach dem Siege Österreichs geht er 1849 ins freiwillige Exil, zunächst nach Turin und Savona, dann nach Genua, wo er als Präsident des Akademischen Rates der Universität 1852 stirbt (Anmerkung des Übersetzers).

ger sähen. Dann ließ er aus einem Raum unterm Dach die Feuer-, Stich- und Hiebwaffen holen, die dort seit einiger Zeit herumlagen, und verteilte sie. Seinen Bauern und Pächtern im Tal ließ er sagen, wer Lust dazu hätte, solle mit Waffen auf die Burg kommen. Wer keine hatte, bekam welche. Einige wählte er sozusagen als Offiziere aus und unterstellte ihnen andere. Er teilte die Wachen an den Zugängen zum Tal und an andern Stellen ein, am Burgpfad und an den Eingängen. Er setzte wie in einem Feldlager Stunde und Art der Ablösung fest, so wie er es in dieser selben Burg zur Zeit seiner Selbstherrlichkeit einmal gewohnt gewesen war.

In einer Ecke jenes Raumes unterm Dach lagen und standen besonders die Waffen, die er allein einmal zu tragen pflegte: seine berühmte Büchse, Luntengewehre, Schwerter, Degen, Pistolen, Messer und Dolche. Keiner der Diener rührte sie an. Sie kamen aber überein, ihn zu fragen, welche er gebracht haben wollte. »Keine«, erwiderte er und blieb – ob nun wegen seines Gelübdes oder aus Vorsatz sei dahingestellt – immer unbewaffnet an der Spitze dieser Art von Garnison.

Gleichzeitig hatte er andere Männer und Frauen aus der Dienerschaft oder sonst von ihm Abhängige in Bewegung gesetzt, um auf der Burg Unterkunft für soviel Personen wie möglich zu schaffen. Sie mußten Betten aufschlagen, Strohsäcke und Decken in den Zimmern und Sälen verteilen, die zu Schlafräumen wurden. Auch hatte er Befehl gegeben, reichliche Vorräte kommen zu lassen, um die Gäste, die Gott ihm schicken würde, zu erhalten, und sie wurden in der Tat von Tag zu Tag zahlreicher. Unterdessen gönnte er sich keine Ruhe. Er war drinnen in der Burg und draußen zu finden, den Weg hinunter und den Weg hinauf und überall im Tal. Er setzte Wachen ein, verstärkte sie, ging die Posten ab, sah nach dem Rechten, ließ sich sehen, stellte Ordnung her und sorgte für ihre Durchführung mit seinen Worten, seinen Blicken und seiner Gegenwart. Zu Hause und unterwegs bewillkommnete er die Ankömmlinge, und alle – ob sie ihn nun schon einmal gesehen hatten oder ihn zum erstenmal erblickten – schauten ihn begeistert an und vergaßen für einen Augenblick die Leiden und Ängste, die sie hergetrieben hatten. Sie wandten sich bewundernd noch einmal nach ihm um, wenn er sich von ihnen getrennt hatte und seines Weges ging.

30. KAPITEL

Wenn auch der größte Zulauf nicht von der Seite kam, auf der sich unsere Flüchtlinge dem Tale näherten, sondern vom entgegengesetzten Ende, so fanden sie trotz alldem doch schließlich Wander- und Unglücksgefährten, die von Querpfaden und Feldwegen aus die Straße erreichten. Unter solchen Umständen verhalten sich alle, die einander begegnen, wie Bekannte. Sooft der Wagen einem Fußgänger begegnete, wurde Rede und Gegenrede getauscht. Der eine war wie die unsern davongegangen, ohne das Eintreffen der Soldaten abzuwarten, der andere hatte die Trommeln oder Trompeten gehört, der nächste hatte die Eindringlinge von Angesicht zu Angesicht gesehen und schilderte sie so, wie entsetzte Menschen nun einmal schildern.

»Wir haben noch Glück gehabt«, pflegten die beiden Frauen zu sagen. »Wir wollen dem Himmel danken und unsere Habe fahrenlassen. Wir sind doch wenigstens in Sicherheit.«

Don Abbondio aber fand, da gäbe es gar nicht soviel Anlaß zur Freude, ja der Andrang, und vor allem der größere auf der andern Seite, von dem er hörte, fing an, ihn zu beunruhigen. »Eine schöne Geschichte!« brummelte er zu den Frauen gewandt in einem Augenblick, als keiner in der Nähe war, »eine schöne Geschichte. Merkt ihr denn nicht, daß die Vereinigung so vieler Menschen an einem Ort uns die Soldaten ja mit aller Gewalt auf den Hals ziehen muß? Alle verstecken ihre Sachen, alle tragen sie fort. In den Häusern bleibt nichts mehr übrig. Sie werden daher annehmen, daß sich da oben die Schätze befinden. Sie kommen gewiß dahin. Ach ich Armer! Worauf habe ich mich eingelassen!«

»Ach was, sie haben anderes zu tun, als da heraufzukommen«, meinte Perpetua, »sie müssen ja schließlich auch ihre Straße ziehn. Überdies habe ich immer sagen hören, daß es in Gefahren besser ist, zu vielen zu sein.«

»Zu vielen? Zu vielen?« entgegnete Don Abbondio, »arme Frau. Weißt du denn nicht, daß jeder einzelne Landsknecht hundert von denen zum Frühstück verzehrt? Und wenn sie etwa Dummheiten machen sollten, dann fändest du es wohl schön, in eine Schlacht zu geraten, he! Ach, ich Ärmster! Es wäre schon besser gewesen, auf die Berge zu gehn. Was brauchen die sich auch alle an einen Ort zu drängen ...! Lästiges Volk!« brummelte er dann leiser, »alles hier, und immer, immer mehr, einer hinter dem andern, ohne allen Verstand, wie das liebe Vieh.«

»Auf die Art«, sagte Agnes, »könnten die andern auch das gleiche von uns sagen.«

»Nun seid mir bloß still«, bemerkte Don Abbondio, »das Geschwätz hilft ja nichts. Was geschehn ist, ist nun einmal geschehn. Wir sind hier und müssen dableiben. Die Vorsehung wird schon das Rechte tun. Der Himmel sei uns gnädig!«

Die Sache wurde aber noch schlimmer, als er beim Zugang zum Tal einen stattlichen Haufen Bewaffneter erblickte, die sich zum Teil vor der Tür eines Hauses und zum Teil in den Zimmern des Erdgeschosses befanden. Das Gebäude machte den Eindruck einer Kaserne. Er lugte vorsichtig zu ihnen hinüber: es waren nicht dieselben Gesichter, die er bei seinem früheren kläglichen Ausflug hatte sehen müssen, oder wenn ein paar darunter waren, hatten sie sich gewaltig verändert. Trotz allem aber läßt sich schwer beschreiben, wie unbehaglich ihm dieser Anblick war. Ach, ich Ärmster! dachte er, da geht's schon los mit den Dummheiten. Das konnte ja auch gar nicht anders sein. Von so einem Mann hätte ich mir das eigentlich denken sollen. Aber was hat er wohl vor? Will er etwa Krieg führen? Will er sich als König gebärden? Ach, ich Ärmster! In so einer Lage, wo man sich unter die Erde verkriechen möchte, sucht der da auf jede Weise sich bemerkbar zu machen und ins Auge zu fallen. Es sieht so aus, als ob er sie geradezu einladen wollte.

»Nun, mein Herr, sehen Sie nun, daß hier wackere Leute sind, die uns verteidigen können?« bemerkte Perpetua. »Jetzt sollen die Soldaten bloß einmal kommen. Das hier sind andere als unsere Angsthasen, die nur ihre Beine zu gebrauchen wissen.«

»Still!« zischte Don Abbondio leise und wütend, »still! Du weißt ja nicht, was du sagst. Bete zu Gott, daß die Soldaten es eilig haben oder daß sie von dem nichts erfahren mögen, was hier vor sich geht und wie dieser Ort zu einer Festung gemacht wird. Weißt du denn nicht, daß es Soldatenbrauch ist, Festungen einzunehmen? Sie wollen gar nichts anderes; sie gehen zum Sturm wie andere zu einer Hochzeit, weil nämlich alles, was sie vorfinden, ihnen gehört, und die Leute lassen sie über die Klinge springen. Ach, ich Ärmster! Genug, ich will mal sehn, ob es eine Möglichkeit gibt, sich da oben auf den Felsenspitzen in Sicherheit zu bringen. In einer Schlacht werden sie mich nicht erwischen! O nein, in einer Schlacht werden sie mich nicht erwischen!«

»Dann haben Sie also auch Angst davor, daß man Sie verteidigt und Ihnen hilft ...« begann Perpetua wieder. Don

Abbondio aber unterbrach sie schroff, wenn auch weiterhin mit leiser Stimme: »Still! Hüte dich, so etwas weiterzusagen. Bedenke, daß man hier immer ein fröhliches Gesicht machen und alles richtig finden muß, was man sieht.«

Bei der »Höllennacht« stießen sie auf eine weitere Gruppe Bewaffneter, vor denen Don Abbondio den Hut zog, wobei er zu sich sagte: Ach Gott, ach Gott, ich bin geradezu in ein Heerlager gekommen. Hier hielt der Wagen an, und sie stiegen aus. Don Abbondio bezahlte in aller Eile und verabschiedete den Fuhrmann. Dann stieg er mit seinen beiden Begleiterinnen wortlos den Bergweg hinan. Der Anblick der Gegend rief ihm die Erinnerung an die früher hier ausgestandenen Schrecken zurück und verband sie mit seinen jetzigen Befürchtungen. Agnes, die nie hierhergekommen war und die sich im Geiste von allem ein phantastisches Bild gemacht hatte, das ihr jedesmal vorschwebte, wenn sie an Lucias schreckliche Fahrt dachte, empfand, als sie nun die Wirklichkeit sah, diese grausamen Vorstellungen frischer und lebhafter. »Ach, Herr Pfarrer«, rief sie aus, »wenn ich bedenke, daß meine arme Lucia diesen Weg einmal gemacht hat!«

»Wollt Ihr wohl ruhig sein, unvernünftige Person!« knurrte ihr Don Abbondio ins Ohr. »Führt man hier denn solche Reden? Wißt Ihr denn nicht, daß wir uns auf seinem Grund und Boden befinden? Ein Glück, daß Euch jetzt keiner hört; aber wenn Ihr derartig redet...«

»Wieso?« meinte Agnes, »jetzt ist er doch fromm ...«

»Schweigt still«, entgegnete Don Abbondio. »Meint Ihr denn, diesen frommen Leuten könnte man rücksichtslos alles sagen, was einem einfällt? Denkt lieber daran, ihm für das Gute zu danken, das er Euch erwiesen hat!«

»Na ja, daran habe ich auch schon gedacht; meinen Sie denn, ich wüßte nicht, was sich gehört?«

»Es gehört sich, keine unliebsamen Dinge zu sagen, besonders nicht zu jemandem, der nicht gewohnt ist, derartiges zu hören. Hört bloß alle beide auf mich: Hier ist kein Ort für Geschwätz, wo man alles sagt, was einem gerade durch den Kopf gehen mag. Es ist das Haus eines großen Herrn, wie ihr wißt. Ihr seht, was für eine Gesellschaft hier herumläuft. Hier kommen so allerlei Leute hin, so verhaltet euch vorsichtig, wenn ihr könnt. Wägt eure Worte, und sprecht vor allem wenig und nur, wenn's nötig ist. Den Mund halten kann nie etwas schaden.«

»Sie machen ja alles nur schlimmer mit all Ihren ...« griff Perpetua ein.

»Still doch!« zischte ihr aber Don Abbondio zu, wobei er gleichzeitig eilig den Hut zog und eine tiefe Verbeugung machte, denn bei einem Blick nach oben hatte er den Ungenannten zu ihnen herabsteigen sehen. Dieser hatte auch seinerseits Don Abbondio bemerkt und erkannt und beschleunigte seine Schritte, um ihm entgegenzugehen.

»Herr Pfarrer«, sagte er, als er herangekommen war, »ich hätte Ihnen lieber bei einem schöneren Anlaß mein Haus zur Verfügung gestellt, bin aber in jedem Fall sehr glücklich, Ihnen irgendwie nützlich sein zu können.«

»Im Vertrauen auf die große Güte Euer Durchlaucht«, erwiderte Don Abbondio, »habe ich mir die Freiheit genommen, unter diesen traurigen Umständen herzukommen und Ihnen lästig zu fallen, und wie Euer Durchlaucht sehen, bin ich auch so frei gewesen, Gesellschaft mitzubringen ... Das hier ist meine Haushälterin ...«

»Herzlich willkommen!« sagte der Ungenannte.

»Und das hier«, fuhr Don Abbondio fort, »ist eine Frau, der Euer Gnaden schon einmal Gutes erwiesen haben, die Mutter jener ... jener ...«

»Lucia«, sagte Agnes.

»Lucia!« rief der Ungenannte aus und wandte sich mit geneigtem Haupte zu Agnes. »Ich und Gutes? Bei Gott im

Himmel, Ihr erweist mir Gutes, indem Ihr hierherkommt ... zu mir ... in dieses Haus. Herzlich willkommen! Ihr bringt uns Segen.«

»Nicht doch«, meinte Agnes, »ich komme, um Sie zu behelligen. Ja, ich habe Ihnen sogar zu danken«, fuhr sie fort und näherte sich dabei seinem Ohr.

Der Ungenannte schnitt diese Worte ab, indem er sich voller Anteilnahme nach Lucia erkundigte, und als er im Bilde war, wandte er sich, um die neuen Gäste zur Burg zu begleiten, was er trotz ihren höflichen Einwänden auch tat. Agnes warf dem Pfarrer einen Blick zu, der besagen wollte: Da sehn Sie wohl, ob es nötig ist, daß Sie sich mit Ihren Ratschlägen zwischen uns beide drängen.

»Sind sie schon bis zu Ihrer Pfarrei gedrungen?« fragte ihn der Ungenannte.

»Nein, mein Herr, ich habe diese Teufel nicht erst abwarten wollen«, erwiderte Don Abbondio. »Wer weiß, ob ich lebend ihren Händen entkommen wäre, um Euer Durchlaucht hier zu stören.«

»Schön! seien Sie guten Mutes«, fuhr der Ungenannte fort, »jetzt befinden Sie sich in Sicherheit. Hierherauf kommen sie nicht, und wenn sie es versuchen sollten, so sind wir gerüstet, sie zu empfangen.«

»Wir wollen hoffen, daß sie nicht kommen«, meinte Don Abbondio. »Und wie ich höre«, fügte er hinzu und deutete mit dem Finger auf die Berge, die das Tal am entgegengesetzten Ende abschlossen, »wie ich höre, treibt sich auf der Seite noch eine andere Räuberbande herum, aber ... aber ...«

»Schon richtig«, entgegnete der Ungenannte, »aber verlassen Sie sich darauf, daß wir auch auf die vorbereitet sind.«

Zwischen zwei Feuern, meinte Don Abbondio zu sich selbst, so richtig zwischen zwei Feuern. Wozu habe ich mich verleiten lassen! Und von zwei solchen Klatschweibern! Und der hier scheint sich dazwischen gerade wohl zu fühlen! Was für Leute gibt es doch auf dieser Welt!

Als sie in die Burg gekommen waren, ließ der Herr Agnes und Perpetua in ein Zimmer des für die Frauen bestimmten Teiles bringen; dieser umfaßte drei Seiten des zweiten Innenhofes im hinteren Gebäudeteil, der auf einem einsam ragenden Felsblock lag und schroff nach allen Seiten abfiel.

Die Männer waren rechts und links zu beiden Seiten des anderen Hofes untergebracht, der nach dem Freiplatz zu lag. Das Mittelgebäude, das die beiden Höfe trennte und dem Tor gegenüber einen weiten Durchgang von einem zum andern hatte, war zum Teil mit Vorräten belegt, zum Teil sollte es zum Abstellen der Sachen dienen, welche die Flüchtlinge dort oben in Sicherheit bringen wollten. In der Männerabteilung befanden sich einige Zimmer für Geistliche, die etwa heraufkommen sollten. Der Ungenannte begleitete Don Abbondio, der als erster davon Besitz ergriff, persönlich dorthin.

Drei- oder vierundzwanzig Tage hielten sich unsere Flüchtlinge inmitten eines beständigen Kommens und Gehens in zahlreicher Gesellschaft dort auf, die zunächst beständig anwuchs. Es ging vielleicht kein Tag ohne Alarm vorüber. Landsknechte kommen von da und da; da und da sind Reiter gesehen worden. Bei jeder Meldung schickte der Ungenannte Spähtrupps ab, und wenn es nötig war, nahm er Leute mit sich, die er immer dazu bereit hielt, und begab sich mit ihnen zu der Seite des Tales hinaus, von welcher die Gefahr gemeldet wurde. Es machte einen sonderbaren Eindruck, eine Schar von Kopf bis Fuß bewaffneter Männer in soldatischer Marschordnung zu sehen, die von einem waffenlosen Manne angeführt wurde. Meistens galt das Aufgebot nur vereinzelten Requisitionskommandos und Plünderern, die sich davonmachten, ehe sie überrascht wurden. Einmal aber, als sie einige von diesen verjagten, um sie zu lehren, sich da nicht mehr blicken zu lassen, erhielt der Ungenannte die Meldung, daß ein benachbartes Dörfchen überfallen worden sei und ausgeplündert würde. Es handelte sich um Landsknechte verschiedener Abteilungen, die zurückgeblieben waren, um zu rauben, und die sich vereinigt hatten, um unversehens über die Gebiete in der Nähe der Quartiere des Heeres herzufallen. Sie raubten die Einwohner aus und trieben es wüst mit ihnen. Der Ungenannte hielt eine kurze Ansprache an seine Männer und führte sie dann zu dem Dörfchen.

Sie kamen unerwartet an. Als die Schurken, die geglaubt hatten, nur auf einen Raubzug auszugehen, eine wohlgeordnete und kampfbereite Schar auf sich losrücken sahen, brachen sie mitten im Plündern ab und stürzten, ohne aufeinander zu warten, eiligst in der Richtung davon, aus der sie gekommen waren. Der Ungenannte nahm ein Stück Weges die Verfolgung auf, ließ dann haltmachen und wartete eine Zeitlang, ob sich etwas Neues ergäbe. Schließlich kehrte er zurück. Kaum läßt sich schildern, von welch einem Beifall und was für Segenswünschen die Befreierschar und ihr Anführer begleitet wurden, als sie wieder durch das gerettete Dörfchen kamen.

Auf der Burg ereignete sich unter der so zufällig zusammengewürfelten Menschenmenge verschiedener Herkunft und Sitten, verschiedenen Alters und Geschlechts niemals eine ernstere Störung der Ordnung. Der Ungenannte hatte an verschiedenen Punkten Wachen ausgestellt, die alle mit jenem Eifer, den jeder in seinem Verantwortungsbereich dem Herrn gegenüber an den Tag legte, aufpaßten, daß nichts Ungehöriges vorfiel.

Er hatte ferner die Geistlichen und die angeseheneren Leute unter den Flüchtlingen gebeten, herumzugehen und auch ihrerseits achtzugeben. Und sooft er konnte, tat er desgleichen und ließ sich überall sehen. Aber auch in seiner

Abwesenheit wurden die, welche es nötig hatten, gezügelt: allein dadurch, daß sie sich besannen, in wessen Haus sie sich befanden. Im übrigen waren es lauter Flüchtlinge, und daher waren sie im allgemeinen zur Ruhe geneigt. Der Gedanke an daheim, an Hab und Gut, bei manchen auch an nahe Verwandte oder Freunde, die in der Gefahr zurückgeblieben waren, die Nachrichten, die von draußen eintrafen und die Gemüter bedrückten, erhielten und förderten diese Neigung.

Es gab aber auch unbelastetere Naturen, Menschen von stärkerem Schlag und mit frischerem Mut, die versuchten, diese Tage heiter zu verleben. Sie hatten ihre Häuser verlassen, weil sie nicht stark genug waren, sie zu verteidigen. Sie fanden aber keinen Geschmack daran, über eine Sache zu weinen und zu seufzen, die nun einmal nicht zu ändern war, oder sich im Geiste den Schaden vorzustellen und zu betrachten, den sie ja leider Gottes noch mit Augen sehen sollten. Befreundete Familien waren gemeinsam aufgebrochen oder hatten sich da oben wiedergetroffen, neue Freundschaften waren geschlossen worden, und die Menge hatte sich nach Neigung und Gewohnheiten in Gruppen geteilt. Wer Geld hatte und bescheiden war, ging zum Essen hinunter ins Tal, wo sich bei dieser Gelegenheit schnell Wirtschaften aufgetan hatten. In einigen wechselten die Bissen mit Seufzern ab, und es durfte nur von Unglück gesprochen werden. In anderen beschäftigte man sich nicht mit dem Unglück, es sei denn, um zu sagen, man solle nicht darüber nachdenken. An diejenigen, die sich die Ausgabe nicht leisten konnten oder wollten, wurden auf der Burg Brot, Suppe und Wein ausgegeben. Außerdem wurden jeden Tag einige Tafeln für die gedeckt, die der Hausherr besonders eingeladen hatte, und die Unsern gehörten dazu.

Um ihr Brot nicht umsonst zu essen, hatten Agnes und Perpetua sich für die Dienste zur Verfügung gestellt, die eine so großzügige Gastlichkeit erforderte. Damit verbrachten sie einen guten Teil ihrer Tage, und im übrigen schwatzten sie mit gewissen Freundinnen, die sie gefunden hatten, oder mit dem armen Don Abbondio. Der hatte nichts zu tun, langweilte sich aber durchaus nicht. Die Angst leistete ihm Gesellschaft. Die Angst vor einem wirklichen Überfall war ihm, glaube ich, vergangen, oder wenn sie ihm auch verblieben sein sollte, so beunruhigte sie ihn doch weniger, denn bei ruhiger Überlegung mußte er einsehen, wie wenig sie begründet war. Aber das Bild der umliegenden Landschaft, die von allen Seiten von der Soldateska überschwemmt war, die Waffen und Bewaffneten, die er ständig in Bewegung sah, die Burg, gerade diese Burg, der Gedanke an all die Dinge, die jeden Augenblick aus solchen Bedingungen erwachsen konnten, all das hielt ihn in unbestimmter, allgemeiner und beständiger Furcht, wobei wir ganz von der Sorge um sein Haus absehen, die ständig an ihm nagte. In der ganzen Zeit, die er an jenem Zufluchtsort verbrachte, entfernte er sich niemals weiter als einen Büchsenschuß und setzte keinen Fuß auf den Burgpfad. Sein einziger Spaziergang führte auf den Freiplatz hinaus, und dann erging er sich bald auf der einen, bald auf der andern Seite der Burg, um die Schluchten und Steilhänge hinaufzuspähen und festzustellen, ob es da einen irgendwie brauchbaren Durchschlupf gäbe, und sei es ein noch so winziges Pfädchen, auf dem man im Fall eines Handgemenges ein Versteck aufsuchen könnte. All seinen Leidensgefährten begegnete er ehrerbietig und höflich, verkehrte aber nur mit sehr wenigen. Seine häufigste Unterhaltung war, wie gesagt, die mit den beiden Frauen. Ihnen schüttete er sein Herz aus, auf die Gefahr hin, daß ihm Perpetua manchmal ins Wort fiel und auch Agnes ihn beschämte. Bei Tisch, wo er sich nur kurz aufhielt und sehr wenig sprach, hörte er dann die Neuigkeiten von dem fürchterlichen Durchmarsch, die von Dorf zu Dorf, von Mund zu

Mund flogen oder von irgendeinem heraufgebracht wurden, der anfänglich in seinem Hause hatte bleiben wollen und in letzter Minute entwischte, ohne daß er irgend etwas retten konnte, gegebenenfalls sogar nach Mißhandlungen. Und Tag für Tag gab es neue Schreckenskunde. Einige berufsmäßige Neuigkeitskrämer sammelten eifrig alle Gerüchte, siebten alle Berichte durch und teilten das Tollste dann den andern mit. Man stritt sich darüber, welche Regimenter am teuflischsten wären, ob das Fußvolk oder die Reiter es schlimmer trieben. Soweit man konnte, wurden die Namen gewisser Anführer genannt. Einige hielten die vergangenen Ereignisse fest; Haltepunkte und Märsche wurden im einzelnen aufgeführt: an dem und dem Tag ist das und das Regiment über die und die Dörfer hergefallen, morgen wird es auf die und die anderen losgehen, wo unterdessen das und das andere Regiment wie der Teufel und schlimmer gehaust hat. Über alles versuchte man Erkundigungen einzuziehen, und über die Regimenter, die nach und nach über die Brücke von Lecco zogen, wurde Buch geführt, weil man sie als abgezogen und wirklich aus der Gegend verschwunden betrachten konnte.Wallensteins Reiter ziehen vorüber, das Fußvolk Merodes, die anhaltischen Reiter, das brandenburgische Fußvolk, dann die Reiter Montecuccolis, dann die Ferraris. Altringer zieht vorüber, Fürstenberg, Colloredo. Die Kroaten ziehen vorüber, dann Torquato Conti, und immer wieder neue andere. Als es dem Himmel gefiel, zog auch Galasso vorüber, und der war der letzte. Die fliegende Schwadron der Venezianer zog schließlich auch ab, und das ganze Gebiet rechts und links war wieder frei. Die Flüchtlinge aus den zuerst überfallenen und geräumten Gegenden waren schon wieder aus der Burg abgezogen, und Tag für Tag schlossen sich weitere an, wie man nach einem herbstlichen Gewitter aus dem belaubten Gezweige eines großen Baumes überall die Vögel fortflattern sieht, die sich da hingeflüchtet haben. Ich glaube, unsere drei waren die letzten, die aufbrachen, und zwar Don Abbondios wegen, der befürchtete, wenn er gleich nach Hause zurückkehrte, würde er noch versprengte Landsknechte herumstreifen finden, die hinter der Nachhut zurückgeblieben wären. Perpetua konnte noch soviel reden, daß man durch längeres Zaudern den Gaunern in der Gegend nur um so mehr Anreiz böte, in das Haus einzudringen, um das Verbliebene fortzutragen; wenn es sich darum handelte, seine Haut zu schonen, trug stets Don Abbondio den Sieg davon, es sei denn, eine unmittelbar drohende Gefahr hätte ihn völlig den Kopf verlieren lassen.

Am für den Abzug festgesetzten Tage ließ der Ungenannte bei der »Höllennacht« einen Wagen bereithalten, in den er schon eine Wäscheausstattung für Agnes hatte laden lassen. Er brachte sie auch dazu, nachdem er sie beiseite gezogen hatte, ein Sümmchen Scudi anzunehmen, um die Schäden beheben zu lassen, die sie zu Hause vorfinden würde, wenn sie auch die Hände vor die Brust schlug und wiederholt versicherte, daß sie dort noch von den alten einige hätte.

»Wenn Ihr Eure gute, arme Lucia wiederseht ...« sagte er ihr zuletzt, »ich bin ja gewiß, daß sie für mich betet, wenn ich ihr auch soviel Böses getan, so sagt ihr doch, wie sehr ich ihr danke und daß ich auf Gott vertraue, daß ihr Gebet auch zu ebenso großem Segen für sie selber ausschlagen wird.«

Dann wollte er seine Gäste alle drei bis zu dem Wagen begleiten. Wie Don Abbondio sich demütig und tief ergriffen bedankte und Perpetua ihre Höflichkeitsfloskeln anbrachte, kann sich der Leser leicht vorstellen. Sie fuhren ab und hielten sich, ihrer Abmachung entsprechend, kurz bei dem Schneider auf, ohne allerdings Platz zu nehmen. Da wurden ihnen hundert Einzelheiten über den Durchmarsch berichtet: die üblichen Geschichten von Räubereien, Mißhandlungen, Zerstörungen, Schändungen. Zum guten

Glück waren dort selber aber keine Landsknechte gesehen worden.

»Ach, Herr Pfarrer«, meinte der Schneider, als er ihm beim Einsteigen behilflich war, »ganze Bücher könnte man über eine solche Verwüstung drucken.«

Nach einer weiteren Strecke Wegs bekamen unsere Reisenden mit eigenen Augen zu sehen, was man ihnen so oft beschrieben hatte: verwüstete Weinberge, nicht wie nach einer Ernte, sondern wie nach Hagel- und Wetterschlag auf einmal: entlaubte, zerrissene Reben am Boden, ausgerissene Pfähle, zertrampelte Erde, die mit Ranken, Blättern und Schößlingen bedeckt war, geknickte oder der Krone beraubte Bäume, zerbrochene Einzäunungen, beseitigte Gitter. In den Dörfern dann eingeschlagene Türen, zerbrochene Fenster, Schutt aller Art, Tuchfetzen in Haufen oder über die Straßen verstreut, eine drückende Luft, Schwaden von stinkendem Qualm, die aus den Häusern drangen, Leute, die Unrat hinauswarfen, so gut es ging, die Pfosten wieder richteten, in Gruppen beieinanderstanden, um zu klagen, und, als der Wagen vorüberfuhr, hie und da Hände, die sich zu den Schlägen streckten, um ein Almosen zu erbitten.

Mit diesen Bildern, die sich bald ihren Augen boten, bald ihre Vorstellung beschäftigten, und in der Erwartung, daheim die gleichen vorzufinden, langten sie schließlich an und fanden alles in der Tat so wie vorhergesehen.

Agnes ließ die Bündel in eine Ecke des Höfchens stellen, das der sauberste Teil des Hauses geblieben war. Dann machte sie sich daran, es auszukehren und die paar Dinge, die man zurückgelassen hatte, zusammenzutragen und wieder an ihren Platz zu stellen. Sie ließ einen Zimmermann und einen Schmied kommen, um die schlimmsten Schäden auszubessern. Dann sah sie Stück für Stück die geschenkte Wäsche durch, zählte die neuen Goldstücke und meinte bei sich: Ich bin auf die Füße gefallen, dem Herrgott, der Madonna und diesem guten Herrn sei's gedankt, ich kann wirklich sagen, daß ich auf die Füße gefallen bin.

Don Abbondio und Perpetua hatten keine Schlüssel nötig, um ins Haus zu gelangen. Bei jedem Schritt im Hausflur schlägt ihnen ein immer stärker werdender Modergeruch, ein Gifthauch, ein Pestgestank entgegen und treibt sie zurück. Mit zugehaltener Nase gehen sie an die Küchentür, treten auf Zehenspitzen ein, wobei sie sorgfältig darauf achten, wohin sie den Fuß setzen, um, so gut sie können, dem Unrat aus dem Wege zu gehen, der den Boden bedeckt. Dann werfen sie einen Blick ringsum. Nichts war mehr ganz, nur mehr Trümmer und Bruchstücke von dem, was sich hier oder sonstwo befunden hatte, lagen überall herum: Federn und Flaum von Perpetuas Hühnern, Wäschefetzen, Blätter aus den Kalendern Don Abbondios, Scherben von Töpfen und Tellern, zuhauf oder auch verstreut. An der Feuerstelle allein schon konnte man in aufschlußreicher Schichtung die Spuren einer gründlichen Plünderung erkennen, wie ein einziger Satz eines gewandten Redners ganze Welten von Vorstellungen erahnen lassen kann. Da waren also verkohlte Hölzer, die unverkennbar einmal eine Sessellehne, ein Tischbein, eine Schranktür, eine Bettbank gewesen waren oder auch eine Daube des Weinfäßchens, das einst Don Abbondios Magentröster barg. Alles übrige war Asche und Kohle, und mit letzterer hatten die Wüstlinge zu ihrer Erbauung die Wände mit Mißgestalten bemalt und Wert darauf gelegt, sie durch bestimmte Käppchen, Tonsuren und Beffchen als Priester zu kennzeichnen, wobei sie bestrebt gewesen waren, diese Gestalten widerlich und lächerlich zu machen, eine Absicht, die solchen Künstlern in der Tat nicht mißlingen konnte.

»Diese Schweine!« rief Perpetua aus. »Diese Schurken!« bemerkte Don Abbondio, und fluchtartig strebten sie durch eine andere Tür hinaus, die in den Garten führte. Sie atmeten auf und gingen geradenwegs zum Feigenbaum. Aber schon bevor sie dort ankamen, sahen sie die Erde aufgewühlt und stießen beide zugleich einen Schrei aus. An Ort und Stelle fanden sie in der Tat statt der Zechinen das offene Loch. Da war nun ein Gezeter fällig. Don Abbondio kanzelte Perpetua ab, daß sie kein gutes Versteck gewählt hätte. Man kann sich leicht denken, daß sie dazu nicht stillschwieg. Nachdem sie genug gewettert, mit den Armen herumgefuchtelt und mit dem Zeigefinger auf das Loch gewiesen hatten, gingen sie beide brummend zurück. Der Leser kann sich darauf verlassen, daß sie überall fast alles im gleichen Zustand fanden. Sie gaben sich wer weiß welche Mühe, das Haus wieder sauber und anständig zu bekommen, was um so schwieriger war, als man damals nicht leicht Hilfe fand. Wer weiß wie lange mußten sie noch wie im Feldlager hausen und sich helfen, so gut oder so schlecht es ging. Nach und nach setzten sie Türen, Möbel und Geräte mit von Agnes vorgestrecktem Geld wieder instand.

Der Schicksalsschlag hatte obendrein auch noch einen Rattenschwanz von höchst unerquicklichen Auseinandersetzungen im Gefolge. Perpetua hatte nämlich durch Fragen und Horchen, Auskundschaften und Schnüffeln als sicher festgestellt, daß einiger Hausrat ihres Herrn, von dem sie annahmen, daß er von den Soldaten geraubt oder zertrümmert worden sei, statt dessen wohlbehalten bei Leuten aus dem Dorf stand. Sie redete daher ihrem Herrn gewaltig zu, daß er sich bemerklich machen und das Seine zurückverlangen müsse. Eine empfindlichere Saite konnte bei Don Abbondio kaum angeschlagen werden, da sich seine Sachen ja in Händen von Spitzbuben befanden, einer Menschensorte also, mit der in Frieden zu leben ihm am meisten am Herzen lag.

»Von alldem will ich nun einmal nichts wissen«, erklärte er immer wieder. »Wie oft soll ich denn noch wiederholen, was fort ist, ist fort? Soll ich denn etwa auch noch ans Kreuz geschlagen werden, weil mir das Haus ausgeraubt wurde?«

»Ich sage es ja«, erwiderte Perpetua, »Sie würden sich die Augen aus dem Kopf stibitzen lassen. Andere bestehlen ist eine Sünde, aber sie nicht bestehlen scheint auch eine zu sein.«

»Was redest du da für dummes Zeug!« entgegnete Don Abbondio. »Willst du wohl den Mund halten!«

Perpetua schwieg still, gab aber nicht nach. Sie nahm alles zum Vorwand, um wieder von vorn anzufangen. Das ging so weit, daß der arme Mann sich schließlich nicht mehr beklagte, wenn er feststellte, daß ihm gerade im ungelegensten Zeitpunkt etwas fehlte; denn mehr als einmal hatte er dann hören müssen: »Verlangen Sie es doch von dem zurück, der es jetzt hat und der es nicht so lange behalten hätte, wenn er es nicht mit einer so guten Haut zu tun hätte.«

Weitere und noch lebhaftere Besorgnis erweckte in ihm die Kunde, daß weiterhin jeden Tag vereinzelte Soldaten durchzögen, wie er nur allzu richtig vorher vermutet hatte. So schwebte er denn beständig in Angst, es könnte einer oder gar ein ganzer Trupp an seiner Haustür auftauchen, die vor allem anderen schleunigst instand gesetzt worden war und die er sorgfältig verschlossen hielt. Gott sei Dank geschah das aber niemals. Diese Schrecken waren indes noch nicht vorüber, als schon ein neuer hereinbrach.

Hier wollen wir nun den armen Mann beiseite lassen. Es handelt sich um weit Wichtigeres als um seine privaten Besorgnisse, um das Wehgeschrei einiger Dörfer oder ein vorübergehendes Unheil.

31. KAPITEL

Die Pest, von der das Gesundheitsamt befürchtet hatte, daß sie von den deutschen Heerscharen ins Mailändische eingeschleppt werden könnte, hatte bekanntlich in der Tat ihren Einzug gehalten. Ebenso bekannt ist, daß sie dort nicht haltmachte, sondern einen guten Teil Italiens befiel und entvölkerte. Vom roten Faden unserer Geschichte geleitet, gehen wir nun dazu über, die Hauptereignisse dieser Notzeit im Mailändischen, genaugenommen sogar nur im Stadtgebiet selbst darzustellen, denn die zeitgenössischen Aufzeichnungen beschäftigen sich fast ausschließlich mit der Stadt allein, wie es aus guten oder schlechten Gründen denn fast immer und überall geschieht. Wir gestehen, daß es uns bei dieser Erzählung nicht nur darauf ankommt, die Umstände zu schildern, in welche unsere Personen geraten werden, sondern gleichzeitig so kurz wie möglich, und soweit wir dazu imstande sind, ein Stück vaterländischer Geschichte darzustellen, das viel beredet wird, aber wenig bekannt ist.

Von den zahlreichen zeitgenössischen Darstellungen genügt keine für sich allein, um eine halbwegs klare und genaue Vorstellung zu vermitteln, während doch jede das Ihre dazu beitragen kann. In jedem dieser Berichte, Ripamonti[1] nicht ausgenommen, der alle durch die Fülle und Auswahl der Tatsachen und mehr noch durch seine Betrachtungsweise überragt, in jedem fehlen wesentliche Einzelheiten, die in anderen angeführt werden. In allen gibt es sachliche Irrtümer, die mit Hilfe eines anderen erkannt und berichtigt werden können oder auf Grund jener wenigen amtlichen Urkunden, die – veröffentlicht oder nicht veröffentlicht – erhalten geblieben sind. Häufig lassen sich in dem einen die

1 Josephi Ripamontii, canonici scalensis, chronistae urbis Mediolani: *De peste quae fuit anno 1630*, Libri V. Mediolani, 1640, apud Malatestas.

Ursachen einer Angelegenheit erkennen, deren Wirkungen in einem anderen gleichsam in der Luft zu hängen scheinen. In allen herrscht schließlich eine sonderbare Verworrenheit hinsichtlich der Zeit und der Umstände; da ist ein beständiges Kommen und Gehen wie auf gut Glück, ohne festen Plan für die Darstellung sowohl des Ganzen wie auch der Einzelheiten. Im übrigen ist das bei den Büchern jener Zeit durchgängig festzustellen, und besonders bei den in der Volkssprache verfaßten, wenigstens in Italien, ob auch im übrigen Europa, werden die Gelehrten wissen; wir nehmen es aber an. Kein Schriftsteller einer späteren Zeit hat sich je vorgenommen, diese Aufzeichnungen zu untersuchen und einander gegenüberzustellen, um auf diese Weise eine fortlaufende Kette der Ereignisse, eine Geschichte jener Pest zu geben. So muß denn die allgemeine Vorstellung davon zwangsläufig sehr unklar und einigermaßen wirr sein: die unbestimmte Vorstellung nämlich von großen Leiden und großen Irrtümern – und in der Tat gab es von beiden mehr, als man sich vorstellen kann –, eine mehr auf Urteilen als auf Tatsachen beruhende Vorstellung, für die ein paar zusammenhanglose Gegebenheiten herhalten müssen, die nicht selten ohne ihre wichtigsten Nebenumstände bekannt sind und ohne Zeitangaben, das heißt ohne Erkenntnis von Ursache und Wirkung, Verlauf und Fortschritt.

Wir haben nun, zum mindesten mit großem Fleiß, alle gedruckten Berichte, mehr als einen noch nicht herausgegebenen und (im Verhältnis zu den verbliebenen) viele sogenannte amtliche Dokumente überprüft und einander gegenübergestellt und versucht, daraus, wenn auch nicht das, was man gerne hätte, so doch wenigstens etwas noch nicht Vorliegendes zu machen. Wir haben nicht die Absicht, alle amtlichen Urkunden anzuführen und ebensowenig alle irgendwie denkwürdigen Ereignisse. Noch weniger erheben wir den Anspruch, die Lektüre der Originalberichte für den überflüssig zu machen, der sich eine genauere Vorstellung der Vorgänge verschaffen will: wir empfinden nur allzusehr, welch lebendige, eigentümliche und sozusagen unübertragbare Kraft in Werken dieser Art schlummert, wie immer sie auch angelegt und ausgeführt sein mögen. Wir haben lediglich versucht, die bezeichnendsten und wichtigsten Tatsachen herauszulösen und zu überprüfen, sie in ihrer wirklichen Reihenfolge einzuordnen, die sich aus ihren Ursachen und ihrer Eigenart ergibt, und ihre Wechselwirkung zu untersuchen, um so zunächst einmal, bis ein anderer Besseres leistet, eine kurze, aber zutreffende und folgerichtige Darstellung jenes Unglücks zu geben.

In dem ganzen von dem Heere durchzogenen Landstrich also hatte man manchmal in den Häusern und manchmal auf der Straße Leichen gefunden. Kurz darauf begannen, bald in diesem, bald in jenem Dorf, einzelne und ganze Familien an heftigen, sonderbaren Leiden zu erkranken und zu sterben, deren Anzeichen dem größten Teil der Lebenden unbekannt waren. Nur einigen kamen sie nicht neu vor: den wenigen, die sich noch an die Pest erinnern konnten, die vor dreiundfünfzig Jahren gleichfalls einen großen Teil Italiens, und insbesondere das Mailändische, verheert hatte, wo sie damals wie noch heute die Pest des heiligen Carlo genannt wurde. So stark ist die Wirkung der Nächstenliebe! Unter den mannigfachen ernsten Erinnerungen an ein allgemeines Unglück kann sie dem Gedächtnis eines Mannes einen Ehrenplatz sichern, weil sie diesen Mann zu Gefühlen und Handlungen bewogen hat, die noch denkwürdiger als die Leiden sind. Sie kann seinen Namen als einen Inbegriff all dieses Unheils festhalten, weil sie ihn überall damit befaßt und verbunden gesehen hat: als Führer, Helfer, Vorbild und freiwilliges Opfer. Aus einem Unglück für alle kann sie für solch einen Mann etwas wie eine Aufgabe machen und kann es nach ihm benennen wie eine Eroberung oder Entdeckung.

Der Oberarzt Lodovico Settala, der nicht nur jene Pest erlebt hatte, sondern auch einer ihrer tätigsten und unerschrockensten und trotz seinen jungen Jahren anerkanntesten Bekämpfer gewesen war und der nun voller Befürchtungen auf der Hut war und Erkundigungen einzog, berichtete am 20. Oktober im Gesundheitsamt, daß in der Gegend von Chiuso (dem äußersten Gebietsteil von Lecco, an der bergamaskischen Grenze) unzweifelhaft die Pest aufgetreten sei. Deshalb wurde aber durchaus noch kein Entschluß gefaßt, wie aus dem Bericht des Tadino hervorgeht.

Dann kommen ähnliche Warnungen aus Lecco und Bellano. Da entschloß sich die Behörde – und begnügte sich damit –, einen Kommissar zu schicken, der unterwegs in Como einen Arzt mitnehmen und sich zu einer Erhebung an Ort und Stelle begeben sollte. Alle beide ließen sich »aus Dummheit oder anderen Gründen von einem alten und unwissenden Barbier in Bellano weismachen, daß diese Art von Krankheit nicht die Pest sei«, sondern an einigen Orten die übliche Folge der herbstlichen Sumpfdünste und an anderen die Folge der beim Durchzug der Deutschen ausgestandenen Beschwerden und Strapazen. Eine solche Versicherung wurde der Behörde gegeben, und es scheint, daß sie sich damit beruhigte.

Da aber unaufhörlich immer neue Nachrichten über Todesfälle in verschiedenen Gegenden einliefen, wurden zwei Beauftragte abgesandt, um die Lage zu überprüfen und Vorkehrungen zu treffen: besagter Tadino und ein Beisitzer des Amtes. Als diese eintrafen, hatte sich das Übel schon so verbreitet, daß die Beweise sich von selber boten und niemand danach zu suchen brauchte. Sie bereisten das Gebiet von Lecco, die Valsassina, die Gestade des Comer Sees und die Bezirke, die Monte di Brianza und Gera d'Adda genannt werden. Überall fanden sie Dörfer, die durch Absperrungen für den Durchgangsverkehr geschlossen waren, andere lagen fast verödet, weil die Einwohner in Zeltlager auf das freie Feld geflüchtet waren oder sich zerstreut hatten, und Tadino sagt: »... sie kamen uns wie ebensoviel wilde Geschöpfe vor, von denen das eine Minze, das andere Raute, ein drittes Rosmarin und ein weiteres eine Essigflasche in der Hand trug.« Sie zogen über die Zahl der Toten Erkundigungen ein: sie war erschreckend. Sie suchten Kranke und Leichen auf, und überall fanden sie die häßlichen und furchtbaren Zeichen der Pestilenz. Sie teilten dem Gesundheitsamt unverzüglich auf brieflichem Wege ihre traurigen Wahrnehmungen mit, die am 30. Oktober zu dessen Kenntnis kamen und es – wie der gleiche Tadino ausführt – veranlaßten, einen Passierscheinzwang einzuführen, um Personen aus Gebieten, in denen die Seuche aufgetreten war, von der Stadt fernzuhalten, und »während der Erlaß aufgesetzt wurde«, erhielten die städtischen Zolleinnehmer eine entsprechende vorläufige Anweisung.

Die Beauftragten ergriffen unterdessen in aller Eile die Maßnahmen, die sie am besten dünkten, und kehrten mit der traurigen Überzeugung zurück, daß sie nicht hinreichend wären, um ein schon so weit fortgeschrittenes Übel zu bekämpfen und einzudämmen.

Als sie am 14. November zurückgekehrt waren und mündlich und abermals schriftlich dem Gesundheitsamt Bericht erstattet hatten, erhielten sie von diesem den Auftrag, beim Gouverneur vorzusprechen und ihm die Lage der Dinge auseinanderzusetzen. Sie gingen hin und berichteten hernach, er habe sich durch solche Nachrichten sehr betroffen gezeigt und starkes Mitgefühl gezeigt, die Sorgen um den Krieg seien aber vordringlicher: sed belli graviores esse curas. Soweit Ripamonti, der die Register der Medizinalbehörde ausgezogen und der mit Tadino, welcher mit dieser Aufgabe besonders beauftragt war, darüber beratschlagt hat. Es war, falls der Leser sich erinnert, der zweite derartige Auftrag mit gleichem Ausgang. Zwei oder drei Tage später, am 18. November, gab der Gouverneur eine Verordnung heraus, in der aus Anlaß der Geburt des Prinzen Karl, des Erstgeborenen König Philipps IV., öffentliche Lustbarkeiten angeordnet wurden, ohne daß die Gefahr von Massenveranstaltungen unter solchen Umständen in Erwägung gezogen oder berücksichtigt wurde. Alles wie in gewöhnlichen Zeitläuften, als ob man ihm keinerlei Mitteilungen gemacht hätte.

Wie bereits gesagt, war dieser Mann der berühmte Ambrogio Spinola, der gesandt worden war, um das Kriegsglück wieder zu wenden und die Fehler Don Gonzales wettzumachen und nebenbei auch zu regieren. Und auch wir können hier nebenbei erwähnen, daß er nach wenigen Monaten in dem gleichen Kriege umkam, der ihm so sehr am Herzen lag. Er starb aber nicht etwa an Verwundungen aus einer Feldschlacht, sondern an Ärger und Kummer wegen der Vorwürfe, des Unrechts und der Mißhelligkeiten aller Art, die er von dem erfahren mußte, dem er diente. Die Geschichte hat sein Los beklagt und des anderen Unkenntnis getadelt. Sie hat mit großer Sorgfalt seine militärischen und politischen Unternehmungen dargestellt, seine Vorsicht, Tätigkeit und Ausdauer gelobt: sie hätte aber auch untersuchen können, was er mit all diesen Eigenschaften angefangen hat, als die Pest drohte und eine ihm anvertraute oder vielmehr seiner Gewalt überantwortete Bevölkerung befiel.

Was aber, wenn wir auch den Tadel voll und ganz bestehen lassen, das Erstaunen über sein damaliges Verhalten mindert, ja, was ein noch größeres Erstaunen hervorruft, ist das Verhalten der Bevölkerung selbst, jenes Teiles, meine ich, der, von der Ansteckung noch nicht erfaßt, so gute Gründe hatte, sie zu meiden. Man sollte annehmen, daß beim Eintreffen der Nachrichten aus den so schlimm verseuchten Dörfern, aus den Dörfern, die um die Stadt fast einen Halbkreis bilden, der an einigen Punkten nur achtzehn oder zwanzig Meilen von ihr entfernt liegt, eine große Aufregung entstanden wäre, ein Verlangen nach recht und schlecht zu treffenden Vorsichtsmaßregeln, zum mindesten doch eine dumpfe Unruhe. Wenn die Aufzeichnungen jener Zeit jedoch in irgend etwas übereinstimmen, so darin, daß sie bezeugen, daß nichts dergleichen geschah. Die Hungersnot des vorhergehenden Jahres, die Drangsalierung durch die Soldateska, die seelischen Leiden schienen mehr als hinreichend, um die Sterblichkeit zu erklären. Wer auf den Plätzen, in den Geschäften und Häusern ein Wort von der Gefahr hinwarf, wer die Pest erwähnte, wurde mit ungläubigem Spott und wütender Verachtung behandelt. Die gleiche Ungläubigkeit, oder besser gesagt: Blindheit und vorgefaßte Meinung hatte die Oberhand im Senat, im Rat der Dekurionen, in jeder Behörde.

Ich finde die Nachricht, daß der Kardinal Federigo, sobald ihm die ersten Fälle der ansteckenden Seuche bekannt geworden waren, in einem Hirtenbrief an die Pfarrer unter anderem anordnete, daß die Bevölkerung immer wieder auf die strenge Verpflichtung und Notwendigkeit hingewiesen würde, jeden derartigen Unglücksfall zu melden und die infizierten oder verdächtigen Gegenstände abzuliefern[1], und auch dieser Umstand kann zu seinen rühmenswerten Eigenheiten gerechnet werden.

Das Gesundheitsamt bat und ersuchte dringend um Mitarbeit, fand aber wenig oder keine. Und im Amte selber entsprach der Eifer in keiner Weise der Dringlichkeit. Wie Tadino mehrmals versichert und wie noch besser aus dem ganzen Wortlaut seines Berichtes hervorgeht, waren es die beiden Ärzte, die, vom Ernst und von der Nähe der Gefahr

1 Francesco Rivola: *Vita di Federigo Borromeo*, Mailand 1666, Seite 582.

überzeugt, diese Körperschaft aufstachelten, die dann die anderen aufzustacheln hatte.

Wir haben bereits gesehen, wie lau bei der ersten Ankündigung der Pest selbst mit dem Einholen der Nachrichten verfahren wurde. Es folgt ein anderer Fall langsamen Vorgehens von nicht geringerer Tragweite, der vielleicht jedoch der Behinderung durch vorgesetzte Dienststellen zur Last fällt. Jene Verordnung über den Passierscheinzwang, die am 30. Oktober beschlossen wurde, wurde erst am 23. des nächsten Monats aufgesetzt und am 29. veröffentlicht. Da war die Pest bereits in Mailand eingezogen.

Tadino und Ripamonti wollten den Namen desjenigen festhalten, der sie zuerst hereingebracht hat, und weitere Einzelheiten über dessen Person und die näheren Umstände. Wenn man in der Tat die Anfänge einer hohen Sterblichkeit betrachtet, bei der die Opfer, statt namentlich aufgeführt zu werden, kaum noch ungefähr nach Tausenden angegeben werden können, so erweckt das irgendwie die Neugier, von den ersten und wenigen Namen etwas zu erfahren, die aufgezeichnet und überliefert werden konnten. Jene Art von Auszeichnung, die sie zu den ersten Opfern der Ausrottung machte, läßt anscheinend in ihnen und in ihren sonst gleichgültigen Besonderheiten etwas Verhängnisvolles und Denkwürdiges erblicken.

Beide Geschichtsschreiber sagen, daß es ein italienischer Soldat in spanischen Diensten war, im übrigen stimmen sie nicht einmal hinsichtlich des Namens überein. Laut Tadino war es ein gewisser Pietro Antonio Lovato, der im Gebiet von Lecco in Quartier lag, laut Ripamonti ein gewisser Pier Paolo Locati, der in Chiavenna in Quartier lag[1]. Auch das

1 Nach dem *Geschichtlichen Archiv der Lombardei*, Band V. Seite 749 handelt es sich um Pietro Paolo Lovato (Anmerkung des Übersetzers nach Paolo Bellezza).

Datum seiner Ankunft in Mailand wird verschieden angegeben: der erstere verlegt sie auf den 22. Oktober, der zweite auf den gleichen Tag des nächsten Monats, und man kann weder auf dem einen noch dem anderen bestehen. Beide Daten stehen in Widerspruch zu anderen, weit zuverlässiger feststehenden. Dabei mußten Ripamonti, der auf Veranlassung des Generalrats der Dekurionen schrieb, doch viele Mittel zu Gebote stehen, die nötigen Auskünfte einzuholen; und Tadino mußte auf Grund seines Amtes besser als jeder andere über eine derartige Tatsache Bescheid wissen. Beim Vergleich mit anderen Daten, die uns, wie gesagt, zuverlässiger erscheinen, ergibt sich im übrigen, daß es vor Veröffentlichung der Verordnung über den Passierscheinzwang war, und wenn Wert darauf gelegt würde, ließe sich sicher auch glatt oder doch nahezu beweisen, daß es zu Anfang des Monats gewesen sein muß. Der Leser wird uns das aber wohl erlassen.

Wie dem auch sei, dieser Unglückssoldat und Unheilbringer kam mit einem großen Bündel von Kleidungsstücken, die er deutschen Soldaten abgekauft oder geraubt hatte. Er nahm Aufenthalt im Hause eines Verwandten in der bei der Porta Orientale gelegenen Vorstadt in der Nähe des Kapuzinerklosters. Kaum angekommen, erkrankte er und wurde ins Hospital gebracht, wo eine Beule, die man unter einer seiner Achseln entdeckte, bei dem behandelnden Arzt den Verdacht erweckte, um was es sich wirklich handelte. Vier Tage später starb er.

Das Gesundheitsamt ließ seine Verwandten und ihr Haus, unter Quarantäne stellen. Seine Kleider und das Bett, auf dem er im Hospital gelegen hatte, wurden verbrannt. Zwei Pfleger und ein Ordensbruder, der ihm Beistand geleistet hatte, erkrankten in wenigen Tagen alle drei gleichfalls an der Pest. Der Verdacht, den man an diesem Ort von Anfang an gehabt hatte und die daher angewandten Vorsichtsmaßregeln bewirkten, daß sich die Ansteckung dort nicht weiter verbreitete.

Der Soldat hatte aber draußen eine Saat hinterlassen, die alsbald aufging. Der erste, der befallen wurde, war der Herr des Hauses, in welchem er gewohnt hatte, ein gewisser Carlo Colonna, ein Lautenspieler. Daraufhin wurden alle Hausbewohner auf Anordnung der Medizinalbehörde ins Lazarett überführt, wo die meisten erkrankten. Einige verstarben nach kurzer Zeit ganz offenkundig an der Seuche.

Was von diesen Personen, ihren Kleidungsstücken, ihren Möbeln, die von Verwandten, Untermietern oder dem Dienstpersonal der Beschlagnahme und der vom Gesundheitsamt angeordneten Verbrennung entzogen wurden, an Ansteckungsstoff bereits verbreitet worden war, und mehr noch, was durch die Unvollkommenheit der Erlasse und die Oberflächlichkeit ihrer Durchführung und das Geschick, sie zu umgehen, neu hinzukam, schwelte und glomm in der Stadt am Ende des Jahres und in den ersten Monaten des folgenden, 1630, langsam weiter. Von Zeit zu Zeit ergriff es jemanden, bald in diesem, bald in jenem Viertel, und mancher starb daran. Doch gerade die Seltenheit der Fälle hielt den Verdacht von der Wahrheit fern und bestärkte die Öffentlichkeit immer mehr in dem dummen und mörderischen Vertrauen, daß es sich nicht um die Pest handelte, ja, keinen Augenblick je darum gehandelt hätte. Sogar viele Ärzte, die der Stimme des Volkes nachsprachen – war sie etwa auch in diesem Falle Gottes Stimme? –, machten sich über die düsteren Prophezeiungen und bedrohlichen Hinweise der wenigen lustig und hatten die Namen gewöhnlicher Krankheiten in jedem Pestfall zur Hand, zu dessen Heilung sie gerufen wurden, unter welchen Begleitumständen und mit welchen Merkmalen er auch aufgetreten sein mochte.

Benachrichtigungen über solche Fälle gelangten, wenn überhaupt, meist spät und unklar an die Medizinalbehörde.

Furcht vor der Quarantäne und dem Lazarett ließ die Menschen auf alle möglichen Schliche kommen: die Kranken wurden nicht gemeldet, die Totengräber und ihre Vorgesetzten wurden bestochen, sogar von Angestellten des Gesundheitsamtes, die als Leichenbeschauer geschickt wurden, erhielt man für Geld falsche Bescheinigungen.

Da jedoch das Amt bei jeder gelungenen Entdeckung die Verbrennung der Sachen anordnete, die Häuser unter Quarantäne stellte, ganze Familien ins Lazarett schickte, kann man sich leicht vorstellen, auf welchen Haß und welches Murren dies bei der Öffentlichkeit stieß, »beim Adel, bei den Kaufleuten und dem kleinen Mann«, sagt Tadino, da alle überzeugt waren, daß es sich um grund- und sinnlose Scherereien handelte. Der größte Haß traf die beiden Ärzte, den besagten Tadino und Senator Settala, den Sohn des Oberarztes. Das ging so weit, daß sie nicht mehr über die öffentlichen Plätze gehen konnten, ohne mit Worten, wenn nicht gar mit Steinen angegriffen zu werden. Diese Männer befanden sich für einige Monate gewiß in einer sonderbaren Lage, die festgehalten zu werden verdient: sie sahen eine entsetzliche Geißel immer näher kommen, bemühten sich auf jede Weise, sie aufzuhalten, stießen auf Hindernisse, wo sie Unterstützung und guten Willen suchten, und waren zugleich das Ziel der Entrüstungsrufe, geschmäht als Feinde des Vaterlandes, »pro patriae hostibus«, sagt Ripamonti.

Ein Teil dieses Hasses traf auch die anderen Ärzte, die wie sie, in der Überzeugung von dem wirklichen Bestehen der Seuche, zu Vorsichtsmaßnahmen rieten und allen ihre schmerzliche Gewißheit mitzuteilen bestrebt waren. Taktvollere Leute bezichtigten sie der Gutgläubigkeit und des Eigensinns; für alle anderen handelte es sich um ausgesprochenen Schwindel und um ein Ränkespiel, das aus dem allgemeinen Schrecken Nutzen ziehen wollte.

Der damals fast achtzigjährige Oberarzt Ludovico Settala, der Professor der Medizin an der Universität Pavia und dann der Moralphilosophie an der Universität Mailand gewesen war, der Verfasser vieler damals hochberühmter Werke, wegen seiner Berufungen auf die Lehrstühle anderer Universitäten, wie Ingolstadt, Pisa, Bologna und Padua, und seiner Ablehnung all dieser Berufungen gefeiert, war gewiß einer der angesehensten Männer seiner Zeit. Zu seinem wissenschaftlichen Ruf kam der seiner Lebensführung und zur Bewunderung das Wohlwollen wegen seiner großen Nächstenliebe im Dienst an den Kranken und der Wohltätigkeit für die Armen. Doch etwas verwirrt und trübt in uns das Gefühl der durch solche Verdienste eingeflößten Achtung, das damals dadurch allerdings nur noch allgemeiner und größer werden mußte: der arme Mann teilte die verbreitetsten und verhängnisvollsten Vorurteile seiner Zeitgenossen. Er stand an ihrer Spitze, aber ohne ihre Reihen zu verlassen, wodurch gerade das Unglück kommt und das auf andere Weise erworbene Ansehen wieder eingebüßt wird. So reichte denn auch das äußerst hohe Ansehen, das er genoß, in diesem Falle nicht nur nicht hin, um die Meinung derer zu entkräften, die von den Dichtern »vulgus profanum« und von den Theaterdirektoren »verehrtes Publikum« genannt werden, sondern es konnte ihn auch nicht vor der Feindseligkeit und den Beleidigungen jenes Teiles schützen, der am leichtesten von seinen Urteilen zu handgreiflichen Kundgebungen übergeht.

Als er eines Tages mit der Sänfte seine Krankenbesuche machte, wurde er auf einmal von Leuten umringt, die schrien, er wäre das Oberhaupt derjenigen, die mit aller Gewalt die Pest dahaben wollten; mit seiner finsteren Miene und seinem Rauschebart würde er die Stadt in Angst und Schrecken versetzen, alles nur, um den Ärzten zu tun zu geben. Immer mehr Menschen liefen zusammen, die Wut steigerte sich. Die Träger erkannten die Gefahr und brachten ihren Herrn in einem befreundeten Hause in Sicherheit, das glücklicherweise in der Nähe lag. Das widerfuhr ihm, weil er richtig gesehen hatte, das heißt: wie die Dinge wirklich lagen, und weil er viele tausend Menschen vor der Pest retten wollte. Als er dagegen durch eines seiner bedauerlichen Gutachten dazu beitrug, daß eine arme, unglückliche Schwachsinnige gefoltert, mit glühenden Zangen gezwickt und als Hexe verbrannt wurde, weil ihr Dienstherr an sonderbaren Magenschmerzen litt und ein früherer Dienstherr von ihr heftig in sie verliebt gewesen war[1], da hatte er in der Öffentlichkeit wieder einmal hohes Lob als weiser Mann geerntet und seinen Ruf als hochverdienter Mitbürger neu gefestigt, was für unsere Begriffe noch unerträglicher ist.

Gegen Ende März aber wurden zunächst in der Vorstadt an der Porta Orientale, dann in sämtlichen Stadtvierteln die Krankheits- und Todesfälle häufiger, in Begleitung von sonderbaren Krampfzuständen, Herzklopfen, Schlafsucht, Delirien, mit den verhängnisvollen Symptomen von blauen Flecken und Beulen. Die Todesfälle traten meist sehr schnell, urplötzlich und nicht selten völlig unverhofft auf, ohne jedes vorherige Anzeichen einer Krankheit. Die Ärzte, welche die Ansicht von der Pestansteckung bekämpft hatten und nun nicht zugeben wollten, daß sie im Unrecht waren, aber der neuen Krankheit, die inzwischen zu weit verbreitet und offenkundig geworden war, als daß man sie noch hätte totschweigen können, doch einen Namen geben mußten, sprachen nun von tückischen Fiebern oder pestartigen Fiebern, eine elende Ausflucht, ja ein Betrug mit Worten, der

1 Nähere Einzelheiten über den grausigen Fall dieser Caterina Medici finden sich im *Geschichtlichen Archiv der Lombardei*, im 5. Bande S. 700 ff. Auch Federigo Borromeo unternahm keine Schritte zugunsten dieses Opfers des Aberglaubens. Als Quelle diente ferner: die *Storia di Milano del Conte Pietro Verri*, Mailand 1825, Band 4, S. 155 (Anmerkung des Übersetzers nach Paolo Bellezza).

jedoch großen Schaden stiftete. Dieser Behauptung gelang es nämlich, unter dem Vorwande der Erkenntnis der Wahrheit, die so überaus wichtige Einsicht nicht aufkommen zu lassen, daß das Übel durch Ansteckung verbreitet wurde. Die Behörden begannen, wie aus tiefem Schlaf erwacht, etwas besser auf die Hinweise und Ratschläge des Gesundheitsamts zu hören und auf die Durchführung seiner Erlasse, Beschlagnahmen und Quarantänemaßnahmen zu dringen. Diese Stelle forderte auch beständig Geld an, um die wachsenden laufenden Ausgaben des Lazaretts und soviel anderer Stellen zu decken. Die Anforderungen gingen zunächst an die Dekurionen, bis entschieden wäre – was, glaube ich, niemals geschah, es sei denn in der Praxis –, ob diese Ausgaben zu Lasten der Stadt oder der königlichen Kasse zu buchen wären. Bei den Dekurionen wurde auch der Großkanzler vorstellig, und zwar im Auftrag des Gouverneurs, der erneut zur Belagerung des armen Casale aufgebrochen war. Ferner meldete sich der Senat, um die Lebensmittelversorgung der Stadt zu sichern, ehe sie von den umliegenden Ortschaften abgeschnitten würde, falls die Ansteckung unglücklicherweise weiter um sich greifen sollte. Auch für den Unterhalt eines großen Teiles der arbeitslos gewordenen Bevölkerung sollten Maßnahmen ergriffen werden. Die Dekurionen versuchten durch Anleihen und Steuern Geld zu beschaffen, und von dem, was so zusammenkam, ging etwas an das Gesundheitsamt, etwas an die Armenkasse und etwas wurde zum Getreideaufkauf verwandt; so wurde ein Teil des Erforderlichen beschafft. Aber die großen Nöte waren noch gar nicht da.

Das Lazarett wurde von Tag zu Tag stärker belegt, obwohl seine Insassen auch tagtäglich dezimiert wurden. Hier erwuchs die große Schwierigkeit, die Betreuung und Dienstbereitschaft zu gewährleisten, die vorgeschriebenen Isolierungen aufrechtzuerhalten, kurzum: die vom Gesundheitsamt vorgeschriebene Hausordnung zur Geltung zu bringen, oder besser gesagt: durchzusetzen. Von Anfang an befand sich dort nämlich alles wegen der Hemmungslosigkeit vieler Eingeschlossener und der Gleichgültigkeit und Nachsicht der Bedienung in Unordnung. Das Gesundheitsamt und die Dekurionen wußten nicht, an wen sie sich wenden sollten, und kamen darauf, sich an die Kapuziner zu wenden. Sie baten daher den Kommissar der Ordensprovinz, der den vor kurzem verstorbenen Provinzial vertrat, er möchte ihnen Leute zur Verfügung stellen, die geeignet wären, dies wüste Reich zu verwalten. Der Kommissar schlug ihnen als Leiter einen Pater Felice Casati vor, einen bejahrten Mann, der sich wegen seiner Nächstenliebe, Tatkraft, Sanftmut und Seelenstärke zugleich eines großen Rufs erfreute, der, wie die Folge zeigen wird, wohlverdient war. Als sein Mitarbeiter und Gehilfe wurde ein noch junger, aber ernster und strenger Pater, Michele Pozzobonelli, vorgeschlagen, dessen Äußeres seiner Einstellung entsprach. Beide wurden gerne angenommen und traten am 30. März ihr Amt im Lazarett an. Der Präsident des Gesundheitsamtes führte sie persönlich im ganzen Hause ein. Die Helfer und Angestellten jeden Grades wurden zusammengerufen, und Pater Felice wurde in ihrer Anwesenheit zum Vorsteher der Anstalt mit unumschränkten Vollmachten ernannt. Im gleichen Maße, in dem die Zahl der Elenden anwuchs, wurden dann weitere Kapuziner herangezogen. So wurden sie Oberaufseher, Beichtiger, Verwaltungsleute, Krankenwärter, Küchenmeister, Kammerverwalter, Wäscher und alles, was erforderlich war. Pater Felice eilte unermüdlich, und immer um alles besorgt, Tag und Nacht umher durch die Säulengänge, durch die Zimmer, durch das ganze weitläufige Gebäude, manchmal mit einem Stab, manchmal aber auch nur mit seiner härenen Kutte versehen. Er war die Seele des Ganzen und regelte alles, er beschwichtigte den Lärm, entschied Streitigkeiten, drohte, bestrafte, tadelte, tröstete, trocknete Tränen und vergoß sie selbst. Gleich zu Anfang bekam auch er die Pest, genas aber und machte sich mit neuen Kräften an seine frühere Fürsorgetätigkeit. Seine Ordensbrüder mußten dabei zum größten Teil das Leben lassen, gaben es aber alle mit Freuden.

Eine solche unumschränkte Obergewalt war sicherlich ein sonderbares Hilfsmittel, sonderbar wie die Not und die Zeit, und wenn wir von ihr nichts anderes wüßten, wäre darin ein Beweis, ja ein Musterbeispiel für eine recht formlose und schlecht geordnete Gesellschaft zu sehen, daß diejenigen, denen eine so wichtige Verwaltungsaufgabe zufiel, nichts Besseres zu tun wußten, als die Verantwortung abzugeben, und daß sie dazu keine anderen Männer fanden als diese, die ihrer Bestimmung nach einer solchen Aufgabe am fernsten standen. Zugleich ist es aber auch ein nicht unedles Beispiel für die Kraft und Fähigkeit, welche die Nächstenliebe zu allen Zeiten und in jeder Gesellschaftsordnung verleihen kann, wenn man sieht, wie jene Männer eine solche Aufgabe so mutig übernahmen. Und ebenso schön war es, daß sie sie einzig und allein aus dem Grund übernommen hatten, weil keiner sonst dazu bereit war, ohne jede andere Absicht, als zu dienen, ohne jede andere Aussicht auf dieser Welt als die auf einen Tod, der beneidenswerter als beneidet ist. Schön war auch, daß die Aufgabe ihnen nur deshalb übertragen wurde, weil sie schwierig und gefährlich war und weil vorausgesetzt wurde, daß sie über die in dieser Lage so notwendige und seltene Kraft und Kaltblütigkeit verfügen müßten. Deshalb verdient das Wirken und der Mut dieser Brüder, daß man ihrer mit Bewunderung und Liebe gedenkt, mit jener Art von Bewunderung, die in jeder Beziehung den großen Diensten gebührt, die Menschen leisten, und die noch mehr denen gebührt, die sie um keines Lohnes willen auf sich nehmen. »Hätten sich diese Väter nicht gefunden«, sagt Tadino, »so wäre sicherlich die ganze Stadt ausgelöscht worden, denn wunderbar war, wie die Patres in so kurzer Zeit soviel für das allgemeine Wohl taten, wobei sie seitens der Stadt keinen oder doch nur wenig Beistand fanden. Mit ihrem Eifer und ihrer Klugheit haben sie im Lazarett viele tausend Arme durchgebracht.« Die Zahl der an diesem Ort in den sieben Monaten[1], in welchen er unter der Leitung des Pater Felice stand, untergebrachten Personen belief sich auf rund fünfzigtausend, wie Ripamonti angibt, der mit Recht sagt, daß von einem solchen Manne auch dann hätte gesprochen werden müssen, wenn statt einer Beschreibung des Elends einer Stadt eine solche der ihr zur Ehre gereichenden Dinge zu liefern gewesen wäre.

Auch in der Öffentlichkeit wich und verlor sich natürlich die Halsstarrigkeit, mit welcher die Pest verleugnet wurde, je weiter die Seuche um sich griff und sich durch Berührung und Umgang übertrug, um so mehr, als sie auch bekanntere Persönlichkeiten zu treffen begann, nachdem sie eine Zeitlang nur unter der ärmeren Bevölkerung gehaust hatte. Unter den ersteren verdient als der berühmteste der Zeit der Oberarzt Settala besondere Erwähnung. Hat man wenigstens zugegeben, daß der arme Alte recht hatte? Wer weiß? Die Pest machte ihn, seine Frau, zwei Söhne und sieben Dienstboten bettlägrig. Er und einer der Söhne kamen davon; die übrigen starben. »Diese Fälle«, sagt Tadino, »die sich in Adelshäusern der Stadt ereigneten, brachten Adel und Volk zur Besinnung, und die ungläubigen Ärzte und das unwissende und leichtsinnige Volk begannen die Lippen zu-

1 Für die neuere Forschung hat sich aus einem Manzoni unbekannt gebliebenen Dokument ergeben, daß Pater Felice »volle 23 Monate« das Amt innehatte (vgl. P. Bellezza: *I Cappuccini al Lazzaretto*, in dem Bande *Settimana Manzoniana* etc. Mailand 1928, S. 161 (Anmerkung des Übersetzers).

sammenzukneifen, die Zähne aufeinanderzubeißen und die Brauen zu runzeln.«

Aber die Ausflüchte, Entschuldigungen und Racheakte des überführten Eigensinns sind zuweilen der Art, daß sie den Wunsch erwecken, er möchte doch wider alle Vernunft und gegen den Augenschein bis zuletzt standhaft und ungebrochen bleiben. Diesmal lag durchaus ein solcher Fall vor. Diejenigen, die so lange und entschieden geleugnet hatten, daß sich in ihrer Nähe und mitten unter ihnen ein Krankheitsherd befinde, der sich auf natürlichem Wege ausbreiten und Verheerungen anrichten könnte, und die nun seine Verbreitung nicht mehr bestreiten konnten, sie aber nicht diesem Wege zuschreiben wollten – was dem doppelten Eingeständnis eines großen Betruges und einer großen Schuld gleichgekommen wäre –, waren um so mehr bereit, nach anderen Gründen zu suchen und jeden zu billigen, der etwa vorgebracht werden konnte. Verhängnisvollerweise war einer dieser Gründe ohne weiteres dem Denken und den Bräuchen der Zeit gemäß, und zwar nicht nur hier, sondern in jedem Teil Europas[1]: Hexenkünste, Teufelswerk, Leute, die sich verschworen hatten, die Pest mit Hilfe ansteckender Gifte oder durch Zauberei zu verbreiten. Derartiges oder ähnliches war schon bei vielen anderen Pestfällen angenommen und geglaubt worden und hier besonders bei der ein halbes Jahrhundert zurückliegenden. Hinzu kommt, daß am Ende des vorangegangenen Jahres ein von

1 In Deutschland konnte ein so protestantisch »aufgeklärter« Schriftsteller wie Johann Fischart (1546-1590), der doch in der Satire *Aller Praktik Großmutter* (1572) gegen den Aberglauben seiner Zeit zu Felde zog, dennoch auch eine *Dämonomanie* ins Deutsche übersetzen und den berüchtigten *Hexenhammer* der päpstlichen Inquisitoren Heinrich Institoris und Jakob Sprenger (1487) neu herausgeben. Die Hexenverbrennungen dauerten bis ins 18. Jahrhundert (Anmerkung des Übersetzers).

König Philipp IV. unterfertigtes Eilschreiben an den Gouverneur eingetroffen war, um ihn zu verständigen, daß vier Franzosen aus Madrid entwichen wären, die unter dem Verdacht stünden, giftige, pestbringende Salben zu vertreiben, und die deshalb gesucht würden. Er solle auf der Hut sein, falls sie etwa nach Mailand gelangt wären. Der Gouverneur hatte das Eilschreiben an den Senat und das Gesundheitsamt weitergeleitet; man scheint sich aber damals nicht allzusehr darum gekümmert zu haben. Nachdem die Pest jedoch ausgebrochen und erkannt war, konnte die Erinnerung an diese Warnung dem unbestimmten Verdacht eines verbrecherischen Betruges als Bestätigung dienen. Sie konnte auch zum Anlaß werden, ihn überhaupt erst aufkommen zu lassen.

Zwei Ereignisse aber, das eine die Ausgeburt blinder und hemmungsloser Furcht, das andere ich weiß nicht welcher Bosheit, verwandelten diesen unbestimmten Verdacht eines möglichen Anschlages zur Annahme und für viele zur Gewißheit eines eindeutigen Anschlages und einer tatsächlichen Verschwörung. Einige Leute, die am Abend des 17. Mai zu sehen glaubten, daß Gestalten im Dom darangingen, eine Scheidewand einzuschmieren, die dazu diente, die für beide Geschlechter bestimmten Plätze zu trennen, ließen in der Nacht die Scheidewand und eine Reihe mit ihr verbundener Bänke aus der Kirche hinausschaffen. Der Präsident des Gesundheitsamtes erschien mit vier Beamten zu einer Untersuchung, und wenn er auch nach Überprüfung der Scheidewand, der Bänke und der Weihwasserbehälter nichts feststellen konnte, was den dummen Verdacht des Verhextseins bestätigt hätte, soll er doch den Einbildungen anderer Leute zu Gefallen und »mehr aus übertriebener Vorsicht als aus Notwendigkeit« entschieden haben, daß es genüge, die Scheidewand abzuwaschen. Die große Zahl der aufgestellten Einrichtungsstücke machte auf die Menge einen gewaltigen Eindruck und versetzte sie in Schrecken, denn für sie wird jeder Gegenstand allzuleicht zu einem Beweisstück. Allgemein wurde behauptet und angenommen, im Dom seien alle Bänke, Wände und selbst die Glockenstricke eingeschmiert. Und so hieß es nicht nur in jenem Augenblick: alle Aufzeichnungen der Zeitgenossen, die diesen Vorfall erwähnen (und einige wurden viele Jahre später geschrieben), sprechen mit der gleichen Bestimmtheit davon, und die wirkliche, wahre Geschichte bliebe verborgen, wenn sie nicht in einem Schreiben des Gesundheitsamtes an den Gouverneur zu finden wäre, das in dem sogenannten Archiv San Fedele aufbewahrt wird und aus dem die Worte stammen, die wir als Zitat wiedergegeben haben.

Am nächsten Morgen befremdete ein neuer, noch sonderbarerer und bezeichnenderer Anblick Augen und Sinn der Bürger. In allen Teilen der Stadt sah man die Haustüren und die Mauern mit langen Streifen irgendeiner gelblichen oder weißlichen Sudelei beschmiert, die wie mit Schwämmen aufgetragen war. Es mag sich dabei um eine alberne Lust gehandelt haben, noch allgemeineren und heftigeren Schrecken zu erregen, oder um die noch ruchlosere Absicht, die allgemeine Verwirrung zu steigern. Mehr wüßte ich dazu nicht zu sagen. Der Vorfall ist so eindeutig bezeugt, daß es uns unvernünftiger deucht, ihn durch einen Massenwahn zu erklären, als durch das Verhalten einzelner, ein Verhalten, das übrigens weder das erste noch das letzte dieser Art gewesen wäre. Ripamonti, der sich häufiger über solche Einschmiererei lustig macht und noch häufiger den volkstümlichen Aberglauben verspottet, versichert bei dieser Gelegenheit, daß er diesen Anstrich gesehen habe, und beschreibt ihn. In ihrem oben angeführten Brief erwähnen die Herren vom Gesundheitsamt die Sache in der gleichen Weise; sie sprechen von Untersuchungen, Versuchen, die sie mit jener Masse an Hunden ohne jede schädliche Wirkung angestellt hätten, und fügen hinzu, sie seien der Meinung, daß diese Unbesonnenheit eher ein Dummerjungenstreich sei, als daß man ihn auf verbrecherische Absichten zurückführen könnte, eine Meinung, die beweist, daß bei ihnen bis zu diesem Zeitpunkt noch genügend Gelassenheit waltete, daß sie nicht das sahen, was nicht vorhanden war. Die anderen zeitgenössischen Aufzeichnungen erwähnen auch anläßlich dieses Vorfalls, daß anfangs viele der Ansicht gewesen seien, es handle sich um Schabernack und Possen; keine spricht davon, daß die Sache von irgendwem geleugnet worden wäre, und sie hätten sicherlich davon gesprochen, wenn es solche gegeben hätte, wenn auch nur, um sie absonderlich zu finden. Mir schien es nicht unangebracht, diese teils wenig, teils überhaupt nicht bekannten Einzelheiten einer berühmten Psychose zusammenzutragen und wiederzugeben, denn bei allen Irrtümern und besonders bei denen, die viele teilen, scheint mir gerade deren Entwicklung, die Art ihres Auftretens und die Art und Weise, wie sie die Geister einnehmen und beherrschen konnten, für die Betrachtung am wichtigsten und interessantesten.

Die schon aufgeregte Stadt war nun wie auf den Kopf gestellt: die Hausbesitzer räucherten die bestrichenen Stellen mit brennendem Stroh aus, die Vorübergehenden hielten an, schauten zu, waren entsetzt und zitterten. Fremde, die nur wegen dieser Eigenschaft verdächtig und damals an ihrer Gewandung leicht zu erkennen waren, wurden vom Volk auf der Straße festgenommen und den Gerichtshöfen übergeben. Verhöre wurden angestellt und Vernehmungen der Festgenommenen, ihrer Häscher und Zeugen durchgeführt. Keiner wurde für schuldig befunden: noch waren die Gemüter fähig, zu zweifeln, zu untersuchen und die Leute anzuhören. Das Gesundheitsamt veröffentlichte einen Erlaß, in welchem demjenigen, der den oder die Urheber der Tat namhaft machte, eine Belohnung und Straflosigkeit zugesichert wurde. »Da es uns keinesfalls angebracht erschien«, sagen jene Herren in dem angeführten Brief, der das Datum vom 21. Mai trägt, der aber offenbar am 19., an dem in jenem gedruckten Erlaß genannten Tage, abgefaßt wurde, »daß dieser Frevel irgendwie ungesühnt bleiben dürfe, besonders in so gefährlichen und verdächtigen Zeitläuften, haben wir zur Beruhigung und Ermutigung des Volkes, und um Hinweise auf die Täter zu erlangen, heute einen Erlaß herausgebracht ...« und so weiter. In dem Erlaß selber findet sich jedoch zum mindesten keine deutliche Spur dieser vernünftigen und beruhigenden Absicht, die man dem Gouverneur mitteilte. Dieses Schweigen verrät zugleich eine wütende Unruhe im Volk und bei dem Amt eine Nachgiebigkeit, die um so tadelnswerter ist, je verhängnisvoller sie sich auswirken konnte.

Während das Gesundheitsamt Nachforschungen anstellte, hatten viele im Volke, wie es zu geschehen pflegt, sich bereits ihren Vers gemacht. Unter denen, die der Ansicht waren, daß es sich dabei um eine giftige Lösung handelte, behauptete der eine, daß ein Racheakt des Don Gonzalo Fernandez de Cordova wegen der anläßlich seines Abgangs erfahrenen Beleidigungen vorliege, ein anderer hielt es für einen Einfall des Kardinals Richelieu, um Mailand zu entvölkern und sich der Stadt mühelos bemächtigen zu können. Wieder andere erklärten – man weiß nicht, aus welchen Gründen –, der Urheber sei der Graf Collalto, Wallenstein oder der oder jener mailändische Edelmann. Wie gesagt, fehlte es nicht an denen, die in der ganzen Sache nur einen dummen Streich sahen und ihn Schulbuben, Müßiggängern oder Offizieren zuschrieben, die sich bei der Belagerung von Casale langweilten. Nur dem Umstand, daß man nicht sofort die befürchtete Ansteckung und ein allgemeines Sterben eintreten sah, ist es wahrscheinlich zu verdanken, daß sich der erste Schreck zunächst noch einmal legte und die Angelegenheit in Vergessenheit geriet oder wenigstens zu geraten schien.

Übrigens gab es Leute genug, die noch immer nicht überzeugt waren, daß die Pest am Werk wäre. Und weil im Lazarett sowohl als auch in der Stadt außerdem einige gesund wurden, »so hieß es« (es ist immer interessant, die letzten Ausflüchte einer von offenkundigen Tatsachen widerlegten Meinung zu erfahren), »so hieß es im Volk und auch bei vielen parteiischen Ärzten, es handle sich nicht um die echte Pest, da dann ja alle gestorben sein müßten.« Um jeden Zweifel zu beheben, kam das Gesundheitsamt auf einen Einfall, der den Umständen entsprach. Man fand ein Verfahren, die Augen zu öffnen, wie nur jene Zeitläufte es erforderlich machen oder nahelegen konnten. An einem der Pfingstfeiertage pflegten die Bürger auf dem Friedhof von San Gregorio vor der Porta Orientale zusammenzuströmen, um für die dort bestatteten Opfer der früheren Pest zu beten. Da der fromme Anlaß nun auch als eine Gelegenheit zu Vergnügungen und Schaugepränge wahrgenommen wurde, begab sich jeder so herausgeputzt wie nur möglich dahin. An jenem Tage war, abgesehen von anderen, auch eine ganze Familie an der Pest gestorben. Zur Zeit des größten Menschengedränges wurden nun inmitten der Kutschen, Reiter und Fußgänger auf Anordnung des Gesundheitsamtes die Leichen jener Familie nackt auf einem offenen Wagen zu ebendiesem Friedhof überführt, damit die Menge an ihnen die unverkennbaren Zeichen der Pest gewahren könne. Ein Schrei des Grauens und Entsetzens erhob sich überall, wo der Wagen vorüberkam, nicht enden wollendes Gemurmel begann, wo er vorübergekommen war, und eilte ihm unheilschwanger voraus. An der Pest war nicht mehr zu zweifeln; im übrigen aber verschaffte sie sich selber von Tag zu Tag immer mehr Glauben, und jene Versammlung gerade sollte nicht wenig dazu dienen, sie zu verbreiten.

Anfänglich also überhaupt keine Pest, unter keinen Umständen und in keiner Weise; es ist sogar verpönt, das Wort überhaupt auszusprechen. Dann pestartige Fieber: die Vorstellung wird mittelbar durch ein Eigenschaftswort nahegelegt. Dann keine echte Pest; das kommt zwar auf dasselbe heraus, als ob man von Pest spräche, aber es bleibt ein Vorbehalt. Damit ist es keine eigentliche Pest, aber etwas, für das man nun einmal keinen anderen Namen finden kann. Zuletzt ganz zweifellos und unbestreitbar Pest, aber damit hat sich derweil schon eine andere Vorstellung verbunden, die Vorstellung nämlich von Hexenkünsten und Zauberei, durch welche die durch das Wort selbst vermittelte Vorstellung, die sich nun nicht mehr von der Hand weisen läßt, verfälscht und bemäntelt wird.

Man braucht, glaube ich, in der Geschichte der Wörter und Begriffe nicht sehr bewandert zu sein, um zu erkennen, daß viele eine ähnliche Entwicklung durchgemacht haben. Gott sei Dank gibt es nicht viele von solcher Art und Bedeutung, die ihre Klarheit um einen derartigen Preis erkaufen müssen und bei denen Gedankenverbindungen solcher Art entstehen können. In kleinen wie in großen Dingen könnte aber eine so lange und umständliche Entwicklung zum großen Teil vermieden werden, wenn man die so lange schon vorgeschlagene Methode anwendete: zu beobachten, anzuhören, zu vergleichen und nachzudenken, ehe man spricht.

Aber zu sprechen – diese so einzigartige Gabe – fällt derart viel leichter als alles andere zusammen, daß auch wir, ich meine: wir Menschen überhaupt, ein wenig zu bedauern sind.

32. KAPITEL

Da es immer schwieriger wurde, den betrüblichen Erfordernissen der Lage gerecht zu werden, war am 4. Mai im Rat der Dekurionen beschlossen worden, die Unterstützung des Gouverneurs zu erbitten. So wurden denn am 22. zwei Mitglieder dieser Körperschaft ins Feldlager entsandt, um dort wegen der Nöte und Bedrängnisse der Stadt vorstellig zu werden, nämlich wegen der ungeheuren Ausgaben, der leeren Kassen, der verpfändeten Einkünfte kommender Jahre, der nicht aufgebrachten laufenden Steuern, deren Zahlung die allgemeine Notlage unmöglich machte, was wiederum auf so vielerlei Ursachen, insbesondere aber auf die durch die Truppen verursachten Schäden zurückzuführen war. Sie sollten darauf hinweisen, daß auf Grund der Gesetze und des überlieferten Herkommens sowie einer besonderen Verfügung Karls V. die Ausgaben für Pestepidemien dem Fiskus zur Last fallen müßten und daß anläßlich der letzten von 1576 der Gouverneur, Marchese d'Ayamonte, nicht nur die Kameralsteuern aufgehoben, sondern der Stadt auch einen Zuschuß von 40000 Scudi aus dem Staatsschatz gewährt habe. Sie sollten schließlich um vier Dinge ersuchen: daß die Steuern wie damals aufgehoben und aus dem Staatsschatz Gelder zur Verfügung gestellt würden, daß der Gouverneur den König von der Notlage der Stadt und Provinz in Kenntnis setzen möge und daß das von den bisherigen Einquartierungen bereits zugrunde gerichtete Land von neuen verschont werden möge. Der Gouverneur gab daraufhin schriftlich seinem Bedauern Ausdruck und erteilte neue Ermahnungen: leider könne er sich nicht persönlich in der Stadt aufhalten, um sich ganz der Erleichterung ihrer Lage zu widmen, er hoffe aber, daß der Eifer der Herren für alles Sorge getragen habe, es sei jetzt an der Zeit, Ausgaben zu machen, ohne auf Ersparnisse zu sehen, und sich auf jede

Weise zu bemühen. Betreffs der vorgebrachten Wünsche »proueére en el mejor modo que el tiempo y necesidades presentes permitieren[1]«. Darunter befand sich ein Schnörkel, der Ambrogio Spinola bedeuten sollte und der ebenso klar wie seine Versprechungen war. Der Großkanzler Ferrer

schrieb ihm, daß diese Antwort von den Dekurionen »con gran deconsuelo[2]« aufgenommen worden sei. Es gab ein weiteres Hin und Her von Gesuchen und Antworten; ich kann aber nicht feststellen, daß man zu bündigeren Schlüssen gekommen wäre. Einige Zeit später, als die Pest ihren Höhepunkt erreicht hatte, übertrug der Gouverneur durch eine förmliche Bestallung seine Gewalt auf Ferrer selbst, da er, wie er mitteilte, an den Krieg zu denken habe. Der Krieg – das sei hier nebenbei bemerkt – kostete, von den Soldaten überhaupt nicht zu reden, gut und gern einer Million Menschen das Leben, die in der Lombardei, Venetien, Piemont, der Toskana und einem Teil der Romagna der Pestansteckung zum Opfer fielen. Er verwüstete, wie wir ja oben gesehen haben, alle Orte, durch die der Vormarsch ging, und man stelle sich dann diejenigen einmal vor, an denen gekämpft wurde. Er führte zur Eroberung und gräßlichen Plünderung von Mantua und endete damit, daß alle den neuen Herzog anerkannten. Dabei war der Krieg geführt worden, um ihn von der Erbfolge auszuschließen. Man muß jedoch feststellen, daß er gezwungen wurde, dem Herzog von Savoyen ein Stück von Monferrato mit Einkünften in Höhe von fünfzehntausend Scudi abzutreten und an Fer-

1 … werde ich, soweit Zeit und gegenwärtige Umstände es zulassen, versuchen das Beste zu tun.

2 … mit großer Enttäuschung (Anmerkungen des Übersetzers).

rante, Herzog von Guastalla, andere Ländereien mit Einkünften in Höhe von sechstausend Scudi. Ferner wurde nebenbei und ganz insgeheim ein weiterer Vertrag geschlossen, in dem der besagte Herzog von Savoyen Pinerolo an Frankreich abtrat, ein Vertrag, der erst einige Zeit danach unter anderen Vorwänden und mit vielen Winkelzügen erfüllt wurde.

Gleichzeitig mit jenem Entschluß hatten die Dekurionen einen anderen gefaßt: der Kardinalerzbischof sollte gebeten werden, eine feierliche Prozession zu veranstalten und dabei den Leichnam des heiligen Carlo durch die Stadt zu führen.

Der gute Prälat lehnte aus vielen Gründen ab. Ihm mißfiel dies Vertrauen auf ein willkürliches Mittel, und er befürchtete, daß das Vertrauen in Entrüstung umschlagen würde, wenn die Wirkung ausbliebe, wie er gleichfalls gewärtigte. Er befürchtete ferner, »wenn es etwa solche Schmierfinken geben sollte«, daß dann die Prozession eine allzu günstige Gelegenheit zu verbrecherischem Tun böte, »wenn aber keine vorhanden wären«, so könnte eine Versammlung so vieler Menschen die Ansteckung nur noch weiter verbreiten: »eine weit handgreiflichere Gefahr«. Der halb behobene Verdacht wegen der Einschmierereien war nämlich inzwischen wieder äußerst rege geworden und allgemeiner verbreitet als je zuvor.

Neuerdings waren wieder Mauern und Türen von öffentlichen Gebäuden, Haustüren und Klopfer beschmiert gesehen worden. Vielleicht handelte es sich diesmal aber auch bloß um eine Einbildung. Nachrichten über solche Entdekkungen flogen von Mund zu Mund, und wie es besonders dann zu geschehen pflegt, wenn die Gemüter erregt sind, bedeutete Hören soviel wie Sehen. Die Menschen waren durch die Gegenwart des Übels immer mehr verbittert und von der Hartnäckigkeit der Gefahr so gereizt worden, daß sie dieser Überzeugung um so lieber anhingen, als der Zorn nach Vergeltung verlangt, und er neigt mehr dazu – wie bei dem gleichen Anlaß ein geistreicher Mann[1] zutreffend bemerkt –, die Übel menschlicher Verworfenheit zuzuschreiben, an der er sich rächen kann, als ihre Ursache in etwas zu erblicken, dem gegenüber man sich nur in sein Schicksal ergeben kann. Ein ausgesuchtes, augenblicklich wirkendes, durchschlagendes Gift – solche Worte waren mehr als hinreichend, um die Heftigkeit und alle rätselhaften und regellosen Zufälligkeiten der Krankheit zu erklären. Es wurde behauptet, dieses Gift sei aus Kröten, Schlangen, Speichel und Eiter von Pestkranken gebraut, ja schlimmer noch: aus allem, was wüste und überspannte Phantasien an Schmutzigem und Gräßlichem ersinnen konnten. Hinzu kam dann die Zauberei, für die jede Einwirkung möglich war, vor der jeder Einwand verstummte und durch die jede Schwierigkeit behoben wurde. Wenn die Wirkungen nicht gleich nach jener ersten Schmiererei in Erscheinung getreten waren, so gab es dafür Gründe: es war ein fehlgeschlagener Versuch von Neulingen in der Hexenkunst; nunmehr hatte man die Kunst vervollkommnet, und die Entschlossenheit zur Durchführung der höllischen Absichten war radikaler geworden. Wer jetzt noch die Ansicht vertreten hätte, daß es sich um einen dummen Streich handelte, wer geleugnet hätte, daß ein Plan dahintersteckte, wäre als blind und eigensinnig angesehen worden, ja geradezu in den Verdacht geraten, ein Interesse daran zu haben, die Aufmerksamkeit der Öffentlichkeit von der Wahrheit abzulenken und sogar ein Mithelfer, ein »Einschmierer« zu sein. Dies Wort war alsbald allgemein als feierliche und furchtbare Brandmarkung im Umlaufe. Bei dieser felsenfesten Überzeugung, daß

1 P. Verri: *Osservazioni sulla tortura. (Scrittori italiani d'economia politica, parte moderna,* Band 17, S. 203).

Einschmierer vorhanden seien, mußte man fast unfehlbar auch welche entdecken. Aller Augen lagen auf der Lauer, jegliche Handlung konnte Argwohn erregen. Aus Argwohn wurde dann leicht Gewißheit und aus Gewißheit Wut.

Hierzu führt Ripamonti zwei Fälle zum Beweise an, wobei er bemerkt, daß er sie nicht etwa als die krassesten aus denen ausgewählt habe, die sich tagtäglich ereigneten, sondern weil er leider Gottes bei beiden als Augenzeuge zugegen gewesen sei.

In der Sankt-Antonius-Kirche wollte sich eines Tages – ich weiß nicht, bei welcher feierlichen Gelegenheit – ein über achtzigjähriger Greis, nachdem er eine Zeitlang auf den Knien gebetet hatte, hinsetzen und staubte zunächst mit dem Mantel die Bank ab. »Der Alte da schmiert die Bänke voll!« schrien verschiedene Frauen, die den Vorgang beobachteten, wie mit einer Stimme. Die Leute, welche sich in der Kirche – in der Kirche! – befanden, stürzten sich auf den Greis, zerzausten seine Haare, so weiß sie auch waren, mißhandelten ihn mit Faustschlägen und Tritten. Dann wird er nach draußen gezerrt und gestoßen. Wenn man ihn nicht umbringt, so nur, um ihn so, halbtot, ins Gefängnis, vor die Richter, zur Folter zu schleppen. »Ich sah ihn, wie sie ihn so daherschleiften«, sagt Ripamonti, »und erfuhr sonst nichts mehr von ihm. Ich bin überzeugt, daß er danach nur noch kurze Zeit gelebt hat.«

Der zweite Fall, der sich am nächsten Tage ereignete, war ebenso sonderbar, aber nicht ganz so verhängnisvoll. Drei junge französische Reisegefährten, ein Gelehrter, ein Maler und ein Handwerker, die sich Italien anschauen wollten, um die Altertümer zu studieren und Gelegenheit zum Gelderwerb zu finden, hatten sich draußen vor dem Dom irgendwo hingestellt und betrachteten ihn aufmerksam. Ein Vorübergehender sieht sie und bleibt stehen; er macht einen zweiten und weitere, die hinzukommen, auf jene aufmerksam. Es bildete sich eine ganze Gruppe, um die zu beobachten und im Auge zu behalten, die Kleidung, Haartracht und Ranzen als Fremde und, was schlimmer war, als Franzosen kenntlich machten. Wie um sich zu vergewissern, daß der Dom aus Marmor erbaut sei, streckten sie die Hände aus, um ihn zu berühren. Das genügte. Sie wurden umringt, gefesselt, mißhandelt und mit vielen Schlägen zum Kerker getrieben. Glücklicherweise ist das Gerichtsgebäude nicht allzuweit vom Dom entfernt, und durch einen noch glücklicheren Zufall wurden sie für unschuldig befunden und freigelassen.

Solche Dinge trugen sich aber nicht nur in der Stadt zu. Der Wahnsinn hatte sich so verbreitet wie die Pestansteckung. Der Wandersmann, der von Bauern abseits der Hauptstraße angetroffen wurde oder auf dieser müßig hierhin und dorthin sah oder sich niederstreckte, um sich auszuruhen, der Unbekannte, an dem sich etwas Auffälliges, Verdächtiges in Miene oder Kleidung fand, sie galten als Einschmierer. Bei der ersten besten derartigen Nachricht, schon auf den Ruf eines Knaben hin, läutete man Sturm und eilte herbei. Ein Steinhagel sauste auf die Unglücklichen herab, und wenn man sie schnappte, wurden sie, vom Volk umringt, ins Gefängnis eingeliefert. So berichtet wiederum Ripamonti. Und bis zu einem gewissen Zeitpunkt war das Gefängnis ein rettender Hafen.

Die Dekurionen jedoch ließen sich durch die Weigerung des weisen Prälaten nicht entmutigen und wiederholten, von der öffentlichen Meinung geräuschvoll unterstützt, ihr Drängen. Federigo widersetzte sich noch eine Zeitlang und versuchte sie zu überzeugen. Er unternahm alles, was Menschenkraft vermag, gegen den Zwang der Zeitläufte und die Beharrlichkeit der Menge. Bei den damals herrschenden Ansichten und der damaligen wirren und widerspruchsvollen Vorstellung von jener Gefahr, die von der klaren unserer Tage noch sehr weit entfernt war, kann man leicht begreifen, wieso seine guten Gründe auch bei ihm selber von den schlechten der anderen verdrängt werden konnten. Ob schließlich, als er nachgab, eine gewisse Willensschwäche daran schuld war oder nicht, bleibt ein Geheimnis des Menschenherzens. Wenn es irgendwann möglich erscheint, alle Schuld mangelnder Einsicht zuzuschreiben und so das Gewissen zu entlasten, so gewiß dann, wenn es sich um jene Ausnahmeerscheinungen handelt – und Federigo gehörte durchaus dazu –, aus deren ganzem Leben ein entschiedener Gehorsam gegenüber dem Gewissen ohne Rücksicht auf zeitliche Interessen irgendwelcher Art spricht. Auf Grund der wiederholten Vorstellungen gab er also nach, willigte darin ein, daß die Prozession stattfände, und entsprach weiterhin dem Wunsch und dem allgemeinen Verlangen, daß der Schrein mit den Reliquien des heiligen Carlo anschließend für acht Tage auf dem Hochaltar des Domes ausgestellt würde.

Ich finde keine Nachricht, daß das Gesundheitsamt oder andere Stellen irgendwelche Bedenken geltend gemacht oder Einspruch erhoben hätten. Das besagte Amt ordnete lediglich einige Vorsichtsmaßregeln an, die, ohne der Gefahr zu begegnen, die Furcht vor ihr erkennen ließen. Es erließ strengere Vorschriften für den Zuzug von Personen in die Stadt und befahl, um die Durchführung dieser Verordnungen sicherzustellen, die Tore geschlossen zu halten. Um ferner, soweit wie möglich, die Angesteckten und Verdächtigen von der Versammlung fernzuhalten, ließ man die Haustüren der betroffenen Häuser zunageln, deren Zahl sich auf etwa fünfhundert belief, soweit man, besonders bei einem solchen Umstande, der bloßen Versicherung eines Kronzeugen, und noch dazu eines Kronzeugen jener Zeit[1], Glauben schenken kann.

1 C. G. Cavatio della Somaglia: *Alleggiamento dello Stato di Milano* (Mailand 1653, Seite 482).

Drei Tage gingen mit Vorbereitungen dahin. Am elften Juni, als dem festgesetzten Tage, verließ die Prozession in der Morgendämmerung den Dom. Voran zog in langen Reihen das Volk, zum größten Teil Frauen, die das Antlitz mit weiten Seidenschleiern verhüllt hatten, vielfach barfuß gingen und in Sackleinwand gehüllt waren. Dann folgten die Zünfte hinter ihren Fahnen, die Bruderschaften in Gewändern verschiedenen Schnitts und unterschiedlicher Farbe, dann die Klosterbrüder, dann die Weltgeistlichen, jeder mit seinem Rangabzeichen und einer Kerze oder einer Fackel in der Hand. In der Mitte kam im Schimmer zahlloser Lichter und bei dem aufwogenden Klang der Litaneien unter einem reichen Baldachin der von vier Domherren in prächtigen Gewändern getragene Schrein. Von Zeit zu Zeit wurden sie abgelöst. Durch die Glaswände war der verehrte Leichnam in glänzendem Bischofsornat mit der Mitra auf dem Haupte sichtbar. Die entstellten und verfallenen Formen ließen noch eine Spur der früheren Erscheinung erkennen, so wie die Bilder sie wiedergeben und wie sie einigen noch gegenwärtig war, die ihn im Leben gesehen und geehrt hatten. Hinter der sterblichen Hülle des toten Oberhirten (sagt Ripamonti, dem wir diese Beschreibung in der Hauptsache entnehmen) schritt Erzbischof Federigo, wie er jenem auch an Verdienst, Abkunft und Würden folgte. Dann kam der übrige Klerus, darauf die Behörden in den besten Galagewändern, dann der Adel, manche prunkvoll gekleidet, gleichsam eine feierliche Äußerung ihrer Verehrung, manche zum Zeichen der Reue in schwarzer Tracht oder barfuß mit der Büßerkutte und die Kapuze mit den Sehschlitzen vor dem Gesicht, alle mit kleinen Fackeln. Den Beschluß bildete ein langer Zug von allerlei Volk.

Der ganze Weg war festlich geschmückt. Die Reichen hatten den kostbarsten Hausrat hervorgeholt; die Fassaden der Häuser der Armen waren von wohlhabenden Nachbarn oder auf öffentliche Kosten geschmückt worden. Dichtbelaubte Zweige ersetzten an der einen Stelle die Wandbehänge und hingen an einer anderen wieder darüber. Überall Bilder, Sprüche, Wappen; auf den Fenstersimsen waren Vasen, Altertümer und eine Menge Kostbarkeiten ausgestellt und überall Lichter. Aus vielen dieser Fenster schauten in Quarantäne befindliche Kranke auf die Prozession und begleiteten sie mit ihren Gebeten. Die übrigen Straßen waren stumm und verödet; aber auch hier lauschten manche an den Fenstern dem verklingenden Murmeln, andere, und unter ihnen sah man sogar Nonnen, waren auf die Dächer geklettert und hofften so von weitem den Schrein, den Zug oder sonst irgend etwas zu erblicken.

Die Prozession zog durch sämtliche Stadtviertel. An allen Kreuzungspunkten oder kleinen Plätzen, wo die Hauptstraßen in die Vororte münden und die damals den alten Namen »Carrobi« führten, der heute nur noch einem einzigen verblieben ist, machte man halt, und der Schrein wurde neben den Kreuzen niedergestellt, die dort überall von dem heiligen Carlo anläßlich der früheren Pest errichtet worden waren. Einige davon stehen noch heute. Weit über Mittag erst kam man daher zum Dom zurück.

Doch siehe da, während noch die vermessene Überzeugung, ja, bei vielen eine fanatische Gewißheit herrschte, daß die Prozession die Pest verjagt haben müsse, stieg am nächsten Tage in allen Schichten und in jedem Stadtviertel die Zahl der Todesfälle so plötzlich und dermaßen an, daß niemand mehr umhinkonnte, die Ursache oder den Anlaß in der Prozession selbst zu sehen. Aber – ach, welch erstaunliche und bedauerliche Auswirkung eines allgemeinen Vorurteils! – nicht der Ansammlung so vieler Menschen während einer so langen Zeit, nicht der unendlichen Vervielfachung zufälliger Berührungen schrieben die meisten diese Wirkung zu, sondern den günstigen Bedingungen, welche die Einschmierer dabei gefunden hätten, um ihre verruchte Absicht im großen durchzuführen. Es hieß, unter die Menge gemischt, hätten sie mit ihrer Salbe so viele infiziert, wie sie nur konnten. Da aber dieses Mittel nicht ausreichend und für eine so hohe Sterblichkeitsziffer in allen Bevölkerungsschichten nicht hinlänglich schien und da es offenbar selbst dem argwöhnischsten Blick bei aller Wachsamkeit und Schärfe nicht möglich war, Schmierspuren oder Flecken irgendwelcher Art an den Wänden oder sonstwo festzustellen, nahm man zur Erklärung der Tatsache zu einem anderen altvertrauten Hirngespinst seine Zuflucht, das damals in ganz Europa als wissenschaftliche Tatsache galt, dem giftigen Hexenpulver. Es hieß, solche Pulver seien über die Straßen und insbesondere an den Haltepunkten ausgestreut worden und hätten sich an die Schleppen der Kleider und mehr noch an die Füße gehängt, da ja an jenem Tage viele barfuß mitgegangen seien. Ein zeitgenössischer Schriftsteller[1] sagt: »Daher sah denn der Tag der Prozession Frömmigkeit und Gottlosigkeit, Hinterlist und Aufrichtigkeit, Verlust und Gewinn einander begegnen.« Dabei war es doch der armselige menschliche Verstand, der mit seinen selbstgeschaffenen Ausgeburten zusammentraf.

Von diesem Tage an wütete die Seuche immer heftiger: in kurzer Zeit war fast kein Haus mehr verschont; in kurzer Zeit stieg die Zahl der Kranken im Lazarett, nach Angaben des oben angeführten Somaglia, von zweitausend auf zwölftausend und später, nach den Behauptungen fast aller Quellen, bis auf sechzehntausend. Am 4. Juli überschritten die täglichen Todesfälle, wie ich einem anderen Brief der Konservatoren des Gesundheitsamtes an den Gouverneur entnehme, die Zahl fünfhundert. Späterhin und auf ihrem

1 Agostino Lampugnano: *La pestilenza seguita in Milano, l'anno 1630* (Mailand 1634, Seite 44).

Höhepunkt waren es nach den allgemein verbreiteten Angaben tausendzweihundert bis tausendfünfhundert und mehr als dreitausendfünfhundert, wenn wir Tadino Glauben schenken wollen. Dieser versichert auch, daß, »nach sorgfältigen Erhebungen«, die Bevölkerung Mailands nach der Pest auf wenig mehr als vierundsechzigtausend Seelen zusammengeschmolzen sei, während sie vorher zweihundertfünfzigtausend überschritten habe. Nach Ripamonti waren es nur zweihunderttausend, und von den Toten sagt er, daß hundertundvierzigtausend aus den Standesamtsregistern hervorgingen, ungerechnet die, welche man nicht mehr registrieren konnte. Andere geben mehr oder auch weniger an, aber ersichtlich aufs Geratewohl.

Man kann sich nunmehr vorstellen, mit welchen Schwierigkeiten die Dekurionen zu kämpfen hatten, auf denen die Last der Verantwortung für alle staatlichen Erfordernisse ruhte und denen die Aufgabe zugefallen war, wiedergutzumachen, was sich bei einer solchen Katastrophe überhaupt gutmachen läßt. Tag für Tag mußte Ersatz beschafft, mußte die Zahl der Beamten jeder Art vermehrt werden: Pestpfleger, Gerichtsdiener, Kommissare. Die ersteren waren mit den mühsamsten und gefährlichsten Diensten während der Pestzeit befaßt: sie hatten die Leichen aus den Häusern, dem Lazarett und von den Straßen abzuholen, mußten sie mit Wagen zu den Gräbern bringen und sie beisetzen; sie mußten die Kranken ins Lazarett befördern oder hinführen und sie betreuen; sie mußten die infizierten und verdächtigen Gegenstände verbrennen und reinigen. Die Bezeichnung »Monatti[1]« will Ripamonti aus dem griechischen »monos« ableiten, Caspare Bugatti (in einer Beschreibung der früheren Pest) vom lateinischen »monere«; er vermutet aber

1 Die italienische Form für Pestpfleger (Anmerkung des Übersetzers).

gleichzeitig mit mehr Grund, daß es sich um ein Wort deutschen Ursprungs handle, da diese Männer zum größten Teil in der Schweiz und in Graubünden angeworben wurden. Es wäre in der Tat nicht abwegig, es für eine Verstümmelung des Wortes »monatlich« zu halten, da es ja angesichts der Ungewißheit der Dienstdauer wahrscheinlich ist, daß die Verträge nur von Monat zu Monat liefen. Die besondere Aufgabe der Gerichtsdiener bestand darin, den Leichenwagen vorauszugehen und die Passanten durch ein Glöckchen aufzufordern, sich zurückzuziehen. Den Kommissaren unterstanden die einen wie die anderen unter der unmittelbaren Zuständigkeit des Gesundheitsamtes. Das Lazarett mußte mit Ärzten, Chirurgen, Medikamenten, Lebensmitteln und Krankenhauszubehör versehen werden. Für die täglich neu eintreffenden Kranken mußten neue Unterbringungsmöglichkeiten geschaffen und vorbereitet werden. Zu diesem Zweck ließ man in aller Eile im Innenhof des Lazaretts Unterkünfte aus Holz und Stroh errichten. Ein neues Lazarett für viertausend Personen wurde lediglich aus Baracken geschaffen und mit einer einfachen Bretterwand umgeben. Und als es nicht mehr genügte, wurde der Bau von zwei weiteren beschlossen. Auch wurde zur Ausführung Hand angelegt, aber da es an Hilfsmitteln jeder Art fehlte, blieben sie unvollendet. Mittel, Menschen und Mut schwanden ebenso dahin, wie das Bedürfnis sich steigerte.

Nicht nur blieb die Durchführung immer hinter den Plänen und Anordnungen zurück, nicht nur wurde vielen, wenn auch anerkannten Notwendigkeiten nur ungenügend entsprochen – selbst was die Worte anging –, man gelangte an jenen Punkt der Ohnmacht und Verzweiflung, wo man sich auch um mitleiderregende, schreiende Mißstände häufig auf keine Weise mehr bekümmert. So kamen zum Beispiel eine große Anzahl von Kindern in hilfloser Verlassenheit um, weil ihre Mütter an der Pest gestorben waren. Das

Gesundheitsamt schlug vor, für sie und bedürftige Wöchnerinnen etwas zu unternehmen, konnte aber nichts erreichen. »Nichtsdestoweniger«, sagt Tadino, »waren auch die Dekurionen der Stadt zu bedauern, die von der zuchtlosen, unbotmäßigen Soldateska gekränkt, belästigt und bloßgestellt wurden, was in dem unseligen Herzogtum um so schlimmer war, als keinerlei Unterstützung und Verordnungen vom Gouverneur erlangt werden konnten, der lediglich darauf hinwies, daß nun einmal Kriegszeit sei und daß man die Soldaten gut behandeln müsse.« So wichtig war es, Casale einzunehmen! So schön erscheint der Siegerruhm, ganz gleichgültig, aus welchem Grunde und für welches Ziel man kämpft!

In der Nähe des Lazaretts war ein riesiges Massengrab ausgehoben worden. Als dies nun voller Leichen lag und nicht nur in diesem, sondern auch in allen anderen Teilen der Stadt die mit jedem Tag wachsende Zahl der Toten unbestattet blieb, suchten die Behörden zunächst vergeblich Arbeitskräfte für das traurige Geschäft und sahen sich dann genötigt zu erklären, sie wüßten nicht mehr aus noch ein. Man ersieht daraus, wie alles hätte ausgehen können, wenn nicht besondere Hilfe gekommen wäre. In seiner Verzweiflung begab sich der Präsident des Gesundheitsamtes mit Tränen in den Augen zu jenen wackeren Brüdern, die das Lazarett versorgten, und der Pater Michele verpflichtete sich, ihm binnen vier Tagen die Stadt von Leichen zu räumen und binnen acht Tagen genügend Massengräber auszuheben, um nicht nur den gegenwärtigen Erfordernissen, sondern auch den schlimmsten noch zu erwartenden Rechnung zu tragen. Mit einem Ordensbruder und Beamten des Gesundheitsdienstes begab er sich aufs Land und warb Bauern an. Teils auf Grund des Ansehens der Behörde, teils auf Grund seines geistlichen Gewandes und seiner Worte brachte er an die zweihundert zusammen, durch die er drei riesige Massengräber ausheben ließ. Dann schickte er Pestpfleger aus dem Lazarett, um die Toten aufzulesen, so daß bis zum festgesetzten Tage sein Versprechen eingelöst war.

Einmal blieb das Lazarett ohne Ärzte, und nur durch das Angebot großer Gehälter und Ehren konnte er mit Mühe nach und nach einige verpflichten, aber weit weniger, als nötig gewesen wären. Häufiger sah es so aus, als ob tatsächlich die Lebensmittel ausgingen, so daß man auch den Hungertod befürchten mußte, und mehr als einmal, wenn man nicht mehr wußte, an wen man sich wenden sollte, um das Notwendigste zu erhalten, kamen gerade rechtzeitig reichliche Hilfsmittel aus unerwarteten Spenden von privater Seite. Bei der allgemeinen Abstumpfung und Gleichgültigkeit gegenüber den anderen, wie sie die beständige Furcht um das eigene Dasein erzeugte, gab es nämlich dennoch Seelen, die immer der Nächstenliebe treu blieben, und andere, in denen die Nächstenliebe erwachte, wenn alle Erdenfreuden aufhörten; wie denn auch, als viele flohen und ausfielen, die zu leiten und zu planen berufen waren, stets einige gesund und mit ungebrochenem Mut auf dem Posten blieben. Es gab ferner andere, die sich erbarmten und tatkräftig Aufgaben übernahmen und durchführten, zu denen sie nicht von Amts wegen verpflichtet waren.

Doch eine durchgängige Bereitschaft und unermüdliche Treue gegenüber den schwierigen Pflichten des Augenblicks trat bei den Geistlichen hervor. In den Lazaretten und in der Stadt fehlte ihr Beistand nie. Wo gelitten wurde, da waren sie auch. Immer sah man sie unter den Dahinsiechenden und Sterbenden, wobei sie zuweilen selber siech und sterbenskrank waren. Außer dem geistlichen Beistand spendeten sie, so gut sie konnten, auch materielle Hilfe. Sie leisteten jeden Dienst, den die Umstände erfordern mochten. Über sechzig Pfarrer aus der Stadt allein kamen durch die Pestansteckung um, ungefähr acht Neuntel aller.

Wie von ihm zu erwarten stand, gab Federigo allen Ansporn und Beispiel. Als rings um ihn fast das ganze erzbischöfliche Personal dahingerafft worden war und Verwandte, hohe Beamte und benachbarte Fürsten ihn bestürmten, er solle sich außer Gefahr begeben und sich in irgendeine Landvilla zurückziehen, verwarf er einen solchen Rat und widerstand dem Drängen mit jenem Mute, aus dem heraus er den Pfarrern schrieb: »Bereitet euch, lieber dies sterbliche Leben aufzugeben als die Gemeinde unserer Brüder und Schwestern. Tretet der Pest in Liebe entgegen, als brächte sie Lohn und die Krone des Lebens, wenn sie uns eine Seele für Christus gewinnen läßt[1]. Er ließ dabei Vorsichtsmaßregeln nicht außer acht, soweit sie ihn nicht an der Ausübung seiner Pflichten hinderten – und darüber gab er auch dem Klerus Anweisungen und Vorschriften –, zugleich aber war er unbekümmert wegen der Gefahren, ja, schien sie nicht einmal wahrzunehmen, wenn er, um Gutes zu tun, durch sie hindurch mußte. Abgesehen von den Geistlichen, für die er immer da war, um sie zu loben und ihren Eifer zu lenken, um jeden von ihnen anzuspornen, wo er etwa lauer in seiner Tätigkeit wurde, um sie da einzusetzen, wo andere gestorben waren, verlangte er auch, daß jeder Zutritt zu ihm haben müsse, der ihn brauche. Er besuchte die Lazarette, um die Kranken zu trösten und die Pfleger aufzumuntern. Er durcheilte die Stadt und brachte den Unglücklichen, die in ihren Häusern in Quarantäne saßen, Hilfe; er hielt an den Türen, unter den Fenstern, um ihre Klagen anzuhören und ihnen Worte des Trostes und der Ermutigung zu spenden. Kurzum, er wagte sich mitten in die Pest und lebte darin, so daß er selber am Ende erstaunt war, daß er heil davongekommen war.

So findet man bei einem allgemeinen Unglück und bei jeg-

1 Ripamonti, am angeführten Orte, Seite 164.

licher Art von langdauernden Störungen der gewohnten Ordnung immer eine Steigerung und Verfeinerung der Tugend; leider Gottes aber fehlt zugleich nie eine im allgemeinen viel verbreitetere Zunahme der Schlechtigkeit. Auch das wurde festgestellt. Die Gauner, welche die Pest verschonte und nicht umwarf, fanden in der allgemeinen Verwirrung und der Lockerung aller öffentlichen Ordnung ein neues Betätigungsfeld und zugleich eine neue Sicherheit, straflos auszugehen. Ja sogar die Ausübung der Amtsgewalt war zum großen Teil in die Hände der schlimmsten unter ihnen geraten. Für die Dienste der Pestpfleger und Gerichtsdiener gaben sich im allgemeinen nur Menschen her, über welche die Verlockung zu Raub und Zügellosigkeit mehr vermochte als die Angst vor der Ansteckung und jeder natürliche Abscheu. Sie waren zwar an äußerst strenge Vorschriften gebunden und mit sehr schweren Strafen bedroht, sie hatten ganz bestimmte Arbeitsplätze und Kommissare als Vorgesetzte; über ihnen standen, wie schon gesagt, in jedem Viertel Delegierte: Beamte und Adlige, welche Vollmachten hatten, kurzerhand alle Maßnahmen im Interesse einer ordentlichen Verwaltung zu treffen. Eine solche Ordnung der Dinge bestand und bewährte sich bis zu einem gewissen Augenblick. Als aber die Zahl derjenigen, die starben, davonliefen und den Kopf verloren, täglich mehr anwuchs, ergab es sich, daß jene fast niemanden mehr hatten, der sich noch zügelte, und besonders die Pestpfleger begannen nach Willkür zu schalten und zu walten. Sie spielten sich als Herren auf, benahmen sich wie Feinde und drangen in die Häuser ein, wo sie – ganz zu geschweigen der Diebstähle und der Behandlung der Unglücklichen, welche die Pest dazu verdammt hatte, in solche Hände zu fallen – ihre verseuchten und ruchlosen Hände auf die Gesunden, Kinder, Verwandten, Gatten und Frauen legten und ihnen androhten, sie nach dem Lazarett zu schleppen, wenn sie sich nicht loskauften oder Lösegeld für sie beigebracht würde. Bei anderen Gelegenheiten ließen sie sich ihre Dienste teuer bezahlen, indem sie sich weigerten, die schon verwesenden Leichen ohne ein bestimmtes Entgelt fortzuschaffen. Es hieß – und bei dem Leichtsinn der einen und der Ruchlosigkeit der andern sind hier Glaube und Zweifel in gleicher Weise möglich –, es hieß, und auch Tadino versichert es, daß die Pestpfleger und Gerichtsdiener absichtlich infizierte Dinge von den Karren fallen ließen, um die Pest weiterzuverbreiten und zu fördern, die für sie zu einer Einnahmequelle, einem Machtbereich und Zeitvertreib geworden war. Andere Bösewichter, die sich als Pestpfleger aufmachten, indem sie – wie es jenen vorgeschrieben war – an einem Fuß ein Glöckchen als Abzeichen trugen, das ihr Nahen bemerkbar machen sollte, drangen in die Häuser ein und trieben dort, was sie wollten. In einige, die offenstanden und ohne Bewohner waren oder nur noch irgendeinen Siechen oder Sterbenden beherbergten, kamen Diebe, um ganz gefahrlos zu plündern. Andere wurden überrascht und von Schergen überfallen, die es genauso und schlimmer noch trieben. Mit der Verworfenheit nahm auch der Wahnsinn zu: alle schon mehr oder minder herrschenden Irrtümer gewannen aus der Ratlosigkeit und Erschütterung der Menschen eine außerordentliche Macht und hatten nun unmittelbare, unermeßliche Folgen. Alle aber dienten dazu, jene besondere Furcht vor dem »Einschmieren« zu verstärken und zu vergrößern, die in ihren Auswirkungen und Ausbrüchen, wie wir gesehen haben, oft nichts als eine weitere Schändlichkeit war. Die Vorstellung dieser eingebildeten Tücke beschäftigte und quälte die Gemüter weit mehr als die echte und unmittelbare Gefahr. Ripamonti sagt: »Während die einzeln oder in Haufen herumliegenden Leichen, die einem immer vor Augen und im Wege waren, aus der Stadt so etwas wie einen einzigen großen Friedhof machten, erwies sich als noch schlimmer und verhängnisvoller die gegenseitige Verbitterung und der ungezügelte und ungeheuerliche Hang zu Verdächtigungen ... Man war nicht nur argwöhnisch gegen den Nachbarn, sondern auch gegen den Freund und Gast; selbst die engsten, menschlichen Herzensbande, wie sie die Beziehungen zwischen Gatte und Gattin, Vater und Sohn, Bruder und Bruder knüpfen, zerriß das Grausen; furchtbar und unwürdig, es auszusprechen: der häusliche Tisch, das Ehebett wurden als Hinterhalte und Brutstätten der Hexenkunst gefürchtet.«

Die eingebildete Ausdehnung der Verschwörung und ihre Rätselhaftigkeit warfen alle Vernunft über den Haufen und untergruben jedes gegenseitige Vertrauen. Anfänglich glaubte man nur, die angeblichen »Einschmierer« würden von Ehrgeiz und Begehrlichkeit verleitet; als die Sache weiterging, bildete man sich fest ein, zu dieser Schmiererei gehöre eine irgendwie teuflische Wollust, ein Drang, welcher den Willen ausschaltete. Der Fieberwahn der Kranken, die sich selbst dessen bezichtigten, was sie von anderen gefürchtet hatten, wurde als Offenbarung genommen und machte sozusagen für jedermann jegliche Sache glaubhaft. Noch größeren Eindruck aber als die Worte mußten Handlungen machen, wenn es etwa vorkam, daß Pestkranke im Delirium hingingen und das vollführten, was ihrer Einbildung nach von den »Einschmierern« vollführt wurde. Dieser Vorgang ist einmal sehr einleuchtend und zugleich geeignet, die allgemeine Überzeugung und die Versicherungen vieler Schriftstücke besser begreifen zu lassen. So dienten in der langen und bedauerlichen Zeit der Hexenprozesse die nicht immer durch die Folter erzwungenen Geständnisse der Angeklagten nicht wenig dazu, die Meinung zu verbreiten und zu festigen, die über sie bestand. Wenn nämlich eine Meinung lange Zeit hindurch und in einem großen Teil der Welt herrscht, so kommt sie schließlich auf jede nur mögliche Weise zum Ausdruck, versucht sich überall Luft zu machen und durchläuft alle Stufen der Gewißheit. Schwerlich glauben alle oder sehr viele auf die Dauer, daß etwas Sonderbares geschieht, ohne daß sich schließlich einer findet, der überzeugt ist, der Täter zu sein.

Unter den Geschichten, die jener Schmierwahnsinn eingab, verdient eine Erwähnung, weil sie viel Glauben fand und weit verbreitet wurde. Wenn auch nicht von allen in der gleichen Weise – was ein zu merkwürdiger Vorzug solcher Fabeleien wäre –, wurde dennoch ungefähr folgendes erzählt: Der und der hatte an dem und dem Tag auf dem Domplatz einen Sechsspänner ankommen sehen und darin unter anderen eine hohe Persönlichkeit mit finsterer und erregter Miene, flammenden Augen, gesträubtem Haar und drohend aufgeworfenen Lippen. Während dieser nun aufmerksam umherblickte, hatte die Kutsche gehalten, und der Kutscher hatte den Zuschauer aufgefordert einzusteigen. Der hatte nicht nein zu sagen vermocht. Nach verschiedenen Umwegen waren sie an der Tür des und des Palastes ausgestiegen, den auch er mit der Gesellschaft betrat. Dort hatten sie genußreiche und schaurige Dinge, Wüsteneien und Gärten, Höhlen und Säle vorgefunden und darin Spukgestalten, die Beratungen abhielten. Schließlich hatte man ihm große Geldkisten gezeigt und ihm gesagt, er möge daraus nehmen, was ihm gefiele, unter der Bedingung allerdings, daß er zugleich ein Salbengefäß mitnähme und damit in der Stadt das Seine täte. Da er aber nicht hatte einwilligen wollen, hatte er sich im Handumdrehen wieder an demselben Ort befunden, von dem er entführt worden war. Diese Geschichte, an die das Volk hier allgemein glaubte und die von keinem einflußreichen Manne der ihr angemessenen Lächerlichkeit preisgegeben wurde, lief in ganz Italien und im Ausland um. In Deutschland wurde ein Kupferstich dazu verbreitet. Der Erzbischof und Kurfürst von Mainz schrieb an den Kardinal Federigo, um anzufragen, was er von den wunderbaren

Dingen zu halten hätte, die aus Mailand erzählt würden, und erhielt die Antwort, daß es sich um Phantastereien handle.

Von gleichem Wert, wenn auch nicht ganz vom selben Schlage waren die Phantastereien der Gelehrten, deren Wirkungen denn auch ebenso verhängnisvoll waren. Die meisten von ihnen erblickten die Ankündigung und zugleich auch den Grund der Leiden in einem Kometen, der im Jahre 1628 erschienen war, und in einer Konjunktion von Jupiter und Saturn. Tadino berichtet darüber: »Besagte Konjunktion über dem Jahre 1630 zeigte sich so klar, daß jedermann sie wahrnehmen konnte. Mortales parat morbos, miranda videntur.« Diese Prophezeiung sollte angeblich aus einem Büchlein mit dem Titel »Spiegel der vollkommenen Almanache« stammen, das 1623 in Turin erschienen war, und sie war in aller Munde. Ein weiterer Komet, der im Juni des Pestjahres selber erschien, wurde als ein neuer Hinweis aufgefaßt, ja sogar als offenkundiger Beweis der Schmiertheorie. In den Büchern forschte man nach Beispielen für – wie man sich ausdrückte – »handbewirkte« Pestepidemien und fand sie leider Gottes in Menge. Man zitierte Livius, Tacitus, Dion, ja sogar Homer und Ovid und viele andere Dichter der Antike, die ähnliche Begebenheiten erzählt oder darauf angespielt haben. Bei den Modernen fand man noch ergiebigere Parallelen. Hundert weitere Autoren wurden angeführt, die über Hexenkünste, Hexensalben und Hexenpulver Abhandlungen geschrieben oder sie nebenbei erwähnt haben: Cisalpino, Cardano, Grevin, Salio, Paré, Schenk von Graffenberg, Zacchia und schließlich der verhängnisvolle Delrio, der, wenn der Ruhm der Autoren im Verhältnis zu dem Guten und Bösen stünde, das ihre Bücher bewirken, einer der berüchtigtesten sein müßte. Die Phantastereien dieses Delrio kosteten mehr Menschen das Leben als die Unternehmungen irgendeines Eroberers. Die »Disquisizioni

Magiche« dieses Delrio enthalten den Extrakt all dessen, was die Menschen bis zu seiner Zeit über dieses Thema fabuliert hatten, und galten als unwiderlegliches Handbuch, das für länger als ein Jahrhundert Richtschnur und wirksame Triebfeder zu nicht abreißenden, schaurigen, gesetzlich gutgeheißenen Blutbädern wurde.

Aus den Einfällen der einfachen Leute übernahmen die Gebildeten, was sich mit ihren Vorstellungen vereinbaren ließ; aus den Einfällen der gebildeten Leute übernahmen die einfachen, was sie davon begreifen konnten, und so, wie sie es verstanden, und aus dem Ganzen ergab sich eine wüste Unmenge allgemeinen Unsinns.

Noch größere Verwunderung aber erregt es, wenn man das Verhalten der Ärzte betrachtet. Ärzte, die von vornherein die Pest erkannten, wie insbesondere Tadino, der sie prophezeit hatte, sie eintreten sah und der sie vor allem in ihrer Entwicklung im Auge behielt, der behauptet und gepredigt hatte, daß es sich um Pest handele, und der gegen die Seuche kämpfte, weil das ganze Land verheert würde, wenn man ihr nicht Einhalt geböte, einen solchen Mann sieht man dann aus ebendiesen Wirkungen den sicheren Beweis für Hexenkünste ableiten. Man sieht ihn, der im Fall jenes Carlo Colonna, des zweiten Pestopfers in Mailand, den Fieberwahn als eine Begleiterscheinung der Krankheit festgestellt hatte, nunmehr einen Tatbestand folgender Art als einen Beweis für die Schmiererei und teuflische Verschwörung anführen: zwei Zeugen sagten aus, daß ein kranker Freund ihnen erzählt habe, nächtlicherweile hätten sich Gestalten in seinem Zimmer eingefunden und ihm Heilung und Geld angeboten, falls er die Häuser in der Umgebung anschmieren würde. Auf seine Weigerung hin wären sie dann fortgegangen, und an ihrer Stelle wäre ein Wolf unter seinem Bett geblieben und drei Katzen obendrauf, »die dort bis zum Morgengrauen blieben«.

Wäre es ein einzelner gewesen, der solche Zusammenhänge behauptet hätte, so würde man sagen, es habe in seinem Kopfe sonderbar ausgesehen, oder vielmehr: es liege kein Grund vor, davon zu sprechen. Da es aber viele waren, ja sogar fast alle, so gehört es zur Geschichte des menschlichen Geistes und gibt Gelegenheit zu beobachten, wie eine folgerichtige und vernünftige Gedankenkette von einer anderen verwirrt werden kann, die ihr in den Weg kommt. Dabei war Tadino einer der angesehensten Männer seiner Zeit.

Zwei berühmte und hochverdiente Schriftsteller haben versichert, daß Kardinal Federigo an dem Vorhandensein des Salbenzaubers zweifelte[1]. Gerne möchten wir seinem so rühmlichen und liebenswerten Gedächtnis ein noch unumschränkteres Lob spenden und den guten Prälaten in diesem Punkte, wie in so vielen anderen, als den meisten seiner Zeitgenossen überlegen hinstellen; statt dessen aber sind wir abermals gezwungen, in ihm ein Beispiel dafür zu sehen, wie die Kraft einer allgemeinen Überzeugung sich auch auf die edelsten Geister auswirkt. Man sieht, wie er anfänglich – zum mindesten nach den Angaben Ripamontis – wirklich im Zweifel war: er hielt auch weiterhin immer dafür, daß an dieser Ansicht Leichtgläubigkeit, Unwissenheit, Angst und der Wunsch, eine Entschuldigung für die zu späte Bekämpfung einer nicht rechtzeitig bemerkten Ansteckung zu finden, ihr gut Teil Schuld hätten und daß mancherlei Übertriebenes daran wäre, aber letzten Endes war für ihn doch auch etwas Wahres daran. In der Ambrosianischen Bibliothek befindet sich ein kleines, von ihm mit eigner Hand geschriebenes Werk über diese Pest, und diese Auffassung wird darin oft erwähnt, ja, einmal sogar mit aller Deutlichkeit zum

1 Muratori: *Del governo della feste* (Modena 1714, Seite 117) und P. Verri: am angeführten Orte, Seite 261.

Ausdruck gebracht: »Die allgemeine Ansicht ging dahin«, führt er dort in etwa aus, »daß diese Salben an verschiedenen Orten hergestellt würden und daß es zahlreiche Kunstgriffe bei ihrer Anwendung gäbe, von denen uns einige glaubhaft, andere aber erfunden scheinen.« Mit seinen eigenen Worten[1]:

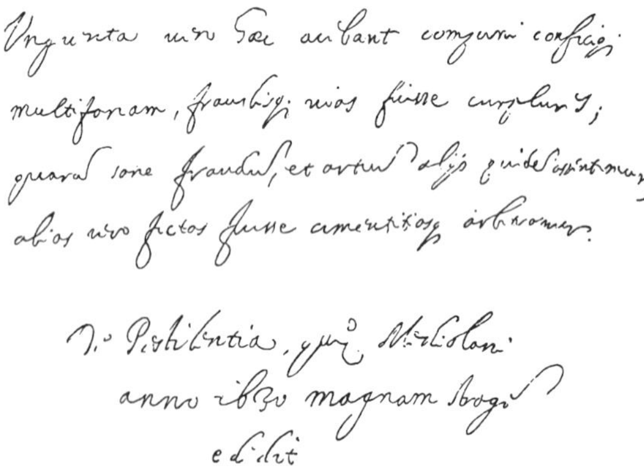
Unguenta vero haec aiebant componi conficique multifariam, fraudisque vias fuisse complures; quarum sane fraudum et artium aliis quidem assentimur, alias vero fictas fuisse comentitiasque arbitramur.

De Pestilentia, quae Mediolani anno 1630 magnam stragem edidit

Es gab jedoch auch solche, die bis zum Ende der Pest und bis an ihr Lebensende überzeugt waren, daß das alles Einbildung sei. Das wissen wir jedoch nicht von ihnen selber, denn keiner von ihnen war kühn genug, der Öffentlichkeit eine derart von der gängigen Ansicht abweichende Meinung vorzutragen. Wir wissen es aus den Schriftstellern, die sich über jene Ansichten lustig machen, sie tadeln oder als Vorurteil einzelner weniger widerlegen, als einen Irrtum, der jede of-

1 »Unguenta vero haec aiebant componi conficique multifariam, fraudisque vias fuisse complures; quarum sane fraudum et artium aliis quidem assentimur, alias vero fictas fuisse comentitiasque arbitramur.« *(De pestilentia quae Mediolani anno 1630 magnam stragem edidit.* Cap. V.).

fene Auseinandersetzung scheute, der aber doch bestand. Wir wissen es auch durch solche, die davon aus der Überlieferung Kenntnis hatten. »Ich habe in Mailand vernünftige Leute angetroffen«, sagt der gute Muratori am oben angegebenen Ort, »die zuverlässige Berichte von ihren Vorfahren hatten und nicht sonderlich davon überzeugt waren, daß die Sache mit den Giftsalben ihre Richtigkeit hätte.« Man sieht, daß es ein geheimes Ventil der Wahrheit im engsten Familienkreise gab. Die Vernunft war vorhanden, aber sie hielt sich verborgen, aus Angst vor der öffentlichen Meinung. Die Behörden, die Tag für Tag Menschen verloren und immer ratloser und verwirrter wurden, verwandten sozusagen den Rest ihrer ganzen Tatkraft darauf, die »Einschmierer« ausfindig zu machen. Unter den Papieren aus der Pestzeit, die sich im oben angeführten Archiv befinden, gibt es einen Brief (ohne jede andere zugehörige Urkunde), in welchem der Großkanzler allen Ernstes den Gouverneur eilfertig davon unterrichitet, daß nach vorliegenden Nachrichten in einem Landhause der Brüder Girolamo und Giulio Monti, zweier mailändischer Edelleute, Gift in solchen Mengen hergestellt würde, daß vierzig Menschen »en este exercicio[1]« tätig wären. Unterstützt würden sie dabei von vier Edelleuten aus Brescia, die aus dem venezianischen Gebiet Rohstoffe besorgten: »Para la fábrica del veneno:[2].« Er fügt hinzu, daß er in aller Stille die nötigen Maßnahmen ergriffen habe, um den Podesta von Mailand und den Rechtssachverständigen des Gesundheitsamtes mit dreißig Berittenen dahin abzuordnen. Leider Gottes sei aber einer der Brüder rechtzeitig, und zwar vermutlich von dem mit ihm befreundeten Juristen, benachrichtigt worden und hätte so die Beweisstücke für das Verbrechen beseitigen können. Der Jurist

1 ... bei diesem Geschäft (Anmerkung des Übersetzers).

2 Das scheint die Giftfabrik zu sein.

habe Ausreden gefunden, um nicht mitzukommen. Nichtsdestoweniger sei aber der Podesta mit den Soldaten hingegangen, »a reconocer la casa, y a ver si hallará algunos vestigios[1]« sowie um Erkundigungen einzuziehen und alle Beschuldigten festzunehmen.

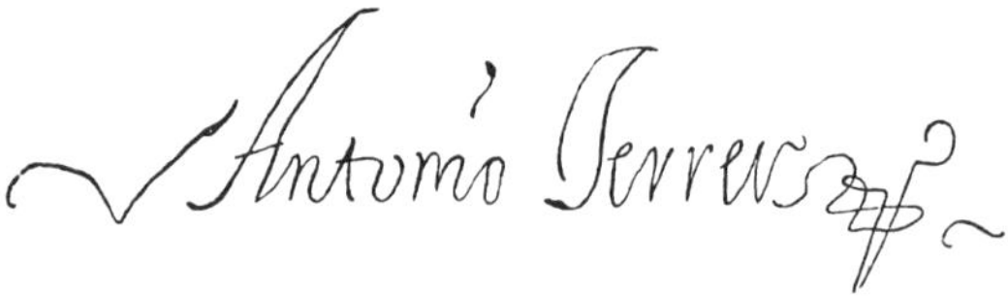

Die Sache muß wohl im Sande verlaufen sein, da die Schriftstücke der Zeit, die von dem Verdacht sprechen, der auf jenen Edelleuten ruhte, keine weitere Tatsache vermelden. Leider Gottes glaubte man aber in einem anderen Falle, jemanden gefunden zu haben.

Die Prozesse, die daraufhin stattfanden, waren sicherlich nicht die ersten ihrer Art, und man kann sie nicht einmal als Seltenheiten in der Geschichte der Jurisprudenz betrachten, denn, um von früheren Zeiten ganz zu schweigen und nur solche zu erwähnen, die der Epoche näher liegen, von der wir schreiben, 1526 wurde in Palermo, 1530, 1545 und noch einmal 1574 in Genf, 1536 in Casal Monferrato, 1555 in Padua, 1599 und noch einmal 1630 in Turin hier einem, da vielen Unglücklichen der Prozeß gemacht. Sie wurden zumeist zu den gräßlichsten Todesstrafen verurteilt, nachdem sie für schuldig befunden waren, die Pest mit Pulvern, Salben oder Zauberkünsten oder auch mit alldem auf einmal verbreitet zu haben. Der Fall der sogenannten Schmierereien von Mailand ist vielleicht, so wie er der berühmteste war, auch am ehesten nachzuprüfen, wenigstens gibt es hier mehr Möglichkeiten, ihn unter die Lupe zu nehmen, denn von ihm

1 … um das Haus zu durchsuchen und nachzuprüfen, ob es dort etwaige Spuren gäbe (Anmerkungen des Übersetzers).

sind Urkunden übriggeblieben, die mehr ins einzelne gehen und zuverlässiger sind. Wenn daher auch ein vor kurzem von uns gelobter Schriftsteller sich damit befaßt hat, wobei er die Absicht hatte, nicht eigentlich die Geschichte dieses Falles zu schreiben, sondern daraus vielmehr brauchbare Gründe für eine Behauptung von größerer oder gewiß unmittelbarerer Tragweite zu entnehmen, haben wir doch den Eindruck, daß diese Geschichte Gegenstand einer neuen Untersuchung werden könnte[1]. Das läßt sich aber nicht mit wenigen Worten abtun, und hier ist nicht der Ort, sie mit der ihr zukommenden Breite abzuhandeln. Darüber hinaus würde der Leser, wenn er einmal von diesen Fällen gepackt ist, sicher kein Interesse mehr für den Rest unserer Erzählung aufbringen. Die Geschichte und Untersuchung der Hexenprozesse behalten wir daher einer anderen Schrift vor und kehren damit endlich zu unseren Personen zurück, um sie nun bis zum Schluß nicht mehr zu verlassen.

33. KAPITEL

Eines Nachts, gegen Ende August, als die Pest gerade auf ihrem Höhepunkt war, befand sich Don Rodrigo in Begleitung des getreuen Grauen als eines der drei oder vier aus seiner Dienerschaft, die am Leben geblieben waren, in Mailand auf dem Heimweg. Er kam von einer Zusammenkunft mit Freunden, mit denen er wie gewöhnlich geschmaust hatte, um die Trübseligkeit der Zeiten zu vergessen. Jedesmal sah man neue Gesichter, und vertraute fehlten. An

1 Pietro Verri hatte sich darauf beschränkt, aus den Prozessen gegen die Einschmierer die Sinnlosigkeit der Folter zu beweisen. Manzoni kündigt hiermit die *Storia della Colonna Infame* an, die 1840/42 zugleich mit der endgültigen Ausgabe der *Promessi Sposi* erschien (Anmerkung des Übersetzers).

diesem Tage war Don Rodrigo einer der Lustigsten gewesen und hatte unter anderm die Gesellschaft durch eine Art Leichenrede auf den Grafen Attilio zum Lachen gebracht, der vor zwei Tagen von der Pest dahingerafft worden war.

Unterwegs jedoch fühlte er ein Unbehagen, Niedergeschlagenheit, Schwäche in den Beinen, Atembeschwerden und ein innerliches Brennen, das er allzugerne nur dem Wein, dem langen Aufbleiben und der Jahreszeit zugeschrieben hätte. Auf dem ganzen Wege tat er den Mund nicht auf, und als sie nach Hause gekommen waren, gab er dem Grauen zunächst einmal den Auftrag, ihm im Schlafzimmer Licht zu machen. Als sie sich dort befanden, bemerkte der Graue, daß das Gesicht seines Herrn verzerrt und fiebrig aussah, mit unnatürlich glänzenden, vorquellenden Augen. So hielt er sich ein wenig fern, denn unter den damaligen Verhältnissen mußte ja auch jeder Schurke den untrüglichen Blick eines Arztes bekommen.

»Denk nur, ich bin noch ganz munter«, sagte Don Rodrigo, der aus dem Verhalten des Grauen auf den Gedanken schloß, der jenem durch den Kopf gegangen war. »Ich fühle mich sauwohl, aber ich habe einen kräftigen Zug getan und vielleicht ein bißchen zuviel des Guten. Das war mal ein Tropfen, dieser Vernaccia ...! Aber nach einem ordentlichen Schlaf ist alles wieder weg. Ich bin gräßlich müde ... Stell das Licht beiseite, es blendet mich so ... das stört mich ...«

»Ja, der Vernaccia hat's in sich!« sagte der Graue und blieb weiter abseits stehen. »Gehn Sie aber gleich zu Bett; der Schlaf wird Ihnen guttun.«

»Da hast du recht: wenn ich bloß schlafen kann ... Sonst geht mir's prächtig. Stell auf alle Fälle die Glocke in meine Nähe, falls ich heute nacht etwas brauche, und paß auf, wenn es klingelt, verstanden! Ich werde aber wohl nichts brauchen ... So bring doch das verfluchte Licht fort!« fing er dann wieder an, während der Graue den Befehl ausführte und sich ihm dabei so wenig wie möglich näherte. »Zum Teufel! wie mich das stört!«

Der Graue nahm den Leuchter und ging schleunigst fort, nachdem er seinem Herrn gute Nacht gewünscht hatte, während dieser in seinen Pfühl kroch.

Die Decken lasteten aber wie ein Berg auf ihm. Er warf sie herunter und kuschelte sich zusammen, um zu schlafen, denn er war wirklich sterbensmüde. Kaum aber hatte er ein Auge zugetan, als er auch schon wieder mit einem Ruck aufschreckte, als ob ihm einer zum Tort einen Puff versetzt hätte. Er fühlte, daß seine Temperatur gestiegen und seine Unruhe gewachsen war. Seine Gedanken klammerten sich wieder an den August, den Vernaccia, das ungeregelte Leben; zu gern hätte er diesen Umständen alle Schuld beigemessen. In diese Gedanken drängte sich aber immer wieder jene andere Vorstellung, die damals mit allen übrigen verbunden war, die sozusagen durch alle Poren drang, die in allen Gesprächen des Gelages mitschwang, da es ja immer noch leichter war, sie scherzhaft zu nehmen, als sie mit Schweigen zu übergehen: die Pest.

Nachdem er sich lange hin und her gewälzt hatte, schlief er schließlich ein und versank in die scheußlichsten und wildesten Träumereien der Welt. Von einem zum andern Mal hatte er den Eindruck, sich in einer großen Kirche hoch, hoch oben, inmitten einer großen Menschenmenge zu befinden, dabei befand er sich dort, ohne daß er wußte, wie es zugegangen war, wie er auf den Gedanken hatte kommen können, zumal in dieser Zeit, und darüber war er wütend. Er sah sich die Umstehenden an: alle hatten gelbe, verfallene Gesichter mit irgendwie starren, glanzlosen Augen und hängenden Lippen, lauter Leute mit Kleidern, die in Fetzen herunterhingen und durch deren Löcher blaue Flecken und Beulen zu erkennen waren. »Platz, du Pack!« vermeinte er zu rufen und sah dabei nach dem fernen, fernen Portal. Er begleitete den Schrei mit einer drohenden Miene, ohne sich jedoch zu rühren, ja, er machte sich sogar ganz schmal, um diese schmutzigen Gestalten nicht zu berühren, die ihm schon allzusehr von allen Seiten auf den Leib rückten. Aber keiner dieser Wahnsinnigen machte Anstalten, vom Platz zu weichen, niemand schien überhaupt etwas gehört zu haben. Ja, sie drängten sich immer näher an ihn. Vor allem kam es ihm so vor, als ob er von einem mit dem Ellbogen oder anderswie links zwischen Herz und Achsel gepufft würde, wo er einen schmerzhaften und schweren Stich empfand. Und wenn er sich krümmte, um ihn loszuwerden, entstand plötzlich wieder auf unerklärliche Weise ein Stechen an der gleichen Stelle. Wütend wollte er seinen Degen ziehen, der – wie er nun bemerkte – im Gedränge hochgerutscht war, so daß der Griff ihn an jener Stelle gedrückt hatte. Als er aber die Hand dort hinlegte, fand er den Degen nicht und fühlte statt dessen einen stärkeren Schmerz. Er tobte, war voller Angst und wollte lauter schreien, als er wahrzunehmen meinte, daß alle Gesichter sich nach einer Seite drehten. Auch er schaute hin und erkannte eine Kanzel, über deren Brüstung eben etwas Gewölbtes, Glattes und Leuchtendes auftauchte. Dann kam klar ein kahles Haupt zum Vorschein, dann ein Augenpaar, ein Gesicht, ein langer, weißer Bart, ein aufgerichteter Mönch, der vom Gürtel ab die Brüstung überragte: Bruder Christophorus. Nachdem er einen Blick rings über die ganze Zuhörerschaft geschleudert hatte, kam es Don Rodrigo so vor, als ob er ihn auf ihm haften ließe, wobei der Mönch zugleich seine Hand erhob, genau in der Haltung, die er in jenem Saal im Erdgeschoß seines Palastes eingenommen hatte. Nun erhob auch er wütend die Hand und gab sich alle Mühe hinzustürzen, um jenen hochgereckten Arm zu ergreifen. Ein Ruf, der ihm beklemmend in der Kehle steckte, brach als lautes Aufheulen hervor, und er erwachte. Er ließ den Arm fallen, den er tatsächlich aufgehoben hatte, kam mit Mühe wieder zu sich und konnte endlich die Augen aufschlagen, denn das Licht des schon vorgerückten Tages war ihm ebenso unangenehm wie das der Kerze vorher in der Nacht. Er erkannte sein Bett und sein Zimmer wieder, er begriff, daß alles ein Traum gewesen war: die Kirche, das Volk, der Mönch, alles war verschwunden, alles, nur eines blieb: der Schmerz auf der linken Seite. Zugleich fühlte er heftiges, beschwerliches Herzklopfen, ein Brummen und beständiges Pfeifen in den Ohren, ein innerliches Brennen, Mattigkeit in allen Gliedern, schlimmer, als da er zu Bett gegangen war. Er zögerte noch etwas, ehe er nach der schmerzenden Stelle sah. Schließlich entdeckte er sie und warf einen ängstlichen Blick darauf. Er erkannte eine häßliche Beule von schwarz-blau-violetter Färbung.

Der Mann erkannte, daß er verloren war; Angst vor dem Tod überfiel ihn und vielleicht noch mehr die Angst, eine Beute der Pestpfleger zu werden, die ihn fortschleppen und ins Lazarett werfen würden. Wie er über Mittel und Wege nachsann, diesem entsetzlichen Los zu entgehen, merkte er, daß seine Sinne sich verwirrten und trübten. Er fühlte den Augenblick herannahen, in dem er den Verstand verlieren oder gerade so viel behalten würde, um eine Verzweiflungstat zu begehen. Er ergriff die Glocke und klingelte Sturm. Der Graue, der auf dem Posten war, erschien sofort. In einer gewissen Entfernung vom Bett blieb er stehen, betrachtete seinen Herrn genau und gewann Gewißheit über das, was er in der Nacht vermutet hatte.

»Grauer!« sagte Don Rodrigo und richtete sich mühsam auf, »du bist immer mein Vertrauter gewesen.«

»Jawohl, Herr!«

»Ich habe dir immer Gutes erwiesen.«

»Sie waren so gütig.«

»Auf dich kann ich mich verlassen ...!«

»Zum Teufel, ja!«

»Ich fühle mich unwohl, Grauer.«

»Das hatte ich schon bemerkt.«

»Wenn ich gesund werde, tue ich noch mehr für dich, als ich bisher bereits getan habe.«

Der Graue erwiderte nichts und wartete ab, worauf diese Vorrede hinauslaufen würde.

»Nur dir allein möchte ich mich anvertrauen«, fuhr Don Rodrigo fort. »Tu mir einen Gefallen, Grauer!«

»Zu Befehl!« sagte dieser und antwortete so mit der herkömmlichen Floskel auf diese ungewöhnliche Rede.

»Weißt du, wo der Chirurg Chiodo wohnt?«

»Sehr wohl.«

»Das ist ein Ehrenmann, der die Krankheit geheimhält, wenn man ihn gut bezahlt. Geh ihn holen und sage ihm, ich würde ihm vier, sechs Scudi für jeden Besuch geben und auch mehr, wenn er mehr haben will. Er soll aber sofort kommen. Und mach es geschickt, so daß keiner etwas merkt.«

»Sehr richtig«, sagte der Graue, »ich gehe und komme gleich wieder zurück.«

»Hör mal, Grauer, gib mir erst noch etwas Wasser. Ich kann's nicht mehr aushalten vor Brennen.«

»Nein, mein Herr«, entgegnete der Graue, »nichts ohne ärztlichen Rat! Das sind sonderbare Leiden. Wir haben keine Zeit zu verlieren. Seien Sie nur ganz beruhigt, ich bin im Nu mit dem Chiodo wieder hier.«

Mit diesen Worten ging er und zog die Tür zu.

Don Rodrigo kroch wieder unter die Decke und begleitete ihn in Gedanken zum Hause des Doktors Chiodo; er zählte die Schritte und schätzte die Zeit. Immer wieder schaute er nach seiner Pestbeule und wandte schaudernd den Kopf sofort nach der anderen Seite. Nach einiger Zeit begann er zu horchen, ob er den Chirurgen kommen hörte. Diese angestrengte Aufmerksamkeit ließ ihn vorübergehend sein Leiden vergessen und hielt ihn bei Sinnen. Auf einmal vernimmt er ein fernes Läuten, das ihm aber aus den Zimmern und nicht von der Straße zu kommen scheint. Er lauscht und hört es stärker und häufiger und zugleich ein Scharren von Tritten. Ein furchtbarer Verdacht bemächtigt sich seiner. Er richtet sich auf und lauscht noch angespannter. Er hört ein dumpfes Geräusch im Nebenzimmer, als ob etwas Schweres vorsichtig hingestellt würde. Er streckt die Beine aus dem Bett, wie um aufzustehn, starrt nach der Tür, sieht sie aufgehn und hat zwei zerlumpte und schmierige Gewänder vor sich, zwei nichtswürdige Gesichter, mit einem Wort: zwei Pestpfleger, die auf ihn zukommen. Halb sieht er auch das Gesicht des Grauen, der hinter einem angelehnten Türflügel spähend zurückbleibt.

»O schändlicher Verräter! ... Weg, ihr Gesindel! Biondino! Carlotto! zu Hilfe! Man bringt mich um!« brüllt Don Rodrigo und fährt mit einer Hand unter das Kopfkissen, um nach einer Pistole zu greifen. Er packt sie und zieht sie heraus. Aber schon bei seinem ersten Schrei sind die Pesthelfer auf das Bett losgestürzt. Der schnellere hat ihn überwältigt, ehe er sich zur Wehr setzen kann. Er reißt ihm die Pistole aus der Hand, wirft sie in eine Ecke und drückt ihn nieder. So hält er ihn und ruft mit zugleich wütender und höhnischer Fratze: »O du Schuft! Gegen die Monatti! Gegen die Diener des Gesundheitsamts! Gegen die Werkzeuge der Barmherzigkeit!«

»Halt ihn gut fest, bis wir ihn fortschaffen«, mahnte sein Begleiter und ging an einen Schrank. Darüber trat der Graue ein und machte sich mit ihm daran, das Schloß aufzubrechen.

»Schurke!« brüllte Don Rodrigo und schaute unter dem anderen hervor, der ihn festhielt und in dessen kräftigen Armen er sich wand. »Laßt mich doch diesen Hund da umbringen«, sagte er schließlich zu den Pestpflegern, »und dann macht mit mir, was ihr wollt!« Dann schrie er wieder mit aller Stimmkraft nach seinen andern Dienern. Das war jedoch umsonst, denn der schändliche Graue hatte sie mit angeblichen Aufträgen des Herrn persönlich weit fortgeschickt, ehe er zu den Pestpflegern gegangen war und ihnen den Vorschlag gemacht hatte, diesen Raubzug zu unternehmen und die Beute zu teilen.

»Sei bloß friedlich, sei bloß friedlich!« sagte der Henkersknecht, der ihn auf das Bett gepreßt hielt, zu dem unglücklichen Don Rodrigo. Dann wandte er das Gesicht zu den beiden, die Beute machten, und rief: »Macht's anständig!«

»Du, du!« brüllte Don Rodrigo dem Grauen zu, den er damit beschäftigt sah, aufzubrechen, Geld und Gegenstände hervorzuholen und zu teilen. »Du, warte mal ...! O du Höllenteufel! Ich kann noch einmal gesund werden! Ich kann noch einmal gesund werden!« Der Graue muckste sich nicht und wandte sich, soweit das möglich war, nicht einmal nach der Seite, von welcher diese Worte kamen.

»Halt ihn gut fest!« sagte der andere Pestpfleger. »Er ist außer sich!«

Das traf nunmehr auch zu. Nach einem lauten Gebrüll, nach einem letzten und noch heftigeren Versuch, sich frei zu machen, sank er auf einmal erschöpft und stumpfsinnig in sich zusammen. Doch blickte er weiter verstört um sich und schreckte immer wieder einmal auf oder beklagte sich.

Die Pestpfleger ergriffen ihn, einer an den Füßen und der andere an den Schultern, und brachten ihn auf eine Bahre, die sie im Nebenzimmer stehengelassen hatten. Dann kehrte einer von ihnen zurück, um die Beute zu holen, und darauf hoben sie die elende Last hoch und trugen sie fort.

Der Graue blieb zurück, um in Eile soviel wie möglich für sich zusammenzuraffen, machte aus allem ein Bündel und begab sich fort. Er war freilich vorsichtig genug gewesen, die Pestpfleger nicht zu berühren und sich nicht von ihnen anrühren zu lassen, aber in der letzten Stöberwut hatte er dann doch in der Nähe des Bettes die Kleidungsstücke seines Herrn aufgehoben und sie, ohne weiter darüber nachzudenken, geschüttelt, um zu sehen, ob Geld darin wäre. Er hatte allerdings am nächsten Tage darüber nachzudenken, als er in einer Kneipe praßte. Da befiel ihn plötzlich Schüttelfrost, seine Augen trübten sich, die Kräfte schwanden, und er schlug hin. Von seinen Gefährten verlassen, fiel er den Pesthelfern in die Hände, die ihn all dessen beraubten, was er Brauchbares bei sich hatte, und ihn dann auf einen Karren warfen, auf dem er seinen Geist aufgab, noch ehe er in dem Lazarett ankam, in das sein Herr gebracht worden war.

Diesen verlassen wir nun an seiner Leidensstätte und müssen jemand anders aufsuchen, dessen Lebensgeschichte mit der seinen nie wäre verflochten worden, wenn er es nicht mit aller Gewalt darauf angelegt hätte. Ja, man könnte sogar sagen: keiner von beiden hätte sonst je eine Geschichte gehabt. Ich will von Renzo sprechen, den wir unter dem Namen Antonio Rivolta in der neuen Spinnerei zurückgelassen haben.

Dort hatte er sich fünf oder sechs Monate aufgehalten, wenn wir der Wahrheit die Ehre geben. Danach waren Feindseligkeiten zwischen der Republik und dem König von Spanien ausgebrochen, womit denn jede Befürchtung von Nachforschungen und Ungelegenheiten von dieser Seite fortfiel. Bortolo hatte sich sofort bemüht, ihn zurückzuholen und bei sich zu behalten, einmal, weil er ihm wohlwollte, dann aber auch, weil Renzo als begabter und geschickter junger Arbeiter in einer Spinnerei dem sogenannten »Faktotum« sehr nützlich sein konnte, ohne daß er je danach streben würde, es selbst zu werden, da er ja glücklicherweise – wenn auch zu seinem eigenen Schaden – des Schreibens unkundig war. Da auch dieser Grund eine gewisse Rolle spielte, haben wir ihn erwähnen müssen. Man möchte vielleicht gerne einen idealeren Bortolo; aber da kann ich nur sagen: dann soll man sich selber einen machen. Dieser war nun einmal so.

Renzo war dann immer bei ihm als Arbeiter geblieben. Mehr als einmal und insbesondere, nachdem er irgendeinen dieser verwünschten Briefe von Agnes erhalten hatte, war er auf den Einfall gekommen, Soldat zu werden und allem ein Ende zu machen. An Gelegenheit fehlte es ja nicht, denn gerade in dieser Zeit brauchte die Republik Leute. Die Versuchung war für Renzo bisweilen besonders groß gewesen, da die Rede davon ging, man würde ins Mailändische vorstoßen; und natürlich erschien es ihm großartig, als Sieger heimzukehren, Lucia wiederzusehen und sich ihr ein für allemal zu erklären. Bortolo hatte es aber immer wieder verstanden, ihn auf gute Art davon abzubringen.

»Wenn sie tatsächlich da hinziehen sollten«, erklärte er ihm, »ziehn sie auch ohne dich, und du kannst dann ganz gemütlich nachkommen. Wenn sie aber eins aufs Haupt kriegen sollten, dann wärest du doch wohl besser zu Hause geblieben. An Verzweifelten, die diesen Weg einschlagen, wird's wohl nicht fehlen. Eh sie aber den Fuß da hinsetzen können … ich bin da ketzerischer Ansicht. Sie bellen natürlich, aber der Staat von Mailand ist kein Bissen, den man so leicht herunterschlucken könnte. Es handelt sich um Spanien, mein Lieber. Weißt du eigentlich, was Spanien zu bedeuten hat? Der Löwe von Sankt Markus ist zwar bei sich zu Hause stark; aber da müssen doch andere kommen. Hab doch Geduld! Geht's dir denn hier nicht gut? … Ich weiß schon, was du sagen willst, wenn es aber droben so bestimmt ist, daß die Sache gelingt, so kannst du dich darauf verlassen, daß sie nur um so besser gelingt, wenn du keine Dummheiten machst. Irgendein Heiliger wird dir schon helfen. Du kannst mir glauben, daß das kein Handwerk für dich ist. Meinst du denn, es wäre angebracht, das Seidenspinnen sein zu lassen, um hinzugehn und die Leute totzuschlagen? Was willst du unter diesen Kerlen anfangen? Da gehören Leute hin, die dafür gebaut sind.«

Ein andermal wieder beschloß Renzo, heimlich, verkleidet und unter angenommenem Namen hinzugehn. Aber auch davon wußte Bortolo ihn jedesmal wieder mit Gründen abzubringen, die sich nur allzu leicht erraten lassen.

Als dann im Mailändischen die Pest ausgebrochen war, und zwar zunächst gerade, wie wir berichtet haben, an der bergamaskischen Grenze, dauerte es nicht lange, bis sie diese auch überschritten hatte. Aber nur keine Angst: ich habe nicht die Absicht, auch ihren dortigen Verlauf zu schildern. Wer die Geschichte kennenlernen will, findet sie in dem amtlichen Bericht eines gewissen Lorenzo Ghirardelli[1]. Das Buch ist jedoch selten und unbekannt, obwohl es vielleicht gehaltvoller ist als die berühmtesten Pestschilderungen alle zusammen. Der Ruhm der Bücher hängt ja von so vielen Dingen ab! Ich wollte lediglich mitteilen, daß auch Renzo von der Pest befallen wurde. Er kurierte sich aber selbst, das heißt, er unternahm nichts. Sie brachte ihn an den Rand des Grabes, aber seine gute körperliche Verfassung besiegte die Gewalt des Übels. In wenigen Tagen befand er sich außer Gefahr. Wie das Leben wieder in ihm erwachte, traten heftiger als je seine Erinnerungen, Wünsche, Hoffnungen und Pläne vor seine Seele, was so viel bedeutet, als daß er mehr als je an Lucia dachte. Wie mochte es um sie in dieser Zeit stehen, in der es fast eine Ausnahme zu sein schien, wenn einer am Leben blieb? Und bei so geringer Entfernung nichts darüber erfahren zu können! Und Gott weiß wie lange in solcher Ungewißheit schweben! Und wenn auch diese dann geschwunden wäre, wenn er erfahren

1 Lorenzo Ghirardelli (1600-1641): *Memoranda contagio seguito in Bergamo l'anno 1630*, Bergamo 1681 (Anmerkung des Übersetzers nach Giulio Dolei).

würde, daß Lucia noch lebte, wenn alle Gefahr gebannt wäre, so gab es doch immer noch jenes andere Geheimnis, jene verzwickte Geschichte mit dem Gelübde. Ich gehe hin, ich gehe hin und werde mich persönlich von allem auf einmal überzeugen, meinte er bei sich, und zwar noch ehe er sich überhaupt wieder regen konnte. Wenn sie nur noch am Leben ist! Finden werde ich sie schon, und dann werde ich einmal von ihr selber hören, was es eigentlich mit diesem Gelöbnis auf sich hat. Ich werde ihr begreiflich machen, daß es so nicht bleiben kann, und ich nehme sie mit hierher, sie und die arme Agnes, wenn sie noch lebt. Verhaftung? Die jetzt noch leben, haben andere Gedanken im Kopf. Auch hier laufen ja gewisse Leute ungeschoren herum, die allerhand auf dem Kerbholz haben ... Gibt's denn etwa nur für Gauner einen Freibrief? Alle sagen auch, in Mailand wäre das Durcheinander noch schlimmer. Wenn ich eine so schöne Gelegenheit vorübergehen lasse – die Pest! da sieht man einmal, wie jener verwünschte Trieb, alles auf uns selbst zu beziehen und unseren Wünschen unterzuordnen, uns manchmal die Worte gebrauchen läßt! –, so eine kommt nicht wieder!

Wir wollen es hoffen, mein lieber Renzo.

Sobald ihn seine Beine wieder trugen, suchte er Bortolo auf, der bis jetzt der Pest hatte entgehen können und auf der Hut war. Er trat nicht zu ihm ins Haus, sondern rief ihn von der Straße aus an und ließ ihn ans Fenster kommen.

»Soso«, sagte Bortolo, »du bist also davongekommen! Das ist aber gut für dich.«

»Ich bin noch etwas schwach auf den Beinen, wie du siehst, bin aber außer Gefahr.«

»Nun ja, ich möchte in deiner Haut stecken. Sagen: mir geht's gut, schien früher einmal alles zu sagen. Heute bedeutet es aber nicht mehr viel. Wer kommen kann und sagen: mir geht's besser, das läßt sich hören!«

Renzo wünschte dem Vetter alles Gute und teilte ihm seinen Entschluß mit.

»So geh denn diesmal in Gottes Namen«, erwiderte dieser. »Versuche so der Justiz zu entgehn wie ich der Ansteckung, und wenn der liebe Gott es gut mit uns beiden meint, sehn wir uns wieder.«

»Oh, ich komme gewiß wieder, und möglichst nicht allein! Genug! Ich habe Hoffnung.«

»Komm ruhig in Begleitung wieder, denn wenn Gott will, wird es Arbeit für alle geben, und wir werden gut zusammenhalten, sofern du mich wiederfindest. Wenn doch nur diese verteufelte Ansteckungsgefahr erst vorüber wäre!«

»Wir werden uns schon wiedersehn, wir müssen uns wiedersehn!«

»Ich sage immer wieder: Das walte Gott!«

Einige Tage lang übte Renzo seine Glieder, um seine Kräfte zu erproben und zu steigern, und sobald er den Eindruck hatte, daß er dem Weg gewachsen wäre, machte er sich zum Aufbruch fertig. Unter die Kleider schnallte er sich einen Gürtel mit den fünfzig Talern darin, die er niemals hatte angreifen wollen und von denen er auch Bortolo nichts gesagt hatte. Er nahm das bißchen andere Geld, das er Tag für Tag beiseite gelegt hatte, indem er an allem sparte. Er nahm ein Kleiderbündel unter den Arm und steckte ein Zeugnis in die Tasche, das er sich für alle Fälle von seinem zweiten Herrn auf den Namen Antonio Rivolta hatte ausstellen lassen. In eine Hosentasche kam ein Messer, wie es ein ordentlicher Kerl zu jener Zeit mindestens mit sich führen mußte, und so machte er sich gegen Ende August, drei Tage nach der Einlieferung Don Rodrigos ins Lazarett, auf den Weg. Er schlug die Richtung nach Lecco ein, da er nicht so blindlings nach Mailand gehen, sondern erst sein Heimatdorf aufsuchen wollte, wo er Agnes noch lebend anzutreffen hoffte, um so von ihr zunächst einmal etwas von all den Dingen zu erfahren, deren Kenntnis ihm so sehr am Herzen lag.

Die wenigen von der Pest Geheilten waren inmitten der übrigen Bevölkerung wirklich etwas wie eine bevorrechtete Klasse. Ein großer Teil der andern siechte dahin oder starb; und diejenigen, die bis jetzt von der Krankheit verschont worden waren, lebten in beständiger Furcht vor ihr. Sie bewegten sich mit Zurückhaltung, vorsichtig, gemessenen Schritts und argwöhnischen Blicks, schnell und zögernd zugleich, denn alles und jedes konnte ihnen eine tödliche Wunde beibringen. Diese anderen dagegen, die ihrer Sache fast völlig sicher waren – denn daß jemand zweimal von der Pest befallen wurde, war ebenso wunderbar wie selten –, bewegten sich frei und entschlossen inmitten der Ansteckungsherde. So wie die rings gepanzerten Ritter einer bestimmten Zeit des Mittelalters auf ihrem Streitroß, das, ebenso wie sie, so weit wie möglich mit Eisen bedeckt war, auf ihrer Irrfahrt – daher kommt ja die ruhmredige Bezeichnung der fahrenden Ritter – abenteuernd unter einem elenden Fußvolk von Städtern und Dörflern dahinritten, das nichts anderes als Lumpen an sich hatte, um die Schläge abzuwehren und aufzufangen. Ein schönes, sinnvolles und nützliches Gewerbe! ein Gewerbe, das sich vorzüglich eignen würde, in einer volkswirtschaftlichen Abhandlung einmal die erste Rolle zu spielen.

Mit einer solchen Gewißheit, die jedoch von den Sorgen beeinträchtigt wurde, welche der Leser kennt, und vom häufigen Anblick des allgemeinen Elends betrübt, das ihm nicht aus dem Sinn kam, wanderte Renzo der Heimat zu. Der Himmel war klar und die Landschaft schön, aber nach langen Strecken trostloser Einsamkeit stieß er allenfalls auf einen sich hinschleppenden Schatten, der kaum noch einem Menschen von Fleisch und Blut glich, oder er sah Leichen, die ohne die letzten Ehren, ohne Gesang und Geleit zum

Massengrab gebracht wurden. Gegen Mittag machte er in einem Gebüsch Rast, um etwas Brot und Wegzehrung zu sich zu nehmen, was er so mit sich führte. Obst stand ihm auf dem ganzen Wege, weit mehr als er brauchte, zur Verfügung: Feigen, Pfirsiche, Pflaumen, Äpfel, soviel er wollte. Er brauchte nur auf die Felder zu gehen, um dort zu pflücken, was er benötigte, oder das Obst unter den Bäumen aufzulesen, wo es, wie nach einem Hagelschlag, herumlag. Die Ernte war in diesem Jahre nämlich ungewöhnlich reich, besonders an Obst, und es gab fast niemanden, der sich darum kümmerte. Auch die Trauben verdeckten sozusagen die Reben und standen dem ersten besten nach Belieben zur Verfügung.

Gegen Abend gewahrte er sein Dorf. Obwohl er auf diesen Anblick hatte gefaßt sein müssen, gab es ihm doch einen Stich ins Herz. Auf einmal stürmten eine Menge schmerzlicher Erinnerungen und Vorgefühle auf ihn ein. Es kam ihm so vor, als hätte er noch jenes unselige Sturmgeläut in den Ohren, das ihn bei seiner Flucht aus dieser Gegend begleitet und verfolgt hatte. Gleichzeitig wurde ihm förmlich die Totenstille vernehmbar, die nun hier herrschte. Eine noch stärkere Verwirrung bemächtigte sich seiner, als er auf den Kirchplatz gelangte, und er machte sich auf noch Schlimmeres am Ende seines Weges gefaßt, denn er hatte ja beschlossen, sich in jenes Haus zu begeben, das er früher einmal Lucias Haus zu nennen gewohnt gewesen war. Nun aber konnte es bestenfalls nur das der Agnes sein, und die einzige Gnade, die er vom Himmel erhoffte, war die, sie noch lebend und wohlauf anzutreffen. Er nahm sich auch vor, dort um Obdach zu bitten, da er mit Recht vermutete, daß sein Haus nur mehr eine Herberge der Mäuse und Marder sein dürfte.

Da er sich nicht sehen lassen wollte, wählte er ein außen um das Dorf herumführendes Gäßchen, das gleiche, durch das er in der bewußten Nacht in lieber Gesellschaft gekommen war, um den Pfarrer zu überraschen. Ungefähr auf der Hälfte des Weges befand sich auf der einen Seite der Weingarten und auf der anderen Renzos Häuschen, so daß er im Vorbeigehn kurz beide hätte aufsuchen können, um einmal nachzuschauen, wie es um seinen Besitz stand. Im Weiterschreiten hielt er, erwartungsvoll und ängstlich zugleich, Ausschau, ob sich niemand blicken ließe. Schon bald gewahrte er denn auch in der Tat einen Mann, der im Hemd auf der Erde saß und sich in der Haltung eines Irren an eine Jasminhecke lehnte. Daran und des weiteren auch an den Zügen meinte er zu erkennen, daß es sich um den armen Halbnarren Gervaso handelte, der bei jener verunglückten Unternehmung damals als zweiter Zeuge mitgekommen war. Näher herangekommen, mußte er jedoch feststellen, daß es tatsächlich jener so fixe Tonio war, der alles angestiftet hatte. Durch die Pest war er der Kräfte des Leibes und des Geistes zugleich beraubt, und nun trat in seinem Gesicht und in jeder Gebärde eine früher verborgene Ähnlichkeit mit dem verrückten Bruder deutlich hervor.

»Ach, Tonio!« sprach Renzo ihn an und blieb stehen, »bist du es?«

Tonio hob die Augen, ohne den Kopf zu bewegen.

»Tonio, erkennst du mich nicht?«

»Wen's trifft, den trifft's«, erwiderte Tonio und ließ den Mund offenstehen.

»Dich hat's wohl gepackt, armer Tonio. Aber erkennst du mich denn nicht mehr?«

»Wen's trifft, den trifft's!« erwiderte dieser mit einem gewissen albernen Grinsen. Da Renzo merkte, daß nichts anderes aus ihm herauszubekommen wäre, ging er noch bekümmerter seines Weges weiter. Da sah er auf einmal etwas Schwarzes um eine Ecke und auf sich zukommen, in dem er sofort Don Abbondio erkannte. Er ging sehr langsam und setzte den Stock wie einer, der sich immer wieder ganz darauf stützen muß. Und je näher er kam, um so deutlicher konnte man in seinem bleichen, ausgemergelten Gesicht und an jeder Gebärde erkennen, daß auch er seinen Sturm mitgemacht haben mußte. Er schaute ebenfalls auf und traute seinen Augen nicht. Er bemerkte etwas Fremdartiges an der Tracht; aber das entsprach der von Bergamo.

Er ist's, zweifellos! sagte er bei sich und hob die Hände in unliebsamer Verwunderung in die Luft. Der Stock schwebte in seiner Rechten, und man sah die abgemagerten Arme in den Ärmeln schlottern, in denen sie vordem kaum richtig Platz gehabt hatten. Renzo ging ihm rasch entgegen und machte eine Verbeugung, denn wenn sie sich auch zuvor in der uns bekannten Weise getrennt hatten, so war es doch immer noch sein Pfarrer.

»Du hier?« rief Don Abbondio aus.

»Wie Sie sehen. Wissen Sie etwas von Lucia?«

»Was soll ich denn von der wissen? Man weiß gar nichts. Sie ist in Mailand, wenn sie überhaupt noch auf dieser Welt ist. Aber du ...«

»Und Agnes lebt?«

»Kann sein; aber wer soll das denn auch wissen? Sie ist nicht hier. Aber ... «

»Wo ist sie?«

»Sie hat sich in die Valsassina zu ihren Verwandten in Pasturo aufgemacht, von denen du wohl weißt. Es heißt nämlich, da hause die Pest nicht so teuflisch wie hier. Aber du ...«

»Das tut mir leid. Und der Pater Christophorus ...?«

»Der ist schon längere Zeit von hier fort. Aber ...«

»Das wußte ich. Man hat es mir schreiben lassen. Ich meinte, ob er vielleicht zufällig in der Gegend wäre.«

»Du lieber Himmel! Man hat nie mehr etwas von ihm gehört. Aber du ...«

»Das tut mir auch sehr leid.«

»Aber du, wollte ich sagen, was um Himmels willen machst du denn hier? Weißt du denn nicht, was für eine Kleinigkeit auf deine Ergreifung ...?«

»Was macht mir das! Die haben an anderes zu denken. Ich wollte auch einmal kommen und nach dem Meinen schaun. Weiß man denn nicht genau ...?«

»Was willst du sehn? Hier ist ja jetzt keiner und gar nichts mehr. Ich meine, ist das denn noch vernünftig, bei einer solchen Kleinigkeit, die für deine Ergreifung ausgesetzt ist, hierher, ausgerechnet in dein Dorf, in die Höhle des Löwen zu kommen? Höre auf den Rat eines alten Mannes, der vernünftiger sein muß, als du es bist, der ihn gibt, weil er dich gern hat: Schnüre deine Stiefel gut und kehre dorthin zurück, woher du gekommen bist, ehe du hier gesehen wirst. Bist du aber schon gesehen worden, so eile um so mehr, so schnell du kannst. Meinst du denn, die Luft hier wäre gut für dich? Hast du denn keine Ahnung, daß du hier gesucht worden bist, daß alles durchstöbert und das Unterste zuoberst gekehrt worden ist?«

»Leider Gottes weiß ich das. Diese Schurken!«

»Aber dann ...«

»Ich sage Ihnen ja, daß mir das ganz gleich ist. Und der andere, lebt der noch? Ist er hier?«

»Ich sage dir doch, daß keiner hier ist. Kümmere dich doch bloß nicht um die hiesigen Angelegenheiten. Ich sage dir ...«

»Ich frage, ob der andere hier ist.«

»Du lieber Gott! Drücke dich erst einmal deutlicher aus. Ist es denn möglich, daß du noch immer so in Hitze bist, nach alldem?«

»Ist er da oder nicht?«

»Nun denn, er ist nicht da. Dafür aber die Pest, mein Sohn, die Pest. Wer läuft in solchen Zeiten auch herum?«

»Wenn es auf dieser Welt bloß die Pest gäbe ... Für mein Teil kann ich sagen: Ich habe sie gehabt; und bin sie los.«

»Aber dann! Aber dann! Das sind doch keine Ansichten! Wenn man so etwas einmal überstanden hat, sollte man Gott danken, scheint mir, und ...«

»Ich bin ihm ja auch dankbar.«

»... und nicht hingehn und andres Ungemach suchen, meine ich. Mach es so wie ich ...«

»Sie haben sie auch gehabt, Herr Pfarrer, wenn mich nicht alles täuscht.«

»Und ob ich sie gehabt habe! Sie war tückisch und abscheulich. Wie durch ein Wunder bin ich noch da. Es genügt ja zu sagen, daß sie mich so zugerichtet hat, wie du mich hier siehst. Jetzt hätte ich eigentlich ein wenig Ruhe nötig, um wieder zu mir zu kommen; es ging mir gerade wieder etwas besser... Was willst du denn um Himmels willen hier anfangen? Gehe zurück ...«

»Sie haben's immer mit dem Zurückgehen. Zum Zurückgehn hätte ich nicht so weit zu laufen brauchen. Sie sagen: Warum kommst du denn? Warum kommst du denn? Prächtig! Ich komme eben heim.«

»Heim ...«

»Sagen Sie mal, sind hier viele gestorben ...?«

»O weh!« rief Don Abbondio aus und zählte, mit Perpetua beginnend, eine ganze Litanei von Personen und ganzen Familien auf. Renzo war freilich auf ähnliches gefaßt; als er aber so viele Namen von Bekannten, Freunden und Verwandten hörte, stand er schmerzlich bewegt, gesenkten Hauptes da und rief immer wieder aus: »Der Arme! die Arme! die Armen!«

»Siehst du!« fuhr Don Abbondio fort, »noch ist's nicht vorbei. Wenn diejenigen, die übrigbleiben, diesmal keine Vernunft annehmen und sich nicht alle Grillen aus dem Kopf schlagen, dann kann die Welt nur noch untergehn.«

»Machen Sie sich keine Sorgen; ich habe schon jetzt keinerlei Absicht mehr, mich hier noch aufzuhalten.«

»Ach, Dank dem Himmel, der dir das eingegeben hat. Und, versteht sich, du willst natürlich ins Bergamaskische zurückkehren?«

»Darüber machen Sie sich mal keine Gedanken.«

»Wie? du willst mir doch nicht etwa einen noch schlimmeren Streich spielen?«

»Machen Sie sich keine Sorgen, sage ich. Das ist meine Sache. Ich bin kein Kind mehr und weiß meinen Verstand zu gebrauchen. Ich hoffe, wohlgemerkt, daß Sie niemandem sagen, daß Sie mich gesehen haben. Sie sind Priester. Ich gehöre zu Ihrer Gemeinde. Sie werden mich nicht verraten wollen.«

»Ich verstehe«, sagte Don Abbondio und stöhnte wütend. »Ich verstehe, du willst dich und mich zugrunde richten. Es ist noch nicht genug für dich, was du durchgemacht hast, und es genügt dir auch nicht, was ich durchgemacht habe. Ich verstehe, ich verstehe.« Diese Worte brummelte er noch eine Weile zwischen den Zähnen weiter und setzte seinen Weg fort.

Renzo blieb niedergeschlagen und mißvergnügt zurück und dachte nach, wo er wohl Unterkunft finden könnte. Unter den Todesfällen, die ihm Don Abbondio aufgezählt hatte, war auch eine Bauernfamilie gewesen, die außer einem jungen Mann etwa in Renzos Alter völlig von der Pest dahingerafft worden war. Von klein auf war jener sein Spielgefährte gewesen, und das Haus lag nur wenige Schritte außerhalb des Dorfes. Er beschloß, dort hinzugehn.

Unterwegs kam er an seinem Weingarten vorüber und konnte schon von draußen leicht erkennen, in welchem Zustand er sich befand. Keine Baumkrone, kein voller Ast schwebte mehr wie in der Stunde seines Abschieds über der Mauer. Was überhaupt noch zu sehen war, stammte aus der

Zeit seiner Abwesenheit. Er stellte sich an den offenen Zugang – vom Tor waren nicht einmal die Angeln mehr vorhanden – und warf einen Blick ringsum: armer Weingarten! Zwei Winter hintereinander waren die Leute aus dem Dorf hier »an Stelle jenes armen Kerls«, wie sie erklärten, Holz machen gegangen. Reben, Maulbeerbäume, Obstbäume aller Art waren aufs schlimmste zugerichtet oder an der Wurzel abgeschnitten worden. Man erkannte jedoch noch die Spuren der alten Anlage: junge Rebranken in lückenhaften Reihen statt der verheerten Weinstockzeilen, hie und da Schößlinge oder Triebe von Maulbeerbäumen, Feigenbäumen, Pfirsich-, Kirsch- und Pflaumenbäumen. Aber auch davon war nur wenig zu bemerken, da sie inmitten eines neuen, üppig reichen Pflanzenwuchses untergingen, der ohne Hilfe von Menschenhand emporgeschossen war. Da wucherte eine Wildnis von Brennesseln, Farnkraut, Lolch, Quecken, Melde, wildem Hafer, grünem Tausendschön, Wegwarte, Sauerampfer, Borstenhirse und anderen derartigen Pflanzen, kurzum: von solchen, die die Bauern allerorten nach ihren Gepflogenheiten in eine große Gattung zusammengefaßt haben und die sie Unkraut oder entsprechend nennen. Da starrte ein Wust von Stengeln, die einander in der Luft zu überragen strebten oder um die Wette auf dem Boden weiterwucherten, kurz und gut: sich auf jede Art den Platz streitig zu machen suchten. Da herrschte ein Wirrwarr von Blättern, Blüten, Früchten in hundert Farben, hundert Formen, hundert Größen: Ähren, Rispen, Büschel, Dolden, weiße, rote, gelbe, blaue Blütenköpfchen. In diesem Pflanzendickicht gab es einige auffälligere und hochragendere, die deshalb jedoch in den meisten Fällen noch nicht besser waren. Da stand, höher als alle, der Johannisbeerstrauch mit seinen weiten, rötlichen Trieben, den stattlichen dunkelgrünen Blättern, manchmal schon purpurn gesäumt, mit den hängenden Trauben voll violetter, purpurner und grüner Beeren, Schicht um Schicht, und schließlich mit den weißlichen Blüten. Da flammte an der Spitze die Königskerze mit ihren großen wolligen Blättern am Boden, dem hohen Stengel in der Luft und den langen hellgelb bestirnten Blütenständen. Da leuchteten die Disteln mit den stachligen Trieben, Blättern und Kelchen, aus denen Büschel weißer oder purpurner Blüten quollen oder sich auch lösten, um vom Wind in leichten silbernen Federflocken davongetragen zu werden. Hier hatten sich eine Menge Winden um neue Schößlinge eines Maulbeerbaums gerankt, sie ganz mit ihren baumelnden Blättern umgeben, und von den Spitzen schwangen sie ihre weißen, weichen Glöckchen. Dort wieder hatte sich ein wilder Kürbis mit seinen roten Beeren an neue Rebenschößlinge geklammert, und der Rebstock wiederum hatte, in Ermanglung eines festeren Halts, umgekehrt sich an dem Kürbis festgerankt. So zogen sie einander durch die Verbindung ihrer schwachen Ranken und wenig verschiedenen Blätter empor, wie denn die Schwachen häufig aneinander Halt suchen. Überall wuchsen Brombeeren, sie rankten sich von einer Pflanze zur anderen nach oben und unten, breiteten sich aus oder blieben zusammengedrängt, je nachdem, wie es sich gerade ergab. Sie hatten auch den Eingang überwuchert, als wollten sie selbst dem Besitzer den Zugang verwehren.

Der aber dachte gar nicht daran, einen solchen Weingarten zu betreten, und verweilte dort vielleicht nicht einmal so lange, um nachzusehen, wie wir getan haben, um diese kleine Skizze zu geben. Er ging seines Weges; sein Haus war nicht weit entfernt. Als er den Garten durchquerte, ging er durch kniehohes Unkraut, das auch hier, wie im Weingarten, wucherte.

Er setzte den Fuß auf die Schwelle eines der beiden Zimmer im Erdgeschoß. Das Geräusch seiner nahenden Schritte und sein Erscheinen störte die Ratten auf; sie flitzten nach allen Seiten davon und verbargen sich in dem Unrat, der den ganzen Boden bedeckte. Es sah noch immer alles nach dem Landsknechtslager aus. Er warf einen Blick auf die abgeblätterten, besudelten und räuchrigen Wände, hob die Augen zur Decke und sah einen dichten Überzug von Spinnweben. Sonst war nichts mehr vorhanden. Er ging auch von hier fort und raufte sich die Haare. Den Rückweg nahm er auf dem von ihm kurz zuvor gebahnten Pfad. Dann bog er nach wenigen Schritten in ein anderes Gäßchen zur Linken ein, das aufs Land hinausführte. Keine Menschenseele ließ sich blikken, nirgends ein Laut. So gelangte er in die Nähe des Häuschens, wo er zu bleiben gedachte. Schon brach die Dämmerung herein. Der Freund saß mit gekreuzten Armen auf einer Bank vor der Haustür und starrte in den Himmel wie ein Mensch, den sein Unglück betäubt hat und den die Einsamkeit verwildern läßt. Als er Schritte hörte, wandte er den Kopf, um zu sehen, wer da käme. Er stand auf, erhob die Hände und rief dem, den er so im Zwielicht zwischen Laub und Ästen zu erkennen glaubte, zu: »Bin denn nur ich da? Hab ich denn gestern nicht genug geschafft? Laßt mich mal ein wenig in Frieden; das wäre auch ein Werk der Barmherzigkeit.«

Renzo begriff nicht, was das heißen sollte, und antwortete, indem er ihn bei seinem Namen rief.

»Renzo ...!« rief der andere halb fragend aus.

»Er selbst!« entgegnete Renzo, und sie stürzten aufeinander zu.

»Du bist's wirklich!« erklärte der Freund, als sie nahe beieinander waren. »Wie freue ich mich, dich zu sehn! Wer hätte auch daran gedacht! Ich habe dich für den Totengräber Paolin gehalten, der dauernd kommt, weil ich ihm beerdigen helfen soll. Weißt du, daß ich ganz allein übriggeblieben bin? Allein wie ein Einsiedler.«

»Freilich weiß ich das«, sagte Renzo. Grußworte, Fragen

und Antworten prasselten durcheinander, und dann gingen sie zusammen ins Haus. Ohne ihr Gespräch zu unterbrechen, machte sich der Freund dann daran, Renzo, so gut es in jener Zeit und so unvorhergesehenerweise ging, einige Ehre anzutun. Er hing den Wasserkessel übers Feuer und begann Polenta zu kochen. Dann aber überließ er Renzo den Rührlöffel und ging mit den Worten fort: »Ich bin allein übriggeblieben, ach ja, ich bin allein übriggeblieben.«

Er kehrte mit einem Eimerchen Milch, etwas getrocknetem Fleisch, ein paar Ziegenkäsen, Feigen und Pfirsichen zurück. Nachdem alles aufgetragen und die Polenta in die Holzschale gefüllt worden war, setzten sie sich gemeinsam zu Tisch und bedankten sich gegenseitig für den Besuch und für den Empfang.

Nach einer Trennung von fast zwei Jahren standen sie sich auf einmal viel näher, als es in der Zeit, da sie sich fast tagtäglich gesehen hatten, der Fall gewesen war, denn alle beide – sagt hier die Handschrift – hatten etwas erlebt, das die Seele für den Balsam der Güte empfänglicher macht, die nunmehr im eigenen Herzen spricht und bei den anderen empfunden wird.

Gewiß konnte niemand bei Renzo an Agnes' Stelle treten und ihn über ihre Abwesenheit trösten, nicht nur wegen jener alten und besonderen Zuneigung, sondern auch, weil sie allein zu einem der Geheimnisse den Schlüssel hatte, an deren Klärung ihm soviel lag. Einen Augenblick schwankte er, ob er seinen Weg fortsetzen oder zunächst Agnes aufsuchen sollte, da sie ja nun einmal so in der Nähe war. Aber in Anbetracht dessen, daß Agnes über Lucias Befinden wohl nichts wissen konnte, blieb er bei seinem ersten Entschluß, geradenwegs hinzugehen, um diesen Zweifel zu beheben, eine Entscheidung herbeizuführen und dann erst der Mutter Nachricht zu geben. Doch erfuhr er durch den Freund auch vieles, was er noch nicht wußte, und gewann Klarheit über manches, was er nicht genau wußte. So hörte er Näheres über Lucias Schicksale, über die Verfolgungen, denen er ausgesetzt gewesen war, und daß Don Rodrigo mit eingezogenem Schwanz wieder abgezogen und in der Gegend nicht mehr gesehen worden sei, kurzum: über all die verwickelten Angelegenheiten. Er erfuhr auch – und für Renzo war das keineswegs unwichtig –, wie eigentlich Don Ferrante wirklich hieß. Agnes hatte ihm das zwar durch ihren Briefschreiber mitteilen lassen, aber weiß der Himmel, wie der Name geschrieben worden war – der bergamaskische Schriftkundige, der ihm den Brief vorgelesen hatte, hatte daraus ein derartiges Wort gemacht, daß Renzo wahrscheinlich in Mailand niemanden gefunden hätte, der auf diese Laute hin hätte ahnen können, von wem er eigentlich sprechen wollte. Das war jedoch der einzige Anhaltspunkt für seine Suche nach Lucia. Hinsichtlich der Justiz konnte er sich immer mehr davon überzeugen, daß diese Gefahr fern genug lag, um sich nicht besonders daran kehren zu müssen. Der Herr Podesta war an der Pest gestorben. Wer weiß, wann man einen anderen schicken würde. Auch die Häscher waren zum größten Teil den gleichen Weg gegangen; die noch verbliebenen hatten an alles andere als an alte Geschichten zu denken.

Auch er erzählte dem Freunde seine Erlebnisse und erfuhr im Austausch allerhand Geschichten vom Durchzug der Armee, von der Pest, von Hexensalben und Wunderdingen. »Scheußlicher Kram«, bemerkte der Freund, als er Renzo in eine Schlafkammer begleitete, die infolge der Epidemie leer stand, »Dinge, die wir niemals zu erleben geglaubt hätten, Dinge, die einem die Freude fürs ganze Leben vergällen können; aber unter Freunden darüber zu sprechen erleichtert einen doch.«

Im Morgengrauen befanden sich alle beide in der Küche: Renzo in Reisekleidung mit dem unter die Jacke geschnallten Gürtel und dem Messer in der Hosentasche. Um leichter marschieren zu können, ließ er sein Bündel bei dem Gastgeber zurück. »Wenn alles gut geht«, sagte er zu ihm, »wenn ich sie am Leben finde, wenn … genug! dann komme ich wieder hier vorbei, eile nach Pasturo, um der armen Agnes die gute Nachricht zu bringen, und dann … und dann … Wenn aber, was Gott verhüten möge, unglücklicherweise … dann … ich weiß noch nicht, was ich dann tue und wohin ich dann gehe. Hierzulande werdet ihr mich dann gewiß nicht mehr sehen.« Während er so sprach, stand er auf der Schwelle des Hauses, das Haupt emporgereckt, und schaute mit einer Mischung von Zärtlichkeit und Wehmut in das Morgenrot seiner Heimat, das er so lange nicht gesehen hatte. Der Freund machte ihm, wie es so üblich ist, Hoffnung und drängte ihn, etwas zum Essen mitzunehmen. Er begleitete ihn ein Stück Wegs und verließ ihn mit abermaligen Segenswünschen.

Renzo gönnte sich Zeit, da es ihm genügte, im Laufe des Tages in die Nähe von Mailand zu kommen, um am nächsten Tage frühzeitig in die Stadt zu gehen und gleich seine Nachforschungen aufzunehmen. Der Marsch verlief ohne Zwischenfall, und nichts, außer dem üblichen Elend und der Trübsal unterwegs, konnte ihn von seinen Sorgen ablenken. Wie am vorhergehenden Tage machte er zu gegebener Zeit in einem Gebüsch Rast, um einen Imbiß zu nehmen und sich auszuruhen. Als er durch Monza kam und in einem offenen Laden Brot ausgestellt sah, verlangte er zwei Laib, um auf alle Fälle nicht ohne Mundvorrat zu bleiben. Der Bäcker bat ihn, nicht einzutreten, hielt ihm auf einem kleinen Schieber ein Näpfchen mit Wasser und Essig hin und forderte ihn auf, das Geld hineinzulegen. Danach reichte er ihm mit einer Art Feuerzange nacheinander die beiden Brote, von denen Renzo eines in die Tasche steckte.

Gegen Abend gelangte er nach Greco, ohne jedoch den

Namen des Ortes zu wissen. Er vermutete aber auf Grund des bei jenem anderen Marsch erworbenen Ortsgedächtnisses und auf Grund des seit Monza zurückgelegten Weges, daß er nicht mehr weit von der Stadt entfernt sein könnte. Er verließ daher die Hauptstraße, um auf den Feldern irgendeine Käserei zu finden, in der er übernachten könnte, denn mit Gasthöfen wollte er keine Scherereien haben. Er traf es noch besser, als er gehofft hatte. In einer Hecke, die den Hof einer Meierei umschloß, bemerkte er ein Loch und schlüpfte, ohne sich viel Gedanken zu machen, hindurch. Es war niemand da. An der einen Ecke bemerkte er einen großen offenen Schuppen, in dem Heu aufgestapelt war, gegen das eine Leiter lehnte. Er sah sich um und stieg dann auf gut Glück hinauf. Oben machte er sich ein Lager zurecht und schlief in der Tat alsbald ein, um erst im Morgengrauen zu erwachen. Er kroch auf allen vieren an den Rand dieses großen Bettes, streckte den Kopf hinaus, stieg, als er niemanden sah, so wieder hinunter, wie er gekommen war, und verließ den Hof da, wo er ihn betreten hatte. Auf Feldwegen marschierte er weiter, wobei er den Dom als seinen Polarstern wählte, und kam nach sehr kurzer Zeit schon vor die Mauern von Mailand zwischen der Porta Orientale und der Porta Nuova, und zwar ganz in der Nähe der letzteren.

34. KAPITEL

Über die Möglichkeiten, in die Stadt zu gelangen, hatte Renzo so obenhin in Erfahrung gebracht, daß sehr strenge Vorschriften bestünden, niemanden ohne Gesundheitszeugnis einzulassen; man könnte aber ganz leicht hineinkommen, wenn man sich bloß ein bißchen zu helfen wüßte und den richtigen Augenblick wahrnähme. So erwies es sich in der Tat. Dabei können wir die allgemeinen Ursachen, die dafür verantwortlich waren, daß zu jener Zeit jeder Befehl nur teilweise ausgeführt wurde, auf sich beruhen lassen und ebenso von den besonderen Ursachen absehen, welche eine strenge Durchführung in diesem Fall so schwierig machten; Mailand befand sich nunmehr eben in einem solchen Zustand, daß man nicht mehr einsah, warum und wovor es noch weiter behütet werden sollte, und jedem, der dort hinkam, war wohl eher das eigene Wohl gleichgültig, als daß die Einwohner etwas von ihm hätten befürchten müssen.

Auf Grund seiner Auskünfte hatte Renzo die Absicht, gleich am ersten besten Tor, an das er geraten würde, sein Glück zu versuchen. Falls es aber Schwierigkeiten gäbe, wollte er weiter um die Mauern herumgehen, bis er ein anderes Tor fände, durch das er leichter hineingelangen könnte. Weiß der Himmel, wieviel Tore er sich rings um Mailand vorgestellt hatte! Als er also vor die Mauer geraten war, blieb er stehen und schaute sich um wie einer, der nicht weiß, nach welcher Seite er sich wenden soll und von allem einen Hinweis und Wink zu erwarten scheint. Aber rechts und links erblickte er nur eine krumme Wegstrecke und gerade vor sich einen Teil der Mauer, nirgends eine Menschenseele. Nur an einer Stelle, am Fuß der Mauer, stieg eine dunkle dichte Rauchsäule empor, die nach oben hin breiter wurde, sich kugelig zusammenballte und dann in Schwaden in der unbewegten, aschgrauen Luft verging. Sie rührte von Kleidern, Betten und anderem infizierten Hausrat her, der da verbrannt wurde. Solche traurigen Feuer wurden beständig nicht nur hier, sondern an den verschiedensten Stellen der Mauer entfacht.

Das Wetter war diesig, die Luft drückend, der Himmel ringsum von Gewölk oder gleichförmigem, regungslos schwebendem Nebel verhängt, der die Sonne zu verfinstern schien, ohne Regen zu verheißen. Das Land ringsum war zum Teil unbestellt und ganz ausgedorrt; alles Grün war fahl geworden, und kein Tropfen Tau lag auf den welken, fallenden Blättern. Diese Einsamkeit und diese Stille in der Nähe einer Großstadt vermehrten Renzos Unruhe, machten ihn beklommen und stimmten ihn vollends trübselig.

Nach einigem Zögern wandte er sich auf gut Glück nach rechts und ging so, ohne es zu wissen, auf die Porta Nuova zu, die er trotz ihrer Nähe wegen eines Bollwerks nicht sehen konnte, hinter dem sie dazumal verborgen lag. Nach wenigen Schritten vernahm er dann ein Bimmeln von Glöckchen, das immer wieder verstummte und von neuem aufklang, dazu eine menschliche Stimme. Er ging weiter und erblickte, sobald er um die Ecke des Bollwerks gekommen war, zunächst eine Holzbaracke und auf deren Schwelle eine Wache, die sich in müder, nachlässiger Haltung auf ihr Gewehr stützte. Dahinter befand sich ein Lattenzaun und wieder dahinter das Tor, das heißt zwei Mauerecken mit einem Dach darüber zum Schutz der Torflügel, die weit offenstanden, wie auch das Gittertor am Zaun. Gerade vor der Öffnung aber befand sich ein trübseliges Hindernis auf der Erde: eine Bahre, auf der zwei Pestpfleger einen Unglücklichen zurechtlegten, um ihn fortzutragen. Es war der Zollinspektor, an dem man kurz zuvor die Pest entdeckt hatte. Renzo blieb stehen und wartete das Ende des Vorgangs ab. Als die Gruppe abgezogen war und sich niemand blicken ließ, um das Gittertor wieder zu schließen, schien ihm der rechte Augenblick gekommen, und er schritt eilig aus. Die Wache rief ihm aber ein grobes »Hallo!« zu. Renzo blieb auf der Stelle stehen, zwinkerte dem Mann zu, zog einen halben Dukaten hervor und hielt ihn hin. Hatte jener nun schon die Pest gehabt oder fürchtete er sie weniger, als er die halben Dukaten liebte, jedenfalls bedeutete er Renzo, er solle das Geld hinwerfen, und sobald es vor seine Füße gerollt war, flüsterte er: »Schnell durch!« Renzo ließ sich das nicht zweimal sagen, ging durch die Pforte, ging durch das Tor und weiter, ohne daß jemand auf ihn geachtet oder ihn bemerkt hätte. Wie er aber so an die vierzig Schritte zurückgelegt hatte, hörte er ein zweites »Hallo!« das ein Stadtzöllner hinter ihm herrief. Diesmal tat er so, als ob er nichts hörte, und holte schneller aus, ohne sich auch nur umzusehen. »Hallo!« rief der Zöllner von neuem mit einer Stimme, die jedoch mehr Ungeduld als Entschlossenheit, sich Gehorsam zu verschaffen, zum Ausdruck brachte. Als man ihm nicht gehorchte, zuckte er mit den Schultern und kehrte in seine Zollbude zurück, wie jemand, dem mehr daran liegt, mit den Durchreisenden nicht zuviel in Berührung zu kommen, als sich über ihre Angelegenheiten zu unterrichten.

Die Straße, welche Renzo eingeschlagen hatte, führte damals, wie auch heute noch, geradenwegs bis zu dem »Naviglio« genannten Kanal. Zu beiden Seiten sah man Hecken oder Gartenmauern, Kirchen und Klöster und wenig Häuser. Am Ende dieser Straße und mitten auf der, die am Kanal entlangführt, befand sich eine Säule mit einem Kreuz, welches das Eusebius-Kreuz genannt wurde. So weit Renzo auch geradeaus blickte, sah er nichts anderes als dieses Kreuz. Als er die Kreuzung erreicht hatte, welche die Straße beinahe in zwei Hälften teilt, und nach beiden Seiten spähte, sah er rechts in der Sankt-Theresien-Straße einen Bürgersmann, der gerade auf ihn zukam. Endlich eine Menschenseele, meinte er bei sich und wandte sich sofort nach jener Seite, da er sich von ihm den Weg zeigen lassen wollte. Auch der andere hatte den herankommenden Fremden gesehen; er musterte ihn von weitem mit argwöhnischen Blicken, und das um so mehr, als er merkte, daß er, statt seiner Wege zu gehn, auf ihn zukam. In gebührender Entfernung zog Renzo als höflicher Alpensohn den Hut, hielt ihn mit der Linken, steckte die andere Hand hinein und ging geradenwegs auf den Unbekannten los. Dieser machte nun wirklich große Augen, wich einen Schritt zurück, hob einen Knotenstock mit eiserner Spitze gegen Renzo und rief: »Fort hier! Fort hier!«

»Oho!« rief auch der Jüngling, setzte den Hut wieder auf und drehte dem sonderbaren Menschen den Rücken, da er – wie er später in seinem Bericht erklärte – in jenem Augenblick ganz andere Absichten hatte, als einen Streit vom Zaun zu brechen. Er ging also weiter seines Weges, oder besser gesagt: des Weges, auf dem er nun einmal war.

Der andere entfernte sich gleichfalls, zitterte und drehte sich alle Augenblicke um. Zu Hause angekommen, erzählte er, daß er von einem Einschmierer mit bescheidener, sanftmütiger Miene voll niederträchtiger Heuchelei angesprochen worden sei, der die Salbenschachtel oder den Pulverbeutel – darüber wußte er nichts Genaueres zu sagen – im Kopf seines Hutes verborgen gehalten habe, um ihm einen schlimmen Streich zu spielen, wenn er ihn nicht abzuwehren gewußt hätte. »Wenn er mir noch einen Schritt näher gekommen wäre«, fügte er hinzu, »hätte ich ihn einfach aufgespießt, ehe der Gauner noch Zeit gefunden hätte, mich anzuschmieren. Es war dumm, daß wir an einer so einsamen Stelle waren. Wenn es mitten in Mailand gewesen wäre, hätte ich Leute herbeigerufen und mir helfen lassen, ihn zu schnappen. Ganz sicher hätte man dies verfluchte Mistzeug in seinem Hut gefunden. Aber so ganz allein mit ihm, habe ich mich damit zufriedengeben müssen, ihn einzuschüchtern, wenn ich nicht hätte Gefahr laufen wollen, mir ein Unglück auf den Hals zu ziehn, denn so ein bißchen Pulver ist schnell gestreut, und die Kerle haben ja eine ganz besondere Geschicklichkeit und dazu noch den Teufel auf ihrer Seite. Jetzt wird er in Mailand herumlaufen; wer weiß, was für Unheil er anstellt!« Solange er lebte, und das waren noch viele Jahre, wiederholte er, sooft von Einschmierern gesprochen wurde, seine Geschichte und fügte hinzu: »Diejenigen, die noch immer die Ansicht vertreten, es sei nichts Wahres daran, sollen mir nur nicht damit kommen. Man muß die Dinge eben selber erlebt haben.«

Renzo, der keine Ahnung davon hatte, wie gut er weggekommen war, empfand mehr Ärger als Furcht, und wie er auf seinem Wege über diesen Empfang nachdachte, erriet er fast genau, was der Unbekannte sich eingebildet hatte. Das kam ihm aber so unvernünftig vor, daß er bei sich daraus schloß, er hätte es mit einem Halbverrückten zu tun gehabt. Das fängt schlecht an, dachte er, es scheint, als ob ich in diesem Mailand unter einem Unstern stünde. Beim Hereinkommen geht alles nach Wunsch, und wenn ich dann drin bin, lauern die Verdrießlichkeiten überall. Schluß ...! baue auf Gott ...! Wenn ich finde ... wenn mir das gelingt ... nun, dann wird das alles wie nichts gewesen sein.

Als er zur Brücke gekommen war, wandte er sich, ohne zu zögern, nach links in die Sankt-Markus-Straße, da er mit Recht den Eindruck hatte, daß sie ins Stadtinnere führen müßte. Auf seinem Wege schaute er hierhin und dorthin, um irgendeine Menschenseele zu entdecken; er gewahrte aber nur einen entstellten Leichnam in dem kleinen Graben, der dort zwischen den wenigen Häusern verläuft – die damals noch weniger waren –, und ein Stück Straße. Als er das hinter sich hatte, hörte er einen Ruf: »Hallo, bester Mann!« und als er in jene Richtung schaute, erblickte er ganz in der Nähe auf dem Balkon eines einsam liegenden Häuschens eine arme Frau inmitten einer Kinderschar. Sie rief ihm weiter zu und winkte ihm auch mit der Hand. Er eilte hin, und als er herangekommen war, sagte sie: »Junger Mann, tut uns doch um Eurer armen Toten willen die Liebe, zum Kommissar zu gehen und ihm zu sagen, daß man uns hier vergessen hat. Wir sind als verdächtig im Hause eingeschlossen worden, weil mein armer Mann gestorben ist. Die Tür ist zugenagelt, wie Ihr seht, und seit gestern morgen hat uns niemand mehr etwas zu essen gebracht. Jetzt stehen wir schon so lange hier, und noch ist kein guter Christ vorbeigekommen, der mir das zuliebe getan hätte, und die armen Unschuldigen hier sterben vor Hunger.«

»Hunger!« rief Renzo aus, fuhr mit den Händen in die Taschen, zog seine beiden Brote heraus und sagte: »Hier! Laßt mir etwas herunter, in das ich sie hineinlegen kann.«

»Gott vergelt's! Wartet einen Augenblick«, sagte die Frau und ging einen Korb holen und einen Strick, um den Korb daran hinunterzulassen, was dann auch geschah. Renzo kam dabei das Brot in den Sinn, das er bei seinem früheren Einzug in Mailand in der Nähe des Kreuzes gefunden hatte, und er dachte: So wird es nun zurückgegeben, und es ist vielleicht besser so, als wenn ich es seinem eigentlichen Besitzer wiedergebracht hätte, denn das ist wirklich ein Werk der Barmherzigkeit.

»Was den Kommissar betrifft, gute Frau«, sagte er, als er das Brot in den Korb legte, »so kann ich Euch leider nicht dienen, denn ich muß gestehen, daß ich hier fremd bin und mich nicht auskenne. Wenn ich jedoch einen halbwegs zugänglichen Einheimischen treffe, mit dem sich reden läßt, will ich's ihm sagen.«

Die Frau bat ihn, so zu tun, und nannte ihm den Namen der Straße, damit er darüber Bescheid geben könnte.

»Auch Ihr«, fuhr Renzo fort, »könntet mir, wie ich meine, einen Gefallen tun, der Euch keine Mühe kosten soll. Könnt Ihr mir vielleicht sagen, wo ich hier in Mailand das Haus *** finde, wißt Ihr, dieser vornehmen Herrschaften vom Adel?«

»Ich weiß, daß es das Haus gibt«, erwiderte die Frau, »wo es aber liegt, weiß ich wirklich nicht. Wenn Ihr aber hier weitergeht, findet Ihr sicher jemand, der es Euch sagen kann. Denkt aber bitte auch daran, ihm von uns zu berichten.«

»Ganz gewiß«, sagte Renzo und ging weiter.

Bei jedem Schritt kam er einem anschwellenden Geräusch näher, das er schon gehört hatte, als er noch im Gespräch begriffen gewesen war: ein Geräusch von Rädern und Pferden, Schellengeläut und immer wieder ein von Geheul begleitetes Peitschenknallen. Er spähte nach vorn, erkannte aber nichts. Als er an das Ende der Straße gekommen war und den Sankt-Markus-Platz vor sich sah, fielen ihm zunächst zwei aufgerichtete Balken mit einem Seil und gewissen Zugwinden in die Augen, und dann erkannte er bald das gräßliche Foltergerüst, das zu jener Zeit jedermann vertraut war. Es war hier, und nicht hier allein, sondern auf allen öffentlichen Plätzen und in den breiteren Straßen errichtet worden, damit die Bezirksverwalter, die dazu mit den willkürlichsten Vollmachten versehen waren, jedermann, der ihnen strafwürdig erschien, auf der Stelle der Folter unterziehen konnten. Es handelte sich dabei um Leute, die unter Quarantäne standen und ihre Häuser verlassen hatten, oder um Untergebene, die ihrer Pflicht nicht nachkamen, oder auch um irgendwen sonst. Das war eine jener übertriebenen und unwirksamen Maßnahmen, wie sie zu jener Zeit und insbesondere in der damaligen Lage so verschwenderisch in Anwendung kamen.

Während Renzo das Folterwerkzeug noch betrachtete und überlegte, warum es hier wohl errichtet sein mochte, näherte sich der Lärm immer mehr, und er sah einen Mann um die Kirchenecke kommen, der eine Glocke schwang. Es war ein Gerichtsdiener, und hinter ihm tauchten zwei Pferde auf, die mit gestreckten Hälsen und aufgestemmten Hufen nur mühsam vorwärts kamen. Sie zogen einen Leichenkarren, und dahinter kam ein zweiter und dann noch einer und noch einer. Hier und da liefen Pestpfleger neben den Tieren her und trieben sie mit Peitschenschlägen, Stößen und Flüchen an. Die Leichen waren größtenteils nackt, einige dürftig in irgendwelche Lumpen gehüllt. Sie lagen übereinandergehäuft und verschlungen wie eine Gruppe von Schlangen, die sich in der Frühlingswärme langsam voneinander lösen, denn bei jedem Hindernis und jeder Erschütterung sah man die grausige Ladung erzittern und gräßlich verrutschen. Köpfe baumelten, jungfräuliches Haar löste sich auf, Arme fielen herab und hingen auf die Räder. So zeigte sich dem schaudernden Blick, wie ein solches Schauspiel noch schmerzlicher und ekelhafter werden konnte.

Der Jüngling war an der Ecke des Platzes in der Nähe des Geländers am Kanal stehengeblieben und verrichtete unterdes ein Gebet für die unbekannten Toten. Ein gräßlicher Gedanke fuhr ihm durch den Kopf: Dabei, darunter ist vielleicht ... ach, lieber Gott, gib, daß es nicht wahr ist! Laß mich nicht daran denken!

Als der Leichenzug vorüber war, ging Renzo über den Platz und schlug die Straße links am Kanal entlang ein, ohne für diese Wahl einen anderen Grund zu haben als den, daß der Leichenzug sich nach der entgegengesetzten Seite bewegt hatte. Nach den wenigen Schritten vom Seitenschiff der Kirche bis zum Kanal sah er rechts die Marcellinobrücke. Er überquerte sie und kam in die neue Vorstadt. Als er, immer mit der Absicht, jemanden zu finden, der ihm den Weg zeigen könnte, geradeaus spähte, sah er am Ende der Straße einen Priester in einer Joppe und ohne Soutane mit einem Stock in der Hand. Mit geneigtem Haupt stand er vor einer angelehnten Haustür und blickte auf den Spalt. Kurz darauf sah Renzo ihn die Hand zum Segen erheben. Er vermutete ganz richtig, daß jener soeben jemand die Beichte abgenommen hatte, und sagte sich: Das ist mein Mann. Wenn ein Priester in Erfüllung seiner Amtspflichten kein Mitgefühl, keine Menschenliebe und Gefälligkeit mehr hätte, dürfte auf dieser Welt wohl nichts mehr davon zu finden sein.

Der Priester hatte sich unterdessen von der Haustür abgewandt und kam auf Renzo zu, wobei er sich mit großer Vorsicht in der Straßenmitte hielt. Als er in seiner Nähe war, lüpfte Renzo den Hut und bedeutete ihm, daß er ihn zu sprechen wünsche, wobei er zugleich anhielt, um zu verstehen zu geben, daß er ihm nicht zu nahe kommen wollte. Der andere blieb gleichfalls abwartend stehen, steckte aber seinen Stock wie eine Art Schutzwehr vor sich in den Boden. Renzo brachte seine Frage vor, und der Priester gab ihm nicht nur den Namen der Straße an, in welcher das Haus lag, sondern beschrieb ihm auch den Weg, als er merkte, daß der Arme das nötig hatte. Mit Hilfe von rechts und links, Kirchen und Kreuzen beschrieb er ihm also die sechs oder acht Straßen, die er noch zu gehen hatte, um dorthin zu gelangen.

»Möge Gott Sie gesund erhalten jetzt und immerdar!« erwiderte Renzo, und als jener sich anschickte weiterzugehen, fügte er hinzu: »Noch eine Bitte«, und erzählte ihm von der armen vergessenen Frau. Der gute Priester bedankte sich, daß ihm Gelegenheit geboten würde, eine so dringliche Pflicht der Nächstenliebe zu erfüllen, erklärte, daß er die nötige Benachrichtigung übernähme, und schritt weiter. Auch Renzo setzte sich wieder in Bewegung und versuchte sich unterwegs die erhaltenen Auskünfte einzuprägen, um nicht an jeder Ecke von neuem fragen zu müssen. Man macht sich aber keinen Begriff, wie schwer ihm das fiel, und zwar nicht so sehr wegen der Schwierigkeit der Sache an sich, sondern weil eine neue Unruhe über ihn gekommen war. Er hatte jetzt die erwünschte und begehrte Auskunft, ohne die er nicht auskommen konnte, und ihm war auch nichts gesagt worden, was irgendwie von schlimmer Vorbedeutung gewesen wäre, aber, was soll man da machen, die nun deutlichere Vorstellung, bald am Ziel zu sein, wo er von einer großen Ungewißheit erlöst werden sollte, wo man ihm sagen könnte: Sie lebt, oder aber auch: Sie ist tot! diese Vorstellung machte ihn so betroffen, daß es ihm in diesem Augenblick lieber gewesen wäre, noch völlig im dunkeln zu tappen und erst am Anfang der Reise zu stehen, deren Ende ihm nun bevorstand. Er raffte sich jedoch zusammen und sagte zu sich selbst: Ei, ei, ei! wenn ich jetzt anfange, mich wie ein kleiner Junge zu benehmen, wie soll das dann werden! So machte er sich denn davon frei, so gut es ging, und setzte seinen Weg in die Stadt hinein fort.

Welch eine Stadt! Was hatte im Vergleich damit schon der Zustand vor einem Jahr während der Hungersnot zu bedeuten!

Renzo befand sich eben auf dem Wege durch einen der ödesten und trostlosesten Stadtteile: an der Straßenkreuzung, die Carrobio di Porta Nuova hieß. Mitten darauf stand damals ein Kreuz und ihm gegenüber, neben der heutigen Kirche San Francesco di Paola, ein alter, Sant' Anastasia genannter Bau. – In dieser Gegend hatte die Pest derartig gehaust und einen solchen Verwesungsgeruch verbreitet, daß die wenigen Überlebenden gezwungen gewesen waren, ihre Häuser zu räumen. So kam für den Vorübergehenden zu der Trübseligkeit der einsamen und verlassenen Gegend Schauder und Entsetzen vor den Spuren und Resten ihrer früheren Benützung. Renzo beschleunigte seine Schritte und machte sich mit dem Gedanken Mut, daß sein Ziel noch nicht so nah sein könnte, wobei er hoffte, daß er das Bild bis dahin wenigstens etwas verändert finden möchte. In der Tat kam er denn auch nach kurzer Zeit in eine Gegend, die noch Stadt der Lebendigen heißen konnte. Aber welch eine Stadt und was für Lebendige! Alle Haustüren waren aus Mißtrauen oder Angst verschlossen, außer denen der unbewohnten oder erbrochenen Häuser, die weit offenstanden. Andere Türen wieder waren vernagelt und versiegelt, weil in den Häusern jemand an der Pest gestorben oder erkrankt war. Auf anderen hatte man mit Kohle ein Kreuz aufgemalt zum Zeichen für die Pestpfleger, daß hier ein Toter abzuholen sei. All das aber war mehr oder weniger zufällig geschehen, je nachdem ob ein Kommissar des Gesundheitsamtes oder ein sonstiger Beamter dagewesen war, um seinen Pflichten nachzukommen oder die Leute zu schikanieren. Überall lagen Lumpen herum und, noch widerlicher, eitrige Verbände, verseuchte Streu oder aus den Fenstern geworfene Bettücher, manchmal auch Leichen von solchen, die plötzlich auf der Straße verendet waren und die nun da liegenblieben, bis ein Karren vorbeikam, um sie fortzuschaffen, oder auch Leichen, die von den Karren heruntergerutscht waren, oder solche, die wie die übrigen Gegenstände aus den Fenstern herabgeworfen worden waren. So hatte das unausgesetzte Wüten des Unglücks die Gemüter verwildern und jede fromme Fürsorge, jede gesellschaftliche Rücksicht vergessen lassen. Jeder Geschäftsbetrieb, jeder Wagenlärm, jeder Händlerruf, jedes Geplauder der Fußgänger war verstummt, und selten nur wurde dieses Todesschweigen von etwas anderem unterbrochen als dem Rollen der Totenkarren, dem Klagen der Unglücklichen, dem Jammern der Kranken, dem Geheul der Wahnsinnigen, dem Rufen der Pestpfleger. Morgens, mittags und abends gab eine Domglocke das Zeichen, gewisse vom Erzbischof empfohlene Gebete zu sprechen. Diesen Mahnruf erwiderten die Glokken der anderen Kirchen, und dann konnte man die Leute an die Fenster treten und gemeinsam beten sehen und ein Gewisper von Stimmen und Seufzern vernehmen, in dem bei aller Traurigkeit doch ein gewisser Trost aufklang.

Damals waren vielleicht zwei Drittel der Einwohner gestorben, ein gut Teil der übrigen erkrankt oder fortgezogen; der Verkehr mit Auswärtigen war fast völlig eingestellt. Unter den wenigen, die auf der Straße anzutreffen waren, hätte man bei langem Umhergehen höchstens zufällig einmal einen getroffen, an dem nichts Sonderbares gewesen wäre und der nicht eine verhängnisvolle Wandlung der Dinge hätte erkennen lassen. Man sah die vornehmsten Leute ohne Umhang oder Mantel – damals völlig unentbehrliche Bestandteile der bürgerlichen Kleidung –, Priester ohne Soutanen und sogar Mönche im kurzen Wams; man hatte kurzweg alle Kleidungsstücke abgelegt, die durch ihr Flattern mit irgend etwas in Berührung kommen oder – was mehr als alles sonst gefürchtet wurde – den Einschmierern eine Gelegenheit bieten konnten. Abgesehen von dieser Sorge, so hochgeschürzt und zusammengerafft wie nur möglich daherzukommen, war jedermann auch vernachlässigt und unordentlich. Wer einmal einen Bart getragen hatte, dem war er jetzt lang geworden, und denen, die sich zu rasieren pflegten, war er gewachsen. Auch die Kopfhaare waren lang und wirr, nicht nur wegen jener Gleichgültigkeit, die jede fortgesetzte Enttäuschung erzeugt, sondern auch weil die Friseure verdächtig geworden waren, seit einer von ihnen, Giangiacomo Mora, als berüchtigter Einschmierer verhaftet und zum Tode verurteilt worden war. Der Name Mora war in der Stadt noch lange als besonders niederträchtig berühmt, während er doch weit mehr unser ewiges Mitleid verdient. Die meisten hielten in einer Hand einen Stock, einige auch eine Pistole zur Abschreckung aller, die sich etwa zu nahe an sie heranwagen wollten. In der anderen Hand trugen sie Räucherkerzen oder durchbohrte Kugeln aus Metall oder Holz mit Schwämmen darin, die mit Medizinalessig getränkt waren. Die hielten sie sich unterwegs beständig oder von Zeit zu Zeit unter die Nase. Einige trugen am Hals ein Fläschchen mit etwas Quecksilber, da sie überzeugt waren, es habe die Eigenschaft, jede Pestausdünstung aufzusaugen und fernzuhalten, weshalb sie es denn alle paar Tage erneuerten. Die Edelleute gingen nicht nur ohne das übliche Gefolge aus, sondern waren sogar mit einem Henkelkorbe am Arm beim Einkauf der nötigen Lebensmittel zu sehen. Wenn sich einmal zwei Freunde auf der

Straße begegneten, so begrüßten sie sich von ferne mit stummen und hastigen Zeichen. Jeder hatte auf seinen Wegen viel damit zu tun, die widerlichen und verderblichen Hindernisse zu vermeiden, mit denen der Boden bedeckt und an manchen Stellen wirklich versperrt war. Jeder versuchte mitten auf der Straße zu bleiben, aus Angst vor Unrat oder andern grausigeren Dingen, die aus den Fenstern herabsausen konnten, aus Angst auch vor den Hexenpulvern, von denen es hieß, daß sie oft aus den Fenstern auf die Vorübergehenden geschüttet würden, aus Angst auch vor den Wänden, die eingesalbt sein konnten. So erregte die Unwissenheit, wobei Mut und Vorsicht im umgekehrten Verhältnis zueinander standen, Ängste über Ängste und verbreitete eingebildete Schrecken, statt sich nur an die allen erklärlichen und heilsamen zu halten, die sie von Anfang an nicht hatte gelten lassen.

So also stand es um die weniger Mitgenommenen und weniger Bejammernswerten ringsum: die Gesunden und Wohlhabenden. Nach soviel Bildern des Elends und angesichts der noch ernsteren, durch welche wir den Leser weiterführen müssen, wollen wir nun nicht dabei verweilen, den Anblick der Pestkranken zu schildern, die sich durch die Straßen schleppten und darin umherlagen, oder den Zustand der Armen, Kinder und Frauen. Er war derartig, daß der Betrachter geradezu einen verzweifelten Trost in dem Gedanken finden konnte, der auf die Fernstehenden und die Nachkommen den stärksten und schmerzlichsten Eindruck macht, in dem Gedanken nämlich, auf welch kleines Häuflein die Überlebenden zusammengeschmolzen waren.

Renzo hatte schon ein gut Teil seines trübseligen Weges zurückgelegt, als er in ziemlicher Entfernung aus einer Straße, in die er einbiegen mußte, ein vielstimmiges Tosen vernahm, aus dem das gewohnte gräßliche Klingeln hervorscholl.

Als er an die Ecke der Straße gekommen war, die zu den breitesten gehörte, sah er vier Wagen in der Mitte stehen, und es herrschte ein Treiben wie auf einem Kornmarkt, wo die Leute hin und her gehen und Säcke aufladen und entleeren. Monatti gingen in die Häuser, Pestpfleger kamen mit einer Last auf den Schultern heraus und kippten sie bald auf den, bald auf jenen Wagen. Einige trugen die rote Uniform, andere waren ohne dies Unterscheidungsmerkmal, viele hatten sich noch aufreizender ausstaffiert mit bunten Federbüschen und Troddeln, die diese Verworfenen wie ein Zeichen der Freude inmitten der allgemeinen Trauer trugen. Bald aus diesem, bald aus jenem Fenster drang der düstere Ruf: »Hierher, Pestpfleger!« Und aus dem ergreifenden Gewimmel erscholl noch unheimlicher irgendeine Stimme: »Gleich, gleich!« Dazu murrten Hausbesitzer und trieben zur Eile, während die Monatti mit Flüchen antworteten.

Beim Eintritt in die Straße beschleunigte Renzo seine Schritte und versuchte, die Hindernisse nur insoweit zu beachten, wie nötig war, um ihnen aus dem Wege zu gehen. Da traf aber sein Blick auf eine Erscheinung, die ganz besonderes Mitleid erregen und die Augen auf sich lenken mußte. Fast wider Willen hielt Renzo an.

Von der Schwelle einer dieser Türen löste sich eine Frauengestalt und schritt auf die Wagengruppe zu. Ihre Züge verrieten reife, aber noch nicht verblühte Jugendlichkeit. Sie strahlte von einer Schönheit, die langes Leiden und tödliche Mattigkeit verschleiert und getrübt, aber nicht zerstört hatten, von jener zugleich weichen und majestätischen Schönheit, die aus dem lombardischen Blute aufglüht. Ihr Gang war mühsam, aber nicht schleppend, ihren Augen entströmte keine Träne, man sah ihnen aber an, wie viele sie vergossen hatten. In diesem Schmerz lag etwas irgendwie Gefaßtes und Tiefes, aus dem eine Seele sprach, die ganz dem Leid hingegeben war. Aber nicht allein ihre Erscheinung forderte bei soviel Elend Mitleid heraus und ließ für sie ein Gefühl Wiederaufleben, das in den Herzen schon verloren und erstorben war. Sie barg ein vielleicht neunjähriges totes Mädchen im Arm, das auf das schönste zurechtgemacht war. Es hatte die Haare auf der Mitte der Stirn gescheitelt und trug ein leuchtend weißes Kleid, als ob diese Hände es für ein seit langem erwartetes Fest wie zur Belohnung geschmückt hätten. Sie hielt es nicht ausgestreckt, sondern aufrecht sitzend auf einem Arm, Brust an Brust, als ob es lebendig wäre. Nur hing auf der einen Seite eine wachsbleiche Hand mit einer gewissen leblosen Schwere herunter, und das Haupt ruhte in schwererer Hingabe als der des Schlafes auf der Schulter der Mutter. Der Mutter! denn hätte auch die Ähnlichkeit der Züge nicht dafür gebürgt, so sprach das klar aus dem Gesicht, das noch ein Gefühl widerspiegeln konnte.

Ein widerlicher Pestpfleger näherte sich, um ihr das Kind aus den Armen zu nehmen, allerdings mit einer Art ungewohnter Ehrfurcht und unwillkürlichem Zögern. Sie wich zurück, ohne jedoch Entrüstung oder Verachtung zu bekunden, und sagte: »Nein! Rührt es jetzt noch nicht an! Ich will es selber auf den Wagen legen. Da, nehmt!« Mit diesen Worten öffnete sie eine Hand, ließ eine Geldbörse sehen und sie dann in die hingehaltene Pranke des Pestpflegers fallen. Dann fuhr sie fort: »Versprecht mir, ihr auch kein Fädchen abzunehmen und auch nicht zuzulassen, daß ein anderer es wagt, und bringt sie so unter die Erde.«

Der Pestpfleger legte eine Hand auf die Brust und machte sich dann ganz eifrig und gleichsam ehrerbietig daran, für die kleine Tote auf dem Wagen ein wenig Platz zu schaffen, wobei das neue Gefühl, das ihn beherrschte, mehr ausmachte als die unerwartete Belohnung. Die Mutter drückte dem Kind einen Kuß auf die Stirn, legte es nieder wie in ein Bett, machte es zurecht, breitete ein weißes Tuch darüber und sprach die letzten Worte: »Lebe wohl, Cecilia! Ruhe in Frieden! Heute abend kommen wir auch, um ewig zusammenzubleiben. Bete derweilen für uns, wie ich für dich und die anderen beten will.« Dann wandte sie sich von neuem an den Pestpfleger und sagte: »Wenn Ihr heute abend hier vorbeikommt, so steigt bitte hinauf, um auch mich zu holen, und nicht nur mich allein.«

Nach diesen Worten ging sie ins Haus zurück und zeigte sich einen Augenblick später am Fenster mit einem anderen, kleineren Kind auf dem Arm, das zwar noch lebte, aber die Zeichen des Todes auf der Stirn trug. Sie stand da und schaute auf den so unwürdigen Leichenzug des ersten, bis der Wagen sich in Bewegung setzte und sie ihn nicht mehr erblicken konnte. Dann verschwand sie. Und was konnte sie anderes tun, als sich auf das Bett des einzigen zu legen, das ihr noch geblieben war, und es neben sich zu legen, um zusammen mit ihm zu sterben? So fällt die schon auf dem Stengel prangende Blüte zugleich mit der noch verschlossenen Knospe unter der Sichel, die alles Kraut der Wiese gleichmacht.

»O Gott im Himmel!« rief Renzo aus, »erhöre sie und nimm sie zu dir mit ihrem Kind! Sie haben genug gelitten. Sie haben genug gelitten!«

Als er sich nach dieser ungewöhnlichen Erschütterung wieder gefaßt hat und sich auf seinen Weg zu besinnen versucht, ob er nämlich an der nächsten Kreuzung rechts oder links gehen muß, vernimmt er auch von da einen wirren Lärm von gebieterischen Rufen, matten Klagen, Frauenjammern und Kindergebrüll.

Er ging weiter, mit der vertrauten trüben und düsteren Erwartung im Herzen. Als er an die Straßenkreuzung gekommen war, erblickte er auf einer Seite eine vorwärtsdrängende wirre Menschenmenge und blieb stehen, um sie vorbeizulassen. Es handelte sich um Kranke, die ins Lazarett gebracht wurden. Einige wurden mit Gewalt vorwärts getrieben und leisteten vergeblich Widerstand; vergeblich schrien sie, daß sie in ihren Betten sterben wollten, und antworteten mit unnützem Flehen auf die Flüche und Kommandos der Pestpfleger, die sie begleiteten. Andere zogen schweigend wie von Sinnen einher, ohne Schmerz oder sonst irgendein Gefühl zu verraten. Da waren Frauen mit Kindern auf dem Arm, Halbwüchsige, die von diesem Geschrei, diesem Kommandieren und dieser Gesellschaft mehr eingeschüchtert waren als von der unklaren Vorstellung des Todes, die laut nach der Mutter und ihrem vertrauten Arm und ihrem Hause schrien. Ach! vielleicht war die Mutter, die sie auf ihrem Bette eingeschlafen wähnten, plötzlich, von der Pest befallen, dort hingestürzt und lag empfindungslos da, um auf einem Wagen ins Lazarett gebracht zu werden oder auch ins Massengrab, wenn der Wagen erst später kam. Vielleicht hatte die Mutter auch – ein Unglück, das noch bitterer Tränen würdig ist! –, ganz in ihr Leid versunken, alles, selbst die Kinder, vergessen und hatte nur noch den *einen* Gedanken: in Frieden zu sterben. Doch auch in diesem Wirrwarr sah man noch manches Beispiel der Festigkeit und des Erbarmens: Väter, Mütter, Brüder, Kinder, Gatten stützten ihre Angehörigen und begleiteten sie mit tröstenden Worten, und nicht nur Erwachsene, auch kleine Buben und Mädchen führten die zarteren Geschwister und empfahlen ihnen mit der Umsicht und dem Mitgefühl von Großen, gehorsam zu sein, und versicherten ihnen, daß es zu einem Orte ginge, wo man sich ihrer annehmen würde, um sie wieder gesund zu machen.

Inmitten all dieser niederdrückenden und rührenden Eindrücke ergriff unsern Wanderer eines am meisten und hielt ihn in dauernder Erregung: das Haus mußte hier in der Nähe sein, und wer weiß, ob nicht unter diesen Menschen … Als aber der Zug vorüber und der Zweifel behoben war, wandte er sich an einen nacheilenden Pestpfleger und fragte ihn nach der Straße und dem Hause des Don Ferrante. »Scher dich zum Teufel, du Lümmel!« war die Antwort. Er hielt sich nicht damit auf, dem Kerl nach Gebühr zu antworten, sondern richtete die gleiche Frage an einen Kommissar, der, zwei Schritt hinterher, den Beschluß des Zuges machte und ein wenig menschlicher aussah. Dieser wies mit einem Stock in die Richtung, aus der er kam, und sagte: »Die erste Straße rechts, das letzte große Haus links.«

Mit neuer und wachsender Unruhe macht sich der Jüngling dahin auf. In der Straße erkennt er sofort das Haus zwischen den anderen, niedrigeren und bescheideneren. Er tritt an das verschlossene Tor, legt die Hand auf den Klopfer, hebt ihn an – als zöge er aus einer Urne das Los, das über Tod und Leben entscheidet. Schließlich hebt er den Klopfer hoch und pocht entschlossen an.

Nach einiger Zeit wird ein Fenster ein wenig geöffnet, eine Frau steckt vorsichtig den Kopf heraus und schaut mit finsterem Gesicht nach, wer da ist, als ob sie an Pestpfleger, Vagabunden, Kommissare, Einschmierer und Teufel dächte.

Renzo schaute nach oben und sagte mit nicht allzu fester Stimme: »Ach, Signora, ist hier ein Mädchen vom Lande namens Lucia in Diensten?«

»Die ist nicht mehr hier, geht nur!« erwiderte die Frau und war drauf und dran, das Fenster zu schließen.

»Einen Augenblick, um Himmels willen! Sie ist nicht mehr da? Wo ist sie denn?«

»Im Lazarett!« und sie wollte abermals zumachen.

»Aber einen Augenblick, um Gottes willen! Wegen Pest?«

»Was denn? Ist Euch wohl neu, he? Nun geht!«

»Ach, ich Ärmster! Warten Sie bitte! War sie sehr krank? Wie lange und ...«

Inzwischen aber war das Fenster wirklich geschlossen worden.

»Liebe Frau, liebe Frau! Ein Wort, um Himmels willen, um Ihrer armen Toten willen! Ich will ja sonst gar nichts von Ihnen. Heda!« Aber es war, als hätte er zu einer Wand gesprochen.

Von der Nachricht erschüttert und über die Behandlung empört, ergriff Renzo abermals den Klopfer, preßte ihn krampfhaft, hob ihn, um erneut verzweifelt zu pochen, und behielt ihn auch weiter in der Hand. In seiner Aufregung wandte er sich um und wollte sehen, ob kein Nachbar in der Nähe wäre, von dem er vielleicht einige genauere Auskünfte haben könnte, irgendeinen Hinweis, irgendeine Aufklärung. Die erste und einzige Person, die er erblickte, war jedoch eine andere Frau in etwa zwanzig Schritt Entfernung. Ihr Gesicht drückte Entsetzen, Haß, Ungeduld und Bosheit aus. Ihre seltsam verdrehten Augen wollten ihn beobachten und zugleich Ausschau halten. Sie hatte den Mund aufgerissen, wie um aus vollem Halse zu schreien, hielt aber den Atem an. Sie reckte ihre fleischlosen Arme hoch und schloß und öffnete die runzligen, krallenartig gebogenen Hände, als ob sie etwas zu erhaschen versuchte. Man sah, daß sie unauffällig Leute herbeirufen wollte. Als sich beider Blicke begegneten, schreckte sie wie ertappt zusammen und wirkte noch abstoßender.

»Potztausend ...!« begann Renzo und erhob auch seinerseits die Hände gegen die Frau. Da diese aber die Hoffnung aufgeben mußte, daß man ihn unversehens schnappte, ließ sie den Schrei herausfahren, den sie bis dahin unterdrückt hatte: »Einschmierer! Auf ihn! Auf ihn! Einschmierer!«

»Wer? Ich? Halt's Maul, du Lügenhexe!« schrie Renzo und sprang auf sie zu, um ihr angst zu machen und sie zum Schweigen zu bringen. Aber er bemerkte alsbald, daß er viel mehr Grund hatte, an sich selber zu denken. Auf das Gekreisch der Alten hin eilten von überall Leute herbei, zwar nicht in solchen Scharen, wie sie sich in einem solchen Fall vor drei Monaten eingefunden hätten, aber doch mehr als genügend, um mit einem einzelnen zu tun, was sie wollten. Gleichzeitig wurde das Fenster erneut aufgerissen, und die gleiche unfreundliche Person von vorhin zeigte sich nun und schrie auch ihrerseits: »Faßt ihn! Faßt ihn! Das muß einer von den Schuften sein, die herumgehn und die Türen der anständigen Leute beschmieren!«

Renzo bedachte sich nicht länger. Es schien ihm plötzlich geratener, sich diese Leute vom Halse zu schaffen, als dazubleiben und ihnen seine Gründe auseinanderzusetzen. Er warf einen Blick nach rechts und links, wo wohl weniger Leute wären, und machte sich dann entsprechend aus dem Staube. Er versetzte einem, der ihm die Straße versperren wollte, einen Stoß, ließ einen andern, der ihm entgegeneilte, durch einen mächtigen Faustschlag gegen die Brust acht oder zehn Schritt zurücktaumeln und raste fort, die derbe, geballte Faust drohend gegen jeden erhoben, der ihm noch etwa in den Weg treten sollte. Die Straße vor ihm war noch immer frei. Im Rücken aber hörte er Getrappel und lauter als das Getrappel den wütenden Ruf: »Auf ihn! Auf ihn! Gebt's dem Einschmierer!« Er wußte nicht, wann sie aufhören würden, und sah nicht, wohin er sich hätte retten können. Sein Zorn steigerte sich zur Wut, die Angst wuchs zur Verzweiflung, und in blindem Rasen zog er sein Messer, blieb auf der Stelle stehn, wandte sich um und schrie mit einem Gesicht, so finster und grimmig wie noch nie in seinem Leben, während er die blitzende Klinge durch die Luft schwenkte: »Wer Mut hat, ihr Pack, soll mir nur kommen! Den werde ich hiermit wirklich einmal einschmieren!«

Erstaunt und mit einem unsicheren Gefühl der Erleichterung sah er aber, daß seine Verfolger bereits stehengeblieben waren. Sie standen unschlüssig da, brüllten weiter und winkten wie Besessene Leuten zu, die wohl hinter ihm in einiger Entfernung sich befinden mußten. Er wandte sich von neuem um und erblickte – was er in seiner großen Aufregung vorher nicht bemerkt hatte – einen Wagen, ja sogar eine ganze Reihe der üblichen Leichenkarren, die mit der gewohnten Begleitung herankamen; dahinter in einigem Abstand einen anderen Haufen Leute, die auch ihrerseits gern über den Einschmierer herfallen und ihn in die Mitte nehmen wollten. Sie wurden aber von dem gleichen Hindernis aufgehalten. Da er sich so zwischen zwei Feuern sah, kam er auf den Einfall, daß das, was jenen Angst einflößte, ihn retten könnte. Er sagte sich, es sei jetzt nicht an der Zeit, den Empfindlichen zu spielen, steckte das Messer wieder ein, nahm einen Anlauf nach der einen Seite, bremste und raste dann auf die Karren zu und an dem ersten vorbei. Dann entdeckte er auf dem zweiten einen passenden leeren Platz. Er nimmt ihn aufs Korn, macht einen Satz und ist droben, kommt mit dem rechten Fuß auf, den linken in der Luft und die Arme hochgeschwungen.

»Bravo! Bravo!« riefen die Pestpfleger einstimmig. Einige von ihnen folgten dem Zuge zu Fuß, andere saßen auf den Karren, andere, um das Entsetzliche nicht zu verschweigen, thronten auf den Leichen und tranken einander aus einer großen Flasche zu, die reihum ging. »Bravo! Ein schöner Streich!«

»Du hast dich unter den Schutz der Pestpfleger gestellt; verlaß dich drauf: hier bist du sicher wie in der Kirche«, sagte einer der beiden, die auf dem Karren saßen, auf den er sich geschwungen hatte.

Als sich der Zug näherte, hatten ihm die Feinde größtenteils den Rücken gekehrt und gingen davon, während sie unablässig brüllten: »Auf ihn! Auf ihn! Faßt den Einschmierer!« Mancher zog sich auch langsamer zurück, blieb immer wieder stehen und wandte sich mit Grimassen und drohenden Gebärden Renzo zu, der ihnen vom Karren aus antwortete, indem er seine geballten Fäuste durch die Luft schwenkte.

»Laß mich nur machen!« sagte ein Pestpfleger zu ihm, riß von einem Leichnam einen schmutzigen Fetzen ab, knotete ihn schnell zusammen, nahm ihn bei einem Zipfel, schwenkte ihn wie eine Schleuder gegen diese Hartnäckigen und tat so, als wollte er ihn auf sie werfen, wobei er schrie: »Wart nur, du Gesindel!« Bei dieser Drohung flohen alle, von Entsetzen gepackt, und Renzo sah nur mehr die Rücken seiner Feinde und Fersen, die schnell durch die Luft sausten wie die Klöppel einer Walkmühle.

Bei den Pesthelfern erhob sich ein Triumphgebrüll, ein schallendes, stürmisches Gelächter, ein lang hingezogenes »Huuu!« das die Fliehenden begleitete.

»Na, siehst du wohl, daß wir anständige Kerle schützen können?« sagte jener Pestpfleger zu Renzo. »Einer von uns ist mehr wert als hundert von diesen Memmen.«

»Ich kann wohl sagen, daß ich euch das Leben verdanke«, erwiderte Renzo, »und ich dank euch von ganzem Herzen.«

»Wofür denn?« erklärte der Pestpfleger. »Du verdienst es. Man sieht, daß du ein wackerer Bursche bist. Du tust recht daran, dies Pack einzuschmieren. Schmier sie nur weiter ein und rotte sie aus! Die sind ja nur was wert, wenn sie tot sind. Zum Dank für das Leben, das wir führen, fluchen sie uns und sagen, daß sie, wenn die Seuche vorbei ist, uns alle aufhängen wollen. Sie gehen aber früher drauf, als die Seuche endet, und die Pestpfleger bleiben allein übrig, um im Siegesjubel in Mailand zu schwelgen.«

»Es lebe die Pest, und das Lumpenpack soll verrecken!« rief der andere aus, und mit diesen schönen Trinksprüchen setzte er die Flasche an den Mund, hielt sie mit beiden Händen und nahm beim Geholper des Wagens einen tüchtigen

Schluck. Dann reichte er sie Renzo und sagte: »Trinke auf unser Wohl!«

»Ich wünsche euch von ganzem Herzen das Beste«, sagte Renzo, »aber ich habe keinen Durst. Im Augenblick steht mir der Sinn wirklich nicht nach trinken.«

»Mir scheint, du hast eine ganz schöne Angst ausgestanden«, sagte der Pestpfleger. »Du siehst mir wie ein armer Deubel aus, als Einschmierer braucht man wohl ein anderes Gesicht.«

»Jeder schlägt sich durch, wie er kann«, bemerkte der andere.

»Gib mir die Pulle«, rief einer von denen, die zu Fuß neben dem Karren hergingen, »ich will auch noch einen Schluck auf das Wohl ihres Herrn trinken, der sich in dieser schönen Gesellschaft befindet ... da, da, glaube ich, auf dem schönen Wagen da!«

Mit einem abscheulichen und widerlichen Grinsen zeigte er auf den Wagen, der vor dem herfuhr, auf dem der arme Renzo sich befand. Dann legte er sein Gesicht noch schiefer und boshafter in ernste Falten, verneigte sich in jener Richtung und fuhr fort: »Gefällt's meinem Herrn auch, daß so ein armes Pestpflegerlein dies hier aus seinem Keller genießt? Sehn Sie, es gibt sonderbare Lebensläufe: wir haben Sie in die Kutsche gebracht, um Sie zur Erholung aufs Land zu fahren. Der Wein bekommt euch Herrschaften ja auch oftmals schlecht. Die armen Pestpfleger haben einen guten Magen.«

Unter dem Gelächter seiner Kameraden nahm er die Flasche und hob sie hoch. Eh er aber trank, wandte er sich an Renzo, sah ihm in die Augen und sagte mit dem Ausdruck verächtlichen Mitleids: »Der Teufel, mit dem du deinen Pakt geschlossen hast, muß noch recht jung sein, denn wenn wir nicht dagewesen wären, um dich zu retten, hätte der dich schön in der Patsche sitzen lassen.« Von neuem erhob sich schallendes Gelächter, und er setzte die Flasche an die Lippen.

»Und wir? Und wir?« schrien mehrere Stimmen von dem Karren, der voranfuhr. Nachdem der Schelm nach Herzenslust getrunken hatte, reichte er die große Flasche mit beiden Händen den andern Kumpanen, die sie rundherum weitergaben, bis einer, der sie leergetrunken hatte, sie beim Halse nahm, um sie im Kreise herumzuschwenken und dann mit dem Ruf: »Es lebe die Pest!« auf den Pflastersteinen zu zertrümmern. Nach diesen Worten stimmte er ein Spottlied an, in das alsbald der ganze gemeine Chor einstimmte. Der höllische Gesang hallte, mit dem Klingeln der Glöckchen, dem Knarren der Wagen, dem Getrappel der Pferde vermischt, in der schweigsamen Leere der Straßen wider, und wenn er in die Häuser drang, zog er die Herzen der wenigen, die noch darin wohnten, bitter zusammen.

Was aber kann nicht alles manchmal gelegen kommen? Was kann nicht in bestimmten Fällen Vergnügen machen? Die Gefahr der Augenblicke vorher hatte Renzo die Gesellschaft dieser Toten und Lebenden mehr als erträglich gemacht; aber ich stehe nicht an zu behaupten, daß nunmehr jede Musik seinen Ohren angenehm gewesen wäre, die ihn der Verlegenheit einer solchen Unterhaltung überhob. Noch immer halb außer Atem und ganz benommen, dankte er indessen, so gut es ging, in seinem Herzen der Vorsehung, daß er aus einer solchen Bedrängnis herausgekommen war, ohne Schaden zu nehmen oder anzurichten. Er bat sie, sie möchte ihm nun beistehen, sich auch von seinen Befreiern zu befreien. Seinerseits war er auf der Hut und beobachtete jene Burschen und die Straße, um einen Augenblick wahrzunehmen, in dem er unauffällig hinuntergleiten könnte, ohne ihnen Gelegenheit zu geben, irgendwelchen Lärm zu schlagen oder Szenen zu machen, welche die Vorübergehenden hätten aufwiegeln können.

An einer Ecke meinte er plötzlich sich wieder auszukennen. Er schaute genauer hin und wurde seiner Sache ganz sicher. Was meint ihr wohl, wo er war? Auf dem Corso di Porta Orientale, auf der Straße, durch die er vor ungefähr zwanzig Monaten gemächlich hereingeschlendert und so schnell wieder entwichen war. Plötzlich fiel ihm ein, daß man von da aus geradenwegs zum Lazarett kam, und es erschien ihm wie ein Wink der Vorsehung und als ein gutes Vorzeichen für alles übrige, daß er sich so ohne alles Bemühen und Fragen auf dem richtigen Wege befand. In diesem Augenblick kam ein Kommissar den Wagen entgegen, der den Pestpflegern Halt gebot und ich weiß nicht, was sonst noch. Jedenfalls blieb der Zug stehen, und aus dem Singen wurde eine lärmende Unterhaltung. Einer der Pestpfleger, die sich auf Renzos Wagen befanden, sprang hinunter. Renzo sagte zu dem andern: »Ich danke Euch für Euer Erbarmen. Gott vergelt's!« Und damit sprang er auf der andern Seite hinunter.

»Geh man, armes Einschmierschwein«, erwiderte der, »du wirst Mailand sicherlich nicht zugrunde richten.«

Glücklicherweise konnte ihn keiner hören. Der Zug hatte auf der linken Corsoseite gehalten. Renzo verdrückt sich schleunigst auf die andere Seite und geht schnell an der Mauer entlang bis zur Brücke. Er geht hinüber und weiter durch die Vorstadtstraße. Er erkennt das Kapuzinerkloster, befindet sich in der Nähe der Pforte, sieht die Ecke des Lazaretts hervorkommen, geht durch das Gittertor, und vor ihm entrollt sich das äußere Bild dieses Geheges, kaum eine Andeutung und ein Vorgeschmack und doch schon ein weites, buntes, unbeschreibliches Bild.

Längs der beiden Seiten, die man von diesem Punkte aus überblickt, wimmelte es von Menschen. Es waren Kranke, die in Scharen zum Lazarett kamen. Andere saßen oder lagen am Rand des Grabens, der es umzieht, entweder weil ihre Kräfte nicht ausreichten, um bis in die Unterkünfte zu gelangen, oder auch weil sie voller Verzweiflung daraus entwichen waren und ihnen ebenfalls die Kräfte fehlten, um sich weiterzuschleppen. Andere Unglückliche irrten verlassen wie blöde umher, und nicht wenige von ihnen waren in der Tat nicht bei Sinnen. Einer war ganz eifrig dabei, seine Wahngeschichte einem Unglücksmenschen zu erzählen, der von Schmerzen gequält dalag. Ein anderer tobte herum. Wieder ein anderer schaute mit lachendem Gesicht hierhin und dorthin, als ob er einem heiteren Schauspiel beiwohnte. Die sonderbarste und vernehmlichste Äußerung einer solchen trüben Heiterkeit war aber ein hohes und beständiges Singen, das nicht aus dieser elenden Menschenmenge zu kommen schien und das dennoch deutlicher als alle anderen Stimmen zu hören war. Es war ein frohes und scherzhaftes ländliches Liebeslied der Gattung, die Villanelle genannt wird. Und wenn man mit dem Blick dem Ton nachfolgte, um zu entdecken, wer wohl zu dieser Zeit und an diesem Ort so glücklich sein könnte, so bemerkte man einen Unglücklichen, der seelenruhig tief im Graben saß und mit hochgerecktem Kopf sang, so laut er konnte.

Renzo hatte längs der Südseite des Gebäudes kaum einige Schritte zurückgelegt, als man in der Menge ein ungewöhnliches Lärmen hörte und entfernte Stimmen, welche schrien: »Achtung!« – »Greift ihn!« Er reckte sich auf den Zehenspitzen und sah ein Pferd, das, von einem seltsamen Reiter angetrieben, dahergaloppierte. Es war ein Wahnsinniger, der das Tier abgeschirrt und unbewacht neben einem Wagen gefunden hatte und der, ohne daß es einen Sattel hatte, schnell hinaufgeklettert war und nun wild darauf umherjagte, wobei er mit den Fäusten auf den Hals hämmerte und die Fersen als Sporen gebrauchte. Pestpfleger rannten mit Geschrei hinterher, und alles verschwand in einer Staubwolke, die weithin aufstob.

So kam der Jüngling, schon fassungslos und müde vom Anblick so vielen Elends, an das Tor dieses Gebäudes, das vielleicht mehr Jammer umschloß, als über den ganzen weiten Raum verstreut war, den er bereits auf seinem Weg durchmessen hatte. Er lehnt sich an das Tor, tritt unter die Wölbung und bleibt einen Augenblick lang unbeweglich mitten in der Torhalle stehen.

35. KAPITEL

Der Leser muß sich das Lazarettgelände von sechzehntausend Pestkranken bevölkert vorstellen und den ganzen Raum ausgefüllt von Hütten, Baracken, Wagen und Menschen; die endlosen Fluchten der Säulenhallen rechts und links vollgestopft mit Siechen und Toten, durcheinander auf Bettsäcken oder Stroh; und über dieser fast unermeßlichen Lagerstatt ein unaufhörlich wogendes Gewimmel. Überall ein Kommen und Gehen, ein Eilen und Weilen, ein Hinsinken und Aufstehen von Genesenden, Kranken im Fieberwahn und Helfern. Dieses Schauspiel bot sich urplötzlich Renzos Blikken und schlug ihn überwältigend und erschütternd in Bann. Natürlich haben wir nicht die Absicht, es in allen Einzelheiten zu schildern, und der Leser wird auch nicht danach verlangen. Wir wollen lediglich unseren Helden auf seinem qualvollen Wege begleiten, um zu verweilen, wo er verweilte, und um von seinen Eindrücken nur so viel wiederzugeben, wie nötig ist, um zu erfahren, was er tat und was ihm widerfuhr.

Von dem Tor, an dem er stehengeblieben war, bis zu der Kapelle mitten auf dem Platz und von da wieder bis zum gegenüberliegenden Tor war ein breiter Fahrweg von Hütten und allen festen Hindernissen freigehalten worden, und bei einem zweiten Blick sah Renzo, daß hier ein starker Wagenverkehr herrschte und daß Sachen fortgeschafft wurden, um Platz zu machen. Er bemerkte Kapuziner und Laienbrüder, die diese Maßnahmen überwachten und zugleich jeden fortschickten, der nichts dabei zu tun hatte. Da er befürchtete, er würde auf diese Art auch fortgeschickt, begab er sich stracks zwischen die Hütten auf der Seite, nach der er sich zufällig gewandt hatte, nämlich nach rechts.

Vorsichtig schlenderte er, so gut es ging, von Hütte zu Hütte, blickte in jede hinein und achtete auch auf die Betten, die draußen im Freien standen. Er prüfte die leidend verzagten oder krampfverzerrten oder im Tode erstarrten Gesichter, ob es ihm widerfahren würde, das zu finden, das zu entdecken er doch fürchtete. Aber er hatte schon ein schönes Stück Wegs zurückgelegt und diese schmerzliche Prüfung immer wieder vorgenommen, ohne auch nur eine einzige Frau zu sehen. Daraus schloß er, daß sie sich in einer besonderen Abteilung befinden müßten. Er hatte richtig geraten, aber er hatte keinerlei Anhaltspunkt, wo sie waren, und konnte es nicht herausfinden. Immer wieder traf er Lazarettdiener, die in Aussehen, Betragen und Kleidung genauso verschieden waren wie die widerspruchsvollen Beweggründe, welche allen die gleiche Kraft verliehen, solche Dienstleistungen auszuhalten: bei den einen ein Erlöschen jeder Spur von Mitleid, bei den andern ein übermenschliches Erbarmen. Weder die einen noch die anderen traute er sich aber zu fragen, um sich nicht unter Umständen Hindernissen ausgesetzt zu sehen, und so beschloß er, immer weiterzugehen, bis er schließlich einmal Frauen fände. Dabei spähte er unentwegt nach allen Seiten. Von Zeit zu Zeit aber mußte er die Blicke traurig abwenden, wenn sie das Übermaß des Elends trübte. Was aber lag dann vor ihnen als wieder neuer Jammer?

Selbst die Luft und der Himmel steigerten noch das Entsetzliche dieser Bilder, wenn es überhaupt noch zu steigern war. Der Nebel hatte sich allmählich verdichtet und zu

Wolken geballt, die in wachsender Verfinsterung gewitternächtig drohten. Mitten in diesem düsteren, tiefhängenden Himmel schimmerte freilich wie durch einen dichten Schleier die bleiche Sonnenkugel, die ein trübes, schwaches Zwielicht verbreitete und lähmende Schwüle niedersinken ließ. Von Zeit zu Zeit vernahm man inmitten der durcheinanderschwirrenden Stimmen des Menschenschwarms ein tiefes, noch zögerndes Aufgrollen des Donners. Wer hinhorchte, hätte nicht feststellen können, woher es kam, oder er hätte es auch für ein fernes Rollen von Wagen halten können, die plötzlich stehenblieben. Auf den Feldern ringsum regte sich kein Blatt am Baum, kein Vogel ließ sich darin nieder oder flog daraus auf. Nur die Schwalbe erschien blitzschnell über dem Dach des Gebäudes, huschte mit ausgebreiteten Schwingen herab, flitzte über den Boden, schwang sich aber – durch das Gewimmel erschreckt – schnell wieder empor und entwich. Es herrschte jene Art von Gewitterstimmung, bei der in einer Gruppe von Wanderern keiner das Schweigen zu brechen wagt, der pirschende Jäger mit nachdenklich gesenktem Blick plötzlich zögert und die Bäuerin bei der Feldarbeit unbewußt im Singen innehält. Das sind die Augenblicke, die dem Sturm vorhergehen, wenn die Natur, äußerlich regungslos, aber mit gewaltiger innerer Spannung geladen, jedes Lebewesen zu bedrücken scheint und irgendwie alles Tun, alle Muße, ja das Dasein selbst mit lähmender Schwere erfüllt. An diesem Ort aber, der an sich schon zum Dulden und Sterben bestimmt war, sah man, wie der Mensch, der sich schon genug mit seinem Übel herumschlug, dieser neuen Bedrückung erlag. Das Befinden von Hunderten und Aberhunderten verschlechterte sich schlagartig, und zugleich war der Todeskampf schwerer, die Leiden wurden schlimmer, das Stöhnen hilfloser. Vielleicht war über diese Jammerstätte noch keine so grausame Stunde wie diese dahingegangen.

Der Jüngling war schon eine ganze Weile ergebnislos durch das Gewirr der Hütten gestrichen und traute seinen Ohren nicht, als er aus den vielstimmigen Klagelauten und dem dumpfen Gemurmel mit einemmal in sonderbarer Mischung ein Plärren und Meckern heraushörte, während er sich einem rissigen und schadhaften Bretterzaun näherte. Dahinter war das merkwürdige Geräusch zu vernehmen. Er lugte durch einen breiten Spalt zwischen zwei Latten und erblickte innerhalb einer Einfriedigung ein paar verstreute Hütten. Das war nicht das übliche Krankenrevier, sondern drinnen in den Stuben und draußen im Freien befanden sich auf dem engen Raum kleine Kinder, die auf Matratzen oder Kissen, ausgebreiteten Laken oder Bettunterlagen herumspielten. Ammen und andere Frauen versorgten sie. Am meisten aber verblüffte der Anblick von Milchziegen, die sich als besondere Hilfskräfte nützlich machten. Das Ganze war ein Kinderkrankenhaus, wie Ort und Zeit es zuließen. Es nahm sich sonderbar aus, wie manche Ziegen ruhig über dem und jenem Kind standen, um es an ihren Eutern zu nähren, und wie andere auf ein Wimmern hin mütterlichen Sinnes herbeieilten, bei einem Säugling stehenblieben, sich fürsorglich darüberstellten, meckerten und sich so aufführten, als ob sie jemanden veranlassen wollten, ihnen beiden zu helfen.

Hier und da saßen Ammen mit Kindern an der Brust, einige so selbstvergessen, daß bei dem Betrachter Zweifel entstehen konnten, ob sie die Verdienstmöglichkeit hierhergelockt hatte oder jene freiwillige Hilfsbereitschaft, die einfach Not und Leiden lindern will. Eine von ihnen löste ganz unglücklich einen greinenden Säugling von ihrer erschlafften Brust und holte betrübt das Tier herbei, damit es Ersatz bieten könnte. Eine andere schaute mitleidsvoll auf das Kleine herab, das ihr am Busen eingeschlummert war, küßte es zärtlich und begab sich in eine Hütte, um es auf eine Matratze zu legen. Eine dritte aber, die ihre Brust dem fremden Kind, wenn auch nicht gleichgültig, so doch irgendwie bekümmert überließ, starrte unbeweglich zum Himmel empor: an was sonst mochte sie wohl in solcher Haltung, mit solchem Augenaufschlag denken als an ein Geschöpf, das sie unterm Herzen getragen, das vielleicht kurz zuvor noch die gleiche Brust genommen und das vermutlich daran den letzten Atemzug getan hatte? Andere, bejahrtere Frauen versahen sonstige Dienste. Eine eilte auf die Schreie eines hungernden Kindes herbei, nahm es auf und brachte es zu einer Ziege, die an einem frischen Grashaufen fraß. Sie legte ihr das Kind ans Euter, schalt mit dem noch nicht eingewöhnten Tier und streichelte es zugleich, damit es willfährig sein Amt versähe. Eine andere kam gelaufen, um ein armes Würmchen aufzuheben, das von einer Ziege getreten wurde, die ganz damit beschäftigt war, ein anderes zu säugen. Wieder eine andere trug ihren Pflegling hin und her, summte ihm Wiegenlieder vor und versuchte ihn bald durch Gesang einzuschläfern, bald durch zärtliche Worte zu beruhigen, wobei sie ihn mit einem Namen rief, den sie ihm selbst gegeben hatte. In diesem Augenblick tauchte ein Kapuziner mit schlohweißem Bart auf, der unter jedem Arm ein quäkendes Kind trug, wie er sie gerade bei den verstorbenen Müttern gefunden hatte. Eine Frau eilte ihm entgegen, um die Kleinen in Empfang zu nehmen, und musterte dann die Gruppen und die Herde, um gleich jemanden zu finden, der ihnen die Mutter ersetzen könnte.

Von seiner eigentlichen, vordringlichen Absicht getrieben, hatte unser Jüngling sich schon mehrmals von dem Spalt losgerissen, um weiterzugehen, dann aber immer wieder hindurchgespäht, um noch einen Augenblick zu verweilen.

Als er sich endlich abgewandt hatte, ging er zunächst an der Umzäunung entlang, bis ihn eine Gruppe daran anstoßender Hütten zwang, einen Umweg zu machen. Er wollte aber seine Richtung beibehalten, um wieder an den Zaun zu gelangen, diesem bis zu seinem Ende zu folgen und Neuland zu entdecken. Während er nun um sich sah, um den Weg zu finden, traf sein Blick auf eine unverhofft vorüberhuschende Erscheinung, die ihn in helle Aufregung versetzte. In etwa hundert Schritt Entfernung sah er einen Kapuziner vorbeihasten, der sich gleich wieder zwischen den Baracken verlor, einen Kapuziner, der selbst noch auf diese Entfernung und bei so flüchtigem Auftauchen in Gang, Gestalt und Verhalten ganz an Pater Christophorus erinnerte. Man kann sich vorstellen, wie Renzo auf jene Stelle zuraste und dann herumlief, um in all dem Kommen und Gehen hin und her, kreuz und quer zu suchen, bis er zu seiner größten Freude abermals die gleiche Gestalt, den gleichen Ordensbruder erblickte. Er sah, wie er in mäßiger Entfernung von einem Kessel wegtrat und mit einer Schüssel in der Hand auf eine Hütte zuging. Dann beobachtete er, wie er sich dort auf die Schwelle setzte, über der Schüssel, die er vor sich hielt, das Kreuz schlug, rundum blickte, wie einer, der immer auf dem Sprung sein muß, und zu essen begann. Es war tatsächlich Pater Christophorus.

Seine Geschichte seit dem Zeitpunkt, da wir ihn aus den Augen verloren haben, bis zu dieser Begegnung läßt sich mit ein paar Worten abtun. Er hatte Rimini nicht mehr verlassen und hätte auch keineswegs daran gedacht, wenn nicht der Ausbruch der Pest in Mailand ihm eine Gelegenheit zur Erfüllung seines höchsten Wunsches geboten hätte: nämlich sein Leben für seinen Nächsten in die Schanze zu schlagen. Er bat nachdrücklichst darum, dorthin berufen zu werden, um den Pestkranken beizustehen und ihnen zu dienen. Der gräfliche Onkel war verstorben, und im übrigen brauchte man mehr Krankenpfleger als Politiker: so wurde sein Gesuch denn ohne Schwierigkeiten genehmigt. Er begab sich unverzüglich nach Mailand, trat ins Lazarett ein und befand sich seit etwa einem Vierteljahr dort.

Renzos Freude, seinen guten Mönch wiederzufinden, war freilich nicht für eines Gedankens Länge ungetrübt. Schon als er sich vergewisserte, daß jener es wirklich war, mußte er erkennen, wie sehr er sich verändert hatte. Seine Haltung war gebückt und müde, das Gesicht ausgemergelt und blaß; alles ließ eine erschöpfte Natur, einen gebrochenen und verfallenden Leib erkennen, der sich in jedem Augenblick nur mit großer seelischer Anstrengung behauptete und aufrechterhielt.

Auch er heftete nun den Blick auf den Jüngling, der auf ihn zukam und sich mit Gebärden bemerkbar machen und zu erkennen geben wollte, da er nicht zu rufen wagte. »Oh, Pater Christophorus!« sagte er dann, als er so nahe gekommen war, daß er sich ohne Stimmaufwand verständlich machen konnte.

»Du hier?« bemerkte der Mönch, stellte die Schüssel auf die Erde und erhob sich.

»Wie geht es, Pater, wie geht es?«

»Es geht mir besser als manchen Armen, die du hier siehst«, erwiderte der Mönch, und seine Stimme war brüchig, dumpf und verwandelt wie alles übrige. Nur das Auge war noch das alte, ja irgendwie sogar lebhafter und strahlender, als ob die Nächstenliebe, in der Verklärung der äußersten Aufopferung und frohlockend im Gefühl der Nähe ihres Ursprungs, ein glühenderes und reineres Licht daraus erstrahlen ließe, während die körperliche Schwäche jenes frühere allmählich verlöschen ließ.

»Aber du«, fuhr er fort, »wieso bist du denn hier? Warum bietest du so der Pest die Stirn?«

»Ich habe sie Gott sei Dank hinter mir. Ich komme ... um ... Lucia zu suchen.«

»Lucia! Lucia ist also hier?«

»Sie ist hier. Wenigstens hoffe ich zu Gott, daß sie noch da ist.«

»Ist sie nun deine Frau?«

»Oh, lieber Pater, nein, sie ist nicht meine Frau. Wissen Sie denn nichts von all dem Vorgefallenen?«

»Nein, mein Sohn. Da Gott mich von euch fortgeführt hat, habe ich nichts mehr erfahren. Nun Er dich aber zu mir schickt, muß ich gestehn, daß ich sehr gerne von euch etwas hören möchte. Aber ... Acht und Bann?«

»So wissen Sie also, was man mir angetan hat?«

»Aber was hast du denn angestellt?«

»Nun ja, wenn ich behauptete, daß ich an jenem Tage in Mailand vernünftig gewesen wäre, würde ich lügen, aber ich habe durchaus nichts Böses getan.«

»Das glaube ich dir und habe es auch vorher angenommen.«

»Ich kann Ihnen nun ja alles sagen.«

»Warte mal!« sagte der Mönch. Er ging ein paar Schritte vor die Hütte und rief: »Pater Viktor!« Nach kurzer Zeit erschien ein junger Kapuziner, dem er erklärte: »Pater Viktor, tut mir den Gefallen und schaut für mich mit nach unsern armen Pflegebefohlenen, während ich mich ein wenig zurückziehe. Wenn aber jemand nach mir verlangen sollte, so ruft mich. Gebt besonders auf den einen acht. Sobald auch nur das geringste Anzeichen dafür spricht, daß er wieder zu sich kommt, so gebt mir bitte sofort Bescheid.«

»Verlaßt Euch darauf!« entgegnete der Jüngere, und der Alte kehrte zu Renzo zurück und sagte: »Wir wollen hineingehn. Aber«, fügte er stehenbleibend plötzlich hinzu, »du scheinst mir ziemlich erschöpft; du mußt sicher etwas essen.«

»Allerdings«, meinte Renzo, »da Sie mich daran erinnern, fällt mir ein, daß ich noch nüchtern bin.«

»Warte mal!« sagte der Mönch, nahm eine andere Schüssel und gab sie Renzo, nachdem er zurückgekehrt war, zusammen mit einem Löffel. Er ließ ihn auf einen Sack niedersitzen, der ihm als Lager diente, ging zu einem Fäßchen in der Ecke und zapfte ein Glas Wein ab, das er vor seinen Gast auf ein Tischchen stellte, nahm dann seine Schüssel wieder auf und setzte sich neben ihn.

»Oh, Pater Christophorus!« meinte Renzo, »müssen Sie denn das alles tun? Sie sind doch immer derselbe. Ich danke Ihnen von Herzen.«

»Du brauchst mir nicht zu danken«, sagte der Mönch. »Das ist vom Gute der Armen, aber auch du bist eben ein Armer. Nun erzähle mir, was ich nicht weiß, erzähle mir von unserer armen Lucia und mach's schnell, wenn's geht. Ich habe wenig Zeit und viel zu tun, wie du siehst.«

Renzo begann über dem Essen die Geschichte Lucias, wie sie im Kloster von Monza in Sicherheit gebracht und wie sie geraubt worden war ... Bei der Vorstellung solcher Leiden und Gefahren, und wenn er bedachte, daß er selber die arme Unschuldige an jenen Ort gewiesen hatte, verschlug es dem guten Mönch den Atem. Er atmete erleichtert auf, als er von ihrer wunderbaren Befreiung hörte, ihrer Rückkehr zur Mutter und der Bleibe, die sie bei Donna Prassede gefunden hatte.

»Nun will ich Ihnen von mir erzählen«, fuhr Renzo fort und berichtete kurz über seinen Aufenthalt in Mailand, seine Flucht, wie er immer der Heimat ferngeblieben sei und nun, da alles drunter und drüber ginge, gewagt habe herzukommen. Des weiteren, wie er Agnes nicht angetroffen, wie er in Mailand erfahren habe, daß Lucia sich im Lazarett befände. »Und jetzt bin ich hier«, schloß er, »ich bin hier, um sie zu suchen, um festzustellen, ob sie noch lebt, und wenn ... ob sie mich noch mag ... denn ... manchmal ... «

»Aber«, fragte der Mönch, »hast du denn irgendeinen Anhaltspunkt, wohin sie hier gekommen ist und wann?«

»Keinen, lieber Pater, keinen. Ich weiß nur, daß sie hier sein muß, wenn sie überhaupt noch da ist, und das walte Gott.«

»Ach, du Ärmster! Und was für Nachforschungen hast du hier inzwischen angestellt?«

»Ich bin herumgelaufen und wieder herumgelaufen, aber abgesehen von all dem Wirrwarr habe ich fast nie etwas anderes als Männer gesehn. Ich habe mir wohl gedacht, daß die Frauen sich in einer besonderen Abteilung befinden müssen, aber ich habe noch nicht dort hingelangen können. Wenn es sich so verhält, werden Sie mir nun ja Auskunft geben können.«

»Weißt du denn nicht, mein Sohn, daß der Zutritt dort den Männern verboten ist, die keine bestimmten Obliegenheiten haben?«

»Nun ja, was kann mir denn schon passieren?«

»Die Vorschrift ist richtig und unverletzlich, mein lieber Sohn, und wenn es auch die Menge und die Schwere der Fälle hier nicht möglich macht, sie in aller Strenge durchzuführen, ist das etwa für einen anständigen Kerl ein Grund, sie zu übertreten?«

»Aber Pater Christophorus!« erklärte Renzo, »Lucia sollte meine Frau werden. Sie wissen ja, warum wir getrennt worden sind. Seit zwanzig Monaten leide ich und gedulde ich mich. Jetzt bin ich endlich hier, habe so viele Gefahren überstanden, eine immer schlimmer als die andere, und nun ...!«

»Ich weiß nicht, was ich dazu sagen soll«, erwiderte der Mönch und antwortete dabei mehr auf seine eigenen Erwägungen als auf die Worte des Jünglings, »du gehst in guter Absicht, und gebe Gott, daß alle, die freien Zutritt zu jener Abteilung haben, sich dort so benähmen, wie ich es von dir erwarten darf. Gott, der sicherlich die Beharrlichkeit deiner Neigung segnet und die Treue, mit der du die begehrst und suchst, die Er dir bestimmt hat, Gott, der strenger, aber auch milder als die Menschen ist, wird dir das nicht anrechnen wollen, was an der Art deines Suchens nicht ganz in der Ordnung sein könnte. Bedenke nur, daß wir alle beide über dein Verhalten bei dieser Gelegenheit einmal Rechenschaft geben müssen, wohl kaum einmal vor Menschen, sicher aber vor Gott. Komm her!« Mit diesen Worten stand er auf. Renzo erhob sich ebenfalls. Entgegen seiner ursprünglichen Absicht hatte er inzwischen über dieser Rede bei sich beschlossen, von dem Gelübde Lucias nichts weiter verlauten zu lassen. Wenn er das auch noch hört, dachte er, wird er mir sicherlich noch weitere Schwierigkeiten machen. Entweder finde ich sie, und dann ist es immer noch früh genug, davon zu reden, oder … und was nützt es dann?

Der Mönch hatte ihn an die Schwelle der Hütte geleitet, die nach Norden zu lag, und begann wieder: »Paß auf! Unser Pater Felix, der Vorsteher des Lazaretts hier, überführt heute die wenigen Geheilten, die es hier gibt, zur Quarantäne an einen anderen Ort. Siehst du die Kirche da mitten auf dem Platz …?« Er hob die abgemagerte, zitternde Hand und wies links in der trüben Luft auf die Kuppel der Kapelle, die über die elenden Zelte emporragte, und fuhr fort: »Da herum versammeln sie sich nun, um in geschlossenem Zug das Lazarett durch das Tor zu verlassen, durch das du wohl hereingekommen bist.«

»Ach, deswegen war man wohl dabei, die Straße zu räumen?«

»Freilich, und du müßtest eigentlich auch ein paar Glockenschläge gehört haben.«

»Einen habe ich gehört.«

»Das war der zweite. Beim dritten werden alle versammelt sein. Pater Felix wird ihnen eine kleine Ansprache halten und dann mit ihnen aufbrechen. Begib dich bei diesem Glockenschlag dahin und versuche hinter den Leuten auf der einen Straßenseite Aufstellung zu nehmen, wo du dir, ohne zu stören oder aufzufallen, den Zug ansehen kannst. Sieh mal zu ... sieh mal zu ... ob sie vielleicht dabei ist. Wenn es nicht Gottes Wille sein sollte, daß sie sich darunter befindet, so wisse, daß dieser Teil« – er erhob von neuem die Hand und wies auf die Gebäudeseite, die ihnen gegenüberlag –, »daß dieser Teil des Gebäudes und ein Teil des Geländes davor für die Frauen bestimmt sind. Du wirst einen Lattenzaun finden, der jene Abteilung von dieser hier trennt, aber er ist an gewissen Stellen unterbrochen und an anderen offen, so daß du keine Schwierigkeiten haben wirst hineinzukommen. Da du nichts tust, was jemandem verdächtig sein könnte, wird dir, wenn du einmal drinnen bist, wahrscheinlich niemand etwas sagen. Sollten dir jedoch irgendwelche Schwierigkeiten gemacht werden, so sage, daß du mit dem Pater Christophorus aus *** bekannt bist, der die Verantwortung für dich übernimmt. Suche sie da! Suche sie mit Vertrauen und ... Ergebenheit in Gottes Willen. Bedenke nämlich, daß du um nichts Geringes hierhergekommen bist: du verlangst einen lebendigen Menschen vom Lazarett! Weißt du, wie oft ich dies mein armes Volk schon sich habe erneuern sehen, wie viele ich schon habe davontragen sehen und wie wenige wieder hinausgehn? ... Sei innerlich darauf gefaßt, daß du ein Opfer bringen mußt ...«

»Gewiß! Das sehe ich auch ein«, unterbrach ihn Renzo und wandte die Augen ab, und der Ausdruck seiner Züge wechselte völlig. »Ich sehe es ein! Ich gehe hin, schaue mich um, suche da und dort und noch einmal im ganzen Lazarett weit und breit ... und wenn ich sie nicht finde ...«

»Wenn du sie nicht findest ...?« unterbrach ihn der Mönch mit ernster und erwartungsvoller Miene und mit einem mahnenden Blick.

Renzo aber, den bei der Vorstellung dieses Zweifels

Grimm überfiel, so daß er nicht mehr klar sehen konnte, wiederholte und fuhr fort: »Wenn ich sie nicht finde, gehe ich einen anderen suchen! Entweder in Mailand oder in seinem verfluchten Palast oder am Ende der Welt oder in der Hölle. Ich werde diesen Schurken schon zu finden wissen, der uns getrennt hat, diesen Halunken, ohne den Lucia seit zwanzig Monaten schon die Meine wäre. Und wenn wir zum Tode bestimmt waren, so wären wir wenigstens zusammen gestorben. Wenn der noch da ist, werde ich ihn zu finden wissen ...«

»Renzo!« sagte der Mönch, ergriff ihn am Arm und sah ihn noch strenger an.

»Und wenn ich ihn finde«, fuhr Renzo fort, der wirklich vor Zorn wie verblendet war, »wenn die Pest ihm noch keine Gerechtigkeit hat widerfahren lassen ... Die Zeiten sind vorbei, in denen ein Nichtsnutz inmitten seiner Bravi die Leute zur Verzweiflung bringen und sich über sie lustig machen konnte. Jetzt ist die Zeit gekommen, in der sich die Menschen Auge in Auge gegenüberstehn, und ... ich selber werde mir Gerechtigkeit verschaffen.«

»Unseliger!« rief Pater Christophorus mit einer Stimme aus, die ihren alten vollen Klang wiedergewonnen hatte, »Unseliger!« Das auf die Brust geneigte Haupt reckte sich wieder empor, die Wangen färbte wieder das alte Leben, und das Feuer seiner Augen hatte etwas irgendwie Furchterregendes. »Schau her, Unseliger!« Während er mit der einen Hand Renzos Arm preßte und schüttelte, wies er mit der andern vor sich hin und umfaßte mit einer Gebärde soviel wie möglich von dem traurigen Schauspiel ringsum. »Schau her, wer Der ist, der züchtigt! Wer richtet und nicht gerichtet wird! Wer geißelt und vergibt! Aber du Erdenwurm, du willst dir Recht verschaffen! Weißt du denn, was das Recht ist! Geh, Unseliger, hebe dich fort von hier! Ich hoffte ... ja, ich hoffte, daß Gott mir vor meinem Ende den Trost gewähren würde zu hören, daß meine arme Lucia am Leben wäre, daß mir vielleicht vergönnt wäre, sie zu sehen, daß sie mir versprechen würde, für jenes Massengrab zu beten, in dem ich dann ruhen muß. Geh, du hast mich dieser Hoffnung beraubt. Gott hat sie nicht für dich auf Erden gelassen, und du hast doch wohl nicht die Stirn zu glauben, du wärest würdig, daß Gott daran dächte, dich zu trösten. Er wird an sie gedacht haben, denn sie gehört zu den Seelen, denen der Trost der Ewigkeit verheißen ist. Geh, ich habe keine Zeit mehr, dich noch weiter anzuhören!«

Mit diesen Worten schleuderte er Renzos Arm von sich und begab sich zu einer Hütte mit Kranken.

»Ach, Pater!« beschwor ihn Renzo, der bittend hinter ihm hereilte, »wollen Sie mich so fortschicken?«

»Wieso?« fuhr der Kapuziner in nicht weniger strengem Tone fort. »Wie kannst du dich unterstehn, mir zuzumuten, daß ich diesen Mühseligen, die erwarten, daß ich ihnen von Gottes Gnade rede, die Zeit stehle, um deine zornerfüllten Reden, deine Rachepläne anzuhören? Ich habe dich angehört, als du um Trost und Hilfe batest. Ich habe einen Liebesdienst dem andern zuliebe zurückgestellt. Was willst du nun aber von mir, da du nur deine Rache im Sinn hast? Geh fort! Hier habe ich Beleidigte sterben sehen, die zu verzeihen wußten, Beleidiger, die jammerten, weil sie sich nicht mehr vor den Beleidigten erniedrigen konnten. Mit beiden habe ich geweint. Was aber soll ich mit dir?«

»Ach, ich verzeihe ihm, ich verzeihe ihm wirklich, ich verzeih ihm ein für allemal!« rief der Jüngling aus.

»Renzo!« erwiderte der Mönch mit stillerem Ernste, »besinn dich einmal und sag mir dann, wie oft du ihm schon verziehen hast.«

Nachdem er eine Zeitlang ohne Antwort geblieben war, senkte er plötzlich den Kopf und fuhr langsam und düster fort: »Du weißt, warum ich dies Gewand trage.«

Renzo zögerte.

»Du weißt es!« wiederholte der Alte.

»Ich weiß es«, entgegnete Renzo.

»Auch ich habe gehaßt, der ich dich um eines Gedankens, um eines Wortes willen getadelt habe. Der Mann, den ich haßte aus Herzensgrund, den ich so lange Zeit gehaßt, ich habe ihn ermordet!«

»Ja, aber so einen Gewalttäter, einen von denen ...«

»Still!« unterbrach ihn der Mönch, »meinst du denn, wenn es einen guten Grund gäbe, ich hätte ihn in dreißig Jahren immer noch nicht gefunden? Ach, könnte ich dir doch jetzt das Gefühl ins Herz pflanzen, das ich für den Mann, den ich haßte, danach empfand und noch heute empfinde! Wenn ich's doch vermöchte! Ich? Aber Gott vermag's. Möge er es geben ...! Höre Renzo, er liebt dich mehr als du dich selbst. Du hast Rachepläne ausbrüten können. Er aber ist stark und mitleidig genug, dich daran zu hindern. Dir erweist er eine Gnade, deren ein anderer unwürdig war. Du weißt, und wie oft hast du es selber gesagt, daß er die Hand eines Gewalttäters aufhalten kann; wisse aber, daß er auch die eines Rachsüchtigen aufhalten kann. Und meinst du, weil du arm und beleidigt bist, könnte er nicht gegen dich einen Menschen verteidigen, den er nach seinem Bilde geschaffen hat? Meinst du, er ließe dich alles tun, was du willst? O nein! Aber weißt du, was er tun könnte? Er könnte dich hassen und dich zur Verdammnis bestimmen, er könnte, auf eines deiner Gefühle hin, jeden Segen von dir nehmen. Denn wie auch deine Angelegenheiten ausgehen mögen, wieviel Glück du auch haben magst, sei dessen gewiß, daß alles dir zur Qual gereichen wird, ehe du nicht so verziehen hast, daß du nie mehr zu sagen brauchst: Ich verzeihe ihm.«

»O ja!« sagte Renzo ganz bewegt und zerknirscht, »ich sehe ein, daß ich ihm niemals wahrhaft verziehen habe; ich sehe ein, daß ich wie ein Wilder und nicht wie ein Christ gesprochen habe. Jetzt aber verzeihe ich ihm, so wahr mir Gott helfe, wirklich von Herzen.«

»Und wenn du ihn sehen würdest?«

»Dann würde ich Gott bitten, mir Geduld zu schenken und ihm das Herz zu rühren.«

»Wirst du dann daran denken, daß der Herr uns nicht gelehrt hat, unseren Feinden zu verzeihen, sondern sie zu lieben? Wirst du dann daran denken, daß er auch ihn also geliebt hat, daß er für ihn gestorben ist?«

»Ja, wenn Er mir hilft!«

»Gut, dann komm mit mir. Du hast gesagt: Ich werde ihn zu finden wissen. Du findest ihn nun. Komm und sieh, wen du so hassen konntest, wem du Böses wünschen, ja tun wolltest, über welches Leben du dich zum Richter aufwerfen wolltest.«

Er ergriff Renzos Hand, drückte sie wie ein gesunder junger Mann und schritt voran. Jener folgte ihm, ohne daß er weitere Fragen zu stellen wagte.

Nach wenigen Schritten blieb der Mönch vor der Türöffnung einer Hütte stehen, blickte Renzo halb ernst und halb wohlwollend an und führte ihn hinein.

Beim Eintritt erblickte man zunächst einen Kranken, der auf dem Stroh im Hintergrund der Hütte saß. Es war jedoch kein Schwerkranker, und er konnte sogar der Genesung nahe sein. Als dieser den Pater erblickte, schüttelte er wie verneinend den Kopf. Der Pater neigte den seinen ergeben und traurig. Renzo jedoch ließ seine Blicke mit unruhiger Neugier durch den übrigen Raum schweifen. Er bemerkte drei oder vier Kranke und unterschied einen, der abseits auf einer Matratze lag und in ein Leintuch gehüllt war, über dem ein Adelsmantel als Decke lag. Er schaute genauer hin, erkannte Don Rodrigo und trat einen Schritt zurück. Der Mönch aber ließ ihn von neuem kräftig die Hand fühlen, mit der er ihn hielt, und zog ihn ans Fußende des Lagers. Dort legte er die andere Hand über die schon verschränkten und wies mit dem Finger auf den Mann, der da lag.

Der Unglückliche lag regungslos mit weit aufgerissenen Augen da, ohne etwas wahrzunehmen. Das Gesicht war bleich und mit schwarzen Flecken übersät. Die Lippen schwarz und geschwollen. Man hätte es für das Gesicht eines Toten halten können, wenn nicht ein heftiges Zucken zähes Leben bezeugt hätte. Die Brust hob sich von Zeit zu Zeit in bedrücktem Stöhnen. Die Rechte, fahl und mit ganz schwarzen Fingerspitzen, krampfte sich auf dem Mantel in der Gegend des Herzens.

»Da siehst du's!« sagte der Mönch mit leiser und ernster Stimme. »Es kann Strafe, es kann Erbarmen sein. Das Gefühl, das du nun für diesen Menschen empfindest, der dich beleidigt hat, ja, ganz das gleiche Gefühl wird Gott, den auch du beleidigt hast, am letzten Tage einmal für dich empfinden. Segne ihn, und also sei gesegnet. Seit vier Tagen liegt er so hier, wie du ihn siehst, ohne ein Gefühl zu äußern. Vielleicht ist der Herrgott bereit, ihm eine Stunde zur Erkenntnis seiner Sünden zu gewähren; aber er wollte von dir darum gebeten sein. Vielleicht möchte er, daß du mit jener Unschuldigen darum betest. Vielleicht gewährt er auch die Gnade deinem Gebete allein, dem Gebet eines betrübten und demütigen Herzens. Vielleicht hängt nun das Heil dieses Menschen und das deine von dir ab, wenn du imstande bist, zu verzeihen, Mitleid zu empfinden und ... zu lieben.«

Er schwieg, faltete die Hände, neigte sein Antlitz darüber und betete. Renzo tat desgleichen.

Als sie kurze Zeit in dieser Haltung verharrt hatten, schlug die Glocke. Beide setzten sich, wie auf Verabredung, in Bewegung und gingen hinaus. Der eine stellte keine Fragen, der andere gab keine Beteuerungen ab: ihre Züge waren beredt genug.

»Nun geh«, ergriff der Mönch wieder das Wort, »ob du nun eine Gnade empfangen oder ob du ein Opfer bringen sollst: sei bereit, Gott zu preisen, wie immer auch dein Suchen ausfallen mag. Und wie dem auch sei, komm her und gib mir Bescheid. Wir wollen Ihn miteinander loben.«

Damit trennten sie sich ohne weitere Worte. Der eine ging dahin zurück, woher er gekommen war, der andere machte sich zu der Kapelle auf, die nicht viel mehr als hundert Schritt entfernt sein mochte.

36. KAPITEL

Wer hätte Renzo wohl noch vor wenigen Stunden vorhersagen können, daß in der bangen Ungewißheit vor den entscheidenden Augenblicken seiner Nachforschungen sein Herz zwischen Lucia und Don Rodrigo hin und her gerissen würde? Dennoch stand es nun so: jenes Jammerbild verband sich in ihm mit allen Bildern zarter Hoffnung oder schrecklicher Befürchtungen, die abwechselnd vor seine Seele traten, während er seinen Weg nahm. Die Worte, die er vor jenem Schmerzenslager vernommen hatte, drängten sich unwiderstehlich in den inneren Kampf zwiespältiger Gefühle zwischen ja und nein, und er konnte kein Gebet für einen glücklichen Ausgang der großen Probe beenden, ohne jenes anzufügen, das er dort begonnen hatte und das von dem Glockenschlag unterbrochen worden war.

Die achteckige Kapelle, welche sich, um einige Stufen erhöht, in der Mitte des Lazarettgeländes erhebt, war ursprünglich nach allen Seiten offen und wurde nur von Pfeilern und Säulen getragen: sozusagen ein arkadenartiges Gebäude mit je einem Rundbogen zwischen zwei Säulen nach jeder Seite hin. Innen umlief ein Säulengang den eigentlichen Sakralraum, den acht Rundbogen begrenzten, die den äußeren entsprachen, und der von einer Kuppel überwölbt wurde. So konnte der in der Mitte aufgestellte Altar von jedem Zimmerfenster des Gebäudequadrats ringsum erblickt werden sowie von fast jedem Punkt des Lagers aus. Heutzutage sind, entsprechend ihrer anderen Zweckbestimmung, rings um die Kapelle alle Zwischenräume zugemauert; doch ist die ursprüngliche Anlage unversehrt erhalten geblieben und läßt den früheren Zustand und den früheren Baugedanken deutlich erkennen.

Kaum hatte sich Renzo auf den Weg gemacht, als er auch schon im Säulengang der Kapelle Pater Felix erscheinen sah, der sich unter den nach der Stadt zu gelegenen äußeren Bogen begab, vor dem auf dem Mittelweg der Zug zu ebener Erde Aufstellung genommen hatte. Seine Haltung verriet, daß die Predigt bereits begonnen hatte.

Renzo eilte durch die krummen Lagergäßchen, um sich der Zuhörerschaft anzuschließen, wie ihm geraten worden war. An Ort und Stelle blieb er still und unauffällig stehen und überflog die ganze Versammlung mit einem Blick; doch Kopf an Kopf gedrängt, wirkte sie auf ihn beinahe wie ein Straßenpflaster. In der Mitte gewahrte er eine Gruppe mit Tüchern oder Schleiern und spähte angestrengt dorthin, doch da er nichts weiter unterscheiden konnte, reckte auch er schließlich den Kopf in die gleiche Richtung wie alle. Die ehrwürdige Gestalt des Predigers beeindruckte ihn tief, und soweit er in einem so erwartungsvollen Augenblick überhaupt zuzuhören imstande war, vernahm er folgenden Teil der feierlichen Ansprache.

»Laßt uns der Abertausende gedenken, die von hier fortgezogen sind« – dabei wies der Pater mit erhobenem Zeigefinger hinter sich auf das Tor, das zum Friedhof von San Gregorio hinausführt, der damals nichts als ein großes Massengrab war –, »laßt uns den Abertausenden einen Blick schenken, die hier zurückbleiben und im Ungewissen schweben, durch welches Tor sie einmal hier hinauskommen werden, laßt uns aber auch einen Blick auf unser kleines Häuflein werfen, das gesund von dannen gehen darf. Gepriesen sei der Herr! Gepriesen in seiner Gerechtigkeit, gepriesen in seinem Erbarmen! Gepriesen im Tode, gepriesen im Wohlergehen, gepriesen, daß er uns hat erwählen wollen! Oh, Geliebte im Herrn, warum anders denn hat er es so gewollt, als um sich eine kleine Schar zu erhalten, die vom Kummer geläutert, von inbrünstiger Dankbarkeit beseelt ist? Warum anders denn, als daß wir nun tiefer fühlen, daß das Leben uns von ihm geschenkt ist, damit wir es achten, wie es seinen Gaben gebührt, und es auf Werke verwenden, die wir ihm würdig darbringen können. Warum anders denn, als daß die Erinnerung an unsere Leiden uns Mitleid und Hilfsbereitschaft für unsere Nächsten lehrt! Die jedoch, in deren Gesellschaft wir gelitten, gehofft und gebangt haben, unter denen wir Freunde, Blutsverwandte zurücklassen und die letzten Endes alle unsere Brüder sind, ebenso diejenigen, durch deren Reihen wir nun bald hinausziehen und die vielleicht in dem Gedanken Trost finden, daß mancher doch auch diesen Ort wieder gesund verläßt, sie alle mögen sich an unserer Haltung erbauen! Verhüte Gott, daß sie bei uns lärmende Freude, irdisches Frohlocken finden, diesem Tod entronnen zu sein, mit dem sie noch zu ringen haben. Möchten sie feststellen können, daß wir voller Dank für unsere Rettung und mit Gebeten für sie nun scheiden, so daß sie sich sagen können: Auch fern von hier werden diese immer an uns Elende denken und weiter für uns beten. Laßt uns mit den ersten Schritten, die wir auf unserem neuen Wege tun, ein ganz der Nächstenliebe geweihtes Leben beginnen! Wer seine alte Kraft wiedergewonnen hat, möge den Schwachen brüderlich stützen! Ihr Jungen helft den Alten! Die ihr nun kinderlos geworden seid, seht euch um, wie viele Kinder die Väter verloren haben, an deren Stelle ihr treten könntet. Eine solche Tat der Nächstenliebe wird eure Sünden zudecken und eure Schmerzen lindern.«

Ein unterdrücktes Schluchzen und Seufzen, das die Versammlung in steigendem Maße dumpf erschüttert hatte, verstummte an dieser Stelle plötzlich, als man sah, wie der Prediger seinen Büßerstrick um seinen Hals legte und sich auf die Knie warf. In atemloser Stille wartete man ab, was er nun sagen würde.

»Für mich«, rief er aus, »und für alle meine geistlichen Mitbrüder, die wir ohne jedes persönliche Verdienst das hohe Vorrecht genießen durften, Christus in euch zu dienen, bitte ich euch alle demütig um Verzeihung, wenn wir ein so verantwortungsvolles Amt nicht würdig genug verwaltet haben. Wenn Trägheit und Verstocktheit des Fleisches unseren Eifer um euer Wohl beeinträchtigt, uns für euer Rufen manchmal taub gemacht haben, wenn unberechtigte Ungeduld, wenn sträflicher Überdruß uns manchmal mit mürrischer und abweisender Miene vor euch hintreten ließen, wenn uns zuweilen der lästerliche Gedanke, daß ihr auf uns angewiesen wäret, dahin gebracht hat, euch nicht mit aller gebotenen Demut zu behandeln, wenn menschliche Schwachheit uns zu einem Handeln verleitet hat, das euch ein Ärgernis war, so wollet uns vergeben! Also möge Gott auch jedem von euch seine Schuld vergeben und euch segnen!« Danach schlug er über der Versammlung mit weit ausholender Gebärde das Kreuzeszeichen und erhob sich wieder.

Wir haben, wenn auch nicht die Worte selber, so doch wenigstens Sinn und Inhalt seiner Ansprache wiedergeben können; unmöglich jedoch läßt sich schildern, wie sie gehalten wurde. Das war die Sprache eines Mannes, der den Dienst an den Pestkranken ein Vorrecht nannte, weil er es auch so meinte, der bekannte, sein Amt nicht würdig genug verwaltet zu haben, weil er davon wirklich überzeugt war,

der um Verzeihung bat, weil er von dem Gefühl durchdrungen war, ihrer tatsächlich zu bedürfen. Die Leute aber, welche miterlebt hatten, wie diese Kapuziner ganz im Dienst an ihnen aufgegangen waren, die so viele von ihnen hatten sterben sehen und die Zeugen gewesen waren, wie der, welcher für alle sprach, stets auch in seiner Leistung wie in seiner Stellung der Erste gewesen war, bis auch er selbst am Rande des Grabes stand, all diese Menschen waren tief erschüttert, und man kann sich denken, wie sie schluchzten und weinten. Der bewundernswürdige Mönch ergriff dann ein großes Kreuz, das an einem Pfeiler lehnte, trug es vor sich her, ließ am Rand der äußeren Säulenhalle seine Sandalen stehen, stieg die Stufen hinunter, schritt durch die Menge, die ihm ehrfürchtig Platz machte, und setzte sich an die Spitze des Zuges.

Nicht mehr und nicht weniger ergriffen, als wenn er selber zu denen gehört hätte, die da so eigentümlich um Verzeihung gebeten worden waren, trat nun auch Renzo zurück und nahm neben einer Baracke Aufstellung. Dort wartete er, halb verborgen, den weiteren Gang der Dinge ab, reckte mit erwartungsvollen Blicken den Kopf, bekam Herzklopfen, fühlte aber zugleich eigenartigerweise neue Zuversicht, die wohl auf die Rührung zurückzuführen war, welche die Predigt und der Anblick der erschütterten Menge bewirkt hatten.

Schon sah man Pater Felix barfuß, mit dem Büßerstrick um den Hals und dem schweren, hohen Kreuz in den Händen, herankommen. Sein ausgemergeltes, bleiches Antlitz sprach von Zerknirschung und Mut zugleich; sein Schritt war langsam, aber fest, wie von einem, der ganz darauf bedacht ist, auf die Hinfälligkeit anderer Rücksicht zu nehmen; kurzum: die Haltung eines Mannes, dem ein Übermaß von Anforderungen und Mühen erst die Kraft verleiht, die unvermeidliche, schwere Last seines Amtes zu tragen.

Gleich hinter ihm gingen, zumeist barfuß, wenige nur völlig bekleidet und manche gar buchstäblich im Hemd, die größeren Kinder. Dann kamen die Frauen, die fast alle ein Kind an der Hand führten und im Wechselgesang »Herr, erbarme dich unser!« psalmodierten. Der hilflose Klang der Stimmen, die abgezehrten, blassen Züge hätten auch jeden bloßen Zuschauer mit tiefstem Mitleid erfüllt. Wie aber erst Renzo, der auf einen jeden sein Augenmerk richtete und Reihe um Reihe, Gesicht um Gesicht musterte, ohne eines auszulassen, denn die Prozession zog so langsam daher, daß er dazu alle Muße hatte. Sie bewegt sich immer noch an ihm vorüber, er späht und späht, doch immer vergebens. Sein Auge überfliegt die noch ausstehenden Reihen: jetzt sind es nur noch ein paar, da kommt die letzte; alle sind vorüber: lauter fremde Gesichter. Er ließ die Arme sinken, den Kopf nach der Seite hängen und folgte mit den Blicken noch der Schar, als schon die der Männer vorüberzog. Mit neuer Spannung und Hoffnung sah er dann nach deren Verschwinden hinterdrein ein paar Wagen mit den Genesenden auftauchen, die noch nicht wieder laufen konnten. Hier kamen die Frauen zuletzt; und die Kolonne fuhr so langsam, daß Renzo wiederum alle mustern konnte, ohne daß ihm eine entging. Aber umsonst! Er betrachtete den ersten Wagen, den zweiten, den dritten und so fort mit immer dem gleichen Ergebnis, bis hinter dem letzten dann nur noch ein Kapuziner mit ernster Miene kam, der mit dem Stab in der Hand den Zug zu regeln hatte. Es war jener Pater Michael, von dem wir erwähnt haben, daß er Pater Felix als Helfer beigegeben war.

So wurde denn endgültig alle Hoffnung zunichte, und wie sie entschwand, raubte sie nicht nur allen Trost, den sie gewährt hatte, sondern ließ – wie es meistens geht – den Menschen in schlimmerer Verfassung zurück als vorher. Das Beste, was Renzo nunmehr noch erwarten konnte, war, Lucia als Kranke aufzufinden. Während den Funken einer

der um Verzeihung bat, weil er von dem Gefühl durchdrungen war, ihrer tatsächlich zu bedürfen. Die Leute aber, welche miterlebt hatten, wie diese Kapuziner ganz im Dienst an ihnen aufgegangen waren, die so viele von ihnen hatten sterben sehen und die Zeugen gewesen waren, wie der, welcher für alle sprach, stets auch in seiner Leistung wie in seiner Stellung der Erste gewesen war, bis auch er selbst am Rande des Grabes stand, all diese Menschen waren tief erschüttert, und man kann sich denken, wie sie schluchzten und weinten. Der bewundernswürdige Mönch ergriff dann ein großes Kreuz, das an einem Pfeiler lehnte, trug es vor sich her, ließ am Rand der äußeren Säulenhalle seine Sandalen stehen, stieg die Stufen hinunter, schritt durch die Menge, die ihm ehrfürchtig Platz machte, und setzte sich an die Spitze des Zuges.

Nicht mehr und nicht weniger ergriffen, als wenn er selber zu denen gehört hätte, die da so eigentümlich um Verzeihung gebeten worden waren, trat nun auch Renzo zurück und nahm neben einer Baracke Aufstellung. Dort wartete er, halb verborgen, den weiteren Gang der Dinge ab, reckte mit erwartungsvollen Blicken den Kopf, bekam Herzklopfen, fühlte aber zugleich eigenartigerweise neue Zuversicht, die wohl auf die Rührung zurückzuführen war, welche die Predigt und der Anblick der erschütterten Menge bewirkt hatten.

Schon sah man Pater Felix barfuß, mit dem Büßerstrick um den Hals und dem schweren, hohen Kreuz in den Händen, herankommen. Sein ausgemergeltes, bleiches Antlitz sprach von Zerknirschung und Mut zugleich; sein Schritt war langsam, aber fest, wie von einem, der ganz darauf bedacht ist, auf die Hinfälligkeit anderer Rücksicht zu nehmen; kurzum: die Haltung eines Mannes, dem ein Übermaß von Anforderungen und Mühen erst die Kraft verleiht, die unvermeidliche, schwere Last seines Amtes zu tragen.

Gleich hinter ihm gingen, zumeist barfuß, wenige nur völlig bekleidet und manche gar buchstäblich im Hemd, die größeren Kinder. Dann kamen die Frauen, die fast alle ein Kind an der Hand führten und im Wechselgesang »Herr, erbarme dich unser!« psalmodierten. Der hilflose Klang der Stimmen, die abgezehrten, blassen Züge hätten auch jeden bloßen Zuschauer mit tiefstem Mitleid erfüllt. Wie aber erst Renzo, der auf einen jeden sein Augenmerk richtete und Reihe um Reihe, Gesicht um Gesicht musterte, ohne eines auszulassen, denn die Prozession zog so langsam daher, daß er dazu alle Muße hatte. Sie bewegt sich immer noch an ihm vorüber, er späht und späht, doch immer vergebens. Sein Auge überfliegt die noch ausstehenden Reihen: jetzt sind es nur noch ein paar, da kommt die letzte; alle sind vorüber: lauter fremde Gesichter. Er ließ die Arme sinken, den Kopf nach der Seite hängen und folgte mit den Blicken noch der Schar, als schon die der Männer vorüberzog. Mit neuer Spannung und Hoffnung sah er dann nach deren Verschwinden hinterdrein ein paar Wagen mit den Genesenden auftauchen, die noch nicht wieder laufen konnten. Hier kamen die Frauen zuletzt; und die Kolonne fuhr so langsam, daß Renzo wiederum alle mustern konnte, ohne daß ihm eine entging. Aber umsonst! Er betrachtete den ersten Wagen, den zweiten, den dritten und so fort mit immer dem gleichen Ergebnis, bis hinter dem letzten dann nur noch ein Kapuziner mit ernster Miene kam, der mit dem Stab in der Hand den Zug zu regeln hatte. Es war jener Pater Michael, von dem wir erwähnt haben, daß er Pater Felix als Helfer beigegeben war.

So wurde denn endgültig alle Hoffnung zunichte, und wie sie entschwand, raubte sie nicht nur allen Trost, den sie gewährt hatte, sondern ließ – wie es meistens geht – den Menschen in schlimmerer Verfassung zurück als vorher. Das Beste, was Renzo nunmehr noch erwarten konnte, war, Lucia als Kranke aufzufinden. Während den Funken einer

der um Verzeihung bat, weil er von dem Gefühl durchdrungen war, ihrer tatsächlich zu bedürfen. Die Leute aber, welche miterlebt hatten, wie diese Kapuziner ganz im Dienst an ihnen aufgegangen waren, die so viele von ihnen hatten sterben sehen und die Zeugen gewesen waren, wie der, welcher für alle sprach, stets auch in seiner Leistung wie in seiner Stellung der Erste gewesen war, bis auch er selbst am Rande des Grabes stand, all diese Menschen waren tief erschüttert, und man kann sich denken, wie sie schluchzten und weinten. Der bewundernswürdige Mönch ergriff dann ein großes Kreuz, das an einem Pfeiler lehnte, trug es vor sich her, ließ am Rand der äußeren Säulenhalle seine Sandalen stehen, stieg die Stufen hinunter, schritt durch die Menge, die ihm ehrfürchtig Platz machte, und setzte sich an die Spitze des Zuges.

Nicht mehr und nicht weniger ergriffen, als wenn er selber zu denen gehört hätte, die da so eigentümlich um Verzeihung gebeten worden waren, trat nun auch Renzo zurück und nahm neben einer Baracke Aufstellung. Dort wartete er, halb verborgen, den weiteren Gang der Dinge ab, reckte mit erwartungsvollen Blicken den Kopf, bekam Herzklopfen, fühlte aber zugleich eigenartigerweise neue Zuversicht, die wohl auf die Rührung zurückzuführen war, welche die Predigt und der Anblick der erschütterten Menge bewirkt hatten.

Schon sah man Pater Felix barfuß, mit dem Büßerstrick um den Hals und dem schweren, hohen Kreuz in den Händen, herankommen. Sein ausgemergeltes, bleiches Antlitz sprach von Zerknirschung und Mut zugleich; sein Schritt war langsam, aber fest, wie von einem, der ganz darauf bedacht ist, auf die Hinfälligkeit anderer Rücksicht zu nehmen; kurzum: die Haltung eines Mannes, dem ein Übermaß von Anforderungen und Mühen erst die Kraft verleiht, die unvermeidliche, schwere Last seines Amtes zu tragen.

Gleich hinter ihm gingen, zumeist barfuß, wenige nur völlig bekleidet und manche gar buchstäblich im Hemd, die größeren Kinder. Dann kamen die Frauen, die fast alle ein Kind an der Hand führten und im Wechselgesang »Herr, erbarme dich unser!« psalmodierten. Der hilflose Klang der Stimmen, die abgezehrten, blassen Züge hätten auch jeden bloßen Zuschauer mit tiefstem Mitleid erfüllt. Wie aber erst Renzo, der auf einen jeden sein Augenmerk richtete und Reihe um Reihe, Gesicht um Gesicht musterte, ohne eines auszulassen, denn die Prozession zog so langsam daher, daß er dazu alle Muße hatte. Sie bewegt sich immer noch an ihm vorüber, er späht und späht, doch immer vergebens. Sein Auge überfliegt die noch ausstehenden Reihen: jetzt sind es nur noch ein paar, da kommt die letzte; alle sind vorüber: lauter fremde Gesichter. Er ließ die Arme sinken, den Kopf nach der Seite hängen und folgte mit den Blicken noch der Schar, als schon die der Männer vorüberzog. Mit neuer Spannung und Hoffnung sah er dann nach deren Verschwinden hinterdrein ein paar Wagen mit den Genesenden auftauchen, die noch nicht wieder laufen konnten. Hier kamen die Frauen zuletzt; und die Kolonne fuhr so langsam, daß Renzo wiederum alle mustern konnte, ohne daß ihm eine entging. Aber umsonst! Er betrachtete den ersten Wagen, den zweiten, den dritten und so fort mit immer dem gleichen Ergebnis, bis hinter dem letzten dann nur noch ein Kapuziner mit ernster Miene kam, der mit dem Stab in der Hand den Zug zu regeln hatte. Es war jener Pater Michael, von dem wir erwähnt haben, daß er Pater Felix als Helfer beigegeben war.

So wurde denn endgültig alle Hoffnung zunichte, und wie sie entschwand, raubte sie nicht nur allen Trost, den sie gewährt hatte, sondern ließ – wie es meistens geht – den Menschen in schlimmerer Verfassung zurück als vorher. Das Beste, was Renzo nunmehr noch erwarten konnte, war, Lucia als Kranke aufzufinden. Während den Funken einer

Gleich hinter ihm gingen, zumeist barfuß, wenige nur völlig bekleidet und manche gar buchstäblich im Hemd, die größeren Kinder. Dann kamen die Frauen, die fast alle ein Kind an der Hand führten und im Wechselgesang »Herr, erbarme dich unser!« psalmodierten. Der hilflose Klang der Stimmen, die abgezehrten, blassen Züge hätten auch jeden bloßen Zuschauer mit tiefstem Mitleid erfüllt. Wie aber erst Renzo, der auf einen jeden sein Augenmerk richtete und Reihe um Reihe, Gesicht um Gesicht musterte, ohne eines auszulassen, denn die Prozession zog so langsam daher, daß er dazu alle Muße hatte. Sie bewegt sich immer noch an ihm vorüber, er späht und späht, doch immer vergebens. Sein Auge überfliegt die noch ausstehenden Reihen: jetzt sind es nur noch ein paar, da kommt die letzte; alle sind vorüber: lauter fremde Gesichter. Er ließ die Arme sinken, den Kopf nach der Seite hängen und folgte mit den Blicken noch der Schar, als schon die der Männer vorüberzog. Mit neuer Spannung und Hoffnung sah er dann nach deren Verschwinden hinterdrein ein paar Wagen mit den Genesenden auftauchen, die noch nicht wieder laufen konnten. Hier kamen die Frauen zuletzt; und die Kolonne fuhr so langsam, daß Renzo wiederum alle mustern konnte, ohne daß ihm eine entging. Aber umsonst! Er betrachtete den ersten Wagen, den zweiten, den dritten und so fort mit immer dem gleichen Ergebnis, bis hinter dem letzten dann nur noch ein Kapuziner mit ernster Miene kam, der mit dem Stab in der Hand den Zug zu regeln hatte. Es war jener Pater Michael, von dem wir erwähnt haben, daß er Pater Felix als Helfer beigegeben war.

So wurde denn endgültig alle Hoffnung zunichte, und wie sie entschwand, raubte sie nicht nur allen Trost, den sie gewährt hatte, sondern ließ – wie es meistens geht – den Menschen in schlimmerer Verfassung zurück als vorher. Das Beste, was Renzo nunmehr noch erwarten konnte, war, Lucia als Kranke aufzufinden. Während den Funken einer

der um Verzeihung bat, weil er von dem Gefühl durchdrungen war, ihrer tatsächlich zu bedürfen. Die Leute aber, welche miterlebt hatten, wie diese Kapuziner ganz im Dienst an ihnen aufgegangen waren, die so viele von ihnen hatten sterben sehen und die Zeugen gewesen waren, wie der, welcher für alle sprach, stets auch in seiner Leistung wie in seiner Stellung der Erste gewesen war, bis auch er selbst am Rande des Grabes stand, all diese Menschen waren tief erschüttert, und man kann sich denken, wie sie schluchzten und weinten. Der bewundernswürdige Mönch ergriff dann ein großes Kreuz, das an einem Pfeiler lehnte, trug es vor sich her, ließ am Rand der äußeren Säulenhalle seine Sandalen stehen, stieg die Stufen hinunter, schritt durch die Menge, die ihm ehrfürchtig Platz machte, und setzte sich an die Spitze des Zuges.

Nicht mehr und nicht weniger ergriffen, als wenn er selber zu denen gehört hätte, die da so eigentümlich um Verzeihung gebeten worden waren, trat nun auch Renzo zurück und nahm neben einer Baracke Aufstellung. Dort wartete er, halb verborgen, den weiteren Gang der Dinge ab, reckte mit erwartungsvollen Blicken den Kopf, bekam Herzklopfen, fühlte aber zugleich eigenartigerweise neue Zuversicht, die wohl auf die Rührung zurückzuführen war, welche die Predigt und der Anblick der erschütterten Menge bewirkt hatten.

Schon sah man Pater Felix barfuß, mit dem Büßerstrick um den Hals und dem schweren, hohen Kreuz in den Händen, herankommen. Sein ausgemergeltes, bleiches Antlitz sprach von Zerknirschung und Mut zugleich; sein Schritt war langsam, aber fest, wie von einem, der ganz darauf bedacht ist, auf die Hinfälligkeit anderer Rücksicht zu nehmen; kurzum: die Haltung eines Mannes, dem ein Übermaß von Anforderungen und Mühen erst die Kraft verleiht, die unvermeidliche, schwere Last seines Amtes zu tragen.

Helfens und Mitleidens. Und auch in dem Betrachter wurde ein anderes Mitleid, ein anderes Grauen erregt.

Schon hatte er ergebnislos und ohne besondere Vorkommnisse manche Strecke Wegs zurückgelegt, als er hinter sich »Hallo!« rufen hörte, als ob es ihm selber gälte. Er drehte sich um und gewahrte in einiger Entfernung einen Kommissar, der ihm zuwinkte und rief: »Da in den Zimmern brauchen wir noch Hilfe; hier sind wir mit dem Aufräumen fertig.«

Renzo war sofort klar, für wen er gehalten wurde und daß sein Glöckchen an dem Mißverständnis schuld war. Er hätte sich ohrfeigen können, weil er nur an die Schwierigkeiten gedacht hatte, die ein solches Abzeichen fernhalten, nicht aber an die, welche es ihm bereiten konnte. Gleichzeitig aber überlegte er, wie er den Rufer am schnellsten wieder loswerden könnte. Er nickte wiederholt eifrig mit dem Kopf, um zu erkennen zu geben, daß er verstanden hätte und der Anordnung nachkommen würde. Dann entzog er sich den Blicken des Kommissars, indem er seitwärts zwischen den Notbauten verschwand.

Sobald er in genügender Entfernung zu sein glaubte, wollte er sich von der Ursache des ärgerlichen Vorfalls befreien, und um das unbemerkt tun zu können, schlich er in eine enge Gasse zwischen zwei Hütten, die sich sozusagen den Rücken zudrehten. Er bückt sich, um das Glöckchen loszubinden, und wie er so das Ohr an die eine Strohwand hält, dringt von daher eine Stimme zu ihm ... Gott im Himmel! Ist das denn möglich? Er lauscht mit ganzer Seele, sein Atem stockt ... Ja! doch! es ist die *eine* Stimme ...! »Furcht wovor?« klang es sanft an sein Ohr, »wir haben schon Schlimmeres als ein Gewitter erlebt. Der uns bisher behütet hat, wird uns auch nun bewahren.«

Wenn Renzo jetzt keinen Schrei ausstieß, so nicht etwa, weil er Angst gehabt hätte, entdeckt zu werden; ihm war letzten Hoffnung wachsende Befürchtungen zu ersticken drohten, klammerte sich der Ärmste jedoch mit aller Gewalt an diesen Strohhalm; er schlug daher den Hauptweg in der Richtung ein, aus welcher die Prozession gekommen war. Vor der Kapelle kniete er auf der untersten Stufe nieder und richtete ein Gebet an Gott, besser gesagt: ein Gestammel von abgerissenen Worten, halben Sätzen, Ausrufen, flehentlichen Bitten, Klagen und Gelöbnissen, wie man nie zu Menschen reden würde, weil aller Scharfsinn da nicht mehr folgen könnte und bei aller Geduld keiner zuhören würde. Die Menschen sind nicht groß genug, um da noch gerührt zu werden, ohne Verachtung zu empfinden.

Er erhob sich etwas gefaßter, ging um die Kapelle herum und befand sich auf dem gegenüberliegenden Weg, den er noch nicht gesehen hatte und der zu dem anderen Tor führte. Nach wenigen Schritten stieß er auf den Zaun, von dem der Mönch gesprochen hatte und der denn auch tatsächlich mehrere Löcher hatte. Er benutzte einen solchen Durchschlupf und befand sich in der Frauenabteilung. Schon gleich beim ersten Schritt entdeckte er auf dem Boden eines der Glöckchen, wie sie von den Pestpflegern am Fuß getragen wurden. Er sagte sich, daß ihm so ein Abzeichen da drinnen ganz gut als Ausweis dienen könnte, hob es auf, schaute sich um, ob er nicht beobachtet würde, und band es sich in der üblichen Weise um. Dann machte er sich sofort auf die Suche, eine Suche, die allein schon angesichts der Fülle der Bilder höchst mühsam gewesen wäre, auch wenn es sich um ganz andere Dinge gehandelt hätte. Wieder überflog sein Auge neue Elendsgestalten, ja, es blieb sogar aufmerksam an ihnen hängen. Sie waren einerseits den schon gesehenen ähnlich, andererseits aber auch wieder von jenen grundverschieden, denn bei der gleichen Plage war hier die Art des Leidens irgendwie anders, anders auch die Art des Dahinsiechens, des Klagens, Erduldens, des gegenseitigen einfach die Luft ausgegangen. Seine Knie wankten, es wurde ihm schwarz vor den Augen; doch nur im ersten Augenblick, im zweiten stand er schon wieder mit wachen Sinnen und kräftiger als vorher da. Mit drei Sätzen sprang er um die Hütte, stand in der Tür und erblickte die Sprecherin, die sich gerade über ein Krankenlager beugte. Bei dem Geräusch wendet sie sich um, schaut, meint, nicht richtig zu sehen, wachend zu träumen; sie blickt genauer hin und ruft aus: »Ach, du allmächtiger Gott!«

»Lucia! ich habe dich gefunden, ich finde dich wieder, du bist es leibhaftig, bist noch unter den Lebenden!« sprudelt Renzo hervor und tritt zitternd näher.

»Ach, du allmächtiger Gott!« fiel Lucia noch bebender ein. »Ist es denn möglich? Wieso denn? Warum? Die Pest!«

»Die habe ich hinter mir. Und du ...?«

»Oh ...! Ich auch ... Und meine Mutter ...?«

»Die habe ich nicht getroffen, weil sie in Pasturo ist; ich glaube aber, daß es ihr gut geht. Aber du ... wie bleich du noch bist, wie schwach du aussiehst! Jedoch genesen – bist du genesen?«

»Der Herrgott hat mich noch hienieden lassen wollen. Ach Renzo, warum bist du hier?«

»Warum?« fragte Renzo und trat noch näher. »Du fragst mich warum: warum ich hierherkommen mußte? Soll ich das wirklich erst noch sagen? An wen habe ich denn wohl zu denken? Bin ich nicht mehr Renzo, bist du nicht mehr Lucia?«

»Ach, was sagst du da! Was sagst du da! Aber hat meine Mutter dir denn nicht schreiben lassen ...?«

»Natürlich! Leider hat sie mir schreiben lassen. Sonderbares Zeug, das man da einem armen, unglücklichen, verfolgten und landflüchtigen Burschen schreiben läßt, der dir doch niemals Ärger gemacht hat.«

»Aber Renzo! Renzo! Wenn du also wußtest ... warum bist du dann gekommen? Warum?«

»Warum ich gekommen bin? Aber Lucia, du fragst mich, warum ich gekommen bin? Bei all unserer Verbundenheit? Sind wir denn nicht mehr dieselben? Kannst du dich nicht mehr erinnern? Was fehlte uns denn?«

»O Gott im Himmel!« seufzte Lucia, faltete die Hände und blickte nach oben: »Warum hast du mir nicht die Gnade erwiesen, mich zu dir zu nehmen ...! O Renzo! was hast du getan! Sieh, schon begann ich zu hoffen, daß ich ... mit der Zeit ... Vergessen finden würde ...«

»Das ist ja eine schöne Hoffnung! Wunderbar, mir das so ins Gesicht zu sagen!«

»Ach, was hast du getan! Und an diesem Ort, in solchem Elend, bei solchen Schreckensbildern! Hier, wo der Tod seine Ernte hält, hast du es vermocht ...!«

»Für die, welche sterben, soll man zu Gott beten und hoffen, daß sie in eine bessere Welt kommen. Es ist aber nicht recht, daß deshalb die Lebenden nun in Verzweiflung verharren sollen ...«

»Aber Renzo, bedenke doch, was du sagst! Wenn man der Madonna gelobt hat ... ein Gelübde getan hat!«

»Und ich sage dir, daß solche Versprechen gar nichts gelten!«

»O mein Gott! Was sagst du da? Wo warst du denn all die Zeit? Mit wem hast du denn verkehrt? Wie redest du denn?«

»Ich spreche als ein guter Christ, und von der Mutter Gottes denke ich besser als du, weil ich glaube, daß sie keine Versprechungen will, die dem Nächsten schaden. Wenn die Madonna gesprochen hätte, ja dann! Wie war es aber? Du hattest einen Einfall. Weißt du, was du der Mutter Gottes versprechen mußt? Versprich ihr doch, daß wir unserem ersten Töchterchen den Namen Maria geben wollen. Das zu geloben, stehe auch ich hier. So etwas ist für die Madonna eine weit größere Ehre. Das sind Beweise der Frömmigkeit, die weit mehr Sinn haben und keinem schaden.«

»Aber nein! Sprich doch nicht so! Du weißt ja nicht, was du sagst, du weißt ja überhaupt nicht, was es heißt: ein Gelübde tun. Du bist nicht in meiner Lage gewesen, du hast so etwas noch nicht durchgemacht. Geh, geh, um Gottes willen geh!«

Heftig wandte sie sich ab und kehrte zu dem Krankenbett zurück.

»Lucia!« sagte Renzo und rührte sich nicht, »dann sage mir wenigstens noch eines: wenn dieser Grund nicht bestünde ... wärest du dann noch dieselbe für mich?«

»Herzloser Mann!« entgegnete Lucia, die sich mit Tränen in den Augen abwandte, »wenn du mir unnütze Worte entlockt hättest, Worte, die mir weh tun würden, Worte, die vielleicht sündhaft wären, wärest du dann zufrieden? Geh, o geh! Vergiß mich: offenbar sind wir nicht füreinander bestimmt. Wir werden uns dermaleinst droben wiederfinden: in dieser Welt sollen wir ja doch nicht lange bleiben. Geh und versuche meiner Mutter Nachricht zu bringen, daß ich geheilt bin, daß auch hier Gott mir immer geholfen hat, daß ich eine gute Seele gefunden habe, diese wackere Frau, die Mutterstelle an mir vertritt. Sag ihr, wie sehr ich hoffe, daß sie von dem Übel verschont bleibt und daß wir uns wiedersehen werden, wenn es Gott gefällt, und so, wie Er es will ... Gehe um Himmels willen, und denke nicht mehr an mich ... es sei denn, wenn du mich in dein Gebet einschließt.«

Und wie jemand, der sonst nichts mehr zu sagen hat und nichts weiter hören möchte, wie jemand, der einer Gefahr entrinnen will, trat sie noch näher an das Krankenbett, auf dem die Frau lag, von der sie gesprochen hatte.

»So höre doch, Lucia, höre doch!« beschwor Renzo sie, ohne ihr aber zu folgen.

»Nein, nein, geh doch, erbarm dich!«

»Höre: Pater Christophorus ...«

»Wie?«

»Ist hier.«

»Hier? wo denn? Woher weißt du das?«

»Ich habe soeben noch mit ihm gesprochen; ich war länger bei ihm, und ich meine, ein Geistlicher wie er ...«

»Also hier, und sicher, um den armen Pestkranken zu helfen. Aber wie steht es mit ihm? Hat er die Pest gehabt?«

»Ach Lucia! Ich fürchte, ich muß leider fürchten« – und während Renzo zögerte, das für ihn so schmerzliche Wort auszusprechen, das für Lucia ja nicht minder schmerzlich sein mußte, war diese wieder von dem Bett zurückgetreten und näherte sich ihm –, »ich fürchte, daß er jetzt davon befallen ist.«

»Oh, der arme Gottesmann! Doch was sage ich: ›armer Mann‹? *Wir* sind arm daran! Wie steht es? Liegt er, hat er Hilfe?«

»Er ist auf, geht herum und hilft den anderen. Wenn du ihn aber sehen würdest, wie hinfällig er aussieht, wie mühsam er sich auf den Beinen hält! Man hat das ja schon bei allzu vielen gesehen und kann sich da leider ... nicht täuschen.«

»Ach, wir Armen! Und gerade hier!«

»Hier und ganz in der Nähe: nur wenig weiter als von eurem Haus daheim bis zu meinem ... wenn du dich noch erinnerst ...!«

»Jesus Maria!«

»Also, wenig weiter. Du kannst dir wohl denken, daß wir auch von dir gesprochen haben! Er hat mir Dinge gesagt ... Wenn du nur ahntest, was er mir gezeigt hat! Das sollst du alles noch erfahren. Jetzt aber will ich dir zunächst einmal erzählen, was er mir zuallererst höchstpersönlich gesagt hat. Er versicherte mir, daß ich gut daran täte, nach dir zu suchen, und daß es Gott wohlgefällig sei, wenn ein junger Mann so handelt, und daß er mir helfen würde, dich zu finden, wie es denn auch tatsächlich geschehen ist. Er ist eben ein Heiliger. Da siehst du's ja!«

»Aber wenn er so gesprochen hat, so weiß er eben nicht …«

»Wie soll er denn auch wissen, was du auf eigene Faust, willkürlich, und ohne jemand zu fragen, getan hast? Ein vernünftiger, erfahrener Mann wie er kommt ja überhaupt nicht auf so etwas. Du müßtest wissen, was er mir gezeigt hat!« Und nun berichtete er von seinem Besuch in der Baracke. Obgleich Lucia sich an ihrem Aufenthaltsort, sowohl was das Auge als auch was die Seele betraf, an die stärksten Eindrücke hatte gewöhnen müssen, erfüllte sie nun doch Entsetzen und Mitleid.

»Und auch dort«, fuhr Renzo fort, »hat er wie ein Heiliger gesprochen: er hat gesagt, daß der Herr vielleicht beschlossen hat, diesem Unseligen – jetzt könnte ich ihm keinen anderen Namen mehr geben – Gnade zu erweisen … daß er darauf warte, noch einen geeigneten Augenblick zu finden. Aber er will auch, daß wir gemeinsam für jenen Unglücklichen beten … Gemeinsam, hast du verstanden?«

»O ja, wir wollen beten, jedes da, wo der Herr uns hinstellt; er wird ja unsere Bitten schon zu vereinen wissen.«

»Wenn ich dir aber doch seine eigenen Worte sage …!«

»Aber Renzo, er weiß doch gar nicht …«

»Begreifst du denn nicht, daß aus den Worten eines Heiligen der Herr selber spricht? Und daß er niemals so geredet hätte, wenn es nicht genauso sein sollte …? Und die Seele jenes Unglücklichen? Ich habe zwar für ihn gebetet und werde das weiterhin tun; aus tiefstem Herzen habe ich gebetet, als ob er mein Bruder gewesen wäre. Wie soll es dem Armen aber in der anderen Welt ergehen, wenn diese Sache nicht hienieden in Ordnung gebracht wird, wenn das Böse nicht getilgt wird, das er getan hat? Wenn du das nämlich einsiehst, dann ist alles wieder wie zuvor; was gewesen ist, ist gewesen: er hat dann hier schon genug gebüßt ...«

»Nein, Renzo, nein. Der Herr will nicht, daß wir Böses tun, damit er nach Seiner Barmherzigkeit verfahren kann. Überlaß das ruhig ihm; unsere Pflicht ist es, zu ihm zu beten. Wenn ich in jener Nacht gestorben wäre, hätte er ihm dann etwa nicht vergeben können? Und wenn ich nicht gestorben bin, wenn ich befreit wurde ...«

»Und deine Mutter, die arme Agnes, die mich immer so gern hatte und die sich so sehr gewünscht hat, uns als Mann und Frau zu sehen, hat sie dir nicht auch gesagt, daß das ein unsinniger Entschluß sei? Sie hat dich doch auch sonst schon zur Vernunft gebracht, denn in manchen Dingen denkt sie richtiger als du ...«

»Meine Mutter! Meinst du vielleicht, meine Mutter würde mir raten, ein Gelübde zu brechen? Aber Renzo, du bist ja außer dir.«

»Soll ich dir einmal etwas sagen? Ihr Frauen könnt das nicht begreifen. Pater Christophorus hat mir gesagt, ich solle wiederkommen und berichten, ob ich dich gefunden habe. Jetzt gehe ich hin. Wir werden ja hören, was er sagen wird ...«

»Gut, geh zu dem Gottesmann; sag ihm, daß ich für ihn bete, und er möchte auch für mich beten, weil ich's sehr nötig habe. Aber um Himmels willen, bei deinem und meinem Seelenheil, komme nicht mehr hierher, um mich zu quälen ... um mich ... zu versuchen. Pater Christophorus wird dir schon alles zu erklären wissen und dich wieder zu dir kommen lassen. Er wird deinem Herzen den Frieden wiedergeben.«

»Meinem Herzen Frieden? Oh, das mußt du dir aus dem Kopf schlagen! Die dumme Redensart hast du mir ja auch schon einmal schreiben lassen, und ich allein weiß, wie sie mich bekümmert hat. Jetzt bringst du es sogar übers Herz, mir das zu sagen! Ich dagegen sage dir rundheraus, daß mein Herz niemals Frieden finden wird. Du willst mich vergessen, aber ich will dich nie vergessen. Eins kann ich dir versprechen, siehst du, wenn du mich um den Verstand bringst, komme ich nie wieder zu mir. Zum Teufel mit dem Handwerk, zum Teufel mit dem guten Lebenswandel! Du willst mich dazu verdammen, mein ganzes Leben wider das Schicksal zu wüten; und dann werde ich meiner Wut auch freien Lauf lassen ... Und jener Unselige! Der Herrgott weiß, ob ich ihm von Herzen vergeben habe; aber du ... Willst du denn, daß ich mein ganzes Leben lang denken soll, daß, wenn er nicht gewesen wäre ...? Lucia! du hast gesagt, ich solle dich vergessen, dich vergessen! Wie soll ich das anstellen? Was meinst du denn, an wen ich all die Zeit gedacht habe ...? Und nach alledem! Nach soviel Schwüren! Was habe ich dir denn getan, seit wir auseinander gegangen sind? Weil ich gelitten habe, soll ich nun so behandelt werden? Weil ich Unglück gehabt habe? Weil die Welt mich verfolgt hat? Weil ich so lange fern der Heimat, traurig und ohne dich leben mußte? Weil ich, so schnell ich nur konnte, herbeigeeilt bin, um dich zu suchen?«

Sobald Lucia in ihrer Erschütterung wieder Worte fand, rief sie mit zum Gebet erhobenen Händen und feuchten Augen aus: »O Allerheiligste Jungfrau, hilf du mir nun! Du weißt, daß ich nach jener Nacht nie wieder einen solchen Augenblick durchgemacht habe. Du hast mir damals geholfen; so hilf mir auch jetzt!«

»Ja, Lucia, du tust gut daran, die Madonna anzurufen. Wie kannst du aber glauben, daß sie mit all ihrer Güte, die voll Erbarmen ist, Freude daran finden könnte, uns leiden zu machen ... mich wenigstens ... und das wegen eines Wortes, das dir entfuhr, als du nicht wußtest, was du tatest?

Meinst du denn etwa, sie hätte dir damals geholfen, um uns dann unserer Not zu überlassen ...? Wenn das aber nur eine Ausrede sein sollte, wenn du mich nicht mehr leiden könntest ... so sag es doch ... schenke mir reinen Wein ein.«

»Um Gottes willen, Renzo, um Gottes willen, bei allem, was dir heilig ist, hör auf, hör auf! Bring mich doch nicht um ... Das wäre nicht der rechte Augenblick. Geh zu Pater Christophorus, empfiehl mich ihm, und komme nie wieder her, nie wieder!«

»Ich gehe; aber du glaubst doch wohl selbst nicht, daß ich nicht wiederkommen werde. Und wäre ich am Ende der Welt, ich käme wieder. Verlaß dich darauf!« Damit verschwand er.

Lucia ging zu dem Krankenlager, um sich zu setzen, sank aber einfach zur Erde. Sie lehnte den Kopf an die Bettstelle und weinte bitterlich. Die Frau, welche bis dahin mit offenen Augen lauschend dagelegen hatte, ohne ein Wort zu sagen, erkundigte sich, was es mit der Erscheinung, dem Streit und den Tränen auf sich hätte. Vielleicht aber fragt sich der Leser seinerseits, wer jene Kranke denn eigentlich war, und um ihn aufzuklären, bedarf es auch hier nicht allzu vieler Worte.

Sie war eine wohlhabende Kaufmannswitwe von etwa dreißig Jahren. Im Verlauf weniger Tage hatte sie zu Hause ihren Mann und alle ihre Kinder dahinsterben sehen. Kurz darauf wurde auch sie von der Pest befallen, und man hatte sie ins Lazarett gebracht und in jene Baracke gelegt. Gleichzeitig war Lucia, nachdem sie völlig bewußtlos das Fieberrasen der Krankheit überstanden und mehrfach die Leidensgefährtinnen gewechselt hatte, allmählich wieder zu sich gekommen, denn vom Ausbruch der Krankheit an, bei dem sie sich noch im Hause Don Ferrantes befand, war sie so gut wie aller Sinne beraubt gewesen. Die Hütte faßte nicht mehr als zwei Personen, und zwischen diesen beiden niedergeschlagenen, hilflosen, verstörten Frauen, die in einer so großen Zahl ganz verloren waren, war bald eine Vertrautheit und Zuneigung erwachsen, wie sie auch aus einem langen Zusammenleben kaum hätte entstehen können. In kurzer Zeit war Lucia in der Lage gewesen, der anderen, die sich in einem besorgniserregendem Zustand befunden hatte, helfen zu können. Nun war auch sie außer Gefahr, und die beiden pflegten einander und waren ein Herz und eine Seele. Sie hatten sich versprochen, nur gemeinsam das Lazarett zu verlassen, und abgemacht, daß sie sich auch später nicht trennen würden. Die Kaufmannswitwe, die Haus, Laden und Kasse in bester Ordnung in der Obhut eines Bruders zurückgelassen hatte, der Kommissar beim Gesundheitsamte war, sah sich als einzige, unglückliche Herrin eines mehr als auskömmlichen Vermögens und wollte Lucia wie eine Tochter oder Schwester im Hause behalten. Man kann sich denken, wie dankbar, ihr und der Vorsehung gegenüber, Lucia zugestimmt hatte, wenn auch zunächst nur, bis sie Nachrichten von ihrer Mutter hätte und deren Ansicht kennen würde. Im übrigen hatte sie in ihrer natürlichen Scheu weder von ihrem Verlöbnis noch von ihren sonstigen ungewöhnlichen Erlebnissen je etwas verlauten lassen. Nun aber, in diesem Aufruhr der Gefühle, empfand sie mindestens so sehr das Bedürfnis, ihr Herz auszuschütten, wie die andere den Wunsch, etwas zu hören. Mit beiden Händen ergriff sie deren Rechte und erklärte ihr alles rückhaltlos, soweit ihr Schluchzen sie nicht stocken ließ.

Unterdessen begab sich Renzo zum Quartier des guten Mönchs. Mit einiger Überlegung und nicht ohne Umwege gelangte er schließlich an sein Ziel. Er fand die Hütte wieder, ihn selber allerdings nicht. Er ging aber in der Umgebung auf die Suche und entdeckte ihn so an einem Krankenlager, wo er, tief herabgebeugt, einem Sterbenden Trost spendete. Dort blieb er ruhig abwartend stehen. Er sah ihn bald danach dem Ärmsten die Augen zudrücken, auf die Knie sinken, ein kurzes Gebet verrichten und wieder aufstehen. Nun regte er sich und ging ihm entgegen.

»Oh!« sagte der Mönch, als er ihn kommen sah, »wie steht's?«

»Sie ist da, ich habe sie gefunden!«

»In welcher Verfassung?«

»Geheilt, oder doch wenigstens wieder auf den Beinen.«

»Dem Himmel sei Dank!«

»Aber ...« bemerkte Renzo, als er nahe genug war, um seine Stimme dämpfen zu können, »es gibt eine neue Schwierigkeit.«

»Und die wäre?«

»Ich meine damit ... Sie wissen ja, was für eine gute Seele das liebe Ding ist; manchmal aber ist sie auch ein bißchen eigensinnig. Nach so viel Treueschwüren, nach allem, was ja auch Sie wissen, erklärt sie nun, daß sie mich nicht heiraten könne, weil sie, wie sie behauptet, in jener Schreckensnacht – was weiß ich? – aus dem Häuschen geraten sei und sich sozusagen der Madonna geweiht habe. Das sind doch bloß Hirngespinste, nicht wahr? So etwas ist ganz gut und schön für jemand, der etwas davon versteht und sich darin auskennt, doch bei uns einfachen Leuten, die gar nicht recht wissen, wie man das macht ... sind das doch Dinge, die nicht gelten, nicht wahr?«

»Sag mal, ist sie weit von hier weg?«

»O nein, ein paar Schritte jenseits der Kirche.«

»Warte hier einen Augenblick auf mich«, erwiderte der Mönch, »und dann gehen wir zusammen hin.«

»Sie wollen ihr doch wohl klarmachen ...«

»Ich weiß gar nichts, mein Sohn. Ich muß sie erst einmal hören.«

»Versteht sich«, sagte Renzo, starrte mit verschränkten Armen auf den Boden und würgte nach wie vor an seiner

Ungewißheit. Der Mönch suchte wiederum Pater Viktor auf, der ihn nochmals vertreten sollte, ging dann in seine Hütte, kam mit einem Henkelkorb am Arm zurück, trat zu Renzo, sagte zu ihm: »Wir wollen gehen!« und schritt voraus auf jene Baracke zu, in die sie vor kurzem gemeinsam eingetreten waren. Diesmal ging er allein hinein, kam sofort wieder zurück und erklärte: »Nichts! Wir wollen immer wieder beten!« Dann fuhr er fort: »Und jetzt führe du mich!«

Wortlos gingen sie weiter.

Der Himmel hatte sich unterdessen immer mehr bezogen, und der Sturm mußte sicher bald losbrechen. Blitz auf Blitz zerriß die wachsende Finsternis und erhellte für Augenblicke mit grellem Schein die langgestreckten Dächer, die Vorhallen, die Kuppel der Kapelle, die niederen Giebel der Baracken. Grollender Donner rollte unaufhörlich am Himmel hin. In großer Ungeduld schritt der Jüngling voran und achtete auf den Weg, während er zugleich versuchte, seinen Schritt zu verlangsamen, um auf die Schwäche seines Begleiters Rücksicht zu nehmen. Übermüdet, von der Krankheit entkräftet und unter der Schwüle leidend, schleppte dieser sich mühsam dahin und reckte immer wieder das ausgemergelte Antlitz zum Himmel, um freier atmen zu können.

Als Renzo die Hütte vor sich sah, blieb er stehen, wandte sich um und sagte mit bebender Stimme: »Hier!«

Sie treten ein ... »Da sind sie!« ruft die Frau auf dem Krankenlager aus. Lucia sieht sich um, springt auf, geht dem Greis entgegen und frohlockt: »Oh, wen sehe ich da! O Pater Christophorus!«

»Nun, Lucia! Aus welcher Not hat dir der Herr geholfen! Du mußt doch recht froh sein, daß du immer auf ihn gebaut hast.«

»O ja! Aber Sie, Pater? Mein Gott, wie haben Sie sich

verändert! Wie geht es Ihnen denn? Sagen Sie: Wie geht es Ihnen?«

»Wie Gott will und wie dank seiner Gnade auch ich selber will«, erwiderte der Mönch mit ernster Miene. Er zog das Mädchen in eine Ecke und flüsterte ihr zu: »Höre, ich kann nur kurz hierbleiben. Bist du bereit, dich mir wie früher anzuvertrauen?«

»Aber sind Sie denn nicht immer noch mein Beichtvater?«

»Mein Kind, was ist also mit dem Gelübde, von dem mir Renzo erzählt hat?«

»Ich habe der Mutter Gottes ein Gelübde abgelegt ... ach, in größter Not... mich nicht zu vermählen.«

»Du Arme! Hast du damals aber auch bedacht, daß du durch ein Verlöbnis gebunden warst?«

»Da es um Gott und die Madonna ging ... habe ich nicht daran gedacht.«

»Mein Kind, der Herr sieht gnädig auf Opfer und Gaben, wenn wir sie von unserem Eigenen bringen. Er will das Herz und den guten Willen, aber du konntest ihm doch nicht den Willen eines anderen zum Opfer bringen, dem du dich bereits angelobt hattest.«

»Habe ich denn etwas Schlimmes getan?«

»Nein, du Arme, das sollst du nicht meinen; ich glaube sogar, daß der Heiligen Jungfrau der Wunsch deiner bekümmerten Seele willkommen war und daß er von ihr für dich Gott dargebracht wurde. Aber sage mir, hast du denn niemals jemanden in dieser Sache um Rat gefragt?«

»Ich habe nicht gedacht, daß es etwas Schlimmes wäre, das ich beichten müßte, und von dem bißchen Guten, das man tun kann, soll man doch eben nicht reden.«

»Gibt es keinen anderen Grund, der dich etwa hinderte, Renzo das gegebene Versprechen zu halten?«

»Was das angeht ... meinerseits ... was denn für einen

Grund? Das wüßte ich wirklich nicht zu sagen ...« stammelte Lucia, und ihr Zögern verriet alles andere als Unsicherheit der Überzeugung, wobei ihr von der Krankheit noch blasses Antlitz urplötzlich tief errötete.

»Glaubst du«, fuhr der Greis fort, »daß Gott seiner Kirche die Macht verliehen hat, Schuldopfer und Verpflichtungen, welche die Menschen ihm gegenüber auf sich genommen haben, zu erlassen oder zurückzunehmen, sobald dies ihnen zu größerem Heile gereicht?«

»Natürlich glaube ich das!«

»So höre denn, daß wir, die wir mit der Seelsorge an diesem Ort betraut wurden, für alle, die sich an uns wenden, von der Kirche unbeschränkte Vollmachten haben und daß ich mithin, wenn du darum bitten solltest, dich von jeglicher Verpflichtung entbinden kann, die du um dieses Gelübdes willen auf dich genommen hast.«

»Ist es denn aber auch keine Sünde, umzukehren und zu bereuen, was man der Madonna einmal versprochen hat? Ich habe das damals wirklich von ganzem Herzen getan ...« erklärte Lucia, ganz außer sich beim Ansturm einer so unerwarteten Hoffnung – von der man doch wohl reden muß – und beim Auflodern einer widerstrebenden Angst, welche durch all die Gedanken nur gesteigert wurde, die schon so lange ihre Seele bewegten.

»Sünde, mein Kind?« sagte der Pater, »Sünde, sich an die Kirche zu wenden und ihren Diener zu bitten, daß er von der Gewalt Gebrauch mache, die ihm von ihr und ihr von Gott verliehen wurde? Ich habe erlebt, wie ihr beide zusammengeführt wurdet, und wahrlich, wenn ich je den Eindruck gehabt habe, daß ein Paar von Gott zusammengeführt worden ist, so war es bei euch. Ich sehe nun nicht ein, warum Gott euch wieder getrennt haben wollte. Ja, ich preise ihn, daß er mir in all meiner Unwürdigkeit die Macht verliehen hat, in seinem Namen sprechen zu dürfen und dir dein Wort zurückzugeben. Und wenn du mich bittest, dich dieses Gelübdes zu entbinden, werde ich nicht zögern, es zu tun, ja, ich wünsche sogar, daß du mich darum bittest.«

»Dann ...! Dann ... bitte ich darum!« erklärte Lucia, und nur noch die Verwirrung der Scham färbte ihre Wangen.

Der Mönch winkte den Jüngling herbei, der sich in die entfernteste Ecke zurückgezogen hatte, um von dort – da er ja nichts anderes tun konnte – den für ihn so wichtigen Vorgang aufmerksam zu verfolgen. Als er hinzugetreten war, erhob der Pater seine Stimme und sagte zu Lucia: »Kraft der Gewalt, die mir die Kirche verliehen hat, löse ich dich vom Gelübde der Jungfräulichkeit, hebe auf, was daran Unbedachtes gewesen sein mag, und befreie dich von jeder damit eingegangenen Verpflichtung.«

Man kann sich wohl denken, wie das Renzo in den Ohren klang. Er bedankte sich mit einem sprechenden Blick und versuchte darauf vergeblich, auch von Lucia einen zu erhaschen.

»Nun kehre zuversichtlich und zufrieden zu deinen früheren Plänen zurück«, fuhr der Kapuziner fort, »bitte den Herrn erneut wie einst um die Gnade, eine fromme Gattin zu werden, und vertraue darauf, daß er sie dir nach so viel Leid noch reichlicher gewähren wird. Und du«, wandte er sich an Renzo, »bedenke stets, mein Sohn, daß die Kirche dir diese Gefährtin nicht wiedergibt, um dir einen zeitlichen Trost in der Welt zu gewähren, der, wie vollkommen und ungetrübt auch immer, im Augenblick eurer Trennung mit einem großen Schmerz enden würde, sondern um euch alle beide auf den Weg der tröstlichsten Gewißheit zu führen, die niemals ein Ende hat. Liebt euch als Gefährten dieser Lebensreise, eingedenk dessen, daß ihr einander einmal lassen müßt, und in der Hoffnung, euch für immer wiederzufinden. Dankt dem Himmel, daß er euch nicht durch lärmende, vergängliche Freuden, sondern durch Not und Elend so weit gebracht hat, um für eine ausgeglichene, stille Heiterkeit bereit zu sein. Wenn Gott euch Kinder schenken sollte, trachtet danach, sie für Ihn zu erziehen, ihnen Liebe zu Ihm und allen Menschen einzuflößen, und damit werdet ihr sie auch in allem übrigen richtig leiten. Lucia, hat er dir gesagt« – dabei wies er auf Renzo –, »wen er hier gesehen hat?«

»Ach Pater, er hat es mir erzählt!«

»Ihr müßt für ihn beten! Erlahmt nicht darin. Und betet auch für mich ...! Meine Lieben, ich möchte, daß ihr ein Andenken an den armen Ordensbruder bewahrt.« Mit diesen Worten nahm er eine Büchse aus gewöhnlichem Holz aus seinem Korb, die jedoch mit der den Arbeiten der Kapuziner eigenen Feinheit gedrechselt und poliert war. Dann fuhr er fort: »Darin liegt der Rest von jenem Brot ... dem allerersten, das ich als Almosen erbeten habe. Ihr habt davon gehört. Euch will ich es hinterlassen: verwahrt es und zeigt es euren Kindern. Sie werden in eine traurige Welt, in schwere Zeiten voller Hochmut und Herausforderung hineingeboren werden. Sagt ihnen, daß sie stets und ständig verzeihen sollen, alles und jedes, und daß auch sie für den armen Ordensbruder beten möchten.«

Damit reichte er Lucia die Büchse, und sie nahm sie ehrfürchtig entgegen, als wäre es eine Reliquie. Ruhiger fuhr er dann fort: »Nun sage mir einmal, welchen Schutz du hier in Mailand hast. Wo willst du wohnen, wenn du hier heraus bist? Und wer wird dich zu deiner Mutter bringen, die Gott hoffentlich gesund erhalten hat?«

»Diese gute Frau hier vertritt inzwischen Mutterstelle an mir. Wir werden zusammen von hier fortgehen, und sie wird dann für alles sorgen.«

»Gott segne Sie!« sagte der Mönch und trat an das Krankenlager.

»Auch ich danke Ihnen für den Trost, den Sie diesen armen Menschen gespendet haben«, erwiderte die Frau,

»wenn mir auch viel daran gelegen hätte, die liebe Lucia immer bei mir zu behalten. Jedenfalls wird sie einstweilen bei mir bleiben. Ich selbst will sie dann in ihre Heimat bringen, sie ihrer Mutter wiedergeben und« – hier senkte sie die Stimme – »ihr auch die Aussteuer schenken. Ich habe überreichlich von allem und niemanden mehr von denen, die es mit mir genießen sollten.«

»So können Sie denn«, gab der Mönch zur Antwort, »dem Herrn ein großes Opfer bringen und Ihren Nächsten Gutes tun. Ich lege Ihnen dies junge Mädchen nicht weiter ans Herz, ich sehe ja, Sie halten sie wie ein eigenes Kind. Es bleibt uns nur, den Herrn zu preisen, der sich auch in unseren Nöten als Vater erweist und Ihnen beiden ersichtlich seine Liebe bezeugte, als er Sie einander finden ließ. Wohlan denn«, wandte er sich nun an Renzo und nahm ihn bei der Hand, »wir beide haben hier jetzt nichts mehr verloren und haben schon zu lange verweilt. Wir wollen gehen.«

»Ach, Pater!« sagte Lucia, »sehe ich Sie auch wieder? Ich bin wohlauf und war doch zu gar nichts nutze auf dieser Welt; Sie aber …«

»Seit langem schon«, erwiderte der Greis ernst und mild, »bitte ich den Herrn um eine Gnade, eine ganz besondere Gnade: im Dienste der Nächstenliebe meine Tage beschließen zu dürfen. Wenn er mir das nun gewähren sollte, müßten alle, die mich lieben, mir beistehn, ihm zu danken. Genug, sage Renzo nun noch, was er deiner Mutter ausrichten soll.«

»Erzähle ihr einfach, was wir erlebt haben«, sagte Lucia zu ihrem Bräutigam, »daß ich hier eine zweite Mutter gefunden habe, daß ich mit ihr sobald wie möglich kommen werde und daß ich sehnlichst hoffe, sie gesund wiederzufinden.«

»Wenn du Geld brauchst«, versicherte Renzo, »so habe ich hier alles bei mir, was du mir geschickt hast, und …«

»Nein, nein!« unterbrach ihn die Witwe, »ich habe ja mehr als genug.«

»Wir wollen gehen!« wiederholte der Mönch.

»Leb wohl denn, Lucia ...! und auch Sie, Signora«, sagte Renzo, der vergebens nach Worten suchte, um seinen Gefühlen Ausdruck zu verleihen.

»Wer weiß, ob der Herr uns alle noch einmal gnädig zusammenführt!« rief Lucia aus.

»Möge er immer mit euch sein und euch segnen!« sagte Pater Christophorus zu den beiden Leidensgefährtinnen und verließ mit Renzo die Hütte.

Die Nacht brach bald herein, und das Unwetter schien sich nun entladen zu wollen. Der Kapuziner bot dem Jüngling nochmals an, ihn für diese Nacht bei sich zu beherbergen. »Ich werde dir zwar keine Gesellschaft leisten können«, fügte er hinzu, »aber du hättest dann doch ein Dach überm Kopf.«

Renzo jedoch beseelte ein unwiderstehlicher Trieb fortzugehen, und er legte keinen Wert mehr darauf, an einem solchen Ort noch zu verweilen, wenn er Lucia doch nicht sehen und auch mit dem guten Mönch nicht noch etwas länger zusammensein konnte. Was aber Tageszeit und Witterung betraf, kann man wohl sagen, daß ihm in diesem Augenblick Nacht und Tag, Sonne und Regen, Brise und Sturmwind völlig einerlei waren. Er bedankte sich also bei dem Pater und erklärte, daß er möglichst schnell nun nach Agnes sehen wolle. Als sie auf dem Hauptweg waren, drückte der Mönch ihm die Hand und sagte: »Wenn du sie, so Gott will, wiedersiehst, grüße die gute Agnes auch in meinem Namen, und sage ihr und allen, die noch da sind und sich noch an Pater Christophorus erinnern, sie möchten für ihn beten. Gott geleite dich und segne dich für und für!«

»Ach, lieber Pater, wir werden uns doch wiedersehn, nicht wahr?«

»Droben, hoffe ich!« Mit diesen Worten trennte er sich von Renzo, der ihm nachschaute, bis er ihn aus den Augen verlor, und dann schnell auf das Tor zuging, wobei er auf diese Schmerzensstätte nach rechts und links noch einmal letzte mitleidige Blicke warf. Überall ging es ungewöhnlich lebhaft zu: Pestpfleger eilten herum, Sachen wurden hin und her getragen, die Sonnensegel der Baracken festgebunden, Genesende schleppten sich ins Innere der Hütten oder drängten unter die Säulengänge, um sich vor dem drohenden Unwetter in Sicherheit zu bringen.

37. KAPITEL

Renzo hatte in der Tat kaum die Schwelle des Lazaretts überschritten und sich nach rechts gewandt, um den Pfad wiederzufinden, auf dem er am Morgen vor die Stadtmauer geraten war, so hagelte auch schon ein Schauer schwerer Regentropfen auf die ausgetrocknete weiße Straße, wo sie aufprallend zerspritzten und einen feinen Staub aufwirbelten. Im Handumdrehen begann es zu strömen, und noch ehe er jenen Pfad erreichte, goß es schon wie mit Eimern. In aller Seelenruhe aber setzte Renzo seinen Weg durch den Matsch fort und genoß diese Erfrischung, das Rauschen, das Säuseln der Gräser und Blätter, die zitterten, tropften, wieder grünten und glänzten. Er atmete mit vollen Zügen, und diese Erlösung der Natur ließ ihn die Wendung, die sich in seinem Schicksal vollzogen hatte, nur um so unbeschwerter und tiefer empfinden.

Wieviel reiner und ungetrübter noch aber wäre dieses Gefühl gewesen, wenn Renzo hätte ahnen können, was sich wenige Tage später herausstellte: daß dieser Wolkenbruch nämlich die Seuche wegschwemmte, daß danach das Lazarett, auch wenn es nicht alle Lebenden, die es barg, den

Lebenden wiedergeben sollte, doch wenigstens keine weiteren mehr verschlang, daß ferner binnen einer Woche Türen und Geschäfte wieder offenstanden, daß man fast nur mehr von Quarantäne sprach und daß von der Pest nur hie und da noch eine Spur zurückblieb, jener Rest, den eine solche Geißel immer für einige Zeit noch zu hinterlassen pflegt.

Unser Wanderer schritt also munter aus, ohne daß er sich darüber Gedanken gemacht hätte, wo, wie, wann und ob er heute nacht rasten sollte, nur bestrebt, vorwärts zu kommen, bald in seine Heimat zu gelangen, jemanden zu finden, mit dem er plaudern, dem er erzählen konnte, und vor allem sich bald weiter auf den Weg nach Pasturo zu machen, um Agnes aufzusuchen. Noch ganz benommen von den Ereignissen dieses Tages, ging er dahin, aber über Elend, Jammer und Gefahr schwebte immer wieder der eine Gedanke: Ich habe sie gefunden, sie ist wohlauf, und sie ist mein! Und dann vollführte er einen Sprung und sprühte dabei Tropfen um sich wie ein Pudel, der aus dem Wasser kommt. Manchmal begnügte er sich auch mit einem Händereiben, und mit größerem Schwung ging es wieder weiter. Wenn er auf die Straße sah, sammelte er sozusagen die Gedanken wieder auf, die er auf dem Hinwege am Morgen und am Vortage dort zurückgelassen hatte, und zwar mit dem größten Vergnügen gerade die, welche er zuvor am meisten zu verscheuchen gesucht hatte: die Zweifel, die Schwierigkeiten, Lucia zu finden, sie lebend wiederzufinden unter soviel Toten und Sterbenden! – Und ich habe sie lebend gefunden! schloß er dann. In Gedanken versetzte er sich wieder in die schrecklichsten Augenblicke dieses Tages: er sah sich mit dem Klopfer in der Hand: Ist sie nun da oder nicht? Und dann eine so wenig erfreuliche Antwort, und nicht einmal die Zeit zu haben, sie zu verdauen, mit dieser Wut des verrückten Packs im Rücken. Und dann das Lazarett! Welch unübersehbares Meer! Da hätte ich mal einen sehen mögen, der sie gefunden hätte! Und sie dann gefunden zu haben! Der Augenblick fiel ihm wieder ein, als die Schar der Genesenden vorübergezogen war. Welch ein Augenblick! Welch ein Herzeleid, sie nicht zu finden! Und jetzt machte ihm das alles nichts mehr aus. Und dann die Frauenabteilung! Und dann hinter der Hütte, als er am wenigsten damit gerechnet hatte, diese Stimme, ausgerechnet diese Stimme! Und Lucia dann zu erblicken, sie auf den Beinen zu finden! Aber ach! Da war dann noch die knifflige Sache mit dem Gelübde, vertrackter als je! Auch die war gelöst! Und dieser beständig nagende Haß gegen Don Rodrigo, der alle Not noch bitterer machte und jeden Trost vergiftete. Auch der war geschwunden. So könnte ich mir denn keine größere Zufriedenheit vorstellen, wenn da nicht noch die Ungewißheit über Agnes' Befinden gewesen wäre, die traurige Ahnung in bezug auf Pater Christophorus und der Umstand, daß man sich noch inmitten einer Pest befand.

Bei Einbruch der Dunkelheit kam er nach Sesto. Es schien nicht, als ob der Regen aufhören wollte. Da er sich aber mehr auf der Höhe fühlte als je und es ziemliche Schwierigkeiten gemacht hätte, Unterkunft zu finden, und da er sowieso längst bis auf die Haut durchnäßt war, dachte er nicht einmal daran, danach zu suchen. Das einzige, was ihm Unbehagen verursachte, war ein mächtiger Appetit, denn das Gefühl einer solchen Erleichterung hätte ihn noch ganz andere Dinge verdauen lassen als das bißchen Suppe des Kapuziners. Er sah sich um, ob er auch hier einen Bäckerladen fände, entdeckte einen und erhielt zwei Brote mit der Feuerzange und all den anderen Förmlichkeiten. Eins in die Tasche, das andre in den Mund, und weiter!

Als er durch Monza kam, war es schon stockfinster. Trotzdem gelang es ihm, das Tor zu finden, das auf die rechte Straße führte. Davon abgesehn – und das war immerhin eine Leistung – kann man sich vorstellen, in welchem

Zustand die Straße war und was weiter aus ihr wurde. Da sie zwischen zwei Böschungen tief wie ein Flußbett verlief – wie alle übrigen, was wir auch an anderer Stelle schon erwähnt haben müssen –, hätte man sie zu jener Stunde, wenn auch nicht gerade einen Fluß, so doch einen Wassergraben nennen können; und überall darin tiefe Schlammpfützen, bei denen es einiger Kunstfertigkeit bedurfte, um die Füße und erst recht die Schuhe wieder herauszuziehen. Renzo half sich aber, so gut er konnte, ohne Ausbrüche von Ungeduld, ohne Verwünschungen und ohne Bedauern. Er dachte nur daran, daß jeder Schritt, wieviel er auch kosten mochte, ihn weiterbrächte und daß das Wasser nur anschwellen würde, soweit es Gott gefiele, und daß es zu seiner Zeit schon wieder Tag werden würde und daß der Weg, den er inzwischen zurücklegen würde, dann schon hinter ihm läge.

Ja, ich behaupte sogar, daß er daran nur dachte, wenn es gar nicht anders ging. Das waren Abschweifungen. Sein Geist war voll und ganz damit beschäftigt, die Geschichte der verflossenen drei Jahre wieder durchzugehen: so viele Schwierigkeiten und Widrigkeiten, so viele Augenblicke, in denen er nahe daran gewesen war, auch die Hoffnung aufzugeben und alles auf sich beruhen zu lassen. Und diesen Vorstellungen setzte er dann wieder den Traum einer so ganz anderen Zukunft entgegen: das Eintreffen Lucias, die Hochzeit, die Einrichtung des eigenen Heims, die Schilderung all ihrer Erlebnisse, das ganze Leben.

Wie er verfuhr, wenn er an einen Kreuzweg kam, ob ihm dann seine geringe Ortskenntnis, noch dazu bei einem so schwachen Lichtschimmer, half, immer den richtigen Weg einzuschlagen, oder ob er ihn stets nur aufs Geratewohl wählte, wüßte ich nicht zu sagen. Er selber, der seine Geschichte gern bis ins kleinste und lieber zu ausführlich als kurz und bündig zu erzählen pflegte (und alles läßt darauf schließen, daß unser Gewährsmann sie mehr als einmal von ihm gehört hat), er selber pflegte an diesem Punkte zu sagen, daß er sich an diese Nacht nur so erinnern könne, als ob er sie träumend im Bett verbracht hätte. Fest steht jedenfalls, daß er sich am Ende jener Nacht am Ufer der Adda befand.

Der Regen hatte nicht eine Minute lang aufgehört, war aber in einem bestimmten Augenblick vom Wolkenbruch zum Landregen übergegangen und dann zu einem feinen, sachten Nieseln: immer ein und dasselbe. Zwischen wenigen, hoch schwebenden Wolken breitete sich ein zarter Dunstschleier aus, und im Schimmer der Morgendämmerung erblickte Renzo das Land ringsum. Er war schon im heimatlichen Bereich, und was er bei diesem Anblick fühlte, läßt sich nicht schildern. Ich wüßte davon nicht mehr zu sagen, als daß diese Berge, die nahen Zacken des Resegone, das Gebiet von Lecco ganz wie sein eigen geworden waren. Er warf auch einen Blick auf sich selber, und dabei kam er sich allerdings im Vergleich zu dem, als der er sich fühlte, den er doch eigentlich schon vorstellen wollte, etwas sonderbar vor. Alles, was er anhatte, war verdorben und klebte ihm am Leib. Vom Kopf bis zum Gürtel troff er nur so von Nässe, vom Gürtel bis zu den Füßen starrte er von Schlamm und Schmutz. Auch die am meisten verschont gebliebenen Stellen waren verschmiert und bespritzt. Wenn er sich nun noch ganz in einem Spiegel gesehen hätte, mit der schlapp herunterhängenden Hutkrempe, den verklebten, ins Gesicht gewehten Haaren, so wäre er sprachlos gewesen. Was die Müdigkeit betraf, so mochte sie zwar vorhanden sein, aber er wußte nichts davon, und als die Kühle des Morgens die der Nacht und des Sprühregens noch steigerte, verlieh ihm das nur neuen Schwung und trieb ihn an, noch schneller auszuschreiten.

Er ist in Pescate, folgt der letzten Strecke des Addalaufs, wirft jedoch einen wehmütigen Blick nach Pescarenico hinüber, überquert die Brücke und gelangt, oft querfeldein, in kurzer Zeit zum Hause des gastlichen Freundes. Dieser hatte sich gerade erhoben und stand in der Tür, um nach dem Wetter zu schauen. Er richtete die Blicke auf die triefende und beschmutzte, ja sagen wir ruhig verdreckte Gestalt, die da so unbekümmert und munter herankam. Sein Lebtag hatte er noch keinen schlimmer zugerichteten und zufriedeneren Menschen gesehn.

»Nanu!« sagte er, »schon wieder hier? Und bei so einem Wetter? Wie ist's denn gegangen?«

»Sie ist da«, erwiderte Renzo, »sie ist da, sie ist da!«

»Gesund?«

»Geheilt, was noch besser ist. Ich habe Gott und der Madonna zu danken, solange ich lebe. Aber große Dinge, Wunderdinge: du wirst noch alles hören.«

»Aber wie bist du zugerichtet!«

»Ich sehe schön aus, was?«

»Bei Gott, du könntest das, was du oben anhast, dazu gebrauchen, um das zu waschen, was du unten anhast. Aber warte, warte, ich will dir erst einmal ein ordentliches Feuer machen.«

»Da sage ich nicht nein. Weißt du, wo es mich überrascht hat? Gerade am Lazarett-Tor. Das macht aber nichts. Das Wetter hat sein Geschäft, und ich habe das meine.«

Der Freund ging und kehrte mit zwei Reisigbündeln zurück. Eins legte er auf die Erde, das andere auf die Herdstatt, dann entfachte er mit etwas vom Vorabend verbliebener Glut schnell ein prächtig loderndes Feuer. Renzo hatte unterdessen seinen Hut abgenommen, ihn zwei-, dreimal geschüttelt und dann auf die Erde geworfen. Nicht ebenso leicht hatte er sich auch des Wamses entledigt. Dann zog er aus der Hosentasche sein Messer, dessen Scheide völlig verdorben war, als ob sie eingeweicht gewesen wäre, legte es auf einen Schemel und sagte: »Das hier ist auch ganz schön zugerichtet. Aber das ist Wasser! Das ist Wasser! Gott sei Dank ... Es hätte ja nicht viel gefehlt ... Das muß ich dir alles noch erzählen.« Er rieb sich die Hände. »Nun tu mir noch einen Gefallen«, fügte er hinzu, »hol mir doch das Bündel, das ich oben in der Schlafkammer gelassen habe, damit das Zeug, das ich anhabe, erst einmal trocknen kann ...!«

Als der Freund das Bündel gebracht hatte, meinte er: »Ich kann mir denken, daß du auch Hunger hast; zu trinken freilich hat dir ja unterwegs wohl nichts gefehlt, aber zu essen ...«

»Ich habe gestern abend zwei Brote aufgetrieben, muß aber gestehn, das reichte gerade für einen hohlen Zahn.«

»Laß es gut sein«, bemerkte der Freund, füllte Wasser in einen Kessel, hängte ihn an die Herdkette und fuhr fort: »Ich gehe jetzt melken. Wenn ich mit der Milch zurückkomme, wird das Wasser soweit sein, und dann machen wir eine gute Polenta. Mach dir's inzwischen bequem.«

Als Renzo allein geblieben war, zog er nicht ohne Mühe die übrigen Kleider aus, die ihm förmlich am Leibe klebten, rieb sich trocken und zog sich von Kopf bis Fuß um. Der Freund kam zurück und ging an seinen Kessel. Renzo setzte sich derweil hin und wartete.

»Jetzt fühle ich die Müdigkeit«, sagte er, »das ist aber auch eine schöne Strecke! Es hat aber nichts auf sich. Ich könnte dir einen ganzen Tag lang erzählen. Wie ist Mailand zugerichtet! Was man da alles sehn muß! Was man da alles anfassen muß! Dinge, daß man Abscheu vor sich selber bekommt. Ich kann wohl sagen, daß so eine Wäsche, wie ich sie mitgemacht habe, gerade richtig war. Und was die Herren da unten mit mir vorhatten! Na, du wirst's ja hören. Und wenn du erst das Lazarett sehen würdest! Da könnte man vor lauter Elend den Verstand verlieren. Genug, ich werde dir alles berichten ... Und da ist sie nun, und sie wird hierherkommen und wird meine Frau, und du mußt Trauzeuge sein, und ob's nun Pestzeit ist oder nicht, ich möchte, daß wir wenigstens einmal ein paar Stunden fröhlich sind.«

Im übrigen hielt er das dem Freunde gegebene Versprechen, ihm den ganzen Tag lang zu erzählen, um so mehr, als der Regen weiterhin ununterbrochen niederrieselte und jener die ganze Zeit im Hause verbrachte, indem er zeitweilig neben dem Freunde saß und dann wieder seinen Beschäftigungen an einem kleinen Gärbottich und einem Fäßchen sowie anderen Arbeiten zur Vorbereitung der Weinlese nachging, bei denen Renzo ihm natürlich half, denn er gehörte – wie er zu sagen pflegte – zu denen, die vom Nichtstun müder werden als vom Arbeiten. Allerdings konnte er nicht umhin, sich auf einen Sprung zu Agnes' Haus zu begeben, um ein gewisses Fenster wiederzusehen und sich auch dort einmal die Hände zu reiben. Er kehrte zurück, ohne von jemandem gesehen worden zu sein, und begab sich gleich zu Bett. Vor Tagesanbruch schon stand er wieder auf, stellte fest, daß der Landregen aufgehört hatte und daß es aufklarte, und machte sich auf den Weg nach Pasturo.

Schon in aller Frühe kam er dort an, denn er hatte es nicht weniger eilig und wollte nicht weniger schnell zum Ziel kommen als der Leser wohl auch. Er erkundigte sich nach Agnes, hörte, daß es ihr gut ging, und wurde zu einem einsam liegenden Hause gewiesen, wo sie wohnte. Er begab sich dorthin und rief von der Straße aus nach ihr. Auf die bekannte Stimme hin eilte sie spornstreichs ans Fenster, und während sie noch mit offenem Munde dastand, um ich weiß nicht welches Wort oder welchen Laut auszustoßen, kam ihr Renzo zuvor und sagte: »Lucia ist wohlauf. Ich habe sie vorgestern gesehen. Sie läßt grüßen und wird bald selber kommen. Und sonst habe ich dir auch noch manches zu sagen.«

Vor Überraschung über den unerwarteten Besucher und vor Zufriedenheit über die Nachricht sowie vor brennender Neugier, weiteres zu erfahren, stammelte Agnes bald einen Ausruf und bald eine Frage, ohne jedoch etwas zu Ende zu bringen. Sie vergaß die seit langer Zeit gewohnten Vorsichtsmaßregeln und sagte: »Ich komme und mache dir auf.«

»Halt mal! Wie steht's mit der Pest?« sagte Renzo. »Du hast sie noch nicht gehabt, glaube ich.«

»Ich nicht, und du?«

»Ich schon, aber dann mußt du vernünftig sein. Ich komme aus Mailand, und du wirst ja noch hören, daß ich bis über die Ohren im Ansteckungsherd gesteckt habe. Ich habe mich allerdings von Kopf bis Fuß umgezogen, aber dieses Dreckzeug hängt sich manchmal an wie verhext. Und da der Herrgott dich bis hierher davor bewahrt hat, möchte ich, daß du auch verschont bleibst, bis diese Plage vorbei ist. Du bist doch unsere Mutter, und ich möchte, daß wir noch lange fröhlich zusammen leben, zum Ausgleich für alles, was wir durchgemacht haben, ich wenigstens.«

»Aber ...« begann Agnes.

»Ach!« unterbrach Renzo sie, »kein Aber hält mehr Stich. Ich weiß, was du sagen willst, du wirst aber schon noch hören, jawohl, du wirst hören, daß es kein Aber mehr gibt. Laß uns doch irgendwohin ins Freie gehn, wo man ohne alle Gefahr bequem reden kann, und dann sollst du schon hören.«

Agnes zeigte auf einen Garten hinter dem Hause und fügte hinzu: »Geh da hinein. Da findest du zwei Bänke, die einander gegenüberstehn, als ob sie gerade dafür dort hingestellt wären. Ich komme gleich.«

Renzo begab sich dahin und nahm auf der einen Platz, einen Augenblick später befand sich Agnes auf der anderen. Hätte der Leser, der über das Vorausgehende im Bilde ist, sich als Dritter dort einfinden können, um der so lebhaften Unterhaltung mit eigenen Augen beizuwohnen und mit eigenen Ohren diese Berichte anzuhören, diese Fragen, Erklärungen, Ausrufe, dies Bedauern, dies Jubeln, dies Geplauder über Don Rodrigo und den Pater Christophorus und alles übrige, und wie sie sich die Zukunft hell und klar wie zuvor schon einmal ausmalten, so bin ich gewiß, daß er Gefallen daran gefunden hätte und der letzte gewesen wäre, der sich davon hätte losreißen können. Wenn er dieses Gespräch aber in stummen Tintenworten vor sich sähe, ohne auch nur das geringste Neue darin zu finden, würde er sich, meiner Meinung nach, wenig darum kümmern und hätte mehr Vergnügen daran, sich das alles selber auszumalen. Das Ergebnis war der Entschluß, gemeinsam in jenem Dorf im Bergamaskischen, in dem Renzo so gute Aussichten hatte, ein Heim zu gründen. Hinsichtlich des Zeitpunkts konnte man noch nichts entscheiden, da er von der Pest und anderen Umständen abhing. Sobald die Gefahr vorüber wäre, wollte Agnes nach Hause zurückkehren, um Lucia zu erwarten, falls sie nicht schon von dieser da erwartet würde. Renzo wollte unterdessen des öfteren nach Pasturo kommen, um seine liebe Mutter zu sehen und sie über alle Ereignisse auf dem laufenden zu halten.

Ehe er fortging, bot er auch ihr Geld an und sagte: »Sieh, da sind diese Dinger noch alle. Ich hatte mir geschworen, sie nicht anzurühren, ehe nicht alles klar wäre. Wenn du sie jetzt brauchen kannst, so hol mal eine Schüssel mit Wasser und Essig, und ich werfe dir die fünfzig Taler blitzeblank hinein.«

»Nein, nein«, erwiderte Agnes, »ich habe für mich noch mehr, als ich benötige. Behalte nur das Deine. Du wirst es ganz gut brauchen können, um das eigene Heim einzurichten.«

Renzo kehrte mit dem weiteren Trost in sein Dorf zurück, daß er jemanden, der ihm so teuer war, wohlauf gefunden hatte. Den Rest des Tages und die Nacht verbrachte er im

Hause des Freundes. Am nächsten Morgen brach er wieder auf, diesmal aber in anderer Richtung, der neuen Wahlheimat zu.

Er traf Bortolo ebenfalls in guter Verfassung und geringerer Sorge um seine Gesundheit an, denn die Dinge hatten in kurzer Zeit auch dort eine recht günstige Wendung genommen. Nur wenige erkrankten noch, und das Leiden war anders als früher: die tödlichen blauen Flecken zeigten sich nicht mehr, und die Symptome traten weniger heftig in Erscheinung. Zumeist stellte sich ein leichtes Wechselfieber ein, während dem sich kleine farblose Beulen bildeten, die wie gewöhnliche Furunkel behandelt wurden. Schon bot das Dorf wieder einen anderen Anblick: die Überlebenden begannen wieder auszugehen und einander zu berichten. Man tauschte Beileidsbezeigungen und Glückwünsche aus. Schon ging die Rede davon, die Arbeit wieder in Gang zu bringen. Die Betriebsinhaber dachten bereits daran, Arbeiter zu suchen und zu verpflichten, und besonders in jenen Handwerkszweigen, in denen – wie auf dem Gebiet der Seidenverarbeitung – die Fachkräfte schon vor der Seuche knapp gewesen waren. Ohne sich weiter zu zieren, versprach Renzo dem Vetter – natürlich vorbehaltlich der vorgeschriebenen Genehmigungen –, die Arbeit wiederaufzunehmen, sobald er sich mit den Seinen dort niederlassen würde. Unterdessen beschäftigte er sich mit den dringendsten Vorbereitungen: er fand ein größeres Haus, was freilich recht leicht und wenig kostspielig geworden war, besorgte Möbel und richtete es ein, wobei er diesmal seinen Schatz angriff, ohne ihn jedoch zu stark in Anspruch zu nehmen, denn alles war billig zu haben, da weit mehr Sachen da waren als Leute, um sie zu kaufen.

Nach einiger Zeit kehrte er wieder in sein Heimatdorf zurück, wo sich die Dinge noch beachtlicher zum Guten gewendet hatten. Er eilte gleich nach Pasturo und fand Agnes voll frischen Muts und ganz und gar bereit, jederzeit nach Hause zurückzukehren. So brachte er sie denn persönlich heim, und wir brauchen nicht zu sagen, welche Gefühle sie beseelten, als sie ihre vier Wände wiedersahen, und welche Worte sie dabei wechselten.

Agnes fand alles vor, wie sie es verlassen hatte. So konnte sie nicht umhin zu sagen, daß diesmal die Engel für eine arme Witwe und ein armes junges Mädchen die Wacht gehalten hätten. »Beim vorigen Mal«, fügte sie hinzu, »hätte man meinen können, der Herrgott hätte seine Augen anderswo gehabt und nicht an uns gedacht, denn er ließ ja unsere wenigen Habseligkeiten fortschleppen. Doch dann hat er bewiesen, daß das Gegenteil der Fall war, denn er hat mir von anderer Seite ein schönes Stück Geld zukommen lassen, mit dem ich alles wieder beschaffen konnte. Zu Unrecht sage ich ›alles‹, denn Lucias Aussteuer, die, so nagelneu sie war, mit dem übrigen fortgeschleppt wurde, fehlte mir noch. Nun aber kommt sie uns von einer anderen Seite wieder zu. Wer hätte mir damals, als ich mich so bemühte, jene Aussteuer zusammenzubringen, gesagt: Du glaubst für Lucia zu schaffen, ach, du arme Frau, du weißt nicht, für wen du schaffst. Der Himmel mag wissen, was für Kreaturen einmal dies Linnen und diese Kleider tragen werden! Was Lucia einmal bekommen wird, die wirkliche Aussteuer, die ihr zugute kommt, an die wird einmal eine gute Seele denken, von der du heute noch nicht einmal weißt, daß sie auf dieser Welt vorhanden ist.«

Agnes' erste Sorge war, in ihrem bescheidenen Heim Vorbereitungen zu treffen, um jene gute Seele so schicklich wie möglich unterzubringen. Dann besorgte sie sich Seide zum Aufspulen und brachte die Zeit mit ihrer Arbeit hin.

Was nun Renzo betraf, so ging er in jenen an sich schon recht langen Tagen keineswegs müßig. Er verstand sich zu seinem Segen auf zwei Betätigungen und machte sich wieder an die Arbeit des Landmanns. Zum Teil half er seinem Gastgeber, für den es ein großes Glück war, in solchen Zeiten des öfteren eine Hilfskraft, und eine so geschickte obendrein, zur Verfügung zu haben, zum Teil bestellte er Agnes' Gärtchen, ja, er machte es geradezu wieder urbar, da es in ihrer Abwesenheit ganz verwildert war. Mit seinem eigenen Grund und Boden gab er sich nicht weiter ab, denn er meinte, das wäre ein allzu undankbares Geschäft und es wären mehr als zwei Arme nötig, um da wieder Ordnung zu schaffen. Er setzte keinen Fuß dahin, wie er denn auch sein Haus nie wieder betrat, denn es wäre ihm schmerzlich gewesen, die Verwüstung anzusehen, und er hatte bereits den Entschluß gefaßt, sich aller Dinge zu jedem Preis zu entäußern und dann in der neuen Heimat den erzielten Erlös anzulegen.

Wenn die Überlebenden einander wie Auferstandene begegneten, so war Renzo es für die Leute seines Dorfes sozusagen zweifach: jeder bewillkommnete und beglückwünschte ihn, jeder wollte seine ganze Geschichte von ihm erfahren. Man wird vielleicht fragen: Wie stand es denn nun mit Acht und Bann? Es ging alles gut. Er selber dachte fast überhaupt nicht mehr daran und nahm an, daß diejenigen, die danach hätten handeln können, auch ihrerseits nicht mehr daran dachten. Darin täuschte er sich nicht. Das kam nicht nur von der Pest, die so viele Dinge über den Haufen warf; es handelte sich, wie man auch aus verschiedenen Stellen dieser Geschichte entnehmen kann, um zu jener Zeit ziemlich alltägliche Maßnahmen, und sowohl die allgemeinen Verfügungen gegen Personen wie auch die besonderen blieben häufig wirkungslos, wenn nicht die zähe Feindschaft einer einflußreichen Persönlichkeit ihnen Geltung zu verschaffen suchte, für den Fall, daß sie zunächst ohne Erfolg geblieben waren. Das war so wie bei Gewehrkugeln, die ihr Ziel nicht erreichen und in die Erde schlagen, wo sie denn niemand Schaden tun: eine unausbleibliche Folge der Leichtfertigkeit, mit der solche Verfügungen erlassen wurden. Die Leistungsfähigkeit des Menschen ist beschränkt, und jedes Zuviel an Anordnungen muß ein entsprechendes Zuwenig hinsichtlich ihrer Durchführung zur Folge haben. Was auf der einen Seite zuviel gebraucht wird, muß eben auf der andern Seite fehlen.

Wer ferner erfahren möchte, wie Renzo in dieser Wartezeit mit Don Abbondio fertig wurde, mag erfahren, daß sie einander aus dem Wege gingen: Don Abbondio, weil er befürchtete, etwas von einer Trauung hören zu müssen, und bei der bloßen Vorstellung sah er schon einerseits Don Rodrigo mit seinen Bravi und andrerseits den Kardinal mit seinen Ermahnungen vor sich, und Renzo, weil er beschlossen hatte, erst im letzten Augenblick mit ihm zu sprechen, da er nicht Gefahr laufen wollte, ihn vorzeitig zu verschnupfen oder irgendeine Schwierigkeit heraufzubeschwören – man konnte ja nie wissen! – oder die Dinge durch unnütze Erörterungen weiter zu verwirren. Wenn er schwatzen wollte, so hatte er ja Agnes zur Hand. »Glaubst du, daß sie bald kommt?« fragte das eine. »Das will ich hoffen«, meinte das andre, und öfters stellte derjenige, welcher die Antwort gab, kurz darauf selber die gleiche Frage. Auf solche Art versuchten sie sich über die Wartezeit hinwegzutäuschen, die ihnen immer länger vorkam, je mehr sie verging.

Für den Leser lassen wir diese Zeit in einem Nu vorübergehn, indem wir mitteilen, daß Lucia ein paar Tage nach Renzos Besuch zusammen mit der guten Witwe das Lazarett verlassen konnte, daß sie gemeinsam eine generell verhängte Quarantäne durchmachten, bei der sie im Haus der Witwe eingesperrt waren, daß ein Teil der Zeit damit hinging, Lucias Aussteuer zu richten, an welcher sie selber auch mitarbeiten mußte, nachdem sie sich anfänglich ein wenig geziert hatte, daß die Witwe nach Beendigung der Quarantäne Geschäft und Haus ihrem Bruder, dem Kommissar, übergab und daß schließlich die Reisevorbereitungen getroffen wurden. Wir könnten auch gleich hinzufügen, wie sie aufbrachen, ankamen und was dann folgte. Aber bei all unserm guten Willen, der Eile des Lesers Rechnung zu tragen, möchten wir doch drei Dinge aus dieser Zeit nicht mit Schweigen übergehen und nehmen bei zweien zum mindesten an, daß uns anderenfalls auch Vorwürfe gemacht werden könnten.

Zunächst folgendes: Als Lucia der Witwe eingehender und mehr der Reihe nach von ihren Erlebnissen berichtete – was ihr ja in der Erregung des ersten Geständnisses nicht möglich gewesen war – und als sie dabei der Fürstin nähere Erwähnung tat, die sie im Kloster von Monza aufgenommen hatte, erfuhr sie über diese Frau Dinge, durch die für sie manches Geheimnis gelüftet wurde und die zugleich ihre Seele mit schmerzlicher und banger Verwunderung erfüllten. Sie erfuhr, daß man die Unselige, die in den Verdacht schändlichster Handlungen geraten war, auf Befehl des Kardinals in ein Kloster nach Mailand gebracht hatte und daß sie dort nach vieler Auflehnung und manchem Widerstreben in sich gegangen war und sich selbst bezichtigt hatte. Ihr gegenwärtiges Leben sei eine solche freiwillige Qual, daß niemand eine schlimmere erdenken könnte, es sei denn die, ihr überhaupt das Leben zu nehmen. Wer diese traurige Geschichte gerne ausführlicher kennenlernen möchte, findet sie in dem schon andernorts anläßlich derselben Person erwähnten Buch an der gleichen Stelle[1].

Zweitens fragte Lucia alle Kapuziner, die ihr im Lazarett begegneten, nach Pater Christophorus und erhielt dabei die mehr schmerzliche als überraschende Auskunft, daß er an der Pest gestorben sei.

Schließlich hätte sie vor ihrem Fortgang auch gerne etwas

1 Ripamonti: Hist. Pat., Dec. V, Lib. VI, Cap. III.

über ihre frühere Herrschaft gehört, um – wie sie sagte – eine Pflicht der Dankbarkeit zu erfüllen, falls jemand von ihnen am Leben geblieben sein sollte. Die Witwe begleitete sie zu dem Hause, wo sie erfuhren, daß alle beide den Weg der meisten gegangen waren. Bei Donna Prassede ist mit der Feststellung, daß sie verstorben war, alles gesagt. Über Don Ferrante als einen gelehrten Mann hat unser Gewährsmann sich dagegen ausführlicher verbreiten wollen, und auf eigene Gefahr geben wir ungefähr wieder, was er uns aufgezeichnet hinterlassen hat.

Er führt also aus, daß Don Ferrante, als zuerst von der Pest die Rede war, zu denen gehörte, die sie am entschiedensten in Abrede stellten, und daß er diese Meinung bis zum letzten entschlossen aufrechterhielt, freilich nicht mit lautem Geschrei wie das gemeine Volk, sondern mit Ausführungen, deren Folgerichtigkeit zum mindesten niemand bestreiten kann.

»In rerum natura«, sagte er, »gibt es nur zwei Arten von Erscheinungen: Substanzen und Akzidenzien, und wenn ich nun beweise, daß die Seuche weder das eine noch das andere sein kann, habe ich damit bewiesen, daß sie nicht vorhanden und mithin eine Einbildung ist. Ich meine folgendes: Die Substanzen sind entweder geistiger oder materieller Art. Daß die Seuche geistiger Art sei, ist eine so abwegige Behauptung, daß sie wohl niemand aufstellen wird. So ist es unnütz, darüber zu reden. Die Substanzen materieller Art sind entweder einfach oder zusammengesetzt. Eine einfache Substanz ist die Seuche aber nicht, wie sich mit vier Worten beweisen läßt. Sie ist keine luftige Substanz, denn wenn dem so wäre, würde sie sich, statt von einem Körper zum andern überzugehen, gleich in ihre Sphäre verflüchtigen. Sie ist nicht wäßriger Natur, denn dann würde sie Feuchtigkeit verbreiten und von den Winden getrocknet werden. Sie ist nicht feuriger Natur, denn dann würde sie brennen. Sie ist nicht erdhafter Natur, denn dann wäre sie sichtbar. Eine zusammengesetzte Substanz ist sie aber auch nicht, denn dann müßte sie in jedem Fall dem Auge oder dem Tastsinn zugänglich sein. Wer aber hat diese Seuche gesehen? Wer hat sie berührt? Es bleibt nun nur noch zu untersuchen, ob sie ein Akzidens sein kann. Hier hapert's aber noch mehr. Die Herren Ärzte behaupten, daß sie sich von einem Körper zum anderen verbreite, denn das ist ihr stärkstes Argument und ihr Vorwand, so viele unbegründete Vorschriften zu machen. Wenn wir nun annehmen, daß sie ein Akzidens ist, so müßte sie ein übertragbares Akzidens sein, zwei Worte, die einander widersprechen, denn in der ganzen Philosophie ist nichts so sonnenklar und einleuchtend, als daß ein Akzidens unmöglich von einem Gegenstand zum andern hinüberwechseln kann. Wenn man sich nun aber, um diese Skylla zu vermeiden, zu der Behauptung entschließt, sie sei ein erzeugtes Akzidens, so gerät man an die Charybdis, denn wenn sie erzeugt ist, so teilt sie sich auch nicht mit und kann sich nicht verbreiten, wie sie in den Tag hinein schwätzen. Wenn diese Grundsätze feststehen, was kommt man uns dann immer wieder mit dem Gerede von blauen Flecken unter der Haut, Ausschlägen und Pestbeulen ...?«

»Lauter Dummheiten!« warf einmal irgendwer ein.

»O nein«, fuhr Don Ferrante fort, »das sage ich nicht: Wissenschaft ist Wissenschaft, man muß sie nur anzuwenden wissen. Blaue Flecken, Ausschläge, Pestbeulen, Ziegenpeter, veilchenfarbige Beulen, schwarzblaue Furunkel sind lauter achtbare Wörter, die ihren guten Sinn haben; ich meine aber, sie haben mit der ganzen Frage nichts zu tun. Wer leugnet denn, daß es solche Dinge geben könnte, ja gibt? Es kommt nur darauf an, festzustellen, woher sie kommen.«

Hier begannen auch für Don Ferrante die Schwierigkeiten. Solange er nur die Ansicht von der Ansteckung bekämpfte, fand er überall aufmerksames und wohlgeneigtes Gehör, denn man macht sich keinen Begriff, wie groß das Ansehen eines Gelehrten von Beruf ist, wenn er den andern Dinge beweisen will, von denen sie bereits überzeugt sind. Wenn er aber so weit ging, feststellen und auseinandersetzen zu wollen, daß der Irrtum jener Ärzte nicht bereits in der Behauptung bestünde, daß es ein furchtbares und allgemeines Übel gäbe, sondern erst in der dafür aufgestellten Begründung, dann – ich spreche von der ersten Zeit, in der man von einer Pest einfach nichts wissen wollte –, dann fand er kein Gehör, sondern nur aufsässige und unbelehrbare Zungen, dann war es vorbei mit allen zusammenhängenden Ausführungen, und er konnte seine Lehre nur noch in Brokken von sich geben.

»Die wahre Ursache ist leider vorhanden«, pflegte er zu sagen, »und auch die müssen sie anerkennen, die für jene andere eintreten, die so sehr in der Luft hängt ... So mögen sie doch einmal jene verhängnisvolle Konjunktion von Saturn und Jupiter in Abrede stellen, wenn sie können. Wann hat man jemals sagen hören, daß Gestirneinflüsse sich durch Ansteckung verbreiten? Und die Herren wollen mir die Gestirneinflüsse bestreiten? Werden sie wohl in Abrede stellen, daß es Gestirne gibt? Oder wollen sie mir weismachen, daß die da oben untätig sind, so wie Nadelköpfe in einem Nadelkissen ...? Was mir aber nicht einleuchten will, ist die Meinung der Herren Ärzte! Einerseits zugeben, daß wir uns unter einer so unseligen Konstellation befinden, und dann mit frecher Stirn behaupten: Berührt dies nicht und berührt das nicht, und dann seid ihr sicher! Als ob dies Vermeiden materieller Berührung irdischer Körper die virtuelle Wirkung der Himmelskörper aufheben könnte! Und all der blinde Eifer, Lumpen zu verbrennen! Arme Leute! Könnt ihr denn Jupiter, könnt ihr Saturn verbrennen?«

His fretus, das heißt wegen dieser schönen Grundsätze

ergriff er keinerlei Vorsichtsmaßregeln gegen die Pest. Er steckte sich an und legte sich zum Sterben nieder, wobei er wie ein Held des Metastasio mit den Sternen haderte.

Und seine berühmte Bibliothek? Sie ist vielleicht noch bei den Antiquaren in ihren Ständen verstreut zu finden.

38. KAPITEL

Eines Abends hört Agnes, daß eine Kutsche vor der Tür hält. – Da kommt sie sicher! – Und sie war es wirklich, und bei ihr die gute Kaufmannswitwe. Den Willkomm und Empfang brauche ich wohl keinem zu schildern.

Am nächsten Morgen kommt Renzo ahnungslos in aller Frühe, um sich mit Agnes ein wenig über das lange Ausbleiben Lucias hinwegzutrösten. Wie er sich benahm und was er alles sagte, als er sie nun in Fleisch und Blut vor Augen hatte, mag sich der Leser gleichfalls selber ausmalen. Lucias Verhalten dagegen war so, daß nicht viel dazu gehört, es zu beschreiben. »Grüß Gott, wie geht es dir?« sagte sie mit gesenktem Blick und ganz gefaßt. Man soll aber nun nicht meinen, Renzo hätte dieses Benehmen denn doch reichlich spröde gefunden und übelgenommen. Er wußte sich das ganz richtig zusammenzureimen; und wie man unter gebildeten Leuten nicht alle Höflichkeiten buchstäblich nimmt, so wußte er umgekehrt, daß diese Worte keineswegs alles zum Ausdruck brachten, was im Herzen seiner Lucia vorging. Im übrigen konnte man leicht bemerken, daß ihre Tonart Renzo gegenüber ganz anders war, als wenn sie es mit irgendeinem sonst zu tun hatte.

»Mir geht's gut, wenn ich dich sehe«, erwiderte der Jüngling mit einer gebräuchlichen Wendung, auf die er aber in diesem Augenblick ebensogut von selbst gekommen wäre.

»Unser armer Pater Christophorus …« seufzte Lucia,

»bete für seine Seele, wenn man auch fast sicher sein kann, daß er nunmehr schon droben für uns betet.«

»Leider habe ich damit gerechnet«, erklärte Renzo. Und das war nicht die einzige traurige Saite, die in ihrer Unterhaltung angeschlagen wurde. Und dennoch: worüber auch immer sie sprechen mochten, für ihn war das Gespräch stets bestrickend. Wie jene kapriziösen Pferde, die auf einmal bocken und nicht weiterwollen, bald den einen, bald den anderen Fuß heben und ihn wieder an die gleiche Stelle setzen und sich wer weiß wie anstellen, ehe sie einen Schritt tun, dann aber auf einmal in Trab fallen und lossausen, als würden sie vom Wind getragen, so war für ihn die Zeit geworden: zuerst kamen ihm die Minuten wie Stunden vor und dann die Stunden wie Minuten.

Die Witwe störte die Gesellschaft in keiner Weise, ja, sie paßte sogar vortrefflich hinein, und als Renzo sie auf ihrem Krankenlager gesehen hatte, hätte er sich sicher nicht vorstellen können, wie munter und umgänglich sie war. Aber Lazarettzeit und Landleben, Tod und Hochzeit sind ja auch gar nicht in einem Atem zu nennen. Mit Agnes hatte sie sich schnell angefreundet, und es war eine Lust, sie mit Lucia zu sehen; herzlich und zu Späßen aufgelegt, neckte sie ihre Schutzbefohlene auf liebenswürdige Weise und reizte sie zur größten Ausgelassenheit, ohne je die Stichelei zu weit zu treiben.

Schließlich erklärte Renzo, er wolle zu Don Abbondio gehen, um das Aufgebot zu bestellen. Er begab sich denn auch dahin und sagte halb anzüglich, halb ehrerbietig: »Herr Pfarrer, haben sich die Kopfschmerzen, von denen Sie seinerzeit sprachen, inzwischen gelegt, und können Sie jetzt Ihres Amtes walten? Die Braut ist da, und ich komme, um zu hören, wann es Ihnen paßt. Dieses Mal möchte ich Sie aber bitten, sich etwas zu beeilen.« Don Abbondio sagte nicht nein, begann aber wieder zu zaudern, nach neuen Einwänden zu suchen und gewisse andere Andeutungen zu machen: warum sollte man denn mit der Acht auf dem Hals in aller Öffentlichkeit seinen Namen so ins Gerede bringen? Die Sache könnte ja genauso gut anderswo abgemacht werden, und was dergleichen mehr ist.

»Ich habe verstanden«, bemerkte Renzo, »Sie haben also immer noch so ein bißchen Kopfschmerzen. Aber hören Sie mich jetzt einmal an!« Damit begann er zu schildern, in welchem Zustand er den armen Don Rodrigo angetroffen habe und daß er zu dieser Stunde sicherlich schon heimgegangen sei. »Hoffen wir«, schloß er, »daß der Herr ihm hat Gnade widerfahren lassen!«

»Das hat gar nichts damit zu tun«, sagte Don Abbondio, »habe ich denn etwa nein gesagt? Ich sage ja gar nicht nein, ich spreche aber ... mit guten Gründen. Im übrigen bedenke doch, solange einer noch Atem hat ... Sieh mich doch an: ich bin ein Gefäß mit einem Sprung; auch ich habe schon mit einem Fuß im Grabe gestanden, bin aber hier, und ... wenn ich keine Scherereien kriege ... nun ja ... dann kann ich eben hoffen, noch eine Weile so weiterzumachen. Stell dir aber erst einmal ganz andere Naturen vor ... Doch, wie gesagt, das hat gar nichts damit zu tun.«

Nach einem weiteren, ergebnislosen Wortwechsel empfahl sich Renzo mit einem höflichen Bückling, kehrte zu seinen Leuten zurück, erstattete Bericht und schloß: »Ich bin fortgegangen, weil ich es satt hatte und nicht Gefahr laufen wollte, die Geduld zu verlieren und unhöflich zu werden. Manchmal verhielt er sich wieder ganz so wie damals: genau dieselben Mucken und Gründe, und wenn das noch weitergegangen wäre, hätte er mir noch so ein paar lateinische Brocken vorgesetzt. Ich sehe schon, wie sich das wieder in die Länge ziehen wird, und es ist wohl besser, es einfach so zu machen, wie er sagt, und da zu heiraten, wo wir wohnen werden.«

»Wißt ihr, was wir tun?« sagte die Witwe. »Wir Frauen sollten einmal hingehn und es noch einmal versuchen, um zu sehn, ob wir nicht mehr Glück haben. Auf die Art habe auch ich einmal das Vergnügen, den Mann kennenzulernen und mich zu überzeugen, ob er so ist, wie ihr sagt. Ich bin dafür, nach dem Essen hinzugehn, um nicht gleich schon wieder über ihn herzufallen. Und Ihr, mein Herr Bräutigam, könntet uns beide eigentlich einmal etwas ausführen, während Agnes noch zu tun hat, denn Lucia wird ja von mir bemuttert, und ich möchte wirklich einmal etwas mehr von den Bergen und dem See sehen, von dem ich schon soviel gehört habe, denn schon das bißchen, was mir davon vor Augen gekommen ist, scheint mir besonders reizvoll zu sein.«

Renzo führte sie vor allem zum Hause seines Gastgebers, wo es wieder eine freudige Begrüßung gab, und sie ließen ihn versprechen, daß er nicht nur an diesem Tage, sondern nach Möglichkeit an jedem – soweit er könnte – zu ihnen zum Essen käme.

Nach dem Spaziergang und dem Mittagessen ging Renzo fort, ohne zu sagen wohin. Die Frauen blieben noch etwas plaudernd zusammen, um sich darüber einig zu werden, wie sie mit Don Abbondio verfahren sollten, und schließlich schritten sie zum Sturmangriff.

Da sind sie also, meinte dieser bei sich, raffte aber allen Mut zusammen: beglückwünschte Lucia, begrüßte Agnes und bezeigte der fremden Dame seine Höflichkeit. Er ließ sie Platz nehmen und begann dann gleich von der Pest zu sprechen. Er wollte wissen, wie es Lucia mit der Seuche ergangen sei. Die Erwähnung des Lazaretts gab Gelegenheit, auch ihre Leidensgefährtin zu Worte kommen zu lassen, und dann – wie recht und billig – sprach Don Abbondio auch von seinem Leidensweg. Darauf mußten Agnes Glückwünsche ausgesprochen werden, weil sie so glatt davongekommen war. Die Sache zog sich in die Länge; zwar lagen die beiden Älteren schon von Anfang an auf der Lauer, um jede Gelegenheit wahrzunehmen, endlich mit ihrem Anliegen herauszurücken, und schließlich kam denn auch eine zum Zug und brach das Eis. Aber weit gefehlt! Auf diesem Ohre war Don Abbondio taub. Allerdings sagte er keineswegs nein, aber sofort drehte und wand er sich wieder und kam vom Hundertsten ins Tausendste. »Man müßte«, erklärte er, »erst einmal diesen dummen Haftbefehl aufheben lassen. Sie, gnädige Frau, sind doch aus Mailand und wissen sicher mehr oder weniger, wie die Dinge laufen; Sie haben doch sicher gute Verbindungen, irgendeinen einflußreichen Edelmann: mit solchen Mitteln heilt man ja jede Wunde. Wenn man aber den kürzesten Weg einschlagen will, ohne sich auf soviel Umstände einzulassen, zumal die beiden jungen Leute und unsere Agnes sowieso von hier fortziehen wollen – wogegen ich gar nichts einzuwenden habe: Wo es einem gut geht, ist nun einmal das Vaterland –, so meine ich, man könnte doch alles dort erledigen, wo der Haftbefehl wirkungslos ist. Ich kann es wirklich kaum erwarten, diesen Ehebund geschlossen zu sehen, aber ich möchte, daß das ganz nach Vorschrift und in aller Ruhe geschieht. Ich gestehe ganz offen, daß ich, solange der Haftbefehl noch in Kraft ist, den Namen Lorenzo Tramaglino nicht ruhigen Herzens vom Altar aus frei verkünden könnte. Dazu schätze ich Renzo viel zu hoch, und ich hätte Angst, ihm einen schlechten Dienst zu erweisen. Bedenken Sie das bitte einmal, gnädige Frau, und auch ihr andern.«

Nun bemühte sich Agnes, bemühte sich die Witwe, diese Gründe zu widerlegen, während Don Abbondio sie in anderer Form immer aufs neue vorbrachte. Man drehte sich im Kreis, als plötzlich Renzo mit entschlossenem Schritt und vielsagender Miene hereintrat und sagte: »Der Herr Marchese *** ist eingetroffen.«

»Was soll das heißen? Wo eingetroffen?« fragte Don Abbondio und erhob sich.

»Er ist in seinem Palast eingetroffen, der einmal Don Rodrigo gehört hat, denn der Herr Marchese ist als Fideikommissar, wie es heißt, der Erbe. So gibt es also keinen Zweifel mehr. Meinerseits wäre ich glücklich, wenn ich hörte, daß der arme Mensch einen guten Tod hatte. Jedenfalls habe ich bisher für ihn schon manches Vaterunser gebetet, jetzt kommt das De profundis. Und dieser Herr Marchese ist ein sehr angesehener Mann.«

»Allerdings«, sagte Don Abbondio, »ich habe mehrfach von ihm als einem wirklich ehrenwerten Herrn sprechen hören, als einem Mann von altem Schrot und Korn. Aber ob das denn auch wirklich alles stimmt...?«

»Glauben Sie Ihrem Mesner?«

»Wieso?«

»Der hat ihn nämlich mit eigenen Augen gesehen. Ich war bloß in der Umgebung und bin, offen gestanden, dort hingegangen, weil ich mir gedacht habe, da wäre etwas in Erfahrung zu bringen. Mehr als einer hat mir dasselbe versichert. Dann habe ich Ambrogio getroffen, der gerade von da oben herkam und ihn, wie gesagt, als Hausherrn hat schalten und walten sehn. Wollen Sie Ambrogio selber hören? Ich habe ihn extra hier draußen warten lassen.«

»Hören wir einmal!« erklärte Don Abbondio. Renzo ging den Mesner holen, der die Sache voll und ganz bestätigte, noch weitere Einzelheiten wußte, jeden Zweifel behob und dann ging.

»So ist er denn also tot und wirklich von hinnen!« rief Don Abbondio aus. »Da kann man einmal sehen, wie die Vorsehung gewisse Leute am Ende doch noch ereilt. Ihr wißt, ein wie wichtiges Ereignis das ist, welche Erleichterung für dies unglückselige Land, denn mit dem war kein Auskommen. Die Pest ist eine schlimme Geißel gewesen, aber sie war auch ein eiserner Besen, der gewisse Subjekte weggefegt hat, die wir sonst nicht losgeworden wären mit all ihrer Jugend, ihrer blühenden Gesundheit und wilden Tatenlust. Damals mußte man sich sagen, daß der noch im Seminar sein Latein büffelte, dem es einmal beschieden sein könnte, ihre Exequien zu halten. Und im Handumdrehen sind sie nun verschwunden, Hunderte auf einmal. Wir werden ihn nie mehr herumlaufen sehn mit diesen Schergen hinter sich, mit diesem Dünkel, dieser Miene, wenn er daherkam, als hätte er einen Stock verschluckt, und auf die Leute heruntersah, als ob sie alle nur von seinen Gnaden auf der Welt wären. Nun ist er nicht mehr da, aber wir erfreuen uns des Daseins. Der wird keinen anständigen Leuten mehr seine Sorte von Botschaften schicken. Seht, er hat uns allen viel Verdruß bereitet; jetzt dürfen wir es ja sagen.«

»Ich habe ihm von ganzem Herzen vergeben«, erklärte Renzo.

»Damit tust du deine Pflicht«, erwiderte Don Abbondio, »aber man kann auch dem Himmel danken, daß er uns von dem erlöst hat. Um jedoch wieder auf uns selbst zurückzukommen, so wiederhole ich euch: Tut, was ihr für richtig haltet. Wenn ihr von mir getraut werden wollt, stehe ich zur Verfügung, wenn es euch anders besser paßt, richtet euch danach. Was den Haftbefehl betrifft, sehe auch ich ein, daß man sich keine großen Sorgen mehr darum zu machen braucht, da jetzt keiner mehr da ist, der euch aufs Korn nehmen könnte und euch Böses wollte, zumal inzwischen der Gnadenerlaß anläßlich der Geburt des durchlauchtigsten Infanten vorliegt[1]. Und dann die Pest, die Pest! Sie hat manch große Dinge ausgetilgt, die Pest! Wenn ihr also wollt ... heute ist Donnerstag ... dann biete ich euch am

1 Amnestie anläßlich der Geburt des Prinzen Karl von Spanien. Erlaß vom 30. Januar 1630 durch den Gouverneur Spinola (Anmerkung des Übersetzers nach Giulio Dolci).

Sonntag in der Kirche auf, denn das frühere Aufgebot gilt nach so langer Zeit nicht mehr. Und dann habe ich die Genugtuung, euch selbst zu trauen.«

»Bekanntlich sind wir doch gerade deshalb hergekommen«, sagte Renzo.

»Ganz recht, und ich stehe euch zur Verfügung; ich will sofort Seine Eminenz verständigen.«

»Wer ist denn Seine Eminenz?« fragte Agnes.

»Seine Eminenz«, gab Don Abbondio Auskunft, »ist unser Kardinalerzbischof, den Gott erhalten möge!«

»Oh, entschuldigen Sie bitte«, erwiderte Agnes, »wenn ich auch eine arme, unwissende Frau bin, so kann ich Ihnen doch versichern, daß man nicht so sagt. Als wir nämlich das zweitemal bei ihm waren, um mit ihm zu sprechen, so wie ich hier mit Ihnen spreche, hat einer von den Herren Priestern mich beiseite genommen und mir beigebracht, wie man mit so einem hochgestellten Mann umzugehen habe und daß man zu ihm sagen müsse: ›Euer Durchlaucht‹ und ›Monsignore‹.«

»Wenn jener aber jetzt noch einmal käme, um Euch zu belehren, müßte er Euch sagen, daß der Kardinal mit Eminenz anzureden ist, habt Ihr verstanden? Denn der Papst, den Gott ebenfalls erhalten möge, hat im Juni schon angeordnet, daß den Kardinalen diese Anrede zusteht. Und wißt Ihr auch, wieso er zu diesem Beschluß gekommen ist? Weil nämlich das ›Durchlaucht‹, das einmal für sie und gewisse Fürsten vorgeschrieben war, wie sich ja jedermann überzeugen kann, heutzutage allzu vielen gegenüber gebraucht wird, die es sich gern gefallen lassen. Und was sollte der Papst da tun? Allen den Titel nehmen? Das hätte Klagen, Beschwerden, Verdrießlichkeiten, Ärger bedeutet, und obendrein wäre dann noch alles beim alten geblieben. So hat er denn einen vortrefflichen Ausweg gefunden. So nach und nach wird man dann auch die Bischöfe mit Eminenz anreden, dann wollen es auch die Äbte, dann die Pröpste, denn so sind die Menschen nun einmal: sie wollen immer höher hinaus. Zuletzt kommen dann auch noch die Domherren ...«

»Und dann die Pfarrer«, versetzte die Witwe.

»O nein«, entgegnete Don Abbondio, »die Pfarrer müssen die Karre schieben. Nur keine Angst, daß die einmal verwöhnt werden! Die Pfarrer sind und bleiben ›Hochwürden‹, bis ans Ende der Welt. Dagegen würde ich mich nicht wundern, wenn die Herren vom Adel, die gewohnt sind, mit ›Durchlaucht‹ angeredet und wie Kardinale behandelt zu werden, eines Tages auch Eminenzen sein wollen. Und wenn sie darauf aus sind, werden sie auch schon einen finden, der sie so anredet. Dann wird der Papst, der zu jener Zeit regiert, für die Kardinäle wieder etwas anderes erfinden. Doch kehren wir zu unseren eigenen Angelegenheiten zurück: Sonntag biete ich euch in der Kirche auf, und dann ist mir noch eingefallen, wie ich euch inzwischen weiterhelfen könnte. Einstweilen beantragen wir nämlich den Dispens für die letzten zwei Aufgebote. Da unten in der Kurie müssen sie ganz schön zu tun haben mit all den Dispensen, wenn es überall so geht wie hier. Für nächsten Sonntag habe ich schon ... eines ... zwei ... drei, euch gar nicht gerechnet, und es können noch welche kommen. Überlegt euch einmal, wie das wird, wenn das so weitergeht: da bleibt kein einziger mehr ledig. Perpetua hat wirklich einen Fehler gemacht, ausgerechnet jetzt zu sterben. Jetzt wäre für sie der richtige Augenblick, um auch noch unter die Haube zu kommen. In Mailand, gnädige Frau, dürfte es wohl auch nicht anders sein.«

»Weiß Gott! Stellen Sie sich vor, daß es letzten Sonntag in unserer Kirche allein schon fünfzig Aufgebote gegeben hat.«

»Habe ich's nicht gesagt! Die Welt will nicht aussterben. Und Sie, gnädige Frau, sind Sie nicht auch schon wieder umschwärmt worden?«

»I bewahre, beileibe nicht, und ich will auch gar nicht daran denken!«

»Ach so, dann wollen Sie also frei und ledig bleiben. Auch Agnes, sehen Sie, auch Agnes ...«

»Ojemine, Sie belieben wohl zu scherzen«, unterbrach ihn diese.

»Allerdings bin ich dazu aufgelegt, und ich meine, es ist endlich an der Zeit. Wir haben doch allerhand durchgemacht, nicht wahr, ihr jungen Leute? Viel Schlimmes liegt hinter uns, und wir wollen doch hoffen, daß das bißchen Zeit, das uns hienieden bleibt, etwas angenehmer ist. Wie glücklich seid ihr anderen doch daran, die ihr vom früheren Unglück noch eine ganze Weile reden könnt, wenn nichts dazwischenkommt. Bei mir aber ist es fünf Minuten vor zwölf, und ... die Schurken können aussterben, von der Pest kann man genesen, gegen die Zeit aber ist kein Kraut gewachsen. Da heißt es eben: senectus ipsa est morbus[1].«

»Hm!« sagte Renzo, »jetzt können Sie ruhig Latein reden, soviel Sie wollen; das macht mir gar nichts aus.«

»Du hast es also immer noch mit dem Latein. Gut, dir kann geholfen werden! Wenn du dann mit dem Persönchen hier vor mich hintrittst, um ausgerechnet so gewisse lateinische Wörtchen zu hören, erkläre ich einfach: ›Latein willst du doch nicht; so fahre denn hin in Frieden!‹ Ist das dann nach deinem Geschmack?«

»Nun, ich weiß schon, was ich sage«, wandte Renzo ein, »nicht diese Sorte Latein macht mir angst, das ist ehrliches, hochheiliges Latein wie in der Messe: auch die Herren Pfarrer müssen da lesen, was im Buche steht. Ich spreche von jenem nichtsnutzigen Latein außerhalb der Kirche, das mit-

1 Das Altern selber ist die Krankheit (Cicero) (Anmerkung des Übersetzers).

ten im schönsten Gespräch heimtückisch über einen herfällt. Da wir nun einmal hier sind und alles in Ordnung ist, übersetzen Sie mir doch bitte einmal das Latein, das Sie seinerzeit hier in derselben Ecke hervorgeholt haben, um mir begreiflich zu machen, daß Sie uns nicht trauen könnten, daß ganz andere Dinge erforderlich wären, und was weiß ich sonst noch!«

»Sei bloß still, du Witzbold, sei bloß still! Und wärme keine alten Geschichten auf, denn wenn wir jetzt abzurechnen hätten, wüßte ich nicht, wer etwas schuldig bliebe. Ich habe alles verziehen; reden wir nicht mehr darüber, aber ihr habt mir doch ganz schön mitgespielt. Bei dir wundert mich das ja gar nicht weiter, du bist ja ein ganz gefährlicher Strolch, aber bei dem stillen Wässerchen hier, dieser Unschuld, diesem ausgemachten Musterbild an Tugend hätte man sich ja zu versündigen geglaubt, wenn man auf der Hut gewesen wäre. Aber ich weiß ja auch, wer ihr das alles beigebracht hat; das weiß ich genau.« Bei diesen Worten drohte er Agnes mit dem zunächst auf Lucia gerichteten Zeigefinger, und es läßt sich gar nicht schildern, wie gutmütig und spaßhaft er seine Rüge vorbrachte. Renzos gute Botschaft ließ ihn sich ungezwungen und gesprächig geben wie lange nicht mehr, und wir kämen noch lange nicht zum Ende, wenn wir all die weiteren Ausführungen bringen wollten, in denen er sich weitschweifig erging, wobei er die Gesellschaft, die immer wieder aufbrechen wollte, mehr als einmal zurückhielt und dann sogar noch auf seiner Schwelle ein wenig verweilen ließ, um weiter seine Späße zu machen.

Am nächsten Tage erhielt er einen ebenso unerwarteten wie angenehmen Besuch: der Marchese, von dem man gesprochen hatte, machte seine Aufwartung, ein älterer Herr, dessen Erscheinung seinem Ruf vollkommen entsprach: höflich, gelassen, schlicht, selbstbewußt, verriet er zugleich mit Fassung getragene Trauer.

»Ich komme«, erklärte er, »um Ihnen Grüße des Kardinalerzbischofs auszurichten.«

»Oh, welche Zuvorkommenheit von Ihnen beiden!«

»Als ich mich von diesem unvergleichlichen Manne verabschiedete, der mich mit seiner Freundschaft beehrt, sprach er mir von zwei jungen Leuten aus dieser Pfarrei, die sich trauen lassen wollten und durch den beklagenswerten Don Rodrigo viel Verdruß erlitten hätten. Monsignore wünschen Auskunft über sie. Leben sie noch? Ist ihre Angelegenheit in Ordnung gebracht?«

»Alles in bester Ordnung. Ich hatte sogar gerade vor, Seiner Eminenz zu schreiben; da ich aber nunmehr die Ehre habe ...«

»Sind sie am Ort?«

»Jawohl, und so schnell es nur geht, werden sie Mann und Frau.«

»Dann darf ich Sie bitten, mir zu sagen, ob ich dem Paar etwas Gutes tun kann, und auch, wie ich am besten dabei verfahre. Bei dem allgemeinen Unglück habe ich meine beiden einzigen Söhne und ihre Mutter verloren und drei bedeutende Erbschaften gemacht. Schon vorher stand ich mich sehr gut, und Sie sehen wohl, daß Sie mir wirklich einen Dienst erweisen, wenn Sie mir helfen, von meinem Überfluß Gebrauch zu machen, erst recht bei solcher Gelegenheit.«

»Der Himmel segne Sie! Warum sind nicht alle so wie Sie ...? Genug, ich danke Ihnen von Herzen auch im Namen meiner Pfarrkinder. Und da Sie mir soviel Mut machen, Durchlaucht, möchte ich Ihnen eine Möglichkeit andeuten, die vielleicht auch Ihren Beifall finden wird. Sie müssen wissen, daß die guten Leutchen beabsichtigen, sich andernorts niederzulassen, und deshalb ihr bißchen Hab und Gut hier veräußern wollen: der junge Mann einen Weinberg von etwa neun bis zehn Ruten, wenn ich nicht irre, der aber völlig verwildert ist, so daß lediglich der Grund und Boden zu veranschlagen wäre, dazu von ihm ein kleines Haus und ein weiteres von der Braut, zwei recht baufällige Anwesen, und das wäre es. Ein großer Herr wie Euer Durchlaucht kann gar nicht ahnen, wie es den Armen ergeht, wenn sie ihr Eigentum einmal loswerden wollen. So etwas fällt regelmäßig irgendeinem Schlaumeier in den Rachen, der schon lange auf das bißchen Land scharf ist, aber, sobald er weiß, daß der andere verkaufen muß, den Gleichgültigen spielt. Dann muß man ihm nachlaufen und es ihm um ein Butterbrot lassen, erst recht aber unter den heutigen Verhältnissen. Herr Marchese, Sie haben längst bemerkt, worauf ich hinauswill. Die vornehmste Art, auf die Sie den Leutchen Gutes tun könnten, wäre die, sie dieser Verlegenheit zu überheben und ihnen den ganzen Kram abzukaufen. Offen gestanden, gebe ich einen eigennützigen Rat, denn damit würde sich ein Grundherr von Ihrem Rang, Herr Marchese, in meine Gemeinde einkaufen, doch sollen Sie völlig nach eigenem Gutdünken entscheiden, ich habe nur gesprochen, um Ihrem Wunsche nachzukommen.«

Der Marchese fand den Hinweis vortrefflich, bedankte sich bei Don Abbondio, bat ihn, den Preis zu schätzen und möglichst hoch anzusetzen; als er ihm dann aber vorschlug, auf der Stelle gemeinsam zum Hause der Braut zu gehen, wo wahrscheinlich doch wohl auch der Freiersmann anzutreffen wäre, stand Don Abbondio wie versteinert da.

Ganz außer sich vor Vergnügen – wie man sich ja denken kann –, fiel Don Abbondio unterwegs noch etwas anderes ein, und er sagte: »Durchlaucht, da Sie schon einmal geneigt sind, diesen Leuten Gutes zu tun, wüßte ich noch eine Sache, in der man ihnen einen großen Dienst erweisen könnte. Der junge Mann hat einen Haftbefehl auf dem Hals, eine Art Bann wegen so eines dummen Streiches, den er vor zwei Jahren in Mailand, am Tag des großen Aufruhrs, begangen hat.

Er wurde in seiner Unerfahrenheit ohne jede böse Absicht da hineinverwickelt und lief wie eine Maus in die Falle. Nichts Ernstes, sehen Sie, Lausbübereien, Jugendeseleien. Wirklich etwas Böses zu tun, ist er überhaupt nicht fähig, das kann ich wohl versichern, der ich ihn getauft habe und ihn habe heranwachsen sehn. Und wenn Sie sich das Vergnügen machen wollen, die Leute einmal reden zu hören, wie ihnen der Schnabel gewachsen ist, so können Sie sich ja die Geschichte einmal von ihm selber erzählen lassen und sich überzeugen. Da es sich um verjährte Dinge handelt, wird er jetzt von niemandem belästigt, und wie ich Ihnen schon sagte, denkt er daran, das Staatsgebiet zu verlassen; aber meinen Sie nicht auch, daß es auf die Dauer, ob er nun einmal wieder herkommt oder auch aus anderen Gründen, für ihn besser wäre, nicht mehr in den Akten zu stehen? In Mailand hat Ihr Name, Herr Marchese, als der eines großen Herrn und bedeutenden Mannes – lassen Sie mich ruhig ausreden, der Wahrheit die Ehre! – doch selbstverständlich großes Gewicht. Eine Empfehlung, ein Wörtchen von jemand Ihresgleichen ist ja mehr als hinreichend, um zu einem wirklichen Freispruch zu kommen.«

»Ist der junge Mann tatsächlich nicht ernsthaft belastet?«

»Nein, ich halte das für ausgeschlossen. Im ersten Augenblick war man wer weiß wie hinter ihm her, ich bin aber überzeugt, daß es sich jetzt lediglich noch um eine Formalität handelt.«

»Wenn es so steht, ist die Sache leicht, und ich nehme sie gerne in die Hand.«

»Und da wollen Sie nicht, daß man Ihnen Lob zollt! Ich tue es jedoch auch gegen Ihren Willen: warum wollen Sie Ihr Licht unter den Scheffel stellen? Und wenn ich auch selber schwiege, so würde das gar nichts nützen, denn alle reden ja so: Volkes Stimme, Gottes Stimme!«

Sie trafen denn auch die drei Frauen zusammen mit Renzo an. Wie verblüfft sie waren, kann sich jeder leicht denken; ich meine sogar, die nackten, rauhen Wände, die Fensterverkleidungen, die Bänke und das Geschirr werden sich nicht schlecht gewundert haben, einen so hohen Besuch bei sich zu sehen. Dieser brachte die Unterhaltung in Fluß, indem er von dem Kardinal und allen möglichen anderen Dingen mit herzlicher Offenheit und zugleich vornehmer Zurückhaltung sprach. Dann machte er das Angebot, das der Anlaß seines Kommens war. Von ihm aufgefordert, einen Preis zu bestimmen, mischte sich Don Abbondio ein. Nach einigen Ausflüchten und Entschuldigungen, daß er dafür nicht zuständig sei, nur so aufs Geratewohl verfahren könne, nur pflichtschuldigst mitmache und alles anheimstelle, ging er nach seiner eigenen Ansicht dann etwas weit. Der Käufer erklärte jedoch, er sei vollkommen einverstanden, und nannte, als ob er nicht recht verstanden hätte, den doppelten Preis. Von einer Richtigstellung wollte er nichts wissen und schnitt jede weitere Erörterung damit ab, daß er die ganze Gesellschaft für den Tag nach der Hochzeit zum Essen in seinen Palast einlud, wo dann der Kaufvertrag aufgesetzt werden sollte.

Ha! sagte Don Abbondio vor sich hin, als er wieder heimgekommen war, wenn die Pest immer und überall eine derartige Wirkung hätte, wäre es geradezu sündhaft, Böses von ihr zu sagen; in jeder Generation wäre dann beinahe eine am Platz, und man könnte sich damit abfinden, sie selber zu kriegen; nur überstehen muß man sie, siehst du!

Dann traf der Dispens ein, dann der Freispruch, und dann kam der große Tag: das Brautpaar zog in jubelnder Sorglosigkeit in seine Kirche, wo es durch seinen Don Abbondio getraut wurde. Eine weitere, ganz besondere Genugtuung bereitete ihnen dann der Zug zu dem Palast, und man kann sich leicht vorstellen, was ihnen alles durch den Kopf ging, als sie den Berg hinaufstiegen und durch das Tor traten, und was sie dabei, jeder auf seine Art, für Gespräche führten. Erwähnen möchte ich lediglich, daß bald der eine, bald der andere mitten in aller Festesfreude immer wieder bemerkte, daß jetzt nur noch Pater Christophorus fehle, um das Fest zu krönen. Dann aber sagten sie sich: Er ist sicher noch besser dran als wir.

Der Marchese empfing sie aufs beste, führte sie in ein schönes Speisezimmer und ließ das junge Paar zusammen mit Agnes und der Witwe Platz nehmen. Ehe er sich mit Don Abbondio zum Essen in einen anderen Raum zurückzog, leistete er seinen Gästen noch ein wenig Gesellschaft und war sogar bei ihrer Bedienung behilflich. Hoffentlich kommt nun keiner auf den Gedanken zu behaupten, daß es doch weit einfacher gewesen wäre, einen einzigen Tisch zu dekken. Ich habe ihn als rechtschaffenen Mann hingestellt, aber nicht als Sozialreformer, wie man heute sagen würde; ich habe erklärt, daß er sich schlicht gab, aber noch lange nicht, daß er ein Ausbund von Bescheidenheit war. Davon besaß er so viel, wie genügte, um sich unter diesen einfachen Leutchen zu bewegen, aber nicht so viel, um sich mit ihnen gleichzustellen.

Nach den beiden Mahlzeiten wurde der Kaufvertrag von einem Notar aufgesetzt, allerdings nicht von dem Doktor Pfiffikus. Dieser, das heißt seine sterbliche Hülle, ruhte und ruht immer noch in Canterelli. Wer nicht aus der Gegend ist, braucht hier, wie ich einsehe, eine Erläuterung.

Etwa eine halbe Meile oberhalb von Lecco und fast am Hang der Gemarkung von Castello liegt eine Canterelli genannte Stätte, an der sich zwei Straßen kreuzen. Auf einer Seite der Kreuzung findet man eine Erhöhung, eine Art Erdaufschüttung mit einem Kreuz darauf, die nichts anderes ist als ein Leichenhügel der an der Pest Umgekommenen. Die Überlieferung spricht allerdings schlechthin von den an der

Seuche Gestorbenen, doch muß es sich dabei um diese letzte Pest überhaupt handeln, die auch die mörderischste war. Bekanntlich sagt eine Überlieferung, wenn man nicht nachhilft, ja immer zu wenig aus.

Auf dem Rückweg war nur das eine mißlich, daß Renzo an dem Gewicht des Geldes, das ihm ausgehändigt worden war, ganz schön zu schleppen hatte. Wir wissen aber ja, daß er schon mit ganz anderen Lebensumständen hatte fertigwerden müssen. Dabei sehe ich ganz von dem nicht geringen Kopfzerbrechen ab, das ihm die möglichst beste Anlage des Kapitals bereitete. Angesichts all der Pläne, Überlegungen und Wunschvorstellungen, welche ihm durch den Kopf gingen, und bei all dem Für und Wider in bezug auf Ackerbau oder Industrie hätte man meinen können, einem Kongreß zweier gelehrter Akademien des letzten Jahrhunderts beizuwohnen. Und ihm brannte dabei diese Frage ganz anders auf den Nägeln, da man zu ihm als einem einzelnen nicht sagen konnte: Was braucht man da zu wählen? Alles beides doch, in Gottes Namen, denn die Mittel sind im Grunde dieselben, und das sind zwei Dinge wie die Beine, auf beiden zugleich kommt man am besten vorwärts.

Nun dachte man nur noch daran, sein Bündel zu schnüren und aufzubrechen: das Haus Tramaglino in seine neue Heimat und die Witwe nach Mailand. Es gab viele Tränen, Dankesbezeigungen und Versprechen, einander zu besuchen. Nicht weniger herzlich war der Abschied Renzos und der Seinen von dem gastlichen Freunde, wenn auch ohne Tränen. Man soll auch nicht meinen, daß es bei Don Abbondio mit kühler Höflichkeit sein Bewenden gehabt hätte. Die guten Leutchen hatten ihrem Pfarrer immer eine gewisse ehrerbietige Anhänglichkeit bewahrt, und dieser hatte es im Grunde mit ihnen doch immer gut gemeint. Alle Verwirrung der Gefühle kommt ja doch nur von den vertrackten Alltagssorgen.

Die Frage stellen, ob es ihnen nicht auch schmerzlich war, die Heimat, ihre Bergwelt, zu verlassen, heißt sie bejahen; denn fast meine ich: etwas Schmerz liegt in allem. Doch dürfte er nicht allzu groß gewesen sein, denn sie hätten ihn sich ja ersparen können, da die beiden großen Steine des Anstoßes – Don Rodrigo und der Bann – beseitigt waren. Doch hatten sich alle drei auch schon seit längerer Zeit daran gewöhnt, das Land, in das sie zogen, als neue Heimat zu betrachten. Renzo hatte die Frauen dafür eingenommen, indem er ihnen von den günstigen Berufsaussichten der Arbeiter dortzulande erzählte und ihnen in allen Einzelheiten ausmalte, wie schön es sich da leben ließe. Im übrigen hatten sie recht bittere Zeiten in der Heimat durchgemacht, der sie nun den Rücken kehrten, und traurige Erinnerungen färben auf die Dauer immer auf die Orte ab, mit welchen sie verbunden sind. Sind es obendrein noch die, wo wir geboren sind, so haben solche Erinnerungen etwas besonders Bitteres und Quälendes. Auch ein Kind – versichert uns die Handschrift – ruht gern im Arm seiner Amme und sucht begierig und vertrauensvoll die Brust, welche es bislang stets süß gestillt hat; wenn aber die Amme, um es zu entwöhnen, die Brust mit Wermut benetzt, so zieht das Kind das Mündchen zurück, macht einen neuen Versuch, aber reißt sich schließlich doch los, weinend zwar, aber ein für allemal.

Was wird man nun sagen, wenn man erfährt, daß Renzo schon bald nach seiner Ankunft und Niederlassung in der neuen Heimat allerlei Unannehmlichkeiten hatte. Kleinigkeiten, aber wie wenig gehört doch dazu, einen glücklichen Zustand zu stören! Es drehte sich, kurz gesagt, um folgendes:

Das viele Gerede, das in jenem Dorf über Lucia schon lange vor ihrer Ankunft im Umlauf war, das Gerücht, daß Renzo ihretwegen so viel hatte erdulden müssen und stets standhaft und treu geblieben war, vielleicht auch manche

Bemerkungen von Leuten, die ihm und seiner Sache gewogen waren, hatten eine gewisse Neugier erregt, das junge Mädchen zu sehen, von dessen Schönheit man übertriebene Vorstellungen hatte. Mit der Erwartung aber geht es bekanntlich so: sie ist phantasievoll, leichtgläubig und von allem überzeugt, und wenn dann die Probe kommt, bedenklich und übelnehmerisch. Sie kann niemals befriedigt werden, weil sie letzten Endes ja gar nicht weiß, was sie will; dann will sie erbarmungslos von all der Lieblichkeit nichts mehr wissen, die sie zuvor freigebig zuerteilt hat. Als diese Lucia erschien, begannen viele, die vielleicht geglaubt hatten, sie müßte – wirklich goldenes Haar, rosenrote Wangen, ein Auge schöner noch als das andere und wer weiß was sonst noch haben, die Schultern zu zucken, die Nase zu rümpfen und zu bemerken: »Och, die da? Nach so viel Gerede all die Zeit über hätte man etwas Besseres erwartet. Was ist denn an ihr dran? Ein Bauernmädchen wie die anderen. So eine, ja bessere gibt es überall.« Als sie Lucia dann noch näher in Augenschein nahmen, stellte der eine hier, der andere da einen Fehler fest, und schließlich gab es sogar solche, die sie grundhäßlich fanden.

Da das jedoch keiner Renzo ins Gesicht zu sagen wagte, hatte es zunächst nicht viel auf sich. Das Übel aber kam von denen, die ihm das Gerede hinterbrachten, und Renzo – was kann man dagegen machen! – war empfindlich getroffen. Er begann darüber nachzugrübeln, sich bitter bei denen zu beklagen, die mit ihm darüber sprachen, und noch mehr bei sich selbst. Was geht euch das denn eigentlich an? Wer hat euch denn so gespannt gemacht? Habe ich denn je mit euch darüber gesprochen? Habe ich behauptet, sie sei schön? Und wenn ihr so davon gesprochen habt, was habe ich dann erwidert, als daß sie ein gutes Mädchen sei. Sie ist nun einmal ein Bauernkind! Habe ich euch jemals versichert, ich würde eine Prinzessin herbringen? Das gefällt euch nicht. Dann schaut sie doch nicht an! Ihr habt ja so schöne Frauen; betrachtet die doch!

Da kann man einmal sehen, wie manchmal ein Spottwort genügt, um über die Lage eines Menschen für sein ganzes Leben zu entscheiden. Wenn Renzo das seine ganz in diesem Dorf hätte verbringen müssen, wäre es wenig heiter geworden. Weil man ihm etwas verleiden wollte, war er selber unleidlich geworden. Er war unwirsch mit allen, weil ja jeder einer von denen sein konnte, die an Lucia etwas auszusetzen hatten. Dabei fiel er nicht geradezu aus der Rolle, doch bekanntlich kann man ja eine ganze Menge Dinge tun, ohne geradezu gegen den guten Ton zu verstoßen, bis zum Bauchaufschlitzen im Duell. Es war etwas irgendwie Verkrampftes in all seinen Worten. Auch er fand an allem etwas auszusetzen, und das ging so weit, daß zwei Tage Regenwetter ihn schon gleich veranlaßten zu sagen: »Natürlich, in so einem Kaff!« Es gab zweifellos nicht wenige, die ihn nicht mehr leiden mochten, darunter auch solche, die ihm anfänglich wohlwollend gegenübergestanden hatten. Im Laufe der Zeit, da bekanntlich eines das andere gibt, hätte er dann schließlich sozusagen mit allen Einheimischen auf Kriegsfuß gestanden, ohne daß er sich vielleicht selber über den ersten Anlaß eines solchen Ungemachs im klaren gewesen wäre.

Aber man könnte fast meinen, die Pest hätte sich verpflichtet gefühlt, alle Mängel unseres Helden wieder auszugleichen. Sie hatte den Besitzer einer anderen Spinnerei hinweggerafft, die unmittelbar vor den Toren von Bergamo lag, und der Erbe war ein junger Bruder Liederlich, der an dem ganzen Gebäude nichts Anziehendes fand und daher entschlossen, ja geradezu darauf versessen war, es selbst zum halben Preis loszuschlagen, wenn ihm nur das Geld säuberlich in bar aufgeschichtet würde, um es auf der Stelle in reiner Verschwendungssucht durchbringen zu können. Als Bortolo das zu Ohren gekommen war, eilte er hin, um sich zu überzeugen; er verhandelte: vorteilhaftere Bedingungen hätte man überhaupt nicht erwarten können, doch die Bedingung sofortiger Barzahlung verdarb alles, weil sein allmählich erspartes Vermögen bei weitem noch nicht hinreichend war. Er verblieb mit dem Gesellen bei einer halben Zusage, kehrte schleunigst heim, teilte dem Vetter die Sache mit und schlug ihm vor, Halbpart zu machen. Ein so schönes Angebot räumte alle wirtschaftlichen Bedenken Renzos beiseite, der sich nunmehr sofort für die Industrie entschied und zusagte. Sie gingen zusammen hin, und der Kaufvertrag wurde abgeschlossen. Als dann die neuen Besitzer eingezogen waren, war Lucia, auf die man dort in keiner Weise gespannt war, nicht nur keiner Mäkelei ausgesetzt, sondern man kann sogar behaupten, daß sie durchaus nicht mißfiel. Renzo kam zu Ohren, daß man verschiedentlich gesagt hatte: »Habt ihr schon die schöne Trulle gesehen, die hierhergekommen ist?« Das Beiwort machte die landesübliche Bezeichnung durchaus erträglich.

Von dem Ärger, den er in dem anderen Dorf gehabt hatte, blieb ihm obendrein eine nützliche Lehre. Bis dahin war er in seinem Urteil etwas vorschnell gewesen und hatte sich gerne dazu hinreißen lassen, die Frau eines anderen und auch sonst alles herunterzumachen. Nun merkte er, daß die Worte auf der Zunge und in den Ohren ganz verschieden wirkten, und gewöhnte sich so ziemlich daran, die seinen abzuwägen, ehe sie ihm entschlüpften.

Man braucht dennoch nicht zu meinen, es hätte dort etwa ganz und gar an Verdrießlichkeiten gefehlt. Unsere Quelle, deren sonderbaren Hang zu Gleichnissen wir ja bereits kennen und der man denn auch dies letzte verzeihen möge, macht die Anmerkung: Sobald der Mensch in diese Welt gerät, ist er ein Kranker, der sich auf einem mehr oder weniger unbequemen Lager befindet, und dann sieht er rings um sich andere schön aufgemachte, faltenlose, glatte Betten und bildet sich ein, darin müsse es sich prächtig ruhen lassen. Gelingt es ihm aber dann, in ein solches überzuwechseln, und hat er es sich kaum darin bequem gemacht, so beginnt er durch sein eigenes Gewicht hier den Stich eines Hanfstengels und da den Druck einer Unebenheit zu spüren, kurzum: die Dinge liegen wieder fast aufs Haar wie zuvor. Deshalb – fügt die Quelle hinzu – solle man mehr darauf bedacht sein, Gutes zu tun, als es sich gut sein zu lassen, womit man am Ende zudem besser daran wäre. Das ist natürlich ein bißchen an den Haaren herbeigezogen und bezeichnend für jemanden aus dem siebzehnten Jahrhundert; im Grunde aber dürfte es doch wohl stimmen. Übrigens – so hören wir weiter – gab es für unsere guten Leutchen weiterhin keine Kümmernisse und Verlegenheiten solcher Art und solchen Grades mehr, wie sie von uns berichtet worden sind. Von jener Zeit an war ihr Leben derart ruhig, glücklich und beneidenswert, daß es zum Sterben langweilig wäre, wenn man davon erzählen wollte.

Die Geschäfte gingen großartig; anfänglich gab es einige Schwierigkeiten wegen des Mangels an Arbeitskräften und der Unzuverlässigkeit und Ansprüche der wenigen, die noch übriggeblieben waren. Erlasse erschienen, welche die Arbeitslöhne beschränkten, aber auch ohne diese Verordnungen nahmen die Dinge wieder ihren alten Gang, weil sie letzten Endes einfach dazu genötigt sind. Aus Venedig kam ein weiterer, etwas vernünftigerer Erlaß: Befreiung aller Ausländer, die sich auf dem Staatsgebiet ansiedeln würden, von allen Vermögens- und Einkommensteuern für die Dauer von zehn Jahren. Das war für unsere Leutchen das reine Schlaraffenland.

Vor Ablauf des ersten Jahres ihrer Ehe erblickte ein gesundes Kind das Licht der Welt, und als ob damit Renzo sogleich Gelegenheit geboten werden sollte, sein bekanntes großzügiges Versprechen zu erfüllen, war es ein Mädchen, das freilich denn auch den Namen Maria erhielt. Im Lauf der Zeit bekam es noch eine Menge Geschwister beiderlei Geschlechts, und Agnes hatte immer alle Hände voll zu tun, sie eins nach dem anderen herumzutragen. Sie nannte sie Bälger und drückte ihnen Küsse ins Gesicht, so daß eine Zeitlang weiße Flecken blieben. Alle hatten gute Anlagen, und Renzo wollte, daß alle schreiben und lesen lernten, wobei er sich etwa so äußerte, daß auch sie davon ihren Nutzen haben sollten, da es diese Schelmenkünste nun einmal gebe.

Es war köstlich, ihn seine Abenteuer berichten zu hören, und er pflegte zum guten Schluß immer zu erwähnen, was er daraus Wertvolles für die Zukunft gelernt hätte. »Ich habe gelernt«, erklärte er, »mich nicht um Aufstände zu kümmern, ich habe gelernt, keine Volksreden zu halten, ich habe gelernt, nicht zu tief ins Glas zu schauen, ich habe gelernt, den Türklopfer nicht zu lange in der Hand zu halten, wenn Hitzköpfe in der Nähe sind, ich habe gelernt, mir kein Glöckchen an den Fuß zu binden, ohne zu bedenken, was daraus werden kann.« Und so noch hundert andere Dinge mehr.

Lucia jedoch fand diese Ansicht zwar nicht gerade falsch, sie hatte aber das unbestimmte Gefühl, daß daran noch etwas fehlte. Da sie immer wieder das gleiche Lied hörte und jedesmal darüber nachdachte, sagte sie eines Tages zu ihrem Moralprediger: »Was soll denn nun aber ich gelernt haben? Ich habe das Unglück nicht herausgefordert, es ist einfach hinter mir her gewesen. Wenn du nicht etwa behaupten willst«, fügte sie mit zärtlichem Lächeln hinzu, »es sei ein Fehler von mir gewesen, dich zu lieben und mich mit dir zu verloben.«

Zunächst war Renzo nun in einiger Verlegenheit. Nach langer Erörterung und gemeinsamer Untersuchung gelangten sie dann zu dem Schluß, daß das Unglück zwar häufig kommt, weil man es herausgefordert hat, daß aber auch das vorsichtigste und unschuldigste Verhalten es nicht fernhalten kann. Wenn es dann aber mit oder ohne Verschulden kommt, so wird es durch Gottvertrauen gemildert und kommt einem besseren Leben zugute. Obwohl diese Schlußfolgerung von einfachen Leuten stammt, scheint sie uns doch so zutreffend, daß wir nicht zögern, sie als der langen Rede kurzen Sinn hier anzuführen.

Falls aber diese Geschichte nicht ganz mißfallen haben sollte, so möge man dem dafür dankbar sein, der sie niedergeschrieben hat, und für seinen bescheidenen Teil auch dem Bearbeiter. Sollten wir dagegen durch Langeweile lästig gefallen sein, so darf man glauben, daß es nicht in unserer Absicht gelegen hat.

ANHANG

UMBERTO ECO
WORTE UND TATEN

Natürliche Zeichensprache und Wort bei Manzoni

»Die Taten, mein Lieber, den Menschen erkennt man an seinen Taten«, sagt der Wirt des Dorfkrugs im 7. Kapitel, der ebensogut wie der Wirt zum Vollmond gelernt hat, Ehrenmänner oder Häscher sofort an der Kleidung, am Ton, am Verhalten zu erkennen. Dagegen Renzo, zwei Seiten zuvor, als er in die Gaststube tritt, vorbei an einem wachestehenden Bravo mit rotem Samtbarett auf dem dichten Haar, das ihm in Flechten über die Ohren fällt und mit einem Kamm im Nacken zusammengesteckt ist, zudem bewaffnet mit einem Knüppel und nicht bereit, auch nur einen Schritt beiseite zu treten, um den jungen Mann vorbeizulassen, während drinnen seine Kumpane beim Morraspiel sitzen – Renzo »blickte argwöhnisch und unsicher seine beiden Tischgenossen an, als ob in ihren Mienen eine Erklärung für all diese Zeichen zu lesen stünde« (S. 150). Renzo ist in diesem Bildungsroman der letzte, der erwachsen wird, das heißt Vertrautheit mit den Zeichen gewinnt und mit der Art, wie die anderen sie interpretieren (erst am Ende hat er gelernt, was es heißen kann, einen Türklopfer in der Hand zu halten und sich ein Glöckchen an den Fuß zu binden). Für ihn ist die Deutung der Zeichen noch schwierig, aber er hat ja auch noch nicht sehr lange gelebt, und nur »das Leben ist die Probe auf die Worte« (S. 461).

Voller Zweifel an einem rationalen Gang der menschlichen Geschichte und an jedem guten Vorsatz, der dem Eigenleben der Mittel und Ziele nicht Rechnung trägt, voller Furcht vor dem Übel, das sich in den Dingen der Welt einnistet, voller Mißtrauen gegenüber den Mächtigen und den Künsten, mit denen sie die kleinen Leute hereinlegen, scheint Alessandro Manzoni die Synthese seines guten Aufklärersinnes mit seiner jansenistischen Strenge in einer semiotischen Formel gefunden zu haben, die sich aus vielen Stellen seines Romans herauslesen läßt: Es gibt erstens eine natürliche Zeichensprache, eine fast instinktiv von den einfachen Leuten ins Werk gesetzte *Semiose*[1], dank welcher sich die verschiedenen Aspekte der Realität, wenn sie mit Klugheit und Lebenserfahrung interpretiert werden, als Symptome, Indizien, *signa* oder *semeia* im klassischen Sinne des Terminus darstellen; und es gibt zweitens das künstliche Zeichensystem der verbalen Sprache, die sich entweder als unzureichend zur genauen Wiedergabe der Realität erweist oder explizit und in böser Absicht zu deren Maskierung verwendet wird, fast immer zu Machtzwecken. Dies ist möglich, weil die Sprache ihrem Wesen nach trügerisch ist, während die natürliche Semiose nur dann zu Irrtum und Verblendung führt, wenn sie von der Sprache, die sie ausdrückt und interpretiert, verunreinigt wird, oder wenn sich die Interpretation durch Leidenschaften verdunkelt.

Hinter dieser Semiotik Manzonis steckt eine recht einflußreiche und durchaus nicht verhüllte Metaphysik: Die Realität existiert und läßt sich erforschen, vorausgesetzt, man hält sich an die »so lange schon vorgeschlagene Methode: zu beobachten, hinzuhören, zu vergleichen und nachzudenken, ehe man spricht« (S. 673).

Die erkenntnistheoretische Schlichtheit dieser Maxime ist im übrigen gar nicht so simpel, wie sie auf den ersten Blick erscheint. An der zitierten Stelle drückt sie in populärer Form ein Prinzip Galileis aus, das die Guten und Besonnenen im Roman angesichts der Alltagsrealität im Licht des

1 Semiose ist das, was die Semiotik erforscht, hier der reale Zeichenprozeß und seine Wechselbeziehungen *(A. d. Ü.)*.

gesunden Menschenverstandes und nicht nach den starren Geboten der Akademie befolgen. Doch wenn Manzoni sich genötigt sieht, es bei der geschichtlichen Rekonstruktion anzuwenden, führt er es in aller Deutlichkeit vor. Da die Worte trügerisch sind und man das, was man von den Ereignissen der Vergangenheit weiß, nur durch verbale Berichte weiß, greift er instinktiv auf eine Verfahrensregel zurück, die schon Augustinus in *De Doctrina Christiana* formuliert hatte: Angesichts verschiedener Versionen der Heiligen Schrift, die alle nur Traditionen von Traditionen sind, während sich das Geheimnis eines heillos verunstalteten hebräischen Originaltextes nicht mehr ergründen läßt, bleibt einem nichts anderes übrig, als die Versionen miteinander zu vergleichen, die eine mit der anderen zu konfrontieren und aus der anderen die Klärungen zu entnehmen, die in der einen fehlen.

So verfährt Manzoni gegenüber der anonymen Handschrift, die ihre Unglaubwürdigkeit sozusagen auf der Stirn geschrieben trägt in Form der verbalen Exzesse, mit denen sie sich in barocker Emphase schmückt. Da ihn jedoch dünkt, daß unter diesem verbalen Diskurs »eine so schöne Geschichte« hervorscheint (und eine Geschichte ist *fabula*, Abfolge von Ereignissen, oder wie Aristoteles gesagt hätte, Mimesis einer Handlung, also eines nichtverbalen Geschehens), beschließt Manzoni, »in den Memoiren jener Zeit nachzuforschen, um sich zu vergewissern, ob es in der Welt damals wirklich so zuging« (S. 12). Und die Nachforschung, das heißt die Konfrontation der Texte, zerstreut seine Zweifel: Wenngleich verschleiert durch zahllose sprachliche Kunstgriffe, muß da doch etwas geschehen sein.

Genauso verfährt er auch bei der Rekonstruktion der Pestepidemie; siehe den Anfang des 31. Kapitels: »Die Pest ... hatte ... in der Tat Einzug gehalten«, worin das »in der Tat« *(davvero)* als wahrheitsbeglaubigender Einschub des Erzählers ein für allemal jeden Zweifel beseitigt, der sich aus den widersprüchlichen Texten ergeben könnte. Die Sache an sich existiert oder hat existiert, der dynamische Gegenstand liegt irgendwo verschüttet, unser Problem ist, die Zeichen zu interpretieren, um ihn wieder ans Licht zu bringen. Aber auch hier gilt, solange man es mit verbalen Berichten zu tun hat: »... in jedem (Bericht) fehlen wesentliche Einzelheiten, die in anderen angeführt werden. In allen gibt es sachliche Irrtümer, die mit Hilfe eines anderen erkannt und berichtigt werden können oder auf Grund jener wenigen amtlichen Urkunden, die – veröffentlicht oder nicht veröffentlicht – erhalten geblieben sind. Häufig lassen sich in dem einen die Ursachen einer Angelegenheit erkennen, deren Wirkungen in einem anderen gleichsam in der Luft zu hängen scheinen« (S. 650f.). Infolgedessen kann man, indem man die verschiedenen Quellen »prüft und vergleicht«, nicht nur hoffen, die wichtigsten Tatsachen freizulegen, sondern auch, »sie in ihrer wirklichen Reihenfolge einzuordnen« (S. 652).

Es geht hier nicht um Manzonis Idee vom wahren Historiker, auch nicht um seine Erkenntnistheorie (die ist, was sie ist). Hier soll hervorgehoben werden, daß die verbalen Berichte – außer bei gründlichster philologischer Akribie – ihrem Wesen nach trügerisch sind. Der Autor Manzoni mag es vermocht haben, die Reihenfolge der Taten und Ereignisse mittels der Sprache zu rekonstruieren, aber die Personen seines Romans sind entweder arme Teufel oder Verfolger von armen Teufeln (nur die Guten haben eine Art von, ich würde sagen: paraphilologischer Intuition), und in der Regel ist die Sprache in seinem Roman das Vehikel von Schall und Rauch, wenn nicht von Lügen.

Ihrem Wesen nach, sagten wir, und man lese nur einmal die Seite nach, die Manzoni (nicht Quine) im 27. Kapitel der Unmöglichkeit widmet, ich sage gar nicht: des Übersetzens von einer Sprache in eine andere, sondern bereits jenes alltäglichen Verständigungsvorgangs, in dem ein Analphabet einem Schreiber sagt, was er einem anderen Analphabeten brieflich mitteilen will, und der Schreiber schreibt, was er versteht und was ihm zu schreiben gutdünkt, und der Vorleser interpretiert dem Empfänger das Schreiben auf seine Weise, und der Empfänger deformiert das Gehörte seinerseits, da er gehalten ist, nach Interpretationskriterien in den ihm bekannten Fakten zu suchen ... Sehr anschaulich schildert Manzoni hier, wie eine Botschaft durch sukzessive Interpretationen verändert, ›dekonstruiert‹ und schließlich dazu gebracht wird, nicht nur etwas zu besagen, was der ursprüngliche Absender gar nicht sagen wollte, sondern womöglich auch das, was ebendiese Botschaft, als lineare Erscheinungsform eines Textes, angepaßt an einen Code, gar nicht besagen dürfte, wenn eine Gemeinschaft von Interpreten, inspiriert am common sense und an der Beachtung der Regeln, in mühsamer Interaktion zusammenfände, um sich öffentlich auf eine akzeptable Lesart zu einigen. Was jedoch nicht geschieht, und so erscheint Manzonis Schilderung geradezu als das Inbild eines ›abdriftenden‹ Verständigungs- und Interpretationsprozesses, der sich ziellos kreisend im Nebel verliert – »wie einstmals zwei Scholastiker, die geschlagene vier Stunden lang über die Entelechie stritten« (S. 571).

Als wäre das noch nicht genug, um der Sprache zu mißtrauen, vergleiche man auch, was der Büchernarr Don Ferrante mit ihr macht, als es darum geht, über die Existenz der Pest zu reden. Nach zwei Kapiteln voll nichtverbaler Beweise, dank welcher der Leser nun alles weiß, gelingt es dem aristotelischen Bibliothekar mit ein paar schlagenden Syllogismen (die Ansteckung kann nicht Substanz sein) und ebensowenigen Paralogismen (die Ansteckung kann nicht Akzidenz sein), die Realität dermaßen gründlich zu verschleiern, daß er selbst sie erst wieder zu erkennen vermag, als es für ihn zu spät ist. Gerechte Strafe für den Hochmut der Worte, ist seine berühmte Bibliothek am Ende »vielleicht noch bei den Antiquaren in ihren Ständen verstreut zu finden« (S. 812).

Daß die verbalen Diskurse entweder lügen oder nie genug sagen können, scheint somit klar. Als Beweis nehme man den Umstand, daß viele Leser den Roman auch dann noch verstehen, wenn sie aus berechtigter Faulheit all jene Beispiele unzusammenhängender, mehrdeutiger oder konfuser Diskurse überspringen, die parasitär voneinander leben: die eingestreuten Verordnungen und Erlasse.

Was lügt, richtig gelesen, nicht? Ich würde sagen: vorwiegend das, was nicht verbal, sondern visuell ist, oder was, wenn es verbal ist, zur Ordnung des Parasprachlichen, Klanglichen gehört: die Tonfälle, Tempi, Rhythmen und Intensitäten der Stimme.

Die ›Populäre Semiose‹

Wir erwähnten eingangs eine natürliche Zeichensprache oder instinktive Semiose im Gegensatz zur artifiziellen Semiose des Wortes. Es wäre unrichtig zu sagen, daß sich bei Manzoni der klassische Unterschied zwischen natürlicher, motivierter, intentionaler Semiose und konventionell-willkürlicher Semiose in klarer Weise abzeichnet. Ich finde nichts Besseres zur Benennung der ersten Seite des Gegensatzpaares als den Terminus *populäre* (im Sinne von ›volkstümliche‹) Semiose. Auf der einen Seite haben wir die verbale, artifizielle (trügerische) Sprache, die den Mächtigen zur Verfügung steht, auf der anderen verschiedene Zeichensysteme, zu denen gewiß auch die sogenannten natürlichen Zeichen gehören (die Krankheitssymptome, Wettervorzeichen, Gesichtszüge), aber auch jene ›Sprachen‹, die nicht naturwüchsig sind, sondern Ergebnis gesellschaftlicher Regeln und Gewohnheiten, wie die Zeichen der Kleidung, die Körperhaltungen, bildlichen Darstellungen, folkloristischen Inszenierungen, Liturgien – die jedoch alle irgendwie auf eine uralte, instinktive Kompetenz verweisen, auf ein nicht nur den Gebildeten, sondern auch den einfachen Leuten verfügbares Wissen. Dank dieser ›Natürlichkeit‹ der Kompetenz, dieser instinktiven ›Popularität‹ des Erfahrungsschatzes, den sie voraussetzt, können wir diese Art von Semiose, obwohl sie auf gesellschaftlichen Regeln und Gebräuchen beruht, eine natürliche nennen, Ergebnis einer langen Ablagerung im kollektiven Wissen, nicht jenen raschen und nur einer Minderheit reservierten Veränderungen unterworfen, denen die Ausübung der verbalen Künste unterliegt.

Gewiß ist diese populäre Semiose nicht ›wahrer‹ als die verbale; wir werden noch sehen, wie und bis zu welchem Punkt auch sie Mißverständnisse oder Lügen zulassen kann. Aber sie erscheint dem einfachen Mann aus dem Volk verständlicher als die verbale Sprache, und darum hält er sie für glaubwürdiger. Für soviel glaubwürdiger, daß er, wenn er sich in der natürlichen Semiose einmal täuscht oder durch sie getäuscht wird, verwundbarer erscheint, weil er ihr gegenüber nicht das systematische Mißtrauen hegt, das er der verbalen Sprache entgegenbringt. Man sehe nur, was passiert, als Renzo den Rechtsverdreher Azzecagarbugli besucht, oder auch – wir kommen darauf noch zurück – in der ganzen Geschichte mit der Pest und den Giftsalbenschmierern.

Die einfachen Leute mißtrauen der verbalen Sprache, weil sie ihnen eine logische Syntax auferlegt, die das natürliche Zeichensystem außer Kraft setzt, da es nicht mit linearen Sequenzen operiert, sondern mit ›Bildern‹, blitzartigen Bildzeichen. Während die Fäden der verbalsprachlichen Sequenzen sich ad infinitum verknäueln können, so daß die einfachen Leute sich in diesem Dickicht verlieren, erlaubt die natürliche Semiose – zumindest dem Schein nach – einen direkteren Zugang zur Wahrheit der Dinge, deren spontanes Vehikel sie ist. Eine wahre, spontane Geste kann die intentionale Falschheit einer vorangegangenen Geste enthüllen: Der Beamte, der Renzo in Mailand verhaftet, redet ihm ermutigend zu. Renzo traut seinen Worten nicht, aber er könnte auf ihren Ton hereinfallen. Doch der Beamte läßt ihm die »Manschetten« anlegen, und an diesem Zeichen erkennt Renzo ohne den Schatten eines Zweifels, daß er in der Klemme sitzt.

Gegenstand der Erzählung ist diese natürliche Zeichensprache oder Semiose in allen ihren Formen, denn aus ihr und durch sie erfährt der Leser ebenso wie die Romanpersonen, was tatsächlich geschieht – die Geschichte unter dem Schleier der Rede.

Über die ganze Länge des Romans stoßen wir immer wieder auf den Gegensatz zwischen ›natürlichem‹ und verbalem, visuellem und sprachlichem Zeichen. Gegenüber dem sprachlichen Zeichen ist Manzoni stets so verlegen – oder will er sich stets so mißtrauisch zeigen –, daß er in allen persönlichen Kommentaren, mit denen er seinen Roman übersät, sich für seine Art zu erzählen entschuldigt, während er klare und bekräftigende Töne immer dann anschlägt, wenn er von der Glaubwürdigkeit spricht, die einem Beweis zuerkannt werden muß, einer Evidenz, einer Spur, einem Symptom, einem Indiz, einem Fundstück.

Ebenso seine Personen: Entweder sie sprechen mit dem bewußten Vorsatz, die Sprache zur Lüge zu gebrauchen, zur Verwirrung, zur Verschleierung der wahren Verhältnisse zwischen den Dingen, oder sie entschuldigen sich und beklagen ihre Unfähigkeit, das, was sie wissen, zu sagen.

Auch wenn Renzo am Ende will, daß seine Kinder lesen und schreiben lernen, kann er nicht umhin, diese verbalen und technischen Fähigkeiten als »Schelmenkünste« zu bezeichnen (S. 834). Dem Latein als der Sprache par excellence mißtraut er, und das einzige Mal, als er es zitiert, bringt er ein babylonisches Kauderwelsch zustande (»siés baraòs trapolorum«, S. 318). Nur einmal, im letzten Kapitel, nachdem er sich mit Don Abbondio wieder versöhnt hat, behauptet er, das Latein des Ehesakraments und der Messe zu akzeptieren, denn »das ist ehrliches, hochheiliges Latein ... auch die Herren Pfarrer müssen da lesen, was im Buche steht ...« (S. 821). Das ›gute‹ Latein der Liturgie ist keine gesprochene Sprache, es ist Gesang, Psalmodieren, Formel, Geste, es besagt nichts und kann daher auch nichts verfälschen. Es ist soviel wie ein Gewand, ein Wink mit der Hand, ein Gesichtsausdruck – lauter Zeichen (und »Zeichen« nennt Manzoni sie wiederholt), die eben zu einer natürlichen Semiose gehören.

Hier müßte man nun den ganzen Roman durchsehen, um zu prüfen, ob die Hypothese stichhaltig ist und ob sich wirklich bei jedem Schritt ein Gegensatz zwischen natürlicher und verbaler Sprache abzeichnet. Fürs erste mag es genügen, ein paar zentrale Episoden daraufhin zu überprüfen.

Don Abbondios Begegnung mit den Bravi

Don Abbondio hat Lebenserfahrung und weiß viele Zeichen zu deuten. Bei seinem ersten Auftritt macht er das Zeichen par excellence: Er hält den Zeigefinger im Brevier (und selbstverständlich nennt Manzoni es »Zeichen«). Sein Weg führt ihn zu einem Beispiel visueller Kommunikation, einem Marterstein, »auf dem gewisse lange, sich windende Gebilde gemalt waren, die in Spitzen ausliefen und die nach

Absicht des Künstlers und in den Augen der Anwohner Flammen darstellten«, und er sieht etwas, »auf das er nicht gefaßt war« (S. 17). Das ganze Leben Don Abbondios, das er im Zeichen der Ruhe gelebt hat, beruht auf dem Vertrauen in gewohnte Handlungsmuster, in ›*frames* oder gemeinverständliche Szenarien‹, und seine Tragikomödie beginnt genau in dem Augenblick, als diese Erwartungen frustriert werden – von nun an beginnt er Dinge zu sehen, die er wirklich nicht erwarten konnte, einschließlich eines Schurken, der sich als Heiliger ausgibt. Don Abbondio erkennt die Bravi sofort an der Kleidung und Haltung, am Äußeren, das »keine Zweifel ließ«. Es folgt die berühmte Beschreibung der Bravi, dank welcher der Leser sie künftig ebenfalls immer sofort erkennen kann, wenn sie im Roman auftauchen – außer wenn sie verbal in den amtlichen Erlassen beschrieben werden, denn aus jenem Wirrwarr von Verboten, Androhungen und Vorschriften ergibt sich kein klares Bild.

Don Abbondio erkennt die Bravi als solche, weil er einen Code des Verhaltens, der Kleidung, der Bewegungen hat. Andernfalls wäre es unbegreiflich, warum er sie auf den ersten Blick als »Individuen aus der Spezies der Bravi« identifizieren kann.

Übrigens weiß Don Abbondio sehr wohl, daß die Kutte und nicht der Titel den Mönch macht. Im Schlußkapitel diskutiert er scherzend mit Renzo über die Nutzlosigkeit jenes päpstlichen Dekrets, das den Kardinalen den Titel »Eminenz« zuspricht. Es sei erlassen worden, weil mittlerweile alle Prälaten mit »Euer Durchlaucht« angeredet worden seien, aber bald werde nun jeder mit »Eminenz« tituliert werden wollen, und dann werde die sprachliche Innovation nicht dazu gedient haben, Ordnung in die Welt der kirchlichen Würden und der menschlichen Eitelkeiten zu bringen.

Don Abbondios Begegnung mit den Bravi vollzieht sich

ganz im Zeichen des Gegensatzes von gesprochenem Wort und visueller Evidenz. Die Bravi reden, aber was Don Abbondio versteht, kommt immer schon vor dem Wort. Er schließt »aus gewissen Gebärden«, daß er selbst derjenige ist, den die beiden erwarten, er gibt sich unbefangen in der vergeblichen Hoffnung, die beiden zu täuschen, indem er sich mit Zeige- und Mittelfinger der linken Hand in den Kragen fährt, wie um ihn zurechtzurücken, er überlegt, daß ein Fluchtversuch seine Lage nur noch verschlimmern würde (»Ausreißen hieß soviel wie: Verfolgt mich! oder gar Schlimmeres«, S. 23), er simuliert erneut Unbefangenheit, indem er einen Abschnitt aus seinem Brevier mit lauterer Stimme rezitiert, er verleiht »seinem Gesicht soviel Ruhe und Heiterkeit, wie er nur immer konnte« (denn er weiß, daß man, sobald die Gesten und Gesichtszüge sprechen, mit ihnen auch lügen kann), er versucht, sich ein Lächeln abzuringen, um seine Unterwürfigkeit zu demonstrieren, er macht entschlossen halt.

Die Bravi ihrerseits reden, noch ehe sie drohende Worte sagen, in drohender Haltung, sie raunen dem Priester etwas ins Ohr, »aber in gemessenem Befehlston«, und sie wissen sehr wohl, daß die Haltung mehr sagt als der gesprochene Satz, denn »wenn die Sache durch Geschwätz zu erledigen wäre, würden Sie uns in die Tasche stecken« (S. 24).

Nur am Ende der Episode passiert etwas, das unsere Hypothese ins Wanken zu bringen scheint, und das muß genau untersucht werden.

Die Bravi erwähnen Don Rodrigo, und »dieser Name wirkte auf Don Abbondio wie ein Blitz im Toben eines nächtlichen Gewitters, der mit einem Schlage die Gegenstände flackernd erhellt und die Ängste steigert«. Angesichts solcher Macht des Namens möchte man sagen, daß von all den Worten, auf die wir nicht bauen können, da sie nur ›Schall und Rauch‹ sind, die Eigennamen kraft ihrer hinweisenden Funktion einen Sonderstatus annehmen, der sie den Symptomen und visuellen Zeichen ähnlich macht. Gewiß muß der Romancier auf Eigennamen bauen, um seine Personen eindeutig zu bezeichnen. Es scheint jedoch, daß Manzoni, wenn er unverzichtbare Etikettierungen braucht, wie für Renzo, Lucia, Agnes, Tonio oder auch Donna Prassede, die neutralsten wählt, die er finden kann, wobei er sich im Heiligenkalender und in der Bibel bedient oder mit bewußt überdrehten metaphorischen Typisierungen spielt. Für die unverzichtbaren historischen Persönlichkeiten im Hintergrund benutzt er die Namen, die zu benutzen ihn die Geschichtsbücher zwingen (Federigo, Ambrogio Spinola, Ferrer), sonst aber achtet er peinlich darauf, so wenig wie möglich Personen- und Ortsnamen zu benutzen, was nicht nur zu häufigem Einsatz von Sternchen führt, sondern auch zu so platten Umschreibungen wie »die Signora« – und schließlich zu jenem Meisterwerk an Zurückhaltung, das »der Ungenannte« darstellt (der im Italienischen sogar ohne Majuskel geschrieben wird).

Manzoni hat mithin dieselbe Abneigung vor dem Nennen von Namen, die Renzo in der Wirtschaft gegenüber dem falschen Ambrogio Fusella bekundet. Und es scheint, daß er sie nicht nur aus Respekt vor einigen Gattungsregeln hegt. Er scheint den Eigennamen zu mißtrauen, weil ihm klar geworden ist, daß auch sie in den Chroniken, die von Tatsachen sprechen, zweideutig sind – so zweideutig, daß man nicht einmal den wahren Namen dessen weiß, der als erster die Pest eingeschleppt hatte, und daß man nur zwischen zwei Namen wählen kann, die vermutlich beide falsch sind. Werden dann einmal wahre Namen verzerrt genannt, siehe den Fall des Giangiacomo Mora, dann verbindet sich mit dem Etikett ein Bild, das nicht der Realität entspricht, da es bei einem Klang, der Mitleidsgefühle hervorrufen müßte, ruchlose Assoziationen weckt.

Demnach wären die Eigennamen, diese verstörenden Zeichen, in ihrer Eigenschaft als Worte nicht glaubhaft, und noch unzuverlässiger drohen sie als ›starre Designatoren‹ zu sein. Je weniger man sie gebraucht, desto besser. Doch als Etiketten funktionieren sie: Der Leser ›befrachtet‹ den Namen Lucia nach und nach mit all dem, was die Gesten des Mädchens zu ihrer Charakterisierung geleistet haben, und genauso tun es die Romanpersonen. Es liegt auf der Hand, daß ein Name um so wirksamer ist, wenn er von vornherein festgelegte Charaktereigenschaften etikettiert, wie bei Don Rodrigo und bei Personen, die bereits durch eine unbestrittene Hagiographie als Typen festgelegt sind wie Federigo. Rodrigo und Federigo sind Klischees, der eine seit den ersten Kapiteln verurteilt (so unwiderruflich, daß man nicht einmal erfährt, ob ihn die Gnade im Moment des Todes ereilt), der andere von Heiligkeit durchdrungen, noch ehe er auftritt. Deswegen haben ihre Namen eine fast magische Macht, bei ihrem bloßen Klang zuckt man schon zusammen oder atmet auf.

Doch sowohl bei schon definierten Personen wie Federigo als auch bei denen, die erst noch definiert werden müssen wie der Ungenannte, kann Manzoni Namen benutzen und sein Mißtrauen gegenüber den Worten mildern, weil er als guter Erzähler weiß, daß die Eigennamen nur Haken sind, an denen man gegebene Charakterbescheibungen aufhängt, und diese Beschreibungen kommen aus einem Spektrum von Verhaltens- oder Handlungsweisen, die in Begriffen einer natürlichen Semiotik dargelegt werden.

Im übrigen würde ich nicht sagen, daß Manzoni die Namen zur Charakterisierung benutzt. Den Fall der diffamierenden Spitznamen, wie bei den Bravi, können wir außer acht lassen, denn die Bravi treten bereits als fertige Typen auf, charakterisiert durch das, was sie sind und sein sollen. Untersuchen wir lieber den Grenzfall: den des Rechtsverdrehers Azzecagarbugli (»Doktor Pfiffikus«).

Dieser scheint zwar von vornherein durch seinen Spitznamen charakterisiert zu sein, aber das stimmt keineswegs. Das Szenario der visuellen Signale, mit denen er sich umgibt, verführt Renzo zunächst: Die Gesten des Winkeladvokaten sind von Humanität geprägt, sein Studierzimmer spricht für sein Wissen und seine Gesetzestreue (die Porträts der zwölf Cäsaren, das Regal voll alter Bände, der Tisch übersät mit Akten, Bittschriften, Büchern). Auch vergesse man nicht, daß der Doktor als Hausgewand einen Talar trägt, wenn auch einen verschlissenen. Renzo fällt auf ein trügerisches Szenario herein und glaubt, man könne das Recht auch zu ehrlichen Zwecken verdrehen. Der Name hat die Person noch nicht verurteilt, und die Inszenierung verleiht ihr Würde, zumindest in den Augen dessen, der noch keine Erfahrung in den Dingen der Welt hat. Alle Gesten des Doktors beruhigen Renzo: die Bereitwilligkeit, mit der er ihm die Verordnungen zeigt, ihn gleichsam mit Händen greifen läßt, daß es die Gesetze wirklich gibt ... Der Advokat wird erst verabscheuungswürdig, als Renzo merkt, daß sein Reden vom Gesetz in Wirklichkeit seinen Willen verschleiert, das Gesetz zu mißachten, und er zeigt sein wahres Gesicht erst, als er schließlich wie Don Abbondio redet, das heißt, als er die Sprache benutzt, um sich dem Wunsch, der an ihn herangetragen wird, zu entziehen. Erst an diesem Punkt vollführt er unzweideutige Gesten, indem er Renzo hinausjagt und vor allem (der Vollzug des Symbolischen hat einen materiellen Preis) ihm die Kapaune zurückgibt.

Die Vergebung für Bruder Christophorus

Hier haben wir es mit einer großen, höfisch-zeremoniellen und liturgischen Inszenierung zu tun, in der die Anordnung der Personen, die Zeit und der Ort, die Bewegungsregie, die Kostüme und Posen viel mehr als die Worte über Leben und Tod des Reumütigen entscheiden.

Schon das Duell war überhaupt nur zustande gekommen, weil Verhaltensregeln befolgt werden mußten, in denen rechts und links und Mienen und Tonfälle zählten; und die Reue hatte sich in Lodovico erst zu regen begonnen, als er die Toten daliegen sah, denn »obwohl Mord und Totschlag in jener Zeit so alltäglich waren, daß man nichts dabei fand, wenn einem dergleichen zu Ohren oder vor die Augen kam, war doch der Eindruck neu und unbeschreiblich, als der Jüngling den für ihn gefallenen Mann und den von ihm selbst umgebrachten so vor sich liegen sah« (S. 84) – das heißt, als ihm bewußt wurde, was er seit einiger Zeit bereits wußte. Aber kommen wir zu der Vergebungsszene.

Blut fordert Blut; daß Lodovico bereut, daß er um Vergebung bittet oder gar Kapuzinermönch wird, kann die Schmach, die er der Familie des Getöteten angetan hat, nicht sühnen. Es sühnt sie jedoch eine ausgeklügelte Inszenierung, die in den codierten Begriffen einer strengen höfischen Etikette besagt, was die Worte nicht sagen können – eine eminent barocke Vorstellung, die Manzoni mit großem darstellerischem Gespür erfaßt. Daher die Versammlung aller Familienmitglieder im großen Saal, die weiten Mäntel, hohen Federbüsche, wippenden Stoßdegen, steifen Halskrausen und langen Schleppen, eine weltliche Liturgie des Adels. Die beiden Mönche schreiten rituell durch das Spalier der Menge, und schon an diesem Punkt beweisen »Antlitz und Haltung des Bruders Christophorus ... den Umstehenden unmißverständlich«, daß er wirklich bereut (S. 89). Daß Christophorus ehrlich *ist*, zählt nicht: Er *verhält* sich ehrlich, nach Art eines Ehrenmannes, der als Kind seiner Zeit, das er ist, sich gleichsam instinktiv in Szene setzt und gar nicht umhin kann, sich in Szene zu setzen, da er sich in einem Rahmen bewegen muß, der akkurat zu diesem Zweck hergerichtet worden ist. So aufgetreten, spielt er nun seine vorgeschriebene Rolle: Er kniet nieder, kreuzt die Arme vor der Brust und senkt den geschorenen Kopf. Dann spricht er und bittet um Vergebung, doch aus der Erzählung wird deutlich, daß nicht seine Worte es sind, die den Bruder des Getöteten und die Edelleute ringsum überzeugen. Die Überzeugung ist bereits induziert worden. Der Beleidigte trägt zwar »erzwungene Herablassung und verhaltenen Zorn zur Schau« (S. 90 – man beachte: »zur Schau«, wie ein Schauspieler im Theater), aber die Gesten des Reumütigen (die rituellen Posen) bewirken, daß die Gesten des Beleidigten sich nun ändern können. Daher schließlich, liturgisch und gewiß auch kirchlich, die Umarmung und der Friedenskuß, die Bitte um das Versöhnungsbrot und dessen Gewährung. Daß dieses Brot mehr als ein bloß zeremonieller Gegenstand ist, daß es die Vergebung nicht nur *be*zeugt, sondern sie szenisch-performativ *er*zeugt und sie am Leben erhält, so lange es physisch weiterbesteht, weiß Christophorus so gut, daß er sein ganzes Leben lang ein Stück davon mit sich führt. Im Lazarett, kurz nachdem er Renzo gesagt hat, daß er in dreißig Jahren noch keinen guten Grund für seine schlimme Tat gefunden hat, vertraut er das Brot als Erbe, als Mahnung, als Unterpfand und letzte Wegzehrung den Verlobten an. Christophorus fühlt sich durchaus nicht blasphemisch, wenn er jenes Brot als Reliquie benutzt, da er weiß, daß es durch einen Ritus geweiht worden ist.

Weitere Beispiele

Wir könnten noch lange so fortfahren, und das Gegenteil wäre schlimm. Bei der Begegnung zwischen Bruder Christophorus und Don Rodrigo werden die höflichen Worte, mit denen Rodrigo das Gespräch beginnt, widerlegt durch »die Art und Weise, wie er sie vorbrachte« (S. 114). Rodrigo fragt, womit er dienen könne, aber sein Ton besagt: Bedenke, vor wem du stehst! Und Christophorus spielt Theater, wenn er (oder Manzoni für ihn, was auf dasselbe hinausläuft), um dem Ruchlosen Angst einzujagen, wozu die verbalen Androhungen einer göttlichen Züchtigung sicher nicht reichen, auf eine andere szenische Pose zurückgreift, diesmal eine eher romantische als barocke: Er »stellte sich mit zwei Schritt Abstand entschlossen vor Don Rodrigo hin, stemmte die Rechte in die Hüfte, reckte ihm drohend die Linke entgegen und durchbohrte ihn mit flammenden Blicken« (S. 117).

Die Nonne von Monza wird uns, noch ehe wir ihr schlimmes Schicksal kennen, mit einer Seite vorgestellt, die ziemlich schauerromantisch klingt – hinter Gittern, verurteilt durch ihre physiognomischen Ambiguitäten, ihren Blick, die weltliche Sorgfalt, mit der sie ihre Taille betont, und die Sorglosigkeit, mit der sie über der Schläfe ein schwarzes Löckchen hervorlugen läßt, gegen jede Klosterregel. Wir wissen noch nichts über Gertrude, und schon ahnen wir vieles. Lucia freilich ahnt nichts, auch ihr sind die Codes der natürlichen Zeichensprache noch nicht vertraut, und der Pater Guardian hat aus politischen Gründen darauf verzichtet, die Zeichen zu deuten. Dabei hat Gertrudes ganze Erziehung mehr aus visuellen Zeichen als aus Worten bestanden, von den Püppchen in Nonnentracht, die man ihr als Kind zum Spielen gab, bis hin zu jener Absonderung nach ihrer Rebellion, die sich in einem Wechselspiel von Absenzen, flüchtigen Blicken und beredtem Schweigen konkretisiert: »Die Tage gingen dahin, ohne daß jemand, weder der Vater noch die anderen, von dem Gesuch oder seinem Widerruf sprach, ohne daß ihr unter Zärtlichkeiten oder Drohungen irgendein Vorschlag gemacht wurde. Die Eltern waren ihr gegenüber ernst, traurig, verstimmt, ohne jemals zu sagen warum« (S. 203). Die Möglichkeit zu sprechen, sich auszusprechen, wird ihr erst wiedergegeben, als sie kapituliert hat, denn inzwischen hat sie alles, was sie begreifen mußte, schon ohne Worte begriffen.

Andererseits verurteilt Gertrude sich schließlich gerade deshalb zur klösterlichen Entsagung, weil ihr Worte entlockt werden, die sie nicht sagen wollte, die nicht ausdrükken, was sie empfindet, die aber, da sie rituelle Gesten von performativem Wert sind, sobald man sie einmal gesagt hat, nicht mehr zurückgenommen werden können.

Als Don Rodrigo den Ungenannten besucht, bezeugt er seinen Respekt allein durch ein komplexes Ritual von Begrüßungen und Beschenkungen der Bravi des Burgherrn (S. 420), und dieser, der sich sofort durch eine Reihe von dunklen Gängen und Sälen voller Musketen, Säbel und Hellebarden an den Wänden ausweist, schaut dem Besucher als erstes, noch ehe er zu sprechen beginnt, scharf auf die Hände und ins Gesicht (S. 420f.).

Als Don Rodrigo von der Pest befallen wird, verspürt er unmißverständliche innere Signale, über die er sich nicht hinwegtäuschen kann, und der Graue begreift sofort, in welchem Zustand sein Herr sich befindet, als er ihm ins Gesicht blickt. In einer Welt, in der alle Teile der Gesellschaft – wie Manzoni auf den vorangegangenen Seiten erzählt hat – sich um die Wette darum bemüht haben, die Symptome der Krankheit zu ignorieren oder zu verkennen, was sie solange tun konnten, wie sie die visuellen Evidenzen in verbale Berichte und Behauptungen übersetzten, können die Symptome Don Rodrigos nur richtig gedeutet werden, da sie sich nicht verbal vermitteln lassen. Wir stehen vor der natürlichen Evidenz einer »häßlichen Beule von schwarzblau-violetter Färbung« (S. 703). Doch sofort interveniert wieder die Sprache, um die Realität zu verschleiern. Don Rodrigo lügt, indem er behauptet, er fühle sich »sauwohl« und habe bloß ein bißchen zuviel getrunken, der Graue lügt, indem er ihn mit Worten ermuntert und ihm noch Gehorsam verspricht, als er sich bereits anschickt, ihn den Pestpflegern zu übergeben. Beide verstehen einander mit Blicken und täuschen einander mit Worten.

Das Delirium des Massenwahns

Bisher haben wir versucht, aus verschiedenen Episoden eine implizite Semiotik abzuleiten. Sehr viel expliziter ist Manzoni jedoch in den Kapiteln über die Pest (31 und 32).

Während er erzählt, wie die Epidemie sich immer mehr ausbreitet und die ganze Gesellschaft zunächst jeden Gedanken daran verdrängt, um sich dann, als das Übel nicht mehr zu leugnen ist, eine menschliche Ursache dafür zusammenzuphantasieren und die Figur des Giftsalbenschmierers zu erfinden, spricht Manzoni von *delirio* (Delirium) *und pubblica follia* (Massenwahn). Er meint zwar ein Delirium der Vernunft, aber die Art, wie er dessen Ursachen nachgeht und dessen Werdegang schildert, macht den Bericht zur Beschreibung eines semiosischen Mißbildungsprozesses, einer krankhaften Tumorbildung im gesellschaftlichen Umgang mit den Zeichen, die dazu führt, daß Signifikanten gefälscht und Signifikate ausgetauscht werden.

Die ersten Anzeichen der Seuche, die da und dort auftauchen (einige Leichen), sind noch nicht zu entschlüsseln; es heißt, die Todesursache seien »sonderbare Leiden ..., deren Anzeichen dem größten Teil der Lebenden unbekannt waren« (S. 652). Erst der Arzt Lodovico Settala, der die vorangegangene Pestepidemie noch miterlebt hatte, liefert den Schlüssel zur richtigen Deutung. Aber als ähnliche Symptome dann in Lecco auftreten, schickt die Behörde nur ein paar Beamte hin, die sich mit der Aussage eines unwissenden Barbiers begnügen, der einen anderen, irreführenden Schlüssel liefert: Es handle sich um eine Folge »der herbstlichen Sumpfdünste« oder »der beim Durchzug der Deutschen ausgestandenen Beschwerden und Strapazen« (S. 653).

Doch unaufhörlich tauchen neue Beweisstücke auf, überall findet man die »häßlichen und furchtbaren Zeichen der Pestilenz« (S. 654). Es wird mündlich und schriftlich darüber berichtet, erst dem Gesundheitsamt und dann dem Gouverneur, der sich zwar betroffen zeigt, aber erklärt, die Sorgen um den Krieg seien vordringlicher. Die Bevölkerung ihrerseits, leidenschaftlich daran interessiert, die Angst zu verdrängen, überbietet sich in der Legitimation der ausgefallensten Interpretationsschlüssel und schreibt die Symptome den phantastischsten Ursachen zu.

Schließlich sieht jemand zum ersten Mal eine Beule. Hier müßte der Signifikant nun eigentlich, kraft gefestigter symptomatologischer Tradition, sein richtiges Signifikat herbeizwingen. Doch nur wenige haben die Beule gesehen, die meisten kennen sie nur vom Hörensagen. Überdies richten die amtlichen Erlasse, die sich in sinnloser Weise vervielfachen, um der Seuche zuvorzukommen, ihrerseits eine sprachliche Konfusion an und kommen gewöhnlich zu spät. Es scheint zudem, daß die Nachrichten von Todesfällen nicht oft genug eintreffen, und »gerade die Seltenheit der

Fälle hielt den Verdacht von der Wahrheit fern« (S. 722). Hier beginnt ein Prozeß, den ein Epistemologe der inneren Schwäche jeder induktiven Methode zuschreiben würde (wie viele Fälle sind nötig, um die Formulierung eines Gesetzes zu rechtfertigen?), der aber de facto eine rhetorische Unsicherheit ins Spiel bringt, eine Ratlosigkeit in der Frage, wie konsistent ein Teil sein muß, um als pars pro toto das Ganze zu repräsentieren, oder wie evident eine Wirkung sein muß, um als gute Metonymie der Ursache zu fungieren. In jedem Fall haben die Ärzte, angesichts ihrer Ungewißheit über die Symptome, einen guten verbalen Kunstgriff bereit: Sie »hatten die Namen gewöhnlicher Krankheiten in jedem Pestfall zur Hand, zu dessen Heilung sie gerufen wurden, unter welchen Begleitumständen und mit welchen Merkmalen (wörtlich: mit welchen Symptomen und welchen Zeichen) er auch aufgetreten sein mochte« (S. 659). Die Opposition zwischen Symptomen/Zeichen und Namen ist evident. Der visuelle und natürliche Signifikant wird verschleiert durch einen verbalen Signifikanten, der seine Erkenntnis verhindert.

Es gibt jedoch einige Männer, die »sehen« können, wie die Geißel näherkommt. Und sie werden als Vaterlandsfeinde gebrandmarkt (sie bekommen den »Namen von Vaterlandsfeinden«, schreibt Manzoni). Typisch der Fall des Lodovico Settala, der beinahe gelyncht wird, weil er sagen wollte, was er gesehen hat. Die anderen Ärzte, die alles leugnen, greifen angesichts der »verhängnisvollen Symptome von blauen Flecken und Beulen« auf einen »Betrug mit Worten« zurück und sprechen von »pestartigen Fiebern« (S. 662 f.).

An diesem Punkt bricht nun so etwas wie eine neue rhetorische Figur hervor, die das Universum der natürlichen Semiose gliedert: Der Tod bekannter Persönlichkeiten wirkt (als pars pro toto) überzeugender als der Tod, von dem man schon wußte. In gewissem Sinne wird das, was bisher nur ›gesagt‹ worden war, auf einmal zwangsläufig auch ›gesehen‹, sei es auch nur in Form einer weithin sichtbaren Abwesenheit.

In diesem Gewirr visueller Zeichen, die durch verbale Definitionen verundeutlicht werden, meint schließlich jemand, daß nur noch die öffentlich sichtbare Evidenz den Machenschaften des Wortes entgegenzutreten vermag: »Zur Zeit des größten Menschengedränges wurden nun inmitten der Kutschen, Reiter und Fußgänger auf Anordnung des Gesundheitsamtes die Leichen jener Familie nackt auf einem offenen Wagen zum Friedhof überführt, damit die Menge an ihnen die unverkennbaren Zeichen der Pest gewahren könne ... An der Pest war nicht mehr zu zweifeln« (S. 672).

Nun scheint es, daß die Pest evident wird und man ihre Symptome richtig zu deuten beginnt. Aber die Machenschaften des falschen Bewußtseins reproduzieren sich auf einer anderen Ebene. Da man die Seuche nicht mehr negieren kann, sucht man jetzt die Gründe der Ansteckung zu verschleiern (und zwingt schließlich sogar den Kardinal zur Durchführung einer feierlichen Bittprozession, wodurch die Gelegenheiten zur Ansteckung sich natürlich vervielfachen). Es beginnt die Konstruktion des Mythos der Giftsalbenschmierer.

Manzoni selbst resümiert am Ende des 31. Kapitels das, was in diesem Prozeß einer semiosischen Pestilenz geschehen ist, als eine Aktion der verbalen Sprache (die er definiert und namhaft macht) gegen die natürliche Ausdruckskraft der nichtverbalen Zeichen, die ohnehin schon weitgehend unverstanden geblieben waren, da vorangegangene Verkrustungen durch Leidenschaften die Vernunft benebelt hatten.

1) »Anfänglich also keine Pest, unter keinen Umständen und in keiner Weise; es ist sogar verpönt, das Wort über-

haupt auszusprechen«: Gegen die Evidenz der Symptome steht und wirkt das Tabu, das auf dem sprachlichen Signifikanten lastet.

2) »Dann pestartige Fieber: die Vorstellung wird mittelbar durch ein Eigenschaftswort nahegelegt«: Der Signifikant modifiziert sich, um sein richtiges Signifikat nicht zu evozieren.

3) »Dann keine echte Pest; das heißt, Pest schon, aber in einem gewissen Sinne; keine eigentliche Pest, sondern etwas, für das man keinen anderen Namen findet«: Hier beginnt sich der Inhalt zu modifizieren.

4) »Schließlich ganz zweifellos und unbestreitbar Pest, aber schon hat sich eine andere Vorstellung damit verbunden, die Vorstellung von Hexenkünsten und Giftmischerei, welche die durch das Wort ausgedrückte Vorstellung ... verfälscht und bemäntelt«: Hier erfolgt eine radikale Umwandlung, durch die das Wort, das als Inhalt ein Symptom hat, welches auf eine Ursache *P* verweist, nun auf ein anderes Symptom bezogen wird, das als Inhalt eine Ursache *Q* haben müßte. Eine totale Verfälschung des Signifikats – also der Bedeutung – durch Einsatz aller Mittel, die der Sprache zur Verfügung stehen, um die natürliche Ausdruckskraft der visuellen Zeichen und der natürlichen Symptome zu modifizieren.

An diesem Punkt scheint es, daß das schlechte Gewissen der Gesellschaft, statt weiter die visuelle Evidenz mit Worten zu verschleiern, nun selber visuelle Evidenzen zu inszenieren beginnt. Einige Leute »glaubten, gesehen zu haben«, daß jemand im Dom eine hölzerne Trennwand zwischen den Sitzbänken mit irgendeiner Substanz beschmiert habe, man bringt die Wand samt dazugehörigen Bänken auf den Domplatz hinaus und beschließt, sie einer Waschung zu unterziehen. Jedoch »die große Zahl der aufgestellten Einrichtungsstücke machte auf die Menge einen gewaltigen Eindruck«, und »allgemein wurde behauptet und angenommen, im Dom seien alle Bänke, Wände und selbst die Glockenstricke eingeschmiert« worden (S. 669). Ein interessanter Aufblähungsvorgang: Erst waren viele Tote nicht genug als pars pro toto für die Seuche, jetzt genügen ein paar Holzbänke als pars pro toto für den ganzen Dom und die allgemeine Verseuchung. Am nächsten Morgen »befremdete ein neuer, noch sonderbarerer und bezeichnenderer Anblick Augen und Sinn der Bürger«. Waren die Bänke auf dem Domplatz noch eine zufällige Inszenierung gewesen, so ist nun eine gelblich-weißliche Sudelei auf Haustüren und Mauern offenbar eine vorsätzliche Inszenierung, ob zum Schabernack oder in terroristischer Absicht. Hier beginnt das wahre »Delirium«, der wirkliche Massenwahn. Daß die Geschichte dieses Wahns nicht nur eine psychiatrische ist, sondern die einer Machenschaft oder zumindest einer Metastase des wildgewordenen Zeichenprozesses, weiß Manzoni oder argwöhnt er, wenn er sagt: »bei allen Irrtümern und besonders bei denen, die viele teilen, scheint mir gerade deren Entwicklung, die Art ihres Auftretens und die Art und Weise, wie sie die Geister einnehmen und beherrschen konnten, für die Betrachtung am wichtigsten und interessantesten« (S. 670). Besser, scheint mir, kann man den Prozeß einer öffentlichen Meinungsbildung durch verzerrte Interpretation der Zeichen nicht schildern, sei die Verzerrung zufällig und instinktiv oder planvoll in böser Absicht erfolgt.

Geschwächt durch die lange Täuschung der Gelehrten, die mit wechselnden Argumenten die Seuche geleugnet hatten, aber auch durch die Angst der einfachen Leute selbst, die aus natürlichem Trieb die Evidenz zu verdrängen gesucht hatten, ist die Kraft der populären Semiose, die während des ganzen Romans bisher noch stets dem Reden der Intriganten entgegengewirkt hatte, nun definitiv erschöpft. Die Geschichte der Giftsalbenschmierer ist die Geschichte eines kollektiven Wahns, der jedem Symptom eine verzerrte Bedeutung zuweist, beziehungsweise in dem jede Tatsache, jede Geste zwanghaft aus den alltäglichen Kontexten und gewohnten Szenarien gerissen und zum Symptom einer einzigen obsessiven Bedeutung umgewandelt wird. Als Giftschmierer gilt, wer an der Kleidung als Ausländer erkannt wird, man lyncht einen alten Mann, der eine Kirchenbank abgestaubt hat, man versucht Renzo zu lynchen, weil er an eine Tür klopft. Jemand fragt nach dem Weg und zieht dabei höflich den Hut, und sofort denkt man, er habe in der Krempe das giftige Pulver versteckt, um es auf das Opfer zu streuen; jemand berührt die Domfassade, um die Härte des Steins zu prüfen, und die Menge fällt wütend über ihn her ...

Das System der normalen Erwartungen bricht zusammen. Als Don Abbondio die Bravi erblickte, sah er noch etwas Unerwartetes, denn er wußte, was er hätte sehen müssen und was im Falle, daß er es sähe, auf schlimme Nachrichten deuten würde. Nun sieht niemand mehr etwas, man erwartet nichts mehr, beziehungsweise man sieht und erwartet – und man erwartet und sieht daher – immer dasselbe Zeichen. Ein einziger Signifikant für ein einziges Signifikat – das ist die Obsession, der allgemeine Massenwahn.

Verbale Sprache contra populäre Semiose? Zur Entkräftung der Hypothese würde der Hinweis genügen, daß Manzoni in seinem Roman die Niederlage der Sprache und den Sieg der populären Semiose durch die erzählende Sprache feiert. Aber dieser Einwand trifft nur die implizite Semiotik Manzonis, nicht deren hier versuchte Rekonstruktion. Es geht hier nicht darum, die Grenzen der Sprache zu feiern, es geht hier darum zu zeigen, wie ein Autor (natürlich mit Worten) seine pessimistische Auffassung von der Macht des Wortes darlegt. Ein schöner Widerspruch, der etwas weniger widersprüchlich wird, wenn man sich klarmacht, daß jeder vollständige Roman eine Maschinerie darstellt, eine zwangsläufig *sprachliche* Maschinerie, die sich bemüht, auf sprachlichem Wege Zeichen lebendig zu machen, die *keine* sprachlichen Zeichen sind, sondern die mit einer ihnen eigenen instinktiven und ungestümen Autonomie die Sprache begleiten, ihr vorausgehen und ihr folgen.

Diese Fähigkeit der verbalen Sprache, das Nichtverbale heraufzubeschwören, hat in der Rhetorik einen Namen: Hypotypose.

Da wir dem Gebrauch der Sprache nicht entkommen (»zu sprechen – diese so einzigartige Gabe – fällt derart viel leichter als alles andere zusammen, daß auch wir, ich meine: wir Menschen überhaupt, ein wenig zu bedauern sind«, heißt es am Ende des 31. Kapitels), werden wir sagen: Nur um den Preis einer ununterbrochenen Kette von Hypotyposen kann Manzonis Roman seine implizite Semiotik entfalten, exemplifizieren und sich als eine verbale Feier der nichtverbalen Zeichensprache darstellen.

Als sprachliche Maschinerie, die sich feiert, indem sie sich negiert, sagt uns der Roman etwas über andere Modi des Bedeutens und suggeriert uns, daß er als verbales Gebilde im Dienst dieser Modi steht, denn er erzählt nicht von Worten, sondern von Taten, und selbst wo er von Worten erzählt, tut er es nur, weil sie Taten geworden sind.

(Deutsch von Burkhart Kroeber)

NACHWORT DES ÜBERSETZERS

Manzoni heißt der beherrschende Name der italienischen Literatur des neunzehnten Jahrhunderts, und für die Welt stützt sich sein Ruhm auf ein einziges umfassendes Werk, das er mit fünfunddreißig Jahren entwirft und das 1827 unter dem Titel *I Promessi Sposi* in ganz Europa die führenden Geister aufhorchen läßt und alsbald begeisterte Übersetzer findet. In England schließt damals Sir Walter Scott das große geschichtliche Panorama seiner Waverley Novels mit *The Fair Maid of Perth* ab, während in Frankreich *Cromwell* über die Bühne geht und Victor Hugo in seinem berühmten Vorwort dazu das Manifest der Romantik verkündet. In Deutschland hat Goethe soeben die klassisch-romantische Phantasmagorie des Helena-Zwischenspiels zum *Faust* vollendet. Es ist das Jahr, in dem Beethoven stirbt und Böcklin geboren wird.

Der Eintritt des jungen lombardischen Grafen in die Bezirke des Schrifttums hatte sich 1805 im Paris des Empire im freigeistigen Salon der fürstlichen Madame Helvétius vollzogen, wo seine vergötterte Mutter seit einem Jahrzehnt eine zweite Heimat gefunden hatte. In seinem achtundzwanzigsten Lebensjahr aber kehrt der Dichter nach einer aufsehenerregenden Bekehrung jener Welt für immer den Rücken, um mit den Seinen fortan als Mailänder wieder ganz in Italien zu leben. Als er am 22. Mai 1873 achtundachtzigjährig sein Leben in seiner Geburtsstadt beschließt, ist er längst zu einer mythischen Gestalt des Risorgimento geworden und ein Symbol italienischen Geistes schlechthin.

Kein Nachschlagewerk verfehlt, ihn als Führer der italienischen Romantik vorzustellen und ihm einen Ehrenplatz unter den Schöpfern des historischen Romans anzuweisen. Sicher gehört auch das zu seiner geschichtlichen Person und ist insofern zutreffend, als er für Italien in wahrhaft maßgebender Form jene europäische Wendung von der Aufklärung und vom Klassizismus zum Volkstum und Christentum vollzieht, die allenthalben zur Romantik gehört, wobei er zugleich im Drama die Fesseln formaler Regeln abwirft. Aber schon Goethe meinte 1820: »Unsere guten deutschen Jünglinge könnten an ihm ein Beispiel sehen, wie man in einfacher Größe natürlich waltet; vielleicht dürfte sie das von dem durchaus falschen Transzendieren zurückbringen ...« und kennzeichnet so unübertrefflich die Eigenschaften, mit denen Manzoni im Schillerschen Sinne Natur aus erster Hand gibt und eher naiv als sentimentalisch wirkt. Hugo von Hofmannsthal stellt nach einem Jahrhundert noch ebenso entschieden fest: »Das Unsentimentale, Unromantische ist – in den *Promessi Sposi* – auf die Spitze getrieben, in jeder Regung ist Bewußtsein der Grenzen«, und mit dem Begriff der immer maßvollen, klaren und innigen »Grenzliebe« scheint uns das Werk des lombardischen Dichters am treffendsten charakterisiert.

Dieser Zug war es, der von vornherein Goethes Aufmerksamkeit schon auf den jugendlichen Dichter der *Inni sacri (Heiligen Hymnen)* und Oden sowie der Dramen *Il Conte di Carmagnola* und *Adelchi* lenkte, und deshalb urteilt er über jenes »würdige Männerstück«: »Männlicher Ernst und Klarheit walten stets zusammen, und wir mögen daher seine Arbeit gern classisch nennen.« Als ihm der Autor im Juli 1827 seinen Roman in das Haus am Frauenplan in Weimar sendet, liest er ihn in einer Woche mit steigender Zustimmung und bekennt Eckermann gegenüber feierlich: »Ich habe Ihnen zu verkündigen, daß Manzonis Roman alles überflügelt, was wir in dieser Art kennen ... Hier kommt sein vollendetes Innere zum Vorschein, welches er bei seinen dramatischen Sachen zu entwickeln keine Gelegenheit hatte.«

Noch im gleichen Jahr veranstaltet Goethe persönlich

eine italienische Ausgabe der *Opere poetiche* seines »Lieblings« bei Frommann in Jena mit dem höchst denkwürdigen Vorwort der *Teilnahme Goethes an Manzoni*. Er veranlaßt Karl Streckfuß, der den *Adelchi* übersetzt, ihm gewidmet und auf eigene Kosten herausgegeben hat, zu einem Beitrag über den Mailänder Roman in seiner Zeitschrift *Über Kunst und Altertum* und möchte ihn zu einer deutschen Ausgabe ermuntern. Leider ist es nie dazu gekommen, weil der um die Eindeutschung italienischer Literatur so hochverdiente Jurist als Geheimer Oberregierungsrat im preußischen Ministerium des Innern sich damals für diese Aufgabe nicht frei machen konnte. Doch gewann er dafür den jungen Daniel Leßmann, dessen Übersetzung mit dem Titel *Die Verlobten* bereits 1827/28 in Berlin erschien, während Eduard von Bülow ihm mit einer Leipziger Ausgabe zuvorzukommen suchte. So entstanden die ersten beiden Verdeutschungen nebeneinander in einem verhängnisvollen Wettlauf mit der Zeit, weshalb schon Goethe bedauernd festzustellen hatte, daß der Roman »mit Verlegerschnelle in ein fremdes Idiom hinübergetrieben« sei.

Dieser Sachverhalt war leider entscheidend für die Geschichte der Wirkung Manzonis in Deutschland, die jenseits des Kreises derjenigen, die ihn in der Ursprache lesen können, auf einer fundamentalen Verkennung seiner stilistischen Meisterschaft beruht, denn die späteren deutschen Ausgaben haben sich zumeist mehr oder weniger auf die ersten Eindeutschungsversuche gestützt, wobei zu den Mißverständnissen und sprachlichen Ausdrucksschwierigkeiten noch die willkürlichsten entstellenden Kürzungen traten, ohne daß man dem Publikum darüber auch nur Rechenschaft schuldig zu sein glaubte.

Kein Wunder, wenn das Bild, das sich deutsche Leser von Manzonis Gaben machen mußten, entsprechend ausfiel. Es deckt sich in etwa mit dem, das Manzoni in seiner eigenen

Einführung über den Gewährsmann seiner Quelle fällt, und man darf auch da getrost von einer »heroischen Anstrengung« reden, wenn jemand einmal den deutschen Verlobten auf ihrem holprigen Wege bis zum glücklichen Ende wirklich gefolgt ist. Schon die Titelgebung entspricht in keiner Weise Manzonis Absichten, der sein Werk nicht »I Fidanzati« genannt hat, weil es ihm um den christlichen Brautstand, nicht um eine gesellschaftliche Bindung geht. Unsere neue Übersetzung sollte daher denn auch den Titel *Die Brautleute* erhalten, doch hätte das vielleicht nach der seit Goethes Tagen bestehenden Gewöhnung an die nun einmal landläufig gewordene Titelgebung der ersten Verdeutschungen – die längst auch in die Nachschlagewerke Eingang gefunden hat – Verwirrung gestiftet, und so ist es in diesem Punkte beim alten geblieben. Im Text selber aber kommt alles an auf die unendlich mannigfaltige, dem jeweiligen Thema entsprechende Abwandlung der Stilmittel von nüchterner Sachlichkeit historischer Darstellung bis zur ergriffenen Offenbarung der Seele in vergegenwärtigender Szene, die auch im Roman den Dramatiker verrät.

In seiner endgültigen Gestalt hat der Roman eine Entstehungsgeschichte, die sich über zwei Jahrzehnte erstreckt, und ist so das Ergebnis einer künstlerischen Bemühung, die kaum ihresgleichen haben dürfte. Kaum ist das Werk 1827 erschienen, so begibt sich Manzoni spornstreichs zu einer letzten Überarbeitung, die als »die große Wäsche im Arno« Geschichte gemacht hat, für ein Vierteljahr nach Florenz. Die Gründe liegen in der nationalen Revolution des Risorgimento: Manzoni opferte die unbefangene Unmittelbarkeit seines lombardischen Dialektes der seit Dante klassischen toskanischen Hochsprache im Interesse der sprachlichen Einheit des kommenden Italien. Man kann das natürlich auch bedauern – wie man der Sprache des *Urfaust* bei uns den Vorzug geben mag –, doch hat diese Umschmelzung nichtsdestoweniger ihren Zweck vollkommen erfüllt und eine Gefahr gebannt, die bei dem veristischen Grundzug der italienischen Prosa auch in unseren Tagen erneut hervorgetreten ist: daß sie sich nämlich im Regionalismus verlieren und damit ihre nationale Allgemeinverständlichkeit und internationale Geltung gefährden könnte.

So entschloß sich Manzoni dreizehn Jahre später, nach geduldiger Umgestaltung nicht nur der sprachlichen Form, sondern auch des szenischen Details, 1840 zu einer nunmehr auch zeitgemäß illustrierten Neuausgabe seines erfolgreichen Werkes. Sie wurde 1842 beendet und blieb für die Folgezeit verbindlich, weshalb ihr auch unsere Übersetzung folgt.

Die Illustrierung sollte dabei in jenen Zeiten bedenkenlosen Raubdrucks dem Autor auch einen persönlichen Ertrag seiner Arbeit sichern, was sich jedoch als eine Fehlspekulation erwies. Unter großen persönlichen Opfern hat damals Manzoni die in Italien noch unbekannte Illustrationskunst der französischen Verleger eingeführt. Er gründete mit dem Maler und Kupferstecher Luigi Sacchi eine neue Werkstatt, für die aus Paris die französischen Holzschnittkünstler Bernard und Pollet sowie der Engländer Sheeres verpflichtet wurden. Seit 1837 hatte sich der Dichter mit der Sammlung historischen Bildmaterials für seinen Roman beschäftigt, das den Illustratoren als Vorlage dienen sollte. Als Maler hatte er zunächst Francesco Hayez in Aussicht genommen, den 22 Lithographien zu Walter Scotts *Ivanhoe* empfahlen. Einige Probearbeiten fanden jedoch nicht seine Billigung. Da wurde er durch eine Ausstellung in der Brera 1839 auf den jungen Turiner Bühnenmaler Francesco Gonin aufmerksam gemacht, der sich für den Auftrag der Illustrierung der *Promessi Sposi* begeisterte und in engster Zusammenarbeit mit Manzoni dann auch die Hauptlast der Arbeit an den 403 Vignetten der Ausgabe von 1840 getragen hat. Seine

Stärke lag vor allem auf dem Gebiet der Personendarstellung, so daß die meisten Leser des Romans an seinen Figuren ein anschauliches Bild der Gestalten des Romans gewonnen haben. Er wurde von Manzoni in der Auswahl der Situationen sowohl als auch in ihrer Gestaltung laufend eingehend beraten, und seine Lösungen fanden den vollen Beifall des Dichters selbst, der ihn »seinen bewundernswerten Übersetzer« genannt hat. Man muß dabei berücksichtigen, daß die Originale der technisch nicht immer einwandfreien Wiedergabe natürlich überlegen waren. Unsere Ausgabe vermittelt als erste deutsche dem Leser mit der Reproduktion aller Bildbeigaben der Standardausgabe von 1840 nach dem Original auch ein optisch getreues Bild der eigenen Vorstellungen des Dichters von der Welt seines Romans. Man wird sich dabei überzeugen, daß neben dem Namen Gonin auch noch andere Künstlernamen auftauchen. Es handelt sich dabei um Massimo d'Azeglio, Manzonis Schwiegersohn, den berühmten Landschafter Paolo Luigi Riccardi, Luigi Bisi, Giuseppe Sogni und einige andere, unter denen Federico Moia als Darsteller der Stadtprospekte des Mailand von 1600 noch besondere Erwähnung verdient. Mit allen diesen hatte Manzoni schon vor seiner Bekanntschaft mit Gonin in Verhandlungen gestanden, so daß sie sich nicht ganz von der Gestaltung der illustrierten Ausgabe ausschließen ließen. Diese ist daher nicht völlig aus einem Guß geraten und trägt auch ihrerseits die Spuren geschichtlich bedingter Entstehung; doch wird sie durch den starken persönlichen Anteil des Dichters, der jeder Vignette ihren genau entsprechenden Platz zuwies, immer ehrwürdig bleiben. Die endgültige Ausgabe der *Promessi Sposi* erschien von November 1840 bis Oktober 1842 in zehntausend Exemplaren in Form von Einzellieferungen auf Subskription.

Italien besitzt in den *Promessi Sposi* ein längst zeitlos gewordenes nationales Werk und zugleich ein Stück jener »Weltliteratur«, deren Begriff sich für Goethe gerade an ihm entwickelt und bestätigt hat. Friedrich Gundolf hat es den vielleicht einzigen historischen Roman genannt, »der in dem Sinne *Dichtung* bleibt wie Goethes Romane, dem die Zwitterhaftigkeit zwischen Geschichte und Poesie nicht anhaftet und den man nicht nur aus stofflichem Interesse lesen kann, sondern mit Anteil an dem Menschtum des Dichters«.

Seit Goethes humorvoller Bemerkung zu Eckermann über den Poeten, »der – im dritten Bande – eine ganze Weile als nackter Historiker dasteht«, wurde häufiger das zeitweilige Überwiegen geschichtlicher Elemente in dem großen Roman kritisiert, und eine nähere Untersuchung ebendieser Kritik dürfte ergeben, daß sie dem jeweils blinden Fleck im Auge bestimmter Epochen genau entspricht. Das Jahrhundert der beiden Weltkriege erst hat vielen Menschen für die zeitlose Bedeutsamkeit auch dieser Stellen die Augen geöffnet, auf die sich heute ein ganz neues Interesse wendet, denn es geht in den *Promessi Sposi* um den tragischen Weltzustand schlechthin und nicht um das einfach Historische.

Das Schrifttum über Manzoni ist inzwischen unübersehbar geworden, und als Zeugnis des steigenden Interesses an seinem Werk mehrten sich neben den ausländischen Übersetzungen seit dem Zweiten Weltkrieg die großen italienischen Ausgaben. Die Nationalstiftung für Manzoniforschung hat 1941 Michele Barbi und Fausto Ghisalberti die wissenschaftliche Neuausgabe des Gesamtwerkes anvertraut und faßt seit 1937 die einschlägigen Studien in der *Casa del Manzoni* in Mailand vorbildlich zusammen. Ireneo Sanesi veröffentlichte 1954 die erste erschöpfende Gesamtausgabe der lyrischen Dichtungen mit allen Lesarten. Seit 1957 erscheint die handliche kritische Dünndruckausgabe der Werke durch Alberto Chiari und Fausto Ghisalberti in der Klassikerreihe von Mondadori. Sie bietet einen umfassenden wissenschaftlichen Apparat und in Band I Chiaris mustergültige Chronologie über Leben und Werk, auf die sich jede Biographie zuverlässig stützen kann. Riccardo Bacchelli zeichnet als Herausgeber des Gesamtwerkes in der Reihe *La letteratura italiana: storia e testi* bei Riccardi (1953).

Der vorliegenden deutschen Ausgabe liegen die kritische Ausgabe des Urtextes von 1840 durch Paolo Bellezza (Mailand 1930) und die kommentierte Ausgabe von Giulio Dolci (Mailand 1950) zugrunde. Zum Vergleich diente die von Luigi Colombo herausgegebene Erste Leccheser Ausgabe (Lecco 1956). Der Übersetzer hat seine Aufgabe darin gesehen, an das Werk in einer Gestaltung heranzuführen, die der Sprache des Originals gerecht zu werden versucht, jener »genauen, melodischen, klaren, prachtvollen und nüchternen« Sprache, wie sie Bacchelli zu rühmen weiß, »die da von stiller Gewalt erstrahlt und von ästhetischer und sprachlicher Kraft und Gesundheit strotzt«. Möge diese Übersetzung dazu beitragen, auch dem deutschen Leser ein Werk zugänglicher zu machen, das zu den bleibenden Zeugnissen christlich-humanistischer Gesinnung zählt. »Manzoni hilft uns zu guten Gedanken«, hat Goethe dankbar bekannt. Keine schönere Wirkung kann sich der Übersetzer auch von dieser Verdeutschung erhoffen.

Ernst Wiegand Junker

GROSSE KLASSIKER
IM INSEL TASCHENBUCH

Die großen Romane der Weltliteratur
in edlem Gewand, mit Prägung und in klassischer,
lesefreundlicher Typographie, auf der Grundlage
sorgfältiger Editionen und ausgewählter
Übersetzungen

JANE AUSTEN
VERSTAND UND GEFÜHL

Übersetzt von Angelika Beck
it 2812. 480 Seiten

JANE AUSTEN
EMMA

Übersetzt von Angelika Beck
it 2953. 640 Seiten

EMILY BRONTË
DIE STURMHÖHE

Übersetzt von Grete Rambach
it 2773. 464 Seiten

DANTE
DIE GÖTTLICHE KOMÖDIE

Übersetzt von
Friedrich Freiherrn von Falkenhausen
it 2863. 800 Seiten

NF 67/1/6.01

FJODOR M. DOSTOJEWSKI
DER SPIELER

Übersetzt von Hermann Röhl
it 2774. 240 Seiten

GUSTAVE FLAUBERT
LEHRJAHRE DES GEFÜHLS

Übersetzt von Maria Dessauer
it 2776. 640 Seiten

GUSTAVE FLAUBERT
MADAME BOVARY

Übersetzt von Maria Dessauer
it 2861. 464 Seiten

THEODOR FONTANE
EFFI BRIEST

it 2811. 368 Seiten

THEODOR FONTANE
FRAU JENNY TREIBEL

it 2952. 240 Seiten

JOHANN WOLFGANG GOETHE
DIE LEIDEN DES JUNGEN
WERTHER

it 2775. 176 Seiten

NF 67/2/6.01

JOHANN WOLFGANG GOETHE
DIE WAHLVERWANDTSCHAFTEN

it 2950. 320 Seiten

VICTOR HUGO
DER GLÖCKNER VON NOTRE-DAME

Übersetzt von Else von Schorn
it 2810. 672 Seiten

HEINRICH VON KLEIST
SÄMTLICHE ERZÄHLUNGEN

it 2862. 336 Seiten

ALESSANDRO MANZONI
DIE VERLOBTEN

it 2951. 880 Seiten

OSCAR WILDE
DAS BILDNIS DES DORIAN GRAY

Übersetzt von Hedwig Lachmann und
Gustav Landauer
Revidiert von Norbert Kohl
it 2860. 304 Seiten

EMILE ZOLA
DAS GELD

Übersetzt von Leopold Rosenzweig
it 2813. 592 Seiten

Die Reihe wird fortgesetzt.

NF 67/3/6.01

Italienische Literatur im insel taschenbuch

Pietro Aretino. Die Gespräche des göttlichen Pietro Aretino. Übertragen von Heinrich Conrad. it 2570. 532 Seiten

Cesare Beccaria. Über Verbrechen und Strafen. Nach der Ausgabe von 1766 übersetzt und herausgegeben von Wilhelm Alff. it 2166. 188 Seiten

Giuseppe Gioacchino Belli. Die Wahrheiten des G. G. Belli. Römer, Huren und Prälaten. Eine Auswahl seiner frechen und frommen Verse. Vorgestellt und übertragen von Otto Ernst Rock. it 754. 345 Seiten

Giovanni di Boccaccio. Das Dekameron. Mit 110 Holzschnitten der italienischen Ausgabe von 1492. Übersetzt von Albert Wesselski. Mit einer Einleitung von André Jolles. it 2577. 1072 Seiten

Giovanni di Boccaccio. Erotische Geschichten. Ausgewählt aus dem Dekameron und übertragen von Albert Wesselski Großdruck. it 2383. 136 Seiten

Roberto Calasso. Die Hochzeit von Kadmos und Harmonia. Übersetzt von Moshe Kahn. it 1476. 434 Seiten

Casanova-Geschichten. Ausgewählt von Eckart Kleßmann. it 2117. 361 Seiten

NF 9/1/9.02

Leben des Benvenuto Cellini florentinischen Goldschmieds und Bildhauers. Von ihm selbst geschrieben, übersetzt und mit einem Anhange herausgegeben von Johann Wolfgang Goethe. Mit einem Nachwort von Harald Keller.
it 525. 559 Seiten

Dante. Die Göttliche Komödie. Mit 50 Holzschnitten von Botticelli. Deutsch von Friedrich Freiherrn von Falkenhausen.
it 94. 686 Seiten

Dante und die Göttliche Komödie. Von Olof Lagercrantz. Übersetzt von Gisbert Jänicke. it 2159. 296 Seiten

Niccolò Machiavelli. Discorsi. Über Staat und Politik. Übersetzt von Friedrich von Oppeln-Bronikowski. Herausgegeben von Horst Günther. it 2551. 528 Seiten

Niccolò Machiavelli. Der Fürst. Übersetzt von Friedrich von Oppeln-Bronikowski. Mit einem Nachwort von Horst Günther. it 1207. 166 Seiten

Machiavelli für Manager. Sentenzen. Ausgewählt von Luigi und Elena Spagnol. it 1733. 109 Seiten

Alessandro Manzoni. Die Verlobten. Eine mailändische Geschichte aus dem siebzehnten Jahrhundert. Übersetzt von Ernst Wiegand Junker. Mit einem Essay von Umberto Eco.
it 2951. 880 Seiten

Michelangelo. Sämtliche Gedichte. Italienisch und deutsch. Herausgegeben und übertragen von Michael Engelhard.
it 2299. 444 Seiten

Francesco Petrarca. Dichtungen. Briefe. Schriften. Auswahl und Einleitung von Hanns W. Eppelsheimer. it 486. 218 Seiten

NF 9/2/9.02

Francesco Petrarca. Die schönsten Liebesgedichte. Italienisch und deutsch. Übersetzt, erläutert und mit einem Nachwort von Jürgen von Stackelberg. it 1976. 132 Seiten

Italo Svevo. Ein gelungener Scherz. Erzählung. Übersetzt von Karl Hellwig. Mit einem Nachwort von Jochen Schimmang. it 2808. 128 Seiten

Giovanni Verga. Auf den Straßen. Novellen. Übersetzt von Gesa Schröder. it 2638. 128 Seiten

Giovanni Verga. Die Malavoglia. Der Untergang einer sizilianischen Familie. Übersetzt und mit einem Nachwort von René König. it 2720. 323 Seiten

NF 9/3/9.02